EL ÚLTIMO TELESILLA

Obras de John Irving
en Maxi

El mundo según Garp
Una mujer difícil
La última noche en Twisted River
Personas como yo
Avenida de los Misterios
Príncipes de Maine, reyes de Nueva Inglaterra
El último telesilla

JOHN IRVING
EL ÚLTIMO TELESILLA

Traducción de Juan Trejo

MAXI
TUSQUETS
EDITORES

Título original: *The Last Chairlift*

1.ª edición en colección Andanzas: octubre de 2023
1.ª edición en colección Maxi: noviembre de 2024

Adaptación de la cubierta: Maxi Tusquets / Área Editorial Grupo Planeta

Ilustración de la cubierta: © *Single Chair* (2021), de T.S. Harris. © Harris, T.S. Colección particular. Foto: © Bridgeman / ACI

Fotografía del autor: © Ivan Giménez / Tusquets Editores

Diseño de la colección: FERRATERCAMPINSMORALES

ISBN: 978-84-1107-527-5
Depósito legal: B. 17.715-2024
Impresión y encuadernación: Rodesa, S. L.
Printed in Spain - Impreso en España

Índice

Para Dean Cooke

If I must die,
I will encounter darkness as a bride,
And hug it in mine arms.

WILLIAM SHAKESPEARE,
Measure for Measure

Primer acto
Primeras señales

1
Una película que no se ha rodado

Mi madre me puso el nombre de Adam, como el primer hombre de la creación. Siempre decía que yo lo era todo para ella. He cambiado algunos nombres, pero el mío no, y tampoco el del hotel. El Hotel Jerome es real, es un gran hotel. Si alguna vez vais a Aspen, os aconsejo que os alojéis allí si podéis permitíroslo. Pero si por casualidad os ocurre algo parecido a lo que me pasó a mí, marchaos sin más. No culpéis al Jerome.

Sí, allí hay fantasmas. No me refiero a esos fantasmas de los que es posible que hayáis oído hablar en relación con el Jerome: el misterioso huésped de la habitación 310, un niño de diez años que se ahogó y que aparece temblando y desaparece al instante, dejando tras de sí únicamente las huellas húmedas de sus pies; o el triste minero enamorado, cuyos lloriqueos nocturnos pueden oírse cuando se le ve por los pasillos; o la camarera del hotel que cayó en un lago helado de las inmediaciones y que (a pesar de haber muerto de neumonía) de vez en cuando se presenta para dejar las camas preparadas antes de que los clientes se acuesten. Esos no son los fantasmas que yo suelo ver. No digo que no existan, sino que apenas he tenido noticia de ellos. Porque no todo el mundo ve los mismos fantasmas.

Mis fantasmas son muy vívidos, muy reales. He cambiado algunos de sus nombres, pero no he cambiado nada en relación con la esencia que hace únicos a esos fantasmas.

Puedo ver fantasmas, pero no todo el mundo puede verlos. Sin embargo, en lo que respecta a esas apariciones, ¿qué es lo que les sucedió? Quiero decir, ¿qué fue lo que los convirtió en fantasmas? Porque no todas las personas que mueren se convierten en fantasmas.

Y, en mi caso, la cosa se complica aún más, porque no todos los fantasmas que veo son personas muertas. En algunas ocasiones, se trata de fantasmas que todavía están medio vivos; es decir, es posible que tan solo haya muerto una parte significativa de su persona. No tengo claro cuántos de esos fantasmas medio vivos son conscientes de qué parte de ellos ha muerto, y si, tanto si están vivos como muertos, deben seguir obligatoriamente alguna clase de normas al convertirse en fantasmas.

«Mi vida podría ser una película», oyes decir a la gente, pero ¿qué quieren decir en realidad con esas palabras? ¿Que sus vidas son demasiado inverosímiles para ser reales, excesivamente buenas o excesivamente malas? «Mi vida podría ser una película» significa que crees, por una parte, que las películas no son del todo realistas, y, por otra, que van más allá de lo que puede esperarse de la vida real. «Mi vida podría ser una película» significa que crees que tu vida es lo bastante especial como para merecer que se adapte a una película; que crees que tu vida se ha visto bendecida o bien ha sufrido una maldición.

Pero mi vida sí que es como una película, y no por la habitual tendencia a la autocomplacencia o la autocompasión. Mi vida es como una película porque soy guionista de cine. Por encima de todo soy novelista, pero incluso cuando escribo novelas, no puedo evitar visualizar lo que escribo: veo cómo se despliega la historia ante mí como si se tratase de una película. Me sucede lo mismo que a algunos novelistas: sé los títulos y las tramas de novelas que no voy a tener tiempo en mi vida de empezar a escribir siquiera. Al igual que la mayoría de los guionistas del mundo, he imaginado muchas más películas de las que jamás escribiré. Como le sucede a otros tantos guionistas, soy el autor de varios guiones que nunca llegarán a convertirse en películas. Me gano la vida viendo en mi mente películas que no se rodarán; las veo a todas horas. Mi vida es otra de esas películas que no se rodarán, una que ya he visto; una que voy a seguir viendo una y otra vez.

Publican tu novela, ruedan tu guion; esos libros y esas películas desaparecen. Aceptas las malas críticas y las buenas, o incluso ganas un Oscar. Pase lo que pase, nada permanece. Pero una película que no se ha rodado no te abandona nunca; una película no rodada no desaparece.

2
Primer amor

Mi madre fue la primera persona que me habló de Aspen, fue ella la que despertó en mí las ganas de conocer el Hotel Jerome. Es a mi madre a la que tengo que agradecerle, o no, haber ido yo también a Aspen; agradecerle, o no, haber pospuesto durante tanto tiempo el hecho de ir allí.

Siendo niño, estaba convencido de que mi madre sentía un mayor afecto por el esquí que por mi persona. Aquello que creemos siendo niños nos conforma como personas. Lo que nos atormenta siendo niños o adolescentes puede llevarnos a hacer cosas insospechadas, pero no culpo a mi madre por haberme dicho que su primer amor fue el esquí. No me mintió.

Mi madre era una esquiadora de primera, aunque ella no se veía a sí misma de ese modo. Siendo niño, lo que yo había oído decir era que mi madre no era buena competidora. Seguramente por ese motivo entendía que su manera de esquiar era «más bien mediocre». Tras toda una vida dedicada a ser monitora de esquí —prefería enseñar a niños y a principiantes—, a mi madre no le dolía el hecho de no haber sabido competir. Nunca la oí quejarse, siendo niño, de su escasa estatura; para ella no era un problema. Sí oí toda una letanía de quejas, por parte de mi abuela y de mis tías Abigail y Martha —las hermanas mayores de mi madre—, con relación a su complexión menuda.

—Más peso equivale a más velocidad —solía decir tía Abigail, como si se tratase de una condena. Tía Abigail era una mujer robusta, especialmente a la altura de las caderas, más bovina que grácil cuando se enfundaba unos pantalones de esquiar.

—Tu madre es muy pequeñita, Adam —me decía tía Martha con desdén—. En los descensos se requiere un peso que tu madre nunca ha tenido. Ella solo puede dedicarse al eslalon, es mujer de una sola cosa.

—¡No pesa lo suficiente! —exclamaba mi abuela con cierta asiduidad. Cuando experimentaba uno de esos espontáneos arrebatos, alzaba las manos hacia el cielo y apretaba los puños como si le reclamase algo a las instancias superiores.

A las chicas Brewster, incluida mi madre, les gustaba dramatizar sus exclamaciones, aunque mi abuela —Mildred Brewster, cuyo apellido de soltera era Bates— afirmaba constantemente que eso del drama era algo más propio de las Bates que de las Brewster.

Yo la creí. Al parecer, en mi abuelo, Lewis Brewster, el gusto por el dramatismo fue desarrollándose muy lentamente. Me habían contado que había sido director de la Academia Phillips Exeter, aunque tan solo durante un breve periodo de tiempo y sin que llegase a realizar logro destacable alguno. Durante el tiempo que traté al director Brewster, como él prefería que lo llamasen (incluso sus nietos), él ya se había jubilado. En cuanto eterno director emérito, siempre melancólico y huraño —bordeando lo catatónico—, el antiguo director de escuela parecía destinado a vivir a perpetuidad. Nada parecía afectarle. Tuvieron que intervenir los cielos para acabar con él.

Mi abuelo no hablaba; apenas emitía sonido alguno. Yo estaba convencido de que Lewis Brewster había nacido siendo ya director de escuela jubilado. Si le decías cualquier cosa o hacías algo delante de él, el abuelo Lew, como él odiaba que lo llamasen, respondía (si es que llegaba a reaccionar) asintiendo o negando con la cabeza. Cuando se enfadaba, se limitaba a mascarse el bigote.

Obviamente, yo todavía no había nacido cuando mi madre les contó a sus padres que estaba embarazada. Antes de conocer la historia, tenía mis dudas sobre qué había dicho al respecto el director Brewster. Nací una semana antes de Navidad, concretamente el 18 de diciembre de 1941. Al parecer, como mi soltera madre nunca se cansó de repetir, nací con diez días de retraso.

3
El nombre de pila

Mi madre era de ese tipo de aficionadas al cine que no puede evitar comparar físicamente a la gente que conoce con las estrellas de la gran pantalla. Cuando el esquiador Toni Sailer ganó tres medallas de oro en los Juegos Olímpicos de 1956, mi madre dijo:

—Toni se parece a Farley Granger en *Extraños en un tren.* —Una película de Hitchcock que habíamos visto juntos.

A mi madre le gustaba mucho Hitchcock, pero ¿tenía suficiente confianza con Toni Sailer como para hablar de él utilizando su nombre de pila?

—¡Toni estuvo a punto de caer en un pozo abierto de una mina en Aspen! —exclamó con los ojos muy abiertos, con efusividad. Después de eso, mi madre habló durante un buen rato sobre todos los teleféricos que se estaban construyendo y las nuevas pistas que se estaban abriendo en las montañas de Aspen. Dijo que se estaban aplanando y echando abajo los viejos vertederos de las minas y también los edificios abandonados, pero que todavía quedaban pozos abiertos en diferentes zonas.

Tampoco tenía claro si mi madre conocía personalmente a Stein Eriksen, el esquiador noruego; hoy, ni siquiera sé si llegaron a cruzarse. La Copa del Mundo de Esquí Alpino se celebró en Aspen en 1950.

—Tras la primera ronda, Stein estaba en primera posición. —Pero eso no era todo lo que mi madre tenía que decir de Stein. Me refiero a que solía hablar con frecuencia de su famosa técnica del hombro invertido.

Cuando mi madre y yo vimos juntos *Raíces profundas* por primera vez —en 1953, yo debía de tener once o doce años—, mi madre señaló que Stein Erikson se parecía a Van Heflin.

—Pero Stein es más guapo —confesó tomándome de la mano—. Y tú te vas a parecer a Alan Ladd —me aseguró en un susurro, pues estábamos en el cine; el Ioka, concretamente, en el centro de Exeter, a la espera del estallido de violencia que *Raíces profundas* iba a ofrecernos.

Más tarde le indiqué a mi madre que Alan Ladd era rubio. Por mucho que me pareciese a alguna estrella de cine a medida que fuese haciéndome mayor, iba a seguir teniendo el pelo de color castaño.

—Lo que quiero decir es que vas a ser guapo, del mismo modo en que lo es Alan Ladd: bien parecido y *bajito* —replicó mi madre, apretando mi mano al enfatizar la palabra *bajito*.

Mis tías y mi abuela se quejaban de que mi madre no pesase lo suficiente para poder competir con garantías en un descenso de esquí, pero yo creo que a ella le gustaba ser menuda. Desde su punto de vista, que yo fuese bajito me hacía atractivo. Así pues, antes de alcanzar la adolescencia, analicé a Alan Ladd —el romántico y solitario pistolero de *Raíces profundas*— e imaginé que podría llegar a convertirme en un héroe, o como mínimo cabía la posibilidad de parecerlo.

¿Tuvo mi madre un encuentro (del tipo que fuese) con Stein Eriksen en Aspen? ¿Llegó a darle la mano siquiera? Yo sé que ella viajó hasta allí, porque conservó los billetes del autocar, aunque solo del trayecto entre Nueva York y Denver. No dudo de que estuviese en Aspen en 1950, pero ni tan solo se aproximó al podio en las competiciones. Dos esquiadoras austriacas, Dagmar Rom y Trude Jochum-Beiser, ganaron las pruebas femeninas. Stein Eriksen, cuyo nombre todavía no era conocido en el mundo del esquí, acabó tercero en la prueba de eslalon masculino. Los competidores estadounidenses no consiguieron medallas. Es decir, la Copa del Mundo de Esquí Alpino de 1950 se celebró en Aspen, pero esa no fue la primera ocasión en la que mi madre estuvo en ese lugar.

4

Me propuse no aprender

En Aspen, en 1941, se celebró el Campeonato Nacional de Descenso y Eslalon. Tuvo lugar durante el fin de semana del 8 y el 9 de marzo, tan solo un mes antes de que mi madre cumpliese diecinueve años. No conservó los billetes del autocar de ese viaje; si es que había autocares entre Nueva York y Denver en aquel entonces. Me contó que llegó a Denver por su cuenta. Me contó que hizo «autoestop durante el resto del trayecto junto a un puñado de gente procedente de Vermont».

¿Se trataba tal vez de miembros del Club de Esquí Monte Mansfield? Al parecer, eran amigos suyos con los que había esquiado en Stowe. A esas alturas, mi madre ya había abandonado la universidad; no duró en ella ni un semestre.

—Lo intenté en Bennington —tal como ella decía. Pero cuando llegó la temporada de nieve, lo dejó todo para irse a esquiar.

Muy posiblemente, mi madre fue a esquiar a la montaña Bromley. Estaba cerca de Bennington. Uno de los hijos de los fundadores de la cervecera Pabst abrió allí una estación de esquí en 1938. En la época en que mi madre la frecuentaba, había una única pista —en la cara oeste de la montaña— y no soy capaz de imaginar qué utilizaban entonces en Bromley como remonte.

—Colocaron su primer remonte de percha entre las rutas Twister y East Meadow. —Recuerdo ahora que me contó mi madre. Con el paso de los años, a base de oírla hablar de estadísticas de estaciones de esquí, aprendí a dejar de prestar atención a algunas de las cosas que me contaba.

Todas las chicas Brewster habían ido a los campamentos de verano Aloha junto al lago Morey, en Fairlee, Vermont; los campamentos para chicas más antiguos del estado, por lo visto. En esos campamentos de verano fue donde mi madre trabó amistad con las muchachas que esquiaban en Stowe. Mi madre se largó de Bennington en cuanto pudo; tampoco pasó mucho tiempo en Bromley. Con la ayuda de sus compañeras del campamento Aloha, pasó su primera temporada de esquí en Stowe. Eso fue entre los años cuarenta y los cincuenta, cuando mi madre ayudaba en la zona de esquí, al tiempo que se familiarizaba con las características particulares del monte Mansfield. De ahí en adelante, mi madre empezó a denominar la temporada de esquí como su «trabajo de invierno». Tanto antes como después de que yo naciese, mi madre pasó la mayoría de los inviernos en Stowe. En cierto sentido, me siento como si hubiese sido un huérfano del esquí.

Hasta el mes de julio de 1956, cuando tenía catorce años, viví con mi abuela y el director emérito. Mis entrometidas tías se preocupaban mucho por mí. Yo era hijo ilegítimo, no me quitaban ojo de encima. Como tenía dos primos mayores, la mayor parte de mi ropa era heredada; ropa de niño, básicamente.

Hay que aclarar que Nora, mi prima, no era un niño. Pero también cabe decir que era casi como un niño. Hasta que la enviaron a la escuela para chicas de Northfield, en Massachusetts, Nora vistió siempre ropa masculina. Mi primo Henrik sí era un niño; un auténtico capullo, a decir verdad. Tanto tía Abigail como tía Martha se habían casado con hombres de ascendencia noruega procedentes del norte de New Hampshire. Mis tíos, Johan y Martin Vinter, eran hermanos. La familia Vinter se dedicaba a la tala de madera. Pero mi tío Johan y mi tío Martin, no: daban clase en Exeter, y eso acabaría convirtiendo a mi primo Henrik en hijo de profesores cuando empezase a estudiar en la academia. Habida cuenta de que eran las hijas de uno de los antiguos directores del Phillips Exeter, Abigail y Martha alcanzaron la mayoría de edad prestándoles toda su atención a los jóvenes solteros que rondaban por las instalaciones de la academia, como mi madre bien había observado.

Mi madre, por su parte, llegó a la mayoría de edad prestándole toda su atención al esquí... y a los que esquiaban. A nadie le sorprenderá saber que Johan y Martin Vinter esquiaban. ¿Por qué no iban a hacerlo? Su apellido significa «Invierno» en noruego y crecieron en North Conway, donde la estación de esquí Cranmore Mountain había empezado a funcionar en 1937. Johan y Martin no esperaron siquiera a que instalasen el primer remonte con cuerdas. Eran esquiadores de técnica telemark, les ponían pieles a los esquís y subían la montaña Cranmore para luego descenderla esquiando.

Así fue como las chicas Brewster —incluida mi madre, la más joven de ellas— aprendieron a esquiar. Abigail y Martha conocieron a los jóvenes profesores noruegos en la Academia Exeter y se llevaron con ella a mi madre, montando en el Boston & Maine; el «tren de esquiar», como lo llamaba mi prima Nora. Los fines de semana de invierno, iban todos desde Exeter a North Conway, donde se encontraban con carretadas de miembros de la familia Vinter en la estación de tren. (Mi madre siempre se refería a los noruegos de North Conway como «las carretadas del invierno».)

Eso provocó que los descensos de esquí se hicieran populares en Exeter; es decir, en la zona costera de New Hampshire, donde no hay montañas. Esquiar era lo que las chicas Brewster hacían con sus parientes noruegos durante los fines de semana invernales.

—Nos vamos al norte —decía mi madre.

Para cuando yo nací, la temporada de esquí ya se había convertido en el *trabajo de invierno* de mi madre. Desde que cumplí los cuatro años, cada invierno recibía unos esquís, unas botas y unos palos nuevos de regalo. Pero ni siquiera todos esos nuevos artilugios —por no hablar de las clases particulares que me daba mi madre— obraron el milagro.

A una edad muy temprana, durante los años de mayor capacidad de aprendizaje, decidí odiar el esquí. Habría preferido tener una madre que se quedase en casa conmigo a una que se iba a esquiar todos los años desde mediados de noviembre a mediados de abril. Yo quería que mi madre estuviese cerca de mí, no que me enseñase a esquiar. Siendo niño y también adolescente, ¿cómo podría haber demostrado mejor mi manera de entender las cosas? Me propuse no aprender a esquiar.

Habida cuenta de que era el menor de los integrantes de una familia formada por expertos esquiadores, ¿cómo era posible que no aprendiese a esquiar? Era imposible no aprender siquiera un poco. Pues no puede decirse que sepa esquiar. Me las ingenié para aprender a hacerlo de un modo muy torpe. Nadie entre los Brewster o los Vinter me calificaría como experto. Voluntariamente, me convertí en un esquiador mediocre.

5
Pero ¿qué pasó realmente en Aspen?

Es muy posible que mi madre conociese en persona a la chica de diecisiete años que ganó el Campeonato Nacional de Eslalon Femenino celebrado en Aspen en marzo de 1941. A pesar de tener la misma edad, Marilyn Shaw no era una principiante. Marilyn Shaw, conocida como la «Muñeca de Nieve», fue la esquiadora más joven en formar parte del equipo olímpico femenino de Estados Unidos. Por desgracia para Marilyn, los Juegos Olímpicos de 1940 fueron cancelados debido a la guerra que había estallado en Europa. Sin embargo, mi madre, quien con toda probabilidad había esquiado con Marilyn Shaw en Stowe, no la llamaba por su nombre de pila. «La niña Shaw», así era como mi madre se refería a Marilyn cuando hablaba de ella, cosa que rara vez sucedía.

Ambas esquiadoras eran de Vermont, así que debían de conocerse. Y había más conexiones entre ellas además del monte Mansfield. Según contaba mi madre, ambas habían tenido de entrenador a Sepp Ruschp, un instructor de esquí austriaco. Mi madre adoraba a Sepp Ruschp.

—Pasó su examen en St. Christoph, bajo la supervisión del propio Hannes Schneider —me dijo.

—¿Qué examen? —le pregunté.

—El examen oficial austriaco de nivel estatal, cariño. ¡El examen de instructor de esquí! —exclamó.

¿Cómo podría olvidarme de la conexión entre Hannes Schneider y Sepp Ruschp? El *tallo christie,* el tipo de giro en descenso que se convirtió en la clave de la técnica Alberg; o sea, el giro que reemplazó al de estilo telemark. Recuerdo a mi madre diciéndome que el tallo christie también acabaría siendo reemplazado; con el paso del tiempo, así fue. A finales de los años sesenta, el giro paralelo se hizo más popular. Recuerdo a mi madre diciéndome que mi tallo christie, tan pasado de moda, hacía que pareciese poco menos que un quitanieves. En esa época, mis giros apenas eran más gráciles que el hecho de apartar nieve con los esquís.

Lo que realmente acabó con el tallo christie fueron los esquís parabólicos de finales de los años noventa o, como mínimo, eso era lo que mi madre afirmaba siempre.

—Esos esquís nuevos hacen que los giros paralelos resulten fáciles —recuerdo oírle decir a mi madre—. Incluso para ti, cariño —añadió apretándome la mano.

No se me pasó por alto que el austriaco Hannes Schneider llegó a Cranmore Mountain, en North Conway, New Hampshire, en 1939. Sepp Ruschp, que había tenido a Schneider como maestro, llegó al monte Mansfield, en Stowe, Vermont, en 1936. Y uno de los antiguos alumnos de Schneider, Toni Matt —el austriaco que descendió la pared principal del Tuckerman Ravine (el glaciar que se extiende en la cara sudeste del monte Washington, New Hampshire) a una velocidad aproximada de ciento cuarenta kilómetros por hora—, ganó tanto la prueba de combinada como la de descenso en Aspen en 1941. Toni Matt había llegado a Estados Unidos procedente de Austria en 1938.

Sin embargo, mi madre apenas contó nada de Toni Matt al hablar de lo ocurrido durante la competición de aquel fin de semana en Aspen. En lugar de eso, habló largo y tendido del «tosco remonte con pinta de remolcador»: mi madre aseguraba que aquel remonte tan solo cubría un cuarto del trayecto hasta la cima.

—Tenías que recorrer a pie el resto del camino —me dijo, aunque no se trataba de una queja. Tampoco se quejó de que los participantes se ayudasen unos a otros—. Todo el mundo colaboraba. —Así lo expresó mi madre.

Oí hablar mucho de Jerome B. Wheeler, lo que, en un principio, me resultó confuso, porque me dio la impresión de que se trataba de otro de los esquiadores de la competición.

—Pobre Jerome —solía decir mi madre a modo de introducción cuando iba a hablar de él.

Teniendo en cuenta lo que le había oído contar sobre la pista Roch, la primera pista de esquí en Aspen —una pista complicada, bautizada con ese nombre en honor del montañero y experto en avalanchas suizo André Roch—, di por supuesto que Jerome era un esquiador que se había caído en la pista Roch y había resultado gravemente herido.

Pero mi madre se refería al «hombre de Macy's», que era como también denominaba a Jerome B. Wheeler; es decir, el presidente de Macy's, los grandes almacenes de Nueva York, en aquella época. Jerome B. Wheeler, neoyorquino de nacimiento, llegó a Aspen en la década de 1880. Wheeler invirtió en las minas de plata y construyó allí la primera fundición. En aquella época, la compañía Colorado Midland y la Denver & Rio Grande competían para ver cuál de ellas llegaba antes a Aspen, atravesando la Divisoria Continental. Wheeler invirtió cien mil dólares en la Colorado Midland. Por ese motivo, cuando llegó el tiempo de las vacas gordas y Aspen se convirtió en una ciudad próspera, Jerome B. Wheeler costeó la construcción del edificio de la ópera y del Hotel Jerome.

Por cómo hablaba de él, cualquiera habría pensado que mi madre había conocido personalmente a Jerome B. Wheeler. Era una de esas personas a las que se refería usando su nombre de pila.

—Fue un héroe de la guerra de Secesión, ¿lo sabías? —me dijo—. Jerome cabalgó junto a Sheridan. El pobre Jerome era coronel, pero lo degradaron a comandante ¡porque no obedeció una orden estúpida!

—¿Qué orden? —le pregunté estrujándome las manos.

—No tengo ni idea... ¡Una orden estúpida! —declaró mi madre—. El pobre Jerome cruzó las líneas confederadas. Rescató a un regimiento de la Unión... ¡Se estaban muriendo de hambre! No te estrujes las manos, Adam, bastante pequeñas son ya.

—Pobre Jerome —fue lo único que pude decir.

El Hotel Jerome vivió unos pocos años de gloria, porque la euforia por la plata acabó diluyéndose. Tras la devaluación de ese metal precioso y la crisis de 1893, cerraron las minas. El banco de Wheeler se vio obligado a cerrar sus puertas. En 1901, Jerome B. Wheeler se declaró en bancarrota y perdió el Jerome debido al impago de impuestos en 1909. La ópera Wheeler se incendió en 1912. El pobre Jerome murió en 1918.

Un antiguo viajante de comercio nacido en Siria se convirtió en el barman del Hotel Jerome; eso ocurrió en los «años silenciosos» del declive del gran hotel. Mansor Elisha, el barman sirio-estadounidense, acabó comprando el Jerome debido al impago de impuestos en 1911.

—¡Es tan triste! —exclamó mi madre; se refería al pobre Jerome y al destino del hotel—. Se ha convertido en una pensión de mala muerte, ¡pero todavía es posible apreciar el maravilloso hotel que fue! —Vino a decir que la familia siria que se había hecho cargo del Jerome eran todos unos santos. Comentó que los Elisha siempre recibían con los brazos abiertos a sus huéspedes—. El propio André Roch estuvo alojado cinco semanas en el Jerome —me contó mi madre. Ella creía que eso validaba su punto de vista: si el famoso André Roch se había quedado cinco semanas allí, el Hotel Jerome tenía que haber sido una maravilla.

Durante la Segunda Guerra Mundial, cuando la tropa de esquiadores de la 10.ª División de Montaña estuvieron en Aspen para llevar a cabo unas maniobras de campo, los soldados esquiadores durmieron en el suelo del Jerome. Supe, mucho tiempo después, que muchos de los hombres que esquiaban en Stowe se alistaron en la 10.ª División de Montaña. ¿Serían los mismos hombres que mi madre había visto en las laderas del monte Mansfield? Tal vez algunos de ellos formaban parte del «puñado de gente procedente de Vermont» con los que había hecho autoestop de camino a Aspen desde Denver en 1941. Ella no despejó mis dudas.

Toni Matt también estuvo en la 10.ª División de Montaña. Fue teniente en la Segunda Guerra Mundial y lo destinaron a las islas Aleutianas. En 1941, cuando ganó dos pruebas en los campeonatos de Aspen, Toni Matt no estaba casado. Matt era un poco mayor que mi madre, en aquella época debía de tener veintiuno o veintidós años de edad.

He visto fotografías de Toni Matt: se parece un poco a mí. De hecho, creo que me parezco mucho más a Toni Matt que a Alan Ladd, pero no pude convencer de eso a mi madre.

—En primer lugar, Toni Matt tiene el cabello oscuro —le hice notar a mi madre— y su cara es más redonda que la de Alan Ladd; es decir, más parecida a la mía. Por otra parte, la nariz de Toni Matt no es tan puntiaguda como la de Alan Ladd. Y sus cejas no son tan gruesas..., son más como las mías.

—Toni Matt nunca ha sido *guapo*, no como Alan Ladd. Al menos, no lo ha sido para mí —replicó mi madre encogiéndose de hombros con desdén—. No es guapo como tú, cariño —me dijo.

En una ocasión, mientras discutía con mi madre sobre Toni Matt, me agarró de la mano y me la apretó. Después me dijo, palabra por palabra, sin apartar sus ojos de los míos:

—Si fueses el hijo de Toni Matt sabrías esquiar. Toni descendió por la pared principal del desfiladero Tuckerman —me recordó. Incluso sabía el tiempo que había tardado en ese descenso, desde lo alto del desfiladero hasta la base—. Seis minutos, veintinueve segundos y dos décimas —me dijo mi madre en un susurro, con sus ojos clavados en los míos—. Si Toni Matt fuese tu padre, nadie podría haberte sacado los esquís. Deja de estrujarte las manitas, cariño.

Pero mi madre tendría que haberse referido por su nombre de pila a ese *alguien* que pasó en Aspen el fin de semana del 8 y 9 de marzo. Nunca se cansó de decir que yo nací con diez días de retraso: el 18 de diciembre de ese mismo año. Las cuentas salen solas. El fin de semana en que Marilyn Shaw ganó el Campeonato Nacional de Eslalon Femenino en Aspen, alguien dejó embarazada a mi madre. El pobre Jerome seguro que no fue. Ese fin de semana de marzo de 1941, Jerome B. Wheeler ya era un fantasma.

6
Pequeña Ray

Lo que recuerdo de aquellos inviernos, siendo niño y también al inicio de mi adolescencia, es que mi abuela me hacía de madre. Nana, así llamaba yo a Mildred Brewster, era mi madre invernal. Y era también la mayor defensora de mi madre; durante un tiempo, o al menos así me lo pareció a mí, su única defensora.

—Nadie pide nacer. —Crecí oyendo a Mildred Brewster repetir estas palabras. Al oírlo, mis tías Abigail y Martha, que solían resoplar, ponían los ojos en blanco y resoplaban incluso con más fuerza.

—Siempre con lo de la pobre Rachel —puntualizaba mi tía Abigail.

—Aquí llega el barco ballenero —me susurraba tía Martha al oído—, justo cuando creíamos que estaría más allá del horizonte.

—Pero a mí me encantaba oír la historia que contaba Nana sobre el nombre de mi madre. Mildred Brewster había estudiado literatura inglesa y estadounidense en Mount Holyoke, una universidad para mujeres de Massachusetts especializada en Humanidades. Su novela favorita era *Moby-Dick*, la razón por la cual mi madre se llamaba Rachel.

Nana tenía siempre un ejemplar de la novela encima de la mesa que había junto a su sillón de lectura. Incluso siendo niño, me fijé en que *Moby-Dick* era una presencia más constante incluso que la Biblia. Mi abuela recurría con más frecuencia a la historia de la ballena blanca que a las andanzas de Jesús.

—Algún día, querido, cuando seas lo bastante mayor, te leeré este libro —me dijo Nana, sosteniendo el grueso ejemplar entre sus manos.

No esperó a que fuese lo bastante mayor. Tenía diez años cuando empezó a leerme la novela en voz alta. Tenía doce, casi trece, cuando acabó. Es una novela con una trama lenta, pero los capítulos son cortos. Un viaje por el océano transcurre despacio, exceptuando la parte del naufragio.

—Fíjate bien en el caníbal, querido. Queequeg es importante —me decía siempre Nana—. No es como los demás arponeros. Queequeg no es cristiano. El narrador lo define como un «salvaje abominable» con razón, no solo para que te fijes en él. Queequeg lleva consigo una cabeza reducida, tiene muchos tatuajes. Y luego está lo de su ataúd. ¡Por favor, no te olvides del ataúd de Queequeg!

¿Cómo iba a olvidarme del ataúd? Escuchar *Moby-Dick* leído por mi abuela me generaba ansiedad. Me sentí aliviado al comprobar que Queequeg no tenía nada de abominable; Melville ni siquiera lo juzga por no ser cristiano. «A pesar de todos sus tatuajes, en términos generales era un caníbal limpio y de aspecto atractivo», eso es lo que dice el propio Melville. Escuchar a mi abuela leyéndome *Moby-Dick* —durante casi tres años— me cambió la vida. No solo provocó que quisiera ser escritor, según mi prima Nora, sino que, en esencia, conformó mi vida de arriba abajo.

Mi abuela no se cansaba de leer *Moby-Dick*, pero yo la interrumpía y le hacía miles de preguntas. Me interesaban todos los aspectos equivocados: el vómito de las ballenas o, incluso antes que eso, qué era lo que hacía que se les revolviesen las tripas. El capítulo 92, «Ámbar gris», plantea un puñado de cuestiones gastrointestinales. Muy valorado por los perfumeros, el ámbar gris es (según palabras del propio Melville) «¡una esencia encontrada en las ignominiosas tripas de una ballena enferma!». Tan solo puede encontrarse en los cachalotes. Le pedí a mi abuela que me explicase qué pasaría con una masa de ámbar gris tan grande que no pudiera atravesar los intestinos de una ballena. A Nana le costó horrores contarme que una ballena no tendría más remedio que *vomitar* semejante cantidad de ámbar gris. El ámbar gris puede flotar sobre el agua durante años antes de alcanzar la costa. Habían llegado a encontrar grumos de cincuenta kilos de peso. ¡Cincuenta kilos de vómito de ballena! Esas eran las cosas que alejaban mi mente de lo que realmente importaba en *Moby-Dick*. Mi interés por los vómitos de ballena volvía loca a mi abuela.

Pero tanto Nana como yo teníamos clara una cosa: adorábamos a Queequeg, el arponero caníbal. Nos emocionaba que tuviese tantos tatuajes y que siempre viajase acompañado de una cabeza reducida. Nos inquietaba que Queequeg no fuese cristiano, porque eso significaba que era capaz de hacer *cualquier cosa*. Podía llevar a cabo todo lo que le viniese en gana. Incluso podía comerte. El salvaje de los mares del Sur era justo lo opuesto al típico hombre envarado de Nueva Inglaterra. Nana y yo sabíamos muy bien cómo eran esos hombres.

Años más tarde, cuando leí *Moby-Dick* por mi cuenta, me fijé especialmente en Queequeg. Mi abuela tenía razón. Si prestas atención a Queequeg, el arponero caníbal, sabrás apreciar *Moby-Dick*. No habrá suficiente cantidad de vómito de ballena para ponerte en contra de lo que D.H. Lawrence definió como «uno de los más extraños y maravillosos libros del mundo».

El hecho de no ser cristiano causa un sorprendente efecto en Queequeg. Un día, Queequeg tiene fiebre. Llega a la conclusión de que va a morir. Y está en lo cierto, pero no es la fiebre lo que va a acabar con él y tampoco es el único tripulante del *Pequod* que va a morir. Queequeg le pide al carpintero de a bordo que le construya un ataúd. Incluso se mete dentro, para asegurarse de que es de su tamaño. Pero la fiebre desaparece y él utiliza el ataúd para guardar su ropa. ¡No es un detalle superfluo! Poco después, una boya salvavidas cae por la borda. Queequeg insinúa que su ataúd podría funcionar como boya salvavidas; es un caníbal con sentido práctico. El carpintero de a bordo se pone a trabajar en el ataúd, le clava la tapa, calafatea las hendiduras.

—Queequeg ve el mundo de un modo diferente al resto de sus compañeros del *Pequod* —me explicó mi abuela—. Solo alguien como Queequeg le pediría al carpintero de a bordo que le construyese un ataúd.

Me esforcé para encajar lo que se contaba en esa parte del libro con el hecho de que Queequeg no fuese cristiano.

—¿Con eso Melville quiere decir que un cristiano nunca pediría que le construyesen un ataúd estando vivo? —le pregunté a mi abuela.

—Los que yo conozco no lo harían —me respondió Nana—. Parece más acorde con lo que podría hacer un caníbal, supongo.

Nana y yo nos habíamos adentrado ya mucho en la lectura de *Moby-Dick* cuando llegamos al momento en que el capitán Ahab sube a cubierta y empieza a hacer extravagantes comentarios (básicamente, para sí mismo) sobre la pertinencia de utilizar un ataúd como boya salvavidas.

Como era una avezada estudiante, mi abuela solía detenerse cada tanto cuando me leía en voz alta: quería asegurarse de que me fijaba en ciertas cosas. En el capítulo en el que Ahab masculla entre dientes sobre el significado de utilizar un ataúd como boya salvavidas, Nana dejó de leer y me señaló lo siguiente:

—Espero que te hayas dado cuenta, Adam, de que se trata del mismo carpintero que le hizo a Ahab su pierna de madera.

—Me he dado cuenta, Nana —le aseguré.

Moby-Dick es la historia de una ballena a la que, al parecer, resulta imposible matar. También es la historia sobre una autoridad absoluta: un hombre que no escucha a nadie. El capitán del *Pequod*, Ahab, está obsesionado con matar a *Moby Dick*. La ballena blanca es la responsable de que Ahab perdiese una pierna. Nana y yo sabíamos que Ahab debería haberlo superado. Ahab se niega a prestarle ayuda al capitán y a la tripulación del *Rachel*, otro barco ballenero. El *Rachel* se ha topado con *Moby Dick* y ha perdido una lancha con toda su tripulación. ¿Será capaz Ahab de no ayudar a la tripulación del *Rachel* a buscar a los marineros perdidos? El hijo del capitán del *Rachel* se encuentra entre ellos. Pues no, Ahab no les ayuda. Ahab solo quiere encontrar y matar a *Moby Dick*.

Nosotros *sabemos* qué va a pasar. Ahab encuentra lo que anda buscando: la ballena blanca lo mata a él y hunde el *Pequod*. Pero..., un momento. La historia está narrada en primera persona. Ismael es el narrador. ¿Cómo fue capaz de salvarse Ismael? ¿Te habías olvidado de que el ataúd de Queequeg *flotaba?* Estuvo bien que no todos los que iban montados en el barco fuesen cristianos. Que se convierta en una lección para ti: nunca cruces el océano sin ir acompañado de un caníbal tatuado.

—¿Lo ves, cariño? —me preguntó Nana tras interrumpir su lectura—. La negativa de Ahab a ayudar a sus colegas en mitad del mar es precisamente lo que lo condena, así como a todos los que van a bordo del *Pequod*, excepto a uno.

—Lo veo —respondí. ¿Cómo podría haberlo pasado por alto? Fueron tres años de lectura.

La ballena blanca hunde el *Pequod*. Todos, excepto Ismael, perecen... «y el gran sudario del mar siguió meciéndose como se mecía hace cinco mil años», como dijo Melville. Lo dejó bien claro.

El ataúd de Queequeg, convertido en boya salvavidas, surge de las profundidades: flota al lado de Ismael. E Ismael dice: «Al segundo día, un barco se acercó, y por fin me recogió. Era el *Rachel*, de rumbo errante, que retrocediendo en busca de sus hijos perdidos, encontró únicamente a otro huérfano».

—Vuelve a leerme el libro... La historia al completo —le dije a mi abuela cuando llegó al final.

—Cuando seas lo bastante mayor, podrás leerla otra vez, por tu cuenta —dijo Nana.

—Lo haré —le dije. Y volvería a leerla, una y otra vez.

Pero en esa primera ocasión le pregunté a mi abuela:

—¿Llamaste así a mi madre por «el *Rachel*, de rumbo errante»? ¿Le pusiste ese nombre por un barco?

—Pero errante no en un mal sentido, Adam. Errante quiere decir que no tiene rumbo fijo. ¡No se trata de un barco cualquiera! —exclamó Nana—. El *Rachel* rescata a Ismael. Y, querido mío, a decir verdad, tu madre me rescató.

—¿Estabas en el mar? ¿Te estabas ahogando, Nana?

—¡No, cielo santo! —prorrumpió mi abuela.

Me explicó que acababan de enviar a Abigail, la mayor de sus hijas, a un internado para niñas en Northfield. Al año siguiente, según me dijo Nana, Martha siguió el mismo camino. Lo que quería decir mi abuela era que el nacimiento de mi madre la rescató de quedarse a solas con el director Brewster. Si bien yo sabía que el director emérito no era precisamente una fuente de diversión, nunca había llegado a considerarlo en la misma categoría que aquellos que mueren ahogados en medio del mar.

—Oh —fue todo lo que me vi capaz de decir. Supongo que di la impresión de sentirme decepcionado.

Mi madre había elegido comprometerse con su trabajo de invierno —durante prácticamente la mitad del año— en lugar de estar conmigo. Sé que Nana se hallaba al corriente del desencanto que sentía hacia mi madre. Después de todo, no podía decirse que, en mi caso, Rachel hubiese sido algo parecido a un barco de rescate.

—Escúchame, querido —me dijo entonces mi abuela—. Tu madre también tuvo sus razones para ponerte el nombre que te puso. No eres el primer Adam del mundo, ¿verdad? —Tras despertar mi atención, mi abuela supo mantenerla, para mi sorpresa, diciéndome que mi madre me llamó Adam por los siguientes motivos—: No eres el primer hombre de su vida, querido, pero sí eres el único que le importa. Para ella, eres el único que tiene valor, Adam; al menos en lo que a hombres se refiere —me dijo Nana.

Lo que me contó entraba en total contradicción con mis primeras impresiones sobre mi hermosa y joven madre. Desde mi inocente perspectiva, mucho antes de embarcarme en mi propio y erróneo camino sexual, daba por supuesto que lo que a mi madre más le gustaba era estar soltera. ¿Y acaso no había elegido ser soltera porque le gustaba tener relaciones con hombres?

Ni siquiera había alcanzado la adolescencia —diez, once, doce años— cuando mi abuela me leyó *Moby-Dick*. Y, al parecer, lo que Nana pretendía darme a entender era que mi madre no quería tener nada que ver con los hombres, solo conmigo. En esa época, lo que sí tenía muy claro era que mi abuela era la principal valedora de mi madre; por eso, precisamente, no quise creer a pies juntillas en sus palabras.

Mis tías de *rumbo errante* —y utilizo aquí errante en el peor sentido— hicieron todo lo que estuvo en sus manos para socavar los esfuerzos que Nana llevaba a cabo para que quisiese y confiase en su particular barco de rescate: Rachel.

El director Brewster llamaba a mi madre «Pequeña Ray». El sobrenombre que el director emérito acuñó para ella no me resultó tan sorprendente como la prueba evidente de que el antiguo director de escuela podía hablar.

—Pues claro que hablaba, querido —me dijo Nana—. ¿Cómo no iba a poder hablar el director de una escuela? E incluso te diré que el director Brewster fue profesor antes de convertirse, en su estilo, en director de escuela. Oh, querido, ¡no te puedes imaginar lo mucho que hablaba ese hombre!

—Pero ¿qué le pasó, Nana? —le pregunté—. ¿Por qué dejó de

hablar? —Supongo que, mientras hacía esas preguntas, me retorcía las manos.

—Cuando seas lo bastante mayor, Adam... —empezó a decir mi abuela, pero se detuvo de golpe—. Alguien sabrá decirte cuándo serás lo bastante mayor —dijo—. Por favor, no te hagas daño en las manos. Son tan pequeñas.

—A lo mejor tía Abigail o tía Martha —aventuré.

—Espero que sea otra persona —dijo mi abuela—. Tal vez Pequeña Ray —añadió suavemente, sin tenerlas todas consigo.

—Pequeña Ray es mujer de una sola cosa. Ya te lo dije —me recordó tía Martha cuando le pedí que me aportase más detalles al respecto. Sí, pero la ocasión anterior en que me lo comentó, tía Martha dijo que mi madre era mujer de una sola cosa porque, con respecto al esquí, solo podía dedicarse al eslalon, que, a su vez, estaba ligado al hecho de ser menuda. Pero ahora, tía Martha estaba dando a entender que las tres chicas Brewster tendían a ser mujeres de una sola cosa: en el sentido específico de que solo habían querido tener un único hijo. Lo cual era pura manipulación por parte de mi tía Martha. Estaba acostumbrado a ese tipo de cosas, acostumbrado a lo peor por parte de tía Abigail: primogénita de las Brewster, una arpía orgullosa de serlo.

—Pequeña Ray fue un accidente, una hija no deseada. No estaba destinada a nacer —me dijo tía Abigail cuando la presioné para que me contase lo que ella sabía.

—Llegó sin ser convocada —añadió tía Marta—. Adam, resulta muy desagradable ver cómo te retuerces las manos.

Podéis imaginar lo confusos que me resultaron esos comentarios. Mi madre se llamaba Rachel por *Moby-Dick* —una niña que había sido como un barco de rescate— y me había puesto el nombre de Adam a causa del tipo del Jardín del Edén. Según mi abuela, mi madre era mujer de una sola cosa, aunque eso no tenía nada que ver con lo que había dicho de ella mi tía Martha.

Nana me dio a entender que mi madre no quería tener nada más que ver con los hombres. ¿Acaso mi abuela había querido decirme que mi madre era de *ese tipo* de mujeres de una sola cosa? Es decir, ¿había escogido Rachel, el barco de rescate, la única vez en que iba a acostarse con un hombre siguiendo el estricto propósito de quedarse embarazada?

Podéis imaginar con qué torpeza debí de componer aquellas frases para preguntarle a mi abuela qué había querido decir exactamente al hablar de mi nombre. No soy capaz de recordar la tortura que debió de suponer para mí plantearle aquella pregunta. No me veo preguntándole a mi abuela de manera clara y directa, en plan: «Nana, ¿me estás diciendo que mi madre solo mantuvo relaciones sexuales en una ocasión porque quería tener un hijo, solo uno, y que desde que me tuvo no ha vuelto a tener relaciones nunca más?».

¿Os imagináis preguntándole algo así a vuestra abuela? Pues bien, yo lo hice, aunque no sea capaz de recordar la frase exacta.

Por otra parte, no me resulta difícil rememorar la respuesta de mi abuela. En cierto sentido, ya se lo había oído decir, cuando le pedí que volviese a leerme *Moby-Dick*, la historia al completo.

—Cuando seas lo bastante mayor, Adam —empezó a decirme Nana—, estoy segura de que Pequeña Ray querrá contarte ella misma esa historia; la historia al completo.

7
Todos están relacionados con el sexo

No hay que olvidar que mi madre era la pequeña de la familia Brewster hasta que llegué yo, de ahí que el supuesto accidente que había sido el nacimiento de Pequeña Ray se entendiese como el paso previo al carácter indeseado de mi llegada a este mundo. Esa era al menos la opinión de mis tías, capaces de razonarlo y argumentarlo: Pequeña Ray y yo no habíamos sido deseados, nuestros respectivos nacimientos se habían visto marcados por el caos, y, por ese motivo, el infortunio teñiría el resto de nuestras vidas.

Como contrapunto a ese triste enfoque de los acontecimientos, defendido con firmeza por tía Abigail y tía Martha, mi abuela vertió sobre mi nacimiento (si bien brevemente) una luz no verificada pero resplandeciente: digámoslo así, ¿y si yo hubiese sido un niño deseado? ¿Y si mi concepción no hubiese sido en absoluto un accidente? Si Rachel hubiese querido tenerme, ¿no me convertiría eso en la principal razón de su existencia? Teniendo en cuenta que mi madre había elegido pasar seis meses al año lejos de mí, podéis imaginaros por qué me aferré con todas mis fuerzas a semejante esperanza.

No he pretendido dar a entender que no viese en ningún momento a mi madre durante la temporada de esquí. Ella no pasaba por casa en Navidad o Año Nuevo, ni siquiera durante las vacaciones de marzo: como instructora de esquí, esos eran los momentos de mayor trabajo de la temporada. Sin embargo, sí pasaba por North Conway para verme, tanto el fin de semana entre Navidad y Año Nuevo como durante la semana de las vacaciones de marzo.

Yo pasaba Navidad y Año Nuevo «en el norte», en la afable compañía de los noruegos de New Hampshire. No todos los miembros de la rama Vinter de la familia tendían a ver el lado bueno de las cosas. Mi tío Martin y mi tío Johan eran optimistas por naturaleza. Hombres dispuestos y trabajadores, se hacían cargo de todos los niños, no solo enceraban y afilaban nuestros esquís, o cuidaban de nuestras botas y fijaciones, sino que, cuando parecíamos cansados o teníamos hambre o pasábamos frío, nos reconfortaban. Martin y Johan siempre tenían algo que hacer fuera de casa y siempre parecían alegres; no tenían nada que ver con el tipo de noruegos que a uno le vienen a la mente al pensar en Ibsen.

Mis tíos, a pesar de ser noruegos, no eran de los que se tiran desde lo alto de un fiordo, y eso me llevó a creer, en una ocasión, que debían de haber leído o visto alguna de las obras de Ibsen. A sus hijos les habían puesto los nombres de Henrik y Nora. Como comprobé tiempo después, cuando Nora me lo contó, Henrik no había recibido ese nombre por el autor teatral y Nora tampoco tenía nada que ver con la Nora de *Casa de muñecas*.

—Aunque déjame que te diga que, si tuviese tres hijos, los abandonaría —me dijo Nora con aire sombrío—. Y si tuviese uno solo, yo sería la que se queda al otro lado de la puerta.

Nora sí parecía tener esos momentos propios de los suicidas de los fiordos: ella era la noruega pesimista de la rama Vinter de mi familia. Nora era la mayor de los primos, la hija única de mi tío Martin y mi tía Abigail. Debido a la contienda que, con gran valentía, libraba contra su criticona madre, Nora se ganó mi corazón. Yo pensaba que Nora lo sabía todo y, por lo general, solía mostrarse muy directa conmigo con respecto a aquello que sabía. Las chicas Brewster —la madre de Nora, la mía y tía Martha— sabían cómo mantener ocultas ciertas cuestiones a sus hijos, y a sus propios padres.

—Tal vez incluso se ocultan cosas la una a la otra —me insinuó Nora.

—¿Qué motivo pueden tener para no contarse ciertas cosas? —le pregunté a Nora. Ella era seis años mayor que yo. Siendo niño y también adolescente, no solo la quería: la idolatraba.

—Tu madre es la más misteriosa. Es la más lista. Mi madre y Martha son bobas —dijo Nora.

Yo tenía diez u once años. Nora contaría dieciséis o diecisiete; ya conducía. Debían de ser las vacaciones de verano, porque estábamos tumbados en la playa de Little Boar's Head. Oírle decir a

Nora que mi madre era *la más lista* me resultó subversivo, pues era justo lo contrario de todo lo que había oído decir hasta entonces sobre la inteligencia de mi madre.

A pesar de ser la gran defensora de Pequeña Ray, incluso mi abuela criticaba que mi madre careciese de una educación formal. Abigail y Martha habían sido enviadas a Northfield; sin embargo, mi madre se había negado a marcharse de casa.

—A decir verdad, Adam —me dijo tía Abigail, extendiéndose sobre esa cuestión—, no puede decirse que Pequeña Ray fuese una buena estudiante.

—Si hubiese solicitado plaza en Northfield, no la habrían aceptado —añadió tía Martha.

Mildred Brewster quería que sus hijas estudiasen donde ella había estudiado. Abigail y Martha serían chicas de Northfield, después irían también a Mount Holyoke. Que mi madre insistiese en quedarse en casa para cursar el bachillerato limitó sus posibilidades a lo que podía ofrecer el sistema de educación local. Leí que el Seminario Femenino Robinson de Exeter, que abrió sus puertas en 1867, generó en su momento elevadas expectativas: una escuela académica para mujeres con una exigencia similar a la que se tenía en la Academia Phillips Exeter, a la que solo acudían hombres. Pero la mayoría de las jóvenes que estudiaban allí no iban a la universidad. En 1890, el Seminario Femenino Robinson reevaluó su currículo: con el fin de satisfacer las ciencias domésticas, añadieron materias como la costura o las artes culinarias. Mi madre nunca me habló de los años que pasó en el instituto. Nunca mostró interés alguno por coser o cocinar. Yo tenía la impresión de que a ella le interesaban bien poco las labores del hogar; me resulta difícil imaginar que estudiase esa clase de cosas. Tal vez en el Seminario Femenino Robinson fue donde aprendió a odiar las ciencias domésticas.

El hecho de que mi madre se marchase de Bennington en un tiempo récord supuso para mis tías la prueba irrefutable de que Pequeña Ray estaba intelectualmente por debajo de la media. Que hubiese escogido Bennington, ya fue motivo suficiente para que, a ojos de Abigail y Martha, quedase situada en un escalón intelectual inferior.

Bennington no formaba parte de las famosas Siete Escuelas

Hermanas: la constelación de universidades del nordeste de Estados Unidos centradas en las humanidades, todas ellas (históricamente) solo para mujeres. Se me dio a entender que mi madre podía tener algunas *carencias mentales*, según la expresión literal de tía Abigail.

—A lo mejor Pequeña Ray resultó un tanto dañada —fue la demoledora forma de expresarlo de mi tía Martha. Tía Martha pretendía insinuar que mi abuela era demasiado mayor cuando se quedó embarazada, o que al menos eso era lo que Nana pensó en su momento, pues la llegada de mi madre la sorprendió. Abigail y Martha también especularon con la posibilidad de que los espermatozoides del director emérito «careciesen de empuje», o que tal vez era eso lo que Nana había creído. Nora debería haberme explicado qué eran los espermatozoides. Conociéndola, seguro que me habría contado una historia de lo más interesante sobre la parte del *empuje*.

—Créeme, Adam —me dijo Nora ese verano (y yo la creí)—. Hay maneras de ser listo que no implican haber estudiado en los mejores colegios o universidades. Tu madre es la más lista de todas las madres.

—Pero eso no quiere decir que sea más lista que Nana. Nana también es madre —le señalé. A los diez u once años de edad, yo no estaba a la altura de mi prima; a decir verdad, nunca llegué a estar a la altura de Nora.

—Quiero decir que tu madre también es más lista que Nana —me dijo Nora—. El conformismo empieza con Nana. Mi madre y Martha siguen la tradición: son conformistas. ¡Son ovejas! —insistió Nora—. Pero tu madre... Ella no hace lo que se *supone* que tiene que hacer, ni siquiera ahora. Hacer lo que se espera que hagas es una estupidez. Tu madre tiene cojones, Adam, y bien grandes —me aseguró Nora.

Nora era mi confidente, mi informadora más fiable y mi aliada en una causa común: los dos odiábamos tener que viajar por obligación al norte, aunque por diferentes motivos. En mi caso, tenía que compartir el dormitorio con Henrik, el hijo único de tío Johan y tía Martha. Dos años más joven que Nora, cuatro años mayor que yo, Henrik había sufrido el acoso de Nora y, cuando Nora no estaba cerca para protegerme, Henrik se metía conmigo.

Que yo llevase siempre la ropa interior que le quedaba pequeña a Henrik le parecía motivo suficiente para humillarme. Llevaba la ropa usada tanto por Nora como por Henrik, pero la ropa interior de Nora no. A pesar de que Nora era un marimacho, y se vestía como tal, tía Abigail la obligaba a llevar braguitas de niña. Henrik opinaba que yo también debería haber llevado braguitas de niña; «especialmente las que Nora mancha de sangre», especificaba. Cuando yo le indicaba que las bragas de Nora no tenían bragueta para poder hacer pipí, Henrik decía que yo «no tenía pene del que preocuparme». Para Henrik, yo era un niño de mamá: tendría que sentarme en la taza del váter y hacer pipí como una niña.

En el caso de Nora, cuando íbamos al norte, ella compartía dormitorio con varias de las chicas Vinter, familiares suyas pertenecientes a la rama noruega de North Conway. Aquellas chicas rubias no eran precisamente marimachos, eran chicas muy femeninas y tenían más o menos la misma edad que Nora. Aquellas chicas rubias se vestían para seducir a los chicos. «Zorras esquiadoras», las llamaba Nora. Cuando las rubias se burlaban de su vestuario masculino, Nora les atizaba.

—Deberíamos compartir dormitorio —me dijo Nora—. No haríamos tonterías: si intentases algo conmigo, te daría una paliza. Pero todo esto está relacionado con los asuntos de las Brewster, de las mierdas que creen que se *supone* que tenemos que hacer. Tu madre sí sabe cómo funcionan las cosas. Tu madre nos dejaría dormir en la misma habitación. Estoy segura de que no le importaría que durmiésemos en la misma cama.

—Mi madre no está lo bastante presente como para poder imponer sus normas —le señalé.

—Tienes que superar eso de que «no está lo bastante presente». Tu madre es así —me dijo Nora.

Hasta que cumplí los once años no acepté ese razonamiento de Nora. Todavía no había empezado a estudiar en Exeter. Nora debía de rondar los diecisiete. Habíamos pasado de la libertad de pensamiento de mi madre a especular si a Nana le había sorprendido o no quedarse embarazada de mi madre. Tanto Nora como yo creíamos que no había sido un accidente que nuestra abuela se quedase embarazada de Pequeña Ray. Así lo expresó Nora:

—La perspectiva de quedarse a solas con el director emérito, a

Nana se le hizo muy cuesta arriba. Yo creo, Adam, que Nana sabía perfectamente que podía quedarse embarazada. Estoy convencida de que fue algo voluntario. ¿Quién querría quedarse a solas con el director Brewster?

—A lo mejor era más divertido cuando hablaba —le sugerí.

—Me acuerdo de cuando hablaba —dijo Nora—. ¡El muy cabrón no callaba nunca!

Fue mi oportunidad para preguntarle a Nora, al igual que le había preguntado a Nana en vano:

—¿Por qué dejó de hablar?

—Tu madre no le dijo que estaba embarazada. ¡Y lo entiendo perfectamente! —exclamó Nora—. Tenía diecinueve años, no le dijo a nadie quién era el padre y no tenía plan alguno de casarse. Tu madre no quería casarse con nadie.

—Pero mi madre sí se lo dijo a Nana, ¿verdad? —le pregunté a Nora. Ella asintió.

—Y Nana se lo dijo al director emérito. Conociendo a Nana —dijo Nora—, seguro que le contó una larga historia..., si no la historia al completo.

—La versión *Moby-Dick* —dije. Nora asintió de nuevo—. ¿Fue entonces cuando el director Brewster dejó de hablar? —pregunté.

—No exactamente —respondió Nora—. El director emérito empezó a sollozar; no podía dejar de hacerlo. Finalmente, cuando logró controlarse, gritó: «¡No, Pequeña Ray no!». Después de eso, cerró la boca y dejó de hablar —me dijo Nora.

—¿Por qué nuestra familia tiene tantos secretos? —le pregunté.

—¿Por qué te retuerces las manos? ¿Qué importa que sean pequeñas? Cuando seas lo bastante mayor, Adam, tú también tendrás secretos —me dijo mi sabia prima mayor.

Había otra razón más, allá en el norte, para que Nora y yo fuésemos almas gemelas: nuestra resistencia a aprender a esquiar. Nos enfrentamos a toda una serie de monitores de esquí (mi madre incluida) de maneras totalmente diferentes. Enfocamos nuestra negativa a aprender desde extremos opuestos.

Nora y yo sabíamos que, entre nosotros, las cosas se pondrían en su sitio antes de cometer el delito, bastante común entre primos hermanos, de mantener relaciones sexuales. No éramos tan valientes, pero sí éramos cómplices. Nuestra modesta rebelión —nuestra determinación a no aprender a esquiar, siendo como éramos miembros de una familia de amantes del esquí— fue lo que Nora y yo hicimos en lugar de mantener relaciones sexuales.

Yo tenía catorce años, a punto de cumplir quince, cuando Nora me dijo lo que ahora voy a relatar. Hay que tener en cuenta que ella había superado ya los veinte.

—Si todavía no eres lo bastante mayor para pillarlo, Adam, no vas a tardar en serlo —empezó a decir Nora—. Todos los problemas que tenemos, me refiero al hecho de formar parte de la familia Brewster, todos esos problemas están relacionados con el sexo.

Cuando logré dormirme aquella noche, intentando no pensar en el sexo, me vi a mí mismo interpretando la escena «Deja que te invite a un trago» de *Raíces profundas:* ese momento en el que el guapo, aunque bajito, Alan Ladd le da un puñetazo al corpulento Ben Johnson, haciendo que atraviese las puertas batientes del bar y caiga al suelo.

Todavía estaba despierto, porque no podía dejar de pensar en el sexo, y me vino a la mente, casi por oposición, la escena «yanqui rastrero» de la misma película: el tiroteo, cuando Jack Palance es abatido y queda enterrado por los barriles que caen.

—¡Shane, cuidado! —pude oír gritar a Brandon De Wilde. En la oscuridad de mi dormitorio, oí los disparos, seguidos por el silencio, y cómo la música empezaba a sonar después. Mis pensamientos, como cabe suponer, seguían centrados en el sexo, como si Brandon De Wilde hubiese tenido que advertir a Shane sobre el sexo, precisamente.

8
¿Los has visto?

Una pequeña lección de geografía tal vez resultaría útil. Stowe está en el norte de Vermont, más cerca de Montreal que de Exeter. North Conway está en la zona norte de New Hampshire, más cerca de Maine que de Vermont. Y Exeter está al sur de New Hampshire. Exeter está más cerca de la costa, incluso más cerca de Boston que de Vermont. En Nueva Inglaterra, las carreteras que corren de norte a sur son ligeramente mejores que las que van de este a oeste, pero en los años cincuenta y sesenta, ninguna de las carreteras de New Hampshire era gran cosa.

—Y si nieva —solía decir mi abuela—, no puedes llegar a ninguna parte desde ningún sitio.

Por eso, mi madre nunca venía a verme durante la temporada de esquí. El camino de ida y vuelta de Stowe a Exeter era largo y era más que posible toparse con nieve en algún punto del trayecto. Pero mi madre sí conducía de ida y de vuelta desde Stowe a North Conway; en aquellos años, tampoco se trataba de un viaje sencillo, aunque sí mucho más manejable. Mi madre se lo montaba del siguiente modo: intercambiaba su puesto con uno de los instructores de Cranmore Mountain. El instructor de esquí de Cranmore tenía así la oportunidad de cambiar de escenario (y esquiar en pistas nuevas) en el monte Mansfield, en tanto que mi madre impartía sus lecciones en Cranmore. De ese modo, durante las dos semanas más ajetreadas de la temporada, ninguna de las zonas de esquí se quedaba sin instructor. Lo cual significaba que mi madre disponía de dos semanas todos los inviernos para enseñarme a esquiar.

Mientras cursaba la primaria, la secundaria y el bachillerato en Exeter, me las ingenié para seguir siendo un principiante en cuanto al esquí. Durante esas semanas que me dedicaba, la mayoría de los que asistían a las clases de mi madre para principiantes eran niños pequeños. Pues ahí estaba yo, incluso cuando ya me afeitaba, incluso después de aprender a conducir.

El esfuerzo que algo así requería —la tensión que sufría mi madre, y yo también, debido a mi fijación con no querer mejorar como esquiador— implicaba una buena dosis de paciencia. Mostrarnos siempre agradables, ser optimistas —nunca parecer tristes cuando estábamos juntos— era la clave del asunto. Y, llegada la noche, nos demostrábamos cariño. Me encantaban esas dos semanas de todos los inviernos dedicadas a no aprender a esquiar, de caídas dramatizadas, de lograr que mi perfectamente trabajado tallo christie se pareciese al descuidado giro de una quitanieves. Creo que a mi madre también le encantaban esas dos semanas de todos los inviernos: jamás perdió los nervios ni mostró el más mínimo signo de frustración estando conmigo.

—Oh, Adam, tu peso en el *descenso* tendría que resultar más útil, cariño. Aunque sé que resulta difícil tenerlo presente.

No, no era difícil tenerlo presente. Lo verdaderamente duro era esforzarme por parecer que lo había olvidado. Esquiaba tan despacio, en perpendicular a la ladera, que a veces mis esquís simplemente se detenían, incluso en una pendiente pronunciada. Otros esquiadores me gritaban porque bloqueaba la pista. Cuando mi madre se colocaba delante de una fila de principiantes para realizar giros, yo me colocaba el último. Los niños de ocho años podían estar ya montados en el telesilla cuando yo llegaba abajo. En aquellos años, en los que a los padres les preocupaba la poliomielitis, las otras madres le preguntaban a la mía si yo había sido víctima de la enfermedad; o le preguntaban si sufría algún otro tipo de discapacidad.

—Oh, no —respondía mi madre con una sonrisa—. Lo que sucede es que mi querido Adam entiende que esquiar es potencialmente peligroso. Adam siempre ha sido *precavido*.

Nora no tenía nada de precavida, lo que hizo fue aferrarse con fiereza a su estatus de esquiadora principiante mostrándose temeraria.

—En el esquí, Nora, *mantener el control* es el objetivo —le dijo mi madre inútilmente: *mantener el control* nunca fue el objetivo de

Nora. Se lanzaba montaña abajo, a tumba abierta. Nora nunca mantenía la perpendicularidad en las pendientes, por pronunciadas que fuesen: apuntaba con sus esquís hacia abajo y descendía en línea recta.

—No me va lo de girar, Ray —le dijo Nora a mi madre.

—Mi querida Nora —le respondió mi madre afectuosamente—, me preocupa más que no te interese *detenerte*.

Nora tenía un cuerpo más atlético que el mío y también era más valiente: descendía en línea recta hasta chocar contra algo. Mientras mi madre trazaba giros perfectos para enseñarnos a los principiantes a girar cuando ella lo hacía —para seguirla, si podíamos—, Nora la adelantaba como una exhalación.

—¡Mantén el control, Nora! —le gritaba mi madre—. Oh, esa muchacha —decía mi madre volviéndose hacia uno de los niños de ocho años—. Mi querida Nora nació para hacer las cosas a su manera. Espero que no se haga daño y que no se lo haga a nadie. Cuando llevas esquís, lo mejor es mantener el control.

Pero a Nora le importaba bien poco hacerse daño o hacérselo a otra persona. Se entregaba a su causa al cien por cien. Había sido una niña de complexión grande, era una muchacha de complexión grande y se convertiría en una mujer de complexión grande. El odio que sentía por el esquí había empezado con la ropa. A Nora nunca le habían hecho gracia los pantalones de esquí.

—Te alegrará tener unas buenas caderas cuando te llegue la edad de tener hijos —le había dicho a Nora su madre. Tía Abigail tenía unas buenas caderas y unos pechos enormes. Pero Nora tenía otros planes para sus caderas, lo de tener hijos no entraba en sus cálculos.

Mi madre había observado que, sobre los esquís, Nora era buena manteniendo el equilibrio o recuperándolo; además, su peso la ayudaba a ir más deprisa. Cuando iba a mucha velocidad, y al no perder el equilibrio, Nora podía perder el control y aun así descender un buen trecho antes de caerse. Sí, Nora iba demasiado deprisa, no tenía ningún control para poder girar o detenerse de manera segura. Pero hacer las cosas pensando en la seguridad no era el estilo de Nora.

Mi madre decía que Nora era lo bastante buena esquiadora para saber cuándo iba a estrellarse. Cuando era consciente de ello,

Nora encontraba a un tipo y se lo llevaba por delante. Así era como le gustaba caer, sobre un hombre joven que acabase debajo de ella. Se trataba siempre de esquiadores habilidosos, uno de esos imbéciles que le recordaban a su primo Henrik.

Cuando estaba a punto de perder el equilibrio, Nora se agachaba de repente, lanzaba el cuerpo contra algún esquiador que a ella le resultase ofensivo y lo abrazaba con fuerza por la cintura. Vi a Nora arrancar a esos tipos de sus fijaciones, la vi hacer saltar las gafas y los guantes de esos esquiadores. Debido a la potencia de la caída, enormes cantidades de nieve echaban a rodar por la pendiente. Los tipos siempre acababan debajo del cuerpo de Nora, amortiguando su caída. El esquiador abatido empezaba a gritar o a jadear debido al dolor; o bien permanecía inmóvil, como si estuviese muerto.

Podías reconocer cuándo se preguntaba Nora si habría matado al tipo: se quitaba el gorro de esquiar (más tarde, el casco) y acercaba la oreja a los inmóviles labios del esquiador.

—Puedo notar u oír el aliento de esos cabrones —me dijo Nora—. No puedes fingir que no respiras, Adam. O, al menos, no durante mucho tiempo.

Sobre los esquís, a Nora le gustaba su peso. En la casa en la que vivían los noruegos de North Conway había una báscula de aspecto profesional, del tipo de las que se usaban para pesar a boxeadores y a luchadores. La báscula era una presencia imponente en el rellano de la planta de arriba: era demasiado grande para cualquiera de los cuartos de baño. No sé si los noruegos de espíritu atlético creen en los rituales, pero tío Martin y tío Johan sí creían. Por Año Nuevo, a los niños de la familia siempre nos pesaban en la planta de arriba. Todos estábamos obligados a pasar por el ritual del pesaje anual: las noruegas de North Conway (las rubias femeninas), Nora, Henrik y yo. Siempre nos pesaban en pijama. Nora era la que pesaba más.

En su último año de bachillerato, Nora pesaba setenta y siete kilos, a lo que había que restarle el peso del pijama. Cuando Henrik completó su crecimiento, se convirtió en el más alto. Henrik acabaría superando el metro ochenta y tres; Nora medía un metro cincuenta y cinco y subiendo. «Mido metro cincuenta y seis», así lo expresaba ella. Nora pesaba sus buenos setenta y siete kilos, por eso, cuando esquiaba a aquellas velocidades, si te golpeaba lo hacía con auténtica fuerza.

Hubo más de una pierna rota en aquellas colisiones, aunque nunca fueron las de Nora. Rodillas que requirieron operaciones, pero no las suyas. En los tiempos de las botas de cuero —y largos esquís de madera con fijaciones de correa, llamadas trampas para osos— se producían más lesiones de las extremidades inferiores, aunque Nora no sufrió ninguna. Mis primeros esquís fueron de madera, claro está. Creo que eran de la Paris Manufacturing Company (de South Paris, Maine) y tenían fijaciones Kandahar estilo trampa para osos con correas. O tal vez fueran los primeros esquís de Nora. Gran parte de lo ocurrido en el pasado —quiero decir, en mi pasado— me lo contó mi prima mayor.

Tío Martin y tío Johan eran fieles al estilo telemark, con los talones sueltos hasta el fin de sus días. Les encantaban sus esquís nórdicos con punta de pezón. Recuerdo ver a mis tíos esquiando al estilo telemark en los años setenta. La mayoría de los practicantes de esquí alpino habían pasado ya, concretamente en los años sesenta, a las fijaciones de seguridad de dedos de los pies y talones.

—Aquellas viejas fijaciones con correas estilo trampa de oso causaron más de una fractura en espiral en las pantorrillas —recuerdo haberle oído decir a mi madre.

Dichas fracturas no les resultaban totalmente ajenas a las víctimas de Nora, al igual que las lesiones en la parte superior del cuerpo que cabía esperar de aquellos fuertes impactos a semejante velocidad. Las dislocaciones de hombros y las fracturas de clavícula eran frecuentes, aunque Nora nunca las sufrió. Y si Nora impactaba y caía encima de ti, con toda probabilidad hablaríamos también de costillas rotas y contusiones. Lo que hacía que las fijaciones de seguridad fuesen más seguras era que se soltaban cuando chocabas y los esquís salían disparados. Pero los esquís tenían los bordes afilados; es decir, cuando dos esquiadores chocaban, solían producirse laceraciones faciales. Nora estaba muy orgullosa de las cicatrices que tenía en la cara.

En una ocasión, durante la noche, se le abrieron los puntos que le habían dado en la ceja y sangró sobre la almohada. A la mañana siguiente, Nora tenía la cara pegada a la funda de la almohada. Las rubias femeninas se pusieron a chillar en la planta de arriba, debido al asco que les provocaba toda aquella sangre. En otra ocasión, Nora se rompió la nariz: aplastó su nariz contra el esternón de uno de aquellos chicos contra los que acostumbraba a chocar. El esternón también sufrió una rotura, sin duda una lesión bastante más grave que una nariz rota.

—La rotura fue del grosor de un pelo —dijo Nora encogiéndose de hombros—. Pero mírame a mí: tengo los ojos como los de un mapache. No podría pillar a ningún pervertido con esta pinta —añadió, señalándose los dos ojos morados.

Pero a mí me daba la impresión de que a Nora le gustaban sus heridas; aunque no tanto como le gustaba infligírselas a todos aquellos capullos. Y de lo que no cabe duda es de que a Nora le gustaba fingir que había recibido una paliza. Durante los años que pasamos en Cranmore Mountain, no fui consciente del interés que Nora tenía por pillar a cualquiera; no digamos ya a un pervertido. Nora no solo se vestía como un marimacho, en cuanto la enviaron a Northfield, llevó a cabo lo que su madre denominaba una «declaración a través del corte de pelo».

—Lo llaman corte militar —dijo Nora. Supo destacar sus palabras sin utilizar el dramático método típico de las chicas Brewster—. Cuando los chicos se rapan el pelo no llaman la atención, ¿verdad?

Algunos chicos creían que Nora era un chico. Cuando se ponía un anorak que le cubría las caderas, o bien un jersey muy grande —tenía que ser enorme para ocultar sus pechos—, el mentón prominente de Nora, así como sus anchos hombros, le otorgaban un toque masculino. Sobre los esquís —incluso cuando iba andando con ellos— transmitía un aire fanfarrón. No era así cuando se quitaba los esquís y sus caderas entraban a formar parte del proceso. Sus caderas, o sus pechos, evidenciaban que Nora era una mujer.

Respecto a los hábiles esquiadores tumbados bajo el cuerpo de Nora en una pista de esquí —en especial aquellos capullos que se quedaban sin aire o que sufrieron algún tipo de conmoción—, imaginad su sorpresa al recuperar la conciencia y notar sus temblorosos labios presionados contra la oreja de Nora. Trato de suponer la cuestionable confusión erótica del momento en contraste con el corte de pelo militar de Nora, la hermosa pero dura expresión de su rostro: la mandíbula de granito, la mueca de labios apretados que pasaba por ser la sonrisa cruel de Nora.

Pero me estoy extendiendo demasiado en el heroico ejemplo que Nora suponía para mí. Sí, me ayudó a soportar aquellos inviernos en los que íbamos a esquiar al norte. Pero más allá de las rebeldes diabluras de Nora, lo que para mí destaca por encima de todo son aquellas dos semanas que todos los inviernos mi madre y yo pasábamos juntos; en especial, nuestras noches.

—Ah, muchacho... ¡Una noche para nosotros, Adam! —exclamaba mi madre con su voz de niña pequeña—. ¿No te hace ilusión?

Sí, me hacía ilusión. A pesar de mi edad. Siempre me hizo ilusión. Mi madre me hacía sentir que una noche conmigo era lo que más le gustaba en el mundo; mirándolo en retrospectiva, tal vez fuese cierto. Nora me contó que tía Abigail y tía Martha se oponían firmemente a que mi madre y yo compartiésemos habitación durante sus visitas a North Conway. Durante un tiempo, nos adjudicaron una habitación con una sola cama de matrimonio extragrande; para consternación de mis muy convencionales tías, mi madre y yo celebramos nuestras noches juntos en la misma cama. Pero esa costumbre iba a tocar a su fin antes de convertirme en adolescente: cuando tenía once o doce años, mis tías convencieron a los noruegos de North Conway para que nos colocasen en un dormitorio con dos camas individuales.

—Mi madre y Martha serán capaces incluso de encontrar el modo de *morir* de la manera adecuada —fue la respuesta de Nora. De hecho, así iba a ser.

(El tema de la muerte de mis tías en mis novelas, para mí es algo especialmente sensible. Los críticos más crueles se han quejado del modo en que trato o describo a las tías en mis historias, pero dichos críticos no llegaron a conocer a mi tía Abigail o a mi tía Martha. En su caso, cualquier recurso que se asemejase a un *deus ex machina* no les resultaría excesivamente improbable.)

Tía Abigail y tía Martha metieron baza en los acuerdos para dormir que teníamos mi madre y yo. ¿Acaso era asunto suyo?

—Por mucho que nos guste achucharnos, cariño, y a pesar de ser menuditos, creo que somos demasiado grandes para dormir toda la noche juntos en una cama individual —me dijo mi madre acompañando sus palabras con un dramático suspiro. Me dio a entender la tristeza que algo así le causaba. Me dijo que podríamos dormir juntos en una misma cama cuando quisiéramos y que lo haríamos..., siempre que dicha cama fuese lo bastante grande.

Incluso en aquel dormitorio de North Conway con dos camas individuales, nos acurrucábamos juntos en una de las camas... hasta que uno de los dos se dormía; habitualmente, mi madre. Se pasaba el día esquiando, cuando finalizaba su última clase hacía un par de descensos con tío Martin y con tío Johan. Esquiaban por pistas negras, solo para expertos. Durante unos cuantos años, los hermanos Vinter pudieron seguirle el ritmo, pero después se hicieron demasiado mayores para intentarlo siquiera. Abigail y Martha jamás pudieron seguirle el ritmo a Pequeña Ray.

La gente que esquiaba en Cranmore Mountain suele recordar los Skimobile, aquellos pequeños vehículos, y también la escuela de esquí europea. Pero lo que yo recuerdo son las noches a solas con mi madre. Hablábamos durante horas y nos reíamos. Qué pronto olvidaba lo mucho que la echaba de menos. Con qué rapidez se desvanecía mi resentimiento hacia ella.

Mi madre no bebía gran cosa, decía que era «demasiado menuda para el alcohol». Solo bebía cerveza, una o dos como mucho. Me dijo que un par de cervezas la achispaban, pero a mí me gustaba cuando hacía tonterías: cuando su voz se convertía en un susurro infantil o cuando se reía como una niña pequeña. A veces, en las noches en que tomaba dos cervezas, soltaba incongruencias de lo más desconcertantes y, a menudo, su discurso se interrumpía durante un rato. Hablaba en voz muy baja, en un tono aniñado, como si me estuviese contando un secreto y alguien pudiese oírnos. Nos tumbábamos a oscuras y mi madre no decía nada durante unos segundos; lo que me llevaba a pensar, como es lógico, que se había dormido. Pero entonces sus susurros, sin motivo aparente, volvían a empezar.

Eso ocurría cuando dormíamos en aquellas camas individuales de North Conway. No recuerdo qué edad tenía yo, pero mi abuela ya me había leído *Moby-Dick:* mi capacidad de atención para los usos del lenguaje iba muy por delante del resto de mi desarrollo. (Tenía las manos pequeñas como mi madre y, según Henrik, mi pobre pene parecía un dedo meñique.) Estaba inmerso en el suave proceso de separarme de los brazos de mi madre. Estaba a punto de meterme en otra cama individual, donde dispondría de mayor espacio para mí.

—¿Los has visto? —me preguntó mi madre a oscuras, en un susurro.

Esperé hasta que creí que había vuelto a dormirse; sus palabras habían sonado como lo que suele decirse en sueños. Sentí cómo sus labios rozaban mi oreja.

—No los has visto, ¿verdad? —me susurró entonces mi madre.

—¿*Qué* es lo que no he visto? —le pregunté—. ¿A *quién* tendría que haber visto?

—Ay, qué tonta soy —exclamó mi madre—. ¿Estaba hablando en sueños? —En ese momento creí que había sido así.

9
Películas, novias, extranjería, rarezas

La mayoría de los musicales de los años cincuenta y sesenta eran aptos para niños. Recuerdo haber visto *Cantando bajo la lluvia* con mi madre, principalmente porque recuerdo que me dijo que le habría gustado enseñarle a esquiar a Debbie Reynolds. Yo debía de tener unos diez años. El comentario de mi madre me confundió, porque nadie esquiaba en la película; solo cantaban y bailaban.

—Es posible que Debbie no sea una bailarina experimentada —explicó mi madre—, pero estoy segura de que es buena deportista. A eso me refería. —A mi madre también le gustaba Gene Kelly.

—¿Porque es guapo? —le pregunté.

—¡Porque sabe *bailar!* —exclamó Pequeña Ray—. Es bastante guapo, cariño, pero no del tipo de guapo que vas a ser tú. —No era lo bastante *bajito,* supongo.

El año anterior, mi madre y yo habíamos visto juntos *Un americano en París.*

—Creo que te pareces un poco a Leslie Caron —le dije a mi madre.

—¡En absoluto, cariño! —exclamó dándome un beso—. Pero gracias.

Vi otros musicales en los cincuenta y los sesenta, aunque no recuerdo con quién. *Brigadoon, Carrusel, ¡Oklahoma!* No fui a verlos con ninguna chica, en plan cita. Era demasiado joven o estaba demasiado perdido para hacer algo así. *West Side Story* llegó más tarde, en 1961. Tenía diecinueve años, podría haber ido con una chica, pero no recuerdo haber llevado a nadie a ver esa película.

—Podrías haber ido con una de tus desafortunadas novias...

Ya sabes, alguna de las primeras —me recordó Nora—. Pensándolo bien, la gorda no podía ser: no habría cabido en el asiento del cine. —Nora prosiguió—. ¿No fue Sally la que se quedó atrapada en la ducha? Nana me contó que tuvieron que desmontar la puerta de la mampara para poder sacarla.

—No llevé a Sally a ver *West Side Story* —le dije.

—No creo que a la patizamba le hiciesen mucha gracia los musicales... La pobre Rose no habría disfrutado del baile —dijo Nora.

—Rose no era patizamba, solo cojeaba y tenía cierta tendencia a sufrir espasmos musculares —repliqué.

—Tal como lo recuerdo, más que cojear, Rose daba tumbos —puntualizó Nora—. Se cayó por las escaleras del desván, ¿no es cierto?

Me limité a asentir. Nora no se detuvo ahí, pasó a Caroline, que era muy fuerte. Caroline se había lesionado la rodilla jugando al hockey sobre hielo; cuando salimos, llevaba muletas. Estoy seguro de que nunca llevé a Caroline al cine. Tenía los hombros anchos y era muy alta, y sus muletas eran muy largas; no era de extrañar que las cosas no saliesen bien.

Nora continuó con Maud, que también era muy alta: una corredora de *cross-country* alta y delgada. Maud se había caído y se había roto un brazo; llevaba el brazo en cabestrillo cuando salimos juntos. Sabía lo que mi madre le había contado a Nora sobre Maud. Mi madre se refería a Maud como «la virgen». Maud y yo no dejamos de ser amigos.

—No *sabía* que Maud era virgen —le dije a Nora, tal como le había dicho a mi madre. Nora sabía que Maud y yo seguíamos siendo amigos.

—Sé cómo va la cosa con las principiantes —me dijo Nora—. He estado con chicas que no lo habían hecho. No te imaginas lo que ocurre cuando lo hacen. Pero nunca he estado con una chica escayolada —admitió Nora. Se detuvo—. Tu madre me contó que Maud te golpeó con la escayola, que te dio un buen golpe —me dijo Nora.

—Me dio un golpe en la cara, eso fue todo. No pretendía hacerme daño —le expliqué—. Maud movía el brazo de un lado para otro. No tenía ningún control sobre la escayola.

—Me lo imagino —me aseguró Nora—. Podría pasarle a cualquiera. —Volvió a detenerse—. Supongo que lo único bueno, me refiero a esos musicales de los años cincuenta y sesenta, es que eran seguros para las *vírgenes.*

—No llevé a Maud a ver *West Side Story* —dije.

—Lo entiendo —replicó Nora de inmediato—. Con aquella escayola, ¡no debía de resultar seguro llevarla a ninguna parte!

—Tampoco llevé nunca a Sophie a ver un musical —dije en voz baja.

—Jesús, María y José... ¡Pobre *Sophie!* —exclamó Nora—. Fue tu primera novia *escritora,* ¿verdad?

—Mi primera novia *escritora* —repetí con un deje de tristeza.

—¡Con toda aquella sangre! —chilló Nora—. No paraba nunca, ¿te acuerdas? Una escritora que tenía la regla todo el rato... ¡Eso debe de ser deprimente!

—Sophie nunca estaba de humor para ir a ver musicales —admití.

—La historia de una chica que no deja de sangrar no parece un tema muy adecuado para un musical —comentó Nora—. *¡Fibroma,* el musical! No acabo de verlo.

—Mi madre todavía habla del desgaste que sufrieron nuestras sábanas y toallas, incluso, de vez en cuando, nuestras fundas de almohada, debido al exceso de lavados —le dije a Nora.

—¿Sabes que Ray sigue llamando a Sophie «la hemofílica»? —me preguntó Nora.

—Lo sé, Nora.

—Tu madre no es muy de musicales, ¿verdad? —me preguntó Nora, dejando de lado finalmente a mis novias desafortunadas; aunque Nora solo había querido referirse a «las primeras».

—No, a Ray los musicales no le interesaban —dije.

Mi madre era fan de Hitchcock. También le gustaban mucho las películas de vaqueros y las de guerra. A mi abuela y a mis tías Abigail y Martha les fascinaba el «sonido big-band»; a mi madre no. Cuando Nana y mis tías iban a ver *Música y lágrimas* o *La historia de Benny Goodman,* mi madre y yo veíamos (y nos encantaban) *Solo ante el peligro, Traidor en el infierno, Los puentes de Toko-Ri, Centauros del desierto* o *El puente sobre el río Kwai.*

A mi madre y a mí nos entristeció que James Dean muriese en un accidente de coche en 1955.

—¡Apenas tenía diez años más que tú! —exclamó mi madre abrazándome.

Pero, con respecto a las películas de James Dean, Pequeña Ray se mostraba ambigua.

—Yo no vería otra vez *Al este del Edén* ni *Gigante*, pero *Rebelde sin causa* seguro que sí —dijo mi madre.

A Ray le gustaban las películas de aventuras. *Las minas del rey Salomón* fue posiblemente la primera película de ese género que vimos juntos. (¿Tenía ocho años? No soy capaz de recordarlo.) A mi madre le gustaban el amor y la guerra; me refiero a cuando se combinan en una película. Yo debía de tener unos nueve años cuando vimos *La reina de África.* Supongo que tenía unos diez u once cuando vimos *De aquí a la eternidad;* tía Abigail y tía Martha proclamaron que era «*completamente* inapropiada».

Volviendo a las películas de vaqueros: a mi madre le gustó, aunque también le molestó, *Conspiración de silencio.*

—Me gusta Spencer Tracy cuando tiene los dos brazos —fue todo lo que dijo.

No nos gustaron nada ni *La túnica sagrada* ni *Los diez mandamientos.* (Coincidimos en que los relatos bíblicos épicos eran demasiado predecibles.) Nos encantaba Marilyn Monroe. Nos tomamos de la mano mientras veíamos *Bus Stop* y *Con faldas y a lo loco.* Ambos defendimos la faceta de Marilyn como cantante en *Río sin retorno.*

—¡Esa mujer te deja sin aliento! —declaró mi madre.

La muerte de Marilyn nos afectó mucho más que la de James Dean.

No soy muy aficionado a las películas de ciencia ficción, pero a mi madre le gustaba que las viésemos juntos, tanto las buenas, como *La guerra de los mundos,* como las malísimas, pensadas para que los adolescentes se besuqueasen en los autocines, del estilo de *El ataque de los cangrejos gigantes, La masa devoradora* o *La mujer avispa.* Cuando mi madre y yo íbamos en verano a un autocine, nos acurrucábamos como dos adolescentes en una cita. «¡Eso es *completamente* inapropiado!», volvieron a afirmar mis previsibles y criticonas tías.

Tía Abigail y tía Martha se pusieron hechas unas furias con *El graduado.* Les molestó muchísimo que un «muchacho universitario» tuviese una aventura con la señora Robinson (el personaje interpretado por Anne Bancroft), una mujer de mediana edad, y al mismo tiempo con la hija de la señora Robinson. Yo debía de rondar los veinticinco o los veintiséis cuando se estrenó *El graduado;* Nora ya había pasado de los treinta. Era el año 1967, pero a Abigail y a Martha les puso de los nervios la mera idea de una película sobre una mujer mayor que tuviese relaciones sexuales con un hombre más joven.

—¡Con un muchacho! —se lamentó tía Abigail.

—¡Debería ser delito! —añadió tía Martha.

—Ha acabado la universidad, ya no es lo que se dice un niño —señaló Nora.

—No veo qué hay de malo en ello, aunque el chico estuviese en el instituto... ¡Si a él le *gusta!* —exclamó mi madre.

Aun así, mi madre, que adoraba a Billy Wilder, el director de cine de origen austriaco, creía que Audrey Hepburn era demasiado joven para mantener una relación con alguien tan mayor como Gary Cooper en *Ariane;* estábamos en el año 1957. Mi madre adoraba a Audrey Hepburn. Y yo también. Cuando mis amigos de Exeter me dijeron que mi madre les recordaba a Audrey Hepburn, me ruboricé. Sabía que sus pensamientos con relación a Audrey debían de ser parecidos a los míos. Para mí, Audrey encajaba en el perfil de mujer maternal.

Lo único que dijo mi madre cuando vio *Sabrina* —de nuevo Billy Wilder, en 1954— fue que Humphrey Bogart y William Holden habían sido un «error de casting». Se refería a que aquellos dos carcamales eran demasiado viejos para protagonizar una comedia romántica junto a Audrey Hepburn. La disconformidad que Pequeña Ray mostraba con respecto a las relaciones de hombres mayores con mujeres jóvenes no se aplicaba en el caso de las mujeres mayores: «Aunque el chico estuviese en el instituto... ¡Si a él le *gusta!*». Como Nora siempre decía, Pequeña Ray era una persona muy particular.

A mi abuela le gustaban mucho aquellas comedias británicas de los años cincuenta —*Oro en barras* y *El quinteto de la muerte*—, pero a Pequeña Ray no le hacían gracia. A mi madre no le gustaba la idea de viajar al extranjero. A duras penas salía de Estados Unidos, ni siquiera en lo que a ver películas se refería.

Le gustaba mucho John Wayne, pero no le agradó en lo más mínimo que se fuese a Irlanda; ni siquiera en una película. Todo lo que dijo de *Un hombre tranquilo* fue:

—John Wayne tiene que estar encima de una silla de montar... Me refiero a una película de vaqueros.

Ella creía que las películas de vaqueros eran mejores cuando las hacían los estadounidenses. Le gustaba Clint Eastwood, pero no le gustaban las películas de Sergio Leone: *Por un puñado de dólares, La muerte tenía un precio, El bueno, el feo y el malo*. Cuando le recordé que uno de sus *westerns* favoritos lo había dirigido un austriaco —Fred Zinnemann había dirigido *Solo ante el peligro*—, Pequeña Ray dijo algo que todavía hoy estoy intentando entender:

—Cariño, Fred Zinnemann fue uno de los afortunados judíos que se marchó pronto de Europa. Dejaron atrás toda su *extranjería*. —Pero ¿qué podía decirse de todos aquellos instructores de esquí austriacos?

—¿Toda su *extranjería*? —le pregunté. A mi madre la había entrenado Sepp Ruschp, que a su vez había aprendido de Hannes Schneider. ¿Acaso las escuelas de esquí en Stowe y Cranmore Mountain no enseñaban la técnica Arlberg? Muchos de los esquiadores que mi madre admiraba eran extranjeros.

—¡Oh, ya sabes a lo que me refiero, cariño! —exclamó mi madre. Pero yo no la entendí.

En los años sesenta empecé a prestarles atención a los directores de las películas que me gustaban, pero mi madre era tan estadounidense en sus gustos —o en sus prejuicios— que no fui capaz de convencerla para que le gustasen las cintas de Tony Richardson. Me encantó *La soledad del corredor de fondo*. Ya había ido a verla dos veces. Estaba deseando que mi madre la viese.

—Bueno, Adam, ya sé que te gusta correr —dijo—, y supongo que eso es lo que llaman «realismo social», que me parece que también te gusta. —Fue decepcionante, pero volví a intentarlo: la llevé a ver *Tom Jones*, otra de Tony Richardson, aunque de un estilo diferente. Nada de correr y nada que tuviese que ver con el realismo social; es decir, no pretendía ser un reflejo realista de la Inglaterra del siglo XVIII.

—Bueno, cariño, supongo que te gusta el punto *obsceno* de esta película —me dijo mi madre—. Pero ¿realmente la gente ha practicado tanto sexo *en alguna época,* incluso tratándose de Inglaterra?

—¿Te refieres al siglo XVIII? —le pregunté—. ¿Te refieres a si la gente se dejaba llevar por la lujuria *en aquel tiempo?*

—He dicho *en alguna época*... O sea, ¡resulta increíble lo de practicar tanto sexo! —declaró mi madre.

—Con respecto al sexo, mi madre es una chica Brewster más de lo que tú crees —le dije a Nora.

—Con respecto a ser cabezota, es posible —replicó Nora—. Pero con respecto al sexo, Ray *no* es una chica Brewster en absoluto, Adam —insistió Nora.

Y no le sorprendió que Pequeña Ray reaccionase con cierta indiferencia hacia Paul Newman.

—Creía que a mi madre le gustaban los *guapos.* La palabra, como mínimo, la usa con mucha frecuencia —me quejé a Nora. Mi madre y yo habíamos visto juntos *El buscavidas, Hud: El más salvaje entre mil* y *La leyenda del indomable.*

—Estoy seguro de que crees que Paul Newman es guapo —le dije a mi madre tras cada una de las tres películas.

En cada ocasión, Pequeña Ray dijo exactamente lo mismo:

—Demasiada testosterona.

—No me parece raro. A mí me parece una opinión justa: así es Ray, le importa una mierda la testosterona —dijo Nora. Ese era uno de los argumentos de mi abuela, aunque expresado de un modo más rudo.

Resulta que Nora, Pequeña Ray y yo fuimos juntos a ver *El viejo y el mar.* Habida cuenta de lo que mi madre había dicho sobre Spencer Tracy, suponía que le gustaría el hecho de que interpretase a un pescador con ambos brazos, aunque fuese tres años mayor. Pero mi madre se quedó dormida en los primeros minutos de la película.

—¿Suele dormirse cuando va al cine? —me susurró Nora al oído.

—Nunca —susurré a modo de respuesta. Observamos a mi madre (que respiraba profundamente) con tanta atención como estábamos viendo *El viejo y el mar.* Yo odiaba a Hemingway; quiero decir que odiaba leer sus libros. Y ya conocía la historia del pescador, pero Nora no había leído la novela.

—Yo estaba de parte de los tiburones todo el rato —comentó Nora cuando finalizó la película—. Y tú te has quedado *dormida* todo el rato, Ray —le dijo a mi madre.

—¿En serio? —preguntó mi madre haciéndose la inocente—. Bueno, seguramente en mis sueños pasaban cosas más interesantes —fue su respuesta.

Cuando salimos del cine, Nora dijo que, al parecer, Ray también había estado «de parte de los tiburones..., incluso dormida». Para Nora y para mí, el hecho de que mi madre se durmiese sonoramente viendo una película nos resultó más interesante que *El viejo y el mar.*

No recuerdo dónde estábamos —Nora, mi madre y yo— cuando fuimos a ver *Valor de ley.* Sucedió a finales de los años sesenta. John Wayne montaba de nuevo a caballo, el lugar que, en opinión de mi madre, le correspondía de manera natural. Supongo que en Hollywood también creían que John Wayne tenía que andar montado a caballo, porque ese papel, el de un agente de la ley barrigudo y tuerto, le valió su único Oscar.

Cuando acabó *Valor de ley,* Pequeña Ray nos dedicó a Nora y a mí una muestra de su impenitente nacionalismo. Quede dicho que yo tenía casi treinta años y Nora ya andaba por la mitad de la treintena. Nixon había sido nombrado presidente el año anterior, el mismo de la masacre de My Lai. Tanto Martin Luther King Jr. como Bobby Kennedy habían sido asesinados y las protestas contra la guerra de Vietnam aumentaban por todo el país. Un año más tarde, la Guardia Nacional de Ohio mataría a tiros a aquellos estudiantes de la Universidad Kent State. Ni Nora ni yo nos sentíamos particularmente nacionalistas.

—¿Lo veis? —nos dijo mi madre con su tono de voz aniñado. Estábamos saliendo todos del cine una vez finalizada la película.

—¿Qué es lo que hay que ver, Ray? —preguntó Nora.

—John Wayne está viejo y gordo y ha perdido un ojo —explicó mi madre—, pero sale mucho mejor que cuando estaba en Irlanda.

—¿No te gusta Irlanda, Ray? —preguntó Nora.

—Lo cierto es que Irlanda me es indiferente —respondió mi madre—. No tengo ningunas ganas de ir allí ni a ningún otro país *extranjero.* Me gusta estar aquí, en Estados Unidos. Como debería hacer siempre John Wayne. —Pero sé que adoraba Austria, cuna de la técnica Arlberg.

—A Ray no le gusta nada que sea *extranjero* —le expliqué a Nora—. Excepto en lo relativo al esquí —añadí—. A Ray le gustan Toni Sailer y Toni Matt y Sepp Ruschp y Hannes Schneider, que son extranjeros, pero son *austriacos*. Supongo que la cuestión de la extranjería en las películas es otro cantar. —Me detuve. Miré a Pequeña Ray para comprobar si le gustaba oír hablar de sí misma en tercera persona, antes de hablarle directamente—. No te gustan las películas extranjeras, en particular las que tienen subtítulos, ¿no es así? —le pregunté a mi madre.

—Yo no voy al cine para leer, cariño —me respondió mi madre.

—¡No te gusta leer en ningún sitio! —le señalé.

—He leído y leeré todo lo que tú escribas, Adam; todo lo que tú me enseñes —me dijo mi madre besándome en la mejilla.

—Pero Ray, las películas con subtítulos son las que tienen buenas escenas de sexo —dijo Nora.

—¡No voy al cine para ver buenas escenas de sexo! —exclamó mi madre, se echó a reír y besó a Nora en la mejilla. Pequeña Ray tuvo que ponerse de puntillas y pasarle los brazos alrededor del cuello a Nora para mantener el equilibrio. De puntillas, mi madre apenas le llegaba a Nora a la mejilla, y estoy seguro de que Nora se inclinaba hacia delante para ayudarla—. Mi queridísima Nora —dijo Pequeña Ray—. ¡No todo tiene que ver con el sexo!

A nuestra edad, la de Nora y la mía, semejante expresión resultaba difícil de asimilar. Sabíamos que la aversión que mi madre sentía por lo extranjero no quería decir que sintiese aversión por el sexo. Más bien, Nora y yo sabíamos que mi madre era muy selectiva con relación al sexo —y muy particular también—, pero Pequeña Ray no sentía aversión por él. Tal vez su rechazo a lo extranjero era algo más estadounidense que sexual, porque mi madre, en cuestiones de sexo, era un caso aparte. Tanto Pequeña Ray como Nora parecían sentirse la mar de a gusto desempeñando un papel atípico en el terreno sexual.

En una ocasión, al esforzarme por contarle todo esto a Nora, salí un poco escaldado.

—Las primeras películas en otras lenguas que vi me dieron la impresión de que estaba leyendo una película —le dije a Nora—.

Lo que provocó que adorase todas las películas con subtítulos. Tener que leer esas películas hizo que me sintiese como si las estuviese escribiendo; o, como mínimo, me dieron la sensación de que podía escribir guiones de películas. Fue como si las películas extranjeras estuviesen pensadas para mí. —Así fue como se lo expliqué a Nora, a la que no le impresionaron lo más mínimo mis palabras.

Nora se encogió de hombros.

—Así eres tú, Adam —me dijo mi prima mayor—. Tienes algo extranjero en tu interior, empezando por tus orígenes. La extranjería está en ti, eso es precisamente lo que tú eres. Tú, Ray y yo somos personas atípicas.

Atípicas como el hecho de ir al cine, donde se puede ver en la oscuridad. Los raritos buscan a otros raritos. Si ves a un rarito en la pantalla, te emocionas. Si no hay manera de encontrarlo en una película, te emocionas de otro modo. Cuando sales del cine, eres mucho más rarito aún de lo que creías.

10
Tarzán, no

No solo retrasé todo lo posible mi viaje a Aspen, sino que también estuve a punto de retrasarlo en exceso. Fuera quien fuese el hombre al que mi madre conoció en Aspen en 1941, no era el único misterio en lo relativo a lo ocurrido (o no ocurrido) entre mi madre y los hombres en general. La esencia de lo que ocurrió entre mi madre y un hombre en concreto siguió siendo algo inconcreto, pero, sin saber por qué, el hombre en cuestión se hizo famoso —famoso y, al mismo tiempo, tristemente célebre—, y, como mínimo durante un tiempo, todo el mundo supo su nombre.

El actor estadounidense Lex Barker era muy conocido en Estados Unidos por haber interpretado a Tarzán de los monos. En cuestión de cinco años, entre 1949 y 1953, Lex Barker protagonizó cinco películas de Tarzán. Pequeña Ray se negó a verlas. Al preguntarle por la razón de su negativa —tendría yo unos ocho años—, se limitó a decir:

—Tarzán es un mono, cariño.

Nora y yo fuimos al cine juntos a ver la primera de las películas *(Tarzán y la fuente mágica)*. Para cuando fuimos a ver la segunda *(Tarzán y la esclava)*, Nora había oído ya historias sobre Lex Barker y mi madre. A mí nadie me había dicho nada.

—Tarzán estuvo en Exeter, Adam —me informó Nora—. Tú no habías nacido aún, yo debía de ser una bebé y Henrik todavía se hacía caca en los pañales. Tarzán era tres años mayor que tu madre. Cuando Ray tenía entre trece y catorce, Tarzán tenía dieciséis o diecisiete —me dijo Nora—. Te puedes hacer una idea de lo «completamente inapropiado» que a mi madre y tía Martha debía de parecerles que aquel gran gorila tuviese algún tipo de relación con Pequeña Ray.

—¿Cómo es que Tarzán estuvo en Exeter? —le pregunté a Nora.

—Me refiero al *actor,* Adam, no al tipo medio desnudo que se cuelga de lianas o que va por ahí haciendo el tonto con Jane y el chimpancé. Lex Barker, el actor, estuvo en Exeter... antes de ser Tarzán —aclaró Nora. Debió de parecerme algo confuso. Tenía ocho años. Seguramente no acababa de entender el hecho de que Tarzán pudiera *ligar* con mi madre.

—No me refiero a que *saliesen* juntos, Adam. Ya sabes, nunca salieron juntos. Ni siquiera sé si llegaron a hablar —dijo Nora—. Pero algo pasó. A lo mejor Tarzán miró a Ray de un modo curioso, la miró con poca simpatía, o la asustó con algún tipo de sonrisa.

Como es lógico, lo que yo imaginé fue que Tarzán le dedicó a mi madre uno de sus gritos simiescos, o bien que se golpeó el pecho desnudo. Nora siempre sabía qué andaba yo pensando.

—Adam: Tarzán no iba vestido solo con su taparrabos, en Exeter no podía hacerlo —me aseguró Nora—. Estoy casi completamente convencida de que llevaba puesta una camisa cuando todo ocurrió, fuera lo que fuese; si es que pasó algo. Algún aspecto de aquel tipo mosqueó a tu madre. O bien el gran simio hizo alguna tontería que mi madre y tía Martha vieron y se espantaron; seguramente, porque entendieron que Tarzán le había echado el ojo a Ray.

Podía imaginármelo, por supuesto. Respecto a lo apropiado y lo correcto, no hacía falta gran cosa para sacar de sus casillas a tía Abigail y a tía Martha. Por ejemplo, Nora estaba lejos de casa, en la escuela, cuando se estrenaron la tercera y la cuarta película de Tarzán interpretadas por Lex Barker: *Tarzán en peligro* y *Tarzán, furia salvaje.* Yo tenía nueve y diez años respectivamente cuando se proyectaron esas dos películas en el cine Ioka. Tía Abigail y tía Martha insistieron en verlas conmigo: creían que no era adecuado para mí verlas solo. Henrik también vino con nosotros. Por aquel entonces, Henrik tenía trece y catorce años. Como su madre y tía Abigail se sentaban entre nosotros, él no podía estirar el brazo para golpearme en el costado o tirarme de la oreja, algo que le encantaba hacer.

Apenas recuerdo nada de aquellas dos películas. Me distraje observando a tía Abigail y tía Martha. Tenían ya más de cuarenta, es decir, una década más que Lex Barker, y su indignación a nivel moral resultaba evidente. Apretaban los puños, respiraban sonoramente, se dedicaban miraditas la una a la otra; en especial, cuando Tarzán y *Chita,* el chimpancé, socializaban o cuando coqueteaba con Jane.

Cuando salimos del Ioka después de ver *Tarzán, furia salvaje,* tía Abigail dijo:

—Tarzán es más un chimpancé que un ser humano.

—¡Cuánto lo siento por Jane! —añadió tía Martha.

La última película de Tarzán que protagonizó Lex Barker *(Tarzán y la mujer diablo)* se estrenó en 1953. Fueron tío Martin y tío Johan los que me llevaron en esa ocasión al Ioka. Era la primera vez que iba al cine con ellos. Una vez más, Nora se encontraba fuera de la ciudad. Tenía ya dieciocho años, así que probablemente estaba en Mount Holyoke.

Si Nora no me hubiese advertido, el comportamiento de mis tíos en el Ioka me habría sorprendido.

—Mi padre y tío Johan son raros. Creen que todo es una comedia, incluso las tragedias —me contó Nora.

—¿Es algo propio de los noruegos? —le pregunté.

—Solo es una rareza, Adam —insistió Nora—. Se ríen siempre, sea cual sea la película.

Tal vez por ese motivo, Henrik no vino con nosotros a ver *Tarzán y la mujer diablo,* que no era una comedia; o, como mínimo, no lo era intencionadamente. O puede que Henrik hubiera decidido que era ya muy mayor para las películas de Tarzán.

Los malvados cazadores de marfil queman la cabaña de Tarzán en el árbol y capturan a Jane y al propio Tarzán. Tarzán está del lado de los elefantes, es decir, en contra de los cazadores furtivos de marfil. Tarzán convoca a los elefantes, que aparecen, se lanzan en estampida y aplastan al villano Raymond Burr. Lyra, la mujer diablo, recibe un disparo. *Chita,* el chimpancé, supone el único alivio cómico de la película: lo pillan robando huevos de avestruz. Pero tío Martin y tío Johan se carcajeaban en todas las escenas. Los padres que habían llevado a sus hijos más pequeños cambiaban de asiento, alejándose de los aullidos enloquecidos de los noruegos de North Conway. Jane, retenida por los cazadores de marfil, fue la que provocó las risotadas más sonoras de mis tíos.

Todavía se reían cuando salimos del Ioka.

—Casi tan divertida como las películas extranjeras, Adam —me dijo tío Martin, el padre de Nora.

—Las que tienen subtítulos —añadió tío Johan, el padre de Henrik.

—Nunca he visto una película en la que tengas que leer —les respondí amablemente. Al Ioka nunca llegaban películas subtituladas.

—¡Pues vamos a tener que remediarlo! —gritó tío Martin.

—La semana que viene ponen una película francesa en el Franklin, Adam. Las películas francesas son desternillantes —me dijo tío Johan.

Recordaba que Nora me había asegurado que no todas las películas francesas eran desternillantes, pero estaba ansioso por ver una película extranjera con subtítulos; aunque se tratara de una tragedia (o tal vez precisamente por eso).

Así pues, debido a que había visto *Tarzán y la mujer diablo* con mis tíos, fui invitado a ir con ellos al cine Franklin, que estaba en Durham, para ver mi primera película en lengua extranjera con subtítulos. Tenía constancia de la existencia del cine Franklin gracias a Nora: su padre y tío Johan la habían llevado allí a ver películas extranjeras. La Universidad de New Hampshire estaba en Durham. Era una ciudad universitaria y el Franklin era el cine de arte y ensayo más cercano.

Nora me había dicho que Henrik estaba ansioso por leer los subtítulos de las películas. Tía Abigail y tía Martha estaban convencidas de que todas las películas extranjeras tenían que ver con cuestiones sexuales. A menos que llevasen a Nora al Franklin, tío Martin y tío Johan iban por su cuenta a Durham. Desde Exeter, había una lenta media hora de camino. El cine Franklin cambió mi vida. Alguien me dijo que hoy es un restaurante de comida tailandesa. Pero no he querido confirmarlo. Siempre recordaré la primera vez que fui al Franklin y también mi primer viaje a Durham.

—¿La película francesa que vamos a ver es una comedia? —le pregunté con cautela a tío Martin, que estaba al volante.

—¡Por supuesto! —gritó tío Johan desde el asiento del copiloto.

Sabía, porque me lo había dicho Nora, lo que mis tíos opinaban de las comedias y las tragedias. Pero dio la casualidad de que mi primera película con subtítulos fue una comedia y que me reí con ella tanto como tío Martin y tío Johan.

Dirigida y protagonizada por Jacques Tati, *Les Vacances de Monsieur Hulot* —en español *Las vacaciones del Sr. Hulot*— me conquistó por completo. Tenía doce años, no era capaz de diferenciar a los marxistas intelectuales de los gordos capitalistas, y tampoco de reconocer ningún otro tipo de perfil político ni de clase social propia de Francia, pero lo que sí entendí fue que se burlaban de todos ellos. Sin mala intención, la película se reía de todo el mundo, incluido el propio señor Hulot.

Jacques Tati supuso una introducción amable e inteligente al cine francés y a las películas subtituladas. El cine Franklin se convertiría en mi escuela de cine. Aquellas películas extranjeras que vi en Durham provocaron que quisiese ser guionista de cine. *Moby-Dick* me había introducido en la novela del siglo XIX; no iba a tardar en leer *Grandes esperanzas* de Dickens. El Franklin supuso mi introducción en el cine europeo. Por contraste, las películas estadounidenses me parecían juveniles.

Tarzán, sin ir más lejos. Los escándalos sexuales de algunas de las estrellas de cine estadounidenses sobrevivieron a la fama de las películas que protagonizaron. Sí, lo sé: la infamia sexual perdura más que el estrellato cinematográfico, no solo en Estados Unidos. Pero basta con pensar en lo que le ocurrió a Lex.

Lex Barker y Lana Turner estuvieron casados cuatro años, de 1953 a 1957, que era lo máximo que solían durar los matrimonios de Lana. Se casó siete veces; ocho, si se tiene en cuenta que con Joseph Crane lo hizo dos veces (el primer matrimonio quedó anulado). En 1958, un año después de que Lana se deshiciese de Lex, el novio de Lana en ese momento, Johnny Stompanato, fue acuchillado hasta morir en la casa de Beverly Hills que Lana compartía con su hija de catorce años, Cheryl Crane. Fue Cheryl la que mató a Stompanato con un cuchillo de cocina, ya fuese en defensa propia o para proteger a su madre.

—¡Esa muchacha tendría que haber acuchillado a Tarzán! —declaró tía Abigail cuando tuvo noticia del asesinato de Stompanato.

—Estoy segura de que Cheryl también *quiso* matar a Tarzán —añadió tía Martha.

Lo único que mi madre dijo sobre el asunto de Cheryl Crane y la muerte de Stompanato fue:

—La pobre Cheryl debía de tener solo diez años cuando su madre se casó con Tarzán. Tenía trece cuando Lana se libró de él.

—Pues tú no eras demasiado joven para Tarzán. El gran mono estaba muy interesado en *ti,* Ray —le recordó tía Abigail.

—Lo que quiere decir es que eras demasiado joven, Ray, ¡pero que eso no supuso un freno para Tarzán! —contribuyó tía Martha.

—No era *tan* joven. Yo no tenía la edad de la pobre Cheryl —dijo mi madre en voz baja. Fue apenas un susurro.

Pequeña Ray había cumplido treinta y seis cuando Johnny Stompanato fue asesinado. Yo debía de tener dieciséis, estudiaba en Exeter; es decir, era lo bastante mayor como para participar en una conversación sobre comportamientos sexuales escandalosos.

—Lana Turner y Lex Barker se alojaron en el Hotel Jerome —me dijo mi madre cuando mis tías no se hallaban presentes; estábamos solos. El Hotel Jerome había ocupado un lugar destacado en las conversaciones de mi madre, pero nunca antes con relación a Tarzán.

—¿Lana y Lex se encontraban en Aspen cuando tú estuviste allí? —le pregunté.

—No, por Dios, cariño. Se alojaron en el Jerome cuando se casaron, después de que yo estuviese allí. Vi una fotografía en una revista de cine —dijo Pequeña Ray. Mi pregunta la incomodó, por lo visto malinterpretó lo que yo estaba pensando—. No, nunca *esquié* con Tarzán. No estuvimos juntos en Aspen, antes de que se casase con Lana —añadió mi madre de repente—. Mírate, Adam. Tendrías que haber crecido mucho más. Mides metro setenta y uno. Aunque sigas creciendo, me sorprendería que llegases al metro setenta y cinco. Lex Barker medía metro noventa y cinco, cariño. A veces me da la impresión de que no me conoces en absoluto. Tarzán *no podría* ser tu padre.

A los dieciséis años de edad, entendí que Lex Barker no podría haber sido mi padre. El hombre mono tenía las manos grandes. Mi padre no era Tarzán. Lamenté haberle hecho aquella pregunta a mi madre. Era triste lo mucho que a ella le incomodaba el hecho de haberle resultado atractiva a Tarzán de los monos.

En una de nuestras visitas al cine Franklin, les pregunté a mis tíos sobre la época en que Lex Barker estuvo en Exeter. Tía Abigail me contó que Tarzán parecía un mono en la foto del anuario de 1937, cuando era alumno de segundo año.

—El mono ese ni siquiera llegó a graduarse —añadió tía Martha. El hombre mono se fue de Exeter sin diploma.

—El mono ese parecía un hombre cuando estaba entre sus compañeros adolescentes —dijo tía Abigail—. Incluso a pesar de estar *empezando* a ser un mono.

La carrera de Lex Barker en Europa no estuvo nada mal; no solo después del papel de Tarzán, sino también después de Lana. Tarzán hablaba francés, español, italiano y alemán. En 1961, tío Martin, tío Johan y yo vimos a Barker en *La Dolce Vita* de Fellini. En caso de que no hayas reparado en él, Lex interpreta al prometido o marido de Anita Ekberg. Martin y Johan estallaron en carcajadas cuando vieron aparecer al hombre mono, las lágrimas les corrieron por las mejillas.

Lex Barker participó en más de veinte películas en Alemania, incluidos los *westerns* europeos de Karl May. En siete ocasiones, el antiguo Tarzán interpretó al Viejo Shatterhand: el amigo alemán y hermano de sangre de Winnetou, un jefe apache de ficción.

—¿Tarzán aprendió todos esos idiomas en Exeter? —les pregunté a mis tíos. Ellos debían de saberlo. Tío Martin era profesor de francés y de español en la academia, en tanto que tío Johan enseñaba alemán.

—Tarzán nunca estuvo en ninguna de mis clases de alemán, de eso estoy seguro —me dijo mi tío Johan—. A él lo que le iba era el atletismo.

—¿Esquiaba? —les pregunté a mis tíos.

—¡Tarzán con esquís! —exclamó tío Martin.

—¡Esquiar en taparrabos! —exclamó tío Johan. La vida era una comedia. Mis tíos, una vez más, se echaron a reír como locos.

En 1988, treinta años después del asesinato de Johnny Stompanato, cuando Cheryl Crane tenía cuarenta y cinco, publicó su autobiografía, *Una tragedia en Hollywood*. En el libro, Cheryl reveló que, entre los diez y los trece años, fue violada en repetidas ocasiones por Lex Barker. Cuando Cheryl finalmente se lo contó a su madre, Lana le dio la patada al hombre mono.

En 1988, Lana Turner y Pequeña Ray tenían sesenta y siete y sesenta y seis años de edad respectivamente. Lex Barker ya no pudo leer lo que de él había escrito Cheryl Crane en su autobiografía. Había muerto de un ataque al corazón en 1973, a los cincuenta y cuatro años. Tarzán caminaba por las calles de Nueva York, para encontrarse con su prometida, Karen Kondazian. Era actriz y tenía veintitrés años por aquel entonces; treinta y un años más joven que Tarzán de los monos. Sin contar a Jane, iba a ser la sexta esposa del hombre mono.

¿Cómo respondió mi madre a la noticia de que Lex Barker había violado de manera sistemática a la joven hija de Lana Turner, empezando cuando no era más que una niña que entraba en la pubertad? Lo único que mi madre declaró, en voz baja, fue:

—Pobre Cheryl.

Tiempo después, Pequeña Ray habló conmigo sobre ese tema con algo más de interés, aunque no añadió muchos más detalles.

—Ya te lo dije, Adam. Por favor, no vuelvas a preguntármelo, cariño. Tarzán, no. —En esta ocasión, me sentí mal por no haberle preguntado a mi madre sobre él; no lo hice durante treinta años.

11
La pequeñez como una carga

El centro urbano de Exeter no tiene nada destacable. En el cruce de las calles Water y Front hay un quiosco de música en el que de vez en cuando tocaba alguna banda. Por debajo de la cascada, donde el río Exeter desemboca en el Squamscott, el agua está salobre y sucia. Como el Squamscott es un río con mareas, los equipos de la academia no pueden remar cuando hay bajamar. Porque el Squamscott está contaminado, las marismas apestan. Uno de los remeros me dijo en una ocasión:

—Cuando baja la marea se ven unos cuantos capuchones en el fango. —Llamábamos «capuchones» a los condones.

El Ioka no era en realidad un cine, pero es el único edificio del centro que recuerdo.

Como era el nieto de uno de los directores eméritos de la Phillips Exeter (o eso creía yo), la academia —incluso antes de estudiar allí— estaba dentro de lo que yo entendía como mi parte de la ciudad. La calle Front dividía en dos el campus de la Phillips Exeter. Yo crecí en la casa de ladrillo rojo que mis abuelos tenían en la calle Front, dentro del radio de alcance del sonido de las campanas que indicaban el cambio de clases. La casa del director Brewster era de estilo georgiano: dos columnas blancas flanqueaban la puerta principal, los marcos de las ventanas eran blancos y las contraventanas negras. Desde la ventana en forma de cúpula del desván, podía ver toda la calle Front y casi el reloj de la torre de la academia, donde tañían las campanas.

Cuando le dije a mi abuela que podía ver los números romanos del reloj de la torre, Nana me dijo que esa era una primera señal de que disponía de la imaginación necesaria para ser un escritor de ficción. Sabía que era imposible ver cualquiera de las partes del edificio principal de la academia desde nuestro desván.

Nora lo expresó de manera más directa: mi capacidad para imaginar que veía el reloj de la torre de la academia desde mi dormitorio en el desván no indicaba, según ella, que yo tuviese la imaginación propia de un escritor de ficción, sino que daba a entender que yo era uno de esos chicos a los que les cuesta aprender.

Para el profesorado de Exeter —principalmente, para las esposas de los profesores— yo era el «muchacho Brewster», no necesariamente porque fuese el nieto de un director emérito que había enmudecido de manera misteriosa. Lo más destacable para ellas era que yo llevase el apellido de soltera de mi madre y que la hermosa Rachel Brewster no estuviese casada; además, todos los años pasaba varios meses fuera de la ciudad.

Exeter era una ciudad pequeña, aunque no tan pequeña como la claustrofóbica comunidad de un internado solo para niños o niñas. No pasó inadvertido que el director Brewster hubiese dejado de hablar; momento en el cual, supuse, había sido relevado de sus funciones como director de escuela. Eso ocurrió, más o menos, en la época en que mi madre se quedó embarazada, aunque antes de que empezase a resultar evidente. No recuerdo quién me dijo que no había sido director durante mucho tiempo. No recuerdo cuándo me dijo Nora que, en realidad, nunca había llegado a ser director. No fue más que una fantasía de Lewis Brewster, debido a que estaba convencido de que *debería* haber sido director de la Academia Exeter.

—Esas malditas chicas Brewster le siguieron el juego —me contó Nora—. En realidad, el abuelo Lew tan solo es otro *profesor* emérito. No era más que profesor de inglés; al parecer, un estricto creyente de la gramática y de las normas ortográficas. Cuando todavía hablaba, no dejaba de dar la tabarra sobre la puntuación. Saltonstall ha sido el director de Exeter desde me crecieron las tetas. Salty, con toda probabilidad, será el director hasta el fin de los tiempos.

Tenía una razón de peso para confiar en Nora: casi siempre estaba en lo cierto. William Gurdon Saltonstall fue director de la Phillips Exeter desde 1946 hasta 1963, cuando dejó el puesto para dirigir los Cuerpos de Paz en Nigeria. Salty, al parecer, fue muy querido.

Ese era otro de los secretos de la familia Brewster que desconocía. Nora se disculpó por no habérmelo dicho antes.

—Pensaba que ya lo sabías, Adam. Supongo que daba por hecho que todo el mundo sabía que lo del «director emérito» era un engaño, desde mucho antes de que dejase de hablar.

Pero ¿cómo iba yo a saber que lo del abuelo Lew era una fantasía? Nunca hablaba conmigo. Me sacaba de mis casillas pensar que había miembros del profesorado (y también sus familiares) que sabían más de mí y de la vida de la familia Brewster que yo mismo. Más allá de lo que Nora me contaba, estaba totalmente a oscuras. Y cuando Nora se fue a Northfield, y después, a Mount Holyoke, me quedé muy solo.

Desde la casa de la calle Front, donde vivía con mi abuela y el gramático emérito —Director Signo de Puntuación, tal como yo definía al silencioso lunático de nuestra familia—, había un breve paseo hasta los campos de deporte y el gimnasio de la academia. El mejor de todos los edificios era la Jaula Thompson. Lo habían construido en 1929, era de ladrillo, tenía claraboyas y en su interior había dos pistas de atletismo cubiertas. En el sucio suelo del interior había una pista para correr; por encima de esta había una pista inclinada de madera que la circunscribía. Me gustaba correr, pero sobre todo me encantaba aquella vieja jaula.

¿Me gustaba correr porque mi madre lo odiaba? Es posible, al menos en un principio. Estoy convencido de que, cuando empecé a correr, el hecho de que me gustara tanto formaba parte de la misma psicología perversa que me había llevado a repudiar el esquí. Pero cuanto más corría, más me gustaba la soledad que conllevaba. Mi madre no corría, pero sí entendía esa pulsión solitaria.

Puede decirse que mi madre estaba obsesionada con sus entrenamientos de esquí de fuera de temporada; se tomaba muy en serio esos ejercicios. Hacía sentadillas y sentadillas de pared, todo el rato y en cualquier parte. Sus sentadillas nunca dejaron de sorprender al falso director emérito. Eran sentadillas de una sola pierna, que ella mantenía entre cuarenta y cinco segundos y un minuto (cada pierna). Las sentadillas eran intensas —se tocaba los talones con el culo— y las sentadillas de pared, que mantenía durante más de un minuto, dibujaban un ángulo de noventa grados con la espalda apoyada en la pared y las rodillas perfectamente alineadas con los dedos medios de los pies.

—Si puedes verte los dedos gordos de los pies, no lo estás haciendo bien —me explicaba una y otra vez.

El entrenamiento en forma de circuito le iba como anillo al dedo a la inagotable inquietud de mi madre. No se permitía a sí misma descansar entre un ejercicio y otro.

—No está bien que el ácido láctico se diluya. Lo que hay que hacer es elevar el umbral del ácido láctico —le decía siempre a tío Martin y a tío Johan, que de vez en cuando se animaban a entrenar con ella. No podían seguir su ritmo.

Pero, fuera como fuese, Pequeña Ray odiaba correr y nunca habría montado en bicicleta. Durante todo el invierno, cuando los campos de deporte de la academia estaban cubiertos de nieve, mis tíos recorrían las pistas practicando esquí de fondo, pero mi madre se dedicaba única y exclusivamente al descenso. Podía, muy puntualmente, colocarse sus esquís telemark y ascender una pendiente, pero lo hacía porque lo que le gustaba era descender pendiente abajo.

Cuando acababa la temporada de esquí, mis tíos se subían a la bicicleta. Pero Pequeña Ray no.

—No quiero que me atropelle un coche —decía mi madre—. Soy demasiado menuda. Los malos conductores no me verían y me arrollarían.

A mí me gustaba correr alrededor de los campos de deporte de la academia y mis tíos me habían enseñado una senda para practicar *cross-country* a través del bosque. Lo que más me gustaba era correr sobre la pista de madera de la Jaula. Me encantaba el ruido de mis pisadas sobre las tablas. Cuando corres, la mayor parte del tiempo estás solo, aunque haya otros corredores alrededor.

Cuando tuve edad suficiente para ir a donde me diera la gana —cuando tuve edad suficiente para imaginarme como estudiante de la academia—, me gustaba ir a ver a los chicos mayores mientras practicaban sus respectivos deportes. Eso me llevaba a preguntarme qué deporte practicaría yo. La mayoría de ellos no me interesaba en lo más mínimo; los deportes de equipo especialmente. Muchos de los chicos que jugaban en equipos parecían estar siempre luchando: la atención que le dedicaban a las pelotas o al *puck* me parecía una estupidez, además de una obsesión de lo más tonta.

Henrik era de esos a los que les gustaban las pelotas y los *pucks*, sus deportes eran el fútbol europeo, el hockey sobre hielo y el lacrosse. Henrik empezó a estudiar en Exeter en el otoño de 1952, se graduó en la primavera de 1956, tres meses antes de que yo iniciase mi andadura allí. Habida cuenta de que mi relación con Henrik era más bien negativa, hacía tiempo que había decidido en contra del fútbol, el hockey sobre hielo y el lacrosse.

Como era más bien bajito, la lucha me resultaba atractiva. Era un deporte que dependía del peso (competiría contra otros luchadores menudos) y me gustaba el factor uno contra uno. Pero los luchadores competían en un gimnasio en forma de caja unido a la Jaula; es decir, la pista de madera sobresalía por encima de la zona de lucha y los espectadores se sentaban en las tablas con las piernas colgando sobre las colchonetas. Me incomodaba que los luchadores compitiesen en el fondo del foso de gladiadores y que los despiadados aficionados los mirasen desde lo alto. Y tampoco me gustaba que los luchadores corriesen después de entrenar; el sonido de las suelas planas de sus deportivas golpeando sobre la pista de madera. Trotaban durante la mitad de una vuelta y la otra mitad hacían esprint. Eso implicaba que siempre los dejaba atrás y después me adelantaban ellos. Por eso decidí, provisionalmente, que no practicaría la lucha. Estaba convencido de que el único deporte que me interesaba era correr. Correría campo a través durante el otoño y correría la milla en pista: en la Jaula en invierno y al aire libre en primavera.

Conocí al hombre de las raquetas un día de invierno, después de haber estado corriendo por la pista de madera en la Jaula. Vi que caminaba hacia donde yo me encontraba. Cruzó el diamante del campo de béisbol, que estaba cubierto de nieve. En la lejanía, el estrecho puente de piedra sobre el río Exeter apenas resultaba visible a causa de la ventisca. Lo confundí con un practicante de esquí de fondo; si bien uno muy pequeño, demasiado para ser uno de mis tíos. El hombre de las raquetas llevaba palos de esquí. Sus pasos eran más cortos que los de un esquiador de fondo, o bien no había engrasado adecuadamente sus esquís. No parecía deslizarse en absoluto. Como cabe suponer, yo no podía ver sus raquetas de nieve desde donde me encontraba, por eso pensé que llevaba esquís.

Debido a la ventisca, no estaba seguro de si se trataba de un hombre. Parecía más bajo que yo, incluso más bajo que Pequeña Ray. Era tan bajito como el más bajito de los estudiantes de Exeter que yo hubiese visto nunca. Era bajo como un niño, aunque no se movía como tal. Aprecié un deje decididamente masculino y adulto en la fuerza de sus pasos. La forma en que se desplazaba me recordó a la de un corredor con el que me había cruzado en varias ocasiones durante los meses de calor, tanto al aire libre, en los campos de deporte de la academia, como en la pista de madera de la Jaula. Respecto a mis capacidades, aquel corredor jugaba en otra liga: demasiado rápido para mantener su ritmo, a pesar de que sus piernas eran cómicamente cortas. Sobre las tablas inclinadas de la Jaula, me dobló dos veces en menos de una milla. Había algo muy maduro en el modo en que se mostraba amistoso conmigo; los estudiantes de Exeter rara vez eran conscientes de mi presencia. Lo cual me llevó a pensar que debía de tratarse de uno de los integrantes más jóvenes del profesorado, aunque —además de su infantil tamaño— tenía un aspecto absurdamente juvenil para tratarse de un profesor. Resultaba difícil imaginar que pudiese tener autoridad sobre los estudiantes.

Yo tenía trece años aquel mes de febrero de 1955. No me convertiría en estudiante de la academia hasta septiembre de 1956. No había empezado a afeitarme. Según mi primera impresión, el hombre de las raquetas tampoco se afeitaba. No pude ver que llevaba puestas raquetas de nieve hasta que se las quitó. Eran antiguas, de madera con fijaciones y cordones de cuero. Se quedó un rato junto a sus raquetas en el aparcamiento de la Jaula Thompson mientras les sacudía la nieve que se había ido acumulando en ellas. Eran las típicas patas de oso alargadas, en forma de lágrima, de casi noventa centímetros de largo; más de la mitad de la altura del diminuto tipo que las había llevado puestas.

—Creí que venías esquiando —le dije.

—Lo mío es correr —dijo con una afectuosa sonrisa—, ya sea con raquetas de nieve o sin ellas. A ti también te gusta correr, ¿no es cierto?

—Solo soy un niño. Soy algo así como familiar de profesor —le dije. Nunca había pensado en mí como un familiar de profesor; no uno legítimo, en cualquier caso. No pensaba que ser el nieto de un profesor emérito contase como familiar de profesor; especialmente si se trataba del nieto de un gramático fantasioso.

—¿Una especie de familiar de profesor? —me preguntó el diminuto hombre de las raquetas—. ¿Qué tipo de familiar de profesor eres? —Era demasiado bondadoso para ser un estudiante. Tenía que ser profesor, aunque uno decididamente inusual.

Simplemente, lo solté todo de golpe. Ni siquiera sabía cómo se llamaba, pero se lo conté todo. Nunca me había sentido tan seguro con nadie, ni siquiera con Nora o, de vez en cuando, con mi madre.

—Soy el hijo ilegítimo de Rachel Brewster, madre soltera, hija del profesor emérito Lewis Brewster, mi abuelo, que está loco —empecé. Sin duda, capté la atención del hombre de las raquetas—. Lewis Brewster es un emérito que ha perdido la cabeza. Está convencido de que fue director de la academia, pero no fue más que un profesor de inglés —añadí sin apenas detenerme a respirar—. El abuelo Lew dejó de hablar cuando se enteró de que mi madre estaba embarazada... de mí —dije para que no hubiese duda alguna—. Según mi prima, que recuerda cuando el lunático emérito podía hablar, de lo único que hablaba era de cuestiones relacionadas con las normas de puntuación.

—¿Qué tipo de cuestiones? —me preguntó el sorprendido hombre de las raquetas. Me dio la impresión de que la parte sobre las normas de puntuación era el único aspecto de la historia de la familia Brewster que desconocía hasta ese momento.

—No lo sé —admití—. Nunca le he oído hablar, porque dejó de hacerlo antes de que yo naciese —le recordé al de las raquetas.

—Ah, sí. Ya me has explicado perfectamente la cronología —me dijo el hombre diminuto—. Me temo que yo también «no soy más que un profesor de inglés», como has dicho. Me he pasado de curioso respecto a los signos de puntuación. —En este punto, el hombre de las raquetas bajó la voz, como si no quisiera que le oyese nadie más. A simple vista, podía apreciarse que estábamos solos en el aparcamiento—. Respecto a los ejercicios de escritura —me dijo aquel profesor de inglés extremadamente pequeño—, algunos de mis colegas del departamento exageran la importancia de la puntuación.

—¿Das clases de escritura? —le pregunté.

—Sí. Bueno, en la medida en que es posible enseñar a escribir —dijo el pequeño hombre de las raquetas. Era terriblemente guapo.

—Mi abuela me leyó *Moby-Dick* cuando tenía diez, once y doce años —le conté—. Cuando sea un poco mayor me gustaría volver a leerlo... por mi cuenta.

—Eso es encomiable —me dijo el de las raquetas—. Tal vez pueda recomendarte alguna otra historia de aventuras, en la que también aparezca algún hombre joven. Una historia que te resulte un poco más fácil de leer.

—Sí, por favor —le dije, pero se percató de que yo no le quitaba ojo a sus raquetas de nieve. Mientras parloteaba, mi mente corría a toda velocidad: las patas de oso que tenía frente a mí serían mi puerta de salida del esquí. El hombre de las raquetas había estado corriendo con ellas. A mí me gustaba correr.

Tío Martin y tío Johan habían intentado aficionarme al esquí de fondo. Mi madre lo había intentado también con el estilo telemark.

—Los esquís son siempre esquís —les dije.

Pero ante mis ojos se me presentaba una atrayente alternativa: ascender, descender y recorrer los llanos. Con unas raquetas de nieve podías correr o caminar. Apoyado en los palos de esquí podías ir a cualquier parte. En una pista de esquí, ¿podías acaso alejarte del camino trazado para los esquiadores? ¿Podías ascender o descender la ladera de la montaña, podías recorrer la pista por un costado o por los límites?

Estuve hablándole sin parar a un desconocido de los más oscuros secretos de mi familia, aunque toda la comunidad académica —incluso los miembros más jóvenes y menudos de entre los profesores— estaba al corriente de ellos. Y ahora ya no podía seguir hablando. El diminuto profesor de inglés debía de pensar que me había visto superado por la perspectiva de leer las aventuras de un joven que fuesen más sencillas de leer que *Moby-Dick*, pero lo que me descolocó por completo fue que aquel hombre bajito llevase patas de oso. Acababa de descubrir un modo de evitar el esquí.

—Confieso que sabía que eras el pequeño de los Brewster, pero no tenía ni idea del tema de los signos de puntuación —me dijo el de las raquetas. Añadió—: Al haber crecido aquí, como creo que es tu caso, estoy seguro de que sabrás lo mucho que a la gente le gustan las habladurías.

Asentí.

Seguía sin poder articular palabra. Los adultos entre los que me había criado no eran tan sociables. Lo que tenía ante mí era un adulto sincero, si bien muy bajito. Lo que yo quería era que me enseñase a utilizar las raquetas de nieve y también a escribir, pero no sabía qué decir. Cuando finalmente volvieron a brotarme las palabras, no pude controlar lo que dije.

—Mi madre es bajita, como tú. No tanto como tú, pero es muy hermosa, aunque más bien menuda —espeté. De manera consciente, había estado pensando en sus raquetas de nieve, pero lo que me salió fue hablar de la pequeñez: su tamaño y el de mi madre y compararlos.

—He visto a tu madre —se apresuró a replicar el de las raquetas—. A mí nadie me parece pequeño, pero de lo que no hay duda es de que tu madre es guapa... Muy guapa. Me han dicho que es una esquiadora impresionante.

—Odio el esquí —le dije—. Durante la temporada de esquí, mi madre, en lugar de estar conmigo, se dedica a esquiar. Sigue intentando enseñarme, pero me niego a aprender a esquiar.

—Crecí en pueblos centrados en el esquí —me dijo el pequeño hombre de las raquetas—. Mis padres esquiaban. Mi padre me enseñó a esquiar, pero era demasiado menudo. Cuando subíamos al telesilla, nunca me soltaba. La cuerda del remonte era demasiado pesada para mí, no podía sostenerla. Y tenía problemas con los aparejos: escaseaban los esquís cortos, las botas pequeñas, las fijaciones que se ajustasen lo suficiente. Mi padre tenía que acortar los palos, así que llevaba palos a medida. Yo no *odiaba* esquiar, pero fue la primera actividad que me hizo ser consciente de que mi pequeñez suponía una carga. Mi madre me consiguió unas raquetas de nieve. Eran lo bastante pequeñas y las fijaciones estaban pensadas para diferentes tipos de botas. Ya tenía unos palos acortados. Mi madre me enseñó que al impulsarme con los palos me haría más fuerte y, con el tiempo, podría agarrarme a la cuerda del remonte. Lo de las raquetas de nieve me encantó y eso me evitó estar rodeado de todos esos fornidos esquiadores. Me gustan mucho los pueblos de esquí —me dijo el pequeño hombre de las raquetas—, pero he dejado de esquiar. Ahora solo corro y utilizo las raquetas.

—¿Cuánto mides? —le pregunté—. Mi madre mide un metro cincuenta y ocho. Lana Turner solo es tres centímetros más alta que ella.

—¡Podrían mirarme desde las alturas! —declaró el de las raquetas. Su guapura era lo único que evidenciaba su adultez—. Mido metro cuarenta y nueve. Demasiado bajito para ir a Corea. No me aceptaron. Me dijeron que no hacían uniformes tan pequeños; otro problema con la equipación —añadió el de las raquetas, como si el esquí y el ejército le hubiesen decepcionado en la misma medida. El tema de la molestia que suponía su pequeñez le preocupaba—. ¿Te gustaría probar con las raquetas de nieve? —me preguntó sin venir a cuento.

Había un único coche en el aparcamiento de la Jaula Thompson, un Volkswagen Escarabajo. ¿Construían coches más pequeños que ese en aquella época? El Escarabajo me pareció pequeño, pero aun así me pregunté si el pequeño hombre de las raquetas llegaría a los pedales.

—Sí, por favor —le respondí. Estaba absolutamente convencido de que había nacido para utilizar raquetas de nieve. Por otra parte, estaba ansioso por presentarle a mi madre al hombre de las raquetas. Sabía que había conocido a alguien que quería que mi madre también conociese. Quería saber su opinión sobre lo guapo que era; «bien parecido y *bajito*», imaginé que diría. Hasta que conocí al pequeño hombre de las raquetas, creía que el destino era algo que solo tenía importancia en la ficción. Pero ahí estaba mi destino, e incluso, tal vez, el de mi madre.

El hombre de las raquetas seguía hablándome, pero apenas oí lo que me dijo: su cabeza y la mitad superior de su cuerpo habían desaparecido momentáneamente. Estaba colocando sus raquetas de nieve en el asiento trasero de su Escarabajo. Me dijo que tenía «otro par de raquetas antiguas». También le oí decir algo sobre las «diferentes formas», seguido de un incomprensible comentario sobre las botas que yo necesitaba.

—Si tuviese que llevarte de compras... —empezó a decir el de las raquetas, pero no entendí el resto de la frase.

Cuando emergió del coche y pude volver a oírle, me habló de Charles Dickens. *Grandes esperanzas* era la novela que él creía que yo tenía que leer. De repente, me vino a la mente la idea de que yo también tenía mis propias esperanzas. Cuán grandes o pequeñas eran, eso ya no podía decirlo. Tener esperanzas respecto a mi persona era toda una novedad para mí.

—¿Quieres que te lleve? —me preguntó el de las raquetas.

—Sí, por favor —le respondí.

El paseo desde la Jaula Thompson a mi casa era de unos ocho minutos. Supuse que corriendo llegaría antes de lo que podría llevarme el hombre de las raquetas. Años atrás, las chicas Brewster me habían advertido: «No dejes que ningún desconocido te lleve en su coche».

A los trece años, ya medía metro sesenta y ocho. Cuando creciese del todo, no superaría el metro setenta y cinco. En el aparcamiento de la Jaula Thompson, la coronilla del hombre de las raquetas apenas me llegaba a la barbilla. Acepté que aquel pequeño desconocido me llevase a casa en su coche no solo porque quería que me contase algo más del libro *Grandes esperanzas,* que el diminuto hombre de las raquetas creía que yo tenía que leer, sino también porque quería saber cómo conducía.

Estaba familiarizado con el interior del Volkswagen Escarabajo, era el tipo de coche que mi madre se habría comprado, posiblemente debido a su pequeñez, pero nunca había visto el asiento del conductor colocado hacia delante de un modo tan llamativo. Las rodillas del hombre de las raquetas casi rozaban la parte de abajo del volante y, de hecho, no estaba sentado en el asiento. Aferraba con tal fuerza el volante que su trasero nunca llegaba a posarse del todo. Como el cambio de marchas del Escarabajo salía del suelo del vehículo, entre los dos asientos delanteros, el de las raquetas lo agarraba por detrás para cambiar de marcha. Pensé de inmediato que a mi madre le resultaría admirable la posición que el de las raquetas adoptaba para conducir. Me recordó al ángulo de noventa grados que dibujaba mi madre cuando hacía las sentadillas de pared. Y a pesar de que mi primer viaje en coche con el hombre de las raquetas fue muy breve, la flexible posición que mantenía con tenacidad me pareció incluso más impresionante debido a que se puso a recitar un pasaje del primer capítulo de *Grandes esperanzas*. Me resultó confuso porque yo no sabía que estaba citando a Charles Dickens. Creí que el de las raquetas me estaba hablando de su propia e infeliz infancia, no de las míseras circunstancias de un personaje de ficción.

—«Como yo nunca conocí a mi padre ni a mi madre» —empezó a decir mi diminuto chófer recitando de memoria—, «ni jamás vi un retrato de ninguno de los dos, porque aquellos tiempos eran muy anteriores a los de la fotografía, mis primeras suposiciones acerca de cómo serían mis padres se derivaban, de un modo muy poco razonable, del aspecto de su losa sepulcral.» —Eso, con toda probabilidad, significaba que sus padres habían muerto sin que él llegase a conocerlos; ¡antes de los tiempos de la fotografía! O al menos eso parecía ser lo que me estaba diciendo el hombre de las raquetas.

—Creía que tu padre te había enseñado a esquiar y que tu madre te había dado unas raquetas de nieve —le dije. Como era lógico, después de mi comentario los dos nos sentimos confundidos. Los ojos del hombre de las raquetas no se apartaron de la calle que se extendía frente a nosotros, porque apenas podía ver por encima del volante, que él aferraba fieramente con sus pequeñas pero por lo que se veía fuertes manos. Estaba convencido de que su madre había estado en lo cierto al pensar que impulsarse con los palos de esquí haría que su pequeño hijo se hiciese más fuerte. Pero ¿qué hacía yo ahora con lo que el hombre de las raquetas me estaba diciendo respecto a que había conocido a sus padres gracias a sus losas sepulcrales?

Estábamos ya en el sendero de acceso a la casa de mis abuelos en la calle Front, cuando el más pequeño profesor de inglés de la historia de Exeter detuvo el coche. Se reclinó en su asiento y me miró.

—Era una cita, Adam —me dijo con calma—. Es la segunda frase del segundo párrafo de *Grandes esperanzas*. Supuse que las circunstancias de un narrador joven en primera persona, junto al hecho de que no conociese a sus padres, podría resonar en tu interior. Por lo poco que sé de ti, entiendo que tus circunstancias se parecen un poco.

—Ya veo —le dije. Efectivamente, la frase que había citado resonó en mi interior. Estaba sentado en el asiento del copiloto del Escarabajo cuando la parte que hablaba de conocer a sus padres únicamente a través de sus losas sepulcrales empezó a decirme algo.

Había otro coche en el camino de acceso a la casa: la ranchera de tía Abigail. Por eso no me extrañó en absoluto ver las quejumbrosas caras de mis dos tías en la ventana del comedor; aquellas dos urracas iban juntas a todas partes. El benigno rostro de mi abuela no tardó en aparecer también en la ventana de al lado. Podía imaginar en qué estaban pensando. «¿Quién ha traído a Adam a casa? ¿Quién es ese extraño hombrecillo?» Sin embargo, Exeter era Exeter, es decir, mis chismosas tías debían de estar al corriente de todo lo relacionado con el diminuto y guapo hombre de las raquetas. Tía Abigail y tía Martha eran capaces de remover cielo y tierra con tal de saberlo todo de todo el mundo.

Me percaté de que el obstáculo que representaba la ranchera de tía Abigail suponía un problema para el pequeño hombre de las raquetas. No había lugar para dar la vuelta en el camino de acceso, tendría que regresar a la calle Front dando marcha atrás.

—Lo de la marcha atrás podría haberse convertido en un problema durante mi examen de conducir —me dijo el de las raquetas—, pero logré superarlo. —Ajustó el retrovisor interior, dos veces. Siguió mirando por el retrovisor exterior, como si se le hubiese pasado algo por alto.

Exeter era Exeter, por eso el hombre de las raquetas no solo sabía que yo era el «chico de los Brewster», también sabía mi nombre de pila; me había llamado «Adam». Estaba a punto de preguntarle su nombre, pero se puso a rebuscar en la guantera del Escarabajo, de donde sacó y me tendió un maltrecho ejemplar de bolsillo de *Grandes esperanzas*.

—No tengas en cuenta los subrayados ni todas las marcas en las páginas: es el ejemplar que utilizo en clase —me dijo el hombre de las raquetas.

—Me ayudarán, estoy seguro —repuse. Me pareció una coincidencia muy poco probable: la novela que él creía que yo tenía que leer estaba esperándome en la guantera de su coche. Pero el de las raquetas me explicó que él nunca iba en su Escarabajo a ninguna parte sin llevar consigo lo que él denominaba «una novela de emergencia».

—Si me salgo de la carretera y me quedo tirado en la cuneta, incapaz de mover las piernas o de salir del coche, quiero tener algo para leer..., una novela de emergencia —me explicó el más menudo de los profesores de inglés de Exeter.

Le di las gracias y salí del coche. Espero haber sido en aquella ocasión lo bastante sensible con su temor a dar marcha atrás; me esforcé por no observar cómo salía del camino de acceso a la casa. Por otra parte, estaba deseando empezar a leer el libro de Charles Dickens. A mis trece años de edad, carecía de la experiencia o del hecho de haber sufrido como para lamentar nada de lo que hubiese vivido hasta entonces. No había muerto nadie de mi entorno; todavía no. No había tenido ningún encuentro ni había trabado relación con fantasma alguno; todavía no. En lo que a *Grandes esperanzas* se refiere, no podía imaginar que aquella historia, que empezaba en un camposanto —sobre un muchacho solitario que se ve acosado por un reo fugado «entre las tumbas»—, se convertiría en mi novela de emergencia.

12
Predestinado para Pequeña Ray y para mí

En julio de 1956, tan solo diecisiete meses después de haber conocido al hombre de las raquetas de nieve, mi madre se casó con él. Su nombre era Elliot Barlow. Era siete años más joven que mi madre, que ya había cumplido los treinta y cuatro el día de su boda. Ese detalle provocó que tía Abigail, que estaba totalmente en contra de las novias añosas, declarase:

—Vas a convertirte en la novia más vieja de la familia, Rachel.

—Espera y verás lo vieja que seré yo —dijo Nora. A los veintiún años, Nora entendía que el matrimonio era como una enfermedad terminal. No se le había conocido hasta entonces novio alguno.

—Supongo que Nora está esperando a la persona adecuada —fue todo lo que dijo tía Abigail en defensa de su hija.

—No puedes ser muy quisquillosa con eso de la persona adecuada —añadió tía Martha—. Tienes que *probarlo* con alguien.

—Estoy esperando a uno que me deje cortarle la polla —les dijo Nora—. Probaré con ese.

Nora trajo a una amiga a la boda de mi madre, una compañera de clase en la universidad Mount Holyoke. Su nombre era Emily, pero se hacía llamar Em. ¿Sería ese el nombre que le había puesto Nora? ¿Era una muestra de dominio sobre ella? Em tenía aspecto de muñeca y parecía algo nerviosa: le asustaban los ruidos y los movimientos repentinos. Em iba agarrada del brazo de Nora o se colocaba a su espalda. En ocasiones, enterraba su cara de muñeca entre los omóplatos de Nora y le rodeaba el vientre con los brazos.

Para acomodar a los invitados a la boda que habían llegado de fuera de la ciudad —la mayoría de ellos integrantes de la parte noruega de la familia de North Conway—, mi abuela había reservado varias habitaciones en el hotel Exeter. El hotel estaba muy cerca de la casa de la calle Front, donde iban a tener lugar tanto la ceremonia como el banquete de boda. Tía Abigail había dado por hecho que Nora y Em dormirían juntas en la que había sido la habitación de Nora siendo niña —Nora había crecido en el apartamento de las instalaciones de la academia, junto a su madre y a tío Martin—, pero Nora y Em prefirieron alojarse en una de las habitaciones del hotel.

—Os lo aseguro —nos dijo a todos—, Em hace mucho ruido por las noches.

—¡Pues no da la impresión de que Em haga ningún tipo de ruido cuando está despierta! —replicó tía Martha. De hecho, Em ni siquiera hablaba: no la vi abrir la boca durante todo el fin de semana de la boda. Em era tan silenciosa como el mudo emérito.

Le pregunté a Nora por los ruidos que Em hacía cuando estaba dormida, aunque tuve que esperar a que se presentase el momento adecuado para preguntárselo: cuando Em fue al lavabo. El resto del tiempo, Em estaba físicamente unida a Nora a su silenciosa manera.

—Has dicho que Em hace mucho ruido por las noches. ¿Ruido de qué tipo? —le pregunté a mi prima. Yo tenía catorce años cuando se casó mi madre. El novio, extremadamente pequeño, tenía veintisiete, aunque parecía una especie de niño de catorce años sobredimensionado.

—Em experimenta unos orgasmos ridículamente histéricos y sonoros, Adam —me dijo Nora—. Cada orgasmo parece como si fuese su primera o su última vez.

En 1956, mi experiencia con relación a los orgasmos femeninos se limitaba al ámbito cinematográfico; a pesar de que imaginaba constantemente y con mucha intensidad orgasmos femeninos.

El pequeño hombre de las raquetas me había llevado al cine Franklin, en Durham, a ver más películas extranjeras subtituladas. Eso iba a suponer (por siempre jamás) un vínculo entre nosotros, además de las raquetas de nieve. Mis tías les habían prohibido a tío Martin y a tío Johan llevarme a ver películas extranjeras en las que apareciesen orgasmos femeninos. Vi mi primera película de Ingmar Bergman con Elliot Barlow. En aquella época, me resultó todo un alivio no ver esa película con mis tíos y su tendencia a reírse de todo. Aunque ahora que lo pienso, me perdí una gran oportunidad.

La boda de mi madre fue la primera a la que acudí con mi tío Martin y mi tío Johan, que no dejaron de reír durante toda la ceremonia y el banquete. Ni en un millón de años se me habría ocurrido imaginar que la boda de mi madre con Elliot Barlow podría ser una comedia. De hecho, en mi papel de casamentero, entendí que se casasen como un triunfo personal. Trabajé muy duro para conseguirlo; más duro incluso de lo que me apliqué con las raquetas de nieve.

Telefoneé a mi madre la noche del día en que conocí al «señor Barlow», como oí que tía Abigail y tía Martha lo llamaban por primera vez. Como cabía esperar, mis gruñonas tías habían reconocido al diminuto conductor de aquel Volkswagen Escarabajo y habían disfrutado, cruelmente, viéndolo descender marcha atrás, centímetro a centímetro, por el sendero de acceso a la casa. Mis tías, las mayores brujas entre las esposas del profesorado de Exeter, tenían opiniones formadas sobre todos los profesores solteros de la academia. Andaban buscando el soltero adecuado o conveniente para Pequeña Ray; es decir, uno con el que pudiera casarse. Mis tías habían descartado a Elliot Barlow por razones que iban más allá de su extrema pequeñez.

—¿Qué demonios estabas haciendo con el señor Barlow, Adam? No se te habrá *insinuado*, ¿verdad? —me preguntó tía Abigail. Ella, tía Martha y mi abuela seguían pegadas a los cristales de las ventanas del comedor, observando al pequeño hombre de las raquetas descender marcha atrás el traicionero sendero de acceso a la casa. Yo tenía trece años, así que no entendí muy bien qué pretendía dar a entender con la palabra *insinuado*. Como había sido yo el que había hablado con el hombre de las raquetas antes de que él hablase conmigo, me inclinaba a pensar que era yo el que se había *insinuado* a él.

—Si el señor Barlow se libró de ir a Corea por ser demasiado bajito, ¡yo creo que tampoco deberían dejarle conducir! —comentó tía Martha. Seguía mirando por la ventana, igual que mi abuela.

—Bobadas, Martha. No puedes culpar a nadie por ser demasiado cuidadoso —dijo Nana.

—Yo creo que el señor Barlow pierde aceite, si quieres saber mi opinión —dijo tía Abigail. Esa expresión, al igual que el modo en que tía Abigail había elegido la palabra *insinuar,* me pasó totalmente desapercibida. A pesar de que pude apreciar el tono mordaz en la voz de mi tía, supuse que se refería a algo que había advertido observando el descenso del Volkswagen Escarabajo. Necesité que Nora me aclarase el comentario homófobo de su madre, algo que no tardó en hacer.

—Mi madre y tía Martha creen que Elliot Barlow es marica, Adam. Dijeron lo de perder aceite porque entienden que está estropeado, como si fuese un coche, que ya no sirve —me dijo Nora.

Los prejuicios sexuales de mis tías estaban vinculados al hecho de que creían que los profesores mayores solteros de Exeter eran lo que ellas denominaban como «homosexuales no practicantes». Respecto a los solteros jóvenes entre el profesorado de la academia, tía Abigail y tía Martha suponían que no tardarían en casarse. Tal como Nora me lo explicó:

—Si aparece un tipo guapo entre el profesorado y nadie le echa el lazo durante su primer año como docente... Bueno, se convierte en homosexual a los ojos de esas dos brujas. Así es como piensan —me informó Nora—. Pero, dime una cosa, Adam: ¿cómo podría un tipo, incluso siendo mono, encontrar a una chica con la que emparejarse aquí, en *Exeter?* Se trata de una escuela para chicos en la que todos los profesores son hombres, ¡y no hay un solo lugar en el que relacionarse con nadie en el *centro* de la ciudad! Te lo aseguro, sé de lo que hablo —me dijo Nora—. Aquí no hay modo de encontrar una chica con la que enrollarse, ¡ni siquiera para algo rapidito!

—¿Qué quería de ti el pequeño señor Barlow, Adam? —me preguntó tía Abigail. Mientras tanto, ella y tía Martha seguían observando cómo descendía, acongojado, por el sendero de acceso a la casa.

—¡Sabemos muy bien lo que quiere el señor Barlow, Abigail! —apuntó tía Martha—. Para ser más precisos, Adam, ¿de qué habéis estado hablando?

—De raquetas de nieve —le respondí.

—*¡Raquetas de nieve!* —bramó tía Abigail.

Tiempo después, cuando le conté a Nora las tácticas de interrogatorio de su madre y de tía Martha, me dijo:

—Puedo imaginar perfectamente cómo pronunció mi madre las palabras *raquetas de nieve:* como si le hubieses dicho que Elliot y tú habíais estado hablando de *fisting*.

—¿Qué es *fisting*? —le pregunté a Nora. Ella suspiró.

—Llegará un día, Adam, en el que habrás crecido tanto como yo..., o lo que llegues a crecer —dijo Nora—. Dejemos el *fisting* para otro día, ¿de acuerdo, chaval?

—De acuerdo —respondí. Me gustaba cuando Nora me llamaba «chaval», una expresión de cariño que mi madre solo utilizaba a veces conmigo; solo cuando sentía lástima de mí o cuando le entristecía algo que no podía explicarme. Nora se compadecía de mí solo en apariencia, aunque esa tendencia se hizo más patente cuando estaba acabando la universidad. Tal vez lo que le estaba ocurriendo en Mount Holyoke, cuando su aversión hacia los hombres adquirió un matiz político, le generaba una mayor empatía hacia mí, su despistado y mucho más joven primo.

—El señor Barlow me dio un libro —les dije a mis inquisitivas tías, mostrándoles aquel maltrecho libro de bolsillo; el ejemplar con el que trabajaba en clase.

—¡Un *libro!* —gritó tía Abigail arrancándomelo de las manos—. *Grandes esperanzas*... ¡Ajá! —exclamó.

—¿Tiene ilustraciones? —preguntó tía Martha. Charles Dickens logró, por fin, apartarlas de las ventanas del comedor; incluida mi abuela. Nora me dijo tiempo después que su madre y tía Martha probablemente imaginaban que *Grandes esperanzas* era un libro ilustrado en el que aparecían penes erectos.

—Dadme el libro, chicas. Es una novela —les dijo Nana—. Dickens no escribió nada pornográfico.

—Hay fragmentos subrayados —dijo tía Abigail con suspicacia.

—Hay cosas escritas a mano. El enano modosito ha escrito en las páginas —añadió Martha.

—Es el libro del señor Barlow. Es el ejemplar con el que da clase —repetí—. Le conté que me habías leído *Moby-Dick* en voz alta, Nana. Le conté que quería intentar leerlo otra vez, por mi cuenta —le dije a mi abuela.

Sostuvo en sus manos *Grandes esperanzas* casi con reverencia, tal como la había visto sostener *Moby-Dick*, como enfocándolo hacia el cielo.

—Leer esta novela te resultará más sencillo, Adam —dijo Nana—. Trata de un hombre joven que busca su camino —añadió.

—¡Eso fue precisamente lo que me dijo el señor Barlow! —exclamé.

—¡Un hombre joven que busca su *camino!* —gritó tía Abigail alarmada.

—¡Me pregunto qué tipo de *camino!* —añadió tía Martha.

—Chicas, chicas... Ya vale —les dijo mi abuela—. Es una novela literaria.

—Al señor Barlow le gustan las raquetas de nieve —insistí—. Lo de las raquetas es mi alternativa al esquí. Me gusta correr. Con raquetas puedo correr hasta lo alto de la montaña —les dije—. Y el señor Barlow me va a enseñar a escribir. He decidido que quiero ser escritor —dije.

—¡Escritor! —chilló tía Abigail.

—¡Que Dios nos pille confesados! —añadió tía Martha.

En una ocasión, Nora me diría:

—Perfectamente podrías haber dicho que querías dedicarte al *fisting*, Adam. O que estabas deseando probar el *fisting*. —Sí, fue después de que llegase el día... en que había crecido lo suficiente como para que Nora me ilustrase respecto al *fisting*.

Pero, en aquel momento, no fui capaz de entender la consternación que el señor Barlow había generado en mis tías. Ojalá hubiese podido hablar entonces con mis tíos sobre el hombre de las raquetas de nieve. Estoy seguro de que ellos hubiesen sentido un gran aprecio por «el que corre por encima de la nieve», como ellos le llamaban. Más adelante, cuando pude hablar de ese tema con ellos, tío Martin y tío Johan mostraron hacia él el máximo respeto como colegas. El pequeño profesor de inglés era muy popular entre sus alumnos. Y respecto a aquellos alumnos que no habían tenido clase con él, o aquellos que tendían a burlarse, el señor Barlow acababa ganándoselos gracias a su buen humor. Mis tíos, con su tendencia a reírse de todo, también se rindieron al sentido del humor del hombre de las raquetas.

En Harvard, Elliot Barlow había elegido Inglés como materia

de especialización, según me contó tío Martin. El pequeño hombre de las raquetas se graduó en 1951. Gracias a la infinita sabiduría de las Fuerzas Armadas de Estados Unidos, que habían declarado al que corre por encima de la nieve no apto para el servicio, o al menos así me lo contó mi tío Johan, el señor Barlow se había doctorado en Harvard en 1953. En el otoño de ese año, el hombre de las raquetas empezó a dar clases en Exeter. Según mis tíos, los únicos miembros del profesorado que seguían mostrando cierto rechazo debido a la pequeñez del hombre de las raquetas eran los más chapados a la antigua.

Mis tías seguían mostrando rechazo. Con aquella mentalidad suya favorable a los linchamientos, mis tías habían hecho sonar la alarma de la homosexualidad al inicio y al final del primer año del señor Barlow como profesor. A mediados de su segundo año fue cuando me conoció. A esas alturas, tía Abigail y tía Martha habían encendido ya todas las alarmas.

Como Nora me contaría tiempo después:

—Mi madre y tía Martha iniciaron una caza de brujas de esposas de profesores. Nada les ponía tanto como descubrir maricas.

Según Nora, que mi madre se casase con el pequeño hombre de las raquetas le salvó. Más adelante, Nora modificó su opinión:

—En cualquier caso, Ray ayudó al de las raquetas a conservar su puesto de trabajo.

De lo único de lo que yo estaba seguro —la noche del día en que lo conocí— era de que tenía que telefonear a mi madre. Estaba esperando a que mis tías se fuesen —que regresasen a casa junto a sus risueños noruegos— y a que mi abuela empezase con los asuntos de la cena. Nana denominaba «los asuntos de la cena» a sus esfuerzos por preparar la cena para el mudo emérito y para mí. Mi abuela no era buena cocinera; no le gustaba cocinar.

Al final, mis tías se marcharon de la casa de la calle Front para ir en busca de sus alegres maridos gracias a que mi abuela empezó a recitar fragmentos marcados del ejemplar anotado de *Grandes esperanzas* del señor Barlow.

—Escucha esto, Adam: es la señorita Havisham hablando sobre el amor. Esto puede ser una buena lección para ti —me dijo Nana, antes de empezar a leer en voz alta. Tía Abigail y tía Martha intercambiaron miradas siniestras. Se activó en ellas el dispositivo de salida inmediata—. Dice así: «Voy a decirte lo que es el amor verdadero. Es devoción ciega, autohumillación sin cuestionamiento, absoluta sumisión, confiar y creer contra tus propias ideas y las del mundo al completo, entregar tu corazón y tu alma a la gran golpeadora..., ¡como yo lo hice!». En pocas palabras, ¡esa es la señorita Havisham! —proclamó mi abuela—. ¡El pequeño profesor de inglés sabe cómo hay que *leer!*

Hasta tener noticia de la proclama de la señorita Havisham, a mí no me había interesado gran cosa la perspectiva del *amor verdadero*. A través de una de las ventanas del comedor observé la veloz retirada de tía Abigail y tía Martha. La mera idea de que el amor era *absoluta sumisión* les resultaba repelente. Y Nana no había acabado. En los años que había pasado junto al falso, ahora silencioso, emérito, mi abuela se había acostumbrado a una audiencia de una única persona. Al menos podía decirse que yo era una audiencia atenta.

Otro de los pasajes que el pequeño profesor de inglés había señalado llamó la atención de Mildred Brewster, y la animó a seguir leyendo en voz alta.

—También está este, Adam —dijo Nana con melancólica solemnidad—. Espero que no llegues a reconocerte nunca en esto. Digamos que se trata de la prueba evidente de que la máxima felicidad que podrías experimentar ya pasó y que estás a punto de afrontar la parte más dura de la soledad. Esta es la visión de los pantanos que tiene el pobre Pip durante la noche: «Miré las estrellas y pensé en lo desagradable que sería para un hombre volver la cabeza hacia ellas mientras se congela hasta morir, sin llegar a encontrar ayuda ni compasión alguna entre esa centelleante multitud». Ojalá te libres de semejante sensación de soledad, Adam —me dijo mi abuela todavía con mayor solemnidad.

—Voy a llamar a mi madre, Nana..., mientras preparas la cena —dije. Dadas las circunstancias, intenté que mi tono de voz fuese lo más esperanzado posible, sabiendo que el asunto de la cena que iba a tener lugar en la cocina de mi abuela rara vez conllevaba buenos resultados. Todavía trastocado, como lo estaba yo, por las exigencias del *amor verdadero*, entre las que se incluía entregarle mi corazón y mi alma a la gran golpeadora, no fue menor la devastación que sentí ante la perspectiva de congelarme hasta la muerte sin recibir atención o cariño alguno por parte de las indiferentes estrellas—. ¿Qué es eso de la gran golpeadora, Nana? —le pregunté.

Mi abuela me tendió el ejemplar de *Grandes esperanzas* del profesor y se encaminó estoicamente hacia la cocina, donde yo sabía que no tenía depositadas muchas esperanzas.

—La gran golpeadora es alguien que puede golpearte con mucha fuerza, Adam, ya sea con la mano o con algún objeto —dijo Nana. No me sonó nada bien, en ninguno de los casos, pero como me había quedado solo, por fin podía telefonear a mi madre.

Durante la temporada de esquí, telefonear a mi madre a Stowe no se encontraba precisamente dentro de la devastadora categoría que Pip había definido como «sin llegar a encontrar ayuda ni compasión alguna entre esa centelleante multitud», pero me veía obligado a afrontar otro tipo de incertidumbres cuando lo hacía. En primer lugar, mi madre sabía perfectamente lo mucho que la echaba de menos. Debía andarme con mucho cuidado, sobre todo al inicio y al final de la llamada, para que no resultase evidente que mi añoranza era la razón para haberla telefoneado. Si ella hubiese apreciado en mi voz lo mucho que la echaba de menos, se habría puesto a llorar y ambos nos habríamos sentido culpables.

Por otra parte, yo tenía tan solo una vaga idea de dónde vivía en Stowe, lo cual era un asunto de importancia menor, pero, aun así, un tanto inquietante; por no hablar de con quién vivía. Me había dicho que tenía un «montón de compañeras de apartamento». Por lo general, cuando yo llamaba, respondían o bien mi madre, o bien Molly.

—Imagínate un dormitorio de internado para chicas deportistas, Adam. Ahí es donde paso la temporada de esquí —me había dicho mi madre.

Estoy convencido de que ella no tenía ni idea de la imagen tan incómoda y a la vez excitante que conjuró para mí, su hijo de trece años, tumbado en su cama lidiando con la conflictiva idea de las *chicas deportistas;* sus compañeras instructoras de esquí o pisteras, entre las que se encontraba también una conductora de máquinas pisanieves.

Molly era la que se encargaba de la pisanieves. Yo no conocía a Molly. Solo había hablado con ella por teléfono cuando llamaba a mi madre. Pequeña Ray había conocido a Molly en Cranmore, que tenía fama de disponer de la más «avanzada tecnología pisanieves», tal como me contó Molly. Ella ya conducía una pisanieves en Cranmore antes de llevarse sus conocimientos técnicos a Stowe. En esa época, Molly conducía aquellas máquinas en el monte Mansfield y en Spruce Peak.

Recuerdo la primera vez que Molly me habló de la «vieja pisanieves» que conducía en el «turno de noche» allanando las pistas en Cranmore: un Tucker Sno-Cat de 1952. Yo no sabía absolutamente nada de esa clase de vehículos de trabajo, Molly tuvo que explicármelo todo. Para llegar a la cabina había que encaramarse a las orugas del vehículo. El Tucker tenía cambio de marchas y un pedal de embrague, pero carecía de pedal de freno, tan solo disponía de freno de mano. Molly instaló en el vehículo una radio y una estufa. Al Tucker Sno-Cat no se le daban muy bien los ascensos: Molly debía subir por la carretera de servicio y descender por cada una de las pistas. Me dijo que el Tucker había volcado varias veces cuando cruzaba la colina. Los zorros iban detrás de la pisanieves para intentar cazar los ratones que el rodillo delantero obligaba a salir de entre la nieve. Las lamas del rodillo rompían la nieve y la prensaban.

—El rodillo deja la nieve de un modo que parece como si los esquiadores hubiesen estado evitando esa pista —me explicó Molly. Veía centellear los ojos de los animales cuando les alcanzaba la luz de los faros del quitanieves—. Los guardabosques dicen que no hay pumas en New Hampshire o en Vermont, pero yo los he visto —me contó la allanadora nocturna. También había visto las huellas de los pumas en las pistas. Conocía a todos los animales por sus ojos o por las huellas de sus pezuñas o sus garras. Después de que Molly se trasladase a Stowe, para dedicarse a allanar pistas por la noche, me dijo que había estado observando a Bob el Pies Grandes. Era un amigo suyo, un tipo que salía por la noche con sus raquetas de nieve. Sus raquetas dejaban unas huellas considerables en la nieve.

—Como si un elefante hubiese estado dando un paseo por allí —me dijo Molly.

A ella no le molestaba, porque sabía que Bob trabajaba todo el día y solo podía ponerse las raquetas por la noche, aunque no quería que pasase por las pistas después de haber allanado la nieve.

—Bob no me cae mal. No me apetece matarlo —me dijo.

El trabajo de Molly me parecía de lo más exótico. Me apetecía salir a allanar pistas de esquí con ella. Mi madre me dijo que era la operadora principal de la maquinaria de montaña. Molly reemplazaba de vez en cuando al tipo que quitaba la nieve de los aparcamientos y de los caminos de acceso a la zona de esquí. También sustituía a los encargados de los remontes y le pedían que ayudase a la patrulla de rescate.

La noche en que llamé a mi madre para hablarle del pequeño hombre de las raquetas, tenía pensado no hablarle de él a Molly, si era ella la que contestaba al teléfono. Me preocupaba, en ese sentido, que Molly tuviese sentimientos encontrados con relación a Bob el Pies Grandes.

Solía llamar a mi madre mientras Nana se encargaba de los asuntos de la cena. Si respondía mi madre, sabía que esa noche a Molly le tocaba el primer turno de la pisanieves. «Desde el momento en que cierran los remontes hasta la medianoche», me había explicado mi madre. Si Molly respondía al teléfono, sabía que le tocaba el turno de noche, que iba desde las doce a la salida del sol; a veces hasta que ponían en marcha los remontes, por la mañana. En otras ocasiones, cuando llamaba a mi madre por la noche, me decía que estaba esperando a Molly.

—Me gusta tomar una cerveza con ella cuando llega a casa —me contó mi madre.

Más o menos a la hora de la cena del mismo día en que conocí al hombre de las raquetas, Molly respondió al teléfono.

—Aquí Molly —decía siempre.

—Aquí Adam —le respondí, como de costumbre.

—¿Adam, qué? —preguntaba siempre Molly—. ¿Eres Adam el niño, la persona que más le importa en el mundo a Ray, o a lo mejor otro Adam que no anda metido en nada bueno? —Obviamente, sabía que era yo.

—Soy Adam el niño, Molly —le respondí a la allanadora nocturna.

—Ya me parecía a mí —decía siempre—. ¡Ray! —gritó Molly—. Tu hijo al teléfono.

En ese momento, oía a las chicas deportistas. Me las imaginaba, después de haber estado esquiando, despojadas de sus largos calzones o tal vez envueltas en toallas, después de ducharse.

—¿Ray tiene un *hijo?* —solía exclamar alguien.

—¿Cuántos hijos tienes, Ray? —gritó otra de las deportistas.

—Solo tengo uno, el único y exclusivo —pude oír decir a mi madre antes de agarrar el teléfono.

—¿Adam? —preguntaba siempre mi madre, como si, después del revuelo que provocaba mi llamada, hubiese podido ser algún otro Adam, uno que no tuviese nada bueno que ofrecer, como Molly repetía una y otra vez.

—He conocido a alguien importante —le dije a Pequeña Ray yendo directo al grano.

—¡Callaos, por favor! —les pidió mi madre a las chicas deportistas, a las que todavía se oía parlotear al fondo—. Adam ha conocido a *alguien importante,* o al menos eso dice mi niño —le oí susurrar a mi madre dirigiéndose a otra persona.

—Oh, oh —respondió una de las deportistas también en voz baja; aunque a lo mejor fue Molly. También oí repetir la expresión *alguien importante* un par de veces.

—¡Asegúrate de que el muchacho tiene preservativos, Ray! —gritó una de las deportistas.

—Saca al muchacho de donde está, Ray. ¡Tráetelo a vivir con nosotras! —exclamó otra de las deportistas.

—Sí, claro. Adam el niño estaría la mar de seguro con nosotras —dijo alguien (Molly, no). Ya no pude entender nada más de lo que dijeron las deportistas, tan solo oía un murmullo constante, interrumpido de vez en cuando por un breve estallido de carcajadas.

—Cuéntamelo todo, Adam —me susurró mi madre—. ¿A quién has conocido, cariño? Cuéntame, cuéntame.

—¡A un hombre con raquetas de nieve! —espeté.

—Qué curioso. La otra noche, Molly estuvo a punto de atropellar a Bob el Pies Grandes —me dijo mi madre—. Los que allanan la nieve de las pistas a veces no se llevan muy bien con los que usan raquetas —me explicó Ray sin alzar la voz. Sus conocimientos, que abarcaban todo aquello que estuviese relacionado de manera directa o indirecta con el esquí, me disuadieron de contarle lo que realmente quería que supiese. No sabía por qué, pero estaba convencido de que el hombre de las raquetas estaba predestinado para Pequeña Ray y para mí. No se trataba únicamente de *mi* hombre de las raquetas.

—Sigue, sigue. Cuéntamelo todo, Adam —repitió mi madre.

Lo hice. Le hablé de mi aspiración de usar raquetas de nieve y de convertirme en escritor, todo lo cual le resultó un tanto confuso a mi madre cuando le hablé de *Grandes esperanzas;* porque no le dejé claro que se trataba de una novela.

—¡Espera, cariño! —gritó mi madre—. ¿Qué clase de *grandes esperanzas* te dio el señor Barlow?

Cuando le aclaré ese tema, tuvimos que afrontar varios malentendidos más sobre la extraordinaria guapura del señor Barlow.

—¿Me estás diciendo que el señor Barlow te parece muy guapo, *a ti,* cariño? —me preguntó mi madre.

—Te estoy diciendo que creo que el señor Barlow te parecerá muy guapo; bien parecido y *bajito* —enfaticé.

—Oh, Adam, ¿estás intentando emparejarme con alguien? —me preguntó mi madre—. Ay, cariño. ¡Qué cosa más dulce de tu parte! —dijo llorando. Era totalmente consciente, como cabe suponer, de que estaba haciendo de casamentero para ella.

—Creo que te gustará —le dije—. Sé que te parecerá guapo. Bien parecido y *bajito* —repetí.

—Adam: prométeme que Abigail y Martha no tienen nada que ver con esto —dijo mi madre de repente.

—¡No creo que a *ellas* les guste el señor Barlow! —le dije—. Abigail comentó que creía que «perdía aceite» o algo parecido. Tía Martha dijo algo como «enano modosito».

—Bueno, eso explica por qué esas dos no me habían hablado del señor Barlow —dijo mi madre en voz baja.

—El señor Barlow me ha dicho que eres «guapa»; de hecho, que eres «muy guapa». Hablo en serio —le dije.

—¿Eso ha dicho el señor Barlow de mí? —preguntó mi madre.

—Yo le dije que eras «muy guapa» y él estuvo de acuerdo conmigo. Ya te había visto —le conté. Incluso le describí cómo el señor Barlow conducía su Escarabajo: con ambas manos aferrando con fuerza el volante y sin que el trasero le tocase el asiento, como si estuviese haciendo sentadillas de pared y conduciendo a la vez.

—Adam, cariño..., ¿es muy bajito? —me preguntó—. ¡Seguro que el señor Barlow no es tan bajito como yo! —afirmó mi madre.

Debería de haber tenido en cuenta que su estatura sería el elemento clave. En aquella época, todavía no sabía exactamente por qué.

—El señor Barlow es bastante más bajito que tú. Mide metro cuarenta y nueve. Parece que no necesitara afeitarse —le dije.

—Dios mío —articuló Pequeña Ray. Aprecié un leve temblor en su voz, como si tuviese frío o hubiese visto un fantasma—. Cariño —susurró mi madre—. El señor Barlow no parece tan bajito como *tú,* ¿verdad? —Ella lo supo por mi pausa: no tenía ganas de decírselo. Pude oír el castañeteo de sus dientes. Su voz me produjo escalofríos.

—El señor Barlow es más bajito que un niño de catorce años —dije consciente de que yo tenía trece—, pero sus manos son más grandes que las mías.

—Pero ¿realmente parece muy joven, cariño? —logró preguntar mi madre. Debía de estar temblando visiblemente, pues habían cesado los murmullos de las chicas deportistas y nadie reía.

—Su guapura es el único detalle que le hace parecer adulto —contesté—. El señor Barlow parece increíblemente joven, no sé si me explico —añadí. No pude aportar nada más a nuestra conversación, que se había enfriado de golpe.

—Sé perfectamente a qué te refieres —repuso mi madre con un deje de amargura—. ¿Has visto algún fantasma, Adam? —me preguntó sin venir a cuento.

—No —respondí—. ¿Tú sí?

—Tengo que colgar, cariño —dijo mi madre en un susurro—. Hablaremos de fantasmas cuando llegue el momento, ¿de acuerdo, chaval?

13
El beso del hombre de las raquetas

Con el paso del tiempo, vamos conociendo a ciertas personas que nos cambian la vida; en mi caso, solo han sido unas pocas. El pequeño hombre de las raquetas fue la primera persona que me cambió la vida. Las raquetas de nieve supusieron un aceptable sustituto del aprendizaje del esquí. Mi madre aceptó las raquetas, a pesar de que tenía su propia opinión al respecto: los que llevaban raquetas de nieve tenían que mantener las distancias con los que esquiaban; los que llevaban raquetas no siempre eran bien recibidos en las estaciones de esquí. Desde un primer momento, mi madre y el hombre de las raquetas podían debatir sobre esa cuestión... durante horas.

Resultaba soporífero escucharlos, pero se mostraban muy animados sobre el dónde y el cuándo —en qué estaciones de esquí, a qué horas— estaba permitido circular con raquetas de nieve. Algunas estaciones solo permitían las raquetas de nieve cuando habían dejado de funcionar los remontes; es decir, cuando los que esquiaban ya no estaban allí.

Respecto a la mala relación que a veces mantenían los allanadores de las pistas con los que llevaban raquetas, Molly no era la única que había estado a punto de atropellar a alguno de ellos. El señor Barlow y mi madre estaban de acuerdo en ese asunto: nada de raquetas de nieve cuando las pisanieves estaban en las pistas.

—En particular, si están trabajando los del turno de noche —dijo el hombre de las raquetas.

En las localidades con estaciones de esquí en las que se había criado, el hombre de las raquetas había aprendido a negociar. Hablaba con los conductores de las pisanieves, con los patrulleros de rescate y con los encargados de los remontes; de vez en cuando, incluso compraba billetes para los remontes.

—En algunas estaciones de esquí te obligan a comprar billete de subida y de bajada. Caminas con las raquetas de nieve por encima de la línea de los árboles, donde resultas más visible —dijo el pequeño profesor de inglés.

Si bien mi madre opinaba que las pistas más seguras para los que llevaban raquetas de nieve eran las de los principiantes o las intermedias, habida cuenta de que los esquiadores no van tan deprisa como en las pistas para expertos, aun así creía que los que llevaban raquetas entorpecían el paso de los esquiadores; incluso cuando se quedaban a un lado de la pista.

—Los que llevan raquetas tienen que estar fuera de las pistas, en zonas no allanadas, por donde van los montañeros y algunos practicantes de telemark —dijo mi madre.

En una de las conversaciones de Elliot Barlow con mi madre, respecto a lo que estaba permitido o no en las estaciones de esquí, descubrí que a Nora le habían prohibido esquiar en Cranmore Mountain. Nora no me lo había dicho. Había dado por hecho que dejó de ir a Cranmore porque no se llevaba bien con las rubias femeninas; Nora ya era lo bastante mayor como para tomar sus propias decisiones.

—Nora ha hecho daño a demasiada gente —le dijo mi madre al señor Barlow—. Los de la patrulla de rescate le han prohibido esquiar allí de manera indefinida.

—¡Nunca había oído decir que en una estación le prohibiesen la entrada a nadie de manera *indefinida!* —exclamó Elliot Barlow—. Ni siquiera en Austria.

Para mi madre, las localidades de esquí más encantadoras en las que Elliot había crecido estaban en Austria: Lech, en Vorarlberg, y St. Anton y St. Christoph, en los Alpes tiroleses. Pequeña Ray idolatraba la sierra de Arlberg. Hablaba de aquellos tres pueblos de montaña, con sus respectivas estaciones de esquí, bajando la voz, pronunciando sus nombres al completo con reverencia: Lech am Arlberg, St. Anton am Arlberg, St. Christoph am Arlberg. Cuando el pequeño profesor de inglés alabó su pronunciación, mi madre tuvo que admitir que tío Johan le había ayudado un poco con el alemán.

Resulta extraño haber llegado a la adolescencia sin haber visto a tu madre flirtear con nadie. Además, fue incómodo que el primer encuentro de mi madre con el hombre de las raquetas tuviese lugar en la casa de mi abuela. Que mi madre cubriese el largo trayecto desde Stowe en coche en el momento álgido de la temporada de esquí, a principios de febrero, era una rareza absoluta. Pero vino a casa de inmediato. Nana hizo todo lo que estuvo en su mano, pero fue incapaz de mantener al margen a mis entrometidas tías.

—Tendríamos que haberle advertido a Ray del factor *modosito* —le insistió tía Abigail a mi abuela.

—El señor Barlow es demasiado bajito para que resulte *creíble* —añadió tía Martha.

—Chicas, chicas... Dejemos que Ray y el señor Barlow tengan algo de privacidad, por favor —les dijo Nana a aquellas arpías, guardianas de la sexualidad.

Sí, claro: para las chicas Brewster la privacidad era una calle de sentido único. Por un lado estaban las cosas que ellas querían saber, y por otro las que no querían que tú supieses. Además, yo no les ofrecí a Elliot Barlow y a mi madre mucha privacidad; no durante su primer encuentro, que mi madre acabaría definiendo como su «única cita a ciegas». A esa mezcla hay que añadirle la azarosa intrusión del abuelo Lew. Incluso viviendo en su mundo, el emérito, que no dejaba de mascarse el bigote, muy posiblemente se había dado cuenta de la extraña irregularidad que suponía ver a Pequeña Ray en casa durante la temporada de esquí.

Al abuelo Lew, la embelesada conversación que mantuvieron mi madre y el pequeño hombre de las raquetas le resultó, a partes iguales, desconcertante y enojosa. Es posible que el emérito viese en Elliot Barlow a otro posible hijo ilegítimo de Pequeña Ray, a pesar de los repetidos esfuerzos de Elliot por sacar de su error al delirante mascador de bigotes.

A cada suspiro del evidentemente indignado emérito —ya fuese tras echar un vistazo o al cruzar el salón—, el señor Barlow se ponía en pie y decía a voz en grito:

—¡Buenas tardes, director Brewster! —Lo que provocaba que, de inmediato, el viejo tarado se marchase a toda prisa.

A pesar de que mi abuela hizo todo lo posible para mantener a mis tías en la cocina, se produjeron varias incursiones. Tía Abigail entró para ofrecerles galletitas saladas y un queso que olía a podrido; tía Martha les llevó, con gran esfuerzo, un decantador con jerez, junto a unos pequeños vasitos, del tamaño de un lavaojos, en una bandeja de plata. Creo que se trataba del mismo queso que comimos en Acción de Gracias. Solo el emérito bebía de aquel jerez.

—Lo único que bebo es cerveza, y solo un poco —le dijo mi madre a Elliot, como si mis tías ya hubiesen salido del salón o nunca hubiesen llegado a entrar.

—Yo también soy bebedor de cerveza —comentó Elliot—. Pero a veces no soy capaz de acabarme la primera.

—Oh, eso nos irá genial: ¡podremos compartir una cerveza! —exclamó mi madre batiendo sus pestañas.

Mis tías sabían que Pequeña Ray estaba coqueteando.

—Vosotros dos, ¡mantened los pies en el suelo y las manos sobre el regazo! —les dijo tía Abigail.

—Mantén juntas las rodillas, Rachel. ¡Piensa en Adam! —añadió tía Martha.

Incluso yo me di cuenta de que mi madre iba vestida de un modo muy atractivo. No era habitual que ella le dedicase mucha atención a la ropa que vestía. A lo mejor le habían prestado para la ocasión aquel jersey tan ajustado; tal vez era de alguna de aquellas chicas deportistas con las que vivía. Resultaba sorprendente no ver a mi madre en vaqueros o en chándal durante los meses de invierno. La falda y las medias le favorecían mucho; igual que el jersey, prestado pero fascinante. Esa tarde de febrero de 1955, cuando mi madre y el pequeño hombre de las raquetas hablaron por primera vez sobre su pasado en Austria, no tuve duda alguna de que Pequeña Ray estaba coqueteando con Elliot Barlow. Hoy, no estoy tan seguro. ¿Acaso mi madre no había idolatrado desde siempre Austria y las montañas de Arlberg? A lo mejor mi madre estaba coqueteando con la extravagante idea de verse a sí misma en esos lugares. ¿Y si todo ese flirteo tenía más que ver con imaginarse en Lech y St. Anton y St. Christoph, lo cual negaría sus anteriores manifestaciones contra lo extranjero?

Y en cuanto a lo que Charles Dickens afirmó sobre la posibilidad de un firmamento despiadado —la gigantesca y distante cúpula de un cielo indiferente, de ninguna ayuda para los humanos—, bueno, a Pequeña Ray no le gustaba leer. El amor de Elliot por la literatura a ella no le interesaba, le importaba bien poco que a mi abuela le hubiesen impresionado los padres de Elliot.

—Los Barlow son una exquisita familia de Boston —le había dicho Nana. Pero lo que más le había impresionado a Mildred Brewster fue que los padres de Elliot se hubiesen hecho novios en la universidad: se conocieron cuando él estaba en Harvard y ella en Radcliffe.

—Ah, ya lo entiendo: los Barlow se hicieron novios estando en *esas* universidades —comentaría Nora tiempo después. Según Nora, las chicas Brewster eran muy conscientes de las cuestiones de estatus, a excepción de mi madre, y les excitaba muchísimo la conexión entre Harvard y Radcliffe—. La educación superior les pone cachondas —dijo Nora. Nora sentía un profundo desprecio por la educación de élite. Nunca olvidaría que había sido hija de profesor en Exeter cuando Exeter era una escuela solo para chicos.

A mi madre no le apasionaba especialmente la educación superior. No le puso cachonda la conexión Harvard-Radcliffe de los Barlow, y tampoco le importó un pimiento que Elliot proviniese de una presuntuosa familia de bostonianos. Lo que de verdad le importaba a mi madre era que el hombre de las raquetas fuese casi *austriaco*.

—¡Eres prácticamente *österreicher!* —le dijo mi madre a Elliot con verdadero entusiasmo, presumiendo de su acento al hablar alemán. Su entusiasmo era, con toda probabilidad, fruto del hecho de imaginarse esquiando a gran altitud, que es lo que podría hacer en Lech o St. Anton o St. Christoph; especialmente en St. Christoph. Tal vez mi madre sentía ya los efectos de la elevada altitud por el mero hecho de pensar que el hombre de las raquetas había nacido en St. Anton, donde Hannes Schneider había sido monitor de esquí antes de la Primera Guerra Mundial.

Schneider había entrenado al ejército austriaco. Tras la guerra, regresó al Tirol y puso en marcha una escuela de esquí en St. Anton, donde perfeccionó su método de enseñanza: la técnica Arlberg.

John y Susan Barlow, como padres, habían seguido un plan; incluso siendo novios en la universidad. Tanto la historia de Europa como el alemán que habían estudiado en Harvard y Radcliffe les impregnaron de tal espíritu resolutivo que Susan decidió quedarse embarazada en St. Anton y tener a su hijo a gran altitud. Igual que había defendido que empujarse con los palos de esquí fortalecería a su pequeño hijo aficionado a las raquetas de nieve, Susan Barlow estaba convencida de que podría aclimatar a su hijo a esas alturas si daba a luz a más de mil doscientos metros de altitud.

—Adoro a tu madre por haber querido que nacieses en un lugar donde te acostumbrarías a la altitud —le confesó mi madre al hombre de las raquetas después de oírle contar aquella historia. De repente, tomó una de las pequeñas manos de aquel hombre y se la acercó a su pecho izquierdo. O al menos eso fue lo que a mí me pareció, y a Elliot Barlow también—. Siente mi corazón... ¡Late con mucha fuerza! —Pequeña Ray alzó la voz—. Es como si yo también estuviese en las alturas.

—Lo cierto es que puedo sentir algo —dijo el pequeño profesor de inglés. Visto en retrospectiva, apostaría a que Elliot nunca había sentido el latido del corazón de una mujer por encima de su pecho.

Lo que a mí me impresionaba era que los padres de Elliot hubiesen planeado convertirse en escritores. Es decir, la parte de su plan relativa al hecho de escribir me resultó más impresionante que su intención de irse a vivir a Austria. a localidades con estaciones de esquí, simplemente porque amaban esquiar.

—Bueno, así son mis padres: lo planifican todo —repuso el hombre de las raquetas con una exasperación apenas apreciable. Incluso las novelas que habían escrito los Barlow estaban meticulosamente planificadas. Entre las dos guerras («en el periodo de entreguerras», como Elliot Barlow lo denominaba), sus padres estuvieron muy ocupados creando las tramas de crímenes y espionaje que escribirían juntos. Habían recibido «algún tipo de título de estudios diplomáticos», dijo Elliot, «esa clase de formación, que impartía el Servicio Diplomático, era habitual en aquella época», puntualizó el pequeño profesor de inglés. Fue en el año en que nació Pequeña Ray, 1922, cuando el Departamento de Estado de Estados Unidos envió al joven matrimonio Barlow a Alemania: primero a Berlín, para una breve estancia, y después a Weimar.

Elliot dijo que sus padres fueron destinados a Viena en 1924, después de que Estados Unidos reemprendiese relaciones diplomáticas con Austria. Susan y John Barlow estaban vinculados a la oficina diplomática. La embajada estadounidense había sido degradada a consulado; el embajador era tan solo un enviado. Pero ese descenso de rango les importó bien poco a sus padres, según afirmó el pequeño hombre de las raquetas. Los Barlow ejercían de oficiales de enlace entre la oficina diplomática de Estados Unidos y la Kriminalpolizei, el departamento de investigación criminal de la policía austriaca en Viena. La formación de los Barlow así como su experiencia en el Servicio Diplomático —y, obviamente, su dominio del alemán— iban a resultarles muy útiles en su carrera como autores de intrigas internacionales.

Eran esquiadores expertos. Pero la temporada de esquí de 1927-1928, cuando los Barlow llegaron a St. Anton am Arlberg, Hannes Schneider ya había aparecido en siete películas —era muy famoso— y John y Susan Barlow se convirtieron en devotos de su escuela de esquí. Los Barlow estaban decididos a escribir su primera novela como marido y mujer. El pequeño Elliot, que nacería en St. Anton en 1929, también era un proyecto en marcha.

Diez años más tarde, en 1939, Hannes Schneider inauguró su escuela de esquí en Cranmore Mountain, en North Conway, New Hampshire. Antes de marcharse de Austria, poco después del Anschluss, sufrió un encontronazo con los nazis y pasó un tiempo en la cárcel. Los Barlow se fueron de St. Anton en marzo de 1938, en cuanto tuvo lugar la anexión de Austria por parte de la Alemania nazi, pero su devoción por Hannes Schneider y la técnica Arlberg seguía siendo absoluta. Durante los años de la guerra, Elliot y sus padres vivieron en North Conway. Cuando el pequeño niño aficionado a las raquetas empezó a ir al colegio en New Hampshire, su alemán era mejor que su inglés. En St. Anton había acudido a escuelas en lengua alemana.

—Podríamos habernos conocido en North Conway, ¡cuando esquiaba en Cranmore! —exclamó mi madre.

—Pero a mí me gustaban las raquetas de nieve —dijo el hombre de las raquetas—, ni siquiera te habrías fijado en mí. Además, eras mayor que yo —añadió Elliot bajando la voz.

—¡Claro que me habría fijado en ti! —declaró mi madre.

Sabía perfectamente lo que el hombre de las raquetas quería decir: cuando él tenía nueve años, mi madre tenía dieciséis. Cuando acabó la guerra, Elliot apenas había cumplido dieciséis años.

Regresó a Austria con sus padres. ¿Por qué motivo una bonita joven de veintipocos años le habría prestado atención a un chaval como él? Además, Elliot Barlow debía de ser un niño extremadamente bajito.

—Me habría fijado en cualquiera tan guapo como tú —le dijo mi madre al hombre de las raquetas—, sin importar su edad.

—¿Y sin importar lo pequeño que era? —le preguntó Elliot.

Una vez más, mi madre agarró la mano del hombre de las raquetas y se la acercó al corazón; es decir, a su pecho.

—Vuelve a decir *pequeño* —le dijo.

—Pequeño. —Tan suavemente lo dijo que apenas pude oírle.

—¿Lo notas? —le preguntó mi madre. Me fijé en que el hombre de las raquetas estaba temblando. Debía de haber sentido su corazón a toda máquina—. Lo pequeño me encanta, Elliot, tanto como la altitud —susurró Pequeña Ray.

De no haber estado yo en el salón con ellos, ¿habrían hecho el amor allí mismo? Lo dudo. Fue entonces cuando irrumpieron tío Martin y tío Johan, cargando con botellas de vino y una caja de cerveza. Su eterna sonrisa puso fin a lo que estuviese sucediendo en aquel momento de privacidad entre mi madre y el pequeño profesor de inglés.

—*Bier, Bier..., das Bier ist hier!* —cantó Johan en alemán—. ¡Cerveza, cerveza..., la cerveza ya está aquí! —repitió. A tío Johan le encantaba hablar en alemán con Elliot. A Johan el acento austriaco del hombre de las raquetas le parecía terriblemente divertido. Tío Johan creía que todos los acentos austriacos eran propios de las comedias.

A favor de Johan diré que era lector, aunque no tenía muy buen criterio. Su amor por todo lo alemán le había llevado a leer las novelas de crimen y espionaje que habían escrito John y Susan Barlow.

—*Die besten Kriminalromane! Das Ehepaar des modernen Spionageromans!* ¡Las mejores novelas negras! ¡El matrimonio de la novela moderna de espionaje! —proclamó tío Johan.

Resultó obvio que el pequeño profesor de inglés se sintió incómodo al oír ese halago hiperbólico, en alemán y en inglés, además, aunque las dos primeras novelas de los Barlow no fueron traducidas y publicadas en Alemania hasta después de la Segunda

Guerra Mundial. Cuando se tradujeron al alemán, los *thrillers* políticos e históricos de los Barlow tuvieron un mayor éxito de ventas en esa lengua, y también mejores críticas, que en inglés.

Tío Martin y tío Johan no pudieron ponerse de acuerdo sobre dónde y cuándo leyeron la primera novela de los Barlow, que sin duda tuvieron que leer en inglés. Mis tíos habían formado parte de la 10.ª División de Montaña. Al igual que Hannes Schneider, ayudaron a entrenar a las tropas de montaña de las Fuerzas Armadas de Estados Unidos, en las que sirvió el propio hijo de Schneider, Herbert.

—¡La cena está terminada! —anunció de un modo un tanto confuso mi abuela. Las palabras de Nana sonaron como si la cena ya se hubiese acabado y todos nos la hubiésemos perdido.

Martin y Johan discutían en ese momento sobre el lugar en el que se encontraban cuando ambos leyeron la segunda contribución de los Barlow a la *Kriminalliteratur;* la palabra en alemán con la que tío Johan fanfarroneaba para referirse al género negro y de espionaje.

Los hermanos Vinter habían servido en el Primer Batallón del 87.º Regimiento de Infantería de Montaña, en Fort Lewis, Washington, en noviembre de 1941, pero los trasladaron al Primer y Segundo Batallón del 87.º, a Camp Hale, Colorado, en diciembre de 1942. A nadie le interesaba dónde o cuándo habían leído las primeras dos novelas de los Barlow. Me costaba mucho imaginar que tío Martin y tío Johan hubiesen entrenado a soldados del ejército, porque mis tíos ni siquiera se ponían de acuerdo sobre dónde y cuándo lo habían hecho; o qué edad tenían cuando estuvo allí el Regimiento 87.º o el 85.º.

—En febrero de 1944, cuando el Ochenta y siete regresó a Camp Hale... —empezó a decir tío Martin. Entonces se detuvo, pues había perdido el hilo de sus pensamientos.

—El Ochenta y cinco Regimiento de Infantería de Montaña llegó a Camp Hale el mes de julio de 1943... —le interrumpió tío Johan. Pero también se detuvo, porque no parecía tenerlo claro.

—¡Ya entonces éramos demasiado viejos! —exclamó absurdamente tío Martin—. Yo tenía treinta y ocho años y Johan treinta y seis. —Se detuvo.

—El Ochenta y cinco y el Ochenta y siete embarcaron juntos,

en Hampton Roads, en enero de 1945, camino de Nápoles —dijo tío Johan con un deje de tristeza.

—Yo tenía cuarenta años y Johan treinta y ocho —dijo tío Martin arrastrando la voz.

Lo que mi abuela había querido decir era que la cena estaba preparada. Había terminado de hacer la cena. Como solía ocurrir, se trataba de un guiso un tanto requemado formado por ingredientes imposibles de identificar; había sido *mortalmente* terminado, un guiso cocinado hasta la sumisión. También se había terminado la paciencia de mis tías con la falta de claridad de mis tíos en cuanto a sus recuerdos de la guerra. Tía Abigail sospechaba que la causa de esa confusión era un exceso de cerveza; «¡demasiada diversión!», dijo tía Martha.

—¡Demasiado ir y venir! —exclamó tía Abigail cuando ya estábamos sentados a la mesa del comedor.

—¡Me maravilla que tuvieseis tiempo para leer! —añadió tía Martha.

La guerra es cosa de hombres jóvenes, según opinaban mis tías. Mis tíos tenían treinta y seis y treinta y cuatro años respectivamente cuando empezaron a entrenar a las tropas de montaña. Nora y Henrik tenían seis y cuatro. Cuando el 85.º y el 87.º embarcaron camino de Italia —en enero de 1945, desde Virginia—, tío Martin y tío Johan volvieron a casa junto a sus esposas e hijos.

—¡No erais dos pipiolos! —declaró tía Abigail—. Y teníais *familia.* ¡No tendríais que haber estado yendo de aquí para allá!

—Demasiada *diversión* tuvisteis —añadió tía Martha.

—Chicas, chicas —dijo mi abuela. Mi madre me agarró de la mano y me la apretó por debajo de la mesa. Creo que la palabra *diversión* también le afectaba, aunque no tanto como *altitud.*

Elliot Barlow era un hombre pequeño pero valiente. Intentó describir la trama de *El beso en Düsseldorf,* la primera novela de sus padres que hablaba de la época nazi. El esfuerzo requería valor, sobre todo para que sus padres no pareciesen escritorzuelos, para que nadie pensase en sus novelas como simples chapuzas comerciales, y también para que mis tíos no le fastidiasen con sus interrupciones. El intrépido hombre de las raquetas empezó hablando, de manera imprudente, del beso del título: habían visto a dos hombres de las SA besándose durante el discurso de Hitler en Düsseldorf de 1932.

—Un discurso que duró dos horas y media. ¡Menudo beso! —declaró tío Martin.

—SA significa *Sturmabteilung*, así era como los nazis denominaban a las tropas de asalto —explicó tío Johan, profesor de alemán a tiempo completo.

—Ernst Röhm formaba parte de las SA —dijo tío Martin—. Röhm y Rudolf Hess habían pertenecido originariamente al Freikorps, antes de convertirse en nazis. Martin Bormann también era del Freikorps.

—Eran nacionalistas de extrema derecha, formaban parte del grupo que inició la leyenda de la puñalada por la espalda —intervino tío Johan—. *Die Dolchstosslegende!* —exclamó, provocando que el sorprendido emérito soltase de golpe el tenedor y el cuchillo. Al igual que el resto de nosotros, el abuelo Lew no había comido nada. Había estado examinando sin éxito su plato de guiso en busca de algo reconocible.

Mi madre estaba sentada entre Elliot Barlow y yo. Por debajo de la mesa, pude ver que ella había tomado la pequeña mano de él y se la había llevado al regazo, entre las suyas. Apenas tocaron la cerveza que estaban compartiendo; la primera de muchas.

Tal vez, que le tomase de la mano distrajo al hombre de las raquetas, porque se le fue el santo al cielo y se le olvidó *El beso en Düsseldorf*. De repente, retomó su discurso:

—Uno de los dos hombres de las SA a los que habían visto besándose durante el discurso de Hitler en Düsseldorf es asesinado. Se supone que su asesino es el otro hombre de las SA que le estaba besando. Poco después, aparecen otros soldados de asalto muertos, pero no encuentran al asesino del beso. En eso consiste la trama.

—Ernst Röhm fue el cofundador y uno de los líderes de las *Sturmabteilung* —interrumpió tío Johan—. Todo el mundo estaba al corriente de la homosexualidad de Röhm.

—Hitler mató a Röhm porque era homosexual —afirmó con énfasis tío Martin.

—Röhm había combatido en el Frente Occidental. Recibió la Cruz de Hierro —explicó tío Johan.

—Röhm resultó herido: ¡perdió una parte del hueso de la nariz! —quiso tío Martin que supiese todo el mundo.

—Nada de huesos de la nariz. ¡No mientras estamos comiendo! —ordenó tía Abigail.

—¡Ni cuando *no* estamos comiendo! —añadió tía Martha. El interés de mis tías en aquella conversación había alcanzado su culmen cuando se habló de dos hombres besándose, en el momento en que se utilizaron las palabras *homosexualidad* y *homosexual.* Cuando eso ocurrió, tía Abigail y tía Martha miraron fijamente al pequeño profesor de inglés.

—Respecto a las tramas de las novelas de la época nazi de mis padres, al igual que las novelas de la Guerra Fría... —persistió tranquilamente Elliot Barlow. Pero entonces se detuvo. Todo el mundo estaba observando el infantil comportamiento del frustrado emérito. No solo devoraba su plato: intentaba comer valiéndose del cucharón de servir, que era demasiado grande para entrarle en la boca—. Las tramas son siempre iguales —resumió Elliot—. Nunca atrapan al asesino. Como siempre mata a gente que se lo merece, nadie se esfuerza realmente por atraparlo. Son personajes cínicos, con desalentadores finales no resueltos —concluyó el hombre de las raquetas; su voz se apagó. Se le habían pasado las ganas de hablar. Además, ¿qué sentido tenía seguir haciéndolo?

Martin y Johan estaban dispuestos a interrumpirle; Johan en dos idiomas diferentes. Que le hubiesen tomado de la mano bajo la mesa no había convencido a Abigail ni a Martha de que Elliot fuese heterosexual. Mi abuela era una esnob literaria pasada de moda; Nana jamás había acabado una sola de las novelas de Simenon; decía que lo había intentado. Tampoco le importaba gran cosa Eric Ambler. Afirmaba que nunca había oído hablar de Patricia Highsmith, pero a Nana le gustaba la película *(Extraños en un tren)* en la que Hitchcock había adaptado la primera novela de Highsmith. Le habría dado igual saber que a Patricia Highsmith, a pesar de haber nacido en Texas, se la publicaba mejor y se la leía más en alemán que en inglés, o que los padres de Elliot Barlow se habían ganado la vida escribiendo novelas de asesinatos.

—*Mord, mehr Morde, noch mehr Morde!* —intervino tío Johan que, de inmediato, tradujo al inglés; lo cual me dio una idea de cuán repetitiva debía de ser su técnica como docente—. ¡Un asesinato, más asesinatos, y más asesinatos todavía! Los alemanes se toman los asesinatos más en serio que nosotros. Me refiero a la literatura —aclaró tío Johan.

—Quiero ser totalmente sincero contigo —espetó el hombre de las raquetas dirigiéndose a mi madre y mirándola a los ojos.

—¡Sí, yo también siento lo mismo por ti! —mi madre no dudó en decírselo, casi sin aliento. Mis tías contenían la respiración: deseaban que el pequeño profesor de inglés confesase su pederastia. Incluso mis tíos dejaron de hablar. Por el modo en que Elliot Barlow, como por ensalmo, se sentó tieso a la mesa, diría que mi madre acababa de apretarle la rodilla o el muslo. No me había fijado en que se habían acabado una primera y una segunda cerveza y que ahora estaban compartiendo la tercera.

—Quiero a mis padres..., aunque lo que escriben no me gusta mucho —dijo Elliot con total sinceridad—. Lo que escriben nunca va más allá de los límites de su género, poco importa que los alemanes le llamen *Literatur*. Lo que escriben responde a una fórmula propia de la novela negra, pero aun así quiero a mis padres. —El señor Barlow mantuvo los ojos clavados en los de mi madre durante su sentida declaración. A pesar de que no se trataba de la declaración de amor que Pequeña Ray esperaba escuchar, logró enmascarar su decepción saliéndose por la tangente de un modo inesperado; una táctica que me resultaba familiar: cambiar de tema (una y otra vez) hasta llegar a la conversación que ella quería mantener desde el primer momento.

Pequeña Ray tomó la cara del hombre de las raquetas entre sus manos y la acercó a la suya.

—Mírame —le ordenó—. Preferiría sufrir mal de altura que leer cualquier cosa. La falta de oxígeno es más interesante que escribir. ¡Como mínimo sientes *algo!* —exclamó mi madre—. Dolor de cabeza, náuseas, se te hincha el cerebro, incluso padeces flatulencias a causa de la altitud..., ¡al menos puedes *sentirlo!*

—Lo único que tienes que hacer es evitar el alcohol y beber mucha agua —le dijo Elliot con total seriedad—. He descubierto que comer albaricoques secos a veces ayuda —añadió.

—¡Los albaricoques secos me provocan más flatulencias! —gritó mi madre.

—Me refiero a que los albaricoques ayudan con otros síntomas del mal de altura —masculló el pequeño profesor de inglés.

—He oído decir que los niños que nacen a gran altitud son anormalmente *pequeños* —intervino tía Abigail.

—A lo mejor, simplemente, no se *desarrollan* —añadió tía Martha.

—Mi madre también lo había oído —replicó Elliot sin perder la calma—. Pero también le dijeron que no eran más que cuentos de viejas. Mi peso, al nacer, fue prácticamente normal, a pesar de mi pequeño tamaño. —Mi madre no le había soltado la cara. Por mera cortesía, Elliot había intentado mirar a mis tías cuando hablaba con ellas, pero mi madre no le permitía volver la cara hacia ellas.

—Escúchame —le dijo Pequeña Ray al hombre de las raquetas—. Eres el hombre más guapo del que he estado cerca. Y ya sabes lo que la pequeñez significa para mí —prosiguió con su voz más ronca. Sus labios prácticamente rozaron la oreja de Elliot. En sus fantasías más ardientes, tal vez imaginó que ella iba a besarlo. Fue entonces cuando mi madre dijo en voz alta—: Nunca habrá un hombre lo bastante pequeño para mí, Elliot; o, como mínimo, eso era lo que creía hasta conocerte.

Incluso para alguien como yo —tenía trece años y era un niño sin ninguna experiencia sexual— resultó chocante oír hablar de la pequeñez del hombre de las raquetas en esos términos: al estilo *lo bastante pequeño para mí*. Deseé que nadie le pidiese que se explicase. Quería que la cosa acabase ahí.

Esa era la intención de Pequeña Ray: decir justamente lo que pensaba y no añadir ni una palabra más. Como muchas otras veces que se había salido por la tangente, no se trataba en absoluto de una tangente. ¿Acaso no había empezado agarrándole la cara con las manos? Ella sabía desde el primer momento que iba a besarlo.

Debería de haber visto venir aquel beso, pero no fue así; nadie lo vio venir, excepto mi madre. Lo impropio de aquel beso lo convirtió en imposible de observar. Todo el mundo menos Elliot apartó la mirada. Fue un beso que uno desearía que le diesen en alguna ocasión. Lo impropio de aquel beso llevaba a desear experimentarlo. Yo quería que alguien me besase de ese modo.

14
Una decisión tomada a conciencia

Si no hubiésemos apartado la mirada del beso que mi madre le dio al hombre de las raquetas, tal vez no nos habríamos dado cuenta de que el infantilizado emérito se estaba ahogando. Apenas de medio lado, debido a la fijación que tenía en ese momento con todo lo que mi madre hiciese con el hombre de las raquetas, había visto a mi abuela peleándose para arrancarle de las manos al abuelo Lew el cucharón de servir. Desde hacía ya varios meses, estaba al corriente de las periódicas apariciones del camión del servicio de pañales en el camino de acceso a nuestra casa; sumido en un evidente proceso de regresión, el emérito parecía haber vuelto a los dos años de edad. Sus maneras a la hora de comer no eran el único signo de esa regresión. El que nunca llegó a ser director había vuelto a un estado infantil en el que se ensuciaba la cara comiendo y se hacía caca en los pañales.

El histórico beso podría haber durado para siempre, pero mi abuela había hecho que el abuelo Lew inclinase la cabeza hasta tocar la mesa con la frente y, colocada detrás de su silla, había empezado a palmearle la espalda entre los omóplatos. Aquellos golpes en la espalda del emérito, ya medio asfixiado, resonaron con fuerza.

El hombre de las raquetas se recuperó con celeridad de los efectos del beso, sin mostrar signo alguno de falta de oxígeno o de mareo.

—Si eso no funciona, señora Brewster, conozco otro método que podría probar —le dijo Elliot Barlow a mi abuela colocándose detrás del desplomado emérito. Con una fuerza inesperada, el pequeño profesor de inglés le rodeó el cuerpo con los brazos a mi delgaducho abuelo y, colocando las manos por debajo del vientre, lo alzó hasta sentarlo adecuadamente, con la espalda recta en la silla. Si el hombre que nunca llegó a ser director hubiese estado de pie, Elliot no habría sido lo bastante alto para tirar con fuerza en diagonal, hacia arriba, del diafragma del director Brewster. Se trataba de un tirón abdominal: es decir, había que ejercer presión para extraer lo que se le hubiese quedado en la tráquea al infantil emérito; con un poco de suerte, acabaría expulsándolo.

—Vamos a ver —dijo el hombre de las raquetas entre un tirón y otro—. Vi a un instructor de esquí en St. Anton hacer esto, para extraer un pedazo de *bratwurst* atorado; o al menos eso era lo que parecía cuando finalmente salió.

Durante años, mi madre le había adjudicado a Hannes Schneider la creación de esa técnica salvavidas, «una especie de maniobra de Heimlich antes de Heimlich», así la definió Pequeña Ray. Elliot Barlow nunca llegó a afirmar algo así, según él, había sido un pequeño truco que conocía de un joven instructor en St. Anton. Elliot expresaría, tiempo después, sus dudas respecto a la maniobra de Heimlich.

—Personalmente, me gusta empezar por las palmadas en la espalda. Después paso al tirón abdominal y, al final, golpear el pecho de la persona que se ha atorado. No creo que la primera parte funcione —dijo el pequeño profesor de inglés.

Lo que Elliot Barlow demostró aquel día fue que era un hombre de acción. A pesar de no haber dado el primer paso en lo del beso imposible de observar, había cumplido con su parte. Es decir, había atraído a mi madre. Con la probable excepción del casi difunto emérito, nadie en aquel salón iba a olvidar cómo Pequeña Ray había besado al hombre de las raquetas. Y Elliot Barlow, además, salvó al aniñado emérito de ahogarse. El abuelo Lew vivió para ver otro día.

El pedazo de comida expulsado, de tamaño considerable, cayó encima de la mesa del comedor. Aquello con lo que el infantilizado emérito estuvo a punto de asfixiarse no resultaba ahora más identificable de lo que lo había sido antes de tragárselo.

—Parece una patata, pero seguramente sea cerdo —dijo tía Abigail. No parecía una patata: parecían las dos primeras falanges del dedo índice de un adulto, pero tenía que ser cerdo.

En la agonía de su asfixia, el bebé emérito se había hecho sus necesidades en los pañales. Avergonzado, agachó la cabeza y empezó a hacer pucheros mientras Nana se lo llevaba del comedor.

—¿Cuándo me iba a contar alguno de vosotros lo de los pañales? —preguntó mi madre sin dirigirse a nadie en particular, aunque estaba mirando directamente a sus hermanas—. ¿Por qué en esta familia nadie cuenta lo que pasa?

—Mira quién fue a hablar, Rachel... ¡Eres la menos indicada! —dijo tía Abigail.

—La gente que vive en casas de cristal no debería..., ya sabes tú qué, Ray —añadió tía Martha.

A pesar de lo que en ellos era habitual, mis tíos no dijeron nada. El beso del que habían sido testigos y que no habían podido mirar no era un tipo de beso que ellos hubiesen recibido en alguna ocasión; ni siquiera en sus tiempos de la 10.ª División de Montaña, cuando se suponía que lo pasaron de maravilla.

Lo mejor de todo era que el pequeño profesor de inglés y mi madre se estaban bebiendo una cerveza y estaban planeando volver a verse. Dio la casualidad de que las vacaciones de marzo en la academia coincidían con las mías.

—Voy a estar dando clases de esquí en Cranmore durante las vacaciones de Adam y también las tuyas —le estaba diciendo mi madre al hombre de las raquetas—. ¡A lo mejor Adam y tú podríais venir a verme a North Conway! —exclamó ilusionada.

—Si no queda más remedio, podríamos organizar los dormitorios de un modo diferente —les informó tía Abigail con un suspiro.

—Podríamos colocar al señor Barlow y a Adam con Martin y Johan, en la habitación con literas de los niños —añadió tía Martha—. Y Abigail y yo podríamos dormir contigo, Rachel.

—No seáis ridículas —les dijo Pequeña Ray—. Elliot conoce a gente en North Conway. Elliot, Adam y yo no tendremos que estar con vosotros.

—Mis padres tienen unos conocidos que regentan una pensión; son europeos, pero la pensión es muy bonita —dijo el hombre de las raquetas para tranquilizar a tía Abigail y tía Martha. Respecto a la cuestión de organizar los dormitorios, quedó claro que a mis tías nada podía tranquilizarlas—. Cuando estudiaba en Harvard, tomaba el tren desde la estación del Norte casi cada fin de semana de invierno. Para practicar con las raquetas de nieve

—añadió Elliot; seguía esforzándose—. Hacía los deberes en el tren. El mismo tren que se detiene en Exeter —dijo—. En Harvard conocí a algunos chicos de Exeter, chicos de los que se habían burlado cuando estudiaron aquí. Uno de ellos había pasado las de Caín —añadió el hombre de las raquetas—. Cuando el tren que llevaba a las montañas se detenía en Exeter, imaginaba que algún día daría clases aquí —prosiguió Elliot—. Estaba convencido de que podría echarles una mano a los chicos que sufrían burlas; especialmente, a los más atormentados —nos dijo.

Mi madre se puso de pie, le costaba un poco mantener el equilibrio. Abrazó a Elliot, le apretó el rostro contra sus pechos.

—Eres un hombre maravilloso. ¡Espero que nunca te hiciesen pasar a ti las de Caín! —exclamó Pequeña Ray asfixiándolo.

A pesar de la potencia con que mi madre abrazaba al pequeño profesor de inglés, así como del obstáculo que representaban, tanto para su discurso como para su propia respiración, los pechos de mi madre, fue capaz de disipar sus miedos.

—No, no. Nunca me hicieron pasar un infierno, solo se burlaban —le dijo Elliot.

Como no tenían intención de ver más muestras extemporáneas de afecto por parte de mi madre, tía Abigail y tía Martha se apresuraron en retirar los platos de la mesa resoplando; su tarea incluyó ensartar con un tenedor y hacer desaparecer los restos del dedo índice.

—*Noch ein Bier?* —preguntó tío Johan de un modo ambiguo al hombre de las raquetas o a mi madre. Johan, de hecho, ya había abierto otra botella y se la estaba ofreciendo. Las otras cuatro botellas vacías reposaban, silenciosas y severas como centinelas, entre los manteles individuales. Mis tías ya habían retirado de la mesa los vasos de cerveza.

—Sí, ¿por qué no? —dijo mi madre, al estilo de las jóvenes deportistas, soltando a Elliot. Le dio un buen trago a la fresca botella justo cuando mis tías salían de la cocina e irrumpían de nuevo en el comedor. Llevaban platos limpios y el postre, que, como siempre, era algún tipo de pastel de fruta del que, curiosamente, había desaparecido la mitad. Nana no era muy brillante en la cocina. Los postres de mi abuela eran lo mejor de sus composiciones culinarias, a pesar de que no había modo de ponerles nombre. No tenían nombre, habría dicho yo; esa era la definición más adecuada.

El postre eran frutas en un plato hondo sobre una gruesa base en el fondo y sin cobertura en la parte de arriba.

—Esto no es un pastel de fruta —insistió tía Abigail—, porque un pastel de fruta tiene que estar cubierto por encima.

—Es más una tarta que un pastel, aunque a veces es lo opuesto. Nunca sabemos cómo va a salir la base del fondo; habitualmente se quema —añadió tía Martha.

Mi abuela admitió que nunca hacía la base dos veces del mismo modo. Su afición lectora no la había traspasado a sus labores en la cocina, donde ni apuntaba nada ni tenía libros de recetas. Nana hacía la base con harina, azúcar y mantequilla, sin utilizar cantidades o proporciones específicas, y solía verter un poco de vainilla o ron; o de aquel jerez que tan solo el infante emérito bebía. Como el abuelo Lew estaba ahora reviviendo su infancia, mi abuela le escondía el jerez.

Lo único que Pequeña Ray dijo del postre sin nombre fue que la parte quemada solía saber mejor con helado de vainilla encima. Se lo dijo al de las raquetas, al tiempo que le ofrecía un trago de la botella que estaban compartiendo. Tía Abigail, que había contado las botellas, eligió ese momento para declarar:

—¡Cinco cervezas! Son demasiadas para ti, Ray.

—Las hemos compartido... Solo me he tomado dos y media —le respondió mi madre.

—Aun así, está por encima de tu media, Rachel —añadió tía Martha—. Seguramente, eso explica el asunto del beso.

—Poco importa dónde pases la noche en North Conway, Rachel. Deberás tener muy en cuenta las disposiciones para dormir —dijo tía Abigail.

—¡Las disposiciones para dormir y el tema de los besos! —añadió tía Martha.

—Sé muy bien cómo prepararme para dormir —les dijo mi madre. Mis tías me dedicaron la más temible de sus miradas. Me sentí incriminado, como si yo fuese la prueba evidente de cuáles eran las consecuencias cuando Pequeña Ray llevaba a cabo sus disposiciones para dormir.

Para cuando mi abuela regresó al comedor, ya nadie hablaba. Todos comíamos en silencio aquel plato con arándanos y helado de vainilla encima de la base churruscada.

—Chicas, chicas —reprendió mi abuela a sus hijas. A Nana no le hacía falta saber de qué estaban hablando para entender que discutían.

Mi abuela parecía agotada y vencida. La vida real no estaba construida de un modo tan sensato y específico como alguna de sus novelas favoritas. A Mildred Brewster le encantaban todos los augurios que aparecían en los libros de Melville y Dickens. Ella no había sido capaz de prever que habría de cambiarle los pañales a su estropeado marido o meterlo en la cama, teniendo en cuenta la presencia de un inteligente invitado a la mesa y que había logrado darle forma a un postre sin nombre pero comestible. Y, para más inri, sus hijas parecían estar en guerra unas con otras.

—Lamento haberme perdido este precioso rato de su compañía, señor Barlow —anunció mi abuela—. Me habría gustado hablar de libros con usted.

—Ojalá alguien me hubiese leído *Moby-Dick* en voz alta, señora Brewster —replicó el hombre de las raquetas—. Podría haber estado más atento y no me habría resultado tan ardua su lectura. Envidio lo que vivió Adam.

—¡Nadie envidia a Adam! —gritó tía Abigail.

—¡Ha visto cómo retuerce sus pequeñas manos! —añadió tía Martha, por si acaso. Para mis tías resultaba obvio que ni la inexplicada indiscreción que había dado pie a mi nacimiento ni el ejercicio de resistencia que había supuesto por mi parte la interminable lectura en voz alta de *Moby-Dick* le habían aportado a mi carácter la más mínima virtud ni suponían logro alguno. Todavía no, en cualquier caso.

—«Es lamentable sentir vergüenza de tu propio hogar» —dijo mi abuela de repente, como si hubiese podido leerme la mente. No me quedó claro si Nana me estaba hablando a mí o a todos los presentes, pero sí me pareció que quería que yo lo oyese. Sacó a la luz lo que yo estaba pensando.

Por lo visto, mis tías y tíos estaban dispuestos a marcharse; su manera de irse me resultaba familiar. Mis tías, que se veían a sí mismas como una especie de pilares de superioridad moral, salieron resoplando; mis tíos, a su muy modesto estilo, las siguieron como dos ovejitas. No era la primera vez que sucedía; no era infrecuente, sobre todo cuando las disposiciones para dormir de mi madre avivaban la sincera indignación de mis tías.

Es lamentable sentir vergüenza de tu propio hogar. Bueno, así es. Pero mi madre no me hacía avergonzarme. No por lo que sabía, o no sabía, de las disposiciones para dormir de mi madre; ni siquiera por el modo en que había besado al hombre de las raquetas. Mi madre nunca me avergonzaba.

Respecto al regresivo emérito, entendía perfectamente que estuviese perdiendo la cabeza; no le culpaba por haber regresado a la etapa de los pañales. Algo así podría pasarnos a cualquiera de nosotros. Que el abuelo Lew se hiciese caca en los pañales lo único que me provocaba era una profunda lástima por él y por mi abuela. Lamento haber pensado en él como en el hombre de los pañales.

Lo que me avergonzaba eran el incomprensible odio que mis tías sentían hacia el hombre de las raquetas. Eran ellas las que me avergonzaban... debido al obstinado rechazo que mostraban respecto a mi madre, y también a la constante decepción que yo parecía causarles. Para mi tía Abigail y mi tía Martha, yo era la malsana consecuencia de las desagradables disposiciones para dormir de mi madre.

También me sentía avergonzado por mis tíos, aunque de un modo menos intenso. No por su insensibilidad estética y tampoco por su tendencia a mostrarse groseros. A tío Martin y a tío Johan les gustaba pasárselo bien, eran buenas personas; siempre pretendían alegrarme y aumentar mi autoestima, y estaba convencido de que el hombre de las raquetas les había caído bien. Lo que me avergonzaba de ellos era su cobardía: cuando mis tías se ponían en pie de guerra por cuestiones morales, tío Martin y tío Johan no les hacían frente.

—¿Quiere que le llevemos, señor Barlow? —preguntó tía Abigail desde el recibidor. Antes de esa oferta a voz en grito, los que nos habíamos quedado sentados alrededor de la mesa del comedor solo habíamos podido oír los gruñidos y los fuertes pisotones de mis tías y tíos al ponerse de nuevo sus botas.

—¡Está nevando, señor Barlow! —añadió tía Martha, como si el hecho de que nevase en New Hampshire en el mes de febrero fuese una especie de aberración.

—Lleva raquetas de nieve —le oí decir en voz baja a tío Martin.

—Yo diría que le gusta la nieve, Martha —añadió dócilmente tío Johan.

—El señor Barlow no ha *traído* sus raquetas de nieve, ¿verdad? —pudimos oír los presentes que tía Abigail les preguntaba a mis tíos.

—¡Última oportunidad, señor Barlow! —añadió tía Martha.

—¡No, gracias! —respondió el pequeño profesor de inglés—. Me gusta caminar por la nieve.

—¡Se *queda,* Martha! —gritó mi madre—. Y Adam y yo dormiremos juntos esta noche..., ¡en su habitación, en el desván, en la misma cama! Bajo la claraboya. Así podremos ver caer la nieve. *¡En la misma cama,* Abigail! —chilló mi madre.

—¡A lo mejor Adam se retuerce las manos porque es demasiado mayor para dormir contigo en la misma cama, Rachel! —replicó Abigail.

Después de eso oímos más pisadas fuertes en el recibidor —seguidas por el ruido de la puerta al abrirse y cerrarse con un portazo—, mientras mi madre le contaba a Elliot Barlow (con todo lujo de vergonzosos detalles) que a ella y a mí todavía nos gustaba dormir juntos en la misma cama y que esperaba que siempre siguiésemos haciéndolo.

—Chicas, chicas —mascculló mi abuela, aunque dirigiéndose a la única de las chicas que podía oírla.

—Es tarde... Debería marcharme —dijo a regañadientes el hombre de las raquetas.

—Asegúrate de que no están en el sendero de acceso antes de marcharte. O te atropellarán —le dijo mi madre. Le tenía agarrado el brazo con ambas manos. Pequeña Ray no quería soltarlo, pues cabía la posibilidad de que mis tías le viesen marcharse.

—«Es lamentable sentir vergüenza de tu propio hogar» —dijo Nana una vez más, como si, dadas las circunstancias, le aburriese repetirse—. Una buena frase para empezar un capítulo, ¿no le parece, señor Barlow? —le preguntó mi abuela.

—Capítulo catorce, diría yo —dijo Elliot. Fue entonces cuando entendí que mi abuela había estado citando *Grandes esperanzas.*

—«Dios sabe que no tenemos que avergonzarnos de nuestras lágrimas, pues son como lluvia sobre el polvo cegador de la tierra, que cubre nuestros duros corazones» —recitó ahora Nana, como si estuviese rezando.

—Menuda memoria tiene usted, señora Brewster —la elogió el hombre de las raquetas—. Esa cita es de cerca del final de la primera etapa de las expectativas de Pip... Capítulo diecinueve, si no recuerdo mal.

—Usted señaló los pasajes que más me gustaron cuando lo leí por primera vez. Ha hecho que tenga ganas de volver a leer a Dickens —le dijo mi abuela.

—Ah, ya lo entiendo: estáis hablando de un libro —dijo mi madre con repentina desgana—. Si vais a hablar de libros, me voy a fregar los platos.

Acompañé a mi madre a la cocina y lavamos juntos los platos. Allí pudimos hablar entre susurros del hombre de las raquetas sin que nos oyesen en el comedor. Cuando nos apetecía, podíamos oír perfectamente desde la cocina lo que Nana y Elliot Barlow comentaban sobre el mundo de los libros. Aunque no se puede decir que dejáramos de hablar entre susurros mucho rato para enterarnos de gran cosa. Estábamos demasiado emocionados con el hombre de las raquetas.

—Es perfecto... ¡para los dos! —me susurró mi madre al oído—. Necesitas a alguien que te eche una mano en la academia, un contacto personal, alguien a quien puedas recurrir. Como un padre, por así decirlo —añadió.

—¿Un padre? —le pregunté.

—He dicho «como un padre», Adam. Tienes que escucharme cuando te hablo, cariño. No eres hijo de ningún miembro del profesorado. Necesitas que alguien de dentro te trate como si fueses de la familia —me susurró mi madre.

—Pero están tío Martin y tío Johan —le recordé.

—He dicho «un contacto personal». No me estás escuchando, cariño —dijo mi madre—. ¡Ay, Dios! —dijo a voz en grito de repente, olvidándose de los susurros y, acto seguido, se tapó la boca con la mano—. ¡No podía quitarle las manos de encima a ese pequeño hombre maravilloso! —susurró—. ¡Tengo que dejar de abrazarle!

—Le has besado —le recordé.

—Ya hablaremos de ese beso en otro momento, cariño —dijo

mi madre—. Cuándo te pasas de largo y cuándo te quedas corta. Besar es una decisión que hay que tomar a conciencia.

—¿A conciencia? —le pregunté.

—Ya hablaremos de besar en otro momento, Adam —repitió antes de darle un trago a la botella. Pero ¿esa era la quinta cerveza, la que había estado compartiendo con el hombre de las raquetas, o era ya la sexta? Parecía que mis tíos hubiesen abierto una cerveza para Pequeña Ray justo antes de marcharse, cuando mis tías y su mirada de halcón ya no podían verla bebiéndosela.

Pude escuchar a mi abuela y a Elliot Barlow comentando en el mismo sentido lo poco fiel que había sido con *Moby-Dick* la película rodada en 1930.

—Apenas se nombra a la esposa de Ahab en la novela: «Una chica dulce y resignada», así es como se la define —estaba diciendo el hombre de las raquetas.

—Es un sacrilegio que Ahab mate a *Moby Dick* y que regrese vivo a casa y esté felizmente casado. ¡No se trata de una historia de amor! —oímos gritar a Nana.

—Odio que el nombre de la esposa sea Faith y que sea la hija de un clérigo —oímos lamentarse a Elliot Barlow.

—Odio que no aparezca Ismael. ¡Eliminaron al protagonista principal! —oímos gimotear a mi abuela.

—No creo que pudiese tener una relación con un tipo que se llamase Ismael —me susurró mi madre al oído. La risa le hizo derramar la cerveza. Seguro que era la sexta, o, mejor dicho. la tercera para ella.

—Me encanta cuando Ismael dice: «Un ballenero ha sido mi Universidad de Yale y mi Harvard». Y todavía me gusta más cuando Starbuck declara: «Estar enfadado por una tontería, capitán Ahab, me parece una blasfemia» —dijo el pequeño profesor de inglés.

—Me encanta cuando Starbuck le dice a Ahab: «Dios está en tu contra, viejo»... Me encanta Starbuck —oímos como le decía Nana al hombre de las raquetas.

—Me encanta cuando Queequeg se mete en el ataúd para ver si es de su tamaño —le dijo Elliot a mi abuela—, y como Queequeg talla la tapa de su ataúd copiando partes de sus propios tatuajes.

—También me encanta Queequeg —reconoció Nana.

—Te aseguro que jamás podría salir con un tipo llamado Queequeg —me susurró mi madre. Me había rodeado con sus brazos. Podía oír de nuevo su risita nerviosa y notaba sus mordisquitos en el lóbulo de mi oreja, cuando mi abuela y el hombre de las raquetas entraron en la cocina. Nana no bebía alcohol, solo agua. El señor Barlow cargaba con las cinco botellas vacías. Me hice con las botellas porque yo sabía dónde había que dejarlas. Mi madre, con fingida modestia, le ofreció al hombre de las raquetas un trago de la cerveza que tenía en la mano; no cabía duda, era la sexta.

—Ven aquí —le dijo extendiendo los brazos—. No vas a irte sin un abrazo.

Me sentí aliviado al comprobar que Pequeña Ray se contenía al abrazarlo: no lo apretó ni atrajo la cara del hombre hacia sus pechos. En esta ocasión, me obligué a no fijarme en cómo le besaba mi madre. Por eso me sorprendió, al igual que le sorprendió al hombre de las raquetas, el modo casto y circunspecto en que le besó.

Elliot Barlow seguramente se sintió decepcionado, pero el pequeño profesor de inglés no hizo evidente su decepción. Mi madre era más bajita que casi todo el mundo, sin embargo era doce centímetros más alta que el hombre de las raquetas. Cuando se inclinó hacia delante para besar aquella cara vuelta hacia arriba, ella le estampó un besito en la frente; como el beso de buenas noches que le darías a un niño.

—Nos veremos en el norte, hombre de las raquetas —le dijo mi madre. En un principio, yo creía haber entendido qué era lo que Pequeña Ray había pretendido con esa despedida: quería que el hombre de las raquetas recordase su primer beso; quería que él se preguntase cuándo volvería ella a darle un poco más de aquello.

Con el paso del tiempo, he llegado a creer que mi madre quería que fuese yo el que recordase el primer beso que le dio al hombre de las raquetas. Creo que ella quería que yo lo tuviese presente. Cuando aquella noche mi madre y yo nos fuimos a mi dormitorio del desván —para dormir *en la misma cama,* como Pequeña Ray les había dicho a sus hermanas, dos veces—, nos acurrucamos juntos bajo la claraboya, a través de la cual podíamos ver cómo caía la nieve.

En los meses de verano, cuando mi madre estaba en casa —en particular, cuando hacía mucho calor—, dormíamos juntos en su dormitorio, en la segunda planta. Aunque disponía de un ventilador de techo, hacía muchísimo calor en el desván. Pero, por lo general, preferíamos dormir en mi cama, bajo la claraboya; de ese modo, podíamos ver la luz de la luna y las estrellas. Cuando nevaba, nos encantaba ver cómo los copos iban blanqueando la claraboya. Cuando la cúpula estaba cubierta por completo, mi habitación del desván quedaba totalmente a oscuras.

Mi cama estaba situada en un rincón al que no llegaba ni un atisbo de luz del extremo del desván que daba a la calle Front, donde estaba la ventana de la cúpula. La cúpula era pequeña, redonda y con tejado en voladizo. No permitía que entrase mucha luz en la habitación, ni siquiera durante el día. La única luz que caía sobre la cama provenía de la claraboya, aunque no cuando nevaba.

Como mi madre no solía estar en casa durante la temporada de esquí, no habíamos compartido muchas noches en mi dormitorio del desván mientras nevaba. En esa parte de la costa de Nueva Inglaterra, tan solo se producían algunas tormentas de nieve ocasionales en octubre o principios de noviembre, o bien a finales de abril; no como sucedía en el norte. Por ese motivo, para mi madre y para mí era algo muy especial acurrucarnos bajo la nevada hasta que la oscuridad nos rodeaba por completo. Siendo niño, solo y apartado de todos en el dormitorio del desván, tenía mis dudas respecto a la oscuridad.

La noche en que mi madre conoció a Elliot Barlow, cuando nos fuimos a la cama y nos tumbamos juntos bajo la claraboya, la nieve había empezado a caer hacía muy poco. Todavía había algo de luz en el cielo nocturno y podíamos apreciar cómo caían los copos de nieve. La bóveda de la claraboya todavía no estaba cubierta del todo.

—Me encanta cuando todavía podemos ver cómo cae la nieve, pero la oscuridad acecha —me susurró mi madre. No había ninguna necesidad de susurrar, pues nadie podría oírnos hablar—. Adoro cuando llega la oscuridad —susurró. Siempre decía lo mismo, no solo bajo la claraboya, o bajo una nevada, sino siempre que estábamos esperando a que la oscuridad lo ocupase todo.

—¿Por qué susurramos? —le susurré a mi madre, como solía hacer.

—Porque las personas que están juntas en la cama tienen que susurrar en la oscuridad, cariño —me decía siempre mi madre, pero no en esta ocasión. Estaba roncando.

—¡Ya te has dormido! —dije lo bastante alto como para despertarla.

—Es por la cerveza —me aclaró con una risita nerviosa—. Voy a tener que levantarme un montón de veces para hacer pipí —dijo—. Espero que me avises si me tiro pedos. —Me había pasado una de sus piernas por encima y había apoyado la cabeza en mi brazo. Podía notar su respiración. Esperé hasta notar que casi se había dormido.

—Has dicho que luego hablaríamos... del beso —susurré. Esperé. Sabía que estaba despierta. Su respiración lo confirmaba.

—¿Qué dices? —susurró mi madre.

—Antes has dicho que después hablaríamos del beso —le recordé. Por lo visto, los susurros le venían de perlas a la conversación. La nieve seguía cayendo, pero a duras penas podíamos vernos.

Mi madre retiró la pierna que me había puesto encima. Se apartó de mí y se tumbó de espaldas. Logré entrever que estaba mirando hacia la claraboya.

—No hay suficiente oscuridad como para hablar de besos —susurró Pequeña Ray.

—Dijiste que dar un beso era una decisión que había que tomar a conciencia. ¿Qué tiene que ver la conciencia con eso? —pregunté en un susurro.

Me había negado tozudamente a que mi madre me enseñase a esquiar. No atendí a todos sus esfuerzos por convertirme en el tipo de deportista que ella era. Rechazaba su parte de deportista evitando serlo yo mismo, pero ser deportista era un buen porcentaje de lo que mi madre era como persona. Había pasado por alto la deportista que había en su interior, por eso siempre me sorprendía y me sentía desarmado cuando apreciaba una repentina y evidente muestra de su capacidad atlética. Incluso después de haberse tomado varias cervezas, teniendo en cuenta además que yo debería haber mantenido la guardia alta, no estaba preparado para aquella muestra de rápida y felina coordinación, de fuerza y de equilibrio.

Tomando impulso con la espalda, mi madre lanzó sobre mí la pierna que estaba más alejada, en esta ocasión añadiéndole al gesto el resto de su cuerpo. De repente, estaba sentada a horcajadas en mi regazo, con sus piernas a ambos lados de mis caderas y las manos sobre mis hombros, presionando contra la cama. Yo solo podía apreciar la silueta de su cabeza y de sus hombros, recortándose contra la decreciente luz de la menguante claraboya, blanqueada por la nieve.

—¿Todavía puedes verme, cariño? —susurró.

—Puedo verte un poco —le dije.

—Cuando ya no puedas verme en absoluto, cuando haya desaparecido, dímelo —susurró mi madre.

—De acuerdo —susurré a modo de respuesta.

—¿Alguna vez te ha besado alguien, Adam? —me preguntó.

—No como tú has besado al hombre de las raquetas —le respondí.

—Eso espero —susurró. Dejó de reír—. Saber hasta dónde llegar..., ahí es donde entra en juego la conciencia, ahí es donde tienes que saber qué estás ofreciendo o hasta qué punto te vas a entregar.

—Sigo sin entenderlo —susurré. No quería que me besase, pero había algo en mí que sí quería. Quería experimentar el mismo beso que le había dado al hombre de las raquetas, pero no quería que me besase ella. Pero ¿cómo podría ser exactamente el mismo beso si no me lo daba ella?

—Cuando besas a alguien de ese modo, no se trata de una tontería cualquiera —susurró mi madre mientras iba desapareciendo en la oscuridad—. Cuando besas a alguien de ese modo, tienes que saber qué significa; tienes que saber qué estás prometiendo.

—Ya no puedo verte, has desaparecido —susurré. Lo sé, en cierto sentido fue como si le dijese que me besase. Lo sé, lo sé. Y aunque era cierto que no podía verla debido a la oscuridad, todavía podía verla con los ojos de mi mente, como siempre iba a verla: la forma en que estiró su cuerpo al completo sobre el mío y el modo en que me besó. No tuve ninguna duda, se trataba exactamente del mismo beso que le había dado al hombre de las raquetas.

—Esta es la cosa. Así es como se hace —dijo con el aire de una deportista, como si lo de dar besos fuese para ella un asunto rutinario, tan habitual como sus esfuerzos por enseñarme (una y otra vez) el tallo christie o un giro paralelo.

Se apartó de mí. Ya no podía verla, pero podía oír su respiración. Al poco estaba roncando. Pero yo estaba totalmente despierto, sumido en aquella infinita oscuridad.

15
Ver cosas

Piensa en tu primer beso de verdad. ¿Te cambió la vida o no fue gran cosa? ¿Recuerdas qué edad tenías? En ese momento, ¿la persona que te besó te importaba? ¿Recuerdas siquiera quién fue?

Te diré una cosa: si tienes trece años y es tu madre la primera persona que te da un beso de verdad, más te vale que otra persona te dé un beso igual o mejor que ese... lo antes posible. No tendrás otra escapatoria.

Yo quería que mi madre y el hombre de las raquetas se entendiesen. Me había fascinado el modo salvaje en que ella le había besado. Pero cuando mi madre me besó a mí del mismo modo, ese salvajismo suyo me asustó. ¿Acaso besarme así no fue una mala decisión?

A mis trece años, tenía la costumbre de contárselo todo a Nora. Estaba deseando contarle cómo mi madre había besado a Elliot Barlow.

—Cuando seas lo bastante mayor, Adam, tendrás secretos —me había dicho Nora. Ahora ya era lo bastante mayor. Tenía un secreto que no quería contarle a Nora. Porque no quería que supiese que Pequeña Ray me había besado de aquel modo.

—Los problemas que tenemos los miembros de la familia Brewster están todos relacionados con el sexo —me había dicho Nora. ¿La tendencia a que hubiera secretos en las familias empezaba con cuestiones sexuales? En mi caso, empezó con el beso al hombre de las raquetas. Aquel beso de mi madre provocó que yo tuviese algo que ocultar.

Sí, sentí que traicionaba a mi madre. Cada vez que pensaba que el beso que le había dado al hombre de las raquetas era *inapropiado* o *impúdico,* me daba la impresión de haberme pasado al bando de mis malvadas tías. Cuando definían a Pequeña Ray como hippy o como un espíritu libre, lo hacían con la voluntad de menospreciarla.

Mientras eres un niño, te parece que la infancia dura demasiado: estás deseando crecer. Un día, de repente, te das cuenta de que te has hecho mayor, por eso echas de menos esos años y lo que quieres es aferrarte a ellos. Cuando hay secretos que no les cuentas a las personas que quieres, dejas de dormir tranquilo como cuando eras niño. Ahí es cuando descubres que has crecido, a pesar de que aún tienes que crecer mucho más; yo lo hice, eso seguro. Ese fue el momento en que empecé a soñar, cuando dejé de dormir como un niño.

Ahora sé que no se trataba de sueños, pero entonces no sabía cómo denominarlos. ¿Es posible tener presentimientos de cosas que ocurrieron antes de que tu nacieses? Ahora sé que *presentimientos* o *sueños* no son las palabras adecuadas para definir lo que yo veía en mis agitadas noches. En cualquier caso, en un primer momento pensé que se trataba de sueños. Empezaron poco después de aquel beso que no fue exactamente fruto de una decisión tomada a conciencia. Sigo teniéndolos; de hecho, siempre los tendré.

Desde el primer momento, tuvieron el aspecto de lo que parecían ser: fotografías en blanco y negro de gente, lugares y situaciones reales. Pero no se trataba de personas a las que yo conociese ni de sitios en los que hubiese estado ni de cosas que yo hubiese visto. ¿Cómo podía saber entonces que eran algo real? No tenía ni idea de que se trataba de fantasmas. Aquellas primeras imágenes no parecían propias de una pesadilla.

Con el paso del tiempo, al igual que ocurre con los sueños recurrentes, empezaron a resultarme tan familiares como si se tratase de viejos amigos. A medida que fueron pasando los años, fueron resultando más predecibles; como sucede con los miembros de una familia, se repetían. Pero aquellas primeras ocho imágenes fueron los primeros fantasmas que vi, aunque no sabía que eran fantasmas.

1. Cinco hombres de aspecto severo estaban de pie, o sentados, frente a una tosca choza, una cabaña de troncos de madera con una puerta abierta. Una pila de leña a un lado de la cabaña. Una sierra de arco apoyada en un caballete frente a los hombres. Cada

uno de ellos con un sombrero o gorra diferente. Unos cuantos álamos, aunque de hoja perenne, al fondo.

2. Un sendero por encima de una línea de árboles; podría tratarse de un paso de montaña. Una caravana tirada por mulas recorre el estrecho sendero. No puede verse qué cargan en las carretas: la pesada carga está cubierta con pieles de animales, o tal vez con cuero. Dios sabe qué habrá ahí dentro.

3. Una fotografía de grupo: unas dos docenas de hombres, tocados con todo tipo de sombreros o gorras. Los hombres de la fila de atrás están de pie, los de delante están arrodillados o sentados en el suelo. Hay dos niños, ambos con la cabeza descubierta, y también un par de perros. En la ladera del monte, que asciende justo detrás de donde se encuentra el grupo, se encuentra el lugar en el que trabajan: varios edificios que parecen cobertizos con vigas de madera y piedras desiguales. Es posible que se trate de una mina.

4. Dos hombres, no hay duda de que son mineros, trabajando bajo tierra. Uno de los hombres sostiene un mazo sobre el hombro; el otro hombre da la impresión de estar sentado sobre una carga de explosivos. Palancas, de diferentes tamaños, desparramadas a los pies de los hombres. Sus botas —al igual que sus sombreros, con los bordes arrugados— están muy sucias.

5. Un retrato formal: un primer plano de un caballero con barba, bien vestido. No llego a distinguir lo que podría ser un alfiler pasado de moda, tal vez para colocar la corbata en su lugar. Lleva el pelo peinado hacia atrás y tiene la barba recortada. No es un minero. A lo mejor es el propietario de la mina o un banquero; un empresario importante, pienso al verlo por primera vez.

6. No puedo ver el nombre que hay escrito en la fachada de un edificio de ladrillo de tres plantas. No sé si estoy viendo la parte de delante o la de atrás. Una carreta tirada por caballos, posiblemente de reparto, junto al edificio, que en un principio identifico como de un estilo victoriano tardío. Tal vez fuese más adecuado definirla como arquitectura de *asentamiento minero*. Se trata de un enorme rectángulo de ladrillo, con ventanas también rectangulares y en forma de arco; impresiona, aunque no es bonito.

7. Una sirvienta de hotel de piel oscura, tal vez mexicana, posa con la fregona y el cubo en un pasillo que lleva a las habitaciones. Tiene una sonrisa tímida, como de niña.

8. Un niño, o un muchacho joven. La primera vez que lo veo, me parece de mi edad, unos trece o catorce años. Está apoyado en su pala para nieve; la pala es muy larga o el chico es bajito. El mango de la pala le llega a la altura de las orejas. Posa frente a un montón de nieve. Por lo visto, ha limpiado la acera y la entrada a un edificio que tiene una puerta alta. A veces me da la impresión de ver esquís apoyados en la pared del edificio. El montón de nieve y la bandera de Estados Unidos siempre aparecen. El muchacho es guapo, pero su sonrisa es infantil. A excepción del chico y de la sirvienta de hotel, las imágenes en blanco y negro tienen el aire de los años ochenta o noventa del siglo XIX. Al igual que la de la sirvienta, la foto en blanco y negro del chico con la pala de nieve podría ser de los años cuarenta del siglo XX. Lleva pantalones tejanos y botas de vaquero. Su jersey de esquiar y su gorro dan la impresión de haber pertenecido antes a otra persona. El jersey es demasiado ancho de hombros. La borla indica que el gorro es de chica, lo cual acentúa cierto aire femenino del muchacho. La bandera estadounidense y la puerta alta indican que se trata de un hotel. Una de las clientas, una mujer, podría haberle dado su viejo jersey y su gorra al muchacho.

Cuando dejas de dormir profundamente, tienes más sueños. También estás más cansado: no siempre puedes distinguir entre lo que has soñado y lo que has imaginado cuando estabas tumbado pero despierto. Cuando empecé a ver esas imágenes en blanco y negro —a lo largo de los diecisiete meses que transcurrieron entre el primer encuentro de mi madre con el hombre de las raquetas y el día en que se casaron, cuando todavía dormía en el dormitorio del desván de la casa de mi abuela en la calle Front—, mi sueño se vio todavía más alterado por el olor de caca humana. Es un olor inconfundible. No sueñas con él; no puedes imaginarlo. La primera vez que me desperté debido a ese desagradable hedor, me metí bajo las sábanas; básicamente, para comprobar que no hubiese sufrido un accidente durante la noche. Pero no era cosa mía. Se trataba del caminante nocturno emérito; también era posible detectarlo por el crujido de las escaleras que llevaban al desván. El duodécimo escalón, el tercero desde arriba, siempre crujía. ¿Acaso mi visitante nocturno acudía siempre a observar cómo dormía bajo la luz de la claraboya? Cuando dormía profundamente siendo niño, con toda probabilidad no le habría oído... ni olido. Antes de que el merodeador en pañales empezase a hacerse sus necesidades encima, tampoco habría sido capaz de olerlo.

Una noche —no nevaba y brillaba la luna—, me desperté y vi al hombre de los pañales bajo el plateado resplandor que entraba por la claraboya. Demacrado como un fantasma —desnudo a excepción del cargado pañal—, el maltrecho emérito se pasó por mi habitación para echarle un vistazo al hijo ilegítimo que le había hecho perder el habla.

—Lo siento, abuelito —le dije. Los auténticos fantasmas me enseñarían tiempo después que es difícil mirar a alguien que está desapareciendo. Cerré los ojos. No volví a abrirlos hasta escuchar el conocido crujido de las escaleras, de bajada en esta ocasión. El hedor que desprendía el hombre de los pañales no tardó en esfumarse. Los fantasmas de verdad, como sabría tiempo después, no siempre se esfumaban.

En los diecisiete meses previos a la boda, mi madre y el hombre de las raquetas llegaron a conocerse muy bien, y yo compartí ese tiempo con ellos. Pasamos juntos dos vacaciones de primavera y unas navidades, siempre en el norte, lejos, como cabe suponer, de los noruegos de North Conway. No recuerdo los nombres precisos de las pistas de la montaña Cranmore por las que a Elliot Barlow y a mí se nos permitía ir en raquetas de nieve, pero Elliot conocía a todos los austriacos de por allí y podía hablar con ellos en alemán.

Había una pista Arlberg, también una Skimeister y una Lower Skimeister. Obviamente, había una Kandahar y una Schneider. Para mí, todos esos nombres no tenían relevancia; no los aprendí. Nunca pensaba en el nombre de la pista por la que íbamos. Me limitaba a seguir al hombre de las raquetas, ya fuésemos arriba o abajo, yo me adaptaba a su ritmo. Elliot Barlow me enseñó a ampliar mi zancada, no solo cuando llevábamos raquetas, sino también cuando corríamos juntos. Como es lógico, debido a la largada de mis piernas, no habría tardado en poder superarlo, corriendo y también con las raquetas. Pero, por respeto —y más adelante por amor—, nunca lo hice o nunca pude hacerlo. Es necesario recordar que yo tenía un pasado en ese terreno: incluso teniendo una estupenda instructora de esquí, me había mantenido en un nivel entre principiante e intermedio.

Elliot Barlow nos unió a mi madre y a mí. El hombre de las raquetas nos convirtió en una familia. Elliot posibilitó que tanto mi madre como yo nos apartásemos de la tiranía de las chicas Brewster. Empecé a entender que Nora siempre había tenido razón respecto a mi abuela. ¿No era precisamente su pasividad —el ineficaz «chicas, chicas» de Nana— lo que había dado alas a la mezquindad de mis tías? El incansable escrutinio de las disposiciones para dormir de mi madre resultaba invasivo. Tía Abigail no dejaba de preguntarme sobre cómo estábamos dispuestos para dormir en la pensión de North Conway.

—Nos importa bien poco que sea de estilo europeo —añadió tía Martha.

—Es acogedora —les dije—. Uno de los huéspedes es austriaco.

—Nos importa bien poco si es acogedora o si hay huéspedes austriacos —dijo tía Abigail—. Háblanos de vuestras habitaciones, Adam.

—Céntrate en quién duerme con quién, Adam, y también en el tipo de camas —añadió tía Martha.

Yo ya había leído dos veces *Grandes esperanzas.* Estaba leyendo otros libros de Dickens: el hombre de las raquetas me había dejado el ejemplar de *David Copperfield* que utilizaba en sus clases. Estaba empezando a imaginarme como un escritor de ficción.

—El señor Barlow llama a la pensión *Gasthaus* —dije, lo cual era cierto.

—¡Nos importa bien poco cómo la llama el señor Barlow, Adam! —protestó tía Abigail.

—¿Dónde *duerme* el señor Barlow, en qué tipo de cama y con quién? —añadió tía Martha.

—Tiene una cama individual, es pequeña. Ray y yo dormimos en una cama doble, en la habitación grande. Compartimos el baño, porque está entre las dos habitaciones —les expliqué. Eso también era cierto, pero estaba guardándome información.

—Eres demasiado mayor para dormir con tu madre, Adam —dijo tía Abigail con un deje cansino, porque era la enésima vez que me lo decía—. Piensa en tus manos.

—Mi madre visita al señor Barlow..., en su habitación, casi todas las noches —dije muy despacio, como si estuviese escribiendo una frase. Una frase verídica, en cualquier caso. Cuando Ray y yo nos íbamos a dormir, cuando, después de estar susurrándonos todo tipo de cosas, finalmente nos quedábamos sin nada que decirnos, mi madre salía de la cama y me susurraba algunas cosas más.

—Volveré pronto, cariño. Voy a visitar al hombre de las raquetas —susurraba—. Dejaré encendida la luz del baño, ¿de acuerdo?

—De acuerdo —susurraba yo.

Yo me habría dado cuenta si ella se hubiese puesto un camisón provocativo, pero siempre llevaba puestos sus pantalones de pijama de franela, o sus pantalones cortos de deporte, y una camiseta; nada insinuante. A veces, yo todavía estaba despierto cuando ella volvía a nuestra cama, pero otras veces no. Esos detalles eran verídicos, pero, aun así, yo sabía que las visitas nocturnas de Pequeña Ray iban a causar un auténtico revuelo en mis mojigatas tías.

—¡*Visita* al señor Barlow! —gritó tía Abigail—. ¿Durante cuánto tiempo?

—No debe de pasar mucho rato con él... ¡Es tan pequeño! —añadió tía Martha.

—¡Pero si ni siquiera están prometidos! —exclamó tía Abigail con desdén. Pronto iban a estarlo, pero su compromiso les importaba bien poco a mis tías. Lo inapropiado de aquellas *visitas* de mi madre al señor Barlow iba a seguir irritando a las dos chicas Brewster más entrometidas, incluso tiempo después de que el hombre de las raquetas y Pequeña Ray se hubiesen casado.

—A esas dos les interesa otro tipo de sacramentos mucho más que el del matrimonio —solía decir Nora respecto a su madre y a tía Martha.

—Supongo que no *oirás* hablar al señor Barlow con tu madre, ¿verdad Adam? —me preguntó tía Abigail. Ah, bueno... Fue entonces cuando se me presentó la oportunidad que, como futuro escritor de ficción, estaba esperando. Estaba llevando a cabo ciertos experimentos como contador de historias. Empezaba a entender que podía inventar algo dejando algunas partes de la historia de lado. Dickens habría sabido cómo hacerlo.

—No los oigo hablar —empecé a decir. La pausa fue deliberada—. Pero, de vez en cuando, oigo lo que ella dice..., nunca lo que dice él, si es que habla. Hay muchos gruñidos y gemidos y risas —les conté—. A veces, noto temblar el suelo. —Mis tías no dijeron nada, al menos en un principio. Era como si fueran ellas las que estaban oyendo los gruñidos y los gemidos y también la risa de los amantes, o como si estuviesen esperando a que temblase el suelo.

No les dije que Pequeña Ray y el hombre de las raquetas solían practicar juntos sus ejercicios de esquí. Sus saltos sobre una pierna hacían que el suelo temblase y ella podía hacer flexiones durante más tiempo que él. Pequeña Ray también podía mantener durante más tiempo las sentadillas de pared que el hombre de las raquetas. Mientras hacían flexiones o sentadillas, ella insistía para que él se esforzase un poco más.

—Vamos, no pares —podía oírle decir a mi madre.

También les conté a mis tías que mi madre había encontrado un modo para que las sentadillas normales fuesen más intensas. Le pedía al hombre de las raquetas que le dejase entrelazar los dedos por detrás de su cuello y le ceñía las piernas a ambos lados de la cintura; hacía las sentadillas en esa posición. Tenía auténtica fe en las sentadillas, pero pesaba unos cinco o seis kilos más que el hombre de las raquetas. Cuando hacía esos ejercicios —con los dedos de él entrelazados tras su cuello y con las piernas alrededor de su cintura—, él se tensaba de lo lindo hasta finalizar sus sentadillas. No podía bajar tanto como lo hacía ella.

—¡Más abajo! —oía gritar a mi madre. Cuando los oía reír, sabía que o bien él se había caído, o bien había perdido el equilibrio, con ella todavía encima, mientras intentaba acabar una de sus sentadillas.

Creía que el modo en que había imitado aquel diálogo oído a medias —el «Vamos, no pares» y el «¡Más abajo!»— iba a causar el efecto deseado en mis tías, tan fáciles de escandalizar, pero su silencio me decepcionó. Mis primeros esfuerzos en el terreno de la ficción habían fracasado. Tal como Nora me diría tiempo después, ni su madre ni tía Martha me creyeron.

—Por el amor de Dios, Adam. *Todo el mundo* ha oído a Ray haciendo sus sentadillas, sus sentadillas de pared y sus flexiones —me dijo Nora—. Ray ha intentado que cualquiera haga ejercicio con ella. ¡Incluso yo *entrené* con ella!

Me sentí avergonzado. Pensaba que había sido creativo. Tuve que refrenarme para no decirles a tía Abigail y a tía Martha que había oído a Pequeña Ray decirle al hombre de las raquetas durante las sentadillas de pared: «Si no puedes verte los dedos gordos de los pies, lo estás haciendo mal».

—Me sorprende que no pretendieses hacerles creer que las sentadillas de pared también eran algo sexual —me dijo Nora—. Mi madre y tía Martha están seguras de que Ray y el pequeño hombre de las raquetas fingen. Mi madre y tía Martha creen que lo que Ray pretende es encontrar la situación adecuada para sacarte de la casa de la calle Front, antes de que Nana pierda la chaveta y el hombre de los pañales se convierta en el feto emérito. Dicen que el hombre de las raquetas lo único que quiere es mantener su trabajo. Creen que Ray es la *tapadera* del señor Barlow, Adam —dijo Nora.

—¿Su qué? —le pregunté.

—Dios mío, Adam... A veces olvido que solo tienes doce o trece años o algo así —dijo Nora.

—Tengo trece —le dije.

—Una *tapadera* es una *fachada,* Adam. En el caso de Ray, ella está fingiendo ser la novia de un homosexual —me dijo Nora.

—Ella no está *fingiendo.* ¡A ella le gusta de verdad y a él le gusta ella! —grité—. Tú no viste cómo le besó, Nora.

—No conozco a ese tipo, Adam —dijo Nora—. Dejemos el tema de quién finge y quién no para otro día. ¿Te parece bien, chaval?

—De acuerdo —respondí.

Como cabe suponer, encontré el modo de preguntarle a mi madre sobre aquellas imágenes en blanco y negro que me atosigaban; fueran lo que fuesen. Una noche, la llamé por teléfono a Stowe, al dormitorio que compartía con las jóvenes deportistas.

—Soy Molly —me dijo la de la máquina pisanieves. Después pasamos por el clásico «Adam el niño» antes de que mi madre se pusiese al teléfono.

—¿Eres mi Adam? —preguntó ella, como siempre.

No le dije que había tenido sueños. Le dije que había *visto cosas,* habitualmente cuando me encontraba entre el sueño y la vigilia. Le dije que había *imaginado* fotografías en blanco y negro de lo que parecía ser gente, lugares y circunstancias reales.

—No estás siendo muy preciso, cariño —me dijo mi madre.

—Antes de ser una ciudad dedicada al esquí, Aspen fue una ciudad minera, ¿no es cierto? —le pregunté.

—Minas de plata. Descríbeme lo que viste, cariño.

Empecé con los tipos posando frente a la cabaña, la pila de leña, la sierra de arco sobre el caballete; no le hablé de los diferentes tipos de sombreros y gorras.

—Suena a un campamento minero de los años ochenta del siglo XIX, de los primeros tiempos —dijo mi madre.

Pasé a la caravana de carretas con carga muy pesada tiradas por mulas encima de la línea de los árboles, es decir, la parte del estrecho sendero por donde pasaba la caravana de mulas.

—Me suena al Independence Pass: las carretas con minerales, también con plata, iban hacia Leadville por encima de la Divisoria Continental —me interrumpió Pequeña Ray.

Le describí a los hombres, a los niños, a los perros, posando frente a los edificios destartalados. Acabé con «Es posible que se trate de una mina».

—Claro que es una mina, Adam. Parece el turno de día en la mina Smuggler —me dijo mi madre.

Apenas dije nada de los dos mineros bajo tierra: el que llevaba un mazo y el que toqueteaba lo que podría ser un aparato explosivo.

—He visto a esos dos, siempre están preparando las cargas con pólvora. Algo debe de haber ido mal —me dijo mi madre.

—¿Los has visto? —le pregunté.

—He visto a sus fantasmas, cariño. Estás viendo fantasmas. Esa clase de fantasmas no pueden hacerte daño —me aseguró mi madre.

—¿Y qué me dices del caballero bien vestido? Parece muy refinado. Parece valiente, pero está triste. ¿Un fantasma como ese puede hacerme daño? —le pregunté a mi madre.

—Pobre Jerome —respondió mi madre en voz baja—. Jerome B. Wheeler no te hará daño.

Supe en ese mismo momento, sin necesidad de preguntárselo, qué era el edificio de ladrillo de tres plantas. Aquel enorme rectángulo de ladrillo era el Hotel Jerome. Le pregunté a mi madre por la carreta tirada por caballos.

—Oh, era para repartir cerveza —me dijo. Supuse que el fantasma de un caballo no podría hacerme daño. Y cuando le pregunté sobre la tímida sirvienta del hotel con cara de niña, Pequeña Ray dijo:

—Oh, no sabía que había muerto. Creo que era italiana.

No, no le pregunté por el niño o muchacho joven. Su belleza, su sonrisa infantil, su pequeñez en comparación con la alta pala de nieve, ese chico de los años cuarenta, fuese quien fuese. Me dije que cabía la posibilidad de que se tratase de un tipo diferente de fantasma, del tipo de los que pueden hacerte daño. Había algo con respecto a su persona que no parecía tener nada que ver con la muerte. Estaba seguro de que había visto esquís apoyados en la pared del edificio.

—Tengo que irme, cariño —susurró mi madre—. Los fantasmas pueden esperar. Se les da muy bien esperar.

—De acuerdo —dije—. ¿Cuándo volveré a verte? —le pregunté.

—Cuando llegue el momento —me dijo mi madre.

16
Lo que pasó aquella noche

En una ocasión, le pregunté a Nora si pensaba llevar a su novia, Em, a la boda de mi madre para crear algo así como una distracción, para eclipsar de ese modo la evidente incredulidad que muchos sentían respecto a aquella improbable pareja de enamorados que iban a casarse. El significado del chismorreo, del que todo el mundo se estaba haciendo eco y que mis tías habían puesto en circulación —en pocas palabras, que mi madre era la *tapadera* de Elliot Barlow—, no era tan obvio como la decisión que había tomado Nora de hacer público su lesbianismo durante la celebración de una boda familiar en su ciudad natal. El supuesto comportamiento sumiso de Em, aquella muchacha con cara de muñeca y gesto ansioso, quedó desmentido por la fama que adquirieron al instante sus ingobernables y clamorosos orgasmos; por decirlo en palabras de Nora: «Cada orgasmo suena como si fuese el primero o el último de su vida». Los invitados a la boda que se alojaban en el hotel Exeter experimentaron un visible cambio respecto a esa cuestión por el mero hecho de haber oído los ridículamente ruidosos e histéricos orgasmos de Em; en especial, una parte de los noruegos de North Conway. Las rubias femeninas, aquellas a las que Nora solía pegar, miraban a Nora con un renovado temor.

Pero Nora negaba que hubiese ninguna clase de intención oculta en el hecho de haber llevado a Em a la boda.

—Yo no soy tan retorcida, chaval —dijo Nora.

Me dijo que la decisión le había resultado fácil: o su cama infantil en el apartamento del instituto de tío Martin y tía Abigail, o una cama grande en el hotel Exeter, donde Nora podría disfrutar del sexo ruidoso con Em. Al pensar ahora en ello, tal vez no debería haberle preguntado a Nora si le había acortado deliberadamente el nombre a Emily, pasando a llamarla Em; era una manera ruda, aunque abreviada, de dominarla. Debido a la violencia de cada uno de los orgasmos de Em, es muy posible que las tres últimas letras de su nombre se perdieran en el camino hacia el clímax.

Mis tías no pasaron por alto el hecho de que la novia vistiese de blanco. Evidenciaban siempre una gran rapidez a la hora de juzgar las violaciones, ya fuesen reales o imaginarias, que Ray llevaba a cabo de la idea de la pureza y la virginidad.

—Una novia que tiene un hijo no puede vestir de blanco, Rachel —le dijo tía Abigail a mi madre.

—Por no hablar de una novia que tuvo un hijo como tú lo tuviste, Ray —añadió mi tía Martha.

—Bobadas —les respondió mi madre—. Mi vestido de boda será blanco. Molly me ha ayudado a elegirlo.

La boda fue la primera ocasión en que la familia pudo conocer a Molly, la de la pisanieves. Daba la impresión de que, en caso de haberse enfrentado físicamente, la allanadora nocturna podría haberse batido de igual a igual con Nora. Según los cálculos del pequeño hombre de las raquetas, Molly y Nora debían de pesar las dos unos ochenta kilos. Eran dos mujeres jóvenes grandes y fuertes. A lo largo del fin de semana de la boda, no dejaron de estudiarse la una a la otra, como si estuviesen deseando iniciar una pelea o meterse en algún otro lío.

Las disposiciones para dormir durante ese fin de semana resultaron demasiado confusas para estudiarlas; ni siquiera mis tías se preocuparon por llegar a saber quién dormía dónde o con quién. Las jóvenes deportistas de Stowe, acostumbradas a dormir juntas, escogieron tres tiendas de campaña que habían instalado en el jardín trasero de la casa de la calle Front. A mi abuela le daba la impresión de que aquellas tiendas se encontraban demasiado cerca del jardín, donde estaba colocada la carpa para la boda. Una de las jóvenes deportistas había traído consigo a su novio; su tienda, muy cerca del baño para pájaros del jardín, era la más pequeña. Dos de las jóvenes deportistas —las dos que solían ducharse juntas— disponían también de su propia tienda. La más grande de las tiendas estaba pensada para el resto de las jóvenes deportistas de Stowe, eran tres o cuatro y eligieron colocar la tienda en el antiguo campo de cróquet, que no se usaba desde hacía años. Nana dijo que la tienda que estaba en el viejo campo de cróquet no era segura, pues creía que alguna de las jóvenes deportistas podía resultar herida o incluso morir allí.

Sí, nadie cuidaba del campo de cróquet desde hacía tiempo, pero yo dudaba de que pudiese acabar con la vida de nadie. Un percance sufrido por un jardinero en una ocasión, precisamente, le había llevado a dejar el trabajo: un viejo arco, oculto bajo tierra, había destrozado su cortacésped. Años antes, alguien había utilizado uno de los mazos de cróquet para hundir las estacas y los arcos en el suelo. Culparon al director Brewster de ello, pero estoy convencido de que la responsable fue Nora, no el director emérito; este no habría podido hacerlo ni siquiera antes de retomar los pañales, cuando era capaz de usar un mazo. Con el paso del tiempo, unos cuantos arcos lograron salir de nuevo a la superficie, o bien alguien tiró de ellos hasta que resultaron visibles. Estoy convencido de que el responsable de tirar de los arcos sí fue el hombre de los pañales: el infante emérito era el único miembro de la familia que había jugado al cróquet en el jardín de atrás.

A mi abuela le inquietaba el uso excesivo del lavabo por parte de las que ella denominaba «las residentes de las tiendas de campaña», pero ¿qué se suponía que tendrían que haber hecho las jóvenes deportistas? ¿Hacer pipí en el jardín? Nana ya había acusado al novio de una de ellas de orinar en la fuente de los pájaros, precisamente en la parte del jardín en la que no había vuelto a ver pájaro alguno desde que habían llegado.

Tengo que decir que dicho novio, el que estaba en la tienda cercana a la fuente para pájaros, era un idiota de tomo y lomo. Era un esquiador inepto y quejica que a mí me parecía demasiado gandul para ir en busca de un lavabo. Al parecer, pensaba que yo tenía más de catorce años, porque no dudó en hablarme de la infección vaginal que había contraído su novia.

—No he venido hasta aquí para dormir en una tienda de campaña con una chica que no quiere o no puede hacerlo —se me quejó—. ¡Tendría que haberme *dicho* que tenía una puñetera candidiasis!

Como es lógico, no tardé en preguntarle a Nora qué era una candidiasis. Supongo que me preocupó infectarme yo también.

Nora me obligó a decirle quién la sufría y cómo me había enterado.

—La joven deportista que tiene un novio que mea en la fuente para pájaros. Esa es. Y fue él quien me lo dijo —le confié a Nora.

Por lo visto, Em le temía tanto a la candidiasis como yo. Enterró su cara entre los pecho de Nora y la atrajo hacia sí. Pensar en la candidiasis, a mí también me hacía sentir exactamente del mismo modo.

—Tranquilos, cobardes. Estáis a salvo —nos dijo Nora. Después fue a hablarles de ese incidente a Molly y a mi madre.

La conductora de la pisanieves dijo que ella se haría cargo. No entendí que a lo que se refería era que iba a *hacerse cargo* del novio —el supuesto culpable de orinar en la fuente de los pájaros—, pero Molly lo sacó a rastras de la pequeña tienda, aunque solo llevaba puestos sus calzoncillos, y le metió la cabeza en el agua de la fuente de los pájaros. Hubiera lo que hubiese en el agua de aquella fuente, quedó claro que el inepto esquiador no podía respirar. La joven deportista que sufría la candidiasis protestó sin excesivo ímpetu por el modo en que la conductora de la pisanieves había manejado la situación.

—Puedes contarle a todo el mundo que tienes candidiasis, Nelly —le dijo la conductora de la pisanieves—, pero habría preferido que Adam el niño no se hubiese enterado.

Nelly no sabía que había sido su novio el que nos había advertido de su candidiasis. Echó a andar por el jardín, sin darle mucha importancia al hecho de que el inepto esquiador estuviese agonizando en esos momentos en la fuente para pájaros. Molly, sin embargo, se lo pensó mejor y le sacó la cabeza de debajo del agua. Eso ocurrió la tarde anterior al día de la boda, y el novio de Nelly empaquetó la pequeña tienda y el resto de sus pertenencias y se marchó, con cajas destempladas, antes de que empezase la fiesta. Había dos gorriones de piedra que descansaban de manera permanente en el borde de la fuente para pájaros. Durante mi infancia, una de aquellas silenciosas aves tenía el pico astillado. Tan solo aquellos dos pájaros de piedra sabían a ciencia cierta si el inepto esquiador había llegado a orinar en alguna ocasión en la fuente. Nelly se instaló con sus compañeras en la tienda grande ubicada en el antiguo campo de cróquet.

Mi abuela tenía razón: las jóvenes deportistas se habían adueñado de los baños de la casa de la calle Front. Había toallas húmedas por todas partes; aquellas vigorosas muchachas se duchaban o se bañaban constantemente. Mi madre había trazado la frontera en el baño del desván, junto a mi dormitorio. Dejó sus cosas en mi dormitorio y dormía conmigo (como siempre) en la misma cama. Molly dormía en la habitación de mi madre, en la segunda planta.

—No soy una persona antisocial, niño —me dijo la conductora de la pisanieves—. Soy demasiado mayor para dormir en el suelo en una tienda de campaña con un puñado de chicas..., para pasarnos toda la noche hablando de cosas de mujeres.

En el aterrador contexto de la todavía no explicada candidiasis —sus causas, sus consecuencias, su potencial capacidad de contagio—, mi imaginación, propia de un joven de catorce años, se disparó intentando descifrar qué quería decir Molly con *cosas de mujeres*. No voy a decir que esa fuese la única razón por la cual esperé tanto hasta casarme —casi tanto como esperé para ir a Aspen—, pero, durante años, las repercusiones de esas *cosas de mujeres* condicionaron seriamente mi imaginación.

Mi madre se percató de que me inquietaba todo lo que estaba oyendo y no era capaz de entender: por una parte, la cuestión de aquellos invitados a la boda que veían alterada su paz de espíritu y su sueño debido a los expresivos orgasmos de Em. Por otra, ahora me acosaban los oscuros e indescifrables misterios y ramificaciones que conllevaba la candidiasis de Nelly: su novio casi había muerto ahogado por haberse atrevido a hablar del tema y, además, Molly había decidido no dormir en la tienda de campaña con las jóvenes deportistas y sus *cosas de mujeres*.

—Para empezar, cariño, tienes que dejar de pensar en Em. Sobre todo en los *extraños ruidos* que hace —me aconsejó mi madre—. No dejo de especular con la posibilidad de que Nora pudiese llegar a convertirse en una experiencia traumática como novia; especialmente, si Nora fuese tu primera novia. —Entendía qué era lo que pretendía decirme, aunque eso no impidió que yo siguiese oyendo los *extraños ruidos* de Em en mi imaginación.

Con el mismo tono de desdén, mi madre intentó tranquilizarme respecto a la candidiasis de Nelly.

—Nelly se pondrá bien, cariño. Las candidiasis no suelen poner la vida de nadie en peligro. Nelly seguirá dando la tabarra con el asunto, pero todas las mujeres la han sufrido o la van a sufrir en alguna ocasión. No tiene mucha importancia —me dijo mi madre—. Sí, es dolorosa, te pica mucho y genera una especie de requesón.

—¿Una especie de qué? —le pregunté.

—En la vagina... Tienes que dejar de pensar en este asunto, cariño.

—Entiendo por qué Molly no quiere dormir en la tienda de campaña con las deportistas, no quiere pasarse toda la noche hablando de requesón y esas cosas —le dije a mi madre.

—Necesito que Molly esté cerca de mí, cariño, no en una tienda de campaña. No voy a poder ponerme o quitarme el vestido de boda si Molly no me ayuda —me confió mi madre.

Yo había visto su blanco vestido de boda. Colgaba de la barra de la ducha en el baño del desván. Mi madre me dijo que el vapor de la ducha evitaría que se arrugase. Sí, era un vestido complejo, pero no se me había ocurrido pensar que el hecho de ponérselo o quitárselo fuese un trabajo que requiriese el esfuerzo de dos mujeres. La cuestión de por qué las jóvenes deportistas se duchaban día y noche —por no hablar de las dos jóvenes que dormían en una tienda de campaña aparte y se duchaban juntas— no llegamos a discutirla. Mi madre era consciente de mis esfuerzos por entender las complejidades de su vestido de boda.

—El vestido hay que anudarlo por la espalda, cariño. Tiene que estar tan ajustado como un corsé —intentó aclararme mi madre.

Supongo que asentí o que fingí que lo entendía. No quise preguntarle qué era un corsé. Me dije que tenía que dejar de pensar en esos asuntos. Tenía que dejar de hacer preguntas. No quería que pensasen que estaba desconcertado. Decidí mostrarme por completo desinteresado, algo impropio de mí. Así pues, tenía que parecer que lo entendía todo o que todo me daba igual.

Sí, no era más que una pose. Pero la mantuve durante años. A decir verdad, entendía muy pocas cosas. Me costaba mucho mostrarme indiferente (o imparcial o despreocupado) sobre cualquier cuestión. Tal vez se debiese a que no era lo habitual que uno tuviese catorce años en el momento en que su madre había decidido casarse por primera vez. Toda una serie de factores contribuían a mi confusión, pero el fin de semana de la boda, en especial la tarde previa al día de la ceremonia, tomé una decisión. Una decisión plenamente consciente. Iba a mostrarme distante, indiferente —incluso desinteresado—, para no llegar a parecer condescendiente. Hasta ese momento, tan solo el hombre de las raquetas se había mostrado condescendiente conmigo. Con toda probabilidad, ese fue el principal motivo que me llevó a desear que Elliot Barlow se casase con mi madre. A partir de entonces, me dije, tan solo me permitiría ser yo mismo —es decir, sincero con respecto a quién era y a todas las cosas por las que sentía curiosidad— en mi imaginación. Eso significaba, como no podía ser de otro modo, que solo podría ser yo mismo —esa persona tan poco interesante, siempre deseosa de saber cosas— al escribir.

Menudo punto de inflexión en mi vida fue aquel fin de semana de la boda, un fin de semana crucial. Mi abuela me había pedido que llenase la fuente para pájaros con la manguera del jardín hasta que el agua desbordase. Sabía que Nana estaba obsesionada con liberar el jardín de la orina del novio malo, ya fuese esta real o imaginada. Los silenciosos gorriones de piedra parecían menos dispuestos a cantar que nunca. Fuera lo que fuese lo que hubieran visto, no disponían de canción alguna para relatarlo.

Tras inundar la fuente para pájaros, estudié con atención el blanco vestido de boda de mi madre al descolgarlo de la barra de la ducha. Lo hice cuando me duché, justo antes de vestirme para la cena de ensayo. Me fijé en la hilera de ojales, que en ese momento no estaban anudados con fuerza. Al parecer, los cordones recorrían toda la espalda, desde la cintura hasta el punto en el que se ataban, a la altura de los omóplatos. Incluso sin estar tensados los cordones, colgado de la percha, no parecía un vestido cómodo. Entendí que mi madre llevaría los hombros al aire. Me preocupaba que todo el mundo pudiese ver los tirantes de su sujetador, pero me percaté de que en la parte frontal del vestido había unas copas pensadas para los pechos. ¿Acaso el vestido disponía de un sujetador integrado? Habida cuenta de mi recién adquirido posicionamiento personal, mi pretendida indiferencia, me negué a preguntarle a mi madre cómo iba a ingeniárselas para encajar sus pechos en aquel vestido tan ajustado.

En lugar de eso, hablamos de que ambos habíamos notado un descenso en la presión del agua de nuestras respectivas duchas. Mi madre se había duchado y vestido para el ensayo en el cuarto de baño de su dormitorio en la segunda planta; Molly se había encargado de advertirles a las jóvenes deportistas que no usasen aquel baño. Mi madre me dijo que el agua de su ducha tenía la presión de una «meadita» y que se había quedado muy rápido sin agua caliente. Tuve la tentación de preguntarle por qué las jóvenes deportistas se duchaban constantemente, pero decidí mostrarme firme en mi indiferencia. Me estaba creando a mí mismo como si fuese un personaje de ficción. Estaba componiendo la figura del adulto en el que quería convertirme, algo que entendía como inseparable del hecho de convertirme en escritor de ficción. Debido al afán de conseguir los infinitos poderes que otorgaba la observación distante e imparcial, me estaba convirtiendo en un narrador omnisciente en tercera persona; aunque solo en mi mente.

No, no había escrito nada, de ahí que la única ficción que estuviese componiendo fuese la de mi propia persona. No pretendo generalizar. No sé si otros escritores, a medida que fueron creciendo, pasaron por un proceso similar de desconexión entre el indeciso adolescente que eran y el narrador omnisciente en el que esperaban convertirse.

Practiqué mi nueva identidad con Henrik durante la cena de ensayo. Ya habían instalado en el jardín de mi abuela la carpa para la ceremonia: el pasillo pasaba por entre los lechos de flores y las sillas plegables que los rodeaban formando un círculo, el lugar sagrado en el que los novios se intercambiarían los votos. Henrik estaba despatarrado sobre dos sillas: pantalones caqui, americana azul, camisa azul con el último botón abierto y la corbata suelta, a modo de declaración de indolencia. Llevaba consigo su palo de lacrosse, como si le resultase imprescindible para el ensayo.

—Se supone que quien tiene que llevar el anillo es un niño pequeño, Adam. Además, es muy raro que el padrino de boda sea el hijo de la novia —me informó Henrik.

Henrik jamás era original. No sé cómo fue capaz de licenciarse en Exeter. En otoño, empezaban sus clases en una de esas universidades del sur que son siempre la segunda opción. Henrik la había elegido porque quería seguir jugando al lacrosse; lo único que le importaba era que hiciese calor en primavera. La primavera no era una opción en New Hampshire. En Exeter, cuando comenzaba la temporada deportiva de primavera, el equipo de atletismo tenía que compartir la Jaula Thompson con los equipos de béisbol y de lacrosse. A esas alturas del año, los terrenos de juego acostumbraban a estar cubiertos de nieve o eran un puro barrizal.

Respecto al protocolo de la boda, Henrik había estado escuchando todo lo que le habían dicho tía Abigail y su madre; aquellos inacabables añadidos de tía Martha.

Suspiré, tal como suponía que habría suspirado Nora. Incluso el modo en que Henrik criticaba las cosas era convencional. Intenté transmitir mi punto de vista del asunto en un único suspiro.

—Oh, Henrik, ¿no lo entiendes? Soy el padrino porque yo los emparejé —le dije—. Llevo los anillos porque soy el miembro más joven de la familia, ¿no es cierto? —le pregunté—. Incluso tú, Henrik, sigues tratándome como si fuese un niño.

Ambos nos quedamos anonadados. Henrik nunca me había oído hablar de ese modo y yo no fui capaz de reconocer mi tono de voz, aunque me gustó cómo había sonado. A Henrik se le escurrió el palo de lacrosse de las manos, algo muy inadecuado para el gran jugador que él imaginaba ser.

—¡Lo siento! —exclamó Henrik de repente, al tiempo que recuperaba su palo de lacrosse; aunque no recuperó la confianza en sí mismo como deportista—. Lamento haberte tratado así, Adam. Me metí mucho contigo cuando eras un niño. —No estaba preparado para que el memo de mi primo se mostrase arrepentido. Para Henrik, el arrepentimiento era algo tan nuevo como para mí. Aun así, logré canalizar el suspiro estilo Nora. Por fortuna, Molly me recordó cuál era mi papel en el ensayo, que ya estaba en curso. Henrik me había distraído y yo estaba retrasándolo todo.

—¿Eres Adam el niño, la persona que a Ray más le importa en el mundo, o a lo mejor eres otro Adam que anda metido en cosas malas? —me susurró al oído sin venir a cuento, inclinándose sobre mí, la conductora de la pisanieves.

—Soy Adam el niño, Molly —le respondí, como acostumbraba a hacerlo cuando hablábamos por teléfono.

—Pues bien, niño, si yo soy la dama de honor y tú eres el padrino, tenemos que ensayar un poco —me recordó Molly. Supongo que la mirada intimidatoria que le había dedicado a Henrik y a su irrelevante palo de lacrosse, capaz de lograr que se le encogiese el pene, había ayudado a que se produjese aquel transformador acto de arrepentimiento. Sí, Molly podía lograr que se te encogiese el pene con una simple mirada.

Respecto al protocolo de la boda, había muchas más damas de honor que padrinos del novio. Estoy seguro de que tía Abigail y tía Martha habrían tenido algo que decir respecto a lo inapropiado de semejante desequilibrio, pero no llegué a oír una sola palabra en ese sentido. Una de las cosas relacionadas con la boda de mi madre de las que más disfruté fue que mis tías prácticamente se quedaron sin habla. No cabe duda de que les horrorizaba el mero hecho de que la boda se llevase a cabo, fuera cual fuese el protocolo de la misma.

Molly era la dama de honor principal, pero todas las jóvenes deportistas también eran damas de honor. Mi madre también le había pedido a Nora que lo fuese, pero ella había rechazado la oferta. Lo único que Nora dijo al respecto fue:

—Prefiero no dejar sola a Em. Se siente un poco extraña entre la gente cuando no está conmigo.

—Entonces será mejor que no la dejes sola, querida —le dijo mi madre a Nora. Tiempo después, sería testigo de cómo se comportaba Em cuando estaba entre la gente sin Nora.

Tan solo había tres padrinos del novio. Mis tías, estoy convencido, no debían de estar muy satisfechas con su elección. Tía Abigail y tía Martha seguramente creían que el señor Barlow estaba mostrándose zalamero con la familia Brewster al haber escogido a tío Martin y a tío Johan, pero es que al hombre de las raquetas realmente le gustaban mis tíos, y a ellos les gustaba él. Todavía no sé muy bien por qué Elliot eligió al entrenador de lucha de la academia como tercer padrino. Yo no sabía que el hombre de las raquetas había practicado la lucha. El entrenador era un hombre guapo de cabello ondulado con una sonrisa imbatible. Elliot y él parecían ser buenos amigos. El entrenador de lucha tenía los hombros anchos, el pecho amplio y cuello de toro. Nelly, la joven deportista con candidiasis, lo confundió con el encargado de la seguridad de la ceremonia.

—¿La candidiasis te ha afectado al cerebro, Nelly? —le preguntó Molly—. Nora y yo somos las encargadas de la seguridad. —Me fijé en que aquel comentario hizo sonreír a Nora, de ahí que Em se le acercase todavía un poco más.

Cuando le pregunté a mi madre si creía que el entrenador de lucha era guapo, sabía perfectamente cuál iba a ser su respuesta.

—Sí, pero...

—¿Es demasiado grande? —le pregunté.

—Sí —respondió Pequeña Ray en voz baja.

Fue en el ensayo donde pudimos ver por primera vez a los padres de Elliot, John y Susan Barlow.

—Guapo y *pequeño* —me susurró mi madre.

—¿Te refieres a él? —le pregunté apuntando con el mentón hacia John Barlow.

—Me refiero a los dos —susurró mi madre.

La opinión de Nana no nos importaba lo más mínimo; es decir, aquello de que los Barlow eran una buena y vieja familia de Boston. Yo sabía que a mi madre le fascinaba cualquier cosa que tuviese que ver con Austria, a ella le importaba mucho más que los Barlow pareciesen europeos que el hecho de que estuviesen vinculados a Boston. Sabía que Elliot no comulgaba con las novelas de crímenes y espías que escribían sus padres, pero los años que habían pasado en el Servicio Diplomático —su formación diplomática y su experiencia internacional— todavía llamaban la atención. Les rodeaba un aura de misterio. Haber pasado tantos años en la montaña, por lo demás, había logrado que sus cuerpos estuviesen en forma y siempre pareciesen bronceados.

Ni siquiera mis tías podrían haber criticado el modo en que los Barlow participaron del protocolo. Resultaba totalmente adecuado que los padres del novio organizasen la cena de ensayo en el hotel Exeter. Tampoco se podía culpar a los Barlow de la insistencia que mostró tío Johan en hablar con ellos en alemán ni de la incesante (y reiterativa) admiración que tío Martin mostró por la trama de *El beso en Düsseldorf*. No eran los Barlow los que leían sin cesar *Kriminalliteratur* o hablaban de la poco apreciada brillantez de las modernas novelas de espionaje.

Que yo fuese tanto el padrino como el portador de los anillos tan solo supuso un simple problema técnico en el protocolo de la boda. El auténtico problema era el infantilizado padre de la novia. ¿Cómo iba a apañárselas el hombre de los pañales para entregar a la novia? El falso emérito, por lo visto, no sabía que Pequeña Ray iba a casarse; ni siquiera sabía que iban a celebrar una boda.

Mi abuela había contratado a una enfermera a tiempo completo. Dottie no era lo que se dice una novata. La enfermera Dottie, una mujer dura como una piedra, de la edad de mis tías, era oriunda del vecino estado de Maine. Sin embargo, por el modo en que hablaba de su estado natal daba la impresión de que había un océano e incluso un idioma diferente entre nosotros. A Dottie no le hacía ninguna gracia que el hombre de los pañales tuviese que cumplir con su función de padre de la novia.

—¿Podría un bebé llevar a una novia al altar, señora Brewster? —le preguntó la enfermera a mi abuela. Yo me puse de parte de Dottie. También agradecí que, mientras estuvo al cuidado de Dottie, al hombre de los pañales no se le permitiese deambular por la casa de la calle Front en mitad de la noche. Desde su llegada, no le había visto ni olido en mi dormitorio del desván y tampoco había oído crujir las escaleras. Pero Nana y mi madre querían que el perdido hombre de los pañales estuviese presente en la ceremonia, fuera como fuese. ¿Para qué? ¿Para que pudiese escuchar los votos, que el infante emérito no habría sido capaz de entender?

Dottie me dijo durante el ensayo:

—En Maine no *habríamos hecho* algo así.

Logró que el padre de la novia llevase pañales por debajo de la ropa: traje oscuro, camisa blanca con gemelos, pañuelo de bolsillo a juego y corbata. No fue culpa de Dottie que el director Brewster se metiese el pañuelo en la boca o que introdujese una de las puntas del mismo en los agujeros de su nariz; tampoco que se quitase los gemelos y jugase con ellos en la fuente para pájaros. Según la enfermera Dottie, esa clase de inocentes juegos infantiles eran los que cabía esperar. Habíamos tenido suerte, según dijo Dottie, de que el hombre de los pañales no se los hubiese quitado y jugado con ellos sin tener en cuenta su posible contenido.

—Lo que no me gusta nada, Adam —me confió Dottie—, es cómo el pobre tonto sigue mirando a tu madre, como si no confiase en ella o algo así. Si las miradas pudiesen matar..., ¡hay que ver cómo mira al pequeño novio!

Me había fijado en esas miradas, delirantes por decirlo de un modo amable. Me sorprendió cómo fuimos capaces de llevar a cabo el ensayo sin impedimento alguno; es más, sin observar atisbo alguno de lo que ocurriría en la ceremonia.

El hombre de los pañales no estuvo presente en la cena de ensayo en el hotel Exeter. Dejaron al confuso emérito en la casa de la calle Front, donde Dottie se ocupó de él. De ese modo, pudimos olvidarnos de él durante un rato. En el jardín del hotel Exeter también habían colocado una carpa, allí fue donde se celebró la cena de ensayo.

Era una cálida noche de julio. No tengo ni idea de si el hotel Exeter disponía de aire acondicionado en 1956, seguramente no, porque muchas de las ventanas de las habitaciones estaban abiertas. Antes de que empezase a sonar la música en nuestra carpa, pudimos oír retazos de conversaciones y algunas risas de vez en cuando provenientes de las ventanas abiertas de los huéspedes del hotel.

Respecto a la música que íbamos a escuchar en nuestra carpa, Nora me había advertido de que su padre y tío Johan se habían encargado de elegirla. Gracias a Dios no tenían intención de tocarla ellos mismos, pero, en cualquier caso, la música había sido cosa suya. Nora y yo sabíamos que eso entrañaba un serio peligro: iba a resultar complicado que el deplorable gusto de mis tíos casase con el refinamiento europeo de los Barlow. Nora había predicho que aparecerían bailarinas de *striptease* al ritmo de música *country* llegadas directamente de Boston. Pero el entretenimiento musical no empezaba. Em y Nora habían desaparecido. Cabía la posibilidad de que Nora hubiese desaparecido temiendo lo que pudiese pasar, o eso imaginábamos.

Pero no fue ese el motivo. Nora me explicó después que habían ido a su habitación del hotel porque Em quería coger una chaqueta o un jersey —algo que ponerse por si refrescaba en la carpa— y, una vez en la habitación, empezaron a tontear. Supongo que una cosa llevó a la otra. De repente, oímos el espectacular grito de Em al alcanzar el orgasmo. Nunca había oído nada parecido, ni en las películas extranjeras subtituladas. Aquel orgasmo de Em ni siquiera a tío Martin o a tío Johan les resultó divertido, no rieron en absoluto. Era un clímax que podría haber anunciado el fin del mundo. El orgasmo de Em se prolongó, daba la impresión de que no iba a acabar nunca. Una de las camareras de la carpa pareció sufrir una alteración mental debido a aquel prolongadísimo grito extático: perdió el control de su bandeja, vertió una jarra de agua y se dejó caer de rodillas para recuperar el equilibrio.

—¡Dios misericordioso! —gritó tía Abigail.

—Que alguien llame a la policía. Y que traigan una ambulancia —añadió tía Martha.

En el contexto de lo que estaba ocurriendo, no quedó claro si lo que les preocupaba era el orgasmo de Em o la camarera que había perdido el equilibrio. Mi abuela se había tapado los oídos con ambas manos y en voz baja repetía un pasaje que había memorizado y que solo ella podía oír; de *Moby-Dick,* estoy seguro. La ballena blanca no habría sobrevivido a un orgasmo como aquel, los arpones no estaban a su altura. Finalmente, todos oímos con claridad un grito ahogado y una dolorosa inhalación. Mantuvimos la respiración temiendo un *crescendo,* pero los gritos cesaron. Em había alcanzado la cumbre. Nos vimos sumidos en un silencio demoledor.

—Tienes que dejar de pensar en esas cosas, cariño —mi madre me susurró al oído. Pero yo no podía dejar de pensar en ello. Mi madre estaba sentada a la mesa entre Molly y yo. Estábamos frente a los Barlow, los tres miembros de la familia. Elliot era el más bajito. Estaba sentado, como si fuese un niño feliz, entre sus padres.

—No puede decirse que haya sido rapidito —dijo la conductora de la pisanieves sin dirigirse a nadie en particular. El pequeño profesor de inglés parecía radiante.

—Es el tipo de cosas que uno esperaría oír más bien en Italia, en una noche de verano, con las ventanas abiertas —dijo John Barlow. Hablaba como si ya hubiese escrito esas palabras.

—Oh, sí, una o dos veces... cuando estuvimos en Italia —dijo Susan Barlow y reforzó sus palabras moviendo su pequeña mano—. Pero, a decir verdad, John, no recuerdo haber oído nada parecido a esto... ni siquiera allí.

—Ni siquiera en Italia —repitió el hombre de las raquetas con admiración, sonriéndonos de un modo dulce a los tres que nos encontrábamos frente a él: mi madre, la encargada de las pistas y yo.

Todos nos vimos transportados por la agonía del orgasmo de

Em. Nadie se dio cuenta de la llegada del viejo músico solitario, aunque cualquiera podría haberse fijado en los *lederhosen* que llevaba puestos —por no hablar del sombrero tirolés con pluma incluida— y en que el instrumento que aquel hombre acarreaba consigo no era el típico instrumento de cuerda. Tendríamos que haber visto la pequeña mesa y la silla individual colocadas más allá de las mesas para la cena bajo la carpa; también habían colocado un micrófono junto a la mesa, enfocado hacia los invitados, y varios altavoces en diferentes rincones alrededor de la carpa. Pero nadie vio entrar al intérprete de cítara ni lo vio tomar asiento ante aquella pequeña mesa, ni siquiera las dos personas que lo esperaban. Las dos personas que lo habían encontrado y lo habían contratado. Tal como tío Martin me contó años más tarde:

—En Nueva York puedes encontrar a cualquier tipo de persona, Adam. Incluso a un viejo *zither-meister* austriaco.

—El hombre adecuado para hacerles pasar un buen rato a los Barlow, ¡con todo su repertorio musical de posguerra de la Viena ocupada! —me dijo tío Johan horas después esa misma noche—. Nadie más adecuado para interpretar la «Marcha nupcial», *«Treulich geführt!»*, en la boda del hombre de las raquetas. ¡El *Lohengrin* de Wagner tocado con cítara! —exclamó tío Johan.

Solo a mis tíos se les habría ocurrido pensar en un intérprete de cítara. ¿Acaso no habían sido tío Martin y tío Johan los que me habían llevado al cine Franklin para ver *El tercer hombre* de Carol Reed? Era una de esas noches en las que en el Franklin proyectaban clásicos. *El tercer hombre,* con guion de Graham Greene, se estrenó en 1949 y yo era demasiado pequeño para verla, pero durante el periodo de exámenes en la Universidad de New Hampshire, el Franklin volvía a programar de vez en cuando esos grandes clásicos antiguos; aquellas películas que todo el mundo tenía que ver.

¡Pobres Barlow! ¿Cuántos de entre sus amigos y conocidos estadounidenses les habrían obligado a escuchar el tema principal de *El tercer hombre,* o «El tema de Harry Lime», como también se conocía a la famosa creación para cítara de Anton Karas? Para muchos estadounidenses, como bien sabían los tres pequeños Barlow, *El tercer hombre* —la película con aquella música tan melancólica— representaba todo lo que sabíamos sobre Viena. Todo lo que Pequeña Ray sabía de Austria tenía que ver con el esquí y con esquiadores, pero incluso ella había oído el tema principal de *El tercer hombre;* incluso mi madre recordaba la escena en la noria de Viena *(das Wiener Riesenrad,* como habría dicho tío Johan) y también lo que ocurría en las subterráneas y húmedas alcantarillas, donde Harry Lime acababa pagando por sus terribles fechorías.

Cuando dio comienzo la música en la carpa de la cena de ensayo, tan solo los Barlow inclinaron la cabeza; no como signo de reverencia, sino debido a su dolorosa y continua obligación de escuchar aquella triste canción. Estoy convencido de que podrían haber cerrado los ojos y revivido al completo los créditos de la película que van pasando sobre las cuerdas de una cítara. ¿Quién podría olvidar la turbadora melodía instrumental que acompañaba esa historia de amor condenado y atroces crímenes? ¡Es justo lo que a uno le gustaría oír cuando está dando el sí quiero!

—*Der dritte Mann!* —exclamó tío Johan, como si el propio Anton Karas estuviese tocando la cítara o como si Harry Lime hubiese escapado de las alcantarillas para colarse en nuestra carpa. Por una vez, y aunque me avergüence decirlo, estuve de acuerdo con mis tías.

—¿En qué estabas pensando, Martin? ¡La música de *El tercer hombre* no es la adecuada para una boda, estúpido! —le recriminó tía Abigail con muy mal genio a tío Martin.

—Nadie se casa con música de cítara, Johan —intervino tía Martha. Pero mis tíos no escucharon a sus criticonas esposas. Tío Martin y tío Johan se dejaron llevar por sus típicas e inapropiadas carcajadas, mientras el viejo *zither-meister* austriaco seguía tocando aquella canción ineludiblemente triste.

Nora reapareció con Em.

—¿Dónde están las *strippers?* —me susurró Nora al oído—. Hasta las *strippers* de Boston son mejores que esto. —Nadie se atrevió a mirar a Nora —excepto Molly, que la escudriñó de arriba abajo—, pero la tímida y silenciosa Em, debido a las miradas que sí estaba recibiendo, se ocultó tras la ancha espalda de Nora—. Jamás me pondría pantalones cortos de cuero con tirantes —dijo Nora al observar al viejo austriaco con sus *lederhosen* y su sombrero tirolés, de fieltro verde y ala ancha que se estrechaba por un costado—. Seguro que tuvieron que matar a un faisán para conseguir la puñetera pluma —concluyó Nora.

Como corresponde al adecuado protocolo nupcial, John y Susan Barlow nos ofrecieron un elegante discurso para darnos la bienvenida a mi madre y a mí a la pequeña familia Barlow. Hubo otros discursos, pero no recuerdo nada más excepto que tío Johan habló en alemán. Henrik no dejó de disculparse conmigo por el grosero comportamiento de hacía unas horas. Las únicas muestras del Henrik que yo recordaba fueron sus repetidos esfuerzos por llamar la atención de Em haciendo tonterías con su palo de lacrosse; como por ejemplo, lanzarle un panecillo con él. Pero Nora agarró el panecillo y se lo lanzó de vuelta a su primo. Em, agarrada a Nora, no mostró interés alguno por Henrik ni por su estúpido palo de lacrosse.

El repertorio del *zither-meister* no estuvo a la altura de Anton Karas. Las únicas canciones que oí, una y otra vez —además de las incontables repeticiones de «El tema de Harry Lime»—, fueron las que también reconocí de la banda sonora de *El tercer hombre*. La lenta «Das alte Lied» («Aquella vieja y querida canción»), la más animada «El vals del Café Mozart» y la más lúgubre «Adiós a Viena». Esta última suena cuando acaba la película, el más triste de todos los temas: cuando Anna (Alida Valli) sale del cementerio en el que han enterrado a Harry (Orson Welles) y deja a Holly (Joseph Cotten) solo y con el corazón roto.

—¿Cómo vamos a bailar esta mierda? ¿Mañana no habrá baile? —me preguntó Nora. Sí, habría baile, de eso estaba seguro, tras la ceremonia de boda, tanto durante como después del banquete, o al menos eso me habían dicho. Estaba al corriente de los infinitos preparativos: la imprescindible coreografía para reorganizar las sillas plegables, llevándolas desde la ceremonia a las mesas de la cena; los pasos necesarios para lograr que las tarimas elevadas para el baile resultasen accesibles bajo la carpa nupcial; dónde tenían que estar colocados los altavoces en los que tenía que sonar la «Marcha nupcial»; y, ahora que sabía que había una cítara, dónde tenía que estar sentado el *zither-meister*. Me inquietaba mucho más que fuesen a interpretar la «Marcha nupcial» de Lohengrin con una cítara que el hecho de que hubiese baile, por eso me limité a recordarle a Nora el vals del repertorio del viejo músico austriaco.

—¿De qué vals estás hablando, Adam? ¿Has oído un vals? —me preguntó Nora.

Le dije que el hombre de la cítara había interpretado «El vals del Café Mozart».

—Pues no me he enterado —dijo Nora—. ¿Tú has oído un vals? —le preguntó a Em.

Em negó violentamente con la cabeza y cerró con fuerza los ojos. Ojalá no lo hubiese hecho, pero no pude evitar imaginarla de esa guisa en el momento del clímax, en el aterrador culmen de sus gritos o mientras jadeaba sonoramente, antes de sumirse en su avergonzado silencio.

Recuerdo el discurso de Molly. Dio la impresión de ser improvisado, pero fue incisivo y breve; la conductora de la pisanieves esperó hasta el final de la velada. Fue durante un momento en el que el hombre de la cítara estaba dando cuenta de una cerveza, durante los pocos minutos en que cesó la pertinaz melancolía que provocaba en nosotros aquel entretenimiento musical. La única persona que se desplazaba de una mesa a otra era la camarera que había caído de rodillas al oír la agonía orgásmica de Em. La camarera se había recuperado, por lo que pudimos comprobar. Iba de un punto a otro muy despacio, con mucho cuidado, sorteando las mesas, recogiendo los platos del postre y los vasos vacíos.

En ese breve instante de calma musical durante la velada, la conductora de la pisanieves se puso en pie. La claridad del tintineo de la cucharilla del postre contra el vaso de agua llamó nuestra atención, provocando también que el *zither-meister* se atragantase con su cerveza.

—Quiero decir algo —nos dijo Molly. Colocó una mano sobre el hombro de mi madre al tiempo que señalaba al pequeño hombre de las raquetas con la cucharilla—. Estos dos están hechos el uno para el otro —dijo la allanadora nocturna—. Si hay alguien que opine lo contrario, que venga a hablar conmigo. —Sí, Molly estaba acostumbrada a recorrer la montaña con una pisanieves cuando todo el mundo estaba durmiendo; no le daba miedo la oscuridad, ni muchas otras cosas. Mantuvo la mano sobre el hombro de mi madre mientras hablaba y señalaba al hombre de las raquetas. Pero a quien miraba la conductora de la pisanieves era a mi tía Abigail y a mi tía Martha, que no tardaron en apartar la mirada. Cuando Molly se sentó, me dije que ese era el momento adecuado para marcharse, pues sabía que teníamos por delante un buen rato más de música de cítara. Varias personas se fueron, de hecho.

Fue entonces cuando Henrik, acunando un trozo de pastel en su palo de lacrosse, le lanzó un tiro lateral a Em; un tiro malo, pero muy enérgico. El pastel era de chocolate con glaseado de arándanos. Golpeó contra el delantal blanco de la camarera, que seguía alterada emocionalmente debido al orgasmo de Em. El pedazo de pastel volador fue a impactar en la zona baja de su abdomen, por debajo de la bandeja que aguantaba.

—Oh, esa pobre chica... está teniendo una mala noche —dijo mi madre apretándome la mano tras el estruendo que produjo la caída de la bandeja con los platos del postre y los vasos vacíos. El *zither-meister* malinterpretó aquel clamor y, al instante, reemprendió su particular concierto.

Como es lógico, la camarera lanzó un grito. A los invitados que no habían visto el pedazo de pastel volador, les sonó como si hubiese recibido un disparo. La camarera tampoco había visto el pedazo de pastel. Una vez más, cayó de rodillas, aunque en esta ocasión agarrándose con fuerza la parte baja del abdomen. El pedazo de pastel, obviamente, salió rebotado, pero el glaseado de arándanos dejó una considerable mancha en el delantal blanco de la camarera. Aquel pegajoso pegote de color rojo oscuro pringó las manos de la camarera. Es posible que pensase que se trataba de sangre.

Lo que le dije a Nora, cuando otras cuantas personas se fueron, no pretendía ser algo desagradable. Ahora soy consciente de que fue desconsiderado por mi parte no tener en cuenta que Em podía malinterpretar mi comentario.

—Después de una noche como esta —le dije a Nora, con Em abrazada a ella—, resulta difícil de imaginar que la boda no vaya a ser un anticlímax. —Em reaccionó con otra aterradora inhalación.

—¡Dios misericordioso! —Tía Abigail no tardó en ponerse a llorar de nuevo.

—Alguien tendría que llamar a la policía y también a una ambulancia —añadió una vez más tía Martha.

Como había ocurrido antes, y habida cuenta de la histeria imperante, resultaba difícil saber si mis tías se mostraban ansiosas por la camarera abatida —que ahora gimoteaba en posición fetal— o si lo que les preocupaba de verdad era el frágil estado mental de Em. Em lloraba desconsoladamente entre los brazos de Nora.

Me sentí muy mal debido a mi involuntario papel a la hora de fomentar la tristeza de Em. Nora sabía que yo no había tenido la intención de juzgarla al utilizar la palabra *anticlímax.* ¿Qué sabía yo de orgasmos femeninos? A los catorce años —de hecho, a cualquier edad— no estaba en disposición de juzgar los orgasmos de Em. Pero así sucedieron las cosas. Eso fue lo que ocurrió aquella noche en el hotel Exeter. Y no era más que la cena de ensayo.

17
El hijo de la novia

Le había contado demasiadas cosas a Nora sobre el beso del hombre de las raquetas. El escritor en ciernes que era yo le puso muchas ganas al asunto. Describí con pelos y señales el modo en que mi madre había besado a Elliot Barlow en la mesa del comedor de la casa de la calle Front. Demasiados detalles. Me excedí en la parte relativa al efecto que ese prolongado beso causó en el hombre de las raquetas. Era una pura especulación: mis habilidades adolescentes a la hora de contar historias eran las propias de un aficionado. Nunca quise que Nora supiese cómo me había besado mi madre cuando yo tenía trece años, pero Nora sabía que había algo que no le había contado. El modo en que me retorcía las manos me delató.

La noche de la cena de ensayo, le dije a Nora y a Em que desayunásemos juntos en el hotel Exeter a la mañana siguiente, el día de la boda. Sabía que las chicas deportistas iban a estar compitiendo con los empleados de *catering* en la cocina de la calle Front. Mi madre y Molly me habían advertido de que tenía que mantenerme a una distancia prudencial de las chicas deportistas a la hora del desayuno. La cocina sería un caos, porque los empleados del *catering* querían empezar muy temprano a preparar el banquete.

Esa mañana de domingo del mes de julio, Nora, Em y yo nos encontrábamos ante una multitud que esperaba el *brunch*. Los invitados a la cena de ensayo todavía estaban durmiendo o disponían de servicio de habitaciones. Como otros tantos noruegos que conocería años después, a los integrantes del contingente de North Conway les gustaba beber en abundancia; sin duda, estaban durmiendo la mona. Las rubias femeninas, no me cabía duda alguna, se escondían de Nora y Em.

Estábamos los tres prácticamente solos en el comedor del hotel y sentimos alivio al no toparnos con la camarera de la noche anterior, la de los dos sobresaltos, la impresionable joven que había caído de rodillas, primero debido al orgasmo de Em, y después al pedazo de pastel de Henrik. Confiaba en que la maltrecha camarera estuviese durmiendo, si es que no estaba recibiendo ya algún tipo de terapia.

Tan solo había otra persona en el comedor, el solitario músico austriaco. Llevaba consigo su cítara y temimos que empezase a rasgar de nuevo las cuerdas. Los *lederhosen* y el sombrero tirolés nos habían hecho pensar que se trataba de un austriaco fanático, pero tal vez fuese capaz de permanecer una hora sin tocar el tema de *El tercer hombre*. El camarero que le atendía, un hombre de cierta edad, había quitado el juego de cubiertos que tenía frente a él. De ese modo, su amado instrumento quedaba a su alcance al otro lado de la mesa, aunque no lo tocó ni habló con él una sola vez. Permanecieron sentados sin decirse una sola palabra. Parecían un viejo matrimonio, entregados el uno al otro sin necesidad de conversación. Sabía que todavía teníamos que experimentar el efecto de oír la «Marcha nupcial» tocada con cítara, pero estaba pasando por alto qué otras cosas podrían adquirir un carácter wagneriano durante la ceremonia o lo que vendría inmediatamente después.

A los catorce años, carecía de la perspectiva suficiente como para hacerme un retrato de nuestra creciente familia Brewster en comparación con otras familias. Habida cuenta de los dramáticos acontecimientos que tuvieron lugar durante la cena de ensayo, provocados por el persistente orgasmo de Em y el misil pastelero de Henrik, fui lo bastante ingenuo para imaginar que la boda de mi madre sería un anticlímax. De haber tenido en cuenta lo que ocurrió con Nora y con Em después del desayuno, debería haber entendido que la jornada que estábamos a punto de enfrentar no iba a ser menos inverosímil.

Nora —mientras pagaba a nuestro camarero— me habló (casi de un modo casual) sin dejar de mirar a Em.

—Respecto a lo del beso del hombre de las raquetas, como tú lo llamas, Adam... Em y yo lo hemos pasado muy mal, durante más de un año, intentando visualizarlo. —Me desconcertó mucho más el ceño fruncido de Em y el modo en que asentía nerviosa. No pude mirarla a los ojos, ni a Nora tampoco—. No hemos sido capaces de verlo, chaval —me dijo Nora tomándome de la mano—. Si subiésemos a nuestra habitación, a lo mejor podrías hacernos una demostración.

Me fijé en el uso del plural. Nora me tomó de la mano y subimos las escaleras. Em iba detrás. No me habría atrevido a afirmar que Nora compartía algún rasgo genético con las chicas Brewster. Como por ejemplo sus caderas, iguales a las de su madre, un tema prohibido, pues habría puesto en peligro mi vida sugiriendo que Nora se parecía en algo a su madre o a tía Martha en algún otro sentido. Nora tenía tendencias autocráticas. Su política sexual se encontraba en el otro extremo del espectro con respecto a las creencias de mis tías, porque Nora era autócrata sexual y abusona. Lo complicado del asunto, para mí, era el modo en que yo la veneraba... y en que estaba de acuerdo con su punto de vista.

Entré en la habitación que Nora y Em compartían en el hotel Exeter sumido en una intensa inquietud. La carpa de la cena de ensayo fue lo primero que vi desde la ventana abierta. Al parecer, no iban a desmontar la carpa en domingo. Intenté no fijarme en la cama sin hacer, materialización de los lastimeros gemidos de Em. La cama revuelta representaba el anfiteatro de los gladiadores en el que Em había sido asesinada... varias veces.

—Lo que no pillo, Adam —estaba diciendo Nora—, es cómo puedes saber tanto de ese beso habiéndote limitado a verlo. Me refiero a que existe un límite respecto a lo que se puede ver. ¿No te parece, chaval? —Vi que Em había abierto la boca; se estaba señalando la lengua. No fue necesario que Nora me explicase qué era lo que Em quería decir, pero lo hizo—. Gran parte de lo que es un beso tiene lugar dentro de la boca, Adam —me explicó Nora. Sabía que no jugaba en la misma liga que Nora o Em en lo que a besos se refería. Lo único en lo que pude pensar fue que Em tenía unos dientes diminutos y una lengua de un color rosa intenso—. Ni se te ocurra besarme, Adam —dijo Nora de repente. No lo hice—. No puedes besarme, chaval. Soy tu prima. —Me alivió oírle decir eso, aunque no por mucho tiempo. Em, sin previo aviso, se me acercó. Cerró los ojos y alzó la cara hacia mí. No estaba haciendo una mueca ni bizqueaba tampoco, tenía los labios ligeramente separados. No es que Em estuviese esperando con ansia a que la besase, más bien se había resignado a que lo hiciese. Ella y Nora lo habían hablado y, por lo visto, Em se había preparado para llevarlo a cabo—. Vamos, bésala —me dijo Nora—. Demuéstrale cómo Ray besó al hombre de las raquetas. Después, Em me enseñará cómo lo hizo Ray.

Hacía muy poco tiempo que había decidido mostrarme distante e indiferente. Estaba experimentando con mostrarme frío y despreocupado. Esa nueva manera de actuar no encajaba muy bien con mi vívido recuerdo del beso del hombre de las raquetas que me dio mi madre, pero me esforcé todo lo que pude por mostrárselo a Em. Em era como un ratón, bonito y de aspecto manso, incluso con los ojos cerrados y los labios entreabiertos. No pude disipar la conflictiva imagen que tenía de la obediente y silenciosa Em; en concreto, con relación a la rugiente leona que sabía que habitaba en su interior. Como no podía ser de otro modo, me sentía atraído por ella.

En lo tocante a eso de juntar las bocas para besarse, yo era un completo inexperto. Cuando rocé la expectante boca de Em, no sabía dónde tenía que colocar la nariz. Incluso sin mirarme, Em se las apañó para mostrármelo. Habida cuenta de que ella tenía los ojos cerrados, me pareció irrespetuoso dejar abiertos los míos. Es más, no estaba acostumbrado a mirar a nadie desde tan cerca. Sin embargo, al empezar a besarnos con los ojos cerrados, me desagradó mucho un repentino e indeseado recuerdo: mi atlética madre a horcajadas sobre mí, clavándome a mi cama del desván. Otra imagen conflictiva que iba a tener que dejar de lado si lo que pretendía era concentrarme en el beso.

Em no correspondió a mi beso, ni siquiera un poquito. Toqué su lengua con mi lengua, pero su lengua no se desplazó por propia voluntad, tan solo porque yo la empujaba. Si puedo decir que Em se inclinó hacia mí, fue porque yo me apreté contra ella; igual que mi madre se había apretado contra mí. Em se limitó a hacer fuerza.

Me gustaría poder decir que la respiración de Em se aceleró o que se hizo irregular en algún sentido. No fue así. Em no dejó de respirar de manera tranquila y fluida por la nariz y yo noté su suave y cálido aliento en mi mejilla. Mientras tanto, yo seguía besándola. Creo que fui bastante fiel a la hora de imitar el modo en que mi madre me había besado, pero no me acordaba (o bien había perdido la pista) de cómo había puesto punto final. Debido a mi postura de tipo distante e indiferente, yo no paré. Una vez que empecé a besar a Em, no fui capaz de dejarlo.

—Por el amor de Dios, chaval, ya está bien. Vas a hacerte daño —me dijo Nora.

Em asintió hacia Nora de esa manera tan irritante en que solía hacerlo. No era consciente del esfuerzo que yo había estado haciendo, aunque, en cuanto Nora habló y dejé de besar a Em, sentí que había sufrido un tirón en el cuello.

No estaba preparado para ver cómo Em se arrojaba inmediatamente en brazos de Nora; por no hablar del modo tan agresivo en que se puso a besarla. No fue sencillo ejercer de espectador en semejante asalto. Sé muy bien que yo no besé a Em con la furia que ella empleó con Nora, ¿o sí lo hice? Tenía la lengua entumecida, como si el dentista hubiese estado hurgando en mi boca tras varias inyecciones de procaína. O, tal vez, observar a Em besando a Nora fue lo que me entumeció la lengua. Quería que Em me besase así.

—Ya basta, Em. Virgen santa, ¡para! —dijo Nora apartándose de ella. Al verse libre de la representación del beso del hombre de las raquetas, Em jadeaba como un perro, los besos la habían dejado sin aliento.

—No hay modo humano de que te limitases a ver cómo tu madre besaba de ese modo al hombre de las raquetas, Adam. No puedes engañarme —dijo Nora—. ¿Pequeña Ray también te besó a ti de ese modo? No me mientas, chaval. —Em volvió a asentir, en su estilo. Me habían descubierto, o habían descubierto a mi madre, y lo sabía.

—Mi madre solo quería enseñarme cómo se besa de esa manera. Solo quería enseñármelo... ¡No lo hizo en serio! —exclamé.

Nora tendió los brazos hacia mí y habló con un tono de voz muy suave.

—Ven aquí, cariño —me dijo, tal como solía decirme mi madre. Me acerqué a Nora y dejé que me abrazase; necesitaba que alguien me abrazase. Para mi sorpresa, Em se acercó y encontró espacio para abrazarme también.

—Mi madre me dijo que cuando besas a alguien de ese modo, demuestras que no estás para bromas —les dije. Estaba llorando—. Ray me dijo que era mejor saber lo que uno quería, saber lo que estaba prometiendo, al besar a alguien así. —No podía parar de hablar. Notaba la cabeza de Em asintiendo contra mi espalda y a Nora abrazándome con más fuerza.

—Todo eso es cierto, Adam —dijo Nora en voz baja—. Pero tal vez Ray no debería haberte besado *a ti* de ese modo, chaval.

—Tal vez no debería haberlo hecho —susurré. Podía notar cómo Em asentía con más insistencia, pero ya no me molestaba; lo hacía con buena intención. Era una sensación extrañamente reconfortante entender que Nora y Em eran mis amigas más íntimas.

Nora y Em eran un poco intensas, pero —hablando de mi vasta familia— ¿quién no era un poco intenso? Mis risueños tíos, siempre dando palmadas en la espalda —los noruegos de North Conway—, eran raritos. Las arpías de mis tías se hubiesen sentido como en casa junto a sus antepasados puritanos en los juicios de las brujas de Salem, manifestándose a favor de la ejecución de las acusadas. Lewis Brewster —exprofesor de inglés, director emérito— se había inventado a sí mismo, había dejado de hablar, olvidándose de quién había sido, y estaba completando un proceso de regresión a la infancia. El hombre de los pañales nunca había ganado mucho dinero, pero la casa de la calle Front realmente parecía muy cara. Nadie sabía de cuánto dinero disponía la familia Brewster, si es que disponían de dinero alguno. Mi abuela había sido una Bates. ¿Acaso la casa de la calle Front era una muestra del dinero de la familia Bates? Mi madre, de eso no cabía duda, tampoco había ganado mucho dinero. Era, como había sido siempre, instructora de esquí; es decir, un trabajo de temporada.

Podía parecer fuera de lugar, pero como Nora y Em seguían abrazándome, me aproveché de ese momento de empatía y le pregunté a Nora de dónde había salido el dinero de nuestra familia. Nora se limitó a decir:

—El dinero no te hace normal, chaval.

Nunca llegaría a estar a la altura de Nora.

No podía evitar pensar que al menos el dinero de los Barlow provenía de una fuente visible: a pesar de lo que Elliot pensaba de la escasa estatura literaria de sus padres, John y Susan Barlow eran autores de *best sellers*. No compartía la alta estima que mi abuela sentía por los Barlow en cuanto elegante familia bostoniana. Me importaba bien poco el sueldo más bien bajo del hombre de las raquetas como profesor. Lo que más me impresionaba era que el dinero de la familia Barlow proviniese de la *escritura*. Ese detalle me emocionaba.

Pero Nora se salió por la tangente y me habló de los orígenes de nuestra superioridad moral, y tanto los Brewster como los Bates salieron mal parados. Eso le preocupaba más a Nora que la fuente secreta y desconocida de la que manaba el dinero de nuestra familia. A Nora siempre le resultaba sencillo encontrar la parte oscura de Nana. Nora culpaba a nuestra abuela, mucho más de lo que yo llegaría a hacerlo nunca, de los aires de grandeza de nuestra familia.

Precisamente mientras hablaba de Nana, Nora dejó de abrazarme. De repente, sin motivo aparente, me dijo:

—Tú siempre se lo perdonas todo, Adam, pero ¿qué mujer le lee *Moby-Dick* en voz alta a un niño de diez u once años?

Este argumento ya lo había oído antes. De hecho, había dejado de responder a esa pregunta. Nora sabía que me había encantado que Nana me leyese *Moby-Dick* y también sabía que había cumplido doce años cuando Nana acabó de leérmelo.

Pero entonces, Em resopló con fuerza. La pobre Em se sentía confundida. Después de todo, habíamos estado hablando hasta entonces de mi madre y del cuestionable beso que me había dado cuando tenía trece años. Em no sabía que ahora estábamos hablando de mi abuela. En el contexto del beso del hombre de las raquetas, resultaba comprensible que Em le hubiese estado dando vueltas a la idea de lo inapropiado del comportamiento de mi madre. Ahora venía a sumarse el imaginable horror de leerle en voz alta a un niño la historia de la *Polla de alguien.** Resulta difícil de imaginar que una joven pudiese haber estudiado en una universidad tan prestigiosa como Mount Holyoke y no haber oído nombrar la novela *Moby-Dick;* al menos lo suficiente como para saber que no se trataba de nada pornográfico. Es posible que Em no hubiese oído bien el título tal como lo había pronunciado Nora; lo que resultó evidente era que había oído con total claridad la palabra *polla*.

* En inglés, la palabra *dick*, empleada de un modo coloquial, puede hacer referencia al pene. *(N. del T.)*

—No, no, no... *Moby-Dick* no es pornografía —aclaró rápidamente Nora—. Es muy larga.

Por lo que pude ver, Nora no tranquilizó demasiado a Em con ese comentario: había una polla en algo que le habían leído a un niño de unos diez u once años y, además, era *muy larga*. Dadas las circunstancias, entendí a la perfección que Em me abrazase de nuevo. Me emocionó notar la empatía que Em sentía por mí, y también la de Nora. Como cabe imaginar, hasta pasado un rato no fue posible desentrañar quién me había leído qué cuando tenía diez, once y doce años: la culpable lectora había sido mi abuela, no mi madre; el epónimo *Moby Dick* era el nombre de una ballena, no tenía nada que ver con pene alguno.

—No, Em, no «un pene tamaño ballena», sino un ballena tal cual —tuvo que explicarle Nora. No tenía muy claro qué era lo que pensaba Em, porque nunca hablaba; ni una sola vez, no en mi presencia, durante todo el fin de semana de la boda. Nora entendía lo que Em decía con su cuerpo: Em se expresaba mediante mímica. Nora me había dicho que Em podía hablar, pero «solo cuando te conocía de verdad». Me dio la impresión de que haber besado a Em para mostrarle cómo había sido el beso del hombre de las raquetas no había ayudado precisamente a que me conociese de verdad.

Em no era la primera persona a la que le había confundido el guion del título de la novela, del que hablamos una vez que resolvimos la cuestión sobre el tipo de pene que era *Moby Dick*. Nunca sabré qué provocó que Nora mencionase el guion; que dijese que el título de la novela tenía un guion, pero que el nombre de la ballena blanca no lo tenía, hizo que Em sacudiese la cabeza con violencia y cerrase con fuerza los ojos.

Iba a leer dos veces más *Moby-Dick* en clase, con un profesor: en una ocasión en la universidad, en una clase de literatura estadounidense, y otra vez más durante el doctorado. No recuerdo qué dijeron entonces sobre el guion del título o si se habló de su ausencia a lo largo de la novela, cuando Melville se refiere a la ballena blanca por su nombre. He guardado en mi memoria la asombrosa manera en que Nora le explicó el significado del guion a Em, aunque dudo que Nora oyese esa teoría en una clase o hubiese leído algo sobre ella. Me sorprendería que Nora hubiese estudiado en alguna ocasión *Moby-Dick*, ya fuese en Northfield o en Mount Holyoke. No estoy seguro siquiera de que Nora hubiese leído la novela en aquel entonces. Me da la impresión de que llegó a sus propias conclusiones respecto al guion más o menos en la época en la que Nana me estaba leyendo a mí *Moby-Dick*. Nora debía de estar saliendo ya de la adolescencia.

—El libro en sí es como una ballena insumergible, Adam. A Nana le llevó tres años leértelo —decía siempre Nora. Afirmaba que la volvía loca escuchar a Nana leyéndome *Moby-Dick* en voz alta. Nora me dijo que el hecho de que Nana me hubiese leído ese libro se asemejaba al abuso infantil.

Se trata del recuerdo más afectuoso y persistente que guardo de mi abuela, pero para Nora era la prueba palmaria de lo poco que a Nana le gustaban los niños y de lo mal que los entendía. Para Nora, que Nana me hubiese leído *Moby-Dick* era un ejemplo de su egoísmo.

—Leer *Moby-Dick* era lo que a Nana le apetecía hacer, para entretenerse. ¡Tendría que haber intentado jugar contigo, Adam! —me decía siempre Nora—. Me sacaba de mis casillas oírla leyéndote. Tenía que obligarme a pensar en otra cosa, chaval.

—¿Por eso pensaste en el *guion*? —le pregunté a Nora. ¡Pobre Em! Primero la palabra *dick* le había llevado a imaginarse las aventuras pornográficas de una ballena; ahora Nora la había confundido aún más con el tema del guion.

—Voy a explicarte todo lo que tienes que saber, Em. Seré breve —empezó Nora—. Si «*Moby Dick*» no llevase guion, significaría que hay otras ballenas blancas en la familia Dick. Moby es tan solo otra Dick entre muchas. Hay un Harry Dick o una Joy Dick; incluso un Richard Dick, por decir algo. En otras palabras, supone que no es gran cosa que haya una ballena blanca llamada Moby, porque hay otras Dicks blancas surcando los mares. —Me sentí tan abrumado por ese resumen de la trama, más bien poco reconfortante, como la propia Em. Ya era lo bastante malo imaginar una *Moby Dick*, como para pensar en un mar plagado de Dicks blancas de un lado para otro—. Sin embargo —continuó Nora de repente—, si colocas el guion en «*Moby Dick*», ¿qué es lo que consigues? —Em y yo nos miramos atemorizados. Sabíamos lo que era la pornografía, pero aquello podía ser peor. No teníamos ni idea de adónde quería llegar Nora—. Ese guion convierte al señor Moby en la única y exclusiva ballena blanca. Ese guion significa que Moby no forma parte de una familia. Ese guion convierte a Moby en un Dick único en su especie. Ese guion significa que Moby-Dick es *inmortal* —dijo Nora. Em se encogió.

—Un Dick imposible de matar. ¿A eso te refieres? —le pregunté a Nora.

—*Imposible de matar* significa «inmortal», chaval —me dijo Nora.

—Pero podemos leerlo de las dos maneras, Nora —le recordé—. En la novela, *Moby Dick,* la ballena, no lleva guion. El guion solo aparece en el título.

Nora se limitó a decir:

—A lo mejor Melville pretendía ser ambiguo.

Tal vez Nora *sí* había leído la novela, me dije. Nunca fui capaz de sacarle una respuesta definitiva sobre esa cuestión. El modo en que Em se encogió me llevó a pensar que ella creía que «ambiguo» era algo tan malo como leerle una novela pornográfica a un niño de diez u once años. Em no parecía estar ansiosa por leer *Moby-Dick,* e iba a pasar mucho tiempo antes de tener la oportunidad de preguntarle a Nora si Em le había dicho algo en alguna ocasión sobre *Moby-Dick* o el ambiguo uso del guion que había hecho Melville.

—Es un mal nombre tanto para una novela como para una ballena, lleve guion o no —dijo Em, o bien lo expresó con mímica para hacerse entender. En la habitación de Nora y Em en el hotel Exeter no hablamos de ello.

Para añadir algo de confusión a la especulación que Nora había trazado sobre la ambigüedad de Melville, empezó a desabotonarse la blusa.

—Vamos, Em. Tenemos que prepararnos para la ceremonia —dijo Nora. Em permaneció inmóvil, indecisa. Yo ya me dirigía hacia la puerta de la habitación, cuando Nora se percató de la consternación que había provocado—. La ceremonia, bobos. La ceremonia de boda, el banquete. A *eso* me refiero. ¡Tenemos que vestirnos con ropa de *baile!* —nos alentó.

Al oír la palabra *baile,* Em saltó sobre la cama y empezó a bailar de un modo desequilibrado que yo nunca había visto. Seguí caminando hacia la puerta. Recordaba lo que había ocurrido en aquella habitación la noche anterior, provocado por un inocente cambio de ropa; así era como había empezado el asunto y una cosa había llevado a la otra.

Por lo demás, yo también tenía que cambiarme para la ceremonia. Tenía ganas de comprobar cómo se habían vestido las chicas deportistas y sentía curiosidad por cómo iban a apañárselas las dos mujeres que tenían que ayudar a mi madre a enfundarse en aquel complicado vestido de boda. Sabía que mi madre necesitaba la ayuda de Molly para embutirse en su vestido blanco. Todavía me hacía cruces pensando en el concepto del corsé: ¿cómo iba a ser capaz la conductora de la pisanieves de meter a mi madre dentro de aquel vestido? Por no hablar de la técnica que emplearía la allanadora nocturna para aflojar todos los cordones que recorrían la espalda a la hora de sacárselo. Nora (que ya se había quitado la blusa) y Em (que todavía seguía bailando encima de la cama) ni se dieron cuenta de cuando salí de su habitación.

Mientras caminaba por la calle Front, desde el hotel hasta la casa de mi abuela, se colocó a mi lado en la acera el *zither-meister* austriaco. Cargaba su instrumento con ambas manos, como si la cítara fuese un bebé dormido. El hombre de la cítara vestía una camisa azul celeste, bordada con flores blancas. Habida cuenta de que llevaba puestos un sombrero tirolés con una alegre pluma y los *lederhosen,* aquella camisa floreada le otorgaba un aire festivo, aunque más bien rústico.

—Edelweiss —dijo el viejo austriaco. Con una mirada me hizo entender que se refería a las flores de sus amados Alpes—. ¿Y tú, jovencito, eres...? —me preguntó el hombre de la cítara.

—Soy Adam —contesté. Reflexionó varios segundos, sin prisa. El hombre de las raquetas me había dicho que Austria era un país católico. No sabía gran cosa sobre el catolicismo. Por eso me pregunté si el músico austriaco estaría evaluando mi nombre según los criterios católicos. No sabía si había (o si hay) un santo llamado Adam. Tal vez, debido a los asuntos relativos al Jardín del Edén, Adam no fuese en su momento un nombre apropiado para un santo. Yo no había ido a la iglesia con regularidad. Nana era congregacionalista, pero dejó de llevarme con ella a la iglesia cuando fui lo bastante mayor para dejarme solo en casa las mañanas de los domingos.

Según Nora, los congregacionalistas son, entre los protestantes, los menos religiosos: «Son de esos protestantes que no creen prácticamente en nada», me comentó Nora. La iglesia congregacionalista era un edificio sencillo, blanco, erigido no muy lejos del quiosco de música en el centro de Exeter. A la iglesia se la conocía como el Congo y los feligreses rezaban y cantaban los himnos en la segunda planta, lo que venía a respaldar lo que Nora había dicho, aunque tampoco sabía gran cosa de los protestantes.

Como pude comprobar después, el músico austriaco no estaba pensando en nada católico cuando reflexionaba sobre mi nombre.

—*Hijo de la novia* —me dijo con un tono reflexivo y respetuoso, como si se tratase de mi título nobiliario—. Tu madre va a ser una novia muy hermosa —comentó el *zither-meister*—. Ya sabes, se parece mucho a Valli —dijo con solemnidad. En aquella época, había visto a Alida Valli únicamente en *El tercer hombre,* donde puede decirse que salía guapísima, aunque muy triste—. En la vida real, Valli es baronesa —añadió el hombre del edelweiss—. Fue bautizada como baronesa Alida Maria Laura Altenburger von Marckenstein und Frauenberg.

Me sentí desconcertado, sin saber qué decir, tras aquel nombre interminable. Supongo que por eso lo que le dije al viejo austriaco fue que mi madre iba a llevar un complicado vestido de boda. Había que anudarlo (y desanudarlo) por la espalda; debido al tremendo trabajo que eso suponía, la dama de honor tendría que esforzarse de lo lindo para ayudarla a ponérselo y a quitárselo.

El hombre de la cítara me sonrió y sacudió la cabeza.

—No nos corresponde a nosotros pensar en esas cosas, *Hijo de la novia* —me informó amablemente. Habíamos llegado a la carpa de la boda en el jardín de mi abuela. Los gorriones de piedra, inmóviles sobre el borde del baño para pájaros, no dieron señal alguna de estar percatándose de la ferviente actividad que tenía lugar en el patio de la casa de la calle Front. En el campo de cróquet, los encargados del *catering* ya habían encendido la barbacoa de hierro colado, casi tan grande como un coche pequeño; a su lado, una carretilla llena de briquetas de carbón. Los encargados del *catering* estaban preocupados por el pronóstico del tiempo: habían previsto tormenta en la costa de New Hampshire para última hora de la tarde o primera de la noche. Si podían servir la comida en la carpa del banquete antes de que empezase a llover, poco importaría que la lluvia apagase el fuego de la barbacoa.

—No me apetece estar dándole vueltas a las hamburguesas con una espátula de metal mientras caen rayos en este jardín —le dijo a mi madre el chef encargado de la barbacoa.

—Es un campo de cróquet —le recordó Nana.

El infantilizado director Brewster gateaba alrededor de la barbacoa. No estaba vestido con el traje de padre de la novia, tan solo llevaba puestos sus pañales. Dottie se estaba haciendo cargo de él, manteniéndolo a buen recaudo del fuego.

—¿Por qué él abuelo va a gatas? —le pregunté a mi abuela.

—El director emérito ha elegido el día de hoy para dejar de andar y empezar a gatear; ya ha superado la fase de los pañales —dijo mi abuela. Yo no pude evitar preguntarme cómo iba a lograr el padre de la novia entregarla al hombre de las raquetas gateando, pero Nana dio la impresión de poder leerme la mente—. Tu abuelo todavía puede ponerse de pie, Adam. Solo gatea cuando quiere alejarse de algún sitio o ir a alguna parte.

Respecto a recorrer el pasillo al ritmo de la «Marcha nupcial» de Wagner, ya se había tomado la decisión de no permitirle al infante emérito que acompañase a la novia. Mis tíos acompañarían a Pequeña Ray al altar. El hombre de los pañales, colocado entre Dottie y mi abuela, esperaría a mi madre a cierta distancia de seguridad de donde estaría ubicado el hombre de las raquetas; mi abuelo estaba convencido de que el pequeño novio era otro de los hijos ilegítimos de Ray.

—Una colocación un tanto inusual —admitió tío Martin.

—Pero seguramente una precaución necesaria —añadió tío Johan. Que mis tías no dijesen nada, pensé, era un mal augurio.

Vi que el hombre del edelweiss había puesto la pequeña mesa con una única silla en un rincón estratégico de la carpa. Dejó su sagrado instrumento sobre la mesa y se dedicó a comprobar el estado del micrófono y de los altavoces. El pastor de la Iglesia congregacionalista llegó temprano. Tal vez fuese mucho menos religioso que otros pastores protestantes, pues apenas creían en nada, pero tenía un montón de opiniones, que se apresuró a compartir con mi abuela. La primera hilera de sillas plegables, ya abiertas y colocadas en su sitio para la ceremonia nupcial, no debían de estar demasiado cerca del lugar en el que iban a situarse la novia y el novio para recitar sus votos.

Los encargados del *catering* no estaban de acuerdo con el modo en que se habían colocado las sillas, querían disponer de mayor espacio en la parte de atrás de la carpa para las mesas plegables. La ceremonia, según la opinión de los encargados del *catering*, no podía acabar demasiado pronto. Después de todo, tenían que recolocar todas las sillas alrededor de las mesas, todavía no desplegadas, y preparar la carpa para el banquete.

A todo esto, lo que estaba ocurriendo en el campo de cróquet dio un giro inesperado. Las dos chicas deportistas que dormían en la pequeña tienda y se duchaban juntas habían decidido ducharse. Se envolvieron en sus diminutas toallas y se dedicaron a cepillarse el pelo la una a la otra a pleno sol con el fin de que se les secase antes de vestirse para la boda. De esa guisa, tapadas con aquellas pequeñas toallas y centradas en su particular misión, las dos atléticas jóvenes habían llamado la atención del no muy brillante chef encargado de la barbacoa. Mientras movía su espátula por encima de la barbacoa, que se estaba precalentando, y, al mismo tiempo, tenía mucho cuidado de no tropezar con el hombre de los pañales, que gateaba cerca de sus pies, el chef de la barbacoa dedicaba prolongadas miradas a aquellas chicas y a sus indiscretas toallas.

Henrik tampoco se mostró discreto a la hora de mirar a las chicas deportistas cubiertas con aquellas sugerentes toallas. Henrik, que no dejaba de juguetear con su irrelevante palo de lacrosse, miraba boquiabierto a las chicas desde el punto en el que se había ubicado, en mitad del campo de cróquet, a medio camino entre la humeante parrilla y la enorme tienda en la que dormían el resto de las chicas deportistas; dondequiera que estuviesen en ese momento. Sospecho que no estaban dentro de la tienda grande, pues se estarían asando. Era un día soleado y caluroso, una típica tarde de julio.

Las chicas se secaban el pelo ignorando las miradas de Henrik, que no les quitaba ojo de encima. Henrik acunaba una vieja bola de cróquet con su estúpido palo de lacrosse, como si estuviese acariciando sus propios testículos. La bola de cróquet, de un desteñido color granate por haberse visto expuesta a todo tipo de inclemencias climáticas, debía de haber estado perdida entre los arbustos, de donde Henrik la había rescatado con su palo de lacrosse. No se asemejaba en nada a la brillante bola que antaño había sido, pero el hombre de los pañales, en su gateo, la reconoció. El infante emérito había perdido el habla y también su habilidad para caminar, pero, incluso a cuatro patas, el hombre de los pañales era capaz de reconocer una de sus viejas bolas de cróquet cuando las veía. El director Brewster rodeó a Henrik gateando y mordió al distraído centrocampista en la zona del tendón de Aquiles. Es posible que la costumbre que tenía Henrik de llevar calcetines desparejados incentivase al director emérito. Nunca lo sabremos. ¿Qué podría decirnos al respecto el hombre de los pañales?

Dottie solía atarlo con un arnés y una corta correa, del tipo de las que se usaban con los perros lazarillos. Pero el hombre de los pañales llevaba a Dottie a rastras. Si las miradas hablasen, habría resultado sencillo interpretar la rápida miradita que Dottie le dedicó a Henrik, quien perdió el control de su palo de lacrosse al recibir el mordisco. La mirada de Dottie le hubiese hecho entender a Henrik, siquiera someramente, lo que habría hecho en Maine, pues con toda probabilidad le habría mordido en la garganta. La bola de cróquet rodó libre, aunque no por mucho tiempo. El bebé emérito la agarró y se la introdujo en los pañales.

Ojalá hubiese podido leer los labios. Me habría gustado entender qué era lo que decía entre dientes el hombre de los pañales mientras Dottie lo conducía (todavía a cuatro patas) hacia la casa de la calle Front. Fuera lo que fuese lo que aquel infante invertido repetía una y otra vez, parecía evidenciar su certeza respecto a algo.

—Hijo de la novia —me susurró el viejo músico austriaco—. No sabes leer los labios, ¿verdad?

—No —le respondí. Él iba de regreso a su pequeña mesa y a su descuidada cítara.

—Yo sí —dijo el hombre de la cítara casi con indiferencia—. Tu abuelo estaba diciendo: «Mi bola, mi bola», una y otra vez.

No tenía claro si creer al *zither-meister* o no. Era demasiado sencillo suponer que era eso lo que el abuelito Lew había estado pensando, aunque ¿cómo habría podido saber el hombre del edelweiss que el director Brewster era el único jugador de cróquet de la familia?

Mi abuela abandonó la carpa nupcial en cuanto se produjo el mordisco. Me dijo que tenía que proteger a los encargados del *catering* de tía Abigail y de tía Martha, pues estaban metiendo las narices en todo lo relacionado con la cocina. Yo también decidí alejarme de la carpa, pues mis tías se presentaron en el campo de cróquet con un botiquín de primeros auxilios para curar la herida en el tendón de Aquiles de Henrik. Henrik se sentó con las piernas cruzadas en el suelo mientras mis tías le mimaban. Una de las dos chicas deportistas recogió el palo de lacrosse de Henrik. Se puso a manejarlo como si tuviese la más remota idea de lo que estaba haciendo. La otra chica deportista, con los brazos en jarras, se colocó frente a Henrik y le miró desde las alturas. Las dos chicas deportistas parecían disfrutar de las miradas desaprobatorias de mis tías hacia sus diminutas toallas; por no hablar de que al abatido Henrik le había humillado un viejo en pañales que iba gateando de un lado para otro.

El no muy brillante chef encargado de la barbacoa había desaparecido y se había llevado su espátula consigo. De la parrilla salía una considerable columna de humo, pero toda la comida esperaba todavía en la cocina de la casa de la calle Front, o bien en la mesa del salón-comedor. Había dos enormes patas de jamón de Westfalia y un gigantesco cuenco con ensalada de patata. Los encargados del *catering* habían escondido el pastel de boda en la despensa que se encontraba entre el salón y la cocina. La palangana con hielo para la cerveza que habían preparado tío Martin y tío Johan, sin embargo, estaba a la vista de todo el mundo, y ellos llevaban ya un rato bebiendo y riendo sonoramente mientras bromeaban sobre la bandeja de comida que esperaba a ser cocinada en la barbacoa: filetes de salmón, pechugas de pollo y hamburguesas. Al parecer, mis tíos entendían que la elección de esa comida en concreto era tan divertida como las películas extranjeras con subtítulos.

Subí las escaleras hasta la segunda planta, donde no me resultó extraño toparme con el resto de las chicas deportistas. Recién bañadas y duchadas, con el cabello todavía húmedo y envueltas en toallas, aquellas muchachas de nalgas limpias formaban una formidable barricada en lo alto del tramo de escaleras que llevaban a mi dormitorio del desván. No podía pasar por encima de ellas ni tampoco rodearlas.

—Siéntate aquí, chaval —me dijo una de las chicas deportistas. Se echó a un lado y me senté en las escaleras, apoyando la espalda en las rodillas de la chica sentada en el escalón superior.

—No podemos dejarte subir ahí arriba, Adam. Está teniendo lugar una pelea con un vestido —dijo la chica deportista sentada a mi espalda.

—¡Me vas a matar, Molly! —oímos gritar a mi madre.

—Deja de contener la respiración —le dijo la conductora de la pisanieves.

—No la estoy conteniendo, ¡es que no puedo respirar! —chilló mi madre.

—No te pongas dramática, no ayuda en absoluto —oímos a la conductora.

—Tu madre te ha dejado tu ropa para la boda encima de la cama de su habitación, Adam —me dijo Nelly. Me tranquilizó no apreciar prueba alguna de su infección—. Vas a tener que ducharte en el baño de su habitación —añadió Nelly.

—Después te ayudaremos a vestirte, chaval... ¡Todas! —exclamó la chica deportista que tenía detrás. Me empujó con las rodillas y las demás se echaron a reír.

—Está bien... Puedo apañármelas solo —les dije. Sabía que estaban de broma, pero me inquietó y también me excitó la perspectiva de que todas ellas me ayudasen a vestirme—. ¿Vais a tener que vestiros en la tienda grande... todas? —les pregunté.

Gruñeron.

—Es una sauna —se quejó una de las chicas deportistas.

—Podríamos vestirnos todas en la habitación de Ray, con Adam —sugirió Nelly. Todas rieron, pero yo tuve que morderme la lengua para no decirles lo que estaba pensando. Me habría encantado que todas ellas se vistiesen (o desnudasen) conmigo.

—¡Ay! Eso es mi costilla, Molly..., una de ellas, en cualquier caso —oímos decir a mi madre.

—Si no te lo pongo bien, Ray, el vestido se te caerá. Solo se aguanta por tus tetas y no tienes unos grandes melones precisamente —le dijo la conductora de la pisanieves.

—No sabía que opinabas eso de mis tetas, Molly —pudimos oír decir a mi madre—, pero me importa bien poco lo que pienses de ellas... ¡Me las estás aplastando!

—Me encantan tus tetas, Ray —oímos decir a la encargada de las pistas—. Lo que intento decirte es que tus tetas no van a poder evitar que el vestido se escurra hacia abajo. No van a ser capaces.

—¡Ay! —volvió a gritar mi madre—. Ese es mi pezón, Molly, o lo que queda de él... Uno de ellos, en cualquier caso.

—Vestirte a ti será mucho más fácil, Adam —me dijo una de las chicas deportistas.

—Sí, podría vestir a Adam en menos de un minuto, de principio a fin, con corbata y todo —dijo Nelly.

—Tú podrías desnudar a Adam en menos de un minuto, Nelly. Eso sí que no lo dudo —dijo la chica deportista que tenía a mi espalda.

—Tardarías más de un minuto en hacer el nudo de la corbata, Nelly. Todo lo demás, en menos de un minuto, es fácil —añadió otra de las chicas deportistas.

—Podríais ayudarme un poco con la corbata —les dije—. Para todo lo demás no necesito ayuda.

—Escúchame, chaval —me dijo Nelly—. Cuando te hayas vestido y solo te falte la corbata, ven a buscarnos. Nos encargaremos de tu corbata. Después nos enfundaremos nuestros vestidos de damas de honor en el dormitorio de tu madre. ¿De acuerdo?

—De acuerdo —respondí.

—¡Ay! —gritó mi madre.

—Ya casi he acabado, Ray —le dijo la conductora de la pisanieves.

Recorrí el pasillo hasta llegar a la habitación de mi madre, donde encontré mi ropa muy bien doblada sobre la cama. La ropa de mi madre y la de Molly estaba tirada por todas partes. La ropa de la conductora de la pisanieves parecía enorme comparada con las pequeñas piezas de mi madre. Sobre el tocador, frente al espejo en el que se maquillaba mi madre, había un sujetador muy grande. Sabía que era de Molly: ella sí tenía unos grandes melones.

Había dos maquinillas de afeitar en el baño de mi madre, pero yo no me afeitaba. Todavía no había muestra alguna de barba incipiente, lo cual me resultaba decepcionante. A mi madre le gustaba acariciarme el labio superior con el dedo, porque afirmaba que era suave.

—Ni siquiera te ha salido bigote, cariño —me decía. Yo deseaba con todas mis fuerzas que me saliese.

Tras las ducha, cuando me estaba vistiendo, el sujetador de Molly me miró y yo le sostuve la mirada. Me daba la impresión de que los melones de la conductora de la pisanieves debían de ser más grandes que los de Nora. Las ventanas del dormitorio estaban abiertas y podía oír al *zither-meister* ensayando; tan solo los primeros acordes del tema principal de *El tercer hombre,* como si Harry Lime estuviese vivo y acechase bajo la carpa en el jardín de mi abuela.

Escuchar el tema de *El tercer hombre* tocado por una cítara ayudaba a que imperase un clima de intriga y melancolía; por lo demás, fue un momento extrañamente tranquilo en mitad del desbarajuste que fue el fin de semana de la boda de mi madre. En ese instante, a solas con el fascinante sujetador de la allanadora nocturna, me dije que con toda probabilidad lo más destacado de esos días ya había quedado atrás. A los catorce años, todavía no había aprendido que las cosas que uno imagina cuando está a solas con un sujetador pueden resultar engañosas.

18
Lo que vieron los gorriones de piedra

Ciertas familias están obsesionadas con el sentido de inminencia. No me refiero a un molesto sentido de la puntualidad, lo opuesto a la maldición de llegar siempre tarde. Nuestra obsesión con lo inminente nacía de la ansiedad, de algo cercano al terror. Sentíamos siempre que algo malo estaba a punto de ocurrir. Nos acosaba un presentimiento de fatalidad —podíamos intuir cuándo la fatalidad estaba por llegar—, aunque nunca sabíamos a quién iba a afectarle o en qué consistía.

El hombre de las raquetas y yo habíamos hablado de las condiciones de mi adopción, de si me convertiría en Adam Barlow o seguiría siendo Adam Brewster.

—Si quieres ser escritor, Adam, no te recomiendo convertirte en Barlow —me dijo Elliot; realmente entendía la ocupación de sus padres como una carga.

Mi madre tenía treinta y cuatro años el día de su boda.

—He sido Rachel Brewster demasiado tiempo como para convertirme ahora en la Rachel de algún otro —nos dijo a mí y al hombre de las raquetas.

Como no podía ser de otro modo, Nora nos puso al corriente sobre la cuestión de los apellidos.

—Según mi madre y tía Martha, que te conviertas en Barlow no legitimará tu estado, Adam —me dijo Nora—, y que Ray adopte el apellido Barlow no le restituirá la dignidad que perdió al convertirse en madre soltera.

Ese comentario de Nora, obviamente, me dio a entender cómo se habrían expresado tía Abigail y tía Martha al respecto; su rectitud moral era pertinaz.

Resulta necesario conocer todos esos detalles, pero la verdadera razón por la cual mi madre y yo íbamos a seguir llevando el apellido Brewster era que no pueden cambiarse las características de una familia con la misma facilidad con la que se cambia de apellido. Ya fuese un castigo o una bendición, formar parte de la familia Brewster te obligaba a estar vinculado con el presagio de la fatalidad. El sentido de inminencia estaba en nosotros.

En el dormitorio de mi madre, la misma tarde de la boda, el enorme sujetador de Molly me distrajo momentáneamente de mi sentido de la fatalidad. Pensar que no fuese a pasar nada malo durante la ceremonia era un completo engaño. Ni siquiera el sonido de la «Marcha nupcial» de Wagner tocada con una cítara me sirvió de advertencia. ¿Acaso *Lohengrin* tenía un final feliz?

No la fastidié con los anillos, aunque los dos eran pequeños. Por otra parte, Dottie encontró una manera de coaccionar y mantener tranquilo al hombre de los pañales mediante la bola de cróquet. Si el envejecido bebé se levantaba del suelo (y se mantenía en pie), colocado entre Dottie y la abuela, Dottie le permitiría tener entre las manos aquella esfera sagrada. Si el infante emérito volvía a las cuatro patas y empezaba a gatear de nuevo, Dottie se quedaría con la bola de cróquet. Durante un rato, el truco funcionó.

¿A quién le importaba que Henrik cojease? Henrik no tenía que cumplir misión alguna que le obligase a estar de pie; además, tenía su palo de lacrosse que podía utilizar a modo de bastón o de muleta para ir de un lado a otro. Por otra parte, para las chicas deportistas fue un alivio que ya no estuviese en disposición de solicitarles un baile.

Con aquellos vestidos de dama de honor, que les dejaban los hombros al aire, las chicas deportistas lucían ágiles y fuertes. Eran las damas de honor más en forma que iba a ver en toda mi vida, teniendo en cuenta además la edad de la novia. Entre ellas, Molly destacaba como la más fornida. La allanadora nocturna no solo parecía corpulenta. El escote de los vestidos de las damas de honor era extremadamente bajo y Molly era la que más canalillo mostraba.

El vestido de mi madre, claro está, era el más blanco y el más hermoso; tal vez no tuviese unos grandes melones, pero aquel ceñido corsé realzaba igualmente su pecho. El escote era mucho más bajo de lo que en mi madre era costumbre. Tratándose de una persona menuda, Pequeña Ray mostraba lo que equivalía en su caso a un montón de carne. Incluso bajo la sombra de la carpa, el brillo del vestido blanco de mi madre resultaba deslumbrante. De repente, entendí lo que el hombre de la cítara había visto en ella: mi madre era tan hermosa como la Alida Valli de *El tercer hombre*. En otro mundo, aunque no en New Hampshire, Ray Brewster podría haber sido baronesa.

Aun así, ¿cómo fue posible que yo pasase por alto el sentido de inminencia que emanaba de mis tías? Tía Abigail y tía Martha no habían prescindido de la característica principal de la familia: su sentido de la fatalidad estaba más presente que nunca. En caso de no haber presentido algo malo, lo habrían provocado. Nora me dijo después que su madre y también tía Martha habían estado al borde de sufrir un ataque de nervios en la casa de la calle Front justo antes de que diese comienzo la ceremonia. Iban de un lado para otro abriendo puertas de armarios y mirando dentro con la esperanza de pillar al hombre de las raquetas con los pantalones bajados, «pillado en el acto de sodomizar o de ser sodomizado por alguien», tal como lo expresó Nora.

Cuando Pequeña Ray, hermosa y radiante vestida de blanco, recorrió el pasillo escoltada por mis tíos —con el aspecto de una baronesa entre los anchos hombros de mis tíos—, tía Abigail y tía Martha no le quitaron ojo de encima desde la primera hilera de sillas. Lo suyo iba mucho más allá del familiar presentimiento de la fatalidad. En el caso de mi madre, tía Abigail y tía Martha incluso rezaron para que una imperdonable desgracia cayese sobre ella. Es imposible calcular la magnitud del escarmiento moral que mis tías creían que mi madre merecía. Para tía Abigail y tía Martha, el sentido de la inminencia se entrelazaba con sus deseos sobre la realidad.

Me fijé en cómo miraban a su hermana pequeña: el día de la boda de Pequeña Ray, mis tías le desearon la muerte. Pero no ocurrió nada inapropiado, la ceremonia no se vio interrumpida. Mi propio sentido de la inminencia tal vez estuviese adormilado, pero incluso yo esperaba alguna clase de interrupción: un extraño —desconocido para todos, excepto para mi madre— se pondría en pie de un salto y me señalaría con el dedo. «¡Él es mi hijo!», declararía aquel hombre iracundo. Después, señalaría a la novia y, con la voz rota, el desconocido diría: «¿Te acuerdas de mí, Ray? Aspen, el Hotel Jerome, marzo de 1941».

Pero no apareció ningún desconocido para interrumpir la ceremonia, ni siquiera aquel en el que sin duda pensaban mis tías, aquel que tan ardientemente deseaban que apareciese: un guapo muchacho —un marica chillón, como sin duda lo etiquetarían mis tías— que se alzase sobre su silla para mostrarnos a todos su miembro, propio de la familia Dick; detalle que Nora habría introducido, sin duda, para embellecer la historia. Se trataría, obviamente, del último amante del hombre de las raquetas, un joven con el corazón roto. ¿Acaso un guapo muchacho de ese estilo no habría puesto fin a la boda? Pero tampoco apareció ningún mariquita chillón subido encima de una silla; lo cual provocó que mis tías se viesen sumidas en el desengaño y la tristeza más profunda. Mis tíos, por el contrario, que estaban radiantes, no evidenciaban señal alguna de desengaño o tristeza, pues no pararon de reír durante toda la ceremonia e incluso se carcajearon a gusto durante la recitación de los votos.

La bola de cróquet logró que el hombre de los pañales se mantuviese de pie y calmado. Aquella esfera sagrada parecía tranquilizarlo. Cuando el pastor del Congo preguntó: «Rachel, ¿quieres a...?» y «Elliot, ¿quieres a...?», no hubo dudas por parte de Pequeña Ray o del hombre de las raquetas y sus respuestas fueron claras como el agua. Sin embargo, sí aprecié un cambio en la inocente y variable atención del director emérito. Cuando mi madre dijo «Sí quiero», el rostro del hombre de los pañales se oscureció. Pudo apreciarse en su gesto un evidente deje de desconfianza.

Desde que había dejado de hablar, desde que el profesor de gramática jubilado inició su lenta deriva hacia la infancia, la única manera en la que el director Brewster se había comunicado había sido mordiéndose el bigote. Pero Dottie se lo había afeitado mientras dormía; no cabía duda respecto a lo que Dottie *hubiera hecho* con él en Maine. De todos modos, había dejado de crecerle la barba y los pelos del bigote se le caían; o bien el infante emérito se los arrancaba y se los tragaba. La justificación de Dottie para afeitarlo, así se lo aclaró a mi abuela, no fue ni profunda ni lógica, sino que, desde el punto de vista de Nana, fue una explicación vulgar.

—El pobre tipo se está convirtiendo en un bebé, señora Brewster. A los bebés no les sirve de nada tener algo con lo que hacerle cosquillas a una mujer en el coño.

En cuanto el bigote del abuelito Lew fue definido con semejante vulgaridad, mi abuela no encontró razón alguna para que lo conservase.

Sin embargo, cuando llegó el momento del beso, vi cómo reaccionaba el infante emérito. Un instante de reconocimiento o de recuerdo adulto llevó a que el hombre de los pañales frunciese el ceño. Mi madre se inclinó hacia el hombre de las raquetas. Lo atrajo hacia sí después de besarlo y lo abrazó con fuerza. Se escucharon ooohs y aaahs por parte de los invitados, aunque yo sabía que el beso que mi madre le dio a Elliot Barlow fue una tibia versión del beso al hombre de las raquetas; un beso para mayores de trece años, diríamos hoy en día. Pero hubo algo curioso en el modo en que Ray Brewster le dio el sí y después le besó: había provocado que el regresivo hombre de los pañales volviese al presente a toda velocidad. El infante emérito había retomado su presente como padre desde una distancia de años luz. De repente, parecía sorprendido de tener aquella bola de cróquet en la mano, por eso la dejó caer a sus pies y le dio un puntapié; creo que rodó por debajo de las sillas de la primera fila. El hombre de los pañales se tocó el labio superior, como si pudiese sentir su desaparecido bigote, y vi cómo movía el labio. Una vez más, el director emérito mascullaba entre dientes unas palabras que ni pude oír ni leer.

En esta ocasión, el *zither-meister* estaba demasiado lejos como para ayudarme con la lectura de labios. Además, estaba ocupado. Desde un extremo de la carpa, detrás de las sillas apelotonadas, cerca de la tarima elevada para el baile, el viejo austriaco estaba concentrado rasgando las cuerdas. Proclamaba así el sacramento del matrimonio, sellado definitivamente con un beso menos poderoso que el beso al hombre de las raquetas; es decir, el hombre del edelweiss no tenía tiempo para leer los labios de nadie. Los invitados a la boda se pusieron en pie y aplaudieron.

Bueno, no todos. Cuando tía Abigail se puso en pie a regañadientes en la primera fila, sus pies salieron disparados de debajo de su cuerpo. Buscó a alguien a quien agarrarse y eligió a tía Martha, arrastrándola al suelo consigo. «La bola de cróquet», me susurró al oído el pastor del Congo mientras sonaba en la cítara el himno que marcaba el final del oficio. Tomados del brazo, el hombre de las raquetas y Pequeña Ray enfilaron el pasillo entre las hileras de sillas.

Me percaté del momento en que el pueril director emérito perdía de vista a la pareja de recién casados. En ese preciso instante, abuelito Lew se vio poseído por la enloquecida angustia de un padre asustado. No fui capaz de leer en sus labios lo que mascullaba el hombre de los pañales, pero sí me fijé en su lunática expresión, que evidenciaba todo aquello que mi infantilizado abuelo temía: la menor de sus hijas acababa de contraer matrimonio con uno de sus hijos ilegítimos ¡y el director Brewster no había sido capaz de evitarlo!

Fue entonces cuando el hombre de los pañales recurrió a su perro interior. Mientras tío Martin aullaba de risa y tío Johan prácticamente ladraba, abuelito Lew se puso a cuatro patas y empezó a morder a los que le rodeaban. Apoyado en manos y rodillas, el infante poseído corrió por el pasillo, mordiendo tobillos y talones de Aquiles. Dottie salió tras él, aferrando con fuerza el arnés de estilo canino.

—Pobre Lew —dijo mi abuela con un deje de cansancio y apretándome la mano—. Ha perdido el último de sus tornillos, Adam. Acertamos al no colocarlo entre los anfitriones.

Vimos cómo los invitados a la boda iban cayéndose y también oímos sus gritos; era difícil desentrañar a quiénes había mordido el enojado infante y quiénes simplemente habían recibido un empujón que los había hecho caer sobre los lechos de flores. El jardín de mi abuela se convirtió en una carrera de obstáculos; los encargados del *catering* estaban desplegando las mesas para el banquete y recolocando las sillas alrededor de las mesas. Llevaban bandejas con lonchas de jamón, así como cuencos con ensalada de patata alemana. Todavía había mucha gente bajo la carpa para que Nana o yo pudiésemos ver qué estaba ocurriendo en el campo de cróquet, pero el olor de la comida impregnaba el aire. Estoy convencido de que el chef encargado de la barbacoa había empezado a cocinar antes de que diese comienzo la ceremonia. Gracias al cielo, la «Marcha nupcial» de Wagner había dejado de sonar; el *zithermeister* se estaba tomando un descanso. Pude ver a Nora y a Em charlando con el viejo austriaco; bueno, Nora hablaba con él y Em asentía con insistencia.

—Creo que todo ha ido bastante bien, teniendo en cuenta las circunstancias —les dijo a mis tías el pastor del Congo, aunque sin excesiva convicción.

—Ese beso fue totalmente inapropiado. ¡Duró en exceso! —replicó tía Abigail. Se había torcido el tobillo al pisar la bola de cróquet y ahora cojeaba apoyada en tía Martha.

—El vestido era demasiado bajo, por no decir que era *¡demasiado blanco!* —añadió Martha.

—Chicas, chicas —masculló mi abuela, más para sí misma que dirigiéndose a mis tías. Mis tíos ladraban como perros y fingían morderse el uno al otro.

Hablando de cosas demasiado bajas, me fijé en la dama de honor y en su revelador escote, visible incluso desde la distancia. Molly y su canalillo se pusieron de pie. Se encontraba en la periferia de la apiñada multitud. Los encargados del *catering* todavía estaban colocando las mesas de la cena y solo unos cuantos invitados habían podido sentarse ya en sus sillas. Menos eran todavía los que, habiendo caído, gritaban; víctimas de un error, postrados junto a los lechos de flores. Confiaba en que Dottie le hubiese colocado ya el arnés al hombre perro y lo tuviese bien atado. Daba la impresión de que tenía bajo control el tema de los mordiscos.

Sí, me sentí atraído por la conductora de la pisanieves. Molly centraba en ese momento las miradas de cualquier hombre atento bajo la carpa. Tal vez fue porque se apartó voluntariamente del jaleo. La conductora de la pisanieves era la mujer más alta y también la que lucía el escote más prominente. Mientras me acercaba cautelosamente a ella, me pregunté si algún día llegaría a recuperarme del hecho de haberme topado con su sujetador. Pero cuando me encontraba ya muy cerca, me di cuenta de que estaba llorando. Molly, que no parecía tener en cuenta su propio llanto, parecía totalmente absorta en sus pensamientos; tanto como el hombre de los pañales se había visto confundido por los suyos.

Pero cuando Molly se percató de mi presencia, regresó de inmediato a la realidad del momento y del asunto que tenía entre manos.

—Llegas justo a tiempo, Adam el niño. Eres justo lo que necesito —me dijo la conductora de la pisanieves, al tiempo que sacaba de mi bolsillo del pecho el pañuelo a juego con mi corbata—. ¿Por qué crees que lo puse ahí? —me preguntó Molly enjugándose las lágrimas de la cara con mi pañuelo que, acto seguido, volvió a colocar en mi bolsillo.

—¿Fuiste tú quien lo puso ahí? —le pregunté. Me resultaba difícil hablar, pues mis ojos quedaban a la altura de su escote.

—Cuando tu madre y yo estábamos preparando tu ropa para la boda, le pedí que metiese un pañuelo en tu bolsillo. Sabía que me iba a poner a lloriquear y que iba a necesitar uno —me dijo la conductora de la pisanieves—. No solo son la pareja más linda que he visto nunca, niño —me dijo Molly—. Sino que de todas las parejas que conozco, te apuesto lo que quieras a que la de tu madre y el hombre de las raquetas será la que más dure. Estoy segura de que llegarán hasta el final.

De repente, las palabras de Molly me conmovieron y me eché a llorar, por lo que la conductora de la pisanieves me abrazó. El puente de mi nariz encajó con precisión entre sus pechos y recordé el grito quejoso de mi madre («¡No puedo respirar!») cuando estaba en mi dormitorio del desván. Las calumnias de mis tías debían de haberme afectado más de lo que creía. Que alguien tan leal como la allanadora nocturna hablase con semejante autoridad sobre la autenticidad del matrimonio de mi madre con el pequeño hombre de las raquetas... Bueno, realmente significó mucho. Necesitaba oír algo así.

—Mis tías dicen que mi madre es la *tapadera* de Elliot. Nora me dijo que creen que él es un poco afeminado —le dije a Molly. Estaba utilizando mi pañuelo otra vez, en esta ocasión para enjugar mis lágrimas.

—Tienes que escuchar a Nora, muchacho. Puedes confiar en ella —dijo Molly—. Pero tus tías no entenderían lo que es una *tapadera* aunque les cayese en la cabeza. Puedes estar seguro de que tanto tu madre como Elliot van a cuidarte, Adam. Confía en mí, también puedes hacerlo —me dijo la conductora de la pisanieves. Y lo hice. Empecé a relajarme un poco.

Solo algunos despistados, que no miraban por dónde pisaban, caían a los lechos de flores o iban de un lado para otro. Henrik, ya incapacitado, no les quitaba el ojo de encima a las chicas deportistas mientras caminaba apoyado en su palo de lacrosse hasta toparse con unas hortensias.

—La culpa de eso la tienen los escotes de los vestidos de las damas de honor —se limitó a decir la allanadora nocturna.

Me fijé en que ella estaba mirando a Nora y a Em, que al parecer intentaban influir en las elecciones musicales del hombre de la cítara. Em bailaba para el *zither-meister* mientras Nora le cantaba. Por su parte, el hombre del edelweiss rasgaba las cuerdas de su instrumento como si pretendiese demostrar que conocía la melodía que Nora le estaba cantando.

—Creo que Nora y la chillona quieren que toque algo que puedan bailar —dijo Molly—. Esas dos se han vestido para bailar.

La mayoría de los invitados habían encontrado un sitio donde sentarse. Por eso pude fijarme en cómo vestían Nora y Em. Faldas cortas, tableadas; del tipo que se acampanan cuando se dan vueltas, faldas que muestran un buen trozo de pierna e incluso la ropa interior, llegado el caso. Tanto Nora como Em llevaban puestas blusas ajustadas. No quedaba muy claro si llevaban o no sujetador.

—Digamos que es lo más cerca que puedes estar de parecer que no llevas sujetador a pesar de llevarlo —me dijo la conductora de la pisanieves como si tal cosa. El tono de Molly, que no expresaba juicio alguno, contrastaba llamativamente con el de mis tías cuando hablaban de mujeres que andaban por ahí sin sujetador o que aspiraban a parecer que no lo llevaban—. ¿Qué tipo de música le gusta bailar a Nora? —me preguntó la allanadora nocturna.

—Nora nunca ha bailado conmigo —respondí de inmediato—. Creo que le gusta Elvis, aunque Nora dice que Elvis tendría que ser mujer.

La conductora de la pisanieves asintió.

—Hay algo en Elvis... Su género está presente en todo lo que hace —fue la conclusión de Molly—. Con Elvis o sin Elvis, niño, cuando empiece el baile, me encontrarás. Bailaré contigo.

—Nunca he bailado con nadie, excepto con mi madre. No soy un gran bailarín —le dije.

—Lo haremos fácil, niño. Yo te llevaré y tú me seguirás —dijo Molly.

—De acuerdo —respondí.

—Creo que deberíamos ir en busca de nuestros asientos. No sé si tenemos que ponernos en algún sitio en especial —dijo la allanadora nocturna.

Pudimos apreciar una clara panorámica del campo de cróquet, donde el chef de la barbacoa blandía su espátula. Era como si estuviese dirigiendo una orquesta invisible formada por filetes de salmón, pechugas de pollo y hamburguesas, en tanto que los camareros y camareras y los ayudantes que le asistían intentaban todos mantenerse a una respetable distancia. También vimos al hombre de los pañales, que con total determinación, a cuatro patas, escarbaba con fiereza en busca de algo en el campo de cróquet. Dottie le había colocado el arnés y le dejaba cavar. Nana me había dicho que Dottie iba a darle de comer al infante emérito en la cocina. Tal vez el infante mordedor no tenía intención de causar mayores daños durante el festejo.

Molly y yo nos sentamos a la mesa de las chicas deportistas, en la que también estaban Nora y Em. No me pareció mal ser el único hombre en la mesa. Hubo varios discursos, claro está, pero no recuerdo nada de lo que se dijo. El hombre de la cítara se tomó su tiempo, armándose de valor para tocar la música de Elvis. El austriaco empezó con los viejos temas de su repertorio, con los que ya nos habíamos familiarizado la noche anterior. Mi madre y Elliot abrieron el baile con el tema principal de *El tercer hombre*, con el que Molly y yo también bailamos. La conductora de la picanieves me rodeó con los brazos y me atrajo hacia ella. Ella guiaba y yo la seguí mientras el *zither-meister* iba desgranando las melodías más animadas y las más lúgubres. Rápido y lento, desde «El vals del Café Mozart» a «Adiós a Viena», bailé con las chicas deportistas y con Em, pero Molly fue mi principal pareja de baile. Molly se había fijado en que Em me obligaba a alzar la vista para mirarla a los ojos, indicándome de ese modo dónde debía mirar al bailar; es decir, no tenía que mirarle los pechos.

—Em puede leer tu mirada, chaval. Ella sabe qué estás mirando —me dijo Molly.

Acabó el banquete —cortaron el pastel de boda y lo sirvieron— antes de que el hombre del edelweiss reuniese el valor suficiente para ofrecernos una versión en cítara de «Heartbreak Hotel» y de «I Forgot to Remember to Forget»; o, tal como lo definió Nora, «Elvis para hacerte picadillo y Elvis para abrazarse».

—Para tratarse de un tipo con pantalones de cuero y un sombrero con pluma, dos temas de Elvis no están nada mal —dijo Nora. En nuestra mesa, todo el mundo se echó a reír y todo el mundo se puso en pie para bailar. Las chicas deportistas conocían la letra de «Heartbreak Hotel», así que la cantaron junto al sonido de la cítara.

Las únicas palabras que yo conocía eran *«so lonely»*, «tan solitario», y *«could die»*, «podría morir», y nunca iba a olvidar la «calle solitaria» en la que se encontraba el hotel. Cuando Molly y yo estábamos bailando «I Forgot to Remember to Forget», me cantó los primeros versos de la canción. Pero incluso bailando conmigo, fui consciente de que Molly no dejaba de mirar a mi madre y al hombre de las raquetas. La allanadora nocturna también oteaba de vez en cuando la oscuridad de la noche. Molly sabía que se aproximaba una tormenta y tenía muy presente que mi madre y Elliot estaban a punto de ponerse en ruta.

—Nada de cerveza —había oído a Molly decirles a los recién casados—. Os vais de luna de miel y tenéis que llegar allí en coche.

El hotel de la luna de miel estaba en algún punto de la costa de Maine.

—Está encima de un acantilado, por lo que tengo entendido —me había dicho Nelly.

—Si la luna de miel no va viento en popa, siempre les quedará el acantilado... Es una broma, chaval —me dijo Nora. Nora me conocía muy bien.

Al caer la noche, dejó de correr la brisa, pero no empezó a llover. Aunque había algo en el aire que anunciaba lluvia. Al haberse puesto el hombre de la cítara en modo Elvis, no habíamos llegado a oír el distante rugido de los truenos. Bajo la carpa, ¿cómo habríamos podido ver los ligeros fogonazos de los rayos que se aproximaban?

Los padres de Elliot habían reservado dos habitaciones en el hotel Exeter para el fin de semana de la boda. Querían que su hijo estuviese cerca de ellos y, además, era la opción más sencilla para Elliot. El hotel estaba más cerca de la casa de la calle Front que el apartamento del hombre de las raquetas en las instalaciones de la escuela. Elliot había abandonado ya la carpa y había ido a cambiarse de ropa y a preparar las maletas para la luna de miel.

Por su parte, Molly estaba impaciente por «iniciar la batalla»; es decir, por empezar a pelearse con el «mortífero vestido» de boda de mi madre para poder quitárselo.

—¿Va a ser tan duro quitárselo como fue ponérselo? —le pregunté a la conductora de la pisanieves.

—Tal vez incluso más duro, niño. Por el modo en que anudé

ese vestido, tu madre va a tener que morirse de hambre para poder sacárselo.

Unos cuantos invitados se marcharon. Los más jóvenes mostraron una mayor tolerancia por los temas de Elvis tocados con la cítara y también por el modo en que Nora y Em bailaban. A esas alturas de la velada, todo el mundo había visto ya varias veces las bragas de Nora y las de Em; bailaban con tal energía que sudaban sin parar. El equipo de escritores (ambos Barlow) se fueron con Elliot al hotel y, en un primer momento, pensé que mi madre estaba bailando con el entrenador de lucha de la escuela.

—No están bailando, niño: Ray le está enseñando cómo se hacen las sentadillas con una sola pierna —me aclaró la conductora de la pisanieves. Quedó claro que el entrenador no podía mantener el ritmo de mi madre haciendo sentadillas.

—Vamos, no abandones —pudimos oír que le decía mi madre.

—Estamos de suerte, niño, porque no hay ninguna pared en la que pueda enseñarle a hacer sentadillas —dijo Molly—. Si intentase acuclillarse con ese vestido, no le llegaría la sangre al corazón o a los pulmones.

Fue en ese momento cuando la allanadora nocturna subió a la tarima y convenció a mi madre para que pusiese fin al asunto.

—Mira... Molly la ha interrumpido en medio de una flexión —dijo Nelly. Había bebido mucha cerveza y yo lo sabía. Le había costado un poco mantener el equilibrio cuando bailamos, y de eso hacía ya un rato.

—Molly quiere ayudar a mi madre a quitarse el vestido. Molly no deja de pensar en la luna de miel —le dije a Nelly. La mayoría de las chicas deportistas estaban sentadas a la mesa. Me miraron sin decir nada—. A Molly le preocupa la tormenta —proseguí—. Porque sabe que tienen que conducir hasta el hotel de la luna de miel —les aclaré. Se miraron entre sí, sin mediar palabra. No sabía qué era lo que, de repente, les había hecho sentirse incómodas. La conductora de la pisanieves, todos habíamos sido testigos, ya se había llevado a mi madre al interior de la casa de la calle Front; aunque la mayoría de los allí presentes no se dieron cuenta. Nora y Em centraban casi por completo la atención.

—Bueno, me alegro de que no sea mi luna de miel; no con esta candidiasis —dijo Nelly.

Su intención fue aligerar la tensión del momento, pensé, pero sentí que habría sido desconsiderado reírse de su comentario y, además, el resto de las chicas deportistas seguían pareciendo incómodas. Tal vez estaban cansadas, me dije, de oír hablar una y otra vez de la infección de Nelly.

—¿Sabes qué es lo mejor después de la luna de miel, Adam? —me preguntó Nelly.

—No, ¿qué? —le pregunté.

—Bailar contigo, niño —dijo Nelly tomándome de la mano.

Me condujo de vuelta a la tarima de baile, no precisamente manteniendo una línea recta. Por eso me encontraba tan cerca del *zither-meister* cuando pude ver el primer destello de un rayo iluminando el cielo. La brillante luz blanca iluminó todos y cada uno de los detalles de la abandonada barbacoa en medio del campo de cróquet. El estallido del trueno sonó con mucha más fuerza, mucho más cerca, de lo que nadie esperaba. No habíamos oído el retumbar lejano debido a Elvis y a la cítara. Bajo la carpa, tampoco habíamos visto los lejanos destellos de los rayos. Ahora, incluso a pesar de la constante repetición de los temas de Elvis, sí pudimos oír el repiquetear de las gotas de lluvia sobre el techo de la carpa. Nelly y yo pudimos oír el golpeteo sobre la barbacoa de hierro, de nuevo sumida en la oscuridad en el campo de cróquet, donde mi abuela había predicho que alguien resultaría herido o moriría.

Dudé de sus palabras. Yo no creía que nada estuviese yendo mal; nada parecía fuera de lugar. Incluso estando borracha, y pisándome los pies, resultaba divertido bailar con Nelly; ya no temía en lo más mínimo su candidiasis. Otro rayo iluminó el cielo, tan espectacular que todo el mundo bajo la carpa se sintió desprotegido. Se quedaron inmóviles, como suele provocar el *flash* de una cámara fotográfica, que ciega y congela a los sujetos con una claridad antinatural. Allí estaban Nora y Em: no habían unidos sus bocas, pero sus lenguas se tocaban, y se manoseaban la una a la otra por debajo de sus ceñidas blusas. Allí estaban tío Martin y tío Johan: habían dejado de cantar (por enésima vez) «*Bier, Bier..., das Bier ist hier!*». Fue porque tío Johan se estaba ahogando. Tío Martin le había obligado a tumbarse bocabajo sobre una de las mesas y había empezado a golpearle en la espalda. Como el hombre de las raquetas se había ido al hotel, necesitábamos desesperadamente a otro experto en asfixias.

—Id a buscar a Dottie. Ha ido a acostar al director. Dottie sabrá qué hacer —nos dijo mi abuela, no sé si a Nora o a mí.

—Yo soy más rápido —le dije a Nora, que todavía estaba enredada con Em.

A nadie le sorprendió que, efectivamente, Dottie supiese qué era lo que había que hacer. Cuando regresamos a la carpa, Henrik se había colocado al lado de tío Martin y había empezado a golpear a su padre en la espalda con su palo de lacrosse.

—Dame esa cosa con la que siempre andas jugando —le dijo Dottie a Henrik. Este le entregó su palo de lacrosse. Deslizó el palo por un costado, bajo el cuerpo de tío Johan, y se arrodilló sobre la parte baja de su espalda. Tiró del palo de lacrosse hacia arriba, justo a la altura del diafragma de tío Johan, agarrando el palo con ambas manos. Lo que mi tío expulsó por la boca desafiaba cualquier tipo de descripción: era un pedazo de jamón de Westfalia, mayor que la suela del zapato de un adulto, que no lo habría cubierto; e iba acompañado de una cantidad considerable de pastel de boda y mucha cerveza. Se me cruzó por la cabeza la duda sobre lo que Dottie *habría hecho* en ese caso en Maine en lugar de utilizar un palo de lacrosse —tal vez habría utilizado un rastrillo de almejas—, pero ella no estaba para responder a preguntas ociosas.

—Voy a tener que volver con el hombre-bebé, señora Brewster. Todavía no se había dormido cuando lo dejé en su habitación —le detalló Dottie a Nana.

—*Bier, Bier..., das Bier ist hier!* —empezó a cantar tío Johan, aunque sin demasiada energía. Tío Martin empezó a reír de nuevo cuando se vio un rayo, más brillante y cercano si cabe que el anterior, y luego el sonido del trueno se cernió sobre nosotros. El sistema de altavoces para la música se apagó temporalmente y el hombre del edelweiss dejó de tocar su cítara. ¿Cómo era posible que todavía estuviésemos escuchando música? Entonces se oyó, de un modo remoto, una sección rítmica. De la oscuridad del campo de cróquet llegó el reverberante soniquete de un tambor, un tamborileo metálico.

—Ay, mierda —dijo Dottie sin alzar la voz, justo segundos antes de que cayera el rayo y nos mostrara en qué consistía el tambor. El hombre de los pañales estaba desnudo, a excepción de su blanquísimo pañal. El infante emérito no había recuperado aquellos oxidados arcos del campo de cróquet para abandonarlos bajo la lluvia. Los arcos de metal, con los que había estado golpeando contra el hierro húmedo de la barbacoa, producían una música que tan solo el hombre de los pañales era capaz de entender. Cuando el rayó le alcanzó, el director emérito estaba mascullando las mismas palabras que le había visto repetir para sí mismo cuando la novia besó al pequeño profesor de inglés.

Se oyó un crujido, o, mejor dicho, un chasquido muy fuerte, coincidiendo con el impacto del rayo, tan solo un segundo antes del estallido del trueno. Sabía que el hombre de la cítara había podido leer en los labios de mi abuelo sus últimas palabras, aunque nadie pudo oírlas.

—¿Qué estaba diciendo? —le pregunté al viejo austriaco.

—Cariño —me interrumpió Nora utilizando la palabra con la que mi madre se dirigía a mí. Nora y Em se habían colocado entre Nelly y yo; acababa de volver de la tarima de baile—. No es necesario saber leer los labios, chaval, tú sabes muy bien qué estaba diciendo el abuelito.

—Parecía algo así como «¡No, Pequeña Ray!». Eso es lo que yo he visto —dijo el *zither-meister.*

—Eso es lo que usted ha visto, de acuerdo —le dijo Nora. El campo de cróquet volvía a estar a oscuras. Dottie y mi abuela, seguidas por mis tíos (que en ese momento no reían) y el cojo Henrik fueron los primeros en aventurarse en la oscuridad.

—Lew, Lew... Pobrecito —dijo Nana. Tía Abigail y tía Martha, histéricas, obviamente, braceaban.

—Hijo de la novia —me dijo amablemente el hombre del edelweiss—. Tendrías que ir a buscar a tu madre. Tienes que contárselo.

—No, no vayas... Ya voy yo, chaval —dijo Nora con excesiva rapidez y también excesiva intensidad. Pero yo ya había salido corriendo.

—Yo soy más rápido —le dije a Nora por segunda vez aquella noche.

—¡Deja que lo haga yo, niño! —gritó Nelly a mi espalda.

—No, no..., niño —oí exclamar a dos o tres de las chicas deportistas. Pero tenía que darle las gracias al hombre de las raquetas por haber mejorado mi manera de correr. Tuve una ventaja inicial y ya nadie podía detenerme. Recorrí a toda velocidad la casa de la calle Front, que estaba prácticamente vacía y en silencio; tan solo la lluvia suponía una alteración. La lluvia se oía con más fuerza en la segunda planta e incluso con más potencia aún en el desván, al que llegué subiendo las escaleras de dos en dos.

Me llamó la atención no oír ni una sola palabra del supuesto diálogo entre mi madre y Molly. A lo mejor quitarle el vestido no había sido tan difícil como ponérselo. Para mi sorpresa, vi que el vestido blanco estaba tirado en el suelo del desván, lejos del dormitorio, que desde mi posición no podía ver porque habían dejado entreabierta la puerta del baño. Sí pude ver a mi madre y a la allanadora nocturna reflejadas en la claraboya que había encima de mi cama. Estaban desnudas y enredadas en un abrazo del revés, con ambas caras enterradas entre las piernas de la otra y aferrando con fuerza sus respectivas nalgas. No tuve muy claro en ese momento qué era lo que estaba viendo, aunque sí supe que, fuera lo que fuese, no tendría que haberlo visto.

Estalló un relámpago y la claraboya sobre mi cama centelleó con una blancura cegadora. El reflejo de mi madre y de la conductora de la pisanieves se desvaneció como por ensalmo. Al bajar las escaleras del desván, seguía cegado por el resplandor de la claraboya; por eso apoyé el pie en el escalón que crujía.

—¿Adam? —oí decir a mi madre entre jadeos—. ¿Eres tú, cariño?

Vi a Nora y a Em detenidas en la parte baja de las escaleras; Em se había llevado el puño a la boca y mordía nerviosa el nudillo de su dedo índice. Resultó evidente que ambas sabían lo que había visto; de hecho, sabían lo que iba a ver antes de verlo.

—Intenté detenerte, chaval —me dijo Nora con mucha calma cuando llegué al rellano. No pude responder.

—¿Nora? ¿Eres tú, Nora? —oímos decir a mi madre.

—El abuelito Lew ha muerto, Ray. Le ha caído un rayo encima —gritó Nora hacia la parte de arriba.

—¿Dónde está Adam? —preguntó mi madre. Nora ya había ascendido la mitad del tramo de las escaleras. Se detuvo y se volvió hacia mí. Em me había rodeado con sus brazos. Aprecié toda la extensión del rellano de la segunda planta, donde las chicas deportistas me estaban esperando. Estaba enfadado y al borde del llanto. Todas ellas sabían lo de mi madre y Molly.

—Adam llegó el primero, Ray. Os ha visto a Molly y a ti —le dijo Nora a mi madre.

—¡Cariño! ¡Adam! —me llamó mi madre, pero yo seguía sin poder articular palabra.

No había modo de huir de la situación, las chicas deportistas me rodeaban. Ahora entendía por qué se habían sentido incómodas cuando les dije que Molly estaba deseando quitarle el vestido a mi madre y que tenía muy presente la luna de miel. De hecho, las chicas deportistas se sentían igualmente incómodas en ese momento y Em me rodeó la cintura con los brazos. Tampoco había modo de librarse de Em.

Nora descendió esos pocos escalones. Estábamos todos en el descansillo de la segunda planta. Supongo que dábamos la impresión de no saber qué hacer; yo, como mínimo, no tenía ni idea.

—Dejemos que se vistan, por el amor de Dios —comentó Nora—. Aquí no somos de ayuda para nadie —nos dijo.

Como cabía esperar, la tensión en los ánimos bajo la carpa de la boda era de un signo diferente. Habían cubierto el cuerpo del hombre de los pañales con una sábana y lo habían colocado encima de la misma mesa en la que habían evitado que tío Johan se ahogase. Esperaba que hubiesen tenido tiempo de limpiar el vómito antes de colocar el cuerpo sobre la mesa. El hombre de las raquetas y sus padres habían regresado a la fiesta. Elliot llevaba un atuendo algo más informal; la ropa propia de la luna de miel, pensé.

—¿Sabe tu madre... que la has visto? —me preguntó el pequeño profesor de inglés. Yo no sabía si podría volver a hablar, pero Nora habló por mí.

—Ray sabe... que Adam la ha visto —le dijo Nora al hombre de las raquetas. Me alegró que las chicas deportistas no le dijeran nada a Elliot sobre lo arduo que había sido ponerle a mi madre el vestido de boda..., o quitárselo.

—Entendemos que quieras ser escritor, Adam, ya sea novelista o guionista, o ambas cosas —dijo John Barlow sin venir a cuento.

—Sí. Es una lástima no haber tenido la oportunidad de hablar contigo sobre la *escritura* —me dijo Susan Barlow.

Además de no tener claro si podría volver a hablar, me resultó incómodo no saber qué decirles al señor y a la señora Barlow. Estaban frente a mí, al otro lado de la mesa, con el cadáver del hombre de los pañales bajo una sábana entre nosotros.

—Creo que este no es el momento más adecuado para eso —les dijo el hombre de las raquetas a sus padres.

—Pero es que este es un momento tan de *género negro*. Yo creo que es el momento ideal, querido —le dijo la señora Barlow a su pequeño hijo.

—Las películas del Oeste serán reemplazadas por las películas de gánsteres, porque el *género negro* es lo más original que tiene la literatura estadounidense —me dijo el señor Barlow.

—Pues yo opino que Melville y Hawthorne son lo más original de la literatura estadounidense —les respondió el pequeño profesor de inglés a sus padres—. Así que supongo que también tendrían algo que ver con el *género negro*.

—Oh, tú y tu Melville y tu Hawthorne, querido —le dijo Susan Barlow a su hijo—. Nosotros escribimos novelas *y* guiones, Adam —me recordó la señora Barlow. Sabía que a Elliot le gustaban tan poco las películas de sus padres como sus novelas—. Si bien nuestra sensibilidad es claramente europea, nuestro enfoque del *noir* es muy americana —remató la señora Barlow.

—Estados Unidos siempre será un país de frontera, de cualquier frontera. —El señor Barlow se inclinó hacia la mesa, como si el cuerpo que yacía cubierto entre nosotros fuese una prueba de lo que significaba el género negro en Estados Unidos; como si el hombre de los pañales hubiese sido, desde su infancia hasta su electrocución, un hombre de frontera *noir*.

—¡Cariño! —oí que me llamaba mi madre. Como es lógico, el señor y la señora Barlow creyeron que mi madre se estaba dirigiendo a su querido marido. El equipo de escritores se sorprendió cuando mi madre me abrazó a mí en lugar de al hombre de las raquetas—. Oh, Adam, no te preocupes, cariño. Todo irá bien —me susurró al oído—. No vas a poder dormir solo en esta casa, no hasta que sepamos en qué tipo de fantasma va a convertirse el abuelo —me dijo—. Pero no te preocupes, cariño. Le he pedido a Molly que duerma contigo.

Dadas las circunstancias, no me resultó en absoluto tranquilizadora la perspectiva de dormir con la conductora de la pisanieves.

—Molly asegura que ella no ve fantasmas. De hecho, no cree en ellos —siguió susurrándome mi madre—. A lo mejor solo los vemos tú y yo, cariño. Yo no sé si creo en ellos, pero lo que está claro es que los veo —me dijo mi madre.

Eso tampoco me tranquilizó. Me llevó a preguntarme qué otras cosas pasaban en nuestra familia. Nora me dedicó la más tranquilizadora de sus miradas —aunque no podía decirse que Nora acostumbrase a tranquilizar a nadie— y Em asentía hacia donde yo me encontraba, como si hubiese podido oír (y estar de acuerdo conmigo) todo lo que mi madre me había dicho entre susurros.

Entonces, de pronto, mi madre exclamó:

—¡No lo he visto! ¿Dónde está papá?

—Está debajo de esa sábana, Rachel. ¡Deberías de ser tú la que estuviese ahí tumbada! —declaró tía Abigail. Todavía cojeaba y se apoyaba con fuerza en tía Martha.

—Sí, Ray, *tú* has sido la responsable. ¡*Tú* lo has matado! —añadió tía Martha.

—Lo ha matado un rayo. Ha sido el cielo, estúpidas delirantes —les dijo la conductora de la pisanieves a mis tías.

—¿Está quemado? ¿Ha quedado carbonizado? —preguntó mi madre chillando y señalando hacia la sábana. Confieso que quería ver qué aspecto tenía el abuelo. El hombre de los pañales había pasado media vida transformándose en otra cosa. ¿Quién no habría querido ver cómo había acabado el infante emérito? Pero nadie respondió a las preguntas de mi madre; nadie alzó tampoco la sábana. Más tarde, supe que el entrenador de lucha había cargado con el cuerpo del abuelo desde el campo de cróquet, pero no oí que el entrenador dijera nada, o bien se había marchado ya a su casa.

El hombre de las raquetas había rodeado con sus brazos a mi madre por la cintura, abrazándola desde atrás. Ella no podía verlo, pero conocía muy bien sus pequeñas manos y las tomó con fuerza, cerró los ojos y se inclinó hacia atrás.

—Sí, sácame de aquí, querido Elliot —le dijo—. Vámonos juntos a mirar desde el acantilado. No dejes de abrazarme.

—Te tengo, Ray —le dijo el hombre de las raquetas.

No les lanzaron confeti. Cuando se fueron, no fui capaz de recordar cuál de los dos iba al volante. Em me abrazó por la espalda, del mismo modo en que Elliot había consolado a mi madre. Tal vez a Em le gustase abrazarme de ese modo porque sabía que no podría besarla o mirarle los pechos.

Recuerdo lo que me dijo Nora:

—Tienes que confiar en ellos, Adam. Me refiero a todos ellos, chaval.

—¿Todos ellos? —le pregunté. No fue gran cosa, pero al menos fui capaz de hablar.

—Tienes que confiar en Ray y en el hombre de las raquetas. Pero también tienes que confiar en Molly —me contestó Nora.

Noté la cabeza de Em entre mis omóplatos, pero no era el mejor momento para pedirme que confiase en nadie.

Ni siquiera Dottie tenía algo que decir. Si Dottie sabía cómo había quedado el hombre de los pañales tras recibir el impacto del rayo, supongo que también habría sido capaz de describir su última aparición en Maine, pero se ahorró todos esos detalles. Mi abuela hablaba entre dientes, movía los labios formando lo que parecían frases cortas y declaratorias. Por fortuna, o por desgracia, el hombre del edelweiss se sentó a mi lado. No tuve que pedirle que me tradujese las palabras de mi abuela.

—Hijo de la novia —me dijo el *zither-meister*—, lo que tu abuela está diciendo es: «Se acabó el drama». Obviamente, puede tratarse de la realidad o de un pensamiento bienintencionado.

No fue ninguna de las dos cosas, y yo lo sabía. Se trataba de la primera frase del Epílogo de *Moby-Dick*. (El «ataúd salvavidas» de Queequeg todavía no había surgido de las aguas; Ismael todavía no había encontrado su tabla de salvación entre los «desgarradores tiburones»; «el *Rachel*, de rumbo errante», el barco que salvará a Ismael, todavía no había «encontrado a otro huérfano».) Lo único que tenía muy claro era que quería crecer e irme de casa para siempre. Si hubiese podido cumplir con esas premisas esa misma noche, lo habría hecho sin dudarlo.

El señor y la señora Barlow estaban hablando de películas de gánsteres como el epítome del género negro. Se lo repetían a todo aquel que quisiese escucharlos. Acababan de ver una película nueva, una «primera versión», en Nueva York. El hombre de las raquetas me contó que sus padres solían ver las películas antes de que estuviesen acabadas, con mucha antelación respecto a su estreno en los cines. Elliot me dio a entender que el equipo de escritores hablaba de una película que nadie más había visto todavía aparte de ellos.

—Se titula *El coche equivocado*. No es una gran película de gánsteres —dijo John Barlow.

—Pero el tipo que conduce el coche en la escapada es *puro* género negro; es un actor especial —añadió Susan Barlow—. Estoy convencida de que se va a hacer famoso.

—Su nombre es Paul Goode, con «e» final —le dijo el señor Barlow a una reducida audiencia.

—El tipo que conduce el coche en la escapada es muy guapo, pequeño pero guapo. A mí me recuerda mucho a nuestro Elliot —dijo la señora Barlow.

—Bueno, no es *tan* pequeño, querida —replicó el señor Barlow.

—Pero sí es *muy* guapo —insistió Susan Barlow. Cuando oigas decir a una madre que otro hombre es tan guapo como su hijo, quédate con sus palabras. Por eso me quedé con el nombre del actor. De hecho, *se hizo famoso,* como indicó la madre del hombre de las raquetas, aunque yo no estaba prestando atención a la improvisada conversación de los Barlow.

—Me recuerda a George Raft de joven —sugirió John Barlow.

—En el caso de que George Raft fuese *muy* guapo —añadió Susan Barlow. Irónicamente, mi madre y yo no creíamos que George Raft pudiese ser guapo nunca. Nos importaban poco las películas de gánsteres. Pero recordé perfectamente cómo destacaron al conductor del coche en la escapada.

Fue en ese justo momento cuando la conductora de la pisanieves me habló.

—¿Eres Adam el niño? —me preguntó. Había sido capaz de hablar con Nora, pero no pude responderle a la allanadora nocturna. Apenas pude asentir—. Nos veremos luego, niño, con fantasmas o sin ellos —me dijo Molly.

—De acuerdo —logré articular.

—Cuando pasan desgracias como esta —oí que Nora le decía al hombre de la cítara—, algunas personas dan la fiesta por terminada y se largan.

Vi a Em negando enérgicamente con la cabeza, no quería que la confundiesen con una de esas personas cobardes. Entendí qué era lo que pretendía.

—Supongo que tu amiga y tú queréis seguir bailando —les dijo el *zither-meister* a Nora y a Em.

—Pase lo que pase, seguiremos bailando —le dijo Nora al austriaco. Mis tías y mis tíos habían puesto el punto final a su velada. Como no tenía perspectiva alguna de bailar con nadie, Henrik se había marchado con ellos. Nadie habría sabido especificar cuándo se fueron las rubias femeninas y el resto del contingente de noruegos de North Conway, tal vez antes incluso del fatal accidente con el rayo; que para mí se había convertido en uno de esos momentos que te cambian la vida.

Cuando les di las buenas noches a Nana y a Dottie, que estaban sentadas en el extremo de la mesa sobre la que el infante emérito yacía cubierto con una sábana, Dottie me dijo que estaban «esperando a las autoridades; esos descerebrados que suelen encargarse de estas cosas», tal como ella lo expresó. Las chicas deportistas montaron un alboroto cuando me despedí de ellas, dándome abrazos y montones de besos. La allanadora nocturna sabía que mi velada había tocado a su fin. Molly me lanzó un beso cuando ya salía de la carpa nupcial.

No quedaba mucha gente en la carpa cuando el hombre del edelweiss retomó la cítara. Nora y Em estaban en la tarima de baile, junto a varias de las chicas deportistas, que bailaban juntas. Había varios grupos de personas reunidos en torno a las mesas casi vacías, charlando o bebiendo. En ese momento, pude ver con claridad las velas flotantes. Esas descabelladas velas habían sido idea de nuestro jefe de bomberos local: velas flotando sobre cuencos de agua. Si alguien tumbaba la vela, disponías de un cuenco de agua a mano para apagar la llama. Pero, obviamente, las velas habían quedado sumergidas dentro de los cuencos de agua. Si eso ocurría, las mechas se humedecían y resultaba muy complicado volver a encenderlas. (Supongo que Dottie pensaba en el jefe de bomberos local como uno de esos descerebrados de los que me había hablado.)

Uno de los invitados a la boda, alguien estúpido y aburrido —posiblemente Henrik—, había colocado una de las velas flotantes en la pileta para los pájaros. Así que me fui a la cama con una impresionante imagen en la cabeza de los gorriones de piedra colocados en el borde de la pileta: la vela flotante creaba gigantescas sombras de las cabezas y los picos de los pájaros sobre el tejado de la tienda junto a la pileta. Más perturbador incluso que el tamaño de dichos pájaros era que parecían moverse, temblando ligeramente, como si se preparasen para picar. La vela que flotaba en la pileta no se detenía, se desplazaba todo el rato. Fue una imagen inquietante con la que meterse en la cama —unos enormes gorriones depredadores—, pero me sentí aliviado por tener algo más (algo distinto) en lo que pensar.

Tenía que dejar de darle vueltas a lo que había visto y a lo que significaba. ¿Era irrelevante que mi madre fuese o dejase de ser la tapadera de Elliot Barlow ahora que el hombre de las raquetas se había convertido en la evidente tapadera de mi madre? ¿Qué clase de luna de miel podrían tener mi madre y el hombre de las raquetas ahora que había sido testigo de la luna de miel de la que ella había disfrutado con la corpulenta allanadora nocturna? Si la pequeñez y la guapura eran los rasgos que a mi madre más atractivos le resultaban de los hombres, ¿dónde encajaba Molly, que era hermosa pero grande?

Ese tipo de pensamientos eran los que me consumían mientras subía las escaleras que llevaban a mi dormitorio en el desván. No me asustaba sufrir la visita a medianoche del fantasma de mi abuelo, estuviese o no conmigo la conductora de la pisanieves. Incluso habría recibido con gusto al fantasma del inquieto espíritu del hombre de los pañales. Si el fantasma del infante emérito subía las escaleras del desván para atormentarme, al menos podría pensar en otra persona. No sabía qué pensar de mi madre y Molly y el hombre de las raquetas; iba a pasar el resto de mi vida intentando descifrar ese enigma.

Desde un colgador, desde un gancho en el interior de la puerta de mi lavabo, el inocente vestido de boda de mi madre me observaba con una desatada simplicidad. La cama estaba hecha. Nada de cuerpos desnudos, enredados en un abrazo del revés, reflejado en la claraboya. Nada de lluvia ni truenos ni rayos; la tormenta había pasado. Dejé encendida la luz del baño, con la puerta entreabierta —un poco de luz para la allanadora nocturna— y me metí en la cama en calzoncillos. La claraboya, parcialmente abierta, estaba inclinada hacia mi cama. Oí a una polilla golpeando contra la pantalla protectora, atraída por la luz del baño. También podía oír las lejanas notas de la cítara. La cítara genera una música fantasmal cuando la oyes desde la distancia, en especial cuando se trata de «El tema de Harry Lime».

Los pasos que oí en las escaleras del desván eran demasiado pesados para tratarse del fantasma de mi abuelo; cuando murió, el hombre de los pañales pesaba más o menos lo mismo que Ray. Pero entonces me dije: ¿acaso los pasos de un fantasma resultan audibles? Cuando dichos pasos hicieron crujir el escalón cerca del rellano superior, oí la voz de la conductora de la pisanieves:

—No te preocupes, niño, soy yo.

Dadas las circunstancias, sus palabras no me tranquilizaron gran cosa. En ese momento, Molly me daba más miedo que cualquier posible fantasma. Molly llevaba puestos unos pantalones cortos de deporte y una camiseta de tirantes sin sujetador, como las que utilizaba mi madre para dormir las noches de verano. La allanadora nocturna se metió bajo la sábana a mi lado con la misma confianza que lo habría hecho mi madre, a pesar de que el lugar del último descanso de mi abuelo, cuyo fantasma íbamos a esperar, había sido bajo una sábana.

—No creo que el fantasma del abuelo esté chamuscado y negro, ni siquiera un poco quemado —dijo Molly.

—¿Tú crees que los fantasmas tienen el aspecto del momento en que murieron? —le pregunté.

—No suelo pensar en fantasmas. Yo no los veo y no me importa qué aspecto tienen o cómo murieron —respondió Molly—. Creo que algunas personas los ven y otras no —añadió.

—Mi madre los ve y siempre me pregunta si yo también los veo, pero solo he empezado a verlos —le expliqué a Molly.

—Lo único que tengo claro es que no pienso ir a Aspen ni a ningún sitio que esté cerca de ese hotel del que tu madre habla siempre. Hay muchos otros lugares en los que esquiar y muchos otros hoteles a los que ir —me dijo la allanadora nocturna.

—El Hotel Jerome —dije con todo el respeto posible, habida cuenta de las circunstancias.

—No vas a poder llevarme allí a desayunar —dijo Molly.

Resulta demasiado sencillo decir que la gente que no cree en fantasmas no los ve. Nana me dijo que ya había visto demasiado del abuelo en vida, por no hablar de cuando dejó de hablar o cuando retomó los pañales. Nana me dijo que no necesitaba verlo convertido en fantasma.

Solo Dios sabe qué era lo que tía Abigail o tía Martha pensaban de los fantasmas; solo el paso del tiempo acabaría aclarándome si mis tías eran susceptibles de verlos. Me aventuro a creer que tía Abigail y tía Martha básicamente los desaprobaban. Estoy convencido de que se habrían sentido moralmente indignadas en caso de haber visto alguno. Solo Dios sabe la forma que adoptaría en su caso dicha indignación moral. Solo Dios habría estado allí, para ser testigo de su avistamiento.

Si tío Martin o tío Johan hubiesen visto un fantasma, estoy seguro de que su respuesta habría sido por completo inapropiada. Mis tíos, al igual que otras personas incapaces de distinguir entre la comedia y la tragedia, seguramente nunca habrán visto ninguno.

Henrik carecía de la imaginación suficiente como para ver o creer en fantasmas. En el futuro, sería elegido miembro de la Cámara de Representantes por parte de un estado del sur; el mismo estado en el que iría a la universidad para jugar al lacrosse. En la época en que se casó mi madre, Henrik todavía no había descubierto sus inclinaciones políticas, pero teniendo en cuenta la costumbre de Henrik de expresar su deseo hacia Em mediante un palo de lacrosse, deberíamos haber sabido que sus intenciones políticas no iban a ser altruistas. Futuro republicano, Henrik estaba demasiado preocupado por su propia persona como para adaptarse a la de fantasma alguno.

De ese modo vagaban mis pensamientos sobre fantasmas mientras esperábamos a que apareciese el espíritu del abuelo. Es cierto que el fantasma del falso director emérito no fue el primer fantasma que vi, pero el hombre de los pañales sí fue el primer fantasma al que había conocido cuando estaba (más o menos) vivo.

Es decir, sí que vi al fantasma de Lewis Brewster. Iba muy bien vestido, con americana y corbata. Era mucho más joven que el hombre al que yo conocí y parecía sentir un sincero y amable interés por mi persona que nunca había expresado.

—Mis queridos muchachos —nos dijo el rejuvenecido profesor de inglés a Molly y a mí. Los fantasmas no tienen muy buena vista o, como mínimo, este no la tenía—. La puntuación no tiene por qué ser un asunto difícil —nos aseguró el joven señor Brewster. Había visto algunas fotos de él a esa edad.

—¿Qué pasa, Adam? —me preguntó Molly. Me rodeó con el brazo. Supongo que me sobresalté e hice algún tipo de movimiento repentino cuando vi al fantasma. El joven profesor de inglés se hallaba bajo la claraboya, como si hubiese descendido de los cielos.

—Es él... No está quemado —le dije a Molly—. Es él, pero antes de que yo naciese.

—Estoy contigo, niño —me dijo la allanadora nocturna abrazándome con los dos brazos.

—Debéis tener presente una cosa, chicos, sobre el muy difamado punto y coma —nos dijo mi rejuvenecido abuelo—. La oración que sigue al punto y coma debería ser siempre una frase completa; el hecho de que sea una frase completa es lo que distingue al punto y coma de la coma o de los puntos suspensivos —nos explicó el joven señor Brewster—. Lo que sigue a una coma o a los puntos suspensivos puede ser una frase completa, pero no tiene por qué serlo necesariamente; puede tratarse de un aparte o de una interjección aleatoria. ¿Lo entendéis, queridos muchachos? —nos preguntó el fantasma del abuelo. Para cuando asentí, creo que la allanadora nocturna se había dormido y había colocado una de sus pesadas piernas sobre mí. El joven profesor de inglés prosiguió, hasta que yo también me dormí. El hombre de la cítara estaba tocando «I Forgot to Remember to Forget» cuando Molly y yo nos despertamos abrazados.

—¿Se ha marchado el maldito fantasma? —me preguntó la conductora de la pisanieves. Así era. La lección sobre puntuación había acabado. Cuando intenté explicarle a Molly lo que el fantasma me había enseñado, se limitó a decir:

—Aun así, no iré a Aspen, aunque se trate de conversaciones sobre puntuación. Además, tenemos cosas más importantes de las que hablar, niño.

Volvió a cantarme el principio del tema de Elvis, tan solo unos pocos versos de «I Forgot to Remember to Forget».

Empecé a hablar... y se lo conté todo. Cómo mi madre me había enseñado el modo en que había besado al hombre de las raquetas, cómo yo se lo enseñé a Em, que a su vez se lo enseñó a Nora. Incluso le conté a la allanadora nocturna lo que había visto reflejado en la claraboya del techo de mi habitación, así como lo poco que había entendido de lo que había visto. Molly seguía abrazándome, pero me escuchaba con atención. Cuando acabé de decirle lo que tenía que decir, el *zither-meister* dejó de tocar. Molly y yo nos fijamos en un primer atisbo de luz en el cielo nocturno. Le hablé a la conductora de la pisanieves de mis pensamientos más angustiosos: todo lo relacionado con quién era la tapadera de quién, el aparente apego de mi madre por los hombres menudos y bien parecidos y por las mujeres grandes y guapas. Lo dije todo de corazón.

—Esto es lo que yo sé, niño. Amo a tu madre por cómo hace algunas cosas sin pararse a pensar, porque si tú amas de verdad a alguien, tienes que amar todo lo relacionado con esa persona. Incluso las cosas que hacen daño —dijo Molly—. Respecto a lo de la tapadera, me temo que es una palabra muy desagradable debido al modo en que la utilizan tus desagradables tías. Desde su punto de vista, una tapadera es un engaño. Pero dos tapaderas son mejor que una, niño —me aseguró la allanadora nocturna—. Tu madre y el hombre de las raquetas no se engañan el uno al otro. Se quieren, a su manera. No tiene nada que ver con el modo en que nos queremos tu madre y yo —así lo expresó Molly—. Hay más de una manera de querer a los demás, niño. —No nos soltamos en toda la noche y yo no dejé de pensar en la luna de miel que mi madre y el hombre de las raquetas iban a pasar en Maine, en cómo mirarían juntos desde el acantilado, en cómo mi madre le había dicho a Elliot que la abrazase.

Cuando un acontecimiento concreto te cambia la vida para siempre, aprendes una verdad inalterable: que algunas personas cambian y otras no. Mientras descansaba en brazos de la conductora de la pisanieves, barajaba la esperanza de que aquel precario triángulo —el que formaban esas tres personas que yo quería— no cambiase nunca. Ni Molly ni mi madre ni el hombre de las raquetas. «Por favor, quedaos en el acantilado», recé; por los tres, por nosotros cuatro. «Por favor, seguid abrazándome y abrazaos también entre vosotros», recé.

Segundo acto
La luna de miel en el acantilado

19
«Me veo con tus ojos»

No fui a Aspen en los siguientes treinta años; es decir, ni siquiera puse un pie en el Hotel Jerome. «No vas a poder llevarme allí a desayunar», me había dicho Molly. Pero uno debería tener cuidado con lo que pospone de manera voluntaria, pues a medida que pasa el tiempo crece la importancia de aquello que pospone. También pospuse enamorarme y contraer matrimonio. En un principio, sin ser consciente de ello, pero más adelante lo hice de manera deliberada, por eso solía elegir novias con las que no pudiese llegar a ese punto. Como es lógico, la mayoría de mis novias no sabían que estaba convencido de que nunca llegaría a casarme con ellas. También hay que tener cuidado con ese tipo de elecciones.

Casi había cumplido cincuenta años cuando me casé por primera vez. Mi esposa, mucho más joven que yo, apenas había cumplido treinta y cuatro. Durante los años en los que salí con chicas con las que no pensaba casarme, aprendí a evitar a las mujeres jóvenes, porque es más habitual casarse con ellas. Cuando lo que te propones es no salir en busca de la chica de tus sueños, tienes que pagar las consecuencias. Cuando haces todo lo que está en tus manos para evitar cualquier mujer que pueda conducirte a una relación seria, te ves obligado a mentirte. Me acostumbré a sentirme atraído por novias que en realidad no me atraían.

Mi madre conoció a mi futura esposa antes que yo. Mi madre le había dado clases de esquí. Pequeña Ray y la conductora de la pisanieves decidieron que aquella joven podría ser la adecuada para mí. Mi madre y Molly se mantuvieron aferradas la una a la otra; no cayeron por el acantilado.

—Ahora que has conocido a la mujer adecuada, no le mientas

nunca, Adam —me diría mi madre—. Las mentiras por omisión también cuentan como mentiras, cariño. De hecho, pueden ser las peores. —Sus palabras me afectaron de la manera equivocada.

Qué hipócrita era mi madre. Había sido capaz de decirme que las mentiras por omisión también contaban como mentiras. ¿Acaso no había demostrado ella que las mentiras por omisión podían ser las peores? ¡No me contó lo suyo con Molly! Tuve que descubrirlo yo, al ser testigo de aquel inolvidable abrazo del revés.

—Molly y yo estábamos pensando en cuál sería el mejor momento para contártelo. Creíamos que después de la boda sería lo más adecuado. —Esa fue la explicación de mi madre.

«Eso es una disculpa, chaval. Supéralo», me habría dicho Nora, aunque ni siquiera Em habría asentido al oírlo. Em y yo estábamos en el mismo equipo en lo referente a la magnitud de las mentiras por omisión. Mi madre tendría que haberme contado lo de Molly. Por eso no acepté su consejo sobre las mentiras por omisión. Nora trató de aclarármelo:

—Nadie sabe más que Ray en lo que a mentiras por omisión se refiere. Tendrías que hacer caso de sus palabras, chaval.

El pasado es eterno. Empecé con mal pie en mi nueva vida, con mi nueva esposa. Tendría que haber renunciado por completo a las mentiras por omisión, incluido el no contarle nada sobre los fantasmas. En mi defensa, me veo obligado a recordar mis experiencias con algunas novias anteriores, aquellas a las que les hablé de los fantasmas. A algunas de las muchas novias con las que no pensaba casarme, contarles lo de los fantasmas fue una buena manera de iniciar el proceso de separación. Por lo general, creían que estaba de broma. Si insistía en hacerles entender que yo era una de esas personas que ven fantasmas, creían que estaba como una cabra y rompían conmigo.

Luego estaban las novias incrédulas que me exigían que lo demostrase. Cuando mi abuela todavía estaba viva, llevaba a las incrédulas a la casa de la calle Front. Cuando aparecía el emérito del punto y coma, se producían reacciones encontradas respecto a él. Al igual que había ocurrido con Molly, había mujeres que no creían en fantasmas o que simplemente no los veían. Desde su punto de vista, yo era un chiflado. Era un modo relativamente indoloro de acabar con la relación. Pero si las incrédulas veían el fantasma de mi abuelo, me culpaban por haberlas hecho vivir una experiencia paranormal; como si las manifestaciones sobrenaturales fuesen culpa mía.

—Si lo que quieres es romper con alguien, tendrás que aceptar que te echen la culpa; no importa cómo lo hagas, cariño —me dijo mi madre. Tenía razón, pero yo me tomé su consejo en el sentido de que *toda rosa tiene una espina;* como me contó Dottie que decían en Maine.

En el caso de la pobre Sally, no pretendía cortar con ella cuando la llevé a mi dormitorio del desván y le mostré al espíritu de la puntuación perfecta. Sally fue mi primera novia. Sentía un profundo cariño por ella. No tenía intención de acabar con nuestra relación. Lo único que pretendía era enrollarme con ella y sabía que Nana y Dottie no nos interrumpirían, pues iban a quedarse en la cocina, porque mi abuela se estaba peleando con uno de sus misteriosos guisos.

—Si subes a tu dormitorio del desván, no te molestaré, Adam. Si te necesito, te pegaré un grito desde las escaleras —me había dicho Dottie.

Supongo que esperaba poder impresionar a Sally. Le había dicho que mi abuelo era un fantasma y ella me había respondido que quería verlo. No me pareció que me estuviese retando, sino más bien que me creía.

Nora le puso un apodo a cada una de mis novias. Nora se refería a Sally como «la del sobrepeso».

—¿No fue Sally la que se quedó atascada en la ducha? —me preguntaba siempre Nora, fijando así un incómodo momento como el epítome de mi «obsesión con la chica gorda», como Nora definía mi primera experiencia con una novia.

No fue muy amable por parte de Nora, quien era (y siempre iba a ser) una chica corpulenta. Pero ya me había dado cuenta —a los catorce años, camino de los quince, recién iniciados mis estudios en la academia— de la discriminación que sufrían las chicas con sobrepeso, que a veces rayaba en la crueldad. Yo estaba de su parte, lo sentía por ellas, pero también me sentía atraído por ellas. ¿Podía ser que su corpulencia, por contraposición a mi pequeñez, tuviese algo que ver en esa atracción? Mi madre estaba convencida de ello.

—¡Por supuesto! —me dijo Nora cuando se lo pregunté.

Conocí a Sally en el baile del instituto. Los fines de semana, siempre se celebraba un baile en el gimnasio del instituto Exeter. Los alumnos que acudían eran los mismos que había tratado en primaria o en secundaria, pero, ahora que estudiaba en la academia, me sentía excluido de sus fiestas. Los alumnos del instituto o bien me ignoraban, o bien me trataban como si me creyese superior a ellos.

Las chicas guapas siempre estaban con alguien y, cuando yo llegaba, ya estaban bailando. Antes de acudir a mi primer baile, el hombre de las raquetas me advirtió sobre ese posible desprecio.

—La gente del pueblo que va a la academia no es muy bien recibida en los bailes del instituto, Adam. No te lo tomes a pecho —me dijo Elliot.

Las chicas algo menos guapas bailaban entre ellas, o bien se sentaban a esperar que alguien las sacase a bailar. Me fijé en que nadie les pedía para bailar a las chicas con sobrepeso, y las más corpulentas no solían bailar unas con otras; a lo mejor pensaban que bailar juntas llamaría demasiado la atención debido a su tamaño. Vi a Sally sentada a solas. Incluso sentada, aprecié el considerable tamaño de sus tetas y también su estatura. Sabía que, como mucho, yo le llegaría a la clavícula.

Nuestro primer baile fue con un tema lento. Estuve bailando con Sally, con mis ojos a la altura de sus tetas, temas lentos como «Old Shep» o «How's the World Treating You?»; 1956 fue un gran año para Elvis. Algunas de las parejas de chicos más populares no dudaron en reírse de nosotros.

—Se ríen de nosotros porque soy bajito —le dije a Sally.

—Se ríen de nosotros porque soy gorda —replicó Sally sin dudarlo.

—No creo que tú seas gorda, pero sé que yo soy bajito —le dije.

—Sé cómo callarles la boca —dijo Sally. Atrajo mi cabeza y la colocó entre sus pechos. Fue en ese momento cuando se me ocurrió la idea de enrollarme con ella en mi dormitorio del desván. También en ese momento el pinchadiscos decidió cambiar del Elvis lento al Elvis rápido.

Con mi cara apretada contra las tetas de Sally, bailamos como si estuviésemos en el funeral de un perro, pero después, Elvis empezó a cantar «Blue Suede Shoes» o «I Got a Woman» y me esforcé por estar a la altura.

Bailar temas rápidos con Sally entrañaba el reto de apartarse de su camino. No tardé en comprender que Sally pretendía hacerle daño a la pareja que con más intensidad se había reído de nosotros. Sally golpeó con fuerza a aquellos dos, con un medio giro, golpeándoles con la cadera y enviándolos directamente al suelo del gimnasio, donde cayeron juntos formando un amasijo.

—¡Ups! —dijo Sally girando hacia mí. Era mucho más ágil de lo que parecía.

Me gustaba mucho. Incluso se la presenté a mi madre y al pequeño hombre de las raquetas. Fue en otoño, antes de la temporada de esquí, obviamente. Pero Sally y yo no podríamos habernos besado en el apartamento que el señor Barlow tenía en las instalaciones de la academia: era un apartamento muy pequeño en la zona de los dormitorios. Tendría que haber pasado con Sally por allí y todos los muchachos de Exeter podrían haberla visto. Temía los posibles comentarios de aquellos chicos crueles. Era un novato, en cuanto hijo de profesor y estudiante de la academia. Muchos de los alumnos de Exeter eran mucho más listos y sofisticados que yo. Me sentía un extraño entre ellos.

Me gustó la claridad con la que Sally estableció las reglas para que nos enrollásemos; era excepcionalmente buena con las directrices. Comparadas con Sally, mis novias posteriores iban a ser imprecisas o contradictorias en lo que a las reglas sobre el hecho de tocarse o no se refería.

—Vamos a dejarnos puesta la ropa interior. No tocaremos nada por debajo de la ropa interior —me dijo Sally mientras subíamos las escaleras que llevaban al desván—. *Frotarse* está bien. Podemos frotarnos el uno contra el otro en cualquier parte que nos guste —dijo Sally.

—De acuerdo —dije. A los catorce años, ¿a quién no le habría parecido bien algo así? ¿Había algún problema en no haberle comentado a Sally una sola palabra del fantasma del abuelo? ¿Qué pasaría si aparecía el que nunca fue director para darnos un discurso sobre signos de puntuación? Difícilmente podría pensarse que eso mejoraría las cosas. Exeter es una ciudad pequeña. Todo el mundo sabía que Lewis Brewster había muerto. Todo el mundo tenía noticia de su fallecimiento.

Al igual que otras muchas cosas, los fantasmas son un problema cultural. La gente que no ha visto nunca un fantasma espera ver algo que coincida con lo que ha imaginado que es un espíritu: una forma diáfana, una vaga presencia o la mera sensación de una vida espiritual. Una voz incorpórea, una corriente de aire frío, una silla que se mueve. La gente que no conoce a los fantasmas no espera toparse con un ser que parece totalmente real.

Allí estábamos, vestidos tan solo con la ropa interior en mi dormitorio del desván, Sally y yo, frotándonos por todas partes. Nos besábamos y tocábamos todo, excepto aquellas partes que quedaban bajo la ropa interior. Estábamos en penumbra y nos retorcíamos bajo la claraboya. En esa ocasión, el difunto director Brewster se puso a hablar de las comas.

—Chicos, chicos —empezó diciendo. (Podéis creerme si os digo que Sally no parecía un chico en absoluto)—. La pobre coma no puede hacerlo todo, queridos muchachos. Depositáis en ella demasiadas expectativas —dijo mi rejuvenecido abuelo.

Me fijé en que Sally había dejado de frotarse contra mi cuerpo; también dejó de tocarme. Eso podía significar que se sentía satisfecha, aunque posiblemente lo que implicaba era que había perdido el interés por mí, me dije. No me percaté de que Sally estaban conteniendo la respiración.

—Un fallo de coma, también llamado un empalme de coma —estaba diciendo el fantasma del abuelo cuando Sally tomó aire y empezó a chillar. Sus gritos no parecieron preocupar al difunto profesor emérito, que optó por sentarse a nuestro lado en el borde de la cama.

Sally entró corriendo en el baño, que era muy pequeño, sin dejar de gritar; antes de ser un baño había sido un armario empotrado. Cuando yo nací, no había en la casa de la calle Front un dormitorio en el que acomodar a un nieto residente. Cuando dispuse de mi propio dormitorio, en el desván, transformaron el armario empotrado en un baño. Era un baño demasiado pequeño, es cierto, y el espacio para la mampara de la ducha era incluso más pequeño.

—Importa bien poco lo pequeña que sea la ducha —le dijo mi madre a Nana—. ¡Mi chavalín va a ser pequeño!

La ducha era demasiado pequeña para Sally. ¿En qué estaría pensando cuando se metió dentro de la mampara en ropa interior? En primer lugar, Sally nunca tuvo intención de abrir el grifo; no pretendía ducharse. Lo único que Sally quería era alejarse lo más posible del fantasma. Entendió que la ducha era demasiado pequeña para que el fantasma pudiese meterse también en ella.

Los constantes gritos de Sally dieron pie a un debate entre mi abuela y Dottie, que estaban en la cocina, dos plantas más abajo.

—Espero que no se trate de un grito de pérdida de la virginidad. Esa muchacha es demasiado joven —dijo Nana. (Dottie me explicó, no entonces, sino tiempo después, qué le respondió a mi abuela.)

—Estoy convencida de que ha sonado como un maullido, un maullido del tipo equivocado, como de pérdida de la virginidad, diría yo, señora Brewster —le dijo Dottie a mi abuela.

El prolongado grito de Sally le sonó a Dottie como la típica «situación para caja de herramientas». Tuvo la suficiente clarividencia para llevar consigo la caja de herramientas cuando me llamó desde la parte baja de la escalera que llevaban al desván.

—¿Hay alguien o algo que necesite ser arreglado, Adam? —gritó Dottie.

A esas alturas, la situación en la mampara de la ducha había empeorado. La pobre Sally había resbalado y se había caído. Pero antes de caer, sin pretenderlo, abrió el grifo de la ducha. El agua fría debió de sorprenderla y, después, el agua caliente debió de achicharrarla. Se contorsionó para esquivar el chorro de agua. Yacía formando cuña contra la puerta; es decir, no pude abrir la puerta del baño porque ella hacía fuerza desde dentro. Tanto su sujetador como sus bragas estaban empapadas y se transparentaban.

—¡No me mires, Adam! —exclamó Sally—. ¡No dejes que el fantasma entre aquí! —chilló.

Pero el fantasma del abuelo se había esfumado, había oído a Dottie gritando desde las escaleras. Incluso muerto, el infante emérito seguía teniéndole miedo a Dottie y a su arnés para perros.

—¡Vas a necesitar tu caja de herramientas! —le grité a Dottie. Oí sus pasos subiendo las escaleras hacia el desván.

—Eso me pareció al oír los maullidos. Sé muy bien cuándo se trata de una situación para caja de herramientas, Adam —dijo Dottie.

—Dottie te ayudará —le dije a Sally—. Dottie no es un fantasma. —El modo en que estaba tirada en la ducha me llevó a reconsiderar la habilidad de Sally.

—Has visto demasiado de mí, Adam —gimoteó Sally—. Cuando pienses en mí, me recordarás de este modo —añadió. Yo sabía que estaba en lo cierto y no pude refutarlo; ni entonces ni ahora.

—Maldita sea —dijo Dottie en cuanto apreció la magnitud de la situación para caja de herramientas—. Sal de aquí, Adam. Vete abajo a charlar con tu abuela o lo que sea —me mandó Dottie—. No te preocupes, querida —le dijo a Sally—. Esta estúpida ducha no fue creada para personas adultas, pero como no tiene puerta creo que podré sacarte —dijo Dottie. Me vestí y las dejé allí, mientras Dottie se esforzaba por desmontar las bisagras de la mampara.

—El agua caliente me ha abrasado un pezón, solo uno —pude oír mientras bajaba las escaleras del desván.

—No te preocupes, querida —respondió Dottie—. Conozco un remedio para los pezones escaldados. Pero primero voy a desmontar esta puñetera mampara.

Estuve con mi abuela en la cocina y en el comedor, mientras Dottie se encargaba de Sally. Me sorprendió comprobar el alivio que sintió Nana cuando le conté lo que le había pasado a la pobre Sally. Me sentí fatal por la humillación que Sally había sufrido en la ducha, así como por su pezón escaldado. En ese momento, todavía no sabía nada de la conversación que habían mantenido Dottie y Nana, por lo tanto, no era consciente de que mi abuela se había puesto en lo peor. Al pensar ahora en ello, no sé si la peor de las posibilidades hubiese sido la pérdida de la virginidad de Sally.

—Me veo con tus ojos... Sé lo que estás pensando —fue todo lo que Sally iba a decirme al respecto. Supe en ese instante, incluso antes de que Dottie volviese a bajar las escalares hasta el comedor, que Sally y yo habíamos terminado. Su blusa era demasiado fina para llevarla sin sujetador, pero Sally se sentó a cenar mientras escuchábamos dar vueltas a la secadora con su ropa interior dentro. Sus pezones no resultaban visibles a través de la tela de la blusa, aunque sí podía apreciarse con claridad la tirita que le cubría el pezón escaldado. Dottie no me aclaró cuál fue el remedio típico de la costa de Nueva Inglaterra que le aplicó a Sally en el pezón.

—Una cosita —me dijo Dottie.

A pesar de ser una chica voluminosa, la pobre Sally no comió gran cosa del misterioso guiso de Nana mientras oíamos el interminable tintineo que producía el cierre del sujetador de Sally en la secadora.

El señor Barlow me sugirió que escribiese sobre ello.

—Tu primera novia, tu primera decepción amorosa y también la suya. Ahí tienes material para un cuento, Adam —me dijo el pequeño profesor de inglés.

Titulé ese cuento como «Me veo con tus ojos»; el título había sido cosa de Sally, claro. Lo que Sally había visto con mis ojos fue la lástima que sentí por ella; tras verse a sí misma como yo la había visto, no pude volver a recuperarla.

—Tendrías que reservar el sentimiento de lástima para tus personajes de ficción, Adam. La lástima, en la ficción, es muy útil —me dijo el pequeño hombre de las raquetas—. A las mujeres del mundo real, por otra parte, no les gusta que sintamos lástima por ellas. Las mujeres del mundo real quieren que las quieran, no que les tengan lástima —me dijo el señor Barlow.

Para mí fue muy importante que al hombre de las raquetas le gustase mi cuento; también el título. Reconocí ante el señor Barlow que había tenido la tentación de titularlo «El pezón escaldado», pero acabé eligiendo el título de Sally. El hombre de las raquetas estaba convencido de que había tomado la decisión correcta.

—La lástima puede apreciarse mejor en el título de Sally —dijo el señor Barlow.

20
Un poco por detrás de las chicas de su edad, en el terreno social. Indudablemente por delante; indudablemente por detrás

Decidí que los bailes del instituto habían quedado vetados para mí, porque no quería que la pobre Sally se viese con mis ojos al recordar cuando estaba tirada en la ducha. Por otra parte, ¿a quién iba a poder pedirle que bailase conmigo? ¿A una de aquellas chicas que bailaban con otras chicas? Me recordaban a las chicas deportistas; a lo mejor eran compañeras de equipo, jugadoras de hockey hierba o corredoras de campo a través. ¿Existía alguna clase de protocolo a la hora de interponerse entre dos chicas que bailaban juntas?

Le pregunté al señor Barlow, pero él me remitió a mi madre y a Molly.

—Pregúntales a ellas. Ellas saben mucho mejor qué es lo que enfada a las chicas —me dijo el pequeño profesor de inglés.

—El problema está en aquella a la que no le pidas para bailar: te odiará, cariño —me dijo mi madre.

—Con el paso del tiempo, si son compañeras de equipo, acabarán odiándote las *dos,* niño —me dijo Molly.

Me quejé al hombre de las raquetas, le dije que el odio que mi madre y Molly habían pronosticado con relación a las compañeras de equipo que bailaban juntas no me parecía que respondiese a la lógica.

—En eso tienes razón: el odio no tiene lógica —me dijo el señor Barlow—. Es posible que la fea del baile sea una elección más segura que una chica deportista —me advirtió.

La fea del baile me pareció una expresión pasada de moda, incluso en los años cincuenta. ¿No era una expresión más propia de la generación de mi abuela? Y si la fea del baile era una persona que permanecía en los márgenes de cualquier actividad —más allá de la vergüenza o la impopularidad o de la falta de pareja—, ¿no podría haber definido a Sally, que tenía sobrepeso, como la fea del baile?

Con toda probabilidad, yo era una variedad diferente del feo del baile, pues sentía una atracción natural por las feas del baile. En cuanto recién llegado a la academia —alguien que era percibido como un intruso cuando me mezclaba con los chicos de la escuela pública—, ¿no me había convertido ahora en un forastero en el pueblo en el que había crecido?

No conocí a Rose en un baile; «el de las patizambas», como lo denominaba Nora.

—Algo así como el baile de las patizambas —fue como lo expresó Dottie, aunque no me pareció menos ofensivo.

—Rose no es patizamba —insistí—. Es solo que tiene ladeado el pie derecho.

—¡Bien que lo ladeaba al subir las escaleras del desván! —exclamó Dottie.

—Ya está bien, Dottie. Por favor. Pobre Rose —le decía siempre mi abuela.

—¡Y qué decir de la forzuda de las muletas y de la alta con el brazo escayolado! —declaró Dottie poniendo los ojos en blanco.

—Son deportistas, a veces se lesionan durante un tiempo —le dije.

—Por lo que yo he podido ver, Adam, tú solo sales con ellas cuando están lesionadas... durante un tiempo.

—Por favor, Dottie, ya está bien —repitió mi abuela.

Conocí a Rose en la biblioteca, donde es cierto que cabía la posibilidad de cruzarse con la más fea del baile. Me refiero a la biblioteca pública, no a la de la academia. Rose era la típica fea del baile y yo ni siquiera sabía que era hija de profesores; la mayoría de las hijas de profesores estudiaban en colegios privados. Pero los padres de Rose temían que, en una escuela de chicas, sus compañeras se burlasen de Rose debido a su cojera; Nora hablaba más bien de *sacudidas*. No creo que se tratase de una cojera muy drástica, pero es cierto que la primera vez que la veías pensabas que había tropezado y se iba a caer. No se trataba de una deformidad congénita, pero algo no funcionaba del modo adecuado en el lado derecho de su cuerpo, lo apreciabas al verla caminar. Pasaba mucho tiempo en la biblioteca investigando sobre la cojera y leyendo sobre percances quirúrgicos.

La vieja bibliotecaria, la señora McNulty, que caminaba gracias a la ayuda de un bastón, siempre se llevaba el dedo índice a los labios cuando nos miraba para indicarnos que callásemos, aunque Rose y yo nunca hablábamos en la biblioteca. Nos pasábamos notas. Supongo que la señora McNulty debía de pensar que era imposible que los adolescentes se mantuviesen en silencio en la biblioteca. Al parecer, a la señora McNulty tampoco le parecía bien que nos pasásemos notas.

«Siempre estás escribiendo, no lees. ¿Qué escribes?» Esa fue la primera nota que me escribió Rose.

Utilicé varias páginas de mi cuaderno para explicarle que pretendía convertirme en escritor de ficción; inventaba cosas. No me gustaba escribir en la biblioteca de la academia, porque otros estudiantes (por lo general mayores que yo) me quitaban la libreta para ver qué estaba escribiendo. Rose me dijo que, en la biblioteca de la academia, las hijas adolescentes de los profesores eran consideradas una distracción para los chicos. Cuando la veían sentada a una de las mesas, tonteaban con ella... hasta que tenía que ir andando a algún sitio y los chicos la veían cojear. Así pues, me advirtió de su cojera antes de haberla visto caminar. Rose y sus padres no se habían puesto de acuerdo sobre cuál debía ser la cirugía correctiva adecuada para su cojera. «¿Y si la cirugía empeora la cojera?», me escribió Rose en una de sus notas.

A la señora McNulty le ponía muy nerviosa el ruido que hacía yo al arrancar las páginas de mi cuaderno. Dejé de escribir en libretas con espiral. Empecé a utilizar cuadernos de hojas sueltas, de los que tienen anillas. Si lo hacías con cuidado, podías abrir y cerrar las anillas sin que hiciesen ruido. La señora McNulty no tenía nada mejor que hacer que observarme cuando abría y cerraba las anillas, como un halcón que pretendiese anticipar el típico pop de las anillas. Tardé varias semanas en reunir el valor suficiente para escribirle a Rose la nota sobre el dormitorio en el desván de la casa de mi abuela. «Está en la tercera planta.» Sentí que era necesario aclararlo. Todavía no había visto caminar a Rose. No sabía si podría subir las escaleras.

«Si tienen baranda, podré subirlas. No habrá problema», me respondió Rose con una nota.

La primera noche que la lleve a casa desde la biblioteca, me esforcé mucho para no fijarme todo el rato en su cojera. Rose me contó que algunos chicos de la academia imitaban su cojera. El apartamento de sus padres en las instalaciones de la academia estaba en la segunda planta de una de las zonas de dormitorios de los estudiantes, pero cuando Rose cojeaba al subir las escaleras, o al bajarlas, algunos de los chicos se colocaban deliberadamente a su espalda para verla cojear. Semejante crueldad me resultaba inimaginable. Rose me parecía muy guapa; si bien de un modo literario, herido, trágico.

Rose era un año mayor que yo e iba un curso por delante. Tenía quince años, casi dieciséis, pero no tenía carné de conducir.

—No me permiten aprender a conducir —me dijo Rose—. Mi pie derecho es el del *acelerador* —dijo— y a veces sufro espasmos musculares cuando me siento o me tumbo.

Recuerdo cómo se detuvo antes de besarme; era mucho más insegura a la hora de besar que Sally.

Hay cosas que uno oye en un momento dado y solo tiempo después entiende que debería haber prestado mayor atención. La sencilla manera en que Rose dijo, antes de nuestro primer beso, que sus espasmos musculares eran mucho más pronunciados que su cojera, por ejemplo. O la primera vez que me permitió tocar sus pequeños pero lindos pechos, cuando Rose me dijo que iba un poco por detrás de las chicas de su edad, en el terreno social. (Tiempo después entendí que no se refería al tamaño de sus pechos.)

No me paré a pensar, como debería haber hecho —al ver lo mucho que le costaba subir los escalones que llevaban al desván—, por qué Rose no había fijado unas reglas concretas para besarnos. El tema de «tocar eso (pero no aquello)» no quedó claro. No se me había ocurrido pensar que Rose podía no haberse besado nunca con nadie. Era una chica guapa y era un año mayor que yo.

¿Para qué ponerlo todo en peligro hablándole del fantasma del abuelo?, en eso andaba yo pensando. Hacía unas cuantas semanas que no se presentaba el experto en puntuación. Pensé en cosas tranquilizadoras o despectivas que pudiese decirle al espíritu infantilizado si aparecía de repente. «No le prestes atención a ese tonto agobiante» era demasiado desenfadado para referirse a un fantasma. Decidí

que lo mejor sería darle una orden directa al fantasma del profesor de inglés. Algo así: «¡Sal de mi dormitorio!». Hacerme cargo de la situación sería lo que más tranquilizaría a Rose, ¿no? Está claro que a mis catorce años, ansioso como estaba por besuquearme con ella, no tuve en cuenta lo improbable del hecho de hacerme cargo de un espectro. El fantasma del abuelo, teniendo en cuenta que era profesor de inglés, no encajaba en la categoría del jinete sin cabeza; o al menos eso era lo que yo creía. Cuando uno es joven y no tiene experiencia, resulta fácil subestimar el poder de lo sobrenatural... o de los espasmos musculares.

Fui el primero en quitarme la ropa, me quedé en calzoncillos. Rose me estuvo observando sin moverse.

—Nos dejamos puesta la ropa interior, ¿verdad? —me preguntó.

—Sí —le respondí. Se sentó en el borde de la cama y, poco a poco, fue desvistiéndose. Yo no la miraba. Tenía la vista clavada en aquel punto justo debajo de la claraboya donde ya-sabéis-quién solía aparecerse. Rose y yo nos arrodillamos en la cama. Incluso en esa posición, ella seguía siendo más alta que yo. Cuando nos tumbamos y empezamos a besarnos y a sentir nuestros cuerpos, pensé que tal vez Rose fuese la chica adecuada para mí; lo cierto es que no sentía lástima por ella.

Malinterpreté el espasmo muscular de la pantorrilla derecha de Rose como la señal de que acababa de ver al infante emérito. Rose dejó escapar un grito espeluznante, uno de esos que encajan a la perfección con el hecho de haber visto un fantasma por primera vez. Su pie derecho salió disparado y Rose se agarró con fuerza la parte trasera de su muslo derecho y, con un gesto repentino, su nalga derecha. Me dijo que sus espasmos musculares provocaban un efecto dominó en todo el lado derecho de su cuerpo; el espasmo empezaba en la pantorrilla, le recorría la corva hasta alcanzar el glúteo. Rose se retorció en la cama y clavó con fuerza los talones para arrastrarse sobre la espalda hasta caer al suelo de la habitación. Yo buscaba por todas partes al hombre de los pañales, pero no pude verlo. Estaba convencido de que Rose sí lo había visto.

Al igual que ocurrió con Sally, solo tiempo después tendría noticia de lo que Dottie y mi abuela estaban hablando en ese momento en la cocina, pues habían oído los gritos de Rose.

—Dios misericordioso... No pueden estar practicando sexo, ¿verdad? —le preguntó Nana a Dottie.

—A mí me parece que esos gritos no tienen nada que ver con el sexo, señora Brewster. No me parece que guarden relación alguna con las posiciones habituales en las que se me ocurre pensar —respondió Dottie.

¿Cabía la posibilidad de que el profesor emérito hubiese asomado la cabeza por la puerta abierta del baño de mi dormitorio y que Rose hubiese visto su reflejo en la claraboya? Aunque yo no podía ver al fantasma de mi abuelo, no dudé a la hora de dirigirme directamente a él. No supuse que la pobre Rose pensaría que le estaba hablando a ella.

—¡Sal de mi habitación! —le dije (creí yo) al fantasma de mi abuelo, quien (obviamente) no estaba allí. Nana y Dottie no oyeron mis palabras, los aterradores gritos de Rose impedían que llegasen hasta la cocina, pero, habida cuenta de la desgarradora expresión del rostro de Rose, supe que ella sí las había oído—. No, no me refiero a ti... ¡Me refiero al fantasma! —le dije a Rose; palabras que mi abuela y Dottie tampoco oyeron, pero Rose sí. La palabra *fantasma,* así como la percepción de que la estaba rechazando, aportaron un nuevo sentido de urgencia al pataleo de Rose en el suelo de mi dormitorio. Me había dicho que su pie derecho era el del *acelerador* —razón por la cual no le permitían conducir un coche—, pero el modo en que se arrastraba por el suelo con los dos talones, apoyada en la espalda, hacia las escaleras del desván, me dio a entender que había otra razón para no permitirle a Rose conducir un coche. En mitad de un espasmo muscular, la capacidad de Rose para acelerar hacia atrás habría sido mucho más peligrosa (y aterradora) montada en un coche.

Desde el rellano del desván, lo único que pude hacer fue observar horrorizado cómo Rose descendía de cabeza, en posición rígidamente supina, por las escaleras. Dottie estaba abajo y pudo suavizar el aterrizaje de Rose. Rose tenía las bragas a la altura de las rodillas, se le habían ido bajando paso a paso, centímetro a centímetro, durante aquel tormentoso descenso. Rose entendió que yo la había echado de mi dormitorio mientras sufría sus espasmos musculares, después le había dicho que había un *fantasma,* y ahora me observaba allí quieto, en lo alto de las escaleras. No solo sabía que yo la había visto caer, era consciente del momento exacto en que la había visto expuesta de un modo tan despiadado.

Es imposible controlar el aspecto que uno ofrece al ver a alguien en semejante situación. No soy capaz de imaginar la expresión de mi cara en ese momento, o si la pobre Rose sería capaz de olvidarla alguna vez. En cualquier caso, la lástima que sentí por ella le resultó evidente. Al igual que había ocurrido con Sally, era una mirada de la que no había modo de recuperarse.

En calzoncillos, empecé a bajar las escaleras. Dottie me detuvo antes de que pisase el escalón que crujía.

—Vístete, Adam. Y después tráeme la ropa de esta señorita —dijo Dottie. Rose había logrado subirse las bragas, pero se aferró a Dottie, con la cara vuelta hacia otro lado.

Tras la muerte del abuelo, cuando me preguntaban si mi abuela tenía servicio, yo respondía con sinceridad, sin dudarlo un momento: «No exactamente». En los años del declive del hombre de los pañales, Dottie se hizo cargo de él. A medida que mi abuela envejecía, Dottie empezó a cuidar de ella. Ahora, la noche de los espasmos musculares de Rose, Dottie se encargó de Rose. Dottie la ayudó a vestirse para la cena. Dottie ayudó a Rose a conservar su dignidad.

Durante la cena, después de que mi abuela sirviese su guiso, todos fijamos la mirada en la recuperada, aunque evidentemente temblorosa, Rose.

—No me gusta tomar relajantes musculares porque me atontan —nos contó Rose—. Los tomo cuando me voy a dormir, para que no me den calambres mientras duermo, pero durante el día... Bueno, ya se ha visto, corro el riesgo. —Se encogió de hombros.

Al parecer, aquel encogimiento puso en marcha la primera sacudida. Su tenedor, en la mano derecha, removió el guiso de atún de un lado para otro sin motivo aparente. Cuando el bíceps derecho de Rose se contrajo, el tenedor rozó su mejilla derecha; estuvo a punto de sacarse un ojo. Un pedazo errante de atún, con pasta y queso, salió despedido por encima del hombro derecho de Rose.

—Cojear es más seguro para mí que estar sentada. Tumbada es cuando peor lo paso —explicó Rose. Se esforzaba mucho para mantenerse al margen del comportamiento de su cuerpo. De repente, su rodilla derecha golpeó contra la parte interior de la mesa, provocando que brincasen los vasos de agua; el tenedor salió volando de su mano derecha—. O cuando estoy nerviosa porque todo el mundo me está mirando —exclamó Rose—. Por ejemplo, cuando todo el mundo está esperando que sufra un espasmo muscular importante, para ver si empiezo a sacudirme o algo así —dijo Rose con una sacudida. No resultaba agradable mirarla, pero al mismo tiempo resultaba difícil no hacerlo.

Busqué por debajo de la mesa el tenedor perdido de Rose, pero Dottie ya había ido a la cocina a buscarle uno limpio. El tenedor perdido no estaba debajo de la mesa. Lo que llamó mi atención fue el pie derecho de Rose. Ella me había dicho que su pie derecho tenía voluntad propia. Bajo la mesa, vi que su pie derecho parecía seguir el ritmo de una melodía que nadie más podía escuchar.

Acompañé a Rose a su casa. Como había dicho que cojear era para ella más seguro que estar sentada, nuestro paseo fue tranquilo, pero ambos sabíamos que ese iba a ser el punto final de nuestra relación.

—Siento mucho si, en algún momento, te ha dado la impresión de que te grité para que salieses de mi habitación —le dije, pero ella ni siquiera me tomó de la mano.

—No puedo creer que no me contases antes lo del fantasma —fue lo que ella respondió.

Cuando se lo conté todo al señor Barlow, este se puso del lado de Rose.

—Si hubiese visto al fantasma sin haberla avisado, no quiero ni imaginar el tipo de espasmo muscular que hubiese podido sufrir —me dijo el hombre de las raquetas.

Tampoco yo quise imaginar el tipo de espasmo muscular que podría haber provocado en Rose el haber visto al fantasma del infante emérito. Le dije al señor Barlow que no tenía ninguna prisa por escribir sobre lo ocurrido.

—Sí, será mejor esperar. Las malas historias empeoran con el paso del tiempo. Es una sabia decisión esperar —me dijo el pequeño profesor de inglés, pero no pudo evitar abrir la caja de Pandora de los posibles títulos para la historia de Rose.

Obviamente, Nana y Dottie ya habían puesto al día al hombre de las raquetas de los espasmos musculares de Rose, con todos los detalles, así como de su indecente exposición en las escaleras del desván. Mi abuela no podía decir su nombre sin convertirlo en un título: «Pobre Rose». Dottie se refería a Rose de tres maneras diferentes. «La del club de las patizambas» era la menos amable en cuanto título, según la opinión del señor Barlow, aunque yo creía que «La sacudida», que era el favorito de Dottie, habría sido peor. El hombre de las raquetas y yo coincidimos en que lo más cerca que Dottie estuvo de apiadarse de ella fue cuando llamó a Rose, casi con un tono neutral, «La de la cojera».

—Me cuesta sentir empatía por cualquier título que contenga la expresión espasmo muscular —me dijo el pequeño profesor de inglés. No le conté al señor Barlow lo que me dijo Rose la primera vez que me dejó tocarle los pechos. Me avergonzó mucho (todavía me avergüenza) haber malinterpretado sus palabras. Cuando Rose me dijo que ella iba «un poco por detrás de las chicas de su edad, en el terreno social», tendría que haber sabido que se refería a que no tenía experiencia sexual. ¿Cómo se me ocurrió pensar que Rose se refería al tamaño de sus pechos?

No empecé con buen pie con mis dos primeras novias, pero no fueron malas novias. Me sentía muy atraído por Sally y por Rose, lo que fue mal no tuvo nada que ver con ellas. No solo durante mi adolescencia, también durante mi etapa universitaria me sentí, por lo que parece, atraído por una sucesión de chicas que parecían predispuestas a la tragedia, si doy crédito a las especulaciones de Nora (y también a las de mi madre), lo cual me condujo a la perdición en mi proceso de selección de novias.

Mi empatía para con mis siguientes tres novias fue tan variada como lo eran ellas mismas. «La forzuda con muletas», «La alta con un brazo escayolado», «La sangrante»... ¿realmente mostraban una inclinación hacia lo trágico? Sí, aunque en diferentes sentidos. Pero yo era joven y ellas también lo eran. Incluso mi abuela y Dottie me juzgaron con mayor benevolencia debido a mi edad y a la de aquellas chicas.

No me atreví a volver a los bailes en el gimnasio del instituto Exeter hasta que alguien me dijo que a Sally la habían enviado a un internado. Para entonces, ya me había sacado el carné de conducir. El señor Barlow me dio clases y aprobé el examen con su Volkswagen Escarabajo. Durante la prueba, al notar que estaba agarrando el volante con demasiada fuerza, recordé que tenía que mantenerme sentado; tal como me había advertido que hiciese el pequeño profesor de inglés.

Respecto a las chicas deportistas que bailaban unas con otras, sabía muy bien que no tenía que entrometerme. No se me había ocurrido pensar que las que se sentaban solas —las chicas que no bailaban— eran las que estaban lesionadas. Descubrí también que no había que pedirle para bailar a una chica con muletas. La primera vez que me fijé en Caroline, se encontraba en una esquina de la sala de baile, con sus muletas. Más tarde la vi sentada a solas en una de las sillas plegables, con una segunda silla delante para poder apoyar la pierna lesionada. Con las muletas, parecía enorme. Incluso sentada parecía muy fuerte. Cuando me senté en una silla a su lado, sus anchos hombros me hicieron sentirme particularmente menudo. Desde donde yo me encontraba, sus muletas —apoyadas en la pared del gimnasio, a su espalda— parecían más altas que yo.

Me dio la impresión de que Caroline no fue muy precisa al describir su lesión.

—Mi rodilla derecha sufrió algún tipo de fuerza de rotación cuando tenía apoyado en ella todo mi peso —fue su explicación. Me costó visualizarlo, pero no tengo ni idea de hockey. A Caroline todavía le molestaba pensar que a la jugadora rival ni siquiera le habían pitado falta por el golpetazo.

Fue bastante más concreta en lo relativo al tratamiento quirúrgico.

—Menisco roto. Me lo sacaron entero —dijo Caroline encogiéndose de hombros. Le habían dado puntos, llevaba la rodilla vendada con gasa y encima un vendaje de compresión. Le enseñaron a no doblar la rodilla y a que mantuviese la pierna en alto, pero no se la habían escayolado. Pensé en los deportistas de la academia, aquellos a los que les habían practicado una meniscectomía, pues les enyesaban las piernas, pero Caroline me aseguró que el vendaje de compresión era suficiente para recordarle que tenía que mantener su pierna derecha bien tiesa.

—Es muy incómodo mantener secos los puntos —me contó.

Cuando se bañaba, tenía que dejar la pierna derecha fuera de la bañera. Si se duchaba, tenía que cubrirse la pierna con una bolsa de basura y tenía que encontrar una goma lo bastante grande para evitar que entrase agua en la bolsa al colocársela en la zona del muslo.

—Mi muslo no es poca cosa —indicó Caroline mostrándomelo. Señaló con el dedo su gruesa pierna, apoyada encima de la silla.

No se me ocurría cuál podía llegar a ser nuestro tema de conversación. Ni Dottie ni Nana iban a permitir que semejante fortachona se acercase a las escaleras que llevaban al desván. Si bien la pobre Sally había quedado incrustada tras la pequeña mampara de la ducha, no podía imaginar que Caroline lograse atravesar siquiera la puerta; sin duda, no podría hacerlo con la pierna derecha enfundada en una bolsa de plástico. Dottie no dejaba de quejarse de la puerta de la ducha.

—Sacarla de su sitio es tan fácil como tirarse un pedo —decía Dottie—, pero es complicado de la hostia volver a encajarla.

Estaba a punto de desearle a Caroline toda la suerte del mundo con su rodilla y dar por concluida la velada, cuando ella me dijo de repente:

—Tú eres el hijo de la esquiadora, ¿verdad? Me pregunto cómo debe de ser eso.

Le pregunté a qué se refería y volvió a encogerse de hombros.

—He oído hablar de ella. Las chicas deportistas siempre saben cosas de otras chicas deportistas —dijo Caroline de un modo un tanto impreciso.

Mientras su padre estuvo en el ejército, su familia había ido de un sitio para otro; Caroline había vivido en un montón de lugares. Ahora echaba de menos viajar. No salir nunca de Exeter era muy aburrido. Desde su lesión de rodilla, se había perdido todos los viajes en autocar con el equipo. Me dio la impresión de que Caroline seguramente iba un poco por delante de las chicas de su edad, en el terreno social. Empecé a pensar en el viaje por carretera que podríamos hacer juntos.

Mi madre ya estaba en Vermont para la temporada de esquí; había nieve desde mediados de noviembre. Sabía que el hombre de las raquetas me prestaría su Volkswagen Escarabajo. Caroline tenía que mantener la rodilla elevada, así que podía ocupar todo el asiento de atrás para estirar la pierna derecha. Mi madre y Molly tenían un gran futón en la sala en la que veían la tele. Le expliqué a Caroline que podíamos dormir en el futón en aquella habitación. El camino hasta allí era largo, pero disponíamos de algo de tiempo libre durante el largo fin de semana de Acción de Gracias.

Cuando les hablé a mi madre y a Molly de nuestra posible visita, se mostraron más interesadas en la intervención de rodilla de Caroline que en nuestra relación. Molly me dijo que un menisco roto era lo menos apropiado para el esquí. La operación conocida como cirugía del menisco significaba extraer el menisco entero. «Por lo general, debido a dolores que no tienen que ver con el menisco», me dijo.

—Cuando extraes el menisco al completo, suelen presentarse complicaciones, porque es posible cortar el ligamento lateral y sangra mucho —dijo Molly—. En el futuro, los ortopedistas trabajarán de un modo menos invasivo, menos destructivo, para reparar un menisco lesionado. Pero ahora lo extraen y ya está.

Les conté que Caroline no llevaba la pierna enyesada, que tan solo tenía un vendaje de compresión, pero a Molly no le pareció preocupante.

—Inmovilizar la rodilla permite que el tejido blando rellene el vacío que ha dejado la meniscectomía —me explicó Molly—. De lo único que tiene que preocuparse tu amiga es de no flexionar la rodilla, porque podría sentir un pellizco fuerte.

Le dije a Molly que Caroline todavía tendría los puntos cuando fuésemos a visitarlas, pero no me dio la impresión de que a Molly los puntos le pareciesen gran cosa.

—Que tenga cuidado de no hacer mucha presión sobre los puntos, para no debilitarlos, eso es todo —dijo Molly. Me dije que a las chicas deportistas les gustaba utilizar la palabra *pellizco*.

Cuando Molly me preguntó sobre el «proceso de la lesión» que había provocado la operación de Caroline, le dije que ella había sido un tanto imprecisa a la hora de explicarme cómo había ocurrido todo.

—Para que se rompa el menisco, por lo general hay que aplicar una considerable fuerza de torsión en la pierna de carga —fue todo lo que Molly me dijo.

Yo me dije que las chicas deportistas tenían su propio lenguaje. No sentía un interés desmesurado por la rodilla de Caroline. Tiempo después, descubrí que el modo en que Caroline me había descrito su lesión —una fuerza rotatoria aplicada a su rodilla derecha cuando tenía todo su peso apoyado en ella— se asemejaba mucho a lo que Molly me había dicho sobre «una considerable fuerza de torsión en la pierna de carga». Tal vez había malinterpretado a Caroline; tal vez no había sido *imprecisa* en absoluto.

No hubo ningún tipo de imprecisión en el modo en que Caroline se desnudó, después de que Molly y mi madre se hubiesen ido a la cama, dejándonos a los dos en el futón para que durmiésemos o tonteásemos en la sala de la tele. Después de *todo* lo que había oído contar sobre su rodilla, no esperaba que llegásemos siquiera a enrollarnos. No estaba preparado para que Caroline se quitase toda la ropa, excepto el vendaje de compresión. No hice ningún esfuerzo por evitar que se desnudase, pero obviamente no estaba preparado.

—¡Oh, qué mono! —dijo Caroline tras echarme un vistazo—. No te preocupes, se hará más grande. —Mientras ella me colocaba el condón, supongo que se hizo un poco más grande—. Esto es nuevo para ti, ¿verdad? —me preguntó.

Creí que se refería a la parte del condón, pero igualmente no fui capaz de decir nada. Apenas fui capaz de asentir, justo antes de que ella me tumbase sobre el futón de un modo lógico. Por el modo en que me tumbó de espaldas, me dio a entender que estaba llevando a cabo un plan que había trazado con anterioridad. Me dije que Caroline, sin lugar a dudas, iba indudablemente por delante de las chicas de su edad, en el terreno social. Con el fin de proteger su rodilla, en cualquier caso, Caroline había diseñado un nuevo modo de practicar sexo; tan nuevo para ella como lo era para mí, en todos los sentidos, el hecho de practicar sexo.

—Tú te pones debajo y yo encima. Funcionará —dijo.

La posición superior que Caroline pretendía adoptar le habría resultado mucho más sencilla a una mujer pequeña y ágil acostumbrada a practicar yoga; seguro que incluso tenía un nombre. Pero Caroline no era ni pequeña ni ágil. Cuando se colocó a horcajadas encima de mí —apoyando la rodilla izquierda y extendiendo por completo su pierna derecha hacia delante—, me rozó la oreja con el vendaje de compresión. Olía a medicamento. Yo tenía los codos pegados a mi pecho y las manos unidas como si me dispusiese a rezar, mientras Caroline bajaba precariamente su cuerpo hacia mí.

Me pareció un tanto desequilibrada y, por lo que pude comprobar, no tenía muy claro dónde se encontraba mi pene; aunque yo tampoco sabía por dónde andaba ni qué iba a hacer con él.

Las chicas deportistas suelen analizar los partidos una vez finalizados. Caroline analizaría después lo que ella denominó el «reto del ángulo de entrada» y qué era lo que había ido mal. En ese momento, sin embargo, lo único que dijo fue:

—Tienes que ayudarme a meter tu cosa en el lugar adecuado. —Desde mi posición, inmovilizado como estaba, no tenía claro dónde estaba *su* cosa—. ¡Ahí no! —exclamó cortante Caroline. Intenté no pensar en la pobre *cosa* de Rose, deslizándose por las escaleras del desván—. Sí, eso es —me dijo Caroline con convicción. Incluso sometido a aquellas estresantes circunstancias, no pude evitar preguntarme (si bien brevemente) si alguna otra vez había sido tan feliz.

El análisis del partido de Caroline no incluyó respuestas sobre qué era concretamente lo que había ido mal tras nuestra feliz conexión. Sus comentarios sobre el «reto del ángulo de entrada» no explicaron el repentino pliegue de las partes superior e inferior de su cuerpo. ¿Se debió a los dolores de la excitación sexual? ¿Sintió un tirón en los puntos o una punzada en la articulación de la rodilla derecha? ¿Acaso fue un inesperado éxtasis lo que provocó que Caroline dejase de lado las contorsiones que se había aventurado a practicar con el fin de salvaguardar la recuperación de su intervención quirúrgica?

—Tú gritaste tan fuerte como ella, niño —iba a decirme Molly en *su* particular análisis del partido.

El rasguño en mi mejilla, donde la rodilla derecha de Caroline había tocado mi cara, fue un descubrimiento posterior a los hechos; no fue el motivo de mis gritos. Cuando Caroline dobló su cuerpo y después rodó sobre mí, mi pene se torció de un modo en que los penes no están preparados para torcerse. Me dio la impresión de que mi pene sufría un desgarro antinatural. En términos deportivos, fue un *pellizco* serio, pero Caroline era la que tenía la rodilla lesionada. Cuando mi madre y Molly llegaron corriendo a la sala de la tele, Caroline fue su principal preocupación. Sé que mi madre vio el condón por lo rápido que apartó la mirada.

—Ven a la cocina conmigo, cariño. Dejemos que Molly le eche

un vistazo a la rodilla de Caroline —dijo mi madre. Me puse los calzoncillos y la camiseta. No sabía qué hacer con el condón. Esperaba de corazón que mi madre no pretendiese echarle un vistazo a mi pene, aunque me dolía tanto que suponía que el condón era lo único que mantenía unidos los diferentes pedazos de *mi* cosa.

—Quiero retirar el vendaje de compresión y todo lo demás. Quiero ver si hay sangre en los puntos o si algo se ha hinchado —pude oírle decir a Molly.

Mi madre me susurró antes de entrar en la cocina:

—No deberías haber tenido relaciones sexuales con una chica con muletas, cariño. Caroline lleva muletas porque está *lesionada.* ¡No se tienen relaciones con alguien que acaba de sufrir una *operación,* cariño!

Esa no había sido la reacción de mi madre cuando oyó los gritos por primera vez, me dijo Molly más tarde.

—Ese que grita es mi pequeño... ¡Caroline ha rodado por encima de él y lo ha aplastado mientras dormía! —había gritado mi madre.

—También ha gritado Caroline, Ray —le indicó Molly.

En la cocina, mi madre seguía hablando en susurros. Sus preocupaciones, me temo, no estaban exclusivamente centradas en el bienestar de su pequeño.

—Francamente, cariño, no me gustaría ver jugar al hockey a Caroline. Por la misma razón que no me gusta imaginarla practicando sexo, ¡porque sé que alguien va a salir herido en ese proceso! —me susurró mi madre.

Molly apareció por la cocina.

—¿Tenemos bolsas de basura? —le preguntó a mi madre.

—Claro que tenemos —le respondió mi madre—. ¿Lo ves, cariño? —me preguntó a mí; volvía a susurrar—. Eso es lo que ocurre cuando tienes relaciones después de una operación. Ahora Molly va a tener que tirar la pierna de Caroline o algo por el estilo.

—Caroline quiere ducharse, Ray —le dijo Molly—. Podrías ayudar a Caroline a entrar y salir de la ducha. Caroline y yo somos demasiado corpulentas para estar juntas —explicó Molly.

—¡No voy a ayudar a Caroline a ducharse! —susurró mi madre.

—Creo que su rodilla está bien —nos dijo Molly—. No hay sangre en los puntos y no he visto que nada se haya hinchado, pero volveré a comprobarlo por la mañana. Solo tienes que ayudarla a entrar y salir de la ducha, Ray —susurró Molly.

Me quedé a solas con Molly en la cocina mientras Pequeña Ray lidiaba con Caroline y el asunto de la bolsa de basura en el baño.

—¿Estás bien? —me preguntó la conductora de la pisanieves. Sabía que, en cuanto pistera, Molly había recibido formación médica. Pero las lesiones en el pene no suelen ser frecuentes en el mundo del esquí, ¿no es cierto?

—Mi pene se torció de una manera extrema. Todavía me duele —le susurré—. A lo mejor me he desgarrado un músculo.

—No he visto muchos penes, ni lesionados ni normales, pero supongo que debería echarle un vistazo —me dijo Molly. Se lo mostré—. En el pene no hay músculos, niño, tan solo conductos y vasos sanguíneos —me dijo Molly—. No tengo ningún pene con el que comparar, pero a mí me parece que está bien, niño. Le echaré otro vistazo por la mañana..., para ver si algo ha cambiado.

—¿Qué clase de cambios buscarás? —le pregunté.

—Los vasos sanguíneos del pene pueden romperse, niño. Buscaré un hematoma, el resultado de un vaso sanguíneo roto. Una herida cura con una cicatriz: no es eréctil, no puede expandirse ni encogerse —explicó Molly—. Si tienes una erección, hay un tirón: tu pene se curva, niño. Si duele, necesitas intervención. —Dado que Molly sabía mucho sobre intervenciones médicas, le pedí que me explicase qué conllevaba una intervención en el pene.

—Sé más de cirugía en la rodilla. La única torcedura permanente de un pene que necesitó intervención, el único pene *totalmente roto* del que he tenido noticia en persona, fue el de un antiguo novio de Nelly, antes del que le contagió la candidiasis —me contó la conductora de la pisanieves.

—¿Fue una lesión debida al sexo? —le pregunté.

—Por supuesto, niño —me respondió Molly. Durante el silencio posterior, ella entendió que me preocupaba una posible intervención en mi pene—. Estoy seguro de que se trataría de una intervención mucho más llevadera que una meniscectomía —me dijo Molly justo cuando mi madre entraba de nuevo en la cocina.

—Es una intervención mejor para un *chico* —dijo mi madre inexplicablemente. Supongo que nos había oído hablar de intervenciones quirúrgicas en el pene y se le ocurrió hacer un chiste sin ninguna gracia. En retrospectiva, creo que mi madre oyó la palabras *mejor* y *meniscectomía*.

Molly no se inmutó.

—Estábamos hablando de meniscectomía, Ray —le dijo Molly.

—Lo sé —replicó mi madre—, y yo he dicho: «Es una intervención mejor para un *chico*», para no repetirme. —Seguía sin tener ningún sentido, pero me alivió no haber de compartir con mi madre mi posible intervención en el pene, porque Molly se limitó a cambiar de tema.

—¿Qué tal ha ido con la bolsa de basura, Ray? —preguntó Molly.

—Teniendo en cuenta que la tal Caroline es una chica grande, todo bien —dijo mi madre—. Todo un acierto que haya traído su propia goma. Una goma grande.

Las dejé hablando en la cocina. No necesitaba volver a escuchar (otra vez) la lista de complicaciones que Caroline debía afrontar para mantener secos los puntos. Esperaba dormirme en el futón antes de que Caroline regresase a la sala de la tele con sus muletas, pero me palpitaba el pene —debido al dolor, no por ningún tipo de excitación— y, aunque me hubiese dormido, me habría despertado cuando Caroline, con todo su tamaño, se tumbó a mi lado riendo nerviosamente.

—¿Se te torció la picha cuando me volví loca y todavía estabas dentro de mí? —me susurró. Cuando Caroline susurraba, había algo impostado en su voz, un deje infantil.

—Se me torció un poco, sí —le dije con la intención de minimizar el drama del hematoma que estaba convencido que aparecería por la mañana, así como la inevitable intervención para enderezarlo. La operación de mi pene no iba a tardar en convertirse en un hecho consumado. Casi pude sentir cómo perdía la conciencia debido a la anestesia que corría por mis venas.

Caroline no podía dejar de reír entre dientes.

—Imagínate cómo me he sentido yo: ¡completamente desnuda con una pareja de lesbianas! —susurró con la inverosímil voz de una insufrible niña pequeña. No me gustaba el término *lesbiana*. Tía Abigail y tía Martha eran unas criticonas, pero no utilizaban ese término.

—Tú eres el hijo de la esquiadora, ¿verdad? —me había preguntado Caroline—. Me pregunto cómo debe de ser eso. —Obviamente, le pregunté a qué se refería, pero Caroline se limitó a decirme que *había oído hablar* de Pequeña Ray, del modo en que las chicas deportistas oían hablar de otras deportistas, me dijo. Pero ¿qué significaba *eso?* Me pregunto ahora *qué* habrían oído decir Caroline y las otras chicas deportistas de mi madre en aquella ciudad, más pequeña que la cagarruta de un chihuahua, llamada Exeter.

Estaba tumbado al lado de la giganta lesionada —odiándola, pero resistiéndome al impulso de lanzarme encima de su rodilla derecha— cuando me percaté de que Caroline se había quedado roque. Me dejó dándole vueltas a lo que debería haberle dicho sobre el término *lesbiana.*

Por la mañana, muy temprano, no íbamos a disponer de muchos momentos propicios para una conversación significativa. Molly quería echarle un vistazo a la rodilla de Caroline, pero no vio que los puntos sangrasen y la articulación no se había inflamado. Caroline no fue capaz de señalar con precisión el lugar en el que había sentido la punzada; ahora no sentía dolor alguno.

A todo eso, mientras Molly examinaba la rodilla lesionada, yo me metí en el baño y examiné mi pene herido, desde varios ángulos, con diferentes espejos. No parecía torcido, pero tampoco estaba erecto; no había hematoma ni señal de haber sangrado o de tener moratones. Cuando pude estar a solas con Molly, le dije que no iba a ser necesario que ella inspeccionase mi pene.

—Contrólalo, niño. Enséñaselo a un médico si ves que cambia de color. No me gustaría que tu pene tuviese forma de L, como una llave Allen —me dijo la conductora de la pisanieves.

La allanadora nocturna sabía mucho más de herramientas que la mayoría de los hombres que yo conocía; mucho más que yo, en cualquier caso. Estábamos en la cocina y Molly había encontrado una llave Allen en el cajón de las herramientas. Me la enseñó.

Entonces apareció mi madre. Llevaba puestas unas mallas largas, se estaba preparando para ponerse la ropa de esquiar (al mismo tiempo que intentaba tomarse un café).

—¿Para qué necesitas una llave Allen, cariño? —me preguntó.

—Le estaba enseñando cómo son, Ray —le dijo Molly.

Era el domingo por la mañana del fin de semana de Acción de

Gracias, pero para Molly y para mi madre era día laborable; una jornada muy atareada en una estación de esquí. Iban de un lado para otro, poniéndose encima capas de ropa y metiendo cosas y cosas en sus mochilas. Incluso el hecho de vestirse era una pesadilla en el entorno del esquí. No esperaba que ni Molly ni mi madre me preguntasen nada sobre mi doloroso y totalmente espontáneo *coitus interruptus,* que coincidió con la torcedura de rodilla de Caroline, que equivalía a mi primera y única vez.

«A nadie le preocupa demasiado el modo en que los chicos pierden la virginidad», estaba pensando, cuando Molly —tras colocarse la mochila a la espalda e inclinarse sobre mí, como si nos hubiésemos cruzado de manera casual en el estrecho pasillo— me susurró algo al oído.

—No te preocupes, niño. Si fue tu primera vez, la próxima será mejor —me dijo la allanadora nocturna. A pesar de que los anchos hombros de Molly ocultaban parcialmente a mi madre, pude ver que nos estaba mirando.

Cuando mi madre me dio un beso de despedida, también me susurró algo al oído.

—A mí no me importa, cariño, si Molly y tú tenéis algún secreto que no queréis contarme. Me alegro mucho de que te hayas sacado el carné de conducir. Ahora vas a poder venir a verme *siempre,* ¡incluso en la temporada de esquí!

La conversación con Caroline no fue precisamente brillante en el trayecto de vuelta a New Hampshire. La jugadora de hockey estuvo durmiendo todo el camino, con su pierna derecha extendida sobre el asiento trasero del Volkswagen Escarabajo del señor Barlow; no sintió pinchazo alguno en su rodilla operada. Me sentía un poco decepcionado de que hubiese dejado de dolerme el pene. ¿No era una pequeña tragedia que mi pérdida de la virginidad hubiese sido tan poco memorable? Ni siquiera el dolor iba a permanecer.

Caroline no se despertó hasta que la dejé en el sendero de acceso a la puerta de su casa, donde imaginé que sus padres estarían mirándome desde la ventana de la planta baja. Suponía que no iban a salir a saludarme, tan solo querían echarle un vistazo al hijo de la esquiadora. Con toda probabilidad, los padres de Caroline también *habían oído hablar* de mi madre. Su gesto condenatorio en la ventana me dejó claros sus pensamientos. «Mira, es el hijo de la lesbiana, esa mujer con el pequeño marido y la novia grande, la que nunca está durante el invierno.» Aunque tal vez su supuesta homofobia (y la de Caroline) solo estaba en mi mente.

—Hasta pronto, Adam —me dijo Caroline. Como caminaba con muletas, mi intención era llevar su mochila hasta la puerta, pero ella ya había asegurado las cintas a los hombros y se había colocado las muletas bajo las axilas, dispuesta a marcharse.

—Hasta pronto —dije. Esperaba, a medias, que ella me dijese que no se había divertido tanto en un viaje por carretera desde que se lesionó la rodilla. (Había sido en un partido fuera de casa, según me había contado Caroline, le cubrieron la rodilla con hielo y había tenido que tumbarse en el suelo del autobús del equipo durante el doloroso regreso a casa.) Pero su «hasta pronto» y el mío tendrían que bastarme. Había quedado bastante claro que no lo habíamos pasado bien. Las caras de sus padres en la ventana —tal vez juzgándome, tal vez simplemente movidos por la curiosidad— evidenciaban alivio al ver la falta de afecto que desprendió nuestra separación.

El hombre de las raquetas me dijo que no podía dar por supuesto lo que Caroline o sus padres pensaban. Su desprecio sexual me parecía evidente, pero Elliot me dijo que los intolerantes podían mostrarse «escurridizos» si los acusaban directamente. Caroline podría decir que se había limitado a hacer una broma o acusarme de no tener sentido del humor. Sus padres podían decir que había malinterpretado sus expresiones, o que estaba paranoico o que proyectaba mis pensamientos. El hombre de las raquetas había oído un montón de excusas respecto a la intolerancia sexual en la academia. Los chicos de Exeter eran muy listos, podían ser «escurridizos» de maneras muy ingeniosas, según me dijo el pequeño profesor de inglés.

En aquellos tiempos —finales de los años cincuenta— no había oído todavía la palabra *homófobo*. Sin lugar a dudas, había montones de homófobos en nuestro entorno, pero la palabra todavía no estaba en boga. Si alguien podía conocerla, ese era el señor Barlow, pero ni siquiera él la pronunciaba.

Tal vez no había un término con el cual calificarlos, pero el hombre de las raquetas y yo sospechábamos que podía haber más homófobos en los bailes del gimnasio del instituto público que en la academia, aunque tenía que haber montones de homófobos también en las escuelas de chicos. Los había en todas partes y puede afirmarse con rotundidad que eran «escurridizos», según acabamos concluyendo el pequeño profesor de inglés y yo.

A todo esto, el señor Barlow había conocido a una chica que él creía que yo debía conocer.

—No acostumbro a ejercer de casamentero, Adam —me aseguró el hombre de las raquetas—. Pero en el caso de la pobre Maud, creo que se trata de una chica desprejuiciada o, como mínimo, con una escasa tendencia a juzgar a nadie; habida cuenta del reciente ridículo y de las burlas que ha sufrido. ¡Para añadir insulto a la injuria, como suele decirse! —declaró el pequeño profesor de inglés.

La sufrida chica que Elliot había conocido era la alta con un brazo escayolado; la que iba a ser la última de mis novias en aquella ciudad, más pequeña que una cagarruta de chihuahua, llamada Exeter. La lesión de la pobre Maud me generó ansiedad incluso antes de saber cómo se produjo. Tenía presente a la pobre Rose: su cojera y el resultado de los espasmos musculares. Tenía presente a Caroline: el pinchazo en su rodilla y la consecuente torcedura de pene, que iban a definir para siempre jamás mi pérdida de la virginidad.

—¿Qué le ha pasado a Maud? ¿Cómo se lesionó? —le pregunté al hombre de las raquetas.

Son las consecuencias de escribir novelas basadas en la trama: mi mente siempre se adelanta hasta llegar al fin de la acción o de las consecuencias de esta. Pienso en la conversación que mantuve con Molly y mi madre en su cocina de Vermont, cuando la pobre Maud estaba en el baño; recuperándose o tratando de recuperarse. Yo estaba sentado a la mesa de la cocina, donde Pequeña Ray me estaba curando las heridas de la cara, unos pequeños cortes y varias rozaduras.

—Estate quieto, cariño —me repitió mi madre.

Pero el antiséptico dolía, y seguir con el condón puesto (otra vez por debajo de mis calzoncillos) no resultaba muy cómodo que digamos. Molly estaba sentada a la mesa con nosotros, esperando; había dejado el bote de pintura blanca y la brocha frente a sí.

Molly tenía pensado cubrir con pintura las manchas de sangre en la escayola de Maud, en cuanto esta recuperase la compostura en el baño.

—Nunca tengas relaciones con alguien escayolado, cariño. ¡No las tengas! —me susurró mi madre.

—Maud no es la que se ha lastimado mientras se enrollaban, Ray —dijo Molly.

—Una corredora de *cross-country* que se rompe un *brazo*... Eso debería decirte algo, cariño —me susurró mi madre—. Por favor, estate quieto.

—Todo el mundo puede tropezarse, Ray —indicó Molly.

—Maud se cayó. ¡Todo el mundo puede caerse! —le dije a mi madre.

—Maud se cayó cuando iba a empezar la carrera, cariño. ¿Qué creías que haría cuando practicase sexo? ¡Era su primera vez! —exclamó mi madre alzando apenas la voz—. No te muevas —susurró.

—No sabía que Maud era virgen. No me lo dijo —contesté.

—No es algo que le vayas diciendo a la gente, cariño. ¿Se lo preguntaste tú?

—No es algo que le vayas preguntando a la gente, Ray —dijo Molly.

—Alguien capaz de hacer que suspendan una *competición*... ¡Yo se lo habría preguntado, Molly! —susurró mi madre con más fuerza—. Estate quieto, cariño —me dijo con un suspiro.

Pero el modo en que el señor Barlow había conocido a Maud fue de lo más inocente; el hombre de las raquetas no disponía de la ventaja de la retrospectiva sexual. Solo *había oído hablar* de Maud como corredora. Al igual que la pobre Rose, con el estigma de su cojera, la pobre Maud también era hija de profesores que vivían virtualmente escondidos en los alojamientos de la academia. Al contrario de Rose, Maud había salido de Exeter y estudiaba en un internado para chicas donde, al parecer, las cosas se habían vuelto un poco caóticas y la habían enviado de vuelta a casa. Elliot Barlow *había oído* toda una serie de mentiras y rumores respecto a Maud: iba a pasarse el resto del año académico fuera de clase; estaba ocupada solicitando plazas en otros internados para chicas; se estaba recuperando de un ataque de nervios; se sentía culpable o bien se sentía injustamente culpada por la debacle al inicio de la carrera universitaria femenina de *cross-country,* un campeonato para escuelas independientes de Nueva Inglaterra.

Incluso yo había oído hablar de la hija de uno de los profesores que no acudía a clase temporalmente debido a un ataque de nervios. Tía Abigail y tía Martha no tardaron en suponer un embarazo no deseado. Desde su punto de vista, no podía haber otra razón para semejante desorden mental entre las chicas. Desde su punto de vista, a esa clase de chicas había que mantenerlas a una distancia prudencial de las academias de chicos. Esas caprichosas muchachas habían demostrado sobradamente su tendencia a meterse en problemas. Ahora una de ellas vivía en uno de los apartamentos de la academia. ¿Cómo podrían evitar que esa muchacha perturbada rondase por los dormitorios y los pasillos con la intención de volver a quedarse embarazada?

El hombre de las raquetas no imaginó semejante tendencia en la pobre Maud. La conoció en la carrera de *cross-country* masculina de Exeter; a esas horas de la mañana, los comedores de la academia todavía no habían abierto para el desayuno. Dadas las circunstancias, parecía más bien poco probable que Maud pudiese encontrar a un chico que la dejase embarazada: los chicos que corrían *cross-country* en Exeter competían por la tarde. A Maud no le sorprendió cruzarse con el pequeño profesor de inglés al salir a correr por la mañana. Con un brazo escayolado y en cabestrillo —la manga vacía de su sudadera le colgaba a un costado, como si hubiese perdido el brazo—, Maud caminaba por el sendero, sin correr, y llevaba consigo (como todo buen profesor de inglés destacaría) una buena novela en su mano visible.

Alta y delgada, Maud tenía el típico cuerpo de una corredora de larga distancia. El hombre de las raquetas me la describió de este modo la primera vez que me habló de ella:

—Su hermosa cara le proporciona una ventaja, si algún día es capaz de aceptar su propensión a la tristeza. Aunque, al mismo tiempo, se resiste a que la culpen por la humillación pública que ha sufrido.

La novela que Maud llevaba consigo —*Jane Eyre,* de Charlotte Brontë— resultó ser para el señor Barlow un rasgo tan identificativo como el brazo escayolado. El hombre de las raquetas supo de inmediato quién era Maud.

—Pocas mujeres en la historia de la literatura inglesa han sufrido una persecución tan sumamente injusta como la pobre Jane —me dijo el pequeño profesor de inglés.

Maud había crecido corriendo las carreras de *cross-country* de Exeter. «Nunca cuando corrían los chicos», me aclaró el señor Barlow. Sabía quién era el señor Barlow; todos los que corrían habían visto al pequeño hombre de las raquetas, pues siempre corría. Maud le dijo que siempre releía *Jane Eyre* cuando sentía lástima por sí misma.

—A Jane le pasaron cosas peores —fue como lo expresó ella.

Jane Eyre, sin embargo, no había tropezado y caído al inicio de una carrera de *cross-country*.

Maud admitió ante el señor Barlow que empezó a agitar sus largos brazos —«para poder agarrarse a algo»— cuando estaba a punto de caer. Con sus largas piernas, Maud dio unas gigantescas zancadas para intentar mantener el equilibrio; «auténticas embestidas», dijo Maud. Admitió que tardó «un buen rato en acabar de caer». Los testigos afirman que los largos brazos de Maud arrastraron con ella a las corredoras que tenía alrededor. Mientras trompicaba hacia delante, pisoteó con sus largas piernas a las corredoras que la precedían. En la pista de ceniza, donde dio comienzo la carrera, la caída de Maud causó un efecto dominó sobre el resto de las corredoras, todas apretadas en una piña. Cuando Maud cayó al suelo, más o menos tres cuartas partes de las competidoras cayeron con ella.

Parte de la responsabilidad por lo ocurrido fue de los organizadores, por haber propuesto que la carrera comenzase en la pista de ceniza. Lo adecuado era que la carrera acabase en la pista, cuando el grupo de corredoras estaba más extendido. Las chicas tendrían que haber salido en una zona abierta: en los terrenos de juego, por ejemplo, donde no habrían estado tan apretadas unas contra las otras.

—Me tropecé y después me empujaron varias veces —le contó la pobre Maud al pequeño hombre de las raquetas, que había leído las declaraciones de otras corredoras.

—Maud suele utilizar los codos cuando te adelanta o tú la adelantas a ella —se había lamentado una de las chicas.

—Es tan alta que sus codos están a la altura de tu cara —declaró otra de las chicas.

Un periódico de Boston que no solía dedicarse a cubrir las competiciones deportivas de secundaria, especialmente las femeninas, publicó una fotografía de la catastrófica salida. Lo único apreciable era un montón de chicas, con los brazos y las piernas entrelazados de todos los modos posibles en la pista de ceniza, donde el anciano caballero que sostenía el arma con el que dio el pistoletazo de salida parecía conmocionado por los acontecimientos; como si, de algún modo, hubiese abatido a todas las corredoras con un único disparo. Hoy en día, podría haber sido peor, pues los vídeos que se comparten podrían haber convertido a Maud en un espectáculo de torpeza, un fenómeno en YouTube en la categoría de las caídas más graciosas. Poco importa que Maud se rompiese el brazo al caer o que le tirasen del pelo o que se arañase la cara o que le golpeasen. En aquella melé de chicas, una de las corredoras que cayeron mordió a Maud en la oreja, justo después de llamarla «vaca estúpida».

Pero, tal como la propia Maud insistió en decirle al pequeño profesor de inglés —y tiempo después me reiteraría a mí—, Jane Eyre había sufrido peores privaciones y peores abusos emocionales. *Grandes esperanzas* se había convertido en mi novela de emergencia y *Jane Eyre* cumplía ese mismo propósito para Maud. La desconocida escuela en la que Maud había sufrido su ataque de nervios no era tan mala como la escuela para niñas Lowood, donde la pobre Jane fue maltratada; donde Helen, la mejor amiga de Jane, había muerto en sus brazos. (Maud me dijo que tenía «una amiga parecida a Helen», pero dicha amiga no había muerto, simplemente la habían expulsado.) Ni siquiera la soledad que sufría Maud en Exeter, pues se trataba de una chica sin escolarizar con el brazo escayolado —en la tercera planta de los alojamientos de la academia, en la zona de dormitorios de los chicos—, podía compararse con las agonías que le había hecho pasar a Jane el señor Rochester en Thornfield Hall.

—No me he enamorado de un hombre que tiene retenida a su loca esposa en el desván. No creo que vaya a casarme con un chico ciego, que también haya perdido una mano —dijo la estoica Maud.

Maud no le contó al señor Barlow que posiblemente se enamoró de Helen —si bien Helen era su mejor amiga y había sido expulsada de la escuela—, pero a mí sí me lo contó Maud, en nuestro primer encuentro.

—Lo de la escayola es casual —me dijo, al tiempo que agitaba el brazo de un lado a otro por encima de la mesa, tirando el recipiente del azúcar en El Grill, donde estábamos tomando un café. El Grill era la cafetería de los estudiantes de Exeter. La hija de un profesor (especialmente una alta y guapa, con el brazo escayolado) era poco menos que una rareza allí—. Que me culparan por lo de la carrera, a pesar de que un puñado de chicas se confabularon contra mí, no importa. Pero a la pobre Helen la echaron del colegio justo cuando ella y yo estábamos a punto de..., ya sabes —me dijo Maud. No dejaba de mover su brazo izquierdo, el escayolado; lo lanzó de repente por encima de su cabeza.

—¿A punto de qué? —le pregunté a Maud.

—¡Ya sabes! —respondió Maud apretándome la mano—. Estaba a punto de descubrir si yo era lesbiana o no, pero echaron a Helen. Se había acostado con otra chica, pero eso es agua pasada; una vieja historia, ya sabes. Alguien la delató —dijo Maud encogiéndose de hombros.

—Así que todavía no sabes si lo eres o no —me aventuré a decir. La admiraba. Echaba mano de la filosofía para enfrentarse a la injusticia, al ridículo y al amor, como si se tratase de la atribulada heroína de una novela del siglo XIX. Yo no me había enamorado de *Jane Eyre,* pero me gustaba. Aunque me gustaba más *Cumbres borrascosas,* de la otra hermana Brontë.

Maud me tocó la frente con la parte rugosa del yeso.

—No voy a descubrirlo *aquí,* ¿verdad? —me preguntó.

Los chicos de Exeter a nuestro alrededor no nos quitaban el ojo de encima; debíamos de parecerles una improvisada reunión de hijos de profesores en El Grill. ¿Qué éramos nosotros exactamente?, debían de preguntarse mis compañeros de Exeter, ¿amigos de infancia poniéndonos al día o bien supuestos amantes? Supongo que Maud y yo también nos preguntábamos qué hacíamos juntos.

—Helen parecía un personaje de novela —me dijo Maud—. Ya sabes, te enamoras de ella, quieres saberlo todo sobre ella, pero entonces te quitan el libro. No vas a poder saber qué pasa o qué podría haber pasado entre vosotras —me dijo Maud.

—Lo sé. —A decir verdad, le mentí, pues no tenía ni idea de

qué me estaba hablando. No sabía qué clase de emociones podían seguir todavía bloqueadas entre Maud y Helen, como tampoco sabía qué podía sentir (o no) Maud por mí. De lo que no cabía duda, estaba convencido de ello, era que Maud era como un personaje de novela: un personaje *a punto de...* Si Maud había estado a punto de saber algo con Helen, una vez que Helen había desaparecido, ¿seguía Maud estando *a punto de...?* (Completar la pregunta, obviamente, seguía siendo un misterio.)

Me quedó claro, desde la primera vez que la vi, que Maud era más rápida que yo. Maud parecía diseñada para correr. Para ella era muy desagradable no volver a ser bien recibida en las competiciones de *cross-country;* como mínimo en las competiciones femeninas escolares de Nueva Inglaterra en las que Maud participaba, en las que todo el mundo había oído hablar de «la cigüeña cabreada». También la habían descrito como «una garza al ataque». Los entrenadores de equipos rivales ya habían asociado esos crueles apelativos a Maud. En aquella época, yo tan solo había competido en carreras de *cross-country* juvenil en Exeter. No tenía duda alguna de que Maud podría haberme superado incluso con el brazo escayolado.

Es cierto que debería haberle prestado más atención al modo en que Maud movía su brazo escayolado, pues utilizaba su brazo roto como si se tratase de un arma; de un modo similar a como los caballeros andantes demostraban su destreza con la maza en la Edad Media. Pero no quise detenerme en esa fugaz imagen de Maud con una maza. Era preferible imaginarla llevándola conmigo a Vermont para ver a mi madre y a Molly. Había conocido a una chica que no solo no etiquetaría a mi madre o a Molly, sino que pensaría que eran geniales. Tal vez mi madre y Molly pensasen que era algo excepcionalmente sofisticado por mi parte, o como mínimo maduro, tener amigas jóvenes cuyas preferencias sexuales no estaban del todo claras.

El señor Barlow se mostró muy favorable a que me viese con Maud, pero igualmente me advirtió que no presupusiese nada a nivel sexual. Al parecer, quiso hacerme entender que no tenía que dar por supuesto que a mi madre o a Molly les pareciese bien que pasase la noche con Maud en el futón de la sala de la tele simplemente porque Maud se hubiese enamorado de una chica en la escuela.

De hecho, cuando les hablé por primera vez de la posibilidad de llevar a Maud a Vermont para pasar una noche durante las vacaciones de Navidad, mi madre no se mostró entusiasmada precisamente.

—No se tienen relaciones sexuales con una chica que se está recuperando de un ataque de nervios, cariño —me dijo mi madre—. Y Maud todavía tiene el brazo escayolado. Todavía está lesionada, ¿verdad? —Mi madre debía de haber hablado con Elliot. Cabía la posibilidad de que Pequeña Ray hubiese oído lo que tía Abigail y tía Martha decían de Maud.

—A Maud le gustan las raquetas de nieve —dije—. Puede usar un palo de esquí. Eso estará bien, si vamos a una zona no demasiado empinada.

—No se tienen relaciones sexuales con una chica que cree que podrían gustarle las chicas, cariño. Deja que te diga una cosa: si Maud no está segura, podría suponer un problema —me dijo mi madre.

—No vamos a tener relaciones sexuales. Solo somos amigos —grité—. ¡Hablamos de *libros!* —Habría sido más justo decirle que Maud y yo no teníamos ni idea de cuál era nuestra relación.

—Estoy segura de que es una chica muy maja, cariño —dijo mi madre. Maud era una chica muy maja. Pero también había sufrido un ataque de nervios. No cabía duda, Maud seguía estando a punto de...

Lo que no habría sido capaz de imaginarme era que Maud tuviese algún tipo de experiencia sexual con chicos. Había tenido tantas posibilidades de intentar algo con un chico como las que había tenido de hacer algo con Helen. ¿Por qué tendría que haber supuesto que Maud había tonteado con chicos, aunque fuese solo un poquito? Supongo que di por hecho que ella se había sentido decepcionada con los chicos, de ahí su interés por Helen. Lo cierto es que Maud no había tonteado lo más mínimo, con nadie. Leer buenas novelas puede hacer que los jóvenes lectores parezcan más experimentados en el terreno de las relaciones de lo que realmente son.

No tenía ninguna expectativa de enrollarme con Maud; ni siquiera pensaba intentarlo. Todavía tenía muy fresco lo que le ocurrió a mi pene con Caroline como para fantasear con una relación platónica con Maud. Leer buenas novelas puede lograr que prácticamente todo resulte imaginable.

Maud estaba en el baño cuando mi madre me entregó un puñado de condones en la cocina.

—Por si acaso, cariño —me dijo mi madre en un susurro. Molly estaba al fondo y pude leerle los labios.

«Lo siento, niño», fue lo que leí en sus labios. Maud estaba en la ducha, no necesitaba ayuda alguna para mantener seca la escayola gracias a una bolsa de basura. Nos lo habíamos pasado bien con las raquetas de nieve, aunque me las vi y me las deseé para mantener su ritmo, y eso que yo tenía dos palos de esquí.

—Eso es porque mis piernas son mucho más largas. Se te da bien lo de las raquetas —me había dicho Maud muy amablemente.

—Maud es una chica muy maja, cariño —siguió susurrándome mi madre en la cocina. El puñado de condones que llenaba los dos bolsillos de mis vaqueros parecía contradecir lo maja que Pequeña Ray pensaba que era Maud.

Maud se mostró muy reservada durante la cena. Se animó un poco más cuando empezó a hablar de *Jane Eyre*. Molly recordaba haber leído la novela en el instituto, pero mi madre no la había leído. Cuando Molly dijo que recordaba que Grace Poole se emborrachaba, mi madre pensó que Grace era alguien que Molly había conocido en el instituto, no la enfermera contratada para cuidar de la esposa trastornada encerrada en el desván. Cuando Maud siguió hablando de la pobre Helen, que moría en brazos de Jane, observé que mi madre parecía confundida. Pequeña Ray creyó que hablaba de la Helen a la que habían expulsado de la escuela, la chica con la que Maud no había podido acostarse, no la Helen que muere en *Jane Eyre*. Como mi madre no era lectora, se ponía nerviosa y se distraía cuando los demás hablaban de personajes de novelas como si se tratase de personas reales.

No es sencillo encontrar un lugar donde esconder una docena de condones en una sala para la tele, así que los mantuve en los bolsillos de mis vaqueros. Allí estábamos los dos, metidos en el futón en ropa interior —ni siquiera nos habíamos besado—, cuando Maud (tumbada de espaldas, inmóvil como un cadáver) me dijo:

—¿Sabes una cosa? Molly y tu madre me encantan. También me gusta mucho tu padrastro, el señor Barlow.

—A mí también me gustan —le dije tan desorientado como siempre.

—¿Sabes qué? Nunca he hecho esto —exclamó Maud sin previo aviso. Se sentó con la espalda tiesa y se desabrochó el sujetador—. Temía hacerlo por primera vez, ya fuese con un chico o con una chica..., con *quien fuese* —dijo. Suspiró y volvió a tumbarse. Maud arqueó la espalda y se quitó las bragas. De nuevo se quedó quieta, inmóvil como un cadáver, pero había cerrado los ojos con fuerza y su boca dibujaba una mueca de desagrado—. Es posible que lo odie, ya sabes. A lo mejor tendrás que parar si no me gusta —me dijo Maud—. Tendrás que ir despacio, al principio. Te iré diciendo cómo va la cosa.

—No tenemos por qué hacer nada, Maud —le dije, con la esperanza de que no pensase que no me resultaba atractiva, porque a mí me parecía muy atractiva.

—Por favor, no te vayas. No seas como Helen —me dijo Maud con amargura, mordiéndose el labio inferior. Seguía manteniendo los ojos cerrados con fuerza y también el gesto de desagrado. A pesar de la previsión de mi madre, no tuve el presentimiento de que esa pudiese ser una noche de seis condones. «Seguro que con un condón será suficiente», me dije, avanzando de manera lenta e insegura; tan solo podía guiarme según las películas suecas y francesas con subtítulos que había visto. Supongo que nunca nadie ha defendido de un modo tan convencional o aburrido la posición del misionero, pero yo estaba dispuesto a no apartarme de lo normativo. Me negaba en redondo a llevar a cabo alguna posición que me recordase, siquiera remotamente, el ejercicio gimnástico con Caroline que acabó torciendo mi pene. Como es lógico, era plenamente consciente del riesgo que corría; sabía que podía darle buenos motivos a la pobre Maud para que se dejase llevar por sus inclinaciones lésbicas.

Daba por hecho que la primera experiencia de Maud podía resultar conflictiva, pero Maud había manifestado su confusión sexual de un modo sorprendente. No estaba preparado para que me rodease con sus largas piernas y a que arquease su cuerpo contra el mío. Lo cierto era que parecía entusiasmada: empujaba con más fuerza que yo. Pero Maud también me golpeaba, en la cabeza y la cara, con su escayola. Blandía salvajemente su escayola como la maza de un caballero andante en el furor de la batalla, y las palabras que gruñía —con cada empujón y resoplido— eran más explícitas y contradictorias que cualquier cosa que pudiese recordar de *Jane Eyre*.

—¡Sí! ¡No! ¡Sí! ¡No! —gruñía. Se arqueaba contra mi cuerpo y me golpeaba con su escayola.

Fue mi madre la que desenredó las piernas con las que Maud me había rodeado y la apartó de mí. Molly logró inmovilizar el brazo escayolado de Maud, clavándolo amablemente en el futón. Poco a poco, Maud fue capaz de enderezar su espalda y dejar de embestir. El mantra del sí-no de Maud pasó a convertirse en un triste recuerdo.

—No era esta la *próxima vez* en la que yo había pensado cuando te hablé de ello en su momento, niño —me dijo Molly mientras mi madre me curaba las heridas de la cara en la mesa de la cocina. Maud estaba en el baño, recuperándose de su conflictiva experiencia. Cuando Maud se unió a nosotros en la cocina, ya fue tarde para decirle a Molly lo que pensaba: que más allá de las heridas en mi cara y mis orejas, la experiencia sexual con Maud había sido mucho mejor que la torcedura de pene con Caroline. La *próxima vez* a la que se había referido Molly, sin duda había sido mucho mejor, tal como ella había vaticinado. Pero no llegué a decir nada. Mi madre no sabía que Caroline me había lastimado el pene y Maud no sabía nada de mi relación con Caroline.

Por otra parte, Maud estaba muy alterada; era ella la que tenía mucho que explicar. Mientras Molly cubría con pintura blanca las manchas de sangre en la escayola, Maud nos relató la versión estilo *Jane Eyre* de su despertar sexual, una narración en primera persona con una intensa carga psicológica.

—Me gusta el sexo mucho más de lo que podía imaginar. Mucho más de lo que podía pensar que sería con un chico, en cualquier caso —empezó a decir Maud—. Tal como le dije a Adam, *temía* hacerlo por primera vez, pero realmente me gusta. ¡Me gusta *mucho!* —exclamó Maud. Asentí, pero mi gesto interfirió con la aplicación de yodo por parte de mi madre; o el antiséptico que estuviese utilizando en mis orejas y mi cara.

—Estate quieto, cariño —dijo mi madre.

—Pero, al mismo tiempo —prosiguió Maud en su íntimo flujo

de conciencia—, mis sensaciones han sido muy contradictorias... *Al mismo tiempo* que me gustaba, ¿me explico?

—Sí —respondí esforzándome por no mover la cabeza, aunque asentí ligeramente.

—Te entendemos —dijo Molly con un hilo de voz.

—Te estás moviendo, cariño —me advirtió mi madre.

—No me gusta perder el control. ¡No me gusta *nada de nada!* —declaró Maud.

—Eso supone una fuerte contradicción, es cierto —le dijo Molly.

—Perder el control tiene mucho que ver con el hecho de que te guste el sexo —dijo mi madre en el tono más amable del que fue capaz.

—¡A eso es exactamente a lo que me refiero! —gritó Maud alzando los dos brazos por encima de la mesa. Con su brazo bueno, Maud casi tiró la lata de pintura blanca. Con el brazo escayolado manchado de sangre golpeó a Molly en el mentón—. ¡Lo siento! —le dijo a Molly—. No le contarás a nadie lo que ha pasado, ¿verdad? —me preguntó Maud a mí. Como cabía esperar, negué con la cabeza.

—¡Estate quieto! —gritó mi madre. Se impuso un industrioso silencio mientras mi madre me vendaba las heridas y Molly seguía cubriendo con pintura las manchas de sangre en la escayola de Maud.

—Ahora me pica como un demonio, ¡pero no puedo rascarme! —exclamó Maud sin venir a cuento. Una mueca de confuso horror debió de dibujarse en mi inexpresiva cara. Pequeña Ray y Molly se miraron sin comprender—. Me refiero a mi brazo, debajo de la escayola. No llego a donde me pica —explicó Maud—. A lo mejor podría llegar con un cuchillo largo. O con uno de esos pinchos para las brochetas de la barbacoa, ya sabéis —dijo Maud sin apelar a nadie en concreto.

—¡No, no, no! —exclamó mi madre—. No se te ocurra meter nada cortante o puntiagudo bajo la escayola. ¡Ni hablar! —dijo mi madre. Ahora que había entendido qué era lo que le picaba, sacudí la cabeza con violencia—. ¡Estate *quieto!* —gritó mi madre.

—Yo he llevado escayola, Maud. Pica —le dijo Molly—. Tienes que esperar a que te la quiten. Después podrás rascarte como una loca —concluyó Molly. Nos sentamos los cuatro alrededor de la mesa de la cocina, dándole vueltas a la idea de que rascarse como una loca nunca sería una actividad segura en el caso de Maud.

—Pensándolo bien, Maud —dijo mi madre—, empieza rascándote despacio.

—Helen debería haber sido mi primera vez —dijo Maud de repente—. Estaba pensando que tendría que haber sido ella. Yo deseaba que fuese ella, pero has acabado siendo tú, Adam —me dijo Maud. Me mantuve impasible.

—Tendrías que hablarle a Helen de tus sentimientos, Maud —dijo Molly con suavidad.

—¿Helen todavía está viva? —preguntó mi madre—. ¿No murió?

—Esa era la Helen de *Jane Eyre,* Ray. Fue esa Helen la que murió —le aclaró Molly.

—¡Malditos libros! —exclamó Pequeña Ray—. Entonces, está claro que tendrías que contarle a Helen lo que sientes, Maud. Podrías hacerlo después de que te quiten la escayola.

—Lo sé —repuso Maud con un tono de voz apagado—. Serás mi amigo de por vida, Adam, si te parece bien —me dijo—. Hay maneras peores de tener relaciones sexuales por primera vez, ya sabes.

—Lo sabe —le dijo Molly.

—Hay maneras peores —coincidí—. Amigos de por vida, si tú quieres —le dije a Maud.

Ella quería que yo encontrase la novia adecuada para mí, estaba claro, pero cuanto mayor te haces, mayor significado adquieren los amigos, y menor las novias o los novios. A pesar del paso del tiempo, a Maud y a mí nunca nos abandonaría la incomodidad que sentimos cuando nos conocimos, pero no dejaríamos de ser amigos. Yo iba a seguir amando a la alta corredora con el brazo escayolado, al estilo *Jane Eyre.*

21
Tomar el control

Desarrollé un insólito interés en aquello que pasaba por ser afecto físico o intimidad entre mi madre y el hombre de las raquetas. Yo los apoyaba al cien por cien, desde el principio. Fuera lo que fuese lo que compartían, quería que funcionase; más allá de la relación que tenían mi madre y Molly. No estaba al corriente de las conversaciones que sin duda habían mantenido mi madre y Elliot al respecto. No sabía hasta qué punto estaban en disposición de elegir teniendo en cuenta que vivíamos en la zona de las viviendas de la Academia Exeter.

El señor Barlow tenía la obligación de vivir en la zona de viviendas. Había estado alojado en un apartamento de soltero en las dependencias de la academia en Bancroft Hall; ¿o era en Webster? No lo recuerdo. Los recién casados y yo nos mudamos a un apartamento para profesores con dos dormitorios en la segunda planta de Amen Hall. Amen no era una zona de dormitorios dedicada al rezo. Debía su nombre a Harlan Page Amen, que durante dieciocho años había sido uno de los más prestigiosos directores de Exeter. Al contrario que el hombre de los pañales, el director Amen no se jubiló: murió en 1913, al frente de la institución. A años luz de lo que le ocurrió al infante emérito, fulminado por un rayo mientras hacía música con arcos de cróquet sobre una barbacoa; abatido mientras imaginaba que la menor de sus hijas se había casado con uno de sus hijos ilegítimos.

Nuestros acuerdos a la hora de repartirnos los dormitorios de Amen Hall tampoco pasaron desapercibidos. Estoy seguro de que mi madre y el pequeño profesor de inglés se vieron obligados a tener en cuenta el escrutinio sexual de mis tías. Nuestros dos dormitorios en Amen eran muy parecidos en forma y tamaño. Los dos disponían de una cama de matrimonio y su propio cuarto de baño, uno de ellos con ducha y el otro con bañera. Mi madre insistió en que yo me quedase con la ducha.

—Ningún muchacho de tu edad se baña —me dijo.

Yo tenía catorce años, era poco probable que me ahogase en la bañera. A tía Abigail y a tía Martha, Pequeña Ray les dio otra explicación.

—Elliot y yo somos tan poca cosa —les dijo— que cabemos los dos juntos en la bañera.

Sí, cabían los dos juntos en una bañera, eso era cierto. ¿Dejaban que oyese sus chapoteos y sus jueguecitos en la bañera cuando estaban juntos de manera voluntaria o simplemente fingían hacer el tonto? El afecto físico que había entre ellos era innegable. Se tomaban de la mano allí adonde fuesen. Siempre que había un sofá, podías encontrarlos enroscados el uno con el otro.

En nuestro apartamento de la academia, la cocina y el comedor (o salón) estaban juntos. Se suponía que teníamos que escoger si preferíamos disponer de comedor o de salón. Elegimos disponer de ambos, o bien de ninguno de los dos. Había un sofá y un cómodo sillón. Estaban enfocados hacia el televisor, que siempre estaba encendido aunque con el sonido apagado. Había una mesa colocada entre la cocina y el extremo de la estancia designado para la observación silenciosa de la televisión. Nosotros la llamábamos nuestra mesa de la cocina.

Por las noches, el hombre de las raquetas se tumbaba en el sofá a leer, colocando la cabeza sobre el regazo de mi madre, para que ella juguetease con su pelo. Ella se dedicaba a ver películas antiguas sin volumen, sincronizando en algunas ocasiones el movimiento de sus labios con el de los personajes, pues recordaba los diálogos. Si no había visto la película en cuestión, o no la recordaba, prefería imaginar qué era lo que decían los personajes; creía que eso era mejor que oír sus diálogos originales. Veía películas del Oeste también sin volumen.

—En las películas del Oeste no es necesario saber qué dicen —declaró mi madre.

Teniendo en cuenta *La ley del revólver*, *Cheyenne* y *Vida y leyenda de Wyatt Earp*, sé que mi madre estaba en lo cierto.

Mi madre no solía ver las series de televisión que mi abuela veía en la casa de la calle Front. Me deprimía encontrarme a mi abuela repantingada en su sillón de lectura, pero sin leer. *El show de Milton Berle*, *El show de Red Skelton*, *El show de Jack Benny*, *El show de Ed Sullivan* y (especialmente) *El show de Lawrence Welk* me deprimían mucho. *El mágico mundo de color de Walt Disney* iba a días. ¿Qué le había pasado a la maravillosa mujer que me leía *Moby-Dick*? Mi abuela se sentaba en el sillón en el que antes leía como si la hubiesen dejado fuera de combate. El modo inexpresivo en que miraba todos aquellos programas daba a entender que la televisión la estaba matando. Por suerte, el estupor de Nana no duró mucho: finalmente, regresó a *Moby-Dick*.

Los buenos programas que, de vez en cuando, emitían en la tele despabilaban a Nana y a mi madre. Pequeña Ray subía el volumen para ver *Los recién casados* y *Alfred Hitchcock presenta*. Pero durante la mayor parte del tiempo, nuestro apartamento en Amen Hall era un santuario para la televisión silenciosa. Los años que estuve en Exeter hacía los deberes en la mesa de la cocina y el señor Barlow se me unía cuando corregía trabajos escolares. La luz siempre cambiante y muda del televisor nos iluminaba, como los destellos de una guerra lejana en un país extranjero, aséptica, carente de sufrimiento.

Incluso durante la temporada de esquí —durante los largos meses de invierno, cuando mi madre no estaba—, Elliot y yo dejábamos encendido el televisor. Llegamos al extremo de consultar la *Guía TV*. Queríamos estar seguros de que sintonizábamos el canal que Pequeña Ray habría visto. La echábamos de menos, pero la situación era mucho más fácil para mí teniendo compañía. La academia era exigente, los trabajos escolares eran abrumadores. Siempre estaba ocupado, pero mi compromiso era mayor de lo que lo había sido nunca en ese sentido.

De puertas afuera, mi madre y Elliot Barlow eran los tortolitos del campus de Exeter. Pero durante los meses que estaban separados, sin contar las vacaciones para esquiar, ¿realmente se echaban de menos? ¿Era esa la razón de que pareciesen tan enamorados cuando estaban juntos?

—No parecen un matrimonio —me dijo uno de mis amigos—. Es como si se acabasen de conocer y se hubiesen enamorado.

No estoy seguro de saber a qué se parecían realmente mi madre y el hombre de las raquetas. Lo único que sé es que me encantaba el modo en que se mostraban cuando estaban juntos y que me encantaba la familia de tres que formábamos. Cuatro, contando a Molly. Fue la conductora de la pisanieves la que dijo que Pequeña Ray y el hombre de las raquetas jamás dejarían de parecer dos recién casados.

—Verlos resulta esperanzador —me dijo otro de mis amigos.

—¿En qué sentido? —le pregunté.

—Te hacen creer que es posible encontrar a alguien a quien no quieras dejar de tocar, que no quieres que deje de tocarte a ti. En ese sentido —respondió mi amigo.

En Exeter practiqué la lucha. El hombre de las raquetas no se equivocó al recomendármela. Elliot Barlow lamentaba no haberla practicado, pero había crecido en pueblos montañosos de Austria y New Hampshire, que no eran precisamente lugares propicios para un deporte como la lucha. La primera oportunidad de la que dispuso para practicar la lucha fue cuando estuvo en Harvard. Pensó que ya era demasiado tarde para empezar en esa disciplina. Por otra parte, no podría haber competido. El hombre de las raquetas no pesaba lo suficiente ni siquiera para la categoría más ligera. Si le preguntabas cuánto pesaba, se mostraba impreciso.

—Unos cuarenta y cinco kilos —decía Elliot, y se encogía de hombros.

Pero yo sabía que se pesaba de manera obsesiva. Solo esporádicamente, cuando llegaba a pesar unos cuarenta y siete kilos, el pequeño profesor de inglés decía que estaba demasiado gordo.

Mi madre también se pesaba constantemente. Cuando llegaba a los cincuenta y cuatro kilos, decía que se había pasado de la raya y se ponía a dieta. Su peso habitual estaba entre los cincuenta y los cincuenta y dos kilos. En nuestro apartamento de Amen Hall, había una báscula en el cuarto de baño junto a la bañera; es decir, en su cuarto de baño. Pero la mayoría de las noches, cuando no era la temporada de esquí, mi madre dormía conmigo.

¿Guardaba su ropa en el armario y la cómoda de su dormitorio solo para mantener las apariencias? No lo creo. Estoy seguro de que Pequeña Ray sabía que vestirse y desvestirse delante del hombre de las raquetas era lo más adecuado, fuera cual fuese la relación íntima que mantuviesen. Como es lógico, dejaba su cepillo de dientes y sus objetos de aseo en mi baño, e incluso a veces se duchaba ahí, pero nunca se vestía o se desvestía delante de mí. Mi madre no acostumbraba a respetar las normas, pero tenía sus propias reglas a la hora de vestirse y desvestirse.

La primera Navidad después de casarse —mi primera Navidad como luchador—, Elliot Barlow me regaló una báscula para mi cuarto de baño. El hombre de las raquetas sabía que yo tampoco iba a tardar en pesarme de manera obsesiva, pues es lo que hacen los luchadores. También fue discreto. Estoy convencido de que sabía que tía Abigail lo consideraba un poco afeminado. A mis tías les había indignado que mi madre se casase con el señor Barlow para dejarlo solo durante la temporada de esquí. Pero yo siempre estaría seguro con el hombre de las raquetas. El pequeño profesor de inglés también tenía sus propias normas a la hora de vestirse y desvestirse.

Dudo mucho que mi madre pudiese entrar en uno de nuestros cuartos de baño, ya fuese el de Elliot o el mío, sin pesarse. Era otro vínculo más entre nosotros: los tres nos pesábamos todo el rato. Había obsesiones peores que esa. La manera en que seguía pensando en Em era una de ellas. Molly era otra.

Varios de mis compañeros del equipo de lucha se habían fijado, con evidente envidia, en que mi madre y el señor Barlow no dejaban de tocarse el uno al otro. Los luchadores son criaturas sometidas a un constante contacto físico. De acuerdo, lo sé, los luchadores no son famosos precisamente por abrazarse y besarse los unos a los otros, ni por ir de la mano.

Respecto a las muestras públicas de afecto durante aquel primer año, no solo hablaban de cariño, porque el hombre de las raquetas y mi madre se turnaban para montarse a caballito el uno al otro cuando se topaban con un tramo de escaleras. En el gimnasio hacíamos carreras de caballitos llevando a compañeros de peso similar. Cargar con un cuerpo de peso comparable al nuestro formaba parte del entrenamiento. Era normal que mis compañeros del equipo de lucha se diesen cuenta de la naturaleza atlética o competitiva de la relación física entre mi madre y el señor Barlow. Fue cosa de los luchadores fijarse en que Pequeña Ray y el hombre de las raquetas eran como compañeros de entrenamiento que se abrazaban, se besaban y se tomaban de la mano.

Elliot Barlow se había dejado ver por el gimnasio de lucha desde que llegó a la academia. En mi primera temporada de lucha, durante el invierno entre 1956 y 1957, las habilidades de Elliot eran superiores a las de aquellos que llevaban tres años entrenando. Tenía tanta experiencia como los veteranos de cuarto año. A punto de cumplir los treinta, el hombre de las raquetas estaba muy en forma; libra por libra, era más fuerte que cualquiera de los que pasaban por allí. Se presentó a su primer entrenamiento de lucha en la temporada 1953-1954. Sabía que habría unos cuantos muchachos en la sala «de en torno a los cuarenta y cinco kilos». En aquellos tiempos, la categoría más ligera de la lucha era la de cincuenta kilos. En cuestión de tres años, el pequeño profesor de inglés podría competir con los pesos más ligeros. Cuando yo empecé a practicar la lucha en Exeter, el señor Barlow era considerado el ayudante del entrenador.

Pero la principal razón por la que Elliot probó con la lucha, la principal razón por la que quería que yo la practicase, era el entrenador. El señor Dearborn había ganado la competición de los Diez Mejores del estado y había formado parte en dos ocasiones de la selección All-American por Illinois. Había quedado segundo en los campeonatos universitarios de la NCAA, así que estaba sobradamente cualificado para ser entrenador de lucha en Exeter; sus equipos dominaron las competiciones interescolares de Nueva Inglaterra durante años. El hombre de las raquetas quería que yo practicase la lucha porque sabía que el señor Dearborn era un buen entrenador. Mi madre había querido que encontrase un buen modelo entre el personal de la academia, «una especie de padre»; alguien que me tratase como si fuese de su familia. Elliot fue un buen padrastro para mí, desde el primer momento. Su buen tino para emparejarme con el entrenador Dearborn fue el primer ejemplo de cómo me guio durante mi paso por Exeter.

No vi al entrenador cargando con el cuerpo del hombre de los pañales desde el campo de cróquet, pero recuerdo haberle visto hacer sentadillas con mi madre el día de su boda; cuando confundí aquellos ejercicios gimnásticos con algún tipo de baile.

—Necesitas a alguien que te ayude en la academia —me dijo mi madre. Elliot encontró los profesores adecuados para mí, me puso en sus manos. *Padres sustitutos,* así quería haber titulado una novela que escribí siendo muy joven; un mal título para retratar una amalgama de profesores y entrenadores. Lo cambié.

El entrenador Dearborn era un hombre honesto. Me dijo que jamás pasaría de ser un luchador «medianamente decente», no porque no tuviese un buen entrenador o buenos compañeros. Al contrario que mi madre, yo no era un deportista nato.

—Que no tengas mucho talento no quiere decir que no tengas nada que hacer —me dijo el entrenador Dearborn.

Cuando empecé a escribir y no confiaba en mi talento para contar historias, me tomé al pie de la letra lo que me dijo mi entrenador de lucha. Nunca creí que tuviese mucho talento, pero eso no quería decir que no tuviese nada que hacer.

Cuando empecé a practicar la lucha en Exeter, nuestra sala estaba en el sótano del viejo gimnasio. La soga que subíamos todos los días, antes y después de entrenar, colgaba del bajo techo. Algunos de los luchadores de menor estatura, Elliot entre ellos, tenían que ser alzados para poder llegar a la barra de dominadas. Empecé a practicar lucha sobre un tapete de pelo de caballo, que cubríamos con una lona de plástico, a modo de prevención (totalmente inefectiva) de las quemaduras que producía el tapete. La capacidad para amortiguar los golpes que tenían esos viejos tapetes de pelo de caballo no tenía nada que ver con las colchonetas Resilite, que llegaron a Exeter en mi segundo o tercer año. No recuerdo cuándo fue exactamente, pero estábamos deseando mudarnos a nuestra nueva sala de lucha. Se hallaba en el nivel superior de la Jaula Thompson, donde se encontraba la pista de madera. Disponíamos de un techo más alto del que colgar la soga. Teníamos varias barras para hacer dominadas. El señor Barlow siguió siendo el que mejor subía la soga; también era el que más dominadas podía hacer.

Al entrenador Dearborn no le entusiasmaba demasiado el tema de las pesas.

—Quieres levantar peso, dedícate a luchar con más intensidad —solía decir. Había sido una figura en Illinois y entre los Diez Mejores, pero el entrenador Dearborn consideraba que tanto la soga como la barra de dominadas eran la mejor manera de ganar fuerza para los que se dedicaban a la lucha—. En la lucha es más importante empujar que levantar —decía. Al entrenador Dearborn no le impresionaban los forzudos de gimnasio—. Limítate a evitar que te coloquen de espaldas —le gustaba indicarnos.

Usar los palos de esquí ayudaron mucho al hombre de las raquetas para mejorar en la práctica de la lucha. La fuerza en las manos tiene su importancia; la lucha también es un deporte de apretar. Por lo que respecta a las carreras de caballitos en la sala de lucha, a Elliot no le costaba cargar con chicos que pesaban más que él. Había cargado con mi madre de aquí para allá y Pequeña Ray pesaba unos cinco o seis kilos más que él.

En mi tercer año en Exeter, durante la temporada de lucha 1958-1959, entré a formar parte del equipo de mi peso, a partir de los sesenta kilos. A nivel escolar, la lucha es un deporte de invierno. Competía durante la temporada de esquí. Pero ahora que tenía que competir fuera, mi madre —en un principio, solo de manera ocasional— venía a verme luchar contra estudiantes de otras escuelas.

El hecho de que ya no estuviese en un lugar tan lejano como Stowe lo posibilitó. Mi madre y Molly se habían mudado a Bromley, una montaña con una zona de esquí más pequeña, pero allí las trataban bien y a ellas les gustaba vivir en el sur de Vermont. Mi madre y la conductora de la pisanieves compraron una pequeña casa en Manchester. Les gustaba el pueblo y el trayecto hasta Exeter era mucho menos exigente que desde Stowe. (Por eso pude llevar a Caroline y a Maud a pasar una noche con Molly y mi madre desde Exeter, a pesar de ser igualmente un trayecto bastante largo.)

Algunas de las escuelas rivales estaban más cerca de Manchester, en Vermont, que de Exeter. Mi madre fue a ver algunos de mis combates con alumnos de otras escuelas, pero prefería las que se celebraban en Exeter. De ese modo, ella y yo podíamos pasar la noche juntos y dormir en la misma cama en Amen Hall. Los combates en Exeter se celebraban los miércoles y los sábados. En un principio, mi madre solo venía a los combates de los miércoles, porque los fines de semana eran el momento de más trabajo en las estaciones de esquí. Pero no tardó en acudir también a ver los combates de los sábados, aunque eso significase tener que marcharse de Exeter a las cuatro o las cinco de la madrugada de los domingos, con el fin de llegar a Bromley antes de que pusiesen en marcha los telesillas.

Me sorprendió que mi madre se convirtiese en una fanática de la lucha, pero a Molly le pareció normal.

—Tu madre es pequeña pero fuerte, niño —me dijo la conductora de la pisanieves—. La lucha es un deporte clasificado por pesos. Tienes que ganar a gente de tu tamaño. ¿Cómo no le iba a gustar?

El fanatismo de mi madre por la lucha tampoco sorprendió a Nora ni a Em.

—¿Cómo no le iba a gustar a Ray la posibilidad de darle una paliza a alguien, incluso a riesgo de ser ella misma la que recibiese la paliza? —me preguntó Nora—. Piensa en lo desagradables que han sido mi madre y tía Martha con ella, Adam. Además, Ray odiaba la escuela, ¿no es cierto? —Asentí, aunque no de un modo tan vigoroso como Em, que apreció a la perfección la relación con el hecho de odiar la escuela mejor que yo—. Las chicas malvadas que se vuelven contra ti porque no te pones cachonda con los chicos. —De ese modo lo expresó Nora—. ¿Cómo no odiar eso?

Em había alcanzado un nivel alto de mímica. Había estudiado —más tarde, fue ella la que enseñó— en talleres italianos de mímica. De no haber visto con anterioridad su gesto de las arcadas, habría creído que iba a vomitar.

—Nos obligaron a esquiar durante un montón de años, chaval —me dijo Nora sin venir a cuento, mientras Em fingía vomitar—, ¿no crees que me habría gustado mucho más practicar la lucha?

Sabía que algunos luchadores amaban ese deporte porque les permitía exteriorizar su rabia, pero no era lo habitual. No era lo que a mí me gustaba de la lucha, ni tampoco de la escritura. En ambos casos, me gustaba la posibilidad de perfeccionar mis habilidades. Lo que tanto el hombre de las raquetas como yo admirábamos del entrenador Dearborn era que se trataba de un perfeccionista. Te evaluaba y te enseñaba qué era lo más adecuado para ti y también lo menos adecuado.

En la lucha, el equilibrio es importante; el buen equilibrio, por otra parte, no se puede entrenar. A mí me cuesta recuperar el equilibrio cuando lo pierdo. El entrenador Dearborn decía que esa era la debilidad básica de un deportista, una considerable responsabilidad para un luchador. También para un esquiador, tal como me enseñó mi madre, por eso a mí me costaban los giros paralelos, según me indicó.

—Tu equilibrio no es muy bueno, cariño —fue lo que me dijo, con toda la amabilidad de la que fue capaz.

El entrenador Dearborn me enseñó a tomar el control. La confusión sobre la colchoneta —los revolcones, las batallas campales— favorecen a los mejores deportistas. Aprendí a mantener igualadas las puntuaciones. Aprendí que el caos no me convenía.

—En un revolcón, Adam, es muy posible que tú no quedes encima. —Eso fue lo que me dijo el entrenador Dearborn, con toda la amabilidad de la que fue capaz.

Pero ¿quién me dijo que aplicase ese principio a la escritura? Nadie me dijo que no tuviese talento como escritor, simplemente lo di por supuesto. En la lucha aprendí a ser un estratega, nunca fui espontáneo y siempre mantuve el control. De ese modo, si era capaz de controlar un combate de lucha, ¿por qué no iba a ser capaz de hacerlo con una novela o un guion de cine? En un combate de lucha, el caos juega a favor de los mejores deportistas. Pero ¿por qué tendría que ser el caos un aliado de los escritores? ¿Acaso una trama no significa que sabes adónde te estás dirigiendo?

En cuanto instructora de esquí, mi madre enseñaba a principiantes (la mayoría de ellos, niños) a esquiar manteniendo el control. Pero no llegué a verla nunca competir. Y nunca fui lo bastante bueno para esquiar a toda velocidad con ella. Cuando vi cómo reaccionaba mi madre a la lucha, pude imaginármela como alguien capaz de esquiar al límite. Cuando veíamos competiciones de esquí juntos, a ella siempre le gustaban los esquiadores que más se arriesgaban, aquellos que a mí me parecían temerarios, aquellos esquiadores tanto de eslalon como de descenso que parecían desequilibrados, montados a veces sobre un solo esquí, a punto de perder el control.

Mi madre, Molly y yo vimos a Franz Klammer ganar una medalla de oro en el descenso en Innsbruck, en los Juegos Olímpicos de Invierno de 1976. Me dio la impresión de que Klammer esquiaba todo el rato sobre un solo esquí. Estuvo a punto de impactar contra las balizas en el límite de la pista. En uno de sus viajes a Austria, tan solo un año después del descenso de Klammer, el hombre de las raquetas llevó a mi madre a Innsbruck, quería ver la pista de Patscherkofel. Molly, mi madre y yo vimos el descenso a tumba abierta de Klammer en la tele, en Manchester, Vermont. Pequeña Ray animó a grito pelado a Franz Klammer durante todo el recorrido.

—Ese es el tipo de esquí que le gusta a tu madre, niño —me dijo la conductora de la pisanieves—. No lo que les enseña a los principiantes.

Eso fue lo primero que alguien me contó sobre el modo de esquiar que le gustaba a mi madre, pero las reacciones que había visto en Pequeña Ray durante los combates de lucha me habían dado una pista. Pero entonces, ¿eso quería decir que me había ocultado voluntariamente su rabia y su ira? ¿No entraban esos aspectos de su carácter en la categoría de mentiras por omisión?

—Es un pozo sin fondo de secretos —recuerdo haberle dicho a Nora. (Eso fue justo después de los Juegos Olímpicos de Invierno de 1976.)

Nora se encogió de hombros en su estilo, como queriendo decir: cuéntame algo que no sepa.

—Tal como lo has dicho, parece un título: *Un pozo sin fondo de secretos.* Tal vez podrías utilizarlo, chaval —fue todo lo que Nora me dijo. Era un título más interesante que *Padres sustitutos,* lo sé. No tuve que mirar a Em para saber que estaba asintiendo.

Yo había cumplido ya los treinta cuando el descenso de Franz Klammer que le hizo ganar la medalla de oro provocó que mi madre exclamase:

—Si yo hubiese tenido tu cuerpo, Molly, me habría dedicado al descenso. ¡El eslalon es una chorrada!

Mi madre y Molly ya habían superado los cincuenta. Fue la primera vez que oí a Pequeña Ray lamentarse de su pequeñez. Me había adaptado al hecho de que mi madre se hubiese enamorado de una mujer tan corpulenta como la allanadora nocturna, pero nunca la había oído decir que le habría gustado ser también más corpulenta; ni siquiera como esquiadora.

Al invierno siguiente, en diciembre —en el mismo televisor en Manchester, Vermont—, mi madre, Molly y yo vimos el descenso femenino de Cortina. Franz Klammer, que tan solo tenía veintitrés años, iba a ganar el descenso masculino de Kitzbühel un mes después. Otra austriaca, Annemarie Moser-Pröll, ganó el descenso de

Cortina. Molly había apostado a que Moser-Pröll ganaría, pero mi madre a quien animaba era a Monika Behr; la auténtica figura del equipo de Moser-Pröll. Como recordaréis, los que visteis su caída, esa iba a ser la última vez que Monika Behr competía.

Sí, habíamos visto caerse a Monika Behr antes. ¿Quién no? Más de una de sus caídas —no solo la última, en aquella competición en Italia— aparecía en los vídeos de momentos destacados, siempre que emitían deportes invernales en la televisión. La carrera de Monika como especialista en descensos acabó en Cortina en diciembre de 1976. Tenía la edad de Franz Klammer, pero durante el resto de su vida iba a tener que ver cómo se caía una y otra vez en los vídeos de momentos destacados. Era una esquiadora a tumba abierta, pero básicamente lo suyo había sido caerse. Monika se había arriesgado siempre mucho. Molly y yo no compartíamos el cariño que mi madre le tenía a Monika Behr. La manera en que esa esquiadora austriaca emprendía los descensos era el modo en que emprendía cualquier cosa.

Después de la Copa del Mundo de Val d'Isère de 1974, la policía francesa la detuvo por golpear a un fotógrafo. Monika asestó un fuerte golpe al teleobjetivo del fotógrafo, con lo que la cámara se le clavó en la cara lastimándole un ojo y haciéndole un corte en el puente de la nariz.

Se cayó en la Copa del Mundo de 1975 tanto en Garmish como en Jackson Hole. En ambas ocasiones fue acusada de golpear a los sanitarios que la atendieron después de sacarla en helicóptero de la pista. El modo en que Monika Behr esquiaba provocó que siguiese cayéndose, pero ya no volvieron a recogerla en helicóptero hasta la ocasión en que rescataron su cuerpo inerte en la competición de Italia. Rebotó primero en una cadera y después en la otra en aquel accidente final y, por lo visto, quedó inconsciente tras el primer impacto contra la pista; se había golpeado en la nuca.

Antes del accidente en Cortina tuvo otros problemas. Se peleó a puñetazos con una integrante del equipo estadounidense de descenso durante la Copa del Mundo masculina de Wengen en 1976; dos muchachas corpulentas lanzándose patadas y puñetazos con las botas de esquiar puestas, en la abarrotada zona de los espectadores. Monika Behr había estado acostándose con el novio de la esquiadora del equipo estadounidense, un descarado joven, integrante a su vez del equipo estadounidense masculino, que lidiaba también con sus propios problemas. Dos meses después, durante los festejos de la Copa del Mundo en Aspen, Monika Behr fue detenida por comportamiento escandaloso en un coche que pertenecía al mismo esquiador; a la pobre Monika la pillaron con las bragas bajadas, todavía encima del muchacho.

Poco importa lo que uno piense de Monika, no resulta nada agradable ver el accidente que sufrió en Cortina o el aspecto que tenía cuando se la llevaron en helicóptero por última vez: daba la impresión de estar muerta.

—Ay, Dios mío, esa pobre chica... ¡se ha roto el cuello! —chilló mi madre cubriéndose los ojos con las manos. No quiso ver las repeticiones. Molly y yo estábamos hipnotizados: vimos la caída de Monika Behr una y otra vez. Para alguien que haya esquiado alguna vez, es tan duro no observar su caída como hacerlo.

—Si no ha sido el cuello, seguro que la columna sí —dijo la allanadora nocturna después de las repeticiones. Habían convertido a Molly en pistera a tiempo completo en Bromley; en un principio, se trataba de una ocupación extra además de su responsabilidad como encargada de la pisanieves. Más adelante, cuando la nombraron directora del equipo de pisteros, se ocupaba de allanar las pistas solo de vez en cuando. Después de cumplir los cincuenta, Molly apenas se subía ya a la máquina pisanieves.

—Me ocupo del turno de noche solo cuando me apetece, niño —me dijo—, o cuando uno de los encargados está enfermo o necesita un descanso.

Molly no era neurocirujana, pero la encargada de la máquina pisanieves convertida en pistera acertó de pleno en su análisis sobre el accidente sufrido por Monika Behr en Cortina: fue una lesión de columna, que provocó una parálisis de sus extremidades inferiores. No había cumplido los treinta, pero Monika Behr quedó parapléjica; una mujer corpulenta, condenada a quedarse en casa, en silla de ruedas.

—Ay, Dios mío, esa pobre chica... ¡ni siquiera es guapa! —se lamentó mi madre.

Sí, lo sé, me estoy alejando mucho de la historia. Escribir guiones es lo que tiene. Y ese es el salto que debería haber previsto, pero que no fui capaz de anticipar.

Molly sí lo vio.

—No, Ray —empezó a decir la pistera.

—Pobre Monika Behr... ¡Se va a convertir en una de tus desgraciadas novias, Adam! —exclamó mi madre—. Demasiado grande, siempre luchando contra su peso..., y jamás será guapa. Hablo de las más jóvenes, cariño, de las que tienen tu edad —dijo mi madre—. Esa clase de chicas que miras en un principio pero que, después, enseguida, dejas de mirar. Esas pobres muchachas con las que sabes que nunca te quedarás, o no por mucho tiempo. Pobre Monika Behr, ¡se convertirá en tu *tipo,* cariño!

—Ya basta, Ray —le dijo Molly.

—Ni siquiera estoy hablando de las chicas mayores, Adam. Sé que no quieres presentarnos a las chicas mayores a Molly y a mí, pero puedo sonsacarle algo de información a Elliot, ¡y eso que es tan discreto! Y a tu abuela, de vez en cuando, se le escapa alguna cosa. Dottie no es lo que se dice discreta, ya sabes. Pobre Jasmine —dijo mi madre tras una pausa.

—Lo siento, niño —me dijo la allanadora nocturna.

El tono de voz de mi madre fue un tanto falso cuando dijo lo de «pobre Jasmine»: pretendía mostrar una empatía tan solo aparente hacia Jasmine. Yo tenía treinta años cuando estuve saliendo con Jasmine, que había cumplido los cincuenta. Resulta revelador que Jasmine fuese un año mayor que mi madre; más cerca, por lo tanto, de la edad de Molly. Jasmine fue una de las divorciadas con las que estuve saliendo. Le gustaba llamar a sus exmaridos o a sus antiguos novios para cantarles las cuarenta. Le gustaba descargar toda su rabia contra aquel que contestase al teléfono, aunque fuese la nueva esposa o la nueva novia o incluso alguno de sus hijos.

Jasmine acabaría convirtiéndose en mi segunda novia con la que menos posibilidades de casarme tendría nunca. Cuando estaba a punto de cortar con ella, la llevé a la casa de la calle Front y mi abuela (que ya había cumplido ochenta y nueve años) intentó advertirme de que Jasmine tal vez fuese «especialmente susceptible» respecto al hecho de ver fantasmas.

—No se trata solo de que Jasmine sea tan mayor como tu madre —empezó a decir Nana.

—Jasmine es mayor que Ray, y lo sabes, Adam —dijo Dottie.

—Lo sé —le respondí. No estoy seguro de qué edad tenía entonces Dottie. Nunca supe su edad. Si Nana tenía ochenta y nueve, supongo que Dottie debía de rondar los setenta.

—Además, Adam, querido, no creo que Jasmine sepa que tú no la consideras como una futurible esposa —precisó mi abuela—. Jasmine todavía piensa en sí misma como una mujer casadera.

—Jasmine se ha casado varias veces, ¿verdad? —me preguntó Dottie.

—Lo sé —dije. Estábamos los tres en la cocina de la casa de la calle Front, lavando los platos de la cena. Dottie ya me había hecho saber que Jasmine era la primera de mis novias con las que no pensaba casarme que había dejado limpio el plato en que le habían servido el espeso guiso de Nana. Podíamos oír a Jasmine hablando por teléfono en el salón. Le estaba soltando toda su mala sangre a un antiguo novio o a uno de sus exmaridos; yo esperaba que no le estuviese gritando al exmarido que había fallecido. Jasmine no me había dicho que había *visto* a su difunto exmarido, pero sí se lo había confiado a Dottie y a mi abuela.

—En los restaurantes de Nueva York a los que acostumbraban a ir juntos. Ahí es donde Jasmine lo veía —me contó Nana.

—Jasmine dijo que por lo general iba acompañado de otra persona muerta. Es decir, también ha visto otros fantasmas —añadió Dottie.

—¿Y eso es lo que te hace pensar que tal vez Jasmine sea «especialmente susceptible» respecto a ver fantasmas? —le pregunté a mi abuela. Dottie puso los ojos en blanco—. El fantasma del abuelo siempre habla de signos de puntuación. Nunca da miedo —recalqué.

—Supongo que no tiene nada de especial ver a tu difunto marido acompañado por un puñado de colegas muertos —dijo Dottie encogiéndose de hombros.

—Adam, querido —dijo Nana—, creo que Jasmine cree en la vida eterna. —Yo no entendía por qué debía preocuparme si Jasmine creía en la vida eterna, principalmente en su propia inmortalidad, pero, por lo visto, para mi abuela la espiritualidad de Jasmine era más importante que para mí—. No creo que a una mujer como Jasmine un posible encuentro con un fantasma le resulte reconfortante, querido.

—¡Reconfortante! —exclamó Dottie—. Cuando telefonea a

sus exmaridos y exnovios, les cuenta que no para de acostarse contigo... Ya lo sabes, Adam —dijo Dottie.

—Lo sé —contesté. Pudimos apreciar que Jasmine había alzado la voz en el salón.

—¡Una mujer de la edad de tu madre, Adam, querido, no debería ver al ilusorio y difunto hombre infantilizado en el dormitorio del hombre, *mucho más joven* que ella, con el que se va a acostar! —declaró mi abuela—. Eso podría provocar que Jasmine se trastornase —añadió.

—Si puedo dar mi opinión, señora Brewster, Jasmine ya está trastornada —dijo Dottie.

—Ahora salgo con un hombre joven, Harold... ¡Quiere hacerlo a todas horas! —oímos gritar a Jasmine desde el salón.

—Cuando rompas con ella, querido, te llamará a ti, ya lo sabes —me dijo Nana.

—Lo sé —dije.

—¡Nunca me ha dicho que solo se le pone dura con prostitutas, Harold! —gritó Jasmine.

—Está trastornada, de eso no hay duda. Su coño no puede ser tan especial para todos esos tipos —nos dijo Dottie.

—Lo sé —dije.

—Tu polla es diminuta, Harold... ¡Tienes polla de ardilla! —chilló Jasmine. Nana y Dottie me miraron fijamente.

—Lo sé, lo sé —dije.

—¡Tienes pene de hámster, Harold! —gritó Jasmine. El golpe que dio al colgar el teléfono en el salón pudo oírse desde la cocina.

—El concepto *pene de hámster* es nuevo para mí —nos dijo Dottie.

Estaba empezando a pensar que la vida eterna en la que Jasmine creía tenía mucho que ver con la perdición. Lo que debería haber tenido en cuenta era que Nana era muy buena con las premoniciones desde hacía mucho tiempo. ¿Acaso no había predicho que alguien resultaría herido o muerto en el campo de cróquet? Y si bien es cierto que mi abuela nunca me había hablado de la relación entre mi madre y Molly, ¿acaso no me había dado a entender (de un modo ambiguo) que mi madre no llevaba la vida de soltera que mis tías creían?

—Tú no eres el primer hombre en su vida, querido. Tú eres el único que le importa —me había dicho mi abuela—. Tú eres su alfa y su omega, Adam; en lo que a hombres se refiere —me había dicho. En su indirecto estilo, ¿acaso no me había dicho mi abuela que mi madre era mujer de una sola cosa? ¿No me había dicho que Pequeña Ray había elegido el único y exclusivo momento en que se acostaría jamás con un hombre, con el estricto propósito de concebirme a mí?

Ahora entiendo que mi lista de novias con mala estrella alcanzó una indeseada cota la noche que pasé con Jasmine en el dormitorio del desván de la casa de la calle Front. Ahora entiendo que la lista de todas esas novias apuntaba hacia mi equivocado encuentro, años más tarde, con Monika Behr.

22
La segunda novia que menos posibilidades tuvo de casarse conmigo

Siguiendo el curso de mi vida como una película que no se ha rodado, voy a abstenerme de mostraros el *flashforward* de mi inoportuno encuentro con la esquiadora parapléjica austriaca, aunque no voy a poder evitar el *flashback* de la noche que pasé con Jasmine bajo la claraboya del desván. Si alguna vez mi vida llegase a ser filmada, insertaría aquí la voz en *off* de mi madre; tanto su habitual «Pobre Monika Behr», como su más suave «Pobre Jasmine». La voz en *off* de mi madre dejaría de sonar cuando pronunciase en voz baja el nombre de Jasmine, justo en el momento en que Jasmine —con cincuenta años— se metiera en la cama conmigo.

Había dejado la luz del baño encendida a propósito, con la puerta entreabierta. La luz trazaba un camino en el suelo, junto a mi cama, y la noche era estrellada. Un resplandor plateado atravesaba la claraboya. Me preocupaban los presentimientos de Nana; en concreto, que un repentino avistamiento del fantasma del abuelo pudiera *sacar de sus casillas* a Jasmine. Observé de nuevo a Jasmine, a través de los ojos de mi abuela. Hasta ese momento, no se me había ocurrido criticar los picardías que Jasmine acostumbraba a ponerse al irse a la cama. Siempre llevaba alguno, transparentes pero no del todo reveladores. Así, oculta tan solo a medias, Jasmine se metía en la cama y se quitaba la prenda justo antes de mantener relaciones sexuales, si llegábamos a tenerlas.

Como estábamos en mi dormitorio del desván con el propósito de ver a un hombre muerto, no me planteé la posibilidad de tener relaciones; de ahí que no se hubiese quitado el picardías. Me sentí aliviado, aunque no debido a la habitual cháchara de Jasmine a la hora de acostarse, su incesante repetición de lo que había hablado por teléfono con uno de sus exmaridos o exnovios.

Empezaba a ser consciente de la insensatez que había cometido. Cuando dejé a Jasmine, supe que solo su muerte me libraría de ella; tenía cincuenta años, mayor para mí, pero sin duda todavía le quedaba mucha vida por delante. Jasmine nunca dejaría de telefonearme. Solo entonces entendí lo que Jasmine consideraba su posición vital, que no se refería únicamente a que su difunto exmarido hubiera sido adinerado. Aunque, por lo general, Jasmine mantenía una postura erguida —no se le habían redondeado los hombros y la parte superior de la espalda no mostraba signo alguno de haber empezado a desarrollar la típica joroba de viuda—, sin duda su posición social se correspondía con la de una viuda. Nana había intentado advertirme.

—Adam, querido —me dijo mi abuela—, esos restaurantes de Nueva York en los que Jasmine siempre anda viendo a su exmarido muerto... Bueno, esos restaurantes me dan a entender que Jasmine está totalmente aferrada a lo que ella considera su *posición en la vida.*

Fuera quien fuera el exmarido más reciente, Jasmine siempre me decía que le había echado una buena bronca. Estaba claro que Jasmine no avanzaba; seguía llevando la cuenta de los agravios. Entendí que con ella todo iba a ser cuesta arriba; en ese momento, por ejemplo, prepararla para la siempre repentina visita del fantasma del abuelo.

—Suele ir bien vestido —empecé a decir.

—¿De quién hablas? —preguntó Jasmine.

—Del fantasma de mi abuelo —le recordé.

—Ah, él —dijo. A su indiferente manera, Jasmine me agarró la mano y la metió debajo del picardías hasta alcanzar su pecho desnudo (solo ligeramente caído). Con la otra mano, atrajo mi cara hacia su perfumado cuello (sin arrugas visibles). ¿Cuántos hombres antes que yo habrían sido guiados de forma similar, y cuántos de ellos seguirían cambiando o anulando sus respectivos números de teléfono?—. A decir verdad, no me interesa el fantasma de tu abuelo, Adam —dijo Jasmine—. Mi exmarido, el que murió, no es más interesante ahora que está muerto de lo que lo era en vida: sigue saliendo con los mismos amigos. *¡Siempre* estuvieron muertos! Todos eran tan aburridos como él —dijo Jasmine.

—No creo que mi abuelo tuviera amigos, solo obsesiones —le comenté a Jasmine—. Como suele aparecer de repente, puede resultar extraño, pero no tiene nada de terrorífico. Nunca tiene nada original que decir sobre la puntuación —dije. Era la primera vez que reconocía que el emérito no tenía amigos. Me dio lástima. También me dio miedo, pero Jasmine no estaba interesada en él. Se levantó el picardías y se sentó a horcajadas sobre mí.

—¿Y si se presenta de repente mientras estamos follando? —me preguntó Jasmine—. Eso podría sacudir las comas del pobre muchacho —dijo frotándose con mi cuerpo.

Fue la primera vez que pensé que follar delante de un fantasma tal vez no fuese una buena idea. Como cabe suponer, siempre había tenido claro que follar delante de cualquiera era una falta de respeto; Jasmine consiguió irritarme un poco más. Era ella la que me había liado para que viésemos juntos un fantasma.

Con Jasmine cabalgándome, no era capaz de ver la zona del suelo de mi dormitorio que me había propuesto iluminar. Por la forma en que se había colocado sobre mí, no podía ver el punto iluminado por las estrellas bajo la claraboya donde solía aparecerse el fantasma del hombre de los pañales. Hacía mucho tiempo que no oía el crujido del escalón de las escaleras que llevaban al desván. Había dado por supuesto que los fantasmas no pesaban, o bien que no necesitaban escaleras. Aún no había aprendido a no precipitarme a la hora de sacar conclusiones sobre todo lo relativo a los fantasmas. Tiempo después, descubrí que a los fantasmas les gustan los ascensores o, mejor dicho, que algunos fantasmas montan en ascensor por razones que desconozco.

—No temas. Tiene un aire muy de maestro de escuela —le dije a Jasmine con la intención de prevenirla y tranquilizarla a un tiempo.

Nunca debe generalizarse sobre los fantasmas. Pero en aquel entonces, ¿qué sabía yo? En los años que habían transcurrido desde que al infante emérito le alcanzó un rayo, solo se había mostrado como un profesor de inglés al que no había modo de interrumpir; además, se dirigía a ambos sexos con la expresión *queridos chicos*. Nada en su comportamiento provocaba ninguna clase de miedo.

Con el paso del tiempo, otros fantasmas —aquellos sueños recurrentes con los que los confundí al principio— me resultaban tan familiares (y tan poco amenazadores) como si de viejos amigos se tratase. ¿Acaso existe alto menos amenazador que las fotografías en blanco y negro de personas, lugares y sucesos del pasado?

Aquellos cinco hombres en un antiguo campamento minero de Aspen; la caravana de mulas, los vagones cargados de minerales, cruzando el Independence Pass; lo que mi madre dijo sobre que con toda probabilidad se trataba de un turno de tarde en la mina Smuggler; dos mineros bajo tierra, colocando cargas de pólvora; el retrato formal del valiente —aunque triste— Jerome B. Wheeler; la carreta tirada por un caballo, cargada con cerveza, en el Hotel Jerome; la mina de Aspen; la sirvienta del hotel de piel oscura, tal vez mexicana (Pequeña Ray creía que era italiana). No, no me he olvidado del niño o del joven del que no le hablé a mi madre; todavía no le había hablado de él. Aquel chico de los años cuarenta, guapo pero de aspecto infantil, un muchacho bajito con una alta pala de nieve. Intuía —todavía intuía— que podía tratarse de otro tipo de fantasma, de los que pueden hacerte daño. O tal vez solo fuera un sueño recurrente, aunque yo no lo creía. Lo que no me gustaba de él era su jersey de esquí y el gorro con pompón. El jersey era demasiado grande para la anchura de sus hombros; el pompón del gorro de esquí era pueril, o bien acentuaba algo aniñado en él. Un huésped del hotel, seguramente una mujer, debió de dejarse el gorro y el jersey. A pesar del paso del tiempo, esas imágenes nunca cambiaron: porque las viejas fotografías en blanco y negro no mienten, ¿verdad?

Había otra imagen, más inquietante que el resto. Hablé de ella con mi madre.

—Ah, esos tipos —me dijo despreocupada—. Esos chicos blancos en Aspen eran voluntarios; creo que fueron los que acabaron con la revuelta de los indios ute.

En una conversación telefónica que mantuve con un miembro de la Sociedad Histórica de Aspen, y que me resultó de gran ayuda, dije que estaba intentando entender una fotografía en blanco y negro que había visto, en ella aparecían unos hombres blancos armados posando con el cuerpo acribillado de un indio ute muerto. Uno de los compañeros muertos de los hombres blancos aparece en una posición bastante más digna que el cadáver del indio ute tendido de manera irrespetuosa en el suelo. Aspen se llamaba antes Ute City, un campamento para los mineros de la plata en el distrito de Roaring Fork. Los ute fueron desplazados a Utah en la década de 1880. Hubo una revuelta india en 1879 y otra —menor, tal vez la última— en 1887. La Sociedad Histórica no tenía constancia de la foto. Es decir, no sé de qué revuelta Ute tuve una visión. ¿Acaso importa? Ahora todos son fantasmas, no solo los dos muertos que aparecen en la fotografía. Tan solo queda la falta de respeto.

Ahora sé que no debería haberle hablado de un modo tan presuntuoso a Jasmine sobre el fantasma del abuelo. Nunca pretendí engañarla, pero el fantasma que ella vio no fue el de un joven profesor de inglés bien vestido. Sentí que Jasmine contenía la respiración en el mismo instante en que empezó a dar manotazos en el aire a su alrededor, como si estuviera ahuyentando a un invisible enjambre de abejas. En ese mismo instante sentí también cómo su orina caliente empapaba mis muslos. Fue entonces cuando oí al hombre de los pañales gritar:

—¡No, Pequeña Ray!

No era la voz que utilizaba para impartir clase. Incluso antes de llegar a verlo, supe que el emérito había dejado de lado el tema de la puntuación. No había nada en aquel fantasma que recordase a un maestro de escuela.

Tuve que proteger mi cara del braceo de Jasmine. Sus anillos rasgaban mi piel, por todas partes. Lucía un centelleante anillo en cada uno de sus dedos, excepto en el anular, donde suele llevarse la alianza de boda.

—Las manos de esa mujer eran como diamantes, querido, y de los grandes —me dijo Nana más tarde. (No me cabe duda alguna de que eran de los afilados.)

—¡No, Pequeña Ray!

El enfurecido hombre de los pañales no paraba de gritar. Ahora no necesitaba de un lector de labios para hacerse entender. Me percaté de que se trataba del niño *in extremis,* del infante *terribilis,* el hombre de los pañales a punto de morir; el escuálido emérito lunático, desnudo a excepción del pañal, aferrando un puñado de arcos de cróquet con sus manos marchitas.

—¡No, Pequeña Ray! —se lamentaba ahora Jasmine, haciendo todo lo posible por convencer al fantasma de que estaba de su parte.

—¡No, Pequeña Ray! —se gritaban el uno a la otra. Mi abuela no podía oír (y tampoco ver) al abuelo Lew, pero sin duda pudo oír a Jasmine gritando lo innombrable.

—¡Yo me encargo, señora Brewster! —oí exclamar a Dottie.

Nuestros vecinos debieron de oír gritar a Jasmine: «¡No, Pequeña Ray!». La delirante mojacamas estaba ahora de pie sobre mi cama, con el empapado picardías pegado a su cuerpo. Aunque Jasmine era un poco más joven que Molly, en esa tesitura parecía mucho mayor que la pistera.

—Pequeña Ray es mi madre —me sentí obligado a aclarar, ya que Jasmine no paraba de chillar su nombre. Sin razón aparente, lo que dije pareció disgustar aún más a Jasmine. En ese preciso momento, el hombre de los pañales dejó de gritar. Un gesto de cordura fugaz se dibujó en su rostro. Se acuclilló entre gruñidos. ¿Los fantasmas cagaban? ¿En serio? Ya he dejado de generalizar. Lo único que diré es que el hombre de los pañales parecía dispuesto a manchar su pañal. Para no ser menos, o bien porque había perdido lo que le quedaba de raciocinio, Jasmine —todavía de pie en la cama— vació sus intestinos. O bien vació tanto sus intestinos como su cerebro, sin seguir un orden concreto.

Sí, Jasmine se cagó en mi cama. Y no, eso nunca me ha vuelto a pasar con ninguna otra novia, ya fuera casadera o no. Semejante acto espontáneo de defecación venció, o como mínimo superó, al hombre de los pañales. Desapareció sin más, algo que los fantasmas pueden llevar a cabo de manera tan repentina como el hecho de aparecer.

—Mira lo que me has hecho, Adam... Mira lo que me has hecho —dijo Jasmine. Entonces se puso de rodillas, cagada, en mi cama.

—No suba las escaleras del desván, señora Brewster —le oí decir a Dottie—. Yo soy la persona que se encarga de arreglar las cosas en esta casa, y esto me parece una situación que necesita ser arreglada.

—Yo no soy así, Adam. Esto ha sido cosa tuya —me recriminó Jasmine.

Supuse que aquello se convertiría en el motivo de toda una larga serie de llamadas. Jasmine jamás iba a recuperar por completo la cordura. Cuando una mujer de cierta edad —en su caso y, como había señalado Nana, con una supuesta *posición en la vida*— se caga en la cama, se caga encima, la responsabilidad tiene que recaer en otra persona.

Cuando oí el conocido crujido de la escalera del desván, vi que Jasmine se estremecía. Se puso en pie de un salto, cubierta de mierda, tambaleándose sobre mi cama dispuesta a enfrentarse a la siguiente visita fantasmal. Solo tuve tiempo de decirle:

—No te preocupes, no es un fantasma.

No fue culpa mía que nunca hubiese sabido cómo se preparaba Dottie para irse a la cama. Su crema facial, aplicada con generosidad, era del color sin vida de la luna: tenía un brillo húmedo, propio de otro mundo. El disco que cercaba la cara de Dottie, como si de una pantalla de lámpara se tratase, tenía por objeto (según me contó más tarde) evitar que al darse la vuelta manchara la almohada con la crema. Los preparativos nocturnos de Dottie daban a entender que dormía inmóvil, tumbada de espaldas. El disco, la espesa crema facial, así como la cruda severidad de su albornoz negro le otorgaban a Dottie la apariencia del Ángel de la Muerte.

Al graduarme en Exeter, Elliot Barlow me regaló un libro de guiones de Ingmar Bergman; entre ellos se encontraba el guion de *El séptimo sello*, mi película favorita del director sueco. Ese fue el primer guion que leí. No creo haber leído otro mejor. Cuando vi a Dottie adentrarse en el camino de la luz, que corría desde la puerta abierta del cuarto de baño hasta la cagada Jasmine, de pie sobre mi cama, pensé que Dottie era la Muerte; una aterradora versión femenina del Bengt Ekerot con cara de luna, el monje medieval con capucha negra que personifica a la Muerte en *El séptimo sello*. Dottie me dijo tiempo después que dejé escapar un gemido cuando la vi.

Si Jasmine hubiera podido evacuar algo más, estoy seguro de que lo habría hecho, pero Jasmine se había dado por vencida. Resignada a su destino, se acurrucó en posición fetal en la cama y yació temblorosa en sus propios excrementos, esperando a que la Muerte —con acento de la costa de Nueva Inglaterra— acabara con ella.

—Virgen santa... ¿Ha sido por el guiso de la abuela? —me preguntó Dottie.

—Ha sido por el fantasma del abuelo, cerca de su muerte. Solo llevaba puesto el pañal —le dije.

—Por lo que parece, tendría que haber sido tu amiga la que se hubiese puesto el pañal —replicó Dottie. (Imposible no admirar a la gente de la vieja escuela de Maine, capaz de hacerse con las riendas en cualquier tipo de crisis.)—. Estás hecho una pena, Adam —me dijo Dottie—. Ve a asearte al cuarto de baño de tu madre. Yo limpiaré este desastre y atenderé a la señora.

Intentando ser lo más educado posible, le indiqué a Dottie que estaría bien que se quitase aquel terrorífico disco de la cara e hiciese algo respecto a aquella crema facial de aspecto lunático.

—Mierda, claro que voy a quitármela —replicó Dottie un tanto indignada—. Con todos esos gritos, Adam, pensé que lo mejor era no perder tiempo y venir aquí lo antes posible.

—Dottie se ocupará de ti — le dije a Jasmine.

Supe a ciencia cierta que no habría más conversaciones constructivas entre nosotros. Habida cuenta de la magnitud de la mierda que había tenido lugar entre nosotros, supe que todas las llamadas telefónicas de Jasmine serían para culparme.

23
«Casi perfecto» o «sin ataduras»

No he contado hasta qué punto mi madre se convirtió en una fanática de la lucha libre. Sé que no os he ofrecido la verdadera imagen de cómo se comportaba durante los combates de lucha libre. A mis compañeros de equipo les encantaba tanto mi madre como su manera de comportarse, pero a mí me avergonzaba. Que varios de mis compañeros de equipo estuvieran enamorados de mi madre —entre ellos, y no el menos apasionado, el más pequeño de todos, nuestro jugador titular de cincuenta kilos— me avergonzaba aún más. Dudo que el entrenador Dearborn estuviera prendado de mi madre. El entrenador no estaba flirteando con ella cuando los vi en la tarima de baile el día de la boda en la calle Front; sus sentadillas con una sola pierna, para él no fueron más que sentadillas.

El entrenador Dearborn nunca perdía los estribos; nos reprendía, precisamente, cuando nosotros los perdíamos.

—Enfadarse es una distracción para los luchadores —nos decía.

Sin embargo, se alegraba tanto como mis compañeros de equipo cuando Pequeña Ray perdía los nervios durante los combates de lucha; en la mayoría de las ocasiones descargaba su frustración contra los árbitros. El entrenador Dearborn, como era su costumbre, lo expresó de un modo muy diplomático:

—La calidad de los árbitros en Nueva Inglaterra no es a la que yo estaba acostumbrado en los Diez Mejores.

Una vez le pregunté a Molly si a mi madre la habían puntuado alguna vez por debajo de lo que merecía cuando era esquiadora de eslalon. O si, de alguna otra forma, Pequeña Ray había sido juzgada de un modo injusto por algún juez de competición.

—No la conocía cuando competía, niño —se limitó a decirme Molly.

En una competición fuera de casa, en el gimnasio James de Mount Hermon, Pequeña Ray no dejó de insultar al árbitro llamándolo «calvorota». El árbitro era algo más que calvo. También era culpable de no haber penalizado, de no haber advertido siquiera, al luchador de Mount Hermon por demorarse. El luchador se arrastraba una y otra vez fuera de la colchoneta. No se esforzaba por dejar de apoyarse en el vientre y en los codos. Estaba perdiendo el combate, tan solo intentaba no ser inmovilizado. Era el primer combate del día —en aquellos tiempos, siempre luchaba primero el de menor peso— y mi madre sabía que nuestro luchador de cincuenta kilos estaba loco por ella. Cuando los presenté, Matthew Zimmermann no podía mirarla a la cara y apenas fue capaz de articular palabra. Mi madre sin duda pretendió tontear con él cuando le dijo, con los ojos muy abiertos, que estaban en la misma categoría de peso.

Había una enorme cantidad de luchadores que se llamaban Matthew. Como cabe suponer, a todos los llamaban Matt. Pero a Zimmermann no: le llamábamos Zimmer o Zim. En aquellos años, en un colegio solo para chicos, los apellidos eran la norma. Los profesores se dirigían a nosotros por nuestros apellidos. Llamábamos a nuestros amigos íntimos por el apellido.

Zimmermann era un luchador de cincuenta kilos bastante peleón, aunque mi madre opinaba que le faltaba el imprescindible instinto asesino. Cuando iba ganando por puntos, se conformaba con empujar a su oponente, no buscaba que cayese. Cuando iba perdiendo, dejaba de esforzarse, se limitaba a no caer. La falta de agresividad de Zimmer podía hacer que mi madre le gritara.

—Podrías matar a este tío, Zim... ¡Mátalo! —le gritaba.

Pero las peores expresiones se las guardaba para los árbitros.

—Necesitas gafas, calvorota. ¿No ves que está perdiendo tiempo? —le gritó al árbitro del Mount Hermon.

Él la oyó. Estoy seguro de que todo el mundo la oyó. Cuando los luchadores salieron de la lona, el árbitro hizo sonar su silbato. Mientras los luchadores volvían a sus posiciones en el centro, el árbitro miró fijamente a mi madre. Mi madre le sostuvo la mirada. El árbitro calvorota aún tenía el silbato en la boca, pero no había pitado, cuando Pequeña Ray dijo:

—A lo mejor gafas y peluquín.

Imperaba el silencio en el viejo gimnasio James mientras el entrenador Dearborn y el árbitro calvo hablaban. Cuando el entrenador se acercó a la grada, donde estaba sentada mi madre —en primera fila, casi tocando la colchoneta—, invitó a mi madre a sentarse en el banquillo del equipo de Exeter. El público de Mount Hermon aplaudió a rabiar cuando mi madre se unió a mis compañeros y a mí en el banquillo; mis compañeros también aplaudieron. El entrenador Dearborn le hizo a mi madre un sitio a su lado. Me sentí aliviado al pensar que el hombre de las raquetas no estaba con nosotros en Mount Hermon. El señor Barlow viajaba con el equipo de categoría juvenil.

—Nos alegra mucho que te sientes con nosotros, Ray —le dijo el entrenador Dearborn—, pero no puedes hablar con el árbitro desde el banquillo del equipo.

—¿Entonces no puedo decirles a los árbitros que llevan camisetas de rayas blancas y negras por acostarse con cebras? —preguntó mi madre.

—Desde el banquillo del equipo, no, Ray —respondió el entrenador Dearborn con una sonrisa.

Quedó claro que el árbitro solo oyó parcialmente aquellas palabras. Había alzado la voz al mencionar las camisetas de rayas blancas y negras y también cuando dijo la palabra *cebras*. Se comportó de manera adecuada durante el resto del combate de Zimmer. Cuando el árbitro advirtió al oponente de Zim de que estaba perdiendo tiempo —fue solo una advertencia, no una amonestación—, el entrenador Dearborn dirigió a mi madre una mirada de advertencia.

—Por fin —le dijo Pequeña Ray en voz baja al entrenador, no al árbitro.

Cuando terminaron los combates, se produjo el habitual barullo sobre la lona. Algunos de los luchadores estrechaban la mano de sus oponentes, otros no. Me puse nervioso cuando vi a mi madre acercarse al árbitro. Técnicamente hablando, ya no estaba en el banquillo del equipo, pero el entrenador Dearborn y yo —y, por supuesto, mis compañeros de equipo— escuchamos con toda nuestra atención.

—Siento mucho haberte llamado «calvorota», ha sido cruel —le dijo Pequeña Ray al árbitro.

Más tarde, en el sótano del antiguo gimnasio James, junto a las taquillas de los equipos visitantes, el entrenador Dearborn me llevó a un lado.

—Aprecio mucho a tu madre, al igual que tus compañeros de equipo, Adam —empezó a decir el entrenador—. Pero creo que el señor Barlow estaría de acuerdo conmigo en lo que te voy a decir: como norma, no debería sentarse con el equipo. Volveremos a encontrarnos con ese árbitro y dudo mucho que cambie su forma de arbitrar. No sé si entiendes a qué me refiero.

—Sé a lo que se refiere —le dije. Asentí de tal modo que Em se habría sentido orgullosa.

Sin contar a mis tíos y al hombre de las raquetas, la mayor parte del profesorado de Exeter no me llamaba Adam. Por lo general, solían dirigirse a mí como Brewster. Al llamarme Adam, el señor Dearborn me hizo sentir como si estuviese en familia. Un equipo de lucha puede ser una familia, aunque no una familia exactamente como la mía.

Yo quería a mi familia de cuatro integrantes, contando a Molly. Yo sabía que otras familias nos considerarían raros, pero desde mi punto de vista no lo éramos; tan solo éramos un poco diferentes. Intentaba aplicar ese principio cuando pensaba en mi madre como un objeto de deseo, al mismo tiempo que una madre sustituta, para mis compañeros de equipo de lucha; esos muchachos que se machacaban físicamente en el internado, lejos de casa, echando de menos a sus madres y sin chicas de su edad más o menos cerca. Las madres —me refiero a las madres de otros— pueden proporcionar a los jóvenes solitarios un montón de estímulos eróticos. Pequeña Ray era menuda y sexy y mis compañeros de lucha no estaban acostumbrados a las chicas deportistas. A mis compañeros también les desmontó la flexibilidad y la fuerza de mi madre.

Antes de conocer a Molly y a Elliot, nunca había visto a mi madre flirtear con nadie. Después de casarse con el hombre de las raquetas y de vivir con la conductora de la pisanieves, nunca vi a Pequeña Ray flirtear con nadie de su misma edad o mayor que ella. Pero mi madre sí tonteaba con mis compañeros del equipo de lucha. Era muy consciente de su efecto sobre los chicos y los hombres más jóvenes. No creo estar fantaseando: tener fantasías con mujeres mayores es lo que les ocurre a los muchachos y a los hombres jóvenes.

El entrenador Dearborn invitó a mi madre a los entrenamientos de lucha. Uno siempre está cambiando de nivel o de ángulo en el ámbito de la lucha. El entrenador Dearborn había visto cómo mi madre hacía sentadillas con una sola pierna y quería que les enseñara a mis compañeros a hacerlas como ella; también las sentadillas de pared. Así es como empezó el entrenamiento, de un modo bastante inocente, con mi madre en pantalones de chándal y camiseta, mostrándoles a los chicos cómo hacía sus ejercicios de esquí. La explosividad cuenta, tanto en el esquí como en la lucha, por eso, poco tiempo después, mi madre rodaba ya por el suelo con otros pesos ligeros en la sala de lucha; no solo con el hombre de las raquetas. Pequeña Ray derribó a Matthew Zimmermann con una doble pierna perfecta, lo que hoy en día se denomina «una doble de tren de mercancías». Bajó el hombro hasta colocarlo por debajo de la cintura de Zim y lo tiró al suelo, sujetando con las manos ambas nalgas de Zimmer y con la cabeza encajada bajo su caja torácica. Puso de espaldas a nuestro titular de cincuenta kilos.

—Ya veo que alguien ha estado prestando mucha atención a los derribos; así es como se utiliza una pierna doble —comentó el entrenador Dearborn.

—Te lo dije —me recordó el pequeño profesor de inglés—. Ray podría haber sido una estupenda luchadora de cincuenta kilos.

Zimmermann se quedó sin aliento, tumbado de espaldas y jadeando. Las atenciones de mi madre hacia él mezclaban un afecto más bien apolillado y los consejos de un entrenador.

—Zim, escúchame —le dijo tras inclinarse sobre él, con el pelo cayéndole por la cara—. Tienes que inspirar por la nariz y espirar por la boca, o hiperventilarás.

La forma en que se había colocado a horcajadas sobre Zimmer me recordó la noche en que me enseñó el beso del hombre de las raquetas de nieve. Dudaba mucho de que esa fuera la mejor manera para que Zim recuperara su ritmo respiratorio.

—No, no... Aprieta los labios y sopla así —le dijo mi madre a nuestro jadeante chico de cincuenta kilos mientras le soplaba en la cara.

¿Fui yo el único presente en la sala de lucha que se percató de que Zimmer tenía una erección, un síntoma poco conocido de la hiperventilación, o bien se le había subido el pantalón de chándal debido al modo en que Pequeña Ray lo había tumbado en la lona?

Antes de saber qué había sido de la vida de Matthew Zimmermann, temía en lo que podría haberse convertido. ¿Y si Zimmer se hubiese casado con una mujer mayor, idéntica a Pequeña Ray? Me imaginaba al pobre Zim atraído por mujeres mayores que lo machacaban con llaves dobles de tren de mercancías. Luego le soplaban en la cara y se la ponían dura mientras él no paraba de jadear.

En cuanto al árbitro calvo, el que no entendía muy bien qué era perder tiempo, volvimos a toparnos con él en una competición celebrada en casa, en Exeter. Fue la primera vez que Molly acudió a verme luchar, aunque tal vez acudió para ver cómo se comportaba Pequeña Ray con los luchadores. Mi madre y la allanadora nocturna no se sentaron en el banquillo del equipo, sino al lado de las colchonetas, en la primera fila de asientos de la grada. La competición se celebró en el foso de gladiadores, en la Jaula Thompson. Las piernas de nuestros compañeros de la escuela colgaban por encima de nosotros, sus caras nos miraban desde la pista de atletismo de madera sobre nuestras cabezas. Los alumnos se sentaban en la entrada en forma de L de la pista que bordeaba la pista de tierra de abajo. Desde las colchonetas podíamos oír los disparos para los corredores y vallistas que había en la Jaula.

Era la primera vez que mis compañeros del equipo de lucha veían a Molly, aunque fuera a cierta distancia. Como estábamos en invierno, la conductora de la pisanieves y mi madre llevaban puesta la ropa que se utilizaba después de esquiar, que no resultaba precisamente favorecedora. Aun así, la allanadora de pistas era una diosa para mí, por eso me sorprendió que mis compañeros de equipo solo tuvieran ojos para mi madre. Se puede aprender mucho sobre el punto de vista escribiendo, pero también teniendo en cuenta el deseo sexual.

—¿Quién es ese pedazo de rubia que está con tu madre, Brewster? —me preguntó uno de mis compañeros.

—Es Molly, la mejor amiga de mi madre. Obviamente, es esquiadora —dije.

—Es una amiga y esquiadora enorme —señaló Zimmermann, hablando estrictamente desde la perspectiva de una persona de cincuenta kilos de peso. Había estado saltando a la comba y estaba sudado; le gustaba saltar a la comba justo antes de subirse a las colchonetas para acelerar su ritmo cardiaco.

Como cabía suponer, iba a ser el combate de Zimmer —como siempre, el primero del día— el que pusiese de manifiesto que aquel árbitro ni advertía ni sancionaba las pérdidas de tiempo. El rival de Zimmermann fue derribado dos veces y decidió dejar de luchar. Zimmer lo derribó, lo soltó y volvió a derribarlo con rapidez. Es decir, cuatro a uno, y solo había transcurrido la mitad del primer periodo. El oponente de Zim, tumbado en el suelo, se convirtió en una mesa. A cuatro patas, con la cabeza erguida, separó las manos y las rodillas; en esa postura sería invencible. Con los brazos y la espalda rectos, bloqueaba todos los movimientos de Zimmer.

—¿Qué hace en esa postura? —le preguntó el entrenador Dearborn al árbitro sin alzar la voz. No hubo respuesta.

Zim le apretó los brazos. Levantó los tobillos del tipo y lo empujó hacia delante, a cuatro patas, como si fuese una carretilla. Pero aquel luchador no se dejaba doblegar: estaba decidido a seguir siendo una mesa.

—¿Pérdida de tiempo en el suelo? —le sugirió el hombre de las raquetas al árbitro, pero no le hizo caso.

—Menuda tontería, árbitro. ¡Está perdiendo el tiempo en el suelo! —gritó mi madre. Al menos no le llamó calvo.

—¡Agarre cruzado, Zim! —bramó el entrenador Dearborn. Eso era lo que yo también había pensado, pero Zimmermann parecía un tanto frustrado. Estaba de puntillas, con el pecho sobre la espalda del tipo, tirando del tipo de manera cruzada, primero de un lado y luego del otro.

Cuando el árbitro hizo sonar su silbato, sancionó a Zim por rudeza innecesaria, lo que supuso un punto para su rival. Zimmer seguía por delante, cuatro a dos.

—¡Zim! —dijo el entrenador Dearborn bruscamente—. Suéltalo. Bájalo otra vez.

Zimmer soltó al chico. Eso suponía el cuatro a tres al final del primer periodo. A veces, los espectadores se calmaban entre un periodo y otro. Hubo algunos murmullos en nuestro banquillo, pues penalizar a Zimmermann por rudeza innecesaria no iba para nada con su estilo.

—Zim peca más bien de rudeza *insuficiente* —dijo uno de mis compañeros de equipo.

Pequeña Ray se puso en pie de un salto y le gritó a bocajarro al árbitro calvo:

—¡Ni una cebra querría follarte!

Sí, la idea de follar con una cebra tenía un contexto; pero no todos los que oyeron aquellas palabras, y todos las oyeron, estaban al corriente de dicho contexto. Yo me había sentado al lado del entrenador Dearborn, que dijo en voz baja:

—Eso lo resume todo, Adam: ni siquiera una cebra.

—Ni siquiera una cebra —repitió el hombre de las raquetas de nieve, aunque lo dijo en voz tan baja que sonó reverencial.

Todos pudimos ver que Molly había rodeado a mi madre con su brazo. La allanadora nocturna estaba guiando a mi madre hacia la salida. Solo más tarde me di cuenta de que la conductora de la pisanieves sabía algo sobre la naturaleza de la competición. Molly no quería dejar nada en manos de un mal árbitro. El árbitro no podía expulsar a Pequeña Ray si ella ya se estaba yendo.

—¡Ni siquiera una cebra! —gritaron varios de los alumnos entre el público.

—Estamos asistiendo al nacimiento de un mantra —dijo Elliot Barlow, al tiempo que Zimmer se colocaba frente a su contrincante, que parecía flaquear. Zim volvió a derribar al tipo y a soltarlo. Dos puntos por el derribo, un punto por la huida... De ese modo es fácil establecer una ventaja con bastante rapidez.

Yo estaba calentando para mi combate cuando Zimmermann vio a mi madre y a Molly. Zim había ocupado mi lugar en el banquillo del equipo, desde donde había buscado a mi madre por todas partes. Pequeña Ray y la allanadora de pistas estaban sentadas junto a los alumnos por encima de nosotros; mi madre los denominaba «los asientos de campo». Me había dicho que le gustaba estar al lado de las colchonetas, donde podía ver sudar a los luchadores y oírles respirar.

Siempre recordaré ese día. Segundos antes de salir, vi a Zimmer saludar a mi madre, que le devolvió el saludo. Molly todavía la rodeaba con el brazo. Fue el día en que «Ni siquiera una cebra» empezó a ganar impulso. Entre mis compañeros, acabaría adquiriendo el estatus de cántico sagrado.

En un libro que casi nadie ha leído, conté la historia de la cebra y lo de follar; aunque hice que fuese la madre de otra persona la que contara la historia. Supuse que mi madre sabría apreciar que hubiese cambiado el discurrir de la historia para protegerla. Pero Molly me dijo tiempo después que había herido los sentimientos de mi madre.

—Ray creyó que no quisiste reconocérselo, niño —me dijo la conductora de la pisanieves.

Con el paso del tiempo, se estableció una pauta. Molly era la que me comentaba siempre lo que mi madre opinaba acerca de algo que yo hubiese escrito. Al parecer, Pequeña Ray se preguntaba por qué *nunca* escribía sobre ella.

—¿Quiénes son todas esas otras madres? ¡Ninguna de esas soy yo! —se lamentó ante la allanadora nocturna—. Siempre hay madres, pero ¿quiénes *son* esas mujeres? ¿Acaso no he dejado huella alguna en él? —le preguntaba mi madre a Molly, quien, a su vez, me informaba a mí.

—¿De verdad quiere mi madre que escriba sobre ella? —le pregunté a Molly en repetidas ocasiones.

—No, claro que no, niño —me dijo la allanadora de pistas—. Ray no entiende la ficción. Ray no lee ficción. Excepto tus libros.

Esa pauta de comportamiento, sin embargo, funcionaba en ambos sentidos. Entendí que podía quejarme a Molly de las cosas que mi madre no me contaba; por ejemplo, se me ocurrió que Molly podría persuadir a mi madre para que me dijera quién era mi padre. ¿Y si Pequeña Ray se lo contaba primero a la allanadora nocturna? Tal vez entonces mi madre permitiría que Molly me lo contara a mí.

La noche después del «Ni siquiera una cebra» fue cuando se me ocurrió la idea de que Molly ejerciese de intermediaria. Cuando Molly y mi madre venían juntas a Exeter, por lo general para verme luchar, los acuerdos para dormir eran diferentes. El apartamento del hombre de las raquetas en Amen Hall no servía para los cuatro. Si mi madre y Elliot dormían juntos, eso significaba que Molly tenía que dormir conmigo. Después de la noche de bodas, se estableció cierto grado de ambigüedad en cuanto a las consecuencias de que yo durmiese en la misma cama que la conductora de la pisanieves; seguramente no se trataba de la opción más saludable para un adolescente.

En aquellos años, cuando mi madre y Molly tenían que pasar la noche en Exeter, se instalaban juntas en la habitación de mi madre en la casa de la calle Front. Como cabía esperar, mi madre dormía conmigo en el desván. Yo sabía, obviamente, que Pequeña Ray me abandonaba a veces, ya fuese para visitar a Molly o cuando nos interrumpía una improvisada lección de ortografía impartida por el fantasma del emérito del punto y coma. A mi madre no le hacían ninguna gracia las visitas fantasmales del abuelo. Se le hacía muy cuesta arriba rememorar la época en que aún hablaba. Entendí perfectamente por qué le molestaban sus monólogos. No le incomodaba recordar hasta qué punto el profesor emérito adoraba a su Pequeña Ray..., antes de que su embarazo lo dejara sin habla. Fue después de una de aquellas charlas —«Chicos, chicos», empezó diciendo el gramático fantasmal— cuando mi madre se levantó de la cama y descendió las escaleras del desván.

—No soy un chico, papá. Nunca lo he sido. Por eso precisamente, como recordarás, ¡me quedé embarazada! —gritó Pequeña Ray mientras bajaba las escaleras. El fantasma del hombre de los pañales siguió dirigiéndose a mí en plural. Me había dormido para cuando la allanadora nocturna se metió en la cama conmigo, tal vez por indicación de mi madre.

—Puedes contarme en qué piensas, niño —dijo Molly en la oscuridad—. Si te apetece.

Yo tenía muchas cosas que decir. Seguía queriendo saber quién era mi padre, aunque ya no se lo preguntaba nunca a mi madre.

—Sé que el hombre de las raquetas se lo ha preguntado, pero ella no le respondió —le dije a Molly.

Elliot Barlow hacía ya algún tiempo que ejercía de intermediario para mí. Ahora disponía de dos. Ya le había dicho al hombre de las raquetas lo que deseaba que mi madre me dijera.

—Tienes que darle algo más de tiempo a Ray, Adam —me dijo Elliot—. Quizás a ella le resulte más fácil contármelo primero a mí o a Molly.

La noche en que Molly me dijo que ella estaba *en el club*, empecé a comprender lo que había querido decir el pequeño profesor de inglés. Al igual que Pequeña Ray, yo guardaba un secreto. Ni siquiera se lo había contado a Nora o a Em. En caso de contárselo a alguien, empecé a creer, quizás me resultaría más fácil decírselo primero a la allanadora de pistas.

Sabía que el hombre de las raquetas se ponía la ropa de mi madre. De acuerdo, la echaba de menos..., los dos la echábamos de menos. Pero, cuando mi madre no estaba, yo no me ponía su ropa. Sí, tenían casi la misma talla. Aunque Elliot se ponía de puntillas para poder besarla, y Pequeña Ray pesaba tres o cuatro kilos más que él, la ropa de mi madre le quedaba bien.

Lo sé, lo sé: mi madre guardaba su ropa en el dormitorio del hombre de las raquetas en Amen Hall. Podía entender la tentación que suponía ponerse su ropa a la hora de meterse en la cama. Pero durante mi tercera temporada en el equipo de lucha libre de la academia, a los diecisiete años, Elliot tenía la costumbre de vestirse con la ropa de Pequeña Ray siempre que estaba en nuestro apartamento. Por la noche, los estudiantes llamaban a menudo a nuestra puerta: querían que el hombre de las raquetas les ayudase con los deberes o con algún otro tipo de problema. ¿Qué habría pasado si alguno de aquellos estudiantes hubiese visto al pequeño profesor de inglés vestido como una mujer?

Como mi madre era deportista, mucha de su ropa no era precisamente femenina, pero resultaba que a Elliot también le gustaba su maquillaje. Pequeña Ray guardaba la mayor parte de sus productos de maquillaje en el baño del hombre de las raquetas. A Elliot le gustaban su pintalabios, su lápiz y su sombra de ojos. Cuando se aplicaba el colorete, hacía desaparecer todo rastro de barba. Tenía una barba clara.

Cuando quieres a alguien que es diferente, te preocupas más, siempre estás pendiente de él. Siendo niño, era plenamente consciente de los esfuerzos de mi abuela por proteger a mi madre. Al mismo tiempo, era consciente de que yo también intentaba protegerla. Cuando estudiaba en Exeter, cuidaba del pequeño profesor de inglés. Normalmente íbamos juntos a los entrenamientos de lucha. No le quitaba ojo de encima. ¿Iba vestido de manera adecuada? ¿Había quedado algún rastro delator del maquillaje de mi madre en los ojos o en los labios de Elliot?

Esa noche, cuando la allanadora nocturna se metió en la cama conmigo, cuando fui consciente de que no se trataba de un sueño —Molly tan solo me preguntó qué me rondaba por la cabeza—, estuve a punto de contarle lo del travestismo del hombre de las raquetas. Me sentí decepcionado cuando la conductora de la pisanieves se durmió enseguida. Quería que me abrazara o me diera un beso de buenas noches. En lugar de eso, me quedé solo con mi erección y mis ganas de tocarla. Por supuesto, no la toqué, y no tardé en conciliar el sueño.

Cuando me desperté con sus brazos alrededor de mi cuerpo y sentí su aliento en mi nuca, había estado soñando que estaba con Molly. En ese momento, noté aún más cerca sus caderas. Incluso en la penumbra del amanecer supe que el cuerpo que estaba junto al mío era demasiado pequeño para ser el de la allanadora de pistas.

—¿Eres mi Adam? —me susurró mi madre al oído—. ¿Eres mi único y verdadero...? Al menos lo pareces.

—Tú también pareces ser tú —le respondí.

—Claro que soy yo, cariño —dijo mi madre, aferrándose a mí—. Es lo que nosotros hacemos. —Pero ¿durante cuánto tiempo más seguiríamos haciéndolo?, me pregunté.

En la penumbra y de espaldas a ella, me vi capacitado para hablar con confianza. Sabía que ella no podía ver mis ojos asustados. Pensé que podría hablar sin que el miedo me delatase.

—¿Sabes que Elliot se pone tu ropa? —le pregunté.

—¿Que si lo sé? —gritó mi madre abrazándome aún más fuerte—. Ay, cariño, ¡claro que lo sé! Siempre lo visto con mi ropa. ¡A Elliot le encanta mi ropa! —exclamó—. Es lo que nosotros hacemos —repitió Pequeña Ray.

—Pero ¿es seguro..., es seguro para el hombre de las raquetas? —le pregunté.

—Cariño, no te preocupes —dijo mi madre. Estaba amaneciendo cuando me obligó a volverme hacia ella y me sostuvo la cara entre las manos. Podía verme los ojos—. Adam, no podemos hacer que lo que guíe nuestras vidas esté condicionado por la seguridad. Somos quienes somos. Solo podemos hacer lo que podemos hacer, cariño.

—Pero si queremos a alguien, queremos que esté a salvo. ¿No es eso lo más importante? —le pregunté.

—Lo que más queremos para las personas a las que amamos no es necesariamente lo que más quieren *ellas,* ¿no es cierto, cariño?

—Quiero que el hombre de las raquetas esté a salvo —dije—.

Le quiero..., y no me gustaría que nada ni nadie le hiciese daño —le dije.

—Elliot quería ser una niña cuando era pequeño —me dijo mi madre—. Ella es una mujer, cariño, pero no nació siéndolo.

—Él —la corregí—. Elliot es un hombre en un colegio de chicos —le recordé.

—Ella —me corrigió Pequeña Ray—. Elliot es una mujer para mí, cariño. Es casi perfecta para mí, ¿no te parece? —me preguntó mi madre.

—Casi perfecta. —Apenas pude repetir sus palabras.

Volví a verlos en su noche de bodas, tal como estaban cuando se marcharon a pasar la luna de miel en el acantilado, cuando mi madre le dijo a Elliot que no la soltara. Volví a verla tumbada entre los brazos de la allanadora nocturna, cuando aún no había empezado a entender hasta qué punto algunas personas cambian y otras no. Pero ahora era plenamente consciente de que me pasaría la vida rezando para que ese precario y precioso triángulo se mantuviese así. «Por favor, quedaos en el acantilado», rezaría por siempre jamás; los tres.

—No llores, cariño, no tengas miedo —repetía mi madre. Me estrechó entre sus brazos, como hacía cuando era niño.

—¿Me estás diciendo: «Sigue siendo fiel a los sueños de juventud»? ¿Es eso lo que me estás diciendo? —le pregunté.

—Ay, cariño... ¡Qué bonito! Me gusta —me dijo mi madre—. ¿Lo has leído en alguna parte? ¿Quién lo escribió?

—Tal vez Melville —le contesté.

—Ah, él —dijo Pequeña Ray decepcionada. Toda una vida oyendo hablar de *Moby-Dick* la había predispuesto a que no le gustara Melville, aunque nunca había leído nada suyo. Yo acababa de citar lo que el propio autor había pegado en su escritorio: me lo había contado Nana. En aquel momento, no tuve en cuenta que no eran palabras de Melville; simplemente, me gustaba como sonaba.

Cuando el hombre de las raquetas nos llevó a mi abuela y a mí a ver la adaptación cinematográfica de *Moby-Dick* en 1956 —la versión de John Huston, con Gregory Peck como el capitán Ahab—, todos la odiamos. Al menos Ahab muere —no vuelve a casa con su mujer—, pero New Bedford no es New Bedford, además, la gran ballena blanca parece un juguete para la bañera y no hay en la película ni rastro de poesía.

—También han hecho caso omiso del guion —observó Nora. Ella había visto el póster, no la película—. Ese Dick es tan solo otro Dick blanco más en un mar repleto de Dicks blancos —dijo—. No me parece bien. —Em se encogió de hombros al pensar en un mar repleto *de penes blancos.*

Después de ver la película, de regreso a casa en el Volkswagen Escarabajo del hombre de las raquetas de nieve, Nana dijo:

—Esa película no es fiel a los sueños de juventud del señor Melville.

No nos explicó ni a Elliot ni a mí el lema que Melville había pegado en su escritorio. El autor de aquellas palabras era Friedrich Schiller.

«Mantente fiel a los sueños de tu juventud»... Sí, claro, ¿a quién no le gusta cómo suena? Pero en ciertas ocasiones —cuando naces chico pero quieres ser chica, por ejemplo— se convierten en una exigencia demasiado elevada.

—Pues a mí me gusta, aunque lo escribiera *Moby Dick* —dijo mi madre sin venir a cuento—. Y eso es precisamente lo que está haciendo mi hombre de las raquetas de nieve, Adam; habría sido una chica muy guapa. Se mantiene fiel a los sueños de su juventud. —Pequeña Ray respiró hondo antes de proseguir—. Y eso es lo que yo hice, cariño, al tenerte a ti —me dijo mi madre.

—¿Cuando *qué?* —le pregunté.

—Cuando quise tener un bebé, todo mío, único, sin ataduras. Cuando te tuve, cariño, fui fiel a mis sueños de juventud —me dijo mi madre.

—¿Quién era él? —le pregunté.

—Era un muchacho cualquiera, cariño... Era más joven que tú ahora; aún no se afeitaba. Era un chico que no me quitaba los ojos de encima. Sabes a qué tipo de chico me refiero, ¿verdad? —me preguntó mi madre—. Era pequeño —dijo en un susurro, y me besó—. Hubiera podido ser una niña muy linda. Lo que él significaba para mí, Adam, era que tú serías todo mío. Eso es lo que significa «sin ataduras», cariño —concluyó mi madre.

Yo ya no escribía en aquellos toscos cuadernos con aquellas anillas que tanto ruido hacían; me recordaban a cuando conocí a

Rose. El señor Barlow había encontrado unos cuadernos más adecuados para mí en Harvard Square. Tenían tapa dura —como los libros de verdad, pero con páginas en blanco— y los que más me gustaban eran los que tenían el tamaño de una novela de bolsillo. Las páginas carecían de líneas.

Esto sucedió después de la conversación que mantuve con mi madre en mi dormitorio del desván, donde me dijo que mi padre habría podido ser una chica guapa. Yo había estado escribiendo en uno de mis cuadernos en la mesa de la cocina del apartamento de Amen Hall que compartía con el hombre de las raquetas. No recuerdo por qué me levanté de la mesa, tal vez para beber un vaso de agua o para prepararme una taza de té. Sí recuerdo que dejé abiertas las páginas de mi cuaderno de escritura.

En los años sesenta, nunca vi uno de esos cuadernos que tenían cintas marcapáginas como los libros de himnos. Me encantan esos cuadernos: nunca pierdes la página. En la mesa de la cocina del señor Barlow, utilizaba el salero y el pimentero para mantener abierto mi cuaderno. No es que el pequeño profesor de inglés estuviese fisgoneando; simplemente vio, por casualidad, lo que había estado escribiendo.

No es de extrañar que hubiera anotado las dos cosas más imborrables que mi madre me había dicho en nuestra última y más sincera conversación. La primera se refería a Elliot Barlow como mujer; la segunda, a mi jovencísimo padre.

Tampoco es de extrañar que el hombre de las raquetas pensara que le estaba dando vueltas a dos posibles títulos. No sé por qué, pero había anotado las dos cosas que dijo mi madre como si fueran títulos:

«Casi perfecto»
«Sin ataduras»

—Veo que tienes un dilema con los títulos —me dijo el pequeño profesor de inglés cuando volví a la mesa de la cocina. Me di cuenta de lo que estaba leyendo. No le había contado nada sobre esas historias—. Soy consciente de que desconozco el contexto; no tengo ni idea de lo que estás pensando —prosiguió Elliot—. Ambas frases están bastante trilladas, pero «Sin ataduras» suena más a cliché que «Casi perfecto»; creo que lo peor son los clichés —dijo el hombre de las raquetas de nieve.

—En realidad, no estaba pensando en títulos. Son solo un par de cosas que dijo mi madre —comenté.

—Oh, claro, suenan a tu madre. Funcionan bien como líneas de diálogo —me aseguró el pequeño profesor de inglés.

24
Bastante melancólico

De aquel chico, el que aún no se afeitaba, el que no podía apartar los ojos de Pequeña Ray..., mi madre le contó a Molly que parecía tener trece o catorce años.

—El chico le dijo a Ray que tenía casi quince años —me contó Molly. Empezando por su edad, Molly y yo intuimos que, con toda probabilidad, sí había ciertas ataduras.

—¡No hubo para tanto! —le había insistido mi madre a Molly, pero fuera quien fuera aquel muchacho, para mí sí era algo importante.

Molly y yo conocíamos a chicos que no podían apartar los ojos de mi madre: mis compañeros de equipo de lucha libre, por ejemplo, y Matthew Zimmermann entre ellos. La forma en que mi madre le había descrito a Molly cómo era el chico de Aspen coincidía con lo que me había dicho a mí de él. «Era pequeño», había recalcado mi madre. «Habría sido una chica guapa», nos había dicho a Molly y a mí.

—¿Nunca te había hablado de ese chico? —le pregunté a Molly.

—Ray me dijo que le había dado algo de ropa a un chico un poco más pequeño que ella, pero no que se hubiera acostado con él —me dijo Molly—. No al principio.

—¿Qué ropa le dio? —le pregunté a la conductora de la pisanieves.

—Ray le dio al chico un jersey de esquí que a ella le quedaba pequeño, pero que a él le quedaba un poco grande —dijo Molly—. También un gorro de esquiar. Ray me dijo que a ella nunca le había gustado, pero que le gustaba cómo le quedaba a él.

—¿Un gorro de esquí con un pompón? —le pregunté a Molly.

—Ray no dijo nada de un pompón —respondió Molly.

—No estoy seguro de eso —le dije con sinceridad.

—Siempre hay ataduras, niño —dijo Molly.

¿Había visto a mi padre como un fantasma? ¿Era el niño bajito con la pala de nieve alta? ¿Llevaba puesto el jersey de esquí de mi madre? ¿Era su gorro, con el pompón de niña? ¿Y por qué me dio la impresión de que ese fantasma parecía estar vivo?

Sí, postergué hablarle a mi mujer, Grace, de los fantasmas. Lo sé, lo sé, los culpables de mentir por omisión suelen serlo en más de una ocasión. Pero sí le conté a Grace lo del beso del hombre de las raquetas. Le conté la historia del beso al completo. No pretendía desanimarla. Llevaba años oyendo hablar de Grace, sobre todo a mi madre, mucho antes de que Molly se apuntase al carro de Grace.

Me enteré de que Grace había hecho esto y lo otro cuando todavía estaba en el instituto. Por indicación de mi madre, Grace leyó mis novelas a los diecisiete años, cuando yo tenía treinta y uno. Menos mal que me resistí entonces a los deseos de mi madre, porque quería que conociera a Grace con esa edad. No habría salido bien.

—Quizás más adelante sería más adecuado, Ray —fue todo lo que Molly dijo en aquel momento; o algo por el estilo. Más adelante, la allanadora de pistas unió fuerzas con Pequeña Ray. No cedí a la insistencia de mi madre para que conociera a Grace hasta que Molly también quiso que la conociera. Cuando Molly y mi madre unieron sus fuerzas, me rendí.

—Lo único que digo es que deberías conocer a Grace, cariño —empezó a decir mi madre. En esa ocasión en concreto, Molly estaba preparando tortitas en la cocina de Manchester; tenía que ser la temporada de esquí en Vermont, porque apenas había luz en el exterior mientras Molly preparaba el desayuno; además, mi madre y Molly llevaban puestos sus calzones largos y calcetines de esquí—. Grace tiene treinta y tres años, es guapa, trabaja en una editorial... Ha leído tus libros desde que estaba en el instituto, cariño —prosiguió mi madre.

—Grace tiene treinta y dos, Ray —la corrigió Molly.

—Tiene *casi* treinta y tres, Molly —insistió mi madre.

Era el año 1988, creo. Aquellas dos viejas esquiadoras, que derramaban el café al intentar ponerse una segunda capa de ropa, trabajaban en Bromley Mountain. Molly era un par de años mayor que mi madre, que había cumplido sesenta y seis.

—Querías que conociera a Grace cuando todavía estaba en el instituto —le recordé a mi madre.

—Menos mal que no lo hiciste, niño. Creo que ahora es el momento ideal para conocerla —dijo Molly.

—Grace era una niña encantadora. Le di clases de esquí —me recordó mi madre.

—A mí también me diste clases de esquí y mira en lo que me convertí: el tipo de las malas novias en serie —le dije.

—Yo no entraría en ese tema, niño —me dijo Molly. Demasiado tarde.

—Si Grace sangrase, cariño, nos habríamos enterado —me aseguró mi madre—. Manchester es una ciudad pequeña: aquí, una mujer con hemorragia uterina continua sería un gran problema.

—Venga ya, Ray. Basta de hemorragias —dijo Molly.

—Ya sé que Sophie era *escritora,* cariño. ¡No estoy diciendo que lo único que hiciera fuera sangrar! —dijo mi madre—. Pero ¿llegó a publicar algo?

—Vi varios de sus relatos cortos en revistas, pero no como para hacer un libro —les dije a mi madre y a Molly—. No creo que Sophie haya escrito una sola novela, al menos yo no he tenido noticia de ello.

—No un *best seller,* cariño, ¡una novela sobre fibromas! —exclamó mi madre.

—Déjalo ya, Ray —le dijo Molly.

—Estoy segura de que Grace no tiene ningún fibroma, cariño —me tranquilizó mi madre—. No es que los fibromas sean lo peor; a excepción de las lavadoras, no ponen en peligro la vida ni nada de eso.

—Ya vale, Ray —dijo Molly.

—¡Ya lo dejo, ya lo dejo! —prometió mi madre.

Tenía una memoria extraordinaria, me dije. Había visto a Sophie por primera y última vez veinticinco años antes, otra mañana temprano en temporada de esquí, porque Molly estaba haciendo tortitas.

La lavadora estaba en la cocina de la casa de Manchester y Sophie la había cargado con nuestras sábanas ensangrentadas. Mi madre y Molly rondaban los cuarenta por aquel entonces; yo había cumplido veintidós. Conocí a Sophie en una clase de escritura creativa en la universidad, aunque ella era un poco mayor que yo. El sangrado uterino le había llevado a perder dos o tres años de escolarización.

—Los fibromas son tumores benignos formados por tejido muscular en las paredes del útero —les explicó Sophie a mi madre y a Molly. No le habían preguntado por el sangrado; Sophie lo explicaba siempre, sin que le preguntasen—. Por lo general, los fibromas no llegan a ser malignos ni peligrosos, excepto por las considerables hemorragias que a veces provocan; el sangrado puede variar de muy leve a convertirse en hemorragia —explicó Sophie.

Tenía los brazos llenos de fundas de almohada y toallas manchadas de sangre; Sophie señaló en dirección a la lavadora y las metí dentro. Yo llevaba puesta una camiseta y calzoncillos bóxer; Sophie señaló mi camiseta blanca, que no tardé en quitarme y meter también en la lavadora. Me gustaba tener una novia escritora. Hablábamos todo el rato de escribir, de nuestro deseo de ser escritores, realmente más de lo que hablábamos de sus constantes hemorragias..., aunque siempre andábamos haciendo la colada. Sophie no soportaba ver sangre.

Aquella mañana temprano, en la cocina de Manchester, Sophie empezó a lavar la ropa y dio un sorbo a su café sin dejar la clase magistral a Molly y a Pequeña Ray, que se quedaron sin habla. Por supuesto, ya había oído antes los pronósticos de Sophie sobre el fibroma; siempre me quedaba sin palabras. No hay nada que puedas o debas decir cuando una mujer te habla de su incesante hemorragia uterina.

—Para entender cómo los miomas provocan hemorragias, hay que saber qué es lo que normalmente permite que no se produzcan hemorragias uterinas —estaba diciendo Sophie.

Esa fue la parte de aquella terrible experiencia en la que Sophie juntó las palmas de las manos, como si rezara. Yo comprobé cómo estaban mis calzoncillos, pero no había manchas de sangre —no que yo pudiera ver—; Pequeña Ray, por su parte, también juntó las manos con fuerza. Mi madre se estaba portando bien y seguía a Sophie en su dramatización de la hemorragia uterina, pero Molly estaba enfrascada con las tortitas del horno; tenía las manos ocupadas en otra cosa. Molly no rezaba.

—Imagina tu útero como si tuvieras las manos apretadas —dijo Sophie—. Las superficies internas de tu útero son dos paredes que se oponen con fuerza. Sería fácil que las superficies endometriales sangrasen si las paredes opuestas no estuvieran apretadas. —Sophie se retorció las manos—. Las paredes retienen la sangre —dijo, rezando con más fuerza.

Por la forma en que mi madre se retorcía las manos, parecía un nuevo método de entrenamiento de fuera de temporada.

—Los fibromas son masas musculares irregulares: se apoyan en las superficies internas del útero, como si fueran canicas. Imagínate unas canicas entre las manos —le dijo Sophie a Pequeña Ray—. Las paredes del útero se separan.

—¡Malditas canicas! —exclamó mi madre.

—La sangre se desprende en cualquier momento, provocando hemorragias irregulares o constantes —prosiguió Sophie con calma. Conocía muy bien la historia, pero resulta sencillo entender por qué no habría funcionado como novela—. A veces la hemorragia no pasa de un manchado. A veces la sangre fluye de verdad —añadió Sophie. Imposible en una novela, supuse.

Estuvimos juntos durante un año y leímos juntos toda la obra de Thomas Mann. Sophie creía que Mann podría haber escrito una novela sobre hemorragias uterinas. Las enfermas de fibromas se reúnen en una clínica para mujeres; se cuentan unas a otras las historias de sus relaciones arruinadas. Sugerí que Mann podría haberlo intentado como una novela corta, o un cuento largo.

—Quizás haya hombres que solo puedan estar con mujeres que sufren de fibromas —especuló Sophie. Yo habría deseado que no pasara de novela corta.

—Cuando tengo la regla, el flujo es mucho más abundante de lo normal, sufro fuertes calambres y dolor —les contó Sophie a Molly y a mi madre—. Nadie quiere acostarse conmigo, no cuando se supera la fase de novedad —dijo Sophie mirándome. Molly y mi madre también me miraron. Me sentía cohibido y tenía frío, allí de pie y en calzoncillos.

—Yo tampoco querría acostarme con alguien como yo —me dijo Sophie en voz baja—. Yo no me quedaría conmigo tanto tiempo como tú, Adam —dijo. Cuando su discurso llegaba a ese punto, me rompía el corazón, siempre, pero habíamos acordado no llorar el uno delante del otro. En lugar de eso, intentamos imaginar cómo lo habría escrito Thomas Mann. No sería una novela muy edificante.

Sophie estiró la cinturilla de mis calzoncillos para echar un vistazo desinteresado; siempre soltaba la goma para que chasqueara de manera audible. A ojos de Molly y Ray, ese gesto podría haber parecido tanto cariñoso como cruel —quizás ambas cosas a un tiempo—, pero yo conocía a Sophie. Lo que buscaba eran rastros de sangre.

—¿No tienes frío, cariño? —me preguntó mi madre—. Deberías ponerte algo.

Hice como que salía de la cocina, pero me tomé mi tiempo. Sophie sabía cómo ponerle punto final a una historia, y yo sabía exactamente en qué momento de la saga del fibroma se encontraba: casi había terminado.

—La cirugía es una opción —les dijo Sophie a mi madre y a Molly.

Yo me disponía a dirigirme a la sala de la televisión con el futón gigante —donde Sophie y yo habíamos dormido, donde habíamos tenido relaciones sexuales, donde había habido hemorragias—, pero sabía que debía quedarme en la cocina un poco más.

—Podría someterme a una fibroidectomía o, llegado el momento, a una histerectomía completa —prosiguió Sophie casi con indiferencia. Hizo una pausa; sabía que yo estaba esperando para irme—. No te preocupes, Adam —dijo suavemente, dejándome marchar—. No me operaré hasta que lo hayas superado. No te haré pasar por el trago del quirófano.

Me encanta Thomas Mann. Fue el escritor perfecto para descubrirlo en un año de sangrado. Pero veinticinco años después, estaba solo con mi madre y Molly en su cocina de Vermont. Era ya mayor que ellas cuando Sophie y yo nos separamos. No quería oír a mi madre decir «Pobre Sophie» otra vez, porque aquellas dos viejas esquiadoras tenían más de sesenta años y yo había superado los cuarenta.

Echaba de menos tener una novia escritora, aunque no echaba de menos la sangre. Había salido con otra escritora; salir con ella hizo que ser escritor me resultase una actividad un poco menos solitaria. Nunca había salido con una mujer que trabajara en una editorial, y Grace llevaba leyendo mis novelas desde que estaba en el instituto. En el caso de ser un escritor a punto de cumplir los cincuenta, y dando por hecho que tus relaciones afectivas no hubiesen sido precisamente un camino de rosas, ¿no te habría interesado conocer a Grace? Aunque te preocupara la diferencia de edad. Aunque Grace hubiera sido idea de tu madre.

—De acuerdo —dije mirando a Molly, que estaba volteando tortitas—. De acuerdo, de acuerdo —le dije a mi madre, que estaba apoyada en la nevera con sus calzones largos, intentando no derramar su café.

—¿De acuerdo con *qué,* cariño? —preguntó mi madre.

—De acuerdo, saldré con Grace. Si eso es lo que quieres, saldré con ella —dije. Debería haber sabido que mis palabras harían sospechar a mi madre.

—No estás saliendo con nadie, ¿verdad? No puedes salir con Grace si estás saliendo con alguien más, cariño —me dijo mi madre.

—Ray, deja que Adam conozca a Grace y que ellos decidan si quieren salir o no —dijo Molly.

—¿Estás saliendo con alguien, cariño? —me preguntó mi madre.

—Ya sabes con quién estoy saliendo. Sin compromiso alguno, pero nos vemos desde hace años —contesté.

—¡Oh, ella..., oh, Dios..., esa otra escritora, la que está deprimida todo el tiempo! —exclamó mi madre—. Han pasado muchos años, cariño. No vives con ella, ¿verdad?

—Ya te lo he dicho. Tenemos un acuerdo. No vivimos juntos, no tenemos hijos —dije.

—Seguramente, es demasiado mayor para tener hijos, cariño. Tiene tu edad, ¿no? ¿Seguro que no quiere quedarse embarazada? —preguntó mi madre. Se le estaba derramando el café y no habría sabido decir en qué sentido estaban afectando a la puerta de la nevera sus sentadillas.

—Déjalo ya, Ray —dijo Molly.

Mi madre se había bebido lo que quedaba de café y había pasado de las sentadillas a las sentadillas con una sola pierna.

—¡Wilson! —gritó—. ¡Menudo nombre para una mujer! ¡No me extraña que esté deprimida! Es un nombre masculino. Si Wilson fuese su apellido..., tendría un pase.

—Ray, ya conoces la historia de Wilson: sus padres le pusieron el nombre del presidente. Wilson ganó el Premio Nobel de la Paz —dijo Molly.

—El tipo de la Primera Guerra Mundial... Lo sé, Molly —gruñó mi madre, arremetiendo—. Pero a una niña no se la llama Wilson. ¿Cuál era el nombre de pila del presidente? ¿Sue? —Había dejado las sentadillas con una sola pierna y había vuelto a las sentadillas.

—Woodrow Wilson, el vigésimo octavo presidente de Estados Unidos —respondió Molly agotada.

—Sabelotodo —le dijo mi madre—. *Woodrow* habría sido un nombre más adecuado para una niña. —Sus sentadillas eran tan profundas que golpeaba el suelo con el trasero—. No te voy a presentar a Grace, cariño, si sigues viendo a Wilson. No puedes ocultarle nada a Grace, tienes que contárselo *todo* —dijo mi madre.

—Ray, deja de hacer sentadillas —dijo Molly con sequedad. Pequeña Ray se detuvo; Molly no solía hablarle con brusquedad—. Nosotras no le dijimos a Adam que éramos más que amigas, ¿verdad? —le preguntó Molly más suavemente—. No se lo hemos contado *todo,* Ray.

—Te lo íbamos a contar, cariño —añadió al instante mi madre—. Sabelotodo —le dijo de nuevo mi madre a Molly.

El rencor no iba a ser duradero, pero lo que se perdió de aquella conversación fue el consejo que me dio mi madre. Cuando me enamoré de Grace, debería habérselo contado todo. No debí ocultar cosas ni guardar secretos con ella. Lo que recuerdo es que intenté mantener la paz entre mi madre y Molly. Me apresuré a decir:

—De acuerdo, dejaré de ver a Wilson. Llevo tiempo pensando que debería dejar de verla. No quedamos mucho últimamente.

—Siempre andas diciendo que vas dejar de ver a *alguien,* cariño —señaló mi madre.

—Déjalo tranquilo, Ray. Deja que el niño y Grace se conozcan. Deja que se encarguen ellos de sus asuntos —dijo Molly.

Sentí que se aproximaba un cambio drástico. «Qué suerte la mía», pensé.

Ya había tenido suerte en otras ocasiones. Competí como luchador durante un periodo de tiempo relativamente breve, no con mucho éxito, pero la lucha me ayudó mucho. Mis manos pequeñas, mis pequeños dedos —las lesiones acumuladas— evitaron que fuera a Vietnam. Fui clasificado como 4-F: «No apto para el servicio militar». Una suspensión de reclutamiento irrevocable, antes de que expirara mi prórroga de estudiante. Los luchadores que me conocían tan solo estaban al corriente de que mis lesiones en las manos y los dedos me habían salvado del reclutamiento y, por tanto, de Vietnam. Lo que mis amigos luchadores no sabían —y yo tampoco lo supe durante un tiempo— era que mi madre tenía sus propias esperanzas y planes para evitar que me llamasen a filas.

—Ray intentó que no te reclutaran incluso antes de que entrásemos en la guerra de Vietnam, niño —me dijo Molly.

Solo entonces entendí a qué se refería mi madre cuando, por error, pensé que nos había oído hablar a Molly y a mí de la operación en el pene.

—Es una intervención más adecuada para un *chico* —fue todo lo que dijo Pequeña Ray refiriéndose a la meniscectomía de Caroline. Mi madre había depositado sus esperanzas en la lucha para que me hicieran una meniscectomía a la antigua usanza, extrayéndolo todo, lo que comportaría un seguro 4-F y no me reclutarían. Desde el punto de vista de Pequeña Ray, ese tipo de intervenciones suponían un malgasto en el caso de las chicas, pues no eran reclutadas.

Cuando se lo conté a Nora, Em se limitó a asentir con la cabeza; me di cuenta de que para ellas eso era un cuento viejo.

—¿Te ha contado Molly por qué tienen un arma? —me preguntó Nora. Había visto el arma, una escopeta del calibre veinte. Molly me dijo que era una buena arma para las alimañas; me habló de mapaches rabiosos cuando le pregunté a qué alimañas se refería. Era una escopeta de un solo disparo, y con un surtido limitado de cartuchos: de perdigones y con balas para ciervos.

—Los perdigones eran para las alimañas. Las balas eran para tu rodilla, chaval —me dijo Nora—. Si las lesiones de la lucha eran insuficientes, un disparo habría funcionado: un proyectil para ciervos de calibre veinte en la rodilla hace tanto daño como una meniscectomía. —Em se había tapado los oídos, como para evitar oír el ruido de un disparo; luego se arrodilló a mis pies y me abrazó las rodillas. Sabía que Nora no bromeaba.

Estaba al tanto de que Henrik también tenía una suspensión 4-F. (Había sufrido una lesión jugando al lacrosse cuando aún estaba en la universidad y le habían practicado una meniscectomía.) Fue todo un *shock* pensar que mi madre me habría disparado para lograr que no fuera a Vietnam. Cuando le pregunté a Molly si lo que Nora me había contado era cierto, Molly me contestó:

—Para ella, tú eres el único y exclusivo, niño, pero probablemente me habría obligado a apretar el gatillo a mí.

Cuando le pregunté a Nora si le habría disparado a Henrik en la rodilla de no haberse sometido a la meniscectomía, Em empezó a hacer una pantomima que representaba a una mujer dando a luz a su propio hijo y matándolo.

—Lo que Em intenta decir es que quizás no le habríamos disparado a Henrik en la rodilla —me dijo Nora.

Se conocieron en un curso de teatro en la universidad. Llevaban mucho tiempo representando un número sobre el escenario. Em había escrito todo el material, pero no hablaba en escena, solo actuaba gestualmente. Nora, con su tono inexpresivo, transmitía con palabras lo que Em había representado con gestos. Empezaron actuando para un público universitario. Nora y Em tardaron un tiempo en encontrar su público en Nueva York. La gente que acudía a espectáculos de cabaret y de *burlesque* no eran el público más adecuado para ellas, pero antes de que el Gallows Lounge (un club de comedia) les diera el empujón definitivo, Nora y Em tuvieron que actuar donde les permitían. Desde mi punto de vista, su manera de comportarse sobre el escenario era prácticamente igual a cuando estaban solas: siempre habían sido más bien oscuras. Pero con el paso del tiempo, Em logró escribir gags oscuros pero muy entretenidos. Con el paso del tiempo, Em empezaría a hablarme, pocas palabras. Al principio, solo si Nora estaba presente. Una vez le pregunté a Nora qué habría pasado si mi madre o Molly no hubieran sido capaces de dispararme y si las heridas de lucha que tenía en las manos y los dedos no hubieran suspendido mi reclutamiento. ¿Habría sido ella capaz de dispararme?

—No —dijo Em. Sacudió la cabeza y se mordió el labio inferior, pero no dijo una palabra más.

—Tienes que aclarar lo que quieres decir, Em —le dijo Nora.

Em hizo que me tumbase en el suelo, boca arriba. Después le indicó a Nora que se tumbara encima de mí, pecho con pecho, aunque perpendicular a mí. Buen modo para inmovilizar a alguien, pensó el luchador que había en mí. Finalmente, Em se abalanzó sobre mis piernas y me mordió, con fuerza, en una rodilla. Tuve que remangarme la pernera del pantalón para examinar las marcas de sus dientes; no llegó a rasgar la piel. Nora me aclaró qué pretendía dar a entender Em.

—La forma en que imaginamos cómo lo haríamos, chaval, fue que yo te sujetaría y Em te dispararía en la rodilla.

Una vez más, supe que Nora no bromeaba.

Mis lesiones debidas a la lucha libre en Exeter no fueron gran cosa. Me rompí algunos dedos y me desgarré el tendón extensor del dedo índice de la mano derecha, la mano con la que escribía. Siempre me desgarraba el mismo tendón extensor. Mi madre llevaba la cuenta; quería saber exactamente cuántas veces me había roto el tendón.

—El dedo índice de la mano derecha es el dedo del gatillo, cariño —me recordó mi madre. Se me había pasado por alto. En aquel entonces, pensé que a mi madre le preocupaba que no pudiese *escribir*.

En Exeter, me operaron dos veces de los tendones flexores de las palmas de las manos, de las dos, pero esas operaciones fueron solo el principio de mis problemas con los tendones flexores. Tenía las manos más pequeñas de mi categoría. En la lucha libre se utilizan mucho las manos; yo perdía la mayoría de los combates con las manos. Cuando me rompía un dedo por torcerlo hacia atrás —al doblarlo sobre el dorso de la mano—, el verdadero daño se producía en el tendón flexor que une ese dedo con la palma de la mano. El tejido cicatricial se acumula; con el tiempo, no eres capaz de cerrar el puño ni de extender por completo los dedos afectados. Mis dedos corazón y meñique, de ambas manos, eran los que más se torcían hacia atrás; con el paso del tiempo, esos tendones flexores fueron los que más operaciones sufrieron.

A mi madre parecía no importarle lo que le ocurría al resto de mis dedos; no llevaba la cuenta de todas las operaciones de tendones flexores o extensores que me habían hecho. Su obsesión parecía focalizarse únicamente en lo que me había ocurrido en el dedo índice de la mano derecha, la mano con la que escribía. Como le señalé a mi madre, el dedo corazón de la mano con la que escribía era el que ejercía una mayor presión sobre el bolígrafo, y mi dedo corazón sí había recibido un auténtico correctivo; por culpa de la lucha libre, le aclaré, no por hacerle la peineta a nadie.

—Tu dedo corazón no es el dedo del gatillo, cariño —fue todo lo que ella dijo.

Incluso ese detalle me pasó por alto. Nora me dijo que yo no tenía en cuenta esas cosas, pero es que solo pensaba en ser escritor. No se me había ocurrido que algún día podría llegar a ser soldado.

Mientras practiqué la lucha en Exeter, sufrí las típicas heridas en la boca, que requirieron algunos puntos de sutura en los labios y la lengua. En aquella época, los protectores bucales eran muy incómodos y no los utilizaba. Mi madre no llevaba la cuenta de los puntos que me habían dado en los labios y en la lengua. Nunca se me ocurrió pensar que los soldados no necesitaban labios o lenguas perfectas, ni que los defectos en los labios o la lengua no me otorgarían el derecho a una suspensión 4-F.

El hombre de las raquetas y Molly, que no mi madre, sí tenían muy presentes mis orejas de coliflor.

—Las orejas de coliflor parecen zurullos de perro, cariño. No quiero que mi único hijo tenga zurullos de perro por orejas —me dijo mi madre.

En cuanto pistera, Molly había tenido que drenar unas cuantas orejas de coliflor; sabía cómo hacerlo. En los tiempos en los que la mayoría de los esquiadores recreativos aún no usaban cascos, de vez en cuando se producían algunas orejas de coliflor debido al esquí. (Orejas que raspaban contra la nieve helada; orejas abrasadas por golpes contra los árboles; inimaginables percances en el telesilla.)

—Los gorros de esquí no protegen una mierda, ni las orejas ni la cabeza —me explicó Molly—. Me gusta cubrir con nieve una oreja antes de drenarla —me contó Molly—. Si la oreja está muy fría no siente el pinchazo de la aguja.

El hombre de las raquetas también sabía cómo drenar una oreja de coliflor. El señor Barlow era más diestro a la hora de hacerlo que el único tipo que sabía cómo tenía que hacerse en la sala de entrenamiento de Exeter. Había una enfermera en la enfermería de la academia que sabía drenar sin hacerte daño, me dijo el pequeño profesor de inglés, pero no acostumbraba a estar en la enfermería. Cuando el hombre de las raquetas me drenaba las orejas de coliflor, en vez de nieve usaba cubitos de hielo metidos en un calcetín blanco de deporte. La oreja solo dolía cuando la gasa, empapada en yeso húmedo, se endurecía; entonces podías notar cómo palpitaba. La escayola aplicada a la oreja tenía un aspecto curioso. Muchos luchadores ni siquiera se molestaban en drenarse las orejas de coliflor, pero yo sí lo hacía. A la mayoría de los luchadores les gustaba el aspecto de sus orejas de coliflor, pero a Pequeña Ray no. No es que mi madre contara las veces que me habían drenado las orejas.

—A nadie le han suspendido del reclutamiento por tener orejas de coliflor, cariño —acabaría diciéndome, pero eso fue después de que me suspendieran con el 4-F—. Los soldados pueden matar, o morir, con zurullos de perro en lugar de orejas —fue tal como lo expresó mi madre.

Cuando estaba en Exeter, lo que más me gustaba de la academia eran Elliot Barlow y la lucha libre. Deseaba de todo corazón ganar el Campeonato Interescolar de Lucha de Nueva Inglaterra. Había perdido dos años seguidos contra el mismo chico en el torneo. En 1961, quedé en cuarto lugar de toda Nueva Inglaterra en la categoría de sesenta kilos. Valoré mucho lo que me dijo el entrenador Dearborn:

—Mejor que medio decente, Adam.

Yo también quería luchar en el torneo de los Diez Mejores. El entrenador Dearborn lo había logrado y yo quería intentarlo. No me hacía ilusiones de ser lo suficientemente bueno para ser titular en un equipo de los Diez Mejores, pero había conocido en persona al entrenador de lucha de Wisconsin cuando visité Madison. En aquella época, la pista de lucha estaba en el estadio Camp Randall. ¿Qué tenía de malo ser siempre suplente en mi categoría? Habría sido feliz en Madison, pero no me seleccionaron en Wisconsin.

Tuve que irme a Pittsburgh. Pitt tenía un equipo de lucha muy duro. Allí no suponía vergüenza alguna ser suplente. Sufrí más lesiones en manos y dedos, pero no fue por las operaciones de flexores y de extensores por lo que dejé Pittsburgh tan solo un año después. Tampoco fue por la competición, si bien un cuarto puesto en Nueva Inglaterra no significaba gran cosa en Pensilvania. El mejor de mi categoría en Pitt era un compañero de primer año. Llegó a ser finalista de la NCAA al año siguiente. Habría sido mejor que medianamente decente llegar a ser su suplente en los sesenta kilos.

He dicho alguna vez que dejé Pitt porque me sentía solo. Mis únicos amigos eran mis compañeros de equipo, no conocía a nadie más. Las clases eran enormes e impersonales. Estaba acostumbrado a las clases reducidas y a las mesas redondas de Exeter. Lamentaba que Pittsburgh fuera una gran ciudad. Casi cualquier lugar —teniendo en cuenta que venía de Exeter, New Hampshire— me habría parecido una gran ciudad. La verdadera razón por la que me fui de Pittsburgh fue que me preocupaba el señor Barlow. Temía que el hecho de vestirse de mujer le causara algún problema.

Nunca habría imaginado que al salir de Exeter echaría de menos mi hogar, pero así fue. Echaba de menos a mi madre, a Molly, a Dottie y a mi abuela. Debía de ser morriña, porque hasta echaba de menos al fantasma del feto emérito.

¿Escribía en aquella época? Le escribía cartas a Elliot Barlow más que cualquier otra cosa. Le preguntaba una y otra vez si estaba bien; aunque lo que quería decir era si seguía siendo un hombre. Intentaba escribir ficción, pero no terminaba nada. Escribía largos fragmentos de lo que serían textos más extensos; para mí, todo era un trabajo en curso. Ya había comprobado que los relatos cortos no eran lo mío. Incluso en Exeter, había empezado historias largas que nunca llegué a concluir.

Cuando el hombre de las raquetas me escribía a Pittsburgh, me comentaba que mi soledad no tenía que ver estrictamente con la nostalgia. Se me pasó por la cabeza cuando el señor Barlow citó a Rilke. «Las obras de arte son de una soledad infinita», había escrito el poeta alemán. No entendí cómo eso podía aplicarse a mi persona. ¿Estaba intentando decirme que me sentía solo por querer ser escritor? Me preocupaba mucho más su manera de vestirse.

Imaginar las historias que quieres escribir y esperar a escribirlas forma parte del proceso de escritura; como pensar en los personajes que deseas crear, aunque sin llegar a crearlos. Sin embargo, cuando yo me dedicaba a eso, cuando no era más que un niño en Exeter —como pensaba todo el tiempo en escribir, pero nunca terminaba nada de lo que escribía—, el proceso equivalía más bien a soñar despierto. Querer ser escritor no ayudaba en absoluto a mi rendimiento como estudiante. Cuando leía una novela que me gustaba, volvía a leerla de inmediato. Si estudias en una universidad exigente, no tienes tiempo para leer dos veces las novelas.

No es de extrañar que no me aceptasen en Wisconsin. Necesité cinco años para ponerle el punto final a unos estudios que duraban cuatro. Cursé tres veces Matemáticas III. Me peleé con el Español durante dos años, incluso contando con la paciente ayuda de tío Martin. Tuve problemas con el Alemán durante tres años, a pesar de que tío Johan me animaba y Elliot Barlow me enseñaba los verbos fuertes e irregulares.

El hombre de las raquetas hizo todo lo que estuvo en su mano para consolarme, a causa de mi año adicional en el instituto.

—¿Por qué tanta prisa por terminar la escuela o una novela? —me dijo.

El pequeño profesor de inglés me introdujo en la obra de Graham Greene, el primer escritor moderno que me gustó. Antes de Greene, mis héroes habían sido todos novelistas del siglo XIX. Vivir en el siglo XIX puede aumentar tu soledad; como escritor, entraña una gran soledad vivir ahí.

Todavía era la temporada de lucha en Pittsburgh, y yo me estaba recuperando de una operación de flexo-tendón —el tendón que unía mi dedo índice con la palma de la mano derecha, la mano para escribir—, cuando el hombre de las raquetas me escribió y me dijo que volviera a casa. Seguía manteniendo el mismo apartamento en Amen Hall. Yo había dado por hecho que mi madre dormiría en mi dormitorio, sola, cuando estuviese en la ciudad. Junto con su carta, el señor Barlow había incluido los formularios necesarios para solicitar mi traslado a la Universidad de New Hampshire para el semestre de otoño de 1962.

Podría alojarme con él en Exeter; «en tu vieja habitación», me escribió el hombre de las raquetas. Me dijo también que podía pedir el traslado a la UNH. Durham quedaba muy cerca de Exeter. Podía utilizar su Volkswagen Escarabajo o comprarme un coche de segunda mano. Dos escritores de ficción impartían clase en el Departamento de Inglés de la UNH y podía inscribirme en un curso de escritura creativa, algo todavía inusual en las carreras universitarias de aquella época. El hombre de las raquetas no tuvo que venderme la posibilidad de ir al cine Franklin de Durham. El cine de arte y ensayo seguía abierto en la ciudad. Y, si quería seguir luchando, el entrenador Dearborn me recibiría de nuevo con los brazos abiertos en Exeter. El entrenador le había hablado de lo positivo que sería tener otro entrenador asistente en la sala. Había aprendido mucho sobre lucha libre en mi año en Pitt.

En Pittsburgh también me habían operado dos veces más de una rotura del tendón extensor del dedo índice de la mano derecha. Mi madre parecía especialmente interesada en la tercera de estas operaciones.

—Si te operan del dedo del gatillo, cariño, dile al cirujano que me envíe los detalles de la intervención —me había dicho. Supuse que se trataba de que Molly diera sentido a los resultados quirúrgicos. Esta tercera operación era de especial interés para Molly, porque el tendón no solo se había desgarrado, sino que se había desprendido. Y luego estuvo la operación del tendón flexor de la palma de la mano, justo debajo del dedo índice derecho—. Eso cuenta como una operación del dedo del gatillo, y ya van cuatro —me dijo mi madre.

Yo no estaba para preocuparme por esa clase de cosas. Le entregué mi historial quirúrgico a mi madre y a Molly. Mis lesiones en las manos y los dedos debido a la lucha fueron muy numerosas, aunque de poca importancia; suponían una molestia, pero no eran serias. Mientras que mi preocupación por el hombre de las raquetas, mi miedo a que se vistiera de mujer..., eso sí ocupaba mis pensamientos, eso sí era serio. Y el señor Barlow tenía un plan para llevarme de vuelta a casa desde Pittsburgh.

Elliot Barlow, que siempre ejerció como mi principal valedor, siguió ayudándome con mis deberes. Intentaba que mi regreso a New Hampshire no me pareciese una derrota.

—Tu madre y Molly se alegrarán de tenerte más cerca —me escribió. Lo que me decidió fue que Elliot logró hacerme sentir que podía llegar a ser escritor antes de serlo. El pequeño profesor de inglés me hizo confiar en mi futuro como escritor, a pesar de que lo único que había escrito hasta ese momento eran interminables obras en curso.

Apenas podía considerarme un principiante de escritor. Era demasiado inmaduro como artista para entender que Rilke conectase las «obras de arte» con «una soledad infinita». Todavía no era capaz de entenderlo. Pero Elliot Barlow sabía que yo había leído a Graham Greene, aunque no a Rilke, y el hombre de las raquetas sabía qué pasaje de *El final del affaire* resonaría en mi interior, un pasaje que da confianza a todos aquellos escritores que tienen interminables obras en curso, un pasaje que, todavía hoy, resuena en mí: «Gran parte de la escritura de un novelista», escribió Greene, «tiene lugar en lo inconsciente: en esas profundidades se escribe la última palabra antes de que la primera aparezca en el papel. Recordamos los detalles de nuestra historia, no los inventamos».

«A flote gracias al ataúd», nos dice Ismael en el epílogo de *Moby-Dick*, cuando el «salvavidas del ataúd» de Queequeg surge de las profundidades del mar para salvarlo. De ese modo, el hombre de las raquetas me ofreció el equivalente académico del ataúd de Queequeg: una forma de volver a casa y trabajar para convertirme en escritor. Por aquel entonces, la Universidad de New Hampshire no tenía equipo de lucha libre, pero yo no necesitaba competir para seguir luchando. Si estás en una sala de lucha, siempre puedes encontrar un compañero de entrenamiento.

No me había gustado vivir en una residencia universitaria en Pittsburgh. El apartamento de la facultad que compartía con mi madre y el hombre de las raquetas en Amen Hall era más privado. Cuando volví a casa, a Exeter, y cambié de universidad, empecé a convertirme en escritor. También vi más películas con Elliot. Me ayudó el hecho de no hacer muchas amistades en Durham. ¿Cómo iba a hacerlo si iba y venía todos los días? Aún no había conocido a Sophie, la sangrante; la escritora, debería decir. Pero me enganché a los dos escritores de ficción del Departamento de Inglés de la UNH. Asistí a todos los cursos que impartían y los seguí como un perro fiel. Uno de ellos me aconsejó que solicitara pasar el penúltimo año de estudios en el extranjero. Me hizo pensar que quizás quería que me marchara.

—Los americanos necesitan más melancolía —me dijo.

En un principio, no entendí que se refería a los *escritores*. Parecía querer dar a entender que la melancolía tenía algo beneficioso, universal, para todos.

—La melancolía es buena para el alma —me dijo.

Como es lógico, se lo comenté al señor Barlow. Estuvo de acuerdo en que había más melancolía en Europa.

—Entiendo en qué sentido la melancolía podría ser buena para el alma de un escritor —me dijo el hombre de las raquetas con cierta cautela.

Cuando le pregunté a Nora qué opinaba sobre la posibilidad de que yo estudiara en Europa durante un año, me dijo:

—Ya te dije que hay un extranjero dentro de ti. Tú eres así. Lo que encontrarás en Europa es más de esa melancolía que tienes dentro.

Interpreté que Nora creía que Europa me haría más infeliz de lo que ya era.

Em me habló de Europa más extensamente de lo que me había hablado nunca; fue mucho más de lo que me diría en años. Nora estaba con nosotros y Em no me miró al hablarme, sino que miró a Nora, que parecía sorprendida.

—En Europa conocerás a alguna chica tan triste como tú, o incluso más —dijo Em—. Juntos estaréis el doble de tristes, hasta que la tristeza os separe —añadió. Me sonó a una novela que no acabaría nunca; una que empezaría y dejaría una y otra vez. No creo que Em necesitase ir a Europa para volverse más melancólica (Em ya era lo bastante melancólica), pero ella y Nora viajaban con frecuencia a Europa.

Como cabía esperar, los pequeños Barlow tenían una opinión al respecto: tenía que ir a Austria. Respecto a lo que yo debía hacer para profundizar en mi oscuridad como escritor, los Barlow formaban un equipo de escritura: no se contenían. Pero en esta ocasión, algo infrecuente, Elliot coincidió a regañadientes con sus padres. En Viena, me dijo, sin duda encontraría suficiente melancolía.

Fue entonces cuando decidí no cursar mi penúltimo año de estudios en Europa: no quería conocer a una chica tan triste como yo, o más. Temía estar el doble de triste si estábamos juntos (con cualquiera) hasta que la tristeza nos separara. Cuando volví de Pittsburgh a New Hampshire, tenía tan solo veinte años. Aún no había tenido una novia que me durase, aunque Maud resultó ser una amiga de larga duración. Fantaseaba con mis novias. (Ir y volver todos los días a la universidad tendría sus inconvenientes.) Vivía en casa con mi madre y el hombre de las raquetas, y eso significaba que vivía solo con Elliot Barlow durante largos periodos de tiempo. ¿Y acaso no había vuelto a casa para velar por él, para estar pendiente de la ropa que vestía el pequeño profesor de inglés? ¿La situación no era ya lo bastante melancólica?

No sé si la melancolía es buena para el alma. Si estás acostumbrado a ver fantasmas, sabes que has visto suficiente melancolía. Si los fantasmas no son melancólicos, ¿qué otra cosa son? ¿Qué querían mis fantasmas, si es que eran fantasmas? No me refiero al infantilizado hombre de los pañales, tan obvio una vez muerto como lo había sido en vida. Me refiero a aquellas figuras estáticas de las fotografías en blanco y negro, sus expresiones congeladas en el tiempo, sus caracteres no revelados ni una sola vez por acción o diálogo alguno, obligándome a que fuese yo el que rellenara los espacios en blanco, el que imaginara sus vidas. ¿Qué intentaban enseñarme esos fantasmas? ¿Qué querían que aprendiera de ellos? Pero ¿acaso no provenía yo de una familia plagada de secretos? Esperaría pacientemente la respuesta; la de mi madre y la de los fantasmas.

Ya era mayor que aquel niño o joven que posaba frente al montón de nieve. Aquel chico de catorce años seguía apoyado en su pala de nieve, ya fuera alta la pala o bajito el muchacho.

—Era solo un niño, cariño, aún no se afeitaba —me había dicho mi madre—. Era pequeño —había susurrado Pequeña Ray cuando me besó—. Habría sido una chica guapa —rematé. Debía de haber visto algo en el pequeño hombre de las raquetas que le recordaba al chaval de la pala, pensé.

En blanco y negro, su atractivo, su timidez, su pequeñez, junto a aquella alta pala de nieve no variaban nunca —en blanco y negro, él no cambiaba—, pero ahora podía apreciar el destello de belleza femenina que mi madre había visto en él, un atractivo que, sin duda, había notado también en el hombre de las raquetas de nieve. Sin embargo, seguía entendiendo al chico bajito con la pala de nieve alta como un tipo diferente de fantasma —del tipo que puede hacerte daño— y seguía pensando que había algo en él que no parecía muerto. Tal vez fuera el chico que no podía apartar los ojos de Pequeña Ray, pero fuese o no el chico sin ataduras con el que mi madre se acostó en Aspen, tenía el aspecto de alguien que seguía vivo.

Me atormentaba más que el resto de los fantasmas en blanco y negro, los que yo sabía que estaban muertos. No me pasaba desapercibida cierta similitud entre la timidez de la sonrisa del chico de la pala quitanieves y la sonrisa tímida e infantil de la camarera de hotel de piel oscura que siempre posaba con su fregona y su cubo en un pasillo entre las habitaciones. Cuando le pregunté a mi madre por la criada, Pequeña Ray se limitó a decir:

—Oh, no sabía que había muerto... Creo que era italiana.

A mí, la criada me pareció mexicana, pero solo era una suposición. Tenía el mismo pelo y los mismos ojos oscuros que el chico bajito de la pala, aunque él no era moreno; no parecía mexicano. La tímida inocencia de sus sonrisas era el vínculo más fuerte entre ellos y, definitivamente, no parecían haber vivido en los años ochenta o noventa del siglo XIX. Estaba bastante seguro de que eran de los años cuarenta del siglo XX; es decir, de donde yo procedía.

Algunos secretos siguen siendo secretos durante mucho tiempo. Si mi madre no sabía que la camarera del hotel había muerto —no hasta que mencioné a la camarera entre mis fantasmas—, ¿no significaba eso que mi madre había visto a la tímida camarera cuando estaba viva? Sin embargo, Pequeña Ray no me dijo prácticamente nada sobre ella. «Creo que era italiana.» No era una afirmación concluyente. A mi madre no parecía importarle gran cosa que la aniñada camarera de hotel estuviese viva o muerta.

¿Por qué le interesa tanto a la gente su ascendencia? No hay nada que puedas hacer respecto a lo que hicieron tus antepasados. Cuando le daba la tabarra al hombre de las raquetas sobre quién podía ser mi padre —no solo de viva voz, en arrebatos espontáneos, sino también en fragmentos inacabados de mis escritos juveniles—, el buen profesor me aconsejaba como mejor podía.

—Mi querido Adam —me decía—, no puedes influir en las causas que condujeron a tu existencia, ¿verdad? No puedes cambiar el pasado, querido muchacho. Lo que puedes intentar es influir en el presente y en el futuro, no solo en lo que respecta a tu propia vida, sino, al menos en cierta medida, en el presente y en el futuro de tus seres queridos.

El señor Barlow tenía razón en lo de «al menos en cierta medida». Empecé a comprobarlo cuando supe que al pequeño profesor de inglés le gustaba vestirse con la ropa de mi madre; a partir de ese momento, me sentí impelido a protegerlo, a mantenerlo a salvo. ¿No entraba eso en el ámbito de mis intentos de influir, al menos en cierta medida, en el presente y en el futuro de alguien a quien quería? Creía que estaba siguiendo el consejo de Elliot; al menos, lo intentaba.

Hoy enfatizaría el sincero apoyo de mi madre a las muestras de feminidad del hombre de las raquetas. Pero, en aquel entonces, ¿no incrementaba ese detalle un mayor riesgo de que lo descubrieran? Ni una sola vez dejé de decirle lo guapo que estaba con la ropa de Pequeña Ray. Siempre elogiaba lo bien que le quedaba tal o cual conjunto. Pero nunca llegué a decirle que *era* una mujer. No le dije que «no nació siéndolo», como me había dicho mi madre, que era la única que utilizaba el pronombre «ella» para referirse a él.

No llegué tan lejos. Incluso cuando estábamos solos el hombre de las raquetas, mi madre y yo, o cuando solo Molly también estaba con nosotros, creía que usar pronombres femeninos para referirse al señor Barlow lo ponía en peligro. No me refería a él, en tercera persona, con ningún tipo de pronombre femenino. Incluso le dije a mi madre que debería dejar de usar pronombres femeninos para referirse al hombre de las raquetas de nieve.

—¿Y si te equivocas? —le pregunté a mi madre—. ¿Y si dices *ella* delante de otra persona? Delante de alguien que no lo sepa, alguien que no sea uno de nosotros —le dije—. ¿Y si le llamas *ella,* o dices que él es *ella,* delante de Abigail o Martha?

—No sabía que fueras tan cagueta, cariño —dijo mi madre.

Pobre señor Barlow. Siempre estaba mediando entre mi madre y yo; no le gustaba que discutiéramos.

—Tómatelo con calma con Adam, Ray —dijo el hombre de las raquetas—. Los escritores de ficción se preocupan por todo, tienen una imaginación desbordante. Imaginan las peores circunstancias.

Sabía que la allanadora de pistas estaba de acuerdo conmigo. Molly sabía que mi madre no tenía en cuenta qué le decía a quién: hablaba sin más, estuviera con quien estuviese. Sabía que la allanadora nocturna había oído a mi madre utilizar pronombres femeninos para referirse al hombre de las raquetas de nieve con la gente equivocada.

—Escucha a tu único y exclusivo, Ray —dijo la conductora de la pisanieves—. El niño tiene razón, deberías tener más cuidado.

—Tú no eres escritora de ficción, Molly; tú también eres una cagueta —dijo mi madre.

—Los pronombres se usan por costumbre, Ray —dijo el pequeño profesor de inglés, siempre mediando—. No hace falta tener el gen del escritor para temer que te repitas: todos nos repetimos.

Para ser un profesor de inglés —un hombre acostumbrado a las palabras—, decir que yo disponía del gen del escritor no era la expresión más cuidadosamente pensada que Elliot Barlow había dicho nunca. Si tenía el gen del escritor, si es que algo así existía, no lo había heredado de mi madre, pues ni siquiera leía ficción. Como Molly llegaría a decir, yo era el único escritor de ficción que Pequeña Ray había leído.

Supongo que mi madre, Molly y yo no pudimos evitar pensar de dónde procedía mi gen de escritor. No puedo hablar por mi madre, ni por la allanadora de pistas: no dijeron nada. Por lo que a mí respectaba, me resultaba muy difícil calcular el grado de imaginación del joven bajito de la pala de nieve. Parecía tener menos de catorce años y (congelado en blanco y negro) hasta su sonrisa era tímidamente enigmática; tan insondable como su atractivo, tan solo ligeramente afeminado. El gen del escritor no quedaba demostrado en el montón de nieve que el joven había juntado, aunque era un ingenioso montón de nieve, algo más que una simple acumulación de nieve. No se debía únicamente al efecto del gorro de esquí con pompón, sino a que su porte, seguro de sí mismo, de actitud concentrada, destilaba, sin duda, un aire de artista.

25
El «Informe policial»

Me encontraba en un momento en que mi imaginación estaba desbocada —digamos que, en el peor de los casos, lo había provocado mi gen no identificado de escritor— cuando insté al hombre de las raquetas a que se echase un vistazo en el espejo antes de abrir la puerta de nuestro apartamento de la academia. Cuando estaba en casa y Elliot se vestía de mujer, era yo el que me encargaba de abrir la puerta. Me resultaba fácil decirle al estudiante de turno que el señor Barlow estaba hablando por teléfono o en la ducha. El alumno podía volver veinte minutos más tarde, después de que el pequeño profesor de inglés se hubiera desmaquillado y vestido de nuevo con ropa de hombre. Por otra parte, convencí a Elliot para que dejase un pequeño cuaderno y un bolígrafo en la puerta de nuestro apartamento. Los alumnos podían dejarle notas si por casualidad no estaba en casa o no llevaba puesta la ropa adecuada.

Como cabía esperar, algunos alumnos listillos dejaban notas graciosas para el señor Barlow o (de vez en cuando) para mí. Lo importante del asunto, o al menos eso creía yo, fue que establecimos un sistema: de ese modo manteníamos a salvo al hombre de las raquetas cuando se vestía con la ropa de mi madre. No se me ocurrió pensar que Elliot podría vestirse de mujer para salir de casa, aunque fuera a altas horas de la noche o muy temprano por la mañana.

Cuando me quedaba toda la noche en vela —cuando tenía que entregar un trabajo o estaba estudiando para un examen—, el hombre de las raquetas conducía hasta la avenida Portsmouth y me traía una pizza. Había una hilera de restaurantes de comida rápida, un par de bares y un montón de gasolineras. La avenida

Portsmouth no estaba lejos del centro de Exeter ni del campus de la academia, pero sí a suficiente distancia como para tener que ir en coche. Naturalmente, cuando yo trasnochaba, el señor Barlow iba a la pizzería disfrazado de sí mismo. Y siempre salía a pasear o a correr a primera hora de la mañana. Después de su paseo o de su carrera, le oía ducharse; todo esto ocurría antes de que sonaran las campanas del comedor para el desayuno, antes de que los estudiantes que vivían en Amen Hall se levantaran. Yo no sabía que Elliot, de vez en cuando, daba un paseo mañanero por el centro de Exeter vestido con la ropa de Pequeña Ray. Y cuando el hombre de las raquetas de nieve se pasaba la noche en vela —cuando corregía las libretas de los alumnos o se dedicaba a otras cosas después de que yo me hubiera acostado—, me enteré más tarde de que, a veces, conducía hasta la avenida Portsmouth y se hacía pasar por una mujer para comprar una pizza. Supongo que esa costumbre comenzó cuando yo estudiaba en la academia. No estoy seguro de si la mantuvo cuando yo estaba en Pittsburgh o si siguió con ella más adelante, cuando yo estudiaba en Durham y convivía de nuevo con él en Exeter. En retrospectiva, me resulta obvio pensar que el travestismo de Elliot tenía que producirse tarde o temprano; tenía que ver con lo que ella era.

La pizzería Roland's de la avenida Portsmouth atraía a una clientela nocturna más bien desagradable. Cerraba más tarde que cualquier otro local en Exeter con licencia para vender alcohol. A altas horas de la noche, era más un bar que un restaurante, pero se podía llamar con antelación y pedir una pizza y, si te atrevías, podías pasar por el local a recogerla.

Igualmente sospechosa, en lo que se refiere a su clientela, era una tienda de comestibles del centro de Exeter llamada Verne's, en la calle Water, cerca de las cataratas y de la pescadería más frecuentada de la ciudad. Verne's abría por la mañana tan temprano como tarde cerraba el Roland's, pero sus respectivas clientelas resultaban desagradables en diferente sentido. Los repugnantes parroquianos nocturnos del Roland's eran mayoritariamente hombres, que bebían solos o en compañía. La clientela matinal del Verne's estaba formada por adolescentes, ya fuesen delincuentes reales o en ciernes; chicos problemáticos del instituto que hacían novillos antes (y después) de la escuela, o bien habían dejado de estudiar. Fumar cigarrillos en la acera era lo más cerca que estaban de llevar a cabo algún tipo de protesta política.

Tiempo después supe que el hombre de las raquetas se esforzaba mucho por parecer una mujer en esas expediciones nocturnas o matutinas, cuando (convertido en *ella)* conducía hasta el Roland's para comprar una pizza o daba un paseo de diez minutos hasta el Verne's con el pretexto de comprar un paquete de chicles o una taza de té para llevar y bebérsela camino de vuelta a Amen Hall. Digo que tanto el chicle como el té, o incluso la pizza, eran pretextos, porque ahora sé que el señor Barlow llevaba a cabo esas intrépidas incursiones como mujer para poner a prueba su capacidad de transformación. Pero tardé un tiempo en enterarme de lo que Elliot estaba llevando a cabo.

Cuando nos tocaba ir a luchar fuera, nos pesábamos por la mañana temprano en nuestro gimnasio antes de subir al autobús del equipo. Los luchadores que estaban preocupados por su peso pasaban antes por el gimnasio para comprobar cuánto pesaban; si estaban un poco por encima de lo que les correspondía, se ponían la sudadera y corrían en la Jaula antes de pesarse. Una mañana temprano, Matthew Zimmermann iba camino del gimnasio para comprobar su peso y vio a mi madre. Caminaba por la calle Court, regresando del centro. Zimmer la saludó con la mano, pero ella no le devolvió el saludo.

—O no me vio o no me reconoció: siguió caminando —me comentó Zim cuando me habló del avistamiento. Estábamos charlando en el autobús del equipo. A Zimmermann le extrañaba que mi madre estuviera en la ciudad durante la temporada de esquí, cuando a nosotros nos tocaba ir a luchar fuera.

—No era ella —le dije—. No está en Exeter.

—Juraría que era ella —dijo Zimmer—. Nadie se parece a ella.

No había visto a Pequeña Ray, pero no le di más vueltas al asunto. Sabía que Zim estaba loco por mi madre. Supuse que se había confundido, que había imaginado verla. No dudaba de que Zimmer pensaba en ella cuando se masturbaba.

Cuando más tarde le conté al hombre de las raquetas que Zim había fantaseado con el hecho de haber visto a Pequeña Ray caminando por la calle Court a una hora intempestiva de la mañana, los dos nos reímos.

—Zim debe de estar perdiendo demasiado peso —me dijo el pequeño profesor de inglés.

—Imagínate a Ray caminando a esas horas por cualquier sitio —le dije—. Esquiar, seguro que lo haría; sería capaz de esquiar en mitad de la noche.

—Pobre Zim —repuso Elliot con un suspiro—. Me temo que está tan encaprichado de tu madre que la ve en sueños. —Reímos con ganas.

También nos reíamos del «Informe policial» que leíamos todas las semanas en nuestro periódico local, el *Exeter Town Crier*. Los asuntos policiales relativos a la ciudad de Exeter sobre los que se informaba no eran, por lo general, de una naturaleza muy delictiva, y no tenían ningún interés. Pero el señor Barlow y yo especulábamos sobre quién lo escribiría: un agente de policía extremadamente escueto o un periodista inusualmente lacónico; en cualquier caso, no cabía duda de que se trataba de un minimalista. Hablaba de animales salvajes que causaban problemas, o bien que eran capturados, en la ciudad. «En la calle Cass, atraparon a un mapache que no se dedicaba a nada bueno», decía el «Informe policial». Había animales domésticos que necesitaban ser rescatados y «disputas domésticas» por toda la ciudad. «Una ruidosa casa de la calle School conllevó la visita de un agente», declaraba un inexpresivo texto.

A menudo se producían altercados, o incidentes similares, en el aparcamiento del Roland's. Más de una vez se informó de la presencia de «jóvenes que se comportan como matones» en las inmediaciones del Verne's; jóvenes que pasaban el tiempo allí, fuera del horario escolar, realizando actividades poco inocentes. Las denuncias por «alteración de la moral pública» nunca se describían lo suficiente; al hombre de las raquetas y a mí, como mínimo, no nos resultaban satisfactorias. Los informes sobre las «tensas relaciones entre los diferentes barrios de la ciudad» eran sucintos o demasiado inconcretos; Elliot y yo queríamos saber más. A los estudiantes de la academia se les advirtió de que no se dejasen ver por el Verne's, pues allí los chicos más duros de la ciudad se metían con los estudiantes de la escuela preparatoria.

En aquella época, cuando estudiaba en Exeter, alguien dedicó a matar gatos; no solo los mataba, sino que los ahorcaba con perfectos lazos de verdugo. Ejecutaban a los gatos. En el «Informe policial» del *Exeter Town Crier* no se especulaba sobre quién podía estar ahorcando a los gatos; el anónimo reportero no se aventuraba a hacer conjeturas. Tanto en la ciudad como en la academia abundaban los rumores. En el campus de Exeter, se sospechaba de los lugareños. En la ciudad, se suponía que el autor era uno de los chicos de la preparatoria. Muchos de esos gatos fueron ahorcados en los terrenos de la academia o cerca de ellos; los gatos eran mascotas populares entre las familias del profesorado. Las viviendas de la academia no habían sido concebidas para perros o gatos, pero nadie colocaba aquellos nudos perfectos alrededor de los cuellos de los perros.

—Debe de tratarse de un amante de los pájaros —especuló Elliot—. Probablemente, se trate de un joven —añadió.

«Han encontrado otro gato ahorcado, en esta ocasión en la calle Spring.» Esa fue toda la cobertura que prestó a la noticia el *Exeter Town Crier.*

—Quienquiera que escriba el «Informe policial» no es escritor —me dijo el señor Barlow en repetidas ocasiones.

—Una mujer de la ciudad acusada de comportamiento lascivo en el Swasey Parkway, fue todo lo que el «Informe policial» tenía que decir.

—¿Comportamiento lascivo en el Swasey Parkway? —exclamó el hombre de las raquetas—. ¿En un coche, en uno de los bancos del parque, en la hierba?

¿Qué tipo de conducta lasciva? Deseaba saberlo.

«Un gato ahorcado en Tan Lane, los restos de otro en la calle Green», fue todo lo que el «Informe policial» consideró oportuno decirnos.

—Quienquiera que escriba esto no es un gato, ¡a un gato le importaría! —exclamó Elliot. Estaba más indignado por la redacción del texto que por lo que les hacían a los gatos. Sin embargo, el pequeño profesor de inglés apenas les prestaba atención a los más misteriosos y exhaustivos casos del «Informe policial»; al menos por lo que yo recuerdo de la lectura del *Exeter Town Crier.*

Un fin de semana por la noche, un matrimonio compró una pizza en el Roland's. Cuando salían del aparcamiento, la mujer vio lo que pensó que era una agresión. Cuando llegaron a casa, la mujer llamó a la policía. Dijo que había visto a «un hombre grande que parecía estar buscando una intimidad no deseada con una mujer pequeña, que se oponía a la intentona».

Antes de que la policía enviara un coche patrulla con dos agentes, llamaron al Roland's y le preguntaron al propio Roland qué sabía del asunto.

—Nada —respondió Roland. Todo indicaba que el verdadero Roland habría dicho algo parecido, pero, aun así, agarró su bate de béisbol y salió al aparcamiento a investigar. Poco antes de que llegara el coche patrulla, encontró al hombretón; el presunto agresor. Daba la impresión de que la pequeña mujer había logrado zafarse de él, porque el tipo estaba tendido boca abajo en el suelo del aparcamiento.

—Me duele al moverme —le susurró el hombretón a Roland, que le había propinado un buen golpe con el bate de béisbol.

«El tipo parecía muerto, pero gimoteaba», declaró Roland al *Exeter Town Crier.* Cuando llegaron los dos policías, voltearon al hombre sobre su espalda. Según Roland, «tenía grava incrustada en la frente».

Los dos colegas del hombretón que habían estado bebiendo con él seguían acodados en el Roland's. El tipo con la grava incrustada en la frente había seguido a una «mujer pequeña y guapa» hasta el aparcamiento. Roland dijo que la había visto antes, pero que no sabía su nombre. «Nunca llama para pedir una pizza, tan solo se presenta aquí y espera», declaró Roland. «Conduce un Volkswagen Escarabajo de color oscuro; hay unos cuantos por aquí», añadió, lo que (para Roland) era toda una muestra de locuacidad. El señor Barlow y yo nunca habíamos oído hablar tanto a Roland.

Pero Roland, de hecho, no dejó ahí las cosas. Los tres compañeros de copas vivían en Exeter, trabajaban en los astilleros de la Armada de Portsmouth. Aquellos hombres tendrían entre veinte y treinta años. Roland describió al hombre corpulento y lleno de grava que se confundió con la mujer menuda y guapa como alguien que «ya se había insinuado antes a otras mujeres solas».

El agresor herido fue tratado en el hospital de Exeter de «dos lesiones en los hombros y de dos clavículas rotas». Fue puesto en libertad bajo custodia policial, pero la policía acabó retirándole la vigilancia, a la espera de que la misteriosa mujer a la que había atacado presentara cargos, «todavía pendientes». La policía esperaba que se presentara y se identificase. «Solo deseamos hacerle algunas preguntas», dijo un portavoz de la policía.

El maltrecho agresor no fue capaz de ofrecer una explicación plausible sobre cómo la víctima le había causado esas lesiones. «Era más fuerte de lo que parecía», le dijo el trabajador del astillero a la policía. «Se colocó a mi espalda, aunque no sé cómo.»

El portavoz de la policía no mostró mucha empatía con las lesiones del agresor. Al parecer, el trabajador del astillero intentó besar y acariciar a la mujer y, de repente, «se encontró tumbado boca abajo en el aparcamiento, con la mujercita tirándole de los brazos».

—¿Has leído esto? —le pregunté al hombre de las raquetas. Teniendo en cuenta el estilo del *Exeter Town Crier,* se trataba poco menos que de la novela corta de un «Informe policial».

—Sin duda hay más detalles de lo habitual, pero está escrito de forma anodina y no es concluyente —dijo el pequeño profesor de inglés.

—¡No me refiero a *cómo está escrito!* —exclamé. El hombre de las raquetas se encogió de hombros—. Una «mujer pequeña y guapa» que era «más fuerte de lo que parecía»; suena como si supiera los fundamentos de la lucha —le dije—. Conduces un Volkswagen Escarabajo de color oscuro —le recordé.

—¿Qué fue lo que dijo el siempre elocuente Roland? «Hay unos cuantos de esos por aquí», o algo parecido —replicó el señor Barlow.

Pero yo no le creí; mis sospechas se habían despertado. Debía de haber intuido que se trataba de algo más que de una compulsión al travestismo. Algo más fuerte que el mero deseo de Elliot de vestirse de mujer.

Empecé a creer en lo que me dijo mi madre. El señor Barlow era una mujer, «pero no nació siéndolo», como me había dicho mi madre.

Sin embargo, a decir verdad, no me enfrenté al hombre de las raquetas; no del todo, no al principio. Lo que le dije fue:

—Podrías haber sido tú, Elliot. Como mujer eres muy guapa y más fuerte de lo que pareces.

—Y tú que dijiste que Zimmer fantaseaba —comentó el hombre de las raquetas.

—Podrías colocarte detrás de un tipo más grande que tú y derribarlo con facilidad —le dije.

—Con facilidad —convino sonriendo—. Pero no estoy seguro de cómo me las arreglaría para separarle los dos hombros y romperle las dos clavículas —dijo el señor Barlow.

—Yo tampoco estoy seguro de cómo te las arreglarías para hacerlo —admití—, pero lo averiguaré.

—Por favor, avísame cuando averigües cómo se hace, Adam —dijo el hombre de las raquetas todavía sonriendo—. Me da la impresión de que podría tratarse de un conocimiento útil.

Sabía quién podría explicármelo, y sabía cuándo y dónde encontrarlo. Mucho antes y también después de los entrenamientos de lucha —incluso después de que los demás entrenadores se hubieran duchado y abandonado el vestuario de entrenadores, y obviamente mucho antes de que los demás entrenadores llegaran allí— podías encontrar al entrenador Dearborn fumando en una de las banquetas del vestuario. El señor Dearborn prácticamente vivía y se pasaba el día fumando en el vestuario de los entrenadores, como si esperara morir allí. Sus luchadores sabían que estaba disponible para ellos en su vestuario. En aquellos tiempos, a nadie le importaba el humo del tabaco. El entrenador Dearborn había sido un peso medio en Illinois, pero sus días de control de peso habían quedado atrás. Elliot y yo habíamos calculado que el venerado entrenador pesaba ya más de noventa kilos.

Una tarde, me quedé después del entrenamiento y me topé con el señor Dearborn ataviado únicamente con una toalla alrededor de la cintura en el vestuario de los entrenadores. Estaba solo, sentado en una banqueta, usando una lata vacía de pelotas de tenis a modo de cenicero. Sus grandes bíceps y un formidable par de trapecios eran lo más notable de su anatomía: colgaban como si fueran bloques. Aunque fumaba en todas partes, nunca le vi con un cigarrillo en la mano en la sala de lucha. Todavía podía darle una tunda a cualquier luchador de Exeter.

—¿Qué tal, Adam? —me preguntó el entrenador Dearborn. Llevaba conmigo el «Informe policial» del *Town Crier,* que dejé sobre la banqueta del vestuario, a su lado.

—Lo he leído —dijo, sin mirarlo—. Me preguntaba si tu madre estaba en la ciudad y si alguien cometió el error de intentar ligar con ella. —Los dos nos reímos.

—Quienquiera que fuese, por lo visto sabía muy bien qué hacer —le dije.

La colilla de su cigarrillo parecía diminuta en su gran mano; la utilizó para encender otro cigarrillo. Cuando el señor Dearborn dejó caer la colilla en la lata de pelotas de tenis, se oyó un siseo: había agua dentro de la lata, que el entrenador agitó. Sabía que el señor Dearborn estaba esperando a que yo dijera algo más.

—Da la impresión de que se colocó a su espalda y lo derribó, tal vez agarrándolo por debajo, o como una especie de deslizamiento —sugerí.

—Eso explicaría la gravilla incrustada en la frente del grandullón, pues debió de aterrizar de bruces —señaló el entrenador Dearborn.

—¿Y luego qué? —le pregunté.

Dio una larga calada a su cigarrillo, como si necesitara pensárselo, pero estaba claro que ya lo había pensado.

—Una pelea en un aparcamiento no es lo mismo que un combate de lucha libre, Adam; puedes inmovilizar a un tipo con una llave cruzada, pero una llave cruzada no pone fin a una pelea. En un aparcamiento no hay árbitro, nadie puede detener la pelea. Tienes que acabar con él —me explicó el entrenador.

—Tienes que hacerle daño —le dije.

—Has colocado todo tu peso sobre la nuca y los omóplatos, es decir, si has hecho las cosas adecuadamente —prosiguió el señor Dearborn.

—Al parecer, lo hizo —señalé.

—Así que haces una barra de brazo o un ala de pollo que vaya más allá de los noventa grados, le colocas el codo en la oreja o en la sien. Ningún árbitro te va a detener —me recordó el entrenador Dearborn—. Le aplicas la barra de brazo o el ala de pollo hasta que sientas que le estalla el hombro; también oirás cómo se le rompe la clavícula. Si no hay gente gritando en el aparcamiento, oirás cómo se rompe la clavícula. Se oye un chasquido —añadió el señor Dearborn—. Y reventar el segundo hombro o la otra clavícula es aún más fácil —prosiguió—. El tipo ya está hecho polvo, no se resistirá. La mayoría de los hombres, sobre todo los grandes, no pueden ponerse en pie si no son capaces de sostener su peso con uno o ambos brazos. El tipo del Roland's ni siquiera podía apartar la cara del suelo —concluyó el entrenador.

—Supongo que no conocerá a ninguna mujer pequeña y guapa capaz de hacer algo así —le dije. Si el hombre de las raquetas se le pasó por la cabeza al entrenador Dearborn, supo componer una perfecta cara de póquer.

—Debe de ser de fuera de la ciudad —fue lo que dijo el entrenador, después de otra larga calada a su cigarrillo.

—Roland dijo que la había visto antes —le recordé al señor Dearborn—. Si vuelve a pasar, supongo que sabremos que es de por aquí —añadí.

—Si esa mujercita es tan pequeña y guapa como dice el periódico, volverá a ocurrir... Si es de por aquí —dijo el entrenador Dearborn—. Supongo que te habrás dado cuenta, Adam, de que por aquí hay más hombres estúpidos que mujeres pequeñas y guapas.

—Sí, me he dado cuenta —le dije.

Cuando me disponía a salir del vestuario de los entrenadores, le vi encender otro cigarrillo. Lo sabía; el entrenador Dearborn también lo sabía. No iba a pasar mucho tiempo antes de tener noticias de otro de esos episodios; o sea, la próxima vez que un estúpido cometiera el error de intentar ligar con la mujercita equivocada.

Por lo que fui capaz de visualizar, teniendo en cuenta el sutil «Informe policial», la segunda vez empezó con dos estúpidos más jóvenes. Dos adolescentes problemáticos del pueblo siguieron a la que parecía ser la misma mujer pequeña y bonita. Se alejaba del Verne's cuando la vieron. Por las mañanas, una pareja francocanadiense atendía en la tienda. El marido aseguró que había visto en alguna otra ocasión a aquella señorita.

—Es toda una dama, es muy educada y viste una ropa muy bonita —añadió el marido.

—Va muy arreglada para ser tan temprano —observó la esposa.

—Le gusta el té, no el café; pide un té caliente para llevar —recordó el marido. Sabía que al señor Barlow le gustaba el té, no el café.

En cuanto a los dos jóvenes matones que la habían seguido desde el Verne's, la pareja francocanadiense fue menos elogiosa. A esos dos chicos los habían pillado una vez robando en la tienda.

Eran conocidos por acosar a cualquier chica guapa que se acercase al Verne's; solían hacerlo, o como mínimo eso fue lo que afirmó la pareja francocanadiense. Al parecer, la policía también los tenía calados. Según el «Informe policial», no podían dar a conocer sus nombres debido a su corta edad, aunque estaba claro que no era la primera vez que se metían en problemas.

Hay que tener presente que Elliot Barlow tenía entonces unos treinta años, pero siempre había parecido más joven de lo que era. Los dos adolescentes, que siguieron al hombre de las raquetas hasta la pescadería antes de llevar a cabo sus torpes maniobras, debieron de suponer que la señorita tendría más o menos su edad; no muchos años más, en cualquier caso. En Exeter, esos dos macarras pueblerinos nunca habían tenido que vérselas con una mujer hecha y derecha —por no hablar de un hombre hecho y derecho— que tan solo midiera metro cincuenta.

—Era muy guapa —declaró uno de los paletos.

—Solo estábamos tonteando con ella, no queríamos hacerle daño ni nada por el estilo —dijo el otro.

—Sí, no sabíamos que era mayor; no hasta que estuvimos muy cerca —dijo el principal culpable. Según el *Town Crier*, fue el primero en atacar.

—Los dos chicos intentaron besarla, pero ella no quería saber nada de ellos —relató más tarde el repartidor de pescado.

Los dos matoncillos salidos la condujeron hasta el aparcamiento de la pescadería. A esa hora de la mañana, todavía no estaba abierta. El aparcamiento se hallaba prácticamente desierto, solo el repartidor andaba por allí, descargando su furgoneta.

—Ven aquí, monada —le dijo el primero de los dos adolescentes.

Cuando la agarró e intentó besarla, la pequeña mujer le hizo al chico algo en la muñeca. Cuando el segundo adolescente la tocó, le hizo lo mismo.

—Intenté ayudarla —declaró el repartidor de pescado. Aunque lo que añadió me dejó perplejo—. Me pareció que había algo raro en ella —dijo. Esa parte no quedaba clara en el «Informe policial», porque el repartidor de pescado también salió herido en la muñeca en la refriega; si puede hablarse de refriega, pues no pareció que fuera gran cosa.

Dentro de la tienda, el pescadero aseguró haber oído el «alboroto». Para cuando llegó al aparcamiento, la pequeña mujer que había estado en peligro se había marchado.

—No la vi por ninguna parte —dijo—. Lo único que vi fue a los dos chicos agarrándose de las muñecas —concluyó el pescadero.

El hospital de Exeter informó de que los dos adolescentes habían sido tratados de «lesiones en las muñecas sorprendentemente similares» y puestos en libertad bajo custodia policial. La policía los soltó de manera sumaria, a la espera de que la misteriosa mujer a la que habían agredido presentara cargos contra ellos. El repartidor de pescado, cuyo nombre tampoco se dio a conocer, fue dado de alta en el hospital e interrogado por la policía. Los dos adolescentes presentaban lesiones en los tejidos blandos: «rotura de los ligamentos radiocubital anterior y posterior», en el caso del primer agresor, y «rotura única del ligamento radiocubital palmar», en el del segundo. De algún modo, en la refriega que no parecía una gran refriega, el repartidor de pescado sufrió «daños más extensos en la articulación radiocubital distal»; de hecho, sufrió «una fractura distal del radio y más de un desgarro en el ligamento radiocubital». Los tres se enfrentaban a «probables intervenciones quirúrgicas».

Fiel a su estilo, el «Informe policial» no especulaba sobre si esa pequeña y bonita mujer era la misma pequeña y bonita mujer que le había causado daños al trabajador del astillero en el aparcamiento del Roland's.

«Agradeceríamos a la mujer o mujeres atacadas que se pusieran en contacto con nosotros», fue todo lo que dijo el portavoz de la policía.

—Supongo que no sabes nada de ese episodio en el aparcamiento de la pescadería —le dije al hombre de las raquetas, una vez que ambos habíamos tenido tiempo de sobra para leer sobre la mujer luchadora (un fenómeno de las artes marciales) en el último número del *Town Crier*.

—No puede ser de por aquí. Da la impresión de que conoce algunas técnicas de aikido —comentó Barlow.

—Técnicas de aikido —repetí—. ¿Qué sabes de aikido? —le pregunté.

—Nada —dijo el pequeño profesor de inglés con una sonrisa.

Acudí una vez más al hombre que más sabía de esas cosas. En esta ocasión no me molesté en traer una copia del *Town Crier* conmigo. Ya sabía que el entrenador Dearborn habría leído el «Informe policial». En esta ocasión, no me preguntó qué tal estaba.

—Siéntate, Adam —me dijo el entrenador.

Me senté a su lado en la larga banqueta del vestuario de los entrenadores. El señor Dearborn metió el cigarrillo en la lata de pelotas de tenis, donde siseó. Me alarmó un poco que no encendiese otro cigarrillo —ni siquiera le había dado una última calada al que apagó— y que no se molestara en sacudir el agua en la lata de pelotas de tenis, que dejó sobre el banco entre nosotros.

—Eres diestro, ¿verdad? —me preguntó el entrenador. Cuando asentí, me dijo—: Dame tu mano izquierda.

El dolor fue tan repentino y agudo que me sobresalté y lancé un grito. Sucedió tan rápido que ni siquiera vi lo que había hecho el entrenador. Cuando sintió que me estremecía, se detuvo, aunque sin soltarme la muñeca. El entrenador Dearborn sabía cómo controlar tus manos; si te agarraba la muñeca, no podías liberarla.

—Eso ha sido un bloqueo de muñeca rotacional, Adam, causa rotación radiocubital —me dijo.

Después hizo algo un tanto diferente. El dolor fue igual de repentino y agudo, pero provenía de otro lugar de la articulación de mi muñeca. Una vez más, el entrenador dejó de hacerme daño, aunque no me soltó la muñeca.

—Eso ha sido una llave de muñeca en pronación, Adam. También hay llaves de muñeca en supinación y en hiperflexión, pero ya te haces una idea, ¿verdad?

—Lo pillo —le dije, y me soltó la muñeca—. ¿Son técnicas de aikido? —le pregunté frotándome la muñeca izquierda.

—No sé gran cosa de aikido, pero me parece poco posible —respondió Dearborn encendiendo un cigarrillo—. Las llaves de muñeca en la lucha libre son llaves de sumisión: haces que tu oponente ceda al dolor. Las llaves de sumisión, como las llaves de estrangulamiento, ahora son ilegales, aunque antes se utilizaban —me dijo el entrenador Dearborn.

—Supongo que no le habrá enseñado ninguna llave ilegal al

señor Barlow: ni llaves de estrangulamiento ni llaves de sumisión ni llaves de muñeca —le dije.

—El señor Barlow es un buen profesor, Adam —declaró el señor Dearborn—. Los buenos profesores también son buenos alumnos: si te gusta enseñar, te gusta aprender. El señor Barlow se ha convertido en un estudiante modelo del deporte de la lucha libre, no solo de los movimientos y las presas, sino también de la historia de la lucha, incluidas las reglas y los cambios en las reglas.

—Deduzco que sí le enseñó algunas presas de sumisión, tal vez bloqueos de muñeca —me aventuré a decir.

—No recuerdo el contexto, pero estoy bastante seguro de que tratamos el tema de los bloqueos de muñeca —dijo el señor Dearborn. Dio una larga calada a su cigarrillo. Vio que seguía frotándome la muñeca izquierda—. Hay hielo en la sala de entrenamiento, Adam. Veinte minutos antes de entrenar, ponte hielo en la muñeca.

—¿Qué me diría si le dijese que el señor Barlow a veces se viste de mujer? ¿Sabía algo de eso? —le pregunté.

—He oído hablar de ello —respondió el señor Dearborn con tono neutro. Por la forma en que lo dijo, no supe distinguir si se refería a que había oído hablar de que el señor Barlow lo hacía o a que había oído hablar del travestismo en general.

—No creía que el señor Barlow lo hiciera fuera de nuestra casa. En realidad, no sé si *es* la mujer pequeña y guapa de los aparcamientos —le dije al entrenador Dearborn.

—Creo que señor Barlow es uno de los mejores tipos de esta escuela —repuso el señor Dearborn.

—Yo también lo creo, pero me preocupo por él —le dije.

—Preocuparse por alguien está bien, pero tienes que ser selectivo a la hora de decidir de qué te preocupas, Adam. —El entrenador se dio cuenta de que no entendía a qué se refería—. Cualquiera puede perder una pelea, Adam, sobre todo en un aparcamiento, donde no hay reglas. Yo perdí dos veces —me confesó el señor Dearborn—, y fue en las colchonetas, donde conocía las reglas.

—Lo entiendo —dije.

El entrenador se sentó, sin dejar de fumar, con sus pantalones de chándal y sus calcetines de deporte; llevaba puesta una camiseta, pero aún tenía que ponerse las zapatillas de lucha. Los demás entrenadores no tardarían en llegar a los vestuarios, el hombre de las raquetas entre ellos. Al igual que en la ocasión anterior, me dispuse a salir del vestuario de los entrenadores cuando vi que el señor Dearborn se encendía un otro cigarrillo más.

—No debería fumar tanto —le dije.

Entendía lo que me había dicho sobre la preocupación selectiva, pero también estaba preocupado por él.

Sosteniendo el cigarrillo entre el pulgar y el índice de la mano derecha, el entrenador Dearborn se señaló la muñeca izquierda.

—Hielo, Adam —dijo sonriendo—. Veinte minutos serán suficientes.

Cuando volví a hablarle al pequeño profesor de inglés sobre el episodio del aparcamiento de la pescadería, intenté hacer hincapié en las peleas sin reglas, tal como el entrenador Dearborn había hecho conmigo.

—No me importa lo mucho que sepas sobre llaves de muñeca, Elliot, o que tu forma de luchar te haya permitido ganar a un borracho, un repartidor de pescado y un par de adolescentes: tuviste suerte —le dije—. Cualquiera puede perder una pelea, Elliot. Incluso el entrenador Dearborn perdió dos veces, y eso que fue en las colchonetas, donde sabía que su oponente no tenía un cuchillo ni una pistola. ¿Y si la próxima vez uno de tus atacantes tiene un cuchillo o una pistola?

—Mi querido Adam —contestó el hombre de las raquetas—. Tendré más cuidado la próxima vez, si es que hay una próxima vez —dijo—. Solo quería comprobar si resultaba convincente como mujer.

—Al parecer, resultaste bastante convincente —le dije—. No estoy seguro de por qué el repartidor de pescado se llevó la peor parte. Su lesión fue más grave que la de los chicos. Creía que el repartidor intentaba ayudarte, ¿o es solo lo que le dijo a la policía?

—Me metió mano por debajo de mi abrigo; por debajo del abrigo de tu madre, quiero decir —explicó el señor Barlow—. No estoy seguro de que tocarme fuera de alguna ayuda, a pesar de lo que dijo el repartidor de pescado.

—Declaró que había algo raro en ti. ¿Qué quiso decir con eso?

—Supongo que se refería a que no me encontró las tetas, aunque palpaba por todas partes —admitió Elliot.

—Así que le rompiste la muñeca —concluí.

—Pensé que se lo merecía —dijo el hombre de las raquetas—. Me siento mal por haber tenido que herir a esos chicos, pero intenté hacerles un poco menos de daño.

—Creo que también se lo merecían —le dije.

—Tendré más cuidado, Adam. Tal vez no sea necesario que haya una próxima vez —admitió el pequeño profesor de inglés.

—Creía que habíamos establecido un sistema, una forma de mantenerte a salvo —dije—. Resulta fácil reconocerte, ya sabes, como hombre o como mujer. No hay ningún adulto tan pequeño como tú, Elliot, ninguno que yo haya visto por aquí —le dije.

—Tendré más cuidado, te lo prometo —dijo el señor Barlow—. Tuve que llevar a la tintorería el abrigo de tu madre —me contó—. Olía a pescado.

Los dos nos estábamos riendo cuando oímos que llamaban a la puerta del apartamento; en el contexto de la conversación, el golpe nos hizo dar un respingo.

—Tienes el aspecto adecuado —le dije al instante.

El hombre de las raquetas suspiró.

—Lo sé —dijo con pesar. Solo entonces me di cuenta de lo mucho que odiaba parecer un hombre.

Abrí la puerta y permití que entrara Matthew Zimmermann, que no residía en Amen Hall. Zimmer parecía un tanto alterado, como de costumbre. Tenía una nota en la mano.

—Toma —me dijo entregándomela. La había cogido del cuaderno que había en la puerta de nuestro apartamento—. Debéis de tener un fanático religioso en los dormitorios; un auténtico devoto —dijo Zim.

Con una letra bastante elegante de aire anticuado, lo único que la nota decía era «Deuteronomio 22, 5».

—Los fanáticos de la Biblia son odiosos con esas mierdas que muestran en los partidos de fútbol americano —dijo Zimmer—. Siempre se sientan en la zona de anotación, donde las cámaras de televisión pueden encontrarlos. Juan 3, 16 es una de las citas más importantes para esos cristianos de la zona de anotación —recalcó Zim.

—Todo el mundo ha visto a alguno de esos. Busqué la cita —dijo el hombre de las raquetas. Echó un vistazo superficial a la nota del Deuteronomio que yo le había entregado—. Juan 3, 16 dice: «Porque de tal manera amó Dios al mundo, que entrega a su Hijo unigénito, para que todo aquel que en Él cree, no se pierda, mas tenga vida eterna», ya sabes, *esa* —dijo el señor Barlow devolviéndome la nota.

—¿Qué dice el Deuteronomio? —le pregunté al pequeño profesor de inglés.

—Sabrá Dios. Tendremos que buscarlo —respondió Barlow con una sonrisa—. Será algo peor —nos dijo—. El Evangelio según San Juan es Jesús: Jesús dice cosas bonitas. Pero el Deuteronomio es Moisés: Moisés es duro. Está plagado de «no harás» esto y «no harás» aquello. Moisés impone la ley de una manera estricta, como en el Antiguo Testamento —dijo el hombre de las raquetas.

—Hay algo que me preocupa últimamente —espetó Zimmermann desde sus cincuenta kilos de peso.

—Ay, señor, últimamente ha habido mucha preocupación por aquí, Zim —dijo el señor Barlow.

—Deberías hablar con el entrenador Dearborn —le dije a Zimmer—. El entrenador tiene una teoría sobre la preocupación selectiva. —Lo dije, por supuesto, para que lo oyera el hombre de las raquetas, aunque no vi ninguna razón para no compartir la teoría de la preocupación selectiva con nuestro jugador titular de cincuenta kilos.

—He estado pensando en una cosa... Es solo una idea loca, pero creí que debía decir algo al respecto —nos dijo Zim—. Esa pequeña mujer que ha zurrado a esos chicos, ¿podría ser tu madre, Adam? ¿Y si es su mujer, señor Barlow? Ella sería capaz de hacerlo, ya lo sabe —nos dijo Zimmer—. ¡Y juro que la vi! ¡Te lo dije! —me dijo Zim.

—Adam me lo comentó. No la has visto, Zim —dijo el señor Barlow—. Ray no ha estado aquí; no fue a ella a quien viste —declaró el hombre de las raquetas.

—La mujer que vi era lo bastante pequeña para ser ella; ¡parecía incluso más pequeña! —exclamó Zimmer—. Y no hay nadie tan guapa como ella —nos aseguró.

«Parece ser que has resultado bastante convincente», estuve a punto de decirle otra vez al pequeño profesor de inglés, pero no lo hice.

—Deja de preocuparte, Zim —dijo el señor Barlow.

—¿Y qué opináis del asesino de gatos? ¡El horripilante ahorcador de felinos! —exclamó Zimmer. La despiadada violencia que estaba teniendo lugar en la ciudad de Exeter le había trastornado seriamente.

—Apuesto a que no ha sido cosa de un gato —le dije a nuestro luchador de cincuenta kilos.

—Apuesto a que la pequeña y guapa mujer del aparcamiento no es el asesino de gatos, Zim —dijo el pequeño profesor de inglés.

Cuando Zimmermann se marchó, al hombre de las raquetas y a mí nos costó encontrar una Biblia en nuestro apartamento.

—Sé que tengo una, pero nunca la leo; solo la uso para buscar cosas —dijo Elliot. Yo no dejaba de estudiar la caligrafía casi ornamental de la nota; me costaba creer que un estudiante de Exeter tuviera una letra así.

El señor Barlow encontró por fin una Biblia. Estaba parcialmente escondida detrás de un catálogo de L.L. Bean en el baño que compartía con mi madre; Pequeña Ray compraba en L.L. Bean ropa interior larga para esquiar.

—La buena y vieja versión del Rey Jaime, justo lo que más me gusta leer cuando estoy cagando —dijo el hombre de las raquetas. Los dos nos reímos cuando bajó la tapa del retrete y se sentó encima.

Encontró con rapidez el pasaje del Deuteronomio. Pude ver cómo movía los labios al leer para sí; nuestra risa se extinguió. Pude apreciar en su expresión lo que pretendía expresar cuando dijo que Moisés no era tan amable como Jesús.

—Léelo en voz alta —le pedí. El señor Barlow era un buen lector. No dudé que encontraría la voz adecuada para imitar la severidad de Moisés, con cierta altivez, como en el Antiguo Testamento.

—Según Moisés: «No vestirá la mujer ropa de hombre, ni el hombre vestirá ropa de mujer, porque abominación es a Jehová, tu Dios, cualquiera que hace esto». Pues menos mal, ¡no podría quedar más claro! —declaró el pequeño profesor de inglés—. Quienquiera que fuese Moisés era mucho mejor escritor que la tímida alma que redacta el «Informe policial».

—Así que te han visto, te han reconocido... Alguien lo *sabe* —le dije.

El hombre de las raquetas se encogió de hombros.

—O alguien ha oído algo —repuso Elliot con un suspiro—. Mi querido Adam, tienes que dejar de preocuparte; te preocupas demasiado.

Alcé la nota manuscrita.

—No parece que la haya escrito un niño —comenté.

—Te diré quién lo sabe —dijo de repente el hombre de las raquetas—. El repartidor de pescado sabe de sobra que no tengo tetas, ¡las buscaba a tientas! ¿La nota huele a pescado? —me preguntó el señor Barlow. La olí y no olía a pescado.

—Debes tener más cuidado. Me lo has prometido —le recordé.

—Te lo prometo, mi querido Adam —declaró el pequeño profesor de inglés—. Pero no siempre está claro lo que hay que temer.

Lo tendría siempre presente, de no haber sido por Deuteronomio 22, 5; de hecho, hice un gran esfuerzo por olvidar al Moisés sentencioso. Pero New Hampshire es territorio puritano. En un país marcado por la intolerancia sexual, más de un Moisés anda suelto por ahí.

26
El conductor a la fuga

Todavía estudiaba en Exeter cuando Nora me dijo que tenía que ver la película *El coche equivocado*. Ella y Em la habían visto en algún sitio; en un festival de cine negro, me contó Nora. A Nora no le gustaban las películas de gánsteres más que a mí, pero compartía la opinión de Susan Barlow de que el conductor a la fuga era *realmente* guapo; pequeño, pero guapo.

—Creo que se parece mucho a nuestro Elliot —dijo la señora Barlow.

—Bueno, no es tan pequeño, cariño —replicó el señor Barlow.

—Es *igual* de guapo —insistió Susan Barlow.

—Es guapo, eso seguro —me dijo Nora, al tiempo que Em hacía cosas raras con los ojos. Em movía las pestañas y me señalaba los ojos; después se me acercó tanto que pude sentir el aleteo de sus pestañas contra mi mejilla.

—Ese pequeño actor, Paul Goode, es idéntico a ti —me dijo Nora—. No se parece tanto al hombre de las raquetas.

La pantomima de Em fue bastante evidente.

—¿El conductor a la fuga tiene mis ojos? —le pregunté. Em asintió mientras sostenía en las manos un volante imaginario, conduciendo voluntariamente hacia una emboscada.

—No es solo que tu madre piense que ese actor se parece a ti —le dije al hombre de las raquetas—. Nora y Em creen que se parece a mí.

Elliot suspiró.

—Si mis padres ensalzan el carácter *noir* de Paul Goode, apuesto a que es horrible —dijo el pequeño profesor de inglés—, pero si la película se proyecta en festivales de cine negro, tarde o temprano la traerán aquí.

El señor Barlow estaba convencido de que llegaría a Cambridge —al cine Brattle, de arte y ensayo, que él conocía dada su familiaridad con Harvard Square—, pero *El coche equivocado* la pasaron en el cine Franklin de Durham en 1960, cuatro años después de su mediocre estreno. Prácticamente nadie había visto la película, excepto Nora y Em y los pequeños Barlow. En cuanto a la predicción de Susan Barlow —que sin duda íbamos a ver con frecuencia a Paul Goode—, no fue acertada.

Respecto a su carrera cinematográfica, a Paul Goode no le favoreció en absoluto que tuviera treinta años cuando prácticamente nadie se fijó en él como el conductor a la fuga en *El coche equivocado*. Una noche de invierno, en mi penúltimo año en Exeter, conduje hasta Durham con el hombre de las raquetas de copiloto, a mi lado. En el asiento trasero, mis tíos no dejaban de hacer el tonto. En 1962, Elliot y yo veríamos *Disparen al pianista,* de Truffaut —una gran película de género negro, melodramática y divertida (a ratos)—, pero tío Martin y tío Johan ya se reían anticipando lo divertida que iba a ser *El coche equivocado.* Pero no lo fue. Ni siquiera Martin y Johan se rieron. Fue un baño de sangre, muy repetitivo, pero el conductor a la fuga nos sorprendió. Nadie pensó que Paul Goode se parecía mucho al hombre de las raquetas. Era un actor menudo y guapo, es cierto, y aunque tenía treinta años aparentaba veinte. En realidad, apenas aparentaba dieciocho. Durante la mayor parte de la película llevaba puesta una gorra de visera redondeada que no le favorecía nada. Resultaba difícil ver sus ojos oscuros bajo aquella gorra, con el ala a la altura de las cejas. La gorra era de espiguilla. La suciedad de su rostro daba a entender que el pequeño conductor dormía debajo del coche con el que se daba a la fuga.

Lo que de *noir* tienen *El coche equivocado* o la taciturna pero sonriente interpretación de Paul Goode es que el coche con el que se da a la fuga nunca se escapa, tan solo el conductor escapa para volver a conducir. El coche es una trampa mortal cuando lo conduce ese hombrecillo. El tercer o cuarto coche maldito con el que intenta darse a la fuga provocó que tío Martin nos hiciese una pregunta en el cine Franklin.

—¿El conductor que intenta darse a la fuga es un fantasma? —susurró.

—¡Un Ángel de la Muerte! —exclamó tío Johan en voz alta, asustando a los espectadores sentados a nuestro alrededor.

Un toque *über-noir,* de género negro exagerado, al final de la película, es la chica rubia que lo acompaña; la típica novia de gánster, diríamos ahora. Uno de los gánsteres tiene novia, pero ¿de quién es la novia? Cuando los gánsteres se amontonan en el coche para darse a la fuga, no queda espacio para la chica.

—Eh, ¿y yo qué? —pregunta ella.

—Vas a tener que sentarte en el regazo de alguien —le dice uno de los gánsteres.

—En su regazo, no —dice otro de ellos, señalando al pequeño conductor—. Él conduce.

—No, gracias —dice la chica y se marcha. Antes de desaparecer, mira con atención durante un buen rato al sonriente conductor.

—¿Quién es esa tipa? —pregunta uno de los gánsteres mientras el coche se aleja. Se dirigen hacia su muerte; el único que va a librarse va a ser el conductor a la fuga.

—Una tipa cualquiera —se oye decir a uno de los gánsteres. Es una voz en *off* que suena durante el largo plano en el que se ve al coche adentrándose en un tiroteo.

En la última escena de la no-huida, aparece de nuevo la misma mujer. Esta vez, sí que hay sitio para ella, el del copiloto, justo al lado del sonriente conductor. La chica cree reconocerlo, como es lógico, pero le quita la gorra con cierta agresividad para asegurarse. Es la primera vez que podemos apreciar lo guapo que es: su pelo castaño oscuro, sus ojos marrones oscuros, la tímida inocencia de su sonrisa infantil, que empieza a traicionar su mortal sarcasmo. No cabía duda, sus ojos se parecían mucho a los míos.

—¡Tú otra vez! —le dice la mujer al conductor. Sale del coche con la gorra en la mano y se la coloca en la cabeza—. No estoy con él —les dice a los tres gánsteres apretujados en el asiento trasero del coche de la muerte—. Sois hombres muertos, os lo aseguro —les dice la mujer, pero eso es un exceso de estilo *noir;* podemos apreciarlo.

En el viaje de vuelta de Durham, mis tíos no paraban de hablar del simbolismo que entrañaba el conductor a la fuga; se esforzaban por expresar con precisión el significado de su constante voluntad de escapar. El pequeño conductor trabaja para una banda rival, o bien es policía, o no es real... Esas eran algunas de las atrevidas interpretaciones de mis tíos.

—¡Es demasiado guapo para ser un hombre! —exclamó tío Johan.

—Tenéis los mismos ojos —me dijo el hombre de las raquetas.

—¿Y su sonrisa? —le pregunté a Elliot.

—Su sonrisa es muy *noir* —contestó el profesor de inglés.

—¡Me gusta cómo el conductor a la fuga se lía con la chica al final —gritó tío Martin desde el asiento de atrás.

—¡Es como si esos dos lo tuvieran todo planeado! —exclamó tío Johan.

Le eché un vistazo al hombre de las raquetas, solo durante un segundo, porque estaba conduciendo, pero suficiente para comprobar que estaba sonriendo. No había nada de *noir* en la sonrisa del señor Barlow. Al final de *El coche equivocado,* el conductor está bebiendo una cerveza en un bar cuando entra la chica.

—¿Cómo te ha ido, guapetón? —le pregunta al conductor, acurrucándose junto a él en el taburete más cercano.

—Ya sabes cómo ha ido —le dice el conductor con su habitual tono inexpresivo—. Por favor, quítate esa gorra. —La mujer deja la gorra en el taburete vacío a su lado.

—¿Mejor así? —le pregunta, acercándosele más.

—Mucho mejor —le dice el pequeño conductor, dedicándole una sonrisa tímida e inocente, casi infantil. Cuando uno tiene más de treinta años y es capaz de sonreír como un niño, transmite algo *noir.*

Conocía esa sonrisa. Sabía a quién se parecía Paul Goode; y no me refería a mí o al hombre de las raquetas de nieve. Pero permanecía callado; me limité a conducir. Mis tíos y Elliot Barlow no habían visto mis fantasmas. No conocían al joven de la pala de nieve de aquella fotografía en blanco y negro; no conocían el Aspen de mis sueños, o de mis pesadillas.

—Paul Goode no se parece a George Raft de joven, por mucho que insista mi padre —dijo el pequeño profesor de inglés.

—Aunque George Raft era muy guapo —señalé.

—Poco importa lo que diga mi madre —añadió Elliot.

No podía decirles que creía haber visto a Paul Goode en un documental en blanco y negro, cuando apenas tenía catorce años, después de haber estado quitando nieve con una pala para limpiar la acera frente al Hotel Jerome. Por aquel entonces, debía de tener más o menos la edad que tenía cuando, posiblemente, conoció a mi madre, cuando era un chico que aún no se afeitaba, un chico sin ataduras que no podía apartar los ojos de Pequeña Ray. ¿Qué sentido tendría que se lo hubiese dicho? No lo sabía a ciencia cierta y ellos nunca habían visto al joven de la pala..., o al menos eso creía yo.

En el cine Franklin, cuando se encendieron las luces —una vez finalizados los títulos de crédito de *El coche equivocado*—, les dije a mis tíos que Nora y Em pensaban que me parecía al conductor a la fuga.

—Tú no eres un Ángel de la Muerte, Adam —me tranquilizó tío Johan.

—Adam tiene los mismos ojos —dijo tío Martin.

—Te pareces más a tu madre, Adam —dijo tío Johan.

Una atractiva mujer había escuchado nuestra conversación. Tenía la edad de mi madre, había estado sentada en la fila de detrás de nosotros, pero en ese momento estaba en el pasillo, a nuestro lado.

—Déjame ver tus ojos, Adam —me dijo. Cuando la miré, me preguntó si podía sonreír. Dadas las circunstancias, supongo que mi sonrisa tenía un deje tímido e infantil. Creo que, en términos generales, era más inocente que la mayoría de los jóvenes de dieciocho años.

La atractiva mujer mayor se dirigió directamente a mis tíos, aunque no apartó la mirada del hombre de las raquetas.

—El chico tiene los ojos y la sonrisa de Paul Goode. Se va a meter en un buen lío —dijo la mujer—. ¿Y tú quién eres? —le preguntó de repente al hombre de las raquetas. Antes de que Elliot pudiera responderle, la mujer dijo—: Tú y el chico estáis emparentados.

—Soy el padrastro de Adam, no estamos emparentados —le dijo el señor Barlow en tono amable.

La mujer atractiva parecía ahora molesta con todos nosotros.

—Podría ser tu padre —me dijo señalando al pequeño profesor de inglés. Se alejó de nosotros y desapareció en el vestíbulo del cine, como un perdido personaje *noir* de *El coche equivocado*. Su intención era regresar a la película, imaginé, cuando sentí la mano de tío Martin sobre mi hombro.

—Johan tiene razón: te pareces más a tu madre, Adam —dijo tío Martin.

En el coche, de camino a casa desde Durham, el tema del parecido físico dio un brusco giro.

—Sabes a quién se parece realmente el conductor a la fuga, ¿verdad? —le preguntó de repente tío Martin a tío Johan.

—¡Estaba pensando en él! —exclamó tío Johan—. ¡Se parece a aquel pequeño alpinista de Aspen que era guía de esquí en Camp Hale! —declaró Johan.

—Nunca olvidaré a ese chico —dijo tío Martin—. Lo conocimos cuando el Ochenta y siete Regimiento regresó a Camp Hale, en febrero de 1944; el chico acababa de cumplir dieciocho años. Estaba deseando formar parte de la Décima División de Montaña.

—¡Un hombre muy *pequeño!* —gritó tío Johan desde el asiento trasero—. ¡No parecía lo bastante mayor para conducir, ¡pero sabía esquiar! Paulino, me acuerdo de él. Terminó en el Ochenta y cinco Regimiento, ¿no? ¡El conductor a la fuga se parece a Paulino! Era italiano, ¿verdad? —le preguntó a Martin.

—Paulino es un nombre español; español o mexicano —le dijo Martin a su hermano—. En Colorado, me temo, es muy probable que Paulino sea un nombre mexicano.

—Ese chico no parecía mexicano —señaló tío Johan.

—No, no lo parecía —coincidió tío Martin—, pero en Aspen, me da a mí, Paulino tenía que ser un nombre mexicano.

No, el joven de la pala de nieve no parecía mexicano, pensé yo, pero ¿cómo iba a decirles que tal vez había visto a aquel pequeño montañero que recordaban o que tal vez había confundido al chico bajito de la pala alta con un fantasma? Al fin y al cabo, en blanco y negro, ¿no estaba el pequeño joven de la pala de nieve en compañía de fantasmas?

—¿Cuál era el apellido de Paulino? —les pregunté a mis tíos.

Pero tío Martín le estaba explicando a Johan que «Paulino» era la forma española de «Paul». ¿Era su nombre una mera coincidencia?, me pregunté. Tío Johan eligió ese momento para dirigirse al hombre de las raquetas y a mí.

—Éramos solo un par de viejos voluntarios, reclutados por la Patrulla Nacional de Esquí para entrenar a las tropas de montaña; los jóvenes nos parecían niños —nos dijo tío Johan desde el asiento trasero—. Nosotros ya teníamos hijos: Nora tenía ocho años y Henrik, seis.

—Paulino se embarcó con el Ochenta y cinco, ¿no es cierto? —le preguntó tío Martin a su hermano.

—Me preguntaba si recordáis el apellido de Paulino —intervine.

—El Ochenta y cinco y el Ochenta y siete embarcaron juntos en Hampton Roads en 1945 con destino a Nápoles —le dijo tío Johan a su hermano, como ya le había oído decir antes (con cierto aire de nostalgia)—. Paulino embarcó con ellos.

—¿Y el apellido de Paulino? —pregunté otra vez, en vano.

—Yo había cumplido cuarenta años, Johan treinta y ocho —dijo tío Martin sin motivo aparente. Sabía muy bien qué pasaba cuando sus recuerdos de la guerra se desviaban; sabía hacia dónde se dirigía su conversación. Mis tíos empezaron a hablar entre ellos, como si Elliot y yo no estuviéramos en el coche.

—El Primer Batallón del Ochenta y siete sufrió algunas bajas en la ladera occidental del monte Belvedere —dijo tío Johan.

—El Primer Batallón del Ochenta y cinco atacó el monte Gorgolesco, paralelo al Belvedere —le recordó tío Martin a su hermano—. Hubo acción en el valle del Po y al cruzar el río —comentó tío Johan, como si hubiera estado allí, aunque no había estado. Pero había entrenado a jóvenes que habían muerto en Italia, según me contó mi madre.

—Unos cuantos muertos en combate, sin duda —dijo tío Martin.

—Me estaba preguntando si sabíais el apellido de Paulino —repetí.

—¡Johan pensaba que era *italiano!* —exclamó tío Martin.

—No era mexicano, Martin —insistió tío Johan.

Exasperado, encendí la radio del coche. Marty Robbins cantaba «El Paso». Mis tíos se pusieron a cantar al instante. Eran un par de viejos integrantes de la 10.ª División de Montaña. Muchas de las tropas de esquí que entrenaron desembarcaron en Italia, pero mis tíos volvieron a casa, no fueron a la guerra. Ya estaban casados y tenían hijos; se lo habían pasado como nunca en Camp Hale, haciendo novillos de sus respectivas familias y bebiendo cerveza con los muchachos. Era increíble que mis tíos recordaran algo de sus días en la 10.ª División de Montaña.

Exasperado, apagué la radio del coche. Tío Martin y tío Johan dejaron de cantar al instante; no recordaban la letra de la canción de Marty Robbins, aunque acababan de cantarla. Fue entonces cuando empezó a cantar el hombre de las raquetas de nieve. Hacía cuatro años que lo conocía y no estaba al corriente de que supiese cantar; tenía una voz muy bonita. A mis tíos y a mí el señor Barlow nos impresionó de tal modo que no cantamos con él, sino que nos limitamos a escucharle cantar la canción «El Paso».

Todavía hoy, no puedo escuchar esa canción sin oír la voz del hombre de las raquetas, y sin volver a recordar aquel viaje en coche; yo conducía y acababa de ver a Paul Goode interpretando al conductor a la fuga.

Un par de viejos integrantes de la 10.ª División de Montaña habían pensado que Paul Goode se parecía a un tipo que habían conocido en Aspen y que trabajaba como guía de esquí: «un muchacho cualquiera», como lo recordaba mi madre, tres años antes de que mis tíos lo conocieran como el montañero Paulino. No, obviamente, tío Martin y tío Johan no sabían —o no recordaban— el apellido de Paulino. Dudaba de que mi madre supiera o recordase siquiera el nombre de pila del chico. Pequeña Ray solo sabía, o creía saber, que no había ataduras entre ellos. Pero no hace falta tener el gen del escritor para suponer que siempre existen ataduras.

Sabía que Molly y mi madre no habían visto *El coche equivocado;* no en Manchester, Vermont. La carrera de Paul Goode languidecía. No había actuado en ninguna otra película; todavía no. Mi madre no podía haber visto al pequeño actor en la gran pantalla. Me las ingenié para decirle a Molly que había surgido la posibilidad de ponerle nombre a mi desconocido padre.

—Tal vez dos nombres —le dije.

—¿Cómo es posible que tenga dos nombres? —me preguntó Molly.

—Si tienes un minuto, Molly, pregúntale a mi madre si se acuerda de un chico llamado Paulino; es posible que lo llamara Paul —le expliqué. No le dije que se había convertido en una estrella de cine, porque no lo era; o no todavía.

Casi veinte mil hombres sirvieron en la 10.ª División de Montaña en Italia. De los tres regimientos de infantería que desembarcaron en Nápoles, casi el veinticinco por ciento fueron bajas. Paulino Nosequé podría haber sido una de ellas. Me pregunté si había visto a Paulino entre mis fantasmas de Aspen. O tal vez Paulino se había convertido en Paul Goode, porque el joven de la pala de nieve de aspecto inocente no parecía haber muerto.

Todo el mundo decía que me parecía a mi madre, y creo que no había duda al respecto. Salvo por los ojos y la sonrisa *noir*, apreciaba más bien poco de mi persona en el tímido joven de la pala o en el conductor a la fuga. De acuerdo, los tres éramos pequeños y supongo que más bien guapos, pero no suponía una gran diferencia que todos tuviéramos el pelo y los ojos oscuros. En el ámbito de las características físicas heredadas, estos rasgos no son positivamente identificativos. Tu tamaño, tu aspecto, tu pelo y tus ojos... no suponen lo mismo que una firma, no son tan verificables como las huellas dactilares, ¿no es cierto?

—Te pareces a tu madre —me decía siempre Nora—. Fuera quien fuese tu padre, no puedes parecerte mucho a él, porque eres idéntico a Pequeña Ray.

Después de ver *El coche equivocado*, ¿cambió Nora de opinión? Dijo que Paul Goode era idéntico a mí.

—Lo que quiero decir es que se parece más a ti que al hombre de las raquetas. Tú sigues pareciéndote más a tu madre, chaval —dijo Nora. Sus palabras coincidieron con lo que me dijeron tío Johan y tío Martin, y Em asintió con la cabeza, pero me di cuenta de que Em tenía algo más que decir.

Em alzó su mano derecha —su mano de *escribir*, como la mía— frente a mí. Pude ver sus dedos agrupados; Em daba a entender que estaba sosteniendo un bolígrafo imaginario.

—Sigues enfadada conmigo, ¿verdad? —le preguntó Nora—. Te lo dije, *iba* a decírselo..., ¡pero se me *olvidó!*

Em escribía furiosa con su bolígrafo imaginario en mi pecho. Podía sentir cómo apretaba con más fuerza cuando escribía cerca de mi corazón.

Obviamente, ya se lo había contado todo. Si había aprendido algo, era a no tener secretos con Nora y Em. Ya les había contado lo que Pequeña Ray había dicho sobre el chico que no le quitaba los ojos de encima: solo era un chico que aún no se afeitaba. Ya les había contado lo que habían dicho aquellos dos viejos integrantes de la 10.ª División de Montaña: que Paul Goode les recordaba a un pequeño montañero que habían conocido en Camp Hale, un supuesto lugareño de Aspen. Fantasma o no, también les había hablado de mis previos avistamientos del joven de la pala de nieve.

—Lo *siento,* Em, ¡se me *olvidó!* —exclamó Nora mientras Em representaba un dolorosísimo parto al intentar escribir—. Lo que Em intenta decirte es que Paul Goode tiene el gen del escritor —me dijo Nora—. Se me olvidó decirte que es el autor del guion de *El coche equivocado,* no solo el conductor a la fuga.

Incluso los pequeños Barlow, ese infatigable equipo de guionistas, habían pasado por alto la autoría del guion.

—No es una gran película de gánsteres —fue todo lo que dijo John Barlow.

—Pero el tipo que interpreta al conductor del coche a la fuga es realmente *noir;* es alguien especial —había opinado Susan Barlow.

Sospechaba que al hombre de las raquetas de nieve le encantaría saber que sus padres habían pasado por alto la autoría del guion, pero yo me sentía muy mal, porque el guion de *El coche equivocado* era lo peor de la película. El guion, había dicho el hombre de las raquetas, era lo más excesivamente *noir* de la película. Si mi gen de escritor venía de Paul Goode, pensé, iba a tener que luchar contra ese exceso *noir* que había en mí.

Em y yo pensamos mucho en nuestros genes de escritores; Em también quería ser escritora y no tenía ni idea de dónde procedía ese impulso. Nora estaba convencida de que le dábamos demasiadas vueltas al asunto.

—¿Por qué os preocupáis por eso? —nos preguntó Nora—. ¡No podéis hacer nada para saber de dónde viene vuestro afán por escribir!

Pero Nora, Em y yo estábamos de acuerdo en que las expediciones del pequeño profesor de inglés como mujer nos preocupaban. Nora y Em creían que al hombre de las raquetas le resultaría algo más fácil vivir como mujer en una ciudad como Nueva York.

—¡Joder, en cualquier lugar menos en Exeter! —exclamó Nora. Como chica que había crecido en un apartamento de una residencia solo para chicos, Nora sabía cómo se trataba a las minorías sexuales en Exeter.

Pero Nora, Em y yo sabíamos por qué el hombre de las raquetas no estaba dispuesto a abandonar Exeter, él mismo nos lo había dicho. Incluso a principios de los sesenta, Elliot Barlow defendía la idea de que la academia se convirtiera en una escuela mixta. Hasta que Exeter no admitiera chicas, el señor Barlow no se marcharía; quería quedarse para ayudar a los chicos que eran víctimas de acoso.

—Cuando haya chicas que ejerzan de testigos, los chicos serán más amables con sus compañeros —declaró el profesor.

Había hablado con sus colegas de varios colegios femeninos de Nueva Inglaterra y los profesores de esos colegios le habían contado lo malas que podían llegar a ser las chicas con sus compañeras. Tener a chicos como testigos también haría que las chicas se comportaran mejor. Ese era el argumento principal de Elliot a favor de la coeducación: la amabilidad.

—Probemos la escuela mixta durante el verano, a ver si funciona —llevaba años proponiendo el pequeño profesor de inglés. En 1961, trece chicas fueron admitidas en la Escuela de Verano de Exeter; solo durante el día, no eran internas. Al verano siguiente, se admitió a las primeras alumnas en régimen de internado. La mayor parte del profesorado de la academia apoyó el cambio: la escuela de verano aportó pruebas convincentes de la conveniencia académica de la coeducación y de la viabilidad de gestionar un internado formado por chicos y chicas.

En 1969, el consejo de administración tomó cartas en el asunto. Tal y como había previsto el señor Barlow, el principal argumento en contra de la coeducación en Exeter era económico: las mujeres graduadas ganarían menos dinero que los hombres; la aportación económica de las mujeres a la escuela sería menor. El señor Barlow sabía que el alumnado de Exeter prefería un colegio mixto. Los únicos universitarios que se oponían a la idea estaban en Dartmouth. Nora dijo que Dartmouth tenía una cultura orientada por las pollas. La pantomima de Em al respecto es mejor dejarla a la imaginación.

El consejo de administración de Exeter votó de manera unánime a favor de la coeducación en 1970. Las primeras alumnas fueron admitidas en septiembre de ese mismo año; las internas llegarían en 1971. En 1973, el hombre de las raquetas dejó su puesto en la Academia Phillips Exeter, donde había sido profesor durante veinte años. Siguiendo el consejo de Nora y Em, Elliot Barlow tenía pensado mudarse a Nueva York.

Cuando le preguntaron cómo tratarían los chicos a las chicas en Exeter, el pequeño profesor de inglés respondió:

—Solo espero que traten a las chicas mejor de lo que han tratado a otros chicos.

Sin embargo, Elliot seguía consternado ante el hecho de que los administradores de Exeter no se hubieran planteado la posibilidad de un comportamiento inapropiado por parte del profesorado con relación a las alumnas del colegio. Ya a principios de los años sesenta, cuando le preguntaron cómo trataría el profesorado de Exeter a las alumnas, el hombre de las raquetas había dejado escapar un suspiro.

—Como todo el mundo sabe —había dicho el señor Barlow—, los hombres suelen comportarse mal con las mujeres. —(El hombre de las raquetas había podido comprobarlo en carne propia en la ciudad.)

Mucho antes de marcharse de Exeter, una noche, el hombre de las raquetas nos preparó la cena a Nora, a Em y a mí en la cocina de nuestro apartamento de Amen Hall. Elliot Barlow era el mejor cocinero que conocía. Haberse criado en Europa seguramente tuvo algo que ver. Dimos buena cuenta de sus pimientos rellenos con salsa marinera.

—Enséñame la nota del Deuteronomio —dijo Nora. Les había contado a ella y a Em lo que Moisés decía sobre los travestis. Yo usaba la nota como marcapáginas de la novela que estaba leyendo, lo cual no era la forma más inteligente de olvidar al Moisés más criticón.

—Ay, querido —dijo Nora cuando le tendí la nota—. Crecí leyendo lo que mi madre escribía a mano: siempre me entregaba notas extraídas de la Biblia.

Al hombre de las raquetas y a mí no nos sorprendió. Estábamos convencidos de que mi madre usaba el pronombre «ella» para referirse a Elliot cuando hablaba con Abigail y Martha.

—Todos hemos oído a Ray utilizar «ella» para referirse a ti —le dijo Nora al hombre de las raquetas; Em asintió.

Estaba claro que Nora y Em sabían mucho más sobre hombres que deseaban ser mujeres y mujeres que deseaban ser hombres que Elliot y yo. Cuando les conté a Nora y Em las aventuras del hombre de las raquetas como mujer en la ciudad de Exeter, no se escandalizaron. Al igual que el entrenador Dearborn, Nora y Em sabían que los hombres estúpidos abundaban.

—No solo en New Hampshire —me dijo Nora.

Los movimientos corporales de Em, cuando llevaba a cabo la pantomima relativa a sus pensamientos con relación a cuestiones de género, eran inquietantemente parecidos a cuando representaba un parto o relaciones sexuales; la naturaleza gráfica de su pantomima podía malinterpretarse con facilidad, pero la inexpresiva interpretación de Nora no se hizo esperar.

—Em se refiere a que hay casi el mismo número de mujeres estúpidas —dijo Nora; luego frunció el ceño—. No, no las hay, Em —dijo Nora. Em se limitó a negar con la cabeza.

Nora recordaba un par de aquellas notas bíblicas que su madre le había escrito. Una de ellas era un versículo de una de las epístolas de Pablo a los Corintios.

—Se trataba básicamente de una lista de malhechores que no iban a heredar el reino de Dios —nos dijo Nora—. Los ladrones y los borrachos estaban en esa lista, y también los fornicadores. Adúlteros, homosexuales y sodomitas se encontraban sin duda alguna en el grupo de los fornicadores —recordó Nora—. Otra de las notas era del Apocalipsis y daba miedo. Era algo sobre personas abominables, entre los que se incluían asesinos y gente sexualmente inmoral. Todos íbamos a acabar en algo llamado «el lago que arde con fuego y azufre, que es la segunda muerte»; esa maldita parte me provocaba pesadillas —confesó Nora.

Em se había levantado de la mesa de la cocina y se retorcía en el suelo del salón. Em había participado en otros talleres de pantomima; «tanto cursándolos como impartiéndolos», había dicho Nora. Las torturadas contorsiones de Em eran su forma de representar lo que el fuego y el azufre podían hacerte si llegabas a un lago en llamas. Era la representación más significativa de la segunda muerte de la que hablaba el Apocalipsis que había visto en mi vida. Sabía que Em escribía muchos de los movimientos de su pantomima antes de representarlos; a eso se refería Nora cuando decía que Em se coreografiaba a sí misma.

Nora ya había visto antes la pantomima del Apocalipsis de Em, porque no paraba de hablar en la mesa de la cocina.

—Si alguna vez os apetece que mi madre sepa que estáis al corriente de sus movimientos, te diré la nota bíblica que debes darle. Cuando yo se la di, dejó de pasarme notas de la Biblia —nos dijo Nora a mí y al hombre de las raquetas de nieve—. Echadle un vistazo a Hebreos 13, 2, es una cita muy rara —dijo Nora. Elliot fue a su cuarto de baño a buscar la Biblia que había quedado oscurecida para siempre por el catálogo de L.L. Bean. Eso provocó que Em dejara de representar la segunda muerte y se sentase a la mesa de la cocina para escuchar al pequeño profesor de inglés leer Hebreos 13, 2; todos fuimos conscientes de que la mera idea de algo así volvería loca a tía Abigail.

El hombre de las raquetas leyó con solemnidad el versículo dos veces.

—«No os olvidéis de la hospitalidad, porque por ella algunos, sin saberlo, hospedaron a ángeles.»

Todos nos quedamos sin palabras. Nadie podía imaginarse a tía Abigail acogiendo a extraños, ni tampoco podíamos imaginarnos a la madre de Nora creyendo que podría estar perdiéndose el hecho de acoger a ángeles.

En la imitación que Em hizo de tía Abigail, la madre de Nora parecía estar hablando por teléfono mientras daba a luz. Cualquiera diría que Em había trabajado como comadrona, debido a la facilidad (y frecuencia) con la que imitaba el parto.

—Tu madre, Nora, se entera de las cosas menos que la mayoría de las madres —nos dijo Nora que había dicho Em a su inimitable manera.

El hombre de las raquetas podía sorprendernos a veces con una repentina seriedad.

—En lo que a mí respecta, ya sea como hombre o como mujer —empezó a decir el señor Barlow—, siempre he sido consciente cuando me he topado con un ángel. —Nora, Em y yo nos echamos a reír—. Vosotros tres siempre habéis sido ángeles para mí —dijo el pequeño profesor de inglés justo antes de echarse a llorar.

Em, sentada junto a Elliot, apartó su silla de la mesa de la cocina y le abrió los brazos. El hombre de las raquetas se sentó en el regazo de Em. Esta lo abrazó mientras él lloraba. Nora y yo nos tomamos de la mano por debajo de la mesa. Nora no tenía la fuerza del entrenador Dearborn, pero para ser una chica no podía decirse que sus manos no agarrasen con fuerza. Uno siempre recuerda los momentos emotivos, si crees que has hecho lo correcto o todo lo que estaba en tus manos.

Lo que se olvidan son los detalles, todo aquello que puede parecer una minucia en ese momento. Nora y Em estaban al corriente de todo —es decir, sabían tanto como yo—, pero no le había dicho al hombre de las raquetas que estaba seguro de haber visto antes al pequeño conductor a la fuga. ¿Qué estaría dispuesto a creer Elliot Barlow sobre aquellas fotografías en blanco y negro, aquellos fantasmas, si es que lo eran, que me acosaban? ¿No me diría el pequeño profesor de inglés que mi desbocada imaginación se me había ido de las manos? Cada vez me preocupaba más herir los sentimientos de Elliot. Había sido para mí algo más que un padre sustituto: me había querido y aconsejado, como debe hacer un buen padre (uno de verdad). ¿Cómo le sentaría al hombre de las raquetas saber que yo seguía pensando en mi padre misterioso, aquel que no había hecho nada por mí?

Se trataba de otra mentira por omisión. No le había dicho al señor Barlow que Paul Goode se parecía al sonriente chico de la pala de nieve, demasiado joven aún para afeitarse, que posaba junto al montón de nieve frente al Hotel Jerome. Pero no es posible ver en retrospectiva en un primer intento. Tienes que terminar el primer borrador para ver lo que te has perdido.

Pronto llegaría el año 1961. Pronto iba a estar de camino a Pittsburgh y, poco después, de vuelta. Durante un tiempo, me centré en la seguridad del hombre de las raquetas, aunque la soledad (incluida la mía) sería mi tema más recurrente como escritor.

El entrenador Dearbon me prometió que no dejaría de leer el «Informe policial». No solo cuando me fui a Pittsburgh, sino siempre que salía de la ciudad, el entrenador me mantenía informado. Había muchos conductores borrachos y un montón de disputas domésticas y de emergencias con animales. Durante un tiempo, siguieron ahorcando gatos. El astuto verdugo resultó ser un mocoso, hijo de profesores de la academia, no lo bastante mayor para estudiar allí, pero tampoco exactamente un pueblerino. El asesino de gatos era un chico joven al que le encantaban los pájaros, como el señor Barlow había creído desde el principio.

Pero no hubo más avistamientos de una mujer pequeña y guapa capaz de lesionar a los hombres y los muchachos más lascivos de la ciudad de Exeter. O bien el ingenioso hombre de las raquetas no se aventuraba vestido de mujer, o la mujercita avistada anteriormente se aventuraba en alguna otra parte.

Pensé que habría bastado con facilitarle a Molly el posible nombre de mi desconocido padre, pero no le hablé de Paul Goode; ni siquiera le hablé del joven de la pala de nieve que se parecía a Paul Goode. Sabía que Molly no creía en fantasmas, porque no los veía. Pensé que habría bastado con que Molly susurrara el nombre Paulino, o simplemente Paul, al oído de mi madre, para ver si Pequeña Ray recordaba el nombre del chico con el que se había acostado en Aspen.

Apenas empezaba a tener clara la diferencia entre las cosas que debería haber visto venir y las que no podía haber anticipado. Viendo al hombre de las raquetas sollozar en el regazo de Em, supe que me costaría tanto entenderme a mí mismo como una obra en curso como creer en el futuro de Paul Goode como actor; no digamos como escritor.

Si me hubieran dicho que el pequeño conductor a la fuga tenía futuro, y que ese futuro me incluía a mí, me habría echado a reír. Habría sonado como un eco de lo que dice la chica en la última escena de *El coche equivocado,* justo cuando se baja del coche. «No estoy con él», les dice a los tres gánsteres apretujados en el asiento trasero del coche de la muerte. Si me hubieran dicho que Paul Goode iba a ser un personaje importante en mi futuro, habría respondido que no pensaba ir a dar una vuelta con él.

27
Política sexual, un incendio, celos

¿Cuándo se convirtió todo en política? No me di cuenta de cuándo o dónde, en Estados Unidos, empezó todo a ser una cuestión política; simplemente me desperté una mañana y todo era política. No presté atención, estando en Estados Unidos, al momento en que se puso en marcha aquello que iba a dividirnos.

Me gradué en Exeter en 1961. Ese año, la noche del 5 de octubre, me encontraba en Pittsburgh. Era un jueves, antes de la temporada de esquí, y mi madre y Molly estaban en Exeter; las dos profesionales del esquí dormían en el apartamento del hombre de las raquetas, pero los tres cenaban con Nana en la casa de la calle Front.

Cuando me gradué en la academia, mi madre dejó de fingir que vivía con Elliot Barlow. Pequeña Ray vivía en Manchester, Vermont, con Molly —no solo durante la temporada de esquí—, pero Ray visitaba con frecuencia al señor Barlow en Exeter. En los meses de invierno, el hombre de las raquetas iba a menudo a Manchester, donde se quedaba con mi madre y Molly. Aunque mi madre se había casado con el pequeño profesor de inglés bajo un falso pretexto, el amor que sentían aquellos dos tortolitos no era fingido: se querían de verdad. Como Molly me había dicho:

—Hay más de una forma de querer a los demás, niño.

—¿Desde cuándo las mujeres somos una minoría sexual, o solo se nos trata así? Joder, ¡somos la mitad de la población!

Crecí oyéndole decir a mi madre esas palabras —respondiendo a alguien en la radio o en la tele o incluso en la misma habitación—, pero durante muchos años no presté atención al contexto. Le oía repetir ese tipo de frases sin entenderlas realmente.

Entonces, en una ocasión —yo era un estudiante de la academia, estábamos en la mesa del comedor de Nana, el hombre de las raquetas también estaba allí— tía Abigail dijo algo, y el contexto quedó perfectamente claro.

—Sinceramente, Ray, lo que dices podría haberlo dicho Nora, o alguien de la edad de Nora —dijo tía Abigail.

—O como Em, la amiga de Nora. Como lo que diría Em... si alguna vez dijera algo —añadió tía Martha.

—No aprendí ni de Nora ni de Em que las mujeres son tratadas como una minoría sexual —dijo mi madre—. Soy una *mujer,* ¿sabes? —dijo Pequeña Ray. Llevaba puesto un jersey muy ceñido y, cuando dijo la palabra *mujer,* echó los pechos hacia delante y los sacudió en dirección a sus hermanas, que se escandalizaban con facilidad.

Ese gesto hizo reír a todo el mundo excepto a tía Abigail y a tía Martha. Como cabía esperar, tío Martin y tío Johan fueron los que con más fuerza rieron, pero Molly estaba allí —la pistera rio a carcajadas— e incluso mi abuela también rio un poco.

Era la temporada de lucha; como yo tenía una oreja de coliflor, me dolía al reír. Cuando me toqué la pequeña escayola, el señor Barlow (que también se estaba riendo) frunció el ceño y negó con la cabeza. Me palpitaba la oreja, pero podía oír bien.

—Me trataron como a una minoría sexual cuando me quedé embarazada y tuve a mi único hijo —dijo mi madre—. A las madres solteras se las trata como a una mierda —dijo, mirando directamente a mis malvadas tías—. A lo que me refiero, cariño —me dijo mi madre con un tono de voz mucho más amable—, es a que estuve expuesta al modo en que se trata a las minorías sexuales cuando me convertí en madre soltera. Quiero decir, antes de estar con Molly, cariño... Sé que sabes a qué me refiero.

Supongo que asentí con la cabeza, tal vez con cautela, habida cuenta de mi palpitante oreja.

—Claro que el niño sabe a qué te refieres, Ray —dijo Molly, pero mi madre se había puesto nerviosa y no podía parar. Me hablaba a mí, pero yo sabía quién era su verdadero público: mis enfurecidas tías, que la miraban desde el otro lado de la mesa del comedor.

—Molly y yo *formamos parte* de una minoría sexual, cariño. A las mujeres como nosotras nos tratan incluso peor que a las madres solteras —dijo mi madre.

—Lo sé —le dije, pero ella estaba mirando al pequeño profesor de inglés. Elliot estaba sentado a su lado, entre ella y Molly. Por el modo en que el señor Barlow dio un respingo en su asiento, me di cuenta de que mi madre debía de haberle tocado (también de forma repentina) por debajo de la mesa.

—Cuanto más pequeña es una minoría sexual, más vulnerable es ese grupo: son los que se llevan la peor parte, ¿verdad? —le preguntó mi madre a Elliot.

—Así es, Ray —respondió el hombre de las raquetas.

Al igual que *homófobo, transgénero* era una palabra que todavía no formaba parte de nuestro vocabulario nacional, pero me fijé muy bien en cómo mis horribles tías miraban a Elliot Barlow. Lo juzgaban por su travestismo. Esa cena, fuera en el momento en que fuese, tuvo lugar, obviamente, después del mensaje de Moisés.

Con su tenedor en la mano, que no era una varita mágica, mi abuela parecía estar dirigiendo un invisible e inaudible coro, formado por las voces momentáneamente silenciosas pero eternamente discordantes de sus hijas.

—Chicas, chicas —las reprendió Nana en voz baja, como si el hecho de que se miraran unas a otras fuera tan malo como el hecho de armar jaleo.

Nadie dijo nada, nadie rio, ni siquiera mis tíos, que se comportaban como niños cuando el tema de conversación les estaba vedado. Tío Martin sacó una aceituna de su cazuela y la echó en la cerveza de tío Johan. Tío Johan encontró un guisante en su plato y lo metió en la cerveza de tío Martin.

El tema de las minorías sexuales se había convertido en una especie de música de fondo casi constante durante mi infancia. Siempre estaba oyendo hablar de esa cuestión, aunque, en realidad, no escuchaba. No entendía la política que se escondía en la política sexual; no al principio. Entonces, un día, la entendí.

No sé exactamente cuándo tuvo lugar ese momento de tardía iluminación, pero sí sé que yo no me encontraba en Exeter la noche del jueves 5 de octubre de 1961, cuando se produjo el incendio. Como cabe suponer, mi abuela no habría invitado a cenar a mi madre, a Molly y al señor Barlow sin invitar también a mis tías y tíos. Fue tía Abigail quien preguntó si Nana había quemado la olla donde había hecho el guiso. Tiempo después, el hombre de las raquetas me dijo que aquel guiso no estaba ni mejor ni peor que de costumbre; los invitados a la cena se lo habían estado comiendo, o bien le habían estado dando vueltas en sus platos.

—Mi plato no está quemado —dijo tío Martin.

—Yo ya me he comido el mío; no me di cuenta de que estaba quemado —dijo tío Johan.

—No te habrías enterado, Johan —le dijo tía Martha.

—Tal vez sea el postre lo que se ha quemado —le dijo tía Abigail a Nana.

—Esa cosa de arándanos, el fondo siempre se le quema —añadió tía Martha.

—¡Aquí no se ha quemado nada! —exclamó Dottie desde la cocina.

—Pues a mí me huele a humo —dijo el pequeño profesor de inglés.

—A mí también me huele a humo —dijo Molly.

Mi madre se levantó de la mesa y abrió la puerta que daba a la calle, en dirección a la academia.

—Hay más humo fuera, hay un incendio en alguna parte —dijo mi madre.

—La academia no puede estar ardiendo. ¡No podría arder nunca! —gritó indignada tía Abigail, que daba por hecho que una institución de enseñanza de semejante altura intelectual gozaba de una protección divina que la liberaba de algo tan ordinario como un incendio.

—El humo no viene de la academia —informó mi madre—. Viene del seminario.

La puerta que daba al exterior seguía abierta cuando empezó a sonar la alarma de incendios del parque de bomberos de Exeter. Eran alrededor de las nueve de la noche, según me dijo más tarde el señor Barlow.

Dottie ya había recogido los platos de la cena y la cazuela; estaba sirviendo la «cosa» de arándanos. Después subió las escaleras hasta el desván con la idea de que podría ver las llamas desde la ventana de arriba.

—¡Es el seminario de chicas lo que está ardiendo! —oyeron gritar a Dottie los comensales desde la planta de arriba.

—¡Es tu antiguo colegio, Rachel! ¿No quieres ver el incendio?

—gritó tía Abigail, pero mi madre ya había cerrado la puerta principal; se había vuelto a sentar a la mesa.

—La parte quemada sabe mejor con helado de vainilla encima —le recordó mi madre al señor Barlow, refiriéndose a la cosa de arándanos.

—¡Es la escuela donde estudiaste, Rachel! ¿No te importa? —le preguntó tía Martha.

—Estorbaríamos a los que van a apagar el incendio —contestó mi madre—. Nunca pienso en ese viejo lugar, ni para bien ni para mal.

La última promoción se graduó en el Seminario Femenino Robinson en 1955. Los pisos inferiores de aquel imponente edificio habían sido tapiados para evitar actos vandálicos, de ahí que los vándalos apuntasen a las ventanas de los pisos superiores. Solo Dios sabe por qué, pero a los suelos se les aplicaba aceite todos los años; así pues, la madera era supercombustible, según me comentó Elliot. Las llamas alcanzaron los treinta metros de altura. Mis tíos querían ver el incendio desde la ventana del desván, pero mis tías insistieron en ver las llamas desde primera línea. Se reunieron más de dos mil espectadores; aquel infierno se extendió durante horas. A las dos de la madrugada todavía no estaba controlado.

—¿Ni siquiera tienes intención de *verlo,* Rachel? —le preguntó una vez más tía Abigail a mi madre.

—No —respondió ella.

—¡A Rachel le interesan más sus *acuerdos para dormir* que su antiguo colegio! —exclamó tía Martha.

—A Rachel *nunca* le ha importado el colegio, ¡ningún colegio! —exclamó tía Abigail.

—Chicas, chicas —masculló Nana.

Llamaron a los cuerpos de bomberos de Hampton y de Stratham, pero no hubo manera de salvar el seminario, donde mi madre nunca se interesó por las ciencias domésticas, como cocinar, etcétera; lo que el fundador del seminario, William Robinson, había llamado «los deberes prácticos de la vida». No eran los deberes de Pequeña Ray. Molly y el hombre de las raquetas se encargaban de cocinar y de las tareas domésticas.

Puedo imaginar los impropios zapatazos en el vestíbulo, previos a la dramática salida que hicieron mis tíos y tías para ver el incendio.

—Aseguraos de cerrar la puerta para que no entre más humo

—les dijo mi madre. Pero, tal como me describió Elliot, a pesar de los esfuerzos de mis tíos Martin y Johan por cerrar la puerta, tía Abigail o tía Martha volvieron a abrirla y la dejaron así.

—¡Rachel prefiere comerse la cosa de arándanos y seguir durmiendo antes que mostrar el debido respeto a su antigua escuela! —gritó tía Abigail desde la entrada.

—¡A Rachel le importa un pimiento la educación! —gritó tía Martha.

Cuando Molly se levantó para cerrar la puerta, les echó la bronca a mis tías.

—¡Vosotras dos sois más estúpidas que esquiar sin nieve! —les dijo la pistera.

La forma en que mi madre frotaba el cuello de su botella de cerveza contra la de Elliot podría haber sido malinterpretada por cualquiera que no estuviera familiarizado con su relación, o al menos eso fue lo que me dijo Molly más tarde, cuando llamé desde Pittsburgh. El brindis que mi madre propuso en la mesa del comedor de Nana fue repetido por todos.

—Brindo por el Seminario Femenino Robinson —dijo Pequeña Ray, con su botella de cerveza frotando de un modo muy sugerente la del hombre de las raquetas de nieve—. ¡Que arda en paz!

—¡Que arda en paz! —repitió incluso mi abuela.

A Dottie debió de gustarle el epíteto que Molly había usado para referirse a mis horribles tías: «tan estúpidas como esquiar sin nieve» resultaba comprensible para alguien de Maine.

En mi imaginación, denigraría y acabaría con la vida de un sinfín de tías horribles en mis futuras novelas y guiones; un «atisbo de feminidad», etiquetaría a una de esas almas desaprobadoras y gélidas. Era conocida por menospreciar a las parejas que vivían juntas como marido y mujer, tanto si no estaban casados como si (según el juicio inflexible de esa implacable tía) no *deberían* estarlo.

En la ficción también me compadecí de mis tíos.

«En lo que a tío Bob se refiere», iba a escribir, «había momentos en los que vivir con mi tía Muriel debía de parecerse a respetar una norma religiosa; el tipo de devoción que requiere el ayuno o quizás una prueba nocturna (como quedarse despierto toda la noche, cuando acostarse sería lo normal y lo más deseable).» Pobre Muriel. Acabaría muriendo en un accidente de coche:

«El coche, que conducía mi tía Muriel, fue embestido de frente por un conductor borracho que se había salido de su carril», escribí. No le di ninguna posibilidad de sobrevivir a «un coche cargado de esquiadores juerguistas».

En cuanto a mis madres ficticias... Bueno, eso es otra cosa. ¿Por dónde empezar? ¿Cuándo parar? No, no escribí sobre Pequeña Ray; acertaba al no verse reflejada en mis madres de ficción. Pero sí iba a escribir sobre las circunstancias que había vivido mi madre, y también sobre las mías.

Molly me dijo que mi madre odiaba este pasaje: «Aunque la identidad de mi padre y su historia le resultaban dolorosas a mi madre —aunque su relación había sido tan sórdida que cualquier revelación al respecto arrojaría una luz continua e infame sobre mis padres—, ¿no estaba siendo egoísta mi madre al no contarme nada sobre mi padre?».

—¡No hubo nada *sórdido!* —le dijo mi madre a Molly—. Yo no soy egoísta, ¿verdad, cariño? —me preguntó mi madre.

Y ahí estaba este pasaje; de nuevo, fiel a la situación entre nosotros, pero que no pretendía ser un retrato de ella (Molly me aseguró que Pequeña Ray lo había odiado), pensé: «Siempre he creído que, llegado el día, me lo contaría, cuando fuera lo bastante mayor para conocer la historia».

Mi madre no utilizó a Molly como intérprete para hacerme saber lo que sentía sobre este pasaje: «Era consciente de que mi madre era guapa, y cada vez era más consciente de cómo la miraban los demás alumnos de una academia solo para chicos».

—Ya sabes cómo son los chicos, cariño. No puedo evitar ser guapa, ¿verdad? —fue todo lo que mi madre me dijo al respecto.

Es difícil saber lo que podría haber escrito sobre mi madre y Matthew Zimmermann; o sea, si Zim se hubiera casado realmente con una mujer mayor que se pareciera a Pequeña Ray, o si hubiera sucedido algo entre ellos que no fuera imaginario.

Después de la graduación de Zimmer en Exeter, solo se vieron tres veces más. A pesar de que Zim experimentó un retraso en su crecimiento durante el primer año en Yale, el antiguo luchador de cincuenta kilos pesaba ya cincuenta y seis en los campeonatos de la Asociación de Lucha Interuniversitaria del Este, en 1962 en West Point. Zim se pesó con las mallas de lucha y su camiseta puestas; también llevaba puestos los calcetines. Observé la barra cuando se subió a la báscula; no se movió. En aquella época, la categoría de peso más ligera en la lucha universitaria era la de cincuenta y seis kilos. Los demás luchadores iban a pesarse desnudos o solo llevaban puestos los calcetines. En West Point yo competí en la categoría de sesenta kilos. Tan solo dos de mis compañeros de primer año habían hecho el viaje desde Pittsburgh conmigo; los otros estudiantes de primer año de Pitt estaban lesionados o no podían ser seleccionados por motivos académicos. Como solo éramos tres luchadores de Pittsburgh en el torneo, fuimos a West Point sin entrenador.

—Vas a matar a nuestro chico a la una y media; creo que incluso yo podría acabar con él —me confió Matthew Zimmermann en el pesaje. Vi al luchador de sesenta kilos de Yale cuando nos pesamos; íbamos a cruzarnos en el torneo—. Mírame —dijo Zim sin venir a cuento, poniéndose de puntillas en calcetines—. Apuesto a que ahora soy tan alto como tu madre.

—Tú eres un poco más alto. Ella mide uno sesenta y cinco —le recordé.

—¡Yo casi mido uno sesenta y cinco y sigo creciendo! —exclamó Zimmer—. ¿Ha venido tu madre? West Point queda muy lejos de New Hampshire o de Vermont. Temía que estuviera demasiado lejos para venir, y sé que es la temporada de esquí —dijo Zim preocupado.

—Está aquí. Ha venido con Elliot Barlow, un largo trayecto —le dije. Me dio la impresión de que Matthew Zimmermann estaba a punto de desmayarse, pero yo sabía que no era por haber adelgazado demasiado.

—¡Está aquí! ¡Ha venido hasta aquí! —exclamó Zimmer, agarrándose la camiseta a la altura del corazón. Sentí vergüenza por él y, aunque había crecido, temía que lo destrozasen en la categoría de cincuenta y seis kilos. Zim también estaba convencido de que lo iban a machacar.

—¿Cuánto pesas, Zim? —le pregunté.

—Por lo general, entre cincuenta y dos y cincuenta y cuatro. Una vez llegué a los cincuenta y cuatro y medio, pero estaba estreñido —admitió Zimmer.

Estaban pesando a las categorías superiores; yo me estaba enfriando, porque solo llevaba puestos los calzoncillos. Vi que uno de mis compañeros de equipo, nuestro Pitt de ochenta kilos, tuvo que quitarse el suspensorio para ajustarse al peso. Había bajado de ochenta y ocho. Algunos de los compañeros de Zim de cincuenta y seis kilos habían bajado de sesenta o sesenta y tres. Yo pesaba sesenta, aunque normalmente rondaba entre los sesenta y cinco y los sesenta y ocho. Me di cuenta de que Matthew Zimmermann había pasado mucho tiempo en la sala de pesas, además de intentar comer hasta alcanzar los cincuenta y seis kilos.

La lejanía de la Academia Militar de los Estados Unidos en West Point, en el Hudson, hace que los que la visitan se sientan aislados. El río y los árboles que la rodeaban eran de un gris oscuro en el mes de febrero; el invierno parecía tan persistente como los soldados que custodiaban la puerta de entrada. Los edificios eran austeros, empezando por los barracones donde dormían los equipos visitantes: olían mal y hacía demasiado calor. En el inmenso comedor, los cadetes uniformados parecían observar a los luchadores foráneos como si fuéramos un ejército enemigo. En el enorme gimnasio, con una pista de atletismo de madera encima —como una versión extendida del foso de Exeter—, habían colgado de las paredes la relación de las categorías de peso del torneo. Mis dos compañeros de Pitt y yo estudiamos los emparejamientos, al igual que la mayoría de los demás luchadores.

Matthew Zimmermann, no; había encontrado a mi madre en las gradas y se había sentado a su lado.

—No importa quién me toque en la ronda preliminar: me van a destrozar —le dijo Zim—. Importa bien poco que siga creciendo, nunca voy a ser lo bastante grande.

—Me *encanta* que seas pequeño, Zim. Si vienes a Vermont, te enseñaré a esquiar. No hace falta ser grande para divertirse esquiando —le dijo mi madre—. ¡Mírame a mí! —Naturalmente, Zimmer no necesitaba que le animaran a mirar a mi madre; no podía dejar de mirarla, aunque el orgullo que había sentido por ser más alto que ella le duró poco. Le confundió oírle decir a mi madre que le encantaba que fuese pequeño; supongo que le llevó a querer dejar de crecer de inmediato.

Como observó más tarde el hombre de las raquetas de nieve, el Interuniversitario del Este de primer año fue un torneo duro; la escasa confianza que Matthew Zimmermann tenía en sí mismo como luchador se vio socavada por la tentadora oferta de mi madre de enseñarle a esquiar. A Zimmer lo inmovilizaron tan rápido —en el primer periodo de su primer combate— que ni siquiera pude ver el movimiento que provocó la caída. Ni siquiera me fijé en la universidad a la que pertenecía su oponente. Zim tampoco se dio cuenta; no fue capaz de recordar cómo lo habían inmovilizado.

—Me hizo una llave de tres cuartos, luego pasó a una especie de llave frontal y luego a otra cosa —explicó Zimmermann. Llevaba puesta la ropa de calentamiento y se había acurrucado en los asientos de la grada con la cabeza en el regazo de mi madre.

—El tipo le ha hecho daño en el cuello a Zim —me dijo mi madre. Zim hizo un doloroso esfuerzo por asentir, levemente—. No te muevas —le dijo mi madre abrazándolo.

El señor Barlow trajo una bolsa de hielo envuelta en una toalla de la sala de entrenamiento. Zimmer parecía contento de que su torneo hubiera terminado: había hecho más que suficiente por ese día; declaró que «definitivamente se acabó la lucha libre». Matthew Zimmermann yacía embelesado en el regazo de mi madre, que le sujetaba la bolsa de hielo sobre el cuello. Podía imaginarme lo que Zim estaba imaginando: así sería el *après-ski,* los dos envueltos en hielo, tiritando. Elliot y yo nos miramos; apreciamos que Zim ya estaba temblando, o temblaba anticipando lo que iba a temblar.

—¿Qué tal las manos, qué tal los dedos? —me preguntó Elliot para cambiar de tema. El hombre de las raquetas vio que me había pegado el dedo índice derecho al dedo corazón con esparadrapo, para evitar que se me moviera. Cuando te desgarras o desprendes el tendón extensor de un dedo, no puedes doblarlo ni estirarlo. Y el hombre de las raquetas sabía que estaba postergando la operación en la palma de la mano derecha hasta el final de la temporada de lucha. El torneo de luchadores de primer año del Este era una competición de final de temporada para mí y mis compañeros de primer año de Pittsburgh.

Elliot también sabía que mis dos compañeros y yo habíamos llegado a West Point sin entrenador; él ejercería como nuestro entrenador durante los dos días del torneo. Yo no era cabeza de serie en la categoría de sesenta kilos, como tampoco lo era mi compañero de Pitt en la de sesenta y siete kilos. El comité de selección no había creído que tuviéramos potencial para ganar. Yo tampoco lo creía. Por otra parte, el luchador de ochenta kilos de Pitt sí fue elegido primer cabeza de serie y tenía posibilidades de ser finalista. Revisé los grupos de mi categoría. Si llegaba a cuartos de final, me cruzaría con el cabeza de serie número dos en semifinales, un muchacho de Cornell.

No recuerdo a quién derroté en mis dos primeros combates; en ambos casos conseguí el primer derribo y mantuve una pequeña ventaja. En cuartos de final, vencí a un chico del Instituto Politécnico Rensselaer. Recuerdo la escuela para la que luchaba porque el señor Barlow fue el único que supo deletrear Rensselaer. A mis compañeros de Pitt les impresionó el hombre de las raquetas, pero se quedaron perplejos ante Matthew Zimmermann; yo se lo presenté como «mi antiguo compañero de equipo del internado». Cuando Zimmer no estaba junto a la colchoneta durante mis combates, regresaba a las gradas y al regazo de mi madre.

—Oye, ese chico de Yale tiene una relación con su madre que me parece muy poco natural —me señaló nuestro luchador de ochenta kilos de Pitt.

—En realidad, la relación poco natural la tiene con mi madre —le aclaré.

—¿Es por alguna cuestión del internado? —me preguntó nuestro jugador de ochenta kilos.

—No lo creo —respondí—. Me da la impresión de que Zimmermann siente algo antinatural por mi madre.

—Sería más antinatural si sintiera esa clase de cosas por su propia madre —me aseguró nuestro cabeza de serie de ochenta kilos.

El luchador de sesenta y siete kilos de Pitt oyó lo que estábamos comentando, pero no añadió ni una palabra. Ganó sus dos primeros combates, pero perdió en cuartos de final, pues parecía enfrascado en sus propios pensamientos.

Yo no lo hice mal en semifinales, pero el muchacho de Cornell lo hizo mejor. Fue un combate reñido, pero cedí el primer derribo y no fui capaz de remontar. No recuerdo si el chico de Cornell ganó la categoría de peso o si perdió en la final contra un chico de Lehigh o Penn State. En un torneo de lucha, solo piensas en ti mismo. Al perder en semifinales, podría haber quedado tercero o cuarto, pero perdí mi primer combate de consolación (a la mañana siguiente) y quedé eliminado del torneo.

Mi oponente era un soldado, uno de los favoritos entre los cadetes de la academia militar vestidos de gris, que se inclinaban hacia las colchonetas desde la pista de madera que había sobre el gimnasio. Un combate de consolación puede convertirse en una batalla campal. Ambos luchadores ya han sido vencidos una vez; impera la sensación de que no hay nada que perder. Mi último combate con el uniforme de Pittsburgh fue uno con muchos puntos; como me había advertido el entrenador Dearborn, un combate de ida y vuelta no era el tipo de combate más adecuado para mí.

El hombre de las raquetas había apreciado, con su capacidad de observación, lo mucho que yo había mejorado como luchador. También se había dado cuenta de que no me importaba perder el combate contra el muchacho del ejército. Quería tumbarme y descansar la cabeza en el regazo de mi madre; quería que Zim me viera tumbado allí, que viera que no quedaba espacio para colocar su cabeza.

—Iré a verte a Vermont, ya sabes —le dije a mi madre—. No puedes enseñarme a esquiar... otra vez; ya lo hemos intentado, pero iré a veros a ti y a Molly, cuando te apetezca. No hace falta que invites a *Zimmer* para que yo vaya a verte, ¿o es que tienes muchas ganas de compañía?

—¡Oh, no seas celoso, cariño, tú eres el único para mí! —gritó mi madre—. Zim está invitado si tú también vienes.

A mí no me importaba que ella quisiera enseñarle a Zimmer a esquiar, pero supongo que parecí celoso cuando le dije a mi madre que no quería que Zim apoyase la cabeza en su regazo, ni aunque se rompiera el cuello al chocar contra un árbol esquiando.

No estoy en desacuerdo con el señor Barlow, pero a mí no me pareció que el torneo de luchadores de primer año del Este fuera tan duro. Aunque yo sabía que en Pittsburgh había un estudiante de primer año no apto que podría haber pateado el trasero de todos y cada uno de los luchadores de la categoría de sesenta kilos sin problemas. Pero, para ser justos, mis celos —si es que se trataba de eso— me habían distraído de mis combates en West Point. Ni siquiera sé si nuestro luchador de ochenta kilos de Pitt, que llegó a la final por los pelos, ganó o perdió en su categoría contra un chico de la Armada o de Maryland.

Mis compañeros de equipo y yo íbamos a tomar un autobús desde West Point hasta Port Authority, en Nueva York, y desde allí haríamos un viaje todavía más largo en autobús de vuelta a Pittsburgh, donde me esperaban varias operaciones en manos y dedos. A diferencia de Matthew Zimmermann, yo no pensaba abandonar todavía la lucha libre, pero tenía la sensación de haber puesto fin al hecho de competir. En aquellos dos viajes de autobús, el luchador de sesenta y siete kilos de Pitt no dijo ni una palabra; seguía sumido en sus propios pensamientos. En cuanto a nuestro luchador de ochenta, hubiese ganado o no, se mantuvo tan callado como alguien que hubiese quedado en segundo lugar. O había perdido en la final o me había visto pasar el segundo día de nuestro torneo de lucha de final de temporada con la cabeza sobre el regazo de mi madre. Apuesto a que nuestro luchador de ochenta kilos ganó su categoría de peso, pero sé que se fijó en que yo sentía algo por mi propia madre. No cabe duda de que mis dos compañeros de equipo me vieron pasar el rato con mi madre de una forma poco natural.

En los vestuarios de West Point, después de haber perdido mi último combate del torneo, Elliot Barlow siguió dándome consejos.

—No te deprimas por haber perdido, Adam: ya no estás en Nueva Inglaterra. Y no te avergüences si tu madre te da celos; no es su intención, pero a veces también me los da a mí —me dijo el hombre de las raquetas.

28
Seguir creciendo

Seguí estudiando en la UNH y seguí saliendo con Sophie. Me tomé un descanso de la sangradora, la *escritora,* al aceptar quedar con Matthew Zimmermann en Vermont, donde también estarían mi madre y Molly; «un fin de semana de esquí», lo denominó Zim. Le había hecho saber a Molly que no me entusiasmaba la idea, pero la allanadora de pistas me aseguró que mi madre se portaría lo mejor posible. Después del fin de semana en West Point, me dijo Molly, mi madre sabía que no debía darle esperanzas a Zim.

No habría funcionado si hubiera llevado a Sophie conmigo a Vermont; no durante el mismo fin de semana en que vería a Zimmer. No podía imaginarme a la chica de las hemorragias durmiendo entre Zim y yo, en aquel futón de la sala de la tele. Odiaba la explicación relativa a las hemorragias. Ya fue lo bastante duro imaginarnos a Matthew Zimmermann y a mí durmiendo en aquel futón.

Cualquiera diría que nos íbamos a ir un fin de semana a los Alpes. Zimmer envió postales desde New Haven en las que detallaba la formidable logística a la que había tenido que enfrentarse para llegar a Vermont. Zim era neoyorquino; sus cosas de esquí estaban en la ciudad. Escribió: «Voy a tener que tomar el tren hasta Penn Station, será un zoológico. Iré a buscar el coche de mis padres para ir a Vermont. Mis padres van todos los años a esquiar a Gstaad. Intento no ir a Gstaad cuando ellos están allí. Intento no tener que esquiar con ellos. Sin embargo, no me extrañaría que se hubieran llevado mis cosas de esquí. ¡Espero que no!». Eso lo escribió en una postal; había otras tantas, todas con la impecable pero pequeña letra de Zim.

Yo no sabía que sus padres iban a esquiar a los Alpes suizos. En Exeter, otros estudiantes me habían hablado del ático que sus padres tenían en Park Avenue, donde Zim se había criado; es decir, estaba al corriente de que los Zimmermann eran una próspera familia de Nueva York. Sin embargo, Zim nunca hizo gala del esnobismo que yo asociaba a los chicos de buena familia en Exeter. Zim no era un esnob; no se mostraba condescendiente con nadie. Pero yo no pensaba con claridad; en particular, aunque no únicamente, cuando estaba en Exeter. Me las había apañado para no enterarme en absoluto de lo que Zimmer denominó, tiempo después, «el asunto judío»; el señor Barlow tuvo que explicarme que se refería al antisemitismo. Matthew Zimmermann no era judío, pero su apellido había llevado a los antisemitas de Exeter a pensar que sí lo era. Ese asunto me pillaba tan lejos que nunca me había planteado si Zim era judío o no. Me importaba bien poco.

—A lo mejor es pura coincidencia, pero la mayoría de los Zimmerman judíos que conozco escriben el apellido con una sola «n» —me dijo Zim tiempo después—. El apellido de mi familia tiene la doble «n»; *Zimmermann* es la antigua palabra alemana para carpintero.

Lo que Zim no me contó, según me reveló el hombre de las raquetas, fue que el hecho de ser confundido con un judío había convertido a Matthew Zimmermann en un feroz defensor de los judíos. En Exeter, me dijo Elliot, Zim a menudo fingía ser judío, con la única intención de desenmascarar a los antisemitas. Algunos profesores de Exeter pensaban que Zimmer era un alborotador, pero el señor Barlow siempre defendió a Zim por su activismo político. El historial de Matthew Zimmermann en su particular denuncia del antisemitismo hizo que el hombre de las raquetas se preguntase si fue ese el motivo por el cual Zim me había expresado sus recelos al convertirse en un *bonesman* en Yale. (Naturalmente, al oír ese término imaginé extrañas y dolorosas prácticas sexuales de las que no sabía nada.)

—¿Que te has convertido en un *qué*? —le pregunté.

—Skull and Bones. Es una sociedad secreta —me dijo Zim—. No debería haberme unido, no es bueno para mí, pero soy el primer Zimmermann de mi familia al que le han dado la palmadita.

—¿Le han dado *qué*? —le pregunté.

Me explicó que la «palmadita» significaba ser invitado a entrar en la fraternidad.

—Pero ¿cuál es el secreto de esta sociedad, y qué tiene de malo? —le pregunté.

—No puedo decírtelo, es un secreto —contestó Zimmer.

Zim era obstinadamente honesto: la peor persona a la que encargar que guardase un secreto. Al decirme que era un *bonesman* —me lo contó en 1965—, ¿había violado Zim alguna de las reglas de su membresía? No quiso decir nada más sobre «pertenecer a *Bones*», como lo definió siniestramente, pero su condición de miembro suponía un evidente peso en su conciencia.

El señor Barlow, que tenía los típicos prejuicios de los estudiantes de Harvard respecto a Yale, se mostró comprensivo con el hecho de que a Zim le remordiera la conciencia pertenecer a esa sociedad en particular.

—Ser miembro de Bones es algo muy importante para un estudiante de Yale —me dijo Elliot—. Lo más adecuado es que todo lo relacionado con esa sociedad sea secreto, para que los que no pertenecemos a ella no podamos saber si el club es un recipiente vacío, una mierda virtual, o si realmente es algo importante.

Skull and Bones era una sociedad de honor; al parecer, los estudiantes de familias distinguidas y exitosas eran elegidos para formar parte de ella, pero los propios estudiantes tenían que haber demostrado de algún modo sus capacidades para el éxito.

—Zim siempre fue un estudiante excelente, y no dudo de que los Zimmermann son una familia ilustre —dijo el hombre de las raquetas. Tanto el padre de Zim como su abuelo habían estudiado en Yale, según me contó Zimmer, pero el señor Barlow sabía que, además, el padre y el abuelo de Zim habían ocupado cargos importantes en el ejército—. El abuelo fue general del ejército en la Primera Guerra Mundial —me informó Elliot—. Creo que el padre de Zim fue coronel del ejército durante la Segunda Guerra Mundial.

Todavía me preocupa no haber llegado a saber nunca qué era lo que le incomodaba a Zim del hecho de «pertenecer a Bones». ¿Eran antisemitas sus compañeros de sociedad? ¿Qué los movía a sentirse con el derecho de guardar secretos? ¿Qué era lo que a

Matthew Zimmermann le agobiaba de esos secretos que no podía compartir?

—Confío en el barómetro moral de ese chico —decía siempre el hombre de las raquetas sobre Zim. En referencia a la sede del club Skull and Bones, llamada la «tumba», el pequeño profesor de inglés me dijo:

—Esas sociedades sepulcrales no suelen sacar lo mejor de sus jóvenes miembros.

Cuando Zimmer y yo todavía estábamos en Exeter, Prescott Bush era el senador republicano por Connecticut, que había sido miembro de los Skull and Bones en Yale, donde también fue animador, jugó al golf y al béisbol y fue presidente del Club Gee de Yale. Según la tradición de Skull and Bones, Prescott Bush y algunos de sus compañeros desenterraron el cráneo de Gerónimo de la tumba del guerrero nativo americano en Fort Sill, Oklahoma, en 1918.

El hombre de las raquetas y yo sabíamos que el cráneo de Gerónimo, escondido en la sede del club —un trofeo robado, escondido en la «tumba»— no habría equilibrado precisamente el barómetro moral de Matthew Zimmermann.

—Estoy seguro de que esos estudiantes de Yale robaron el cráneo de alguien —solía decir el hombre de las raquetas—, pero estoy convencido de que no fue el de Gerónimo. ¿Cómo iban a saber esos muchachos de quién era la cabeza que estaban robando?

En años posteriores, no pareció un pequeño consuelo el hecho de que Zim nunca llegase a saber cuál fue el futuro del hijo y del nieto de Prescott Bush. Podría haber causado un daño irreparable en el barómetro moral de Matthew Zimmermann haber sabido que un par de hombres de su sociedad secreta, George H.W. Bush y George W. Bush, acabarían siendo, los dos, presidentes de Estados Unidos. Zim nunca llegaría a saber tampoco que el presidente George W. Bush conseguiría un segundo mandato al vencer a otro miembro de su club, el senador de Massachusetts John Kerry. No dejo de preguntarme si Zim habría estado de acuerdo conmigo: yo pensaba que John Kerry era un buen *bonesman*. Nunca lo sabremos; lo que le molestaba a Zimmer de ser un *bonesman* seguiría siendo un secreto por siempre jamás.

En la temporada de esquí de 1965, estaba haciendo las maletas para mi viaje a Vermont, cuando oí por casualidad al hombre de las raquetas aceptar una llamada a cobro revertido desde Nueva York.

—Sí, claro que te oigo, Zim: estás gritando —le oí decir a Elliot Barlow—. ¿Estás en un zoo? —preguntó entonces el señor Barlow. Nos encontrábamos en el apartamento de Amen Hall; la puerta de mi habitación estaba abierta.

—Estará en Penn Station. Zim cree que Penn Station es un zoo —le dije al señor Barlow desde mi habitación.

—¿Cómo se llama? —oí que el hombre de las raquetas le preguntaba a Zim—. Buddy —dijo Elliot—. ¿Es tu novia? —preguntó acto seguido el señor Barlow. Cuando terminé de hacer la maleta y salí de mi dormitorio, el hombre de las raquetas todavía hablaba por teléfono—. Oh, aquí está Adam. ¿Quieres hablar con Adam? —le preguntó Elliot a Zim.

—¡Cuénteselo todo! —oí gritar a Zim desde Penn Station.

—Zim tiene novia. ¿La va a traer a Vermont? —le pregunté al señor Barlow cuando colgó el teléfono.

—No exactamente. Es algo más complicado que eso —dijo el hombre de las raquetas.

—¿No es su novia? —pregunté.

—Zim dijo que iba a traer consigo a *una* chica, no que fuera su novia —aclaró Elliot.

—¿Va a traer a Vermont a una chica cualquiera? —pregunté.

—Es alguien con quien Zim se ha cruzado en Penn Station. A lo mejor fueron juntos a primaria, una vieja amiga —especuló el hombre de las raquetas.

—Te he oído describir el tamaño del futón de la sala de la tele —le dije al pequeño profesor de inglés.

—Creí que Zim entendería que los tres tendríais que dormir juntos, pero Zim me ha asegurado que Buddy es muy pequeña —dijo el señor Barlow.

—¿Pequeña? —pregunté.

—Según Zim, Buddy es más pequeña que tu madre, pero más grande que yo —me dijo el hombre de las raquetas. Acordamos que debía llamar a mi madre y a Molly para informarlas de que habría una tercera persona, una persona pequeña, de visita durante el fin de semana.

Como solía pasar, Molly respondió al teléfono. Tuve que contárselo todo a ella primero.

—Si es tan pequeña, podrá vestirse con la ropa de Ray; si es que necesita material de esquí —dijo la conductora de la pisanieves.

—¿Quién podrá vestirse con mi ropa? —oí decir a mi madre. Le expliqué a Molly que Buddy no era esquiadora. Zimmer le había dicho al hombre de las raquetas que Buddy pasaría el rato conmigo.

—Buddy no es la novia de Zim, solo es una chica —le dije a la allanadora de pistas.

—No me sorprende que Buddy no sea su novia, porque Zim solo tiene ojos para tu madre —me recordó Molly.

—¡Buddy suena a *novio!* —pude oír gritar a mi madre.

A Molly le sorprendió saber que Zimmer disponía de su propio equipo de esquí. Le conté que sus padres solían ir a esquiar a Gstaad.

—Si Zim ha estado esquiando en los Alpes suizos, es muy probable que ya sepa esquiar, al menos un poco —dijo Molly.

—Estoy segura de que Zim es un esquiador de nivel entre principiante e intermedio; ¡no será mejor que como luchador! —gritó mi madre.

—Creo que lo mejor sería que hablases directamente con tu madre, niño, antes de que pierda la voz —me dijo la pistera.

—¿Quién es Buddy? Yo no llamaría Buddy a un niño... ¡Ni siquiera a un perro! —gritó mi madre—. ¡Nadie llamaría Buddy a una *niña!* —gritó de nuevo.

—No empieces con el tema de los nombres, Ray —dijo Molly antes de pasarle el teléfono.

—¿Dónde encontró Zim a una chica llamada Buddy que es tan pequeña como yo? —me preguntó mi madre.

—Buddy es más pequeña, al parecer está entre tú y el hombre de las raquetas —le dije. No añadí que Zim la había encontrado en Penn Station. Me bastaba con lo que había supuesto el señor Barlow: los neoyorquinos siempre se encontraban con viejos conocidos en Penn Station. Elliot supuso que Zim debía de haber conocido a Buddy en la escuela primaria, años antes de su llegada a Exeter. En el fondo de mi mente, sin embargo, me molestaba algo que no sabía si recordaba o había imaginado. (Los escritores de ficción, incluso los jóvenes, a menudo no son capaces de distinguir entre una cosa y la otra.) Recordaba o imaginaba algo que Matthew Zimmermann me había dicho, con un tono apesadumbrado, cuando estábamos en Exeter. Zimmer me dijo que nunca había ido con niñas a la escuela.

Cuando la conoció, Molly fue la primera en darse cuenta de que Buddy era demasiado joven para haber ido a la escuela primaria con Zim. Cuando Zim estaba en Exeter, Buddy debía de cursar preescolar; «si es que Buddy había nacido», me susurró Molly al oído.

—¿No te parece que Buddy es muy jovencita, cariño? A lo mejor por eso es tan pequeña —me susurró mi madre. Tuve que esperar a que Buddy fuera al baño para poder preguntarle a Zimmer si Buddy era menor de edad.

—¡Claro que lo es! —dijo Zim con tristeza—. Pero Buddy no entiende que sea menor de edad. Y cuando la vi en Penn Station, ¡estaba fingiendo ser un *chico!* Aunque no habría engañado a nadie —añadió Zimmer malhumorado. Cuando Buddy salió del baño, Zim le preguntó—: ¿De verdad crees que estarás más segura con alguien que te recoja creyendo que eres un chico? —Buddy se encogió de hombros y sonrió con toda la inocencia de la que era capaz. Fue desconcertante comprobar que llevaba puesta la ropa de Zim. Una de sus camisas le llegaba a Buddy por debajo de las rodillas. Se había subido las perneras de los vaqueros de Zim hasta la mitad de la pantorrilla, y debía de haberse abrochado su cinturón en el último agujero. Aun así, Buddy parecía lo que era: una chica guapa, de unos trece o catorce años como mucho.

—Estoy creciendo —nos dijo Buddy con orgullo.

—La llevé a mi casa porque su ropa de chico estaba sucia y todos los tipos raros de Penn Station no le quitaban el ojo de encima —nos contó Zimmer—. Pensé que la ropa de mi madre podría quedarle bien. Mi madre es pequeña, pero ha engordado. A Buddy no le gusta ponerse la ropa de mujeres gordas —explicó Zim—. A Buddy le gusta más cómo le queda mi ropa —dijo Zimmer con desesperación.

Buddy sonrió. Al parecer, le gustó el resumen que Zim había

hecho sobre su rescate de Penn Station; Buddy incluso bailó un poco para nosotros. Fue su manera de mostrarle a Molly, a mi madre y a mí lo bien que creía que le sentaba la ropa masculina de Zim.

—Es posible que algunas de mis prendas te queden bien, Buddy —le dijo mi madre—. ¿Te gustaría probarte alguna?

—Sí, por favor —dijo Buddy tímidamente. Al mirar a mi madre, le asaltaba un deje de timidez; también lo sentía cuando Molly o mi madre la miraban a ella. Eso me llevó a pensar que, estando sola en Penn Station, donde no engañaba a nadie vestida de chico, tal vez Buddy había conocido a alguna otra mujer como Molly o Pequeña Ray. O tal vez simplemente estaba dejando volar mi imaginación.

Lo que ni Molly ni mi madre ni yo no podríamos haber imaginado era que Matthew Zimmermann, milagrosamente, seguía creciendo. ¿Cómo era posible que Zim fuera un poco más alto que hacía tres años, en West Point?

—Mido algo más de metro setenta —se había disculpado Zimmer cuando llegó a Vermont. Era casi tan alto como yo. También había estado haciendo pesas. Ya no practicaba la lucha, pero seguía levantando pesas. Zim nunca llegaría a ser un tipo grande, pero ya no era el chico delgaducho que habíamos conocido.

—Todavía puedo ver la pequeñez que hay en ti —le dijo mi madre para que se sintiera mejor—. Para mí siempre serás pequeño, Zim —dijo con ánimo de tranquilizarlo—, aunque sigas creciendo.

Cuando Buddy se fue con mi madre a probarse algunas prendas de ropa, Zimmer se derrumbó delante de Molly y de mí. Nos llevó a la sala de la tele y nos enseñó la sucia mochila rosa de Buddy. Sacó de ella un cenicero de cristal ornamentado.

—Buddy robó esto del apartamento de mis padres. No para de robar cosas —dijo Zim—. También intentará robar vuestras cosas —le dijo a Molly—. La pillé con su mano en mi bolsillo en Penn Station. Pero no podía dejarla allí, ¿no os parece? —nos preguntó.

—¿Es una fugitiva? —le preguntó Molly.

—¡Es muy probable! —exclamó Zim—. Pero no me ha dicho de qué está huyendo.

—Supongo que no tiene cartera ni ninguna identificación. Es demasiado joven para tener carné de conducir —dijo Molly.

—Ni cartera ni carné de conducir, solo un puñado billetes enrollados en un fajo —dijo Zimmer—. ¿Qué habrá hecho una niña como Buddy para conseguir un billete de cien dólares? —nos preguntó Zim a Molly y a mí—. Buddy sabe lo que es una mamada. Se ofreció a hacerme una —dijo—. También te la ofrecerá a ti, ya verás —me dijo Zim.

—No puedes rescatar a todo el mundo, Zim. A algunos niños es imposible salvarlos, ¿sabes? —le dijo Molly.

—¡No, Buddy! —oímos decir a mi madre; lo bastante alto para que sus palabras llegaran con claridad desde el otro lado de la puerta cerrada del dormitorio—. Por favor, para... No lo hagas, Buddy —le dijo mi madre a la niña.

Zim escondió la cara entre las manos. Molly lo abrazó y le besó en la cabeza. Por la forma en que mi madre se dirigía a Buddy, no cabía duda de que Pequeña Ray se había negado a aceptar lo que Buddy le ofrecía.

—Lo siento, no debería haberla traído aquí. Pero Buddy no lo hace con mala fe; creo que es lo único que sabe hacer —dijo Zimmer con la voz apagada aplastado contra Molly, que se limitaba a abrazarlo—. Conseguí sacarla de Penn Station, pero no me dejó llevarla a la policía. Y seguro que la policía la llevaría de vuelta con la gente que le enseñó a hacer eso —nos dijo Zim—. No puedo llevarla a Penn Station y dejarla allí, ¿verdad? —nos preguntó varias veces.

Así transcurrió el fin de semana. Cuando uno de nosotros se quedaba a solas con Buddy, ella se ofrecía de forma abiertamente sexual. No tardamos en ponernos de acuerdo en que las mamadas no daban la medida de todo lo que a Buddy le habían enseñado a hacer.

Me enteré de que nadie le había enseñado a leer. Me vio escribiendo en uno de mis cuadernos y me pidió que le leyera. Le leí en voz alta una pequeña escena que estaba escribiendo, luego le pregunté si quería leerme ella a mí en voz alta. La niña se quedó mirando las palabras de mi cuaderno y negó con la cabeza.

Molly descubrió que Buddy tenía edad suficiente para depilarse las piernas y las axilas, pero no sabía cómo hacerlo.

—¿Quieres que te enseñe? —le preguntó Molly.

—Sí, por favor —respondió Buddy con timidez. Se fueron juntas al baño.

—Ya basta, Buddy —oímos Zim, mi madre y yo que le decía Molly desde el cuarto de baño—. Te estoy enseñando a depilarte. Eso es todo lo que vamos a hacer —le dijo la allanadora de pistas.

Buddy nos enseñó sus piernas y sus axilas cuando salió del cuarto de baño.

—Solo me he cortado una vez; un corte pequeñito —nos dijo. Buddy nos enseñó el pequeño corte, del que también parecía orgullosa.

Durante toda la noche, en el futón de la sala de la tele, Buddy estuvo tonteando con Zim o conmigo. Zim me despertaba diciendo:

—Basta, Buddy.

Molly y mi madre eran amigas de un policía estatal de Vermont llamado Mike; mi madre había enseñado a esquiar a sus hijos. Molly habló con Mike de la situación de Buddy, en un principio de manera hipotética. Mike conocía a Molly lo suficiente como para saber que no se estaba limitando a conjeturar sobre una niña fugitiva.

—Si la menor es de fuera del estado, necesitaría más información, Molly —le dijo.

—Puedo responder por el chico que la ha traído aquí, Mike, lo ha hecho con buena intención —dijo Molly—. Lo que necesitamos es una promesa de la policía. Necesitamos saber que no volverán a llevar a esta niña con los cerdos que le hicieron esto.

No tengo duda alguna de que Mike era un buen tipo, una persona honesta; al igual que Zim, el policía tenía buenas intenciones. Pero no había modo de culpar a Mike por haber sido sincero cuando le dijo a Molly que no podía prometerle nada respecto al futuro de Buddy.

—Necesito algo más de información, Molly —repitió Mike.

No creo que Buddy oyera lo que Molly nos contó a Zim, a mi madre y a mí sobre su conversación con Mike, pero Buddy debía saber que estábamos hablando de ella, pues le pedimos más información, empezando por su procedencia y las circunstancias que la habían obligado a huir.

—Nada de polis, por favor —respondió Buddy en voz baja a cada pregunta que le hicimos. No hubo respuesta a la pregunta de dónde había aprendido que las proposiciones sexuales eran lo único que tenía buenos resultados con los adultos. ¿Fue desalentador aquel fin de semana para la chica fugitiva debido a que rechazamos todas sus proposiciones?

Buddy dormía como un perro: se dejaba caer en el sofá, en la cama, en una alfombra, en el regazo de alguien y se quedaba dormida. Por la noche, estaba inquieta y merodeaba. Se metía en la cama con mi madre y Molly, volvía al futón y se encajaba entre Zim y yo. Alguna vez la encontramos sola en el salón, dormida en el sofá, con la radio a un volumen apenas audible. A Buddy parecía gustarle la emisora local de *country*.

—¿Te gusta la música *country*, Buddy? —le preguntó mi madre.

—Nada de polis, por favor —respondió la niña; igual que la radio del salón, con el volumen más bajo posible. Mi madre y Molly creían que a Buddy tenía que verla un médico; en realidad, se referían a su ginecólogo. Dios sabía a qué habría estado expuesta la niña. Es posible que Buddy oyese la palabra *médico*.

—Nada de médicos, por favor —nos dijo con aquel hilo de voz estilo música *country*.

Estábamos paralizados; no hacíamos nada. Si Buddy no hubiera tomado las riendas de su destino —como (suponíamos) había hecho en alguna otra ocasión—, creo que habríamos confiado en Mike. Supongo que habríamos entregado a Buddy a la policía estatal de Vermont. Pero Buddy debía de saber que estábamos planteándonos qué hacer con ella. De forma instintiva, sin rumbo concreto alguno, siguió robando cosas, aunque no intentó ocultar sus fechorías: encontramos más ropa de mi madre (y el reloj de Zim y el maquillaje de Molly) en la mochila rosa de Buddy, o bien metida debajo del futón de la sala de la tele.

—Te regalo mi ropa, Buddy —le dijo mi madre a la niña—. Si quieres más ropa, te la daré, no hace falta que la robes.

—Ni polis ni médicos, por favor, Ray —le suplicó Buddy. Tanto la mañana del sábado como la del domingo, la niña desayunó cereales en el cenicero ornamentado que había robado del apartamento de los Zimmermann en Park Avenue. Buddy comía con tal voracidad que ni siquiera dio muestra alguna de reconocer el cenicero. Pero la segunda mañana, Zimmer señaló de manera despectiva el improvisado bol de cereales de la niña.

—Esa cosa nunca servirá para nada —dijo Zim—. Es demasiado grande para los cigarrillos y no tiene la forma adecuada para los cereales. Creo que se diseñó para servir caviar, ¡pero mi madre fuma tanto que todo lo convierte en un cenicero!

—Podría ser vidrio Steuben. Ya sabes, cariño. Nana tiene una de esas mierdas de Steuben en la casa de la calle Front —dijo mi madre con indiferencia.

—Parece caro —dijo Molly sin dejar de mirar a Buddy mientras esta comía. Todos nos preguntamos por qué lo habría robado la chica.

—¿Y a quién le importa si es mierda Steuben? —preguntó Buddy con la boca llena—. Es muy pesado, podrías matar a alguien con esto —nos aclaró la chica. Todos coincidimos en que esa debía de haber sido la razón por la que Buddy lo robó.

Esa misma mañana de domingo fue cuando mi madre sacó el tema del nombre.

—Supongo que nadie te puso el nombre de Buddy. Da la impresión de que te lo hayas inventado —le dijo mi madre a la niña, que estaba rebañando los lados del servidor de caviar Steuben. Tenía forma de caparazón de tortuga alargado, más garrote que cuenco.

—Nunca he tenido un amigo,* Ray —dijo la chica.

—Es el nombre perfecto para ti, Buddy. Hiciste la elección correcta —no dudó en decirle mi madre, pero ninguno de nosotros pudo ver la cara de Buddy. La resuelta muchacha estaba inclinada sobre el cuenco de cristal, lamiéndolo.

Buddy no mostró un interés especial por las raquetas de nieve; lo suyo era huir, pero correr sin motivo alguno no le interesaba. El domingo me fui a pasear con raquetas de nieve yo solo, y Molly y mi madre se fueron con Zimmer a esquiar. Tal como había previsto Pequeña Ray, Zim era un esquiador de nivel principiante a intermedio. Había recibido clases de esquí, pero mi madre afirmó que había logrado que esquiara un poco mejor.

Todos habíamos imaginado que Buddy se escaparía mientras estuviéramos fuera. Molly dijo que a una chica como Buddy no le resultaría difícil hacer autoestop. Nos preocupaba el toque femeni-

* En inglés, *buddy*, en tono informal o coloquial, quiere decir «colega» o «amigo». *(N. del T.)*

no que le daba a Buddy la ropa de mi madre. Y Molly tenía toda la razón en lo que había dicho: Buddy era demasiado joven para tener carné de conducir. Sin embargo, a ninguno de nosotros se le había pasado por la cabeza que la niña supiese conducir.

Se llevó el coche de los padres de Zimmer porque, como es lógico, sabía muy bien dónde guardaba Zim las llaves. Me había llamado la atención la cantidad de preguntas que me hizo Buddy sobre la palanca del cambio de marchas del Volkswagen Escarabajo; el coche de los padres de Zim era automático.

Buddy se llevó la ropa que le había dado mi madre. También se llevó un lápiz de labios color magenta o fucsia de Molly. En cuanto a la ropa de Zim, se llevó lo que ya se había puesto. A mí no me robó nada, pero dejó una huella de sus labios en una página en blanco de mi cuaderno. Reconocí el tono magenta o fucsia del pintalabios. Sabía que a la pistera no se le ocurriría plantar un beso en mi cuaderno; además, aquellos labios eran demasiado pequeños para ser los de Molly. Todo el mundo se sintió aliviado al comprobar que Buddy se había llevado la porra de cristal Steuben que había robado del apartamento de los Zimmermann en Park Avenue. Todos estábamos de acuerdo en que la mierda de Steuben, como la había llamado mi madre, no valía nada como cenicero; tampoco había cumplido su función como tazón para los cereales. Si Buddy necesitase matar a alguien con aquella cosa, esa era otra historia, aunque no nos parecía mal.

Sabíamos lo que a Mike, el policía estatal, no le haría ninguna gracia: que no la denunciáramos. Pero si le hubiéramos dicho a la policía que Buddy había robado un coche y que conducía sin carné, la policía estatal de Vermont se habría lanzado en su busca; con toda probabilidad, la habrían detenido antes de que saliera del estado. La chica era menor de edad. No sabíamos si había cargos penales sobre su persona. No sabíamos las probabilidades de que la enviaran a casa. A decir verdad, no teníamos una buena opinión del hogar del que Buddy se había escapado.

—Según la ley, cabe suponer que Zim será el responsable si Buddy se hace daño a sí misma o a otra persona con el coche... Quiero decir, si no denuncias el robo del coche, Zim —comentó Molly.

—Preferiría no hacerlo —declaró Zim sin pensárselo. La forma en que lo dijo me resultó tan familiar como si siempre hubiese estado diciéndolo; o como si alguien siempre estuviera diciéndolo.

—Teniendo en cuenta la ley, deberíamos llamar a la policía —dijo mi madre.

Si cerraba los ojos, recordaba habérselo oído a Zim mientras dormía, cuando creía que los dos estábamos dormidos. Se lo había dicho en voz baja a Buddy, para no despertarme. *Preferiría no hacerlo* era una expresión formal para decirle a Buddy que parara, que lo dejara correr. Pero ¿por qué había imaginado que Matthew Zimmermann siempre andaba diciéndolo, o bien que alguien lo decía todo el rato?

Era algo que podía leerse en una novela, algo eterno. Sabía que no lo había leído, pero sonaba tan bien compuesto que alguien debía de haberlo escrito. Me dije que se lo preguntaría al señor Barlow; si alguien bueno lo había escrito, el pequeño profesor de inglés lo sabría.

Mientras tanto, hicimos lo que Zim quería: nada. Dejamos que Buddy se marchase. Llevé a Zimmer de vuelta a Nueva York. Zim tuvo que negociar un rato con el encargado del aparcamiento, pero acabaron permitiéndome dejar el Volkswagen Escarabajo en la plaza en la que los Zimmermann aparcaban habitualmente su coche. Una vez en el apartamento de sus padres en Park Avenue, Zimmer le aseguró a Elmira, el ama de llaves de la familia, que yo no era otro de sus proyectos de rescate.

—Dime que no lo has sacado de donde sacaste a Buddy, Matthew —fue el modo en que Elmira lo expresó. Zim se lo prometió: yo venía de Exeter, no de Penn Station. A Elmira aquellas palabras parecieron tranquilizarla. Ella había sido la niñera de Zim y también había conocido a parte de los amigos de Zimmer en Exeter, que no siempre se comportaban de manera adecuada.

—No pareces un vagabundo ni un drogadicto, Adam —me dijo Elmira cuando nos presentaron—. Matthew te hará un recorrido por el dormitorio y el baño de su padre. Intenta no hacer pipí en el Picasso —añadió Elmira.

Yo solo había oído hablar, o había leído, sobre matrimonios que dormían en habitaciones separadas; habida cuenta de las peregrinaciones entre la cama del señor Barlow y la de Molly, los arreglos para dormir de mi madre eran más originales. En opinión de Zim, sus padres eran felices juntos, pero dormían en habitaciones separadas.

—Él dice que ella ronca, ella dice que él se tira pedos —me confió Zimmer.

Zim se abstenía de invitar a amigos a su casa, o de cualquier otra visita nocturna, si su madre y su padre estaban en casa. Solo invitaba a sus amigos —o a sus proyectos de rescate, como Buddy— cuando el coronel y la señora Zimmermann estaban esquiando en Gstaad o fuera de casa.

Elmira se encargaba de controlar los daños. Se percató, por ejemplo, de que Buddy había robado medicamentos del botiquín del coronel Zimmermann; aunque Zim le aseguró que su padre debía de haberse llevado a Gstaad las medicinas que necesitaba.

—Solo te lo voy a decir a ti, Matthew —dijo Elmira.

Me di cuenta de que era un ama de llaves muy sufrida, una mártir, como Dottie. Al igual que Dottie, Elmira era la encarnación del sentido común, una virtud de la que generalmente carecían los demás.

No había habitación de invitados en el palaciego apartamento de los Zimmermann. Elmira tenía su propio dormitorio y cuarto de baño, junto a la cocina. Zim tenía su propia habitación; el dormitorio de su madre, según me explicó, nunca debía ser utilizado por invitados. El modesto y algo espartano dormitorio de su padre era el único disponible para amigos o forajidos. Elmira se había referido a Buddy como «la más reciente fuera de la ley». Teniendo en cuenta el sentido de vigilancia de Elmira, así como sus juiciosos comentarios, deduje que Zim mostraba cierta predisposición a llevar a casa a vagabundos perdidos, personajes descarriados y marginados de la sociedad.

—Buddy se llevó un par de gemelos de tu padre, Matthew; tu padre no se los llevó a Gstaad —añadió Elmira.

La fiel ama de llaves de los Zimmermann procedía de las Antillas, vía el Bronx. Era una mujer negra, corpulenta y maternal, que apenas era un bebé cuando su familia emigró de Anguila a Estados Unidos; a mis oídos, el acento de Elmira tenía más del Bronx que de las Antillas.

Matthew Zimmermann percibía la entonación de la voz del

ama de llaves de forma diferente. Para Zim, Elmira imitaba a la perfección el modo de hablar del Barrio de las Medias de Seda de su madre; según él, Elmira sonaba totalmente a Upper East Side.

—Elmira ha sido más que una segunda madre para mí: ha sido mi madre *principal* —me dijo Zimmer.

No fue necesario que me explicara que quería a Elmira, ni que me dijera que el ama de llaves lo quería a él. Pude apreciarlo por mi cuenta.

—No he tenido hijos, él es mi niño —me confesó Elmira, dándole a Zim un abrazo improvisado. Los tres estábamos apiñados en el pequeño cuarto de baño contiguo a lo que sería mi dormitorio durante esa noche. El motivo de que estuviéramos en el baño era enseñarme el Picasso sobre el que no debía orinar.

—No es realmente un Picasso —dijo Zimmer. No lo habría sabido de ninguna de las maneras. El pequeño cuadro, con un marco dorado, descansaba en el suelo junto al inodoro; apoyado en la pared del cuarto de baño, era lo bastante pequeño para caber debajo del rollo de papel higiénico. No sé nada de arte, pero el cuadro me pareció básicamente naturalista, salvo que la mujer desnuda que aparecía en él tenía tres pechos. Lo había pintado un amigo del padre de Zim; la madre de Zim odiaba el cuadro.

—Mi padre ha intentado colgarlo en todas las paredes del apartamento —explicó Zimmer—. Mi madre siempre lo descuelga y lo deja aquí.

—Dos pechos deberían ser suficientes —dijo Elmira.

—Prometo que no le haré pipí encima —les aseguré.

—Crucé los dedos para que Buddy lo robara. Tengo mis razones para llamarlo el Picasso —dijo Elmira. Zim se limitó a sonreír, sin decir nada.

En cuanto al coche que Buddy había robado, ni mi antiguo compañero de equipo ni su antigua niñera parecían especialmente preocupados por ese asunto. Y con razón. Porque Buddy aparcó el coche ilegalmente muy cerca de Penn Station. La grúa se llevó el coche de la calle Treinta y cuatro Oeste, cerca de la Séptima Avenida; Buddy había dejado las llaves debajo de la alfombrilla del conductor, donde sabía que Zim acostumbraba a dejarlas.

La postal que Zimmer me envió tiempo después, desde New Haven, describía el «lugar espantoso» al que había tenido que ir para recuperar el vehículo remolcado, pero no me dijo cuánto le costó. Lo que recuerdo de mi única noche en el austero dormitorio dejó una mayor huella en mí. Sobre la mesilla de noche había un despertador y una lámpara de cuello de cisne, buena para leer. Había una estantería en una esquina, estrecha y con pocos libros. A juzgar por los títulos y por las solapas, parecían libros de historia militar. Encima de la pequeña cajonera había tres fotografías, en posición de firmes. El general Zimmermann, supuse, durante la Primera Guerra Mundial. El coronel Zimmermann, padre de Zim, en la Segunda Guerra Mundial. Y también estaba Zim, un niño pequeño que aún no llevaba uniforme: sujetaba con fuerza lo que parecía ser una de las gorras de los oficiales al mando. Fui consciente en ese momento del peso de las expectativas con las que había crecido Zimmer. ¿Había estado creciendo siempre? ¿Siempre había intentado crecer? ¿Le preocupaba al padre de Zim que su único hijo no creciera lo suficiente? ¿Qué importancia tienen ahora esos detalles domésticos?

Por la mañana, llevaría a Zim de vuelta a Yale. Pasar por New Haven no suponía contratiempo alguno en mi camino hacia New Hampshire. En cuanto a los gemelos que Buddy había robado, lo único que Zim declaró fue:

—Mi padre tiene más gemelos que camisas con puños franceses.

Después de la noche que pasé en el dormitorio de los militares, en el barracón del coronel Zimmermann, estaba más interesado en hablar sobre asuntos militares.

Era el invierno de mi último año en la Universidad de New Hampshire y el último año de Zimmer en Yale. Zim sabía que yo había recibido un 4-F. Zim sabía que me había salvado gracias a mi dedo del gatillo; también sabía que iba a cursar un máster en escritura creativa en la Universidad de Iowa, el Taller de Escritura de Iowa. No me había molestado en preguntarle a mi amigo y antiguo compañero de equipo qué iba a hacer a partir de entonces. Debería haberlo sabido. En nuestras cartas siempre hablábamos de la guerra de Vietnam. Nora y Em estaban cada vez más en contra del conflicto bélico, al igual que mi madre y Molly; a su manera, el hombre de las raquetas siempre fue un político. Y Zimmer parecía saber desde el principio que la guerra de Vietnam no era el tipo de guerra que se nos daba bien.

En la víspera de la Navidad de 1964, dos militares estadounidenses murieron en Saigón cuando unos terroristas del Vietcong bombardearon los barracones militares de Estados Unidos. «Oh oh», había escrito Zim desde New Haven a modo de encabezamiento. «Determinar quiénes son los "terroristas" depende de las opiniones.» En febrero de 1965, justo antes de que Zimmer trajera a Buddy a Vermont, le pregunté sobre la Operación Flaming Dart, que las Fuerzas Aéreas de Estados Unidos denominaban «represalia aérea táctica».

«Dime qué significa eso», le escribí.

«Eso significa que estamos bombardeando un montón de objetivos en Vietnam del Norte», me respondió Zim desde New Haven.

En marzo de ese año —poco después de que Buddy robara el coche de los Zimmermann y yo llevara a Zim de vuelta a Nueva York y luego a Yale—, las Fuerzas Aéreas de Estados Unidos iniciaron la Operación Rolling Thunder: «para cortar el flujo de suministros al sur», leí en un periódico.

«Eso significa que estamos bombardeando un montón de objetivos en Vietnam del Norte», me escribió Zim. Fue el mes en que las primeras tropas de combate estadounidenses desembarcaron en Vietnam. «Uh-ho», me escribió únicamente en la postal que envió desde New Haven.

En abril de 1965, el presidente Johnson autorizó el uso de tropas terrestres estadounidenses «para operaciones ofensivas en Vietnam del Sur».

«Eso significa "buscar y destruir", aunque lo esencial ahí consiste en *destruir»,* escribió Zim.

En mayo, la Marina estadounidense inició la Operación Market Time, «para detectar e interceptar el tráfico de superficie en las aguas costeras de Vietnam del Sur».

«Se limitan a incautar y destruir naves enemigas. Estamos lidiando con una guerra de guerrillas», escribió Zimmer. Tal vez seguía creciendo, pero su letra era cada vez más pequeña. «¿Estamos preparados para "buscar y destruir" por todo el país?», escribió. «Pueden llamarlo "buscar y destruir" o "incautar y destruir", pero equivale a simplemente destruir; no va a haber una buena manera de acabar con esto.» Nunca entendí los pormenores del entrenamiento de Zim en Fort Benning, Georgia, pero el subteniente Matthew Zimmermann se iba a Vietnam: Compañía A, 502 de Infantería, 101.ª División Aerotransportada.

No hubo más postales desde Fort Benning. A medida que sus críticas a la guerra se hacían más específicas, y también más persistentes, las cartas de Zim se hacían más largas. «¿Quién no cuestiona el sentido "moral" de la guerra? ¿No crees que yo también lo cuestiono?», comenzaba una de sus cartas desde Fort Benning. «Pero creo que uno tiene que ver las cosas con sus propios ojos para estar seguro. Me inclino a estar de acuerdo con la valoración que hizo Kennedy del problema de Vietnam; eso fue en el 63. Supongo que recordarás lo que dijo JFK: "Podemos ayudarles, podemos darles material, podemos enviar a nuestros hombres allí como asesores, pero son ellos los que tienen que ganar, el pueblo de Vietnam". Creo que ese argumento es, o era, válido, pero está claro que el pueblo de Vietnam no está ganando la guerra. Da la impresión de que somos nosotros los que intentamos ganarla en su lugar», escribió Zimmer. No conocía los detalles del Entrenamiento Individual Avanzado de Zim, ni lo que pasó en la Escuela de Aspirantes a Oficial, pero seguro que no disponía de más tiempo para escribir del que tenía en Yale. Y cuando mencionaba su «servicio activo», no interrumpía sus desvaríos para decirme de qué se trataba o dónde estaba.

Como cabe suponer, yo les leía fragmentos de las cartas a mi madre y a Molly, y también cuando me veía con Nora y Em, porque todas ellas querían saber qué opinaba Zim sobre la guerra. Nora y Em no habían visto a Zimmer desde sus tiempos de luchador de cincuenta kilos en Exeter; no me creyeron cuando les dije que Zim había crecido, o, mejor dicho, que seguía creciendo.

—No puede seguir creciendo —dijo Nora en su estilo didáctico. Em estuvo de acuerdo, también a su manera: asintiendo con violencia.

«No da la impresión de que el Gobierno de Saigón colabore con nosotros», escribió Zim desde Fort Benning. «¿Acaso al pueblo de Vietnam del Sur le gusta la junta militar del mariscal Ky? ¿Por qué iban a negociar Hanói y el Vietcong un acuerdo pacífico si creen que pueden ganar la guerra? Hay razones para que Estados Unidos mantenga suficientes fuerzas terrestres en Vietnam del Sur para persuadir a Hanói y al Vietcong de que nunca podrán lograr una victoria militar, pero ¿qué conseguimos bombardeando el norte?», me preguntaba Zimmer.

—Me encanta ese muchacho, tiene que estar volviéndolos locos a todos en Fort Benning —dijo Nora cuando volví a leerle una de las cartas de Zim. Nos encontrábamos en la sala de la tele de la casa de mi madre, donde habíamos dormido en el futón. Em estaba haciendo algo raro en el sillón reclinable. Era un Barcalounger antiguo y no le gustaba a nadie, pero Molly dijo que el sillón era demasiado grande y pesado para tirarlo. Molly y mi madre estaban en la cocina, pero podían oírnos hablar de Zimmer.

—Zim ya no es el muchacho que era, ¡sigue creciendo! —dijo mi madre—. ¡Pero yo todavía soy capaz de ver la pequeñez en su interior! —añadió.

—Zim no puede seguir creciendo —insistió Nora hablando en voz baja—. Pero me encanta —añadió. Em parecía estar montándoselo con el Barcalounger, o bien estaba representando cómo podría montárselo alguien en un sillón reclinable—. Em dice que Zim es el único chico al que se follaría —explicó Nora—. No, no te lo follarías, Em. ¡No le quiero de *esa* manera! —añadió Nora. Em exteriorizaba su ambivalencia sentada en el Barcalounger. Nora la ignoró, pero a mí me pareció que Em estaba diciendo que se reservaba el derecho a seguir indecisa sobre follarse a Zim.

«Dando por supuesto que queremos decir lo que decimos —que queremos que Vietnam del Sur sea libre para gobernarse a sí mismo—, entonces deberíamos proteger a Vietnam del Sur de los ataques», prosiguió Zimmer, desde dondequiera que estuviese. «Pero parece que estamos atacando el país al completo, ¡desde el aire!», escribió mi antiguo compañero de equipo, un soldado de infantería nato. «Si bombardeamos todo el país hasta hacerlo pedazos —supuestamente para protegerlo del comunismo—, ¿qué clase de protección será esa? Creo que es un problema grave», escribió Zim, «pero preferiría ver la situación por mí mismo.»

Mi madre, obviamente, se oponía a que Zim viera la guerra con sus propios ojos.

—Si él fuera mi único y exclusivo, no le permitiría ir a Vietnam —dijo mi madre.

—No es tu hijo, Ray —le recordó Molly.

Dejé de leerles a Nora y Em las cartas de Zim; el amor que sentían por él se les fue de las manos. Nora amenazó con acostarse con Zim si Em se acostaba con él. Volví a ver a Zimmer en agosto de 1967. No recuerdo las circunstancias de cómo me lo dijo: si estaba de permiso de Fort Benning o de servicio activo en algún otro lugar. Lo que mi madre sí recordaría fue que Zim dijo que estaría en Vietnam antes de Navidad; cosa que a ella le sentó fatal. A Molly y a mí nos sorprendió incluso más enterarnos de que Matthew Zimmermann se había prometido.

—¿Va a traer a su *prometida* a Vermont? —preguntó mi madre. Por el modo en que dijo «prometida», Molly y yo supimos que mi madre se habría alegrado más si Zim hubiera traído consigo a Buddy. He olvidado si me dijo el nombre de su prometida. Era neoyorquina, como él, y trabajaba en una revista femenina, según dijo Zimmer. En Vermont apareció solo. Tal vez a la prometida no le gustaran los arreglos para dormir en el futón de la sala de la tele; tal vez Zim no quería que le recordaran nuestro incómodo trío con Buddy.

«Preferiría no hacerlo», imaginé que le decía Zim a su prometida. A esas alturas, ya me había enterado, gracias al señor Barlow, de dónde venía esa frase, y había podido leer el diálogo original. Como sabía de mi apego a *Moby-Dick*, el pequeño profesor de inglés me había instado a leer otros libros de Melville. Por recomendación suya leí *Benito Cereno* y *Billy Budd, marinero,* pero no *Bartleby, el escribiente*. El hombre de las raquetas creía que no me gustaría, por mucho que me gustara Melville. Elliot Barlow tenía razón; no me interesó la historia y Bartleby me pareció irritante y enigmático. Sin embargo, no cabía duda de que el señor Barlow también tenía razón al identificar aquella expresión repetida de Bartleby como fuente de inspiración para aquella inusual frase de Zim. ¿O sí era una frase habitual?, le pregunté al hombre de las raquetas. Zim resultaba un poco irritante y podía ser testarudo; como joven de veinticuatro años que seguía creciendo, Zimmer era verdaderamente enigmático. ¿Utilizaría Zim la expresión *preferiría no hacerlo* cuando hablaba con sus compañeros de Skull and Bones? El hombre de las raquetas y yo podíamos imaginar a Zim diciéndolo cuando uno o más de sus compañeros de aquella sociedad secreta propusieran algún tipo de conducta sexual inapropiada, o le sugiriesen alguna otra cosa moralmente reprensible al antiguo luchador de cincuenta kilos.

Cuando Zim vino a Vermont en el verano de 1967, pesábamos lo mismo, cerca de setenta kilos, y él era más alto que yo.

—Mido casi metro *setenta y ocho* —me dijo—. Y sigo creciendo —añadió Zimmer con despreocupación, como si no fuera para tanto o se avergonzara un poco de ello. Pero ¿cómo era posible que hubiese crecido más de diez (casi doce) centímetros desde que competimos en West Point? No era posible; por mucho que el coronel Zimmermann, pensé, hubiera querido que sucediera.

Las palabras de Molly sonaron como si las hubiese dicho Nora cuando le dijo:

—No puedes seguir creciendo, Zim.

Pero lo cierto era que sí.

Incluso mi madre parecía repentinamente apagada a su lado. Sin mucha convicción, le dijo:

—Todavía puedo ver la pequeñez en tu interior.

No creo que Zim la creyera; Molly y yo, desde luego, no la creíamos.

—¿Qué tal si hacemos una excursión? ¿Te apetece escalar una montaña, aunque sea pequeña? —le preguntó Molly a Zimmer. A Molly y a mí nos dio la impresión de que mi madre simplemente se iba a quedar allí quieta, mirándolo; hacer algo físico con él sería buena idea. En 1967, Molly tendría unos cuarenta y siete años. Bromley no es una gran montaña, pero, desde el final de la temporada de barro hasta la primera buena nevada, Molly ascendía la montaña Bromley, y la bajaba andando, cuatro o cinco veces por semana. Tenía que esforzarme de lo lindo para seguirle el ritmo en esa clase de excursiones. Aquel día, fue Zimmer el que marcó el ritmo; Molly y yo tuvimos que esforzarnos de lo lindo para no perder el paso.

—Estás en buena forma, Zim —comentó Molly—. Se nota que has estado haciendo marcha.

—Se supone que los subtenientes somos líderes de pelotón, así que tenemos que dar ejemplo —dijo Zimmer.

Mi madre no era corredora ni excursionista; ni siquiera le gustaba el senderismo. La única forma en que Pequeña Ray parecía dispuesta a ascender la montaña Bromley era al estilo telemark. Me alegré de que mi madre no subiera a la Bromley con nosotros. Le habría resultado aún más difícil seguir apreciando la pequeñez de Zim en su interior.

Durante la cena, Molly habló de las protestas contra la guerra de abril de ese mismo año; se habían celebrado manifestaciones en Nueva York, Washington D.C. y San Francisco. Las protestas no preocupaban a Zimmer; no se oponía a ellas, pero no eran una solución.

—El problema es que los norvietnamitas y el Vietcong libran la guerra a su manera: sus grandes unidades nunca se enfrentan a las nuestras —dijo Zim—. Mira lo que pasó con la Operación Búfalo, en un solo día, el mes pasado —nos dijo el futuro jefe de pelotón. Dos compañías de marines se vieron implicadas en una emboscada desde tres direcciones. Zimmer hablaba tan rápido que tuve que buscar la información después: Compañías Alfa y Bravo, Primer Batallón, Noveno Regimiento de Infantería de Marina. Primero se toparon con fuego de francotiradores del Ejército Popular de Vietnam; luego los atacaron con lanzallamas, artillería, morteros y armas ligeras. Zim aportó tantos detalles de carácter militar que perdí la noción de lo que estaba diciendo. Incluso había memorizado el número de bajas que sufrieron las dos compañías de marines, y también los vietnamitas.

—Ochenta y cuatro muertos entre nuestros hombres, ciento noventa heridos, nueve desaparecidos en combate. En tanto que el Ejército Popular de Vietnam tuvo cincuenta y cinco muertos, sin contar otros ochenta y ocho que se creía que estaban muertos, pero no se sabía dónde estaban —nos recitó Zimmer.

Mi madre se quedó mirándolo, al tiempo que se bebía su tercera cerveza; Molly se quedó mirando a mi madre. Nunca antes había visto a Zim beber cerveza, pero me di cuenta de que llevaba un par. Cuando Zimmer se levantó de la mesa para ir al baño, mi madre también se levantó de la mesa; vomitó en el fregadero de la cocina.

—Yo lavaré los platos, Ray —le dijo Molly—. ¿Por qué no te vas a la cama?

Mi madre se escabulló hacia su dormitorio, como un fantasma, pensaría yo más tarde.

—No creo que haya sido por la cerveza —me dijo Molly. En

el caso de Zim, se durmió tan rápido y tan profundamente que creo que sí fue la cerveza; no estaba acostumbrado a beber. Ayudamos a Molly a fregar los platos. Zimmer fue coherente en su cuestionamiento de nuestros líderes civiles y militares. Dudaba de esas operaciones en las que estaban implicadas múltiples divisiones de todas las ramas del ejército.

—Llaman al 67 la «era de las grandes batallas», tienen como objetivo el «Triángulo de Hierro», pero no me creo el recuento de bajas —nos dijo Zim a Molly y a mí. Hablaba de las bajas (en ambos bandos) de la Operación Junction City y de la Operación Cedar Falls—. ¿A quién le importa que la proporción de bajas sea de diez a uno a nuestro favor? El Vietcong y los norvietnamitas no llevan la cuenta, piensan en esto a largo plazo; luchan de un modo en que creen que pueden ganar —dijo Zimmer.

Más tarde, consulté las cifras: murieron unos tres mil quinientos norvietnamitas y vietcongs frente a trescientos cincuenta estadounidenses. Y Zim tenía razón: no estábamos ganando la guerra.

Cuando nos acomodamos y nos tumbamos en el futón, me di cuenta de que Zim se estaba alejando.

—No hemos hablado de tu prometida. No me has contado nada —le dije.

—Preferiría no hacerlo —respondió Zimmer. Esa frialdad sí que era poco habitual en él.

—De acuerdo, Bartleby —le dije. Tampoco habíamos hablado de Melville; había tantas cosas de las que nunca hablábamos.

Pensé que Zim se había desmayado; estaba tan quieto, tan mortalmente callado.

—Por favor, no me llames Bartleby. Tú no, Adam. Por favor —me suplicó con la voz rota.

—Lo siento, Zim, no volveré a hacerlo. No lo haré nunca —le aseguré, pero parecía haberse dormido profundamente. Noté cómo el dorso de su mano caía sobre mi hombro como un peso muerto. No podía verlo en la oscuridad, pero recordaba con total nitidez cómo mi antiguo compañero de equipo solía quedarse dormido en el autobús de nuestro equipo de lucha. A menudo nos sentábamos uno al lado del otro; Zim prefería el asiento de la ventanilla. Pero la lucha es un deporte de invierno. Los inviernos en Nueva Inglaterra son muy fríos. Hacía frío en el autobús, en el lado de la ventanilla. Y Matthew Zimmermann siempre se quedaba dormido con la cara pegada al cristal, que estaba tan helado como el exterior.

Una vez le pregunté al respecto. ¿Cómo podía dormirse así?

—Me encanta dormir con la cara fría —me dijo Zim.

No dormí nada bien aquella noche de agosto en Vermont. Oí la voz de Molly un par de veces; al parecer estaba discutiendo con mi madre, aunque mi madre no dijo nada que yo pudiera oír. Más tarde, oí un ruido metálico proveniente de la cocina. Es posible que mi madre vomitase otra vez y Molly fuese a buscar algo de beber de la nevera. Me levanté y fui a la cocina, donde vi a mi madre. Por lo general, solía ponerse una camiseta o un top de tirantes y unos pantalones cortos de deporte para dormir —tal vez incluso unos pantalones de chándal si era invierno—, pero solo llevaba puestos el sujetador y las bragas. Después de vomitar, debió de perder la conciencia en ropa interior.

Me di cuenta de que la había asustado, porque mi madre se quedó inmóvil un segundo mientras hacía algo en la mesa de la cocina. Me percaté de que la había pillado cargando la escopeta del veinte. Cerró rápidamente la escopeta de palanca de un solo tiro, pero me fijé en el cartucho que había introducido en el cañón; es decir, el arma estaba cargada.

—He oído corretear a una alimaña —dijo mi madre en voz baja. Supe que no quería que Molly la oyese.

—¿Ray? —la llamó Molly desde el dormitorio. Mi madre se limitó a mirarme, con la escopeta en las manos—. ¿Qué haces, Ray? —preguntó Molly, entrando en la cocina.

—He oído una alimaña —dijo mi madre en un susurro.

—Soy yo la que mata las alimañas. Dame la escopeta, Ray —dijo la pistera. Mi madre dudó—. Zim no es tu hijo. No puedes dispararles a los hijos de los demás —le dijo Molly.

—Si la madre de Zim lo quisiera, le dispararía. ¿Y qué pasa con Elmira? —me preguntó mi madre—. Dijiste que Elmira era la madre *principal* de Zim. ¿Por qué Elmira no le ha disparado si tanto le quiere?

—No puedes disparar a los hijos de los demás, Ray —repitió la conductora de la pisanieves. Molly le arrebató la escopeta del calibre veinte y la descargó—. Convertirías la alimaña en papilla si le disparases con una escopeta para ciervos —le dijo Molly a mi madre.

—Un disparo, justo debajo de la rótula. Se puede tener una buena vida con una rodilla maltrecha, puedes seguir follando aunque seas cojo, tener hijos y hacer amigos —nos dijo mi madre. Esta vez, Pequeña Ray no se escabulló a su dormitorio; estaba claramente enfadada y también nos enfadó a nosotros.

Yo, desde luego, estaba de acuerdo con Molly: por regla general, no se debe disparar a los hijos de los demás. Eso me lleva a pensar que mi madre y Molly creían que dispararles a tus propios hijos, al menos en determinadas circunstancias, no estaba mal, pero no parecía un buen momento para tratar aquel asunto con ninguna de las dos. Por su parte, Molly me entregó la escopeta descargada: quería que la escondiera.

—Tu madre me conoce demasiado bien, niño. Sabe dónde la escondería —me dijo la allanadora de pistas.

La escopeta estaba descargada, así que era seguro esconderla bajo el futón de la sala de la tele. Teniendo en cuenta la profundidad del sueño de Zimmer, no estoy seguro de que se hubiera despertado si mi madre le hubiera disparado.

Los desayunos en Manchester no eran tan temprano en agosto como en la temporada de esquí, cuando nos despertábamos sumidos en la oscuridad. Para mí, en Vermont, el molinillo de café hacía las veces de despertador. De espaldas, con la mano derecha en el corazón —como si jurara lealtad a la bandera—, Zim dormía de un modo tan plácido mientras molían los granos de café como lo hacía con la mejilla apoyada en la gélida ventanilla del autobús de nuestro equipo de lucha. Un rayo de sol cruzaba su frente, otorgándole un aspecto divino o angelical. Le estaba observando cuando abrió los ojos. Zim se despertó debido al olor del café que estaban preparando. En aquel momento, entendí que era mejor despertarse de ese modo que debido a una bala para venado justo debajo de la rótula.

Mi madre no dijo ni una palabra durante el desayuno. Cuando se permitía mirar a Zimmer, se le llenaban los ojos de lágrimas y, enseguida, apartaba la mirada. Zim parecía entender y aceptar cómo se sentía mi madre. Cuando ella se lo permitía, le agarraba de la mano. Durante el desayuno, Zimmer se abstuvo de hablar de la guerra, pero dijo una cosa que disgustó a mi madre, a pesar de que Zim intentó precisamente tranquilizarla, si bien de una manera torpe y ligeramente irritante:

—Estoy convencido de que, a finales de año, unos quince mil estadounidenses habrán muerto en Vietnam —empezó a decir Zimmer—, pero cientos de miles de vietnamitas habrán sido asesinados.

Esa aproximación estadística resultó ser bastante acertada, pero los números no iban a ganar la guerra de Vietnam ni tranquilizaron a mi madre. En esta ocasión, mi madre no vomitó en el fregadero de la cocina, se fue a su dormitorio y cerró la puerta.

Esperaba que Zim no descubriera la escopeta del calibre veinte bajo el futón de la sala de la tele mientras recogía sus cosas. De vuelta en la cocina, donde Molly y yo lo abrazamos para despedirnos, me costó hablarle.

—Cuídate, Zim —apenas logré decir.

—Se supone que soy subteniente; es decir, soy el que debe cuidar de mi pelotón —dijo Zimmer con cierta dificultad.

Pude apreciar que le sorprendió que Molly le besara en los labios y lo estrechase entre sus brazos.

—Intenta cuidarte tú también —le pidió la allanadora de pistas.

—No voy a decirte «adiós», Zim, ¡voy a abrazarte y a besarte como una loca cuando vuelvas! —le dijo mi madre desde su dormitorio. La puerta seguía cerrada.

—¡Está bien! —le respondió Zimmer. Me di cuenta de que estaba un poco alterado; no sabía qué más decir.

—¡No, *no* está bien! ¡*Nunca* estará bien! —se lamentó mi madre—. No eres más que un niño, ¡eres un niño pequeño! Aún estás *creciendo,* Zim! —gritó mi madre. Fue entonces cuando pudimos oír sus sollozos.

Ver a Matthew Zimmermann meter sus pocas pertenencias en el coche fue una lección de deliberación superficial. Tardó una eternidad en marcharse. Zim debió de hacer una docena de sentadillas con una sola pierna en el camino de entrada antes de sentarse por fin en el asiento del conductor. Molly y yo llorábamos al mirarlo desde la ventana de la cocina.

—Nunca adivinarías dónde escondí la escopeta —empecé a

decirle a Molly, pero ella me detuvo. La pistera me agarró la garganta con sus grandes manos, estrangulándome.

—No me reveles dónde está la escopeta, niño —me dijo Molly—. Si me lo dices ahora, tal vez tenga tiempo suficiente para cargarla y dispararle.

29
El buen pastor

Cuando pierdes por primera vez a un ser querido, la primera muerte de alguien cercano, hace que el ritmo de todo cambie. En el pasado, había momentos en los que parecía que no pasaba nada. Pero cuando pierdes a alguien, te haces consciente del movimiento de la Tierra: el mundo está siempre en movimiento, siempre por delante de ti. Durante el resto de tu vida, vas a saber que vendrán otras muertes, una tras otra, hasta llegar a la tuya.

Matthew Zimmermann cumplió veinticinco años en octubre de 1967. Teníamos la misma edad cuando se fue a Vietnam con la 101.ª División Aerotransportada, el 13 de diciembre de ese mismo año, pero yo cumplí los veintiséis tan solo cinco días después. A decir verdad, Zimmer era casi un año menor que yo. Según leí en uno de los informes de prensa, la noticia de la muerte del teniente Matthew Zimmermann se la comunicaron a sus padres, que estaban en su apartamento de Park Avenue, un domingo (concretamente el 18 de febrero de 1968); lo hizo un representante especial del secretario del ejército. El padre de Zim, el coronel Thomas Zimmermann, se limitó a declarar que su hijo había muerto en combate en Vietnam el 17 de febrero de 1968. Un informe de prensa más explícito, que citaba el telegrama oficial de notificación, afirmaba que Zim había muerto debido a las «heridas recibidas en una misión de combate. Su unidad fue objeto de un ataque hostil con armas ligeras y cohetes mientras buscaban los restos de un soldado desaparecido de dicha unidad». (Como dijo Nora tiempo después, parecía un telegrama oficial; se dejaba mucho espacio a la imaginación del lector.) Habida cuenta de la idea que Zim tenía sobre lo que debían hacer los subtenientes —se esperaba que el jefe de pelotón diera ejemplo y cuidara del pelotón, había dicho—, no me sorprendió oír que murió buscando el cuerpo de un soldado desaparecido, durante un ataque enemigo con cohetes y armas de fuego ligeras.

Cuando llamé a mi madre a Manchester, me sorprendió lo que me dijo la allanadora de pistas.

—Tu madre se ha encerrado en el dormitorio y no quiere hablar del tema —me dijo Molly, pero no con su tono de voz habitual. Me percaté de que intentaba hablar en voz baja—. Debería haberle disparado antes de que se fuera, niño; tenía un ángulo bastante bueno desde la ventana de la cocina —me dijo en voz muy baja la pistera.

Sabía que Molly intentaba protegerme de mi madre, que no solo debía de haber estado hablando del tema. Conociendo a Pequeña Ray, con toda probabilidad debía de tener mucho que decir.

—No había nada que tapase las rodillas de Zim cuando hacía las sentadillas —me dijo Molly, más suavemente, cuando oí hablar a mi madre. (Es posible que mi madre estuviese en su dormitorio, pero seguro que había dejado la puerta abierta.)

—¿Ese es mi único y exclusivo? —la oí preguntar.

—Mejor cuelga el teléfono, niño —me susurró Molly.

—¡Deberíais haberme dejado que le disparase! Los dos tenéis la culpa. ¡Zim estaría vivo si me hubierais dejado que le disparase! —gritó mi madre—. No era más que un niño. ¡Zim era un niño pequeño! ¡Todavía estaba *creciendo!* —se lamentó mi madre, de nuevo, cuando Molly colgó el teléfono.

Leí en alguna parte que, en el momento de máxima actividad, los entierros diarios en el Cementerio Nacional de Arlington llegaron a ser de veintiocho al día en 1967. El entierro de Zim me lo describió en una carta otro compañero del equipo de lucha de Exeter que estaba en el ejército: a Zim lo enterraron en una loma cubierta de hierba en Arlington, bajo el mismo tipo de lápida gubernamental que tenía el buen soldado que yacía a su lado: el abuelo de Zim, el general Joseph Zimmermann.

—El gran Zimmermann de la Primera Guerra Mundial —me dijo el hombre de las raquetas refiriéndose al general.

«Querido equipo», empezaba la carta de mi compañero de equipo de lucha de Exeter, porque la carta estaba dirigida a mí y al resto de los compañeros de Zim. Nos explicó que era habitual tener que esperar varias semanas o incluso meses para ser enterrado en Arlington. Sin embargo, en el caso de Zimmer, el sepelio se «aceleró», nos comentó nuestro compañero de equipo. (Había que tener en cuenta al coronel Zimmermann de la Segunda Guerra Mundial; el abuelo de Zim no era el único personaje importante de la familia.) Nuestro compañero habló del «capellán militar» y de un «servicio de capilla»; habló del «pelotón funerario», aunque nunca llegué a saber qué opinaba Zim de los caballos. Había tenido lugar una «procesión», con su correspondiente «banda militar», incluso un «pelotón armado» y una «salva de fusilería». Supongo que junto a la tumba de Zim, en Arlington, también había un corneta.

Obviamente, a Zim le entregaron una medalla; la prendieron con alfileres a la bandera, que fue doblada de tal modo que la medalla quedó encima. Después le entregaron la bandera a la madre de Zim. Nuestro compañero de equipo en el ejército se esforzó por contarnos todo esto y nos dijo que, con toda probabilidad, se celebraría un «servicio conmemorativo de algún tipo, en una fecha posterior, en Nueva York».

Yo nunca conocí al coronel ni a la señora Zimmermann, tan solo a Elmira, la obediente ama de llaves. Supuse que el funeral sería solo para los amigos de Zim de Nueva York y New Haven, y también, obviamente, para los amigos de la familia Zimmermann. Así que me sorprendió que me invitaran, aunque lo que no me sorprendió en absoluto fue que la invitación me llegara por correo a nombre del señor Barlow a la dirección de Exeter del pequeño profesor de inglés.

Antes de que se fuera a Vietnam, Zim sabía que yo ya había terminado mis dos años en el Taller de Escritura de Iowa City. Pude mantenerme con el pequeño anticipo que me dieron por mi primera novela —todavía estaba acabando de escribir el último tercio de esta— porque no tenía que pagar alquiler. Entre el apartamento de la academia del hombre de las raquetas en Amen Hall y el conocidísimo futón de la sala de la tele de la casa que mi madre compartía con Molly, siempre disponía de un lugar donde pasar la noche: podía escribir, y lo hacía, en cualquier parte.

Incluso era capaz de escribir en el minúsculo apartamento que Nora y Em compartían en Nueva York. A pie, estaba a la misma distancia de Columbus Circle y del Carnegie Hall, en la esquina nordeste de Hell's Kitchen, cerca de la Novena Avenida y de la calle Cincuenta y cinco Oeste. Nora y Em me dejaban dormir en su sofá, y podía escribir en la mesa de la cocina. Era un apartamento sin ascensor, encima de un restaurante malo que cambiaba continuamente de dueños. Cuando estaba terminando mi primera novela, era un restaurante griego de mala muerte, pero volvería a cambiar de orientación: siempre empeoraba.

Hombre de letras, me llamaba Nora, porque escribí mi primera novela en cuadernos de notas. (Y no solo la primera.) Escribo a máquina demasiado rápido, por eso para mí resulta más adecuado escribir novelas y guiones a mano. Em también escribía a mano, pero por otra razón. A Em no le gustaban las máquinas de escribir porque eran ruidosas; las máquinas de escribir eran como hablar. Cuando Em escribía a mano, podía hacerlo en silencio. Escribir, para Em, era como una pantomima.

Antes de que Matthew Zimmermann se fuera a Vietnam, también supo que los padres del hombre de las raquetas me habían ofrecido lo que ellos llamaban un «trabajo de investigación». Los pequeños Barlow, un equipo de escritores que no paraban ni un momento, creían que me resultaría beneficioso conocer de primera mano el «proceso de adaptación». Iba a hacerse una película de *El beso en Düsseldorf*, la primera de las novelas de John y Susan Barlow sobre la época nazi. El matrimonio Barlow estaba escribiendo el guion; me llamaban su «ayudante literario». Resultó que mi «trabajo de investigación» no era tan inconcreto como parecía. Debía ayudar al equipo de guionistas y también al director de la película. El hombre de las raquetas se mostraba cínico ante la posibilidad de que yo aprendiera algo valioso a nivel literario de sus padres, pero a mí me interesaba el «proceso de adaptación». Te gustase o no su escritura, los pequeños Barlow eran guionistas, y el futuro director había hecho algunas películas interesantes; no era un desconocido.

Así que Zim sabía, antes de irse a la guerra, que en un futuro inmediato yo iba a vivir como un nómada. Un día llegaría a creer que todos los escritores son nómadas, pero Zimmer era más listo que yo: incluso le encargó a Elmira que enviara por correo mi invitación a su funeral a nombre de Elliot Barlow. Zim le había pedido a Elmira que se asegurara de invitar también al hombre de las raquetas de nieve. (Pero no a mi madre. Zim sabía que mi madre no querría ir. Ella le había dicho que no tenía intención de despedirse de él; Zimmer sabía que lo único que quería mi madre era abrazarlo y besarlo como loca si volvía con vida.)

Los pequeños Barlow tenían dos segundas residencias: una en Nueva York y otra en Viena, ambos apartamentos pequeños pero cómodos. Cuando Elmira envió por correo la invitación para el funeral de Zim a Elliot en Exeter, yo estaba trabajando con John y Susan en su apartamento de Viena. El hombre de las raquetas me llamó de inmediato y me dijo que había llegado una invitación para el funeral del teniente Matthew Zimmermann en la iglesia episcopal de St. James, en la avenida Madison, entre la Setenta y uno Este y la Setenta y dos Este, unas pocas manzanas al sur del apartamento de los Zimmermann en Park Avenue. En el reverso de la invitación formal había un mensaje manuscrito de la propia Elmira: unos «pocos escogidos» también estaban invitados a una «recepción» en el apartamento de los Zimmermann, después del oficio religioso. Zim le había entregado a su madre *principal*, como llamaba a Elmira, una breve lista. En caso de que muriera en Vietnam, Zim quería que yo asistiera a su funeral, junto con uno de sus entrenadores de lucha libre en Exeter; «el pequeño», especificó Elmira. El entrenador Dearborn había nombrado al señor Barlow entrenador de los pesos ligeros en Exeter, por eso el hombre de las raquetas había sido allí el principal compañero de entrenamiento de Zim.

A decir verdad, necesitaba un descanso de los pequeños Barlow y de sus tropas de asalto nazis, aquellos dos hombres de las SA a los que vieron besándose durante el discurso de dos horas y media de Hitler en Düsseldorf en 1932. Esos tipos del Sturmabteilung, los que se besaron, eran los protagonistas de John y Susan Barlow: uno de ellos asesinaba al otro. Pronto el asesino del beso asesina a más soldados de las tropas de asalto. Sentí cierta empatía por esos personajes de ficción, incluso por el asesino, aunque especialmente por su primera víctima. Sus homólogos históricos eran menos simpáticos. Rudolf Hess y Ernst Röhm fueron miembros de las SA. Como me había contado tío Johan, Röhm fue cofundador y líder del Sturmabteilung. (Fue tío Martin quien me dijo que Röhm había resultado herido en el Frente Occidental, donde perdió un pedazo de hueso nasal.) Mi principal «trabajo de investigación» para *El beso en Düsseldorf* fue repasar durante horas y horas material de archivo, desde noticiarios hasta películas de propaganda. El director quería que encontrara las primeras imágenes de Hess, Röhm y Martin Bormann antes de llegar a ser nazis. Originalmente, eran del Freikorps, como me había explicado tío Martin. Nacionalistas de derechas, así era como tío Johan llamaba a los Freikorps. Tío Martin dijo que Hitler había matado a Röhm porque era homosexual, pero Hitler había ejecutado a otros miembros del Freikorps, entre los que se encontraba Röhm. (En un discurso ante el Reichstag, Hitler había insinuado que los Freikorps eran enemigos del Estado.)

El director de *El beso en Düsseldorf* había nacido en Filadelfia, pero se consideraba un emigrado: decía que sus padres eran judíos rusos que habían sido lo bastante listos como para salir de Rusia y llegar a América desde Europa. Sabía mucho más de nazis que yo. Quería imágenes de Hess, Röhm y Bormann cuando eran jóvenes; «aunque sean tan jóvenes que no podamos reconocerlos», me dijo el director. Era un gran tipo, me caía muy bien. Su idea era intercalar las imágenes de archivo de los futuros nazis con los personajes de ficción y su historia inventada. Pretendía que yo encontrara en los rostros juveniles de esos nacionalistas de derechas de los Freikorps «algún indicio de su intolerancia intrínseca, de su odio xenófobo hacia los demás». (Los Freikorps eran anticomunistas y daban la impresión de profesar cierto racismo antieslavo; los que más tarde se convirtieron en nazis adoptaron la ideología del antisemitismo y la limpieza étnica con bastante naturalidad.) En cuanto al anciano y tullido proyeccionista que pasó para mí todas aquellas horas de imágenes de archivo, tenía la edad adecuada para haber sido nazi en su momento. El director y yo estábamos convencidos de que tenía que haber participado del movimiento. El proyeccionista no solo reconoció a Hess, Röhm y Bormann cuando todavía eran demasiado jóvenes para parecerse a los monstruos que llegaron a ser, sino que, cuando aparecieron en pantalla, se puso en pie y los saludó. Durante las proyecciones más largas, el anciano proyeccionista solía desprenderse de su pierna ortopédica y doblarla por la rodilla antes de colocarla sobre una silla contigua. De ahí que, cuando veíamos las películas de archivo más largas, el proyeccionista se pusiera en pie y saludase a Hess, Röhm y Bormann a la pata coja.

El tema de los Freikorps no fue mi único «trabajo de investigación» para los pequeños Barlow. Había una película de archivo del discurso de Hitler ante el Club de la Industria de Düsseldorf en 1932; entre los magnates industriales allí presentes se encontraban muchos de los hombres más ricos de Alemania. Para el guion de la película, el equipo de guionistas tenía muy claro cómo querían que se utilizara el discurso. Vemos a Hitler asegurándole a los miembros del Club de la Industria que el nacionalsocialismo era bueno para los negocios, pero la filmación no tiene sonido. Vemos hablar a Hitler, oímos (con una voz en *off*) la conversación mundana de los dos hombres de las SA que son amantes.

Por otra parte, cuando la cámara nos muestra a los soldados de las tropas de asalto besándose —durante dos horas y media, los amantes de las SA no prestan atención al discurso de Hitler—, oímos la voz en *off* de Hitler, el fragmento más desconcertante y ominoso que pude encontrar. Mi alemán era (y es) nefasto. Contaba con una traducción al inglés del discurso de Düsseldorf, así como con la infinita buena disposición del proyeccionista cojo, que pasó para mí las dos horas y media una y otra vez. De vez en cuando, pedía ayuda a tío Johan cuando no entendía ni el alemán ni la traducción inglesa. Por ejemplo, cuando Hitler dice: «Pero si una *Weltanschauung* no puede aplicarse a todas las esferas de la vida de un pueblo, ese hecho, en sí mismo, es prueba suficiente de su debilidad», me sentí perdido.

—No es un problema de traducción, Adam —me aseguró tío Johan—. Es la visión antidemocrática de Hitler; es un argumento totalitario. Hitler creía que había un conflicto entre el principio de democracia y el principio de autoridad: era un autoritario, ¡odiaba la democracia!

—Deberías ser tú el ayudante literario de los Barlow —le dije a tío Johan, pero él me animó a seguir adelante, como solía hacer cuando yo era niño. Tío Johan me hizo sentir culpable por no apreciar la oportunidad que me habían brindado los pequeños Barlow. Estaba aprendiendo otra manera de contar historias. Mi primera novela, que aún no había terminado, era también una novela histórica. Me pagarían por convertir aquella novela en un guion; aunque la película nunca llegó a realizarse, yo también iba a aprender algo de ese proceso.

Tío Johan tenía razón sobre los pequeños Barlow y tenía razón sobre Hitler. En cuanto al «principio de democracia», Hitler lo etiquetó como «principio de destrucción». Hitler equiparó lo que él denominaba «principio de autoridad» con el «principio de logro». En Düsseldorf, cuando Hitler dijo: «El internacionalismo y la democracia son conceptos inseparables», quiso dar a entender que ambos eran malas ideas. (Por lo visto, los industriales alemanes coincidieron con él.)

Mientras los dos chicos del Sturmabteilung flirteaban el uno con el otro, aunque antes de su fatal beso, encontré un pasaje del discurso de Hitler que el director decidió utilizar como voz en *off*. Concretamente cuando Hitler pontifica: «Soy de la opinión de que no hay nada que haya sido producido por la voluntad del hombre que no pueda ser alterado a su vez por otra voluntad humana». Al Club de la Industria de Düsseldorf debieron de encantarle aquellas palabras.

—¡Música para los oídos de los empresarios! —gritó tío Johan, imitando la voz en *off* elegida para el discurso de Düsseldorf, como Johan solía hacer, en alemán y en inglés.

Al director de la película también le gustó y usó un fragmento más corto del discurso nacionalsocialista de Hitler a los magnates industriales que le mostré. Cuando soldados de las tropas de asalto se besan y se meten mano, la voz en *off* de Hitler es en alemán con subtítulos en inglés: «La vida, en su versión más práctica, se basa en la importancia de la personalidad». En el contexto de lo que vemos en la pantalla, supongo que la yuxtaposición del comentario de Hitler sobre los besos de los hombres de las SA conseguía transmitirle al director el tono lunático que andaba buscando.

Uno de aquellos dos hombres iba a matar al otro; el asesino, de hecho, seguiría matando a otros soldados de asalto. Las frases del discurso de Hitler en el Club de la Industria servirían de voz en *off* para los dos primeros asesinatos. Cuando el soldado de asalto dispara a su amante, la voz en *off* de Hitler —refiriéndose a «la superioridad de la raza blanca»— es lo único que se oye. Cuando el asesino estrangula al siguiente soldado de asalto, oímos la voz de Hitler afirmar «el derecho a organizar el resto del mundo».

Podría decirse que ese efecto resultaba más eficaz en la película que en el *thriller* político que habían escrito los Barlow, pero Elliot Barlow había menospreciado la obra de sus padres —la había tachado de «exagerada»— y al hombre de las raquetas de nieve no le gustaría mucho más la película de *El beso en Düsseldorf*.

—*Mord, mehr Morde, noch mehr Morde!* —había dicho enfáticamente en una ocasión tío Johan sobre las novelas de asesinatos de los pequeños Barlow. («¡Un asesinato, más asesinatos, y más asesinatos todavía!», dijo mi tío; se trataba de un halago al equipo de escritores de novelas de asesinatos, claro está.)

Pero Johan me hizo sentir culpable por no haber sabido apreciar la oportunidad que me habían brindado los Barlow, y me sentí más culpable aún por lo aliviado que me sentí cuando me llamó el hombre de las raquetas de nieve para contarme lo de la invitación. John y Susan Barlow eran generosos conmigo, sabía que me dejarían ir a Nueva York para el funeral de Zim. Les había dado los extractos que querían del discurso de Hitler en Düsseldorf. Había encontrado las imágenes de archivo que buscaba el director, o al menos lo que imaginábamos que era la «intolerancia intrínseca» y el «odio xenófobo hacia los demás» en los rostros juveniles de aquellos nacionalistas conservadores de los Freikorps. El equipo de guionistas y el director de *El beso en Düsseldorf* ya no me necesitaban; sin embargo, me sentía culpable por haber utilizado la muerte de Zim, y su funeral, como excusa para dejar un trabajo del que, sencillamente, estaba cansado.

—Personajes cínicos, finales desoladores —había dicho Elliot Barlow sobre las novelas de la época nazi de sus padres, y también de sus novelas sobre la Guerra Fría. Ahora sabía de primera mano a qué pretendía referirse Barlow; el exceso de género negro de *El beso en Düsseldorf* me estaba deprimiendo. Cuando salí de Viena rumbo a Nueva York, también me sentí culpable por desear que llegara el funeral por Matthew Zimmermann; SUBTENIENTE DEL EJÉRCITO DE ESTADOS UNIDOS, VIETNAM, como podía leerse en su lápida en Arlington. Me sentía incluso más culpable, si cabe, debido a mis pequeñas manos: mis múltiples lesiones en los dedos, mis muchas operaciones en los tendones extensores y flexores. Mis pequeñas manos me habían salvado de la guerra de Vietnam, en la que Zim había muerto.

El hombre de las raquetas dijo que iba a ir en tren a Nueva York. Se tardaba una eternidad en ir en tren desde Exeter a Boston, y luego de Boston a Nueva York, pero el pequeño profesor de inglés no quería conducir; tenía que leer los ensayos de los estudiantes y que corregir sus libretas.

—Puedo trabajar en el tren —me dijo.

Volveríamos juntos en tren a Exeter desde Nueva York. Yo llevaría conmigo mi cuaderno de escritura, así que no me importaba lo que tardara el tren. Nos alojaríamos en el pequeño apartamento de los Barlow en Nueva York. Estaba ubicado en la calle Sesenta y cuatro Este, entre las avenidas Lexington y Tercera, en el Upper East Side. Desde allí podíamos ir andando a la iglesia y al apartamento de los Zimmermann en Park Avenue; era mucho mejor que quedarse en casa de Nora y Em.

Sabíamos que St. James era una iglesia episcopal, pero el hombre de las raquetas pensó que tenía un chapitel de aspecto católico; una hermosa iglesia con arcos y techo abovedado. En aquella soleada tarde de finales de marzo, las vidrieras brillaban con intensidad. El lugar estaba abarrotado, pero no había mucha presencia de militares. Había soldados uniformados, por supuesto, pero no formaban parte del servicio. Nadie tocó la corneta. El himno de despedida fue emotivo, versó sobre la resurrección a la vida eterna. Las lecturas bíblicas del sacerdote fueron estrictamente del Nuevo Testamento, empezando por un fragmento del Libro de los Romanos: «Considero que los sufrimientos del tiempo presente no son comparables con la gloria que nos ha de ser revelada». Miré a Elliot y comprobé que aquellas palabras no le reconfortaban, como tampoco nos reconfortaron los esfuerzos del sacerdote por lanzarse de lleno a la Primera Epístola a los Corintios, ese pasaje tenso y exagerado sobre Cristo, sobre cómo había resucitado de entre los muertos.

Dice así: «Porque así como por un hombre vino la muerte, también por un hombre ha venido la resurrección de los muertos». Creí apreciar que el pequeño profesor de inglés pensaba: *¡Qué frase tan incómoda!* O eso es lo que a mí me pareció, mientras el sacerdote se adentraba en un territorio incluso más abstracto.

Desde ese día, me he mantenido alejado de la Segunda Epístola a los Corintios. Hay ciertas generalizaciones místicas que, simplemente, no pueden aplicarse a los jóvenes que han muerto en las guerras. Como, por ejemplo, «no nos fijemos en lo visible, sino en lo que no se ve; porque lo que se ve es transitorio, pero lo que no se ve es eterno». El hombre de las raquetas y yo nos miramos, aunque no tardamos en apartar la mirada. No queríamos pensar que Zim era *transitorio*.

Hubo una oración final, claro está, pero me abstraje casi por completo de ella —lo único que recuerdo es el sonido que hicimos todos cuando nos arrodillamos—. «En tus manos, misericordioso Salvador, encomendamos a tu siervo Matthew Zimmermann», leyó el sacerdote del Libro de Oración Común, pero yo estaba decidido a no escuchar; nada de lo que estaban diciendo en aquel funeral tenía que ver con Zim. Sin embargo, se me quedaron grabados algunos fragmentos de la oración final: «Al bendito descanso de la paz eterna y a la gloriosa compañía de los santos en la luz», siguió rezando el sacerdote. Luego, el himno de despedida se cernió sobre nosotros —más garantías de la resurrección de los muertos—, y después el señor Barlow y yo caminamos hacia el norte por la avenida Madison, camino de la recepción que iba a tener lugar en el apartamento de Park Avenue de los Zimmermann.

—«Yo soy el buen pastor» —recitó Elliot Barlow del Evangelio según San Juan—. «El buen pastor da su vida por las ovejas» —prosiguió el hombre de las raquetas. Ambos creíamos que el sacerdote debería haber leído ese fragmento del Evangelio según San Juan. Como mínimo, recordaba el deber por el que un buen subteniente estaba dispuesto a arriesgar su vida. Los dos creíamos que Zim había sido un buen pastor.

Era un domingo en Nueva York: 24 de marzo de 1968. Una semana después, el presidente Johnson iba a anunciar que no se presentaría a la reelección. Cuatro días después de que Lyndon B. Johnson hiciera ese anuncio, Martin Luther King Jr. fue asesinado en Memphis. Solo dos meses más tarde, Bobby Kennedy sería asesinado a tiros en Los Ángeles. Pero aquel domingo en Nueva York, el hombre de las raquetas y yo teníamos ya la sensación de que habíamos traspasado el umbral de la medianoche en Estados Unidos. Nora dijo que la guerra de Vietnam no era lo único que se nos estaba yendo de las manos. A finales de agosto de ese año, decenas de miles de manifestantes se congregaron en Chicago durante la Convención Nacional Demócrata. Nuestros compañeros demócratas más liberales querían a McCarthy, pero Humphrey iba a ser el nominado. Muchos de los manifestantes fueron golpeados por la policía; Chicago parecía sumida en un estado policial. Después de la convención, Nora no dejaba de recitar un titular de *The Washington Post,* algo así como que McCarthy se negaba a apoyar a Humphrey. No te molestes en leer el artículo, me indicó Em mediante una de sus pantomimas. Nixon ganaría las elecciones; es decir, cuatro años más de combates para nuestros chicos, siete años más de guerra en Vietnam.

Aquel domingo en Nueva York, en marzo de 1968, yo tenía veintiséis años. Era lo bastante joven e ingenuo como para decirle al señor Barlow que esperaba que nuestro país nunca volviera a estar tan dividido como lo estaba en aquel momento; lo que quería decir, obviamente, era que, desde mi punto de vista, resultaba imposible que estuviéramos más divididos de lo que ya estábamos como país. Me equivocaba. Elliot Barlow, como siempre, fue amable conmigo; nunca me menospreció.

—Yo también lo espero, Adam —dijo el hombre de las raquetas de nieve—. Pero tendremos que esperar para saberlo.

Entonces llegamos al edificio de apartamentos de los Zimmermann, donde el portero nos indicó el ascensor y Elmira nos hizo pasar.

—Adam, ya sabes dónde está el dormitorio del coronel. Por favor, dejad allí los abrigos —me dijo bruscamente el ama de llaves cuando le besé la mejilla; había estado llorando y trataba de no volver a hacerlo.

—Y tú debes de ser el entrenador de lucha libre de Matthew, el pequeño —le dijo Elmira al hombre de las raquetas de nieve.

—Soy Elliot Barlow —dijo el señor Barlow. En Exeter, yo estaba acostumbrado a entender que el señor Barlow era mi padrastro, a pesar de que era el único padre al que había conocido, y uno bueno; así que nunca dejaba pasar la etiqueta de padrastro sin aclararla.

—Oficialmente, el señor Barlow es mi padrastro —le dije a Elmira.

El ama de llaves nos condujo por un pasillo hasta el dormitorio del coronel, como si no confiara en que yo recordara el paradero de aquel solitario dormitorio.

—Pero nunca conocí a mi padre biológico —dije, como tenía por costumbre hacer siempre que surgía la palabra *padrastro*—. Sé que el señor Barlow es el mejor padre que podría haber tenido —le dije a la fiel ama de llaves de la familia de Zim.

Al mirarlo en retrospectiva, sé que no fueron las palabras más inteligentes ni más tranquilizadoras que podría haberle dicho a Elmira, que había sido más que una segunda madre para Zim; había sido su madre *principal*. Elmira, que había estado conteniéndose, se derrumbó en el dormitorio del coronel. De repente, tomó aquella fotografía de cuando Zim era pequeño y aún no llevaba uniforme: Zim sostenía con fuerza una de las gorras de los oficiales, ya fuera la de su abuelo o la de su padre.

—Matthew ha sido mi único hijo. ¡No he tenido hijos propios! —exclamó Elmira, mostrándole al señor Barlow la foto de Zim de niño.

Me sentí responsable de que se hubiese desmoronado. Decir de Elliot Barlow que era el mejor padre que podría haber tenido... fue muy inoportuno. Provocó que Elmira pensara que su naturaleza era similar a la del hombre de las raquetas. No se equivocaba, solo estaba exaltada.

—¡Él sabe cómo me siento! —dijo Elmira sollozando. Abrazó al pequeño hombre de las raquetas y lo apretó contra su pecho. Temí que se le cayera la foto de Zim, que rescaté de su mano temblorosa.

Me sorprendió ver a Elmira llevándose la foto de la mesilla de noche del coronel. Alguien la había retirado de la parte superior de la pequeña cómoda, donde estaba antes junto a las fotografías del general Zimmermann y el coronel Zimmermann. El coronel debía de haber acercado la foto de Zim a su cama. Yo volví a colocar la foto de Zim en el lugar exacto donde había visto que el ama de llaves la cogía: el borde de la mesilla más cercano a la cama del coronel. La foto estaba frente a la almohada del coronel. El rostro de su joven hijo, a la luz del despertador, tenía que ser la última cara que veía el coronel antes de dormirse; el rostro de su joven hijo, bajo la lámpara de cuello de cisne, debía de ser la primera cara que veía el coronel al despertarse.

Elmira siguió abrazando al señor Barlow con fuerza, durante un rato, hasta el punto de que me preocupó que no pudiera respirar. Entonces me di cuenta de que los dos estaban hablando del Picasso que no era un auténtico Picasso.

—He oído hablar de él —dijo Elliot—. Como es lógico, me encantaría verlo —dijo el hombre de las raquetas de nieve. Pero Elmira no estaba dispuesta a soltar al pequeño profesor de inglés.

—A mí no me importaría que le hicieras pipí encima. Sigo deseando que alguien lo robe —le dijo el ama de llaves al señor Barlow—. Pero mientras el cuadro esté aquí, se supone que todo el mundo debe hacer un esfuerzo para no hacer pipí encima —dijo Elmira. Fue entonces cuando todos oímos que alguien la llamaba por su nombre.

—¡Ya voy! —respondió el ama de llaves. Antes de que la llamaran, no habíamos oído voz alguna, ni siquiera el murmullo de una conversación en voz baja. Se trataba de una recepción pequeña o silenciosa, o ambas cosas, pensamos el señor Barlow y yo. Elmira nos llevó hasta el cuarto de baño del coronel en el que estaba el cuadro del desnudo de tres pechos.

—Con dos pechos debería bastar —oímos mascullar a Elmira en el vestíbulo.

Al hombre de las raquetas le horrorizó el cuadro.

—Esta es la clase de cosas que solo una novela puede hacer creíbles —me dijo el pequeño profesor de inglés. Me pidió que le recordara por qué los Zimmermann dormían en habitaciones separadas.

—Ella ronca y él se tira pedos —le recordé.

—A mí me bastaría con los tres pechos —dijo el hombre de las raquetas.

El salón y el comedor del ático formaban una única gran habitación pensada para el entretenimiento. La mesa del comedor, repleta de comida, tan solo había atraído a los más jóvenes; había allí tres de ellos. Estudiantes de Yale, supuse; tal vez miembros de Skull and Bones, supuse que pensaba Elliot. En extremos opuestos de un largo sofá, dos mujeres vestidas de luto permanecían inmóviles como piedras. La mayor —pequeña pero gorda, como podría haber dicho Zimmer— era con toda probabilidad la madre de Zim, con el rostro oculto tras un velo negro. La gente se le acercaba y la saludaba sin decir nada. De vez en cuando, alguien le tocaba la mano. La otra mujer del sofá, la más joven, era la prometida de Zim. Su compromiso se había mencionado en el obituario que le había dedicado *The New York Times;* de ese modo supe su nombre. Francine DeCourcey, de Nueva York y París, indicaba el periódico sin más explicaciones.

—¡Es francesa! —exclamó mi madre por teléfono, antes de pasarle el aparato a Molly y encerrarse en el dormitorio.

—¿A qué ha venido *eso?* —le pregunté a Molly.

—No me preguntes a mí, niño —me dijo la conductora de la pisanieves.

Pequeña y delgada, Francine DeCourcey estaba sentada en el extremo más alejado del sofá. Nadie se le acercaba; tal vez nadie se atrevía a hacerlo.

Había un grupo de mujeres, más o menos de la edad de la madre de Zim, que se habían apiñado y cuchicheaban discretamente o no decían una sola palabra. También se había formado un grupo de hombres de uniforme que hablaban en voz baja. Fuera cual fuese el tema del que conversaban, parecían estar de acuerdo; fuera cual fuese el tema, parecían enfadados. Dada la situación, ¿vestiría uniforme el coronel Zimmermann o el protocolo dictaba que los militares retirados vistiesen de paisano? El hombre de las raquetas y yo no teníamos ni idea. Los militares uniformados eran todos hombres mayores. No vimos a ningún joven. ¿No había allí ninguno de los compañeros de pelotón del teniente Matthew Zimmermann? Entre los militares, ninguno de ellos parecía ser el coronel Zimmermann.

¿De qué estarían hablando? El señor Barlow y yo nos sentíamos intrigados. Habíamos visto a algunas personas de aspecto desaliñado reunidas fuera del edificio de apartamentos, no junto a la entrada principal, donde habrían llamado la atención del portero, sino cerca de un callejón junto al edificio. Manifestantes contra la guerra, imaginamos en un principio. Pero ¿frente al domicilio familiar de un soldado caído? No parecía factible.

El señor Barlow fue lo bastante valiente como para inclinarse ante la señora Zimmermann y tocar su mano inmóvil. Yo hice lo mismo. Pero Elliot dudaba de si acercarse o no a la prometida. Era un sofá muy ancho y la inmóvil Francine DeCourcey parecía encontrarse muy muy lejos. Parecía destrozada, y daba la impresión de que podría encontrarse incluso peor si le dirigías la palabra. En especial si le mentías, imaginé, si le decías, por ejemplo, que Zim te había hablado mucho de ella. Francine DeCourcey parecía tan triste que pensé en mentirle, para poder decirle algo. Supongo que se fijó en mí; es posible que me estuviese retorciendo las manos.

—¿Eres Adam? —me preguntó de repente. Palmeó el cojín del sofá que tenía al lado—. Siéntate aquí —me dijo Francine. Su nombre era francés, pero no tenía acento francés—. Dame las manos —me dijo cuando me senté a su lado. Sabía que no estaba interesada en leerme la palma de la mano. Cabía la posibilidad de que Zim le hubiese hablado de mis manos dañadas, de mi dedo del gatillo que había conllevado el 4-F. Ella debía de saber que mis manos habían sido mi salvoconducto para librarme de Vietnam. Acarició con sus dedos las cicatrices de las operaciones de flexotendón en las palmas de mis manos—. Si Matthew hubiera tenido tus manos... —empezó a decir Francine, pero se detuvo. Había visto al hombre de las raquetas rondando cerca del sofá—. ¿Es el pequeño entrenador de lucha de Matthew? —me susurró Francine.

—Sí, se llama Elliot —respondí también en un susurro. Le hice señas al señor Barlow para que se uniera a nosotros. Me abstuve de repetir de nuevo la retahíla del padrastro-pero-no-padrastro.

Cuando el hombre de las raquetas de nieve se sentó entre nosotros en el sofá, Francine DeCourcey le agarró la barbilla con la mano y giró su cabeza para que la mirase, como si el señor Barlow fuera un niño amado pero desobediente.

—Cuando conocí a Matthew, era casi tan pequeño como usted —le dijo.

—Era casi tan pequeño como yo cuando lo conocí... Es cierto —le dijo el señor Barlow.

—¡Lo *sé!* —exclamó Francine DeCourcey—. Pero ¿por qué siguió creciendo? Si se hubiera quedado tan pequeño como usted, no se lo habrían llevado, ¿verdad?

—No quisieron llevarme a Corea. Es cierto —le dijo el pequeño profesor de inglés.

—¿Lo ve? Es tan injusto. Podría haberle *amado* si hubiera dejado de crecer —le dijo Francine al hombre de las raquetas de nieve—. Podría haberle *amado* si hubiera tenido tus manos —me dijo extendiendo la mano por encima del regazo de Elliot y tomando de nuevo mis manos dañadas. Me dije entonces que Francine DeCourcey tenía grandes esperanzas depositadas en su amor por Matthew Zimmermann. Pensé en la foto de Zim de niño, ahora en la mesilla de noche del coronel. Sumé las aspiraciones de Francine y su amor por Zim al peso de las expectativas con las que Zimmer había crecido.

Aunque no me di cuenta en un principio, fue el exluchador de sesenta kilos de Yale quien nos rescató al hombre de las raquetas y a mí del extremo de aquel largo sofá, donde la prometida de Zim no tenía intención de dejarnos escapar.

—¿No eras tú el sesenta kilos de Pitt en West Point? —me preguntó el alumno de Yale—. Zimmer dijo que ibas a destrozarme. Zim casi podía destrozarme, así que le creí —dijo el exluchador. Lo había visto por primera vez en el pesaje; en West Point estaba desnudo. Por supuesto, no lo había reconocido con chaqueta y corbata. Cuando me tendió la mano y se la estreché, me puse de pie. Acto seguido, llevó a cabo el mismo procedimiento de rescate con el señor Barlow—. Y usted debe de ser el entrenador de lucha libre de Zimmer, de Exeter, el compañero de entrenamiento que lo destrozaba en los entrenamientos diarios, según me dijo Zim —dijo el luchador de Yale—. Estos dos tipos no conocen al resto, Francine —le dijo el luchador de sesenta kilos de Yale a la afligida prometida de Zim. Era evidente que se conocían; la fría antipatía que fluyó entre ellos parecía recíproca y de carácter permanente.

El exluchador de Yale no habría llegado a los sesenta kilos, pero, al igual que yo, no había crecido mucho desde aquel torneo en la academia del ejército en el que no llegamos a luchar entre nosotros. Zimmer era el que había seguido creciendo. El hombre de las raquetas, por supuesto, había dejado de crecer hacía muchos años. El luchador de sesenta kilos de Yale nos presentó a los otros dos jóvenes de Yale que estaban allí.

—Este tipo era compañero de equipo de Bartleby en Exeter y el bajito era el entrenador y compañero de entrenamiento de Bartleby —dijo el exluchador de sesenta kilos.

—Bartleby —repitió Elliot Barlow. El hombre de las raquetas y yo sabíamos que los miembros de Skull and Bones tenían apodos. No sabíamos cuál era el apodo de Zim; no sabíamos si entre ellos el apodo debía de ser secreto. Recordaba, eso sí, que Zimmer me había pedido que no lo llamara Bartleby; estaba claro que aquel nombre no le gustaba.

—Zimmer me pidió que no lo llamara Bartleby —les dije a los tres hombres de Skull and Bones.

—¿Bartleby era el apodo que le habíais puesto a Zim? —les preguntó el señor Barlow.

—Zim, Zimmer... Los luchadores tenéis vuestros propios apodos —le dijo uno de aquellos jóvenes con un deje de sorna al luchador de sesenta kilos de Yale. Sentí empatía por mi compañero luchador, que parecía estar atrapado en medio de un conflicto de apodos. ¿Sabrían sus compañeros de sociedad secreta que Zim odiaba que lo llamasen Bartleby?

—Creo que Zim habría preferido que no lo llamaran Bartleby —nos dijo el luchador de sesenta kilos de Yale al hombre de las raquetas y a mí. Creo que lo dijo sinceramente. Es posible incluso que se estuviese disculpando, también sinceramente. El exluchador de Yale no pretendía hacerse el gracioso, pero los otros dos jóvenes se rieron. Aquellos dos pensaron, sin duda, que era gracioso que Matthew Zimmermann hubiera preferido que no lo llamaran Bartleby.

—Que os den por saco a vosotros dos y a vuestros secretos —les dijo sin previo aviso el pequeño profesor de inglés a los dos hombres de Skull and Bones que se habían reído. El luchador de sesenta kilos de Yale se encontraba definitivamente inmerso en medio de algo.

Lo que el hombre de las raquetas me mostró de repente fue un impulso instintivo que había conseguido mantener oculto en su apartamento de aquella academia solo para chicos. Elliot Barlow tenía astucia, sentido de la confrontación, no solo la necesidad de expresarse tal cual era, sino de hacerlo de manera expresa, aun a riesgo de exponerse a algún peligro real o imaginario para sí mismo. Para el señor Barlow no bastaba con vestirse de mujer en la intimidad de su apartamento o aventurarse (como mujer) por el centro de Exeter a altas horas de la noche o a primera hora de la mañana. Esa clase de gestos no expresaba, no con suficiente fuerza, quién era él. Necesitaba que la mujer que llevaba en su interior resultase visible a ojos de aquellos que estaban predispuestos a desearla, las mismas personas que la odiarían e intentarían hacerle daño precisamente por ser quien era y como era.

En el caso de aquellos dos jóvenes a los que les había parecido gracioso que Zim odiara que le llamasen Bartleby, o incluso el hecho de que Zim lamentara pertenecer a Skull and Bones, estaba claro que el hombre de las raquetas los había provocado con toda intención. El pequeño profesor de inglés tenía muy claro que lo hizo buscando pelea. Por otra parte, resultaba evidente que el luchador de sesenta kilos de Yale no deseaba enfrentarse conmigo ni con el señor Barlow; después de todo, el antiguo luchador había sido advertido al respecto. Zim le había dicho al luchador de Yale que yo podía destrozarlo, y el luchador de sesenta kilos también sabía que el señor Barlow había destrozado con asiduidad a Zim en los entrenamientos.

Pero los otros dos jóvenes no eran luchadores. Me percaté de que consideraban al hombre de las raquetas como alguien demasiado pequeño para ser tomado en serio; grave error. El exluchador de Yale también se dio cuenta de lo que estaban pensando sus dos amigos.

—Ni se os ocurra —les dijo.

El joven que no había hablado, el que solo se había reído, me habló a mí, no a Elliot Barlow:

—Tendrías que decirle al enano de tu entrenador de lucha libre que se vaya él a tomar por saco.

—Preferiría no hacerlo —replicó el hombre de las raquetas, del mismo modo respetuoso pero voluntariamente irritante en que se expresaba el Bartleby original. Me fijé en que el pequeño profesor de inglés había equilibrado su postura, colocando el pie derecho por delante del izquierdo, con el peso sobre las puntas de los pies, que no dejaba de mover, y las rodillas ligeramente flexionadas. El señor Barlow, lo sabía, estaba a una embestida de distancia de una entrepierna o de un agarre interior o de un doble de tren de mercancías.

—Oh, mierda —oí decir al chico de sesenta kilos de Yale.

Fue entonces cuando Elmira interrumpió el enfrentamiento. No había visto al ama de llaves, o de dónde había salido, pero de repente estaba de pie junto a nosotros dos. El desprecio de Elmira por los estudiantes de Yale resultaba tan evidente como la antipatía que se habían ganado por parte de Francine DeCourcey.

—Adam, si el señor Barlow y tú podéis echarme una mano, en la cocina hay algo que tenemos que sacar fuera —nos dijo el ama de llaves.

—Fuera —repitió Elliot Barlow. Como buen luchador, sus pies no paraban de moverse y sus ojos no perdían de vista el esternón del joven que había dicho que el hombre de las raquetas de nieve tenía que irse a tomar por saco.

—Fuera hace viento —añadió Elmira, entrelazando los brazos con el pequeño profesor de inglés y conmigo—. Vamos a por vuestros abrigos. —Nos condujo por el pasillo hasta los aposentos del coronel, donde me alegré de volver a ver aquella foto que el coronel había acercado a su cama, la de Zim de niño con una gorra de oficial. Hablaba bien del coronel el hecho de que quisiera tener a su querido hijo cerca, donde pudiera vigilarlo; donde el coronel dormía y donde soñaba.

—¿Dónde *está* el coronel? —le pregunté a Elmira mientras el hombre de las raquetas y yo nos poníamos nuestros abrigos.

—Ya lo verás —respondió el ama de llaves con un suspiro. Nos condujo por el vestíbulo, en esta ocasión hasta la cocina. Estaba separada del comedor por dos altas puertas batientes, como suelen ser las cocinas para el servicio. Había allí dos hornos, dos frigoríficos, dos fregaderos y encimeras por todas partes. Un ascensor de servicio llegaba a la cocina.

—El coronel ya se ha llevado la olla de sopa y el cucharón. El resto lo tenemos que bajar nosotros —dijo Elmira suspirando de nuevo.

—Abajo —dijo el hombre de las raquetas mirando fijamente el ascensor de servicio. Había bocadillos apilados en una bandeja sobre una de las encimeras, los mismos bocadillos que habíamos visto en la mesa del comedor. En una segunda bandeja había platos de papel, cuencos de papel, servilletas de papel y cucharas de plástico.

La tercera bandeja estaba vacía. El ama de llaves nos dijo que era necesario para evitar que el viento se llevara volando los objetos de papel y plástico.

—Yo llevaré la bandeja vacía —nos dijo Elmira haciéndose

con ella. Ya se había puesto una chaqueta de lana. Yo tomé la bandeja de los bocadillos; Elliot se encargó de las cosas de papel y de plástico.

—Oh, vaya, un pícnic —dijo el hombre de las raquetas.

—Ya verás, no es exactamente un pícnic —le dijo Elmira cuando montamos en el ascensor de servicio. El ascensor se detuvo en la planta baja del edificio de apartamentos, que daba a una zona donde se separaba la basura y después pasaban a recogerla.

En el callejón contiguo al edificio, por donde entraban a buscar la basura, el señor Barlow y yo reconocimos al grupo de vagabundos de aspecto desaliñado que habíamos visto antes; no eran, como habíamos imaginado a simple vista, manifestantes contra la guerra. Eran indigentes, drogadictos y vagabundos, los despojos de la humanidad; unas cuantas almas en pena a las que Zim había intentado ayudar.

—Solo son siete, creí que serían más —dijo Elmira. Parecía decepcionada—. Han venido a llorar a Matthew, no a pedir limosna —quiso que supiéramos el ama de llaves—. Pero la señora Zimmermann no los dejó entrar, no estaban invitados, y el coronel no podía dejarlos sin comida ni atención. —Elmira habló con tono neutro. No quedaba claro qué habría hecho el ama de llaves en caso de haber podido elegir. ¿Habría dejado Elmira entrar a los descarriados o los habría dejado sin comida ni atención?

El señor Barlow les entregó los cuencos y los platos de papel. Nadie quiso servilleta, pero las siete almas descarriadas se hicieron con las cucharas de plástico. Un señor mayor de aspecto digno mordió la cuchara con los dientes, como si fuese la boquilla de una pipa. Seguro que antes vestía bien, pero ahora estaba muy desaliñado. Sus pantalones de franela gris habían perdido la raya; su americana de tweed, con coderas de cuero, se le escurría por los hombros. Su camisa de rayas estaba sucia y la llevaba desabrochada. No se había cambiado de ropa desde hacía días, o incluso semanas, pero conservaba un aura de dignidad tan arraigada a su persona como la poblada barba de su rostro. El caballero se situó a propósito al final de la fila que se había formado para la sopa. Puede que pretendiese dar ejemplo de buenos modales a los demás, aunque cabía la posibilidad de que la petaca que llevaba en el bolsillo lateral de la americana de tweed le hubiera quitado el apetito.

Los tragos que daba de la petaca requerían una coordinación y una destreza inusitadas: separaba los labios lo justo para permitir la entrada del corto cuello de la petaca, en tanto que mantenía apretados los dientes sobre la cuchara de plástico.

El coronel Zimmermann agarraba las asas de la olla con un par de manoplas. Elmira servía la sopa. Le había entregado la bandeja vacía al hombre de las raquetas y le había enseñado a usarla para proteger del viento las cosas de papel y de plástico.

—¡Usted tiene que ser el pequeño entrenador de lucha libre de Matthew! —le dijo el coronel a modo de saludo al señor Barlow—. ¿Fue a Corea donde no quisieron llevarle? —le preguntó.

—Sí, señor; era demasiado bajito —contestó Elliot.

—¡Bien por usted! —exclamó el coronel—. Y tú debes de ser Adam, el luchador que va a ser escritor —me dijo—. ¿Te da problemas el dedo del gatillo para escribir? —me preguntó.

—No, señor, ningún problema —le dije.

—¡Estupendo! —exclamó el coronel. No tenía ni idea de si se había vestido o no de acuerdo con el protocolo militar siendo como era un coronel retirado, pero el padre de Zim iba adecuadamente vestido para una ceremonia conmemorativa: llevaba un traje de dos piezas negro, corbata negra y camisa de vestir blanca. Del cuello del coronel colgaba una medalla en forma de estrella de notable distinción; el peso de la medalla impedía que la corbata ondeara con el viento de marzo. Otras medallas e insignias militares adornaban una de las pecheras de su chaqueta, dándole una apariencia asimétrica. Las cintas de colores brillantes, el resplandor del oro y la plata, indicaban que el coronel Zimmermann era un hombre de indudable valentía y distinguido servicio. Se notaba que estaba en forma, pequeño pero fuerte, lo cual hacía imposible saber con precisión su edad. Debía de tener unos sesenta años, tal vez cerca incluso de los setenta, una edad mucho más cercana a la de tío Martin o tío Johan que a la de mi madre. (Zim solo había dicho de sus padres que eran mayores.) En cualquier caso, el coronel no se había puesto abrigo; tal vez eran sus medallas las que le mantenían en calor, o la olla de sopa humeante.

—Fernando —dijo de repente el coronel, no de un modo brusco, pero sí con firmeza—. Deja eso.

—¿Que deje qué, señor? —preguntó un joven que esperaba en

la cola de la sopa, educadamente y con aparente aire de inocencia. A primera vista, era un chico guapo que lucía un feo tatuaje.

—Ya sabes a qué me refiero —le dijo el coronel Zimmermann con buen talante. El resto de los que hacían cola reprendieron a Fernando; al parecer, sabían lo que había estado haciendo. Yo no había visto nada. Había empezado a ofrecer bocadillos al inicio de la cola de la sopa. Una mujer de mediana edad acaparó demasiados bocadillos y le costaba equilibrar su plato de sopa y su plato de papel.

—Puedes volver a por más, Mary. No hace falta que te lleves todos los bocadillos de golpe —le dijo Elmira.

—Nunca se sabe, Elmira. Hay oportunidades que no vuelven a presentarse —replicó Mary al ama de llaves con bíblica autoridad. Mary no tardó nada en comerse uno de los bocadillos, pero cedió su puesto en la cola al chico que iba detrás de ella. El chico también tomó todos los bocadillos que pudo de mi bandeja.

—Por el amor de Dios, Félix —fue todo lo que dijo Elmira.

—Bien hecho, Félix —le animó el coronel. Félix era un chico guapo, aunque tenía una marca de nacimiento o una cicatriz de quemadura en la frente; su flequillo ocultaba parcialmente esa mancha. Félix era demasiado joven para poder salir adelante por su cuenta. Supuse que estaría huyendo de la justicia, como Buddy.

Elmira no había mencionado a Buddy. Acto seguido, busqué a Buddy en la cola, cómo no, pero no estaba allí. Había una joven, sin duda menor de edad, que al principio me recordó a ella. Transmitía la misma calma exterior y el mismo caos interior. Estaba en la cola, delante de Fernando. Cuando le ofrecí los bocadillos, solo tomó uno; era demasiado tímida para mirarme a los ojos.

—Toma alguno más, Lucy, nunca te llevas suficiente de nada —le dijo Fernando, pero Lucy negó con la cabeza. Al sonreírme, tan solo entreabrió ligeramente los labios. Me dio la impresión de que a Lucy le faltaba algún diente, porque no abrió la boca para comer mientras yo estuve delante de ella.

Me acerqué a Fernando, que se hizo con tres o cuatro bocadillos.

—Me llevo alguno más para Lucy. Querrá más, siempre quiere más —me dijo Fernando—. No sabes distinguir entre lo que quieres y lo que no. Nunca lo sabes —le dijo a Lucy, que masticaba con energía. Casi se había terminado el bocadillo, pero aun así no la había visto abrir la boca. Seguí sirviendo.

Los que venían a continuación eran una joven pareja de negros que no paraba de susurrarse. Se abrazaban con miedo, como si les persiguieran o les hubieran traicionado, pero yo conocía su historia. Zim me había escrito y hablado de ellos. Poco antes de que Zimmer partiera hacia Vietnam, el joven había sido enviado a casa de vuelta desde allí. Elmira había descubierto que, en su ausencia, nadie había cuidado de su hermana pequeña. La chica se las había arreglado para «quedarse embarazada»; esa fue la improbable manera en que el ama de llaves le describió a Zim el embarazo.

La forma en que Zim le describió la situación al coronel fue que «una niña esperaba un niño», y nadie cuidaría de la joven madre o de su hijo si el coronel Zimmermann no «movía algunos hilos» y traía al hermano mayor de vuelta del campo de batalla. Aunque era muy improbable que la hermana menor *hubiera conseguido quedarse embarazada,* el coronel tiró de algunos hilos; el hermano mayor regresó a casa y fue eximido de cualquier obligación militar. El joven se esforzaba por cuidar de su hermana embarazada lo mejor que podía. Elmira iba a ayudarlos, me había contado Zim por carta. Lo que no ayudaba a la joven pareja eran los cuchicheos entre ellos, porque los cuchicheos tenían que ver con la identidad del padre del bebé. El hermano quería saber quién había dejado embarazada a su hermanita. La hermana, muy sabiamente, no se lo dijo.

Elmira y el coronel, por supuesto, le habían dicho al hermano que lo dejara correr. No serviría de nada, ni a él ni a su hermana, saber quién era el padre del bebé.

—Solo causará más problemas —le había dicho el ama de llaves al hermano. No fue necesario que se lo explicase a su hermana.

Sus padres los habían abandonado, me escribió Zim. El chico se llamaba Talib y su hermana Ayla.

—Lo único que importa, Talib, es que tú no eres el padre de ese bebé y todos sabemos que no lo eres —le había dicho Elmira.

—No fue nada *tan* malo, Talib, eso es todo lo que necesitas saber —le había dicho Ayla. Pero Talib estaba obsesionado. ¿Quién lo había hecho?, se preguntaba una y otra vez. Talib susurraba nombres. Repasó los nombres de sus amigos del instituto, como si fueran los únicos que podrían haberlo hecho, sabiendo que Talib se encontraba lejos.

—¿Estás de broma, Talib? —le susurraba Ayla a modo de respuesta.

Talib me dio las gracias y tomó dos bocadillos de ensalada de huevo y, con uno de ellos, señaló a su hermana embarazada.

—Tiene náuseas matutinas. Pensar en huevos le da ganas de vomitar —me dijo Talib.

—Solo con que me señales esos huevos me dan ganas de vomitar, Talib —le dijo Ayla.

—No creo que la sopa lleve huevo —le dije mientras trataba de seguir trabajando. No quería sostener la bandeja de bocadillos de ensalada de huevo delante de ella.

—Gracias. Esperaré a ver de qué es la sopa —dijo Ayla.

—No sé por qué lo llaman «náuseas matutinas», los vómitos no se limitan a la mañana —dijo Talib.

—No todo el mundo necesita saberlo todo sobre un tema, Talib —le susurró Ayla.

—No todo el mundo, Ayla, consigue quedarse embarazada. Ni siquiera la Virgen María lo hizo completamente sola —le susurró Talib.

Seguí adelante. Cualquiera que los hubiera visto habría pensado que eran una pareja joven y atractiva. Un joven alto y delgado, de pelo corto y vestido con uniforme militar —en el caso de Talib, el uniforme era su ropa de trabajo, no un disfraz—, y una mujer joven y guapa, visiblemente embarazada.

—Si vas a seguir haciendo eso, Fernando, tendrás que alejarte de Lucy —dijo el coronel Zimmermann. Vi que Fernando se estaba frotando con el trasero de Lucy. Me limité a ofrecerle bocadillos al hombre mayor, que parecía indiferente a la comida o al frotamiento.

—Lo siento, coronel —dijo Fernando. Parecía sincero, pero su horrible tatuaje contaba otra historia. Era un tatuaje de marinero: un alto mástil de barco ascendía por un lado de su cuello hasta la sien. Pero el mástil era solo el trasfondo de lo que también era un tatuaje de amor verdadero. En la mejilla de Fernando había un corazón atravesado por una daga. El remate de la daga era un botón oscuro bajo el ojo de Fernando, la empuñadura corría paralela a su nariz y la hoja le cruzaba la barbilla, con la punta tocando su garganta. El nombre del verdadero amor, escrito en mayúsculas en el corazón sangrante, no era Lucy, sino alguien con quien Fernando había tonteado antes de Lucy. Como bien saben los tatuadores, un tatuaje de amor verdadero dura más que muchos amores verdaderos.

—No estarás haciendo nada para alentar a Fernando, ¿verdad, Lucy? —le preguntó el coronel Zimmermann a la chica. Con los labios apretados, negó con la cabeza, pero me di cuenta de que la negación de Lucy fue recibida con incredulidad por parte del resto de los que esperaban en la fila de la sopa; por no hablar de Elmira.

—*Estás* animando a Fernando, Lucy. Te he visto animarle —dijo el ama de llaves.

—Lucy, ponte al lado de Adam... El que tiene los bocadillos —le dijo el coronel Zimmermann. La muchacha obedeció con la mirada clavada en el suelo, sin mirarme a mí ni a los bocadillos. El señor mayor sí me miraba a mí, no a los bocadillos.

—¿No tiene mucha hambre hoy, profesor? —le preguntó el coronel Zimmermann al digno caballero.

—No suelo tener mucha hambre *nunca,* coronel —respondió el profesor. Me di cuenta de que su petaca estaba vacía. No dejaba de destaparla y de llevársela a los labios, donde la inclinaba, pero ya no quedaba nada que beber; supuse que aún podía apreciar los vapores.

—Y tú..., ¿te llamas Adam y vas a ser *escritor*? —me preguntó el profesor. El hombre de las raquetas de nieve me diría, tiempo después, que no había entendido la pantomima, al estilo de Em, que el coronel estaba llevando a cabo con la olla de sopa: sus giros y contorsiones faciales pretendían advertirme de que no hablase con el profesor alcohólico de *publicar* lo que escribía. Pero ya he dicho que malinterpreté al coronel Zimmermann: pensé que se había quemado con la sopa al derramarse. Le expliqué que había recibido un anticipo por mi primera novela, que aún no había acabado. Que la novela, cuando la acabase, iba a publicarla Random House.

—¡Random House no es lo que se dice una editorial pequeña! —exclamó el profesor, apartándose a trompicones de la cola de la sopa—. ¡Y te han dado un *anticipo!* —gritó. La cuchara de plástico chasqueaba entre sus dientes apretados y el cuenco y el plato de papel se le cayeron de las manos extendidas, como las de un suplicante o de alguien que reza—. ¡Random House! —repitió el profesor. Fue entonces cuando Lucy me lamió la cara. Me sorprendió demasiado para reaccionar de inmediato, además, aún tenía la bandeja de bocadillos en las manos. Lucy empezó a lamerme la mejilla, luego la oreja y después un costado del cuello.

—Deja de lamerle, Lucy, ¡ni siquiera le conoces! —exclamó el coronel, aunque esta vez habló con dureza.

—¿Lo ves? Eso es lo que hace: no sabe lo que quiere decir, no sabe que está *animando* —dijo Fernando.

—No puedes lamer a los hombres y *no* animarlos, Lucy —le advirtió el coronel Zimmermann con algo más de suavidad.

—Es repugnante, Lucy —añadió Elmira.

—No pretende nada con eso —trató de tranquilizarnos Fernando. Lucy sonrió. No pretendía decir nada con su sonrisa, pensé, pero tenía los labios entreabiertos. Pude ver los huecos que habían dejado los dientes desaparecidos.

—Va a publicar una primera novela —dijo el profesor. Se alejó de nosotros arrastrando los pies, dejando atrás el callejón. Los lametones de Lucy le habían incomodado más que los frotamientos.

—Es una novela histórica, no creo que nadie la lea. ¡Y el anticipo fue pequeño! —le grité al viejo académico, pero ya había llegado a la acera.

—El profesor ha escrito varios libros, pero no creo que haya llegado a *publicar* —me confió el coronel en voz baja. Habría sido mejor, supuse, que el profesor se hubiera adentrado en el tráfico de Park Avenue, donde podría haber muerto instantáneamente atropellado por un coche, pero giró hacia el sur por la acera, y desapareció de nuestra vista.

El tenso silencio y la pérdida de concentración parecieron desquiciar a los que estaban en la fila de la sopa. Todos oímos lo que Talib le susurraba a Ayla y lo que ella le susurraba a él (más alto):

—No fue Reggie, ¿verdad? —había susurrado Talib.

—¿Quién te crees que soy? —susurró Ayla con aspereza—. ¡Preferiría acostarme con un perro antes que con Reggie!

—Déjalo ya, Talib, déjalo —dijo el coronel Zimmermann casi en un susurro.

—Hay mucha más sopa —dijo Elmira. María, Félix, Fernando y Talib fueron los que más sopa tomaron. Incluso Ayla tomó un poco, a pesar de sus náuseas matutinas. El señor Barlow y yo no queríamos volver al apartamento de los Zimmermann, nos sentíamos más a gusto en el callejón con los desahuciados a los que Zim había estado ayudando.

Talib, concretamente, fue el primero en presentarle sus respetos a Zim. Se dirigió directamente al coronel Zimmermann cuando salíamos del callejón.

—Sé que hablo en nombre de todos nosotros, coronel, al decirle que sentimos mucho lo de su Matthew.

—Gracias, Talib —dijo el coronel. No dejó que nadie sostuviera la olla de sopa; tampoco permitió que Elmira le convenciera para que tomase el ascensor de servicio.

—No les gusta que llevemos comida por el vestíbulo, coronel, ni siquiera usted —le recordó Elmira.

—Entonces tendremos que perdonarles que no les guste lo que hacemos —replicó el coronel.

Formábamos un extraño grupo de vagabundos; sin duda parecíamos fuera de lugar en Park Avenue. Ni un solo taxi, de los que pasaban a toda velocidad, se detuvo a mirarnos. Ni siquiera el coronel Zimmermann —elegantemente vestido con un atuendo fúnebre y la mitad del pecho cubierto de medallas— llamó la atención de los taxistas. Para ellos, el coronel no era más que un viejo loco que acarreaba una olla de sopa.

—Coronel Zimmermann, señor —empezó a decir el señor Barlow. Estaba forcejeando con las dos bandejas, intentando proteger del viento los cuencos de papel, los platos de papel y las servilletas de papel. Un rastro delator de cucharas de plástico caídas en el suelo marcaba el camino del hombre de las raquetas por la acera de Park Avenue—. Señor —dijo Elliot Barlow por segunda vez, mientras el viento se llevaba un plato de papel—, su hijo Matthew era un buen pastor.

—Los buenos soldados son buenos pastores, señor Barlow. Gracias por tenerlo en cuenta —dijo el coronel con afecto.

—Por el amor de Dios, deme todas esas cosas, señor Barlow —dijo Elmira. Tomó las dos bandejas con las cosas de papel y plástico, apretándolas contra su amplio pecho, con el cucharón de sopa sujeto en el puño, como si fuera una maza—. Adam, dale esos bocadillos a Talib, que es un buen soldado y puede llevárselos —me dijo el ama de llaves. Talib tomó de mis manos la bandeja de sándwiches de ensalada de huevo, estaba claramente acostumbrado a recibir órdenes de Elmira, y entonces el buen soldado que se había salvado del combate se dirigió al coronel Zimmermann:

—Dudo, coronel, que esté adecuadamente vestido para subir —le dijo Talib al oficial retirado.

—Estás vestido de un modo más que adecuado, Talib. Debería haber alguien allí de uniforme —le dijo el coronel al obediente soldado.

Ayla se mantenía alejada de los sándwiches de ensalada de huevo, o bien estaba preocupada por lo cerca que estaban de ella los huevos en el ascensor que la llevaba a la decimotercera planta. Sin embargo, el coronel también pensó que era posible que la hermana menor, embarazada, hubiera dudado también sobre lo apropiado de su manera de vestir.

—Y tú, Ayla, tú y tu bebé, estáis estupendos. No hay nadie ahí arriba que esté tan estupenda como tú —le dijo el coronel Zimmermann. La sudadera con capucha que llevaba Ayla probablemente era de Talib, me dije, pero todo el mundo podía apreciar el considerable bulto que formaba la barriga de la delgada joven.

El portero mantuvo la puerta abierta para el coronel y Elmira. Se sintió aliviado al comprobar que solo Talib y Ayla siguieron a los dos primeros por el vestíbulo. El hombre de las raquetas de nieve y yo nos quedamos en la acera de Park Avenue, junto a Fernando y Lucy y Mary y Félix; dos parejas inverosímiles.

Mary tenía edad suficiente para ser la madre de Félix, pero no lo era.

—¿Adónde vas? —Mary le preguntó al chico con un tono poco maternal.

—No tengo adónde ir —le respondió Félix con naturalidad.

—Me voy a un sitio del que me han dicho algo, por si quieres venir —le dijo Mary. El chico vaciló unos segundos. Me pareció que el hombre de las raquetas iba a tirarlo al suelo y restregarle la cara por la acera. Pero Mary se alejó y Félix la siguió rápidamente.

Dejaron atrás a los indecisos Fernando y Lucy. La brillante luz del sol causaba un cruel efecto en el tatuaje facial de Fernando. El corazón sangrante, clavado en la mejilla de Fernando, sangraba más profusamente bajo la luz del sol. El nombre del que una vez fue el verdadero amor de Fernando, MYRTLE, era más fácil de leer en el corazón perforado. Lucy lo miró y luego apartó la vista. Era menor de edad y le faltaban varios dientes. No me quedó claro qué más le faltaba a Lucy, pero parecía evidente que no había pensado en las repercusiones que podría tener lamer a los hombres.

—Me voy —dijo Fernando mirando a Lucy, pero ella no le devolvió la mirada—. ¿Vienes o qué? —le preguntó Fernando, pero Lucy se encogió de hombros; seguía sin mirarle. Fernando estaba ya a media manzana de distancia, y caminaba con rapidez, cuando Lucy lo llamó. La voz de Lucy y sus pensamientos fueron más claros de lo que el hombre de las raquetas y yo esperábamos.

—¡Conozco la diferencia entre lo que quiero y lo que no, Fernando! ¡A veces sé lo que quiero decir, a veces sé cuándo estoy *animando* a un hombre! —exclamó Lucy, pero él siguió caminando—. ¡Sé por qué te dejó Myrtle! —gritó Lucy tras él. Fernando pareció tropezar, o se tambaleó durante un segundo, pero siguió caminando—. ¡Porque Myrtle se enteró de lo de *Buddy!* —gritó Lucy. Vimos a Fernando virar hacia el oeste y cruzar Park Avenue. He de confesar que estaba convencido de que algo lo golpearía y lo aplastaría—. Buddy también lo abandonó. Todos los que tienen siquiera medio cerebro acaban abandonando a Fernando —nos dijo Lucy al hombre de las raquetas y a mí.

—¿Conocías a Buddy? —le pregunté a la chica.

—Yo no andaba por aquí cuando estaba Buddy, solo he oído hablar de ella —me dijo Lucy—. Pero Buddy ya no está, nadie ha vuelto a verla.

Un taxi pasó zumbando, con las ventanillas abiertas y la radio a todo volumen; o Simon y Garfunkel, sin que nadie los viera, estaban cantando «Scarborough Fair» en el asiento trasero del taxi.

—Y vosotros, ¿adónde vais? —nos preguntó Lucy. Pensé que nos estaba *animando* un poco. Caminamos juntos hacia el este, hasta la avenida Lexington, y desde allí a la calle Sesenta y cuatro Este, hasta el pequeño apartamento de los Barlow. Lucy echó un vistazo al apartamento del equipo de escritores, mientras el señor Barlow y yo recogíamos nuestras cosas y nos cambiábamos de ropa. Llevaba conmigo mis cuadernos de escritura y todas las demás cosas que me había traído de Viena.

No me había dado cuenta de que el hombre de las raquetas llevaba puesto un sujetador hasta que caminamos con el viento de cara por la avenida Lexington. El viento azotó la corbata del pequeño profesor de inglés por encima de su hombro y presionó su camisa blanca contra su pecho, donde pude entrever el sujetador, brevemente, antes de que el hombre de las raquetas se cerrara el abrigo sobre el pecho. Las copas del sujetador eran demasiado pequeñas para mi madre. ¿Se compraba ahora el señor Barlow sus propios sujetadores?, me pregunté. Debía de ser un sujetador deportivo, supuse. Al menos era blanco, porque un sujetador negro se habría notado mucho más bajo una camisa de vestir blanca.

—Quítate el sujetador, Elliot —le dije cuando nos cambiábamos de ropa para ir a tomar el tren.

—Creía que no te darías cuenta —dijo el hombre de las raquetas.

—¡Yo también me he dado cuenta! —exclamó Lucy desde el salón.

Sentí que había fracasado en mi intento de ser el buen pastor del hombre de las raquetas. En el funeral de Zim, entre todas las posibles ocasiones, había fallado a la hora de proteger al señor Barlow. Había dejado que el pequeño profesor de inglés se peleara en *sujetador* con un par de jóvenes estudiantes. Qué mal soldado habría sido, me dije mientras los tres montábamos en un taxi camino de Penn Station.

—No os preocupéis, no voy a ir hasta New Hampshire, pero os acompaño hasta Penn Station —nos dijo Lucy. Nuestro taxista era un hippy con una sucia barba rubia y coleta atada con una cinta roja. Su taxi estaba adornado con símbolos de la paz y llevaba una pegatina de SALID DE VIETNAM. Durante todo el trayecto hasta la Séptima Avenida, sonó en la radio «Where Have All the Flowers Gone?», la vieja canción de Pete Seeger, pero en la versión de Peter, Paul y Mary.

También pensaba que le había fallado a Francine DeCourcey, la prometida de Zim. Estaba convencido de que podría haberla consolado un poco más, que debería haberme esforzado más por acercarme a ella en su dolor. La canción se repitió. Peter, Paul y

Mary seguían cantando. Lucy cantaba con ellos. Se preguntaban adónde habían ido las flores, las chicas jóvenes y los soldados.

¿Adónde había ido a parar el hombre de las raquetas? ¿Adónde iba? Estaba preocupado. Peter, Paul y Mary cantaban. Nuestro taxista hippy también cantaba. Las jóvenes de la canción nunca llegarían a saberlo... Ese era el mensaje.

Me quedé mirando al pequeño profesor de inglés; siempre era el más pequeño, siempre acababa encajado en medio de todos los asientos traseros. El señor Barlow estaba entre Lucy y yo. Era incluso más pequeño que la muchacha que tenía al lado. Por supuesto, Elliot se dio cuenta de cómo le miraba. Estoy seguro de que mi mirada hablaba de desesperación.

—Lo siento. Por favor, no te preocupes por mí, Adam —susurró el hombre de las raquetas.

Era última hora de la tarde, o primera de la noche, y era domingo. Penn Station, como solía decir Zim, era un zoo. Sin embargo, Lucy sabía muy bien adónde ir: la niña caprichosa nos guio por el laberinto. Si Buddy hubiera estado allí, nunca la habríamos encontrado entre el enjambre de pasajeros que entraban y salían. Si había otros fugitivos —otros vagabundos y despojos de la humanidad a la deriva en Penn Station—, el hombre de las raquetas y yo no los vimos. Seguimos a Lucy, esa chica sabía moverse por allí.

—A Boston, ¿verdad? —fue todo lo que nos preguntó la chica antes de conducirnos a nuestra vía.

Estábamos esperando a que se abriera la puerta o el pasillo de acceso a nuestro andén; hasta ese momento, no me había percatado de la presencia policial en Penn Station. Pero cuando dejamos de movernos —estábamos de pie con Lucy y con nuestros compañeros de viaje a Boston—, el señor Barlow y yo empezamos a fijarnos en todos los policías.

Cuando Lucy se tapó la boca con la mano antes de hablar, Elliot y yo supusimos que no quería que le viéramos los dientes que le faltaban. (Fernando no había sido el que le arrancó los dientes a la niña, según nos había contado Elmira, lo había hecho el padre de Lucy.)

—No me habléis. No quiero que parezca que me conocéis ni nada por el estilo —nos dijo Lucy tras su mano al hombre de las raquetas y a mí.

Los policías habitualmente patrullaban por parejas. El señor Barlow y yo nos dimos cuenta de que dos de ellos nos miraban a nosotros, o bien estaban observando a alguien que teníamos cerca.

—No miréis a los polis cuando os estén mirando —oímos decir a Lucy, pero no podíamos verla y su voz sonaba más lejana. Los dos policías se abrían paso a través de la multitud en dirección hacia nosotros, pero Elliot y yo dejamos de mirarlos.

—¿Conocéis a esa chica? —nos preguntó uno de los policías al hombre de las raquetas y a mí cuando, de repente, los vimos plantados frente a nosotros.

—¿Qué chica? —pregunté mirando a mi alrededor. Como era de esperar, Lucy se había esfumado.

—El agente debe de referirse a la chica que nos acompañó a nuestro andén —me contestó pacientemente el pequeño profesor de inglés, como si estuviera acostumbrado a hablar con un niño distraído—. Le preguntamos a una chica si sabía de dónde salía el tren a Boston y ella nos acompañó hasta aquí —dijo el hombre de las raquetas a los policías.

—Oh, *esa* chica —repuse yo con estudiada indiferencia.

—Venga, vamos —dijo el segundo policía a su compañero, el que nos había preguntado si conocíamos a Lucy. Estaba claro que no iban a encontrar a la chica, ni a esforzarse mucho por encontrarla.

—No importa, gracias —nos dijo secamente el primer policía. Luego siguieron su camino; no nos fijamos adónde se dirigieron los policías, como si Lucy siguiera ordenándonos que no los miráramos.

Cinco años más tarde, el señor Barlow se instaló en Nueva York. Un día, yo también intentaría vivir allí. Pero aquel domingo de 1968, ambos éramos novatos en Penn Station. En el andén de la estación, no sabíamos cuál era nuestro vagón; uno de los revisores tuvo que indicárnoslo.

Por otra parte, estaba la incomodidad que entrañaba todo mi equipaje, el que me había traído de Austria: la enorme bolsa de lona con mi ropa de invierno y las dos pesadas mochilas con mis cuadernos de escritura. Cuando el joven fornido vestido con traje me habló, el hombre de las raquetas y yo nos estábamos riendo. El señor Barlow me había tomado el pelo con las pegatinas canadienses que había pegado en las dos mochilas y en la bolsa de viaje. Si uno era estadounidense en Europa en aquella época, sabía que los europeos lo tratarían mejor si pensaban que era canadiense. La guerra de Vietnam era cada vez más impopular en Europa; no tanto en Estados Unidos.

—Espero que seas canadiense de verdad —me dijo el joven con traje. El hombre de las raquetas de nieve y yo estábamos esforzándonos por subir al tren mi enorme bolsa de viaje—. ¿O eres otro de esos capullos que pretenden librarse del reclutamiento?

El patriotismo bravucón no era frecuente en aquel entonces; o, como mínimo, resultaba sorprendente. Me llamó más la atención lo bien vestido que iba aquel tipo que su agresividad. El hombre de las raquetas, de pie en el andén de la estación, se limitó a doblar ambas rodillas y a empujar la bolsa de lona hacia mí; la bolsa me hizo retroceder hasta la separación entre los vagones del tren. La pequeña bolsa del señor Barlow y una de mis pesadas mochilas ya estaban a bordo.

—Estoy hablando *contigo*, amigo —dijo el tipo del traje, señalándome.

—No es tu amigo, es *mi* amigo —le dijo el pequeño profesor de inglés de manera educada pero firme.

Como el hombre de las raquetas estaba de pie en el andén de la estación, me impidió bajar del tren; también impidió al hombre del traje subir a bordo.

—Quítate de en medio, maricón —dijo el joven empujando a Elliot. Yo estaba en el rellano entre los vagones acoplados. «No todo el mundo está hecho para comportarse como el buen pastor que era el teniente Matthew Zimmermann», me dije.

Las manos del hombre de las raquetas eran más grandes que las mías. Teniendo en cuenta lo pequeño que era el señor Barlow, sus manos siempre me parecieron grandes. De repente, sus manos sujetaban la cintura del hombre del traje, con el nudillo de uno de los pulgares presionando en el ombligo del tipo. El hombre del traje arañó las manos cerradas del señor Barlow, pero no había dedo suelto alguno que separar. Cuando Elliot cerraba las manos, sabía cómo apartar los pulgares y los dedos; no había nada que agarrar. Las manos del hombre de las raquetas habían compuesto un doble nudo.

Me limité a esperar la llave de tacón; el señor Barlow sabía hacerla muy bien. Sabía que la iba a hacer. El tipo del traje no tenía ni idea de lo que se le venía encima. Su mejilla izquierda impactó contra el pavimento del andén de la estación y sonó como una tremenda bofetada. El pequeño hombre de las raquetas tuvo que pasar por encima del tipo para subir al tren; se subió con la segunda de mis dos mochilas.

Tardamos mucho en colocar el equipaje. Cuando el tren se puso en marcha, pudimos sentarnos. El hombre del traje seguía en el andén, pero me alivió ver que se levantaba por sí mismo. Las dos personas que le habían ayudado no lo sujetaban y el rostro del hombre del traje mostraba una expresión de alerta. La forma en que el tipo hablaba y hablaba hizo que deseara poder oír su relato de lo que le había ocurrido.

—«Era un enano mariquita... Se las apañó para ponerse a mi espalda» —le dije al hombre de las raquetas como si lo estuviese oyendo.

—«Eran cuatro... Dos de ellos me sujetaron, mientras que los otros dos levantaron el andén y me golpearon en la cara con él.» —Esa fue la versión de la historia del señor Barlow.

—«Cuatro tipos enormes, todos ellos comunistas» —le dije al pequeño profesor de inglés, que se echó a reír. Los dos nos estábamos riendo cuando el tren salió de Penn Station, aunque, en realidad, yo no tenía ganas de reírme. Tenía miedo. Sabía que no estaba hecho para ser un buen pastor. Me habría encantado poder contarle a Zim lo del señor Barlow. Matthew Zimmermann había sido un héroe. Tal vez Zim habría sabido cómo salvar al hombre de las raquetas de nieve.

Tercer acto
Reglas para fantasmas

30
La mujer con el cochecito de bebé

Hay ciertas escenas de películas que uno desearía no haber visto nunca: en tu cabeza las reproduces una y otra vez; al menos a mí me ocurre. Son como esas canciones que se te meten en la cabeza, las odias, pero no puedes dejar de cantarlas.

Como sucede con la mayoría de los guionistas, sigo reescribiendo mis películas que nunca se han filmado. No pretendo hablar en nombre de otros guionistas, pero yo también reescribo ciertas escenas que no escribí en un principio; incluso escenas de películas que desearía no haber visto nunca.

¿Soy el único que hace estas cosas? ¿Y si quisieras ser escritor de ficción? ¿Y si escribieras novelas, pero también quisieras escribir guiones? ¿Y si sospecharas que tu padre escribió el guion de una película que odias y, además, apareciese en esa misma película?

Hay ciertas escenas de *El coche equivocado* que se me quedaron grabadas, como esas canciones que no puedo dejar de cantar. En mi cabeza, vivo en blanco y negro, estoy en 1956; demasiado joven para conducir.

INT. COCHE PARA DARSE A LA FUGA, APARCADO. DÍA.

El coche está aparcado, pero el motor está en marcha. EL CONDUCTOR A LA FUGA es Paul Goode (treinta años); su atractivo no resulta evidente con la gorra de visera de pato, una gorra de chico de los periódicos. LA CHICA DEL GÁNSTER asoma su bonita cabeza por la ventanilla abierta del asiento del copiloto.

CHICA DEL GÁNSTER

Eh, ¿y yo qué?

El GÁNSTER, sentado en el asiento del copiloto, la mira.

ESE GÁNSTER

Vas a tener que sentarte en el regazo de alguien.

LOS TRES GÁNSTERES sentados en el asiento trasero la miran.

UNO DE LOS TRES

(señala al conductor)

En su regazo, no. Tiene que conducir.

La chica del gánster observa con detenimiento al pequeño conductor.

CHICA DEL GÁNSTER

(alejándose)

No, gracias.

OTRO GÁNSTER

¿Quién es esa tipa?

EXT. COCHE PARA DARSE A LA FUGA, EN MOVIMIENTO. DÍA.

En un cruce de calles en la ciudad, el conductor se detiene ante una MUJER CON UN COCHECITO DE BEBÉ en el paso de peatones.

UNO DE LOS GÁNSTERES

(V.O.) Una tipa cualquiera.

INT. COCHE PARA DARSE A LA FUGA, DETENIDO. DÍA.

En un tiroteo, el gánster del asiento del copiloto y los tres matones del asiento trasero son abatidos.

EXT. COCHE PARA DARSE A LA FUGA, DETENIDO.

La mujer con el carrito de bebé se ha detenido en el paso de peatones mientras los disparos acribillan el coche para darse a la fuga; los cuatro neumáticos han recibido impactos de bala, el coche parece desplomarse y la gasolina y el aceite (y tal vez la sangre) se derraman por la calle.

DE CERCA: El pequeño conductor está sentado al volante, ileso y relajado, como esperando a que cambie el semáforo.

RETROCEDIENDO: La mujer saca una escopeta recortada del cochecito de bebé, se acerca al coche para darse a la fuga al tiempo que Paul Goode sale por la portezuela del conductor. Le tiende la gorra a la mujer y deja la portezuela abierta. Ella dispara a los cuerpos desplomados de los pasajeros muertos, solo para asegurarse. Paul Goode asiente a la cámara al salir del encuadre, como si la cámara fuera uno de los tiradores que tendieron la emboscada al coche para darse a la fuga. Billetes sueltos flotan por las ventanillas reventadas del automóvil. La cámara sigue a la mujer, que mete las bolsas de dinero dentro del cochecito de bebé, donde también guarda la escopeta.

No recuerdo el nombre de la actriz que interpretaba a la mujer del cochecito de bebé. Nunca la vi en otra película, pero me tenía obsesionado, aunque no exactamente como un fantasma. Solía verla en la cola de firmas de mis libros, pero nunca llegaba al inicio de la cola. Nunca pude firmar su libro. En mis firmas de libros, la mujer no iba con un cochecito de bebé. Me fascinaba de verdad, pero ni una sola vez se molestó en presentarse. Sentí su aversión por el conductor a la fuga. Quizás le desagradaba Paul Goode como persona, no solo como actor y guionista.

Antes de saber si Paul Goode era mi padre o no, no me caía bien. No me gustaba ni como actor ni como guionista, por escenas como la del bar. Tiene lugar un poco más tarde en *El coche equivocado*, cuando descubrimos por primera vez que el conductor a la fuga y la chica del gánster son pareja. Odio esa escena.

INT. BAR DE LA CIUDAD. NOCHE.

El conductor a la fuga (sin gorra de visera de pato) está tomando una cerveza; se está mirando en el espejo que hay detrás de la barra del bar cuando entra la chica del gánster, que se acurruca a su lado en un taburete contiguo. Lleva puesta la gorra de chico de los periódicos, o una igual.

CHICA DEL GÁNSTER

¿Cómo te ha ido, guapetón?

CONDUCTOR A LA FUGA

(inexpresivo)

Ya sabes cómo ha ido. *(una pausa)* Por favor, quítate esa gorra.

La chica deja la gorra en el taburete vacío a su lado. Se acurruca más cerca del pequeño conductor.

CHICA DEL GÁNSTER

¿Mejor así?

CONDUCTOR A LA FUGA

Mucho mejor.

DE CERCA: La sonrisa tímida e infantil de Paul Goode.

IMAGEN CONGELADA. FUNDIDO A NEGRO

La mujer del cochecito de bebé, la inquietante mujer de *El coche equivocado*, no aparecía únicamente en las firmas de mis libros, sino que aparecerse era lo único que hacía: aparecerse era lo suyo. Lo sé. He aprendido que debería ser muy cuidadoso con las generalizaciones relativas a los fantasmas.

Algunas noches, cuando visitaba a mi abuela, Nana o Dottie me convencían para que pasase allí la noche. Me quedaba a dormir en mi habitación del desván de la casa de la calle Front.

—Harás feliz a tu abuela si te quedas a dormir —me decía Dottie.

—Hazlo por los viejos tiempos, querido —decía Nana.

Bueno, quedarse a dormir y ver el fantasma de mi abuelo eran una misma cosa. Había aprendido que no se podía predecir exactamente cómo (o en qué estado de ánimo) iba a presentarse el hombre de los pañales. Otra cosa muy distinta era que se apareciera la mujer del carrito de bebé. ¿Era un personaje de ficción? Lo era, pero, en ciertos aspectos, no lo era. Nunca intentó dispararme; nunca *hacía* nada. Nunca apareció con el carrito de bebé ni con la escopeta, al menos no en la casa de la calle Front. Si era la mujer de *El coche equivocado,* no actuaba como si lo fuera, ni tampoco como un fantasma.

Además, ¿qué querría de mí el fantasma de la actriz que interpretó aquel personaje? ¿Por qué se presentaría en la casa de la calle Front? ¿Era una especie de casting? La mujer con el cochecito de bebé era siempre una figurante. Si se estaba presentando a una audición, no parecía querer interpretar un papel con diálogo. Nunca hablaba.

Me despertaba con la sensación de que había alguien allí, una sensación con la que estaba familiarizado, en el dormitorio del desván de la casa de la calle Front. La mujer del cochecito de bebé, como yo siempre la veía —incluso sin el cochecito y siempre sin bebé—, estaba sentada a los pies de mi cama. Me miraba, pero sin esperar nada en concreto. Tal vez únicamente pretendía que yo supiera que podía haberme disparado de haberlo querido, pero no parecía querer nada.

—Ah, eres tú —dije la segunda o tercera vez que me desperté y la vi allí sentada. Pero no podía competir con su indiferencia. La mujer del cochecito de bebé me mostraba una mayor indiferencia de lo que yo podía fingir con respecto a ella. En este sentido, sabía mantener el personaje. No había modo de igualarla en el aspecto *noir.* Cuando me despertaba y la veía, no se molestaba en desaparecer. La mujer con el cochecito de bebé se levantaba de la cama y se marchaba.

La incluí en mis guiones; incluso como figurante, me parecía demasiado importante para ser un personaje menor. La película *Jules et Jim* me influyó mucho, no por el triángulo amoroso, sino por la narración en tercera persona. No había nada propio de la *new wave* en mi voz en *off* en primera persona; todo lo cercana a *Jules et Jim* que me atreví.

Empecé a escribir un guion sobre cómo llevaba a mi madre a ver *El coche equivocado,* pero nunca lo terminé. No diré que no salió nada de ahí, porque aprendí algo sobre la escritura de guiones. Básicamente, lo que haces es escribir una película que ya has visto, que solo tú has visto. Cuando escribes sobre tu vida en forma de guion, es como si estuvieras viendo la vida de otra persona: no es tu vida y no la estás viviendo. *Solo ves* lo que hacen los personajes, incluido el que te interpreta a ti. Y los guiones se escriben en presente, como si nada hubiera pasado todavía, como si todo se desarrollara en el momento actual. Lo que pretendo decir es que así es como empecé a ver mi vida como una película que no se había rodado. Esa forma de empezar fue casi un proceso natural.

INT. CINE DE NUEVA YORK, 1971. NOCHE.

SUENA «You Send Me» de Sam Cooke. Nora y Em (ambas de treinta y seis años), sentadas junto a Elliot Barlow (cuarenta y dos), miran hacia un lado de los asientos para ver cómo reacciona Pequeña Ray (cuarenta y nueve); al igual que Adam (treinta), al que apenas le interesa la película, pero está ansioso por detectar cualquier reacción de su madre. Pequeña Ray está sentada entre él y Molly (cincuenta y uno), que también está interesada en la reacción de Ray con respecto a la película.

ADAM (V.O.)

Paul Goode no hizo una nueva película en diecisiete años, pero *El coche equivocado* se reestrenó en un festival de cine negro en Nueva York a principios de los setenta. Nora, Em y yo siempre habíamos querido que mi madre viera a Paul Goode en pantalla, para ver si Pequeña Ray pensaba que yo me parecía al pequeño actor, o si ella pensaba que Paul Goode se parecía a alguien que había conocido en Aspen en 1941. Como es lógico, Molly y el hombre de las raquetas de nieve pensaron que debíamos dejarlo correr.

Ray mantiene fija la mirada en la pantalla mientras todos la miran a ella.

«You Send Me» CONTINÚA SONANDO EN *OFF*.

EN PANTALLA, PRIMER PLANO: en blanco y negro, el pomo de una puerta gira primero hacia un lado, luego hacia el otro, pero la puerta no se abre.

RETROCEDIENDO: junto a la puerta hay un perchero con cuatro o cinco gorras de visera de pato, todas iguales, colgando de los ganchos.

ÁNGULO MÁS AMPLIO: la chica del gánster y el conductor a la fuga se desnudan en una cama, dejando caer sus ropas sobre la cama o tirándolas al suelo de un pequeño estudio. Hay una radio en la mesilla de noche. En sujetador y bragas, arrodillada en la cama, la chica consigue quitarse el sujetador y apagar la radio: deja de sonar Sam Cooke. El conductor a la fuga solo lleva puestos los calzoncillos y la chica se los baja de un tirón; durante medio segundo, vemos su culito desnudo.

DE CERCA: la puerta del apartamento, mientras los calzoncillos del conductor caen al suelo. La puerta se abre y la mujer que lleva el cochecito de bebé lo empuja hacia delante al entrar, con la llave de la puerta entre los dientes. La mujer acerca el cochecito a la cama.

En la cama, la chica del gánster intenta cubrirse, igual que el pequeño conductor. La mujer acerca el carrito de bebé hasta la cama y los mira fijamente.

CONDUCTOR A LA FUGA

Podrías haber llamado a la puerta, ya sabes.

MUJER DEL CARRITO

Podrías haber dejado una nota en la puerta diciendo que estabas ocupado o algo así. Me diste una llave, ya sabes.

CHICA DEL GÁNSTER

(al conductor)

¿Estás casado? ¿Tienes un bebé?

MUJER DEL CARRITO

(al conductor)

Te toca quedarte con el bebé, amiguito.

(marchándose)

La próxima vez, conduciré yo, ya sabes.

Cuando el conductor sale de la cama, volvemos a ver brevemente su culo desnudo; la mujer, todavía en bragas, se apresura a ponerse el sujetador. El conductor empuja el cochecito de bebé para apartarlo de su camino. La cámara sigue al cochecito, choca con la puerta cerrada del apartamento, donde vemos la mano del pequeño conductor entrar en cuadro y agarrar los calzoncillos del suelo. Hay billetes esparcidos por todas partes.

CONDUCTOR A LA FUGA (O.C.)

(a la mujer)

Ya te dije que no estoy casado.

ÁNGULO MÁS AMPLIO: el conductor a la fuga encuentra un paquete de cigarrillos junto a la radio, enciende uno y se sienta en la cama. La chica se acerca al cochecito de bebé para asegurarse de que está bien. Cuando llega al cochecito, dentro solo ve la escopeta recortada, que sostiene en sus brazos como si fuera un bebé, sonriendo al conductor; una sonrisa de amor eterno y perdón. No está casado. No hay bebé.

En la cama, el pequeño y arrogante conductor da una calada a su cigarrillo y lanza el humo en dirección a la chica.

CONDUCTOR A LA FUGA

(sonriendo)

Ten cuidado con ese bebé.

FUNDIDO A NEGRO. TÍTULOS DE CRÉDITO

ÁNGULO INVERSO: sobre el público, mientras suena «You Send Me». Los otros espectadores, una multitud de neoyorquinos, hacen que Molly y Ray parezcan fuera de lugar. Nora, Em y Adam —también el señor Barlow y Molly— intentan interpretar la reacción de Ray ante la película.

ADAM (V.O.)

Mi madre era el tipo de cinéfila que siempre comparaba la apariencia de la gente que conocía con el de las estrellas de cine. Creía que de mayor me iba a parecer a Alan Ladd, pero no fue así. Mi madre pensaba que Toni Sailer, el esquiador austriaco, se parecía a Farley Granger en *Extraños en un tren,* pero no se parece. Pero Paul Goode no empezó como estrella de cine. Paul Goode no inspiró muchas reacciones en Pequeña Ray, no en un principio.

NORA

(a Ray)

¿No crees que Adam se parece a Paul Goode?

(mientras Em gesticula)

¿Un poquito?

PEQUEÑA RAY

Paul Goode parece un chico que nunca creció. *(abraza a Adam)* ¡Mi niño se parece a mí! *(al tiempo que Em asiente)* Se supone que esta película es de género negro, pero a mí no me gusta el género negro. Además, ¿qué significa «género negro»?

EXT. CINE DE NUEVA YORK, 1971. NOCHE.

De Nora a Em, de Molly a Ray y de Adam al hombre de las raquetas, cuando salen del cine.

SEÑOR BARLOW

El coche equivocado es una comedia *noir* en un sentido *camp*. Es exagerada.

Em hace una pantomima para expresar *camp* y exagerado; es al mismo tiempo un drama desgarrador y una payasada. Un PEATÓN cree que Em está loca.

NORA

(traduce lo que hace Em)
Em dice que es divertido y triste, trágico y cómico a la vez.

Em parece hacer ahora un gesto obsceno. Abre la palma de una mano como si estuviera sujetando una lata de cerveza imaginaria; hace que el puño de la otra mano se retuerza hacia arriba, a través de la palma abierta.

NORA

¡Dios mío, Em!
(traduciendo)
Dice que el campamento es una broma privada.

Adam mira a Molly, que sonríe. Molly imita el gesto obsceno de Em.

ADAM

(a su madre)
¿Paul Goode te recuerda a *alguien?*

PEQUEÑA RAY

Cariño, no suelo ver muchos hombres... Y menos sus culos desnudos. *(al señor Barlow)* Bueno, ahí tienes tu culo... Tú tienes un culo muy mono, Elliot, te lo aseguro.

Em y Molly asienten y se ríen. Elliot se muestra tímido.

NORA

(a Adam)

Tú no eres de los que les gustan los culos masculinos desnudos, chaval.

(a Elliot, abrazándolo)

¡Lo siento! ¡Sé que a ti sí que te gustan!

Todos se ríen, incluido el hombre de las raquetas. Se han detenido frente al cartel de la película *El coche equivocado,* que Nora ve en ese momento. Nora empuja a Adam contra el desbordante póster, un fotograma en blanco y negro de la película del momento en que Paul Goode está fumando en la cama y sonríe a la chica del gánster.

NORA

Vamos, Ray, mira la sonrisa de Paul Goode. ¿No te recuerda a nadie?

(a Adam)

Vamos, chaval, sonríe.

Podemos ver la sonrisa tímida e infantil de Paul Goode junto al esfuerzo poco entusiasta de Adam.

MOLLY

Seguro que puedes darnos una sonrisa mejor, niño.

Pequeña Ray tiene las manos metidas en los bolsillos delanteros de los vaqueros; camina en círculos, con los hombros encorvados.

PEQUEÑA RAY

(frunciendo el ceño)

¡Chuminadas!

Esa expresión hace que Adam sonría de verdad; su sonrisa y la de Paul Goode se parecen. Según los gestos de Em, da la impresión de que todavía no está convencida del parecido. Molly y el hombre de las raquetas también parecen inseguros.

Adam rodea a su madre con el brazo. Ray tiene el ceño fruncido, las manos en los bolsillos y los hombros encogidos.

PEQUEÑA RAY

(suavemente)

Tú te pareces a mí, cariño.

ADAM

(la besa)

Lo sé.

NORA

(a Pequeña Ray)

No importa a quién se parezca Paul Goode o a quién no. Hace demasiado tiempo de su última película. Paul Goode no tiene un futuro brillante.

Em, al parecer, está representando la Escena I del Acto III de *Hamlet,* el monólogo «Ser o no ser», esa torturada proposición, en pantomima.

NORA

Em cree que Paul Goode va a ser una gran estrella.

(a Em le da un ataque)

Lo siento, una pequeña estrella.

En el ignorado cartel de cine en blanco y negro, Paul Goode sigue fumando en la cama y sonriendo.

ADAM (V.O.)

Yo acabaría aprendiendo a escuchar a Em.

En 1973, cuando el señor Barlow dejó la Academia Phillips Exeter y se trasladó a Nueva York, tenía cuarenta y cuatro años. Yo tenía treinta y uno, era un novelista publicado —estaba escribiendo mi segunda novela—, pero que Elliot Barlow se fuera de la academia me dio a entender que ya era hora de que también yo me marchase de la ciudad. El hombre de las raquetas dijo que había prolongado mi adolescencia al compartir con él el apartamento en Amen Hall hasta los treinta años. No está claro qué habría prolongado de haberme ido a vivir con Nana y Dottie. Aquellas dos viejas damas me habrían dado la bienvenida, sin duda, y para un escritor habría sido un lugar de trabajo maravilloso: todas aquellas habitaciones sin usar en las que podría haber escrito. Pero la perspectiva de instalarme a tiempo completo en el desván de la casa de la calle Front me estaba vedada. Nadie debería pasar todas las noches acompañado de fantasmas, ni siquiera los escritores.

Sin embargo, el motivo más convincente para abandonar Exeter fue un encuentro real (no fantasmal). Una noche, conduje hasta el Roland's para comprar una pizza para mí y para el señor Barlow, evitándole de ese modo al hombre de las raquetas la posible tentación de ir al Roland's *como mujer.* Era tarde, incluso para los estándares del Roland's, pero telefoneé y pedí la pizza. Era una noche tranquila. No había matones borrachos acechando en el oscuro aparcamiento, esperando para abordarme mientras me dirigía a mi coche con la pizza en la mano. Tan solo estaba la mujer con el carrito de bebé. La mujer caminó hacia mí, sumida en la oscuridad, como si ella y su bebé también fueran a recoger una pizza en mitad de la noche. Me negué a dejarme intimidar por su fantasmal descaro. Debería haber sabido que esa mujer no era un fantasma.

—Así que ahora te presentas en público. Tienes cojones, no te lo voy a negar —le dije, pero no era la mujer de *El coche equivocado:* era la mujer equivocada, una mujer de verdad con un bebé de verdad. La escasa luz del Roland's llegaba hasta el aparcamiento, pero la mujer a la que asusté empujó el cochecito de bebé hacia la franja de luz. Su bebé, con cara de luna, estaba despierto y me miró fijamente, con la indiferencia *noir* propia de algunos bebés. La mujer, sin embargo, estaba claramente asustada.

—Lo siento mucho, la he confundido con otra persona —le dije.

No era más que una madre joven, quizás soltera, me dije, porque no había tenido con quién dejar al bebé cuando salió a por la pizza. Una madre joven y responsable, concluí, porque no había dejado al bebé dentro del coche; ni tampoco en el aparcamiento del Roland's a esas horas de la noche. Y la pobre mujer tuvo la mala suerte de cruzarse conmigo. Yo tenía el aspecto que cualquier escritor y antiguo luchador tendría a esas horas de la noche; la asusté como lo habría hecho uno de los maleantes que frecuentaban el Roland's. Por no hablar de la barbaridad que le había dicho: le había dicho que tenía cojones por presentarse en público. ¿Qué pudieron significar aquellas horribles palabras para una joven madre con un bebé, a esas horas de la noche?

—¿Y luego le dijiste que la habías confundido con otra persona? —me preguntó el señor Barlow mientras nos comíamos la pizza, después de haberle contado los pormenores del encuentro—. Menos mal que los dos nos vamos de Exeter —dijo el hombre de las raquetas—. No la conocemos, ¿verdad?

A la luz de ese embarazoso encuentro con la joven madre que no era la inquietante mujer del cochecito de bebé de *El coche equivocado,* me sentí aliviado de haber aceptado un trabajo de profesor en una de esas universidades de mala muerte creadas por la creciente resistencia a los reclutamientos. La resistencia a los reclutamientos surgió del movimiento antibelicista. Se crearon nuevas universidades, pero no se guiaban por los más altos estándares académicos. Antes de eso, si querías beneficiarte de un aplazamiento en el reclutamiento, pero no eras un gran estudiante, resultaba difícil encontrar una universidad que te admitiera. La Ley del Servicio Militar Selectivo de 1967 amplió la edad de reclutamiento de dieciocho a treinta y cinco años. Garantizaban el aplazamiento de los estudiantes, pero dicho aplazamiento finalizaba al acabar una carrera de cuatro cursos o al cumplir los veinticuatro años de edad, lo que ocurriera primero.

Esas universidades supusieron una turbia oportunidad financiera para sus fundadores y también para los que dimos clases en ellas durante un tiempo; sin embargo, dichas instituciones, que no ofrecían una educación de altísima calidad, también nacieron de una condena moral de la guerra de Vietnam y del servicio militar obligatorio. Lo que descubrí dando clases en una universidad de esas fue que los dilemas morales también afectaban al profesorado. Había estudiantes que, pura y simplemente, no hacían o no podían hacer los trabajos; había estudiantes que rara vez iban a clase y estudiantes que copiaban todo lo que podían. El plagio se castigaba con la expulsión, pero si expulsabas a un estudiante varón de la universidad, podías estar enviándolo directamente a Vietnam, y eso planteaba un dilema moral. Y si no lo expulsabas, ¿podías justificar la expulsión de una estudiante por copiar, tan solo porque ella sí se libraría de la guerra? La política bélica te llevaba a considerar a los estudiantes masculinos y femeninos de forma diferente. A decir verdad, eso también entrañaba un dilema moral.

Me acordé de la boda de mi madre, del momento en que el

cuerpo fulminado por un rayo del hombre de los pañales estaba cubierto por una sábana sobre la mesa de la cena al aire libre. Con el cadáver entre nosotros, los pequeños Barlow me dijeron que su amor por el género negro tenía mucho que ver con Estados Unidos. Estados Unidos siempre sería un país de frontera, me dijeron, y el *noir* era el tono que mejor captaba ese sentido de frontera, declararon los pequeños Barlow. Y me pude imaginar que el hombre de los pañales, desde su infancia hasta su electrocución, había sido un hombre de frontera *noir*.

Acepté el trabajo en aquella no muy prestigiosa universidad únicamente porque se encontraba en el sur del estado de Vermont, a poco más de una hora en coche de Manchester, donde vivían mi madre y Molly. Podría ver con más frecuencia a mi madre y a Molly sin tener que vivir en la misma ciudad que ellas. Pero en 1973, siempre que iba a visitarlas, mi madre me preguntaba:

—¿Qué tal en la universidad de los que evitan el reclutamiento?

—Me gustaría que no la llamaras así —le contestaba yo.

—Así es como la llama todo el mundo, cariño —respondía mi madre.

Pero cuando el hombre de las raquetas de nieve y yo supimos que íbamos a irnos (debíamos hacerlo) de Exeter, me dije que a algún sitio tenía que ir, ¿no? Podría haberme ido a Nueva York, claro está. Con Nora y Em viviendo allí, y con el señor Barlow de camino a la ciudad, estuve tentado de hacerlo. Pero habría necesitado un trabajo a tiempo completo de verdad para poder permitirme vivir en Nueva York; sin disponer de tanto tiempo para escribir como el que tenía en la universidad de los que evitaban el reclutamiento.

Había escrito un guion, una adaptación de mi primera novela, pero la película nunca se realizó. Al principio me sentí un tanto amargado, pero en el proceso aprendí a escribir guiones. Sabía que durante el resto de mi vida escribiría novelas y guiones, a menudo de manera simultánea. En cuanto a Nueva York, estaba convencido de que pasaría mucho tiempo allí, aunque solo fuera de visita. Siempre podría quedarme con el hombre de las raquetas o con Nora y Em.

Al echar la vista atrás, entiendo que 1973 fue un año marcado por la política: fue el año de la sentencia Roe contra Wade del Tribunal Supremo de Estados Unidos con relación al aborto. Para mí, por lo demás, 1973 fue el año en que empecé a darme cuenta de que cada año estaba marcado por algún asunto político. ¿Dónde estaba yo cuando Nixon, en su primera campaña para la presidencia, apeló a los estadounidenses más socialmente conservadores, a los que más tarde llamó la «mayoría silenciosa», esos estadounidenses a los que no les gustaban la contracultura hippy ni los manifestantes contra la guerra? O cuando Nixon prometió «paz con honor» en Vietnam, ¿dónde estaba yo entonces? Según Nora, está claro que yo no prestaba atención a mi entorno. Tiempo después, me dio a entender que me las había arreglado para perderme las cuatro o cinco primeras veces en que Em declaró que iba a volver a Canadá.

Pero, en primer lugar, ¿cómo iba yo a saber que Em era canadiense? Em nunca me había dicho de dónde era. Em no hablaba. Las declaraciones de Em —es decir, que tenía pensado volver a Canadá— jamás fueron de viva voz. Simplemente me perdí (o entendí mal) la traducción que Nora llevó a cabo de las pantomimas de Em sobre el tema canadiense. Había visto a Em hacer sus imitaciones de gaviotas en varias ocasiones, pero no sabía lo que quería decir con ellas. Tenías que estar muy atento; lo que Em hacía con la gaviota de Em no solo significaba que se estaba planteando volver a Canadá.

Creo que 1973 también fue un año decisivo para mí como escritor: escribía mucho más que antes. Me mostraba más introvertido que nunca, porque, de manera consciente, intentaba vivir mi vida centrándola por completo en la escritura. Pero, al mismo tiempo, 1973 fue el año en que empecé a fijarme más en el mundo, por no hablar del comportamiento de las personas que lo habitaban. Aún no sé cómo sucedió, o por qué. Nora, como es lógico, tenía su propia opinión al respecto y no dudó en decírmela:

—Si estás buscando un título para tu historia, te diré que se llama *Salir de Exeter*. Te ha costado lo tuyo hacerlo, chaval —me dijo mi prima.

INICIO DE MONTAJE QUE MEZCLA CARTELES DE PELÍCULAS DE 1973.

El cartel de *El exorcista,* la inquietante luz de la ventana iluminando la ominosa silueta de Max von Sydow bajo la farola.

ADAM (V.O.)

Al echar la vista atrás, cabe decir que 1973 fue un buen año para el cine negro. Un cine negro espeluznante.

El cartel de *El golpe,* la desenfadada ilustración en color de los personajes de Paul Newman y Robert Redford; están haciendo el tonto.

ADAM (V.O.)

Cine negro de aventuras.

El cartel de *Infierno de cobardes,* dirigida y protagonizada por Clint Eastwood; lleva la pistola desenfundada.

ADAM (V.O.)

Cine negro de pistoleros.

El cartel de *Las aventuras de Bat Pussy,* XXX, ¡SOLO PARA ADULTOS! La ilustración de Bat Pussy (también conocida como Dora Dildo) sentada sobre una pelota de ejercicios, con pantalones cortos y botas hasta las rodillas, no es en absoluto tan pornográfica (ni tan paródica) como la propia película.

ADAM (V.O.)

Cine negro porno.

FIN DEL MONTAJE

INT. GALLOWS LOUNGE, GREENWICH VILLAGE, 1973. NOCHE.

Una soga de ahorcado cuelga sobre la barra, donde un cartel dice: AHÓRCATE TÚ MISMO. Los CLIENTES en la barra y en las mesas, frente al pequeño escenario, son en su mayoría gente del Village.

ADAM (V.O.)

El Gallows Lounge programaba monólogos de género negro. Allí solo interesaba el humor más negro. Se encontraba entre la Séptima Avenida y Greenwich, donde había algunos garitos de jazz. El Gallows Lounge no tenía nada de emblemático —no era el Village Vanguard—, pero ese club de la comedia estaba un escalón por encima de los espectáculos de cabaret y *burlesque* en los que Nora y Em habían empezado a actuar. En 1973, el señor Barlow acababa de mudarse a Nueva York. Llevaba diecisiete años casado con mi madre y había pasado veinte dando clase en Exeter. Es comprensible que el hombre de las raquetas quisiera pasárselo bien.

En una mesa cercana al escenario, Adam (treinta y dos) está sentado junto a PRUE (veintiocho), que se da un aire a la Bardot; una gatita con un vestido ceñido como un condón. Adam le sonríe y ella le saca la lengua. Avergonzado por ella, Adam aparta la mirada.

ADAM (V.O.)

En el 73, salía con una de las artistas del Gallows Lounge: *Prue, la besalenguas,* así se llamaba su número. Había empezado en clubes de *striptease,* donde un número cómico con ese nombre había sido malinterpretado.

RETROCEDIENDO: en la misma mesa, Elliot Barlow (cuarenta y cuatro) sentado junto a un AMIGO, MUY GUAPO Y MUCHO MÁS JOVEN (veinticuatro). El señor Barlow no responde a los tanteos amorosos de su novio.

ADAM (V.O.)

El hombre de las raquetas salía con el artista más joven del Gallows Lounge. Su número se llamaba *La banda gay de Eric,* pero Eric subía solo al escenario; él era la banda al completo. Eric cantaba muy bien. Cantaba temas populares, pero lo hacía con un deje gay. Las canciones eran muy tristes, pero el Gallows Lounge era un club de comedia y la actuación de Eric no tenía gracia ninguna. Solo se reían los homófobos, los gilipollas que hacían llorar a Eric.

Nora y Em (ambas de treinta y ocho años) salen a escena en camiseta, con las manos en los bolsillos de los vaqueros y los hombros encorvados hacia delante, imitando a Pequeña Ray. APLAUSOS

ADAM (V.O.)

Para ser justo con Prue, el nombre del número de Em y Nora también había sido malinterpretado en los clubes de *striptease*. Lo llamaban *Dos tortilleras, una que habla.* Nora y Em no eran precisamente jóvenes cuando encontraron el público adecuado para su número en el Gallows Lounge de la Séptima Avenida con Greenwich. Fue allí donde *Dos tortilleras, una que habla* despegó.

NORA *(al público)*

Por si no me conocéis, soy Nora. Esta es Em, mi querida, el amor de mi vida. Somos pareja, pero Em no habla. No dice ni una palabra.

(Em sacude la cabeza)

Em se dedica a las pantomimas.

(Em asiente)

Em actúa; yo traduzco.

(a Em)

En cuanto a actuar, Em, ¿dónde estuviste anoche? Llegaste a casa tan tarde que ya me había dormido. Me diste un golpe con la cabeza en la rodilla al meterte en la cama.

Em parece arrepentida y temerosa.

NORA

¿Saliste con Simone? Te chupó la manga de la blusa en ese local francés de la calle Spring.

Em se contorsiona, sacudiéndose y asintiendo con la cabeza al tiempo que parece que se golpea y se estrangula.

NORA

(inexpresiva)

Ya veo. No fuiste a la cena con Simone.

Esa zorra estaba allí por casualidad.

(pausa)

¿Te ha vuelto a chupar la manga de la blusa? Llevabas manga corta. Em, ¡no mientas!

Em niega violentamente con la cabeza y forma una X con los dedos índices.

NORA

¿Qué hizo Simone?

Em hace algo muy raro con uno de los dedos meñiques; al instante parece avergonzada.

NORA

¿La guarra enganchó sus dedos meñiques con los tuyos por debajo de la mesa?

Em le pincha el brazo a Nora con los dedos índice y corazón formando una V.

NORA

(inexpresiva)

Le pinchaste el brazo con el tenedor de la ensalada. ¿Le hiciste sangre?

Em asiente con energía.

NORA

¡No mientas!

(Em parece arrepentida)

¿De qué hablasteis?

(Em parece dolida)

Lo siento, tú no. ¿De qué hablaron los demás comensales?

(Em se queda paralizada)

Imagino que no fue una conversación literaria, teniendo en cuenta que estaba la zorra de Simone.

(Em sacude la cabeza)

Así que Simone te acarició el meñique mientras la gente hablaba... ¿de *qué?*

Em alza el labio superior, dejando al descubierto las encías; los dedos índices apuntan hacia abajo, como colmillos. Mueve los codos, como alas. Em se abalanza, de cabeza, sobre la entrepierna de Nora. Nora tiene que esquivarla.

NORA

Las aventuras de Bat Pussy, ¡la película porno!

(Em oculta los ojos)

¿No es el porno que *nos* gusta *a nosotras?*

(Em niega con la cabeza)

¿Quieres decir, porno *hetero?*

(Em se equivoca)

¿Qué hay peor que el porno hetero?

Em deja caer un brazo, se levanta la camiseta, muestra el ombligo.

NORA

(inexpresiva)

Una parodia. Al tipo no se le levanta. El hombre y la mujer son viejos y poco atractivos. Los dos están borrachos. Son aficionados. Es asqueroso.

(Em sigue asintiendo)

Cuéntame la terrible premisa de *Las aventuras de Bat Pussy,* por favor.

Em se sacude y se retuerce, como si su vagina sufriera repetidas descargas eléctricas.

NORA

¡Vale, lo entiendo! Pero *¿por qué* le tiembla el coño a Bat Pussy?

Más giros sexuales indecorosos de Em.

NORA

¿Le tiembla el coño para avisarle de cuándo y dónde se está rodando una película porno?

(Em asiente)

¿Bat Pussy quiere detener la película porno o unirse a ella?

(Em se equivoca)

Ambas cosas...

¿Se trata de una parodia o simplemente de la peor película porno jamás rodada?

(Em se equivoca)

Ambas cosas...

(al público)

Una típica cena neoyorquina. Todo el mundo hablando de una película que no ha visto, o de un libro que no ha leído, pero —sea como sea— todos saben que están por encima de eso. ¿Hay alguien aquí que haya visto realmente *Las aventuras de Bat Pussy?*

(ninguna mano)

Pero ¿cuántos de vosotros habéis oído hablar de *Las aventuras de Bat Pussy?*

(nueve o diez manos)

He oído decir que no hay penetración en *Las aventuras de Bat Pussy. (una o dos manos)* ¿Una película porno sin penetración?

(estalla hacia Em)

¡Pero te pusiste a jugar con los meñiques por debajo de la mesa con la zorra de Simone!

(Em se avergüenza)

¡Deberías haberle sacado los *ojos* con tu puto tenedor de ensalada!

Em hace una violenta demostración apuñalando a una Simone imaginaria: con una mano se sostiene el pecho mientras apuñala con la otra.

NORA

(al público)

Em dice que debería haber apuñalado a Simone en los *pezones*.

(inexpresiva, a Em)

Así que te fijaste en sus pezones.

Em parece arrepentida de nuevo. Hace un mohín: extiende su dedo meñique doblado hacia Nora, como si le doliera, a modo de sacrificio. Nora besa el meñique herido de Em. Em salta a los brazos de Nora y le rodea el torso con las piernas. Abrazadas, Nora la lleva fuera del escenario: Em mueve el meñique y provoca una GRAN OVACIÓN del público.

Adam se pone en pie y aplaude, pero mira a Prue, que se retira de manera furtiva entre bastidores. La pobre Prue no es precisamente la viva imagen de la confianza. El pobre señor Barlow intenta aplaudir a Nora y Em, pero Eric tira del hombre de las raquetas hacia su regazo mientras el señor Barlow intenta levantarse. Elliot forcejea con él.

Cuando los aplausos se apagan, el sonido DESAPARECE. El único sonido es la voz en *off* de Adam.

ADAM (V.O.)

Lo sentí por Prue; odiaba actuar después de Nora y Em. Era difícil actuar después de *Dos tortilleras, una que habla;* aunque el éxito del espectáculo fuera una sorpresa para mí. Había crecido siendo consciente del amor que se profesaban Nora y Em, y de todas sus tonterías. Para mí, lo que hacían en el escenario era lo que habían hecho siempre. Y el hombre de las raquetas de nieve tenía las manos ocupadas intentando contener las inapropiadas muestras de cariño en público de su novio. Eric era un novio de lo más entusiasta. Al igual que su manera de actuar, Eric era toda una banda de gais en una única persona. Nora, Em y yo queríamos a Eric, pero, sobre todo, queríamos que el señor Barlow fuera feliz.

El público entiende que la frágil aparición de Prue en el escenario es una señal para salir corriendo hacia la barra y los lavabos. SIN SONIDO.

ADAM (V.O.)

Solo los que iban por primera vez al Gallows no se tomaban un descanso o iban a hacer pis cuando Prue salía al escenario. Los monólogos *noir* no encajaban con Prue. Era una chica de pueblo. Cuando estaba en el instituto, Prue creía que había inventado el beso con lengua. Prue no había oído hablar del beso francés; no sabía que a los franceses se les había ocurrido primero, ni que otros chicos de su instituto ya lo practicaban y sabían cómo se llamaba.

No podemos oír el monólogo de Prue sobre el escenario; nos está enseñando la lengua, rara vez de forma atractiva, por lo general de forma grotesca.

ADAM (V.O.)

Cuando Prue te daba un beso con lengua, te amordazaba; mordía las lenguas de sus novios, los hacía sangrar.

CARAS EN EL PÚBLICO: gente conversando, sin escuchar a Prue; los pocos que escuchan parecen horrorizados.

ADAM (V.O.)

Prue, la besalenguas era un espectáculo *noir* totalmente oscuro, sin humor de ningún tipo.

UNA MUJER QUE SOLLOZA, UN HOMBRE QUE HACE MUECAS; cierran los ojos, se tapan los oídos con las manos.

ADAM (V.O.)

Prue estudiaba en la universidad cuando vio su primera película con subtítulos.

INT. CINE, PÚBLICO DE UNA CIUDAD UNIVERSITARIA, 1964.

Prue *(diecinueve años)* mira la pantalla, boquiabierta, en estado de *shock*. Su NOVIO le susurra al oído; ella cierra la boca y se lleva los dedos a los labios. Oímos el sonido de los besos fuera de plano.

ADAM (V.O.)

Ha visto cómo se besa de verdad con lengua. Su cita le dijo que esperaba poder darle un beso con lengua; era la primera vez que oía cómo se los denominaba. Prue sabía que nunca podría volver a casa, donde todos la conocían como «la besalenguas»; Prue no se había dado cuenta de que no se trataba de un elogio.

INT. BACKSTAGE, GALLOWS LOUNGE, 1973. NOCHE.

En un camerino, Nora y Em consuelan a Prue en otra actuación de implacable desdicha. Prue se ha quitado el vestido ajustado y se ha puesto unos vaqueros y una camiseta, pero sigue teniendo el mismo aire a Bardot; sigue siendo sexy. La guitarra, desde el escenario, suena a *country*. Adam la mira con simpatía.

ADAM (V.O.)

Nora, Em y yo queríamos mucho a Prue, pero los monólogos *noir* no eran lo suyo. Había llegado el momento de que Prue dejase de contar su historia como besalenguas. No ayudaba el hecho de que siempre nos fuésemos del Gallows Lounge cuando Perjudicado Don estaba en el escenario cantando «Nunca va a mejor con Gwen» o alguna canción igualmente horrible. Prue y Perjudicado Don eran los únicos que iban por libre en el Gallows. Don cantaba todas las canciones que escribía con el mismo zumbido desafinado. El *country noir* es el peor *country* que existe. Nora, Em y yo amábamos a Don, pero su forma de componer y cantar era una porquería. Cómo consiguió que le fichase un gran sello musical y que pinchasen sus canciones en la radio sigue siendo un misterio.

INT. GALLOWS LOUNGE, GREENWICH VILLAGE, 1973.

Perjudicado Don está actuando en el escenario mientras Nora, Em, Prue y Adam se dirigen a la salida. El hombre de las raquetas, que no había dejado de enfrentarse al ardor de Eric, se queda lealmente para ver la actuación de Eric y, por lo tanto, para la de Perjudicado Don, que va primero.

PERJUDICADO DON

(canta)
No querrás despertarte con Maureen.
¡Huele a granja y sus sábanas no están muy limpias!
Despertarse con Maureen es una mala noticia.
(repite con el público)
Despertarse con Maureen es una mala noticia.

EN ESCENA, PRIMER PLANO: Don empezando una nueva estrofa.

PERJUDICADO DON

(canta)

No sueñes con liarte con Babette.
Es un caso de gonorrea que nunca olvidarás.
Liarse con Babette es una mala noticia.
(repite con el público)
Liarse con Babette es una mala noticia.

EXT. SÉPTIMA AVE. S., WEST VILLAGE, 1973.

Adam con Prue, Nora con Em, caminan agarrados del brazo. Solo Em no está cantando con Don (O.C.). Em no canta.

PERJUDICADO DON (O.C.)

(con Adam, Prue, Nora)

Tu peor pesadilla será conocer a Louise.
Se beberá todo tu dinero y le pasará pulgas a tu perro.
Conocer a Louise ya es mala noticia.
(repite con el público)
Conocer a Louise ya es mala noticia.

INT. GALLOWS LOUNGE, GREENWICH VILLAGE, 1973. NOCHE.

Perjudicado Don tiene cautivado al público del Gallows. El señor Barlow no deja que su joven novio lo bese en público.

PERJUDICADO DON

(morosamente)

No creas que la cosa mejora con Gwen.
Atropellará a los niños y se follará a tu mejor amigo.
El día que conoces a Gwen es una mala noticia.
(repite con el público)
El día que conoces a Gwen es una mala noticia.

EXT. CHRISTOPHER ST., WEST VILLAGE, 1973.

Nora, Em, Adam y Prue han girado desde la Séptima Avenida hacia la calle Christopher, donde el tráfico se dirige hacia ellos.

Han dejado atrás un antro, Kettle of Fish, y están cerca del Stonewall Inn, cuando un autobús se detiene cerca de la estación de Waverly Place. Nora, Adam y Prue están cantando la última estrofa con Don (O.C.), pero Em se separa del grupo para ver más de cerca el autobús detenido.

PERJUDICADO DON (O.C.)

Intenta vivir solo; serás feliz, amigo mío,
porque nunca va a mejor con Gwen.
No, nunca va a mejor con Gwen.
(repite con el público)
No, nunca va a mejor con Gwen.

OTRO ÁNGULO: Em mira a sus amigos cantores; está señalando el póster gigante de la película en el lateral del autobús. Em está en modo pantomima nerviosa, señalando el póster y a sí misma, haciendo que los dedos de su otra mano «hablen» como alguien que grita. Mientras Nora, Adam y Prue se acercan al autobús, Nora traduce a Em.

NORA

Em dice: «Te lo dije».

DE CERCA: el cartel de la película *El hombre de la guardería,* protagonizada por Paul Goode. Es un cartel espeluznante. Un niño, aparentemente en edad preescolar, está de pie junto a un urinario para niños. El niño mira ansiosamente por encima del hombro a Paul Goode, que está tumbado en el suelo del lavabo, escondido tras los retretes. Paul Goode sostiene una pistola con silenciador contra el pecho. Se lleva el dedo índice de la otra mano a los labios, advirtiendo al niño de que no hable ni le delate. El pistolero y el niño van vestidos como niños de guardería: pantalones cortos, zapatillas de deporte, camisetas con personajes de dibujos animados.

ADAM (V.O.)

Creíamos saber lo que era el *noir;* creíamos entender cómo funcionaba la comedia negra. Prue no, ella no tenía ni idea. Nunca había visto *El coche equivo-*

cado. Pero Nora, Em y yo sabíamos que Paul Goode no había desaparecido. El hombrecillo del cine negro había vuelto, y parecía más *noir* que nunca.

RETIRÁNDOSE: un plano más largo de los cuatro amigos, de pie en la calle Christopher cerca de la estación de Waverly Place, mientras el autobús con el cartel de la película *El hombre de la guardería* se aleja.

NORA

Mierda.

ADAM (V.O.)

Quería decirle al hombre de las raquetas de nieve que Paul Goode no estaba acabado, pero el señor Barlow estaba ocupado con *La banda gay de Eric.*

31
¿Adónde han ido a parar los plátanos?

Mi abuela cumplió noventa y un años en 1973. Me contó que me habían llamado varias veces a la casa de la calle Front desde que el señor Barlow se había mudado a Nueva York.

—Las llamadas son sobre todo de Jasmine, querido —me dijo Nana. Jasmine colgaba el teléfono en cuanto Dottie contestaba. Dottie había hecho todo lo posible por disuadir a Jasmine de llamar a casa de mi abuela.

En una ocasión, cuando Jasmine llamó preguntando por mí, Dottie fue muy tajante en su respuesta.

—Cualquier mujer que se valorase a sí misma lo superaría: la mierda es la mierda —le dijo Dottie.

—A ti no te ha pasado —replicó Jasmine con su tono arrogante.

—Soy yo la que debería llamarte por teléfono, Jasmine: fui yo quien limpió tu mierda —le recordó Dottie. Nana me contó que, en otra ocasión, Jasmine llamó a la casa de la calle Front y Dottie la definió como una «tormenta de mierda andante». Tendría que haber sabido que era mejor no burlarse de Dottie por esas cosas.

—Creo, Dottie, que es adecuado suponer que Jasmine todavía camina, solo tiene cincuenta y dos años —le dije a la veterana ama de llaves de Nana.

—Creo, Adam, que es más adecuado suponer que Jasmine seguirá cagando... mientras viva —añadió Dottie.

A Jasmine no le habría resultado difícil encontrar el número de teléfono de Rachel Brewster en Manchester, Vermont; el número de mi madre y Molly estaba registrado. Pero mi madre no acostumbraba a contestar al teléfono. Cuando Jasmine llamó a mi madre y preguntó por mí, no sabía que estaba hablando con Molly; Jasmine no la había conocido.

—Adam no está aquí —le dijo a Jasmine la allanadora de pistas.

—Sé que eres la madre de Adam —empezó a decir Jasmine—. Soy una mujer mayor que se ha acostado con tu hijo; probablemente tenga tu edad —le dijo Jasmine a la conductora de la pisanieves.

Molly era tan contundente como Dottie.

—Si tú eres la que se acuesta con él, eres un año mayor que la madre de Adam. Si tú eres la que se acuesta con él, vete a tomar por culo —le dijo Molly.

—¿Es *esa* Jasmine? ¡Pobre Jasmine! —dijo mi madre desde otra habitación, pero Molly había colgado el teléfono.

Jasmine llamó una vez en que yo estaba casualmente con mi madre y Molly. Estaba ayudando a Molly a preparar un *risotto*. Mi madre contestó al teléfono.

—¿Quién le digo que llama? —Molly y yo la oímos decir—. ¿Eres la Jasmine que yo creo? —preguntó entonces mi madre. Molly y yo nos miramos; yo seguía removiendo el *risotto*—. ¡Es la pobre Jasmine! —me dijo mi madre, sin molestarse en tapar el micrófono del aparato. Me limité a negar con la cabeza. Mi madre entendió el mensaje—. Adam no puede ponerse ahora mismo —le dijo mi madre. Molly y yo pudimos oír la voz ascendente de Jasmine; nos llegó hasta los fogones—. ¡Obviamente, no voy a decirle todo eso! —oímos decir a mi madre.

—¡Dile que tiene una vagina tan grande como un salón de baile! —gritó la pistera desde los fogones—. ¡El *risotto* está listo, Ray! —le dijo Molly a mi madre, que estaba recibiendo una buena bronca por parte de Jasmine. Entre las muchas cosas que le dijo Jasmine, debió de añadir algún comentario fuera de lugar, una de esas cosas que nunca deberías decirle a la madre de alguien. Molly y yo nunca más volvimos a oír a mi madre utilizar la palabra *pobre* al referirse a Jasmine.

—Bueno, no es eso lo que yo he oído —escuchamos decir Molly y yo a mi madre—. He oído que tienes una vagina tan grande como un salón de baile —le dijo mi madre justo antes de colgar el teléfono.

No debió de ser fácil para Jasmine encontrar el número de Nora: Nora había cambiado de nombre y no había registrado su número. Nora creía que «Winter» era un nombre artístico más apropiado que «Vinter»; tal vez no en Noruega, pero Nora nunca había parecido noruega. *Dos tortilleras, una que habla* no era un espectáculo asociado a apellidos, eran Nora y Em, nada de apellidos, pero Nora Winter era conocida por ser la que hablaba. Nora era la que respondía en las entrevistas; obviamente, nadie entrevistaba a Em. A principios de los años setenta, yo no sabía cuál era el apellido de Em, y era una de las pocas personas que sabía que se llamaba Emily. Aun así, Jasmine dio con el número de Nora en Nueva York.

Cuando Em contestaba a una llamada, lo único que hacía era respirar por el auricular hasta que Nora se hacía con el teléfono. La primera vez que Jasmine me llamó, debió de pensar que era yo quien no quería hablarle; Jasmine debió de suponer que por fin me había encontrado. Preguntó por Adam y oyó la respiración de Em.

—Eres *tú*, ¿verdad? ¡Tu aliento de pene! —gritó Jasmine. Para Em no debió de resultar una imagen agradable, pues empezó a gruñirle al teléfono.

Nora, que estaba sentada en la taza del váter, pudo oír los gruñidos de Em desde el cuarto de baño, a pesar de que la puerta estaba cerrada.

—Te he *dicho* que no contestes al teléfono... ¡Deja que suene, Em! —gritó Nora, pero Em estaba embelesada por la letanía de Jasmine sobre los penes más jóvenes y grandes de los que disfrutaba desde que la había dejado. Nora me contó más tarde que Jasmine había utilizado la palabra *elástico* para describir uno de los ansiosos penes de su excitante nueva vida; la imagen de un pene *elástico* a Em le resultó especialmente repugnante.

A diferencia de Nora, Em sabía lo que era haber tenido novio, en el instituto, antes de conocer a Nora. A diferencia de Nora, no todo lo relacionado con el hecho de tener novio le resultaba repulsivo, tan solo lo relativo al pene. Según Em, todo había ido bien en ese sentido: los mimos, los besos, el tonteo. Pero entonces apareció el pene. En la pantomima de Em, representó el pene como una anguila tuerta. En su pantomima del pene, Em reptó por el suelo. Cerró los ojos y abrió la boca formando la letra O; la boca de Em parecía un único ojo ciego.

Cuando Nora salió del baño e interrumpió la llamada de Jasmine, Em había agarrado uno de los cojines del sofá y lo estaba pisoteando con el teléfono apoyado aún en su oreja sudorosa. El cojín del sofá debía de representar el pene elástico que Jasmine había conjurado; al parecer, Em quería reventarlo.

—¿Quién es? —le preguntó Nora a Em cogiendo el aparato. A Nora no le costó interpretar la pantomima de Em sobre cómo el fantasma del abuelo le había dado un susto de muerte a Jasmine—. Todo el mundo sabe que te cagas en la cama —le dijo Nora a Jasmine. Estoy seguro de cómo debió de decírselo Nora, como si le aburrieran los que acostumbran a cagarse en la cama—. Todo el mundo sabe que tu coño es como una parada de metro —dijo también Nora con desgana antes de colgar el teléfono.

La siguiente ocasión en que vi a Nora y a Em, y Nora me habló de la llamada de Jasmine, Em ya había perfeccionado su pantomima del coño de Jasmine en forma de parada de metro. Tenía potencial como *sketch* para *Dos tortilleras, una que habla,* me dije —junto con la pantomima de Em sobre cómo Jasmine se había cagado en la cama—, pero Nora me dijo que tenían que andarse con mucho cuidado, incluso en el Gallows Lounge, cuando se trataba de menospreciar a mujeres heterosexuales. Varias personas, entre el público del Gallows, habían expresado sus reparos respecto al lesbianismo, y el club de comedia había decidido retirar el espectáculo *La banda gay de Eric,* es decir, a Eric. Pero Eric no era gracioso, pensé; solo los homófobos se reían. El club de comedia no era necesariamente contrario a los gais por haber retirado la actuación de Eric, o eso quería creer yo.

No tenía experiencia de primera mano con relación al tipo de odio de género al que estaban expuestas Nora y Em (o Molly y mi madre). No tenía ni idea de lo que el público del Gallows Lounge pensaba realmente sobre que el señor Barlow se dejara manosear cuando se sentaba en el regazo de Eric, pero desde luego me daba cuenta de que el hombre de las raquetas no se sentía cómodo.

—Eran los años setenta, por el amor de Dios. Todo el mundo estaba enfadado, todo el mundo odiaba a alguien o a algo —me dijo Nora un día—. Pensábamos que la guerra de Vietnam nos estaba dividiendo, pero había más división entre nosotros de la que creíamos —dijo Nora.

El Gallows acabaría descartando de su programación *Prue, la besalenguas;* y yo también, aunque por razones diferentes. Prue no era lo bastante graciosa para el Gallows, y yo nunca podría calmar lo suficiente a Prue. El señor Barlow dejó de verse con Eric, pues era demasiado joven y demasiado cariñoso en público para el hombre de las raquetas, que a todas luces no se sentía cómodo cuando se sentaba en su regazo en el Gallows Lounge; incluso en Nueva York, el hombre de las raquetas debía ser cuidadoso. Además, Eric se las apañó para contener mejor su afecto por el señor Barlow *como mujer*. Eric no se había convertido en una banda de gais porque quisiera estar con una mujer.

No sabía que el señor Barlow había estado corrigiendo las novelas de sus padres, lo que sin duda alimentó su desdén por su manera de escribir; Elliot pudo comprobar de primera mano lo mal que escribían. La pequeña editorial estadounidense de los Barlow le proporcionó a Elliot la formación necesaria para convertirlo en editor de mesa: había seguido un curso en uno de los institutos editoriales y había hecho algunos trabajos como autónomo bajo supervisión. No me sorprendió saber que el pequeño profesor de inglés se había aficionado a la edición ni que había demostrado sobradamente su valía profesional a la editorial estadounidense de los pequeños Barlow, ni que esta lo había puesto en contacto con otras editoriales de Nueva York. Es decir, cuando el hombre de las raquetas se trasladó a Nueva York, ya tenía trabajo y algunos contactos en el mundo editorial.

La capacidad de hacer planes a largo plazo del señor Barlow resultaba impresionante. ¿Desde hacía cuánto tiempo tenía planeado convertirse en mujer? No cabe duda de que Elliot Barlow estaba totalmente preparado para editar textos, pero ¿había sido lo bastante previsor como para pensar que esa profesión podría encajar bien con su proceso de transición de cara a convertirse en mujer? Es cierto que la gente del mundo editorial suele ser liberal o progresista —son más tolerantes que la mayoría—, pero me estoy refiriendo a algo que iba más allá de eso. Los editores de mesa no son las personas más visibles del mundo editorial; ni siquiera invitan a comer a sus autores. Publiqué tres novelas con la misma editorial antes de conocer a mi editor de mesa. Los editores trabajan entre bastidores; habida cuenta de lo poco que se les ve, perfectamente podrían trabajar desde casa.

¿Fue el señor Barlow lo bastante clarividente como para imaginar que algún día podría mantenerse como editor *freelance* y trabajar realmente en casa? Cuando se mudó a Nueva York, podría haber buscado trabajo como profesor de inglés y entrenador de lucha libre en cualquiera de las muchas escuelas de la ciudad, eso está claro. Podía mostrar las excelentes credenciales que se había traído de Exeter, pero no le habría salido bien. ¿Cómo podría haber seguido siendo profesor o entrenador tras convertirse en mujer? Sin duda, alguien se habría opuesto; tal vez no los niños, pero sí sus padres o algún otro profesor. Alguien habría dicho que no era apropiado que Elliot utilizara el aseo de mujeres cuando estaba en el colegio; las mujeres, especialmente las alumnas, no se sentirían seguras en el mismo aseo que utilizase el pequeño profesor de inglés. Como es lógico, yo no podía imaginarme a mujer o niña alguna sintiéndose insegura junto a Elliot Barlow.

—Imagínate a Elliot como mujer, con su metro cincuenta de estatura, sintiéndose segura en un aseo masculino rodeada por un grupo de chicos u hombres —dijo Molly.

—O en un vestuario masculino con un grupo de luchadores, cariño —dijo mi madre.

Como había dicho Nora, en los setenta todo el mundo estaba enfadado. Pero lo que pretendía hacer el hombre de las raquetas no habría resultado seguro ni fácil en ninguna época, ni siquiera trabajando como editor de mesa.

El hombre de las raquetas vivía en el apartamento de sus padres en la calle Sesenta y cuatro Este. Los pequeños Barlow rara vez pasaban por Nueva York; Elliot podría haberse instalado perfectamente en el dormitorio grande, pero prefirió quedarse en la habitación de su infancia. Tenía un armario repleto de ropa de mujer: en un principio, les dijo a sus padres que era la ropa de mi madre. Algunas de aquellas prendas lo eran. A mi madre le importaba poco la ropa, sabía lo que le gustaba ponerse a Elliot y le encantaba regalarle sus prendas. Pero me entristecía que el de las raquetas siguiese llevando una doble vida, incluso después de alejarse de Exeter; había un aspecto de su vida que él le ocultaba incluso a sus propios padres.

—Que *ella* les oculta, cariño —me corregía mi madre.

Ella lo conocía mucho mejor que yo, y tiempo después acabaría aceptándolo; *la* conocía mucho mejor, debería decir. Yo los quería a todos. Me llevaba de maravilla con Molly y con mi madre, con Nora y Em, y con el señor Barlow. Sin embargo, respecto a sus diferencias sexuales, siempre iba a ser un *outsider;* siempre sería tan solo un observador, un lento aprendiz, como bien sabía Nora. Les pasa a algunos escritores.

No quiero decir con todo esto que Nora estuviera equivocada al sentirse decepcionada en los años setenta. Nada de lo que parecía progresista era lo bastante progresista en aquel entonces. La revolución sexual o el movimiento de las mujeres, el feminismo o la liberación gay —comoquiera que uno los denomine—, no llegaron lo bastante lejos. De hecho, la discriminación y la violencia sexual siguen existiendo; la intolerancia sexual no ha desaparecido. Lo entiendo. No digo que los años setenta fueran geniales, pero en los ochenta presté más atención a todo ello; y me resulta una época mucho más odiosa en ese sentido. Como no podía ser de otro modo, cada vez que declaraba que odiaba esa década, Nora me corregía. Decía que era a Ronald Reagan a quien odiábamos, pero que Em lo había odiado antes. En los años ochenta, las bromas de Nora y Em cuando subían al escenario acostumbraban a centrarse en Reagan y el sida. *Dos tortilleras, una que habla* también puso el grito en el cielo contra Jerry Falwell y la Mayoría Moral, y aquellas dos furiosas mujeres atacaron descaradamente al cardenal John Joseph O'Connor. No me costó captar que para Em era muy complicado hacer una pantomima sobre la postura de la archidiócesis católica romana contraria a la educación sobre sexo seguro en las escuelas públicas de Nueva York o la distribución de preservativos, además de la condena de la homosexualidad que había realizado el cardenal; por no hablar de la invariable oposición católica al aborto. Eso también lo entiendo.

En los años setenta, me estaba convirtiendo en escritor de ficción, lo que Nora denominaba convertirse en un caballo con anteojeras, porque el proceso requiere, al menos hasta cierto punto, visión de túnel. Prefiero decir que me estaba entregando a lo que John Updike llamaba «la infantil voluntad del escritor de ficción de sumergirse en la fantasía». Iba a escribir tres novelas más en los años setenta; la cuarta, mi primer éxito de ventas, me permitiría ser profesionalmente solvente como escritor. No necesitaba dar clases de inglés o de escritura creativa para ganarme la vida.

Mi primer lector, Elliot Barlow, acabaría convirtiéndose en mi editor.

En esa década, también escribí otros dos guiones que no llegaron a convertirse en películas. Aun así, seguí escribiendo guiones, como ya he dicho, a menudo al mismo tiempo que las novelas en las que estaba enfrascado en aquel momento. A veces empezaba a escribir una historia en forma de guion, para visualizarla y descubrir si realmente quería escribirla como una novela.

Pensad en la historia de mi madre: he intentado convertirla en un guion, pero la historia no acaba de encajar. La vida real es tan descuidada, está plagada de coincidencias. Las cosas suceden sin más, fruto del azar, no tienen relación alguna entre sí. En la buena ficción, todo está conectado. Respecto a la historia de mi madre, había creído entender su secretismo: hay cosas que no se cuentan a los padres y cosas que deben ocultarse a los hijos. Por otra parte, los fantasmas resultaban muy confusos. ¿Dónde encajaban los fantasmas en esa historia? Y cuando el niño crece, ¿hay que ocultarle los secretos, en particular los sexuales?

Nora acostumbraba a ponerse del lado de mi madre. La relación de Ray con Molly hablaba por sí sola, decía siempre Nora. Pequeña Ray era lesbiana, nos recordaba Nora a Em y a mí. Cuando mi madre decidió quedarse embarazada, lo normal fue que escogiese el pene más pequeño posible.

—¿Por qué no iba a hacerlo así? —nos preguntaba siempre Nora a Em y a mí. Nora estaba convencida de que éramos *demasiado críticos* con mi madre—. Deberías superarlo, chaval, y tú también, Em, porque seguramente Pequeña Ray andaba buscando un pene pequeño —nos decía Nora. Entonces Em representaba su pantomima «Volver al vientre materno en señal de protesta».

Si les hubiera enseñado a Nora y Em las primeras páginas de mi guion sobre Aspen, habría tenido que revivir las incesantes especulaciones sobre si mi madre y el señor Barlow habían tenido relaciones sexuales o no. Y más concretamente, desde que mi madre vivía con Molly, si lo habrían hecho siquiera una vez Pequeña Ray y el hombre de las raquetas.

—Hablando de penes pequeños —decía siempre Nora cuando el tema salía a colación. Según Nora, todos los hombres tenían que hacerlo todo el tiempo, incluso un hombre tan menudo como el de las raquetas.

Em no compartía su opinión. Em adoraba al pequeño profesor de inglés, siempre estaba abrazándolo, o tomándolo en brazos sin venir a cuento, o simplemente sosteniéndolo en su regazo.

—Te diré una cosa, Em, por la forma en que tratas al profesor de inglés, ¡es como si pensaras que en realidad no tiene pene! —le dijo Nora.

Lo que Em quiso contarnos le llevó un rato. Aquella pantomima de Em no fue fácil de desentrañar, ni siquiera para Nora. Yo había visto a Em imitar a Jerry Falwell sobre el escenario del Gallows. Es cierto que la derecha cristiana no gozaba de mucho predicamento en el Gallows, pero el público aceptó a Em como Jerry Falwell antes de que Nora interpretase lo que estaba haciendo; incluso un cristiano conservador podría haber entendido la pantomima de Em.

—El sida es la expresión de la ira de Dios hacia los homosexuales.

Pues bien, a Nora y a mí nos costó más entender lo que Em intentaba decirnos sobre el señor Barlow. Em estaba representando una odisea sexual, de la que no estaba disfrutando; eso estaba claro.

—El hombre de las raquetas no tuvo relaciones sexuales con Ray, ni una sola vez, nunca, ni siquiera una mamada... —aventuró Nora.

Pude ver, por la reacción de Em, que Nora había captado tan solo la punta del iceberg. Em asintió, pero brevemente, apenas interrumpió su pantomima sobre proposiciones y rechazos sexuales. Sugirió algún tipo de actividad vaginal, pero luego la rechazó; ofreció una alternativa anal, pero la rechazó hasta tres veces. *Un momento,* me dije. Todos sabíamos que Elliot había tenido dos novios después de *La banda gay de Eric;* había tenido tres, contando a Eric.

—¿Estás dando a entender que el hombre de las raquetas no practica sexo? —le pregunté a Em.

Antes de que Em pudiera responder, Nora le preguntó:

—Te refieres a que no lo hace con mujeres, ¿verdad?

Em negó con la cabeza; ni siquiera lo dudó. Em me apuntó con el dedo índice, como si fuera una pistola, con el pulgar hacia arriba, como si estuviese amartillada. Pero no disparó. Em no hizo nada que implicara apretar el gatillo.

El señor Barlow, en esa nueva vida que llevaba en Nueva York, había roto la relación con sus tres novios bastante rápido. ¿O habían sido ellos los que rompieron con él? Solo habíamos oído las razones que Elliot nos había dado, según las cuales, Eric no era la persona adecuada para él. Nunca supimos qué había ocurrido con Charlie o con Dave, aunque esos tres chicos podrían haber roto con el hombre de las raquetas si no había querido acostarse con ellos.

—Estás diciendo que el hombre de las raquetas nunca tiene relaciones sexuales, ni con mujeres ni con hombres —le dije a Em.

Asintió. Bajó la pistola imaginaria; se rodeó con los brazos en un gesto que transmitía tristeza y soledad. Lo que Em quería que supiéramos era que el señor Barlow no lo haría nunca: sencillamente, no apretaría el gatillo.

—¡Tonterías! —exclamó Nora. Sabíamos lo que Nora pensaba de los hombres: no podían dejar la polla en paz; los hombres no tenían más remedio que apretar el gatillo. Em se encogió de hombros, no esperaba que Nora estuviera de acuerdo con ella. Es más, Nora estaba enfadada porque yo había entendido perfectamente lo que Em quería decir, no había necesitado que Nora me tradujera la pantomima.

Sin embargo, ahora no entendía lo que Em estaba diciendo: parecía querer hablar, señalándose a sí misma y a Nora, como si esta nueva pantomima fuera un viejo asunto entre ellas. Em estaba llevando a cabo una especie de pantomima taquigráfica; Nora la entendió de inmediato.

—Bueno, eso es otra cosa muy diferente, Em, pero tú no eres un tío, ¡por el amor de Dios! —le dijo Nora.

Em se limitó a encogerse de hombros; tampoco esperaba que Nora estuviera de acuerdo con ella en eso. Nora tuvo que explicármelo. Cuando Nora y Em estuvieron juntas por primera vez, Em le confesó a Nora que no había tenido relaciones sexuales con nadie antes. Em dijo que, de no haber conocido a Nora, habría seguido así y ni siquiera lo habría hecho con otra mujer. Eso fue lo que a Nora le pareció «otra cosa muy diferente», algo que no tenía nada que ver con la suposición de que el hombre de las raquetas de nieve no hubiese tenido relaciones sexuales con nadie, porque Em no era un hombre.

Aquellas cuestiones me resultaban extrañas y no les di muchas vueltas, no en ese momento, así que no tenía una opinión muy elaborada al respecto. En aquella época, la década de 1970, no me parecía esencial saber si Elliot Barlow realmente había tenido relaciones sexuales o no, con quien fuese. En aquella época, lo único que tenía claro era que no podía dejar de imaginarme teniendo relaciones sexuales con Em.

Me había fijado en que Charlie, el segundo novio del hombre de las raquetas, no era físicamente cariñoso con él en público. Incluso en la intimidad del apartamento del señor Barlow, Charlie era muy comedido en sus muestras de afecto; Charlie, como mucho, le frotaba los hombros a Elliot cuando estaba de pie junto a los fogones, cocinando. Yo atribuiría esa clase de reticencia al hecho de que Charlie no era tan joven: tenía la edad del señor Barlow y era compañero del profesor de inglés. En cuanto a Dave, el tercer novio fugaz, era algo mayor que Elliot. En ningún momento vi que Dave tocase al señor Barlow.

—Doctor Dave —lo llamaba siempre Nora. Dave no especificó qué tipo de médico era.

En una ocasión, cuando Nora se lo preguntó, Dave se mostró evasivo.

—Para que yo pudiera visitarte, tu médico tendría que derivarte a mí —le contestó Dave.

—¿Por qué Dave no dijo simplemente que era un especialista o qué tipo de especialista era? —nos preguntó Nora a Em y a mí. Em estaba haciendo una pantomima de médico, fingiendo que un plátano era un estetoscopio. Se subió el jersey y se auscultó el ombligo con el plátano. Luego se subió un poco más el jersey y se auscultó el pecho, o el sujetador.

—¿Qué demonios estás *auscultando*? —le preguntó Nora.

Em se encogió de hombros. Había colocado el plátano en la axila.

—Es el doctor Dave: no sabe cuál es su especialidad —aclaró Nora.

Como cabía esperar, eso se convirtió en parte del espectáculo del Gallows. Se hizo muy popular. El público lo pedía a gritos: «El especialista». Nora siempre se reía cuando preguntaba a los que lo pedían si tenían un plátano. Esto llevó a que algunos fans dejasen plátanos en el escenario, aunque tener plátanos en el escenario podía resultar confuso. Em realizaba más de una pantomima con un plátano.

Una noche, me encontré en el Gallows con el hombre de las raquetas y el doctor Dave. Había avisado a Nora de que Dave estaba entre el público. El señor Barlow ya había visto a Nora y a Em hacer el número de «El especialista»; le había encantado, pero aún no nos había dicho ni a Nora ni a Em ni a mí cuál era la especialidad de Dave. La noche en que el doctor Dave estuvo presente en el Gallows, nadie gritó «El especialista», pero había un montón de plátanos en el escenario. Nora y Em esperaron a que los aplausos remitieran.

—¿Para qué son los plátanos? —oí que Dave le preguntaba a Elliot.

—Ya lo verás —le dijo el hombre de las raquetas.

Nora sabía cómo calmar a las multitudes. Agarró un plátano y se lo entregó a Em.

—He oído que vas a ir a ver a un especialista —empezó Nora.

El doctor Dave se rio como nadie con el espectáculo. El hombre de las raquetas se sentó sonriente a su lado, sin tocarse. En realidad no importaba, no entonces, pero nadie nos dijo a Nora, Em y a mí cuál era la especialidad de Dave.

Como parte del espectáculo, «El especialista» fue evolucionando con el paso del tiempo. A mí la versión que más me gustaba era la ginecológica.

—He oído que estás viendo a un ginecólogo *extra* —empieza Nora. Em parece tomarle el pulso con el plátano—. ¿Extra *qué,* Em? —le pregunta Nora.

Así eran los años setenta para nosotros. Éramos libres: teníamos libertad y nos tomábamos libertades. Nos sentíamos libres para decir y escribir lo que nos viniese en gana. Nos sentíamos libres para vivir como quisiéramos. No vimos venir el retroceso. No fuimos capaces de imaginar las formas pasivo-agresivas que adoptaría ese retroceso.

—¿Para qué son los plátanos? Ha pasado mucho tiempo —recuerdo que cantaba Nora.

—¿Adónde han ido a parar los plátanos? Ya hace mucho tiempo de eso —le respondía cantando el hombre de las raquetas. Me admiraba que el señor Barlow mantuviera la amistad con sus antiguos novios; Elliot siempre se alegraba de verlos cuando estaban con nuevos novios, y los antiguos novios del hombre de las raquetas siempre parecían contentos de verlo.

Les pregunté a Nora y a Em si las lesbianas también eran así, si seguían siendo amigas de sus antiguas novias. Pero no fue una buena pregunta. Em se encogió de hombros e hizo un bailecito sexy.

—¿Qué quieres decir? ¿No lo sabes? —le preguntó Nora—. ¡Si me dejaras y te viera con otra novia, le arrancaría las tetas y bailaría sobre su coño muerto! —le dijo Nora a Em, que se echó a llorar. Em siguió haciendo su bailecito, pero sin dejar de llorar—. Si yo dejase a Em y ella me viera con otra novia, se echaría a llorar —me dijo Nora, pero yo vi cómo bailaba Em. No era exactamente un baile sobre el coño de nadie; era más tierno y más complicado que eso.

Solo por divertirme, les pregunté a mi madre y a Molly sobre ese tema.

—Yo nunca dejaría a Molly, cariño —contestó de inmediato mi madre—. Y si alguna vez lo hiciera, y Molly me viera con otra mujer, Molly ataría a esa mujer a la pisanieves y la arrastraría montaña arriba y montaña abajo hasta que se le cayeran las tetas o se le congelaran, o se le cayera el coño, o algo así —dijo mi madre.

Nora se habría sentido reconfortada hablando de ese tema, pensé, pero no pude mirar a los ojos a la conductora de la pisanieves, que de inmediato dijo:

—Yo no haría eso, niña. Y, ya que hablamos del asunto, nunca dejaría a tu madre —me dijo Molly.

—Pero le harías *alguna cosa* a la otra mujer, si yo estuviera con ella..., ¿verdad? —le preguntó mi madre a Molly.

—La obligaría a mirarte, Ray, mientras la estrangulaba, para que fueras la última persona a la que viera antes de morir —dijo la conductora de la pisanieves.

—¿Lo ves, cariño? A eso me *refería* —dijo mi madre.

Mi madre y Molly vinieron a Nueva York a ver al hombre de las raquetas. Les gustaba venir a Nueva York de visita, más de lo que nunca les había gustado Exeter. En la pequeña vivienda de los

Barlow, en la calle Sesenta y cuatro Este, mi madre pasaba la mayor parte de la noche con el señor Barlow en el dormitorio de su infancia. Si yo también estaba allí de visita, dormía en el sofá de lo que Elliot llamaba el estudio. Por la noche, oía los pies descalzos de mi madre, de camino entre el dormitorio pequeño del señor Barlow y el dormitorio grande, donde dormía con Molly. Nada había cambiado: mi madre y el hombre de las raquetas seguían casados; siempre lo estarían. Seguían sin poder dejar de toquetearse: se abrazaban, luchaban o daban paseos montados a caballito o se acurrucaban juntos en el sofá o en un sillón. Por algo, Molly siempre los había llamado, y los seguía llamando, los «tortolitos».

Recuerdo cuando mi madre y Molly conocieron a Eric, a Charlie y al doctor Dave.

—Esta es Ray, mi esposa. Ya te he hablado de Ray... Nunca está presente en la temporada de esquí —acostumbraba a decir el hombre de las raquetas. Mi madre ya sabía quiénes eran los novios de Elliot (o sus antiguos novios), porque prestaba atención a lo que el señor Barlow le contaba sobre ellos.

—Eres tan guapo como mi marido me ha dicho que eras —le dijo mi madre a Eric cuando lo conoció, dándole un abrazo a aquel hombre bastante más joven que Elliot. Estábamos juntos en Pete's Tavern, el viejo local de Gramercy Park, cuando nos topamos con Charlie, que estaba frotándole los hombros a otra persona en la barra.

—He oído hablar mucho de ti, Charlie, y estoy celosa —le dijo mi madre al otro profesor de inglés en la vida del señor Barlow—. Nadie me acaricia nunca los hombros cuando cocino —le dijo Pequeña Ray a Charlie.

—Tú nunca cocinas, Ray. Somos Elliot y yo los que nos dedicamos a esas cosas —le recriminó Molly, pero mi madre ya se estaba riendo. Se estaba divirtiendo, todo el mundo se echó a reír.

En una ocasión, nos encontramos con Dave, estaba con una mujer. ¿Era una paciente o una cita? ¿Tenía novia el doctor Dave? Nadie lo sabía, pero a nadie pareció importarle.

—Esta debe de ser tu madre. Se parece a ti, aunque es más guapa —me dijo Dave.

—Es mi esposa, Ray. Él es Dave —dijo el hombre de las raquetas radiante.

—Encantado de conocerte. No debe de ser temporada de esquí —le dijo Dave a mi madre.

—Nunca he salido con un *médico* —dijo Ray dándole la mano al doctor. Apretaba con fuerza debido al efecto del esquí—. Hay cosas de mi persona que solo podría contarle a un especialista —le susurró Pequeña Ray al doctor Dave. Notó el afecto de mi madre.

Todos ellos me hicieron sentir cómodo, como en casa, todo el tiempo, aunque yo era el rarito entre ellos, el hombre heterosexual con un cuestionable historial de exnovias más bien poco lustroso.

De vez en cuando, me encontraba con Rose en el campus de la academia. No le pregunté por sus espasmos musculares. Nuestra amistad no se recuperó de su descenso de cabeza por las escaleras y de haber quedado expuesta.

—Hay cosas peores que cojear —me dijo Rose.

Fue Maud la que me advirtió de que mi abuela estaba «perdiendo la chaveta». Maud se encontró con Nana en el centro de Exeter. Nana le dijo que había aparcado el coche por allí, pero que no era capaz de encontrarlo. Maud sabía que no dejábamos conducir a mi abuela; no después de que entrara en el garaje sin detener el coche y atravesase la pared del fondo. Maud sabía que Dottie llevaba a Nana a todas partes en el coche.

Mi abuela confundió a Maud con la pobre Rose.

—Estás mucho mejor de tu cojera, querida. Si no supiera que cojeas, apenas me habría dado cuenta —le dijo Nana a Maud.

—Soy Maud, señora Brewster. Me rompí el brazo y lo llevé enyesado durante un tiempo —le dijo Maud—. Rose cojeaba mucho, pero ahora ya no.

—¿Cómo van tus espasmos musculares, querida? —le preguntó mi abuela. Entonces apareció Dottie—. ¿Qué demonios haces aquí, Dottie? —le preguntó Nana a su ama de llaves.

—¡Te estaba buscando! —le dijo Dottie.

—En cuanto a lo de quedar expuesta en las escaleras, querida —le dijo mi abuela a Maud—, lo mejor que puedes hacer es no pensar en ello.

Maud sabía qué y cuánto había visto de Rose, mientras la pobre descendía por las escaleras del desván. Maud me había dicho que no podía dejar de pensar en ello. Y creía que la vida sexual de

Rose había quedado arruinada por haberse expuesto de aquella manera inimaginable.

—Esta es la del brazo roto, señora Brewster, no la que se quedó con sus *partes* al aire mientras caía por las escaleras del desván —intentó aclararle Dottie a mi abuela.

Dottie también me había advertido de que Nana estaba «en plan tapia», como ella decía.

—Prepara té a todas horas, pero no oye silbar la tetera —me dijo Dottie.

—¿Quieres decir que está perdiendo audición? —le pregunté a Dottie.

—Está perdiendo algo más que audición, Adam. Cuando aparta la tetera, deja el fuego encendido. La casa va a acabar ardiendo, si no se mea encima antes —dijo Dottie.

—¿Sufre incontinencia? —pregunté a Dottie.

—No sé nada de eso, Adam, pero se queda ahí meando y no sabe que está meando. Los pañales no funcionan, ya sabes, si no te acuerdas de usarlos, y no me deja ponérselos —dijo Dottie—. Y esas dos tías tuyas están acelerando su muerte —añadió Dottie.

Mientras mi abuela dormía la siesta, tía Abigail y tía Martha «enseñaban» la casa de la calle Front a los agentes inmobiliarios.

—Esas dos tías tuyas no se molestan siquiera en presentar a los visitantes al personal contratado, pero yo reconocería a un agente inmobiliario con los ojos cerrados, Adam, porque los agentes inmobiliarios huelen igual que los de las funerarias —me aseguró Dottie.

Nora ya me había contado que su madre y tía Martha estaban impacientes por heredar la casa de la calle Front: pensaban reformarla para revenderla mientras esperaban, por si Nana no moría en el momento adecuado, según había dicho Nora. Tío Martin ya se había jubilado y tío Johan lo haría pronto. Aquellos dos viejos andaban buscando propiedades en el norte, en zonas de esquí; mis intrigantes tías maquinaban con los agentes inmobiliarios la forma de ganar una fortuna con la casa de la calle Front. Mis tíos, bebedores de cerveza, estaban totalmente al margen de la conspiración de mis tías para estafar a mi madre con su parte de la herencia, pero Nora y yo sabíamos que Nana estaba perdiendo facultades; Nana pronto iba a necesitar asistencia diaria, más allá de los cuidados de Dottie.

El centro para ancianos con recursos de la zona de Exeter no era en un lugar seguro para los ancianos que paseaban sin rumbo o que habían perdido la chaveta. Ubicada en un recodo del río Squamscott, la residencia tenía vistas a la marisma (con la marea baja) o al agua (cuando subía la marea). River Bend, que era como se llamaba, de forma poco imaginativa, la residencia de ancianos, estaba rodeada por el agua o el barro y el campo de golf de la ciudad. La ubicación tampoco era especialmente recomendable para un campo de golf: las pelotas de golf se perdían en el río, y los golfistas se hundían hasta las rodillas en las marismas en un infructuoso esfuerzo por recuperarlas. Los pacientes confundidos de River Bend acababan en el agua o se quedaban atascados en el barro. Si los pacientes que habían perdido la chaveta caminaban en dirección contraria, corrían el riesgo de ser golpeados por pelotas de golf.

Entre los habitantes de Exeter que nunca podrían permitirse residir en River Bend corría un estúpido chiste, que no dejaban de repetir, que decía que a muchos de los pacientes ya se les había ido la pelota, o que no tardarían en perderla. Cuando bajaba la marea, era posible vadear el río Squamscott, donde una vez se encontró a uno de los pacientes desorientados de River Bend vagando entre el ganado vacuno Black Angus, hablando con las vacas mientras pastaban. Esto ocurrió cuando yo todavía estudiaba en la academia, pero seguía siendo la comidilla del pueblo. Incluso mi abuela había oído ese chisme y, no sé por qué, lo recordaba.

—No me enviéis a River Bend, por favor, no hasta que se me haya ido del todo la pelota —había declarado Nana. Todavía lo decía, incluso mientras dormía, según me había confiado Dottie. Incluso cuando Nana dormía la siesta y los agentes inmobiliarios evaluaban la casa de la calle Front calculando posibles reformas (a costa de mi abuela) que aumentaran el precio de venta, mi abuela seguía diciendo—: No me enviéis a River Bend, por favor.

Siendo niños, tanto a Nora como a mí mi madre nos decía que Nana tenía un miedo infundado a las vacas; quizás no tan *infundado*, pensábamos Nora y yo. Incluso en sueños, Mildred Brewster se imaginaba condenada a conversar con el ganado. Supongo que Nana nunca supo para qué eran necesarias las reformas que ella iba a costear.

Todavía estábamos en los años setenta; la verdadera mierda aún no había empezado. Como Nora siempre decía, había mierda en ciernes. Nora solía referirse a temas políticos. La mierda en ciernes de la que hablaba *Dos tortilleras, una que habla* se titulaba «Las noticias en inglés». En el escenario, obviamente, esta sátira política de las noticias comenzó con una pantomima de Em. Em fue la autora de todo ese material. La traducción al inglés fue cosa de Nora. En el guion, Em a menudo hacía que el monólogo de Nora resultase contradictorio respecto a la pantomima de Em en el escenario. Em daba a entender al público que Nora estaba improvisando lo que decía. Pero Em se enfadaba cuando Nora se salía del guion. Yo me posicionaba de parte de Em: ella era la escritora. A Em no le gustaba que Nora improvisase su monólogo.

El *sketch* de «Las noticias en inglés» fue premonitorio con relación a la llegada al poder de Ronald Reagan. Nora y yo no supimos verlo.

—¿Por qué razón un exlocutor deportivo, actor y presidente del Sindicato de Actores de Cine no querría lograr un tercer mandato como gobernador de California? —escribió Em. Estábamos en 1975 y era una pregunta difícil de plasmar en una pantomima. Nora le ofreció al público del Gallows una traducción fiel al inglés.

—Ojalá Ronald Reagan fuera gobernador de California para siempre. Todos estaremos más seguros si ese vaquero se queda en California —había escrito Em. Nora tradujo fielmente ese fragmento, pero se salió del guion durante un instante; Nora siempre tenía que añadir su granito de arena.

—Por el amor de Dios, Em, no tienes por qué preocuparte de Ronald Reagan, es un actor de segunda fila. No va a ir a ninguna parte —dijo Nora. El comentario provocó una carcajada entre el público del Gallows, pero yo no me reí, y Em estaba furiosa. Entendí que la pantomima que estaba haciendo Em también era improvisada.

Nora ya se había equivocado antes con algún otro actor de segunda fila.

—Paul Goode no va a ir a ninguna parte —había dicho. Em sabía que probablemente todos en el Gallows habían visto *El hombre del jardín de infancia.* La pantomima de Em sobre el ansioso alumno del parvulario en el lavabo no requería traducción. Recordábamos a Paul Goode tumbado bajo los retretes, sosteniendo una pistola contra el pecho. Em no necesitaba representar esa parte.

Lo que requería de una nueva pantomima, al menos desde mi punto de vista, era representar lo manipulables que eran los votantes estadounidenses. Estaba claro lo que Em pretendía imitar cuando se puso en cuclillas en el escenario, pero Nora se tomó algunas licencias poéticas con su traducción al inglés.

«No es imprescindible ser un actor de primera categoría para manipular a los votantes estadounidenses», esa fue mi mejor conjetura sobre lo que decía la pantomima de Em.

Era la forma que tenía Nora de decir cosas que meterían a Em en problemas, no solo en esta ocasión.

—Hasta un actor de segunda es lo bastante bueno como para embaucar al pueblo estadounidense, que es más tonto que una mierda —fue la desafortunada forma en que Nora interpretó la pantomima de Em.

Nadie rio. Es más, en el Gallows se oyeron algunos murmullos de rechazo. La dirección del Gallows se quejó de ello a Nora.

—No puedes traducir todo lo que hace la canadiense —le dijeron a Nora. Los directivos culpaban a Em de lo ocurrido. Cada vez que Nora decía algo demasiado antiamericano, la dirección del Gallows Lounge, más tonta que la mierda, responsabilizaba a la canadiense que no decía palabra. Para cualquiera que haya visto a Nora y Em en el escenario, lo más incendiario de su discurso radicaba en cómo Nora decía las cosas.

No puedes decir del pueblo estadounidense que es más tonto que una mierda; nadie puede hacerlo. Como diría Nora, el pueblo estadounidense es la vaca más sagrada de la política estadounidense. Ningún político americano puede decir nada despectivo sobre el pueblo estadounidense, pero Nora no lo tuvo en cuenta; después de todo, Nora no iba a presentarse a ningún cargo político.

Em fue la que auguró la llegada de Ronald Reagan, por eso estaba preocupada. Em también vio cómo el público del Gallows reaccionaba a lo que Nora decía sobre el pueblo norteamericano, y eso le preocupó. Sabía que al público del Gallows, por lo general, le encantaba *Dos tortilleras, una que habla,* pero esta vez no parecía así. Em fue la que vio venir el odio.

Nora simplemente lo pasó por alto.

—¿Para qué son los plátanos? Ha pasado mucho tiempo —seguía cantando Nora. Al principio era gracioso, pero tal como lo cantaba Nora, sonaba como un canto fúnebre.

—¿Adónde han ido a parar los plátanos? Ya hace mucho tiempo de eso —cantaba el hombre de las raquetas, con su hermosa pero elegiaca voz; con su hermosa pero elegiaca voz *de mujer,* pronto (por fin) aprendería a decirlo. Al igual que Ronald Reagan y el odio, las elegías también estaban a punto de llegar.

32
Una curva en el camino

Los residentes de River Bend preferían las habitaciones con vistas al río. Con la marea baja, las habitaciones daban principalmente a las marismas, pero los residentes preferían el barro al campo de golf. Mi abuela no.

—Me gusta bastante el barro, pero preferiría no tener que ver vacas ni pensar en ellas —dijo Nana.

En la lejanía, más allá del río y de las marismas, se encontraba la granja de vacas Black Angus. A semejante distancia de River Bend, le aclararon a Mildred Brewster, las reses parecerían perros chiquititos.

—No me importa lo que *parezcan* las vacas: sé lo que son —replicó mi abuela—. Preferiría no ver ni pensar en vacas, por pequeñas que sean.

Me recordó al «preferiría no hacerlo» de Bartleby, otra vez; Nana recordaba a su Melville. También recordaba momentos de su infancia, desconocidos para nosotros. Su vida de mujer joven permanecía intacta, sobre todo sus *lecturas* de juventud.

—Su memoria a corto plazo está hecha una mierda —señaló Dottie—. No es capaz de distinguir entre ayer y hace cincuenta años.

Tenía razón. Mi abuela tampoco sabía ya atenerse a un orden cronológico. Para ella, *Moby-Dick* le resultaba más claro y más real que los nacimientos de sus hijos o de los hijos de sus hijos. Nana reconocía a Dottie, pero siempre parecía sorprendida al verla aparecer, como si Dottie perteneciera a otro lugar o como si la propia Dottie se encontrara, de algún modo, fuera del orden cronológico.

Casi al final de sus días, incluso antes de abandonar la casa de la calle Front para instalarse en la residencia River Bend, mi abuela no era capaz de reconocer a Abigail ni a Martha, no al menos hasta que hablaban.

—Oh, sois vosotras... Deberíais haber dicho algo —les decía Nana a mis tías en cuanto oía sus armónicas voces.

En una ocasión, cuando Dottie aún cuidaba de ella, mi abuela le preguntó por qué no podía oler al hombre de los pañales.

—¿Le has cambiado los pañales al director Brewster, Dottie? —le preguntó Nana.

—Llega tarde, señora Brewster: el hombre de los pañales está muerto —le contestó Dottie.

—Oh, *tarde,* entiendo... Bueno, a partir de aquí todo va a ir cuesta abajo —dijo mi abuela.

A mi madre le habría hecho llorar que Nana no se acordara de ella, pero la nave de rescate Rachel no tenía de qué preocuparse. Pequeña Ray había sido bautizada con el nombre de «Rachel, de rumbo errante». Mildred Brewster, que podía recitar el resto de esa última frase de *Moby-Dick,* siempre reconocería a su queridísima hija pequeña.

En una ocasión, cuando mi madre visitó a su anciana madre en River Bend, se aseguró de que la reconociera: entró pisando fuerte en la habitación de mi abuela, llevando a cabo sus sentadillas con una sola pierna.

—¡Basta, Rachel, vas a hacer temblar la lámpara de araña! —gritó Nana, aunque no estaban en el comedor de casa. No había lámparas de araña en River Bend, donde mi abuela había elegido una habitación con vistas al campo de golf.

—Hombres adinerados con palos —decía Nana cada vez que miraba por la ventana y veía a los golfistas—. ¿Son todos republicanos? —me preguntó mi abuela una vez, señalándolos. Se encontraban muy lejos de su ventana, tan solo pude fijarme en los brillantes colores de sus ropas de golf.

—No sé si son republicanos, Nana —le contesté.

—Sé que no estoy siendo justa. Es posible que los golfistas solo se vistan como si fueran republicanos —dijo mi abuela con un suspiro. Sentía un gran desdén por el golf como deporte. Las enfermeras de River Bend contaban que Nana a veces increpaba a los golfistas.

—Si lo hacéis para practicar ejercicio, seguid andando, no os detengáis —les gritaba mi abuela. Le molestaba aún más ver a mujeres jugando al golf, pues iban vestidas como republicanas—. Si las mujeres son republicanas, es que les han lavado el cerebro. Los hombres les han lavado el cerebro —decía Nana.

Las enfermeras de River Bend me contaron que mi abuela expresaba esa idea de todas las maneras posibles. Había residentes en River Bend que se negaban a sentarse con Nana en el comedor; probablemente eran republicanas.

Hacia el final de sus días, ese fue el detalle que hizo que a Nora acabara gustándole mi abuela; al menos un poco más de lo que le había gustado hasta entonces. Nora dijo que fue toda una suerte que Nana nunca llegase a saber que tía Abigail y tía Martha habían fallecido antes que ella.

—Ninguna mujer quiere sobrevivir a sus hijos, Adam, ni siquiera a ellas dos —me diría Dottie más tarde—. Sabía que tendría que haber regresado a Maine cuando internaron a tu abuela en ese recodo del río.

Sin embargo, mis tías convencieron a Dottie para que se quedara en la casa de la calle Front. Tía Abigail y tía Martha no habían sido capaces de elegir a un agente inmobiliario, así que siguieron renovando la vieja casa. Alguien tenía que mantenerla limpia, pensaron mis tías, y Dottie conocía a la perfección la casa de la calle Front.

—¿Has visto al fantasma, Dottie? —le preguntó tía Abigail a la fiel ama de llaves de mi abuela.

—Los agentes inmobiliarios han oído hablar de que en la casa hay un fantasma —añadió tía Martha.

—Yo no me dedico a los espíritus: ni los veo ni los limpio —respondió Dottie—. Algunas personas que conozco seguro que han visto algo, pero como yo no he visto nada, prefiero no meter las narices —les dijo Dottie.

—¿Qué diablos significa *eso,* Dottie? —le preguntó tía Abigail.

—Puedo limpiar el desván, pero no os recomiendo que metáis las narices por ahí —le contestó Dottie.

Tiempo después Dottie me dijo:

—Fue en vano, Adam. Debería haber sabido que tus dos tías no me escucharían.

Por fortuna, mi abuela nunca supo que *las dos* habían muerto;

ni cómo habían muerto. Entre las chavetas que Mildred Brewster había perdido, estaba la del tiempo. Para Nana, perder la chaveta del tiempo supuso una bendición.

¿Cuándo fue la última vez que Abigail y Martha visitaron a mi abuela en River Bend? ¿Por qué lo preguntas?, habría dicho Nana, al tiempo que respondía: fue *el otro día,* aunque Dottie había vuelto a Maine y mis tías llevaban muertas cuatro o cinco años. La casa de la calle Front no paraba de cambiar de propietario: en cuatro o cinco años, la casa había tenido otros tantos dueños. El agente inmobiliario seguía bajando el precio de venta, a raíz de las repetidas reformas del desván.

Poco importaban las mejoras que llevase a cabo el agente inmobiliario. El problema en el desván no se quedó en el desván. El fantasma del abuelo sabía cómo mantenerse callado. El director Brewster siempre supo esperar su momento. Ni siquiera mis tías tuvieron poder sobre el hombre de los pañales, aunque ellas lo intentaron. Después de que mis tías Abigail y Martha ingresaran a mi abuela en River Bend, aquellas dos acosadoras fueron tras el fantasma del desván.

Los agentes inmobiliarios lo oyen todo. El descubrimiento del fantasma de la casa de la calle Front supuso una gran noticia en el pueblo. Incluso Rose, que ya no cojeaba, dijo que alguien le había dicho que había un fantasma en el desván de mi abuela.

—Sí, ya había oído hablar de eso —respondió Rose.

Pero mis tías estaban decididas a hacer algo con el fantasma del *enfant terrible.* Los fantasmas eran malos para el negocio inmobiliario, les dijeron a mis tías. Por ese motivo, en una vieja casa de Nueva Inglaterra con historia, un fantasma bajaría el precio de venta. Tía Abigail y tía Martha no querían oír hablar de eso. Estaban decididas a hablar con el fantasma.

—Papá *nos* escuchará —le dijo tía Abigail a mi madre.

—Todo esto es culpa tuya, Rachel. Papá dejó de hablar por tu culpa —añadió tía Martha, recriminándoselo.

—Papá dejó de escuchar antes de dejar de hablar. Se volvió loco de remate antes de que yo naciera —les dijo mi madre a sus hermanas.

—Esas dos tías tuyas nacieron locas de remate, Adam —me diría Dottie tiempo después.

Dottie no alentó el plan de mis tías. Muy sensatamente, Dottie no quería tener nada que ver con dicho plan. En opinión de Dottie, la idea de que esas dos pasaran la noche en mi dormitorio del desván era querer buscarse problemas. Hubiese fantasma o no lo hubiese, seguro que eso suponía «meterse en un lío», como había dicho Dottie.

—¿No les has contado nada de Jasmine? —le pregunté a Dottie.

—A esas dos, no —dijo Dottie—. Ellas se lo han buscado, ¿no te parece? —me preguntó Dottie.

—¿No les contaste lo que le pasó a Jasmine? —le pregunté más adelante a mi madre.

—Yo no voy contando historias sobre ti, cariño. Tú eres mi único y exclusivo —me recordó mi madre.

Después de lo que ocurrió, Nora me hizo a mí la misma pregunta..., aunque en su estilo.

—Supongo que no les habrás dicho nada a mi madre o a Martha sobre el encuentro de Jasmine con el fantasma del abuelo, o como prefieras llamarlo, ¿verdad, chaval?

Miré a Em al tiempo que negué con la cabeza.

—Creía que ya se lo habrías contado tú —le mentí a Nora, hablando lo más despacio posible. Em negaba enérgicamente con la cabeza. *Habría que estar más loca que una cabra para decirles algo a esas dos,* daba a entender Em.

—¿Quién querría impedir que esas dos durmieran en el desván? —me preguntó Nora—. Yo no, chaval —se respondió a sí misma mi prima. Em estaba haciendo una pantomima inexplicable—. Em dice que esas dos, de todos modos, no me habrían hecho caso —dijo Nora.

Lo único que hizo Dottie fue dejar una luz encendida en la cocina. El dormitorio de Dottie, en la parte trasera de la casa de la calle Front, se encontraba encima de la cocina. Mis tías dejaron otra luz encendida, en el pasillo del piso de arriba; arrojaba algo de luz sobre la escalera del desván e iluminaba tenuemente el dormitorio, lo suficiente para que mis tías encontraran el camino al cuarto de baño. Abigail y Martha rondaban ya los sesenta años, así que tal vez se levantaban por la noche.

—Aquella noche no se levantaron —me contaría Dottie tiempo después. Como de costumbre, cuando alguien dormía en el desván, Dottie dejaba la puerta de su habitación abierta—. Solo una rendija, lo suficiente para oír si pasaba algo. —Según Dottie—: No hubo ni de lejos tantos gritos como el jaleo que montó Jasmine, y nadie se cagó encima. De hecho, las dos estaban cagadas de miedo antes siquiera de poder haberse cagado —como dijo Dottie.

—¡Pequeña Ray no! —gritaron mis tías a coro, pero Dottie solo las oyó gritar una vez. Cuando Dottie subió las escaleras, tía Abigail y tía Martha habían dejado de respirar. Estaban abrazadas en mi cama, con los ojos muy abiertos y mirando fijamente. Yo sabía hacia dónde debían de estar mirando: un punto en el suelo, a los pies de mi cama, bajo la claraboya. Era el lugar que el director emérito elegía para aparecerse, según mi experiencia, cuando el tiránico infante no estaba de humor para escuchar a nadie. ¿Qué otra cosa podría haber asustado a aquellas dos hasta paralizar su corazón? Tuvo que ser el fantasma del abuelo en su fase de *enfant terrible*.

—No me cabe la menor duda de que algo las asustó hasta matarlas —fue todo lo que Dottie le dijo a la policía al respecto.

No me sorprende que Dottie no apareciese citada en el *Exeter Town Crier*. «Dos hermanas fallecen juntas» era el titular del «Informe policial». Indicaba que murieron «en la casa donde habían nacido», y lo que era incluso más reconfortante, «durante el sueño», lo que hacía que la muerte de mis tías pareciera envidiable.

—¡Esas dos no murieron mientras dormían! —exclamó Dottie, cuando leyó el «Informe policial».

El señor Barlow, como de costumbre, menospreció la redacción de la noticia. El pequeño profesor de inglés señaló:

—Han evitado usar las palabras *asustado* o *atemorizado*. El artículo parece voluntariamente confuso —observó el pequeño profesor de inglés.

«La causa de la muerte no resultó inmediatamente aparente», afirmaba el *Exeter Town Crier*.

—¡Tan aparente como un zurullo en tu jarra de cerveza! —gritó Dottie. No le cabía duda de que aquellas dos habían visto *algo*.

El modo en que concluía el «Informe policial» suscitó algunas críticas. De las dos señoras Vinter, las hermanas mayores Brewster, escribieron: «No se tenía noticia de que sufrieran enfermedad alguna».

—Eso es como decir que la *casa* las mató..., o como dar a entender que hay un fantasma, aunque sin decirlo —dijo el hombre de las raquetas. El señor Barlow seguía suscrito al *Exeter Town Crier,* incluso estando en Nueva York. El hombre de las raquetas mostró el «Informe policial» a Em y Nora; para Nora, el artículo equivalía a un obituario para su madre y su tía Martha.

Em, de inmediato, representó un par de escenas de muerte; dos muertes por enfermedades desconocidas (o al menos irreconocibles).

—No es cierto que esas dos no tuvieran ninguna enfermedad conocida: ¡tenían intolerancia sexual a raudales! —Nora estaba fuera de sí—. ¡Sentían un odio incurable por todo lo que fuese diferente a nivel sexual! —gritó Nora. Eso explicaba, al menos en cierto sentido, por qué yo no lograba entender la causa de la muerte en las escenas mortuorias que Em estaba representando.

Los agentes inmobiliarios saben leer entre líneas cualquier esquela. Todos menos uno de los agentes inmobiliarios perdieron el interés por vender la casa de la calle Front. El que siguió adelante rebajó el precio de venta. A mi madre no podía importarle menos, quería deshacerse de la casa y no le importaba si no ganaba mucho dinero. De hecho, mi madre ya se había retirado de la disputa por la herencia. Cuando mi abuela aún estaba en sus cabales, había otorgado un poder notarial a Pequeña Ray para que actuara en su nombre. (A mis tías las habría matado saber lo que Nana había hecho.) Nana y mi madre habían acordado, hacía ya algún tiempo, que la herencia de mi abuela iría a parar, a partes iguales, a Nora, a Henrik y a mí. Tía Abigail y tía Martha habían sido eliminadas de la ecuación algunos años antes de que vieran la cosa que apareció en mi dormitorio del desván, bajo la claraboya.

A los escritores de ficción nos gustan lo que nosotros denominamos «exageraciones verídicas». Cuando escribimos sobre algo que sucedió realmente —o que casi sucedió, que podría haber sucedido—, nos limitamos a realzarlo. En esencia, la historia sigue siendo real, pero la hacemos mejor de lo que realmente fue, o la hacemos más horrible, dependiendo de nuestras tendencias.

Escribí, describiendo a una abuela ficticia, que había muerto un día antes de cumplir los cien años. Di a entender que había muerto «de manera deliberada», sabiendo que el alboroto provocado por su centenario habría acabado con ella. Casi sucedió lo mismo con Mildred Brewster, que no habría querido saber nada de su centenario. En una ocasión, en River Bend, mientras le leía un fragmento de su amado *Moby-Dick*, mi abuela me dijo:

—Debería haberme hundido con el *Pequod*, Adam.

—¿Por qué, Nana? —le pregunté.

—Porque ya he vivido bastante, mi querido niño —respondió mi abuela—. ¿Quién no preferiría morir en el mar? ¿Acaso no es mejor que estar rodeada de golfistas?

Esta conversación tuvo lugar durante un periodo de conflicto entre los golfistas y los residentes de River Bend cuyas habitaciones daban al campo de golf. Un golfista se había «aliviado», en palabras de Nana, a la vista de varios residentes de River Bend que estaban mirando por sus ventanas; mi abuela se encontraba entre los mirones ofendidos.

Según llegué a entender, el golfista no aguantaba más: se bajó la cremallera y se puso a orinar en una zona de hierba entre el *green* y las marismas que bordean el río. Había un único *green* a la vista de los residentes de River Bend. Yo no juego al golf, no recuerdo qué hoyo era. Habían robado la bandera que indicaba el *green*. Después del incidente del pipí, según la versión de los golfistas, uno de los residentes de River Bend tiró la bandera al río Squamscott. No reemplazaron la bandera, pero persistieron las hostilidades juveniles entre los golfistas y los residentes. Una mañana, cuando muchos de los residentes miraban por la ventana, una golfista les hizo una peineta.

—Fue una mujer, Adam; ella fue la que lo hizo —dijo mi abuela, haciéndome una peineta. Una golfista, una de aquellas mujeres republicanas a las que les habían lavado el cerebro, le había hecho un gesto de desprecio. Nana sabía que, entre los residentes de River Bend, se hablaba de represalias.

Los lugareños, la gente de Exeter, los que no eran adinerados ni formaban parte de la comunidad académica, llamaban «rivervejetes» a los que vivían en la residencia River Bend; a los residentes cercanos a la muerte, no sin cierta lógica, los llamaban «rivermuertos».

El acto de represalia contra los golfistas era esperado tanto por los rivervejetes como por los rivermuertos, aunque no por los golfistas.

—Por lo que parece, uno de los nuestros se ha cagado en el

green —me dijo mi abuela en voz baja, como si estuviera hablando de un acto sagrado. Un rivervejete, o tal vez un rivermuerto, sin nada que perder, se había vengado cagando a lo grande en el *green*, muy cerca del agujero que echaba de menos su bandera.

El jardinero que se encargaba del campo de golf fue quien descubrió el montículo gigante en el *green*. Resultaba muy sospechoso que mi abuela y todos los residentes con vistas al *green* estuviesen esperando en sus ventanas la llegada del jardinero.

—Sin duda, los residentes sabían que la caca estaba en el *green* antes de que llegara el jardinero —me confió una joven enfermera, más sincera que las enfermeras de mayor edad de River Bend, pero no llegó a afirmar que los residentes tuvieran conocimiento de antemano del escandaloso acto de defecación. Quienquiera que fuese la persona responsable se convirtió en «una leyenda nocturna en River Bend», o al menos eso fue lo que me dijo la joven enfermera. Aun así, siguió siendo un héroe anónimo.

Si Nana sabía quién lo había hecho, se llevó a la tumba lo que sabía del atrevido defecador. (Para Mildred Brewster, incluso defecar era un ejercicio más digno que jugar al golf.)

Cuando llegaban postales de Dottie, Nana no sabía ya quién era Dottie, por no hablar de lo que decía Dottie. «¿Cómo se encuentra, señora Brewster? Yo sigo dando por saco», escribía siempre Dottie, antes de firmar con la misma letra, sorprendentemente legible, con la que elaboraba sus listas de la compra.

—¿Quién es Dottie? ¿A quién le está dando por saco? —me preguntaba mi abuela, o bien una de las enfermeras. Cuando le recordábamos quién era Dottie y que «sigo dando por saco» era tan solo la forma que Dottie tenía de decir que estaba viva, Nana se indignaba por el malentendido.

—Bueno, ¿por qué Dottie no parece Dottie, por qué no suena como lo habría dicho Dottie? No es «por saco», ¡es «po'saco»! —exclamó mi abuela. Era la voz de Dottie la que aún recordaba, y también la mía.

Al final, Nana no era capaz de reconocerme cuando me veía. Aunque la hubiera visitado una semana antes, o tan solo un día antes, me miraba fijamente, sin saber quién era.

—Soy yo, Nana, soy Adam —tenía que decirle siempre. Reconocía mi voz.

—Oh, Adam, qué *mayor* estás, querido —decía.

Moby-Dick tiene un narrador en primera persona. Mi abuela recordaba la voz de Ismael. Poco importaba dónde empezara a leer o dónde se detuviese. No recordaba dónde lo había dejado, ni dónde había empezado a leer el día anterior. Pero conocía la historia. Se acordaba de todo *Moby-Dick*. Nana sabía todo lo que Ismael había dicho, y también cómo se suponía que Ismael lo había dicho.

La joven enfermera de River Bend solo sabía que a mi abuela se le cansaban los ojos de tanto leer, sobre todo en los meses de invierno, cuando no había golfistas y Nana leía y releía su ejemplar de *Moby-Dick* día y noche. Para Nana, el invierno duraba un único día. Transcurría durante la noche y volvía a llegar, de nuevo, cada nueva mañana, pero sus viejos ojos sabían lo extensos que eran los inviernos en New Hampshire.

—Oh, mira, esta noche ha nevado. Suficiente para desanimar a esos golfistas cobardes —me decía todas y cada una de las mañanas de invierno.

La joven enfermera, Emmanuelle, procedía de una de las familias francocanadienses de New Hampshire; aunque no hablaba francés, solo inglés. Al principio de su lectura de *Moby-Dick*, Nana tuvo que corregir la pronunciación de Emmanuelle.

—Es *Queequeg* —le dijo mi abuela a la intrépida Emmanuelle—. No le quites ojo de encima al caníbal, querida: Queequeg es importante. No es un arponero cualquiera: Queequeg no es cristiano —le advirtió Nana a la joven enfermera, que (temerosa) empezó a leer *Moby-Dick* por el principio.

Me encontré con Emmanuelle en un momento en el que estaba muy desanimada, con lágrimas en los ojos, debido a sus errores de pronunciación en el capítulo 32, el de la «Cetología».

—Nadie necesita saber los nombres de «la hermandad leviatánica». Mi abuela no se enterará si te saltas capítulos como ese —le dije a la joven enfermera. Le advertí que no leyera el capítulo 92, el de «Ámbar gris», sabiendo que el vómito de ballena, y todo lo relacionado con «las desagradables entrañas de una ballena enferma», distraía porque no era lo importante.

No era solo el nombre de Queequeg lo que le causaba problemas a la joven Emmanuelle: mi abuela la reprendió por cómo pronunciaba «Tashtego» y «Daggoo». Nana no dejaba de recordarle a

Emmanuelle que Queequeg es un salvaje (no un cristiano) por una buena razón.

—Y ahí está su ataúd —le reveló Nana a la joven enfermera—. ¡Por favor, no te olvides del ataúd de Queequeg!

Pobre Emmanuelle, la enfermera no llegó a leer más allá del final del capítulo 40, «Medianoche. Castillo de proa». Era encomiable cómo la joven enfermera se había dedicado a leer todo *Moby-Dick,* pero el ataúd de Queequeg no aparecería antes del capítulo 110. No quise decirle a Emmanuelle que mi abuela podría haber estropeado la historia contando el secreto del ataúd demasiado pronto. Cuando visitaba a Nana, retomaba la lectura de Emmanuelle, no necesariamente donde la obediente enfermera había dejado de leer. Nana nunca recordaba dónde dejabas de leer y, dondequiera que retomases *Moby-Dick,* Mildred Brewster sabía exactamente en qué parte de la historia se encontraba. Lo que mi abuela no sabía era en qué punto estaba de su propia historia.

A menudo empezaba a leerle a Nana a partir de la oración de Pip. Pip es el grumete negro del *Pequod.* Al final del capítulo «Medianoche. Castillo de proa», Pip ha oído por casualidad a los marineros jurar lealtad a Ahab, «ese viejo anaconda», como denomina Pip al capitán Ahab. Pip tiene miedo. «Oh, tú, gran Dios blanco de las alturas, en algún lugar de esa oscuridad», reza Pip, «ten piedad de este pequeño muchacho negro de aquí abajo. ¡Presérvalo de todos los hombres que no tienen entrañas para sentir miedo!»

—Pobre Pip —decía siempre mi abuela con un suspiro. Ambos sabíamos lo que iba a ocurrirle; en cierto sentido, aquel grumete se ahogaba dos veces. Se pierde al caer por la borda, solo en el mar, y luego, tras su rescate, Pip enloquece. «El mar había mantenido burlonamente con vida su cuerpo mortal, pero había ahogado lo que de infinito había en su alma. A pesar de no haberlo ahogado del todo.» Pip viviría para ahogarse de nuevo: la última vez, junto con el resto de la tripulación del *Pequod.*

A veces retomaba la lectura en «El herrero», el sombrío capítulo 112, porque Nana decía que no conocía nada tan reconfortante sobre el tema de la muerte como la frase que más le gustaba de ese oscuro capítulo. «La muerte no es más que verse lanzado a la región de lo extraño no conocido.» El tono melancólico reconfortaba a mi abuela.

A Nana le gustaba dejar abierta la puerta de su habitación en River Bend. Por la noche, cerraban las puertas de las habitaciones de los residentes —«para evitar incendios», me había dicho Emmanuelle—, pero durante el día mi abuela insistía en que su puerta permaneciese abierta. Algunos de los residentes que habían perdido la chaveta entraban cuando yo estaba leyendo, pero nunca se quedaban a escuchar. *Moby-Dick* no se escribió para los que están de paso.

—Sigue leyendo, querido. Tal vez «La matanza de los tiburones» sería un capítulo apropiado —me dijo Nana cuando uno de los residentes que había perdido la chaveta entró en su habitación, tomó varias de las fotografías y volvió a dejarlas en su sitio, curioseando sin motivo aparente.

Como se me había ordenado, me dirigí a ese pasaje del capítulo 66 en el que los tiburones «se destripan unos a otros»; en concreto a esa parte en la que «aquellas entrañas parecían ser engullidas una y otra vez por la misma boca, ser vaciadas por la herida abierta». Estas imágenes eran lo bastante desagradables como para hacer que la mayoría de los intrusos abandonaran la habitación de mi abuela, aunque hubieran perdido la cabeza, o tal vez precisamente por haberla perdido. Solo de vez en cuando era necesario leer hasta el final del capítulo, donde el pobre Queequeg casi pierde la mano con un tiburón muerto en cubierta. A su manera casi literaria, el salvaje especula sobre qué clase de dios irresponsable podría haber creado el tiburón. «A Queequeg no le importa qué dios hizo al tiburón», dice el caníbal, «ni el dios Fejee ni el dios Nantucket; pero el dios que hizo al tiburón debe ser un maldito Ingin.» El irreverente y sacrílego diálogo de Queequeg causaba el efecto deseado. Incluso los intrusos más despreocupados se sentían ofendidos y abandonaban rápidamente la habitación de Nana, sin ganas de oír más de *Moby-Dick*.

—Si cerrara la puerta, señora Brewster, los demás residentes no entrarían en su habitación —le decía siempre a mi abuela una de las enfermeras mayores.

—¡Pamplinas! —replicaba siempre Nana.

La enfermera Pamplinas, como denomino yo ahora a la bienintencionada aunque equivocada enfermera, no entendía por qué mi abuela disfrutaba con los residentes de River Bend que se metían en su habitación; cuanto más hubiesen perdido la chaveta, mejor. Nana no se mostró despectiva ni una sola vez con sus compañeros de River Bend por estar perdidos o confundidos; lo que Mildred Brewster despreciaba era la falta de interés de aquellos intrusos por la lectura. Aun así, y por contradictorio que pueda parecer, Nana hacía todo lo posible para impedir que los intrusos se quedasen a escuchar.

Emmanuelle me había contado que, en una ocasión, mi abuela le hizo leer «La blancura de la ballena», no solo todo el capítulo 42, sino también las terribles notas a pie de página en letra pequeña. «Era la blancura de la ballena lo que más me horrorizaba»; ojalá Ismael se hubiera detenido ahí, pero «el pensamiento de la blancura» no deja de rondarle. Hay notas a pie de página sobre «la intolerable fealdad» del oso polar y «la calmada letalidad» del tiburón blanco; una nota más extensa incluso describe el avistamiento por parte de Ismael de un albatros blanco, una «cosa mística». Luego viene el pasaje del «hombre albino»; la obstinada «blancura omnipresente» del personaje basta para apartar a cualquiera de la lectura. Me encantaba *Moby-Dick* y sabía que Emmanuelle también quería amarlo —la joven enfermera se esforzaba sinceramente por amar el libro—, pero ambos odiábamos «el hechizo de esa blancura», del cual Ismael no deja de hablar en «La blancura de la ballena»; que, en realidad, no trataba de la blancura de la ballena.

—Odio ese capítulo —me dijo Emmanuelle al borde de las lágrimas.

—Yo también lo odio —le dije a la joven enfermera, a quien no le gustaba que mi abuela le pidiera que se saltara el capítulo mientras le leía *Moby-Dick*. En mi opinión, Emmanuelle era una joven de principios: quería leer la novela al completo, en orden. En una ocasión, cuando una residente de River Bend se metió en la habitación de Nana, mi abuela recurrió a un truco con el capítulo 81 del que disfrutaba particularmente. Tan solo leer el título («El *Pequod* encuentra la *Virgen*») o hablar de manera sugerente sobre el capítulo, bastó para obligar a la intrusa a abandonar la habitación. Una vez, Em creyó entender que *Moby-Dick* era una novela pornográfica. Dios sabe lo que una de las mujeres de River Bend podría haber entendido al oír «El *Pequod* encuentra la *Virgen*»; ese capítulo podía sonar pornográfico para un lector no iniciado, o para un no lector. (Aunque me imagino que a los rivervejetes y a los rivermuertos masculinos les habría llamado la atención.)

Sabía lo que pensaba Nora sobre el hecho de que Nana me hubiese leído *Moby-Dick*. Intenté explicarles a Nora y Em que Nana y yo habíamos invertido ahora nuestros papeles: yo le leía *Moby-Dick* a Nana, y una joven enfermera de River Bend parecía dispuesta a leerle la novela al completo. Les conté a Nora y Em que Emmanuelle quería terminar de leer la novela antes de que Nana muriera. En su momento, no me pareció un gesto de manía obsesiva, no al menos hasta que me oí decírselo en voz alta a Nora y Em, pues ofrecí una imagen de Emmanuelle tan lunática como el propio Ismael al hablar del tema de la blancura. Vi que Em se retorcía de manera compulsiva; parecía estar representando una serie de trágicos errores y posteriores agonías, lo que Em imaginaba que podría ocurrir en el capítulo «El *Pequod* encuentra la *Virgen*». Em sabía cómo lograr que una historia trágica lo fuese aún más.

—¿Estás seguro de que Emmanuelle es enfermera, chaval? —me preguntó Nora—. ¿Cómo es que una enfermera tiene tiempo para leerle *Moby-Dick* a una de sus pacientes? ¿Cuántos años tiene Emmanuelle? Parece una niña desocupada —me dijo Nora. La saga de errores interminables y dolor resultante representada por Em no se detuvo.

—¿Es eso lo que dice Em? —le pregunté a Nora.

—Eso es lo que digo *yo*, chaval. Mejor no saber lo que le pasa a Em —me dijo Nora.

En un primer momento, pensé que Em estaba representando lo que ocurre en «El *Pequod* encuentra la *Virgen*», que Em había interpretado como una sucesión de grotescas y humillantes noches de boda; un *Nibelungenlied* sobre la virginidad perdida, que conduce a varias muertes. Tan solo entonces se me ocurrió que quizás había malinterpretado a Emmanuelle cuando nos presentaron por primera vez. Era joven, tímida, mascullaba; es posible que Emmanuelle me dijese que era estudiante de enfermería, no enfermera.

Nora no estaba leyendo mi mente con precisión, ni tampoco la de Em, cuando dijo, sin venir a cuento:

—Si no supieras de qué trata *Moby-Dick*, y no tuvieras ni idea de que el *Pequod* es un barco, un capítulo titulado «El *Pequod* encuentra la *Virgen*» podría llevarte a pensar que *Pequod* es el apodo de un tipo con una gran polla, una mala idea para una virgen.

Entonces Em se salió por una posible tangente, tal vez relacionada con su epopeya sobre las repercusiones derivadas de la virginidad perdida, o tal vez no.

—Em dice que la mayoría de las pollas son mala idea para una virgen —añadió Nora.

—¿Eso es todo lo que está diciendo Em? —le pregunté a Nora. Em negó violentamente con la cabeza.

Em tenía otras cosas que decir que iban más allá de lo que ocurre en «El *Pequod* encuentra la *Virgen*». En el capítulo 81, el epónimo *Virgen* del título es un barco alemán, el *Jungfrau*, que ha zarpado de Bremen. El *Jungfrau* se encuentra con el *Pequod* en alta mar, pero el capitán y la tripulación del barco alemán son un puñado de aficionados; el *Jungfrau* es un barco de vírgenes, en lo relativo a tener conocimientos sobre la caza de ballenas. Obviamente, eso no era lo que preocupaba a Em. Empezaba a tener la certeza de que la pérdida de la virginidad de alguien, ya fuese real o imaginaria, no era lo que más le preocupaba a Em.

—Se trata de *mí*, ¿no? ¿Qué está diciendo Em sobre mí? —le pregunté a Nora. Em se había derrumbado, estaba agotada y parecía enfadada. Em no solo estaba enfadada conmigo, sino también con Nora, por no haber sido sincera al traducirla—. Em dice que debes de estar follando con Emmanuelle, o que pronto lo harás, chaval —dijo Nora.

—¡No estoy follando con ella! —exclamé, pero Nora había tocado un punto débil: de hecho, sí había pensado en follar con Emmanuelle.

—Pronto lo harás —repitió Nora—. Em dice que tienes que madurar. Tienes que dejar de follar con mujeres por las que sientas lástima, por el mero hecho de que sabes que follarán contigo. Y no folles con mujeres jóvenes como Emmanuelle. Em está convencida de que Nana morirá antes de que Emmanuelle termine de leer *Moby-Dick;* entonces, Emmanuelle querrá leértelo a ti, chaval. Em dice que os vais a turnar para leeros *Moby-Dick* el uno a la otra en voz alta, y ya sabes cómo acabará eso —dijo Nora.

—No tengo ninguna intención de leer *Moby-Dick* con Emmanuelle, ni de hacer lo que eso apunta —dije, no tan indignado como intentaba parecer. Mi indignación estaba mitigada porque (obviamente) me había imaginado a Emmanuelle leyéndome *Moby-Dick*, turnándonos para leernos el uno al otro..., y también a lo que eso conduciría.

Me incomodaba que Em supiese tanto de mí. Yo no sabía tanto como hubiera querido saber de Em, empezando por la razón que le había llevado a dejar de hablar, pero Em no solía hacer pantomimas de lo que yo solo podía suponer que era una historia oscura y retorcida, y Nora no iba a contarme la historia de Em.

El hombre de las raquetas de nieve tan solo conocía algunos retazos de esa historia: lo que mi madre había oído por casualidad o había reconstruido a partir de los cotilleos de Abigail y Martha. El padre de Em era canadiense y la madre estadounidense; su matrimonio se rompió cuando descubrieron su homosexualidad, o descubrieron, cada uno, la homosexualidad del otro. El señor Barlow no sabía hasta qué punto la capacidad para hablar de Em se había visto afectada por el divorcio de sus padres o su salida del armario en cuanto gay y lesbiana; mi madre no conocía esa parte de la historia.

—Por lo que se refiere a Emmanuelle, no la conozco, solo he oído hablar de ella. Deberías hablar con tu madre y Molly sobre Emmanuelle, ellas sí la conocen —dijo Elliot en su tono más informal. Para mí, *ella* seguía siendo el señor Barlow, pero ya estaba harta de vivir como un hombre.

El hombre de las raquetas tenía unos cuarenta años cuando se convirtió en una mujer transgénero; hacía tres o cuatro años que estaba tomando estrógenos. La especialidad del doctor Dave era la endocrinología. Dave había estado prescribiendo y supervisando la terapia hormonal del señor Barlow desde el principio. En aquel entonces, la mayoría de los endocrinólogos no prescribían espironolactona como bloqueador de la testosterona. Nora y Em me habían contado lo que Elliot les dijo. Después de tomar los estrógenos, el hombre de las raquetas de nieve empezó a sentir un deseo mucho más parecido al de las mujeres, no como lo sienten los hombres, según me contó Em.

—Dejé de sentir deseo todo el tiempo, lo cual supuso un alivio —me contaría tiempo después el propio Elliot. Pude apreciar un evidente desagrado en el modo en que el señor Barlow habló del *deseo*.

Nora y yo decidimos que había dos maneras de enfocar la cuestión. Por una parte, si aceptábamos que Elliot había sentido deseo, como hombre, eso significaba que Em estaba equivocada: es decir, el hombre de las raquetas sin duda había practicado sexo. ¿Por qué no iba a ser así? Por otra parte, Em tenía razón: el rechazo que a Elliot le había provocado el deseo constante, su rechazo de la lujuria masculina, significaba que el hombre de las raquetas no se había dejado llevar ni una sola vez por el deseo; es decir, nunca había practicado sexo.

—Deberías preguntarle a tu madre y a Molly si Elliot ha practicado sexo alguna vez —dijo Nora, pero yo sabía que resultaría más fácil preguntarles a ellas dos sobre Emmanuelle.

En realidad, me acobardé a la hora de preguntarle a mi madre si ella y Elliot lo habían hecho alguna vez, igual que me había acobardado cuando tuve la oportunidad de preguntárselo a Elliot. Y no me parecía bien (porque suponía entrometerme) preguntarle a mi madre si el hombre de las raquetas lo había hecho con hombres. Mi razonamiento para no preguntarle al señor Barlow si su deseo por los hombres se había visto consumado alguna vez era más enrevesado. Si Em tenía razón, ¿se avergonzaría Elliot Barlow de no haber mantenido nunca relaciones sexuales con nadie? A decir verdad, el que se sentía avergonzado era yo: me avergonzaba preguntarle al hombre de las raquetas si lo había hecho de verdad, si alguna vez había apretado el gatillo. ¿Qué me importaba a mí? ¿Qué podía saber yo de un chico que siempre había querido ser una chica?

—No le preguntes a Elliot si alguna vez lo ha hecho, chaval. Pregúntaselo a tu madre y a Molly —me dijo Nora—. Si quieres preguntarle algo a Elliot, pregúntale lo que tiene que soportar... por el mero hecho de ser mujer. Pregúntale a Elliot cómo le va, cómo la tratan siendo mujer. No tienes ni idea, chaval —dijo Nora, mientras Em asentía con la cabeza.

Pude apreciar cuál había sido el efecto de los estrógenos. En tan solo dos o tres años, el señor Barlow se había vuelto más femenino: había engordado, de forma femenina, y ahora pesaba tanto como mi madre. El hombre de las raquetas tenía caderas, tenía tetas —pequeñas, pero bien formadas— y llenaba la ropa de mi madre. Elliot también podría haber llevado la ropa de Em. ¿Los estrógenos le habían suavizado la piel? Es muy posible que la orquiectomía hubiese ayudado en ese proceso.

Los días en que el hombre de las raquetas visitaba al electrólogo, se quedaba a dormir con Em y Nora. Elliot tenía la cara tan hinchada y dolorida después de la depilación eléctrica que no quería que la vieran en público. Elliot tuvo suerte de no tener una barba muy poblada. El proceso de aplicar corriente eléctrica en la cara con un electrodo en forma de aguja, pelo a pelo, resultaba más doloroso para las mujeres transgénero que tenían barbas pobladas.

—Requiere varios años —fue todo lo que me dijo el hombre de las raquetas sobre la electrólisis, pero Em o Nora la habían abrazado cuando se venía abajo.

Elliot tuvo suerte de que sus padres la quisieran, sin cuestionamiento alguno; los pequeños Barlow la apoyaron cuando Elliot les contó que estaba pasando por la transición. El equipo de escritores conocía a un cirujano de Zúrich pionero en cirugía de feminización facial. Con su metro cincuenta y unos huesos pequeños y delicados, es cierto que Barlow no tenía rasgos muy masculinos; su mandíbula no sobresalía y no tenía cejas prominentes. No necesitaba cirugía correctiva de tipo cosmético. Elliot Barlow tampoco buscaba embellecimiento. Todo lo que quería era una reducción de la nuez de Adán, y los pequeños Barlow conocían al mago de las nueces de Adán en la Suiza de habla alemana, alguien con quien podían hablar y entenderse.

Nora, Em y yo nos cansamos de oír lo afortunada que era la de las raquetas; incluso ella misma repetía una y otra vez lo afortunada que era. Elliot tenía una pequeña cicatriz bajo la barbilla en el lugar donde el cirujano suizo le había separado la piel de la parte delantera del cuello, dejando al descubierto la laringe.

—El cirujano solo raspó un poco de cartílago —dijo el señor Barlow con desdén.

Incluso el cirujano le dijo que había tenido suerte. Elliot era más femenina que muchas mujeres, incluso cuando tenía nuez de Adán. Elliot ya era más guapa que la mayoría de las mujeres y seguiría siéndolo (incluso superados los cincuenta). Como mujer, Elliot era la más afortunada de todas debido a su pequeñez, dijo el cirujano suizo. Así pues, ¿teníamos que creer que la pequeñez de la de las raquetas de nieve ya no le suponía una carga?

—Chorradas —dijo Nora—. Tienes suerte cuando puedes dar por sentado tu sexo.

Em estaba representando los estertores de la pubertad. Era como si Em estuviera teniendo su primera menstruación y no supiera qué le estaba pasando..., una y otra vez. Tuve que apartar la mirada.

—¿Acaso Elliot es afortunada por sentirse como una niña de trece años gracias a un montón de estrógenos? —preguntó Nora.

La de las raquetas no había crecido siendo una niña. No era afortunada, precisamente, por descubrir lo gilipollas que pueden llegar a ser la mayoría de los hombres cuando ya era una atractiva mujer de cuarenta años. A pesar de su pequeñez, el señor Barlow había sido siempre un hombre seguro de sí mismo. Por muy aceptable que resultase como mujer, su confianza se había visto disminuida. Elliot se hizo la orquiectomía en Zúrich, aunque con otro cirujano.

—No me digas que Elliot es afortunada por haber perdido la confianza en sí misma. ¡A ninguna mujer le gustaría pensar que su confianza provenía de sus cojones! —dijo Nora.

Nora había crecido oyendo chistes malos sobre testosterona. Le habían dicho que tenía más testosterona que la mayoría de las mujeres; incluso más que la mayoría de los hombres. Y una noche en el Gallows, cuando Nora y Em estaban en el escenario, un gilipollas del público le había gritado a Nora que debería hacerse revisar los cromosomas sexuales.

—¡Ven aquí, pene de hámster, voy a comprobar tus cromosomas sexuales! —le gritó Nora desde el escenario, tomando lo del pene de hámster del repertorio de Jasmine.

En ciertas circunstancias, la pequeñez de la de las raquetas seguía suponiéndole una carga. En cuanto hombre gay, el señor Barlow no salió del armario durante mucho tiempo. En ambos casos, fuera y dentro del armario, los hombres gais con los que salía no se sentían engañados por él. En cuanto mujer transexual, la de las raquetas conocía a algunos hombres heterosexuales que sí se sentían engañados por ella, pero Elliot no hacía nada para engañar a los hombres que se sentían atraídos por ella. No coqueteaba y era conservadora (hasta el punto de parecer demasiado correcta) en su forma de vestir. Por otra parte, ¿por qué no iba a intentar el señor

Barlow parecer tan guapa y tan mujer como le fuera posible? Cuando un hombre se interesaba por ella de ese modo —cuando le pedía una cita, antes de que ocurriera nada romántico o físico—, la de las raquetas siempre hablaba de la parte *trans* de su condición de mujer transgénero. Con el paso del tiempo, la pequeña profesora de inglés aprendió que era más seguro para ella llevar a cabo la revelación transgénero públicamente.

Tenía que decirles a los hombres lo que en ella era diferente, ¿no? Antes de que se produjera cualquier roce incómodo —antes, sin duda, de que Elliot correspondiera a las insinuaciones de un hombre—, tenía que decirle al tipo en cuestión que tenía pene, o bien tendría que responder a toda una serie de preguntas. No me digas que la de las raquetas era afortunada. ¿Y cómo respondían los hombres heteros cuando ella les decía la verdad? Todo lo que el señor Barlow dijo al respecto fue:

—De vez en cuando, es posible conocer a algún hombre agradable. He conocido a un par de ellos que fueron agradables.

Nora y Em —y tiempo después Molly y mi madre— me hablaron de los otros tipos, que fueron la mayoría. Llamaban a Elliot travelo o marica o ambas cosas. Poco importaba que el tema de la transexualidad surgiera en una conversación privada o en público. Algunos de esos hombres la empujaron o la golpearon, incluso en público. Daba la impresión de que entendían que estaba bien pegarle o maltratarla porque no era una mujer *de verdad*. Molly me dijo que el señor Barlow sabía recibir un puñetazo y marcharse sin más.

—Ya sabes lo que podía pasar si los chicos no dejaban de pegarle, pasó más de una vez... Lo sabes, tú has practicado la lucha, chaval —fue lo que me dijo Molly.

—Para Elliot no es una suerte ser pequeña, cariño. Mide metro cincuenta y pesa cincuenta y dos kilos; cincuenta y cuatro como máximo. Es de mi tamaño, cariño. Si Elliot fuera una chica grande, como Molly, ningún ratoncito intentaría pegarle —dijo mi madre.

Hasta entonces, como le había ocurrido en el centro de Exeter, la de las raquetas había tenido suerte: había ganado las peleas en las que se había metido.

—Me he llevado un par de golpes en las espinillas y algún que otro labio partido —fue todo lo que Elliot me dijo. Los homófobos que habían intentado pegarle no sabían que practicaba la lucha. Sabía agacharse, tenía un buen arrastre del brazo, sabía deslizarse y hacer llaves muy rápidas con una sola pierna. Hasta entonces, las presas de brazo del señor Barlow le habían resultado útiles. O bien la de las raquetas todavía no se había topado con un luchador homófobo o con un boxeador homófobo. Resultaba bien visible la cicatriz que habían dejado los puntos de sutura en una de las cejas de Elliot, donde uno de aquellos homófobos le había propinado un puñetazo, o bien la había sorprendido con un cabezazo o con un codazo. Nora me contó que el señor Barlow se había visto envuelto en una refriega en la que le habían roto una costilla.

Mi madre dijo que un homófobo había intentado romperle el brazo a Elliot; la de las raquetas se deslizó hasta su espalda y le había infligido el daño habitual, pero no antes de que el tipo le hubiera hiperextendido el codo.

Yo me perdí todo esto, porque ya no vivía en el nordeste del país. Había vuelto a Iowa, ahora para dar clases en el Taller de Escritura. La guerra de Vietnam había terminado. La Universidad de Vermont, que ayudaba a evitar los reclutamientos, se fue a pique. No era un novelista conocido, pero había publicado lo suficiente para conseguir un buen trabajo como profesor. Ya no iba a Vermont tanto como antes para ver a mi madre y a Molly. Tampoco iba a Nueva York tanto como me habría gustado para ver a Nora, a Em y a la de las raquetas de nieve. Obviamente, sabía por qué Elliot no me contaba sus penurias como mujer transgénero; en particular, los peligros que conllevaban sus interacciones con hombres heterosexuales. La de las raquetas sabía que la quería, lo mucho que me preocupaba por ella. Casi estábamos ya en los ochenta. ¿Por qué quise pensar que esa década sería mejor que la anterior?

En una ocasión, estando de visita en Vermont, dispuse de un momento a solas con Molly y me sentí como un idiota al preguntarle si mi madre y el hombre de las raquetas habían practicado sexo alguna vez. (Teniendo en cuenta que Elliot había sido capaz de arriesgar su vida por ser mujer, a Molly debió de parecerle una pregunta frívola.)

—No estoy al corriente de los detalles, niño. Solo sé que se quieren y que a los dos les gusta tontear —me dijo la allanadora de pistas.

También sabíamos que al señor Barlow le gustaban los hombres homosexuales. (¿No se había hecho Elliot profesor en Exeter para proteger a los chicos que sufrían burlas? ¿No había conservado su puesto hasta que la escuela se hizo mixta, cuando creyó que esos chicos estarían más seguros?) Al hombre de las raquetas debió de resultarle doloroso comprobar que, cuando se convirtió en mujer transexual, varios de sus amigos gais no quisieron saber nada de ella.

Dadas las circunstancias, me pareció por completo fuera de lugar preguntarle a Molly si creía que el hombre de las raquetas realmente lo hacía con hombres..., pero se lo pregunté de todas formas.

—¿Cómo voy a saberlo, niño? Tu madre te va a preguntar si te acuestas con Emmanuelle, eso es todo lo que yo sé —dijo la conductora de la pisanieves. Dadas las circunstancias, Molly fue muy amable conmigo. A pesar de mi limitada experiencia, sabía que nadie se había comportado nunca tan mal como los hombres heterosexuales (excepto quizás Jasmine) y yo no pretendía convertirme en una mujer transgénero.

—Es muy probable que acabes en la cárcel si te acuestas con Emmanuelle. *Moby-Dick* no servirá como excusa, cariño. No te estás acostando con ella, ¿verdad? —me preguntó mi madre.

—No creo que Emmanuelle sea *tan* joven, Ray. No creo que sea ilegal acostarse con ella —dijo Molly.

—Ya sabes a lo que me refiero, Molly —dijo mi madre.

—No me estoy acostando con Emmanuelle —les dije. Admití que quizás había malinterpretado a Emmanuelle—. Vosotras conocéis a Emmanuelle, sabéis que masculla, no cuando lee, pero no habla con claridad —les dije—. Es posible que dijera que era estudiante de enfermería, no enfermera. Tal vez no lo oí bien —les expliqué.

—Emmanuelle estudia bachillerato, cariño —me dijo mi madre. Me resultó muy embarazoso: tenía casi treinta y ocho años y no había entendido que Emmanuelle era una chica de instituto. Pensé que tal vez no tenía un trabajo de verdad, que solo estaba haciendo de voluntaria. Emmanuelle debía de estar realizando eso que denominan servicio comunitario, una actividad que quedaría la mar de bien en su solicitud para entrar en la universidad, me dije.

A decir verdad, se trataba de un servicio comunitario decretado por un juzgado. Emmanuelle no era exactamente voluntaria, no estaba en River Bend por su afán de ayudar. Estaba allí como medida sustitutiva por una sanción judicial.

—Emmanuelle fue acusada de exhibicionismo, niño. El servicio comunitario fue, en su caso, el modo de librarse de pagar una multa —me dijo Molly.

—O de ir a la cárcel, cariño —dijo mi madre.

—Es una niña, Ray, no iban a enviarla a la cárcel por enseñar el culo —dijo Molly. Te das cuenta de que no sabes nada de la vida cuando te enteras de que la niña que le lee *Moby-Dick* a tu abuela ha sido acusada de enseñar el trasero. Yo había leído el «Informe policial» en el que se hablaba de «ultraje a la decencia pública en la carretera de Swasey».

—¡Otro más! —había declarado la de las raquetas. Para disgusto de la pequeña profesora de inglés —como siempre, molesta con la redacción— no se describían los diversos actos impúdicos u obscenos cometidos en o cerca de la carretera de Swasey. En el *Exeter Town Crier* no se mencionaba lo de haber enseñado el trasero. Como era lógico, dada la edad de la joven que protagonizó el caso, no se mencionaba el nombre de Emmanuelle.

—También enseñó las tetas, Molly, enseñó las tetas y enseñó el culo —dijo mi madre. En el «Informe policial», la anónima Emmanuelle ni enseñó las tetas ni enseñó el culo; dejaron que los lectores imaginaran cómo se había expuesto aquella joven desde un coche que pasaba por la carretera de Swasey.

—¿Ante *quién* se expuso? —preguntó en su momento la de las raquetas. Elliot y yo únicamente podíamos suponer ante quién se habría expuesto. Personas mayores, conjeturamos. Hacía un buen día. Con toda probabilidad la gente había salido a pasear o estaba sentada en los bancos de aquella zona de hierba junto al río Squamscott. Pasó por allí un coche lleno de jovencitas de instituto y una de ellas sacó el culo desnudo por la ventanilla del copiloto. La pareja que denunció la exhibición indecente dijo que el coche pasó una vez más; en esa segunda ocasión, la misma chica enseñó las tetas por la ventanilla.

—¿Que lo hiciera dos veces fue lo que les ofendió? —preguntó la pequeña profesora de inglés.

—Tu madre le pidió a Emmanuelle que nos contara exactamente lo que había hecho, niño —me explicó Molly.

—Pobre Emmanuelle —dije—. Yo obligaría a realizar servicios comunitarios a la pareja que la denunció —añadí.

—No deberías salir con una chica de instituto, cariño; al menos, no con esta chica —dijo mi madre. ¿No había querido mi madre que conociera a la venerada Grace cuando aún estudiaba en el instituto, cuando Grace tenía tan solo diecisiete años y yo ya había cumplido treinta y uno?

—Tal vez debería esperar un poco, Ray —le dijo Molly en aquel entonces.

Como mujer, para Elliot Barlow supuso una carga que la referencia al sexo para los titulares de pasaporte estadounidense se hiciera obligatoria en 1977. Los símbolos denotados, una H o una M, dificultaban los viajes internacionales de los transexuales. El señor Barlow era una H, pero parecía una M. Ocultar los pechos era una mala idea, ya la habían obligado a desnudarse para cachearla. Para ella lo mejor era llevar una camisa de franela holgada, sin sujetador, y unos vaqueros anchos. Cuando empezó su transición, a veces la de las raquetas dejaba la electrólisis (o dejaba de afeitarse) antes de volar a Europa o antes de volar de vuelta a Estados Unidos.

Nora decía del Departamento de Estado de nuestro país que eran «un puñado de fascistas sexuales». Decía que la Organización Internacional de Aviación Civil tenía «un bicho en el culo con respecto a la androginia». Al parecer, había muchos viajeros internacionales de aspecto unisex; tu fotografía (tu aspecto exterior) no determinaba adecuadamente tu sexo. Un grupo de expertos en pasaportes mencionó la vestimenta y los peinados unisex, pero yo había estado viviendo en Iowa City. La moda andrógina no era común en Iowa, no había demasiada gente con ese aspecto. En mi mundo, Nora y mi madre eran las personas de aspecto más andrógino que conocía, y Nora parecía más masculina que andrógina. Mi madre era una mujer muy guapa. Pequeña Ray solo parecía masculina cuando caminaba o se encorvaba, y yo siempre había pensado que su forma masculina de moverse tenía que ver con la práctica deportiva, no con la androginia.

A Nora le fastidiaban el Departamento de Estado y los restrictivos marcadores de sexo impuestos en los pasaportes estadounidenses. Decía que los símbolos H y M eran «presunciones e imposiciones heterosexuales».

Nora tenía su parte de razón. Hasta 1992, el Departamento de Estado no permitió a las personas transgénero cambiar los indicadores del sexo en sus pasaportes, y solo podían hacerlo si habían completado lo que entonces se llamaba cirugía de «reasignación sexual». (Hasta el año 2010 no se eliminó el requisito quirúrgico, y solo porque Hillary Clinton lo exigió; en aquel entonces, era secretaria de Estado.)

En los años setenta, *Dos tortilleras, una que habla* tuvo dificultades para conseguir que en el Gallows Lounge les permitieran hablar sobre el Departamento de Estado en el escenario. Ni siquiera el Gallows permitía la pantomima de Em sobre la presunción del Departamento de Estado a la hora de definir el sexo mediante un examen superficial y grosero de los genitales de Em, al tiempo que Nora le decía al público que al Departamento de Estado no se le había perdido nada en nuestras partes pudendas.

—El país está cada vez más tenso, o tensísimo, incluso en el Gallows —me dijo Nora.

De eso estábamos hablando Molly, mi madre y yo en su cocina de Vermont cuando sonó el teléfono. Molly estaba preparando un sofrito, yo sabía que no iba a contestar al teléfono. También habíamos estado hablando de lo poco familiarizado que estaba el señor Barlow con el acoso que sufrían las mujeres. Surgió en la conversación el tema de la gente de aspecto andrógino. Estoy seguro de que no dije en ningún momento que Nora y mi madre eran las personas de aspecto más andrógino que conocía, pero mi madre dijo, casi con neutralidad:

—Algunas personas, cariño, dicen que Molly tiene aspecto andrógino.

—No lo creo —me apresuré a decir. Esperaba que mis palabras no delataran del todo que siempre me había sentido inequívocamente atraído por Molly, como mujer.

—¡Yo tampoco! —exclamó mi madre dándole un apretón a Molly junto a los fogones.

—¿Vas a contestar al teléfono, Ray? —le preguntó la pistera todavía enfrascada en el sofrito.

—Yo contesto —le dije. Pero Pequeña Ray, a su andrógina manera, siempre era más rápida.

—¿Qué quieres? Es la hora de cenar —oímos Molly y yo decir a mi madre.

No dejaba de ser curioso haber llegado a los treinta y tantos y solo haber entendido entonces por qué Molly solía contestar al teléfono. Sonreí a Molly, que seguía removiendo la sartén.

—Sí, soy su hija —oímos decir a mi madre.

—Oh, oh, niño —dijo Molly. Con la mano libre me dio un apretón en el hombro.

—Un momento —oímos decir a mi madre—. Por favor, hable con mi hijo Adam, es su nieto —dijo mi madre antes de soltar el teléfono. Pequeña Ray entró en la sala de la tele y se tumbó en el futón. Molly y yo la oímos sollozar. Mi abuela había sido la principal defensora de mi madre; durante un tiempo, su única defensora. Cuando sonó el teléfono, estábamos hablando de trasladar a mi abuela de River Bend a Manchester, donde mi madre podría verla todos los días. Pero mi abuela había perdido la noción del tiempo: Mildred Brewster no habría notado la diferencia entre ir a verla todos los días o una vez al mes.

—En algún momento la trasladaremos a Manchester —repetía mi madre.

—¿Se ven vacas o jugadores de golf desde las ventanas de la residencia de ancianos de Manchester? —le pregunté a Molly.

—En la residencia de Manchester hay republicanos, niño —me dijo la allanadora de pistas.

—Hay republicanos en todas partes, Molly —me dijo mi madre.

—Soy Adam Brewster. Mi abuela es Mildred Brewster —dije al teléfono mientras mi madre lloraba.

Desde que mi abuela había llegado a River Bend, el viaje del *Pequod* marcó el único paso del tiempo que Nana reconocía. Mi abuela había «fallecido» mientras dormía, o se había quedado dormida mientras leía y había muerto mientras dormía. Esto fue lo que me dijo por teléfono una de las enfermeras mayores de River Bend.

—Su puerta estaba abierta, por supuesto —dijo la enfermera mayor con un evidente deje de desaprobación—, y cuando Emmanuelle pasó a echar un vistazo, tu abuela había fallecido con ese gran libro.

Detecté de nuevo la desaprobación en su voz, como si *Moby-Dick* fuera el culpable de su muerte. Quería saber *qué escena* estaba leyendo.

—¿Emmanuelle está bien? —le pregunté a la enfermera.

—¡Deja de pensar en Emmanuelle, cariño! —dijo mi madre desde el futón de la sala de la tele, entre sollozos. Por teléfono, oí suspirar a la enfermera. Su suspiro debería haberme dado a entender que había malinterpretado mi pregunta.

—Por lo que sabemos, Emmanuelle se ha comportado adecuadamente —dijo con rigidez la enfermera mayor. La enfermera desaprobadora siguió hablando un rato más: había que llevar a cabo «los preparativos habituales». Mi madre lloraba suavemente. Podía oír la voz de Molly, pero no lo que decía la conductora de la pisanieves. Hablé lo más bajo que pude por teléfono.

—Por favor, dígale a Emmanuelle que siento que fuera ella quien la encontró —le dije.

—Olvídate de Emmanuelle, es una exhibicionista, cariño —gritó mi madre desde la sala de la tele.

—Emmanuelle estaba disgustada, así que la enviamos a casa. Ya se le pasará —me dijo la enfermera con brusquedad.

—Emmanuelle es solo una niña, Ray —le oí decir a Molly.

—Una niña que se desnuda, Molly, una niña que enseña el culo y las tetas —dijo mi madre.

No quería pensar en el trasero ni en las tetas de Emmanuelle, pero obviamente podía imaginármelos. Pensaba que ya no tenía parientes en la ciudad de Exeter; ninguno vivo, si podía contar con el fantasma del abuelo. No podía imaginarme a mi abuela como fantasma. Si Nana hubiera querido ver más al hombre de los pañales, no habría contratado a Dottie. Pensé que a Mildred Brewster le habría parecido indigno convertirse en fantasma; la brusquedad que entrañaban todas las apariciones y desapariciones no era propia de ella, igual que los malos modales.

Colgué el teléfono. Me encontraba en un callejón sin salida en la cocina. Me habría gustado saber qué parte de *Moby-Dick* estaba leyendo mi abuela cuando murió. No me importaba en qué punto Emmanuelle había dejado de leerle; Emmanuelle iba muy por detrás, avanzaba a paso de tortuga. Pero ¿qué estaba leyendo Nana, para sí misma, en los momentos finales? El arroz seguía humeando, el temporizador de la cocina indicaba que le quedaban dos minutos. Había que remover el sofrito.

—Deja mi sartén en paz, niño —dijo Molly. Había salido de la sala de la tele, con mi madre enganchada a un costado, como había visto a Em enganchada a Nora.

—Me estaba preguntando cuándo íbamos a comer —le dije. En realidad, era Emmanuelle la que me preocupaba: las complicaciones que me acarrearía intentar localizarla, con la única intención de preguntarle si sabía qué parte del viaje del *Pequod* había sido la última para Mildred Brewster. ¿Había dejado un marcapáginas?

—¿Sabes una cosa, cariño? Hay algo más sobre esa niña, Emmanuelle... Estaba haciendo con ella sentadillas con una sola pierna, sentadillas en la pared y sentadillas... —dijo mi madre.

—No, Ray —dijo Molly. La llama debajo de la sartén hizo un chasquido, justo cuando mi madre dijo «sentadillas».

—Emmanuelle es una chica de lo más atlética, cariño. Tiene muy buen equilibrio y clava las sentadillas —dijo mi madre.

Tal vez fue el capítulo «Puesta de sol»; a Nana le encantaba, me dije. («El camarote; junto a las ventanas de popa; Ahab sentado solo, y mirando hacia fuera.») No quería imaginarme a Emmanuelle clavando las sentadillas, cualquier cosa menos a ella haciendo sentadillas. «Dejo una estela blanca y turbia; aguas pálidas, mejillas más pálidas, dondequiera que navegue», medita Ahab para sí mismo.

—Tú no *sabes* si fue Emmanuelle la que cagó en el *green,* Ray. No creo que tenga nada en contra de los golfistas —dijo Molly.

No quería imaginarme a Emmanuelle cagando en el *green;* realmente, tenía que saber que no estaba bien imaginarme a Emmanuelle en absoluto. Mi madre estaba hablando de cómo se bamboleaban los residentes de River Bend, incluso se bamboleaban al andar; no es que todos supieran andar, nos dijo mi madre.

—Imagínate a los rivervejetes en cuclillas: ¡se caerían! —dijo Pequeña Ray. No quería imaginarme *en cuclillas* a los rivervejetes que había conocido, incluida mi abuela.

—No creo que caerse sea algo tan atlético, Ray —le dijo Molly a mi madre, pero yo intentaba no prestarles atención. ¿Debía ponerme en contacto con Emmanuelle, a pesar de su capacidad atlética? ¿Podría pasar el resto de mi vida sin saber dónde había acabado el viaje del *Pequod* para mi abuela? ¿Acaso creía que el hecho de que me hubiese leído *Moby-Dick* me había convertido en escritor? Mi vínculo infantil con Exeter había tocado a su fin, y ni siquiera mis tíos estaban cerca para recordármelo.

Tío Martin y tío Johan tenían ambos más de setenta años cuando terminó su particular viaje en el *Pequod.* Nora me dijo que volvían a vivir como si fueran niños. Se habían mudado al norte, para poder esquiar. Habían cambiado sus coches por un camión, como un par de veteranos del condado de Carroll. Compraron una casa cerca de North Conway, y tío Martin y tío Johan iban a todas partes y lo hacían todo juntos.

—Tienen que hacerlo —como decía Nora— con un solo camión.

Mis tíos nunca se cansaban de la compañía del otro, les encantaba hacer el tonto juntos. Allá adonde iban, cantaban a coro la canción que estuviese sonando por la radio.

La última vez que vi a mis tíos Martin y Johan fue cuando acudieron a Nueva York a ver a Nora y Em actuar en el Gallows. Fue la primera y única vez que mis tíos vieron *Dos tortilleras, una que habla.* Cabía suponer (aunque nadie lo verbalizó) que no habrían disfrutado tanto si mis tías hubieran estado allí con ellos. Mis tíos rieron de lo lindo, el espectáculo les encantó. Tío Martin y tío Johan no dejaron de decirle al hombre de las raquetas lo guapa que estaba como mujer.

A mis tíos también les encantó Perjudicado Don, que había compuesto una nueva canción y la cantó. Aquella noche, en el Gallows, nos comunicó que se trataba del estreno de «No tenía estrella de la suerte», pero, como era de esperar, era la misma vieja canción de siempre, y Perjudicado Don la cantaba con el mismo zumbido cercano a la muerte.

Conocí a Fuzzy Ouilette
en un bar.
Había perdido su último trabajo,
su mujer acababa de dejarle,
¡su perro había muerto atropellado
por un coche!

El pobre Fuzzy
no tenía estrella de la suerte.
No, Fuzzy
no tenía estrella de la suerte.

No pases un mal rato
pensando en Hal.
Le cayó un rayo,
se le achicharraron las pelotas,
nadie le dijo:
«¡Lo siento, amigo!».

Será mejor que no
pienses en el pobre Hal.
No, nunca
pienses en el pobre Hal.

La última vez que vi a Bill Brown
fue en Los Ángeles.
Se le reventó una rueda de la moto,
le aplastaron la polla,
¡nunca pudo volver a salir
a echar un polvo!

El pobre nunca volverá
a echar un polvo.
No, el pobre Bill nunca volverá
a echar un polvo.

Ese puto cabrón
no tenía estrella de la suerte.

No, el puto cabrón
no tenía estrella de la suerte.

Aquella noche en el Gallows, uno habría podido pensar que aquella era la canción más divertida que mis tíos habían oído nunca. Cuando los acompañamos de vuelta al hotel, no dejaron de cantar «No tenía estrella de la suerte». Cuando nos dimos las buenas noches, tío Johan se interesó por mí, me preguntó si estaba con alguien. Fue entonces cuando tío Martin me dijo:

—En Nueva York puedes encontrar a quien quieras, Adam.

—Incluso a un viejo *zither-meister* austriaco, me dije.

Obviamente, estaba recordando la boda de mi madre y cómo tío Johan había gritado: «El *Lohengrin* de Wagner en cítara».

Tío Martin y tío Johan murieron en la autopista Kancamagus cuando su camión se salió de la carretera. Kancamagus, que significa «Intrépido» en algonquino, fue el último *sagamore* (jefe) de una de las tribus Pennacook. «La Kanc», como conocen los lugareños a la ruta 112 de New Hampshire, serpentea por el Bosque Nacional de las Montañas Blancas. Trazando toda una serie de curvas, la carretera cruza el paso de Kancamagus. Tío Johan, que era el que conducía, mantuvo la línea recta en una de las curvas. Nora nunca quiso saber cuál era la última canción que su padre y tío Johan habían estado cantando en la radio del camión. Yo siempre he creído que no resultaría fácil tener en la cabeza la canción «No tenía estrella de la suerte» el resto de tu vida.

Perjudicado Don se quejó porque había tenido que adecentar la letra antes de que «No tenía estrella de la suerte» pudiera escucharse en la radio. Al pobre Hal, que había sido alcanzado por un rayo, le ardió el *pelo,* no las pelotas. Al pobre Bill le aplastaron la *cabeza,* no la polla. Y, tras rebajar un poco la magnitud de la mala suerte de Bill, no es que «¡nunca pudo volver a salir a echar un polvo!», sino que ya no iba a salir y sentir *morbo*. En cuanto a la estrofa final, el «puto cabrón» pasó a convertirse en «el muy tontorrón». La censura, según Nora, nunca había llevado a cabo un trabajo más útil.

—Menos malo no significa mejor —declaró Perjudicado Don.

Pero «No tenía estrella de la suerte», o lo que quedaba de ella, sonó en la radio. En el norte de New Hampshire, había una emisora de radio *country* —la favorita de mis tíos— en la que ponían la canción a todas horas. Tío Martin le había contado a Nora que él y Johan siempre cantaban cuando sonaba «No tenía estrella de la suerte» en la radio, pero mis tíos intercalaban la letra original, que se sabían de memoria.

Antes de la curva, tío Johan había adelantado a un coche de observadores del follaje otoñal; dichos observadores informaron más tarde de que las luces de freno del camión de mis tíos no parpadearon ni una sola vez antes de la curva que se avecinaba. Mis tíos conocían el Kancamagus; Nora me dijo que recorrían la autopista constantemente. Pero no había marcas de neumáticos en el asfalto donde tío Johan se había saltado la curva. En el paso de Kancamagus, un camión maderero iba hacia ellos. El conductor de ese camión declaró que los dos hombres parecían estar cantando, pero que tenían la vista fija en la carretera. No iban a gran velocidad, dijo el conductor del otro camión, pero su firme determinación le obligó a vigilarlos por el retrovisor.

El conductor dijo que tío Johan dio la impresión de acelerar a medida que se alejaba del Kancamagus. Nora y yo preferíamos imaginar que los dos noruegos no habían dejado de cantar. El conductor detuvo su camión, encendió las luces de emergencia y se dirigió hacia los restos del naufragio. Nora y yo imaginábamos un puñado de árboles, un afloramiento rocoso. Los observadores de la naturaleza también detuvieron su coche; uno de ellos siguió al conductor del otro camión a través de los árboles o por encima de las rocas. Podían oír la radio del camión, en la que seguía sonando: «El pobre Fuzzy no tenía estrella de la suerte», cantaba Perjudicado Don. «No, Fuzzy no tenía estrella de la suerte».

—Esos dos no eran tontorrones: sabían pasárselo bien y sabían cuándo poner el punto final —concluyó Nora a su peculiar manera.

Para los observadores de la naturaleza todo indicaba que fue un accidente. Es posible que tío Johan no condujera a demasiada velocidad, según uno de los observadores del follaje, pero sin duda iba demasiado rápido para aquella curva; tal vez se equivocó al tomarla.

El conductor del camión maderero coincidía con Nora.

—Esos tipos parecían saber muy bien qué estaban haciendo —dijo.

Nunca lo sabremos, pero tío Martin y tío Johan no estaban hechos para ser rivervejetes. Aquellos dos noruegos eran hombres de telemark: les gustaba hacer telemark entre los árboles. No quisieron curvas en el río, lo suyo fue una curva en el camino.

33
Lo bastante pequeño

Cuando daba clases en el Taller de Escritura de Iowa, en los años setenta, mis alumnos pensaban que *Century Review* era el culmen de las revistas literarias. Al principio se llamaba *New Century Review* y una de mis alumnas publicó un cuento en ella; ese cuento, al parecer, marcó su culmen como escritora de ficción. No creo que volviera a publicar ningún otro cuento. Esa revista literaria también tuvo una vida corta, duró tan solo una década. No pretendo ser irreverente respecto a *New Century Review,* o simplemente *Century Review;* algunos escritores muy buenos publicaron en esa revista, mi antigua alumna entre ellos.

Nunca me publicaron nada en esa revista literaria. Yo no escribía poesía ni ensayos ni cuentos. Las páginas de ficción que envié a *Century Review* eran extractos de novelas en curso, que yo editaba para que pareciesen cuentos. O, al menos, esa era mi intención. Una de las cartas de rechazo que recibí decía: «Parece un extracto de algo más largo, o de algo que debería ser más largo». Tenían toda la razón, pero el rechazo me tocó la moral.

Aunque esa revista literaria desapareció hace ya algún tiempo, le estoy muy agradecido. Fue allí donde leí por primera vez algo escrito por Emily MacPherson. Sabía que Em había escrito los monólogos de Nora para *Dos tortilleras, una que habla;* sabía que componía sus pantomimas por escrito. Me dolió descubrir que escribía ficción, porque hasta entonces no lo sabía. Ni siquiera sabía su nombre completo, tan solo que Emily lo había acortado a Em.

Leí casi hasta el final el primer cuento de Emily MacPherson antes de saber que Em era la autora. No podía apreciarse nada del histrionismo de las pantomimas de Em en la voz de su narrador omnisciente en tercera persona. Una adolescente sueña despierta:

se siente atraída sexualmente por una de sus amigas, pero no se atreve a dar el primer paso, sin saber si dicha amiga se siente igualmente atraída por ella. Despierta de su ensueño erótico y descubre que su madre está en su dormitorio, sentada a los pies de la cama y sollozando.

—Soy una madre horrible, una esposa peor y, si tienes mis genes, estás condenada —le dice la madre a la pobre chica.

La siguiente noche todo es incluso mejor. En esta ocasión, la hija adolescente sueña con su torpe novio. Le gusta cuando le toca las tetas, pero sabe que él quiere que le toque *ahí abajo* y la pobre chica no quiere saber nada de su pene. En mi segunda lectura, entendí esa escena como una obvia versión anterior de la pantomima del pene de Em: su representación de un pene que se acerca como una anguila tuerta. No fue así en mi primera lectura, pues el distanciamiento y la contención narrativa en el cuento de Emily MacPherson no me conectaron con la desenfrenada pantomima de Em: ella reptando por el suelo, con la boca formando la letra O, como un ojo ciego.

La segunda noche, la pobre chica despierta de su sueño sobre el pene y se encuentra a su padre en calzoncillos, a cuatro patas, en su habitación, donde se está azotando con el cinturón: golpes muy ruidosos, la espalda y los hombros enrojecidos bajo la tenue luz.

—¡Soy un padre terrible, un marido despiadado, pero tu madre es peor! —le asegura el padre a la pobre chica, entre un golpe y otro de cinturón—. ¡Si te hemos hecho como nosotros, lo siento muchísimo! —se lamenta el padre sin dejar de azotarse. La autoflagelación continúa al tiempo que el padre confiesa su homosexualidad y denuncia a su mujer como lesbiana infiel en repetidas ocasiones. La hija escucha y observa en silencio. La adolescente está enfadada, con razón, porque su propia salida del armario se ha visto oscurecida por la egocéntrica salida del armario por parte de sus padres. (Solo entonces me di cuenta de que Emily MacPherson era Em.)

La lúcida adolescente también elabora un asombroso juicio estético. Su tosco padre tendría que castigarse o bien verbalmente, o bien físicamente, pero no las dos cosas al mismo tiempo.

—Actúa o exprésalo con palabras, pero no las dos cosas —le dice la hija a su deplorable padre, que apenas ha conseguido hacerse sangre con el cinturón. Por si aún no me hubiese dado cuenta, su posicionamiento artístico delató a Emily MacPherson: había puesto por escrito la estética de la pantomima. La pantomima es el arte de transmitir una historia *únicamente* mediante movimientos corporales. Me quedó claro que eso era lo que hacía Em: o representaba una pantomima, o escribía, «no las dos cosas a la vez».

«Una familia sale del armario» era el título del primer relato de Emily MacPherson que leí. Pedí a mis alumnos de Iowa que lo leyeran en nuestro taller de ficción; algunos de ellos, lectores veteranos de *Century Review*, ya lo habían hecho. Destacaron el sarcástico humor de Em. Los mejores alumnos hablaron del inusual enfoque de los detalles físicos de la historia: cómo los movimientos corporales de los personajes captaban su desdicha, su tensión sexual, sus sentimientos encontrados entre el deseo y el arrepentimiento. No destaqué la representación a través de la pantomima de la vida interior de los personajes: cómo sus cuerpos evidencian su confusión sexual. Únicamente tres de mis alumnos del taller de ficción eran neoyorquinos, y solo uno de ellos había estado en el Gallows Lounge (o había oído hablar de él): un chico que había estudiado en la Universidad de Nueva York y que nunca había visto *Dos tortilleras, una que habla* en el Gallows Lounge. No les conté a mis alumnos de Iowa que Emily MacPherson había tenido una vida creativa paralela como creadora de pantomimas, o que Em (como escritora de ficción) había realizado una pantomima virtual sobre cómo se movían sus personajes.

El segundo cuento de Emily MacPherson en *Century Review* estaba escrito con una voz narrativa diferente: se trataba de una inexpresiva narradora en primera persona, la hija lesbiana, ahora universitaria, cuyos padres homosexuales iban a divorciarse. El título era «Una pareja de rezagados se divorcia», lo que llevó a un par de alumnos de mi taller de escritura a decir que pensaban que los dos relatos podrían ser capítulos consecutivos de una novela que Emily MacPherson estaba escribiendo; a pesar de las diferentes voces narrativas, era evidente que se trataba de los mismos personajes de «Una familia sale del armario».

Me resultó incluso más hiriente pensar que Em podía estar escribiendo una novela. Ya era bastante duro no haber sabido que escribía ficción; cuentos, supuse al leer únicamente uno de sus relatos cortos. Quizás Em no me había enseñado sus relatos porque sabía que no eran lo mío, o eso quise creer. Yo le había enseñado a Em los manuscritos de mis novelas, ella las había leído con atención y me había dado buenos consejos. (Como cabe suponer, Nora fue una de mis primeras lectoras, pero Nora no era escritora y nunca me daba consejos; solo me decía lo que le había parecido.) Pero si Em hubiese estado escribiendo una novela, sin duda me habría enseñado algunas páginas, ¿no? Aunque solo se tratase del primer capítulo, me dije. ¿Funcionarían «Una familia sale del armario» o «Una pareja de rezagados se divorcia» como primer capítulo? En la segunda historia, la hija lesbiana decide dejar de hablar. No está loca, es una decisión inteligente y razonada. La última persona a la que le dirige la palabra es el psiquiatra de su universidad. El psiquiatra defiende la decisión de la estudiante frente a la comunidad universitaria: los trabajos escritos de la alumna son intachables, así que se le debería permitir no hablar. El hecho de dejar de hablar es algo así como un gesto terapéutico para afrontar el trauma provocado por la torpe salida del armario de sus padres y su autocomplaciente divorcio.

Los alumnos de mi taller de escritura en Iowa elogiaron el explícito diálogo de los padres: las cosas que le cuentan a la hija sobre su divorcio justifican totalmente la decisión de la hija de dejar de hablar.

—Por las cosas que he hecho con otros hombres, deberían castrarme. O tal vez aplicarme la vasectomía —le dice el padre a la silenciosa hija.

—Debido a las cosas que he hecho con otras mujeres, mujeres que conoces, en algunos casos, madres de tus amigos, con algunas de tus contemporáneas, me avergüenza decirlo, lo que más lamento es que hagas estas cosas degradantes contigo misma. Yo te he hecho esto, te he convertido en alguien como yo —grita la madre—. Pero tu padre ha hecho cosas peores —añade rápidamente la madre—. Las mujeres como tú y como yo somos irredimibles, pero los hombres homosexuales hacen cosas mucho peores —le asegura la madre lesbiana a su hija lesbiana.

Tal vez Em no me había enseñado lo que había escrito porque era demasiado autobiográfico, me dije. Cabía la posibilidad de que ni siquiera Nora supiese que Em escribía ficción. Em, de hecho, había menospreciado la ficción autobiográfica en una famosa pantomima censurada de «Las noticias en inglés» en el Gallows: alguien bajó las luces del escenario para impedir que el público viera lo que Em estaba representando. A oscuras, Nora le dijo al público:

—Em está diciendo que escribir sobre tu propia y patética vida, y llamarlo ficción, es un acto de *masturbación.*

En los años setenta, la ficción autobiográfica no gozaba de muy buena prensa. Las memorias aún no habían sustituido a la imaginación, podría haber dicho el señor Barlow. En mi taller de ficción en Iowa, a los alumnos les gustaban las fábulas, los mitos y las alegorías. El realismo social estaba bien, pero fabular era mucho mejor o, como mínimo, siempre tenía que haber un elemento fabulista que realzara o recargara el realismo. A mis alumnos les habían encantado lo que ellos habían creído que eran los fantásticos puntos extremos de las historias de Emily MacPherson.

No les comenté lo que yo sospechaba de los relatos de Emily MacPherson: que eran entradas de los diarios de Em en los que relataba la vida familiar. En su juventud, simplemente, la vida de Em había sido más fantástica de lo que mis alumnos del taller de ficción podían imaginar. Em no solo se mostró clarividente con Ronald Reagan; no solo supo ver lo manipulables que eran los estadounidenses, más tontos que una mierda. Cuando Em dejó de hablar, también dejó de escribir a máquina. Escribir a mano era para Em como escribir en voz baja, como una pantomima. Sabía que Em había pensado en sus genes de escritora: decía que no tenía ni idea de dónde procedía su afán por escribir. Pero Em sí sabía de dónde le venía el odio. Yo estaba convencido de que sus genes de escritora estaban relacionados con el hecho de ver el odio, porque no todo el mundo lo ve venir.

Quería escribirle a Em para alabar sus cuentos. Había logrado hacer un uso constructivo del odio que sus padres le habían transmitido. A mis jóvenes y talentosos alumnos del curso de ficción de Iowa les entusiasmó que Emily MacPherson hubiera creado una pareja de homosexuales homófobos: unos padres que se odiaban a sí mismos y, en consecuencia, exhortaban a su hija lesbiana a odiarse. Sin embargo, la hija no solo estaba enfadada con sus padres, sino que estaba decidida a sentirse orgullosa de sí misma. Según el criterio de mis alumnos del taller de escritura, Emily

MacPherson escribía ficción fabulista con conciencia social. El aprecio que los dos relatos de Emily despertó entre mis alumnos fue incondicional, pero yo no sabía qué era lo que Emily sentía respecto a lo que había escrito. Sus relatos mostraban seguridad y eran equilibrados, reflejaban una ira contenida pero muy centrada. Emily MacPherson era la hija lesbiana de la ficción, la chica que conocí en la boda de mi madre, cuando el comportamiento sumiso de la muñequita Em quedó desmentido por sus ingobernables y clamorosos orgasmos. Esa perspicaz escritora de ficción era la misma joven que había creído que *Moby-Dick* era algo relacionado con la pornografía.

En cuestiones relacionadas con la moralidad y la escritura, siempre confié en el criterio del hombre de las raquetas de nieve. Como bien había anticipado mi madre, el señor Barlow era como un padre para mí; y había sido un buen padre. Desde su transición, Elliot se había convertido en una segunda madre para mí, no solo cuando vestía la ropa de Pequeña Ray. Siempre le mostraba mis novelas y guiones, habitualmente en un primer borrador. Debería haber supuesto que Emily MacPherson también le había estado enseñando sus textos de ficción al señor Barlow desde el principio; sabía, porque yo se lo había dicho, que el pequeño profesor de inglés era un buen lector. Em siempre se había sentido más a gusto con Elliot que con otros hombres. Al igual que Pequeña Ray, Em supo desde el principio, sin duda, que el hombre de las raquetas estaba destinado a ser una mujer.

Em no escribía novelas, «todavía no», me aseguró el de las raquetas. Em había pasado varios meses escribiendo y reescribiendo un cuento. Muchas de las situaciones, y algunos de los personajes, eran los mismos, tanto en un cuento como en el otro, pero Em pretendía que cada uno de ellos fuera independiente.

—Em cree que lo suyo es escribir textos más pequeños que los tuyos, que no está preparada para escribir una novela —me explicó el señor Barlow—. Ella sabe que tú escribes textos más grandes que los suyos —dijo Elliot.

Yo sabía que el hombre de las raquetas estaba obsesionado con su propia pequeñez.

—No soy lo bastante grande, ¡ni siquiera llego al peso de las categorías más ligeras! —decía siempre. También sabía que a Em le incomodaba sentirse pequeña al lado de Nora, y que Em era lo bastante pequeña como para que Elliot pudiera llevar su ropa. No sabía lo que Em pensaba de lo que yo escribía, ni tampoco que se sintiera inferior por su producción literaria, más «pequeña» que la mía. No creo que la buena ficción dependa del tamaño, pero no tuve en cuenta lo importante que era para Em no ser *lo bastante grande*. Sin lugar a dudas, no tuve en cuenta lo importante que era esa cuestión para el señor Barlow.

Cuando le escribí a Em, desde Iowa, le dije lo mucho que les habían gustado sus cuentos a mis alumnos. Le comenté todo lo que admiraba de sus pantomimas en prosa. No le dije, obviamente, que me había sentido ofendido porque no me había dicho que escribía ficción. Tan solo le dije, de todo corazón, lo feliz que me sentía de que alguien a quien conocía y quería fuera también escritora de ficción. No pretendía, como Nora me acusaría tiempo después, «empezar algo con Em». Éramos dos escritores que nos caíamos bien, y que habíamos descubierto que nos gustaba lo que el otro escribía. ¿Por qué no íbamos a escribirnos? Pero Nora sabía que mi relación con Em, por escrito, llegaría a ser muy íntima. En un principio, pensé que las cartas de Em me parecían tan íntimas por el hecho de que Em no hablaba. Pasé por alto que Em no formaba parte de una comunidad de escritores, por eso, al escribirle, me convertí en su único amigo escritor.

Todos los amigos de Em eran gente que había conocido cuando ya estaba con Nora.

«Si no hablas, cuando estás sola no haces amigos», me escribió Em.

Sabía que su producción como escritora de ficción era escasa y restringida; Em sabía que se contenía. Le avergonzaba depender del material autobiográfico, aunque había «exagerado como una loca», según me escribió. «Es que no me atrevo a inventármelo todo, como haces tú.» Em era muy autocrítica con su ficción y sus cartas eran como un torrente de examen de conciencia. De vez en cuando, me hablaba, aunque muy poco —breves expresiones de una o dos palabras, siempre que Nora no estuviese cerca—, pero con las cartas de Em recordaba la intensidad de sus pantomimas y la vez que me mordió. En mi mente, aún puedo ver las marcas de los dientes de Em en mi rodilla, que indican dónde me habría disparado para evitar que fuera a Vietnam.

La primera carta que Em me envió empezaba diciéndome que había visto *El hombre del jardín de infancia* unas cuantas veces, después de verla por primera vez con Nora y conmigo en 1973. «Y no cuento la vez que la vi en Vermont, con Molly y con tu madre», escribió Em. Tenía razón al descartar esa ocasión: Nora, Em y yo no vimos la película. Fue como aquella vez en 1971, cuando llevamos a Molly y a mi madre a ver *El coche equivocado* en Nueva York: todos teníamos la vista clavada, incluso Molly, en mi madre mientras veía a Paul Goode. Nos decepcionó la notable falta de reacción por parte de mi madre ante el pequeño actor que aparecía en la pantalla. Los gestos de Em eran difíciles de interpretar, se mostraba ambivalente respecto a mi parecido con Paul Goode. Por los gestos de Em, no parecía convencida de que mi sonrisa fuera igual a la del conductor a la fuga. Molly y el hombre de las raquetas tampoco parecían estar seguros en ese sentido.

Pero, en la primera carta que me envió, Em señaló que apenas vimos moverse al pequeño conductor a la fuga en *El coche equivocado*. Lo único que hace Paul Goode en la película es conducir, o beber una cerveza, o encender un cigarrillo y darle una calada. En cuanto a la actividad física, vemos al pequeño conductor a la fuga y a la chica del gánster desnudándose en una cama. Tenemos atisbos del pequeño conductor con el culo al aire al salir de la cama y volver a la cama. «Eso es todo lo que vemos moverse a Paul Goode», me escribió Em.

Dejemos que sea Em, una experta en pantomimas, quien analice el movimiento del conductor a la fuga en una película de gánsteres. En *El coche equivocado,* Paul Goode se movía tan poco que Em dijo que no había modo de saber gran cosa sobre él. Em me escribió que no creía que mi madre fingiera no reconocer a Paul Goode como «aquel chico al que había seducido en Aspen». Escribió que creía que mi madre, realmente, no reconoció a Paul Goode como aquel chico que aún no se afeitaba, el chico de catorce años que limpiaba la acera de nieve con una pala y que no podía apartar los ojos de ella, aquel chico (como había dicho Pequeña Ray) que habría podido ser una chica muy guapa.

Paul Goode tenía cuarenta y seis años cuando hizo *El hombre de la guardería*, pero resultaba inquietantemente creíble como joven veinteañero (incluso, por momentos, resultaba un adolescente verosímil). En cuanto guionista, Paul Goode resultaba menos creíble: la historia de *El hombre de la guardería* no había por dónde pillarla. Dos hombres, o un hombre y una mujer, tomaban como objetivo las aulas de varias guarderías con niños de familias adineradas. Los secuestradores —en dos ocasiones eran dos hombres y en otras dos un hombre y una mujer— hacen sus deberes. Al mismo tiempo que toman un aula de la guardería y piden un rescate por los niños, los padres más adinerados son informados de las condiciones del secuestro. Los asustados padres acuden a la guardería y pagan el rescate antes de que la policía sepa que los niños y su maestra han sido tomados como rehenes. De alguna manera —nunca se explica cómo lo hacen—, los dos hombres, o el hombre y la mujer, siempre pueden escapar. Pero ese no es el detalle menos plausible de la película.

La policía recibe un chivatazo sobre la siguiente guardería en la que van a llevar a cabo un secuestro. Alguien ha visto a una pareja sospechosa; en realidad, a dos parejas sospechosas. Han visto al mismo hombre vigilando las inmediaciones de una guardería en un acomodado barrio de Chicago; lo han visto acompañado de una mujer y también de un hombre de aspecto afeminado. Lo más inverosímil es el plan que se le ocurre a la policía. Su intención es meter a un policía de incógnito en la guardería. La policía visita a la maestra en el aula una vez que han acabado las clases. Los últimos niños ya han sido recogidos por sus padres cuando tres policías entran en el aula con aspecto de policías.

La maestra de la guardería está interpretada por Clara Swift, en su primer papel protagonista. Más tarde se sabría que fue el propio Paul Goode quien la eligió para ese papel. «Vi cómo la mirabas: ¡yo sentí lo mismo por ella!», me escribió Em. Yo tenía en aquel entonces treinta y dos años, Em tenía la edad de Nora, treinta y ocho. Nos gustaban las mujeres que aparecían en la pantalla, pero nunca nos habíamos enamorado de la protagonista de una película. En este caso, sin embargo, los dos nos habíamos enamorado de Clara Swift, y además nos gustaba. «Debió de resultarte incómodo», me escribió Em, «porque estoy convencida de que eras consciente de que Clara Swift se parecía a tu madre..., ¿o no?»

Pues, no. No pensé que Clara Swift se pareciera a mi madre; no entonces, no en un principio. Em me escribió que Clara Swift, que tenía veintiséis años cuando interpretó a la maestra de *El hombre de la guardería,* tenía el mismo aspecto que Pequeña Ray a su edad, o incluso a una edad más temprana.

Mi madre tenía treinta y cuatro años cuando Em la conoció, en aquella relampagueante boda en la calle Front. Clara Swift parecía más joven en la pantalla de lo que realmente era. En *El hombre de la guardería* daba la impresión de ser una estudiante universitaria, de unos diecinueve o veinte años. Eso planteaba una pregunta: ¿eligió Paul Goode a Clara Swift para el papel porque le recordaba a la guapa esquiadora de eslalon que no tenía ni diecinueve años cuando él la conoció en el Hotel Jerome?

Para cuando Nora, Em y yo fuimos a ver *El hombre de la guardería* (otra vez) en Bennington, Vermont, con Molly y con mi madre —era su primera vez—, ya sabíamos que si Paul Goode era mi padre, tenía entonces la misma edad que yo en la boda de mi madre. Paul Goode debía de tener catorce años, casi quince, cuando se conocieron —si es que se conocieron— en el Jerome. Molly nunca dijo que Clara Swift, que tenía veintiséis años pero aparentaba diecinueve, «se pareciera» a Pequeña Ray, pero mi madre debía de tener veintitantos o treinta y pocos cuando ella y Molly se conocieron. Por lo que Molly se limitó a decir:

—Acabo de ver unas fotos de Ray cuando era más joven, niño, cuando supongo que se parecía un poco a Clara Swift.

—Más que *un poco* —argumentó Nora mientras Em asentía. A todos nos llamó mucho la atención Clara Swift, no solo por su aspecto, sino también por su impresionante actuación. La maestra se apropió de la película, al menos hasta la primera aparición de Paul Goode.

Hay que reconocerle el mérito a Paul Goode por los tres hombres de paisano en la clase de la guardería: un espectáculo propio del cine negro. El detective al mando (Nora le llamaba «el capullo») es un hombre apagado y melancólico con tendencia a suspirar con aire lúgubre. Los dos policías de paisano que acompañan al capullo son dobles de Laurel y Hardy, lo que provocó que Nora y yo rememorásemos a nuestros cómicos favoritos de la infancia. En Em no produjo ese efecto: ella no soportaba a Laurel y Hardy, porque siempre había creído que Stan Laurel era maltratado continuamente. El policía delgado y de aspecto nervioso se muestra inquieto, sus bruscos e impacientes movimientos hacen que se le caiga la pistola de la funda de la axila. El policía gordo y corpulento es demasiado grande y exuberante para el aula de una guardería. La maestra abre fuego primero: les dice a los detectives que son idiotas por acudir a su clase con esa pinta de policías.

—¡Pero es que somos policías! —responde alegremente el gordo. Con muy poca traza, intenta sentarse en una de las diminutas sillas del aula; una de esas que están unidas a un diminuto pupitre.

—Si mi guardería está vigilada por esa pareja que toma niños como rehenes, seguro que ahora *sabrán* que la policía ha estado aquí —les dice la maestra.

—La pareja ha cambiado de estrategia. Ahora son los padres de los niños de tu clase los que están bajo vigilancia —dice el capullo. Suspira al ver que el policía gordo está atascado en la silla de tamaño infantil, con las rodillas encajadas bajo el pupitre.

—Virgen santa, Ralph, esas sillas son para niños pequeños —dice el policía inquieto justo antes de chocar contra un globo terráqueo del tamaño de un balón de playa y hacerlo caer de su soporte. El policía flaco se agacha y se inclina para agarrar el globo al tiempo que la pistola se sale de la funda de la axila. El ruido sordo que hace el arma al caer al suelo del aula provoca que la maestra se tape los oídos con ambas manos. Los tres detectives se encogen ante el inminente disparo.

—Cuidado con el arma, William —le dice el capullo con un suspiro.

Ralph, el policía gordo, se levanta bruscamente, pero no se va a librar tan fácilmente del pupitre y de la silla infantil. Sus pesados muslos quedan atrapados bajo el pupitre y la silla acoplada, al ponerse Ralph de pie, le obliga a doblarse hacia delante. Por alguna razón, Ralph parece tambalearse como si estuviese sentado.

—No me puedo creer que... —empieza a decirle la maestra, cuando Ralph gruñe de repente y se endereza, haciendo que la silla y el pupitre se partan por la mitad. El sonido de la madera al astillarse parece sorprender a William, el policía flacucho, que ha logrado volver enfundar su pistola y devolver la bola del mundo a su precaria base. O tal vez sea el inesperado gruñido de Ralph

—en el acto de destruir la silla y el pupitre de la amable maestra— lo que sobresalta a William, que se tambalea a su vez hasta topar con la pizarra.

—No permitiré que haya un policía armado en mi clase, no estando los niños —advierte la maestra. A todo esto, William, esforzándose por recuperar el equilibrio, se agarra a la pequeña repisa que hay debajo de la pizarra y la rompe. Una explosión de polvo de tiza sale disparada de la zona de la pizarra, causada por la caída de William entre los borradores, que se precipitan desde el estante roto. Ralph, al acuclillarse para comprobar los daños irreparables causados en el pupitre y la silla, rompe la costura del culo de sus pantalones. William, que se agita de espaldas rodeado por una nube de polvo de tiza, reacciona a aquellos extraños ruidos desenfundando su pistola, apuntando con ella a todas partes y obligando a la maestra a ponerse a cubierto detrás de su escritorio.

—Tenemos al hombre perfecto para la guardería: ya se ha infiltrado en otras escuelas y encaja a la perfección —le dice el capullo a la maestra. Ella se ha alejado de su escritorio, colocándose sin temor en la línea de fuego, una vez que William ha vuelto a enfundar su pistola.

—Debe de estar de broma —le dice la maestra al capullo jefe—. ¿Tienen a un policía que puede hacerse pasar por un niño de párvulos? No me diga que el pequeñajo irá armado.

—Nuestro hombre de la guardería no es tan pequeño como un niño de esa edad, pero es lo bastante pequeño —le dice el capullo jefe a la maestra—. ¿Dónde está, hablando de todo un poco? —pregunta el jefe a sus subordinados.

—Está echando un vistazo al lavabo de los niños. Quería colocar los accesorios para sus armas dentro de uno de los retretes, o algo así —responde William con voz de pato dolorido; se está tapando la nariz con los dedos, pues ahora le sangra profusamente.

—Ese es nuestro hombrecito de guardería: ¡para él ningún detalle es insignificante! —declara Ralph con admiración.

—Además, es un maestro de los disfraces —dice William con su voz de pato dolorido, todavía sangrando.

—Disfraces —repite la maestra poniendo los ojos en blanco,

incrédula. Para nosotros ha quedado tan claro como para ella que los tres policías que están en la clase no serían capaces de disfrazarse por mucho que lo intentaran.

—¿Armas en el cuarto de baño de niños? ¿Están locos? ¿Qué armas? —le pregunta la maestra al capullo jefe.

Hay alguien de pie, con muletas, en la puerta del aula. A primera vista, podría parecer un muchacho, un joven adolescente, pero es un hombre pequeño vestido con ropa de guardería: los pantalones cortos, las zapatillas de deporte, la camiseta con un gracioso personaje de dibujos animados estampado contribuyen sin duda a su aspecto sobrenaturalmente juvenil. Es posible que le hayan afeitado las piernas, pero la extrema suavidad de la piel de su rostro hace que parezca que todavía no ha empezado a afeitarse.

—He dejado una pistola con la munición necesaria y un silenciador, esas son todas las armas —le dice a la maestra el pequeño hombre de la guardería—. Mis muletas se desmontan muy rápido, todo lo que necesito está escondido en ellas —le explica. Su voz es más adulta e impositiva de lo que podría parecer, y se desplaza sin esfuerzo hacia la maestra con las muletas. Cuando se encuentra frente a ella, se las entrega. Deberían de haber quedado cara a cara, pero Paul Goode es notablemente más bajo que Clara Swift, que no es en absoluto una mujer alta. Los ojos del hombre de la guardería están a la altura de las clavículas de la maestra cuando dice:

—Todas las mañanas, cuando vaya a sentarme en mi silla, frente a mi pupitre, le entregaré mis muletas. Solo usted debe tocarlas. No debe permitir que los niños las toquen, por supuesto.

—Por supuesto —repite la maestra, que parece hechizada por él.

A nosotros, el público, al igual que a Clara Swift, nos asombra la atlética agilidad del hombre de la guardería. Liberado de sus muletas, que evidentemente no necesita, el pequeño deportista hace gala de la elegancia y precisión de sus movimientos. En primer lugar, en el cine —en Bennington, Vermont—, las sentadillas con una sola pierna y las sentadillas llamaron la atención de mi madre y de Molly, pero había algo más revelador en los movimientos del hombre de la guardería. Para tener cuarenta y tantos años, Paul Goode sabía moverse como un niño. El hombre de la guardería se mueve como un adolescente. Avanza y se agacha por el aula del parvulario, familiarizándose con la distribución del espacio —una zona de actividades, donde se hacen los trabajos de dibujo, y también el acogedor rincón para el tiempo de silencio, donde los niños pueden dormir la siesta—, pero vuelve rápidamente a las sillitas y sus pupitres contiguos.

Hay una historia que el hombre de la guardería tiene que contarle a la maestra: hay una razón para todo lo que hace, no solo para las muletas. Recaerá en la maestra la labor de contárselo a los padres de sus alumnos, porque es importante que los padres conozcan la historia del nuevo niño de la clase. Cuando todavía estaba en la guardería, estuvo a punto de morir asfixiado en el incendio de un restaurante en el que murieron sus padres. La falta de oxígeno y el exceso de dióxido de carbono le provocaron daños cerebrales.

—La inhalación de humo me afectó al habla y al uso de las piernas. Seguí creciendo, aunque solo un poco, mi crecimiento también se vio afectado, pero mi desarrollo mental se detuvo o se interrumpió —le cuenta el hombre de la guardería a la maestra.

—¿Es eso posible? —le pregunta ella—. No parece muy probable, no hay suficientes términos médicos —le dice la maestra.

—Nada de términos médicos. Hay dos doctores entre los padres de sus alumnos; el lenguaje estándar es más seguro —le dice él.

—Hay tres doctores entre los padres de mis alumnos —le corrige la maestra.

—Solo dos de ellos viven con sus hijos, el tercero ha solicitado el divorcio; su mujer le ha echado de casa —le informa el hombre de la guardería. Sufrió una *especie de coma,* que duró veinte años, tras el incendio del restaurante. ¡Eso es lo que se supone que debemos creer! Una hermana mayor ha estado cuidando de él. Cuando sale de esa *especie de coma,* la hermana lo envía de nuevo a la guardería, donde cree que se detuvo su desarrollo mental. Su *estado,* le explica a la maestra, le obligará a levantar la mano y pedir ir al baño de los niños... muchas veces. Otro de los niños (uno de verdad, claro está) tendrá que acompañarlo.

—Sobreviví al incendio del restaurante metido en el baño de hombres, adonde me llevó mi padre. Rompió un grifo de un fregadero, así que el agua corría y corría. Me dijo que me quedara en el servicio y luego fue a ayudar a mi madre. Nunca volví a verlos. No puedo quedarme solo en un lavabo público —le dice el hombre de la guardería a la maestra, dejándonos imaginar el lavabo inundado del restaurante en llamas, el agua que empieza a salir, el humo difícil de distinguir del vapor, el niño solo pero sin salir de allí, como su padre le había ordenado.

Se descubre que la pareja en cuestión, los secuestradores, son un hombre y una mujer. En esta ocasión, la mujer no finge ser un hombre de aspecto afeminado.

—Será mejor que salga del aula —le dice la mujer a la maestra en voz baja—. Ha habido un accidente —dice en voz aún más baja—. Al padre de uno de sus niños, el médico que se va a divorciar..., le ha pasado algo —susurra.

El hombre de la guardería ha preparado a la maestra para atender a una táctica, porque los secuestradores siempre intentan separar a la maestra de los niños de la guardería. Esta vez no lo logran.

—Yo me quedo con los niños, pase lo que pase. Así que diga lo que tenga que decir —le replica la maestra a la mujer, que saca una pistola del bolso. No apunta a nadie, pero sujeta la pistola de forma que todos puedan verla. Todos pueden ver también la pistola que empuña el hombre, de pie en la puerta abierta de la clase, apoyada contra su pecho, como si estuviera jurando lealtad a la bandera.

—Escuchadme, niños —dice la mujer de la pistola a los silenciosos alumnos—. Nadie saldrá herido si me escucháis y hacéis lo que os diga. Estamos esperando a que vengan algunos de vuestros padres, tienen que darnos algo.

Cuando el hombre de la guardería alza la mano, la maestra parece molesta con él.

—¿En serio tienes que ir? —le pregunta la maestra.

—Tengo que ir, de verdad —le responde con un tono de voz extremadamente alto—. Y no puedo ir solo —añade el pequeño hombre del parvulario. Todos los niños de la clase han levantado la mano, ofreciéndose voluntarios para ser el niño que acompañe al hombre de la guardería al baño de los niños.

—Tommy, por favor, ve con él —le dice la maestra a un niño que tiene los ojos muy abiertos, cuya creencia en los extraterrestres y los seres sobrenaturales le convierten en una elección inteligente, un testigo perfecto de la milagrosa transformación del hombre de la guardería.

—Volved en cinco minutos, los dos —les dice la mujer de la pistola a Tommy y al niño nuevo de las muletas.

—A veces tarda más —le dice Tommy a la mujer, que señala al hombre con la pistola que está en la puerta.

—Cinco minutos es todo lo que tienes, tullidito, o él irá a por ti —le dice la mujer de la pistola al hombre de la guardería.

Una niña ha levantado la mano.

—¿Qué pasa, Henrietta? —le pregunta la maestra.

—*Tullidito* no es una palabra muy bonita —dice Henrietta. El hombre de la guardería parece agarrotarse sobre sus muletas, pero sigue adelante. Pasa por delante del hombre de la pistola, atraviesa la puerta y sale del aula. Tommy, atento a los sobrenaturales sucesos, le sigue de cerca.

—Escuchad, niños —dice la mujer de la pistola—, estéis donde estéis, incluso en la guardería, siempre hay un santito que os dirá alguna mierda por el lenguaje que utilizáis.

—Cinco minutos, tullidito —dice el hombre de la pistola sin molestarse siquiera en mirar a los dos que van de camino al lavabo de los niños.

—La palabra *mierda* tampoco es muy bonita —dice Henrietta indignada.

—Ya basta, Henrietta —le dice la maestra a la niña, que mira fijamente a la mujer de la pistola; esta le sostiene la mirada.

En el lavabo de los niños, un ser sobrenatural surge ante los ojos embelesados de Tommy, que se ha desabrochado la bragueta, pero está colocado de costado ante el urinario. Su atención se centra en el hombre de la guardería, que ya no parece discapacitado, sostiene sus muletas por encima de la cabeza y lleva a cabo flexiones y sentadillas con una sola pierna, yendo y viniendo a lo largo de la fila de urinarios altos infantiles.

—¡Puede caminar...! ¡Es un milagro! —dice una y otra vez el hombre de la guardería en voz baja. Tommy se da cuenta de que la voz del nuevo niño ha cambiado; tiene una voz más grave, como la de un hombre.

—¿Ahora eres un adulto? —le pregunta Tommy.

—¡Puede caminar...! ¡Es un milagro! —repite en voz baja el hombre de la guardería—. Quiero oírtelo decir, Tommy. «¡Puede caminar...! ¡Es un milagro!» ¿Puedes decirlo en voz baja, como si susurraras?

—¡Puede caminar...! ¡Es un milagro! —susurra Tommy.

—Un poco más alto, Tommy —le pide el hombre de la guardería. Haciendo flexiones y sentadillas se mete en uno de los retretes y cierra la puerta.

—¡Puede caminar...! ¡Es un milagro! —repite Tommy tal como le han pedido que haga, un poco más fuerte. No deja de decirlo mientras se da la vuelta hacia el urinario y hace pipí.

Tommy repite, como le han ordenado que haga, un poco más alto. Sigue diciéndolo mientras se gira hacia el urinario y finalmente hace pis.

—Está bien, Tommy, sigue diciéndolo —le anima el hombre de la guardería. Por encima de su hombro, Tommy puede ver el extremo de una muleta: aparece brevemente por encima de la puerta del retrete, seguida de la almohadilla axilar de la otra muleta. Los sonidos mecánicos del desmontaje de las muletas hacen que Tommy gire la cabeza una y otra vez para mirar por encima del hombro hacia la puerta cerrada del retrete. Una de esas veces, al mirar Tommy ansiosamente por encima del hombro, ve a Paul Goode tendido en el suelo, mirándole por debajo de la puerta del retrete. El hombre de la guardería sostiene una pistola contra el pecho, con un silenciador enganchado al cañón. Paul Goode se lleva el dedo índice de la otra mano a los labios. Uno de los fotogramas de esta toma se convierte en el espeluznante póster de *El hombre de la guardería.* Tommy no ha dejado de decir lo que le han dicho que diga. Sus órdenes le resultaron perfectamente claras: tira de la cadena, se lava las manos y sale del lavabo de los niños con un nuevo propósito.

Vemos una toma, por encima de la cabeza del niño, al retrete cerrado. Las muletas desmontadas cuelgan de un par de ganchos que hay en el interior de la puerta del retrete. En las paredes laterales hay otros «accesorios» más complicados. Lo que parecen estribos sujetan los pequeños pies del hombre de la guardería; lo que parece el asiento de un cochecito para niños está montado en la pared opuesta, pero el asiento puede girar. Casi a la altura de la taza del váter, el pequeño hombre de la guardería está suspendido, justo por encima del hueco que queda bajo la puerta del retrete. Si alguien se dispusiese a mirar por debajo de la puerta, él lo vería primero.

Mientras tanto, en el aula, el pistolero mira el reloj cuando

Tommy pasa junto a él y atraviesa la puerta; Tommy balbucea incoherencias, o habla demasiado bajo (o se ha vuelto loco) para que nadie le entienda.

—¿Qué? —exclama Henrietta.

—Por favor, habla más alto, Tommy —le dice la maestra.

—Han pasado cinco minutos —dice el pistolero.

—¿Dónde está el cojo, gilipollas? —le pregunta la mujer de la pistola a Tommy.

—¡Puede caminar...! ¡Es un milagro! —le dice Tommy, lo bastante alto y claro como para que todo el mundo lo oiga—. ¡Puede caminar...! ¡Es un milagro! —no para de decir el chico.

—La palabra *gilipollas...* —empieza a decir Henrietta, pero la mujer de la pistola interrumpe a la santita.

—Ve a buscar al niño —le dice bruscamente al pistolero, que no está en la puerta, sino de camino al lavabo de los niños.

—¡Puede caminar...! ¡Es un milagro! —Henrietta grita ahora; otros niños se hacen eco del incesante estribillo de Tommy.

—Diles que se callen —le dice la mujer de la pistola a la maestra.

—Creo que no lo haré. No quiero que oigan los disparos —replica la maestra.

—Solo habrá un disparo, si es que lo hay, y quiero oírlo —dice la mujer armada—. Diles a los niños que se callen.

La maestra golpea su pupitre con una regla y los niños dejan de corear, tan solo Tommy sigue murmurando «Es un milagro» antes de poder parar.

—Creo que deberíamos cantarlo todos, como una canción —les dice la maestra a los niños—. Así —dice, antes de empezar a cantar. Es la escena de Clara Swift; siguen mostrando el fragmento de la película.

Por las asombradas caras de los niños, sabemos que nunca habían oído cantar a su maestra. Los espectadores no esperamos que Clara Swift cante maravillosamente, por eso cada vez que veo y oigo esta escena, me sorprende la pureza de su voz.

«Intenta cantar "¡Puede caminar...! ¡Es un milagro! ¡Puede caminar...! ¡Es un milagro!" y que suene bien. Es imposible», me escribió Em. (Como es lógico, me resultaba imposible imaginar cómo sonaría la voz de Em cantando.)

En el lavabo de los niños, el pistolero se siente desconcertado por el coro de voces de niños que cantan en el aula la canción del milagro. También le inquieta el retrete con la puerta cerrada. Desde una prudente distancia, ha mirado por debajo de la puerta, pero no ha podido ver nada: ni las puntas de las muletas, ni los pequeños pies en zapatillas de deporte. El pistolero se acerca a la puerta cerrada y le da una fuerte palmada.

—Sé que estás ahí dentro, se acabó el tiempo —dice el pistolero. Se mete la pistola por dentro de la cintura del pantalón.

Como escritor, me pregunto lo que Henrietta diría de mi lenguaje. La primera vez que vi *El hombre de la guardería,* se me ocurrió que Paul Goode (como guionista) piensa que la mujer de la pistola tiene razón sobre Henrietta: siempre hay un santurrón que te echa la bronca por el lenguaje que utilizas. En el lavabo de los niños, con sus urinarios de tamaño infantil, el pistolero parece enorme; también parece estar muy en forma. Cuando engancha los dedos en la parte superior de la puerta del retrete, se alza sin esfuerzo. Le resulta tan fácil que da la impresión de que podría hacerlo veinte veces más. Un rápido estirón y su cabeza está por encima de la puerta del retrete, desde donde mira boquiabierto hacia abajo. El hombre de la guardería tiene un tiro fácil, a quemarropa. El silenciador hace su trabajo. Se oye un chasquido, pero no parece un disparo, sino más bien el decepcionante corcho de una botella de champán, amortiguado con una toalla. El pistolero cae boca arriba al suelo. Sus ojos muertos, ciegos, son más grandes que el agujero de bala que hay entre ellos. El agujero de bala apenas ha empezado a sangrar cuando el hombre de la guardería sale del retrete, cuidando de no pisar el charco de sangre que crece desde la parte posterior del cráneo del pistolero muerto.

—Se acabó el tiempo —le dice Paul Goode en voz baja.

Desde la puerta abierta de la clase, vemos a la asustada maestra, que le devuelve la mirada a la cámara. La mujer de la pistola está de perfil hacia nosotros, hacia la puerta, y mira a los niños con la pistola apuntando (casi rozando) la sien de la maestra.

—Si aprieto el gatillo, las caras de los niños quedarán salpicadas de tu sangre, debido al orificio de salida —le dice la mujer de la pistola a la maestra.

Hay otro ángulo de cámara, vemos las caras de los niños, y oímos gritar a Henrietta:

—¡Parad! ¡Dejad de cantar!

Al ver que la maestra tiene miedo, los niños también se ven atrapados por el miedo y dejan de cantar.

Corte de nuevo al ángulo desde la puerta, desde donde vemos a la maestra mirando a la cámara y a la mujer de la pistola, que sigue de perfil. De repente, algo cambia en los ojos de la maestra. La maestra ve algo y la mujer de la pistola se vuelve hacia nosotros para mirar hacia donde mira la maestra. En el aula silenciosa, el estallido y el agujero entre los ojos de la mujer armada son simultáneos. Como la mujer armada ha volteado la cabeza, su cuerpo gira también por la fuerza de la bala, la pistola se le escapa de los dedos flojos y sus rodillas se separan al caer. Yace boca abajo, con el pelo y la nuca empapados ya de sangre, que poco a poco se acumula en el suelo alrededor de su cara.

Desde la puerta, el hombre de la guardería se acerca con dos amplias zancadas, en el primer plano del encuadre, ya dentro del aula, y se acuclilla junto al cuerpo de la mujer muerta.

—Han pasado cinco minutos, ya estoy de vuelta —le dice. El hombre de la guardería habla con la voz sorprendentemente aguda que oímos por última vez cuando dijo que tenía que ir al lavabo de los niños.

Hay un rápido primer plano del globo terráqueo sobre la mesa de la maestra: está salpicado de sangre debido al orificio de salida. La voz en *off* del hombre de la guardería es más grave: habla con su voz más resonante, más adulta. Oímos al hombre adulto de la guardería decir:

—Ha sido un día duro para el mundo, al menos para este mundo. —(El género negro más obvio no se preocupa por las exageraciones.)

Cuando la cámara retrocede, vemos que Paul Goode le está diciendo esas mismas palabras a la convulsa maestra, que también se ha visto salpicada por un poco de sangre; después de todo, ella estaba de pie en las inmediaciones del orificio de salida de la bala. Con un pañuelo blanco, Paul Goode limpia una mancha de sangre de la mejilla de la maestra. Las dos manchas de sangre de su blusa blanca, en el hombro y el pecho, no se pueden limpiar con el pañuelo, que Paul Goode se mete en el bolsillo. El hecho de dejar la pistola en algún sitio resulta algo más incómodo. El largo cañón del silenciador hace que la pistola parezca más grande de lo que es; demasiado grande para que el hombre del parvulario se la meta en el bolsillo de sus pantalones cortos, y por dentro de la cinturilla parecería ridículo o peligroso. Desmontar el silenciador podría poner nerviosos a los niños.

—Dame eso —le dice la maestra dejando el arma sobre su mesa junto al globo terráqueo ensangrentado.

Cuando Tommy empieza a balbucear, el hombre de la guardería está a la altura de los pechos de la maestra.

—¡Puede caminar...! ¡Es un milagro! —repite Tommy sin pensar.

—En realidad, Tommy, siempre he podido andar, no es un milagro —le dice el hombre de la guardería al niño—. No hubo ningún incendio en un restaurante, no soy discapacitado, no soy un niño, soy *policía* —les dice Paul Goode a los niños.

—¡No es un niño, es un policía! —grita Henrietta.

A veces resulta difícil distinguir a Henrietta: su voz suena igual en el éxtasis que en la protesta. Sin embargo, la forma en que los niños siguen el ejemplo de Henrietta no deja lugar a dudas. El coro de voces de los niños es extático, incluso triunfante. Los niños están encantados de que Paul Goode sea policía. Tommy es el único que no presta su jubilosa voz al coro. Tommy quería que la transformación que presenció y creyó real en el lavabo de los niños fuese cierta. Cuando los labios de Tommy empiezan a moverse, las palabras tácitas que pronuncia para sí mismo no están en sintonía con las palabras que los otros niños están diciendo con tanto júbilo.

En cuanto al hombre de la guardería, este intenta hacerse oír por encima del estruendo del coro de niños. Paul Goode está antinaturalmente cerca de Clara Swift, con la cara casi rozándole los pechos; ella inclina la cabeza hacia él, con la oreja ahora cerca de su boca.

—Me preguntaba si querrías salir conmigo, si no soy demasiado pequeño para ti. Me dicen constantemente que no soy lo bastante grande —le dice el hombrecillo de la guardería a la maestra.

Cuando ella vuelve la cabeza, todavía inclinada hacia él, sus labios casi le rozan la oreja.

—No eres demasiado pequeño para mí, eres lo bastante pequeño —le dice la maestra en voz baja pero clara.

Un primer plano de Tommy, con sus labios fuera de sincronía respecto a la tontería de «¡Es un policía!». A medida que los cánticos de los niños se van desvaneciendo, la pureza de la voz de Clara Swift se difumina también, hasta que los labios de Tommy están perfectamente sincronizados con su voz, cantando la canción de Tommy. La primera vez que ves *El hombre de la guardería* piensas que ese es el final de la película; y podría serlo. De hecho, debería serlo.

Pero hay un corte rápido a Clara Swift en la ducha, cantando maravillosamente su improbable única línea. Se sobresalta al ver algo, o a alguien, a través de la mampara de cristal. Deja de cantar y se cubre momentáneamente los pechos. Luego se ríe.

—Sigues haciéndolo: ¡apareces sin más! —dice a la cámara.

La puerta de la ducha se abre y el hombre de la guardería, desnudo, se mete en la ducha con ella.

—No me gusta interrumpirte cuando cantas la canción de Tommy —le dice Paul Goode. Ella ha empezado a lavarse el pelo con champú, la espuma le cae en la cara y en los pechos. Él cierra los ojos.

—Bueno, me *has* interrumpido, pero no me importa —dice ella.

—Ya sabes lo que me gusta —le dice él tímidamente.

—Lo que te gusta —responde ella, como si no tuviera ni idea de a qué se refiere. Le está tomando el pelo.

—Venga, dilo —le dice el hombre de la guardería. Le ha quitado la espuma del pelo. Cuando él abre los ojos y la mira, ella le acerca la cara a sus pechos y él vuelve a cerrar los ojos.

—No eres demasiado pequeño para mí, eres lo bastante pequeño —le dice con seriedad, por enésima vez.

Fundido a negro. Las voces de los niños cantando la canción de Tommy suenan con los créditos finales. Tanto Em como yo pensamos que era un final cursi, una película de género negro exagerada con una escena de sexo cursi, añadida para ganarse al público romanticón. La escena de la ducha parecía pertenecer a otra película. Un crítico definió aquella escena como «casi europea», pero ¿qué quería decir con eso?

No teníamos presente nuestra opinión crítica sobre Paul Goode, como actor o guionista, aquella noche en Bennington, Vermont, cuando Nora, Em y yo vimos *El hombre de la guardería* junto con Molly y mi madre. Lo único que queríamos saber era lo mismo de siempre: ¿creía Pequeña Ray que Paul Goode era mi padre? ¿Era el chico que no le quitaba los ojos de encima, tan solo un muchacho que aún no se afeitaba? «Era pequeño», me susurró en una ocasión. «Habría sido una bonita chica. Lo que significó para mí, Adam, fue que serías mío al completo. Eso fue lo que significó, "sin ataduras", cariño», me dijo mi madre.

Aquella noche en Bennington fue la primera vez que Molly y mi madre vieron *El hombre de la guardería*. Después de la película, Molly fue la primera en decir algo. Como de costumbre, Molly conducía: ella y Ray iban sentadas delante, yo iba con Nora y Em en el asiento trasero.

—A mí me recordaron a tus sentadillas con una sola pierna y a tus sentadillas, Ray, como si ese hombrecito hubiera prestado mucha atención —dijo Molly—. ¿Por qué no le enseñaste también las sentadillas de pared? —le preguntó Molly a mi madre.

—Le interesaba más el sexo, Molly, aunque el sexo no nos ocupó mucho tiempo. Pasamos más tiempo haciendo flexiones y sentadillas que practicando sexo, pero no practicamos las sentadillas de pared —le dijo mi madre a Molly—. Como ya te he dicho, no era más que un niño. Solo lo hicimos una vez. Pero todo el mundo decía que era un buen esquiador y yo quería ver si tenía buen equilibrio. Aguantaba muy bien las flexiones y las sentadillas. No es posible saber qué clase de deportista es uno viéndole hacer sentadillas en la pared —le dijo mi madre a Molly una y otra vez.

—No se puede. Tienes razón, Ray —dijo Molly. Recorrimos un trecho sin que nadie dijera nada—. Odio esta carretera por la noche, hay ciervos por todas partes —nos dijo Molly.

—Para que quede claro, Ray, estás diciendo que Paul Goode es el tipo en cuestión, ¿no? —le preguntó Nora.

—Querida Nora, cuando lo he visto fingiendo ser un niño, cuando ha salido junto a otros niños y se ha movido como si fuera un niño... Bueno, se mueve como el niño que yo recuerdo —respondió mi madre—. Pero, como he dicho, pasamos más tiempo haciendo flexiones y sentadillas que follando. Era un crío, era su primera vez, y ya me conoces, no pretendía pasar más tiempo del necesario con un pene, ni siquiera uno pequeño —le dijo mi madre a Nora.

—Creo que está claro, Ray, creo que lo has descubierto —dijo Molly.

—Hostia puta, tu padre es una estrella de cine, chaval —me dijo Nora. Em estaba sentada entre nosotros en el asiento trasero. Me había tomado de la mano, pero le dio a Nora un puñetazo en el brazo con el puño de la otra—. Y guionista..., vale, vale —le dijo Nora a Em.

Por la forma en que mi madre había reaccionado al reconocer al chico que la había dejado embarazada de mí, supuse que la relación sexual no había sido gran cosa para ella. Conociendo el tipo de concentración que mi madre ponía en sus sentadillas con una sola pierna y sus sentadillas, no tuve ninguna duda de que practicar sexo con Paul Goode debió de ser anticlimático para ella, si no para él. Pero, desde el asiento trasero del coche a oscuras, no pude ver la cara de mi madre, tan solo su nuca y sus hombros encorvados, mientras se golpeaba repetidamente la frente con la palma de la mano.

—¿Qué sucede, Ray? —Nora, Em y yo oímos que le preguntaba Molly.

—¡Me ha robado lo que le dije, me ha quitado lo que yo le dije a él y se lo ha dado a la maestra de la guardería! —dijo mi madre. Estaba muy enfadada, casi al borde del llanto—. Se sentía muy inseguro por ser más joven y más pequeño que yo. Aquel muchacho no dejaba de preguntarme si era lo bastante grande —dijo mi madre llorando ya—. Le dije que no era demasiado pequeño para mí, le dije que era lo bastante pequeño, ¡porque *esperaba* que tuviese un pene pequeño! —exclamó—. Obviamente, él nunca habría entendido que lo elegí precisamente porque esperaba que fuera pequeño.

—Al parecer, acabó entendiéndote, Ray —dijo Molly suavemente.

—Pero esa frase la dije yo, esas fueron mis palabras, lo que yo le dije —protestó mi madre con la voz quebrada—. ¿Es eso lo que hacéis los escritores, cariño? ¿Robar cosas que dice la gente de verdad? —me preguntó mi madre. Noté que Em asentía con la cabeza contra mi hombro; me apretó la mano con más fuerza.

—Eso, sin duda, es lo que hace Em, Ray —le dijo Nora.

—Yo lo hago a veces —le dije a mi madre.

—Bueno, desde mi punto de vista, creo que es inmoral —dijo mi madre.

Yo no supe qué responder. Em ya no podía apretarme la mano con más fuerza.

—¿Y qué me dices de esos pequeños urinarios? —preguntó mi madre—. No creo que en una guardería tengan urinarios tan pequeños. Esa clase de urinarios son más propios de la escuela primaria.

Nadie sabía qué decir. Em aflojó su mano en la mía.

—En la guardería, me parece a mí, cariño, los niños orinan en el váter —dijo mi madre.

En mi opinión, no sabemos lo que es anticlimático y lo que no hasta que llegamos al final de la historia.

34
Nuestro marine

En la primera carta que me escribió Em, tan solo una de las cosas que me dijo no era totalmente cierta: «Es que no me atrevo a inventármelo todo, como haces tú». No me lo invento todo, pero cuando utilizo cosas que ocurrieron de verdad, siempre cambio algo; intento que lo que ocurre en la ficción no sea exactamente verídico. Tal vez era eso lo que Em quería decir.

Estoy destacando un pequeño detalle. En otro sentido, no discutiría ni una sola palabra de las que Em escribió en aquella carta. Es una auténtica escritora. «Nada ha cambiado porque sepas quién es tu padre, excepto que sabes de dónde viene tu gen de escritor», escribió Em. También se hizo eco de lo que Molly me había dicho en privado.

—No tenemos que hacer público el tema de quién es tu padre, niño —fue como lo expresó Molly.

Hasta donde yo sé, Nora era la única que había indagado sobre la vertiente legal del asunto. ¿Era, o es, delito en Colorado que una mujer de dieciocho años mantenga relaciones sexuales con un chico de catorce? Lo que aquí importaba, me dijo Molly, era el trabajo de mi madre. Pequeña Ray era monitora de esquí para principiantes, la mayoría de ellos eran niños. «Catorce años o menos, niño», me dijo Molly. No costaba entender cuál era su enfoque. «No digo que lo que hacéis vosotros, los escritores, sea *inmoral:* robar cosas que dice o hace la gente de verdad me parece justo», me dijo la allanadora de pistas. «Pero ciertas personas opinarían que lo que hizo tu madre sin duda fue inmoral: concebirte con la intención de que fueras todo suyo. Supongo que entiendes a qué me refiero, niño», dijo Molly. «Ya sea legal o no, alguien con catorce años es menor de edad.»

Pero por lo que habíamos podido comprobar de Paul Goode en *El hombre de la guardería*, yo no era solo de mi madre. ¿Podríamos considerar que guardarnos esa información para nosotros, lo que Molly llamaba «este asunto», sería una mentira por omisión? Era lo que Nora siempre decía: todo giraba en torno al sexo y los secretos. Por lo demás, los que sabían que Paul Goode era mi padre querían a mi madre; es decir, estaban comprometidos con su seguridad.

El hombre de las raquetas, incluso como mujer, era un caballero de la vieja escuela y nunca se le habría ocurrido hablarle de la escapada de mi madre a los pequeños Barlow, que se sentían la mar de satisfechos de haber sido los primeros en reconocer la genialidad de Paul Goode a la hora de hacer cine de género negro. Goode tenía cuarenta y siete años cuando *El hombre de la guardería* le convirtió en una estrella de cine y en una celebridad de Hollywood; aunque tal vez era demasiado mayor para ser considerado un descubrimiento. En la boda de mi madre, fue Susan Barlow la que dijo: «Estoy convencida de que se va a hacer famoso».

Pero Elliot Barlow, como hombre y como mujer, sabía ser discreto. Pequeña Ray era mucho más, aunque también algo menos, que una esposa para el hombre de las raquetas de nieve, por eso él nunca contaría chisme alguno sobre ella.

Tío Martin y tío Johan, aquellos viejos voluntarios, acertaron respecto a aquel lugareño de Aspen, guía de esquí en Camp Hale, con el que se toparon. Paul Goode era el pequeño alpinista que ellos recordaban, perteneciente a la 10.ª División de Montaña. Mis tíos tenían razón sobre las hazañas de la 85.ª División de Infantería de Montaña en Italia. Paul Goode entraría en combate por primera vez en las batallas por los montes Belvedere y Gorgolesco; el hombrecillo de la guardería también participaría en la incursión en el valle del Po y cuando tuvieron que cruzar el río. La 85.ª llegó a Verona en abril de 1945, un mes antes de la rendición de los alemanes. Paul Goode zarpó de Nápoles rumbo a Nueva York en agosto de ese mismo año, y regresó a Aspen directamente desde Nueva York. Tenía diecinueve años, era un jovencísimo veterano de la Segunda Guerra Mundial. Todos los que le recordaban de niño decían que había sido un chico encantador. Su madre tenía treinta y seis años; era muy joven cuando lo tuvo, solo diecisiete.

Mis tíos también tenían razón sobre el nombre de aquel pequeño muchacho. Paul Goode fue bautizado como Paulino Juárez. Tío Martin y tío Johan decían que Paulino no parecía mexicano, pero su madre sí lo era. Paulina Juárez le puso su nombre a su hijo. En las entrevistas, cuando le preguntaban por su padre, Paul Goode siempre decía:

—El Hotel Jerome ha sido un buen padre para mí. El Jerome es mi padre.

—Tienes que admitirlo, chaval: tu padre es muy claro en las entrevistas —dijo Nora.

Paul Goode creció en el Hotel Jerome, porque su madre era madre soltera y trabajaba allí: se encargaba de la limpieza, era camarera de hotel. Aunque nadie hablaba del padre del niño, la madre de Paul Goode sí habló de él una vez, de manera sucinta. Había sido huésped del Jerome.

—Era un señor mayor muy simpático. Lo siento, pero no recuerdo su nombre —declaró Paulina Juárez; eso fue todo lo que dijo de él.

—Me parece que todo el mundo se comportó muy bien —eso era lo que decía Paul Goode en las entrevistas. El viejo y amable caballero no se aprovechó de la chica de diecisiete años. El Hotel Jerome no reveló la identidad de dicho caballero, pero nadie acusó a la gerencia del hotel de proteger a su cliente a costa de su joven e inocente camarera.

—A lo largo de los años, para mi madre y para mí, el Hotel Jerome ha sido un modelo de buen comportamiento —declaró siempre Paul Goode. El pequeño hombre de la guardería no bromeaba cuando decía que el Jerome había sido «un buen padre». Cuando se hizo mayor, llegó a dirigir el hotel. En el Jerome apreciaban a Paulina. El hotel hizo todo lo que pudo para satisfacer las necesidades de la joven madre soltera; el Jerome, de hecho, no fue menos acogedor y servicial con su hijo ilegítimo.

—El Jerome hizo más por mi madre que la baja de maternidad, no te digo más —dijo Paul Goode, pero sus entrevistadores le presionaron para que ofreciera más detalles. ¿El hotel ayudó a Paulina a pagar la guardería?—. Algo más que ayudar a pagarla —fue todo lo que añadió Paul Goode. Con el paso del tiempo, si el niño salía del colegio cuando su madre estaba trabajando, se iba al Jerome—. El hotel era mi casa, para mí, las otras camareras también eran como unas madres. Tuve una infancia muy feliz —dijo Paul Goode.

¿El hecho de que fuese un niño nacido fuera del matrimonio, con una madre camarera de hotel, no suscitó ningún tipo de reprobación? ¿No reprobaron a Paulina Juárez al menos una o dos de las camareras de hotel? ¿No le parece a usted que una o más de una de ellas podrían haber manifestado algún tipo de rechazo hacia el pequeño Paulino? Eran preguntas que los periodistas solían hacerle a Paul Goode. ¿Cómo era posible que la situación de su joven madre y las circunstancias de su nacimiento hubieran propiciado una infancia feliz?

—¡Tonterías! —decía mi madre cuando Molly o yo le preguntábamos por esa clase de preguntas que los entrevistadores le hacían a Paul Goode—. A mí me pareció un muchacho muy feliz —mantuvo Pequeña Ray.

La de las raquetas de nieve había dicho que en *El coche equivocado* el guion era de lo más *über-noir* y, por supuesto, yo sabía lo mucho que el señor Barlow menospreciaba las chapuzas literarias de sus padres y la adoración que mostraban por el género negro más exagerado. Debió de ser mi gen de escritor lo que me impulsó a escribirle a la pequeña profesora de inglés para expresarle mi incredulidad sobre la infancia feliz de Paul Goode. «Yo no podría escribir una novela creíble sobre gente que se comporta de forma tan ejemplar», le escribí a la de las raquetas. «¿Cómo es posible que *todo el mundo* en el Hotel Jerome se comportara de manera tan admirable con una camarera preñada y luego con su hijo?»

«No seas tan cínico», me respondió Elliot Barlow. Ella creía a mi madre, que había sacralizado el Hotel Jerome del mismo modo que sacralizó al fundador, Jerome B. Wheeler. Si se hubiesen tenido en cuenta solo las palabras de Ray al respecto, no se habría sabido que el señor Wheeler, el santo, perdió el hotel por no haber pagado los impuestos atrasados en 1909. Se podría haber llegado a creer que el fantasma de Jerome B. Wheeler dirigía el Hotel Jerome.

Sé que mi madre creía que el Hotel Jerome era sagrado, hasta el punto de pensar que el personal y la dirección eran incapaces de hacer nada malo, pero incluso mi madre sabía que ni el personal ni la dirección podían controlar (ni ser culpados por ello) el comportamiento de todos los huéspedes del hotel.

«¿Y los habitantes de Aspen, cómo se comportaron?», le escribí en respuesta al señor Barlow. Si eras una de las personas que la querían, y ella te quería a ti, a la de las raquetas de nieve le gustaba que la llamaran señor Barlow; pero no a todo el mundo se lo permitía, no a esas alturas. Como mujer, a pesar de su transición, no encontró razón alguna para cambiarse el nombre: Elliot funcionaba bien como nombre femenino. Ella y yo habíamos estado hacía poco en Exeter, con motivo, desgraciadamente, del funeral del entrenador Dearborn. Yo quería ir y sabía que la de las raquetas quería estar presente, pero a mí no me apetecía que volviese sola a la academia. No me preocupaba cómo podrían tratar a Elliot Barlow, como mujer, mis compañeros de equipo de lucha; no me preocupaban los luchadores de antes o después de mi época en la academia, pues habrían reconocido de inmediato al pequeño luchador y ayudante del entrenador Dearborn. No estoy seguro de quién me preocupaba exactamente; digamos que mi preocupación era inconcreta. No tenía claro quién podría propasarse con el señor Barlow como mujer: ¿los miembros de la facultad que no lo conocieron cuando era hombre, aquellos luchadores que no habían estado en Exeter cuando Elliot solía frecuentar la sala de lucha? Tanto al señor Barlow como a mí nos habían pedido que habláramos en el funeral del entrenador Dearborn. Me esforcé por no imaginarme al fantasma del entrenador Dearborn, todavía fumando en el vestuario de los entrenadores. Prefería recordarle haciendo sentadillas con una sola pierna al lado de mi madre el día de su boda. También hice un esfuerzo para no pensar en el entrenador cargando el cuerpo del abuelo desde la pista de cróquet.

—Hablaré justo antes que tú, así podré presentarte —le dije a la de las raquetas. Como es lógico, quería facilitarle las cosas a Elliot: quería decir algo sobre su transición de hombre a mujer antes de que los viejos muchachos la vieran. La educación mixta era algo bastante nuevo en Exeter. La de las raquetas había dejado su puesto hacía poco.

—Si no te importa, Adam, me presentaré. Hablaré justo antes que tú, así podré decirles a todos los luchadores que lean tus novelas —me dijo la pequeña profesora de inglés. Por supuesto, me preocupaba que el hecho de que el señor Barlow se presentase como mujer, en un ambiente tan obstinadamente masculino, en el funeral de un venerado entrenador de lucha, diese la impresión de que andaba buscando problemas. A decir verdad, todo salió bastante bien. No sé cómo, pero logré mantener la calma durante el prolongado silencio.

—Me llamo Elliot Barlow —empezó diciendo el señor Barlow—. Algunos de vosotros tal vez os acordéis de mí cuando era un hombre.

Tenía más de cuarenta y cinco años, pero era un encanto de mujer, guapa y menuda. La mayoría de los presentes en la iglesia Phillips no reconocieron a Elliot Barlow, pero sí a Pequeña Ray. Mi madre tenía unos cincuenta años y también era guapa y menuda.

—Antes era el señor Barlow, cuando enseñaba inglés, y era entrenador de lucha libre, pero podéis seguir llamándome Elliot. Me da la impresión de que el nombre Elliot sirve para hombre y para mujer —dijo la guapa de las raquetas—. Hablé de ello con el entrenador Dearborn y me dio su visto bueno. Para mí, la aprobación del entrenador Dearborn siempre fue suficiente —dijo la pequeña profesora de inglés, con la voz repentinamente tensa.

Se escucharon dos sonoros silbidos sexis. Mi madre, que estaba llorando, se echó a reír, poniendo fin al silencio sepulcral.

—Gracias, Martin; gracias, Johan —les dijo Elliot Barlow a mis tíos, que también se reían. A aquellos dos viejos noruegos no les quedaban muchos años de vida antes de la curva que vieron venir, antes de aquella curva en la carretera. La bonita mujer de las raquetas recuperó la confianza en sí misma; al parecer, le animó la cruda valoración que mis tíos hicieron de su feminidad. Así pues, animada como mujer, la pequeña profesora de inglés exhortó a la congregación mayoritariamente masculina de la iglesia Phillips a leer mis novelas—. Adam Brewster no es *solo* un luchador —les dijo Elliot Barlow. Incluso los luchadores se echaron a reír. Fue una amable y calurosa presentación.

Más tarde, en un cóctel que tuvo lugar en el hotel Exeter, casi todo el mundo se mostró amable con la de las raquetas. Mis compañeros de equipo, que también habían sido compañeros de Matthew Zimmermann, se mostraron amables con el señor Barlow, que solía ser el principal compañero de entrenamiento de Zim.

Obviamente, eran hombres de Exeter, por lo que cabía esperar que se mostrasen reservados. Tal vez su homofobia también era de carácter reservado.

Cuando regresábamos juntos a Nueva York, Elliot y yo hablábamos de la actitud distante que habían mostrado algunos de nuestros compañeros de lucha.

—Los chicos me abrazaban más cuando era un chico —dijo la de las raquetas de nieve. Su afirmación tuvo un deje melancólico. El distanciamiento era estrictamente físico, no frío o antipático de por sí, entendimos. Sin embargo, ambos sabíamos que los luchadores no eran propensos al distanciamiento físico.

—Tal vez algunos de los chicos solo pretendían ser respetuosos conmigo como mujer —dijo el señor Barlow. Intenté darle la razón, porque me dio la impresión de que se sentía un tanto defraudada; una decepción casi física.

Mi madre compensó cualquier falta de contacto físico que Elliot hubiese podido echar de menos. Cada vez que se nos acercaban aquellas esposas de aspecto familiar, mi madre estaba encima de Elliot; se montaba a caballito sobre Elliot, con los brazos alrededor del pecho y las piernas sujetas a su cintura. A Molly no se le pasó por alto el detalle de que la cena de ensayo de la boda de mi madre había sido en ese mismo hotel Exeter, donde una camarera destrozada emocionalmente cayó de rodillas ante el aria que compuso el éxtasis orgásmico de Em, y más tarde fue golpeada en el bajo vientre por un trozo de pastel de chocolate con glaseado de arándanos, un lanzamiento lateral de Henrik con su palo de lacrosse. A Molly le pareció adecuado que mi madre, de entre todos los lugares del mundo, eligiese montarse a caballito de la de las raquetas en público en el hotel Exeter.

—Ray quiere que todo el mundo sepa que siguen casados —me dijo Molly.

—Si mi madre empieza a frotarse con la de las raquetas, quizás deberíamos intervenir y separarlas —le dije a la pistera.

—Tú eres el luchador, niño. Dejaré que te encargues tú de eso —dijo la allanadora de pistas.

Las esposas de los profesores que se nos acercaron se mostraron cariñosas con Elliot como mujer, pero algunas de ellas no lo fueron tanto con Pequeña Ray. Varias de las esposas de los profesores habían leído mis novelas, o al menos alguna de mis novelas. Tan solo una de esas esposas me dijo que le decepcionaba que no hubiera escrito más sobre la «gente de Exeter». En cuanto a los más jóvenes, algunas alumnas me hablaron de mis libros, pero las que de verdad los habían leído eran chicas relativamente nuevas en la escuela. Si había lectores de ficción entre mis antiguos compañeros de lucha —todos rondábamos ya la treintena—, ninguno me dijo que hubiera leído algo mío. Tres o cuatro de los chicos mencionaron que sus madres o sus esposas habían leído algo que yo había escrito.

Lo de siempre, me dije, al fijarme en un tipo de brazos largos que se había mantenido a cierta distancia. Lo que siempre pasa cuando sabes que conoces a alguien, pero no recuerdas quién es. Con los luchadores, sueles recordar a los de tu misma categoría. La de las raquetas no recordaba el nombre del tipo huraño, pero sabía más que yo.

—Nunca fue un tipo alegre, y no era titular. Era un peso pesado de reserva, un peso pesado pequeño, pero era demasiado grande para quedarse por debajo de los ochenta —me recordó el señor Barlow. Entonces me acordé de aquel tipo. Seguía siendo un peso pesado pequeño, se había mantenido delgado y fuerte. Cuando yo estaba en Exeter, no había categoría de peso entre los ochenta kilos y los pesos pesados, una diferencia considerable. Si la categoría de peso inferior era demasiado ligera para ti y no eras lo bastante grande para competir como peso pesado, te tocaba sufrir, porque te quedabas en tierra de nadie. Era comprensible que la de las raquetas sintiera empatía por el chico. Elliot había tenido que afrontar una situación similar: siempre había sido demasiado pequeño para la categoría de peso más ligero.

—Tal vez estuvo en el ejército, tal vez allí encajaba mejor que aquí —me susurró la de las raquetas.

El peso pesado de reserva llevaba un corte de pelo que habría encajado mejor en el ejército que en Exeter, un corte al rape del tipo que lucían los que habían pasado por un campo de entrenamiento. Decidí hablar con él, aunque solo fuera para ver si podía entablar conversación.

—Sé que eras un peso pesado, pero siento no recordar tu nombre —le dije tendiéndole la mano. No la estrechó.

—Espero que no hayas escrito nada sobre el teniente Matthew Zimmermann. Espero que nunca escribas nada sobre el teniente, a menos que lo hagas muy bien —dijo el peso pesado de reserva, sin revelarme su nombre.

Bueno, ¿cómo enfrentarse a algo así? ¿Estaba desvariando por imaginar que ese furioso soldado podría haber estado en Vietnam? Por lo que me dijo, imaginé que el tipo podría haber sido un soldado de la unidad de Zimmer. Pensé que el tipo antipático se esforzaba por proteger a Zim como lo haría un camarada de armas, pero el soldado enfadado no había conocido a Zim en la guerra; de hecho, apenas había tratado a Zim en Exeter.

—Yo no me juntaba con los *pesos ligeros* —me dijo. Me di cuenta de a qué se refería con lo de «hacerlo muy bien» si alguna vez escribía sobre el teniente Matthew Zimmermann. Era sobre la guerra de Vietnam sobre lo que tenía que escribir «bien», o mejor que no escribiese sobre ella.

Intenté explicarle que Zim y yo habíamos hablado de la política bélica, que Zim detestaba al secretario de Defensa, Robert McNamara, que Zimmer consideraba a McNamara el arquitecto de las tácticas militares y la estrategia política de una guerra que había salido mal, una guerra que había sido «mal concebida desde el principio», según le había oído decir a Zim.

Pero el peso pesado de reserva era un halcón, partidario de la línea dura en política exterior, y no había modo de llegar a él. La participación estadounidense en la guerra de Vietnam había terminado. Nixon se había convertido en el primer presidente en dimitir de su cargo. La caída de Saigón ya había tenido lugar, pero el pequeño peso pesado de brazos largos insistía en que la guerra de Vietnam había sido una «guerra justa»; había sido una «guerra contra la agresión comunista», repetía una y otra vez.

—Podríamos haberla ganado —declaró—, deberíamos haber aniquilado a los comunistas —dijo. Miraba una y otra vez a Elliot Barlow y luego apartaba la vista de ella, como si no quisiera mirarla. Mi madre abrazaba a la de las raquetas de nieve, pero no dejaba de sonreírnos a mí y al peso pesado sin nombre. Temía que hubiera oído las palabras de Zimmermann o Zimmer; no quería que mi madre se uniera a nuestra conversación pensando que estábamos recordando a su querido Zim—. Y tu mamá todavía tiene esa novia corpulenta, por lo que veo —dijo el pequeño peso pesado, mirando fugazmente a Molly, para luego apartar la mirada a toda velocidad—. Soy de Nueva York, he visto algunos espectáculos del Gallows. *Dos chochos,* o como lo llamen esas bolleras —prosiguió el tipo alto y delgado—. He visto lo que tu prima lesbiana llama «Las noticias en inglés», ya sé que es de izquierdas —dijo el muy estúpido. En ese momento, me sorprendió su retórica de derechas y sus insultos homófobos y sexistas, pero Ronald Reagan estaba a punto de llegar. La derecha cristiana estaba de camino. ¿Era la certeza que evidenciaba el peso pesado de talla baja un presagio de lo que sería la Mayoría Moral de Jerry Falwell? Ellos también estaban de camino.

Sin saber qué decir, le pregunté al peso pesado sin nombre si había conocido a Zim en Yale.

—¿Estudiaste en Yale? —le pregunté sin previo aviso, lo cual no tenía ningún sentido, ni siquiera para mí.

—Estuve en los Marines —me respondió con frialdad. Lo dijo como si el hecho de haber sido marine excluyese la posibilidad de haber estudiado en la universidad, o bien que, al haber sido marine, la cuestión de dónde había estudiado no tenía ninguna importancia—. ¡Yale! —exclamó de repente, con desprecio; igual que cuando dijo «pesos ligeros».

Estoy seguro de que en aquel cóctel había varios exalumnos de Exeter que habían estudiado en Yale, pero no fueron los únicos que volvieron la cabeza cuando oyeron la expresión «Yale». De repente, mi madre estaba a nuestro lado. Agarró la muñeca del peso pesado con una mano, con la otra me había agarrado la mía, tal como haría un luchador al agarrar de las manos. El peso pesado se estremeció, retrocediendo ante su contacto. Mi madre no estaba acostumbrada a que nadie se resistiera a su forma de hablar: cuando quería hablar contigo, se ponía a tu lado y te sujetaba por las muñecas. El chico alto y delgado intentó soltarse, pero mi madre no se lo permitió. Su actividad invernal, con tanta sujeción de los palos, le había aportado fuerza de agarre: sus manos eran pequeñas pero fuertes, como las de los que usaban raquetas de nieve.

—¿Estabais hablando de Zim? ¿No estabais hablando de mi querido niño? Estoy segura de haber oído la palabra *Yale* —dijo mi madre a su manera, sin tomar aire. Vi que se ponía de puntillas. Pequeña Ray estaba haciendo un esfuerzo por acercar su rostro sonriente y alzado a la cara ceñuda del pequeño peso pesado. En ese momento, fue el tipo de largos brazos el que se quedó sin habla.

—En realidad, no conoció a Zim, ni en Yale ni tampoco en Exeter. No combatieron juntos —le dije a mi madre.

—Esa horrible guerra, ¡pobre Zim! —exclamó mi madre—. Deberías haberme dejado que le disparase, cariño. Zim estaría vivo si me hubieras dejado dispararle —prosiguió dirigiéndose a mí—. Molly me dijo que podría haberle disparado desde la ventana de la cocina, cuando Zim estaba haciendo flexiones en la entrada, pero yo no me habría arriesgado con una bala del calibre veinte a esa distancia. Le habría disparado cuando estaba dormido, justo debajo de la rótula —dijo mi madre. Finalmente, se dio cuenta del deje de horror en la mirada del peso pesado sin nombre—. ¡Justo en la rodilla! ¡No le habría *matado*, podría haberle *salvado!* —exclamó mi madre. Me soltó la muñeca y agarró la otra mano del peso pesado—. Zim estaría vivo. Estaría aquí, con nosotros, si le hubiera disparado —insistió mi madre—. Se puede tener una buena vida con una rodilla maltrecha. Puedes practicar sexo aunque cojees, también tener hijos y hacer amigos —le dijo al paralizado peso pesado, como nos había dicho a Molly y a mí. Sabía que estaba a punto de echarse a llorar, pues acostumbraba a ocurrirle cuando hablaba de Zim o pensaba en él. Entonces apareció Molly, y apoyó sus grandes manos sobre los hombros de mi madre.

—Déjalo, Ray —dijo suavemente la allanadora nocturna—. Yo no habría fallado ese tiro desde la ventana de la cocina. He disparado con la calibre veinte más que tú —le recordó Molly, lo cual era cierto. Molly era la cazadora de ciervos de la familia, abatía un ciervo cada temporada de caza. Tenía un amigo pistero que se lo despiezaba. Molly le daba al pistero todos los filetes o chuletas que quería y se quedaba con el resto para ella y Ray. Mi madre había ido a cazar ciervos con tío Martin y tío Johan. Sabía seguir el rastro de los ciervos, según opinaban mis tíos, y estaba claro que le gustaba pasear por el bosque con un arma, a los dos noruegos les encantaba su compañía, pero nunca entendieron por qué fallaba todos los disparos. Molly y yo sabíamos la razón.

Mi madre fallaba a propósito, pero se empeñaba en asegurarnos que siempre le daba a lo que apuntaba. Tanto a Molly como a mi madre les gustaba esa escopeta de palanca de un solo disparo. La mayoría de los cazadores de ciervos no la habrían elegido, habrían preferido un rifle o una escopeta del calibre doce con más de un disparo. Pero Molly apostaba por ella.

—Mi primer disparo es de perdigones, eso puede derribar a un ciervo —me había dicho la allanadora de pistas—. Ese pequeño calibre veinte es muy fácil de recargar. Mi segundo disparo es una bala de venado, el tiro mortal —dijo Molly. A Molly también le gustaba que era un arma que mi madre podía manejar con facilidad—. Ningún seguro es más seguro que tener un seguro —le gustaba decir a la pistera sobre ese calibre veinte de un solo disparo—. Tienes que amartillarla para disparar, si no está amartillada, no dispara. Difícilmente podrías dispararte con ella por accidente —decía siempre Molly.

En el contexto de aquel cóctel en el hotel Exeter, la idea de salvar al teniente Matthew Zimmermann de la muerte, tratándose de un héroe de la guerra de Vietnam, debió de resultarle desconcertante a aquel inflexible marine. Dos lesbianas —dos bolleras, dos lamechochos— le habían dicho que habían estado dispuestas a disparar a Matthew Zimmermann para salvarlo de Vietnam. Decidí seguir hablando, antes de que al peso pesado de baja estatura se le ocurriera algo que replicar. Le dije al indignado marine, que todavía no hablaba, que mi madre o Molly me habrían pegado un tiro de no haber sido por la 4-F. Mostré al pequeño peso pesado las palmas de mis manos, las cicatrices de las operaciones de los flexo-tendones eran muy visibles.

—Lesiones de lucha libre en los dedos y las manos, también en los tendones extensores —le estaba explicando cuando mi madre soltó de repente las muñecas del chico. En su excitación por enseñarle las manos, casi le golpea en la cara.

—¡Mira mis manos! —exclamó Pequeña Ray—. ¡Adam tiene mis manitas, así que no tuve que dispararle! —Molly ya la estaba abrazando cuando mi madre empezó a sollozar—. Deberíais haberme dejado que le disparase a Zim. La culpa es vuestra —nos dijo mi madre lloriqueando a Molly y a mí.

—Lo sabemos, Ray —la consoló la allanadora nocturna, cuando apareció la de las raquetas: Elliot Barlow agarró de repente las muñecas del pequeño peso pesado. En la sala de lucha de Exeter, el señor Barlow había sido el hombre que controlaba las manos. Con todas las dominadas y los palos de esquí, el pequeño profesor de inglés tenía más fuerza en las manos que la mayoría de los pesos medios.

—Eres un peso natural de ochenta y cinco kilos, ¿sabes? —le dijo la guapa mujer de las raquetas al peso pesado de baja estatura—. Siempre me preguntaba si llegarías a encontrar tu categoría de peso adecuada en la universidad, si es que llegabas a luchar en la universidad. —(En los años en los que habría podido practicar la lucha siendo marine, después de haber sido un peso pesado de reserva en Exeter, existía una categoría universitaria de ochenta y seis kilos; más adelante sería de ochenta y cinco.)

—Cuando me fui de Exeter, dejé la lucha —le dijo el peso natural de ochenta y cinco kilos a la bella Elliot Barlow—. Estuve en el Cuerpo de Marines —repitió, esta vez con un deje de orgullo.

—Pobrecito, ¡lo siento mucho! —se lamentó mi madre. Se acercó a él para darle un abrazo. El marine intentó zafarse de ella, pero Pequeña Ray lo abrazó por detrás, cerrando sus manitas alrededor de su cintura, con la cara apretada contra su ancha espalda—. ¿Ahora estás bien? ¿Todo bien? —le preguntó mi madre a nuestro marine, y el peso pesado de reserva pudo apreciar que su preocupación por él era sincera.

—Sí, señora —le contestó el marine, educado y estoico a un tiempo.

Los luchadores saben quién tiene el control de la mano y quién no. El señor Barlow tenía bloqueadas las muñecas del tipo alto; mi madre lo tenía abrazado por detrás. Nuestro marine habría tenido que iniciar una auténtica pelea para liberarse de ellos. No lo hizo. Pude notar el odio que sentía hacia todos nosotros, pero también su contención. En su mente, estaba inmovilizado por dos homosexuales, y sabía que ni Molly ni yo le caíamos mejor. Aprecié cómo se esforzaba por contenerse.

—Nos alegramos de que estés bien —le dije con sinceridad.

—Somos una familia antibelicista, nos alegramos de que un soldado vuelva sano y salvo a casa —dijo la guapa mujer de las raquetas.

—Yo nunca he vuelto a casa, nunca me gustó mi casa. El Cuerpo de Marines era mi hogar —repuso el soldado con amargura, aunque sin ira. Hacía todo lo posible por contener su rabia. Mi madre no se dio cuenta de lo enfadado que estaba el marine y se limitó a abrazarlo con más fuerza.

—Como dice Ismael, «un ballenero fue mi Universidad de Yale y mi Harvard». Supongo que el Cuerpo de Marines fue tu ballenero —le dijo la pequeña profesora de inglés al orgulloso marine, que de algún modo logró parecer aún más horrorizado. Era evidente que el peso pesado no había leído a Herman Melville. Por el gesto de su cara, el marine debió de imaginarse que «ballenero» era una expresión sexual propia de gais o de lesbianas o de transexuales. Molly trató de disipar los temores de nuestro marine.

—Es bueno tener algo de lo que sentirse orgulloso. Supongo que el Cuerpo de Marines fue bueno para ti —le dijo la conductora de la pisanieves.

—Sí, señora —respondió el hombre de ochenta y cinco kilos, con gratitud y un poco aliviado.

—Lo del «ballenero» es de *Moby-Dick*, es la última línea del capítulo 24, «El abogado» —le explicó amablemente el señor Barlow a nuestro marine—. Lo que quería decir es que el Cuerpo de Marines debió de tener una importancia especial para ti —dijo la guapa de las raquetas—. Tal vez una experiencia de aprendizaje mayor que la que puede adquirirse en cualquier universidad.

—Sí..., señora —consiguió decir el marine. Se estaba esforzando por mostrarse amable, hasta el punto de que su gesto expresaba dolor.

Cuando regresamos juntos a Nueva York, Elliot y yo especulamos sobre los horrores sexuales que un ballenero podría haber conjurado en la mente de nuestro contenido aunque homófobo marine. De todas nuestras especulaciones, la que más me gustó fue la teoría de la pequeña profesora de inglés.

—Ese tipo es un homófobo de derechas que va al Gallows expresamente para ver a artistas que desprecia y para mirar con odio a la mayor parte del público, que sí disfruta de los espectáculos —empezó diciendo el señor Barlow. Al principio, no veía adónde quería llegar con eso. Creía entender a los hombres que odian a los homosexuales en los que estaba pensando Elliot, tipos sexualmente intolerantes que frecuentan bares de ambiente o lugares de reunión de lesbianas, únicamente para causar problemas, pero esa clase de tipos acostumbraban a ir en grupo. Cuando se reían de las *drag queens,* lo hacían en pandilla. Nuestro marine enfadado era un solitario. Es posible que el Cuerpo de Marines fuera su hogar, pero no era un hombre dispuesto a hacer muchos amigos.

El señor Barlow estuvo de acuerdo. Nuestro marine era un tipo solitario y trataba de contener su odio. En su fuero interno, nuestro marine era un hostigador de homosexuales, pero no habría salido con un grupo de tíos con el propósito expreso de abusar de gais o lesbianas.

—Nuestro marine tal vez pensó que el «Ballenero» era un club más clandestino que el Gallows —dijo la de las raquetas—. No el típico bar gay o local de lesbianas que se anuncia, o un lugar como el Gallows, que tiene fama de ser políticamente subversivo. Nuestro marine seguramente imaginó algo mucho peor para el Ballenero: una sociedad secreta, un antro de perversión —me dijo la pequeña profesora de inglés.

—¿Como qué? ¿Qué ocurre en el Ballenero? —le pregunté a Elliot. Estaba un poco frustrado con ella. Me dio la impresión de que lo que estaba diciendo era un puñado de generalizaciones; no había dicho nada concreto.

—En el Ballenero tienes que enseñar el pene o la vagina para entrar. ¡Y más vale que tenga *buena pinta* o no te dejan entrar! —exclamó la guapa de las raquetas. Reímos con ganas. Era solo una broma, pensé. En el Ballenero, el precio a pagar para poder entrar era un examen estético: había que pasar una extraña especie de prueba de perfección, únicamente para poder ser admitido. Nuestro marine, especuló el pequeño señor Barlow, podría haber imaginado que en el Ballenero no le admitirían, porque el peso pesado de talla baja no era lo bastante *perfecto.*

Como me indicó Em en la primera carta que me envió, había «algo improbable» en el Ballenero, «incluso como club sexual imaginario», escribió Em.

Em y yo estábamos de acuerdo en lo que respecta a las especulaciones de la guapa de las raquetas de nieve. Elliot Barlow no bromeaba sobre lo que ocurría en el Ballenero. La pequeña profesora de inglés solía preocuparse por no ser lo bastante grande. Al señor

Barlow, cuando era un hombre, realmente le había importado lo de ser grande o pequeño.

«Todavía le importa un poco», me escribió Em.

Yo sabía lo que Em quería decir, lo había expresado con la misma precisión con la que yo lo habría hecho. Incluso como mujer, la de las raquetas seguía creyendo que no era lo bastante... algo. Pasar una prueba para entrar en el Ballenero no era lo que nuestro marine podría haber imaginado. Esa clase de pruebas imaginarias eran la obsesión de Elliot Barlow, y Em y yo sabíamos que no se trataba de una broma.

35
En el Ballenero

En aquel interminable cóctel en el hotel Exeter, tanto el compasivo señor Barlow como nuestro constreñido marine se libraron de nuevas pruebas sobre su tolerancia o su dureza. El exuberante canto de tío Johan anunció su llegada y la de tío Martin.

—*Bier, Bier..., das Bier ist hier!* —cantó Johan.

Cada una de las grandes manos de mis tíos sostenía dos botellas de cerveza recién abiertas. Los cuatro —Molly, mi madre, la de las raquetas y yo— tomamos una botella, con lo que mis tíos se quedaron con dos cervezas cada uno. Los jubilados noruegos, que habían hecho el viaje a Exeter desde el norte, le ofrecieron con afán una cerveza a nuestro huraño marine, pero yo ya me había dado cuenta de que el hombre de ochenta y cinco kilos no bebía alcohol. Además, al aceptar la cerveza, el señor Barlow había renunciado a su cualificado control de la mano y mi madre había renunciado a su fuerte abrazo de oso. El alto y delgado peso pesado aprovechó el momento para escabullirse.

Me alegré de verle marchar, porque tanto su odio como su esfuerzo por contenerlo me habían resultado difíciles de soportar. ¿Y si la conversación hubiera girado en torno a temas militares, a la vida del tipo de largos brazos en el Cuerpo de Marines, a que mis tíos habían sido reclutados por la Patrulla Nacional de Esquí para entrenar a las tropas de la 10.ª División de Montaña? ¿Y si aquella conversación hubiera llevado a mis tíos a recordar a Paulino, el pequeño montañero? Nunca sabré si mis tíos estaban al corriente de que Paul Goode era mi padre. No solo Molly me había advertido al respecto, Nora y Em también lo habían hecho.

—Ya no cabe duda: tu padre era menor de edad, chaval. Mi

padre y tío Johan se habrían limitado a decir que tu padre tuvo suerte —me dijo Nora, mientras Em asentía.

Lamento no haber pasado más tiempo con tío Martin y tío Johan en aquel cóctel en el hotel Exeter. No podría haber imaginado que aquella iba a ser la penúltima vez que los vería. Eran muy divertidos, sobre todo desde su viudedad, y, además, mis tíos adoraban a Pequeña Ray. Tío Martin y tío Johan sentían mucho afecto por Molly y por la de las raquetas de nieve; no solo cuando el señor Barlow era hombre, sino también cuando pasó a ser mujer.

La última vez que vi a los dos noruegos fue cuando estuvieron en Nueva York para ver a Nora y Em sobre el escenario del Gallows, la primera y única vez que vieron *Dos tortilleras, una que habla.* Esa fue también la ocasión del estreno de «No tenía estrella de la suerte» de Perjudicado Don, con la letra original, sin censura. Ni en esa ocasión, en el Gallows de Nueva York, ni poco antes —esa penúltima vez, cuando vi a tío Martin y a tío Johan en Exeter— detecté en mis tíos el deseo de dejarlo todo atrás, de salirse de la carretera. Ni siquiera la gente a la que más quieres dentro de tu propia familia te lo cuenta todo, siempre hay cosas que te pierdes.

—Esos dos hombres nunca se equivocaron al tomar una curva —dijo mi madre cuando tío Johan se salió de la carretera en el paso de Kancamagus.

—Creía que eso era lo que decías siempre de su forma de *esquiar,* Ray... Creía que eso era lo que querías decir —dijo Molly.

—Eso es lo que digo de su forma de *conducir,* Molly... Eso es lo que quiero decir —dijo mi madre.

En cuanto a que tío Johan y su padre se equivocaran al tomar una curva en el Kanc, Nora lo veía igual que mi madre.

—Sabían cuándo dejarlo —decía siempre Nora.

En 1977, el mismo año en que tío Johan aceleró al salir del Kancamagus, Clara Swift, que interpretaba a la maestra en *El hombre de la guardería,* dio a luz al hijo de Paul Goode. A decir verdad, habían sido la comidilla desde que hicieron su primera película juntos (de las muchas que hicieron); Paul Goode tenía cuarenta y seis años y Clara Swift quince menos. Pero la diferencia de edad entre ellos no era lo que más preocupaba a la prensa de Hollywood y a los chismosos medios de comunicación. Lo que al parecer incomodó a los tabloides fue lo avanzado que estaba el embarazo de Clara Swift cuando se casaron: se le notaba mucho la barriga.

LA NOVIA VESTÍA DE BLANCO… ¡UN VESTIDO BLANCO PREMAMÁ!, decía uno de los titulares. ¡ALARDEANDO!, decía otro. Y, por supuesto, estaba el evidente: ¿NO TE DA VERGÜENZA?

Nora tenía seis años cuando yo nací.

—Recuerdo el aspecto que tenía tu madre cuando estaba embarazada, chaval. Tu padre se ha casado con una mujer que le recordaba a tu madre —me dijo Nora. Bueno, de acuerdo. En 1977, había tantos cotilleos en los medios de comunicación sobre Paul Goode y su novia embarazada, mucho más joven, que hasta mis tíos debieron de llevar a cabo la pequeña conexión *montañera*. Nora dijo que su padre y tío Johan habrían apreciado, con toda probabilidad, el parecido entre Pequeña Ray y la embarazada Clara Swift.

Em y yo no dijimos nada. Clara Swift no nos resultaba menos atractiva estando muy embarazada que cuando la vimos por primera vez en *El hombre de la guardería*. Lo que también nos atraía a Em y a mí de Clara Swift era que se negaba a ser entrevistada: no quería hablar con los periodistas, punto.

«Hay que ser periodista para que no te guste», me escribió Em.

En cuanto al antiguo Paulino Juárez, siguió concediendo entrevistas, en las que mantuvo la calma —mantenía la calma incluso ante las preguntas más mordaces— y siempre se esforzaba por ser claro. Se mostró refrescantemente sincero al hablar de sus poco exitosos esfuerzos por encontrar trabajo en el mundo del cine después de la guerra. En cuanto veterano de la 10.ª División de Montaña, siempre podría haber conseguido trabajo en Aspen, ya fuese en el Hotel Jerome o, más adelante, en el hotel y en las pistas de esquí. Con la ayuda de la ley de reinserción para soldados, se matriculó en el programa de cine de la USC, pero las cosas no despegaron para él en Hollywood hasta que conoció a Lex Barker y a Lana Turner en el Hotel Jerome.

No me sorprendió que mi madre no dijese nada con respecto a los consejos y la ayuda que Lex y Lana le prestaron a mi padre. En aquella época, Lex había terminado de rodar las películas de Tarzán para la RKO Radio Pictures, pero aun así debía de conocer a gente en los estudios. Lana gozaba por aquel entonces de la protección de Louis B. Mayer en MGM. Según Paul Goode, no recordaba si fue Lex o Lana quien le aconsejó que se cambiara el nombre. Paulino Juárez solo era medio mexicano, a nadie le pareció nunca mexicano, pero Lex o Lana le dijeron que su nombre suscitaba dudas. La elección del nombre «Paul» resultó sencilla. Pero fue a Lex, no a Lana, a quien se le ocurrió el apellido «Goode», con «e» final. A Lana le preocupaba que «Goode» sonase demasiado británico, no americano. Lex añadió que el toque británico le iba bien a cualquier actor.

En sus entrevistas, cuando Paul Goode hablaba de su nombre artístico, siempre aclaraba que «Goode» había sido cosa de Lex Barker, y después hablaba del origen latino y de los diversos significados de «Paul».

—«Paul» significa «pequeño», también «humilde», «escaso» y «raro», pero sobre todo «pequeño», como yo —había dicho Paul Goode.

También le gustaba contar lo que le había dicho Lana Turner:

—Eres pequeño y moreno, pequeño y guapo, y pequeño y fuerte —le dijo Lana.

Sin embargo, incluso con la ayuda de Lex Barker y Lana Turner, la carrera de Paul Goode en Hollywood tardó mucho en despegar.

—Tuve mucho tiempo para escribir, porque mi vida como actor tardó en ponerse en marcha —le gustaba decir a Paul Goode.

El coche equivocado (1956) fue su primer papel con diálogo; había cumplido los treinta años y el papel de conductor a la fuga no lo convirtió en una estrella. No contaba lo que él llamaba los personajes «no acreditados» que había interpretado en películas anteriores, papeles en los que no tenía nombre pero se le encasillaba como pequeño: Hombre pequeño en escalera mecánica, Hombre pequeño con mujer grande, Hombre pequeño atacado por perro grande.

Paulina Juárez, a quien, según todos los comentarios, le encantaba su trabajo de camarera en el Hotel Jerome, no viviría para ver a su único Paulino convertirse en estrella de cine. Una noche de invierno de 1957, en Aspen, cuando prácticamente nadie había destacado la intervención de Paul Goode en *El coche equivocado*, su madre resbaló en el hielo y se cayó. Se golpeó la cabeza contra las escaleras de piedra que conducían a la puerta trasera de su dúplex y murió de hipotermia, después de quedar inconsciente, sometida durante horas a un frío glacial. Su vecina la encontró por la mañana, cuando ya no mostraba signo vital alguno. Paulina Juárez tan solo tenía cuarenta y ocho años cuando dejó atrás a su hijo de treinta y uno.

—A mi madre le encantaba su trabajo: cuando volvía a casa del Jerome, seguía ejerciendo de mujer de la limpieza —declararía Paul Goode más tarde en una entrevista—. Nunca se acostaba por la noche sin haber sacado la basura. —Cuando los entrevistadores más agresivos le preguntaban sobre la ingesta de alcohol, citado como un posible factor de la hipotermia de su madre, Paul Goode mantuvo la calma. Respondía sin alterarse—. A mi madre le gustaba tomarse una copa o dos antes de meterse en la cama. Nunca me pareció nada malo.

Obviamente, recordé haberle preguntado a mi madre por la tímida y aniñada camarera de hotel, la mujer de aspecto mexicano que rondaba entre mis fantasmas.

—Oh, no sabía que había muerto. Creo que era italiana —me había dicho Pequeña Ray, aunque más tarde admitió que sabía que el chico con el que se acostó tenía una madre que trabajaba de camarera en el Jerome—. No sabía de qué camarera se trataba, cariño —me dijo mi madre.

—Más allá de lo que opines sobre lo que ha escrito tu padre, no deberías culparle por la cuestión del género negro: llegó a lo oscuro de manera natural —me dijo la pequeña profesora de inglés. Lo que ambos llamábamos «género negro exagerado» o *über-noir* en los guiones de mi padre no era exagerado o *über* para Paul Goode. El género negro era tan solo la forma en que el pequeño hombre de la guardería y su creador veían las cosas. Además, Paul Goode había mejorado como escritor: «Como suele pasar con los escritores, escribiendo», me escribió Em. Después de *El coche equivocado,* al ver que los trabajos de actor no le llovían del cielo precisamente, Paulino Juárez volvió a casa, a Aspen, donde no dejó de escribir. Vivía en el apartamento dúplex en el que había crecido con su madre, trabajaba en el Hotel Jerome y en las pistas de esquí. El resto del tiempo escribía sin parar. Cuando *El hombre de la guardería* le hizo famoso, a los cuarenta y siete años, Paul Goode había escrito un montón de películas que no se habían filmado; «un montón de guiones sin leer, juraría», me escribió Em.

De acuerdo, «llegó a lo oscuro de manera natural», como dijo la de las raquetas de nieve; es decir, piense lo que piense de la escritura de mi padre, eso se lo concederé.

En cuanto a los genes de escritora de Em, al no saber si tenía alguno, hizo lo que haría un escritor de ficción imaginativo: inventarse unos genes de escritora sencillamente horribles. A su metódica manera de elaborar un relato corto, Em se imaginó que su madre lesbiana, que se odiaba a sí misma, era una novelista autobiográfica sin imaginación alguna. La primera novela de la madre escritora incluía la triste confesión de la madre a su hija adolescente, la parte en la que dice que su hija lesbiana está «condenada» a sufrir la herencia de los genes de su madre, tal como Em había escrito en «Una familia sale del armario». Peor aún, la novelista autobiográfica ficticia de Em describe con soporífero detalle las relaciones sexuales que ha mantenido con mujeres que su hija conoce, no solo con varias madres de amigas de su hija, sino también con una chica de la edad de su hija. Si bien Em había escrito sobre eso, aunque brevemente, en «Una pareja de rezagados se divorcia», no hay contención alguna en el estilo de la madre escritora, cuya logorrea autobiográfica se ve alimentada por su visión santurrona. Si bien las mujeres homosexuales, como ella y su hija «condenada», hacen «cosas degradantes» y no hay modo de «redimirlas», según el punto de vista de la madre escritora, «los hombres homosexuales hacen cosas mucho peores». Sin escatimar detalles, la primera novela de la madre lesbiana describe las cosas horribles que su «marido homosexual» ha hecho con otros hombres gais.

Desde la voz omnisciente en tercera persona de Em, todo esto sucede en un cuento, en el que Em apenas parece estar involucrada. Incluso el título es aburrido y académico. «El problema de las novelas autobiográficas» no parece un título de ficción, pero lo es. La horrible madre de Em, que (según ella misma admite) fue incluso peor esposa, no era escritora. Todavía no. Leí el cuento de Em en versión manuscrita. «El problema de las novelas autobiográficas» acabaría publicándose en *Ploughshares*. La horrible madre de Em —con quien, claro está, Em no se hablaba— leyó allí el cuento de Em. Como también lo leyó el que hacía cosas mucho peores; es decir, su padre.

En «Una familia sale del armario», el padre gay se flagela con un cinturón en la habitación de su hija, mientras confiesa su homosexualidad y denuncia las aventuras lésbicas de su mujer. En «Una pareja de rezagados se divorcia», el padre gay le dice a su hija, que no habla, que debería ser castrado por las cosas que ha hecho con otros hombres. No tarda en cambiar de opinión sobre la castración: «Tal vez hacerme la vasectomía», decide el padre cobardica.

Em ya había escrito un nuevo cuento cuando se publicó en *Ploughshares* el de la madre escritora. En el nuevo, «Por qué odio las autobiografías», el padre imitador lee la primera novela confesional de la madre escritora y decide que él puede hacerlo mejor. El padre gay escribe una autobiografía más inmoderada y enfermiza, que se describe con la inexpresiva voz narrativa en primera persona de la hija lesbiana que no habla. El odio a sí mismo del padre homosexual le lleva a confesarse, al tiempo que sostiene que la incesante necesidad de su esposa de hacerlo con otras mujeres era más perjudicial para su hija que su lascivo interés por otros hombres.

Em me escribió que la religión que ahora profesaba su padre gay, la Iglesia de Escocia, era «algo calvinista, definitivamente reformada y, por supuesto, protestante». En su nuevo cuento —«solo para hacer gracia», me escribió Em— hizo del padre gay que odia a los homosexuales un autodenominado «ateo presbiteriano» que se convierte al catolicismo. En los años setenta, hubo una primera oleada de exhomosexuales cristianos que predicaban a favor de la terapia de conversión. Em le dedicó al padre gay de su cuento una loca terapia de conversión propia: su padre, memorialista ficticio, cree que puede curarse de sus deseos homosexuales practicando las enseñanzas católicas. Pero ya conocemos a este tipo: mantiene sus apuestas. Primero decide someterse a la castración, luego dice que se hará «solo una vasectomía»; como cabe suponer, no hace ninguna de las dos cosas. La auténtica razón por la que el cobarde se convierte al catolicismo es que le gusta la posibilidad de perdón que ofrece la Iglesia católica.

—Te confiesas y estás perdonado: así funciona el catolicismo romano —le dice el autocomplaciente memorialista a su hija, que no habla.

Ese cuento, «Por qué odio las autobiografías», lo publicaron en *Antaeus*. A finales de los setenta, Em y yo teníamos la costumbre de escribirnos cartas y siempre nos mostrábamos lo que escribíamos antes de publicarlo.

Supongo que no era eso a lo que Nora se refería cuando me decía que estaba «intentando empezar algo con Em». Yo estaba convencido de que Em y yo éramos inocentes o inconscientes respecto a la posibilidad de estar empezando nada. Del mismo modo, Em, lo sé, nunca pensó que sus auténticos padres acabarían convirtiéndose en dos horribles escritores. Em escribía ficción. Em nunca quiso meterles en la cabeza a sus terribles padres la idea de hacerse escritores. ¿Quién, después de leer «El problema de las novelas autobiográficas», querría escribir una alguna vez?

«Alguien con nula imaginación, como mi madre», me escribió Em tiempo después, cuando se machacaba por ello. ¿Y quién leería «Por qué odio las autobiografías» y tendría ganas de leer una, por no hablar de escribirla? «Espera y verás, mi padre también se convertirá al catolicismo», me escribió. No bromeaba.

Era imposible escribir cuentos más literarios (o más oscuros) que los que escribía Em, o eso pensaba yo. Madre mía, había logrado llegar al público equivocado. Al igual que yo, aunque en su estilo, Em imaginaba los peores escenarios posibles. Sus historias, como no podía ser de otro modo, estaban basadas en las peores cosas que le habían sucedido, pero Em, con toda intención, las había transformado en algo inimaginablemente peor. Exageró en ellas el comportamiento disfuncional de su familia hasta alcanzar los peores extremos imaginables, sin llegar al suicidio o al asesinato.

—No estoy segura de que el suicidio o el asesinato hubiesen sido peores —dijo Nora más tarde.

El síndrome de los llamados exhomosexuales cristianos sometidos a terapia de conversión le pareció a Nora un buen material para llevarlo con Em al escenario del Gallows. Em, no sin razón, se sentía un tanto molesta por haber despertado en sus padres la idea de que podían ser escritores. Em había pensado que sería gracioso: había querido llevar el odio que sienten hacia sí mismas algunas personas homosexuales hasta un extremo cómico, pero sus padres no le habían pillado la gracia.

Incluso Elliot Barlow le había advertido a Nora de que no se burlara en *Dos tortilleras, una que habla* de las dudas y el odio que sentían por sí mismos algunos gais y lesbianas.

—El Gallows no está preparado para la comedia política ni para la sátira sobre ese tema —dijo la de las raquetas—. Estoy a favor de menospreciar a los exhomosexuales cristianos que se someten a terapia de conversión, o de satirizar a los exhomosexuales que se convierten al catolicismo, pero estoy seguro de que en el Gallows no gustará. Al público del Gallows le parecerá que estáis atacando al catolicismo —les dijo la pequeña profesora de inglés a Nora y Em.

Nora, fiel a su estilo, estaba a favor de una crítica a gran escala del catolicismo, pero Em sabía que el público no lo entendería en absoluto. Estábamos todos en el apartamento de Nora y Em en el barrio de Hell's Kitchen, encima de un mal restaurante que no paraba de cambiar de dueños. Antes había sido un mal restaurante griego y, aunque los griegos se habían ido, Nora seguía diciendo que el mal olor probablemente se debía al pulpo. El señor Barlow, Nora y yo observamos a Em, que parecía estar haciéndose el harakiri a cámara lenta en el sofá.

—Por el amor de Dios, Em. Parece que estés intentando cambiarte un tampón con unas pinzas del pan —le dijo Nora, pero Em siguió intentándolo.

La de las raquetas de nieve lanzó una puñalada sobre lo que Em estaba interpretando.

—Si los católicos y otros grupos cristianos son vacas sagradas, incluso en el Gallows, no tendrá gracia que nos burlemos de las madres y los padres. Dará la impresión de que estamos atacando a las madres y a los padres —aventuró Elliot. Em asintió y detuvo el suicidio que estaba llevando a cabo en el sofá. El señor Barlow creía que el final de los años setenta y el comienzo de los ochenta eran el anuncio de que llegarían malos tiempos para la comedia y la sátira política.

—Ahora estamos en el Ballenero —dijo sin venir a cuento la de las raquetas mientras soportábamos el probable hedor de pulpo. Ya habíamos reprendido a la pequeña profesora de inglés sobre su idea del Ballenero. Ella nunca había explicitado qué ocurría en el Ballenero, una vez que tú y tu pene perfecto o tu vagina perfecta erais admitidos, una vez que te dejaban atravesar la puerta.

—¿Qué podría haber más importante que el hecho de lograr entrar en el Ballenero, qué podría pasar allí dentro que tuviese un mayor significado que el mero hecho de entrar? —nos preguntó el señor Barlow—. Cada día es más difícil contar chistes sobre el odio —nos dijo la pequeña profesora de inglés, aunque enseguida captó que nos había perdido.

Para empezar, Nora y Em no fueron al funeral del entrenador Dearborn: no conocieron a «nuestro marine», como Elliot Barlow y yo lo llamábamos. Pero lo que Elliot dijo sobre las bromas y el odio yo tampoco lo entendí. Lo que había dicho la de las raquetas me había descolocado tanto como a Nora y a Em. Los años venideros iban a ser difíciles para la comedia, del tipo que fuese. Para Em y para mí, en cuanto guionistas, o para Nora y Em en el escenario del Gallows, cada vez iba a ser más difícil bromear... sobre cualquier cosa. Basta imaginar un espectáculo que, hoy en día, pudiese llamarse *Dos tortilleras, una que habla*. Hoy no se pueden contar chistes sobre el odio. Pero lo que sí puede decirse es que cuando el odio actual estaba empezando a gestarse, a finales de los setenta y principios de los ochenta, el retroceso ya estaba presente.

Un club sexual imaginario como el Ballenero, ¿representaba acaso la sexualidad desconocida? ¿Acabarían aceptándose las diferencias sexuales y las minorías sexuales? ¿Pasaría de moda la intolerancia sexual o simplemente desaparecería? Si echamos la vista atrás, podemos decir que el odio sexual era diferente. El odio sexual siempre estuvo ahí, y ya estaba cambiando o empezando a cambiar, pero no era como ahora. Recuerdo a nuestro marine. Jamás diría que lo echo de menos, ni a él ni a su odio, pero su odio era contenido; al principio, intentaba contenerlo. Hoy no lo contendría. Tipos como nuestro marine están ahora en el Ballenero, intentando hacer todo el daño posible. Sé que eso es lo que la de las raquetas de nieve diría. Fuera lo que fuese lo que pasase en el Ballenero, los tipos como nuestro marine pudieron entrar. Los tipos como nuestro marine ahora son peores, pero su odio siempre estuvo ahí.

36
Firmas de libros

Una firma de libros es un acto público, puede acudir cualquiera. Mi agente de prensa favorita, Mary Marinelli, había vuelto al trabajo después de lo que ella denominó una «brevísima baja de maternidad». Lo que Mary quería decir con eso era que había vuelto al trabajo demasiado pronto.

—Estoy dándole el pecho. Sacarme la leche es un fastidio. Sin duda no es la forma más adecuada de emplear mi tiempo durante una gira de promoción —dijo.

Mary era una agente de prensa maravillosa y estoy seguro de que también lo era como madre lactante y sacaleches. No recuerdo cuántos hijos tenía Mary, pero pidió la baja por maternidad unas cuantas veces, y regresó siempre al trabajo en tiempo récord. Tengo la impresión de que Mary nunca dejó de dar el pecho, aunque no la vi amamantar directamente a nadie; tampoco llegué a conocer al señor Marinelli ni a ninguno de sus hijos. Sin embargo, doy fe de la maravillosa capacidad que tenía Mary para encontrar el momento adecuado en el que sacarse la leche, y eso que las giras de promoción de los libros entrañan múltiples impedimentos.

Mary era una persona con una anatomía compacta, pequeña y bien equilibrada; exceptuando el desproporcionado tamaño de sus pechos. Lo que también era enorme era el bolso de Mary. Más allá de los ejemplares de mi novela, el resto de sus pertenencias tenían que ver con la lactancia y el sacaleches. Llevaba más de un modelo de sacaleches en aquel gigantesco bolso. Cargaba con bolsas de hielo para mantener fría la leche materna. Mary no tenía muy buena opinión de las madres que dejaban que su leche se estropease.

Entre bastidores, en el camerino del YMCA de la calle Noventa y dos de Nueva York, Mary Marinelli se hizo cargo de la sesión de preguntas y respuestas del público de una manera que en aquel momento resultaba novedosa, al menos para mí. Yo pretendía leer un fragmento de mi novela y atender después a las preguntas de los asistentes. Pero Mary insistió en que el público escribiese sus preguntas en unas tarjetas, que habría que recoger después y llevarlas al camerino antes de que yo saliera al escenario.

—De ese modo, eliminamos a los idiotas que no tienen preguntas, aquellos que solo pretenden expresar su opinión —fue la explicación de Mary. Leyó las preguntas y las clasificó—. Sirve también para identificar a los idiotas que siempre preguntan: «¿De dónde saca las ideas de sus libros?». Pasan a formar parte de una pila especial: la pila de las preguntas que no hay que responder —dijo Mary. Antes de subir al escenario, me comentó Mary, podría elegir las preguntas que me gustaran y ponerlas en el orden en que quisiera responderlas—. He eliminado a los chiflados —aclaró Mary Marinelli.

La idea de eliminar a los chiflados llamó la atención de Em; Nora y ella estaban pasando el rato conmigo en el camerino antes de que yo subiera al escenario. Em leyó las preguntas de las tarjetas con Mary. Tuve que explicarle a la agente de prensa que Em se dedicaba a las pantomimas, que no hablaba. Mary había visto a Nora y a Em en el Gallows y había supuesto, erróneamente, que el hecho de que Em no dijese una sola palabra formaba parte de la actuación. Mary Marinelli escuchó atentamente lo que le conté sobre la negativa de Em a hablar.

—Puesto que te dedicas a la pantomima a tiempo completo, es decir, alguien que ha elegido llevar una vida sin hablar, me pregunto si te amamantaron siendo bebé o no —le preguntó Mary. Resultaba difícil saber si era la primera vez que a Em le preguntaban sobre ese tema, ya que se tomó un momento para llevar a cabo la pantomima necesaria.

Todos sabíamos que Mary había ido varias veces al baño.

—Lo siento, tengo que ir a ordeñarme —nos decía cada vez que salía del camerino. Al volver, se mostraba más que dispuesta a contarnos cómo había ido el asunto—. Mi teta izquierda está superando a la derecha —nos dijo con un sincero suspiro. Yo no pude evitar echar una miradita furtiva a su teta derecha, que rendía por debajo de lo esperado, y todos pudimos imaginar, incluso en el camerino, el recelo de Mary respecto al sacaleches eléctrico—. Algún día los harán más manejables, ahora son demasiado grandes y voluminosos —se quejaba. Mary fue muy sincera al confiarnos sus dudas respecto al sacaleches eléctrico—. Tengo miedo de no poder apagarlo, de que me deje seca —nos dijo.

El tema de quedarse seca, al parecer, influyó en la respuesta de Em a la pregunta sobre la lactancia. Hasta llegar a la parte de las arcadas, resultó difícil discernir si era Em la que daba el pecho o la que era amamantada.

—Si de lo que se trata es de suponer, diría que la lactancia fue una experiencia conflictiva para Em —se aventuró a decir Mary.

Más bien una experiencia totalmente negativa, pensé.

—Em dice que habría que echar a suertes a quién le habría dado más asco dar el pecho, si a ella o a su madre —nos dijo Nora. Em asintió y retomó las tarjetas con las preguntas.

—Entiendo —dijo Mary; siempre decía lo mismo.

Uno de los jóvenes que trabajaban en el YMCA nos trajo más tarjetas al camerino. Él se había opuesto personalmente a la opción de las tarjetas; le fastidiaba la mera idea de que las preguntas fueran escritas. Se llamaba Fred. Le preocupaba la falta de espontaneidad en los actos públicos. Fred le había dicho a Mary que las preguntas y respuestas eran más «espontáneas» si el público podía hacerlas directamente micrófono en mano.

—No me interesa la espontaneidad de los asistentes —le dijo Mary—. Muéstrame a un tipo espontáneo y te mostraré a un tarado.

El joven Fred era de los que se indignaba con facilidad.

—Por lo general, no suele haber muchos tarados entre nuestro público. Esto es el Upper East Side —le recordó Fred a Mary.

—Deberíamos haberle encasquetado a Fred el sacaleches eléctrico... ya sabéis dónde —diría Nora, y Em hizo la pantomima. *Cuanto más grande y voluminoso, mejor.*

Lo único que Mary Marinelli dijo al respecto fue:

—Con que aparezca un solo tarado, Fred, se puede arruinar la noche. No hablo de grandes cantidades. —A sus espaldas, Nora le hizo una peineta a Fred; un gesto bastante espontáneo, a decir verdad.

—Aquí hay más preguntas, y no hay tiempo para recoger más tarjetas. Cuando las preguntas se hacen *por escrito,* no todos los asistentes tienen la oportunidad de preguntar —replicó Fred con cierta irritación.

—No todo el público *tiene por qué* hacer preguntas, Fred, de ahí la selección —le dijo Mary.

—Bueno, estoy seguro de que nos señalarás al chiflado de turno cuando lo encuentres —dijo Fred, quisquilloso.

—Oh, vete a la mierda, Fred —dijo Nora. Ese animado diálogo sin duda me distrajo de lo que Em estaba intentando decir, a su original manera. Los movimientos de Em solían ser bruscos: se ponía en pie de un salto y bailaba de un lado a otro sin ningún propósito aparente. Me fijé en que Em pretendía llamar nuestra atención sobre las tarjetas. Pero no entendí por qué Em nos mostraba todo su repertorio de bailes de salón. Como de costumbre, Nora entendió antes que yo lo que Em intentaba decirnos.

—¿Deberíamos buscar una pregunta de *Jasmine?* —le preguntó Nora a Em y esta asintió. Nora se lo explicó a Mary.

—Hace unos cinco años, la madre de Adam le dijo a Jasmine que Adam le había dicho que tenía una vagina tan grande como un salón de baile.

—Entiendo —dijo Mary Marinelli.

—Más o menos en esa misma época, tú le dijiste a Jasmine que su coño era una estación de metro —le recordé a Nora. Em siguió asintiendo.

—Jasmine se cagó en la cama cuando se acostaba con Adam; no creo que ella vaya a ser capaz de superarlo en algún momento —le explicó Nora a Mary. Em negó enérgicamente con la cabeza mientras volvía a leer las fichas; estaba claro que Em no creía que Jasmine fuera a superar el episodio de la cagada en la cama.

—Dime qué podría preguntar Jasmine, por favor —le dijo Mary a Nora.

—Cagarse en la cama suele ser una reacción espontánea, Fred —empezó a decir Nora—. Aquí tienes una pregunta que Jasmine podría hacerle a Adam: «¿Soy la única mujer a la que has mancillado, que se ha cagado en tu cama?». ¡Esa sí que es una pregunta! Estoy segura de que Em y Mary se habrían fijado en ella —dijo Nora; Em asintió.

—A mí me habría llamado la atención —dijo Mary Marinelli.

—Jasmine también podría preguntar: «¿Qué clase de hombre adulto vive con su abuela, la criada de su abuela y el fantasma de su abuelo?». Creo que esa sería la peor pregunta, chaval —me dijo Nora, al tiempo que Em asentía.

—La peor sin duda —dijo Mary.

—Ya no vivo con mi abuela ni con su criada ni con el fantasma de mi abuelo —entendí que tenía que decirle a Mary.

No sabía nada de Dottie. Habíamos mantenido la costumbre de mandarnos postales. Yo le había enviado algunas de las que no había obtenido respuesta. Alguien de la familia de Dottie acabaría contestándome, pero después de un año. En esa última postal aparecía un faro, como en tantas otras postales de Maine. «Dottie ha muerto, no le escribas más», rezaba la postal.

—¿Te gustan las mujeres mayores, Fred? —preguntó Nora—. Jasmine es mayor que la madre de Adam. ¿Cuántos años tiene Jasmine ahora? —me preguntó Nora.

—Jasmine solo es un año mayor que mi madre. Ahora tendrá cincuenta y siete.

—Entiendo. Demasiado mayor para Fred —dijo Mary. Em había retomado el tema del salón de baile. Tan solo quería recordarle a Fred que la vagina de Jasmine era tan grande como un salón de baile. Me sentí aliviado al ver que Em iba a ahorrarnos (también a Fred) su pantomima del coño de Jasmine como una estación de metro; Em se estaba arrastrando a cuatro patas por el camerino, agarrándose a nuestros tobillos. Fred era al que menos gracia le hacía que le agarraran por los tobillos. La narración de Em avanzaba: se puso en pie y empezó a practicar boxeo de sombras, o tal vez lucha libre de sombras.

—Si superamos la lectura y las preguntas sin que nada nos moleste demasiado, necesitaremos un plan sobre cómo lidiar con Jasmine durante la firma de libros —dijo Mary Marinelli, sin ser consciente de que Em estaba haciendo una pantomima sobre un plan.

—Em y yo sacaremos a Jasmine de la fila de las firmas —empezó a explicar Nora—. Em puede agarrar a Jasmine por los tobillos y evitar que escape. Yo le daré una buena paliza: le romperé los brazos, o al menos uno de ellos —dijo Nora—. Después podemos arrastrar a la vieja vagina como una estación de metro hasta la acera y dejarla allí tirada —concluyó Nora. Em se limitó a asentir.

—Tal vez ese no sea el plan más adecuado —dijo Mary Marinelli—. Aquí debéis de tener personal de seguridad, ¿no? —le preguntó Mary a Fred.

—Habitualmente, no necesitamos personal de seguridad en una presentación o en una firma de libros —dijo Fred con un deje de enfado.

—Entiendo —dijo de nuevo Mary, antes de encerrarse otra vez en el lavabo. El reflejo de Fred se veía en el espejo del camerino: estaba inclinado sobre el teléfono del mostrador para el maquillaje.

—Ya sé que no es más que un escritor de ficción, pero creo que se merece personal de seguridad en la firma de libros —dijo Fred al teléfono.

Repasé las preguntas de las tarjetas que Mary había seleccionado, pese a que estuve tentado de leer únicamente las del montón de tarjetas desechadas. Aunque Fred intentaba que su conversación telefónica pasase inadvertida, su cabreo nos resultó evidente. Al salir del baño, Mary me sorprendió cuando estaba echándole un vistazo furtivo a la primera tarjeta del montón.

—No leas esas preguntas, Adam. Algunas de ellas nunca te las podrías quitar de la cabeza —me dijo Mary. Al instante, me arrepentí de haber leído la pregunta que había elegido de entre las descartadas. No era una pregunta que yo hubiera podido responder en público; sin duda, pertenecía al grupo de los chiflados. Cuando subí al escenario, la pregunta resonaba en mi cabeza. Vi a Mary echar un segundo vistazo a la pregunta que había leído antes de salir del camerino—. Como esa, por ejemplo —me dijo Mary.

«Al igual que tú, soy escritora de ficción. ¿Tú también estás deprimido todo el tiempo?», esa era la pregunta. Para no pensar en ello, leí por encima las preguntas que trataban sobre mi madre. Mary quería que eligiese la mejor pregunta sobre mi madre y la respondiera. Dejamos de lado todas las preguntas relacionadas con la famosa «¿De dónde sacas las ideas de tus novelas?» en el camerino, donde oímos a Fred gritar por teléfono cuando nos íbamos.

—*Sé* que la posible alborotadora es una mujer, pero no forma parte de mi trabajo ejercer de personal de seguridad, ¿no es cierto? —le gritó Fred a alguien.

—Respecto a Jasmine, Fred, será mejor que nos dejes a Em y a mí ocuparnos de la mujer con el coño como una estación de metro. Somos el mejor personal de seguridad que vas a poder conseguir —le dijo Nora a Fred. No necesité mirar a Em para saber que estaba asintiendo.

—Cabe suponer que tu prima Nora no le haría ningún daño a Jasmine, ¿verdad? —me preguntó Mary.

—Mucho daño, no —respondí; o bien dije algo parecido.

—Entiendo —dijo Mary Marinelli dejándome entre bastidores.

Desde entonces, he llegado a disfrutar plenamente de ese momento entre bastidores. Es posible encontrar una extraña y solitaria paz en los laterales del escenario de un teatro, donde no te ve el público. Desde mi punto de vista, durante esos pocos minutos antes de salir al escenario, el tiempo se detiene. He podido reflexionar sobre mi vida al completo entre bastidores; reflexiones que no han tardado en esfumarse, como es lógico, pero aun así he podido disfrutar de esos momentos. Aunque no fue así en aquella ocasión, mi primera vez en el YMCA de la calle Noventa y dos. La improbable aunque posible aparición de Jasmine me inquietaba; deseaba que Nora le hiciera daño a Jasmine.

Todas las preguntas sobre madres resultaban inquietantes.

«La madre de tu novela más reciente es una feminista radical a la que asesina un misógino. ¿Es un reflejo de tu propia madre? De no ser así, ¿qué piensa tu madre de la madre que aparece en tu novela?» De las diez o doce preguntas sobre madres, esta no era precisamente la que tenía el tono más dulce, aunque sí la más clara.

También habría resultado inquietante que hubiese respondido a la pregunta contándole al público lo que mi madre había dicho sobre la novela. Pero no quise hacerlo, y menos sabiendo que Nora estaba entre el público.

—Sé que esa madre no soy yo, cariño, pero ¿qué piensa Nora al respecto? —me preguntó mi madre.

—A Nora le parece bien. Nora sabe que es ficción —le dije a mi madre.

—Sabes que Nora jamás elegiría tener un hijo. Nora nunca sería madre, pero alguien podría matar de verdad a Nora, cariño —me dijo mi madre.

—Lo sé. Tal vez por eso escribí la novela —le dije a mi madre.

Pero ese tema no era de la incumbencia del público, me dije. No iba a responder a ninguna de las otras preguntas.

Habida cuenta de las circunstancias, todo fue bastante bien. Mientras leía, localicé fácilmente a Nora y Em entre el público: estaban sentadas en primera fila, junto a Mary Marinelli y toda su parafernalia de sacaleches.

Lo pasé bien con las preguntas. Cuando las preguntas están escritas, es posible pensar en tarjetas imaginarias; puedes inventarte cualquier pregunta. Nadie lo sabrá nunca, me dije. Pero en el camerino, donde me dieron un breve repaso antes de afrontar la firma de libros, Mary no solo señaló con total precisión la pregunta que me había inventado, sino que me reprendió por eludir las preguntas sobre la madre.

—No te habría hecho ningún daño responder al menos a una de las preguntas sobre la madre. No se puede escribir una novela sobre una madre tan provocadora y no suponer que los lectores sentirán curiosidad por *tu propia* madre, Adam —me dijo Mary antes de volver al baño para ordeñarse.

Fred se abstuvo de hacer comentarios, pero se mostró muy cabreado cuando nos informó de que Nora y Em estaban «vigilando» la zona del vestíbulo donde iba a tener lugar la firma de libros «por si aparecía la cagacamas».

Me alivió saber que, según las pesquisas de Nora y Em, Jasmine no había aparecido por allí. Había fantaseado con la posibilidad de que Nora y Em arrojasen a Jasmine al tráfico de la avenida Lexington. Durante la firma de libros, me tranquilizaron todavía más los gestos de Em desde el fondo de la fila: por la forma en que se pavoneaba, cabía suponer que no había ni rastro del coño como una estación de metro en la fila de la firma. Y Nora interrumpió su vigilancia de la zona del vestíbulo para hablar conmigo en la mesa de firmas.

—La cagacamas no va a aparecer esta noche, chaval —me aseguró Nora.

Mary Marinelli daba órdenes a mis lectores donde comenzaba la fila de firmas.

—No va a firmar camisetas, ni sujetadores, ni nada de eso —la oí decir. Las personas que querían sus libros «personalizados» debían escribir sus nombres—. No esperéis que sepa cómo se escriben vuestros nombres —oí decir a Mary.

Todos los que tenían preguntas sobre madres estaban en la fila.

—¿Y tu madre? —me preguntó una sin previo aviso. Parecía una madre; una más bien impertinente.

Una mujer joven, que parecía demasiado independiente y relajada para ser madre, había escrito algo en el mismo trozo de papel en el que había escrito su nombre. «Matilda, como esa estúpida canción», escribió. «No respondiste a mi pregunta sobre tu madre. Yo tengo problemas con la mía», escribió también Matilda.

Improvisé las respuestas para los que preguntaron por la madre. Pero a nadie parecieron satisfacerle mis respuestas, incluida Mary Marinelli.

—Hablo de mi madre únicamente cuando ella está entre el público, y esta noche no está aquí —fue una de mis insatisfactorias respuestas.

—Mi madre sabe que no es la madre que aparece en mis novelas —fue otra de las respuestas que recibió una fría acogida; sobre todo por parte de Mary.

—Antes de ir a Boston, tienes que dar una respuesta creíble a la pregunta sobre la madre, porque no van a dejar de hacerla —me dijo Mary.

—De acuerdo —le dije. Me distraje con alguien que seguía moviéndose al final de la fila. Sé lo que pasa en las firmas de libros: no es un buen presagio que alguien quiera quedarse el último de la fila. Era una joven alta y atractiva, aunque de aspecto triste. Incluso a esa distancia, me pareció una de esas mujeres que nunca estarán del todo presentes; estuviera donde estuviese, nunca estaría del todo allí. Al alzar la vista de la mesa de firmas, la veía al final de la cola, una cabeza más alta que todas las demás. La siguiente vez que levanté la vista, había cuatro o cinco personas detrás de ella, aunque no por mucho tiempo. Cuando volví a mirar, había retrocedido y recuperado su desesperado pero voluntario lugar al final de la cola.

—¿Quién desea ser la última de la fila? —le pregunté a Mary Marinelli.

—No le quito el ojo de encima, es a la que hay que vigilar. Probablemente se trata de la escritora que está deprimida todo el tiempo —dijo Mary. Yo todavía no me había casado, no tenía hijos. Tal vez esa clase de experiencias sean necesarias para aceptar que una persona que se extrae leche de los pechos con fervor religioso pueda llegar a ser la persona más inteligente que conozcas.

Por supuesto, la joven alta era la escritora de ficción deprimida como yo. Yo tenía treinta y siete años. Cuando la fila para firmar se acortó, pude ver de cerca a la joven. Era más alta de lo que parecía y sin duda no tan joven como pensé al verla desde la distancia.

—Yo diría que es de tu edad; por no hablar del tema de la depresión —dijo Mary. Ahora que la fila tocaba a su fin, Nora volvió a colocarse a mi lado en la mesa de firmas.

—A Em y a mí no nos gusta el aspecto de la alta, chaval —me dijo Nora. Me di cuenta de que Em había ocupado el último puesto de la fila, con toda intención, para incomodar a la mujer alta. Mary le hizo saber a Nora que se trataba de una escritora de ficción deprimida, pero Nora dijo que Em ya había adivinado lo de que era escritora.

—Em sabía que le pasaba algo —dijo Nora.

—No tiene heridas visibles, ni escayola ni nada. Además, es demasiado delgada para quedarse encallada en la ducha —señaló Nora—. Es tan alta que podría hacerse daño lavándose el pelo. Por otra parte, tiene las piernas tan largas que las posibilidades de doblar un pene son innumerables —me dijo Nora. A medida que se acercaba el final de la cola para las firmas, vi cómo Em y la escritora de ficción se intercambiaban el último puesto. Em era tan persistente como un terrier. La mujer alta no tenía ninguna posibilidad: no podría superar, físicamente, a la de las pantomimas. Vimos cómo intentó hablar con Em, pero supimos que no funcionaría. Em iba a ser la última de la fila. Se colocó tan cerca de la escritora deprimida que su frente casi rozaba la ligera hendidura entre los omóplatos de aquella mujer. Llevaba puesta una blusa blanca transparente. La tela era tan ligera que podía apreciarse su anticuado sujetador a través de la blusa. No quise pensar en los pechos de la escritora deprimida, pero me dio por imaginar que el sujetador debía de ser de su madre.

Mary Marinelli no fue capaz de leerme la mente: su dedicación como madre lactante le llevaba a sentir empatía por los pechos de otras mujeres.

—Pobrecita, ese sujetador de vieja no le queda nada bien —le dijo Mary a Nora.

Nora tenía cuarenta y tres años y no llevaba sujetador.

—Nada le quedará nunca bien: es *escritora* —dijo Nora.

—Pobrecita —repitió Mary. Supongo que lo de *pobrecita* fue la única parte de su conversación que, más o menos, tanto la mujer alta como Em podrían haber oído, pero Em y yo conocíamos con anterioridad lo que Nora pensaba de los escritores; por no hablar del modo en que Nora pronunciaba la palabra *escritor*. Em y yo no dudábamos de que a los escritores siempre les iba todo mal. En cuanto a lo de *pobrecita,* Em estaba totalmente de acuerdo. Cuando Em asintió, su cabeza chocó con la larga espalda de la mujer alta de pechos pequeños y sujetador triste. La escritora deprimida había dibujado, con todo lujo de detalles, un marco ornamentado alrededor de su nombre, que había escrito en una tarjeta blanca. (No había incluido su nombre junto a la pregunta que me arrepentí de leer en la pila de las tarjetas descartadas.) Se llamaba Wilson y lucía lo que parecía ser una alianza matrimonial en el dedo anular de la mano izquierda.

—¿Señora Wilson? —le pregunté, para asegurarme, antes de escribir su nombre en la portadilla de mi novela.

—No estoy casada. Pensé que si me ponía el anillo, ningún hombre intentaría ligar conmigo, pero fue una mala idea: ahora solo intentan ligar conmigo los hombres casados —dijo la mujer alta.

—Entiendo... ¿Cuál es su nombre de pila? —le preguntó Mary para acelerar las cosas.

—Wilson es mi nombre de pila. Espero haber sido una de las últimas niñas a las que pusieron el nombre de ese viejo presidente —dijo Wilson—. Soy la escritora de ficción que te preguntó si estás deprimido todo el tiempo, como yo —confesó.

—Sí, todo el tiempo —respondí. Estaba firmando su ejemplar de mi novela cuando Nora me dio una patada en la pierna, por debajo de la silla. Estaba poniendo el punto sobre la «i» de Wilson cuando Nora me dio la patada, así que el punto acabó sobre la «W».

—A lo mejor podríamos quedar para hablar de ello —sugirió Wilson. Tal vez me sentí atraído por ella, porque no tenía picardía alguna para insinuarse—. Tienes mi número —añadió Wilson con resignación justo antes de marcharse. No solo tardé en responder, sino que había confundido lo que era en realidad un número de teléfono con un marco ornamentado alrededor de su nombre en la tarjeta. Y ahora Nora me estaba dando un masaje en los hombros que denotaba un exceso de confianza; Nora nunca me daba masajes. Em, que se había colocado a mi lado en la mesa de firmas, se sentó de repente en mi regazo.

—¡Imagínate ser mujer y llamarte Wilson! Al menos ya se ha ido —observó Mary.

A lo lejos, en el vestíbulo, pudimos ver que Wilson estaba a punto de cruzarse con Fred. Sabíamos lo que Fred había estado haciendo. Fred estaba obsesionado con Jasmine. Había estado fuera, buscando a la que se cagó en la cama en la avenida Lexington y en la calle Noventa y dos.

—Se ha ido... ¡La que se cagó en la cama se ha ido o no ha llegado a venir! —exclamó Fred, sin fijarse en Wilson, que caminaba en dirección contraria.

«Pobre Wilson», pensé mientras me guardaba en el bolsillo la tarjeta con su nombre y número de teléfono. Sentir lástima era siempre mi talón de Aquiles. Ahora que Wilson se había ido, Nora dejó de masajearme y Em se bajó de mi regazo. Además de su constante depresión, Wilson se alejó por la avenida Lexington sabiendo que alguien que se cagaba en la cama andaba suelto por el Upper East Side. Si hubiera sabido que Jasmine tenía cincuenta y siete años, Wilson podría haberse deprimido todavía más.

Lo único que fui capaz de pensar fue que echaba de menos estar con otra escritora de ficción, y (al mismo tiempo) no lo echaba de menos en absoluto. Hacía más de una década que no veía a Sophie. A los dos nos encantaba Thomas Mann, pero nuestra mutua admiración por aquel escritor no fue suficiente para mantenernos juntos; ni siquiera *Muerte en Venecia* pudo superar nuestra descorazonadora conversación y nuestras perturbadoras prácticas sexuales. A decir verdad, el tema de la hemorragia tenía su peso: la sangre en sí no era tan mala como la necesidad de Sophie de dramatizar una y otra vez sobre su sangrado uterino. Estuvimos juntos tan solo un año, cuando ambos éramos veinteañeros; poco menos que unos críos. Las sábanas y toallas ensangrentadas en la lavadora también resultaban descorazonadoras e inquietantes. Sin embargo, fue por Sophie, y por echar de menos estar con otra escritora de ficción, por lo que me guardé en el bolsillo la tarjeta con el nombre y el número de teléfono de Wilson.

Ahora sé por qué Nora sospechaba que yo «intentaba empezar algo con Em», a pesar de no ser así. (Nora sabía que a Em no había modo de culparla por «intentar empezar» lo que fuera.) Pero cuando Em y yo empezamos a escribirnos, se estableció una nueva intimidad entre nosotros: en cuanto escritores, Em y yo nos sentíamos descontentos del mismo modo. El descontento es algo que los escritores comparten. Nunca fui una amenaza para la intimidad que Nora y Em compartían como pareja. Nora también sabía eso; no estaba celosa, o no exactamente. Sin embargo, se sentía excluida de la soledad de Em, en cuanto escritora. Cuando escribes ficción, lo haces solo. Nora también se sentía excluida de la soledad que Em y yo teníamos en común. Que Em y yo empezásemos a escribirnos también me hizo echar de menos estar con otro escritor de ficción. No se trataba únicamente de conocer a Wilson, o de que echase de menos estar con Sophie.

No fue de ninguna ayuda el hecho de que Sophie acudiera a la presentación de mi libro en Boston. Mary Marinelli apreció «algo raro» en la pregunta manuscrita de Sophie para la sesión de preguntas y respuestas. Sophie había leído todas mis novelas. Se había dado cuenta de que había escrito dos novelas en tercera persona omnisciente y un par de novelas con un narrador en primera persona. La suya era una pregunta propia de una escritora, relativa al punto de vista narrativo. Mary sabía que me gustaría la pregunta de Sophie, pero «algo raro» le llamó la atención de la tarjeta manuscrita de Sophie. Mary me entregó la tarjeta.

Debajo de su nombre, Sophie había escrito: «Sigo sangrando después de tantos años».

—Sophie sufre de hemorragias uterinas incesantes: tiene fibromas. Y es escritora de ficción —le expliqué a Mary.

—Entiendo —dijo Mary.

Iba a pasar mucho tiempo respondiendo a la pregunta de Sophie en la sesión de preguntas y respuestas. Hablé de mi redundante interés por la influencia de las madres; dije que, como escritor, me interesaba la parte de las madres que no deja de ser un misterio para sus hijos. Me di cuenta de que no profundicé lo suficiente. El público fue educado, pero no aceptó mis argumentos. Lo único que Mary me dijo fue que podía hacerlo mejor.

Me alegré de ver a Sophie en la fila de las firmas. Nos dimos un abrazo, aunque me resultó evidente que a ninguno de los dos nos apetecía semejante cercanía. Eso me alivió. Pero incluso Sophie, que siempre era agradable, tenía algo que decir sobre mi madre y las distintas madres de mi ficción.

—Creo que podías haber dicho algo más, Adam. Yo conocía a tu madre. —De ese modo lo expresó Sophie, sin dejar de mostrarse agradable.

Cuando volví de Boston, ya sabía que llamaría a Wilson. La de las raquetas de nieve y yo seguíamos compartiendo el pequeño apartamento de los Barlow. Era demasiado pequeño para nosotros, sobre todo cuando los Barlow nos visitaban, así que cuando estaban en la ciudad me quedaba con Nora y Em. Aunque, ahora que había escrito mi primer *best seller,* Nora y Em se preguntaban por qué no me había comprado mi propio apartamento en Nueva York. Como cabe suponer, mi madre no dejaba de informarme sobre todas las casas en venta en Manchester, Vermont.

—Deberías vivir aquí, cariño —me decía mi madre.

Pero no había lugar alguno en el que quisiera vivir, y nunca llegaría a tener claro lo de vivir en Nueva York. Por aquel entonces, a Elliot Barlow y a mí nos gustaba vivir juntos; «de nuevo», como solíamos decir. Todavía suponía que podía ser capaz de mantener a salvo a la pequeña profesora de inglés.

—Hay escritores que se afincan en un lugar, pero también están los que no tienen residencia fija —le había oído decir a la de las raquetas de nieve. El guapo señor Barlow me incluyó en esa segunda categoría, pero Em y yo nos intercambiamos cartas hablando sobre las dos categorías de escritores de Elliot. Tanto Em como yo estábamos convencidos de pertenecer a una tercera categoría: los indecisos.

Obviamente, al volver de Boston me esperaba una carta de Em en la que me explicaba la mala idea que iba a ser tener una relación con Wilson. Sabía que Em entendía por qué yo deseaba estar con otra escritora de ficción; ella también había pensado en esa posibilidad. Sin embargo, Em vino a decirme que Wilson no era para mí. Em sabía que yo no había leído nada de Wilson, pero ella sí había leído un par de cosas. «Es posible que Wilson esté deprimida todo el tiempo porque sabe que no escribe bien», me escribió Em.

A esa duda le siguió una larga explicación sobre el modo en que le había mirado los pechos a Wilson. «Todavía me miras los pechos, ya sabes», señaló Em. Me recordó cómo habíamos bailado juntos en la boda de mi madre. Por aquel entonces, yo era un bailarín muy tímido, escribió Em, pero eso no impidió en absoluto que le mirase los pechos. Em me había levantado la barbilla y me había señalado sus ojos, indicándome dónde debía mirar. El día de la boda de mi madre, yo tenía catorce años, por eso volví a posar la mirada en los pechos de Em. Y ella no dejó de alzarme la cara para que la mirase a los ojos. Me alivió saber, al seguir leyendo la extensa carta de Em, que ya no le miraba los pechos «ni con la misma intensidad ni de la misma manera». Habían pasado veinte años desde la boda de mi madre. Ni siquiera Nora se había quejado de cómo le miraba los pechos a Em; «no, al menos, desde hacía diez o doce años», escribió Em.

Mi comportamiento con relación a las mujeres, en ese sentido, era deficiente. Sabía que no debía mirarle los pechos a una mujer, pero tanto Em como Nora se habían dado cuenta de cómo había mirado a Wilson. (Mary Marinelli también debió de darse cuenta.) ¿Por qué llevaba Wilson una blusa tan transparente con un sujetador de mujer mayor tan triste? ¿Por qué iba a querer una mujer tan alta con unos pechos notablemente pequeños que se pudiese apreciar con total claridad lo pequeños que eran sus pechos? ¿Era una muestra del *patetismo* de Wilson?, me pregunté mientras comprobaba que no había perdido o traspapelado la tarjeta con su número de teléfono. Sabía que Wilson me atraía del mismo modo en que me atraía lo *patético*, en cuanto escritor.

No me gusta que el pasado o el futuro tengan nada que ver con las firmas de libros.

37
Cosas que hacer con un pene

Había cumplido ya los treinta y nueve años de edad a finales de enero de 1981, cuando Ronald Reagan se convirtió en el cuadragésimo presidente de Estados Unidos. Las personas más cariñosas y queridas de mi vida eran dos parejas de lesbianas y una mujer trans: mi padrastro. Todavía me veía con Wilson, que seguía estando deprimida y siendo muy alta, pero nunca se había hecho daño lavándose el pelo y tampoco llegó a lastimarme el pene. Wilson y yo no vivíamos juntos: yo estaba instalado en el pequeño apartamento de los Barlow en la calle Sesenta y cuatro Este, con la de las raquetas. Al año siguiente, Em creó la pantomima de la enmienda constitucional que Reagan propuso para rezar en las escuelas. El presidente Reagan, cristiano renacido, era partidario de reinstaurar el rezo en las escuelas públicas.

Reagan volvió a intentarlo en 1984, cuando les preguntó a los miembros del Congreso: «¿Qué motivo existe para que los niños no puedan volver a disfrutar de la libertad de reconocer a Dios en todas las aulas de este país?». En 1985, Reagan lamentó la sentencia del Tribunal Supremo que prohibía el «momento de silencio» en las escuelas públicas; a Em le costó lo suyo hacer la pantomima del «momento de silencio». En 1987, Reagan insistió en el Congreso para que pusiera fin a lo que el presidente denominó como «la expulsión de Dios de las aulas de Estados Unidos».

La pantomima de expulsión de Dios de Em provocó que los directores del Gallows Lounge pusieran el punto final a la cuestión del rezo en las escuelas. A Nora le irritó incluso más el tema del aborto. En 1986, el presidente Reagan se dirigió al Congreso en pleno en su discurso sobre el Estado de la Unión. «Somos una nación de idealistas», dijo, «pero hoy en día hay una herida abierta en nuestra conciencia nacional. Estados Unidos nunca estará completo mientras se les niegue a nuestros no nacidos el derecho a la vida que les concedió nuestro Creador. Durante el resto de mi vida, haré todo lo que esté en mi mano para que algún día esa herida se cierre.»

Nora señaló que Reagan parecía tenerlo muy claro en todo lo relacionado con rezar en las escuelas y el derecho de los no nacidos, pero que no había dicho una sola palabra sobre la crisis del sida. En Estados Unidos, el sida empezó a manifestarse en 1981, el mismo año en que Reagan fue nombrado presidente. Cuando Reagan hizo sus primeros comentarios sobre la epidemia —seis años más tarde, en 1987—, más de treinta y seis mil estadounidenses habían sido diagnosticados de sida y más de veinte mil habían muerto. Según Nora, dado el silencio de Reagan, Pat Buchanan se había convertido en uno de los estúpidos que hablaban en su nombre. Buchanan fue el director de comunicación de la Casa Blanca durante un par de años. Fue él quien dijo que el sida era «la venganza de la naturaleza contra los homosexuales».

«Más leña para el asunto de Dios-ama-el-sida: Reagan se acuesta con la derecha cristiana», me escribió Em. «Nora dice que ya veremos qué pasa en el Gallows.»

En el Gallows no dudaban en menospreciar a la Mayoría Moral del ministro baptista Jerry Falwell. «El sida es la ira de un Dios justo contra los homosexuales», llegó a declarar Falwell. «El sida no es solo el castigo de Dios contra los homosexuales. Es el castigo de Dios a una sociedad que tolera la homosexualidad.»

Em tenía que enfrentar sus propios problemas con la ira de Dios relativa a los homosexuales. Su padre, católico converso, le había escrito una carta al papa Juan Pablo II pidiéndole que lo bautizara. El padre de Em «renegaba» de las cosas que también Juan Pablo II consideraba profanas y pecaminosas, como los anticonceptivos, el aborto, las segundas nupcias tras el divorcio y las relaciones homosexuales. Em había recibido copia de la súplica de su padre al Papa polaco, que este no le contestó. Em no culpaba a Juan Pablo II por no responder. Em no creía que su homófobo padre, que además se odiaba a sí mismo, mereciese ser bautizado por el Papa.

En sus cuentos, Em exageraba el número de veces que el homófobo de su padre le había escrito a Juan Pablo II; se inventaba prácticamente todo lo que el padre de la ficción le decía al Papa polaco. «Que yo sea gay y que mi esposa sea lesbiana, por no hablar de que tenemos una hija que también lo es, me ha llevado a pensar en esos tres grandes vehículos que te hirieron cuando eras más joven», le escribe el arrepentido padre gay a Juan Pablo II. En 1940, el futuro Papa fue atropellado por un tranvía, que le fracturó el cráneo. Ese mismo año, le atropelló también un camión en una cantera, lo que le dejó un hombro más alto que otro y le obligó a andar encorvado de por vida. Cuatro años más tarde, fue hospitalizado con una conmoción cerebral y otra lesión en el hombro, tras ser atropellado por un camión alemán. Para cualquiera que lea los cuentos de Em, las lesiones del futuro Papa suenan mucho peor que la difícil situación del padre gay con esposa e hija lesbianas, pero Em no se detiene ahí.

En los cuentos de Em, el padre ficticio, en la última carta que le escribe al papa Juan Pablo II, compara el «brote» de homosexualidad en su familia con una «enfermedad». En cuanto al «pecado continuo e incalificable» —a saber, las vidas que llevan su hija y su esposa, ambas lesbianas—, el padre demente compara su propio dolor con el dolor que experimentó el Papa tras dos intentos de asesinato. En 1981, en la plaza de San Pedro, un hombre turco, miembro de un grupo fascista, le disparó en el abdomen a Juan Pablo II. Un año después, en Portugal, un sacerdote español intentó apuñalar al Papa con un cuchillo.

La primera colección de cuentos de Emily MacPherson saldría a la venta en abril de 1987, justo después de que Reagan declarase: «Después de todo, si de lo que se trata es de prevenir el sida, ¿no enseñan lo mismo la medicina y la moral?».

—Da la impresión de que, para Reagan, la gente que ha contraído el sida se lo merece —dijo Nora.

Me gustó el título que Em le puso inicialmente a su colección de cuentos: *Cartas al Papa.* Todos los cuentos están centrados en la familia que sale del armario a la vez; los últimos cuentos eran los que hablaban del rechazo de la homosexualidad por parte del padre, católico converso, que le suplica a Juan Pablo II que lo bautice. Se trataba del primer libro de Emily MacPherson y sus editores eran conscientes de que podían presionarla: rechazaron el título de *Cartas al Papa* e insistieron en algo menos provocador. El libro acabaría titulándose *Cuentos para salir del armario*, que tampoco era un mal título, y además los cuentos no eran menos provocadores; es decir, los editores de Emily no metieron mano en sus cuentos, tan solo en el título. Teniendo en cuenta que era un libro de cuentos de una autora novel, el libro tuvo bastante éxito.

Em presentó el libro ante los habituales del Gallows Lounge. Como era lógico, los fans de la representante de pantomimas desconocían que era también escritora de ficción. Y, al igual que Mary Marinelli, la mayoría de los fans de *Dos tortilleras, una que habla* no sabían que la compañera muda de Nora tampoco hablaba en la vida real. Cuando Em presentó su libro en el Gallows, Nora y yo tuvimos que explicárselo a todo el mundo. Durante las legislaturas de Reagan, Nora y yo comprobamos que Em utilizaba mucho más el gesto de la gaviota: los brazos abiertos como las alas inmóviles de una gaviota. Sabíamos que, en algunas ocasiones, eso significaba que Em estaba pensando en volver a Canadá. Pero, para Em, esa gaviota significaba también la dejadez de Ronald Reagan frente a la epidemia de sida.

—Reagan no ha mostrado dejadez o pasividad respecto al comunismo, pero da la impresión de que le basta con permitir que la epidemia siga su curso entre la comunidad gay —nos dijo la de las raquetas.

La guapa profesora de inglés siempre nos recordaba lo que dijo Reagan en su primera toma de posesión: «El Gobierno no es la solución a nuestro problema; el Gobierno es el problema». La aparente deriva sin rumbo alguno de una gaviota era el modo que tenía Em de imitar a Ronald Reagan en cuanto Poncio Pilatos de la epidemia del sida. En el Gallows fue bien recibido. En Nueva York, Reagan no era tan querido como en el resto del país. De vez en cuando, se producían airadas deserciones entre el público cuando el tema del espectáculo *Dos tortilleras, una que habla* se centraba en la escasa atención que Reagan le prestaba al sida. Ante ellas, Nora se limitaba a encogerse de hombros y a decir que los que desertaban eran de fuera de la ciudad.

Fueron escasas las ocasiones en las que Em intentó hacer pantomimas en el escenario del Gallows basadas en extractos de sus cuentos. La carta del padre lunático al Papa no fue bien recibida, ni siquiera en Nueva York. Hubo más de una deserción cuando Em representó la parte en la que los tres grandes vehículos atropellaban al Papa; incluso hubo alguien que le lanzó una botella de cerveza a Nora cuando se limitó a mencionar el primero de los dos intentos de asesinato de Juan Pablo II.

—De acuerdo, nada de papas —se vio obligada a aceptar Nora cuando la pusilánime dirección del Gallows Lounge se quejó de que la canadiense se estaba burlando del Papa.

Como Em y yo manteníamos correspondencia, puedo decir que entendía un poco mejor la conexión de Em con Canadá. Em no se consideraba canadiense, aunque siempre barajó la idea de regresar. Había nacido en Canadá y su padre era canadiense, pero los recuerdos que tenía Em de Toronto no eran correlativos ni cronológicos; a pesar de lo que cabría esperar, su primera infancia no había transcurrido en línea recta. Recordaba claramente a varias chicas del colegio femenino donde llevaba uniforme, pero tan solo podía recordarse a sí misma de manera vaga como una de las chicas uniformadas. En la mente de Em, en Toronto siempre era Navidad, y todos los árboles de Navidad en Canadá eran de color azul.

Em no recordaba qué edad tenía cuando sus padres iniciaron el proceso de separación, ni tampoco cuánto tardaron en divorciarse. Em se mudó pronto a Estados Unidos con su madre, que era norteamericana. Tenía un recuerdo bastante más fiable de algunas pequeñas ciudades de Massachusetts. Había estudiado en un par de escuelas primarias privadas y luego estuvo en un internado en la parte occidental del estado. Durante el proceso de divorcio, e incluso después, Em visitaba a su padre una única vez al año, durante las vacaciones de Navidad. En su mente, no solo siempre era Navidad en Toronto, sino que también todos los árboles de Navidad eran azules. Para Em, las navidades empezaron a adquirir una tonalidad azulada y triste cuando sus padres se separaron. Todo comenzó con el odio que sus padres sentían el uno por el otro, y también por el odio que sentían hacia sí mismos. Fue entonces cuando Em empezó a pensar que la posibilidad de dejar de hablar era una opción viable. Esa era la razón, en la mente de Em, para que todos los árboles de Navidad de Canadá fuesen azules. Yo sabía perfectamente que los árboles azules no existen, pero entendía lo que significaban para Em: los árboles de Navidad azules, por decirlo así, eran psicológicamente verdaderos.

Cuando la madre de Em leyó *Cuentos para salir del armario*, le escribió a Em a través de la editorial. Em se había cuidado mucho de que sus padres no supieran la dirección de su casa. La madre de Em siempre había sabido cómo resultar hiriente. «Espero que no sigas engañándote con la posibilidad de volver a Canadá. Mientras tu padre viva allí, sabes que nunca volverás con él. Aunque es propio de ti aferrarte a cosas que no son verdaderas», le escribió su madre.

El padre de Em también le escribió. No le interesaban sus cuentos, tan solo le importaba la verdad, le dijo su padre. Sin embargo, las cartas ficticias de Em al Papa le habían resultado inspiradoras. Su padre empezó a enviarle cartas a John Joseph O'Connor en 1984, cuando este se convirtió en arzobispo de Nueva York. El papa Juan Pablo II lo había consagrado al episcopado en 1979. En 1985, se convertiría en el *cardenal* John O'Connor; lo nombró el propio Juan Pablo II. «Querido cardenal O'Connor...» Y más adelante, con más urgencia: «Eminencia...». Así iniciaba el padre de Em sus múltiples misivas. Estaba convencido de que el arzobispo de Nueva York era su mejor baza para un bautizo a lo grande; una apuesta más segura que la del Papa.

«Confieso que he revelado públicamente mis inclinaciones homosexuales, pero ya no soy culpable de conducta homosexual, Eminencia», le escribió el padre de Em al cardenal John O'Connor. El padre de Em plagió las cartas ficticias al Papa de *Cuentos para salir del armario*. Con ellas hizo todo lo posible por persuadir al cardenal O'Connor de que le bautizara en la catedral de San Patricio, donde esperaba que su hija homosexual pudiera también convertirse al catolicismo. El padre de Em afirmó también que le «inspiraba» la oposición del cardenal O'Connor a cualquier legislación de la ciudad o del estado de Nueva York que garantizara los derechos civiles de los homosexuales. «Bautizarme en San Patricio, Eminencia, podría inspirar a mi descarriada hija a abandonar su estilo de vida lésbico», le escribió el padre de Em al cardenal.

Eso fue la gota que colmó el vaso. A Em, como no podía ser de otro modo, le enfadó mucho que su homófobo padre hubiese plagiado sus cartas para enviárselas al cardenal O'Connor. Aunque lo que realmente la cabreó fue la estúpida idea de que podría dejar a Nora por el mero hecho de ver cómo a su odioso padre lo bautizaba el cardenal. «Querido cardenal O'Connor, dudo de que mi padre haya renunciado a su comportamiento homosexual. Tan solo cree que usted le creerá y cuenta con que la Iglesia católica le perdone por ello», comenzaba la carta de Em al cardenal. «No tengo intención de renunciar a mi estilo de vida lésbico, pero si bautiza a mi homófobo padre, quemaré la catedral de San Patricio o algo parecido.»

Nora y yo no tuvimos mucho éxito en nuestros intentos por disuadir a Em de que enviase su carta al cardenal.

—No puedes amenazar con quemar San Patricio, Em, ni siquiera en el Gallows —le dijo Nora, pero Em clavó la mirada en la pared de enfrente, como si supiera que podía atravesarla.

—Enséñale tu carta a la de las raquetas antes de enviarla —le dije a Em. Tenía la esperanza de que la pequeña profesora de inglés pudiera disuadirla. Elliot Barlow era una buena profesora.

—El cardenal O'Connor es tan homófobo como tu padre, Em. Lo que pasa es que el cardenal es mucho más inteligente y tiene las cosas más claras al respecto —le dijo la de las raquetas—. Amenazar con quemar la catedral, o «algo parecido» le da a O'Connor nuevos argumentos para seguir en su línea. Al cardenal le encantaría poder decir que existe una conspiración homosexual contra la Iglesia católica. Le encantaría presentar San Patricio como una víctima de los homosexuales —le dijo el señor Barlow. Em, finalmente, no envió la carta. Nos libramos de una buena, pero habría otras oportunidades para sufrir. La carretera iba a tener muchas curvas.

Eric, el cantante de *La banda gay de Eric,* había pillado el sida y se estaba muriendo. PC era la gran asesina: neumonía por *Pneumocystis carinii.* En el caso de Eric, dicha neumonía fue la primera manifestación de la enfermedad: un tipo joven y de aspecto saludable con tos (o dificultad para respirar) y fiebre. Las radiografías no auguraban nada bueno; en la jerga de los radiólogos y los médicos, se trataba de un «resplandor blanco». Sin embargo, no sospecharon de la enfermedad. Hubo una fase en la que no mejoró con antibióticos y, finalmente, al hacerle una biopsia, resultó evidente que la causa era PC, la fatídica neumonía. Normalmente, en esos casos te tratan con Bactrim; eso era lo que Eric tomaba. Eric fue el primer enfermo de sida al que vi consumirse.

—Debería ser *yo,* Adam —dijo la de las raquetas de nieve. Su intención era prepararme para ver a Eric—. Yo ya he vivido mi vida, pero Eric acaba de empezar la suya.

Eric recibió cuidados paliativos en la casa de sus padres, en Chelsea, disponía de su propia enfermera. Eric había optado por no utilizar un respirador artificial, lo que le permitía recibir los cuidados en su propia casa. Como me explicó la pequeña profesora de inglés, intubar a una persona en casa es problemático; es más fácil conectarla a un respirador artificial estando en un hospital. Eric no estaba intubado.

Recuerdo a los padres de Eric, le daban de comer con mucho cariño. Podía ver las manchas de las cándidas en la boca de Eric, así como su lengua blanquecina.

Eric había sido un joven hermoso, pero ahora su rostro estaba desfigurado por las lesiones provocadas por el sarcoma de Kaposi. De una de las cejas le colgaba lo que parecía un lóbulo de oreja, carnoso y desigual, de color violeta. Otra de aquellas pústulas le colgaba de la nariz. Esta última era tan llamativamente prominente que Eric optó más tarde por ocultarla tras un pañuelo. El señor Barlow me contó que Eric se refería a sí mismo como «el pavo», debido a las lesiones del sarcoma de Kaposi.

Vimos envejecer a Eric en cuestión de meses: el pelo se le volvió más fino, su piel adquirió una tonalidad plomiza y a menudo se cubría de una película de sudor frío al tacto; además, la fiebre no cesaba. La cándida le descendía por la garganta hasta el esófago. Eric tenía dificultades para tragar y los labios se le llenaron de costras blancas y se le agrietaron. Los ganglios linfáticos del cuello se le hincharon. Apenas podía respirar, pero Eric se negaba a que le conectasen a un respirador artificial o a ir a un hospital. Quería estar con su madre y su padre.

Eric era veinte años más joven que Elliot Barlow, que estaba en la cincuentena cuando falleció el solista que lideraba *La banda gay de Eric.*

Recuerdo que, más o menos por esa época, me encontré con Prue, la besalenguas. Yo tenía unos cuarenta años. Prue era tan solo cuatro años menor que yo. Había llevado a su marido al Gallows: quería que viera dónde había actuado.

—Nos alojamos en un hotel y viajamos con nuestra niñera

—quiso que supiera la antigua besalenguas. Nora y Em ya habían saludado al público y bajaron del escenario. Acababan de terminar «Las noticias en inglés». El sida era el único tema del que se hablaba en la ciudad. El marido de Prue lo miraba todo con la boca abierta. Le había horrorizado *Dos tortilleras, una que habla*. En ese momento, Perjudicado Don estaba subiendo al escenario.

Los años del sida fueron duros para los clubes de comedia, incluso para aquellos que se dedicaban al humor negro. La dirección del Gallows Lounge se había planteado la posibilidad de quitar la soga de ahorcado que tenían sobre la barra o, como mínimo, retirar el cartel con el chiste del cementerio, aquel en el que se animaba a los clientes del club a ahorcarse. Por cómo miraba el marido de Prue aquella soga, resultaba evidente que el cartel que rezaba AHÓRCATE TÚ MISMO no era el más aconsejable. Aunque a lo mejor el marido de Prue tenía ganas de ahorcarse por culpa de Perjudicado Don.

—Se supone que es *gracioso* —oí que le decía Prue a su marido, que tenía gesto de suicida, pero yo conocía a Perjudicado Don. Don nunca había pretendido ser gracioso: hacía reír de manera totalmente involuntaria. En los años del sida, Perjudicado Don no le hacía ninguna gracia a nadie.

Charlie se estaba muriendo: era el que le frotaba los hombros al de las raquetas cuando este cocinaba, el novio que tenía su misma edad. Elliot no sabía que Charlie estaba casado, no hasta que la esposa de Charlie llamó para comunicarle que se estaba muriendo. La esposa se llamaba Sue. Charlie se estaba «desvaneciendo», le dijo Sue por teléfono. Charlie había «preguntado por Elliot», le dijo Sue a la de las raquetas de nieve.

—Viven en algún lugar estilo Yonkers o New Rochelle. Uno de esos lugares al norte del Bronx —me dijo el guapo señor Barlow. Ella jamás sonaría como una neoyorquina. Resultó que el lugar en cuestión era Bronxville. La de las raquetas de nieve y yo fuimos allí juntos en coche.

Cuando nos vio, Sue creyó que yo era Elliot; supongo que no esperaba que el señor Barlow fuera una mujer.

—No sabía que Charlie se estaba viendo con otra mujer —dijo Sue.

—Cuando Charlie salía conmigo, yo todavía era un hombre. Nunca tuvimos relaciones sexuales, no lo hicimos —le dijo el señor Barlow. Ese dato le resultó confuso a la esposa de Charlie, pero la crisis del sida había puesto ciertas cosas en su sitio para aquellos que conocíamos y queríamos a la de las raquetas. Necesitábamos conocer los hechos. ¿Había practicado sexo Elliot Barlow? ¿Lo había hecho siquiera una sola vez? ¿O Em había tenido razón desde el principio?

—¿Estás diciendo que la de las raquetas no practica sexo? —le pregunté a Em. Me había apuntado con el dedo índice, como si fuera un revólver, con el pulgar hacia arriba, como si lo hubiese amartillado. Pero no disparó. Em bajó la pistola imaginaria y se abrazó a sí misma, con aire triste y solitario. Em quería que supiéramos que el señor Barlow nunca lo había hecho con nadie; de ahí que no apretase el gatillo. Cuando dio comienzo el asunto del sida, incluso mi madre fue sincera sobre lo que Elliot había hecho o dejado de hacer.

—No hay penetración, cariño, solo hay roce. Es muy tierno, pero eso es todo lo que hace la de las raquetas de nieve: se frota —me dijo mi madre—. Creo que tiene algo que ver con los griegos —añadió.

—Creo que solo se le puede llamar «griego» cuando los hombres lo hacen con otros hombres, Ray —le dijo Molly a mi madre.

—Las mujeres también pueden hacerlo de ese modo, Molly —dijo mi madre—. Eso es lo que hacen algunas mujeres... en determinadas circunstancias: ¡solo se frotan!

—Lo sé, Ray, pero eso no tiene nada de «griego» —dijo la allanadora nocturna.

—¡Sabelotodo! En lo referente a frotarse, Molly, no lo sabes todo —le dijo mi madre.

—No pretendo saberlo todo, Ray —intentó justificarse Molly.

—No quiero saber más. Creo que lo del frotamiento ha quedado suficientemente claro —les dije.

Como cabía esperar, Nora no dejó ahí las cosas.

—En los dormitorios femeninos de Northfield había mucho roce —dijo Nora—. Frotarse nunca era suficiente para mí —añadió Nora, mientras Em se tapaba los oídos con las manos y sacudía con violencia la cabeza.

En el Gallows suspendieron el *sketch* sobre cosas que hacer con un pene de *Dos tortilleras,* pero Nora y yo nos sabíamos de memoria la pantomima de Em. Em demostró que sabía todo lo que había que saber sobre frotarse: se metía el pene entre las tetas o entre los muslos, pero en ningún otro sitio. El público del Gallows se rio bastante, pero el remate del número por parte de Nora fue la razón por la cual la gerencia del club lo descartó.

—Yo no —dijo Nora sobre el escenario, a su inexpresiva manera—. Lo único que haría yo con un pene es cortarlo.

La gente no debería decirles a sus padres exactamente cómo son sus relaciones sexuales. No es asunto de nadie lo que a uno le funciona. Como es lógico, los pequeños Barlow estaban preocupados por su único Elliot. ¿Corría el riesgo su hijo gay, que ahora era su hija transexual, de morir de sida? Pobre mujer de las raquetas de nieve. Los pequeños Barlow no eran los únicos que querían saberlo. Todos agobiábamos a Elliot por esa razón.

«Lo que hace la de las raquetas se conoce como sexo intercrural, o entre las piernas; en latín, "pierna" es *crura.* Pero también se le llama sexo femoral», me escribió Em. «Es parecido al sexo mamario: entre las tetas, ya sabes.» Incluso yo sabía de eso, pero Em había hecho sus deberes sobre el tema, de la misma manera que el señor Barlow.

La pequeña profesora de inglés conocía muy bien a esos chicos de los que se habían burlado (o algo peor) en Exeter; en esa clase de colegios solo para chicos estaban familiarizados con lo de rozarse. A la pobre profesora le avergonzaba que frotar fuese su única actividad sexual, pero como temíamos por la salud de Elliot Barlow, la obligamos a que nos lo explicara. Necesitábamos saber con certeza que la de las raquetas estaba a salvo del sida. Por eso le dimos tanta importancia a los roces; dadas las circunstancias, era un alivio saber que esa era su única actividad sexual. Aunque, obviamente, sabíamos que no estaba a salvo de otras cosas. Y todos estábamos al corriente de otro detalle sobre Elliot Barlow. Sé que mi madre y Molly lo sabían; sé que Nora y Em también lo sabían. Sabíamos que la de las raquetas no tenía miedo de morir. En los años del sida, cuando todos temíamos por el señor Barlow, nos asustaba el hecho de que se sintiera culpable por *no* haber contraído la mortal enfermedad.

Aquel día en Bronxville, con Charlie y Sue, me percaté de que la de las raquetas se sentía culpable. Sue había sido franca por teléfono cuando le dijo al señor Barlow que Charlie se estaba muriendo; Charlie había preguntado por Elliot, eso lo sabíamos. La de las raquetas de nieve y yo estábamos en la casa de Bronxville cuando Sue nos dijo que Charlie sufría una erupción causada por el Bactrim. Fue entonces cuando supimos que Charlie estaba recibiendo tratamiento para la PC. Por el modo en que Sue miraba al guapo señor Barlow, quedó claro que Sue se preguntaba por el estado de Elliot.

Dio la impresión de que Sue retrasaba el inevitable momento de mostrarnos al moribundo Charlie. Quería que viéramos las fotos de sus hijos, que en ese momento estaban alojados con su hermana. Aquel día en Bronxville, no era el lugar ni el momento adecuados para aclarar la transición de Elliot Barlow ni para contarle a Sue que el señor Barlow prefería limitarse a los roces. Sue nos advirtió de que la respiración de Charlie era áspera y dificultosa. Como Charlie estaba recibiendo cuidados paliativos en casa, sabíamos que no era probable que estuviera conectado a un respirador. Sue también dijo algo sobre lo difícil que a Charlie le resultaba comer.

—Le cuesta mucho tragar —nos dijo.

—¿Debido a la cándida? —le preguntó Elliot.

—Sí, se trata de candidiasis esofágica —dijo Sue. La terminología le resultaba terriblemente familiar—. Y tiene puesto un catéter de Hickman —explicó Sue. El señor Barlow sabía que si había un catéter de Hickman, habría una enfermera.

—Si te ponen un Hickman para alimentarte, con toda probabilidad te estás muriendo de hambre —me dijo la pequeña profesora de inglés.

—Pete es el enfermero de Charlie —dijo Sue con un suspiro—. Uno de nuestros vecinos dijo que «tenía su gracia» que el enfermero gay de Charlie se llamase Pete, porque el *pito* de Charlie había sido la causa de su problema. Pero a mí no me hace ni pizca de gracia, ¿y a vosotros? —nos preguntó Sue, aunque no apartó la mirada del guapo señor Barlow.

—No, no tiene gracia —dijo la de las raquetas de nieve—. Supongo que uno de los trabajos de Pete es ocuparse del catéter.

Hay que purgar el catéter todo el rato o se coagula —le dijo Elliot Barlow.

—Sí, lo sé —repuso Sue.

A Charlie le suponía un gran esfuerzo respirar. Sabíamos que tendría las manos y los pies fríos: la circulación de las extremidades de Charlie se estaba cerrando, intentando derivar de ese modo la sangre al cerebro. Charlie apenas se movía en su cama de hospital. Tal vez le dolía mover la cabeza. Resultaba extraño que su cabeza y el resto de su cuerpo encogido permanecieran inmóviles, pero que el pecho desnudo se agitase de aquel modo. El catéter de Hickman colgaba del lado derecho del pecho de Charlie, donde se lo habían introducido bajo la clavícula; se colaba bajo la piel unos centímetros por encima del pezón y entraba en la vena subclavia por debajo de la clavícula.

—¿Eres tú, Elliot? —preguntó Charlie. La de las raquetas vio que Charlie intentaba mover la cabeza y se acercó a la cama—. Elliot Barlow, ¿estás aquí? —preguntó Charlie; su voz era débil y entrecortada. Sus pulmones emitían un espeso gorgoteo. El oxígeno debía de suponer tan solo un alivio esporádico (y superficial). El señor Barlow sabía que la morfina llegaría poco después. Parecía imposible que el pobre Charlie no reconociera a Elliot Barlow como mujer.

—Sí, soy yo, Elliot, y Adam ha venido conmigo, Charlie —dijo la de las raquetas de nieve. Por la forma en que Elliot tocó la mano de Charlie y, acto seguido, la contrajo, me di cuenta de que la mano de Charlie estaba fría. Pude ver la cara de Charlie: tenía dermatitis seborreica de aspecto grasiento en el cuero cabelludo y en las cejas y descamación en ambos lados de la nariz.

—¡Adam también! —jadeó Charlie—. ¡Elliot y Adam! ¿Estás bien, Elliot? ¿Todavía no lo has hecho? —me preguntó Charlie.

—Elliot es la mujer —señaló Sue.

—¿Ahora eres una mujer, Elliot? —le preguntó Charlie.

—Sí, lo soy, Charlie. La transición es un proceso lento —dijo la de las raquetas.

—Pero estás bien, ¿verdad, Elliot? —le preguntó Charlie.

—Sí, lo estoy, Charlie —le dijo Elliot Barlow, pero me fastidió que pareciese tan avergonzada; se sentía fatal por estar bien.

Había una bandeja con medicamentos y otras cosas sobre la

mesilla de noche. Iba a recordar la solución de heparina: servía para purgar el catéter de Hickman. Vi cómo la cuajada blanca y desagradable de la cándida formaba costras en las comisuras de la boca de Charlie.

Obviamente, habría sido absurdo culpar a Charlie por no reconocer a Elliot Barlow como mujer. Charlie creía que yo era Elliot; es decir, el pobre Charlie tampoco me reconoció a mí.

«El gran horror», tal como le dije a la de las raquetas de nieve cuando volvíamos en coche a Nueva York, fue que yo no reconocí a Charlie. Pero ¿cómo se reconoce a un hombre adulto que pesa menos de cuarenta kilos?

El pelo de Charlie era translúcido y fino. Tenía los ojos hundidos en las cuencas, sus sienes profundamente abombadas, las mejillas hundidas. Charlie tenía las fosas nasales apretadas, como si detectase ya el hedor de su propio cadáver y su piel tirante, que antaño había sido rubicunda, tenía una tonalidad cenicienta. *Facies hipocrática* es el término que se utiliza para referirse a ese aspecto del rostro cercano a la muerte, como una máscara mortuoria bien ajustada, que tantos amigos del señor Barlow que iban a morir debido al sida lucirían algún día. Piel estirada sobre un cráneo; tan tensa y recia que parecía a punto de romperse.

A Elliot y a mí nos desconcertó que Sue saliese de la habitación después de mencionar dos veces que el oxígeno ya no funcionaba.

—No soy yo la que debe supervisar este proceso —nos dijo Sue cuando se marchaba—. Voy a buscar a Pete.

La de las raquetas y yo pensamos erróneamente que Sue se refería a que no era ella quien debía supervisar el oxígeno, pero Sue se refería al proceso de *morir*. Charlie había estado tan quieto mientras estaba vivo que el señor Barlow y yo no nos dimos cuenta de que había dejado de respirar.

En un principio, creímos que Charlie se había quedado dormido, pero se había quitado la máscara de oxígeno de la boca y la nariz, y su rostro se había congelado en una mueca. Charlie debía de ser consciente de que el oxígeno ya no funcionaba. Creo que sabía que no volvería a funcionar, porque tenía las mejillas bañadas en lágrimas. Elliot y yo no estuvimos solos con Charlie mucho tiempo. No esperábamos volver a ver a Sue. No había motivo alguno para que Sue se despidiera de nosotros. Me sorprendió el comportamiento de Pete, el enfermero gay, pero el señor Barlow no se inmutó.

—Oh, sigues aquí —dijo Pete al verme, pero el enfermero miró dos veces al guapo señor Barlow—. Nadie me dijo que usted también estaba casado. Qué lástima —me dijo Pete con cierto desagrado. Pete había mirado dos veces a Elliot Barlow, pero había apartado rápidamente la vista de ella.

—No estoy casado. Charlie quería ver a Elliot... Ella es Elliot —le dije al indignado enfermero, señalando con el mentón hacia el guapo señor Barlow. Pero Pete se esforzó por no mirarla.

—Charlie quería ver a un hombre... Charlie no quería verla a *ella* —me dijo el enfermero, enfadado. De nuevo, me sentí como un bicho raro, o como un completo ignorante. No estaba en absoluto preparado para semejante muestra de odio desenmascarado por parte de un hombre gay hacia alguien perteneciente a otra minoría sexual; en el caso del señor Barlow, una minoría muy menor. No había sido testigo hasta entonces del odio de algunos hombres homosexuales hacia las mujeres trans; se parecía mucho al odio homófobo, aunque todavía no sabía nada sobre el odio de tipo transfóbico.

—Tenemos que irnos, Adam. El tráfico será intenso de vuelta a la ciudad —dijo la de las raquetas de nieve. Parecía inalcanzable al odio de Pete, o bien estaba tan acostumbrada que no reaccionó; eso sí, el odio hacía que el señor Barlow hablara despacio. Pete estaba limpiando toscamente la cándida costrosa de la zona de la boca floja de Charlie.

—Si no te importa, quiero limpiarle antes de que vengan a verle los niños —me dijo Pete, con la mayor delicadeza. El enfermero había mostrado su desprecio hacia Elliot Barlow como mujer de manera deliberada, pero no esperaba que ella lo pasara por alto.

Quería que el enfermero transfóbico me odiara más de lo que odiaba al guapo señor Barlow, pero Elliot Barlow había sido mi entrenador de lucha libre: sabía exactamente lo que estaba haciendo.

—No daba la impresión de que el oxígeno estuviera funcionando. ¿Eso no formaba parte de tu trabajo? —le pregunté al enfermero, pero el señor Barlow me contestó antes de que Pete pudiera sobreponerse a su sorpresa.

—El oxígeno funcionaba, aunque solo un poco, Adam —dijo la de las raquetas—. El problema con la PC es que es difuso. Afecta a ambos pulmones y también a la capacidad para llevar el oxígeno a los vasos sanguíneos y de ahí al resto de su cuerpo. Por eso, Charlie tenía las manos tan frías —me dijo la pequeña profesora de inglés. Me había hablado a mí, solo a mí; no miró ni una sola vez al enfermero. Sabía exactamente lo que estaba haciendo—. La tos es seca... o no hay tos, Adam —prosiguió la profesora de inglés—. Cuando la oímos, le damos demasiada importancia. Es la falta de aliento lo que empeora. Charlie acaba de quedarse sin aliento —me dijo Elliot.

Pete miró finalmente al guapo señor Barlow. Estudié con atención el catéter de Hickman que colgaba del pecho inmóvil de Charlie, pero no porque me gustara mirarlo.

—Si quieres limpiar a Charlie antes de que vengan a verlo los niños, Pete, deberías deshacerte de eso —le dije. Fue entonces cuando la de las raquetas de nieve se situó entre nosotros. El señor Barlow me daba la espalda, pero me habló, solo a mí, con su bonita cara levantada hacia Pete.

—No le corresponde necesariamente a un enfermero sacar el Hickman, Adam; un enterrador se encargará de ello —dijo la de las raquetas de nieve, sin dejar de mirar al enfermero, que sentía repulsión por lo cerca que estaba de él. La pequeña profesora de inglés casi le rozaba—. Mira el brazalete, Adam: es como un collar de velcro alrededor del tubo, justo dentro del punto donde entra en la piel. Las células de Charlie, las células de su piel y de su cuerpo, han crecido en esa malla de velcro. Eso es lo que mantiene el catéter en su sitio, para que no se caiga ni se suelte. Lo único que tiene que hacer el enterrador es darle un buen tirón y lo sacará sin problema —dijo el guapo señor Barlow. Había tomado al enfermero de las manos al decir la palabra *tirón,* pero Pete había retrocedido y ella se las soltó tan rápido como la primera vez que lo había tocado, consciente de su repulsión.

—Si un hombre quisiera a una mujer, querría a una de verdad. No te querría a *ti* —le dijo de pronto el odioso enfermero—. Y si un hombre quisiera a un hombre, ¿qué podría querer de ti? —le preguntó Pete a Elliot Barlow.

Coloqué mis manos alrededor de su cintura —con la única intención de apartarla y poder alcanzar al tipo—, pero ese leve contacto fue todo lo que Elliot necesitó para apoderarse de mis manos. La de las raquetas de nieve tenía más de cincuenta años, pero su control de las manos seguía siendo tan bueno como siempre. Sabía que el guapo señor Barlow habría oído expresiones de odio semejantes a las del enfermero; quizás por eso me costó tanto aceptarlo.

Cuando volvimos al coche, Elliot y yo no hablamos realmente de la repugnancia que el enfermero gay había mostrado ante la mera idea de una mujer trans. Lo único que dijo la de las raquetas de nieve fue algo que ya le había oído decir antes: que le encantaban los hombres gais.

—La mayoría de mis amigos son gais, me encantan los gais. Por supuesto que algunos hombres gais odian a las mujeres trans, pero son más los hombres heterosexuales que nos odian —dijo la de las raquetas. Había sido yo el que había estado pendiente del momento y de ese enfermero gay en particular.

Mientras volvíamos a Nueva York, no comentamos nada del vecino de Charlie y Sue, aquel al que le parecía gracioso que el enfermero gay de Charlie se llamara Pete. No fue el único chiste de *pitos* de los años ochenta. Había muchos chistes sobre el sida. No recuerdo cuándo me enteré de que iban a volver a abrir la Estatua de la Libertad en 1986, pero sin duda fue *a posteriori*. O bien de lo que ocurrió durante las celebraciones del centenario, tal vez no salió en las noticias o yo me lo perdí. Sin embargo, vivía en Nueva York en ese momento y la Estatua de la Libertad está en el puerto de Nueva York. ¿Cómo es posible que lo que dijo Bob Hope no saliera en las noticias? ¿Por qué no me di cuenta de todos los que le rieron la gracia a Bob Hope? Era el centenario de la Dama de la Libertad en el puerto de Nueva York. Bob Hope, el ingenioso cómico, se encargaba de entretener al público asistente. El presidente Reagan y su esposa, Nancy, estaban sentados junto al presidente francés Mitterrand y su esposa, Danielle. Fue Em quien me contó lo del chiste sobre el sida. Em me dijo que Bob Hope estaba acostumbrado a entretener a las tropas. Tal vez, Bob Hope olvidó que no estaba hablando con soldados, escribió Em. Bob Hope bromeó diciendo que la Estatua de la Libertad tenía sida, pero que nadie sabía si se lo había contagiado la desembocadura del Hudson o el ferry de Staten Island (que debió de pronunciar *fairy,** supongo, habiendo crecido bajo la tiranía del humor de Bob Hope y Bing Crosby). Tal vez, Hope olvidó que la estatua procedía de Francia. Al matrimonio Mitterrand las palabras de Bob Hope los escandalizaron, pero los Reagan rieron. En algunos boletines de noticias, Nancy Reagan tan solo parecía sonreír. En todos los reportajes, sin embargo, el presidente Reagan reía abiertamente. En un reportaje, Em leyó que Reagan rio «sonoramente»; en otro, afirmaban que había «aullado».

El inapropiado comentario de Bob Hope sobre el sida podría no haber caído bien ni siquiera en el Gallows, donde el mal gusto, por lo general, era bien recibido. Pero cuando el doctor Dave (el endocrino de Elliot) enfermó, Nora y Em dejaron de representar «El especialista» en el Gallows; ni tan solo la versión *extra* del ginecólogo-obstetra. Los plátanos se amontonaban en el escenario sin llegar a ser utilizados, o bien Em llevaba a cabo otra de sus pantomimas con un plátano. Cuando alguien del público pedía a gritos «El especialista», Em cerraba los ojos y fingía rezar.

—El doctor Dave está enfermo y, por respeto a su persona, no vamos a hacer ese número —decía Nora. Poco después, Nora le dio al público algo más de información—. El doctor Dave es seropositivo, no volveremos a representar «El especialista» —confirmó Nora. Nadie se rio, ni siquiera en el Gallows. Y era un club de comedia, por el amor de Dios. La gente iba al Gallows a reírse.

—¿Para qué son los plátanos? Ha pasado mucho tiempo —solía cantar Nora, en los años setenta. Ya no.

—¿Adónde se han ido los plátanos? Ya hace mucho tiempo de eso —le respondía la de las raquetas. Pero ya no tenía gracia.

El doctor Dave tenía una paciente transexual, Diane, que se estaba muriendo en el St. Vincent's cuando Dave, a petición propia, fue enviado allí para morir también. Por si eso no fuera lo bastante confuso, después de que Diane muriera, Dave habló de ella como si todavía la estuviera tratando.

El estrógeno con el que Diane se había estado hormonando causó efectos secundarios en su hígado. El doctor Dave nos dijo a

* En inglés coloquial, la palabra *fairy* se utiliza de manera despectiva para decir «marica». *(N. del T.)*

la de las raquetas y a mí que el estrógeno podía causar algo parecido a la hepatitis; la bilis se estanca y se acumula. El picor que conllevaba esa afección estaba volviendo loca a Diane, nos dijo Dave. Diane tuvo que dejar de hormonarse; eso provocó que volviese a crecerle la barba. Al doctor Dave le parecía injusto que Diane, que había trabajado tan duro para feminizarse, no solo estuviera muriendo de sida, sino que estuviera muriendo como hombre.

—No ayuda mucho que las enfermeras la afeiten —nos dijo Dave a la de las raquetas y a mí. Con ello, el doctor Dave solo quería decir que, aunque a Diane la librasen de verse la barba, podía sentirla.

Al final, cuando Dave agonizaba en el St. Vincent's, parecía como si se estuviese muriendo de hambre. Para entonces, la de las raquetas y yo sabíamos para qué servía el catéter de Hickman en la esquelética jaula para pájaros que era el pecho de Dave. Le habían puesto un respirador, según me dijo el señor Barlow, pero Dave no lo usaba; «por ahora», dijo Elliot. Dave debía de rondar los cincuenta años; tan solo era un poco mayor que Elliot Barlow.

—Ya conoces cómo son los médicos: les gusta experimentar —nos dijo al señor Barlow y a mí la enfermera más sincera de Dave. Habían estado experimentando con el doctor Dave con morfina sublingual, en lugar del elixir de morfina, nos había informado la sincera enfermera de Dave—. En este momento, la succión es muy importante para ayudar a eliminar las secreciones —dijo. Yo no tenía ni idea de qué estaba hablando, y la enfermera no me explicó en qué consistían la succión o las secreciones, pero la enfermera más sincera del doctor Dave nos caía bien; estaba claro que sabía lo que le esperaba a Dave.

La de las raquetas de nieve se dio cuenta de que todas las enfermeras de Dave desconfiaban de los padres del doctor; «no lo suficiente», nos diría más tarde la enfermera sincera. Los padres del doctor Dave habían dado instrucciones a sus enfermeras para que no permitieran que otras personas pudiera visitar a Dave, al menos cuando sus padres estuvieran con él. Cuando la de las raquetas de nieve y yo visitábamos a Dave, las enfermeras avisaban a los padres de Dave de que estábamos allí. Los padres esperaban en su limusina hasta que nos íbamos.

—Tienen un chófer ruso; es una mujer —nos dijo a Elliot y a mí la enfermera sincera.

—¿Por qué tus padres no quieren conocernos a nosotros ni al resto de tus amigos? —le preguntó la de las raquetas al doctor Dave.

Al parecer, los padres de Dave, para empezar, no querían conocer a nadie que pudiera haber contagiado el sida a su hijo. Como comentó la pequeña profesora de inglés, los padres de Dave nos consideraban «posibles culpables». Nunca los vimos, pero vimos a su chófer, que parecía más una lanzadora de peso que una conductora. A veces, mientras esperaba, salía de la limusina para estirar los músculos. La conductora rusa hacía sus estiramientos sobre el capó del coche, más limpio que cualquier otra cosa en esa zona de la Séptima Avenida.

Dave murió en el St. Vincent's. Le había dicho a la de las raquetas que sus padres querían que muriera en casa, en su apartamento, no en el St. Vincent's, donde tanta gente moría de sida. Pero el doctor Dave quería morir donde morían los enfermos de sida, incluidos algunos de sus pacientes de endocrinología.

Pensé que los padres de Dave estaban locos.

—No están locos. Simplemente, son padres —me dijo el señor Barlow.

Cuando escribes ficción basándote en aspectos de la vida real, te sientes libre para cambiar ciertos detalles, porque sabes que puedes mejorarlos o empeorarlos; si lo tuyo es empeorar las cosas.

—Como escritor, Adam, tiendes a hacer que las cosas sean todo lo malas que pueden ser —me dijo la pequeña profesora de inglés.

«Como escritor, eres de los que prefieren los peores escenarios», me escribió Em.

«Hace falta serlo para saberlo», le respondí. Como escritora, Em había dejado atrás *Cuentos para salir del armario*. Su madre y su padre seguían escribiéndole, y el padre de Em seguía escribiéndole al cardenal John Joseph O'Connor. Su padre había seguido copiando a Em en sus cartas al cardenal, pero Em no escribía a sus padres y había dejado de escribir ficción sobre ellos.

Cuando escribes ficción basándote en la supuesta vida real, también existen ciertos detalles que tienes la sensación de que son inmutables, porque sabes que no puedes mejorarlos ni empeorarlos.

Tras la muerte del doctor Dave, la de las raquetas de nieve fue a visitar a otro amigo que se estaba muriendo en el St. Vincent's. La enfermera sincera con la que ya habíamos tratado reconoció al guapo señor Barlow. La enfermera le contó que el personal de seguridad del hospital tenía que estar atento para no dejar entrar a los padres de Dave en el St. Vincent's. La enfermera dijo que era comprensible, porque el St. Vincent's tenía que mantener a los padres de Dave fuera del hospital después de que el doctor Dave muriera.

Los padres de Dave intentaron varias veces colarse en el St. Vincent's, donde buscaban a pacientes con sida que estaban muriendo solos. Los padres se sentaban con los moribundos hasta que alguien les pedía que se marcharan. Al cabo de un tiempo, dejaron de ir, pero la chófer rusa seguía aparcando la limusina y se quedaba sentada dentro, esperando a alguien; por otra parte, la conductora seguía estirando sobre el capó, como si pensara que el doctor Dave seguía vivo en el St. Vincent's. Tal vez la conductora rusa estaba loca, me dije, pero la de las raquetas de nieve comentó que la conductora de la limusina debía de saber algo.

—Tal vez la conductora sepa que los padres se han suicidado, o sabe que pronto lo harán —dijo Elliot Barlow.

—¿Qué crees que haría mi madre si yo tuviera sida? —le pregunté al señor Barlow.

—Tu madre no esperaría a que te murieras, Adam, antes te pegaría un tiro —dijo la de las raquetas. Pensé que tenía razón. Mi madre me habría disparado si tuviera sida; no habría sido capaz de verme morir debido a una o más de aquellas enfermedades oportunistas asociadas al sida. Primero me habría disparado a mí y después se habría pegado un tiro. Pequeña Ray no era proclive a prolongar las cosas, excepto cuando pretendía causar un efecto dramático.

En cuanto a disparar a otra persona, no dudaba de que mi madre hubiera podido hacerlo. A finales de los años ochenta, Pequeña Ray iba a expresar su sorpresa por el hecho de que tan solo una persona hubiera disparado a Ronald Reagan.

—Y fue un *tío* —dijo mi madre con los ojos muy abiertos, expresando incredulidad. Lo que mi madre *pretendía dar a entender*, dijo Molly, podría haber hecho que la despidieran como profesora de esquí, incluso en Vermont, donde el presidente Reagan no era tan popular como en el resto del país. Lo que mi madre quería decir era algo que Molly y yo intentábamos que Pequeña Ray no dijese.

—Pero es verdad —decía siempre mi madre—. A una madre que hubiese perdido a su hijo debido al sida se le podría perdonar que disparara a Ronald Reagan, cariño.

38
La canción de la plaga

En la casa que mi madre y Molly compartían en Manchester, había muchas más armas desde que tío Martin y tío Johan se salieron de la carretera. Aquellos dos noruegos legaron todas sus armas a sus hijos, pero las pistolas acabaron en casa de Molly y de mi madre; en un principio, «por seguridad». O eso fue lo que dijo Henrik.

Henrik quería conservar todo aquel arsenal, pero intuyó que ese detalle podría conllevar «complicaciones comprometedoras» para su persona: un miembro de la Cámara de Representantes de Estados Unidos transportando armas de fuego desde Nueva Inglaterra a un estado del sur, «cruzando fronteras estatales». Henrik trazó un plan: «Un arma en cada viaje», dijo. De ese modo, convenció a Nora para que condujera un coche cargado de armas letales desde New Hampshire hasta Vermont.

—Atravesé la frontera estatal cargada con un montón de armas. A Henrik no le preocuparon las *complicaciones comprometedoras* que eso podía suponer para mí —se lamentó Nora. Me gustó la pantomima de Em sobre la activista política y monologuista detenida por tráfico de armas, pero a Nora no le hizo ninguna gracia.

No me gustó nada que a Molly y a mi madre les pareciese bien esconder las armas de Henrik en su casa de Manchester. Molly juró en una ocasión que su escopeta de un solo disparo, del pequeño calibre veinte, sería la única arma que mi madre y ella poseerían.

—Es difícil dispararse con ella accidentalmente —dijo Molly. Me gustó cómo había sonado esa afirmación—. Ningún seguro es más seguro que tener un seguro —le gustaba decir a la pistera.

—Tan solo le estamos guardando las armas a Henrik, cariño;

no vamos a empezar una guerra ni nada por el estilo —me dijo mi madre.

—Voy a causarles algunos problemas a los ciervos, niño, pero esos van a ser los únicos problemas que cause —me aseguró Molly. Entre todas aquellas armas de fuego, la allanadora de pistas encontró un par de rifles para cazar ciervos que quería probar, y también uno o dos de calibre doce.

Henrik tenía la costumbre de visitar Manchester una vez al año para esquiar en Stratton, pero siempre pasaba un día esquiando con mi madre en Bromley.

—Ray esquiaría con cualquiera, chaval —me dijo Nora. Henrik se alojaba en una pensión de Manchester, no con Molly y mi madre. (Henrik siempre había desconfiado de Molly.) Antes de que las armas formaran parte de la ecuación, Henrik volaba a Boston o a Hartford y allí alquilaba un coche. El trayecto hasta Manchester, en Vermont, desde el sur, era largo. Pero ahora que Molly y mi madre tenían las armas, Henrik conducía.

—Un arma en cada viaje, ¿en serio? —les pregunté a la allanadora nocturna y a mi madre. Mis tíos tenían tantas armas que calculé que Molly y mi madre morirían mucho antes de que Henrik pudiera llevárselas todas a Dixie de una en una. Molly admitió que Henrik se había estado llevando más de un arma en cada visita. Henrik tenía bolsas para esquís y para botas. Henrik metía un rifle o una escopeta en las bolsas de esquí, posiblemente uno de cada, según comentó mi madre, y por lo general dejaba caer una pistola en una de las bolsas para las botas. Aun así, el arsenal de armas no parecía disminuir de manera apreciable. El armario de la sala de la tele, donde se guardaban las almohadas para el futón, estaba lleno de rifles.

—Espero que no estén cargados —decía yo cada vez que dormía en el futón, imaginando que uno de los rifles se disparaba por error, al caerse, mientras dormía. Según me dijeron, las escopetas ocupaban también casi todo el armario de Molly en el dormitorio. No pregunté dónde estaban escondidas las pistolas, pero tenía mucho cuidado al abrir los cajones.

Había tantas armas que ni siquiera Henrik podía seguirles la pista. Henrik les había dicho a mi madre y a Molly que podían regalar algunas de ellas, si querían, si tenían amigos o seres queridos que las quisieran.

—En Manchester no se puede regalar un arma, chaval. En una gasolinera de la ciudad puedes encontrar el arma que quieras —me dijo Molly. Conocía esa gasolinera, había visto todas las armas.

Mi madre intentó darnos varias armas a la de las raquetas y a mí, también a Nora y a Em. Mi madre estaba convencida de que necesitábamos armas para sentirnos a salvo en Nueva York. Por el contrario, el señor Barlow afirmó que, para dos personas que viven en un pequeño apartamento, tener un arma podría resultar peligroso.

—Elliot es tan silenciosa, incluso cuando va de aquí para allá, que la confundiría con un intruso y le dispararía —dije.

—Cada uno de vosotros debería tener su propia arma, cariño —dijo mi madre.

—¿Para que podamos dispararnos? —le pregunté.

—Adam se levanta por la noche para hacer pipí. Si tuviera una pistola, seguramente le dispararía, Ray —dijo la de las raquetas.

Nora había dicho que una pistola (o dos) era el único modelo de arma que querrías tener en un apartamento de Nueva York.

—Estoy convencida de que en Nueva York te arrestarían por llevar un rifle o una escopeta desde el aparcamiento hasta tu casa —señaló Nora. Habida cuenta de que habían crecido rodeados por todas esas armas, era casi un milagro que Nora y Henrik no se hubieran pegado un tiro. Ahora que la mitad de las armas pertenecían a Nora, se mostró sorprendentemente exigente a la hora de elegir el arma (o las armas) que quería quedarse. Se comportaba de forma muy juiciosa: quería que Em aprendiera a disparar antes de que Nora se llevara alguna de las pistolas a su apartamento de mala muerte, situado encima de un restaurante, siempre de baja estofa, en Hell's Kitchen.

Cuando Nora y Em visitaban a mi madre y a Molly en Manchester, Molly llevaba a Em a disparar a una cantera de las afueras de la ciudad. Había cosas seguras a las que se podía disparar allí; todo el mundo iba para practicar tiro al blanco, dijo Molly. Era una apuesta más segura que soltar a Em con una pistola en la Novena Avenida, en el West Side del centro de Manhattan, dijo Nora. Molly nos dijo que a Em le «había dado» por disparar a cosas en la cantera.

Siempre que íbamos a ver a mi madre y a Molly, Elliot y yo nos negábamos a llevarnos una pistola a Nueva York.

—Deberíais llevaros dos —nos decía siempre mi madre.

Ya estaba enfadada con nosotros por llevarnos los esquís de fondo a la ciudad. En Vermont, Elliot y yo preferíamos caminar con raquetas de nieve. Pero a veces, cuando nevaba en Nueva York, cerraban Park Avenue al tráfico. Tenía algo mágico esquiar por la noche en Park Avenue, mientras caía la nieve, pero a mi madre le enfadaba que no quisiéramos esquiar con ella en Vermont.

—Ni siquiera te gusta el esquí de fondo, Ray. Lo tuyo es el descenso —le respondió la de las raquetas.

—Yo esquiaría en Marte o en la Luna si pudiera esquiar con mis amorcitos —respondió mi madre. Le dolió. Quizás por eso metió la pistola en la mochila del señor Barlow.

Un fin de semana antes, había intentado meter la misma Magnum 375 en mi maleta, pero yo estaba convencido de que mi madre no aceptaría un no por respuesta, y también sabía que era una de las pistolas a las que Nora le había echado el ojo: un revólver de seis tiros con el que Em había estado disparando en la cantera. No era ni mucho menos el día de San Valentín, pero mi madre había incluido una tarjeta de felicitación junto a la pistola que había introducido a escondidas en la mochila de la de las raquetas. Había un gran corazón en la tarjeta, en la que Pequeña Ray había escrito: «¡Para que mi querida chica de las raquetas esté a salvo y pueda proteger a mi cariñito!».

Para mi sorpresa, Elliot Barlow dijo que le parecía «una pistola muy bonita» y que le gustaba «su tacto». Le comenté que podíamos llevarnos el arma a Vermont la próxima vez que fuéramos allí un fin de semana, o que tal vez Nora y Em la querrían. A Em le había gustado disparar la Magnum 375. Tenía el cañón corto, pero no era un arma pequeña; no desde el punto de vista del tirador.

—Esa mierda tiene un fuerte retroceso —fue todo lo que Molly dijo al respecto.

No me sorprendió tanto que la de las raquetas quisiera quedarse con el arma, pero me dio la impresión de que a ella le hacía cierta gracia.

—No quiero saber dónde está, pero tampoco quiero que me sorprenda si la encuentro por casualidad —me dijo. Cuando los pequeños Barlow estaban de visita, yo tenía que «esforzarme» por ocultarles también el arma.

—¿A tus padres no les gustan las armas? —le pregunté.

—A mis padres les encantan las armas, pero son escritores de novelas de suspense: sienten debilidad por los desastres —me contestó la pequeña profesora de inglés.

Tendríamos que haber escondido también los esquís de fondo, para que no los viesen los Barlow. Les dolió ver los esquís en el armario de la entrada de su apartamento del Upper East Side. Al igual que mi madre, el equipo de escritores se enfadó al saber que íbamos a esquiar a Park Avenue y, sin embargo, no habíamos querido ir a esquiar con ellos en los Alpes.

Los esfuerzos que me tomé para esconder la pistola no fueron especialmente creativos. La envolví en unos calzoncillos que no me gustaban y la dejé en el fondo de mi cajón de la ropa interior. Guardé las balas en un par de calcetines deportivos; eran balas muy grandes para un arma que parecía pequeña. Como es lógico, escondí los calcetines con la munición debajo de otros pares de calcetines. No era una idea original. Era exactamente lo mismo que había hecho mi madre con las balas que había metido a escondidas en la mochila de la de las raquetas de nieve.

Todo esto ocurrió mientras Eric y Charlie y el doctor Dave se estaban muriendo y cuando Dios sabría en qué andaban metidos los padres de Dave, o su conductora rusa. Nora y Em acabaron haciéndose con dos de las pistolas del alijo de Henrik. Contrariamente a lo que había manifestado, Nora metió una escopeta de dos cañones del calibre doce en una bolsa de esquí y la llevó al hombro desde el aparcamiento hasta su apartamento. Em eligió su propia pistola, una que había usado en la cantera.

—Em quería el Colt —nos dijo Nora al señor Barlow y a mí. La pistola de Em era una Magnum 375, «diferente a la tuya», nos dijo Nora. La pantomima de Em nos sorprendió a mí y a la de las raquetas: Em parecía estar diciendo que su pene era más grande que los nuestros juntos.

—Se refiere a la pistola: el cañón de la pistola de Em es el doble de largo que el vuestro —nos explicó Nora.

La de las raquetas y yo habíamos estado esperando la siguiente nevada nocturna en Nueva York. Porque Elliot Barlow y yo habíamos trazado un plan para cuando nevara. Éramos de Nueva Inglaterra y sabíamos cómo vestirnos para afrontar la nieve. Nos pusimos nuestras botas de montaña para ir al Gallows Lounge. Llevábamos puesta la ropa adecuada para ir con raquetas de nieve, varias capas de prendas. Llevábamos guantes y gorros de esquí de repuesto en la mochila, ropa de lluvia por si la nieve se convertía en aguanieve, calcetines de repuesto y ropa de abrigo por si hacía frío. Yo había metido un segundo par de botas de montaña en mi mochila.

—Qué exagerado eres, Adam, te arrepentirás de llevar tanto peso —me advirtió la de las raquetas, pero estábamos orgullosos de nosotros mismos. En caso de tormenta de nieve, los neoyorquinos se convertían en almas en pena; los de Nueva Inglaterra estábamos preparados. Habíamos planeado una caminata nocturna desde el Gallows, en el West Village, hasta nuestra casa en la calle Sesenta y cuatro Este. Conocíamos a más de un neoyorquino que pensaría que se trataba de un largo camino a través de la nieve, pero nosotros éramos aficionados a las raquetas de nieve y la caminata desde el West Village, para nosotros, no era más que un calentamiento. Cuando llegásemos a la calle Sesenta y cuatro Este, nos pondríamos las botas de esquí y agarraríamos los bastones y los esquís de fondo. Más tarde, esa misma noche, suponíamos que cerrarían Park Avenue al tráfico; como estaba previsto que arreciase una tormenta de nieve, a la de las raquetas y a mí nos dio la impresión de que iba a ser una noche de esquí en Park Avenue.

No habíamos previsto que Perjudicado Don se uniría a nosotros. Nora solía decir que tener a Don al lado era «como ir a un burdel con un niño». Nunca supe a qué se refería Nora, pero sabíamos que teníamos que proteger a Perjudicado Don. Lo que no teníamos tan claro era de qué había que protegerle y, exactamente, cómo había que hacerlo. Don tenía buenas intenciones, buen corazón y era amable, pero no tenía talento como cantautor y era un incompetente sobre el escenario; Don era un cenizo. Se notaba en las caras del público del Gallows, en las pobres personas que oían cantar a Perjudicado Don por primera vez, concretamente en los que no habían salido corriendo a los lavabos. No podías prepararte para la abrumadora tristeza ni para la forma en que Don canturreaba.

—En un club de comedia, necesitas un poco de alivio triste —solía decir Nora en defensa de Don, si bien ya hacía un tiempo que había dejado de decirlo—. Aunque podría no ser tan triste —añadió tiempo después.

A Don lo desahuciaban una y otra vez de su apartamento; daba igual adónde se mudara. La última vez que se quedó sin casa, acabó en el sofá de Nora y Em. Nora casi lo asfixió con un cojín del sofá: Don había estado cantando en sueños.

—La misma canción de siempre —fue todo lo que dijo Nora, aunque podría haberse tratado de fragmentos de una canción que Don estuviera escribiendo. Por la forma en que Don cantaba, incluso dormido, sus nuevas canciones sonaban como la misma canción de siempre. Siempre eran los vecinos de Don los que se empeñaban en que lo desahuciaran: Don se pasaba las noches en vela componiendo y cantando, cuando no lo hacía dormido. Ahora que Nora y Em estaban fuertemente armadas, era imposible que Perjudicado Don pudiera quedarse con ellas. En la oscuridad de la noche, los quejumbrosos aullidos de Don podrían haberse confundido con las confesiones del padre de Em al indiferente cardenal O'Connor. En mitad de la noche, no habría sido seguro que el homófobo padre de Em o el cardenal O'Connor deambulasen por el apartamento de Nora y de Em, lamentándose. Nora y Em despreciaban la terapia de conversión, habrían arremetido contra cualquiera de aquellos dos católicos. Perjudicado Don no dejaba de lamentarse durante toda la noche. De madrugada, no habría resultado muy seguro para Don cantar en la casa de Nora y de Em.

Aquella noche nevada en Nueva York, la de las raquetas y yo sabíamos que estábamos atrapados con Perjudicado Don: no tenía adónde ir después de actuar. En el Gallows había camerinos, pero fue todo un reto vestir a Don para la tormenta de nieve. Había llevado sus escasas pertenencias al Gallows. La ropa, las canciones que estaba componiendo, su guitarra... Eso era todo lo que tenía.

—¿No nieva en Montana? ¿Dónde está tu ropa de invierno? —le preguntó el señor Barlow.

—Odio la nieve. Dejé mi ropa de invierno en Great Falls —respondió Perjudicado Don. Sonaba como un verso de una de sus canciones: lúgubre y carente de visión de futuro. Teníamos ropa de invierno en nuestras mochilas, pero la mayoría de las cosas de Elliot Barlow eran demasiado pequeñas para Don. Para una primera capa, embutimos a Don en el jersey de cuello alto de la de las raquetas, aunque podía comprometer la circulación sanguínea del cantautor. Don se quejaba de que no podía estirar los dedos de los pies con los calcetines de la de las raquetas, pero mi segundo par de botas de montaña le habrían quedado grandes si no le hubiésemos puesto dos calcetines. También le pusimos dos gorros de esquí, aunque Don dijo que no sentía las orejas; fuera lo que fuera lo que eso significaba. Don, de eso no cabía duda, no podía oír nada.

La de las raquetas de nieve y yo teníamos suficiente espacio en nuestras mochilas para el surtido de ropa de Don. Don no disponía de maleta ni de mochila, y no pensaba dejar su guitarra en el Gallows, ni siquiera por la noche. Tenía una funda para la guitarra, con correas de mochila, pero le iba a resultar incómodo llevarla por la nieve. Las canciones que Don componía iban metidas en la funda.

—Puedes dejarla en un camerino y cerrar con llave, Don. Nadie en el Gallows va a robarte la guitarra o lo que compongas —le dijo la de las raquetas.

—¿Qué? —gritó Don. Era inútil intentar convencerle—. Mis canciones y mi guitarra se vienen conmigo todas las noches, aunque sea la noche de mi muerte —gritó Perjudicado Don. En definitiva, la misma cantinela de siempre. Por supuesto que Perjudicado Don gritaba, o no podría haberse oído a sí mismo. Vestido para la tormenta de nieve, con su guitarra y sus canciones a cuestas, Don parecía un payaso condenado. Intentamos que los dos gorros de esquiar le dieran un aire un poco menos de payaso y no le aplastaran las orejas, pero Don tenía el oído completamente mermado y su aspecto no dejaba de ser el de un condenado.

En cuanto orgullosos oriundos de Nueva Inglaterra, la de las raquetas de nieve y yo nos sentíamos superiores a los taxistas neoyorquinos en todo lo relativo a la nieve. Muchos de los taxis no tenían neumáticos adecuados para la nieve, y muchos de los taxistas no sabían conducir con nieve. El metro y los autobuses estaban hechos un asco por culpa de las botas y los zapatos mojados de todo el mundo. Pero no debíamos de estar muy cuerdos si creíamos que Perjudicado Don sería capaz de recorrer siquiera un tercio de la Séptima Avenida cubierta nieve. Don nunca corría, ni siquiera echó a andar; no lo hacía ni cuando no nevaba. Poco importaba que la nieve estuviera empezando a acumularse cuando salimos del Gallows Lounge. La acera estaba cubierta por un par de centímetros, pero Perjudicado Don resbaló desde el primer momento. Ascendimos por la Séptima Avenida hasta la calle Once Oeste y la avenida Greenwich; es decir, todavía estábamos en el West Village. Pero Don ya estaba agotado, pues había inhalado el frío aire mientras cantaba.

—No es posible prepararse para todo, Adam —dijo la de las raquetas cuando salíamos del Gallows y Don empezó a cantar.

«Don habrá muerto a mitad del camino a casa», me dije. «No querrás despertarte con Maureen», cantó Don cuando empezamos a caminar. «Si Perjudicado Don se pone a cantar en un autobús o en el metro nos matarán a todos», pensé. «Tu peor pesadilla será conocer a Louise», cantó Don antes de empezar a toser.

Entonces ocurrió otra cosa para la que no podríamos habernos preparado. Nos detuvimos en la Séptima Avenida, tan solo para darle un respiro a Perjudicado Don. Estábamos de pie frente a la última parada de un hospital, el St. Vincent's, cuando la de las raquetas comenzó a sollozar. Don pensó que probablemente se debía a su canción. Don no sabía dónde estaba, porque nunca antes había estado en el St. Vincent's. Don no sabía que el señor Barlow se sentía culpable por no entrar en el hospital. Si en el St. Vincent's había algún conocido del señor Barlow muriéndose, a ella le preocupaba no saber que alguien de los de dentro estuviera enfermo. En un par de ocasiones, en el St. Vincent's, la de las raquetas se había encontrado con alguien que ella no sabía que era gay.

Perjudicado Don no era gay. Don tampoco era homófobo, era un hombre dulce; no acostumbraba a diferenciar si alguien era gay o heterosexual. A Don le daba igual lo que fueras; probablemente tenía unos cuantos amigos gais que no sabía que habían muerto. Mientras la de las raquetas sollozaba, Don seguía cantando. Cantaba los versos de «No creas que la cosa mejora con Gwen»; cantar una canción era todo lo que Don sabía hacer, incluso en la nieve. «¡Atropellará a los niños y se follará a tu mejor amigo!», cantaba Don mientras la nieve seguía cayendo y sin dejar de toser. A veces me pregunto si, en caso de que todos siguiéramos allí de pie —debido a que el tiempo se hubiera detenido—, Perjudicado Don seguiría cantando, pero Don se detuvo de repente. «No, nunca va a mejor con Gwen», repetía con su habitual quejido, agravado por sus problemas respiratorios. Entre el canto incesante y la tos, Don había inhalado y tragado mucha nieve, y solo llevábamos unos pocos minutos caminando.

La rusa de anchos hombros vestía un masculino traje negro con camisa blanca y bufanda negra en lugar de corbata. Para sobrellevar la tormenta invernal se había puesto un abrigo negro con cuello de piel, pero la gorra de chófer no le cubría las orejas. Parecía inmune a la nieve y al frío; de hecho, el ala rígida de la gorra de estilo militar le otorgaba un aire de determinación propio de un soldado. Estaba de pie, como si hiciese guardia, en la esquina de la Séptima Avenida con la calle Once Oeste. A pesar de su coleta rubia, me recordó a Nora. Incluso con atuendo masculino y con aquel porte militar, por lo general nadie la habría confundido con un hombre. La proa que marcaban sus pechos la precedía, con seguridad semejante a la proa de un barco sobre el agua. No era habitual ver a la robusta conductora más cerca de las instalaciones del hospital que donde había aparcado la limusina. Habíamos oído decir que los padres de Dave ya no visitaban a otros enfermos de sida; sabíamos que la chófer rusa ya no esperaba a los padres de Dave. Sin embargo, por la forma en que la imponente mujer se erguía como un centinela, parecía estar vigilando a alguien. Su imponente presencia hizo que la de las raquetas dejara de sollozar. La mujer rusa también había captado la atención de Perjudicado Don.

Don siempre creía ver prostitutas que en realidad no eran prostitutas. Don intentaba salvarlas de sí mismas, lo que siempre suponía un error. Sin ninguna duda, la conductora rusa de la limusina iba vestida de un modo demasiado formal para ser una prostituta callejera, pensé; esa no era mi zona de la ciudad, pero nunca había visto a ninguna prostituta en los alrededores del St. Vincent's.

—No es una prostituta, Don —le dijo el señor Barlow al Perjudicado Don, pero Don estaba poco menos que sordo debido a los dos gorros de esquí. Por eso reanudó su canto. Al parecer, ya había tomado una decisión sobre la corpulenta mujer de la esquina de la Séptima Avenida y la calle Once Oeste.

—Es una de esas prostitutas militantes de las que he oído hablar: te meten en líos y te causan dolor —interrumpió Don su canción para contárnoslo a Elliot Barlow y a mí, con voz ronca—. No debería estar aquí con nieve, ¡es tan triste! —A Don le costaba hablar debido a la tos. Temblaba, le castañeteaban los dientes, apenas podía hablar, pero no podía dejar de cantar.

La conductora de la limusina oyó la canción de Don y también sus toses. A la pequeña profesora de inglés y a mí nos reconoció al instante, incluso con nuestras ropas de nieve.

—Vaya por Dios, esta noche parecen un par de rusos —nos dijo. La forma en que había pronunciado la palabra *rusos* no sonó de un modo muy elogioso—. El pobre chico del coro no debería estar fuera con este tiempo —dijo la conductora rusa—. No traigan a este pobre chico aquí para que muera. Será mejor que muera en casa —nos dijo.

Sabíamos que ese había sido el objetivo de los padres de Dave, pero el señor Barlow y yo nos miramos. Sabíamos que la situación ya no estaba en nuestras manos: no albergábamos ninguna esperanza de solucionar el malentendido entre la chófer de los padres de Dave y Perjudicado Don. Don creía que se trataba de una prostituta militante, aficionada al *bondage* y a los látigos, o a algo peor; podría parecer la protagonista de una de las canciones de Don. La conductora de la limusina creía que Don era un enfermo de sida moribundo, que debería volver a su casa para morir en condiciones, en lugar de morir en el St. Vincent's; la culpa era de la tos de Don y de la triste canción que ella le había oído cantar.

—Estabas cantando, ¿verdad? —le preguntó la chófer a Don, pero él no la oyó; le resultó imposible con los dos gorros de esquí.

—Debería irme a casa, a Montana... Debería volver a Great Falls —nos dijo Don, como si de repente hubiera decidido regresar a casa para morir, a pesar de no haber oído lo que había dicho la chófer.

La de las raquetas le quitó los dos gorros a Don.

—Volver a Great Falls es una opción, Don, pero esta noche no. Esta noche deberías quedarte con Adam y conmigo —dijo Elliot Barlow.

La confusión no hizo sino aumentar, porque la de las raquetas había conocido a la conductora cuando la pequeña profesora de inglés salía con Dave.

—Eso fue cuando era un hombre —tuvo que aclarar el guapo señor Barlow.

Hubo que explicarle a Don que la chófer de los padres de Dave no era una prostituta. Por otra parte, hubo que explicarle a la chófer rusa que Perjudicado Don era un cantautor y que no se estaba muriendo de sida.

Se llamaba Zasha, nos dijo la chófer.

—Suena como Sasha, el diminutivo de Alexander o Alexandra. Significa «defensor del pueblo». No es un nombre fácil de llevar —dijo Zasha.

Aquella corpulenta mujer tenía una edad difícil de precisar. Parecía más joven que el doctor Dave cuando murió, pero hablaba de él como si lo hubiera conocido siendo niño. Los padres de Dave le pagaban un generoso sueldo, además, Zasha disponía de dormitorio y cuarto de baño propio en su apartamento.

—No soy solo su chófer, soy más bien la sirvienta de la familia —nos dijo Zasha. Cuando le preguntamos cómo estaban los padres de Dave y por qué la sirvienta de la familia rondaba el St. Vincent's en plena noche, Zasha nos contó que intentaba hacer honor a su nombre—. La gente que sale del St. Vincent's a altas horas de la noche necesita que la lleven —nos dijo. Auténtica defensora del pueblo, a Zasha le importaba bien poco si sus pasajeros podían pagarle o no—. Algunos me pagan de más, otros no me pagan nada —dijo Zasha encogiendo sus enormes hombros.

Perjudicado Don, sin gorros y temblando de frío, pudo oír con total claridad lo que dijo la mujer rusa, pero la expresión de asombro o sorpresa en el rostro de Don daba a entender que Don había supuesto que solo las prostitutas más militantes se referían a sus clientes como pasajeros; la de las raquetas y yo esperábamos que no fuera así. Le estábamos consiguiendo a Don un paseo con Zasha; eso era todo lo que sabíamos.

No dejaba de darle vueltas a la idea de que Zasha o Sasha podía ser una especie de apodo tanto para Alexander como para Alexandra; debería haber dejado de lado el tema de los nombres rusos.

—Es un nombre de género neutro, Adam —me dijo la pequeña profesora de inglés.

—Pero yo no soy de género neutro, soy una chica —nos dijo Zasha; quería que tuviéramos claro que no había nada raro en ella.

Había aceptado al guapo señor Barlow como mujer, pero la de las raquetas de nieve no debería haber entrado en el tema de la literatura rusa.

—Por ejemplo, la mordaz sátira de Gógol o cómo Chéjov supo retratar la tristeza de la clase alta —empezó diciendo el señor Barlow.

—Mis padres son rusos, pero yo nací y crecí en Brooklyn. Nunca he estado en Rusia —nos hizo saber la chófer, pero ya era tarde para detener a la de las raquetas.

—Tolstói, por ejemplo. Piensa en el pobre Pierre de *Guerra y paz* —insistió Elliot Barlow—. Pierre intenta liberar a sus siervos, pero solo consigue que su vida sea mucho peor.

—No estaba tan mal en Brighton Beach, pero algunos de mis amigos judíos lo pasaban mal, y en mi clase había una chica ucraniana que se llamaba Bogdana, que significa «regalo de Dios». Un nombre difícil de sobrellevar, porque la pobre Bogdana no era un regalo de Dios para nadie —quiso que supiéramos Zasha.

—Piensa en el punto de vista de Dostoievski sobre el sufrimiento humano: los problemas morales que conllevan la política y la religión —nos sermoneó la pequeña profesora de inglés. Por algún extraño motivo, Elliot Barlow quería que Zasha supiera que en la literatura rusa no abundaba la alegría. Más tarde entendí que la de las raquetas veía a Zasha como un sombrío personaje de novela rusa; «grave, pero valiente», la definiría el señor Barlow. La de las raquetas veía a Zasha como una noble sirvienta, que cumplía lealmente con su deber para con una pareja de aristócratas condenados al fracaso. Los padres del doctor Dave tenían tendencias suicidas, nos dijo Zasha.

—Van a suicidarse. Tendrán que esforzarse para conseguirlo, pero lo lograrán —dijo Zasha—. Tienen una cocina de gas. Yo siempre ando husmeando por si huelo a gas, pero es más fácil tomar pastillas —nos dijo la sirvienta de la familia de Dave—. Nunca salen del apartamento. Yo les hago la compra. La farmacia les trae las medicinas a domicilio. Su único hijo murió debido a la *plaga*. En su situación, yo me suicidaría —dijo Zasha. O bien Perjudicado Don reaccionó de forma extraña a la palabra *plaga*, o bien se arrodilló en la nieve sin motivo alguno—. Hablando de sufrimiento humano, deberíamos meter a este pobre hombre en el coche, que tiene el motor en marcha y la calefacción encendida —nos dijo la conductora de la limusina—. Soy norteamericana, nunca he leído una novela rusa —quiso Zasha que supiera la de las raquetas de nieve.

—Empieza por Turguéniev —le dijo la pequeña profesora de inglés. Perjudicado Don dejó de cantar cuando lo levantamos del suelo.

—Estoy componiendo una canción sobre la plaga —le dijo Don a Zasha. Elliot y yo habíamos oído hablar de la canción de la plaga de Don. Llevaba escribiéndola desde el comienzo de la epidemia de sida; eran los años ochenta y el sida aún tenía mucho camino por recorrer. No sabíamos qué provocaba el retraso para que Don tardara en finalizar el tema sobre la plaga, pero no estábamos ansiosos por que terminara de escribirla; esperábamos no tener que oírla nunca.

—Espero que me cantes una de tus canciones —le dijo Zasha a Don, mientras seguíamos a la conductora de la limusina hasta el coche. La conductora de la limusina solo le había puesto uno de los gorros de esquí a Perjudicado Don; como Don no tenía mucho que andar, no iba a necesitar dos gorros de esquí. Las llaves del pequeño apartamento de los Barlow (por no hablar de las instrucciones escritas por la pequeña profesora de inglés sobre qué llave abría qué puerta) estaban en la funda de la guitarra de Don. Si querías que algo estuviera seguro en manos de Don, tenías que ponerlo junto a su guitarra y sus canciones. Como es lógico, llevamos a Zasha aparte para asegurarnos de que entendía adónde tenía que llevar a Don. Zasha parecía un personaje contemporáneo de una novela neoyorquina, pensé; no había nada reconociblemente ruso, o propio del siglo XIX, en ella. No dije nada, obviamente, pues no quería volver a despertar la pasión del guapo señor Barlow por los aspectos sombríos de la literatura rusa.

—«Conocí a Fuzzy Ouilette en un bar» —empezó a cantar Don, mientras él y la fiel sirvienta de la familia de Dave subían a la limusina—. «Había perdido su último trabajo, su mujer acababa de dejarle, ¡su perro había muerto atropellado por un coche!» —cantó Don.

—¡Suena a Coney Island! —exclamó Zasha.

—«El pobre Fuzzy no tenía estrella de la suerte» —siguió con la canción Perjudicado Don—. «No, Fuzzy no tenía estrella de la suerte».

Iba a ser difícil conciliar las elevadas expectativas que teníamos el señor Barlow y yo respecto a la posibilidad de pasar una noche nevada en Nueva York con todo lo que estaba ocurriendo.

—¿Crees que Don estaría más seguro en Great Falls? —le pregunté a la de las raquetas mientras caminábamos por la Séptima Avenida cubierta de nieve. Teniendo en cuenta nuestros gruesos gorros de esquí y la forma en que nevaba, pensé que la pequeña profesora de inglés no me había oído. Estábamos casi en la calle Cincuenta y siete Oeste, junto al Carnegie Hall, cuando Elliot respondió a mi pregunta. Me di cuenta de que lo había estado pensando.

—En Nueva York, Don es un peligro para sí mismo, pero en Montana alguien podría dispararle —dijo la de las raquetas de nieve. Eso fue todo lo que dijo; no volvió a referirse a ese tema en todo el camino. Éramos un par de habitantes de Nueva Inglaterra, caminando sobre nieve virgen; no habíamos salido a dar un paseo y conversar. El señor Barlow había insistido en que no cruzáramos Park Avenue «demasiado pronto»; ella tenía la intención de aplazar el momento de saber si iba a ser una noche de esquí o no. Creo que no quería decepcionarse hasta el último momento. Caminamos hasta Central Park Sur antes de girar hacia el este. Era precioso caminar junto al parque con la nieve cayendo. Teníamos el parque a nuestra izquierda, nos dirigimos hacia el norte por la Quinta Avenida. Podríamos haber caminado hacia el norte por Park Avenue, pensé; podríamos haber visto con nuestros propios ojos si había esquiadores en la avenida o no. Yo sabía que el señor Barlow estaba dando un rodeo.

Recorrimos una única manzana de Park Avenue, luego giramos de nuevo hacia el este, por la Sesenta y cuatro Este. Aún no habían cerrado Park Avenue al tráfico y no había modo de saber si llegarían a hacerlo.

—No somos neoyorquinos de verdad y nunca lo seremos. No solo no conocemos las normas para esquiar en Park Avenue, ni siquiera sabemos a quién preguntar —dijo la de las raquetas. El hecho de no ser auténticos neoyorquinos era un tema recurrente para ella. Era una mujer trans. Lo que a mí me asustaba, al pensar en ella, era que fuese una forastera en cualquier parte, al tiempo que se culpaba por no saber que había rusos en Brighton Beach, Brooklyn.

En Park Avenue abundaban los porteros, me dije; un portero de toda la vida debía saber qué normas se aplicaban a la hora de cerrar Park Avenue al tráfico cuando nevaba. Aquella noche de nieve no estuvimos en Park Avenue el tiempo suficiente para preguntarle a portero alguno. De hecho, no vimos a ningún portero a cielo abierto en mitad de la tormenta. Lo que sí vimos fue a una persona que llevaba los esquís y los bastones al hombro. Venía hacia nosotros por la calle Sesenta y cuatro Este, entre Lexington y la Tercera; la manzana del pequeño bloque de los Barlow. Por desgracia, el esquiador tampoco era un auténtico neoyorquino, sino de Minnesota, y estaba tan a oscuras como nosotros.

—Tal vez solo cierren Park Avenue si nieva un domingo por la noche —dijo el esquiador. Ninguno de nosotros recordaba si la última vez que habíamos esquiado en Park Avenue era domingo. Que fuera de noche y que hubiera nieve más que suficiente para esquiar no eran señales esperanzadoras. Nos dimos cuenta de que no íbamos a esquiar.

—Estamos demasiado locos para vivir en Nueva York —dijo la de las raquetas cuando llegamos al apartamento, que no estaba cerrado con llave. Perjudicado Don había entrado y había encendido todas las luces, pero no había vuelto a cerrar la puerta. Dos de tres no estaba mal para Perjudicado Don, pensé; tres de cuatro si contabas el atrevimiento de Don a la hora de montarse en el coche con una prostituta militante.

—Tal vez deberíamos ir a Great Falls con Don. Tal vez no estaríamos tan perdidos en Montana —dijo la de las raquetas, pero oír cantar a Don en la ducha nos desanimó.

—«No le deis a Ronald Reagan ocho años» —cantaba Don—. «Habla sin tapujos de los comunistas, mata a todos los gais, ¡no hace nada más que joderos! Por favor, no le deis al Gipper ocho años. No, no le deis ocho años al Gipper.»

Era la canción que Don le había dedicado a la plaga, obviamente. A pesar de la importancia de la plaga, no había diferencia perceptible alguna en la cadencia o el tono de Don: su canción sobre la plaga era tan lúgubre y morbosa como cualquier otra canción de Perjudicado Don. En la ducha, Don cantaba como un ahogado, pero a Elliot y a mí nos aliviaba oírle repetir una y otra vez la misma estrofa. Al parecer, la canción de Don sobre la plaga tan solo tenía una estrofa; al menos hasta ese momento. Pero más tarde, esa misma noche, cuando Don cantaba dormido, a la de las raquetas y a mí nos despertó con una estrofa diferente. Sonaba como a último verso, pero ¿cómo saberlo con Don? ¿Cómo podríamos habernos dormido en medio de una canción sobre la plaga? Solo podíamos esperar que Perjudicado Don no hubiera compuesto ya la mitad. Esperábamos que su canción sobre la plaga fuera un inacabable trabajo en curso. En sueños, Don seguía cantando como un ahogado.

Es hora de volver a
Great Falls.
Me falta talento,
no soporto la tristeza,
¡no tengo las pelotas lo bastante grandes!
Es hora de volver a
Great Falls.
Lo que voy a hacer es volver a
Great Falls.

Acabarían dándole ocho años al Gipper, o sea, a Reagan. La canción sobre la plaga que le habíamos oído cantar a Don en el pequeño apartamento de los Barlow solo tenía dos versos. «Volver a Great Falls», así iba a titular Perjudicado Don su última canción. Cuando la oímos por primera vez en la radio, los censores ya habían eliminado las *pelotas* y los *joderos*. «Menos malo no significa mejor», como solía decir Don. Como es lógico, las emisoras de radio de derechas no harían sonar en antena «Volver a Great Falls» ni una sola vez.

A Don lo asesinaron en Montana. Había estado tocando con una banda en Bozeman, pero la banda tenía su base de operaciones en Missoula; los detalles no estaban claros, en absoluto. Eran dos ciudades universitarias; es decir, Don había estado tocando con universitarios. Eso era todo lo que Nora sabía de la banda. Alguien disparó a Perjudicado Don en un aparcamiento, después de haber estado cantando «Volver a Great Falls». Fue después de la reelección de Reagan, cuando los chicos gais sobre los que Don había estado cantando seguían siendo asesinados.

Después de que mataran a Don, hubo pinchadiscos que simpatizaron con la causa y emitieron en antena «Volver a Great Falls» a modo de canción protesta. Hubo un resurgimiento de Perjudicado Don en las ondas, de «Nunca va a mejor con Gwen» y «Sin estrella de la suerte» y del resto.

Durante todo el tiempo que Ronald Reagan ocupó la presidencia, Nora cerró cada actuación de *Dos tortilleras, una que habla* con una canción de Perjudicado Don.

—Yo no sé cantar, pero Don tampoco sabía —decía siempre Nora, haciendo llorar a los clientes veteranos del Gallows Lounge, incluso antes de empezar a cantar. Em se limitaba a abrazarla, llorando, mientras Nora cantaba.

En los años de la administración Reagan, cuando Em y yo nos escribíamos para hablar de lo que escribíamos, siempre nos preguntábamos cómo iba la canción de la plaga.

39
Wengen

Mientras Ronald Reagan predicaba la doctrina de la excepcionalidad estadounidense, la de las raquetas de nieve y yo viajamos a Suiza. Mi madre y Molly se reunieron con nosotros en Wengen. Los pequeños Barlow seguían esquiando, aunque con mayor cautela: habían superado los setenta años; de hecho estaban ya más cerca de los ochenta. Wengen fue idea suya. Siempre andaban buscando nuevos lugares donde esquiar, ya fuese en Austria o en Suiza, y nos invitaron a unirnos a ellos. A mi madre y a Molly les encantaba esquiar en Europa. Elliot y yo sentíamos lo mismo con relación al senderismo invernal y las raquetas de nieve. Wengen, en los Alpes berneses, era un lugar nuevo para todos, ni siquiera los pequeños Barlow habían estado antes allí.

Elliot Barlow y yo nos sentíamos a gusto sabiéndonos primerizos en Wengen. Todavía nos sentíamos como recién llegados a Nueva York. Nora se había esforzado por integrarse en los grupos activistas del ACT UP (AIDS Coalition to Unleash Power; es decir, la Coalición Contra el Sida para Liberar el Poder), pero ni el señor Barlow ni yo estábamos hechos para ser activistas, como tampoco lo estábamos para ser auténticos neoyorquinos. La de las raquetas de nieve dijo que era «demasiado pequeña» y que hablaba «demasiado bajo» para ser activista.

—Defiendo a los activistas —dijo Elliot Barlow; siempre se infravaloraba.

Algunos miembros de ACT UP cuestionaron la participación de Nora en el grupo, sobre todo en las manifestaciones.

—No somos un club de comedia, no estamos aquí para echarnos unas risas —le dijo a Nora uno de los miembros de ACT UP. El modo en que Nora acostumbraba a relacionarse con la gente, incluso con aquellos que estaban de acuerdo con ella, era problemático. En términos generales, Em prefería mantener las distancias con las manifestaciones de ACT UP. ¿Qué podía hacer alguien dedicado a las pantomimas en una manifestación? A Em le preocupaba cada vez más el efecto que Nora causaba en las multitudes, incluso en el Gallows.

Según muchos miembros de ACT UP, a Nora le resultaba imprescindible repetirse. «No siempre soy graciosa, ¿sabéis? No solo soy una persona graciosa», decía Nora una y otra vez.

En 1987, ACT UP estaba dando sus primeros pasos. Yo me hallaba totalmente fuera de onda, no fui consciente de las primeras manifestaciones de ACT UP, pero Nora sí. Nora tenía una capacidad innata para ser una aguafiestas. Aun siendo una chica de New Hampshire, Nora parecía una auténtica neoyorquina. Yo nunca dejé de ser un chico de New Hampshire.

A Nora le cabreaba que el presidente Reagan siguiera presionando al Congreso para que Dios volviera a las aulas; los gais morían a montones, pero al presidente le importaba más un momento de recogimiento en las escuelas públicas que el sida. En 1987, fue el silencio de Reagan sobre el sida lo que llevó a que ACT UP uniese fuerzas con los chicos que idearon el póster SILENCE=DEATH: un póster completamente negro con un triángulo rosa apuntando hacia arriba. SILENCE=DEATH, silencio igual a muerte, aparecía en mayúsculas blancas, bajo el triángulo. Ese cartel se convirtió en la imagen de ACT UP; más tarde, harían camisetas. Nora intentó convencer a los del Gallows Lounge para que permitieran a sus camareros llevar camisetas de SILENCE=DEATH, pero los imbéciles de la dirección dijeron que a un club de comedia no le interesaba mantener una política monotemática. El Gallows Lounge permitió que Nora y Em llevaran las camisetas, pero a Em no le gustaba cómo le quedaba a Nora aquella camiseta, no en público. La camiseta en cuestión hacía que las tetas de Nora parecieran protestar contra algo por sí mismas. En la camiseta SILENCE=DEATH, el triángulo rosa formaba un ángulo extraño justo encima de los pechos de Nora, apuntando hacia su garganta. Habría más carteles de los creadores de SILENCE=DEATH. Quizás recuerdes su póster AIDSGATE: en el que Reagan aparecía con la cara verde y los ojos rosas de una rata de laboratorio. Si dicho póster acabó siendo una camiseta, yo nunca vi a Nora con una de ellas.

En 1988, Nora fue una de las mujeres de ACT UP que protestaron contra un engañoso artículo publicado en la revista *Cosmopolitan*, en el que un médico afirmaba que la transmisión del VIH de pene a vagina era prácticamente imposible. El médico resultó ser psiquiatra y no quiso retractarse (ni disculparse) por el artículo. Más de cien mujeres protestaron frente al edificio Hearst. «¡Di no a *Cosmo!*», gritaban. Algunas mujeres llevaban pancartas: SÍ, ¡LAS CHICAS COSMO PUEDEN CONTRAER EL SIDA! A Nora le decepcionó que no detuviesen a nadie, pero ella salió en televisión. Em escribió que se sentía aliviada de que Nora llevara algo más que una simple camiseta cuando salió en la tele.

«Estamos en enero, Em, todo el mundo lleva algo más que una camiseta», le escribí a modo de respuesta. Em seguía manteniendo las distancias con ACT UP, pero Nora estaba orgullosa de formar parte del colectivo, y la carrera del señor Barlow como editora se estaba diversificando. No solo las editoriales de novela negra e intriga querían que trabajara para ellos, había otras tantas editoriales interesadas en ella. La de las raquetas pronto iba a convertirse en la editora independiente que quería ser. Nora era la única beligerante nata entre nosotros. Em temía que Nora se dejase llevar. Los dos sabíamos que Nora podría defenderse, si alguna vez la arrestaban.

En las estaciones de esquí, el tiempo se detiene; pierdes la noción del paso de las horas cuando estás allí. En Wengen, a finales de los ochenta, olvidabas que el sida se había convertido en una pandemia o que detenían a gente por manifestarse. En Wengen, a Elliot y a mí nos costaba ubicarnos, estábamos perdidos o confusos todo el tiempo. Para empezar, no se trataba únicamente de Wengen: en las estaciones de esquí de todo el mundo, las raquetas de nieve ya no eran bienvenidas. Al señor Barlow y a mí los esquiadores nos ponían mala cara cuando íbamos por el pueblo con nuestras raquetas. Mi madre y los pequeños Barlow no se alegraron tampoco al comprobar que en las estaciones de esquí rechazaban a los que utilizaban raquetas de nieve.

—Elliot y tú tendríais que alquilar unos esquís y esquiar con nosotros, cariño —me dijo sin amago alguno de dulzura.

Uno de los viejos jefes de estación de Wengen le dijo a Elliot Barlow que tomara el tren a Interlaken: creía que había pistas para raquetas de nieve cerca de uno de los lagos. Uno de los jefes de estación de Wengen más joven le llevó la contraria a su colega. Le aconsejó a la de las raquetas que tomara el Wengernalpbahn hasta Kleine Scheidegg; el tren de Wengernalp era de cremallera. Desde Kleine Scheidegg podía tomarse el tren a Jungfraujoch. Los mejores recorridos para hacer con raquetas de nieve estaban *oben* («arriba»), le dijo a Elliot un pistero. «Arriba» significaba Kleine Scheidegg, donde se podía caminar con raquetas de nieve por encima de la línea de árboles, o bien se podía tomar un segundo tren hasta Jungfraujoch, la estación a mayor altura. Podíamos ver la Jungfrau desde nuestro hotel en Wengen. *Obenan,* le dijo otro pistero a la de las raquetas, «en la cima». Los lentos trenes cremallera tenían locomotoras eléctricas. Se podía ascender la montaña junto a las vías del tren; eso fue lo que nos sugirió, sin mucho entusiasmo, otro de los pisteros.

La de las raquetas había estudiado con atención el tren de cremallera: ambos costados del lecho del ferrocarril parecían demasiado estrechos para caminar con raquetas de nieve, concluyó. ¿Y si pasaba un tren? ¿Y si tenías que cruzar túneles o puentes? Para ascender junto a las vías del tren sería mejor llevar botas de montaña, dijo la de las raquetas. Sabía que era su forma de decirme que no caminara con raquetas de nieve junto a las vías del tren.

—Los pisteros no quieren raquetas de nieve en las pistas, no en las laderas más bajas —me dijo la pequeña profesora de inglés, aunque en realidad ninguno de los pisteros había dicho eso.

Me había llevado conmigo a Wengen la novela que estaba escribiendo y mi intención era ponerle allí el punto final a un capítulo difícil. Pensaba escribir por las mañanas en la habitación del hotel, pues imaginaba que por las tardes me reuniría con el señor Barlow para hacer excursiones con raquetas de nieve. El tren cremallera complicó nuestros planes de encontrarnos a mediodía.

—Hay que tomar dos trenes para llegar a Jungfraujoch y allí hace mucho más frío —me dijo la de las raquetas. Sabía lo que ella quería: más ejercicio y menos tiempo en el tren. Pensaba tomar un único tren, el de Wengen a Kleine Scheidegg. Se tardaban unos treinta minutos en llegar, y Elliot había decidido que las raquetas de nieve serían *gut genug*. Mi alemán era rudimentario, pero sabía cómo se decía «lo bastante buenas».

Los esquiadores hacían sus propios planes: donde esquiaban, tomaban los telesillas; no necesitaban ninguna clase de trenes. Yo sabía cómo esquiaban mi madre y Molly: tenían más de sesenta años, pero seguían esquiando con decisión. Empezaban a esquiar acompañadas por el pequeño Barlow, solo un par de descensos para calentar. Luego, mi madre y Molly se iban por su lado, buscaban pistas más difíciles y dejaban que los pequeños Barlow esquiaran solos. John y Susan Barlow nos habían dicho que les gustaba esquiar en las pistas más amables. En el pueblo de Wengen había una estación de tren y otra de telecabina, a un paseo desde nuestro hotel. Por la noche, nos reuníamos todos para cenar en el restaurante del hotel. Pero yo no tuve en cuenta la configuración del terreno.

En nuestro primer día completo en Wengen, todos hicieron sus planes y se marcharon sin mí. Escribí toda la mañana en la habitación del hotel y terminé el capítulo difícil. Pensaba que al día siguiente podría ir a caminar con raquetas de nieve. Me puse las botas de montaña y caminé en dirección contraria, hacia la estación de la telecabina, no a la del tren. Una vez allí, tuve problemas para entender al jefe de estación: o mi alemán era pésimo o su suizo-alemán era demasiado difícil para mí, o ambas cosas. Iba de excursión *oben;* al menos la palabra *arriba* se entedía. No fui caminando entre las vías del tren, sino por el lado. Había dos estaciones entre Wengen y Kleine Scheidegg. El jefe de estación dudó de que yo fuese capaz de llegar hasta Kleine Scheidegg; eran las primeras horas de la tarde. Creo que dejé claro que mi intención era tomar el tren de vuelta a Wengen, pero la razón para hacerlo iba más allá de mi mal alemán. En una de las dos estaciones por encima de Wengen, tomaría el tren de bajada. No le haces ningún favor a tus rodillas si intentas descender una montaña a pie o con raquetas de nieve, pero no fui capaz de explicarlo en alemán.

Era mi primer día de excursión por la montaña y me lo tomé con calma. ¿Qué tendría de malo esquiar con mi madre?, me dije. Mi determinación de no esquiar ya no era tan intensa como antes. ¿Acaso no habían quedado atrás las imprescindibles rebeliones de la infancia y de la adolescencia?, le pregunté a la de las raquetas. Podíamos hacer muy felices a mi madre y a los pequeños Barlow si esquiábamos con ellos. Y habida cuenta de cómo trataban en las estaciones de esquí a los que llevaban raquetas de nieve, resultaría menos molesto esquiar.

—Lo sé, lo sé..., y, muy a nuestro pesar, sabemos esquiar —me había dicho Elliot Barlow con un suspiro.

—Lo que no te gusta de tus padres es cómo escriben, no su pasión por el esquí... Ya no —le recordé al guapo señor Barlow. A ella, realmente, le gustaban sus padres, pero no su forma de escribir, pero no era mi intención hacerla sentir culpable por no esquiar. Era una cuestión sobre la que la de las raquetas de nieve y yo seguíamos debatiendo. Habíamos dejado claro el tipo de ejercicio que preferíamos, pero no nos haría ningún daño esquiar de vez en cuando, ¿verdad?

El paso de los trenes había levantado la nieve en polvo del lecho del ferrocarril. Allí donde la nieve era más profunda, había un sendero que aparecía y desaparecía. En tramos cortos, la nieve del camino estaba pisada por excursionistas. Había un puente, un paso estrecho, donde esperaba no encontrarme con ningún tren. No recuerdo túnel alguno; me habría dado miedo entrar en un túnel. A uno de los lados del tren cremallera se extendía una ladera montañosa: un bosque cubierto de nieve, con picos glaciares por encima de la línea forestal. Al otro lado de las vías del tren, entreví a los esquiadores, de vez en cuando oía sus voces, pero no podía verlos con claridad. Eran esquiadores fantasma. El ferrocarril corría paralelo a la pista. «Esta caminata no tiene sentido, perfectamente podría estar esquiando», me dije. Sin embargo, el ascenso me sentó bien. Era un día inusualmente caluroso, se notaba la presencia del sol. Me iba desprendiendo de capas de ropa y las metía en la mochila a medida que ascendía. Pasó un tren, sin generar alarma ni crear accidente alguno. Disponía de espacio suficiente para seguir caminando.

El jefe de estación de Allmend me saludó con un gesto cordial. Como era de esperar, aunque de un modo amistoso, me dijo que *aufpassen* («tuviera cuidado») con el *Zug (Zug* significa «tren»). Llevaba conmigo un pequeño mapa. El jefe de estación era un tipo servicial y se ofreció a indicarme en qué punto la pendiente se hacía más pronunciada. La siguiente estación estaba casi a la misma altitud que Kleine Scheidegg, me explicó el jefe de estación.

—*Lawine!* —exclamó de pronto, sin venir a cuento, el jefe de estación.

En las estaciones de esquí de Austria y Suiza había aprendido la palabra *avalancha*. El jefe de estación se percató antes que yo. Una capa de nieve helada se desprendió del glaciar sobre el bosque, la nieve emitió un profundo silbido y descendió entre los árboles. Vimos cómo árboles enteros eran arrastrados ladera abajo por la avalancha de nieve. En la estación de Allmend no corrimos peligro. Vimos pasar la avalancha por debajo de nosotros, en ángulo recto respecto a la vía del tren. No pudimos apreciar si la avalancha avanzaba con suficiente impulso para cruzar las vías del tren, ni dónde podría haber entrado en contacto con un posible tren a mitad de camino, tan solo pudimos suponer que estaría más cerca de Wengen que de la estación de Allmend. El jefe de estación corrió hacia su radio, en el interior de la estación. Cuando reapareció, señaló las vías en dirección a Wengen; hablaba tan rápido que solo pude entender la palabra *Zug*. La avalancha había alcanzado a uno de los trenes, eso sí lo entendí. Empecé a trotar montaña abajo. El lecho del ferrocarril era más llano junto a los tres raíles. Mis rodillas acabarían notándolo, pero la altitud no me afectó tanto de bajada. Estaba bastante seguro de que no iba nadie que yo conociese en ese tren. Elliot Barlow se había colocado sus raquetas de nieve y se había ido a Kleine Scheidegg, así que no tomaría el tren de vuelta a Wengen hasta el final de la tarde.

Llegué tarde al lugar del accidente. La avalancha había apartado de las vías tres de los vagones. Cuando llegué, la mayoría de los pasajeros habían sido evacuados de los vagones descarrilados; había más rescatadores que víctimas. Los vagones semienterrados por la nieve habían caído de lado y se habían deslizado por el terraplén del ferrocarril, deteniéndose al llegar a la pista de esquí. Los primeros en llegar fueron los esquiadores que se encontraban en la pista. Desde Wengen, podían verse los vagones volcados. Algunos vecinos del pueblo habían subido a la pista para ayudar a las personas atrapadas en los vagones. Había mucha sangre, debido a los cortes en la cara producidos por los esquís que habían salido volando. Vi sangre en la nieve y laceraciones en los rostros de los esquiadores que se habían cortado con los bordes afilados de los esquís dentro de los vagones descarrilados. Subí a uno de los vagones tumbados para asegurarme de que no quedaba nadie dentro. La mayoría de las ventanillas del tren que habían quedado presionadas contra la nieve de la pista de esquí estaban intactas. Los laterales de los vagones que daban al cielo tenían más ventanillas rotas. Me pregunté si los primeros rescatadores habían tenido que romper las ventanillas para entrar; tal vez las puertas del tren solo podían abrirse desde dentro.

Oí los gritos del niño histérico, pero no entendí lo que decía. Como era de esperar, gritaba en alemán. Formaba parte de la última familia rescatada de los vagones de pasajeros volcados y semienterrados, pero daba la impresión de que el niño quería decir que había más personas que necesitaban ser rescatadas, más niños, por lo que pude entender de su alemán. El chico no dejaba de repetir las mismas palabras. Una frase corta y explicativa fácil de entender.

—*Man muss ihnen helfen!* —gritaba el niño sin dejar de llorar; tendría unos seis o siete años. Sus padres no podían consolarlo. El padre lucía un feo corte en el puente de la nariz, producido por uno de los esquís voladores. «¡Que alguien les ayude!», había declarado el niño.

Un rescatador salió de uno de los vagones, el del medio, el que el niño no dejaba de señalar.

—*Niemand..., niemand...* —repetía el rescatador. «Nadie..., nadie...»

El resto de las frases que gritaba el niño eran más largas o confusas, o ambas cosas. Pude distinguir la palabra *Fenster,* que significa «ventana», y algo sobre *ihre kleinen Gesichter* («sus caritas»), que me hizo imaginar las caras de los niños.

Los pobres padres, pensé; tenían que acarrear con sus esquís y bastones, y también con los esquís y bastones del niño. Y el padre, con la nariz herida y sangrando, tenía que arrastrar a su hijo histérico para apartarlo del tren descarrilado. Podrían haberse puesto los esquís y esquiar hasta el pueblo, pero el niño estaba demasiado alterado para esquiar. Vi cómo la familia se deslizaba por la pista de esquí en dirección a Wengen. Un helicóptero de emergencias médicas había aterrizado en la pista. Llevaron a una mujer embarazada en camilla desde los vagones derribados hasta el helicóptero. La trasladaban a un hospital cercano en Interlaken. Uno de los socorristas me explicó que, aunque la mujer no presentaba signos de aborto, había recibido una fuerte sacudida en la avalancha y estaba asustada. Cuando volví a la habitación del hotel, la noticia de la avalancha de Wengen ya aparecía en la televisión. No me costó entender que no había habido muertos ni heridos graves. Incluso entendí los detalles de interés humano de la historia: la mujer embarazada y su hijo por nacer estaban bien. Me resultó más fácil entender las noticias de la televisión que al niño histérico.

Mi madre y Molly pasaron un buen día esquiando. Cuando regresaron a Wengen al final del día, pasaron junto a los vagones descarrilados, preguntándose qué le habría pasado al tren. La de las raquetas se había enterado de la avalancha porque su tren de vuelta a Wengen desde Kleine Scheidegg se había retrasado. Los vagones descarrilados pasarían la noche en la nieve, pero alguien tenía que mover la locomotora y comprobar el riel dentado central entre los raíles laterales.

Mi madre, Molly y yo estábamos sentados en nuestra mesa del restaurante del hotel. Nos estábamos preguntando dónde estarían Elliot y los pequeños Barlow, cuando la de las raquetas se acercó a nuestra mesa. Estaba sola y no quería sentarse. Sus padres no habían vuelto al hotel después de esquiar.

—A su edad, suelen dejar de esquiar antes de que acabe el día. Debería de haber ido a esquiar con ellos —dijo. Estaba nerviosa y mi madre intentó tranquilizarla diciéndole que todo estaría bien. Los pequeños Barlow eran muy sociables, les encantaba hablar con desconocidos. Con toda probabilidad habrían conocido a otros esquiadores de su edad. Estarían tomando una cerveza o una copa de vino, dijo mi madre. De repente, la familia del niño histérico entró en el restaurante del hotel. La madre y el padre estaban hablando del vendaje que tenía en la nariz, pero dejaron de hablar al verme. Me reconocieron del lugar del accidente y me saludaron con educación, a su reservada manera. El niño también me reconoció. Estaba calmado, pero seguía mirándome fijamente, como si tuviera algo más que decir.

—Alemanes —dijo en voz baja la de las raquetas de nieve. Su alemán era tan bueno que podía identificar acentos en conversaciones fortuitas. La familia alemana estaba sentada a una mesa contigua. Un panecillo captó la atención del muchacho y, por el momento, dejó de mirarme.

Bajé la voz cuando les conté a Molly y a mi madre el drama que había vivido aquella familia alemana en el lugar donde la avalancha había golpeado al tren; lo hice porque no quería que la familia alemana supiera que estaba hablando de ellos, y también para forzar a Elliot Barlow a que se sentase con nosotros a nuestra mesa. La de las raquetas de nieve se interesó por la historia y acabó sentándose.

—*Man muss ihnen helfen!* —susurré, haciéndome eco de lo que el histérico niño alemán no dejaba de repetir.

—¡Alguien debería ayudarles! —susurró Elliot a su vez, traduciendo para mi madre y Molly.

—¿El muchacho creía que quedaba gente en el tren? —me preguntó Molly, también en un susurro.

—El chico dijo algo de «sus caritas»; sonó como *ihre kleinen Gesichter,* si no le oí mal —le dije a la de las raquetas de nieve, que miraba fijamente al chico.

—¿Se refería a las caritas de los niños, cariño? —me susurró mi madre.

En ese momento, el niño alemán dejó de juguetear con el panecillo de la cena. Estaba mirando en nuestra dirección cuando, de repente, clavó la mirada fijamente en el guapo señor Barlow, y se quedó paralizado al verle la pequeña cara. Ahora el chico no estaba histérico, estaba tranquilo, aunque temblaba, cuando se puso de pie (sin el panecillo de la cena) junto a la mesa de su familia, y señaló al de las raquetas de nieve.

—*Ihre kleinen Gesichter waren wie ihr Gesicht!* —exclamó el niño alemán.

—¡Sus caritas eran como la cara de ella! —nos tradujo la pequeña profesora de inglés—. Se refiere a *mi* cara —añadió Elliot, aunque nos quedó muy claro a quién se refería el niño.

—*Ich habe ihre kleinen Gesichter am Fenster gesehen* —le dijo el niño al señor Barlow.

—He visto sus caritas en la ventana —nos tradujo la pequeña profesora de inglés.

—*Unter dem Zug* —gritó el niño con firmeza, como si nadie hubiera querido escucharle. Por la expresión de asombro de sus padres, así había sido. Elliot Barlow se quedó boquiabierto.

—¡Bajo el tren! —nos tradujo la pequeña profesora de inglés.

Volvía a ponerse de pie y se acercó al niño de la familia alemana. Oí la palabra *Kinder* (la palabra alemana para *niños)* en lo que la de las raquetas le preguntó al chico.

—*Nein!* —dijo de inmediato el muchacho antes de empezar a balbucear. Dijo algo más sobre *Gesichter;* qué fue exactamente lo que dijo sobre las caras no llegué a entenderlo.

—No eran caras de niños. Las caras pequeñas pertenecían a dos ancianos, un hombre y una mujer, que habían quedado debajo del tren —nos dijo la de las raquetas de nieve. Pudimos apreciar que estaba llorando. La madre y el padre del niño alemán hablaban con ella, pero yo no entendí lo que le decían ni lo que Elliot Barlow les respondió; solo llegué a captar la palabra *Eltern,* que significa «padres».

La de las raquetas seguía llorando cuando nos lo explicó todo a mi madre, a Molly y a mí. La madre y el padre del niño alemán no habían entendido lo que decía su histérico hijo. Las caritas que había visto el niño estaban fuera del tren, no dentro. Las víctimas que habían dejado allí no estaban en el tren descarrilado, sino debajo del mismo.

—Creo que su hijo vio a mis padres —les dijo la pequeña profesora de inglés a la madre y el padre del niño alemán. Se correspondía con lo que la de las raquetas de nieve había dicho antes sobre los pequeños Barlow: eran escritores de novelas de suspense, sentían debilidad por los desastres.

Elliot y yo dejamos a Molly y a mi madre, y también a la familia alemana, en el restaurante del hotel. Los dos policías se reunieron con nosotros en el vestíbulo, después de que nos hubiéramos puesto ropa adecuada y raquetas de nieve. Tal como el señor Barlow había pedido, los policías acudieron al encuentro con dos linternas extra para nosotros. Daba la impresión de que habíamos tenido que esperar una eternidad a que aparecieran los dos policías. Para cuando llegaron al hotel, Elliot y yo ya nos habíamos hecho una idea bastante precisa de la historia de los pequeños Barlow, entre los dos elaboramos la trama de lo que imaginábamos que le había ocurrido al equipo de escritores. La pequeña profesora de inglés y yo éramos, respectivamente, una veterana lectora de ficción y un dedicado escritor de ficción. Elliot imaginó que sus padres decidieron dar por terminada la jornada a media tarde. Habían estado esquiando de vuelta a Wengen. Ya se encontraban cerca de la base de la montaña, un poco por encima de la estación de la telecabina, cuando debieron de ver el comienzo de la avalancha. La masa de nieve descendente aún debía de encontrarse por encima de la línea de árboles. Desde el lugar en el que se encontraban los pequeños Barlow —en la pista de esquí, con el terraplén del ferrocarril entre ellos y la avalancha— tal vez les pareció seguro echar un vistazo más de cerca.

—¿Crees que podrían haber sorteado el terraplén con los esquís? —le pregunté a Elliot.

—Ellos no. A mí nunca me habrían dejado sortearlo. Incluso de niño me obligaban a ir en espiga —dijo la de las raquetas.

Imaginamos a los pequeños Barlow esquiando fuera de pista, subiendo en espiga por el terraplén, para ver mejor la avalancha al otro lado de las vías del tren cremallera. Como escritores de novelas de suspense, sentían debilidad por los desastres.

—Y entonces llegó el tren, y les impidió ver el ímpetu creciente que había adquirido la avalancha al atravesar la arboleda —dijo la de las raquetas.

Elliot y yo creíamos que lo habíamos visualizado todo, excepto sus caritas apretadas contra la ventanilla del tren que los aplastó, arrastrando a los pequeños Barlow por el terraplén, de vuelta a la pista de esquí. Habría sido muy duro visualizar esa parte.

Mi madre había querido que Molly fuera con nosotros.

—Deberíais llevaros a Molly con vosotros, es una antigua pistera. Ha visto muchos accidentes —dijo mi madre.

No es que la de las raquetas no quisiera que Molly viniera con nosotros, pero a Elliot no le gustaba que mi madre se quedara sola. Mi madre se sentiría más preocupada estando sola, pensó la pequeña profesora de inglés.

—No se trata de un rescate, Ray, no tengo esperanza alguna de salvarlos. Creo que son hechos consumados —dijo la de las raquetas de nieve.

—He visto algunos hechos consumados, Elliot. Los hechos consumados son los peores —le dijo la allanadora nocturna. En un primer momento, Elliot no quiso atender, pero yo seguí rogándole que nos lleváramos a Molly con nosotros.

Para cuando los dos policías llegaron al vestíbulo, mi madre y

Molly —por no hablar de la familia alemana— habían terminado de cenar y esperaban en el vestíbulo con nosotros. La pistera ya se había puesto la ropa adecuada.

—Le pedí a la policía que solo trajera dos linternas extra —le dijo Elliot a Molly, que se limitó a palpar su mochila. La conductora de la pisanieves estaba acostumbrada a llevar su propia linterna—. Supongo que la pistera viene con nosotros, Adam —dijo la de las raquetas de nieve. Mi madre no dejó de abrazar al guapo señor Barlow hasta que llegó la policía. El policía que habló con nosotros nos dijo que le llamáramos Werner. El policía que guardaba silencio no nos dijo su nombre.

Hacía frío. La dura nieve de la pista estaba seca y chirriaba bajo nuestras botas. No podíamos seguir el ritmo de la pistera, incluso a sus sesenta años, Molly fue la primera en llegar a los vagones descarrilados. Sabía que los pequeños Barlow estaban debajo del vagón del medio: se subió al vagón y se metió dentro antes de que llegáramos nosotros. Mientras ascendíamos, la de las raquetas de nieve les relató a los policías la posible trama de la muerte de sus padres. La lógica de los escritores de *thrillers* amantes de los desastres, cuando se trataba de avalanchas, era claramente contraria al sentido común, les dijo la pequeña profesora de inglés a los policías. Werner, que había visto la película *El beso en Düsseldorf,* se lo hizo saber a la de las raquetas de nieve. Los pequeños Barlow eran esquiadores experimentados, deberían haber desconfiado de la avalancha, no deberían haberse acercado. Sin embargo, los padres de Elliot también eran experimentados escritores de novelas de suspense. Me pareció oír a Elliot diciéndole a Werner que lo que había acabado con sus padres era su atracción por los desastres; algo que yo interpreté como propio de sus genes de escritores (o algo por el estilo).

—*Was denkst du?* —oí que le preguntaba Werner a su silencioso compañero. («¿Qué te parece?», le había preguntado al policía que no hablaba.)

—*Möglich* —respondió el policía de pocas palabras. («Posible», había respondido el policía minimalista.)

Solo vimos la cabeza y los hombros de la pistera en la puerta abierta del vagón de en medio. Por la expresión de la cara de Molly, había encontrado lo que buscaba. La de las raquetas de nieve se lo había imaginado todo acertadamente.

—No deberías verlos, Elliot —le dijo Molly.

—Debería haber esquiado con ellos, Molly. Tengo que verlos —dijo la de las raquetas. Los pequeños Barlow habían temido que el sida causara la muerte de su hijo gay y, más tarde, de su hija transexual. Durante la pandemia del sida, nos asustaba mucho la muerte de aquellos seres queridos que suponíamos vulnerables; había una especie de olvido o de relajación respecto al resto de las cosas que podían matarnos.

No es que ver sus caritas apretadas contra la ventanilla del tren fuera peor que cualquier cosa que Elliot hubiera imaginado, pero lo fue. Y cuando estuvimos todos dentro del vagón, con nuestras linternas sobre sus rostros congelados, nadie se atrevió a afirmar (ni en inglés ni en alemán) que los pequeños Barlow no hubieran *sufrido,* porque sin duda lo habían pasado mal, aunque solo hubiese sido durante unos segundos. No tardaron en morir, eso seguro.

Lo que iba a grabarse en la memoria de la aficionada a las raquetas de nieve lo vio reflejado en sus caritas en aquellos terribles segundos: el reconocimiento, por parte de los guionistas de *thrillers,* de la magnitud de su error de cálculo, de cómo no habían sido capaces de imaginar una fuerza de la naturaleza capaz de causar daños catastróficos del estilo de una intriga criminal o política. Pude apreciar el miedo al dolor, o el dolor real pero fugaz, en las caras de los pequeños Barlow. Vi cómo sus naricitas quedaron aplastadas contra la ventanilla y cómo su piel acabó blanqueada por el frío, como si su sangre helada pretendiera mimetizarlos con el gris blanquecino del hielo. Pero la pequeña profesora de inglés leyó en las expresiones de sus padres más de lo que yo fui capaz de ver. Lo que ella captó se me había escapado. Había visto «una especie de arrebato de éxtasis, o al menos de alivio», en sus rostros congelados, declararía más tarde la de las raquetas. Yo no aprecié semejante éxtasis en las expresiones de asombro de los pequeños Barlow, pero la pequeña profesora de inglés me señalaría más tarde lo que me había perdido. Había visto (o imaginado) «la intensa alegría, o al menos el alivio», que sintieron sus padres al ser conscientes de que su hijo les sobreviviría. En el caso de los padres de Elliot, dicho éxtasis lo explicaba el hecho de saber que su único hijo no había muerto antes que ellos ni tampoco al mismo tiempo.

—Por una vez, se alegraron de que no estuviese esquiando con ellos —dijo la de las raquetas de nieve.

Aquella gélida noche, en el vagón descarrilado, no hablamos mucho más que el policía al que llamaré Möglich, porque aquel policía de una sola palabra nunca nos dijo su nombre y *möglich* era todo lo que había dicho hasta entonces. En el helado vagón, nuestras respiraciones empañaban la ventanilla sobre la que la de las raquetas se había arrodillado y lloraba. Los dos policías fueron pacientes con el guapo señor Barlow, que se tomó su tiempo para despedirse de sus padres. Sus caritas iban desapareciendo del otro lado de la ventanilla empañada, mientras su cariñosa hija limpiaba una y otra vez el cristal con su guante de esquí.

—Deberíamos decírselo a Ray. Su preocupación irá en aumento a medida que pasen las horas —dijo finalmente la pistera.

—Se lo diremos juntas, Molly —dijo la de las raquetas. Las vi descender por la montaña. Incluso yendo de la mano, aquellas dos sabían cómo caminar sobre la nieve.

—Deberías esquiar con tu madre, niño —me dijo Molly antes de que ella y Elliot me dejaran en el lugar de la avalancha con los dos policías. Los policías querían volver a comprobar el cartel de EINTRITT VERBOTEN, las demás señales de prohibido el paso y las luces eléctricas con pilas en la zona del accidente, que la policía había acordonado.

En mi mal alemán, intenté contarles a Werner y Möglich lo que estaba pensando. Si el guapo señor Barlow hubiera estado esquiando con sus padres, tal vez les habría impedido subir al terraplén para ver mejor la avalancha. Por otra parte, no había mejor maestro que la infancia. Siendo niño, a la de las raquetas le habían enseñado a subir en espiga por los desniveles. Podría haber subido en espiga por el terraplén tras ellos, o bien les habría indicado el camino.

Werner no expresó su opinión.

—*Was denkst du?* —le preguntó Werner a Möglich cuando iniciamos el descenso de la montaña, como si hubiera alguna duda sobre lo que pensaba Möglich.

En cuestiones de caos, ya fuera provocado por el hombre o por elementos de la naturaleza, el policía de una sola palabra era un hombre con experiencia.

—*Möglich* —dijo Möglich, tras una fingida pausa reflexiva. Por supuesto, todo era *posible*. Ese era el comentario más práctico. Más que la belleza está en el ojo del que mira, pensé yo al volver la vista atrás, a la montaña nocturna, y vi el tren descarrilado, tendido sobre la nieve.

Bajo el chillón fulgor de las luces eléctricas con pilas, los vagones descarrilados parecían desprender un brillo sepulcral. En la envolvente oscuridad, no quedaba rastro del ferrocarril ni del terraplén, tan solo la ladera para esquiar, que se elevaba hacia una insondable oscuridad. Alguien que observase el lugar de la avalancha desde esta perspectiva, por primera vez, podría pensar que los vagones descarrilados habían caído del cielo. El tren parecía una tumba, un santuario sagrado, no solo porque los pequeños Barlow yacían muertos y enterrados bajo él. Aquella gélida noche, el tren descarrilado me pareció un sepulcro para todas las almas perdidas o muertas que están en tránsito, como un día lo estaremos todos, me dije.

—De acuerdo, esquiaré con ella. Le pediré que esquíe conmigo, ¡lo prometo! —grité montaña abajo, en dirección a aquellas dos figuras en contraste. La aparente giganta, Molly, le había pasado el brazo alrededor de los hombros a la aparente niña, el guapo señor Barlow. Podía oír sus voces, pero ellos no me oían a mí; hablaban como locos. En ese momento, me olvidé de que estaba bajando la pista con los policías suizos.

—*Sagen Sie das bitte noch einmal* —dijo Werner cortésmente. («Por favor, vuelva a decirlo.») Vi que la pistera y la de las raquetas de nieve ya casi habían llegado al pueblo. Las luces de Wengen brillaban allí abajo. Estábamos tan cerca del pueblo que me pareció distinguir incluso nuestro hotel; llegaríamos en unos minutos. Con mi mal alemán, no fui capaz de contarles a los policías suizos lo que significaba para mí esquiar con mi madre.

—*Meine Mutter...* —empecé a decir. Les conté que ella me había enseñado a esquiar, pero que yo odiaba esquiar, y por eso había dejado de esquiar con ella. Ahora creía que debía esquiar con ella, dije, pero a saber el lío que había montado con mi explicación (en alemán), o si los policías suizos llegaron siquiera a entenderme.

A esas alturas, ya sabía que Werner no me daría su opinión, si es que alguna vez la expresaba.

—*Was denkst du?* —volvió a preguntarle Werner a Möglich.

Sabía que era un gesto rutinario y estaba empezando a cansarme. Teniendo en cuenta la historia sobre madre e hijo que acababa de contarles —por breve o mala que fuera—, la palabra *posible* no tenía ahora ningún sentido.

Que Möglich respondiese con la palabra *möglich* no sería más que un gesto *estúpido,* me dije, pero el taciturno policía me sorprendió. Möglich sabía hablar inglés. Me había oído hablar en alemán lo suficiente como para dudar de mis capacidades o incluso de si entendía su idioma.

—Con nuestras madres siempre estamos solos —me dijo Möglich. Me doy cuenta ahora de que parece una traducción. En alemán, lo que Möglich pretendía decir seguramente habría sido más claro. Pero para mí fue suficiente, y me sigue sonando a verdad.

—Había dos mujeres contigo, la grande y la pequeña, que hablaba alemán. ¿Cuál de las dos era tu madre? —me preguntó Werner. Al ver que Möglich había tomado la iniciativa, Werner también me habló en inglés.

Antes de que pudiera responder, Möglich nos interrumpió. El antes policía de una sola palabra, al parecer, ahora tenía ganas de hablar.

—Había *tres* mujeres con él, contando la que está en el hotel —corrigió Möglich a su compañero. Habíamos llegado a Wengen; casi estábamos de vuelta en el hotel. Antes de que pudiera decirles quién era mi madre, Werner quiso saber qué pensaba Möglich.

—*Was denkst du?* —le preguntó Werner a Möglich.

Esta vez no hubo vacilación. Möglich no necesitó fingir que se lo pensaba.

—Eres un hombre con suerte: esas tres mujeres te adoran —dijo el policía suizo—. Pero la que más te quiere es la que está en el hotel. Deberías esquiar con ella —dijo Möglich.

—Sí, deberías esquiar con ella —dijo Werner, siguiendo una vez más el ejemplo de Möglich. De ese modo, quedó decidido: aprendería a esquiar... una vez más. Nunca se supera la infancia, no hasta que estás bajo el tren; *unter dem Zug.*

40
La noche de los Papás Noel

Había otro marine en ciernes en el gimnasio de Exeter cuando yo luchaba allí. Sam era nuestro titular en la categoría de cincuenta y cinco kilos el año antes de graduarme. A todo el mundo le gustaba. Sam ya era prácticamente un marine incluso antes de estudiar en Exeter: había nacido en la base del Cuerpo de Marines en Quantico. Pasó de Exeter a la Academia Naval de Estados Unidos y sirvió durante dos periodos en Vietnam. Tuvimos nuestras diferencias sobre la guerra, pero fuimos buenos amigos en Exeter y seguimos siéndolo después. Sam, héroe condecorado, recibió la Estrella de Plata por su valor en combate, y un Corazón Púrpura, que se recibe cuando resultas herido. También le dieron la medalla Estrella de Bronce, pero he olvidado el motivo.

Sam y yo no entrenábamos juntos cuando éramos compañeros en el equipo de lucha de Exeter, no teníamos el peso adecuado para luchar el uno contra el otro. Sam era un tipo menudo. Elliot Barlow fue el principal compañero de entrenamiento de Sam en Exeter. El Cuerpo de Marines ascendería a Sam a general de brigada en 1989, y a general de división y teniente general en 1992. Sam iba a alcanzar el grado de general en 1995, el mismo año en que se convirtió en comandante del Cuerpo de Marines. En mi opinión, y en la del señor Barlow, Sam siempre fue una persona muy decidida, positiva y justa. Sam estaba muy lejos del peso pesado de reserva sin nombre, al que llamábamos *nuestro* marine.

Pesar ochenta y seis kilos era un mísero consuelo en comparación con ser «el general», como la de las raquetas y yo llamábamos a Sam. También llamábamos a Sam «el marine bueno», para distinguirlo del peso pesado, que para nosotros era «el marine malo», el otro nombre que le habíamos otorgado a *nuestro* marine, cuyo auténtico nombre nadie podía recordar de entre las monosilábicas expresiones de la vida propia de los internados.

—Demasiadas sílabas para recordar. Una familia mercantil de Nueva York; originalmente, un apellido inglés —me dijo la pequeña profesora de inglés. Había encontrado una foto de aquel muchacho saturnino, demasiado grande para pesar ochenta kilos, pero demasiado pequeño para ser un peso pesado titular. Elliot Barlow tenía su propia colección de anuarios de Exeter, de todos los años en los que había sido profesor y entrenador en la academia. Encontró en uno de ellos al poco sonriente Emory Trowbridge en la última hilera, en la foto del equipo de lucha. La melancolía parecía haber acompañado siempre a Emory. ¿Acaso era el constante pesimismo una característica de la familia Trowbridge, tal vez propia de todos los Trowbridge, o la melancolía era algo exclusivo de Emory?

—Nuestro marine no ha cambiado mucho, ¿verdad? —me preguntó el guapo señor Barlow mientras observábamos al pequeño peso pesado en la foto del equipo de lucha. El odio de Emory Trowbridge aparecía refrenado incluso entonces, incluso siendo adolescente. No era de extrañar que nadie se acordara de él. Emory Trowbridge no había hecho nada destacable; tal vez, siendo adolescente, también se había abstenido a la hora de decir lo que pensaba. La de las raquetas y yo sabíamos que nuestro marine había dejado atrás su juvenil reticencia a expresarse. Cabía suponer que su paso por el Cuerpo de Marines le había aportado una mayor confianza en sí mismo; tal vez esa experiencia había moldeado, o endurecido, sus opiniones políticas. Nos había confesado (con amargura, aunque sin ira) que el Cuerpo de Marines era su hogar. Sin embargo, en su hosco distanciamiento, incluso en la foto del equipo de lucha de Exeter, nuestro peso pesado de reserva no parecía un jugador de equipo. Para Elliot y para mí, nuestro marine se había comportado siempre como un solitario nato.

—Explícame cómo es posible que le vaya bien a un solitario en el Cuerpo de Marines. Tendríamos que preguntarle al general por nuestro marine —me dijo la de las raquetas. Pero lo dejamos pasar, o estábamos demasiado ocupados, o no queríamos molestar a Sam. El general, éramos conscientes de ello, estaba más ocupado que nosotros, y no se nos pasó por la cabeza que algún día volveríamos a ver a nuestro marine.

El señor Barlow también estaba más ocupada ejerciendo como editora de lo que lo había estado nunca. Por otra parte, era la única fideicomisaria de la herencia de sus difuntos padres, no solo de sus bienes inmuebles, sino también de los derechos literarios de los pequeños Barlow. Entre las responsabilidades de la pequeña profesora de inglés estaba también la elección de un biógrafo para el difunto equipo de escritores, pero, en cuanto administradora, Elliot estaba superada. Le habían aconsejado que, por el momento, le resultaría más rentable alquilar el chalet de esquí de los Barlow en St. Anton, así como su apartamento en Viena, en lugar de venderlos. Por otra parte, me dijo la de las raquetas, le habían dicho que tenía que vender el apartamento de la calle Sesenta y cuatro Este, pero no lo hizo. A pesar de su convicción de que nunca llegaría a ser una auténtica neoyorquina, el guapo señor Barlow dijo que estaba demasiado ocupada para pensar en mudarse a cualquier otro sitio.

Mi madre y Molly querían que la de las raquetas se mudara a Manchester, pero Nora y Em (y la propia Elliot) se habían reído de mí por querer establecerme en Manchester.

—Supongo que te tomas muy en serio lo de escribir a tiempo completo, chaval, porque no sé qué otra cosa vas a hacer en Vermont —me dijo Nora.

En una de sus cartas, Em me escribió que mi traslado a Vermont equivalía a «dar mi consentimiento a un matrimonio concertado»; Em bromeaba, aunque no del todo. Todo el mundo sabía que había aceptado conocer a Grace, y que Grace era idea de mi madre. Todavía no había conocido a Grace, pero mi encuentro con ella era algo inminente, como ir a esquiar con mi madre. Todo el mundo sabía, además, que había dejado de ver a Wilson, lo que también había sido idea de mi madre; a pesar de que a nadie le gustaba Wilson.

«Ni siquiera a Wilson le gusta Wilson, pero sabes que tu madre te está tendiendo una trampa para que te enamores de Grace..., y sabes que yo quiero a tu madre», me escribió Em. La de las raquetas, siempre un buen padrastro, se burló un poco de mí.

—Te dije que tendrías que ir a esquiar con tu madre, no mudarte con ella. Tienes casi cincuenta años, Adam, un poco mayor para irte a vivir con ella —me dijo. Me estaba tomando el pelo. Elliot sabía que estaba buscando una casa propia en Vermont. Iba a quedarme con mi madre y Molly hasta que apareciera algo. En Manchester se vendían casas nuevas, grandes y vacías, construidas a modo de negocio. Había pensado en alquilar una de las casas que no se habían vendido, pero el agente inmobiliario me advirtió de que seguirían enseñando la casa a posibles compradores; además, no estaría amueblada. Yo no tenía mueble alguno, al estilo de los vagabundos.

—Molly y yo te conseguiremos los muebles que necesites, cariño. Cuando compres un terreno y construyas tu propia casa, los muebles que te consigamos podrás llevártelos contigo —me dijo mi madre.

Fue entonces cuando me di cuenta de que mi madre imaginaba que me mudaría de manera definitiva a Vermont; incluso había estado mirando terrenos en venta. Molly no se dedicaba a las pantomimas. Em habría sido más clara, pero la mirada que Molly me dirigió fue lo bastante expresiva: mi madre no le había contado a Molly todo lo que andaba tramando.

—Estuve viendo un terreno, ladera arriba, junto a Dorset Hill Road. Si cortases algunos árboles, cariño, desde allí podrías ver la cima de la montaña Bromley —dijo mi madre. Me pregunté a qué se estaría refiriendo mi madre con «ladera arriba» y por qué tendría que interesarme ver la cima de la montaña Bromley—. Para que veas con qué fuerza sopla el viento, cariño. Así sabrás cómo tienes que vestirte para esquiar —me dijo mi madre. En cuanto a lo de «ladera arriba» respecto al terreno en venta—: Tendrás que comprarte un cuatro por cuatro si quieres vivir en Vermont, cariño.

Molly intentó decirme que debía esperar a ver si me gustaba esquiar; es decir, antes de comprar un terreno con vistas a la montaña Bromley.

—Si no recuerdo mal, Ray, a Adam no le gustó mucho esquiar la última vez que lo probó —dijo la pistera.

—No seas sabelotodo, Molly —replicó mi madre. Tenía grandes expectativas con relación a mi posible mudanza a Vermont, casi tantas como las que había depositado en mi encuentro con Grace.

—Ray, deja que Adam conozca a Grace y que decidan ellos si quieren salir juntos —le había dicho la allanadora de pistas a mi madre, que me había comprado ropa de esquí antes de que empezara a nevar—. Tu madre no es de las que dudan de sí mismas —me recordó Molly.

—Es un poco inoportuno, cariño, que dejes Nueva York y te mudes aquí, habida cuenta de que Grace vive en Nueva York. Ya me entiendes —dijo mi madre, que era a un tiempo obvia y desconcertante. Teniendo en cuenta todo lo que había montado alrededor de Grace, obviamente estaba al corriente de que trabajaba en una editorial. Sabía que había empezado trabajando como editora asistente, que era una de las pocas a las que habían ascendido y que, en ese momento, ejercía de editora con todas las letras. Recordaba, como no podía ser de otro modo, que Grace se había criado en Manchester y que había aprendido a esquiar en Bromley. Sabía que su familia vivía en la ciudad; me había dejado muy claro que le gustaba visitar a sus padres. Lo que me resultaba desconcertante era *el mal momento* de mi traslado a Manchester. Molly tuvo que explicarme el proceso lógico que había trazado mi madre.

Mi madre había imaginado que conocería a Grace estando en Nueva York y que me habría encantado vivir con ella allí, explicó Molly. Pero, al mudarme a Manchester antes de conocer a Grace, mi madre tuvo que replantearse cómo sería el resto de mi vida (con Grace). Le pregunté a Molly si mi madre había imaginado a qué colegio irían nuestros hijos, es decir, si yo sería un escritor de Vermont y Grace conservaría su trabajo editorial en Nueva York. La allanadora de pistas se echó a reír.

—Tu madre no ha llegado a imaginarse como abuela, niño. Ya tiene bastante con gestionar tu vida y la mía —dijo Molly.

En 1989, mi madre tenía sesenta y siete años. Molly, que afirmaba ser «un año o dos mayor», tenía casi setenta. La allanadora nocturna decía que su cumpleaños no era «asunto de nadie» y se negaba a celebrarlo. Pero mi madre sabía exactamente cuántos años había cumplido Molly. Pequeña Ray también conocía el mundo del esquí.

—Los que se dedican a patrullar no duran tanto como los monitores de esquí, cariño —me dijo mi madre con toda naturalidad. En un principio, no me di cuenta de qué clase de longevidad tenía en mente mi madre. Al apreciar mi preocupación por la mortalidad de Molly, mi madre me lo explicó. Los allanadores nocturnos solían ser hombres; en Bromley, allanar era una labor nocturna.

En cuanto allanadora nocturna, Molly cubría un turno de ocho horas, desde que cerraban los remontes, a las cuatro de la tarde, hasta medianoche. Cuando otro de los allanadores se ponía enfermo, Molly cubría su turno de noche, pero pasó a formar parte de los pisteros cuando mi madre se cansó de esperar despierta para tomarse una cerveza con ella después de medianoche. Como pistera, Molly empezó trabajando duro en los casos de primeros auxilios de emergencia. Molly pensaba con rapidez y sabía trabajar en equipo; había sido «la mejor conductora de trineos en pistas negras de gran dificultad en un día helado cargando con un esquiador adulto lesionado», decía mi madre, a su manera, sin aliento. En opinión de mi madre, Molly seguía siendo una de las mejores conductoras de trineo. Algunos de los pisteros de más edad «daban vergüenza», dijo mi madre.

—No deberían esquiar en público con sus chaquetas de pistero puestas, cariño. Que se dediquen a poner tiritas a los niños que lloran en la sala de primeros auxilios o a calmar a las madres angustiadas —dijo mi madre.

No quería que Molly acabara en la sala de primeros auxilios con los niños llorones y las madres angustiadas, ni siquiera que acabara siendo la pistera a la que enviaban a buscar a los niños perdidos, en lugar de ser la encargada de los trineos que la vieja allanadora nocturna (por ahora) seguía siendo.

—Por eso recomiendo a Molly como instructora de esquí, cariño: los instructores de esquí mejoran con la edad, sobre todo cuando enseñan a principiantes. Molly puede ser más eficaz con principiantes adultos, como esos deportistas masculinos de otros deportes, porque son los que se hacen daño o matan a alguien la primera vez que esquían —me dijo mi madre—. Suele ocurrirles a los pisteros cuando llegan a los setenta, o incluso cuando son un poco mayores. Ahí es cuando empiezan a quedarse atrás, cariño.

—Hay una forma correcta y una incorrecta de montar una botella de oxígeno, niño. Yo todavía lo hago de la forma correcta, pero tu madre cree que mis días como pistera están contados —me dijo Molly. Sabía que no había excesiva relación entre los pisteros y el personal de la escuela de esquí, pero Molly era muy querida en Bromley; podía hacer, o, mejor dicho, ya había hecho, de todo en la montaña. Había trabajado como operaria de remontes cuando nadie quería hacerlo.

—No es un trabajo demasiado duro, niño, por eso los de los remontes cobran el salario mínimo —recuerdo que me dijo. En Bromley, los operarios de remontes solían ser lugareños mayores que no tenían nada mejor que hacer y estaban esperando a que les llegaran los cheques de la Seguridad Social, según me contó Molly.

—Algún día, niño, la mayoría de nuestros operarios de remontes serán esquiadores del hemisferio sur, universitarios en sus vacaciones de verano; solo tendremos que decirles cuál es su trabajo y nadie tendrá que sustituirlos —me dijo Molly.

Yo estaba convencido de que la antigua pistera llegaría a ser una estupenda instructora. Molly llamaría la atención de lo que mi madre denominaba los «adultos principiantes»; me costaba imaginar a esos deportistas masculinos de otros deportes ignorando a Molly.

—Y si sigue sin gustarte esquiar conmigo, cariño, las dos conocemos a alguien que con toda probabilidad podría mejorar tu manera de esquiar —dijo mi madre. Fue entonces cuando me di cuenta de que esquiar con mi madre tenía un objetivo: si ella no podía mejorar mi estilo, quizás Molly sí podría.

—Lo malo de ser un escritor de ficción a tiempo completo, chaval, es que pasas más tiempo con los personajes que te inventas que con la gente que ya conoces o a la que ya deberías conocer —me dijo Nora. Sabía que Em se estaba esforzando por no asentir o sacudir la cabeza; para Emily MacPherson, lo de convertirse en escritora a tiempo completo entrañaba serias complicaciones.

Em era consciente de que el Gallows Lounge no era el único club de comedia que creía ser mejor de lo que era. A finales de 1989, no sabíamos que se avecinaba la era de la corrección política, tan solo sabíamos que estábamos sumidos en un mar de dudas. Los que dirigían el Gallows eran como ardillas en el suelo, demasiado lejos del árbol más cercano. Lo que antes era gracioso ya no lo era: eso era lo único que los indecisos tenían claro.

Nora tenía cincuenta y cuatro años.

—Te puedo asegurar que cada día que pasa estoy más enfadada, no me lo paso mejor —dijo Nora. Em asintió, una única vez. Lo hizo con tal rapidez que casi ni lo vi.

Era el 8 de diciembre de 1989, un viernes por la noche en Nueva York. Recuerdo a los típicos hombres vestidos de Papá Noel en el Gallows. En esa época del año, siempre había Papás Noel de lo más variopinto entre el público.

—Papás Noel que trabajan, en su mayoría —dijo con optimismo la de las raquetas de nieve.

—He visto otro tipo de Papás Noel por ahí —observó Nora con un deje siniestro. Los Papás Noel entre el público navideño siempre asustaban a Em. Además de las barbas postizas y las que parecían auténticas, en el Gallows había algunos Papás Noel realmente aterradores.

—He visto a Papás Noel a los que nadie contrataría. No permitirías que tus hijos se sentasen en el regazo de algunos de estos Papás Noel —dijo Nora.

Dos días antes, había tenido lugar un tiroteo masivo en Montreal y Nora estaba muy preocupada. Catorce mujeres habían sido asesinadas en una escuela de ingeniería vinculada a la Universidad de Montreal. Habían separado a las mujeres de los hombres, las eligieron a propósito. El asesino tenía un rifle semiautomático y un cuchillo de caza. Disparó y acabó con la vida de trece mujeres, y apuñaló a otra hasta matarla, antes de pegarse un tiro. La masacre de la École Polytechnique, no cabe otra explicación, fue un ataque antifeminista; el género de las víctimas y los gritos del asesino durante el ataque lo habían dejado claro. El asesino afirmó varias veces «luchar contra el feminismo»; al parecer, le disgustaba que las estudiantes se «convirtieron en ingenieras». En los medios de comunicación negaron la motivación antifeminista, sin tener en cuenta las palabras del asesino. «Sois todas un puñado de feministas. Odio a las feministas», les dijo el asesino a las estudiantes antes de empezar a disparar. No estuvo bien elegir esa noticia como material para *Dos tortilleras, una que habla.* La masacre de la École Polytechnique cayó muy mal en «Las noticias en inglés» de Nora y Em.

Em hizo lo que pudo entre bastidores. Intentó disuadir a Nora para que no hablase de la masacre. A mí, la pantomima de Em entre bastidores me convenció, pero a Nora no. Que Em tuviese que tararear «O Little Town of Bethlehem» como acompañamiento para su pantomima de violencia misógina contra las mujeres iba a ser un error; ese era el punto de vista de Em. Era Navidad en Nueva York, por el amor de Dios, había un montón de Papás Noel en el local. Y lo que Nora pretendía airear no tenía la menor gracia. Pero Nora no cedió. Lo suyo era el compromiso político, subía al escenario para enardecer al público, no para entretenerlo.

Hablando del momento equivocado, fueron muchos los Papás Noel que expresaron su descontento. «Las noticias en inglés» nunca habían sido tan deprimentes. Sí, ahora es fácil decir que Nora fue clarividente al suponer que seríamos testigos de una gran cantidad de violencia misógina. A esas alturas, ya había defensores de los así llamados derechos de los hombres que afirmaban que era el feminismo lo que *provocaba* la violencia contra las mujeres, según nos dijo Nora; afirmó que ese posicionamiento iba a llevar a *justificar* la violencia contra las mujeres. Pobre Em, me dije. No había muchas formas diferentes de hacer una pantomima que expresase estar paralizada por el miedo.

Incluso la de las raquetas de nieve parecía distraída, no prestaba atención. El guapo señor Barlow no dejaba de agitarse sobre su silla. Desconfiaba de uno de los Papás Noel, alto y de largos brazos. Estaba de pie al fondo del salón, lo más lejos posible del escenario del Gallows. Era demasiado delgado para parecer un Papá Noel convincente, a pesar de cargar con una bolsa de regalos, un largo saco que le colgaba del hombro. Pero aquella bolsa no estaba llena de regalos, a decir verdad. Al igual que el Papá Noel que acarreaba con ella, la bolsa parecía un tanto escasa de contenido. El Papá Noel en cuestión parecía un saqueador, alguien que roba, no que hace regalos.

—No parece un Papá Noel al que le gusten los niños, no es uno de esos «Papás Noel que trabajan», supongo —le susurré a la de las raquetas.

—No es un Papá Noel que trabaja —me susurró la de las raquetas. Se volvió y me miró a los ojos.

—Un tipo en Montreal ha matado a catorce mujeres en una escuela de ingeniería porque no quería que esas mujeres llegaran a ser ingenieras. No me digáis que no estaba cazando mujeres. ¡Solo las mató a ellas! —gritó Nora. No resultaba agradable observar a Em: se retorcía para dar a entender que alguien intentaba librarse de los disparos, pero no lo lograba nunca. A algunos Papás Noel les impactó mucho ver morir a Em. Otros tantos, no solo Papás Noel, se fueron del local—. Lo siguiente será que nos maten porque no los apoyamos lo suficiente —dijo Nora.

Vi que un Papá Noel que estaba sentado cerca de nosotros se había quedado dormido, o bien había muerto: tenía la barbilla sobre el pecho, la barba retorcida, el pompón del gorro inmóvil. Em también dejó de moverse. No se debió a su pantomima de la parálisis por el miedo: Em simplemente no se movía. «¿Cómo se suponía que tenía que elaborar Em la pantomima sobre morir por no apoyar lo suficiente?», me pregunté. Ya había visto antes a parte del público marcharse en el momento de «Las noticias en inglés». Que la gente se cabrease significaba que estabas sobrepasando los límites de lo gracioso: esa era la razón de ser de un club de comedia. Pero la noche de los Papás Noel, los que se marcharon no parecían enfadados, sino aburridos. Nunca había visto a *Dos tortilleras, una que habla* perder público en el Gallows.

Sabía que Nora estaba un poco baja de ánimo en esa época. Incluso les dio la razón a los miembros de ACT UP que cuestionaban su participación en el grupo, especialmente en las manifestaciones. A Nora le encantaba ACT UP, pero en esa época entendía que con su presencia o bien distraía, o bien perturbaba. Lo que a Nora le gustaba de ACT UP era la especificidad de la causa y el propósito del grupo. Nora siempre había sido crítica consigo misma, pero ahora parecía rechazar su estilo de «comedia protesta», como ella la llamaba. «Abarca demasiado, demasiado inconcreta», decía. Nora no era nihilista ni anarquista, pero fuera del Gallows Lounge se la consideraba una alborotadora, y ella lo sabía. La noche de los Papás Noel, Nora también entendió que no estaba resultando divertida, ni siquiera en el Gallows. Si no eras más que una alborotadora, en el Gallows, sencillamente, resultabas aburrida.

Sabía que no era el mejor tema que Nora podría haber elegido para hacer humor: esos hombres que creen tener el derecho a que las mujeres los apoyen. Nora había conocido a chicos así, en Exeter. Durante los fines de semana o en vacaciones, cuando regresaba al campus de la academia —tanto cuando estaba en el internado de Northfield como siendo estudiante universitaria en Mount Holyoke—, Nora se había sentido seducida por esos gallitos que daban por supuesto que se sentiría agradecida por recibir su atención (cualquier tipo de atención). Nora nunca fue guapa, para muchos hombres era demasiado grande o demasiado masculina. Sin embargo, algunos chicos jóvenes se sentían atraídos por ella. Supongo que apreciaban una innegable voluptuosidad en el exceso de peso de Nora. Ya sabéis a qué tipo de jóvenes arrogantes me refiero: aquellos que se sabían guapos y sabían también que Nora no lo era.

Entiendo qué debía de parecerles Nora a aquellos jóvenes bien parecidos que tenían éxito con mujeres menos atractivas. Tenía pinta de ser una *fiera,* me dijo uno de mis compañeros de lucha, sin saber que Nora era mi prima.

Que diesen por hecho que podía ser una chica fácil sacaba de sus casillas a Nora.

—¿Me estás tomando el pelo? —les preguntaba a los chicos guapos que le tiraban los tejos en Exeter. O, cuando Nora no estaba de humor para ser amable, decía—: Deja la minga dentro de los pantalones, guapito, o vas a perderla.

Aquellos chicos guapos no estaban acostumbrados a ser rechazados. Nora conocía bien la palabra *tortillera,* que era invariablemente cómo aquellos arrogantes jóvenes llamaban a Nora cuando los rechazaba. En lugar de prestar atención a *Dos tortilleras, una que habla,* pensé en el origen de la palabra *tortillera* en la vida de mi prima Nora. Estaba orgulloso de Nora por defenderse y por el buen uso que había hecho de la palabra *tortillera.* ¿No había sido Nora la que había reído la última en ese sentido? Eso quería creer.

Más tarde me sentiría fatal por haber estado fantaseando durante la que iba a ser la última actuación de Nora y Em sobre el escenario del Gallows. La noche de los Papás Noel, cuando no estaba fantaseando, le decía cosas al oído a Elliot Barlow. Tiempo después, Em me escribiría para preguntarme qué nos habíamos dicho al oído aquella noche. Con toda probabilidad, si Em nos había visto cuchicheando, Nora también. Tanto el señor Barlow como yo íbamos a sentirnos fatal por ello, porque tendríamos que haber hecho algo con el Papá Noel que estaba en el fondo de la sala, no solo cuchichear sobre él. Una suerte de magia oscura, algo así como una maldición, parecía emanar del Papá Noel alto, de largos brazos y saco medio vacío; resultaba evidente.

—Tal vez se trate de un brujo disfrazado de Papá Noel. Es posible que en la bolsa de regalos haya un palo de escoba —le susurré a la de las raquetas de nieve.

—No es un brujo. No lo reconoces, ¿verdad? —me susurró el guapo señor Barlow. Fue entonces, claro está, cuando lo reconocí: la desenfocada vacuidad de sus múltiples odios me resultó evidente.

—Es nuestro marine... —empecé a decir, pero la de las raquetas me susurró:

—No es un marine. Hablé con Sam, iba a contártelo. El general dice que nuestro peso pesado de reserva nunca estuvo en el Cuerpo de Marines. De hecho, Emory Trowbridge tampoco sirvió en ningún otro cuerpo de las Fuerzas Armadas —dijo la de las raquetas de nieve.

Se trataba de un engaño considerable como para procesarlo entre susurros, y, justo entonces, el Papá Noel dormido que estaba sentado cerca de nosotros cayó de costado sobre el regazo de la mujer sentada a su lado. Eso provocó carcajadas entre el público, no fueron gran cosa, pero se hicieron notar mucho más que las escasas risas que Nora había provocado hasta el momento. La mujer agarró la cabeza del Papá Noel dormido y la alejó de sí, pero su barba, peluca y gorro acabaron en sus manos. Ambos se indignaron por el repentino contacto de sus cuerpos.

—¿Qué pasa? ¿Por qué me has hecho esto? —preguntó el sorprendido Papá Noel a la mujer que tenía al lado, como si esta le hubiera agredido.

Hubo más risas y la mujer que sujetaba la barba, la peluca y el gorro de Papá Noel se quedó sin palabras. Nora no.

—Si vas a chupársela a alguien, primero deberías quitarte la ropa de Papá Noel —le dijo Nora al Papá Noel que se había quedado dormido. Eso provocó la mayor carcajada que Nora recibiría aquella noche; causó el suficiente alboroto para que la gente que se moría de ganas de marcharse se diera a la fuga hacia la salida o los lavabos, o al menos saliera disparada hacia la barra. En medio del caos, o sumida en el juicio severo de su propia actuación, más bien poco atractiva, Nora no intentó recuperar al público, porque sabía que lo había perdido. Además, Em le estaba haciendo la señal de la X. Cuando Em cruzaba los dedos índices, el mensaje para Nora resultaba tan diáfano como la palabra *no*.

Fue entonces cuando oí decir a la de las raquetas:

—¡Mierda, no es una escoba! —No fue un susurro. Nunca debí de haber apartado la mirada de nuestro marine, que en realidad no era marine. Cuando volví a mirar al fondo del salón, el pequeño peso pesado había sacado un rifle del largo saco que llevaba colgado del hombro. No era una bolsa de regalos, pensé, cuando vi que el alto Papá Noel apuntaba.

Tiempo después, leeríamos que aquella arma barata no tenía nada de especial: era un rifle Springfield calibre 30-06 con cargador de cuatro balas. Supimos después que la intención de Emory Trowbridge era disparar primero a Em. Al parecer, había escrito en un cuaderno que quería que Nora supiera que Em había muerto antes de dispararle a ella. Tras esos dos primeros disparos, y si disponía de tiempo, había planeado disparar al señor Barlow. La cuarta bala era para el propio Emory Trowbridge. Todavía no conocía las entradas de su diario, pero vi que Trowbridge apuntaba a Em; eso lo tengo claro.

La multitud se estaba dispersando, pero la mayor parte del público que se quedó, ya fuera sentado o de pie, estaba a la espera del siguiente acto. Desde el escenario, Nora y Em tenían una clara visual del Papá Noel de los brazos largos y el rifle. Ellas no sabían que se trataba de Emory Trowbridge, no habían estado en el funeral del entrenador Dearborn. Me dio la impresión de que Em había sido capaz de crear una nueva pantomima para expresar la parálisis provocada por el miedo: en ese momento, Em sabía a quién estaban apuntando con aquel rifle. Nora también lo sabía: nunca dudaba. Nora nunca habría podido representar que estaba paralizada por el miedo, aunque lo hubiese intentado. El modo en que Nora lanzó sus caderas contra Em, haciéndola caer de rodillas, fue como un movimiento de baile (¡cómo les gustaba bailar a esas dos!). Acto seguido, Nora se colocó delante de Em, para bloquear el ángulo de visión del tirador. A pesar de lo que había planeado el peso pesado de reserva, empezó matando a Nora. El primer disparo la alcanzó en el corazón.

Solo hubo un disparo, pero se desató el caos y perdí de vista el escenario. Sabía que Nora había caído. Di por hecho que Em estaba todavía en el escenario, con ella. Había visto cómo la de las raquetas se colocaba a cuatro patas antes del primer disparo. Supe que no lo había hecho para ponerse a cubierto. El señor Barlow podía moverse con rapidez a cuatro patas. La vi abrirse paso entre las piernas de la multitud, sorteando las patas de sillas y mesas. No tardé en perderla de vista, pero sabía hacia dónde se dirigía: iba en busca del tirador. Podría haber seguido el avance de la pequeña profesora de inglés entre el público presa del pánico, las bebidas derramadas sobre las mesas, las sillas volcadas —la gente que caía de repente al tropezar con la de las raquetas de nieve, incapaces de suponer que alguien tan pequeño corriera por allí a cuatro patas—, aunque no me atreví a apartar la mirada de Emory Trowbridge. Él también me observaba, pero yo no tenía dónde esconderme. La gente se había agazapado bajo las mesas cercanas, donde podría haberme metido.

El Papá Noel de brazos largos escudriñó el escenario. Podía verme, pero yo sabía que buscaba a Em. «Agáchate, quédate con Nora», deseé para Em. Sabía que la de las raquetas se acercaría a la altura de los tobillos del alto Papá Noel, pero había un amplio espacio abierto frente al tirador, no había nadie cerca de él. Era una zona demasiado grande en la que Elliot Barlow quedaría expuesto y eso me preocupaba. ¿Por qué no me disparó Emory Trowbridge? ¿A qué estaba esperando?, me pregunté. Había visto cómo el casquillo de la primera bala salía expulsado. Le vi recargar el rifle. La segunda bala estaba ya en la recámara.

Aquella noche, en el Gallows, alcé los brazos por encima de la cabeza y le hice señas con las manos a Emory Trowbridge. Quería que el peso pesado de reserva me mirara, exclusivamente a mí. Si me miraba a mí, tal vez no vería acercarse a la de las raquetas de nieve; esa era toda mi esperanza. Trowbridge tenía la culata del rifle apoyada en el hombro, pero no estaba apuntando. Su indecisión me resultó incomprensible. No cabía duda de que lo tenía todo planeado, pero había dejado de disparar. Definitivamente, me vio. Me miró con una repugnancia absoluta, después, en un impulso, volvió su atención de nuevo al escenario. Ambos lo hicimos. La gente se puso a gritar al ver a Em de pie en el escenario, aunque no del mismo modo a como gritaron al oír el primer disparo. Em estaba cubierta de sangre. Yo sabía que era la sangre de Nora. El tirador, con toda probabilidad, también sabía de quién era la sangre. La intención de Trowbridge había sido disparar primero a Em; había apuntado a Em, antes de que Nora se interpusiera. Sin embargo, ahora que Em estaba de pie en el escenario, quieta como una estatua, el peso pesado de reserva dudó. ¿Dudó Trowbridge porque parecía como si Em le estuviese suplicando que le disparara?

Em era una profesional de la pantomima: nada podría haber sido más claro. Se hartó de representar la parálisis por miedo. Extendió los brazos hacia el tirador, con las palmas de las manos hacia arriba, como una suplicante. «Dispárame», parecía implorar con su pantomima a Emory Trowbridge. «Has matado al amor de mi vida; por favor, mátame a mí también.» Eso fue lo que transmitió Em. Empecé a dar saltitos, como un loco.

—¡Que te den, Trowbridge! —exclamé. Sabía que no habría podido soportar que disparase a Em—. ¡Nunca estuviste en el Cuerpo de Marines, nunca hiciste nada! —le recordé. Pero por la forma en que nos miraba a Em y a mí, supe que yo no estaba a la misma altura: a ella se le daban mejor las súplicas, sin lugar a dudas.

La gente, después, dijo que el jaleo que se produjo al fondo de la sala desconcertó al tirador. No lo tengo claro. La gente suele decir muchas cosas después. El tirador me pareció nervioso antes de que el guapo señor Barlow llegase hasta donde estaba él. La gente declaró que aquella mujer pequeña y mayor, a cuatro patas, habría inquietado a cualquiera, pero yo vi cómo el tirador dudaba; sus odios le habían confundido. Nada en su vida había salido según lo planeado. Sí, Elliot era rápida a cuatro patas, pero no creo que se moviera hacia los lados como un cangrejo (como se dijo después) cuando de repente salió de debajo de una mesa. No digo que el tirador no se sintiera sorprendido por la de las raquetas de nieve, pero el pequeño peso pesado no fue capaz de decidirse entre dispararle a Em o a mí. Durante una fracción de segundo, tuvo que enfrentarse a una tercera opción. El señor Barlow (como mujer) le agarró los talones con sus pequeñas y fuertes manos.

—No sé por qué no me disparó en la nuca —dijo más tarde la de las raquetas de nieve—. Solo había oído un disparo. Es decir, sabía que dos de vosotros seguíais vivos, pero no quién —nos diría a Em y a mí la pequeña profesora de inglés.

Emory Trowbridge dudó en exceso. Trowbridge era un hombre poseído por tantos odios diferentes que no pudo elegir entre ellos.

Debido a la repentina conmoción que se produjo en el fondo de la sala, lo único en lo que Trowbridge pudo pensar con claridad fue en la bala que se había estado guardando. Desde la perspectiva de Em y también desde la mía —suplicando, como habíamos hecho, que el alto Papá Noel nos disparara—, nos pilló desprevenidos que el tirador se pegase un tiro. No podíamos suponer que el hecho de que aquel Papá Noel alto tuviese los brazos tan largos tenía un propósito, lo supimos cuando le vimos meterse el extremo del cañón del rifle en la boca. Fue un movimiento perfecto, sin dificultad alguna, lo que nos llevó a pensar que había practicado esa parte con anterioridad.

Para los estándares actuales, el tiroteo del Gallows Lounge no fue un gran tiroteo: solo se hicieron dos disparos. Había visto lo suficiente para saber que Em y la de las raquetas de nieve estaban a salvo. El gorro y la peluca blanca del alto Papá Noel salieron volando, salpicados de sangre. Obviamente, todo era caótico, así que no vi gran cosa más. Tiempo después de lo ocurrido, apareció un artículo en una revista sobre los otros Papás Noel que estaban en el Gallows aquella noche —sobre cómo se *sentían* al hacer ahora de Papá Noel, si sus *sentimientos* por la Navidad habían cambiado—, pero a mí me importaba bien poco cómo les había afectado a los otros Papás Noel el Papá Noel asesino y suicida. Una vez en el escenario, cuando subí para abrazar a Em, entendí que Em iba a quedar marcada para siempre. «Por favor, mátame a mí también...» Sus ojos, sus manos, su cuerpo al completo seguían suplicándolo.

41
Empezar algo

Desde el escenario, Em y yo fuimos testigos de la perseverancia de la de las raquetas: sus manos pequeñas y fuertes aún sujetaban los talones del asesino. La fuerza del segundo disparo había lanzado a Trowbridge hacia atrás. La herida de su cabeza dejó una mancha de sangre en la pared de la sala contra la que nuestro marine topó, arrastrando tras de sí a la pequeña profesora de inglés. De la fuerza que el guapo señor Barlow tenía en las manos ya he hablado, a pesar de ser arrastrada por el suelo, al fondo de la sala, no había soltado en ningún momento al de los disparos. Uno de los reportajes periodísticos fue vendido a otros doscientos (o más) periódicos, en él denominaba a Elliot Barlow como «la única heroína». Tenía sesenta años, medía metro cincuenta y, sin embargo, fue la única que se enfrentó al asesino del Gallows Lounge: fue tras él, a cuatro patas. Poco después, cuando los diarios de Emory Trowbridge revelaron que Elliot Barlow era una de las víctimas previstas, el señor Barlow salió a la luz. En una de las entradas del diario, la valiente mujer trans era calificada no como «una auténtica mujer, sino como un exluchador»; Trowbridge había escrito cosas peores sobre ella en otras entradas. Si bien algunos periodistas no dudaron en calificar el tiroteo del Gallows Lounge como un crimen de odio —en más de un sentido, apuntaba directamente a las minorías sexuales—, otros periodistas calificaron el asesinato como parte de la misoginia social generalizada. También escribieron alguna tontería sobre una especie de «asesinato-suicidio con mentalidad de comando» —en el que el asesino se centra en un grupo específico, normalmente en un espacio público—, pero la mayor estupidez la perpetraría el psiquiatra de la familia Trowbridge. Dicho psiquiatra declaró que la motivación principal de

Emory era el suicidio; en concreto, una estrategia de *suicidio-homicida* que implicaba matarse después de matar a otros. El psiquiatra concluyó que ello evidenciaba un «serio trastorno de la personalidad». Es imposible saber lo que Nora habría dicho sobre esa evaluación, o cómo Em podría haber creado una pantomima sobre ese trastorno en particular.

No dejó una auténtica carta de suicidio, tan solo quedaron las entradas del diario de Trowbridge. Los funcionarios de justicia penal decidieron que una investigación pública o un debate público exhaustivo sobre el tiroteo del Gallows Lounge causaría dolor a las familias y podría provocar más actos de violencia contra las minorías sexuales. En cuanto familiar más cercano de Nora, Henrik no expresó dolor alguno; el congresista republicano quiso que todo el mundo supiera que se había «distanciado» de su prima. Henrik habló del «radicalismo político de izquierdas» de Nora como la causa de ese distanciamiento.

El padre de Emory Trowbridge, por su parte, quiso que todo el mundo supiera que estaba «distanciado» de su hijo.

—Su madre es la principal culpable. Emory era un niño de mamá. —Eso fue todo lo que el padre divorciado declaró.

La madre de Emory dijo que le preocupaba desde hacía tiempo que su hijo «se hiciera daño a sí mismo». Estaba convencida de que Emory sufría un «trastorno de apego al verse abandonado por su mal padre», dijo la madre.

A pesar del distanciamiento del padre y del sentimiento de abandono de Emory, sus padres mantuvieron económicamente a Emory Trowbridge; su madre y su padre, divorciados, le habían mostrado su total apoyo desde que el peso pesado de reserva estaba en Exeter. Pasó cuatro años en la academia, pero Trowbridge no llegó a graduarse. Hizo tan pocos amigos entre sus compañeros, y resultaba tan poco memorable para sus profesores, que nadie notó la ausencia de su rostro apenas sonriente en la ceremonia de graduación. Siempre se había movido en el límite de lo antisocial, pero durante el trimestre de primavera de su último año dejó de ir a clase y no respondía cuando se le dirigía la palabra. Lo enviaron a casa debido a su escaso rendimiento académico tras una evaluación psiquiátrica. Sus profesores, el decano, el psiquiatra de la escuela, los profesores a cuyo cargo estaba la residencia de estudiantes de Emory Trowbridge, sabían que el muchacho había dejado la escuela antes de graduarse. El resto de los alumnos no llegamos a notar su ausencia. ¿Cómo íbamos a saber que el peso pesado de reserva tan solo fingió presentarse a la universidad o que su único trabajo había sido trabar amistad con las vacas?

Trowbridge intentó alistarse en el ejército, pero lo rechazaron. Al igual que me ocurrió a mí, fue reclasificado como 4-F. No intentó alistarse en otro cuerpo de las Fuerzas Armadas. Más sorprendente nos resultó a la de las raquetas y a mí que Trowbridge hubiera vivido (durante casi treinta años) en una caravana en un terreno que sus padres le compraron al dueño de una granja de vacas de Stratham, en las afueras de Exeter. El ganadero dijo que Trowbridge había sido un buen vecino, dada la consideración que había mostrado con las vacas. La consideración de Emory hacia las vacas quedó demostrada cuando construyó un campo de tiro en su propiedad. Como no quería molestar a las vacas, Trowbridge le preguntó primero al ganadero dónde debía ir la grava y en qué dirección debía disparar.

Durante veintiocho años, Emory Trowbridge se mostró considerado y amable únicamente con las vacas. A cambio del continuo apoyo que le mostraron sus padres, Trowbridge accedió a ir a Nueva York con regularidad para visitar al psiquiatra de la familia. A lo largo de esos años, en sus frecuentes visitas a la ciudad, Trowbridge fue desarrollando una obsesiva aversión hacia el Gallows Lounge y, en particular, un odio descarado por *Dos tortilleras, una que habla*. ¿Durante cuánto tiempo y con cuánta intensidad habría estado acechando a Nora y Em? La cobertura periodística del tiroteo del Gallows Lounge no lo dejaba claro. Respecto a lo que Trowbridge escribió en sus diarios, no había progresión narrativa, porque las entradas no tenían fecha. Destacaban, eso sí, sus diatribas contra las mujeres y los *maricones*. Trowbridge estaba convencido de que las mujeres y los *raritos sexuales* recibían un *trato preferente*. Mencionaba a mi madre y a Molly entre *las tortilleras*, y se refería a Elliot Barlow (indistintamente) como «el peso ligero en ropa de mujer» y «el travestido». Los medios de comunicación indicaron que el tiroteo del Gallows Lounge respondió a un plan de última hora. Trowbridge había sido más metódico a la hora de memorizar los nombres de las vacas y de observar con detalle su proceso de ordeño. Además, el pequeño peso pesado relató de manera minuciosa sus prácticas de tiro en la zona de grava; según el granjero, se oían disparos con frecuencia. El granjero insistió en que a sus vacas no les molestaban los disparos.

Pero ¿por qué Emory Trowbridge había querido vivir en un remolque a las afueras de Exeter durante casi treinta años? El señor Barlow, que era más observador que la mayoría, nunca reconoció al luchador de ochenta y cinco kilos entre los espectadores de los combates de lucha libre que se celebraban en casa. Sin embargo, durante más de una década, Trowbridge no se perdió ni uno solo de esos combates. Los suplentes entre los luchadores suelen pasar desapercibidos y Trowbridge resultaba menos reconocible que la mayoría. Nadie fue consciente de haberlo visto mientras presenciaba todos aquellos combates; nadie sabía tampoco cuándo había dejado de asistir, ni por qué había dejado de hacerlo.

El odio que Trowbridge sentía hacia el señor Barlow dio comienzo antes de la transición del pequeño profesor de inglés para convertirse en mujer. Elliot Barlow había sido de los primeros miembros del profesorado en defender la educación mixta en Exeter. El peso pesado de largos brazos dejó de asistir a los combates de lucha cuando empezaron a admitirse chicas en la academia. Trowbridge escribió en un cuaderno que no podía concentrarse en la lucha, «no con todas esas chicas alrededor». Sin embargo, esa distracción, supuestamente causada por la educación mixta en Exeter, no impidió que Trowbridge asistiera a los partidos de fútbol o de hockey sobre hierba femeninos en otoño, a los partidos de baloncesto y a las competiciones de natación y de submarinismo femeninas en invierno, a los partidos de softball o a las carreras de atletismo femeninas en primavera. La lucha era un deporte de invierno, pero, durante tres temporadas, Trowbridge se convirtió en un fiel espectador de atletismo en Exeter; cabe suponer que el odio que sentía por todas las chicas de su antiguo colegio le obligaba, por algún extraño motivo, a estudiarlas con atención. Emory Trowbridge escribía comentarios despectivos en sus diarios sobre las chicas a las que veía practicar deporte. ¿Había estado Trowbridge acechando a las alumnas de la academia del mismo modo obsesivo en que había estado observando a Nora y a Em en el Gallows? Todo lo que escribieron sobre Emory Trowbridge fue, en gran medida, especulativo; sus motivos seguían siendo oscuros. Sin embargo, la cobertura mediática del tiroteo del Gallows Lounge hablaba más de Trowbridge que de Nora.

The New York Times no se mostró muy favorable a Nora. El periódico condenó el tiroteo del Gallows Lounge y destacó el «valor excepcional» de Elliot Barlow, pero el artículo en el que se hablaba de las «payasadas incendiarias», así como de la «evidente vulgaridad», de Nora y Em desprendía algo más que un tufillo de reproche.

En otros lugares de Nueva York expresaron cierto cariño por el Gallows, aunque las muestras más numerosas estuvieron destinadas a *Dos tortilleras, una que habla.* A Nora la habían entrevistado en la revista *Rolling Stone,* donde elogiaron su espectáculo por su «clarividencia política».

En *The Village Voice* señalaron la notable ausencia de seguridad ese viernes por la noche en el Gallows Lounge. Cuando el tiroteo dio comienzo, el portero salió a la acera, en teoría para informar al guardia de seguridad de los problemas que había en el interior del local. Uno de los camareros ya había llamado a la policía. Nadie fue capaz de explicar por qué el guardia de seguridad se quedó en la calle. ¿Para impedir que la gente entrara en el club hasta que llegara la policía o hasta que cesara el tiroteo? El portavoz del Gallows no pudo confirmar si el guardia iba armado ese viernes por la noche. Lo único que aclaró el idiota del director fue que a veces el guardia de seguridad llevaba un arma y a veces no. «Lo sabemos», escribió el redactor de *The Voice.* De los medios neoyorquinos que cubrían la cultura popular, *The Voice* y *Rolling Stone* fueron los únicos en rendir homenaje a Perjudicado Don cuando fue tiroteado en un aparcamiento de Montana por cantarle «Volver a Great Falls» a un reaganiano.

—Los amigos de Don son mis únicos amigos —recuerdo que dijo Nora mientras Em asentía con la cabeza—. Es decir, cuando alguien me dispare, *The Voice* y *Rolling Stone* también serán mis únicos amigos —dijo Nora, y Em negó con la cabeza y le dio un puñetazo. Después del tiroteo en el Gallows Lounge, lo que más me asustó fue comprobar que Em no llorara en absoluto. Como es lógico, dábamos por supuesto que Em, siendo Em, no hablaría, pero Em tampoco mostraba emoción alguna, y sabíamos que era muy emotiva. Ni una sola demostración, ni un solo gesto. Em optó por la inexpresividad; apenas respiraba. La de las raquetas de nieve y yo nunca la dejábamos sola, excepto cuando iba al baño.

Era un fin de semana de diciembre, en la temporada de esquí. El tiroteo del Gallows Lounge había tenido lugar un viernes por la noche. Mi madre y Molly no podían venir a Nueva York hasta el lunes siguiente, pero Molly me echó la bronca por teléfono.

—Saca a Em, y todas sus cosas, del apartamento que compartía con Nora. Deja allí las armas, niño. Tu madre y yo nos traeremos las armas y las cosas de Nora a Vermont —me dijo Molly. Le expliqué que yo ya había trasladado la mayor parte de mi ropa del apartamento de la de las raquetas a Vermont, así que todos estuvieron de acuerdo en que Em debía mudarse con el señor Barlow. Tan solo había dejado unos calcetines y unos calzoncillos en una cómoda, en la más pequeña de las dos habitaciones del apartamento. Le dije a Molly que había envuelto la Magnum 375 en unos calzoncillos que no me gustaban; las balas estaban metidas en un calcetín—. También nos traeremos esa pistola y las balas a Vermont, incluso tus feos calzoncillos, niño. Ahora será la cómoda de Em —dijo Molly. Me hice una idea. Em dormía con Elliot, o conmigo, no la dejábamos dormir sola; únicamente podía ir sola al lavabo.

Fue entonces cuando mi madre se puso al teléfono; debía de haber oído parte de la conversación que había mantenido con Molly. Pequeña Ray quería recordarme lo que había sucedido cuando le pidió a Nora que fuera su dama de honor.

«Será mejor que no deje sola a Em», había dicho Nora. «Se pone un poco rara cuando está con gente y no estoy yo.»

—No dejes sola a Em, cariño, y menos con otras personas —me dijo mi madre.

—¡Ya lo sabe, Ray! —pudo oírle decir a Molly desde algún lugar de la casa de Vermont, donde dos pistolas y una escopeta del calibre doce iban a recibir acomodo.

El fin de semana del tiroteo del Gallows Lounge, la de las raquetas y yo no teníamos intención alguna de dejar a Em entre la multitud. Ya habíamos declinado ser entrevistados sobre el tiroteo. El señor Barlow sería identificado para siempre como la única heroína. En cuanto primo de Nora, solían referirse a mí como «el novelista» o «el autor de *best sellers*». Como cabía esperar, protegimos a Em de los entrevistadores. Como me daría a entender más adelante la propia Em, a los que realizan pantomimas siempre los citan mal.

Durante dos noches, cuando Em se acostó en la cama conmigo o con el señor Barlow, se recostó sobre la almohada, tan tiesa e inmóvil como un cadáver en un ataúd. Durante todo ese sábado, Elliot y yo estuvimos transportando las pertenencias de Em desde su apartamento de Hell's Kitchen hasta el apartamento de la de las raquetas en la calle Sesenta y cuatro Este. Em nos acompañó; parecía entender que la estábamos reinstalando. Empaquetó su propia ropa y llevó y trajo cosas del coche. Em tenía más libros que ropa. Pude comprobar que tenía muchas más páginas escritas de lo que yo suponía. También quiso llevarse todas las fotos —las de Nora también—, aunque no quiso tocar ni mirar su ropa. Nadie dijo nada de la escopeta de doble cañón calibre doce de Nora ni la Magnum 375 de cañón largo de Em. Em ni tocó ni miró las armas. La pequeña profesora de inglés le dijo que Molly y Ray se encargarían de todo lo que dejáramos atrás. Em no asintió ni negó con la cabeza. Al observarla de cerca, nos dimos cuenta de que se mordía el labio inferior. Ese sábado por la noche, cuando habíamos trasladado ya la ropa de Em al dormitorio más pequeño del apartamento del señor Barlow, le dije a Em que ese dormitorio sería todo suyo cuando yo regresara a Vermont. Al ver que Em cruzaba los dedos índices, haciéndome el signo de la X, quise pensar que no quería que me fuese. Me alivió ver que reaccionaba. También se me saltaron las lágrimas al pensar que Em podría echarme de menos, pero cuando intenté abrazarla, me apartó de un empujón. Em se fue a la pequeña sala de estar de Elliot. Había una mesa de trabajo que servía de escritorio, donde le habíamos dicho a Em que pusiera su material de escritura. Yo había escrito en aquella mesa; me gustaba escribir allí.

Nora me había llamado «el escritor a mano», pero Em también escribía a mano. Observé a Em en la mesa de trabajo mientras hojeaba las páginas de lo que había escrito. Me equivoqué con el significado de la X que me hizo Em: había supuesto erróneamente que lo que estaba escribiendo era estrictamente ficción. Cuando Em volvió al dormitorio que no tardaría en ser suyo, las páginas que me dio eran de una larga carta que había empezado a escribirme antes del tiroteo. Em me hizo la señal de la X con relación a las actividades de casamentera de mi madre en Vermont: Em cruzó los dedos para referirse a Grace y a su procedencia.

«Grace se parece a una joven Clara Swift, y sé cómo te afecta Clara Swift, porque a mí también me afecta de esa manera», me escribió Em. Al hablar de «una joven Clara Swift», Em quería decir que Grace tenía ahora treinta y pocos años, más o menos la misma edad que tenía Clara Swift en 1977, cuando dio a luz al hijo de Paul Goode. (Ese niño ya era casi un adolescente y Clara Swift rondaba ahora los cuarenta; si bien no era el bombón que Em y yo imaginábamos que era, seguía siendo un bombón.) Em estaba empeñada en hacer más comparaciones entre Grace y «una joven Clara Swift», algunas de las cuales eran (pensaba yo) más literarias que reales. Podía imaginarme que quedaba prendado de Grace porque ya estaba prendado de una estrella de cine, y Grace se parecía a ella. Pero me parecía inverosímil que las mujeres de treinta y tantos años, sobre todo las que se casan con hombres mucho mayores, quisieran quedarse embarazadas y tener un hijo casi de inmediato. Clara Swift tenía treinta y un años cuando tuvo al bebé de Paul Goode; Paul Goode tendría unos sesenta cuando aquel niño alcanzase la adolescencia. Si llegaba a conocer a Grace, me casase con ella y tuviéramos un hijo, pim-pam-pum, yo sería prácticamente un vejestorio (unos sesenta años) cuando nuestro hijo fuera adolescente.

«Ya sabes que tu madre tiene un plan. Créeme, a su edad, Grace también tendrá su propio plan», me escribió Em. La mayor parte de esa larga carta trataba sobre el matrimonio concertado y la posterior paternidad a la que me enfrentaría cuando me mudara a Vermont. Además, Em había decidido que quería que la de las raquetas de nieve leyera esa parte de su carta.

Em me dejó claro que el resto de la carta era solo para mí. Lo único que le dije a Em, lo bastante alto para que Elliot lo oyera, fue:

—También me escribiste que mi *madre* debía de haberse parecido a Clara Swift.

—Cuando Ray era más joven..., sí, se parecía —dijo la de las raquetas. «¿Cuántas mujeres pueden parecerse a Clara Swift?», me pregunté. «Mi madre no, a ninguna edad», me dije.

—Ray es tu madre, Adam. Se supone que no puedes verla como una mujer atractiva, en el sentido en que lo hacen otros hombres —me dijo la pequeña profesora de inglés, mientras Em no dejaba de asentir. Elliot Barlow siempre había sido capaz de leer mis pensamientos, me dije, cuando la profesora de inglés dejó escapar un suspiro. El señor Barlow había terminado de leer la parte de la carta que Em quería que leyese. Pobre Elliot: conocía a la perfección la afición de mi madre a hacer planes. Pequeña Ray se había casado con la de las raquetas, dándome de ese modo un padrastro que iba a ayudarme en Exeter y en muchas otras cosas. ¿Acaso ese matrimonio concertado no había funcionado también para la de las raquetas, por no hablar de mi madre y de Molly?

—Ray es una buena madre, tan solo hace lo que ella cree que es mejor para Adam —dijo discretamente Elliot al devolverme las páginas seleccionadas de la carta de Em.

El modo en que Em empezó a bailar conmigo me trajo a la memoria la primera vez que había bailado con ella, en la boda de mi madre, cuando se esforzó tanto para que dejase de mirarle los pechos y la mirase a los ojos. Em me inclinó la cabeza, de ese modo me quedé mirándole los pechos, y luego me levantó la cara hacia sus ojos, haciendo que su pantomima de nuestro baile de boda quedara completamente clara.

—Recuerdo el baile —le dije a Em, pero ella siguió insistiendo, porque pensaba que entonces yo era demasiado joven para entender lo que ocurría; solo tenía catorce años. No sabía que no hay que mirarle los pechos a una chica cuando estás bailando con ella. La de las raquetas y yo entendimos la pantomima de Em. Era innecesario que Em contara cuatro adolescentes con los dedos, pero lo hizo. Creímos entender adónde quería llegar Em con su pantomima: a saber, que estaba bien que una madre tomara la iniciativa a la hora de organizar el futuro de su hijo cuando este tenía catorce años. Pero yo iba a cumplir cuarenta y ocho en poco más de una semana. Mi madre no debería intentar planificar mi matrimonio ni mi futuro como padre; no a esas alturas de mi vida. Elliot y yo creíamos que la pantomima de Em apuntaba en esa dirección.

Nos sorprendimos cuando Em representó un parto en toda regla. No estábamos seguros de quién se trataba, pero el señor Barlow acabó entendiéndolo.

—Sí, lo sabemos: Grace nació el año en que Ray y yo nos casamos, y eso conlleva que Grace sea quince años más joven que Adam —dijo la de las raquetas de nieve. Pero Em no dejó de dar a luz durante un buen rato. Se contó los dedos para indicar el paso del tiempo y después volvió a dar a luz. Elliot y yo habíamos visto parir a Em en otras ocasiones; en sus pantomimas, el parto solía ser simbólico. Esta vez no. Uno no querría ver a un ser querido pasar por un parto semejante. Incluso ver a una total desconocida dar a luz de una forma tan agónica resultaría doloroso. La de las raquetas y yo entendimos al instante que estábamos presenciando el parto de Grace dando a luz a mi bebé, lo cual no era en absoluto buena idea, en opinión de Em. Esperaba que fuera más fácil leer el resto de la carta de Em, pero debería haber sabido que había una razón por la que esa parte de su carta era solo para mis ojos.

A simple vista, pude apreciar que esa parte había sido escrita de manera apresurada, con más urgencia; resultaba evidente. Em había escrito esa parte después del tiroteo del Gallows Lounge. Lo que escribió fue un despertar, el relato de un parto simbólico. «Nora tenía razón, en parte, cuando te acusó de intentar empezar algo conmigo. Es posible que no lo intentaras, pero ya has empezado algo», escribió Em. Trowbridge había querido disparar primero a Em, fue la primera a la que apuntó. Pero cuando Em estaba cubierta con la sangre de Nora, de pie en el escenario, quieta como una estatua, no supe que Em me había visto mirándola. Tan solo fui consciente de haberla visto suplicar a Trowbridge que le disparara; «Por favor, mátame a mí también», decían sus ojos, sus manos, todo su cuerpo. Sabía que, en caso de haberle disparado también a ella, eso habría acabado conmigo; de ese modo era como la había mirado, esa era la mirada que Em había visto.

«Vi cómo me mirabas. No puedes mirarme así, ¡no puedes quererme así! ¿Cómo podría funcionar?», escribió Em. «Te vi dando saltos, te oí gritarle "¡Que te den!". Estabas intentando que te disparara a ti en vez de a mí. ¿Estás loco? Quizás deberías dejar que tu madre te casara con una esquiadora que trabaje en una editorial, pero no podrás casarte con nadie si sigues mirándome así. Sigues siendo el chico con el que bailé en la boda de tu madre. ¿Cuándo vas a madurar? No puedes quererme así», escribió Em. No firmó la carta «Con amor, Em».

Mientras leía, pude oír a Em dándose un baño. Cuando terminé esas páginas, me di cuenta de que se había metido en la cama. Se adentraba en la noche en la habitación de la de las raquetas, no conmigo, eso estaba claro. Desde luego, entendí el carácter privado en esas páginas de la carta de Em, pero igualmente se las enseñé a Elliot Barlow.

—¿Estoy loco o lo está Em? —le pregunté al señor Barlow entregándole las páginas. Mi buen padrastro siempre había sido mi primer lector. Ahora, la pequeña profesora de inglés también era mi editora. Ahí estaba yo, a mis cuarenta y tantos años, todavía buscando su consejo. Según Em, todavía no era un adulto. Vi a Elliot fruncir el ceño mientras leía las páginas. Suspiró cuando me las devolvió.

—Esto es algo entre Em y tú. Por supuesto que estáis locos; los dos lo estáis —dijo la de las raquetas de nieve. La pequeña profesora de inglés reveló que tenía algo más que decir al echar a andar, como si tuviera delante una clase de alumnos y detrás una pizarra en la que ya había escrito algo importante, algo que estaba a punto de decir—. No te vi, Adam. No vi cómo saltabas. Estaba a cuatro patas, como recordarás, y no miraba en dirección al escenario. Pero sí que te oí burlarte de Trowbridge. «¡Nunca estuviste en el Cuerpo de Marines, nunca hiciste nada!», te oí decirle. Desde luego, dio la impresión de que querías que te pegara un tiro, Adam —dijo el señor Barlow.

—Si hubiese disparado a Em, habría acabado conmigo —le dije a la pequeña profesora de inglés.

—La forma en que la miraste debió de dejárselo claro —declaró la de las raquetas de nieve.

—¡Si estuviera mínimamente interesada, le pediría a Em que se casara conmigo! —exclamé.

—Creo que Em lo sabe, Adam. Creo que ese es el problema —dijo el señor Barlow.

—No sé qué aspecto tengo cuando miro a Em. No me veo a mí mismo cuando la veo a ella —le dije a la de las raquetas de nieve.

—Te he observado cuando te pones a fantasear, Adam, sobre todo cuando escribes —me dijo la profesora de inglés—. Sé qué transmites cuando miras a Em: es como si estuvieras escribiendo el final de una historia. Imaginas que Em y tú sois pareja, que ya estáis juntos. Así es como la miras —concluyó la profesora de inglés.

Entendí por qué Em me había dicho que no podía mirarla así. ¿Cómo iba a funcionar que yo la quisiera de ese modo? «Debo de estar loco», me dije. Había visto la pantomima del pene de Em; es decir, sabía lo que pensaba de los penes. Me sentía tan fuera de lugar. «Tal vez debería casarme con una esquiadora que trabajase en una editorial», pensé. Además, Em acababa de perder al amor de su vida. ¿Cómo podía mirar a Em de ese modo? ¿Cómo podía siquiera soñar con amarla de esa manera? Me fui a la cama sintiéndome muy avergonzado. Debes tener cuidado con lo que le muestras y con cómo actúas frente a alguien que se dedica a las pantomimas. Es mejor no hacer pantomimas de aquellas cosas de las que no puedes retractarte.

42
Una vida normal

La segunda noche, Em se pasó las horas yendo de mi cama a la del señor Barlow. Em se recostaba en la almohada y no se movía, pero no podía dormir y estaba demasiado inquieta para quedarse en la cama. Sabía que no debía intentar abrazarla; ni siquiera le toqué la mano. Le di la espalda y fingí dormir. En una ocasión, estando realmente dormido, sentí su brazo alrededor de mi cuerpo y su aliento en mi hombro, aunque tal vez lo soñé, por los viejos tiempos, o porque no podía olvidar cómo me abrazaba Em en el pasado, el modo en que me golpeaba con la cabeza cuando me rodeaba con las manos por detrás.

Em se estaba vistiendo cuando me desperté. Aparté la mirada, no vi lo que llevaba puesto. Cuando entré en la cocina, Elliot Barlow me preguntó si Em pensaba ir a la iglesia. Era domingo por la mañana, pero los dos sabíamos que Em nunca iba a misa.

—Em va vestida como si fuera a la iglesia, o a un funeral —dijo la de las raquetas.

Nora había sido tajante respecto a todo lo relativo a su muerte, no quería «tonterías conmemorativas», como ella las llamaba.

—Cuando me muera, que no haya nada. Mi deseo es que no hagáis absolutamente nada al respecto —nos había dicho Nora.

Al pensar en lo improbable que sería que Em fuera a la iglesia, el señor Barlow y yo recordamos una conversación más reciente. Nora había estado despotricando contra el cardenal John O'Connor y la oposición de la archidiócesis católica romana a la educación sobre sexualidad segura en las escuelas públicas de la ciudad. Habíamos oído a Nora hablar de este tema en infinidad de ocasiones; el señor Barlow y yo, de hecho, apenas la escuchábamos. Sabíamos que O'Connor había hecho campaña en contra de las leyes contra la discriminación LGTB y que había descrito el comportamiento homosexual como *pecaminoso;* incluso el padre de Em, que era gay pero odiaba a los homosexuales, estaba al corriente. Obviamente, el cardenal O'Connor se oponía a la distribución de preservativos. ¿Quién no había oído hablar de esa cuestión?

Pero entonces Nora dijo algo que no le habíamos oído decir antes. A pesar de la fractura de su relación con ACT UP, Nora estaba al corriente de la manifestación prevista contra la Iglesia que iba a celebrarse frente a la catedral de San Patricio. Nora tenía amigos que eran miembros de ACT UP y conocía los desacuerdos entre ellos. La manifestación Stop a la Iglesia iba dirigida al cardenal O'Connor, no a los fieles que asistían a misa. Los manifestantes habían planeado reunirse delante de San Patricio durante una misa, pero un grupo de activistas quería entrar en la catedral. Nora había dicho que era una «pésima idea» manifestarse dentro de la iglesia.

—Algún imbécil podría hacer una estupidez, no haría falta gran cosa para ofender a los fieles —había dicho Nora. Em asintió con la cabeza.

En el seno de ACT UP llegaron a un acuerdo. (A Nora no solían gustarle mucho los acuerdos.) Uno de los puntos del debate había sido no interrumpir la misa. Los que querían manifestarse dentro de la catedral acordaron vestir de forma conservadora, para mezclarse con los feligreses. El plan consistía en organizar una manifestación durante la homilía, la parte menos sagrada de la misa. Nora no creyó que pudiese llegar a ser muy prometedor el resultado de esa manifestación. ¿Cómo podían pensar que una manifestación no interrumpiría la misa?

Nora dijo que «algún chivato» avisaría a la gente de San Patricio. Vaticinó que habría policías de paisano dentro de la catedral para la misa de las diez y cuarto de la mañana.

—Los policías saben cómo vestirse para ir a la iglesia, ¡los policías también pueden mezclarse con la congregación! —dijo Nora. Señaló que «algunos líderes políticos chivatos» asistirían a la misa para mostrar su apoyo al cardenal O'Connor—. ¡Apuesto a que el chivato del alcalde estará allí! —había exclamado Nora. Se refería al alcalde Koch. Su nombre rimaba con *crotch,* o sea, «entrepierna», pero Nora prefería alcalde Cock, por su sentido, también, de «polla», y, a veces, Ed la Polla. Como es lógico, el Gallows Lounge no había permitido que Nora y Em se burlaran del alcalde Ed Koch en el escenario, no en el sentido que Nora pretendía. Em se había sentido aliviada, porque no le parecía justo burlarse de la cabeza del alcalde.

—La cabeza de Ed parece un pene, ¡cabeza de polla! —había discutido Nora con Em.

—En la comunidad LGTB hay mejores razones para sentirnos decepcionadas con el alcalde Koch —había dicho la de las raquetas, y Em asintió. En esta ocasión, Em se posicionó del lado de los chivatos de la dirección del Gallows. Em entendió que acabaría siendo un uso inapropiado de su pantomima del pene; sería cruel burlarse del alcalde Koch simplemente porque su cabeza parecía un pene.

—No se puede culpar a Ed por la forma de su cabeza —dijo el señor Barlow, pero Nora no acostumbraba a andarse con chiquitas.

Por ese motivo, Elliot y yo recordamos que había una manifestación de Stop a la Iglesia planeada para el domingo siguiente al tiroteo del Gallows Lounge: Nora se había opuesto a que los manifestantes entraran en la catedral e interrumpieran la misa, y eso que Nora no era conocida precisamente por ser la voz de la cautela y el respeto.

—A la Iglesia católica no hay quien la pare. No deberíamos intentar detenerlos. Lo único que podemos hacer es tratar de controlar el daño que causan —había dicho Nora. Expresó sus ideas con calma; ya no la dominaba la rabia. Daba la impresión de que Em también recordaba lo que estaba ocurriendo en San Patricio. Em no solo sabía que Nora tenía pensado acudir, le había hecho prometer que no entraría en la catedral.

¿Exactamente cómo se había vestido Em para ir a la iglesia?, le pregunté a Elliot Barlow. Elliot aún llevaba puesto su pijama de franela, se había preparado una taza de té y nos estaba preparando café a Em y a mí. Yo no estaba vestido de manera más apropiada para ir a la iglesia que la de las raquetas de nieve —calcetines, pantalones de chándal, una camiseta— y me preguntaba por qué Em estaba tardando una eternidad en maquillarse. Le había indicado a

Elliot que estaría en el baño, y lo había hecho trazándose una ceja con el dedo índice y tocándose los labios para hacer la pantomima de maquillarse.

—Em se ha puesto medias negras, la falda negra que le regaló tu madre, un jersey negro de cuello alto... Por el amor de Dios, si Em tuviese un velo negro, seguro que se lo habría puesto —dijo la de las raquetas.

—Em no podría haberse maquillado con velo —le indiqué al señor Barlow.

—¡Mierda! ¡Seguro que se nos ha escapado! —gritó de repente la de las raquetas, derramando el té. Tenía razón: Em se había escabullido. Nos apresuramos a ponernos la ropa de deporte—. ¡No hay código de vestimenta para una misa, no es como una boda o un funeral! —exclamó la de las raquetas.

Aquella mañana de domingo, 10 de diciembre de 1989 —dos días después del tiroteo del Gallows Lounge—, hacía un frío gélido en Nueva York. Elliot Barlow y yo habíamos rebuscado en el armario de los abrigos. Sabíamos que Em llevaba puesta su parka de esquí negra con capucha. Con o sin maquillaje, tendría un aspecto más bien grave. Esperábamos que no entrara en la iglesia. Estábamos convencidos de que habría problemas durante la misa. ¿Qué haría Em si la detenía la policía, si un policía pretendía interrogarla? Sabíamos que Em no hablaría, ni siquiera con la policía.

La de las raquetas y yo corrimos hacia el sur por Park Avenue hasta llegar a la calle Cincuenta y dos Este, donde echamos a correr hacia el lado Oeste hasta la Quinta Avenida. Supusimos que los manifestantes estarían por todas partes en la Quinta Avenida, que estarían a lo largo de la calle Cincuenta Este, al menos hasta el Rockefeller Center, quizás tumbados en el suelo y bloqueando el tráfico en la calle Cincuenta y uno Este, desde la avenida Madison hasta la Sexta. Al señor Barlow y a mí nos dijeron que había habido manifestantes tumbados en la Quinta Avenida, pero nos los habíamos perdido. Había que estar realmente desconectado de aquello para llegar tarde a la manifestación de Stop a la Iglesia.

Dentro de San Patricio, la misa hacía tiempo que había empezado; más o menos una hora y media antes de que llegáramos, nos dijo uno de los manifestantes. El organista había tocado a veces con mucha fuerza, nos dijo otro de los manifestantes; se oían gritos desde el interior de la iglesia. La policía había detenido a más de cien manifestantes, nos dijo uno de los colgados. Oímos decir que la mitad de los manifestantes que se habían llevado habían sido arrestados dentro de San Patricio. La de las raquetas y yo nos alarmamos al oír que los policías habían sacado a los manifestantes de la catedral en camillas.

—¿Estaban heridos? —le preguntó Elliot a uno de los manifestantes que andaba por allí.

—No lo creo —nos dijo el tipo—. Si no te vas por voluntad propia, la policía te ata a una camilla y te vas por ahí.

«No entiendo cómo funciona nada», pensé. Una vez más, Em tenía razón: daba igual que me casara con una esquiadora que trabajase en una editorial; daba igual que viviera en Vermont y esquiara con mi madre. En Nueva York, no le servía de nada a nadie. Ni siquiera podía llegar a tiempo a una manifestación. Los manifestantes que quedaban apenas protestaban ya. Además, había tantos policías alrededor que era imposible acercarse a la catedral. Para cuando llegamos la de las raquetas y yo, parecía que había casi tantos transeúntes como manifestantes; quizás los transeúntes habían venido a mirar embobados a los manifestantes. El señor Barlow y yo éramos simples espectadores. Por lo que nos habían dicho, los manifestantes más expresivos ya estaban detenidos. Alguien dijo que a las nueve de la mañana había unos cuatrocientos policías en la Quinta Avenida. No habíamos estado allí para ver cómo se alejaban las furgonetas cargadas. Tan solo vi un furgón policial, aparcado cerca de una de las barricadas, frente a la iglesia.

—Las agujas gemelas de San Patricio, una catedral de estilo gótico, parecen hoy aún más medievales, dadas las circunstancias —dijo con aire enigmático la de las raquetas de nieve.

—¿Qué circunstancias? —le pregunté a la pequeña profesora de inglés.

—En la Edad Media, hubo una persecución religiosa generalizada de los no cristianos por parte de la Iglesia católica. Por eso San Patricio tiene hoy un aspecto más medieval —proclamó Barlow con su voz de maestra de escuela; al subir y bajar la voz tenía la entonación adecuada para dar clase, como si no me hubiera estado hablando solo a mí. La pequeña profesora de inglés sabía cómo atraer y retener al público. En el desorden generalizado de la deteriorada manifestación, diversos manifestantes se sintieron atraídos por la voz de la de las raquetas de nieve. Elliot estaba acusando ahora al cardenal O'Connor, arzobispo de Nueva York, de persecución religiosa. No teníamos esperanzas de encontrar a Em entre los elementos dispares de la manifestación, que parecía estar extinguiéndose. Temíamos que fuera una de las manifestantes detenidas. Sería propio de Em encontrarse entre los perseguidos.

Intentamos hablar con los policías, detrás de sus barricadas, para preguntarles cómo podíamos encontrar a Em.

—Tenemos una amiga que no habla —le dijo la de las raquetas a los policías—. ¿Qué le pasaría si la detuviesen? ¿Hay alguna comisaría donde podamos encontrarla? ¿Hay algún número al que podamos llamar?

Elliot siguió preguntando a los policías. Nos dijeron que mantuviésemos las distancias, que nos quedásemos en nuestro lado de las barricadas. Para los policías, nuestra preocupación por Em era hipotética. Ellos estaban centrados en la realidad, en lo que estaba ocurriendo en ese momento. Los policías se preocupaban por lo que podían ver, estaban concentrados en la decreciente manifestación que tenían delante.

Yo recé para que Elliot Barlow no trajera a colación la parte de la Primera Enmienda que la Iglesia católica romana ignora, pero lo hizo de todos modos.

—«El Congreso no promulgará ninguna ley relativa al establecimiento de una religión o que prohíba su libre ejercicio.»

Los policías que nos habían dicho que no nos acercáramos miraron fijamente a la profesora de inglés. No fueron capaces de oír lo que el guapo señor Barlow acababa de decirles, pero sí pudieron comprobar que había encontrado a unos cuantos seguidores: había atraído a un grupo variopinto entre la multitud.

Unas cuantas almas perdidas llevaban carteles que hablaban sobre preservativos; revoloteaban alrededor del señor Barlow. No vi el cartel de condones favorito de Nora, el de la cara sonriente del cardenal O'Connor junto a un preservativo dos veces más grande que su cabeza. RECONOCE LO QUE SOBRA, decía ese cartel. En letras más pequeñas, bajo el preservativo: ESTE PREVIENE EL SIDA. A Nora le había encantado ese póster, pero los manifestantes que protestaban a favor del uso del preservativo que estaban alrededor de

Elliot Barlow llevaban pancartas más sencillas. CONDONES, NO REZOS, decía una de las pancartas. COGE UNO Y SALVA TU VIDA, decía otra pancarta que tenía pegadas varias hileras de preservativos. Dios sabe cuánto tiempo llevaban esos preservativos a la intemperie, sometidos al frío.

La de las raquetas de nieve culpó al papa Pío XII (o su predecesor Pío XI) por lo que a mí me sonó a «Discurso a las comadronas sobre la naturaleza de su profesión». «Pobres comadronas», estaba pensando cuando vi a los policías cruzar las barricadas. Los policías que habían estado controlando a Elliot venían hacia nosotros. Comprobé que la de las raquetas se estaba apresurando, porque había visto a los policías acercándose.

—¡Pero espere a ver lo que el cardenal O'Connor y sus cobardes partidarios dicen de nosotros! Nos condenarán por transgredir su libertad de culto —gritó el señor Barlow. Había perdido a la mitad de sus oyentes incluso antes de que la policía se abriese paso y dispersara a los pocos seguidores que aún lo rodeaban. Una mujer con un cartel que hablaba de la libertad reproductiva fue la última en marcharse. Cuando la policía se acercó, la pequeña profesora de inglés me cogió de las manos; estaba encantada.

—*¡Por fin!* ¡Pensaba que la policía no vendría nunca! —me susurró el señor Barlow al oído. Fue entonces cuando comprendí que estaba esforzándose para que la detuvieran. Me pareció una forma bastante indirecta de averiguar, a decir verdad, si Em había sido detenida y dónde la retenía la policía. Elliot Barlow tendría razón, por supuesto, respecto a lo que el cardenal O'Connor y sus partidarios dirían de los manifestantes de Stop a la Iglesia.

En cuanto al hecho de entrar en la catedral, algunos manifestantes se habían tumbado en el suelo de la nave central de la catedral para simbolizar a las víctimas del sida, otros se encadenaron a los bancos. Un tipo hizo sonar un silbato y gritó:

—¡Usted nos está matando!

Ese mismo año, los obispos católicos estadounidenses habían condenado de manera explícita el uso del preservativo para detener la propagación del virus del sida. El cardenal O'Connor defendía la abstinencia en lugar de los preservativos: «La buena moral es una buena medicina», dijo. Durante el servicio interrumpido en San Patricio, el cardenal O'Connor había dicho a sus feligreses:

«Nunca respondáis al odio con odio». Nora habría dicho que el cardenal odiaba la homosexualidad, la posibilidad de abortar de las mujeres, la educación sexual segura y los preservativos. Por encima de los gritos de los manifestantes en San Patricio, el cardenal se dirigió a sus feligreses para rezar; había repartido una homilía escrita, en sustitución de su sermón habitual.

El alcalde Koch permaneció sentado en la primera fila durante aquella misa interrumpida. El alcalde chivato criticó a los manifestantes.

—Si no os gusta esta iglesia, buscad otra que os guste, o fundad la vuestra —les dijo. Su tiempo como alcalde se estaba acabando. Ed Koch acabaría convirtiéndose en crítico de cine. A saber lo que habría opinado Nora sobre esa cuestión.

El alcalde electo de Nueva York, David Dinkins, así como el gobernador de Nueva York, Mario Cuomo, dijeron que «deploraban» la protesta de Stop a la Iglesia. Nora les habría llamado «lacayos del cardenal».

En los medios de comunicación se habló mucho de la interrupción de la misa por parte de los manifestantes, de su falta de respeto a los servicios religiosos. Profanar la eucaristía estaba mal; profanar la hostia consagrada era un sacrilegio. Un tipo había aplastado una de esas hostias con la mano, después la dejó caer o la tiró al suelo de la catedral.

—Sacrilegio, no cabe duda —dijo el señor Barlow—, pero si los ritos de la Iglesia católica romana son sagrados, ¿no será sacrosanta la Primera Enmienda?

Cuando la policía nos rodeó, la pequeña profesora de inglés ya no estaba hablando de política, no con la policía. Había manifestantes vestidos de payaso y tipos con mitras caseras, una burla de los altos sombreros (esos elevados tocados) que llevan los obispos católicos. Un Jesucristo muy guapo se paseaba por allí. Llevaba puesta una corona de espinas y lucía la barba adecuada, pero aun así pudimos comprobar que los policías se habían cansado del ambiente carnavalesco. Los dos agentes que se nos acercaron eran ahora aquellos con los que habíamos intentado hablar antes. Llevaban muy a la vista las esposas, tal vez siempre las llevaban a la vista, pero ahora daba la impresión de que querían que fuésemos conscientes de ellas.

—Hola, otra vez... Somos los que tienen una amiga que no habla —dijo la de las raquetas de nieve, al tiempo que extendía las muñecas para que la esposaran.

—Lo sabemos —respondió el policía de mayor edad, bien afeitado. No la esposó. Era un tipo agradable, incluso sonreía mínimamente.

—Queremos que nos acompañen. Necesitamos saber algo más sobre esa amiga suya que no habla —dijo el más joven de los dos agentes. Un tupido bigote le corría por encima del labio superior. No fui capaz de desentrañar si se estaba riendo o no.

—No hace falta que nos espose, iremos pacíficamente a donde nos lleven. Tenemos la esperanza de que nos arresten y nos lleven donde tienen retenida a nuestra amiga. No habla y tampoco está interesada en crear problemas —balbuceó el señor Barlow.

—No vamos a esposarlos. No están detenidos —dijo, cansado, el policía mayor; el que estaba bien afeitado.

—Solo queremos que nos acompañen. Necesitamos saber algo más sobre esa amiga suya que no habla —repitió el policía más joven, el del bigote.

Los dos agentes alzaron la mano, tanto para indicarnos adónde querían que fuéramos como para guiarnos a través de la multitud, hacia el costado de las barricadas donde se encontraba la policía, pero apenas nos tocaron, o solo lo hicieron de forma accidental. Nada de mano dura.

Más tarde nos enteraríamos de que llegaron a congregarse cuatro mil quinientas personas en la protesta de Stop a la Iglesia. La policía solo detuvo a ciento once manifestantes, dentro y fuera de la catedral. Los detenidos se enfrentaban a cargos menores. Fueron puestos en libertad sin juicio, esa misma noche, y condenados a trabajos comunitarios. Un pequeño número de manifestantes fueron juzgados más tarde por negarse a esos servicios comunitarios, pero nadie fue a la cárcel.

A Elliot Barlow y a mí, aquellos dos policías nos trataron bien. Fuimos con ellos por la Quinta Avenida hasta la calle Cincuenta, donde había empezado la manifestación. Nos dirigimos hacia el oeste por la Cincuenta —casi habíamos llegado a la Avenida de las Américas— cuando la de las raquetas de nieve preguntó a los policías si nos iban a llevar al Radio City Music Hall. No bromeaba, pero los dos policías se echaron a reír; pensaron que el guapo señor Barlow estaba de broma.

—Pensaba que a lo mejor tendrían en el Radio City Music Hall al resto de los detenidos —les dijo con total seriedad la pequeña profesora de inglés.

—Ustedes no están detenidos. Solo queremos llegar al fondo del asunto de su amiga con el cardenal —dijo el policía mayor, el bien afeitado.

—Empecemos por su nombre. Deletréenme *MacPherson.* Luego hablaremos de sus asuntos con la caja —nos dijo el más joven, el del bigote. No le habíamos mencionado el apellido de Em a los policías, de eso estaba seguro. Elliot deletreó *Emily* y *MacPherson* para los policías. Yo observé al policía mayor, que no dejaba de asentir. Estaba leyendo algo escrito en un pequeño trozo de papel. Ya sabían cómo se deletreaba el apellido de Em, solo se estaban asegurando de que hablábamos de la misma persona.

—*¿Qué* caja? —les pregunté. La de las raquetas y yo acabábamos de trasladar las cosas de Em desde Hell's Kitchen. Em tenía varias cajas de cartón, de las que se usan para guardar papel. Debían de ser las cajas con sus manuscritos, supusimos.

La de las raquetas dejó de deletrear, ahora balbuceaba sobre el tiroteo del Gallows Lounge. Quería que los policías supieran quién era Emily MacPherson, la silenciosa compañera de la artista asesinada a tiros sobre el escenario. Nora tenía pensado ir a la manifestación de Stop a la Iglesia, dijo la de las raquetas de nieve.

—Lo *sabemos* —la interrumpió el policía de mayor edad—. Pero Emily MacPherson no debería haber llevado una *caja* a San Patricio, no durante una manifestación.

—No puedes intentar darle una *caja* al cardenal O'Connor cuando hay una manifestación en marcha. ¡Además, ella no quiso decir qué había *en la caja!* —gritó el policía más joven.

—¡Ella no habla! —exclamó la de las raquetas.

—Lo sabemos —nos dijo el policía bien afeitado sacudiendo la cabeza.

—Esa caja... Deben de ser las copias de las cartas que el loco de su padre le envió al cardenal O'Connor —le dije a la de las raquetas.

—Lo sé —respondió la de las raquetas en voz baja. Em no tenía mucha experiencia en protestas o manifestaciones, eso parecía obvio.

Los policías se disculparon por cachearnos contra el coche patrulla aparcado en el cruce de la calle Cincuenta Oeste con la Sexta Avenida, aunque el señor Barlow y yo no sabíamos cuál era el protocolo; si es que había algún tipo de protocolo. Apenas sabíamos lo suficiente como para darnos cuenta de que el policía que conducía el coche patrulla era un don nadie en el cuerpo de policía, tan solo era el agente que conducía e iba a llevarnos a la comisaría. El policía más joven, el del bigote, se vino con nosotros. Se sentó delante, en el asiento del copiloto. El policía mayor nos habló desde la acera, antes de que el coche patrulla se pusiera en marcha.

—Una última cosa sobre vuestra amiga: no tendrá que hacer ningún servicio a la comunidad, porque no habla —nos dijo.

El policía más joven, el del bigote, negó con la cabeza mientras el coche patrulla se alejaba.

—Su amiga no tendría que haberle llevado *nada* en una caja al cardenal O'Connor. No a San Patricio, no durante una manifestación —nos dijo.

—Entendido —dijo la de las raquetas de nieve. No íbamos a recordar a qué comisaría nos llevaron. Dedicamos todos nuestros esfuerzos a recordar qué le había pasado al homófobo padre de Em, que se estaba muriendo de sida en Canadá. Estaba en un hospital para enfermos terminales en Toronto y le había pedido a Em que fuera a verlo. Nora no permitió que Em fuera sola a Toronto: fueron juntas. Em no me había contado nada sobre la visita a su padre moribundo, no me escribió ni una palabra al respecto. Todo lo que Elliot y yo sabíamos del viaje de Em a Toronto lo supimos por Nora.

El hospital era «un lugar maravilloso, dadas las circunstancias», había dicho Nora; quiso decir «con toda la muerte alrededor», como nos aclaró al señor Barlow y a mí. Le impresionó la minuciosidad con la que las enfermeras explicaban cómo controlaban el dolor del padre de Em.

—No entendí bien toda la mierda de la morfina —dijo Nora.

—¿Morfina sublingual en lugar de elixir de morfina en lugar de parche de fentanilo? —le preguntó Elliot.

—No lo sé —respondió Nora. Al parecer, había prestado más atención a lo horrible que era el padre de Em.

El padre moribundo había dicho de Em y Nora que eran «un par de lesbos»; sin embargo, le había rogado a Em que «entregara personalmente» sus cartas sin respuesta al cardenal O'Connor. Lo único que le importaba al padre de Em era la esperanza que tenía de ser bautizado por el cardenal y recibir de él también la comunión. Para Nora, ese empeño se vio minado por el comentario de despedida que el padre moribundo le dedicó a su hija.

—¡No eres más que una lesbiana, como tu madre! —le espetó el padre de Em.

Aun así, el homófobo declarado le dejó en herencia a Em todo lo que tenía: su dinero y una casa en el centro de Toronto. Nora y Em se habían reunido con un agente inmobiliario y un abogado en Toronto. La casa estaba en Shaftesbury Avenue, en el barrio de Summerhill, al otro lado de las vías del ferrocarril Canadian Pacific. Em le enseñó a Nora la casa por fuera, pero declinó la invitación del agente inmobiliario para entrar. Em recordó que le gustaba el ruido del tren por la noche, pero el resto de sus recuerdos no le parecían agradables. Tras la separación y el divorcio de sus padres, su padre dividió la casa en dos apartamentos: una mitad era su vivienda y la otra mitad la alquiló. Como es lógico, Em podría haberse quedado con el dinero y haber vendido la casa; habría tenido que pagar algunos impuestos, aunque también podría haberse marchado sin más. Nadie creía que Em fuera a mudarse a Canadá, como había amenazado con hacer en varias ocasiones. Sin embargo, Em se negó a vender la casa de Toronto. Había nacido en Canadá de padre canadiense, tenía la doble nacionalidad. Em quería tener un lugar al que ir si alguna vez abandonaba Estados Unidos.

Cuando estuvieron en Toronto, Em también le enseñó a Nora la escuela Bishop Strachan, en la que había estudiado cuando era pequeña, a pesar de que Em tan solo guardaba de ella vagos recuerdos. Aquella tarde, Em y Nora se fijaron en las niñas que volvían del colegio. Las mayores salían solas, tal vez en dirección al metro, pero a las pequeñas las esperaba uno de sus padres o bien una niñera. A Em le fascinaban las niñas que vestían uniforme escolar, siempre intentaba imaginarse a sí misma como una de ellas.

Nora, claro está, prefería mirar a las mayores, las que estaban más guapas con sus faldas cortas. Em se echó a llorar, nos contó Nora a la pequeña profesora de inglés y a mí.

—¡Simplemente porque Em me pilló mirando a un par de chicas guapas! —dijo Nora, riendo. Yo había visto cómo Nora miraba a las chicas guapas. Y sabía lo sensible que era Em a ese tipo de mirada.

Em no solo no tendría que hacer ningún servicio comunitario, ni siquiera iba a constar entre los ciento once manifestantes detenidos. Se retiraron los cargos contra ella. Los policías de paisano de la catedral se aseguraron de que Em no se acercara al cardenal O'Connor con la caja de cartón. Y, tras una posterior investigación, constataron que no había nada amenazador para el cardenal en la caja. En la comisaría, o dondequiera que estuviéramos, una mujer policía mayor se encargó de mantener *bajo vigilancia* a Em, según nos explicó la amable policía al señor Barlow y a mí. Fuimos con ella a recoger los efectos personales de Em antes de que nos condujeran al lugar donde la tenían retenida. Vimos la caja con las cartas al cardenal O'Connor entre las pertenencias más reconocibles de Em.

—Que Dios la bendiga. Sabemos que no fue una de las manifestantes que se descontrolaron en la iglesia y comprendemos a la perfección que ha pasado por un mal momento recientemente —quiso que supiéramos la mujer policía. Estaba al corriente del tiroteo del Gallows Lounge y de quién era Emily MacPherson. Em había respondido por escrito a las preguntas que le había hecho—. No tiene que decirnos nada más, pero no va a dejar de escribir —dijo la policía. Aquellas palabras tuvieron pleno sentido para la de las raquetas y para mí: Em era escritora; escribir era algo en lo que confiaba. Nos alivió descubrir que Em no había intentado representar la historia de su vida mediante pantomimas en la comisaría.

El señor Barlow y yo vimos la nota manuscrita que Em había pegado con cinta adhesiva en la caja que se llevó consigo a San Patricio para entregársela al cardenal. Conocíamos la exquisita caligrafía de Em. «Eminencia, le ruego que lea las cartas de mi padre, que se está muriendo. Gracias. Emily MacPherson», había escrito.

Recorrimos el pasillo que conducía hasta la sala en la que se encontraba Em. Había varias sillas alrededor de una mesa, donde Em estaba sentada escribiendo. Tenía las páginas apiladas cerca de ella y al otro lado de la mesa, donde un joven policía estaba sentado leyéndolas.

—Que Dios la bendiga —dijo de nuevo en voz baja la mujer policía de mayor edad cuando nos dejó entrar en la habitación. En nuestro laberíntico recorrido por la comisaría, la amable policía nos aconsejó qué hacer con las cartas del padre moribundo dirigidas al cardenal—. Si por mi fuera, me desharía de ellas. Pero si quieren tomarse la molestia, deberían llamar por teléfono a la archidiócesis católica romana de Nueva York y hablar con alguien, o simplemente ir allí y hablar, aunque sea con una secretaria —nos dijo la policía—. Pregunten en la archidiócesis qué tienen que hacer con las cartas. Pero si las lleva a la archidiócesis, ¡no las lleven metidas en una caja! Átenlas con una cuerda y llévenlas de ese modo —sugirió con amabilidad la policía.

—¡Entendido! —exclamó con entusiasmo la de las raquetas de nieve; no fue su intención sobresaltar a la policía que había mantenido *bajo vigilancia* a Em. Em se emocionó al vernos. No le hizo mucha gracias ver la caja, pero hizo una pantomima para expresar las ganas que tenía de que Elliot y yo leyéramos lo que había escrito.

—Estaba lanzada —le dijo a su colega mayor el joven policía, lector designado de Em—. Aparecéis vosotros dos. Podría reconoceros en cualquier parte —nos dijo a la de las raquetas y a mí. Cuando salíamos de la sala, le dio una palmadita en el hombro a la guapa señora Barlow—. Buen trabajo, señora —dijo el joven policía a la de las raquetas, «la única heroína» del tiroteo del Gallows Lounge.

Mientras la llevábamos de vuelta al apartamento de los Barlow, Em no dejó de hacer pantomimas. A pesar de las cartas no entregadas al cardenal O'Connor con las confesiones de su padre, Em parecía recargada de energía tras su detención en la protesta de Stop a la Iglesia y la posterior retirada de cargos contra ella. Había estado escribiendo como una loca y no veía la hora de que la pequeña profesora de inglés y yo leyéramos sus páginas manuscritas. Nora me había llamado «el escritor a mano», pero hacía mucho tiempo que Em escribía a mano. Si bien la de las raquetas de nieve y yo estábamos impresionados por las capacidades narrativas de Em, no lo estábamos menos por la capacidad literaria de sus lectores policiales. Em había elegido escribir sobre sí misma en tercera persona. Estoy seguro de que el interrogatorio de la policía no empezó con el tiroteo del Gallows Lounge, pero fue ese punto el que eligió Em para empezar su historia.

«Emily MacPherson, muda, dedicada a las pantomimas y escritora de ficción, vio cómo mataban a su compañera a tiros en el escenario del Gallows Lounge. Dos días después, la muda artista de pantomimas intentó entregar copias de las cartas sin respuesta de su padre al cardenal O'Connor en la catedral de San Patricio. La muda sabía que su compañera muerta tenía pensado ir a la manifestación de Stop a la Iglesia», narró Em, como si estuviera escribiendo una parodia para el espectáculo de Nora *Dos tortilleras, una que habla.*

Em nos calificó a la de las raquetas y a mí como «los dos mejores amigos de la muda». No me sorprendió que el señor Barlow saliera mejor parado que yo; era lo que cabía esperar de «la única heroína». Mis esfuerzos por atraer al tirador del Gallows Lounge para que me matara a mí en lugar de a Em fueron descritos como «valientes, pero estúpidos». Me pareció justo. Y tanto a Elliot como a mí nos gustó lo que Em había escrito sobre su padre homófobo: «La mima que no habla compadecía a los policías que habían intentado leer las horribles cartas de su padre». No me extraña que la policía encontrara entrañable a Em.

Sí nos sorprendió leer que la madre de Em también se estaba muriendo. La odiosa madre tenía «algún tipo de cáncer». Al parecer, había escrito a Em prohibiéndole expresamente que fuera a verla. «Están aquí mis amigas y no quiero que te conozcan. Cuando muera, una de mis amigas te avisará», le escribió la madre de Em.

«¡Ya está tardando!», le había respondido Nora; sabía imitar la firma de Em.

Poco después, una de las amigas de la madre le escribió. «Tu madre ha muerto. No ha dejado nada para ti», escribió la amiga. Naturalmente, Nora le contestó imitando bien la firma de Em. La letra de Em era tan perfectamente legible que resultaba bastante fácil de imitar; casi no parecía letra manuscrita.

«¡Genial! Que te den por culo a ti también», había escrito Nora.

Como siempre, la pequeña profesora de inglés mostró su fascinación con la *escritura* de Em.

—Me gusta mucho la tercera persona: transmites tu punto de vista, pero la voz es mayoritariamente omnisciente —le dijo el señor Barlow a Em, que asintió levemente. Entendí entonces que la *escritura* era lo que podía salvar a Em. Era consciente de hasta qué punto yo también dependía, en ese sentido, de la escritura.

—No te veo escribiendo algo parecido a los artículos de opinión de *The New York Times* sobre cómo sobrevivir al tiroteo del Gallows Lounge o cómo ser arrestada en la manifestación de Stop a la Iglesia —le dijo la de las raquetas a Em, que hizo la pantomima de vomitar para indicar que estaba de acuerdo.

Recuerdo cómo la de las raquetas me salvó; había alcanzado en mi vida una importancia mucho mayor de la que mi madre había imaginado. Mi madre se casó con el señor Barlow para ayudarme a salir adelante en Exeter, pero Elliot Barlow había sido mejor padrastro de lo que Pequeña Ray había supuesto que sería. Estaba convencido de que el señor Barlow era el mejor padre que podría haber tenido.

—No te veo escribiendo unas memorias, Em. Aunque un libro sobre *Dos tortilleras, una que habla,* y no me refiero solo al tiroteo del Gallows Lounge, sin duda le resultaría atractivo a cualquier editor —le dijo la pequeña profesora de inglés a Em, que se explayó en su pantomima del vómito. El tema de las memorias no casaba con Em; la no ficción no era lo suyo—. Podrías ser fiel en lo relativo a Nora y a ti, podrías ser sincera al escribir sobre lo que ocurrió, pero yo mantendría la tercera persona. Y podrías tomarte otras libertades: podrías inventarte un Papá Noel o dos, o un montón de Papás Noel —le dijo la profesora de inglés—. También podrías inventarte lo que debería haber ocurrido o lo que podría haber ocurrido. Podrías ser sincera sobre las cosas que te inventas de otra manera... ¡Solo tienes que ser realista cuando te inventes cosas! —le dijo la profesora de inglés a Em, que volvió a asentir. Me di cuenta de que la charla funcionaba. Ya había oído con anterioridad una de esas charlas para animar a escribir; el señor Barlow hizo que me sintiese escritor antes de serlo. Recordaba cómo la de las raquetas me había rescatado cuando yo necesitaba que me rescataran. Sabía que a Elliot Barlow se le daban bien las misiones de rescate. Ahora era Em la protagonista de la misión de rescate de la de las raquetas de nieve—. Quieres ser escritora de ficción a tiempo completo, ¿verdad? Entiendes que esta es una novela en tercera persona omnisciente, ¿verdad? —le preguntaba la profesora de inglés a Em, que ahora no dejaba de asentir, como la Em que yo había conocido y amaba.

«Estarán bien sin mí. Si me quedo en Nueva York, simplemente seré un estorbo», me dije. Todo había tomado un cariz fatalista. No importaba que el señor Barlow no fuera un auténtico neoyorquino, por el momento, Elliot Barlow tenía una misión de rescate que la mantendría en Nueva York. Yo solo había sido una de las misiones de rescate que habían provocado que la de las raquetas de nieve se quedara en Exeter. La pequeña profesora de inglés con toda probabilidad se quedó allí más tiempo del que deseaba, me dije.

Para mí, no había nadie como Em, lo tenía claro, pero sabía que aquello era una locura. Lo que Molly me había dicho la noche de bodas de mi madre no era aplicable para todo el mundo. «Hay más de una forma de querer a la gente, niño», me había dicho la allanadora de pistas. Yo creía que eso era cierto en el caso de Molly, en el de mi madre y en el de la de las raquetas, pero que no funcionaría para Em y para mí. A Em le gustaban las mujeres; aunque se tratase de una única mujer, pensaba yo. Imaginar que Em pudiera llegar a amarme era una pura ilusión. Recordé la recreación cuando les mostré cómo había sido el beso del de las raquetas de nieve. Se me había entumecido la lengua al ver cómo Em besaba a Nora, al pensar en cómo deseé entonces que Em me besara así. ¿Había olvidado acaso que le mostré a Em el beso del de las raquetas y que Em no me correspondió?

Estaba a punto de cumplir cuarenta y ocho años. Sabía lo bastante sobre esquí como para ser consciente de que nunca sería un esquiador experto. Si le daba una oportunidad a lo de esquiar con mi madre, sabía que mi madre podría ayudarme a mejorar un poco, pero yo era un esquiador voluntariamente mediocre. Cuando eres mediocre a propósito, está claro que nunca mejorarás gran cosa.

—Los malos hábitos son difíciles de erradicar —me dijo Nora en una ocasión. Como es lógico, Nora no se refería a mi manera de esquiar; a ella le importaba un bledo el esquí. Pero es cierto que los malos hábitos son malos hábitos—. La mayoría de los tíos se follarían a cualquiera, ¿a que sí, chaval? —me había preguntado Nora. En el momento en que me lo preguntó, yo habría cumplido con esa premisa. No se desaprenden los malos hábitos de la noche a la mañana, eso fue lo que quiso decir Nora.

Y sin embargo, ahí estaba yo, no solo se trataba de mudarme a Vermont y de ir a esquiar con mi madre. Incluso imaginé que podría llegar a ser feliz casándome con una editora joven y guapa. No dudaba de que Em tenía razón sobre las expectativas de mi madre respecto a Grace. ¿Y qué podía decir yo sobre lo que Em pensaba respecto a los propios planes de Grace? ¿Cómo sabía Em que Grace estaba deseando quedarse embarazada? No sin inquietud, acepté la euforia de Em; su escritura era su único camino para seguir adelante. Sabía que Molly y mi madre nos molestarían a todos al día siguiente; es decir, no habría ninguna conversación sincera sobre el camino que me esperaba a mí, no estando mi madre cerca. Me sentía abrumado porque sabía lo mucho que iba a echar de menos a Em y a la de las raquetas de nieve. Si les decía lo que realmente sentía, temía que se me hiciese un nudo en la garganta; por eso intenté parecer desenfadado. Cuando intentas no sonar demasiado serio, puedes decir estupideces, o cosas que no quieres decir.

—Sé que me vais a echar de menos —dije sin venir a cuento. Em no parecía tenerlo claro, pero asintió—. Sé que os cuidaréis la una a la otra —dije sin más—. No te preocupes por mí. Tal vez el matrimonio y la paternidad funcionen, por improbable que parezca —dije. No tenía ni idea de lo que iba a decir a continuación. No estaba preparado para que la idea de la paternidad me afectase de aquella manera, pero yo era el hijo de mi madre, ¿no? Solo había que pensar en lo que había hecho Pequeña Ray: había tenido a su hijo, el único y exclusivo, sin ataduras. ¿Por qué no iba yo a querer ser padre antes de que fuese demasiado tarde?—. Me gustaría ser padre —dije, sorprendiéndolas. De hecho, me sorprendí a mí mismo al decirlo.

—Creo que serías un buen padre, Adam —dijo con sinceridad la de las raquetas de nieve. Em asintió, como si lo hubiese dicho en serio, no con su estilo habitual.

—¿Por qué no iba a querer ser padre? Tal vez sea mi oportunidad para disfrutar de una vida normal —espeté. Acto seguido, me di cuenta de que les había hecho daño. No pretendía dar a entender que Elliot y Em eran anormales, que no fueran normales en ningún sentido, pero vi sus muecas y cómo se apartaron—. Lo siento, no quería decir... —empecé a disculparme, pero el señor Barlow se me adelantó.

—Sabemos lo que no querías decir, Adam —comentó la pequeña profesora de inglés. Em apenas asintió, con la cara todavía vuelta hacia otro lado.

Al día siguiente, Molly y mi madre ya estaban allí, empaquetando las cosas de Nora y todas las armas. Mi madre y yo íbamos a pasar juntos esa noche, en el apartamento vacío de Hell's Kitchen. Mi madre dijo que quería estar con su único y exclusivo, y los arreglos para dormir quedaron en el aire con Nora fuera de escena. Era imprescindible explicar el mal olor que llegaba del restaurante de abajo. Como es lógico, a mi madre no le hacía gracia lo de culpar a un pulpo. Como el primer restaurante malo había sido griego, Nora responsabilizó al pulpo del mal olor.

—Pobrecito... ¡No es culpa del pulpo! —proclamó mi madre.

En mi esfuerzo por cambiar de tema y dejar de lado el mal olor, o la inocencia del pulpo, intenté mantener una conversación seria con mi madre sobre mi deseo de ser padre antes de que fuera demasiado tarde. Hablaba en serio cuando le dije a mi madre que, aunque tarde, ella debía de haberme inspirado, porque yo también quería tener un hijo único y exclusivo para mí.

—Si quieres tener una vida normal, como te he oído decir, piensa que tendrás a tu único y exclusivo con otra persona, así que no será exactamente un hijo único y exclusivo para ti, cariño —me recordó mi madre—. Sé que no querías herir nuestros sentimientos, cariño, pero todas las criaturas quieren tener una vida normal, incluso los pulpos —añadió mi madre. Estaba seguro de que la de las raquetas de nieve le habría asegurado a mi madre que sabían que no había querido herir sus sentimientos. Sin embargo, mi descuidado comentario también había herido los sentimientos de mi madre.

Me recordaron lo poco apropiado que había sido, más de una década antes, que les pidiese a Molly y a mi madre que me explicasen con más exactitud cómo había *afectado* la orquiectomía a la de las raquetas; además, les pregunté si sabían si la pequeña profesora de inglés se había planteado la posibilidad de hacerse una vaginoplastia. En lugar de decirme que los temas de cirugía no eran asunto mío, o que al menos tuviera la cortesía de preguntarle a la propia Elliot, Molly se limitó a negar con la cabeza. Mi madre soltó un suspiro.

—El señor Barlow es mejor mujer que algunas de las mujeres que conozco y que tienen vagina, niño —me dijo Molly.

—El señor Barlow tiene más pelotas que algunos tíos que conozco que tienen pelotas. No sé si me entiendes, cariño —dijo mi madre.

—Te ha entendido perfectamente, Ray —declaró la allanadora de pistas.

Durante la única noche que pasamos juntos en el apartamento que estaba encima del restaurante, mi madre decidió por sí misma a qué se debía el mal olor.

—Es por un griego muerto, cariño. Un hombre muerto huele mucho peor que cualquier pulpo —dijo mi madre. Supongo que culpar a los griegos le parecía bien, mejor que culpar al pulpo. Habida cuenta de que era un restaurante griego malo, cabía la posibilidad de que los cocineros se hubiesen peleado en la cocina. A lo mejor habían descuartizado a un *sous-chef* temporal con un cuchillo de carnicero. Mi madre decidió que al *sous-chef* desmembrado debían de haberlo enterrado en uno de los conductos de la calefacción. Me alegré de que aquella fuera mi última noche en aquel apartamento de mala muerte en Hell's Kitchen.

Por la mañana, dudé si contarle o no a mi madre una cosa que había estado posponiendo.

—Uno debe cumplir con sus obligaciones antes de marcharse de la ciudad —recordé que me había dicho la de las raquetas de nieve antes de marcharse de Exeter. Había dedicado una de mis novelas a alguien con quien me sentía en deuda: el teniente Matthew Zimmermann. Tenía la intención de firmar un par de ejemplares de dicha novela para regalárselos a los padres de Zim y su adorada Elmira. Pensé que sería demasiado impersonal hacer que mi editor enviara los libros por correo, así que había planeado llevar los ejemplares firmados al edificio de apartamentos de Park

Avenue donde vivían los Zimmermann. Si el coronel Zimmermann no estaba en casa, le dejaría los libros al portero.

Recordaba al extrovertido coronel rodeado de los amigos vagabundos de Zim. Era un hombre que disfrutaba de la fraternidad de los demás, así que creía que al coronel le gustaría volver a verme. Pero mi compañero de equipo, Sam —general y un auténtico marine—, me dijo que el padre de Zim había muerto. Podía imaginarme sus lápidas blancas en el Cementerio Nacional de Arlington, aunque no deseaba ver nunca la lápida de Zim. El general Joseph Zimmermann había sido el primero en morir: «El gran Zim de la Primera Guerra Mundial», le llamaba la de las raquetas. Zim y su padre habían sido los siguientes en llegar a Arlington. Dadas las circunstancias, pensé que me resultaría difícil o incómodo volver a ver a Elmira; quizás lo sería para los dos. Me avergonzaba no recordar en absoluto a la señora Zimmermann, la madre de Zim, pero habría sido capaz de reconocerla. Aun así, supuse que entregarle los libros al portero sería menos impersonal que enviárselos por correo.

Mi madre dijo que para Elmira y para la señora Zimmermann tendría un mayor significado que yo le entregara los libros al portero en persona.

—Iré contigo, cariño, por si pasa algo —me tranquilizó mi madre. Que me acompañara no me tranquilizaba en absoluto. Lo que me preocupaba era que pudiera tener lugar un encuentro fortuito con Elmira o la señora Zimmermann en el vestíbulo, una posibilidad que le mencioné a mi madre con toda la indiferencia de la que fui capaz.

—No les contaré que debería haber disparado a Zim, cariño, aunque debería haberle disparado —me dijo mi madre. No fue precisamente tranquilizador. Salimos de la casa de la de las raquetas de nieve; nos habíamos traído la ropa de cama de Hell's Kitchen al Upper East Side. Debería haber sabido que el clima no disuadiría a mi madre de caminar por la calle conmigo. Las temperaturas habían bajado y las previsiones anunciaban una mezcla de nieve y lluvia helada; nada demasiado preocupante para una veterana esquiadora de Vermont, me habría dicho mi madre. Tenía sesenta y siete años, pero insistió en llevar los dos libros en su mochila de esquí.

Dimos un rodeo hasta llegar a Park Avenue. Quería enseñarle a mi madre la iglesia episcopal de St. James, donde se celebró la misa en memoria de Zim. Estaba en Madison, entre la calle Setenta y uno Este y la Setenta y dos Este —unas manzanas al sur y al oeste del edificio de apartamentos de los Zimmermann—, pero mi madre no quiso entrar en la iglesia.

—No quiero verla, cariño —fue todo lo que dijo—. ¡Esa guerra estúpida e inútil! —exclamó de repente, una manzana más adelante; todavía estábamos en la avenida Madison. Dos jóvenes con elegantes abrigos se dieron la vuelta para mirarla. Intenté ver a mi madre con sus ojos. Sus botas de montaña exageraban su forma varonil de andar; incluso cuando Pequeña Ray iba descalza caminaba como una deportista. Con sus pantalones de esquí elásticos, su parka ceñida, su gorro de esquiar bien encasquetado, justo por encima de las cejas... Bueno, en una acera de la avenida Madison, digamos que mi madre era más unisex que la mayoría. Vi nuestro reflejo en el escaparate de cristal de una tienda de ropa masculina: nos parecíamos más, y teníamos un aire más masculino, que los maniquíes del escaparate. Dábamos la impresión de ser más masculinos que los dos tipos a la moda con los que nos habíamos cruzado en la acera.

—Aquí la gente no sabe ni vestirse para el tiempo que hace —dijo mi madre—. No me refiero a ti, cariño. Tú ni eres de aquí ni perteneces a este lugar —me recordó.

Mientras caminábamos por Park Avenue, mi madre se quedó mirando los uniformes de los porteros de los edificios frente a los que pasábamos.

—Es imposible saber algo de los hombres que visten uniforme, cariño. Es imposible saber cuáles son sus ideas políticas, ¡no hay modo de saber lo que piensan! —exclamó mi madre. No me atreví a preguntarle si sabía lo que pensaban los hombres que no llevaban uniforme. Apenas confiaba en que supiera que los porteros no eran militares, aunque *no llevaran* uniforme militar—. ¿Estamos cerca, cariño? —me preguntó mi madre. Estábamos lo bastante cerca como para poder señalar el edificio de los Zimmermann. Podíamos distinguir ya el uniforme de su portero. Sin duda, mi madre había esperado el mejor momento para decirme lo que había estado pensando—. No tenías la edad adecuada para oír los orgasmos de Em, pero deberías intentar dejar de pensar en ello: no es *realista* que pienses en Em de esa manera, cariño —me dijo mi madre.

No había secretos entre mi madre y la de las raquetas de nieve. Suponía que Molly y mi madre se habrían preocupado por mi obsesión con Em. Era tentador pensar que Em podría haber creado una pantomima sobre sus pensamientos al respecto. Tal vez Molly revisaría ahora lo que me había dicho la noche de bodas de mi madre. «Solo hay una forma de querer a Em, niño: olvídate del asunto», imaginaba que me diría Molly. Sabía que no era realista pensar en Em de ese modo, pero mi madre sabía que íbamos a quedarnos sin tiempo para hablar de ello.

—¿En qué puedo ayudarles? —nos preguntó el portero de los Zimmermann, porque nos habíamos detenido frente a su edificio de apartamentos. Era un hombre mayor, no de la edad de mi madre, pero casi. Le expliqué que tenía dos regalos: uno para la señora Zimmermann y otro para Elmira. Le conté que había ido al colegio con Matthew, le dije que éramos compañeros del equipo de lucha libre. Mi madre se había quitado la mochila de esquiar y le mostró los dos libros al caballeroso portero.

—Voy a echar de menos al coronel, pero es tan triste lo que le ocurrió al joven Matthew —me dijo el portero.

—Yo *adoraba* al joven Matthew, ¡mi querido muchacho! —Mi madre lloró abrazada al portero. Nos hizo pasar al vestíbulo del edificio, donde no creo que los residentes le abrazaran habitualmente. La chapita con su nombre en el bolsillo del pecho de la chaqueta de su uniforme lo identificaba como MILOS. Las hombreras de su chaqueta eran un poco ridículas: le hacían parecer el líder de una banda de música desaparecida, pero por lo demás era un portero de aspecto digno, con lo que me pareció un acento propio de la Europa del Este. Llevaba uno de esos gorros de invierno rusos con orejeras; es decir, nada que ver con una banda de música. Intenté recordar a los Milos que había conocido en Viena. Uno de ellos era checo. Milos era un nombre eslavo, el diminutivo de Miloslav, creo que me dijo. Quizás el otro Milos de Viena era serbio, pero no lo recuerdo. Estaba distraído con mi madre, que se exhibía ante Milos haciendo sentadillas con una sola pierna en el vestíbulo. Pequeña Ray no aparentaba los sesenta y siete años que tenía; Milos, con toda probabilidad, pensó que era más joven que él.

—¿Esquías, Milos? —le preguntó mi madre. Le dejó claro que sabía cómo pronunciar su nombre. Habida cuenta de todo el tiempo que había pasado en Austria desde que conoció a la de las raquetas, Pequeña Ray había conocido a algún que otro Milos.

—No, no esquío —le respondió Milos con pesar.

—Bueno, yo podría enseñarte —dijo mi madre con cierta coquetería. No podía imaginar que mi madre y un portero de Park Avenue fueran a flirtear. Ambos leyeron mi dedicatoria a Zim. Estuvieron de acuerdo en que mi foto de autor era mejorable. Sabía que solo era cuestión de tiempo que volvieran a hablar del teniente Matthew, al que ambos adoraban.

—Podría haberle disparado. *¡Debería* haberlo hecho! —exclamó mi madre, agarrando a Milos por las muñecas con sus fuertes manos.

—Se refiere a la rodilla de Matthew. Le habría disparado en la rodilla —le dije a Milos. Nadie sabía en qué estaba pensando Milos ni cuáles eran sus ideas políticas.

—Si le hubiera disparado en la rodilla, no habría ido Vietnam. Mi querido niño seguiría con nosotros —gritó mi madre, rompiendo a llorar.

—Habrías ido a la cárcel —le recordé.

—Debería haberlo hecho, cariño. Merecía la pena ir a la cárcel por ese niño tan querido —me dijo mi madre. Sentí el peso del paso del tiempo.

—Sí, deberías haberlo hecho —le dije en voz baja. Me había hecho llorar. El mero hecho de recordar a Zim lo había provocado.

—Sí, deberías haberle disparado. Te habría visitado en la cárcel para darte las gracias —le dijo Milos. Sollozaba. Ese iba a ser mi último día como neoyorquino.

Veía con claridad en lo que me estaba metiendo. Alquilaría la casa de Manchester, compraría el terreno con vistas a la montaña Bromley y, por supuesto, conocería a Grace. Me estaba planteando si sería una locura ponerme en manos de mi madre. Ir a esquiar con ella sería solo el principio.

Fuera, en Park Avenue, mi madre no dejaba de hacer sentadillas con una sola pierna. Era lo que le pasaba cuando no hacía suficiente ejercicio, aunque también estaba emocionada. Besó al portero antes de salir del vestíbulo. No fue como el beso al de las raquetas de nieve, pero mi madre le dio un beso bastante bueno a Milos. Pude apreciar que a Milos le había gustado.

—Es la primera vez que beso a un tío de uniforme... ¡La primera y la última, cariño! —repitió mi madre una y otra vez. Pasara lo que pasara, siempre la querría, lo sabía.

De ese modo, con mis conocimientos de segunda mano sobre política sexual, me mudé a Vermont, lanzándome de cabeza a lo que Em temía que fuera un matrimonio concertado con una mujer mucho más joven, que no tardaría en quedarse embarazada. ¿Y cómo sería una vida así?, me pregunté. Imaginaba que sería como aprender a esquiar por primera vez; es decir, un nuevo comienzo. Sería mi oportunidad de tener una vida normal, me dije.

43
Un estilo de vida bohemio

Para ciertas cosas no hay una explicación, y no me refiero solo a los fantasmas. No sé explicar, por ejemplo, por qué echaba de menos a los fantasmas..., excepto al hombre de los pañales. Cuando me mudé a Vermont, ya no recordaba la última vez que había visto uno. Habría recibido con los brazos abiertos a aquella mujer con el cochecito de bebé, la que me hizo pensar que podría haberme disparado de haber querido hacerlo. Si hubiera llevado su escopeta consigo, cuando apareció. Pero ya ni siquiera ella se presentaba. Nunca resultó creíble como fantasma. Incluso mis fantasmas verificables se habían esfumado y, con su desaparición, la historia de mi vida quedaba mermada. Sin los fantasmas, mi vida perdía parte de su trama. Los echaba de menos.

Hablando de tramas, ahora sabía quién era mi padre, pero no había gran cosa que hiciera avanzar su historia: el impulso había desaparecido. El acontecimiento principal de mi vida, al menos hasta ese momento, había sido protagonizado, al parecer, por un muchacho menor de edad.

—No era más que un chico, cariño; ni siquiera se afeitaba. Solo era un chico que no me quitaba los ojos de encima —me había dicho mi madre—. Era *pequeño* —susurró dándome un beso—. Habría sido una chica muy guapa.

Descubrir que Paul Goode era mi padre me resultó anticlimático. ¿Y se suponía que no tenía que hablar de él? No podía decirle a nadie quién era mi padre, porque me concibió siendo menor de edad.

—Eso es una mierda —como solía decir Nora.

—Deberíamos guardarnos para nosotros el asunto de quién es tu padre, niño —me dijo Molly de forma más concisa. No queríamos que mi madre fuera a la cárcel ni que perdiera su trabajo como monitora de esquí de menores.

Em se hizo eco de lo que me dijo Molly. «Nada ha cambiado por el hecho de que sepas quién es tu padre, excepto que sabes de dónde viene tu gen de escritor», me escribió Em. Aunque la eché de menos cuando me mudé a Vermont, nunca quise ver a Em haciendo pantomimas sobre de dónde venía mi gen de escritor. Sin embargo, el pasado es eterno. Supuse que escucharía para siempre el orgasmo de Em, desde la distancia.

«No tenías la edad adecuada para oír los orgasmos de Em», me había recordado mi madre recientemente, «pero deberías intentar dejar de pensar en ello: no es *realista* que pienses en Em de esa manera, cariño.» Debería haber tenido en cuenta las palabras de mi madre, aunque no sobre el tema del orgasmo de Em. Lo que no era *realista,* para un escritor de ficción, era que yo imaginara que alguna vez podría dejar de pensar en Em de *esa manera.* Me preguntaba, por ejemplo, cómo sería oír los orgasmos de Em de primera mano. Tal vez ensordecería o sufriría algún tipo de daño permanente.

No creo que debiera haber hecho caso a mi madre en todo, aunque me tomé muy a pecho lo que dijo sobre que «toda criatura quiere tener una vida normal, ¡incluso los pulpos!». Con respecto a lo de que había herido los sentimientos de personas a las que quería, mi madre tenía razón al criticarme.

Sin embargo, en lo que realmente debería haber seguido su consejo fue en el tema de las mentiras por omisión. ¿Qué importaba si era una hipócrita? Nora sabía muy bien que mi madre era toda una autoridad en el tema de las mentiras por omisión; al igual que en lo referente al esquí, mi madre sabía de lo que hablaba.

—No puedes ocultarle nada ni tener secretos con Grace. Tienes que contárselo todo —me había dicho mi madre.

—Nosotros no le dijimos a Adam que éramos más que amigas, ¿verdad? —le recordó Molly—. No se lo contamos todo, Ray.

—*Íbamos* a contártelo, cariño —había respondido mi madre. No sentí un rencor duradero, pero lo que se perdió de esa conversación fue el consejo que me dio mi madre. Con el fin de protegerla, Molly y yo (por no hablar de la propia Pequeña Ray) no teníamos intención de contárselo todo a Grace. Estábamos de acuerdo en que Grace no supiera nada de mi historia familiar.

No íbamos a cumplir lo que habíamos dicho sobre las mentiras por omisión. El día de Navidad de 1989, todavía no había conocido a Grace. Empezaba a preguntarme si mi madre había cambiado de opinión respecto a que la conociese. Ni siquiera había ido a esquiar con mi madre, como si también hubiera cambiado de opinión sobre ese tema.

—¿A qué estás esperando, Ray? —le preguntó Molly—. ¿Estás esperando a que llegue la semana entre Navidad y Año Nuevo, cuando hay tantos estúpidos esquiando por ahí que, con toda probabilidad, Adam morirá atropellado por algún descerebrado que haya perdido el control?

—Eres una sabelotodo, Molly —le dijo mi madre sin responder a su pregunta.

Yo no tardé en alquilar la casa de West Road, en Manchester, y mi madre y Molly no tardaron en amueblarla. Se pasaron un poco. La casa tenía tres dormitorios y todas las camas estaban colocadas antes de mi mudanza. Me enteré *a posteriori* de que la de las raquetas de nieve iba a ayudar a pagarla. La muerte de los pequeños Barlow supuso un inesperado ingreso de dinero para Elliot, y fue muy generoso con mi madre, pues compartió con ella los derechos de autor del equipo de guionistas, así como los beneficios de sus propiedades en Austria.

—El señor Barlow se ha convertido en el sostén de mi familia, no podría haber pedido un marido mejor —solía decir mi madre.

Y yo no podría haber pedido un padre mejor, no dejaba de pensar, mientras los muebles seguían llegando a mi nueva casa. Cada dos o tres días, llegaba una nueva adquisición. Había dos aparadores, pero yo solo tenía un comedor, y el segundo aparador era incluso más grande que el primero: una vitrina o cómoda gigante, con estantes abiertos encima. Les pedí a los que lo trajeron que colocaran aquel enorme aparador en uno de los dormitorios, concretamente en el de invitados. Sabía que Molly tuvo que refrenar a mi madre para que no comprase una cuarta cama.

—Estos muebles no son solo para esta casa, cariño. Algún día necesitarás más de tres dormitorios —me aseguró mi madre. Sabía que se refería a la casa que algún día construiría en el terreno que acababa de comprar en East Dorset. Que, efectivamente, estaba ladera arriba. Molly y yo fuimos a dar una vuelta por allí, con nieve hasta las rodillas.

—El terreno es un chollo, niño. Siempre podrás revenderlo —me dijo Molly. Yo había hecho ya una oferta por el terreno, que aceptaron al instante. Mi madre ya había estado hablando con un contratista local. Yo había visto los planos. Le pregunté a Molly por qué creía que algún día iba a necesitar más de tres dormitorios.

—Deberías preguntárselo a tu madre, niño, pero lo que sí puedo decirte es qué tipo de cuentas ha estado haciendo —dijo Molly—. Está el dormitorio principal, para ti y Grace, y junto a él estaría la habitación del bebé, para el bebé que vas a tener tan pronto como sea humanamente posible. Pero la habitación del bebé se convertirá en el vestidor de Grace en cuanto el bebé tenga edad suficiente para tener su propia habitación, lo cual te dejaría sin dormitorio de invitados.

—¿Así que necesito cuatro dormitorios, para que uno de ellos sea el de invitados? —le pregunté a Molly.

—Estás abriendo una caja de Pandora, niño, pero tu madre cree que necesitas cinco habitaciones. Está segura de que tu estilo de familia, más bien amplia, necesitará más de una habitación para invitados.

—¿Amplia? —pregunté.

—A decir verdad, niño, tu madre no ha dado nombres —dijo Molly.

Resultó que acabé utilizando las dos habitaciones de invitados que tenía en la casa nueva: Em y la de las raquetas de nieve vinieron a quedarse conmigo por Navidad. Dada la tendencia de Em a visitar en mitad de la noche los dormitorios accesibles, el mobiliario sobrante representaba un peligro. Incluso armada con una linterna, Em se dio un golpe contra una de las sillas del vestíbulo del piso de arriba, se golpeó la rodilla con el aparador gigante —un obstáculo formidable en su dormitorio de invitados— y chocó contra un alto armario en el dormitorio de invitados de Elliot Barlow, haciéndose un rasguño en el hombro.

Para la cena de Nochebuena, el señor Barlow preparó sus adorables pimientos rellenos. Molly y mi madre vinieron a cenar. Yo tenía una mesa de comedor mucho más grande que la que tenían

Molly y mi madre en su casa. Esa noche, Molly comprobó que mi horno también era más grande. Molly decidió que debía asar el pavo para nuestra cena del día de Navidad en mi cocina. La de las raquetas secundó la idea, porque de ese modo podíamos turnarnos para untar el pavo. Y el día de Navidad, Em nos entretuvo con una divertida pantomima en la que representaba las heridas que se había hecho al golpearse con los muebles, mostrándonos los daños que había sufrido en sus andanzas por los diferentes dormitorios: su dedo gordo del pie hinchado, su hombro raspado, su rodilla magullada. Es cierto que vimos el sujetador de Em y parte de un pecho cuando nos enseñó el hombro, y que a Em se le acabaron de caer los vaqueros cuando nos enseñó la rodilla. Yo sabía cuándo mi madre fingía reírse. Me percaté de que, interiormente, estaba furiosa. Cuando estuvo a solas conmigo —estaba untando el pavo—, mi madre me advirtió del siguiente modo:

—Una persona ajena a nuestra familia, como Grace, podría malinterpretar el inusual comportamiento de alguien como Em, cariño —me dijo mi madre.

—¿Qué quieres decir exactamente? —le pregunté a mi madre.

Me incomodó oírle decir que Grace provenía de una familia *convencional*, y, más aún, oírle afirmar que Grace quería tener una familia así. Por otra parte, no estaba preparado para oír lo que mi madre tenía que decir sobre Em.

—Es un poco raro, cariño, que Em no pueda o no quiera hablar. Y sus pantomimas no funcionan tan bien fuera del escenario. Em necesitaba que Nora fuera insoportable, cariño. Pero lo que realmente Grace no se tomaría a bien son los paseos nocturnos de Em. Sé que Em no se acuesta por ahí, cariño, pero Grace podría malinterpretar lo que parecen saltos de una cama a otra. No sé si me entiendes —me dijo mi madre.

Después de la cena del día de Navidad, cuando Molly y mi madre se habían ido ya a casa y Em se había metido en la cama, sola, o estaba a punto de hacerlo, la de las raquetas de nieve y yo fregamos los platos. Le pregunté a Elliot Barlow qué opinaba de cómo estaba gestionando mi madre mi encuentro con Grace.

—Ya conoces a tu madre, Adam. No quiere que Grace piense que eres uno de esos escritores mayores que llevan un estilo de vida bohemio —dijo el señor Barlow.

—Pero ¿no llevamos todos un estilo de vida bohemio? —le pregunté a la pequeña profesora de inglés, pero ella se limitó a reírse. Debería haber tenido en cuenta a la mujer trans con la que estaba fregando los platos. La de las raquetas de nieve sabía todo lo que había que saber sobre la tendencia de Pequeña Ray a *gestionar*. Los dos la queríamos, pero sabíamos que era imposible cambiarla. Aquella noche de Navidad, cuando Em entró en mi dormitorio y se metió en la cama conmigo, se limitó a abrazarme durante un largo rato antes de quedarse dormida. Cuando me desperté, Em se había marchado. Me quedé despierto pensando que un estilo de vida bohemio era una forma deseable de vivir, pero ahora estaba destinado a intentar vivir de otra manera.

Ni siquiera había conocido a Grace, pero ya había empezado a retorcerme las manos otra vez. Había dejado de hacerlo hacía mucho tiempo, pero cuando retomé esa práctica, todos se dieron cuenta.

—Yo también me retorcía las manos, cariño, pero dejé de hacerlo más o menos cuando dejé de competir como esquiadora —me dijo mi madre sin venir a cuento; era la primera vez que la oía contar que se retorcía las manos. Los secretos de mi madre no tenían fin, como solía decir Nora.

Miré a Molly, que se estaba riendo.

—Tampoco yo sabía nada de eso, niño —me dijo la allanadora de pistas.

La de las raquetas de nieve me dijo que no había vuelto a verme retorciéndome las manos desde aquella vez en el apartamento de los Zimmermann en Park Avenue, después del funeral de Zim, cuando su prometida —Francine DeCourcey, de *Nueva York y París*— se dio cuenta de que me retorcía las manos. Cabía la posibilidad de que Zim le hubiese hablado de mis manos maltrechas, de mi dedo del gatillo que me valió el 4-F. Ella sabía que mis manos habían sido mi billete de salida de Vietnam.

—Dame tus manos —me dijo Francine después de obligarme a que me sentase a su lado—. Si Matthew hubiera tenido tus manos... —empezó a decir, pero su voz se detuvo—. Podría haberle querido de haber tenido tus manos —me dijo un poco más tarde, cuando volvió a tomar mis manos entre las suyas, deseando que hubiesen sido las de Zim.

Había dejado de retorcerme las manos hacía más de veinte años, aunque el señor Barlow y yo no creíamos que hubiera dejado de retorcérmelas debido a mi breve contacto con Francine DeCourcey. A Em le interesaba más saber por qué volvía a retorcerme las manos. Em había dejado de escribirme. Echaba de menos que me escribiera, pero la pequeña profesora de inglés me había dicho que la tercera persona era la voz con la que Em debía escribir. En ese momento, era mejor para Em que su voz fuera omnisciente, algo muy distinto de la primera persona de Em para sus pantomimas o de su voz para escribir cartas. Sabía que tendría que esperar a que Em volviera a escribirme, o tal vez podría convencerla de que lo hiciera en tercera persona.

Aunque no me escribiera sobre ello, sabía cuál era la opinión de Em respecto al hecho de que mi angustia hubiese vuelto a manifestarse. Sabía que Em no había cambiado de opinión sobre mi matrimonio concertado. Elliot Barlow y yo recordábamos muy bien la pantomima de Em sobre un desastre pendiente. En la mente de Em, mi encuentro con Grace significaba todo lo que para mí estaba pendiente. En opinión de Em, no era ninguna sorpresa que me retorciese las manos. Si Pequeña Ray se había retorcido las manos y después había dejado de hacerlo, que yo me las retorciese —por no hablar de que hubiese dejado de hacerlo durante más de veinte años— se debía a la genética. Al pensar en los padres de Em, y la importancia que habían tenido en la negativa de Em a hablar, me resultaba comprensible que Em estuviera obsesionada con las características heredadas. Sin embargo, la de las raquetas me dijo que las cartas que el mal padre le había enviado al cardenal O'Connor parecían haber ayudado a Em a controlar su animadversión hacia Su Eminencia.

Recordé cómo la amable mujer policía nos había recomendado deshacernos de las cartas, o bien ponerlas en manos de alguien de la archidiócesis y marcharnos sin más. Para mi sorpresa y la del señor Barlow, Em había seguido la segunda parte del consejo de la policía. Con la ayuda de la de las raquetas de nieve, Em llevó las cartas —no en una caja, sino atadas con un cordel— a la archidiócesis de Nueva York y dejaron aquella pila de páginas en manos de una secretaria, o de algún encargado. El pequeño profesor de inglés fue el que habló. Eran las cartas de un moribundo que esperaba ser bautizado, y también recibir la comunión, de manos del cardenal O'Connor, le explicó la de las raquetas a la secretaria. Dijo también que Em era la hija del moribundo y, mientras esta asentía con la cabeza, Elliot Barlow le aseguró a la secretaria que Em no esperaba que el cardenal le concediera el deseo a su padre. Em sabía que el arzobispo de Nueva York estaba demasiado ocupado para bautizar a su padre. Em sabía que su padre era un chiflado. Em solo deseaba que alguien de la archidiócesis acusara recibo de las cartas y le enviara una nota.

Sabía que el padre de Em había muerto, pero suponía que nadie de la archidiócesis había enviado dicha nota antes de la muerte de su padre. A Em ese detalle le importaba bien poco, dijo la de las raquetas. La dirección del remitente de las cartas al cardenal O'Connor era la avenida Shaftesbury, la propiedad en Toronto que Em había heredado de su padre. Em tachó la dirección de Toronto de todas las cartas. Elliot Barlow le dio su dirección de la calle Cuarenta y cuatro Este al responsable de la archidiócesis. A Em pareció satisfacerle saber que, con el tiempo, recibiría noticias de la archidiócesis.

—¿Qué te hace pensar que Em puede controlar su animadversión hacia el cardenal O'Connor? —le pregunté a Elliot Barlow.

—Ya sabes esas cosas que escribe Em a veces en la lista de la compra —dijo la de las raquetas.

—Te refieres a esas cosas que escribe y que no son cosas que quiere comprar —dije yo.

—Eso es. Esa clase de cosas —ratificó el señor Barlow.

La letra de Em resultaba inconfundible incluso en la lista de la compra. Cuando Em y yo vivíamos con Elliot en el apartamento de la calle Sesenta y cuatro Este, la lista de la compra siempre estaba en proceso de elaboración bajo un imán en la puerta de la nevera. Si veía que la de las raquetas había escrito muesli en la lista, ella era capaz de añadir: «Esa mierda con arándanos secos, no».

Em podía aparecer y escribir: «O esa cosa con las almendras orgánicas que te rompen los dientes». No era eso a lo que nos referíamos el señor Barlow y yo sobre las cosas que Em escribía en la lista.

En ciertas ocasiones, Em utilizaba la lista de la compra como foro para lo que tenía que decir: lo que se le pasara por la cabeza, en cuanto persona que no hablaba y que tenía sus propias ideas, pero a la que no le apetecía escribirte personalmente en ese momento. En la mente de Em, una lista de la compra era un tablón de anuncios: todo el mundo veía la lista de la compra. Mi madre y Molly también colocaban la lista de la compra en la nevera. Cuando me mudé a la casa de Manchester, mi madre me trajo unos imanes para la nevera.

La de las raquetas y yo nos reímos de una ocasión en la que Em añadió algo parecido a un tratado a nuestra pequeña lista de la compra en el apartamento. Em, que llevaba mucho tiempo escribiendo a mano, puntuaba con meticulosidad los incisivos comentarios que incluía en nuestra lista de la compra. Después de las bolsitas de té y del café, y del solomillo de cerdo con signos de interrogación, Em planteó un manifiesto a favor del aborto.

«En 1980, los antiabortistas se hicieron con el control del comité del Partido Republicano. Los provida, que sacralizan el feto, son los mismos que se oponen a cualquier tipo de asistencia social para los niños no deseados y las madres solteras», escribió Em.

—En un primer momento, pensé que era su respuesta a mi pregunta sobre el solomillo de cerdo —dijo Elliot.

—¿Qué escribió Em en tu lista de la compra sobre el cardenal O'Connor? —le pregunté a Elliot. Menos mal que solo había bolsitas de té en la lista, me dijo, de ese modo, Em había dispuesto de espacio suficiente para lo que tenía que decir.

«No está bien que el cardenal O'Connor se ubique en el lado equivocado del derecho de las mujeres a elegir abortar, pero el cardenal es tan solo un lacayo que representa a la jerarquía católica», empezó Em. «No se puede responsabilizar a Su Eminencia cuando a lo que nos enfrentamos es a una doctrina», prosiguió Em, que siguió escribiendo en el otro lado de la lista de la compra. «Y no es posible culpar a los buenos católicos que van a misa, porque ellos creen en algo. ¡Ni siquiera aunque Su Eminencia sea un doctrinario hijo de puta vendido a la jerarquía católica», escribió Em en la lista de la compra del señor Barlow.

—Es fácil de entender por qué la voz omnisciente en tercera persona resulta más segura para Em —dijo la de las raquetas.

Yo estaba de acuerdo con Elliot Barlow: la escritura era lo que salvaría a Em, y cuanto más omnisciente y distante fuese, mejor.

Nada de amenazar con quemar la catedral de San Patricio, ni siquiera aunque el cardenal O'Connor fuera un doctrinario hijo de puta. El señor Barlow y yo no dudábamos de que Su Eminencia no fuera más que un lacayo, pero la de las raquetas de nieve se mantenía centrada en Em considerándola su misión de rescate.

Antes de que regresaran a Nueva York, les mostré a Elliot y a Em el terreno ladera arriba que había comprado junto a Dorset Hill Road. La pequeña profesora de inglés y yo nos colocamos las raquetas de nieve para poder rodear todo el perímetro de la propiedad, pero Em tan solo se agitó en la nieve que le llegaba hasta la cadera. Les había enseñado a las dos los planos de la casa que había realizado un contratista local, pero ni siquiera disponía de un sendero de entrada desde la carretera de acceso. Entre los árboles y la nieve, nadie se hizo a la idea de dónde podían estar los cinco dormitorios. Eso no le impidió a Em caminar por los alrededores y trazar cinco ángeles en la nieve donde creía que debían de estar las habitaciones. La de las raquetas y yo no la desanimamos, aunque los ángeles en la nieve de Em estaban tan separados entre sí que casi abarcaban una hectárea; una casa más grande de lo que el contratista local se proponía construir para mí. Em no vestía la ropa más adecuada para el invierno, la que llevaba puesta se le mojó con la nieve y temblaba de frío cuando la llevamos de vuelta a la casa para que se diera un baño caliente.

Em revivió y los dientes le habían dejado de castañetear para cuando la llevé a ella y a Elliot a cenar a casa de Molly y de mi madre en Manchester, donde Molly había preparado chili de cordero. Intuí que la allanadora nocturna y mi madre no estaban de acuerdo en algo.

—El problema con los hombres... —empezó a decir mi madre. Hizo una pausa para asegurarse de que todos la escuchaban—. El problema con los hombres es que la mayoría de ellos se casan antes de estar preparados —prosiguió. Miró a Molly esperando su réplica, pero la pistera se limitó a remover las guindillas.

Em asintió. Tal vez, Em no necesitaba conocer el contexto de esa conversación, o bien creía que la mayoría de los hombres lo hacían todo antes de estar preparados.

Mi madre, sin previo aviso, abrazó a Elliot Barlow. El metro y medio de Pequeña Ray se limitó a abrazar el metro y medio del señor Barlow. La de las raquetas apretó la cara contra los pechos de mi madre.

—Estabas de lo más preparado para casarte. Tal vez porque siempre fuiste una mujer —le dijo mi madre a la pequeña profesora de inglés—. ¡Has sido el marido perfecto para mí y también el hombre más listo que he conocido! —declaró mi madre. Pudimos apreciar que a Elliot Barlow le costaba respirar contra los pechos de mi madre.

—Seguro que he sido el más pequeño, no sé si el más listo, Ray —dijo la mujer de las raquetas de nieve. Todos se rieron, incluidas Em y Molly.

—Ya te lo dije, niño, así que ya sabes cómo continúa mi parlamento —dijo la allanadora de pistas—. Te apuesto lo que quieras a que la pareja que forman tu madre y la mujer de las raquetas será la que más dure. —Todos aplaudieron, Em incluso soltó un grito. Pero por la forma en que Molly miraba a mi madre, supe que algo iba mal. La de las raquetas también lo notó.

—Hay una parte del contexto que no estamos entendiendo. ¿Algún hombre casado que se haya comportado mal? ¿Se trata de algo relacionado con Paul Goode? —preguntó la pequeña profesora de inglés. Preguntó de un modo reflexivo, con la mirada perdida en la lejanía. No supe desentrañar si se lo estaba preguntando a Molly o a mi madre.

—De eso debería tratarse, del nuevo asunto de Paul Goode —le respondió Molly a Elliot—. Déjalo ya, Ray. Este es un buen momento para dejarlo —le dijo la allanadora de pistas a mi madre.

—Eres una sabelotodo, Molly —dijo mi madre.

Los medios de comunicación franceses habían hecho correr el rumor de que Paul Goode se había liado con su compañera francesa de la película *Argonne,* una película sobre la Primera Guerra Mundial que justo acababan de rodar en el bosque de Argonne, al nordeste de Francia; ahora en fase de posproducción. Se trataba de una historia de lujuria, un escándalo en ciernes. Algunos periodistas se mostraban cínicos sobre la veracidad de la historia: podía tratarse de una estratagema de *marketing.* Pero los periodistas franceses se lo estaban tomando en serio: un camarero de un hotel francés había grabado en vídeo a Paul Goode y Juliette Leblanc.

Em se pavoneaba de forma sexy cada vez que mencionaban a

Juliette Leblanc. En la cocina de mi madre y de Molly, Em se metió dos mandarinas en el sujetador para aumentar el tamaño de sus pechos. Entendíamos que Em estaba imitando a Juliette Leblanc. Juliette era el prototipo de chica explosiva. *Argonne* era una película en blanco y negro, en francés con subtítulos en inglés, que no se ceñía a las expectativas comerciales de Paul Goode. Cabía la posibilidad de que los expertos en *marketing* hubiesen participado en la grabación del vídeo de Paul Goode y Juliette Leblanc desayunando en la cama de su hotel; a pesar de contar con Paul Goode en el reparto, una película en blanco y negro subtitulada requería de toda la publicidad posible. *Argonne* iba a estrenarse a principios de 1990.

—Una película como esa tardará dos o tres años en llegar a Manchester, si es que llega —dijo Molly. En Francia, había más interés por saber cuándo podría verse la cinta de vídeo secreta que por el estreno en cines de *Argonne*. Paul Goode, de hecho, había terminado de rodar otra película con su mujer.

A menos que apareciese un invitado misterioso para cenar, todos estuvimos de acuerdo en que mi mujeriego padre era la personificación de «los problemas con los hombres», como decía mi madre. Paul Goode no estaba listo para sentar la cabeza y mantener su pene dentro de los pantalones. Todo el mundo simpatizaba con la esposa agraviada, Clara Swift, en casa con el hijo de Paul Goode, mientras mi padre lo pasaba bien con Juliette Leblanc en Francia. En cuanto al hijo de Paul Goode y Clara Swift, conjeturamos sobre la edad que podía tener el niño cuando se hiciese pública la cinta de vídeo que incriminaba al actor, en todas partes y a todas horas, mientras *Argonne* se proyectaba o ya se había proyectado en la mayoría de los cines, aunque todavía no se habría proyectado en Manchester. Calculamos que el chico tendría trece años, lo bastante mayor para saber lo que estaba ocurriendo, pero también lo bastante pequeño como para sentirse devastado por ello. Nuestras simpatías, sin duda, estaban con Clara Swift y el niño; aunque ninguno de nosotros recordaba el nombre del muchacho. Pero ¿a alguno de nosotros le importaba realmente si Paul Goode podría o no mantener el pene dentro de sus pantalones? ¿Se trataba de eso o mi madre se estaba imaginando que yo podría tener un problema genético con el pito?

—¿Estás pensando que tal vez haya heredado la incapacidad de Paul Goode para afrontar el matrimonio? —le pregunté a bocajarro a mi madre.

La pantomima de Em resultó meridianamente clara, no necesité a Nora para saber lo que Em estaba diciendo. Em no asintió ni meneó la cabeza, se limitó a señalarse a sí misma y a encogerse de hombros. Su expresión era inquisitiva, aunque no pretendía juzgar. «Esto es lo que no puedo evitar preguntarme», decía Em. No hablaba por mi madre, tan solo por sí misma.

—No vayas por ahí, niño —me dijo la allanadora nocturna.

—No creo que la infidelidad sea una característica hereditaria, Adam. No he oído hablar de nadie que tuviera predisposición genética a ser infiel —dijo la pequeña profesora de inglés.

—Ya te lo he dicho, cariño, no pienso en Paul Goode para nada. Era un buen chico cuando lo conocí, pero no era más que un crío... No sabía lo que hacía —dijo mi madre.

—Ese es un buen momento para dejarlo correr, Ray, justo aquí —le dijo Molly.

Sin embargo, no pude evitar preguntarme qué se había estado preguntando Em. Su pantomima no me acusaba de nada; Em solo pensaba lo mismo que yo. Yo era el hijo de mi madre, ¿no? ¿Por qué no iba a querer un hijo único y exclusivo? Pero si era hijo de mi padre, ¿no tendría yo también sus problemas con el pito? Em me observaba, yo sabía que ella sabía lo que estaba pensando. Yo miraba a Molly junto a los fogones. Fuera cual fuera la discusión entre mi madre y Molly, estaba seguro de que, en caso de tener que elegir, me pondría de parte de la allanadora de pistas. Molly era tan digna de confianza como la de las raquetas. Había un montón de chili de cordero, más que suficiente para los cinco. A lo mejor sí habría un invitado misterioso a cenar. A mi madre le gustaba el drama, y además se le daba bien. ¿Y si la invitada a cenar era Grace? ¿Y si mi encuentro con Grace, ese viejo asunto pendiente, era el motivo principal de esa reunión?

—Solo pienso en ti, cariño. Solo pienso en si estás preparado o no para casarte —dijo mi madre.

—Ya lo sabe, Ray. Tiene que estar preguntándose dónde has escondido a Grace —le dijo Molly.

—No estarás preparado para casarte si continúas pensando en

aquella chica que Zim encontró en Penn Station..., ya sabes, Buddy, cariño —prosiguió mi madre.

—Otra vez no, Ray... No vuelvas con eso —intentó decirle la allanadora nocturna.

—O si sigues pensando en aquella «joven con principios», creo que la llamabas así, la que quería leer toda la novela de la *polla,* en orden. Ya sabes, Emmanuelle. No sigues pensando en ella, ¿verdad, cariño? —me preguntó mi madre.

Al igual que otras personas inteligentes, Grace era muy observadora. Si Grace hubiera estado allí, no me cabe duda de que se habría dado cuenta de que yo no miraba o no podía mirar a Em, quien, a su vez, no me miró ni una sola vez durante el resto de la cena. Si Em y yo nos hubiéramos mirado, ambos habríamos sabido que seguía pensando en ella. Era en *Em* en quien pensaba, no en Buddy ni en Emmanuelle. Pero esa noche no conocería a Grace, no estando Em cerca. No vino ningún invitado misterioso a cenar. El chili de cordero que había preparado Molly era todo para nosotros. Me llevé una enorme cantidad de sobras a mi casa. Iba a comer chili de cordero durante días. Elliot y Em se marchaban a Nueva York a la mañana siguiente, pero aun así nos quedamos despiertos hasta tarde en mi casa, contando historias de *Moby-Dick* e intentando traducir las pantomimas de Em.

Em no era la única escritora de ficción seria que yo conocía que no había leído *Moby-Dick,* pero sí la única que había imaginado alguna vez que se trataba de una novela pornográfica, una novela de *pollas,* como acababa de denominarla mi madre. Em culpaba a Nora del malentendido, pero todos recordábamos con cariño la teoría del guion de Nora. Al señor Barlow y a mí nos costaba entender lo que Em estaba representando para nosotros: un momento concreto que Em estaba esperando que llegase, cuando intentaba leer *Moby-Dick.* Fue necesario que Em volcara la mesa de café para que comprendiéramos que estaba esperando algún tipo de *sacudida.*

Fue más difícil entender lo que Em pretendía contarnos sobre el escándalo de Paul Goode del que hablaba la prensa. Elliot y yo captamos la parte de la pantomima sobre Clara Swift; es decir, cómo su antigua decisión de no conceder entrevistas le había venido bien en este caso. Los columnistas de cotilleos sabían que

Clara Swift estaba fuera de juego. Pero la de las raquetas de nieve y yo no entendimos lo que Em quiso decir sobre Paul Goode; no se trataba de su escritura ni de su manera de actuar, por eso no lo entendimos. Em parecía estar diciendo que podría gustarnos, si lo conociéramos, pero la pequeña profesora de inglés y yo no conseguíamos entender qué podría gustarnos de mi padre, o, exactamente, qué motivo habría para ello. Em se dio por vencida y se fue a la cama.

Ya era tarde, pero Elliot y yo nos quedamos despiertos un poco más. Al no haber logrado captar lo que Em estaba representando, sentimos que la habíamos defraudado. También estábamos exasperados con ella, porque aunque nos parecía que era poco menos que una traición, deseábamos que Em *hablara* con nosotros. Sus terribles padres habían muerto. ¿Acaso no había dejado de hablar por ellos? Cuando Em perdió a Nora, perdió algo más que a una compañera, perdió a su única colaboradora. La de las raquetas y yo nos sentíamos culpables por pensar así de Em, pero deseábamos saber qué podría hacerla *hablar*.

Con las primeras luces del amanecer, pude ver a Em mejor de lo que acostumbraba a hacerlo cuando entraba en mitad de la noche en mi dormitorio. Em parecía estresada, pero estaba convencido de que no hablaría conmigo y de que era demasiado temprano para una pantomima improvisada. Me dio un abrazo, pero ya no volvió a dormirse; salió de la cama. Me pareció oírla trajinar en la cocina, luego la oí volver arriba. Seguramente estaba visitando a la de las raquetas. Por la mañana, los vi marcharse. Al ver cómo se alejaban, imaginé que mi vida bohemia se iba con ellos.

Más tarde me preguntaría si habría sido más feliz viviendo en Manchester Village o en Manchester Center que en aquel terreno ladera arriba tan alejado de la ciudad. Acababa de mudarme a la casa de alquiler, pero ya me gustaba vivir en la ciudad. Podía ponerme las botas de montaña e ir caminando a todas partes. Me encantaba cargar con la mochila y caminar hasta la librería Northshire, en Manchester Center. Es una librería estupenda, a la altura de Prairie Lights, en Iowa City. La primera vez que fui a Northshire me trataron como a un autor local; el personal había leído mis novelas. En un principio, no me di cuenta de que mi madre había preparado a los libreros de Northshire para mi traslado a la ciudad. Y antes de que mi madre supiera que me mudaba a Manchester, ella y Molly habían estado comprando mis novelas en Northshire. De repente, pensé en Grace desde una nueva perspectiva: mi madre había estado regalando mis novelas a todos sus alumnos de la escuela de esquí. Como me dijo uno de los libreros de Northshire:

—Tus dos madres han estado regalando tus libros a todos los que trabajan en Bromley desde hace años.

No solo en Northshire, sino en otros lugares de Manchester, sabían quién era yo; esperaban que apareciera. Me alegró que todo el mundo conociera ya la historia de mis dos madres. Debería haber sabido que Pequeña Ray era una celebridad local y que la allanadora nocturna no era alguien a quien pudiese dejarse de lado. Entendí lo que pensaba Molly de mi padre menor de edad desde una nueva perspectiva. La historia del autor local con dos madres que trabajaban en Bromley era mejor.

Más tarde, me preguntaría si las cosas habrían funcionado si me hubiese quedado en la ciudad y hubiera comprado la casa en la que me alojé al principio. Después de todo, estaba en venta. En cuanto al terreno junto a Dorset Hill Road, en East Dorset, Molly dijo que siempre podría venderlo. Debería haberlo vendido. Debería haber comprado la casa en la que me alojé al principio con su exceso de muebles. Podría haber puesto libros en el segundo aparador. Pero cuando algo no funciona, no sabes qué podría haber funcionado. No creo que quedarme en la ciudad hubiera ayudado en nada.

Las mentiras por omisión eran insalvables. Una vez que empiezas a consentir, no hay forma de detener la aquiescencia. La resistencia pasiva no funcionaba con Pequeña Ray y yo no era capaz de ganar una pelea de igual a igual con mi madre. Como es fácil de suponer, yo no necesitaba una casa de cinco dormitorios con vistas a la cima de la montaña Bromley, ni Grace tampoco. Los tres dormitorios de la casa de Manchester habrían bastado para lo que se avecinaba.

44
Hombres que deberían ser castrados

Aún estábamos en la semana entre Navidad y Año Nuevo cuando mi madre me llevó a esquiar. Unos niños se nos acercaron.

—¡Hola, Ray! —saludaron los niños. Ella era, o había sido, su profesora de esquí. Todos los niños la llamaban Ray.

—Este es mi hijo, Adam, el escritor —les recordó mi madre. Debían de odiarme, pensé. Con toda probabilidad les habría obligado a leer mis novelas a pesar de ser demasiado pequeños. Siempre había pensado que, en realidad, a mi madre ni siquiera le gustaban mis libros.

Todos los que trabajaban en Bromley la saludaban. Para todos ellos era simplemente «Ray», ya fueran los demás monitores de esquí, los pisteros o los encargados de los remontes.

—Este es mi hijo, Adam, el escritor —decía mi madre una y otra vez. Mis novelas debían de haber sido una carga para todos aquellos instructores de esquí, pisteros y encargados de remontes, me dije, pero eso ahora no importaba. No sabía que mi madre se sentía orgullosa de mí como escritor. En ese momento, habría seguido sus instrucciones a pies juntillas, no solo en lo referente al esquí. Si mi madre me lo hubiese pedido, me habría casado con la siguiente monitora o pistera que se hubiera acercado a nosotros, o con la siguiente niña que hubiera alcanzado la mayoría de edad. «Esta, cariño, es de la que te he estado hablando.»

—Este es nuestro nuevo telesilla Poma de puño fijo, cariño —fue lo que mi madre dijo en realidad, mientras íbamos montados en el telesilla de cuatro plazas Blue Ribbon Quad que nos llevaba a la cima. Habíamos empezado el ascenso en el viejo biplaza, el telesilla de doble asiento que todos llamaban «Número Uno». Aquella vieja silla tenía un poste central y venía por detrás de ti muy rápido. Si no estabas preparado, el Número Uno podía derribarte y, si no estabas atento, la barra de seguridad, al bajar, te golpeaba en la cabeza.

—Tienes que prestar atención al viejo Número Uno, cariño —me dijo mi madre. Esa fue la lección. El resto del día nos estuvimos montando en el Blue Ribbon Quad. Era un telesilla mejor y más rápido que el viejo biplaza Número Uno, y muchas de las pistas de esa parte este de Bromley eran negras.

Mi madre me obligaba a calentar en pistas azules. Lo más habitual era que fuésemos de Upper Twister a Yodeler hasta la base del telesilla Blue Ribbon Quad. Yo la seguía. Al final del día, mi madre me hizo descender un par de pistas negras: en una de las ocasiones fue de Stargazer a Lower Stargazer, y después un par de veces por Havoc.

—Se te dan mejor las pistas azules, cariño —me dijo mi madre. Esa era la lección: en las pistas más empinadas me costaba mantener los esquís en paralelo, frenaba en los giros. Me divertía más en las pistas azules. No había por qué avergonzarse de ser un esquiador intermedio, mi madre quería que aprendiera—. Grace es mejor esquiadora que tú y siempre lo será. Acéptalo, cariño —me dijo.

Los esquiadores siempre hablan de un último descenso, como si ese último descenso fuera el que los va a matar. Mi último descenso ese primer día fue con Molly. La vieja pistera tenía casi setenta años. Nos esperaba en lo alto del Blue Ribbon Quad, como si llevase allí un buen rato.

—Yo me encargo del niño a partir de aquí, Ray —le dijo a mi madre.

—Mi único y exclusivo es un chico de pista azul, Molly —le advirtió mi madre.

—El último descenso debería ser de los buenos, niño —dijo la pistera. Me llevó a varias pistas negras, como no podía ser de otro modo. Bajamos por Corkscrew hasta Pabst Panic o Pabst Peril; no recuerdo si entonces existía No Name Chute. Si los nombres de las pistas de esquí fueran mejores, quizás los recordaría. La gestión de Bromley había ido cambiando de manos. Antes de morir, Fred Pabst Jr., el de la cerveza, había bautizado algunas pistas en honor a la tradición de su familia y su cerveza Blue Ribbon.

Molly no me dio ningún consejo sobre mi forma de esquiar, la allanadora de pistas solo quiso advertirme sobre los que iban de figuras.

—Si estás esquiando con gente que lo hace mejor que tú, no dejes que te obliguen a nada —me dijo la pistera—. Los que se creen grandes esquiadores, los fanfarrones, son estúpidos, por muy buenos que sean. —Durante el resto de mi vida, me resultaría mucho más fácil recordar la advertencia de Molly sobre los estúpidos que los nombres de las pistas de esquí.

Muchas cosas me gustaron de ese primer día en que volví a ponerme unos esquís. Seguía manteniendo mi estatus de esquiador intermedio y lo pasé bien. No recordaba cuándo había esquiado por última vez, pero, con toda probabilidad, lo pasé mal. Suponía que esquiar con mi madre y Molly mejoraría un poco la experiencia, aunque no demasiado. Siempre sería un chico de pistas azules. No me molestaba en lo más mínimo reconocerlo. Vivía en una ciudad dedicada al esquí con una gran librería, todo aquel al que conocía personalmente sabía que era escritor, me hubieran leído o no. Tenía pensado escribir un montón. Tampoco tenía ningún problema con eso.

Nora había supuesto que, muy posiblemente, los Barrett fueran irlandeses. Estaba tan perdido que no había prestado atención al apellido de Grace.

—Cabe suponer que el apellido Barrett se remonte a la invasión normanda —dijo la de las raquetas, pero a Nora no le preocupaban los normandos.

—Somos originarios del condado de Cork, pero la rama Barrett de la familia proviene del condado de Norfolk, en el Anglia Oriental; proveníamos del este de Inglaterra —le había dicho Arthur Barrett, el padre de Grace, a mi madre.

—Me pregunto si Grace será católica, Ray —dijo Nora.

—¡Válgame Dios! Que yo sepa, no —respondió mi madre.

Fue Molly quien encontró la manera de preguntarle a Catherine, la madre de Grace, sobre el catolicismo. Según Catherine, los Barrett provenientes de Inglaterra habían dejado marchitar su catolicismo hacía mucho tiempo. Los Barrett ingleses eran anglicanos. El apellido de soltera de Catherine era Barnard, su familia también procedía de Inglaterra.

—Tanto los Barrett como los Barnard pertenecían a la Iglesia de Inglaterra, igual que los episcopales de aquí —le dijo Catherine a la allanadora de pistas.

Nora creía que los católicos no practicantes eran los mejores. Mi madre le aseguró a Nora que Grace había crecido yendo a la iglesia episcopal de Manchester. Grace y sus padres siempre habían evitado ir a la iglesia los domingos de invierno. En lugar de eso, iban a esquiar. Cuando Grace estaba en el instituto, toda la familia dejó de ir a misa.

—En mi opinión, cariño, Grace es una episcopaliana no practicante —me dijo mi madre.

—No existe algo así como una episcopaliana no practicante, Ray. Para empezar, los episcopalianos son no practicantes —replicó la pequeña profesora de inglés.

—Simplemente, no quería que te dejaras llevar por la carretera de la procreación permanente, niño —me dijo Nora. Esquivada esa bala, nada me impedía conocer a Grace. Incluso Jasmine había dejado de llamarme.

—Jasmine es lo bastante mayor como para haber muerto, cariño —me recordó mi madre.

Más tarde me preguntaría por qué la diferencia de edad no había supuesto ningún impedimento para que Grace me conociera. Era casi quince años más joven que yo. Nació el año en que mi madre se casó con el señor Barlow, el año en que yo comencé en Exeter. Cuando empezó a leer mis novelas, Grace tenía diecisiete años, estaba en el instituto; yo ya tenía treinta y uno. Como me decía la pequeña profesora de inglés, olvidaba hasta qué punto me habían afectado las novelas que había leído en Exeter: las novelas del siglo XIX me habían hecho querer ser escritor. ¿Y si hubiera leído a un novelista contemporáneo que me hubiera afectado de esa manera? No lo había, pero no estaba teniendo en cuenta cómo mis novelas habían llevado a Grace a apasionarse por la lectura de otras novelas. Grace me contaría más adelante que su interés por el mundo editorial comenzó con la lectura de mis novelas.

Nos casamos el 9 de junio de 1990, un sábado, apenas seis meses después de conocernos. Grace dijo que sabía que se había quedado embarazada el miércoles anterior a nuestra noche de bodas: el 6 de junio, Día D. Aproximadamente un mes antes de casarnos, el contratista puso la primera piedra de la casa que íbamos a construir en aquel terreno ladera arriba en East Dorset. Grace y yo ya la llamábamos «nuestra casa» mucho antes de que la tierra se descongelara y pudieran empezar a cavar. Sabíamos que seguiríamos viviendo en la casa provisional cuando naciera nuestro bebé, porque la nueva no estaría lista hasta junio de 1991.

A Grace se le daba bien hacer planes; los editores necesitan ser organizados. En cuanto supo que estaba embarazada, por ejemplo, concertó la amniocentesis. Desde Manchester, tendríamos que conducir hasta Dartmouth-Hitchcock, en New Hampshire, para la intervención. Sería a mediados de octubre, cuando los que iban en busca del mejor paisaje de otoño abarrotaban ya las carreteras de Vermont y New Hampshire. Sería un viaje largo y lento hasta Dartmouth-Hitchcock en la temporada en que las hojas cambiaban de color, me advirtió Grace. Faltaban cuatro meses para ese viaje, pero Grace ya estaba teniendo en cuenta el follaje del bosque en otoño; era muy organizada.

Grace tendría treinta y cinco años cuando se convirtiese en madre, edad suficiente para que mereciera la pena someterse a la amniocentesis, según le dijo su médico. No recuerdo los visitantes de los bosques ni el follaje cuando Grace se sometió a la amnio. No podía seguir el ritmo de los planes de Grace. Molly se burló de Grace y de mí por nuestra decisión de conocer el sexo de nuestro bebé antes de que naciera. Molly sabía que mi madre tenía sus propias ideas sobre el sexo del bebé y sobre la amnio.

—No existía la opción de la amnesia cuando yo te tuve, cariño, pero no me habría gustado saber de antemano tu sexo —me dijo mi madre.

—Amnio es la abreviatura de amniocentesis, Ray, no de amnesia —dijo Molly.

—Lo sé, sabelotodo, ¡intentaba hacerme la graciosa! —replicó mi madre. Nos aseguró que conocía todos los motivos para practicar la amniocentesis; es decir, la toma de muestras de líquido amniótico para detectar anomalías en el feto. A Pequeña Ray no le gustaba la idea de la aguja—. No me gustaría que nadie me clavase una aguja en el útero, cariño —dijo mi madre. No se me iban a olvidar sus palabras.

No me di cuenta, en un principio, de cómo Grace exageraba lo relativo a la planificación de nuestras vidas. Como escritor de ficción a tiempo completo, me alegraba que la persona que iba a compartir su vida conmigo se hiciera cargo de las cosas. Hasta que conocí a Grace, nunca había dispuesto de tanto tiempo para escribir. Todo el mundo decía que hacíamos buena pareja. Me sentía libre para concentrarme en los detalles de la ficción; los detalles de nuestra vida real los dejé en manos de Grace.

¿Hice caso omiso de las primeras señales que indicaban diferencias entre nosotros? Supongo que sí, quería que funcionara.

—Todos queríamos que saliera bien, niño —dijo Molly tiempo después.

Un día, me contaría Grace, la foto de la ecografía, que hizo enmarcar, se desvaneció: la imagen se fue quedando blanca hasta que se borraron todos los detalles. Puedo suponer que el diminuto pene del feto fue el primer detalle en desaparecer. A pesar de lo diminuto que era, para nosotros adquirió un significado absoluto. Íbamos a tener un hijo. En ese momento, se esfumó una desavenencia entre Grace y yo que no habíamos sabido superar: no nos habíamos puesto de acuerdo sobre el nombre si se trataba de una niña. De parte del sector Barrett de su familia, Grace me habló de varias posibilidades: Deirdre, Elizabeth o Beryl; por parte del sector Barnard, Grace me habló de Mary, Kate o Rebecca. En caso de ser niña, yo me decantaba por Nora o Rachel. Ya no quedaba nadie vivo que llamara Rachel a mi madre; todo el mundo la llamaba Ray.

En este caso, Rachel no era un barco de rescate. Grace tenía en muy alta estima a Melville y *Moby-Dick*, pero para Grace el nombre de Rachel estaba asociado a una chica que la había atormentado en el colegio y, por otra parte, podía intuir los recelos de Grace respecto a Nora. Sabía que Nora podía mostrarse como una abusona con mujeres más jóvenes y guapas, pero desconocía los pormenores del fugaz contacto de Grace con Nora y Em. Grace había visto *Dos tortilleras, una que habla* en el escenario del Gallows. Se había presentado a Nora y Em entre bastidores, a instancias de mi madre. Alumna de Ray en la escuela de esquí de Vermont, ahora neoyorquina —parecida a Clara Swift, aunque guapa por derecho propio—, en mi imaginación, esas dos bolleras le echaron a Grace algo más que una ojeada; es posible que la observaran de arriba abajo, pero yo no sabía lo que había pasado (si es que había pasado algo).

Grace era una correctora de estilo de ficción que se había convertido en editora. Admiraba la escritura de Emily MacPherson. Entre bastidores, en el Gallows, a Grace le pareció extraño que Em no le dirigiera la palabra; Grace había dado por supuesto que el hecho de que Em no hablara tenía que ver únicamente con el espectáculo. Mi madre y Molly tuvieron que explicárselo más tarde: Em no hablaba. En un principio, lo único que Grace dijo respecto al hecho de que Em no hablara fue que perjudicaba su carrera como escritora de ficción. Más adelante, cuando Grace estaba embarazada, dijo:

—Cuando nuestro hijo esté aprendiendo a hablar, le resultará confuso estar cerca de un adulto que no habla. Que Em no hable le resultará incómodo, o simplemente raro.

Lo dejé correr, aunque sabía perfectamente lo que Grace estaba pensando. A Grace, que Em no hablara le resultaba incómodo, o simplemente raro. No solo podía percibir el recelo que Grace sentía hacia Nora, el recelo que Grace sentía hacia Em estaba ahí desde el principio.

Ni a Grace ni a mí nos importaba que nuestro bebé fuese niño o niña. Pero sabíamos que el asunto de ponerle nombre resultaría más fácil siendo niño. Como nombre de niño, los dos habíamos pensado en Matthew. En mi caso, por Matthew Zimmermann. En el de Grace, Arthur Barrett, su padre, había perdido a un querido hermano en otra guerra: otro Matthew, otro soldado. Sin embargo, el hecho de saber que tendríamos un niño dio lugar a un momento incómodo. Por segunda vez, Grace me pidió que confirmara que Elliot Barlow era realmente mi padrastro; Grace quería que le asegurara que la de las raquetas no era mi verdadero padre.

Al igual que la primera vez que me lo había preguntado, Grace no mostró ningún tipo de curiosidad con relación a mi padre biológico. A Grace parecía bastarle la despectiva versión de mi madre. «No era más que un muchacho», fue suficiente para Grace.

—Supongo que los dos eran muy jóvenes... Supongo que él también esquiaba —dijo Grace poco después de conocernos. No pretendía sonsacarme información.

—También esquiaba, es cierto —le dije.

—Es que me preguntaba si el señor Barlow podría ser tu *verdadero* padre —dijo Grace aquella primera vez. Aquí sí me dio la impresión de andar buscando algo.

—No, mi padre no era más que un crío. Los dos lo eran —le aseguré esa primera vez. Lo dejé pasar las dos veces, aunque sabía lo que a Grace le rondaba por la cabeza. Estaba pensando a nivel *genético*. Grace había conocido a la de las raquetas, como hombre y como mujer.

—Elliot Barlow es maravilloso, ¡lo adoro! —exclamó Grace.

—*La* adoras —le dije en voz baja. Incluso la gente que tenía buenas intenciones cometía errores con los pronombres. Y no ayudaba el hecho de que los que estábamos más cerca nos siguiéramos refiriendo a ella como el *señor* Barlow. No sé por qué, es una de esas cosas que hacen las familias.

Sin embargo, sabía lo que Grace había estado pensando, en dos ocasiones, y lo dejé pasar. Si íbamos a tener un niño, Grace quería estar segura de que nuestro Matthew no cambiaría de opinión sobre ser un niño. No digo que no haya que perdonar a Grace por tener esa clase de pensamientos, lo que no me perdono es que yo lo dejara pasar.

Esa semana entre Navidad y Año Nuevo, los últimos días de la década de 1980, fui a esquiar con mi madre y Molly dos veces más. Ninguno de esos dos días mi madre mencionó a Grace, y mi último descenso estuvo reservado para la allanadora nocturna. Mi madre siempre me guiaba montaña abajo, yo giraba donde ella giraba, aunque no con la misma perfección. Molly me hizo ir delante, me dijo qué pista o pistas debía tomar, pero quería ver si sabía seguir la línea de caída; si sabía siquiera dónde estaba la línea de caída. Molly iba detrás de mí; estaba tan cerca que podía oír sus giros y cada una de sus palabras.

En Havoc, una pista negra, hubo críticas constructivas.

—Tus cantos interiores son tus mejores amigos, niño —oí que me decía la allanadora de pistas. Al día siguiente, Molly me dijo que fuera a la Pushover, una pista azul, la más larga y lenta que desciende por la cara este de la montaña desde lo alto del telesilla Blue Ribbon Quad. Debería haber sabido que la allanadora nocturna tenía más cosas que contarme de las que tuvo tiempo de decirme en la pista negra.

—Estoy segura de que crees que no tienes planes para Nochevieja —empezó a decir la vieja pistera.

—*No* tengo ningún plan para Nochevieja —afirmé. Detrás de mí, oía tan solo el sonido de los precisos giros de la pistera—. ¿Tengo algún plan, Molly? —le pregunté entonces.

La allanadora de pistas me dijo que íbamos a celebrar Nochevieja en mi casa porque la mesa del comedor era muy grande.

—Yo cocinaré, niño, pero tu madre quiere que los Barrett vean dónde vives. Además, quiere enseñarle a Grace algunos de tus muebles —dijo Molly. Así pues, Grace y sus padres estaban invitados a la cena.

—Entiendo —dije. En la Pushover era más fácil girar adecuadamente, y Molly hizo un uso eficiente de nuestro descenso, más largo y lento, de la montaña. Había más cosas que explicar sobre los planes de mi madre para esa Nochevieja. Supuse que Pequeña Ray quería asegurarse de que las habitaciones y los baños de los invitados estuvieran presentables—. Mis más recientes invitados han sido bastante pulcros —le dije a la allanadora nocturna.

—Tu madre ha pensado en una barrida a gran escala, niño; es decir, que no quede rastro de ninguna visitante femenina —dijo la pistera. La palabra *barrida* formaba parte de la jerga de los pisteros. ¿Acaso iba mi madre a buscar los rastros de las visitas de Em en los diferentes dormitorios, tal vez unas bragas o un sujetador que se hubiera dejado? ¿Qué otros rastros de Em podía haber imaginado mi madre?

—La desordenada era Nora —le recordé a Molly.

—Lo sé, niño —me dijo la allanadora de pistas.

Llegada la Nochevieja, incluso mi nevera relucía; estaba prácticamente vacía, a excepción de las cervezas. Había dado buena cuenta de las sobras del chili de cordero. Y no había ido de compras desde que Em y la de las raquetas de nieve regresaron a Nueva York. A pesar de los muchos turistas, siempre podía encontrar un sitio en el bar cuando salía a cenar solo en Manchester, o bien comía en casa de mi madre con ella y con Molly.

Intenté no fijarme en el *barrido* que llevó a cabo mi madre en la planta de arriba de la casa, antes de que vinieran nuestros invitados. Mi madre les enseñó la casa a Grace y a su madre, pero Arthur Barrett prefirió tomarse una cerveza en la cocina con Molly y conmigo. Arthur me hizo un par de preguntas capciosas. Ya me habían hecho antes esa clase de preguntas, en apariencia sobre mis libros, pero Molly y yo sabíamos que el señor Barrett me estaba interrogando como padre de una hija que podía estar interesada en un hombre mucho mayor. Es decir, eran preguntas típicas de padre, tal como la pistera y yo mismo entendimos enseguida.

—En tus novelas, cosas que ya son malas de por sí se convierten en mucho peores, ¿no es cierto? —preguntó Arthur Barrett—. Llevas las cosas hasta el extremo: extremos políticos, extremos de violencia, extremos sexuales, ¿no es cierto? —me preguntó el padre de Grace—. ¿Se debe solo a que tienes lo que mi hija denomina una «imaginación propensa a los desastres» o crees que la vida es así en realidad, que somos lo que realmente somos cuando llegamos a esos extremos?

—Tengo una imaginación propensa a los desastres —le aseguré.

—Verás, Arthur, conozco a Adam desde que era un adolescente y puedo afirmar que nunca ha intentado que ocurra ningún desastre; al menos, que yo recuerde —le dijo Molly.

—Te *pedí* expresamente que no le hicieras esas preguntas, papá. ¡Son las que le hace *todo el mundo!* —oímos gritar a Grace desde el comedor. El parecido con Clara Swift resultaba de lo más confuso, porque Grace era alegre y abierta, no la mujer recelosa y en crisis que estaba acostumbrado a ver en la gran pantalla. Su parecido físico con Clara Swift era desconcertante, sobre todo porque Grace no era un personaje creado por las tendencias catastrofistas de Paul Goode. Grace no era una mujer férrea pero quebradiza, enfrentada a calamidades propias del género negro. Me gustó al instante.

Antes de sentarnos a cenar, Arthur Barrett anunció:

—En Nochevieja, me gusta estar en casa, en pijama, antes de que caiga la bola en la tele.

Grace ignoró aquel comentario, pero Catherine Barrett le prometió a su marido que llegaría a casa a tiempo para ponerse el pijama. No dio la impresión de que fuera a ser una noche de juerga. Impertérrita, Grace nos contó la historia de su único intento de ver descender la bola en Times Square.

—Fue por culpa de un autor que estaba de visita en la ciudad —empezó a decir Grace, pero fue lo bastante discreta como para no decirnos en ningún momento el nombre del autor; si ella era tu editora, podías contar con su discreción. Lo único que supimos fue que el autor era europeo, lo publicaban traducido. Era la primera vez que estaba en Nueva York y había llegado antes de lo previsto. Llamó al número de teléfono de su casa, no tenía planes y parecía desolado. Grace cambió sus planes para Nochevieja. Con tan escaso tiempo de antelación, el único lugar al que podía llevarle a cenar era al restaurante de su hotel; se alojaba en el Plaza. El autor había insistido en alojarse allí, a pesar de que ese hotel era demasiado caro para la editorial—. No es el lugar que elegimos para alojar a la *mayoría* de nuestros autores —explicó Grace con discreción. Grace pudo conseguir una mesa a última hora.

—Se le *insinuó* después de cenar. ¡Intentó llevársela a su habitación de hotel! —exclamó Arthur Barrett—. ¿Todos los autores se portan así de mal? —me preguntó el padre de Grace.

—Por supuesto que sí. No me fastidies la historia, papá —le riñó Grace—. Ese autor también le tiró los tejos a nuestra agente de prensa, que estaba embarazada, a mi ayudante y a varias de las periodistas que lo entrevistaron —explicó Grace—. En lugar de ir a su habitación del hotel, le pregunté si alguna vez había visto descender la bola en Times Square. Faltaba una hora para medianoche. Sabía que habría allí una multitud y que no lograríamos acercarnos lo suficiente como para ver la bola, pero supuse que seríamos capaces de acercarnos más de lo que lo hicimos —dijo Grace. Caminó con el autor europeo por la calle Cincuenta y nueve Oeste, pero cuando giraron por la Séptima Avenida, no pudieron pasar de la Cincuenta y seis Oeste antes de que la multitud y la policía les cerraran el paso por completo. Cuando cayó la bola, apenas pudieron oír «Auld Lang Syne» y vieron algunos fuegos artificiales desde la distancia, pero eso fue todo lo que pudieron ver—. Es mejor ver el descenso de la bola por televisión —dijo Grace.

—Ese escritor es uno de esos hombres que deberían ser castrados —proclamó Arthur Barrett mirándome a los ojos.

—Te llevaremos a casa con tiempo suficiente para que puedas ponerte el pijama —le repitió Catherine Barrett, como si se tratase de una letanía.

Conté una anécdota sobre mi intento de ver descender la bola: una aventura fallida con Em y Nora en una gélida Nochevieja en Hell's Kitchen. Em estaba decidida a salir temprano, para poder llegar lo más cerca posible de la calle Cuarenta y dos o de la Cuarenta y tres.

—Pasarás frío, tendrás que mear, y algunos patanes intentarán manosearte —le había advertido Nora, pero Em hizo una pantomima dando a entender que se volvería loca si veía descender la bola en la televisión de su minúsculo apartamento en Hell's Kitchen.

La gente estaba ya hombro con hombro a la altura de la Séptima Avenida, cuando los patanes en cuestión salieron de la boca del metro de la calle Cuarenta y nueve: cuatro tipos grandes y desaliñados, ruidosos y maleducados. No cabía duda de que estaban al corriente de que Nora y Em eran pareja. Se acercaron a Em haciendo comentarios sobre Nora desde el primer momento. Integrados entre la multitud, avanzando centímetro a centímetro, nos detuvimos frente a la calle Cuarenta y ocho. No había modo de dar esquinazo a aquellos patanes. A mí me ignoraban, hacían como si no estuviese allí, hasta que empezó la pelea.

—Me pregunto si la guapa habrá estado alguna vez con un tío —dijo uno de los patanes mirando a Em.

—¿Cómo te llamas, guapa? —preguntó otro patán a Em, que estaba encogida entre Nora y yo.

—Habría que ponerle una bolsa en la cabeza a la otra. Mejor no mirarla —dijo el tercero mirando a Nora.

—Te arrancaría la cara a mordiscos a través de la bolsa, te aplastaría los huevos de un rodillazo —le dijo Nora.

El cuarto patán me rodeó y le tocó el culo con la mano a Em. La pantomima de Em, para Nora y para mí, resultó obvia, pero no era tan obvia si no la conocías. Tenía frío, tenía que mear, quería ver cómo descendía la bola en la tele, con la cabeza apoyada en el regazo de Nora. Nora no era la que había querido ir a Times Square en Nochevieja, pero yo sabía que no iba a marcharse por culpa de un puñado de palurdos. El patán que había hablado en primer lugar sacó sus propias conclusiones sobre la pantomima de Em.

—Me pregunto si la mona será retrasada o si será muda o algo así —dijo.

—Sí que le pasa algo, pero sigue siendo la más mona —dijo el segundo, el que le había preguntado a Em su nombre.

—¿Cómo puedo ayudaros, chicas? —le preguntó un policía a Nora.

—Estos tipos nos están acosando. Ese le ha tocado el culo —le dijo Nora al policía señalando a Em y al paleto que la había tocado.

—¿De dónde sois, chicas? —le preguntó el policía a Em, que se quedó paralizada.

—No habla —le dije.

—¡Es retrasada o algo así! —gritó el primer patán.

—Somos de *aquí,* vivimos en el barrio —le dijo Nora al policía.

—¿Vas con las chicas? —me preguntó el policía.

—Sí —le respondí.

—Deberías llevártelas a casa —me dijo el policía. Empezó a abrirse paso entre la multitud, de vuelta junto a sus compañeros, cuando Nora le llamó.

—¡No nos están ayudando! *Nosotros* no somos el problema, el problema son ellos —le gritó Nora, señalando a los patanes.

—¡Marchaos a casa! —le respondió el policía, sin molestarse siquiera en volverse para mirarla.

—¡Marchaos a casa! —corearon los patanes, envalentonados por la tibia respuesta policial.

En cualquier caso, no íbamos a acercarnos lo bastante para ver caer la bola.

—Deberíamos irnos —le dije a Nora. Em asintió, pero yo conocía a Nora.

—¿De dónde sois *vosotros,* de la ciudad o de algún lugar peor? —les preguntó Nora a los patanes.

Yo sabía lo que Nora pensaba acerca de los que se largaban del Gallows; siempre decía que los que se largaban eran de fuera de la ciudad. No sabía que se pudiera ser de un sitio peor. Los patanes, como no podía ser de otro modo, estaban confusos.

—¿Qué es peor que ser de fuera de la ciudad? —le preguntó a Nora el patán más estúpido; también era el más grande. Era el que había sugerido la posibilidad de cubrirle la cabeza con una bolsa.

—De Nueva Jersey —le dijo Nora. No sé cómo supo Nora de dónde eran los patanes, o si se lo estaba inventando, pero fue entonces cuando las cosas se le fueron de las manos. En los patanes despertó un feroz sentimiento de pertenencia al Estado Jardín. El tipo más grande —«el patán de la bolsa», como Nora se referiría a él más tarde— se había colocado muy cerca de Nora. Tenía la altura adecuada para que ella le diera un cabezazo, pensé yo, cuando el patán que le había tocado el culo a Em volvió a rodearme. En esta ocasión, le metió la mano por debajo de la parka. Por el modo en que Em se estremeció y lanzó un chillido, debió de pellizcarle un pecho. Supe lo que Nora iba a hacer, pero yo era el que estaba más cerca del sobón. Le agarré la mano y le hice una de las llaves de muñeca del entrenador Dearborn. El manoseador de tetas se puso a gritar, lo que provocó que nuestro policía se volviera hacia nosotros. Se acercó acompañado por otros dos agentes.

Sabía que Nora iba a propinarle un cabezazo al más grande. Le golpeó en los labios y en la nariz. Cuando el patán de la bolsa intentó protegerse la cara con las manos, Nora lo agarró por los huevos y apretó con fuerza hasta que llegó la policía.

—Como ya le he dicho antes, el problema son ellos —le dijo Nora a nuestro policía.

—¿De dónde sois? —les preguntó el policía, y los dos que sabían hablar lo hicieron al unísono.

—De Jersey —dijeron.

—Deberíais volver a Jersey —les dijo nuestro policía.

El tocador de tetas se agarraba el brazo de forma rara.

—Sí, pero... —empezó a decir.

—¡Volved a Jersey! —le espetó otro de los policías.

El patán de la bolsa estaba en posición fetal sobre la acera de la Séptima Avenida. Le sangraba la boca, pero no hablaba por culpa de sus pelotas. Nos dirigimos hacia el oeste por la calle Cuarenta y nueve, subiendo por la Octava Avenida.

—¡Volved a Jersey! —cantaba Nora para sí misma. Estuvimos de vuelta en aquel diminuto apartamento de Hell's Kitchen a tiempo para ver cómo descendía la bola en la televisión. Em se acurrucó en el sofá, con la cabeza sobre el regazo de Nora. Yo tenía el otro extremo del sofá para mí solo.

—Sabes lo mucho que quería a Nora, pero hizo enfadar a mucha gente, cariño —dijo ahora mi madre. Sus palabras nos llevaron a hablar sobre el tiroteo del Gallows Lounge.

—Leí que intentaste llamar la atención del tirador. ¿Realmente querías que te disparara? —me preguntó Arthur Barrett.

—Em estaba en el escenario y era un blanco fácil, eso es todo lo que pensé —le dije al padre de Grace.

—Mi querida Elliot fue en busca del tirador. ¡Fue directa a por él! —declaró mi madre.

—La de las raquetas de nieve fue «la única heroína». Yo solo intenté distraer al tirador —dije.

Grace fue muy discreta en su manera de cambiar de tema.

—Algunos de mis autores nunca se mudarían a Vermont, están más interesados en sus apariciones públicas como escritores que en escribir —dijo Grace. No se refería en particular a los autores que vivían en Nueva York; los festivales literarios proliferaban por todas partes. Ambos conocíamos a autores que pasaban más tiempo hablando de escribir que escribiendo. Grace me preguntó sobre la escritura de guiones. Por aquel entonces, yo había escrito ya un par de adaptaciones y un guion original, pero ninguno de mis guiones cinematográficos se había llegado a rodar.

Le pregunté a Grace por sus desplazamientos en coche, casi todos los fines de semana, de Nueva York a Vermont; debía de gustarle conducir, me aventuré a decir. Le encantaba conducir, me dijo, pero también le gustaba escuchar audiolibros en el coche. Escuchaba las novelas que publicaban otras editoriales y las novelas clásicas que había leído y amado cuando estudiaba. Nuestra charla sobre cuestiones literarias hizo que Arthur Barrett se durmiera durante la cena, aunque se despertó con un sobresalto a tiempo para el postre. La mente del señor Barrett debía de estar de vuelta en la Séptima Avenida, con los patanes de Nueva Jersey, porque esa era la conversación anterior a la que se refirió.

—La castración es la única respuesta. Esos hombres de Nueva Jersey deberían ser castrados —dijo Arthur Barrett—. La castración funciona, os lo aseguro —afirmó.

—Sabemos que funciona, papá —le dijo Grace.

Menos mal que la cantinela de Catherine Barrett regresó para ayudarnos cuando más la necesitábamos.

—Te llevaremos a casa a tiempo para que te pongas el pijama —le prometió la señora Barrett a su marido, que estaba devorando el postre.

Molly había acompañado unos filetes de salmón con tomates y aceitunas negras, y también había horneado una tarta de manzana.

No había bebida de la que hablar. Catherine había repetido que ella era la conductora, así que no bebía alcohol. Los demás tomamos cerveza. Después de una segunda ración de tarta, Arthur parecía impaciente por irse: su pijama y el descenso de la bola lo llamaban a casa, aunque los Barrett vivían cerca y no era ni mucho menos medianoche. Cuando mi madre y Molly salían, la allanadora nocturna nunca tomaba más de dos cervezas; Molly siempre era la conductora.

—Si quieres quedarte a ver el descenso de la bola con nosotros, Grace, te llevaré a casa cuando Ray y yo nos vayamos —le dijo la allanadora de pistas.

Los prolegómenos del descenso de la bola ya podían verse en la tele, una vez que el matrimonio Barrett se fue a casa y después de que Grace nos ayudara a recoger la cocina. Grace y yo le pasamos un agua a los platos y los metimos en el lavavajillas, mientras mi madre y Molly limpiaban la mesa del comedor y guardaban las sobras. Fue entonces cuando Grace hizo dos comentarios sobre Em y sobre mí, como escritores.

—Sé que Emily MacPherson y tú sois amigos y que vuestras obras tienen ciertas similitudes. Los dos escribís sobre familias disfuncionales y a los dos os gusta el punto y coma —me dijo Grace. Yo le conté que no había sabido que Emily MacPherson escribía ficción hasta que mis alumnos y yo empezamos a leerla en el Taller de Escritores de Iowa. Em no me lo había dicho, le expliqué a Grace.

—Pero ahora los dos escribís, ¿no? Los escritores que son amigos se escriben, ¿no? —me preguntó Grace. Como editora, Grace entendía de ficción y conocía a los escritores de ficción.

—En la actualidad, Em está escribiendo una novela con un narrador en tercera persona omnisciente —empecé a decir, pero ya había entendido que no podía engañar a Grace. No intenté convencerla de que escribir una novela en tercera persona impedía a Em escribirme a mí en primera persona—. Em necesita sentir un distanciamiento de sí misma para escribir sobre el tiroteo del Gallows Lounge. Creo que Em necesita vivir en tercera persona durante un tiempo. Tal vez escribir cartas, en este momento, sea algo demasiado personal para ella. Al parecer, hemos dejado de escribirnos cartas, por ahora —le dije a Grace. Mi madre y Molly no dijeron nada.

—Em parece demasiado excéntrica, incluso para ser escritora de ficción —dijo Grace.

—Em es excéntrica, ¿verdad, cariño? —dijo mi madre desde el comedor. Miré a Molly, que estaba guardando las sobras de salmón y de la tarta de manzana en la nevera. La vieja pistera me devolvió la mirada, como si estuviese esquiando y tuviese que tener cuidado con mis giros.

—Em es excéntrica —repetí. Me odié por decirlo. Sentía que estaba traicionando a Em. Echaba mucho de menos escribirle y recibir sus cartas. Me había escrito no hacía mucho, pero yo había aplazado la respuesta y ahora ya no nos escribíamos.

«Antes no dejabas de hablar de ir a Aspen y al Hotel Jerome. Si sigues interesado en ir allí, será mejor que lo hagas antes de tener mujer e hijo», me había escrito Em. «Tendrías que dar muchas explicaciones si fueras allí con mujer e hijo, ¿verdad?», me había preguntado Em. Mientras la allanadora nocturna buscaba el canal para ver el descenso de la bola en el televisor del salón, mi madre hacía su paseíllo atlético por la cocina, observándonos a Grace y a mí en el fregadero. En aquel momento, mi madre debió de pensar que éramos un modelo de lo que debía de ser un hogar: yo lavaba los cazos y las sartenes y Grace los secaba. Estábamos codo con codo en el fregadero, rozándonos. Por el modo en que habíamos estado hablando del mundillo de la escritura, cualquiera habría pensado que nos conocíamos desde hacía tiempo. Observé de soslayo su perfil: me pareció impecable. Sentí que era algo completamente natural estar tan cerca de ella. Em tenía razón: tendría que dar muchas explicaciones si fuera a Aspen y al Hotel Jerome con mi mujer y mi hijo. «Ese es un viaje que tendré que hacer solo», me dije; en cuanto dispusiese de la oportunidad adecuada.

El modo relajado en que Grace me hablaba me llevó a imaginar que ya vivíamos juntos.

—Si te apetece media cerveza, me partiría una contigo —me dijo Grace. Mis manos estaban húmedas; las suyas, secas.

—Claro. Hay cerveza en la nevera —le dije. Por eso se fijó en la lista de la compra. No había escrito nada en ella desde que la de las raquetas y Em habían regresado a Nueva York. Vi que Grace se detenía ante la puerta de la nevera, estaba leyendo la lista de la compra. De un solo vistazo, me fijé en que era una lista más larga de lo que recordaba haber escrito... nunca.

—Es una lista de la compra *excéntrica* —dijo Grace. «Oh, oh», pensé. En el *barrido* que había llevado a cabo mi madre en el piso de arriba no había encontrado ni rastro de Em. Solo a Em se le habría ocurrido escribir una lista de la compra tan larga como la que Grace empezó a leernos, justo cuando Molly volvió a la cocina. Dada la familiaridad de Grace con los textos de Emily MacPherson, Grace supo al instante quién había hecho una contribución tan inusual a mi lista de la compra; no estaba escrita en tercera persona. Como es lógico, recordé el contexto reciente de lo que Em había escrito en la lista de la compra. Grace leyó en voz alta la pantomima de Em, la que el señor Barlow y yo nos habíamos esforzado por descifrar. La pobre Em acabó rindiéndose y se fue a la cama. Quizás la mímica no fuera la técnica más adecuada para transmitir un monólogo interior. Lo que Em había querido decir quedaba perfectamente claro en la lista de la compra. Grace Barrett, por lo demás, era una buena lectora; Grace era fácil de entender.

«En sus entrevistas, incluso en la actualidad, Paul Goode resulta más creíble y simpático de lo que nunca lo ha sido en lo que ha escrito o en sus actuaciones», había escrito Em. «Me pregunto si te caería bien; si llegases a conocerlo. Me pregunto si pensarías que es un buen tipo en la vida real. Tal vez, si lo conocieras, no te decepcionaría tanto como escritor. Tal vez, si lo conocieras, te parecería mejor que la mierda sarcástica de una sola nota que crees que es; en cuanto actor», escribió Em.

—Nunca había visto una lista de la compra con punto y coma —dijo Grace—. Además, su letra es casi demasiado precisa para ser manuscrita. ¿Emily MacPherson escribe a mano? —me preguntó Grace.

—Em escribe a mano —le dije.

—Tú también escribes a mano, cariño —dijo mi madre, que intentaba de ese modo cambiar de tema. Pero Grace Barrett era editora: sabía que el tema principal de la lista de la compra era Paul Goode, no escribir a mano.

—¡Tu madre me ha dicho que escribes a mano, pero no sabía que no te gustaba Paul Goode! —exclamó Grace al tiempo que sacaba una cerveza de la nevera.

—No me entusiasma ni su forma de escribir ni su manera de actuar —dije tratando de no complicarme la vida.

—Qué más dará su forma de escribir o de actuar... Paul Goode fue el primer hombre con el que imaginé que perdía la virginidad —nos dijo Grace. Tenía dieciséis años cuando vio *El coche equivocado* por primera vez. Acababa de sacarse el carné de conducir el día que condujo hasta Bennington para ver la película; es posible que hubiese un festival de cine negro en la universidad. A Grace le pareció una anécdota la mar de graciosa. Me dio la impresión de que le disgustó que no nos estuviéramos riendo. Yo había visto *El coche equivocado* en 1960, cuando Grace tenía cuatro años. Todavía estaba en el instituto cuando vio *El hombre de la guardería,* nos contó—. Cuando Paul Goode era un poco más joven que tú —me dijo Grace.

—Ya te lo he dicho, cariño: no suelo pensar en Paul Goode en absoluto —espetó de repente mi madre.

Yo me limité a mirar a Molly, esperando que la vieja pistera dijera (como ya le había oído decir antes): «Este es un buen momento para dejarlo correr, Ray. En este preciso instante». Pero en esta ocasión, Molly no dijo nada.

Supongo que esperábamos que mi madre dijera más de lo mismo sobre Paul Goode. Ojalá se lo hubiera contado todo a Grace en ese mismo momento. Molly y yo deseábamos que todo saliera a la luz, pero no fue así. Mi madre se las arregló para no decir nada más..., pero alguien tenía que decirlo.

—Bueno, ahora me avergüenzo de ello, pero en realidad perder mi virginidad no fue para tanto. Nada que ver con cómo imaginaba que sería perderla con Paul Goode —se sintió obligada a decir Grace, ya que los tres parecíamos afectados—. Parece como si prefirieseis retomar la conversación sobre la castración —nos dijo Grace. Finalmente, nos echamos todos a reír. El aire dejó de parecer viciado.

—Yo no pienso en Paul Goode, pero es que, en general, no pienso en los *hombres* —nos recordó Molly. Yo sabía que simplemente se estaba haciendo la graciosa para que siguiéramos riendo.

—Molly, la sabelotodo —dijo mi madre. Miré a Grace: se le había pasado la vergüenza. Se había olvidado de que íbamos a compartir una cerveza: se la estaba bebiendo sola, en un vaso.

A mí también me entraron ganas de tomarme una cerveza. Es posible que fuese entonces cuando se lo dije, mientras todos reían. Nunca resultaría más sencillo contarle la historia a Grace, lo sabía, pero empecé de manera tangencial.

Acabas de conocer a una mujer que te gusta de verdad, pero vas a tener que decirle que el primer hombre con el que imaginó perder la virginidad es tu padre. En ese momento, ella tiene unos pocos años más que tu padre cuando lo vio por primera vez; Paul Goode tenía treinta cuando hizo *El coche equivocado*. Tenía cuarenta y seis cuando hizo *El hombre de la guardería*, solo dos años menos que tú. Y, para poner el tema de la edad en perspectiva, tienes que decirle que tu padre solo tenía catorce años cuando perdió la virginidad con tu madre. Sabía que ese detalle, con toda probabilidad, no sería el comienzo más adecuado. Con catorce años, Paul Goode estaba muy lejos de ser el conductor a la fuga con el que Grace había imaginado perder su virginidad; el chaval de catorce años era demasiado joven para conducir. Pero, mientras yo me preguntaba por dónde empezar a contárselo, Grace había seguido adelante.

—Bueno, me alegro de que la historia sobre mi virginidad haya terminado. Empezaba a sentirme como esa mujer con el cochecito de bebé y la escopeta en *El coche equivocado*. Sabes lo que le pasó, ¿verdad? —me preguntó Grace.

No me habría sorprendido saber que la mujer del cochecito de bebé no era un auténtico fantasma. Y si mi madre hubiera intercalado, respecto a Paul Goode, «Solo era un chico que no me quitaba los ojos de encima...», bueno, no me habría parecido mal. «Habría sido una chica guapa», deseé que dijera una vez más, pero no lo hizo. Mi madre no dijo ni una palabra.

Tal vez podría empezar a contar mi historia con la cuestión de los fantasmas, me dije, recordando, por ejemplo, cómo la mujer con el cochecito de bebé no hacía otra cosa que aparecer. Sin embargo, todo lo que le dije a Grace fue:

—No. No sé qué ocurrió con la mujer del cochecito.

—Amenazó con suicidarse después de que se dictara contra ella una orden de alejamiento que le prohibía acercarse o ponerse en contacto con Paul Goode —dijo Grace. Me enteré de que la mujer del cochecito nunca mantuvo una relación sentimental con

Paul Goode; ni siquiera eran amantes en la película. La mujer había acosado a Paul Goode, había intentado tener una relación con él, había espiado a todas las mujeres que le habían conocido—. En cuanto a su carrera, bien podría haberse suicidado —dijo Grace. Fue entonces cuando deseé estar en Aspen, en el Hotel Jerome, esperando a que descendiese la bola; es decir, entre fantasmas. No le dije nada a Grace sobre los fantasmas ni sobre mi padre. Me limité a observar a mi madre, sin saber lo que podría llegar a hacer o decir.

Pequeña Ray miró la lista de la compra que colgaba de la puerta de la nevera antes de sacar dos cervezas y pasarme una a mí. La solemnidad con la que habíamos escuchado la historia sobre la virginidad de Grace volvió a apoderarse de nosotros. Por otra parte, la amenaza de suicidio de la mujer con el cochecito de bebé no tenía nada de alegre. Supe de las buenas intenciones de la allanadora nocturna cuando decidió disipar nuestra melancolía con un toque de frivolidad. La travesura de Molly sacó nuestra Nochevieja del letargo, justo antes del descenso de la bola en Times Square.

—Deberíamos contarte dos historias relativas a la virginidad, Grace. Adam participó en ambos casos —le dijo la allanadora de pistas a la mujer con la que me casaría en junio—. ¿Verdad, niño? —me preguntó Molly. Yo sabía a qué dos casos de virginidad se refería Molly, a la mía y a la de Maud, y mi madre se estaba riendo a carcajadas. Grace supo que no tenía que tomárselo en serio.

—¿Perdiste la virginidad dos veces? —me preguntó Grace, que ya se estaba riendo.

Le agradecí a la allanadora nocturna que hiciera reír a Grace. Vimos el estúpido descenso de la bola en el televisor del salón, mientras mi madre y Molly se encargaban de contar la mayor parte de la historia.

Mi primera vez, la de mi pene doblado con Caroline, hizo que mi madre me susurrara dos veces, como había hecho en aquella ocasión:

—No deberías haber practicado sexo con una chica con muletas. —Y también—: No se practica sexo con alguien que acaba de ser operado.

Pero la vieja pistera, con su formación en primeros auxilios médicos, proporcionó a Grace los detalles más exhaustivos de la lesión de mi pene. No se trataba de un pene doblado permanentemente que necesitara una operación, le aseguró Molly a Grace, como me había asegurado a mí en aquella ocasión.

Mi madre se encargó de contarle a Grace mi *segunda vez,* cuando le tocó a Maud perder la virginidad. Tuve que interrumpir a mi madre cuando su relato se hizo confuso con el tema de las dos Helen, algo que ya le había ocurrido con anterioridad: la Helen a la que echaron del colegio, la chica con la que Maud quería perder la virginidad, no había muerto. No era la misma Helen que muere en *Jane Eyre,* le expliqué, tan solo era una chica con la que Maud no llegó a acostarse.

—Uno no tiene que acostarse con una chica que cree que le pueden gustar las chicas —me dijo mi madre, una vez más, antes de ofrecerle a Grace todos los detalles del contradictorio comportamiento de Maud; la forma en que Maud me rodeó con sus largas piernas mientras me golpeaba con la escayola, por ejemplo.

—¿Maud estaba escayolada? —preguntó Grace. Mi madre había pasado por alto la cuestión del brazo roto de Maud y la escayola, pero no se había olvidado de los gritos de *¡Sí!* y *¡No!* de Maud. Molly habló de las manchas de sangre que había tenido que pintar de blanco en la escayola de Maud, mientras mi madre me curaba la cara y las orejas.

—Los gritos de *¡Sí!* y *¡No!* no cesaban. No fue la *segunda vez* que yo esperaba que tuvieras, niño, después del incidente con tu pene —me dijo la vieja pistera.

Grace me contaría tiempo después que se quedó prendada de mí aquella Nochevieja.

—La forma en que tu madre y Molly se burlaban de ti y tú les seguías la corriente fue lo que me llevó a confiar en tu buen carácter —me diría Grace—. Todos erais tan bondadosos —añadiría.

No dudaba del buen carácter de Molly ni, en la mayoría de las ocasiones, del de mi madre. Mi buen talante no era tan fiable. Es posible que Grace juzgara mal la forma en que me alegraba al recibir las burlas de Molly y de mi madre. Con todo el mundo pasándoselo tan bien, hice lo que solemos hacer los escritores: siempre estamos imaginando una historia futura, la estamos escribiendo ya en nuestras cabezas. Aquella Nochevieja, me ensimismé. No estuve más presente al contar la historia de la pérdida de mi virginidad, ni de la de Maud, de lo que estuve en el descenso de la bola en Times Square. Mentalmente, estaba en Aspen, solo, en el Hotel Jerome. Me veía allí, como si se tratase del guion de una película que ya estaba escribiendo. No tenía ni la más remota idea de cuándo se me presentaría la oportunidad; el plan, y la oportunidad, llegaron tiempo después.

Como había cumplido treinta y seis años, Grace fue especialmente cuidadosa con todo lo relacionado con su embarazo. Ella era consciente de las discrepancias entre compañías aéreas respecto a cuándo era seguro volar estando embarazada. Muchas aerolíneas permitían volar hasta los nueve meses, cosa que a Grace le parecía poco seguro. Algunos vuelos internacionales solo permitían volar hasta los siete. Grace le preguntó a su obstetra, que también era esquiadora. Nada de esquiar, nada de volar, nada de altitud; no después del séptimo mes, le dijo su médico. Tuve claro cuándo iba a ir a Aspen y al Hotel Jerome: cuando Grace entrase en su octavo mes de gestación; esa iba a ser mi oportunidad. No tenía pensado conocer a Paul Goode, ni si me gustaría o no. No quería decirle que tenía un hijo, ni llegar a conocerlo, a pesar de que todos queremos saber de dónde venimos. Quería conocer el Hotel Jerome, quería saber más sobre los fantasmas.

En diciembre de 1990, un par de semanas antes de Navidad, Grace estaba embarazada de seis meses. Seguía trabajando en Nueva York y venía en coche casi todos los fines de semana a Vermont. Grace había visto la nueva película de Paul Goode, *El otro hombre,* en Nueva York. Yo no la había visto. *El otro hombre* no iba a proyectarse pronto en Manchester, pero eso no impedía que la gente de Vermont hablara de ella. La esposa de Paul Goode, Clara Swift, interpretaba a la esposa infiel en *El otro hombre.* A la luz del escandaloso romance de mi padre con Juliette Leblanc, su compañera de reparto en *Argonne,* era la comidilla de la ciudad. Me importaba bien poco, mis pensamientos estaban en Aspen, donde ahora sabía que iría. Febrero de 1991 sería el octavo mes de embarazo de Grace. No se me había ocurrido que *El otro hombre* podría estrenarse en Aspen mucho antes de llegar a Manchester, Vermont. No me interesaba ver más películas de Paul Goode. Solo pretendía ver el Hotel Jerome y saber más sobre los fantasmas.

Cuando ves fantasmas, simplemente están ahí, simplemente aparecen. No sé por qué, pero o ves fantasmas, o no los ves. Es posible ver mejor los fantasmas en una película que en un libro. Si alguna vez has sufrido un accidente, o has visto uno de cerca, lo revivirás una y otra vez. Cuando revives un accidente, siempre ocurre en el presente, como si fuera la primera vez. Los guiones de cine se escriben en presente, como si lo que estás viendo ocurriera por primera vez. Por eso lo que me ocurrió en Aspen es una película: siempre está ocurriendo, una y otra vez, como si fuera la primera. Siempre veré lo que allí ocurrió como si fuera una película.

45
Loge Peak

FOTO EN BLANCO Y NEGRO: cinco hombres de aspecto rudo frente a una choza rudimentaria.

ADAM (V.O.)

Vi a algunos fantasmas antes de saber que eran fantasmas, como estos tipos, los del campamento minero de Aspen en la década de 1880.

FOTO EN BLANCO Y NEGRO: un retrato en grupo de dos docenas de mineros, dos niños, un par de perros.

ADAM (V.O.)

He visto a este grupo mientras dormía, o en mis sueños: el turno de tarde de la mina Smuggler, década de 1880.

FOTO EN BLANCO Y NEGRO: dos hombres trabajando bajo tierra, uno de ellos con un trineo.

ADAM (V.O.)

Estos mineros de Aspen, que colocaban cargas de pólvora negra, volaron en pedazos en la década de 1880, pero sus fantasmas permanecen indemnes.

FOTO EN BLANCO Y NEGRO: hombres blancos fuertemente armados posan junto al cuerpo acribillado a balazos de un ute muerto; uno de los compañeros muertos de los hombres blancos está apoyado en una posición más digna que el cuerpo tumbado del ute.

ADAM (V.O.)

Estos voluntarios de Aspen ayudaron a sofocar la revuelta ute de 1887. Los ute se llevaron la peor parte.

FOTO EN BLANCO Y NEGRO: un retrato en pose de un caballero barbudo y bien vestido.

ADAM (V.O.)

Jerome B. Wheeler, propietario de una mina, mecenas de Aspen y financiero del primer Hotel Jerome, 1889. Wheeler quebró en 1901. Perdió el Jerome por impago de impuestos atrasados en 1909. Murió en 1918.

FOTO EN BLANCO Y NEGRO: dos cabezas de animales colgadas en la pared del salón de baile del Jerome; los ojos ciegos de cristal del oso y el alce miran a tres cazadores con rifles. Los hombres posan junto a un objeto voluminoso, cubierto por una lona sucia.

ADAM (V.O.)

Cazadores con una nueva cabeza de animal para el salón de baile del hotel, década de 1890.

FOTO EN BLANCO Y NEGRO: la pareja de Hollywood Lana Turner y Lex («Tarzán») Barker cenando en el Jerome.

ADAM (V.O.)

Lana Turner y Lex Barker, huéspedes del Jerome en la década de 1950. No vi a Lana, pero vería a Lex.

FOTO EN BLANCO Y NEGRO: el techo de hojalata prensada del Antler Bar, el bar de las cornamentas, del Hotel Jerome, años noventa del siglo XX. Las cabezas de animales colgadas en la pared son un ciervo, un búfalo, un alce y un borrego cimarrón de las Montañas Rocosas.

ADAM (V.O.)

Me pregunto si existen reglas para los fantasmas.

FOTO EN BLANCO Y NEGRO: las cabezas y cornamentas de los ciervos junto al espejo sobre la chimenea del vestíbulo del Hotel Jerome, años noventa.

ADAM (V.O.)

Y si hay fantasmas que no siguen las reglas.

FOTO EN COLOR: el cartel de la nueva película de Paul Goode y Clara Swift, *El otro hombre*. Paul Goode mira por encima del hombro desnudo de Clara Swift mientras ella lo abraza en una pista de baile.

ADAM (V.O.)

Las estrellas de Hollywood Paul Goode y Clara Swift, huéspedes frecuentes en el Jerome.

EXT. ACERA DE ASPEN, CINE ISIS, E. HOPKINS. NOCHE.

Vemos el imponente edificio de ladrillo rojo, el cartel del ISIS, el póster de *El otro hombre,* en cartelera en Aspen.

ADAM (V.O.)

Mi primera noche en Aspen estuve solo. El cine estaba cerca del hotel.

INT. CINE ISIS, E. HOPKINS. CONTINUO.

PANTALLA: al entrar en su habitación del hotel, deberíamos reconocer a PAUL GOODE y CLARA SWIFT, que aparecerían bailando en el póster de la película *El otro hombre.* Regresan de una fiesta formal: él viste esmoquin, ella un vestido elegante.

ADAM (V.O.)

En la película, están casados, pero han tenido problemas; como en su vida real. Hablando de *problemas,* no me di cuenta de quién estaba sentado frente a mí hasta que la película se aproximaba al final.

Paul no mira a Clara mientras se quita la chaqueta del esmoquin y se desata la corbata. Ella deja caer su chal de pashmina por sus hombros desnudos; el escote de su vestido es revelador.

CLARA SWIFT

Podrías tocarme, ya sabes.

Él se muestra indiferente ante la sugerencia.

PAUL GOODE

Lo sé.

CORTE A: TRES MUJERES DEPORTISTAS de unos treinta años están sentadas juntas en el cine. La que va en silla de ruedas ocupa el asiento del pasillo, con una mano sobre su silla de ruedas, en el pasillo. La luz de la película parpadea en sus caras mientras oímos las voces de los actores en pantalla.

CLARA (O.C.)

(se le quiebra la voz)
¡Ni siquiera me miras!

PAUL (O.C.)

Conozco muy bien tu aspecto.

MONIKA,. la mujer de la silla de ruedas, tiene acento austriaco; no se molesta en susurrar.

MONIKA

La va a matar a base de sarcasmo.

NAN, la deportista que está al lado de Monika, le susurra.

NAN

(susurrando)
Alguien va a pedirte que pares, Monika.

MONIKA

Nadie se mete conmigo, Nan. Nadie echa del cine a una lisiada.

BETH, la tercera mujer deportista, está fascinada con la película.

RETROCESO DE LA CÁMARA: Adam observa a las deportistas desde su asiento al otro lado del pasillo.

ADAM (V.O.)

La silla de ruedas y el acento austriaco la delataron. Monika Behr tenía poco más de veinte años cuando tuvo el accidente en el descenso femenino de

Cortina. Una lesión medular, parálisis de ambos miembros inferiores..., se quedó parapléjica.

PANTALLA: Clara Swift está medio desnuda, sentada a una mesa de maquillaje mirándose en el espejo, solo lleva puesto el sujetador y las bragas. Clara se quita las joyas.

CLARA

Es como si mi cuerpo te diera asco.

MONIKA (O.C.)

Esto es puro lucimiento. Paul Goode no sabe escribir ni actuar. ¿Has visto *El beso en Düsseldorf?* Nazis gais besándose, un soldado de asalto gay matando a otro soldado de asalto... Es mejor que esta mierda.

DOUG, EL ACOMODADOR, un adolescente, se coloca en el pasillo junto a la silla de Monika.

DOUG

(susurra)

Por favor, deja de hablar, Monika...

MONIKA

Siéntate en mi silla de ruedas, Doug. Te la chuparé.

Doug se va, hablando solo.

DOUG

No, gracias...

PANTALLA: Paul lleva la camisa blanca desabrochada, pero le tiende las muñecas a su mujer. Clara le quita los gemelos.

CLARA

Te comportas como si todavía me viese con él. ¡No le veo desde hace meses!

PAUL

Todavía puedo verlo. Como tú dices, soy yo el que tiene imaginación.

Con un sollozo, Clara se deja caer en la cama. Paul se sienta a su lado de mala gana. Se niega a tocarla.

MONIKA (O.C.)

¡Una dosis letal de sarcasmo!

Clara está tumbada en la cama, llorando. Paul mira hacia las puertas. Frota la espalda de su mujer, pero sigue sin mirarla. Ella se da la vuelta y abre los brazos. Incluso cuando se tumba sobre ella, mira con recelo a su alrededor, a la habitación del hotel, no a ella.

CLARA

Por favor, mírame, ¡al menos *mírame!*

Paul lo hace, aunque brevemente y sin afecto, mientras se abrazan en la cama. Luego mira por encima del hombro de ella y ve cómo se abre una de las puertas de espejo del armario ropero. El espejo refleja los pies de la cama, donde (increíblemente) EL OTRO HOMBRE está sentado, quitándose los zapatos. Mira por encima del hombro y sonríe a Paul, que yace congelado. A Paul, el otro hombre no le resulta un extraño.

OTRO ÁNGULO: el otro hombre se está desabrochando la camisa cuando se abre la puerta del cuarto de baño, que da al dormitorio. Clara sale del baño, desnuda. Se acerca al otro hombre y le besa.

ÁNGULO MÁS PRÓXIMO: Paul está rígido en brazos de Clara. Se encuentran solos en la habitación (y en la cama) mientras Paul sigue mirando en dirección al otro hombre, que ha desaparecido.

CLARA

(apartando a Paul)
¿Qué demonios te pasa?

CORTE DE VUELTA A: Adam y las mujeres deportistas entre el público del cine de Aspen. Nan y Beth están embelesadas con la película; Adam y Monika parecen menos cautivados.

ADAM

(a Monika)

Esto va más allá del género negro.

Monika se fija en Adam, que es más pequeño y mayor (cuarenta y nueve años).

MONIKA

Voy a enseñarte algo que va más allá del género negro.

Adam se fija en Monika, más grande y más joven.

PANTALLA: Clara se ha colocado en posición fetal bajo las sábanas mientras Paul está sentado a los pies de la cama, fumando.

Paul ve cómo el otro hombre se sube la cremallera de los pantalones, vuelve a ponerse la camisa y se lleva consigo los zapatos hacia la puerta de la habitación del hotel. Mientras se marcha, el otro hombre se lleva el dedo índice a los labios, advirtiendo a Paul de que no despierte a Clara.

MÚSICA durante los créditos finales de *El otro hombre*.

En la sala de butacas del cine de Aspen: se encienden las luces. Las deportistas son, obviamente, esquiadoras. La forma en que miran a Adam es, a la vez, suspicaz y depredadora.

Monika se asegura de que Adam note la fuerza de sus brazos, mientras se levanta del asiento del pasillo para sentarse en su silla de ruedas.

Mientras Adam y las tres grandes esquiadoras caminan juntos por el pasillo, los OTROS ESPECTADORES parecen conocer a las deportistas. Nan empuja la silla de ruedas de Monika. Tanto Nan como Beth son más altas que Adam.

EXT. ACERA DE ASPEN, CINE ISIS, E. HOPKINS. NOCHE.

Los espectadores pasan junto al póster de *El otro hombre.* Desde su silla de ruedas, Monika observa a Adam, que mira a Paul Goode y a Clara Swift.

MONIKA

Para mí, lo fastidia todo que estén casados en la vida real.

NAN

¿Y qué si están casados? Él sigue follando por ahí. Paul Goode se ha estado tirando a esa francesita.

MONIKA

Juliette Leblanc no es una francesita cualquiera, Nan.

BETH

Los casados son los que más ligan.

MONIKA

(a Adam)
¿Y tú? He visto tu alianza.

NAN

Es un viejo, Monika.

BETH

¡Los *viejos* son los que más ligan!

Adam camina con ellas, pero no sabe adónde van.

ADAM

Estoy perdido. Quiero volver al Jerome.

NAN

Quédate con nosotras, vamos justo ahí.

ADAM

¿Os alojáis en el Jerome?

BETH

Vivimos aquí. No nos alojamos en el Jerome, solo vamos a beber allí.

Nan y Beth son estadounidenses, pero Monika Behr es austriaca.

ADAM

(a Monika)

¿Vives en Aspen? Sé que eres austriaca. Te vi esquiar.

MONIKA

(amargamente)

Me viste caerme... Si sabes quién soy, me habrás visto caerme.

NAN

Dale un respiro, Monika... Es un viejo.

MONIKA

¿Qué te pasa con los viejos, Nan? No es tan viejo.

Beth golpea a propósito a Adam con la cadera.

BETH

Es viejo *y* pequeño *y* está casado.

Las tres esquiadoras se ríen. Adam desconfía de estas tres mujeres deportistas.

MONIKA

Volvamos a Paul Goode. Lo digo en serio. Los actores tienen que ser creíbles. En cuanto te casas, dejas de ser creíble.

BETH

Si tienes el físico de Paul Goode, no tienes por qué actuar.

ADAM

Su mujer es la verdadera actriz de la familia.

MONIKA

Es una de esas mujeres que son mortalmente infelices.

ADAM

¿Te da la impresión de que es infeliz?

MONIKA

Básicamente, la odio.

NAN

¿Dónde está tu esposa? ¿Es demasiado mayor para volar o algo así?

ADAM

Está esperando un bebé, está demasiado embarazada para volar.

BETH

Si está embarazada, tiene que ser mucho más joven que tú.

ADAM

Sí, mi mujer es más joven que yo. Estamos algo así como recién casados.

Beth vuelve a golpear a Adam con la cadera.

BETH

Los recién casados también ligan, ¿no?

NAN

¿O solo has venido a Aspen a esquiar? ¿Eres uno de esos viejos que se creen esquiadores de primera?

Habida cuenta de que no puede andar, Monika no le quita los ojos de encima a Adam. La forma en que lo examina incomodaría a cualquiera.

MONIKA

(más seria)

Este tipo no es un esquiador de primera. Reconozco a los grandes esquiadores.

ADAM

(con toda sinceridad)

No soy más que un esquiador de nivel intermedio. Mi madre es una esquiadora experta. Mi madre ha sido monitora de esquí toda su vida y sigue enseñando a niños a esquiar.

NAN

Tu madre debe de ser una pésima monitora de esquí si tú eres solo un esquiador de nivel intermedio.

ADAM

No es culpa suya. De niño, odiaba esquiar. Me esforcé por no aprender, o bien aprendí mal a propósito.

Nan y Beth se ríen. Monika, observando a Adam, sabe que está siendo sincero.

MONIKA

¿A qué te *dedicas* concretamente?

ADAM

Soy escritor: escribo novelas y guiones.

NAN

(a Beth)

Yo no leo novelas. ¿Y tú?

BETH

Qué va.

MONIKA

Nadie lee novelas.

ADAM

Bueno, he publicado unas cuantas, pero nadie ha convertido mis guiones en películas... Todavía no.

(a Monika)

Busqué documentación para la película de *El beso en Düsseldorf.* Me pasé la mayor parte del tiempo buscando imágenes de archivo del discurso de Hitler en el Club de la Industria de Düsseldorf que pudiéramos utilizar; es un discurso largo, y mi alemán no es muy bueno.

Monika dice algo en alemán. No hay subtítulos. Está claro que Adam no la entiende.

MONIKA

Tu alemán es intermedio.

ADAM

(sin subtítulos)
Es tut mir leid...

MONIKA

Dice que lo siente.

BETH

¡Es viejo y bajito y está casado, ¡y es intermedio... en todo!

Adam es consciente de que muchos de los transeúntes que van por la acera reconocen a Monika Behr; en Aspen es una celebridad.

NAN

¿De dónde eres, hombre intermedio?

ADAM

Vermont. Hay una pequeña estación de esquí cerca. Una montaña familiar comparada con lo que hay por aquí.

NAN

En Vermont se esquía a pequeña escala... Básicamente, son pistas azules.

BETH

Deberías haberte quedado en Vermont, hombre de las pistas azules.

MONIKA

Has dejado a tu esposa embarazada en casa. Creciste odiando esquiar. Pero has venido hasta Aspen para esquiar en pistas azules. Eres como Paul Goode, no resultas creíble.

Monika se da cuenta de que Adam reacciona cuando le dicen que es como Paul Goode.

MONIKA

Incluso te *pareces* a Paul Goode.

NAN

(a Adam)

Si no te gusta esquiar, ¿qué haces solo en Aspen?

EXT. HOTEL JEROME, E. MAIN. NOCHE.

Mirando al otro lado de E. Main, a un edificio de ladrillo de tres plantas.

ADAM (O.C.)

Mi madre se alojó en el Jerome. Oírla hablar del hotel hizo que quisiera alojarme aquí.

NAN (O.C.)

¡Estás muy pendiente de tu madre!

MÁS DE CERCA: dos entradas adyacentes: la entrada principal al Jerome y la entrada al J-Bar del hotel.

ADAM (O.C.)

Mi madre y yo vemos fantasmas. Al parecer, ella sabe que algunos fantasmas que veo provienen del Jerome.

OTRO ÁNGULO: en la acera, asomado a la ventana del J-Bar, está el UTE MUERTO que vimos en la foto en blanco y negro de la revuelta de los ute en 1887. DOS ESQUIADORES salen del bar; el ute les resulta invisible.

INT. J-BAR, HOTEL JEROME. NOCHE.

El bar está lleno de esquiadores. Los esquiadores no ven a los DOS MINEROS que vimos colocando cargas de pólvora negra en la foto en blanco y negro de una mina de Aspen en la década de 1880. Los mineros fantasmas pasan desapercibidos en el bar; el minero con el trineo mira con desprecio a LEX BARKER COMO TARZÁN, tiritando en taparrabos.

NAN (O.C.)

¡Deberías dejar de escuchar a tu madre! Cuando creces en este pueblo, te hartas de oír hablar de los fantasmas del Jerome.

En una mesa del J-Bar, observando a las MUJERES ESQUIADORAS, están los VOLUNTARIOS DE ASPEN de la revuelta ute de 1887, fuertemente armados; su compañero muerto y apuntalado no se encuentra con ellos. Los combatientes indios invisibles pasan desapercibidos entre los esquiadores. Tarzán sabe que nadie va a invitarle a unirse a ellos.

BETH (O.C.)

(recitando aburrida)

El niño de diez años ahogado, el minero de plata sollozante, la camarera del hotel que murió de neumonía... Todavía aparece, para preparar las camas antes de dormir...

La cámara sigue a un CAMARERO del J-Bar que lleva bebidas al vestíbulo del Jerome. Tarzán le acompaña.

INT. VESTÍBULO, HOTEL JEROME. NOCHE.

Vemos las cabezas de animales disecadas y el gran espejo sobre la chimenea, mientras el camarero del J-Bar sirve copas a unos HUÉSPEDES MÁS VIEJOS, BIEN ANIMADOS, que prefieren el elegante decoro del vestíbulo al ambiente más bullicioso del bar.

MONIKA (O.C.)

(enfadada con Beth y Nan)

Os lo he dicho a las dos: no me escucháis. *Esos* fantasmas, de los que todo el mundo ha oído hablar, son simples atracciones turísticas. Hay otros fantasmas.

EL ACOMPAÑANTE MUERTO de los voluntarios de Aspen de 1887 parece fuera de lugar en el vestíbulo. Está sentado, apuntalado, en una silla acolchada junto a la chimenea. Nadie le ve. Parece seguir sangrando por las heridas, con un aspecto apenas más vivo que en la foto en blanco y negro. Tiene dificultades para beberse el último trago de su cerveza; considera al semidesnudo Lex Barker como un ute inútil.

ADAM (O.C.)

Esos no son los fantasmas que he visto. He venido al Jerome sin mi esposa, porque no quería que se asustase; ella no sabe nada de fantasmas.

La cámara sigue al camarero desde el vestíbulo, de vuelta al J-Bar.

BETH (O.C.)

Es mejor no hablar de fantasmas cerca de Monika.

NAN (O.C.)

Monika no vio fantasmas la primera vez que estuvo aquí, cuando todavía esquiaba.

BETH (O.C.)

Sí..., fue después del accidente de Cortina, cuando Monika volvió a Aspen. Se alojó en el Jerome hasta que consiguió una casa propia, fue entonces cuando vio los fantasmas.

INT. J-BAR, HOTEL JEROME. NOCHE.

Coincidiendo con el regreso del camarero al bar, Nan y Beth empujan la silla de ruedas de Monika hasta el J-Bar. Adam las sigue.

NAN

Sí, Beth, pero Monika había decidido mudarse a Aspen —de hecho, ya había iniciado el proceso para obtener la residencia en Estados Unidos— antes del accidente de Cortina.

BETH

Lo sé, Nan. Tan solo quería explicárselo al hombre intermedio...

ADAM

Adam, como el tipo del Jardín del Edén.

MONIKA

(explota, hacia Beth y Nan)

¡Vosotras no escucháis! ¿Cuántas veces os lo tengo que decir? ¡Dejad de *contar* mi vida! Vosotras no podéis ir contando mi vida, ¡soy yo quien puede explicar mis asuntos!

(a Adam)

Si veías fantasmas de aquí antes de venir, deberías haberte quedado en casa... Hombre del Jardín del Edén.

(a Beth y Nan)

No dejo de deciros que no todo el mundo ve fantasmas.

(a Adam)

Esa es la única generalización que puedo afirmar con seguridad sobre los fantasmas.

OTRO ÁNGULO: centrado en Monika, que observa a Adam mientras este pasa revista a los clientes del J-Bar. Ella se percata de que él ve a los dos mineros, desapercibidos para los esquiadores del bar. Monika señala con la cabeza hacia la mesa donde los voluntarios de Aspen se sientan sin ser vistos; ve que Adam también los ve.

BETH

(con cautela)

A veces eres tú la que no escucha, Monika.

NAN

(también con tacto)

Sí, Monika, no siempre nos escuchas. No paro de decírtelo: si no crees en los fantasmas, no los ves.

MONIKA

(ignora a sus amigas)

No es tan sencillo, Adam. Quizás los fantasmas estén esperando su momento. Después de todo, disponen de mucho tiempo. Tal vez los fantasmas controlan cuándo quieren que los veas o si quieren que los veas.

Adam se sobresalta: de repente, el ute que vimos mirando por la ventana está a su lado. Se capta un odio permanente entre el estoico ute y los que combatían contra los indios que acabaron matándolo; para ellos, la revuelta no ha terminado.

MONIKA

(conoce la historia)

Solo hubo una pequeña revuelta ute en 1887 y fue sofocada con rapidez. No había manera de mantener a los hombres blancos alejados de los cotos de caza ute.

Beth y Nan han conseguido una mesa y le hacen señas a Monika, que entiende por qué Adam está tan obsesionado con los fantasmas.

MONIKA

¿Es tu primer día en la ciudad?
(mientras Adam asiente con la cabeza)
¡Tu primera noche en el Jerome!

Su expresión llama la atención de algunos esquiadores cercanos. El Ute mira a Adam más de cerca, mientras Adam lleva a Monika a su mesa.

MONIKA

(a Beth y Nan)
¡La primera noche tendrá sábanas limpias!

Nan y Beth saben a qué se refiere, qué pretende decir.

ADAM

(despistado)
Bueno, acabo de registrarme. *Espero* que me den sábanas limpias.

MONIKA

Cuando me muera, quiero estar sobre las sábanas del Hotel Jerome; no me importará si están limpias o no. Las sábanas del Jerome son las mejores del mundo; incluso las sábanas sucias de este hotel son las mejores sábanas que hay.

A Adam le está costando pasar de los fantasmas. El cambio de tema, a las sábanas del Jerome, resulta agradable para las tres mujeres esquiadoras: vuelven a comportarse como las mejores amigas. El camarero sabe lo que beben las deportistas y les lleva su cerveza. Adam indica que tomará lo mismo que ellas.

INT. CINTA DE EQUIPAJES, AEROPUERTO DE ASPEN. NOCHE.

Paul Goode y su mujer, Clara Swift, han llegado a Aspen. Parecen estar discutiendo de la manera más contenida posible, dado que viajan con TOBY, su hijo de catorce años. No hay sonido, salvo la voz en *off* de Adam. Toby, que lleva auriculares, escucha su propia música; guarda las distancias con sus infelices padres. DOS GUARDAESPALDAS recogen bolsas de la cinta, luego recogen los esquís. OTTO es el que da miedo; BILLY es guapo pero distraído. Son conscientes de la inestable dinámica de la familia a la que protegen.

ADAM (V.O.)

No esperaba encontrarme con Paul Goode en Aspen, aunque él es de la ciudad. Dado su pubiicitado romance con Juliette Leblanc, su compañera francesa de reparto en *Argonne,* no se me ocurrió que Paul Goode llevaría consigo a su familia a esquiar. Pensé que la pareja de actores hollywoodienses se mantendría fuera de la vista. Me inquietaba un poco la perspectiva de ver al hijo de Clara Swift y Paul Goode: el chico acababa de cumplir catorce años, casi la edad que tenía Paul Goode cuando conoció a mi madre y se convirtió en mi padre. Paul tenía catorce años, casi quince; mi madre dieciocho, casi diecinueve.

EXT. ZONA DE RECOGIDA, AEROPUERTO DE ASPEN. NOCHE.

Paul Goode y Clara Swift hablan en voz baja, a cierta distancia de Toby, que camina por la acera con sus auriculares, y de Otto y Billy, que están junto al bordillo, supervisando la carga de la furgoneta.

CLARA

Lo *pública* que haya llegado a ser tu aventura no es lo que a mí me molesta, Paul; la publicidad no es culpa tuya. Es el hecho de que tuviste una aventura.

PAUL

Lo sé. Lo siento...

Parecen el reverso de los papeles que interpretan en *El otro hombre*.

CLARA

Quiero perdonarte. Lo intento.

PAUL

Sé que lo estás intentando.

CLARA

Quiero que Toby también te perdone.

PAUL

Es desagradable que Toby lo sepa.

CLARA

(en voz baja)

Todo el mundo lo sabe...

PAUL

(en voz todavía más baja)

Lo sé...

La cámara sigue a Toby con sus auriculares, pasa cerca de Otto y Billy: están hablando tranquilamente mientras el CONDUCTOR carga la furgoneta del Hotel Jerome.

BILLY

Me refiero a la francesa que salía en la película de guerra. ¿Conoces a otras francesas?

OTTO

¡*Esa* francesa! ¿Lo sabe Toby?

BILLY

Otto, solo *tú* no lo sabías.

OTTO

Mierda, Billy... Pobre chico.

Toby está cerca de ellos ahora, asintiendo, como si estuviera escuchando música. Los guardaespaldas dan por hecho que Toby no puede oírlos.

BILLY

Toby es un buen chico, estará bien.

OTTO

Toby es un *gran* chico. Y esos dos estarán bien, se quieren. ¡Que le den a la francesa!

TOBY

(lo ha oído todo)
Sí, que le den...

BILLY

Pensábamos que estabas escuchando tu música, Toby.

TOBY

(asiente señalando con la cabeza a sus padres)
Es que a *ellos* no los escucho.

Toby es prácticamente un niño. Resulta desagradable imaginarse a Toby —o a su padre cuando tenía casi la edad de Toby— dejando embarazada a una chica.

INT. J-BAR, HOTEL JEROME. NOCHE.

Las esquiadoras han estado dándole a la cerveza. La charla que mantienen en su mesa se ha convertido en dos conversaciones simultáneas: Adam y Monika hablan del gimnasio de ella en Aspen; Nan y Beth están aburridas y buscan chicos.

MONIKA

Quería abrir un gimnasio en Aspen antes de mudarme aquí. Siempre quise llamar a mi gimnasio The Last Run. Con ese nombre, «El Último Descenso», pensaba en mi vida después de competir, no en mi accidente.

ADAM

¿Entrenan en tu gimnasio los esquiadores con alguna discapacidad física? Deben de adorarte.

MONIKA

Yo adoro a esos esquiadores. No tienen que corresponderme, basta con que sepan que puedo hacerles más fuertes. Ahora solo soy una rata de gimnasio.

BETH

No veo a ningún chico que me haga sentir así. Nadie a quien tener en cuenta.

NAN

¿Nadie que merezca la pena?

ADAM

Soy más rata de gimnasio que esquiador. Fui luchador en el instituto. No llegué a nada, pero me sigue gustando ir al gimnasio.

BETH

No hay máquinas aeróbicas en The Last Run.

NAN

Si quieres correr o montar en bici, hazlo al aire libre. The Last Run es un gimnasio para hacer pesas.

MONIKA

(las ignora; a Adam)

Hay un tipo de entrenamiento en circuito que es aeróbico. Sé cómo dejarte sin aliento.

Adam ve a un fantasma alto y elegantemente vestido en la barra: un distinguido caballero con barba.

ADAM

Jerome B. Wheeler fue un héroe de la guerra civil que militó en la Caballería de Nueva York, y uno de los primeros presidentes de Macy's.

A MONIKA no le impresiona ese importante fantasma.

MONIKA

Jerome es todo un caso.

(mientras Adam asiente)

Cree que todavía es el dueño de este lugar.

Haciéndose pasar por el barman, Jerome se comporta como si fuese el dueño. Se sirve una jarra de cerveza del surtidor de la barra.

BETH

El bar está hasta los topes, ¡pero no hay ni uno!

NAN

Esto está muerto esta noche. Está abarrotado, pero está muerto.

Los dos mineros de la barra reaccionan con incredulidad ante el comentario de Nan, pero Jerome B. Wheeler se limita a sonreírles mientras les vuelve a llenar los vasos de cerveza. El minero con el trineo saluda a Wheeler con su martillo.

EXT. ENTRADA, HOTEL JEROME, E. MAIN. NOCHE.

La furgoneta que vimos en el aeropuerto se detiene. Los PORTEROS DEL JEROME, con sus abrigos largos y sombreros de vaquero, se apresuran a ayudarles.

BETH (O.C.)

Podríamos ver quién anda por el vestíbulo.

NAN (O.C.)

A los huéspedes pomposos les gusta el vestíbulo.

Otto y Billy acompañan a Paul Goode y Clara Swift al hotel; Toby los sigue con cara de pocos amigos.

ADAM (O.C.)

Bien, veamos quién está en el vestíbulo.

INT. VESTÍBULO, HOTEL JEROME. NOCHE.

Aunque no tan pomposos como los demás huéspedes, el voluntario de Aspen sigue apoyado en una silla junto a la chimenea, mientras Jerome B. Wheeler llena su vaso de cerveza vacío.

VISTA MÁS AMPLIA: para incluir a Adam y a las mujeres esquiadoras en el vestíbulo.

MONIKA

(a Adam)

No sé cómo ese tipo puede seguir sangrando. No me refiero a Jerome.

NAN

(a Adam)

Monika va a preguntarte si puede quedarse a dormir en tu habitación, tan solo para sentir tus sábanas.

MONIKA

Estás explicando mis asuntos otra vez, Nan.

BETH

Nunca me he alojado aquí, aunque he pasado la noche en el hotel con algunos tíos. Nunca me he fijado en las sábanas.

Es un chiste antiguo, pero las esquiadoras se ríen.

OTRO ÁNGULO: al pasar Paul Goode y su familia, los dos guardaespaldas miran con recelo a su alrededor, pero el vestíbulo del Jerome es un lugar relativamente libre de fans. Los demás huéspedes mantienen las distancias. Únicamente miran a Paul Goode. Nadie se fija en su mujer. Clara Swift es encantadora, pero mantiene su sencillez. Adam le echa una rápida mirada a su padre; con la misma rapidez, mira hacia otro lado.

BETH

Si me hubiera registrado en un hotel con Paul Goode, podría correrme antes de llegar a la habitación.

NAN

Yo podría correrme ahora mismo.

Monika se da cuenta del modo en que Adam mira a Clara Swift.

MONIKA

¿Ves algo que te guste, Adam?

ADAM

Es una gran actriz.

MONIKA

No la has mirado como si fuese una gran actriz.

Son necesarios DOS PORTEROS con dos carros de equipaje para acarrear las cosas de ese séquito. Adam, muy torpemente, bloquea el paso de Clara Swift.

ADAM

Lo siento, señora Swift. Solo quería decirle lo mucho que admiro su trabajo.

Los guardaespaldas rodean a Adam y dejan pasar a Clara, que no se siente ofendida por Adam. No se siente ofendida por Adam, sino avergonzada por la actitud protectora de Billy y Otto.

CLARA

(a sus guardaespaldas)

Está bien, está siendo amable.

Es tan tímida, parece tan cohibida, que apenas puede hablar. Toby, que aparece el último, capta la atención de Adam.

ADAM (O.C.)

El chico se parecía a un fantasma que había visto con anterioridad.

FOTO EN BLANCO Y NEGRO: el mismo actor que interpreta a Toby a los catorce años. Está de pie con una pala de nieve a la entrada del Jerome. El chico lleva pantalones y botas vaqueras.

ADAM (O.C.)

El jersey le quedaba demasiado ancho para los hombros y el pompón del gorro de esquí era demasiado femenino. Un huésped del hotel, una mujer, debió de regalarle el viejo gorro y el jersey a ese chico. Llegué a creer que era el fantasma del chico de catorce años que se convirtió en mi padre.

Mientras Toby sigue a su familia a regañadientes por el vestíbulo, Monika ve cómo Adam se queda embelesado con el chico.

ADAM (O.C.)

Pero Paul Goode estaba vivo. ¿Cómo podía ser mi padre un fantasma si aún estaba vivo?

MONIKA

Ese es su hijo, ya lo sabes. No es un fantasma.

ADAM

Lo sé...

MONIKA

Por el modo en que lo mirabas, parecía como si hubieras visto otro fantasma.

De pie, confundidos, sin saludar a nadie en el vestíbulo, se encuentran los TRES CAZADORES portando rifles. Arrastran algo que está cubierto por una lona manchada. Se trata de la cabeza cortada de un gran animal, para disecarla y colgarla en el salón de baile o en alguna otra pared. Jerome B. Wheeler, la viva imagen de un amable hotelero, saluda a los cazadores y los conduce, junto a la cabeza invisible, fuera del vestíbulo.

MONIKA

Los cazadores no lo entienden: la taxidermia es un arte en extinción. Aquí no hay sitio para una cabeza de animal.

(mientras Adam asiente)

Con respecto a las *sábanas*... No te sientas presionado.

ADAM

Le soy fiel a mi mujer.

MONIKA

No bromeo sobre las sábanas del Jerome... Solo me interesan las sábanas.

BETH

(escuchando a hurtadillas)

No le gustas, hombre intermedio... A Monika lo que le gustan son las sábanas.

NAN

(aparta a Beth)

Deja de dar explicaciones...

MONIKA

Si cambias de opinión, Adam, sé cómo dejarte sin aliento.

ADAM

Soy novato en esto de ser fiel. Todavía no me he cansado de serlo.

MONIKA

Me interesan las sábanas, básicamente, y tú no estás acostumbrado a esta altitud. Te quedarías sin aliento en cuanto yo empezase.

(con un movimiento de cabeza)

El ascensor está por ahí.

Adam agarra los mangos de la silla de ruedas de Monika y la saca del vestíbulo. Beth y Nan los siguen con la mirada.

BETH

Lo ha vuelto a hacer: hay un único tipo guapo y se va con la parapléjica. También perdíamos como esquiadoras, Nan.

NAN

Beth, Monika no puede andar. Estoy harta de oír hablar de las sábanas.

BETH

Estamos deprimidas y enfadadas la mayor parte del tiempo, Nan. ¿Y qué si podemos *andar*? Monika folla más que nosotras.

NAN

(deprimida y enfadada)

Y se excita con las sábanas.

INT. ASCENSOR, HOTEL JEROME. NOCHE.

Adam y Monika van en el ascensor. Los acompaña un fantasma desamparado, un vaquero que lleva consigo su silla de montar. El vaquero observa la silla de ruedas con desdén: no concuerda con su idea de un buen viaje. Adam tiene que inclinarse sobre Monika para oír lo que dice.

MONIKA

Aspen nunca fue una ciudad fácil para los vaqueros. Mineros, cazadores, algunos tramperos..., ellos son los que han llegado hasta aquí. Las mulas son más útiles que los caballos en las montañas.

INT. VESTÍBULO, HOTEL JEROME. NOCHE.

El ascensor deja a Adam y a Monika en la tercera planta. El vaquero se queda en el ascensor.

ADAM (O.C.)

¿No sabe el vaquero que solo hay tres pisos?

MONIKA

Ese vaquero solo va montado en el ascensor.

Pasan junto a una CAMARERA DE HOTEL RUBIA, no es un fantasma, y luego junto al Tarzán descalzo. Monika gruñe y hace gestos como un mono, burlándose de Lex.

ADAM (O.C.)

Tal vez hayas visto a una camarera fantasma; a mí me parece mexicana. Mi madre la conoció aquí cuando la chica aún estaba viva; mi madre creía que era italiana.

MONIKA

La conozco. Es mexicana. Es la madre de Paul Goode.

FOTO EN BLANCO Y NEGRO: una camarera de hotel mexicana con una sonrisa tímida e infantil.

INT. DORMITORIO, HOTEL JEROME. NOCHE.

Adam y Monika hablan, pero la voz en *off* de Adam es todo lo que oímos.

ADAM (O.C.)

Monika me contó que en Aspen adoraban a Paul Goode y que en el Jerome lo querían mucho. No sé si fue Lex Barker o Lana Turner el que le dijo que se cambiara el nombre de Paulino Juárez. A Lex se le ocurrió el apellido Goode, con una e al final.

Monika acaricia las sábanas. Adam le ofrece un albornoz del hotel, ella entra en el cuarto de baño, dejando que Adam se desnude para meterse en la cama. Adam piensa en su aspecto en calzoncillos antes de ponerse el albornoz del hotel.

ADAM (O.C.)

En alguna ocasión he pensado que resultaba inverosímil que en el Jerome aceptasen el embarazo de la camarera soltera. Sin duda, más de uno en el hotel debió de hacer que la madre soltera no se sintiera a gusto allí.

Monika entra en el dormitorio en albornoz; enciende la radio. Suena una lastimera canción *country*. Cuando Adam entra en el baño, Monika se quita el albornoz y se impulsa sobre la cama desde la silla de ruedas. Está desnuda, salvo por las bragas, y canturrea en voz baja la letra de la canción.

ADAM (O.C.)

Pero Monika me convenció de que estaba equivocado. A su austriaca manera, me dijo que los habitantes de Nueva Inglaterra son unos puritanos y que la gente del Oeste no es tan estirada en cuestiones sexuales.

Monika prueba varias posturas para presentarse ante Adam. Se tumba boca arriba, con los pechos al aire; la sábana encimera y la manta cubriéndole las piernas. Prueba a tumbarse boca abajo, mostrando su espalda desnuda y solo el pedazo suficiente de sus bragas para indicar que no está completamente desnuda.

ADAM (O.C.)

Monika odiaba la manera de actuar de Paul Goode y también su estilo de escritura, pero me dijo que no me había mentido sobre su infancia feliz.

Adam entra en el dormitorio desde el cuarto de baño. Al ver la espalda desnuda de Monika y solo el pedazo suficiente de sus bragas para saber que está casi desnuda, se quita el albornoz y apaga la radio.

MONIKA

(sobre su estómago)

No busques una cicatriz. Si el hueso se hubiese roto y hubiese dejado fragmentos, podrían haberme operado, pero el daño fue lo que llaman limpio. No hubo cirugía. Nada de cicatrices.

Se da la vuelta sobre su espalda, con los pechos hacia arriba.

ADAM

Entiendo.

INT. J-BAR, HOTEL JEROME. NOCHE.

La música *country* enmascara que el local está casi vacío y en silencio. Incluso los voluntarios de Aspen se han ido. En una mesa, el ute y Jerome B. Wheeler charlan, pero no podemos oírlos. Oímos la conversación de Adam y Monika.

MONIKA (O.C.)

¿Estás listo para sentir las sábanas?

ADAM (O.C.)

Supongo que sí...

OTRO ÁNGULO: en un extremo del bar, Otto y Billy hablan demasiado bajo para que podamos oírlos. Uno de los mineros fantasma ha perdido la conciencia en la barra. El del trineo sigue de pie, pero apenas puede mantener los ojos abiertos.

MONIKA (O.C.)

¿Vas a mirarme toda la noche o siempre duermes con la luz encendida?

ADAM (O.C.)

Oh..., lo siento.

MONIKA (O.C.)

(oímos un clic)
Así está mejor.

En el extremo opuesto de la barra, Beth y Nan están borrachas. Podemos oír su conversación.

BETH

No me refiero al que da miedo. Creo que el otro guardaespaldas es bastante mono.

NAN

Nunca deberías ir sola a ningún sitio, Beth, podrías meterte en problemas.

BETH

Nan, nosotras no nos metemos en suficientes problemas.

El minero con el trineo se queda dormido de pie, dejando caer su trineo con un SONORO GOLPE. Tan solo el ute y Jerome B. Wheeler lo oyen. El cortés Wheeler sonríe amablemente al minero. La caída del trineo despierta al minero que lo dejó caer, aunque no a su compañero, inconsciente en la barra. Los guardaespaldas se marchan. Billy mira a las esquiadoras; Otto les dedica una sonrisa espantosa.

NAN

Nada de guardaespaldas, Beth. Podrían andar metidos en líos. Y esos dos tíos parece que lo hagan todo juntos.

BETH

No me gustan los problemas. No me enrollaría con dos tíos, no a la vez. ¿Tú sí?

Nan mira a Beth con incredulidad. Beth clava la mirada en su cerveza.

INT. DORMITORIO, HOTEL JEROME. NOCHE.

Vemos el rostro preocupado de Clara Swift: está dormida, soñando.

INT. HOSPITAL DE CAMPAÑA, NORDESTE DE FRANCIA. DÍA.

Película en blanco y negro sobre la Primera Guerra Mundial: la actriz francesa JULIETTE LEBLANC es enfermera. Mientras los CAMILLEROS cargan con los SOLDADOS HERIDOS, Juliette le pregunta a un MÉDICO por sus heridas.

JULIETTE

(francés, subtítulos en inglés)
¿Son los del mortero?

MÉDICO

Oui.

JULIETTE

(francés, subtítulos en inglés)

¿Qué heridas tienen?

MÉDICO

(francés, subtítulos en inglés)

Cuello, parte superior del pecho.

Juliette recorre la fila de los recién llegados.

JULIETTE

(francés, subtítulos en inglés)

¿Y este?

MÉDICO

(francés, subtítulos en inglés)

Las manos, la cara.

Ella se detiene ante el siguiente soldado: Paul Goode, tumbado en la camilla, con expresión de dolor, ensangrentado desde la cintura hasta la parte superior de los muslos. Ella le mira como si llevara toda la vida esperando conocerle.

MÉDICO

(francés, subtítulos en inglés)

Este es el americano.

Juliette se inclina sobre Paul.

JULIETTE

(en inglés)

Hola, querido.

PAUL

(francés, subtítulos en inglés)
Soy americano.

JULIETTE

(en inglés)
Lo sé. ¿Dónde estás herido?

Paul no puede o no quiere decirlo. Sus ojos se desvían hacia la zona ensangrentada.

JULIETTE

(inglés)
¿Puedo mirar? ¿Te parece bien?

A Juliette no le gusta lo que ve; aparta rápidamente la mirada y luego la clava en los ojos de él. Paul no le ha quitado los ojos de encima.

LA IMAGEN SE CONGELA. Este plano sirve como póster en blanco y negro de la película *Argonne,* protagonizada por Paul Goode y Juliette Leblanc.

INT. DORMITORIO, HOTEL JEROME. NOCHE.

Clara sigue dormida; odia este sueño.

INT. VESTÍBULO, HOTEL FRANCÉS, CLARAMENTE NO DE LA PRIMERA GUERRA MUNDIAL. DÍA.

Color: un CAMARERO DEL SERVIÇIO DE HABITACIONES empuja un carrito de desayuno por un pasillo y se detiene junto a una puerta. Dentro de una cesta que podría contener pan, el camarero enciende una cámara de vídeo, que cubre con una servilleta blanca. Luego llama a la puerta de la habitación.

CAMARERO

(francés, sin subtítulos)
¡Buenos días! Desayuno.

INT. HABITACIÓN, HOTEL FRANCÉS. DÍA.

Paul Goode deja entrar al camarero. Vemos el objetivo de la cámara de vídeo bajo la servilleta mientras el camarero coge varios objetos del carrito y prepara una mesa para dos. Paul lleva una toalla alrededor de la cintura; al parecer, acaba de ducharse. El camarero le pregunta algo en francés.

PAUL

(francés, sin subtítulos)

Soy americano.

Desde la cama, Juliette responde al camarero en francés, sin subtítulos. El camarero gira el carrito del desayuno para que la cámara de vídeo la enfoque a ella. Está sentada en la cama, tapada con las sábanas; debe de estar desnuda. Paul le sirve una taza de café y se la tiende. El camarero termina de arreglar la mesa y orienta el carrito del desayuno para captarlos a los dos con la cámara. Mientras Juliette bebe del café, extiende un brazo desnudo y toca la pierna de Paul. Paul y Juliette ven que el camarero sigue en la habitación. Le dirigen una mirada inquisitiva.

EN LAS NOTICIAS DE LA TELEVISIÓN FRANCESA: EN FRANCÉS, SUBTÍTULOS EN INGLÉS.

Una periodista invisible balbucea, voz en *off,* sobre las imágenes de Paul y Juliette captadas con la cámara de vídeo.

PERIODISTA (V.O.)

(francés, subtítulos en inglés)

Por lo visto, el actor americano Paul Goode y la actriz francesa Juliette Leblanc han sido algo más que compañeros de rodaje durante la filmación de la película de guerra *Argonne,* rodada en el bosque de Argonne, en el nordeste de Francia.

Vemos a Paul dejando entrar al camarero en la habitación. Después plano entrecortado de Juliette, todavía en la cama.

PERIODISTA (V.O.)

(francés, subtítulos en inglés)

Aunque se registraron en habitaciones separadas, al parecer disfrutaron juntos del desayuno. Esto no supone ningún problema para Juliette —es soltera y no tiene pareja en la actualidad—, pero Paul Goode está casado con la actriz estadounidense Clara Swift.

Imágenes de archivo de Paul y Clara juntos en tiempos más felices. También hay una toma de Clara con TOBY DE BEBÉ.

PERIODISTA (V.O.)

(francés, subtítulos en inglés)

Los más cínicos afirman que se trata de publicidad para *Argonne,* pues la historia ha salido a la luz justo antes del estreno de la película.

Paul y Juliette miran inquisitivamente a la cámara de vídeo oculta mientras el carrito del desayuno se aleja y la puerta de la habitación del hotel se cierra.

INT. DORMITORIO, HOTEL JEROME. NOCHE.

Clara sigue soñando; el sueño no hace más que empeorar.

PERIODISTA (V.O.)

(francés, subtítulos en inglés)

Buen *marketing* cinematográfico, tal vez, pero esta clase de publicidad no puede ser buena para Paul Goode y su familia.

INT. DORMITORIO, HOTEL FRANCÉS. DÍA.

El sueño de Clara: está imaginando lo que ocurrió después de que el camarero con la cámara oculta abandonara la habitación. Juliette arrastra a Paul a la cama con ella. Repiten sus frases de *Argonne,* pero en ese contexto las dicen en tono humorístico.

JULIETTE

(en inglés)

Hola, querido.

PAUL

(en francés, sin subtítulos)

Soy americano.

JULIETTE

(en inglés)

Lo sé. ¿Dónde estás herido?

Ella retira la toalla de Paul; él se lo permite.

JULIETTE

(en inglés)

¿Puedo mirar? ¿Te parece bien?

INT. DORMITORIO, HOTEL JEROME. DÍA.

Vemos la cara de Clara Swift, despierta; está tumbada. Las lágrimas corren por sus mejillas. Muerde la almohada para no hacer ruido. Cuando se da la vuelta, ve a Paul durmiendo a su lado. Por su suave susurro, da la impresión de que Clara está ensayando lo que le gustaría decirle a Paul.

CLARA

Te quiero, Paul. Sé que me quieres. Y creo que me has sido fiel, excepto con Juliette.

(su tono cambia)

¡Tu sucia francesa!

Cierra el puño. Se introduce el nudillo del dedo índice en la boca, impidiéndose a sí misma alzar la voz. Clara se aparta de Paul, deja de morderse la mano y cierra los ojos. Su rostro anhela dormir.

MONIKA (O.C.)

¿Estás contento de haberle sido fiel a tu esposa? ¿Ha merecido la pena?

INT. DORMITORIO, HOTEL JEROME. MAÑANA.

Vemos la cara soñolienta de Adam mientras sus ojos se abren. Monika no está en la cama, está en su silla de ruedas, con el albornoz puesto.

ADAM

Sí, estoy contento. Ha merecido la pena.

MONIKA

¿Se alegraría tu mujer si supiese que hemos disfrutado de las sábanas?

ADAM

(riendo)

No, no se alegraría. Mi mujer me dejaría si lo supiera.

MONIKA

(riendo)

Entonces, ¿por qué ha merecido la pena serle fiel si te dejaría por haber disfrutado de las sábanas?

Monika rueda hasta el baño y cierra la puerta. De pie junto a la cama, sonriéndole con su tímida sonrisa infantil, está el fantasma de PAULINA JUÁREZ, la camarera mexicana.

ADAM (V.O.)

Una noche de invierno en Aspen, cuando tan solo tenía cuarenta y ocho años, Paulina resbaló en el hielo y se abrió la cabeza. Murió congelada, inconsciente en el frío.

PAULINA

(español, sin subtítulos)

¿Cómo está tu madre?

Incluso esa sencilla frase está fuera del alcance del español que Adam aprendió en el colegio. El fantasma de Paulina, una mujer joven de unos treinta años, sonríe a Adam con el amor acrítico propio de una abuela.

PAULINA

¿Cómo está tu madre?

ADAM

Está bien, gracias. ¿Eres mi abuela?

PAULINA

(con la mano en el corazón)

Sí..., tu abuela.

ADAM

Encantado de conocerte.

PAULINA

(despacio, enseñándole)
Mucho gusto en conocerle.

ADAM

(intenta repetir)
Mucho gusto...

Eso es todo lo que puede decir. Los dos se ríen. Paulina desaparece mientras Monika, completamente vestida, sale del cuarto de baño. No necesita ayuda para ponerse la ropa de invierno.

MONIKA

Hablar solo es señal de que no descansas lo suficiente.

ADAM

Me gustaría hacer ejercicio en tu gimnasio. Quizás me pase hoy, más tarde. Pensaba ir a esquiar mañana.

MONIKA

Yo te puedo indicar dónde esquiar, hombre de la pista azul. Nos vemos luego.

ADAM

No he visto ningún fantasma reciente, solo a los del pasado.

Ella está impaciente por irse; o impaciente con él en general.

MONIKA

Los fantasmas más recientes se parecen a los demás; tienen el mismo aspecto que los vivos. Pero no lo están.

ADAM

¿Has visto algún fantasma que esté vivo, una persona viva que sea un fantasma?

MONIKA

(mientras se va)

Realmente, no sales lo suficiente.

INT. BAÑO, HOTEL JEROME. MAÑANA.

Después de ducharse, con una toalla alrededor de la cintura, Paul Goode se aplica crema solar en la cara. Va a ir a esquiar; un sesentón muy en forma.

INT. DORMITORIO, HOTEL JEROME. MAÑANA.

Después de ducharse, en sujetador y bragas, Clara Swift se cepilla el pelo; una joven y bella mujer de cuarenta y cinco años. Oímos un monólogo interior. Clara sostiene el cepillo como si fuera un micrófono. Es un personaje nuevo: tímida, irónica, hipócrita. Se está entrevistando a sí misma.

CLARA

Bueno, con un niño en casa, no hay muchas oportunidades de actuar en una película con mi marido. Como es lógico, aproveché la oportunidad de hacer *El otro hombre* con Paul.

(pausa)

¿Qué es eso? ¡Oh!

(risas)

No, no tengo experiencia como esposa infiel, solo como fiel. Pero interpretar a un personaje que no se parece a mí tiene su gracia.

Con evidente desagrado, Clara vuelve a cepillarse el pelo y se mira en el espejo del tocador. El monólogo interior de Clara se dirige ahora a su marido. Es sincera.

CLARA

¿No te parece que tienes suerte, Paul, de que se me conozca por no conceder nunca entrevistas? ¿Qué podría decir de nosotros si me entrevistasen? Debería *follarme* a alguien, Paul, ¡al primero que viera! Tal vez entonces pudiese perdonarte. Quiero perdonarte, Paul. Te quiero, pero ¡*maldito* seas!

Clara es una actriz consumada: cambia de registro y se muestra completamente serena cuando Paul entra en el dormitorio desde el baño. Clara observa la ropa que quiere probarse: una falda, un jersey. Paul se pone unos calzoncillos largos y un jersey de cuello alto.

PAUL

Toby es lo bastante mayor para tener su propia habitación. A su edad, no le habría gustado el sofá cama del salón.

CLARA

Toby quería su propia habitación para estar lejos de nosotros.

PAUL

Lo sé... Toby no tardará en llegar. Billy ya está en el salón. Toby y yo podemos encontrarnos contigo a la hora de la comida.

CLARA

No. Que os divirtáis.

PAUL

Que Otto se quede contigo. En cualquier caso, esquiando es un desastre.

CLARA

No, llévate a los dos contigo. ¡Sobre todo a Otto!

Aunque Clara se muestra serena, parece frágil. No está contenta con lo que ve en el espejo, aunque ni su falda ni su jersey tienen nada de malo. Paul la mira con preocupación. Lleva puestos los pantalones de esquí y otro jersey sobre el de cuello alto cuando abre la puerta del salón de su suite, dejando a Clara sola en su dormitorio.

INT. SALA DE ESTAR, HOTEL JEROME. MAÑANA.

Cuando entra Paul, Billy está evaluando en el espejo su aspecto con la ropa de esquí.

PAUL

Dile a Otto que se prepare.

BILLY

¿Para esquiar?

PAUL

Me temo que sí.

INT. VESTÍBULO, HOTEL JEROME. MAÑANA.

Otto hace guardia fuera de la suite de Paul y Clara; es demasiado grande para el sillончito en el que está sentado. Billy sorprende a Otto cuando abre la puerta de la suite. El sillоncito se desmonta cuando Otto se levanta; los guardaespaldas no le hacen ni caso.

BILLY

Prepárate.

OTTO

¿Para esquiar?

BILLY

Me temo que sí.

Mientras Otto va en una dirección, Billy ve venir a Toby desde el otro extremo del pasillo. Toby, vestido para esquiar, echa un vistazo de pasada al maltrecho silloncito.

TOBY

¿Otto viene con nosotros?

BILLY

Me temo que sí.

INT. DORMITORIO, HOTEL JEROME. MAÑANA.

Clara se mira en el espejo. Se acomoda el jersey, se lo afloja. Clara se quita la alianza de boda y la guarda en el bolso. Sale de la habitación frotándose el dedo anular.

EXT. ENTRADA, HOTEL JEROME, E. MAIN. MAÑANA.

Los esquís y los bastones de los huéspedes están listos en una repisa en la acera. Paul y Toby hablan mientras Billy y un portero llevan los esquís y los bastones a la furgoneta.

TOBY

¿A mamá no le apetecía esquiar?

PAUL

Mañana esquiará contigo.

TOBY

Querrás decir con nosotros...

PAUL

Mañana tengo una entrevista.

TOBY

Otra más...

PAUL

Forma parte del trabajo.

La acera está resbaladiza por la nieve derretida. Otto no se acostumbra a caminar con botas de esquí, resbala y se cae en la acera. Paul mira hacia otro lado. Toby hace una mueca de empatía. Billy sabe que será un día largo.

INT. J-BAR, HOTEL JEROME. MAÑANA.

SUPER: DESAYUNO EN EL JEROME, 1991.

Suena música *country:* una canción melancólica sobre la traición sexual, el lamento de una mujer. DOS LIMPIADORAS están trabajando. Vemos una serie de fotografías en blanco y negro y sepia alrededor del bar: mineros y cazadores y los primeros esquiadores. Hay recortes de periódico enmarcados de *The Aspen Times*.

EXT. PISCINA Y JACUZZIS, HOTEL JEROME. MAÑANA.

Sale vapor de los jacuzzis. Uno de los encargados del mantenimiento aspira la piscina exterior climatizada. La melancólica canción SUENA FUERA DE PLANO.

INT. ASCENSOR, HOTEL JEROME. MAÑANA.

Adam (en chándal, vestido para el gimnasio) sube al ascensor junto al vaquero desamparado, siempre cargando con su montura.

ADAM (V.O.)

Hay cosas relativas al hecho de escribir ficción que son ciertas en la vida real. Siempre hay un *qué pasaría si...*

INT. VESTÍBULO, HOTEL JEROME. MAÑANA.

Clara ha decidido meterse el jersey por dentro. Tiene buen aspecto, más de esposa y madre que de estrella de cine. Se acerca un PORTERO empujando un carro de equipaje que contiene un pesado sillón. Clara (o el mozo) no ve al MINERO CON UNA SOLA PIERNA que usa una muleta y salta sobre su única pierna. Cuando se cruzan, el minero fantasma vuelve la cabeza —para ver a Clara por detrás—, tropieza con la muleta y cae desplomado en el pasillo. El lamento SE APAGA.

ADAM (V.O.)

Si no hubiera decidido ir al gimnasio de Monika, habría ido a esquiar.

INT. SALA DE DESAYUNOS, HOTEL JEROME. MAÑANA.

ADAM (V.O.)

Me habría saltado el desayuno en el Jerome si me hubiera ido a esquiar.

CAMARERA

¿Desayuno para uno?

ADAM

Sí, por favor.

Ella le acompaña a una mesita y le sirve agua.

CAMARERA

¿Café?

ADAM

Sí, por favor.

INT. ASCENSOR, HOTEL JEROME. MAÑANA.

Clara, ajena al vaquero con su montura, cree que está sola. Se mira los labios fruncidos en el espejo de una polvera. Está nerviosa, intenta calmarse, cierra la polvera y la mete en el bolso. El vaquero no puede apartar los ojos de ella.

INT. SALA DE DESAYUNOS, HOTEL JEROME. MAÑANA.

Adam, leyendo el menú, bebe un poco de agua. No ve entrar a Clara en el comedor, pero ella lo reconoce: el hombre amable que admira su trabajo. Es posible que le tranquilice saber que no es un desconocido y que es más o menos de su edad.

Adam alza la vista del menú y ve a Clara de pie a su lado.

CLARA

¿Estás solo?

ADAM

Sí, estoy solo...

Impresionado y avergonzado, se pone en pie torpemente. Es una mesa para dos. Sin ninguna gracia, Adam le ofrece a Clara la silla vacía.

ADAM

¿Quieres desayunar conmigo?

CLARA

No quiero desayunar contigo: quiero acostarme contigo, ahora mismo.

Adam la mira como si fuera un personaje de película, no una persona real.

CLARA

(a punto de venirse abajo)

Por favor, no me obligues a suplicar.

EXT. TELESILLA A LOGE PEAK, ASPEN HIGHLANDS. DÍA.

Paul y Toby están hablando. Billy y Otto están detrás de ellos en la cola del telesilla.

PAUL

Toby, no volveré a decepcionarte.

TOBY

Querrás decir que no volverás a decepcionar a mamá.

PAUL

Me refiero a los dos... Nunca más.

(se vuelve hacia Billy)

¡Si nos separamos, no te preocupes!

(a Toby)

Tendrás que recordárselo a tu madre mañana: este telesilla no tiene barra de seguridad. Odia el viento.

TOBY

Lo sé... Aquí arriba sopla el viento.

Vemos a Billy y a Otto.

OTTO

Siempre nos... separamos.

BILLY

Intentaremos que no sea así... esta vez.

Paul y Toby suben al telesilla. No ven el desastre que Otto causa detrás de ellos: se le cae un bastón de esquí, pasan dos sillas vacías, una PAREJA IMPACIENTE ocupa la siguiente silla. Billy y Otto suben al telesilla por fin. Cuando el telesilla arranca, Otto estira los brazos violentamente hacia atrás. Otto grita al caer de la silla, arrastrando a Billy. No hay poste central al que agarrarse.

OTTO

¡No hay barra de seguridad!

Vemos a Paul y a Toby subiendo en el telesilla. El telesilla se detiene de repente en el aire. Padre e hijo extienden de manera instintiva un brazo para evitar que el otro se deslice hacia delante en la silla.

PAUL

Deberás tener cuidado con tu madre si el telesilla se detiene cerca de la cima.

TOBY

Me limitaré a las pistas azules. No hace falta que me lo digas. Sé cómo es mamá.

INT. DORMITORIO, HOTEL JEROME. DÍA.

A Clara le tiemblan las manos mientras se desnuda cohibida. A Adam le avergüenzan los dos albornoces sobre su cama deshecha; los deja sobre una silla. La voz de Clara es extremadamente frágil.

CLARA

Anoche estabas con unas mujeres. ¿No tendrás algo con alguna de ellas?

ADAM

No he venido con nadie. En realidad, no conozco a esas mujeres.

CLARA

Tampoco me conoces a mí.

ADAM

Tal vez deberíamos charlar.

CLARA

No podemos charlar. Esta película no tiene diálogos.

Está desnuda. Enciende la radio: más música *country,* esta vez, demasiado alta. Clara empieza a desnudar a Adam, con ferocidad.

EXT. TELESILLA DE LOGE PEAK, ASPEN HIGHLANDS. DÍA.

Vemos a Otto y a Billy en el telesilla, cerca de la cima.

BILLY

No hay barra de seguridad en esta silla.

OTTO

(petrificado)

¡Y no hay poste central! Me fastidia más bajar que subir.

BILLY

(cruzándose de brazos)

Te recuerdo bajando.

INT. DORMITORIO, HOTEL JEROME. DÍA.

La radio sigue demasiado alta. Es una canción *country* horrible: el soporífero sonsonete de un cantante masculino. En la cama, Adam se está follando a Clara; vemos la cara de ella por encima del hombro de él. Tiene la boca abierta, como en un grito inaudible, y también tiene abiertos sus doloridos ojos. Odia lo que está haciendo, desea que termine. Es lo peor que ha hecho en su vida, en la pantalla o fuera de ella.

ADAM (V.O.)

Obviamente, tendría que haberle parado los pies, pero no estaba permitido ningún tipo de diálogo.

EXT. PISTA NEGRA, ASPEN HIGHLANDS. DÍA.

Paul y Toby son buenos esquiadores. Se detienen al mismo tiempo. Paul mira hacia atrás, hacia la pista.

PAUL

Los hemos perdido. Se quedarán en las pistas azules.

TOBY

Siempre los perdemos. Otto debería limitarse a las pistas verdes.

PAUL

Aquí no hay pistas verdes; es lo que más me gusta.

TOBY

(su primera sonrisa)
A mí también.

EXT. PISTA AZUL, ASPEN HIGHLANDS. DÍA.

Billy es un esquiador intermedio medio decente. Traza un par de curvas casi paralelas y se detiene a esperar a Otto, cuyas curvas parecen las de una quitanieves. Otto consigue detenerse abrazando un árbol a un lado de la pista. DOS PISTERAS pasan a su lado. Sus chaquetas, así como la forma de sus caderas, las identifican tan claramente como sus largas cabelleras: son dos mujeres.

OTTO

(abrazando el árbol)
¿Esta es una pista azul?

BILLY

Te lo vuelvo a decir: es una pista azul, la más fácil que hay por aquí.

Billy se pone en marcha. Otto, viéndole alejarse, suelta el árbol.

EXT. DEBAJO DEL TELESILLA, ASPEN HIGHLANDS. DÍA.

Las sillas avanzan por encima de Beth y Nan, a las que reconocemos como las pisteras que han pasado junto a Billy y Otto. Las dos mujeres se han detenido cerca de una torre de remonte, en una pista que se encuentra debajo del telesilla de Loge Peak.

NAN

¡Eran los guardaespaldas!

BETH

El guapo es un esquiador de nivel intermedio.

NAN

El que da miedo esquía como me lo imagino follando.

BETH

No me hagas vomitar, Nan.

Cerca, más cerca de la torre de remonte, OTRA PISTERA los saluda con la mano. Vemos que arrastra un trineo. ALGUNOS ESQUIADORES, de pie, nos impiden ver al esquiador herido.

INT. DORMITORIO, HOTEL JEROME. DÍA.

En la radio suena una nueva canción *country,* todavía demasiado alta: el lamentable relato de una cantante femenina. Se acabó el sexo. Clara está demasiado angustiada para poder vestirse sola, pero cuando Adam intenta ayudarla, retrocede. Le repugna lo ocurrido y se avergüenza de sí misma. Lo único que él puede hacer es ofrecerle uno de los albornoces del Hotel Jerome. Clara se pone el albornoz y se cubre mientras se calza los pies y recoge la ropa. Adam apaga la radio, pero el silencio entre ellos es peor sin la música. Clara se marcha con su ropa y su bolso.

ADAM (V.O.)

A Clara Swift le repugnaba lo que habíamos hecho.

INT. VESTÍBULO, HOTEL JEROME. DÍA.

El sillón que vimos en un carro de equipajes está junto a la puerta de la suite de Paul y Clara, sustituyendo al que Otto rompió. Paulina, la criada fantasma, no sonríe; la madre de Paul mira con tristeza a su nuera cuando Clara entra en escena. Con el albornoz del Hotel Jerome puesto, Clara podría confundirse con alguien que viene de la piscina, y se esfuerza por encontrar la llave de su suite en el bolso. Se le caen las bragas, pero consigue entrar. Paulina recoge las bragas de Clara y las esconde en el delantal de su uniforme de sirvienta.

INT. DORMITORIO, HOTEL JEROME. DÍA.

El bolso abierto de Clara está sobre la mesilla de noche, en la radio suena una canción *country,* una elegía. Sobre la cama se encuentran la falda, el jersey y el sujetador de Clara. En el suelo —junto a la puerta abierta del cuarto de baño, donde oímos cómo se llena la bañera— se ven los zapatos de Clara y el albornoz que llevaba puesto.

INT. CUARTO DE BAÑO, HOTEL JEROME.

El baño de burbujas de la bañera oculta la mayor parte del cuerpo de Clara; asqueada de sí misma, se siente sucia. La elegía SE REPITE.

INT. GIMNASIO THE LAST RUN. TARDE.

El sonido de los pesos planos de hierro deslizándose sobre barras y mancuernas; el golpeteo metálico de las máquinas de ejercicios; los gruñidos de los levantadores de pesas.

ACERCÁNDOSE: un JOVEN MUSCULOSO levanta una pesada barra en el banco. Las dos manos de una mujer agarran la barra, ayudándole a terminar su última repetición.

RETROCEDIENDO: hay una rampa que lleva a una plataforma elevada sobre el banco, donde Monika, en su silla de ruedas, ayuda al joven levantador de pesas. En otro banco, una MUJER MUY MUSCULADA con camiseta de tirantes y bikini hace flexiones de bíceps. Sabe lo que hace, no necesita ayuda.

En un banco inclinado, una MUJER MUY EN FORMA hace sentadillas. Monika se detiene y le pone la mano en el culo.

MONIKA

No levantes el culo, Jill.

Adam se está castigando en la prensa para las piernas. Cuando Monika entra en escena, pone la mano en la frente de Adam y le presiona la cabeza contra el reposacabezas.

MONIKA

Deja de sacudir la cabeza. Yo no haría tanto esfuerzo con las piernas si vas a ir a esquiar mañana.

ADAM

(mientras se aleja)

Haré un par de pistas en Aspen Mountain. Puedo ir andando.

Seguimos con Monika. La palabra *andar* tiene connotaciones negativas.

MONIKA

El problema con Ajax es que todo el mundo en el pueblo puede ir *andando* hasta allí.

Se detiene en la máquina Lat, donde un HOMBRE CON PIERNA ORTOPÉDICA está haciendo flexiones.

MONIKA

Mantén la espalda tiesa, Freddy.

Adam entra en el plano.

ADAM

He oído decir que las pistas en Buttermilk no están mal.

MONIKA

Para principiantes, si te gustan los niños. Personalmente, odio a los niños.

ADAM

(mientras Freddy se ríe)

Quieres decir como esquiadores...

MONIKA

Quiero decir en general.

Todas las ratas de gimnasio se ríen; son asiduos, conocen a Monika.

MONIKA

Deberías esquiar en Aspen Highlands. El telesilla de Loge Peak te gustaría. Y podrías esquiar en algunas pistas azules.

Más risas de las ratas de gimnasio, mientras Monika se aleja. No hay música, tan solo se oyen los gruñidos de los levantadores de pesas y el ruido metálico. No hay pantallas de televisión. Las paredes están cubiertas con fotos de Monika y de sus antiguas competidoras. Hay fotos de un joven Arnold Schwarzenegger, cuando era culturista, y una de Arnold mayor, con sombrero tirolés; un austriaco aficionado a los descensos en el Hahnenkamm de Kitzbühel.

ADAM (V.O.)

Un error de juicio puede llevar a otro. No había modo de librarse del odio que Clara Swift había expresado hacia sí misma por haber mantenido relaciones sexuales conmigo..., a menos que yo mantuviera relaciones sexuales con otra persona.

Adam está utilizando la máquina para los pectorales cuando Monika rueda hacia él.

MONIKA

Mantén los pies firmes en el suelo.

ADAM

En cuanto a las sábanas en el Jerome...

MONIKA

(mientras rueda)

Comprobaré mi agenda.

EXT. PISCINA Y JACUZZIS, HOTEL JEROME. ATARDECER.

La nieve cae sobre los cansados esquiadores en los jacuzzis; entre ellos está Billy, pero solo Otto y Toby se encuentran en la piscina climatizada. Toby se ha encaramado a la espalda de Otto. Las brazadas de Otto provocan que el agua desborde la piscina. Toby aguanta, feliz como nunca le hemos visto: un niño montado en una pequeña ballena, un niño muy querido jugando con su devoto guardaespaldas. Billy se lo explica a una PAREJA JOVEN en los jacuzzis, mientras observan el tsunami en la piscina.

BILLY

Llevan haciendo lo mismo desde que Toby era pequeño.

Una MUJER MAYOR, enfadada, le oye; está de pie junto a la piscina, con un albornoz del Hotel Jerome, mientras el agua cubre el suelo.

MUJER MAYOR

(saliendo)

¡No es un niño pequeño!

INT. DORMITORIO, HOTEL JEROME. YA HA OSCURECIDO.

La asistenta rubia que vimos antes enciende la radio y suena una canción *country*. Se encuentra con que tendrá que hacer algo más que preparar la cama para la noche en la habitación de Adam. Ve que no han limpiado la habitación en todo el día: sobre la cama sin hacer está el chándal que se puso para desayunar y los pantalones cortos y la camiseta con los que hizo ejercicio en el gimnasio. La asistenta recoge en primer lugar el albornoz que hay en la silla.

OTRO ÁNGULO: Paulina observa a la asistenta hacer su trabajo.

INT. GIMNASIO THE LAST RUN. NOCHE.

La canción *country* CONTINÚA. Después de esquiar, el gimnasio está más concurrido: MUCHOS LEVANTADORES DE PESAS y un ENTRENADOR NUEVO, un hombre musculoso.

INT. VESTUARIO DE MUJERES, GIMNASIO. NOCHE.

Beth y Nan se desvisten y hablan; solo oímos la canción.

INT. SAUNA FEMENINA, GIMNASIO. NOCHE.

Monika —en *topless*, con una toalla cubriéndole el regazo— habla con la mujer que vimos haciendo flexiones de bíceps (también en *topless*, con una toalla). Solo se oye la canción *country*. Choca los puños cuando Beth y Nan entran en la sauna: cuatro mujeres fuertes.

INT. DORMITORIO, HOTEL JEROME. NOCHE.

Suena una nueva canción *country*, pero parece la misma emisora de radio. Clara, vestida de manera informal, no deja de mirarse el anillo de casada para asegurarse de que lo lleva puesto. No deja de mirar a su marido, Paul, con ansiedad. En su rostro pueden leerse un montón de matices no expresados verbalmente; parece tan dispuesta a romperse en pedazos como un cristal.

Paul es consciente de la atención que le presta Clara; está muy atento a ella. Paul mete por dentro la etiqueta mal colocada del jersey de Clara; le alisa el pelo.

INT. DORMITORIO, HOTEL JEROME. NOCHE.

La asistenta rubia termina de limpiar la habitación de Adam. Como hacen las asistentas, deja la radio encendida al salir. Paulina aparece y baja el volumen de la canción *country*. Paulina saca del delantal de su uniforme de criada las bragas que se le han caído a Clara; no es una decisión feliz, pero no duda en poner las bragas bajo una de las almohadas de Adam. Paulina parece triste, mientras sacude las dos almohadas y endereza la sábana de arriba.

INT. LITTLE ANNIE'S, E. HYMAN. NOCHE.

Paul y Clara se tratan uno al otro con excesiva consideración. Manteles de cuadros, una lámpara de araña con forma de rueda de carreta, en absoluto elegante.

PAUL

Nos lo hemos pasado bien esquiando. Nadie me reconoció.

CLARA

Quiero que os lo paséis bien.

PAUL

Entiendo por qué Toby no quería salir con nosotros: por la forma en que la gente nos mira.

OTROS ÁNGULOS: apreciamos la curiosidad de VARIAS CARAS en el local.

PAUL (O.C.)

Podemos cenar todos juntos en el Jerome mañana por la noche.

CLARA (O.C.)

No nos miran del mismo modo.

INT. EN LA BARRA, LITTLE ANNIE'S. NOCHE.

En la barra, Billy no consigue impresionar al BARMAN. Billy puede ver a Paul y Clara en su mesa.

BILLY

Cuando trabajo, solo bebo agua. Un buen guardaespaldas no es *omnipresente.* Mantiene las distancias, pero observa; no puede perderse nada.

Poco impresionado, el barman sigue a lo suyo. Billy ve que Clara ha dejado a Paul solo en su mesa; Billy la ha perdido.

INT. LAVABO DE MUJERES, LITTLE ANNIE'S. NOCHE.

Clara vomita en un retrete.

INT. DORMITORIO, HOTEL JEROME. NOCHE.

Toby está comiendo una hamburguesa mientras cambia de canal con el mando a distancia. La luz de la pantalla parpadea sobre su cara mientras oímos lo que parece la retransmisión de un partido de baloncesto, una persecución de coches, un programa de humor, un tiroteo... De repente, Toby deja de cambiar de canal. En el televisor: una serie de imágenes fijas de la película en blanco y negro *Argonne,* todas ellas de Paul Goode y Juliette Leblanc. La voz en *off* es la de una periodista americana de un programa de cotilleos de Hollywood.

PAIGE (V.O.)

He quedado con Juliette Leblanc en su hotel de Los Ángeles. Todo el mundo sigue hablando de ella y de Paul Goode, y no me refiero a lo que pasó en el set de rodaje de *Argonne.*

En un patio, bajo una sombrilla, PAIGE y Juliette conversan.

JULIETTE

Las mujeres americanas me odian porque viven en una sociedad represiva y yo vivo en Francia.

PAIGE

¡Las mujeres americanas te odian, cariño, porque tuviste una aventura con Paul Goode y ellas no!

JULIETTE

(un característico encogimiento de hombros)

Eso es lo que quiero decir.

PAIGE

Vuestra aventura ha tenido mucha repercusión mediática, en la televisión, en todos los periódicos.

JULIETTE

¡Yo no lo hice público!

PAIGE

¡Pero ha sido todo un escándalo!

JULIETTE

(una vez más, el encogimiento de hombros)

Los escándalos no me afectan.

PAIGE

Vaya. ¡Ya se ve que no eres estadounidense!

(Juliette se encoge de hombros)

¿Te encogías de hombros de niña?

Juliette se limita a encogerse de hombros.

Vuelta a Toby, cambiando de canal. Encuentra un partido de hockey sobre hielo.

INT. VESTÍBULO, HOTEL JEROME. NOCHE.

Tranquila y suave como una nana, una canción *country* parece haber dormido a Otto en el sillón; una cansada ballena vigila la puerta.

INT. DORMITORIO, HOTEL JEROME. NOCHE.

La canción que suena, apenas audible, no se ajusta al modo de hacer el amor de Adam y Monika. No están sincronizados. Ella intenta pasárselo bien, él quiere castigarse. Ella es muy consciente del odio que él siente por sí mismo, como

Adam lo era del que sentía Clara. El sentimiento de culpa de Adam desanima a Monika. Lo echa fuera de la cama, le da un golpe al radiodespertador de la mesilla de noche y la música deja de sonar.

MONIKA

¿Qué demonios te pasa? ¡Se supone que tienes que *disfrutar* de esto, estúpido!

Le lanza una almohada, la que cubría las bragas de Clara. Monika las levanta, demasiado pequeñas para ser suyas.

MONIKA

¿Qué coño es esto?

ADAM

(sincero)

Sí, soy estúpido.

Monika le lanza las bragas.

INT. J-BAR, HOTEL JEROME. NOCHE.

Beth y Nan están sentadas a una mesa, desde donde miran a los chicos. La mayoría de los JÓVENES, que apenas parecen tener edad suficiente para beber alcohol, son demasiado jóvenes para ellas. Suena una canción de Perjudicado Don: «Nunca va a mejor con Gwen».

NAN

Quiero a alguien que se aloje aquí. Es demasiado deprimente ver dónde viven algunos tíos.

BETH

¡No se te ocurra llevar a un tío a nuestra casa!

PERJUDICADO DON (V.O.)

No querrás despertarte con Maureen. Huele como una granja y sus sábanas no están muy limpias.

NAN

¿Es Perjudicado Don? Lo odio.

BETH

Alguien le pegó un tiro.

NAN

Canta como si alguien le estuviera disparando.

BETH

Ay, Dios.

EXT. ACERA DE ASPEN, S. MILL. DESPUÉS DE CENAR, NOCHE.

La forma en que Paul y Clara se abrazan mientras caminan parece la de una pareja que acaba de enamorarse. Billy los sigue a una respetuosa distancia. Las botas de vaquero en el escaparate de una tienda le distraen, pero se aparta enseguida. Perjudicado Don sigue cantando.

PERJUDICADO DON (V.O.)

No sueñes con liarte con Babette. ¡Es un caso de gonorrea que nunca olvidarás!

INT. J-BAR, HOTEL JEROME. NOCHE.

Beth y Nan ven a Monika entrando en el J-Bar. Un camarero nervioso le lleva una cerveza a Monika.

PERJUDICADO DON (V.O.)

Tu peor pesadilla será conocer a Louise. Se beberá todo tu dinero y le pasará pulgas a tu perro.

MONIKA

(al camarero)

Odio a Perjudicado Don. Todo el mundo lo odia.

CAMARERO

(sale corriendo)

Veré lo que puedo hacer.

NAN

Perjudicado Don está muerto.

MONIKA

(furiosa)

¡Lo sé! ¡Me alegro! ¡Lo odio igualmente!

«Nunca va a mejor con Gwen» se detiene bruscamente.

BETH

Joder.

INT. DORMITORIO, HOTEL JEROME. NOCHE.

Adam, con un albornoz del Hotel Jerome, recoge los desperfectos que Monika ha causado en su habitación. El radiodespertador ha dejado de funcionar, incluso después de enchufarlo de nuevo. Adam no sabe qué hacer con las bragas de Clara, por eso las coloca suavemente sobre una de las almohadas. En el lado opuesto de la cama aparece Paulina, decidida a hacerse con las bragas y guardarlas bajo el delantal.

Los dos se miran con tristeza. La débil sonrisa de Paulina registra su desaprobación y su afecto. Adam se siente abrumado por la vergüenza.

ADAM

Lo siento...

Paulina lo sabe y asiente.

INT. VESTÍBULO, HOTEL JEROME. NOCHE.

Paul y Clara están escuchando al otro lado de la puerta de la habitación de Toby, mientras Billy se aleja de ellos.

CLARA

No oigo la tele. A lo mejor está dormido.

PAUL

A Toby le gusta ver películas antiguas con el sonido apagado. Solo quiero verle y darle las buenas noches.

CLARA

Yo también. No quiero despertarlo. ¡No sé qué hacer!

Se derrumba y se aferra a él. Paul la abraza con fuerza. Billy se siente avergonzado por ellos.

BILLY

Salgo al pasillo a ver cómo está Otto.

PAUL

No tienes por qué esperarnos, Billy, conocemos el camino.

CLARA

(cuando Billy se aleja)
¡Buenas noches, Billy!

BILLY (O.C.)

¡Buenas noches!

Paul y Clara deciden no molestar a su hijo. Abrazados con fuerza, siguen a Billy.

INT. DORMITORIO, HOTEL JEROME. NOCHE.

Toby está despierto, viendo la tele con el sonido apagado; la luz de la pantalla le ilumina la cara, cubierta de lágrimas.

PANTALLA: *El hombre de la guardería* (1973) es aún peor sin sonido. Desde la puerta abierta del aula, vemos a la MAESTRA ASUSTADA, Clara Swift. La MUJER CON LA PISTOLA está de perfil hacia nosotros; sus labios se mueven cuando le habla a Clara, con la pistola apuntándole a la sien, pero oímos a Toby recitar su diálogo.

TOBY (O.C.)

Si aprieto el gatillo, las caras de los niños quedarán salpicadas de tu sangre, debido al orificio de salida.

Vemos a los NIÑOS, que cantan sin sonido en la clase de preescolar, cuando la HISTÉRICA HENRIETTA grita algo para que dejen de hacerlo.

TOBY (O.C.)

¡Parad! ¡Dejad de cantar!

Desde la puerta, algo cambia en la mirada de la maestra. La mujer de la pistola se vuelve hacia nosotros para ver lo que ve Clara. No oímos el disparo, pero la mujer de la pistola cae abatida boca abajo. La sangre se acumula alrededor de su cara en el suelo.

Son necesarias dos sentadillas con una sola pierna, por parte del absurdo HOMBRE DE LA GUARDERÍA, para que Paul Goode entre en el aula, sosteniendo la pistola con silenciador. Paul le dirige unas palabras a la mujer muerta, pero el sonido del televisor está apagado. Toby parece haber memorizado los diálogos de la primera película que sus padres rodaron juntos.

TOBY (O.C.)

Han pasado cinco minutos, ya estoy de vuelta.

Con un pañuelo, Paul limpia una salpicadura de sangre de la mejilla de Clara, pero el pequeño hombre de la guardería no sabe qué hacer con su pistola; el largo cañón del silenciador hace que resulte incómodo meterlo por dentro de la cinturilla de sus pantalones cortos.

TOBY (O.C.)

(mientras Clara mueve los labios)

Dame eso.

Clara le quita la pistola y la deja sobre su escritorio, junto al globo terráqueo salpicado de sangre.

En el aula de los alegres niños, Henrietta empieza a cantar y Paul tiene más diálogos, pero no oímos nada y el televisor no tarda en quedarse en negro.

Vemos a Toby en la penumbra de su habitación. Sigue llorando. No quiere ver nada más. Es demasiado doloroso ver cómo se enamoraron.

INT. DORMITORIO, HOTEL JEROME. NOCHE.

Paul, en calzoncillos, entra en el cuarto de baño y cierra la puerta. Clara ya está en la cama, en camisón; va cambiando de canal con el mando de la tele cuando encuentra el final de la película que estaba viendo Toby. La oímos tomar aire con fuerza, pero Clara ha silenciado el televisor.

PANTALLA: el pequeño hombre de la guardería intenta hacerse oír por encima del coro de voces infantiles. Paul está a la altura, casi tocando, los pechos de Clara. Ella inclina la cabeza hacia él para poder oírle. Cuando sus labios se mueven, oímos la suave voz de Clara, que pronuncia sus líneas de diálogo desde la cama.

CLARA (O.C.)

Me preguntaba si querrías salir conmigo, si no soy demasiado pequeño para ti. Me dicen constantemente que no soy lo bastante grande.

En la película, Clara se inclina sobre él y sus labios casi rozan la oreja de Paul. Cuando sus labios empiezan a moverse, volvemos a ver a Clara en la cama: recita sus frases en un susurro.

CLARA

No eres demasiado pequeño para mí, eres lo bastante pequeño.

Clara está llorando. Apaga el televisor. Cuando Paul sale del baño y se mete en la cama, Clara se ha secado las lágrimas en la almohada. Se tumban en la cama, abrazados.

INT. J-BAR, HOTEL JEROME. NOCHE.

Monika, Nan y Beth beben cerveza. El objeto de su interés es un CHICO MONO que está en la barra.

BETH

Ese chico no tiene edad para beber.

NAN

Seguro que tiene un carné falso. Solo me interesa si tiene edad suficiente para el sexo. No quiero ir a la cárcel ni nada parecido.

MONIKA

No hay carnés falsos para esas cosas.

NAN

Solo sé que se aloja aquí. Ha llegado desde el hotel; no lleva ropa de calle.

BETH

Ese chico todavía duerme en el sofá cama de la suite de sus padres.

Cerca del chico mono de la barra están los guardaespaldas.

NAN

(a Monika)

No hay forma de alejar a Beth de los guardaespaldas.

BETH

(a Monika)

El que da miedo, no, pero el otro es bastante mono.

MONIKA

(las sorprende)

El que da miedo es más interesante.

Nan se levanta de la mesa; parece dispuesta a jugar sus cartas.

NAN

Basta ya del tema. Ese chico se ha levantado a la hora de irse a dormir.

Vemos a los guardaespaldas hablando, mientras Nan se sienta junto al chico mono en la barra.

BILLY

La de la silla de ruedas es europea, una esquiadora alpina. Monika Behr.

OTTO

¿Como «ver», de vista?

BILL

Suena igual. Se escribe diferente. Era famosa por caerse.

OTTO

Parece paralítica, ¿de cintura para abajo? Supongo que no puede..., ya sabes, hacerlo.

BILLY

No es eso lo que he oído.

Vemos a Nan y al chico mono hablando.

NAN

Porque si no eres lo bastante mayor, podría meterme en problemas. Dímelo: ¿eres lo bastante mayor para estar conmigo o no?

CHICO MONO

(sincero pero despistado)

No lo sé. Nunca he estado con nadie.

NAN

¿En serio? ¿Dónde están tus padres?

CHICO MONO

En su habitación, se acuestan pronto.

NAN

¿Tienes habitación propia?

(mientras asiente)

¿En serio?

INT. DORMITORIO, HOTEL JEROME. NOCHE.

Acosado por los remordimientos, Adam está tumbado despierto en la cama.

INT. DORMITORIO, HOTEL JEROME. NOCHE.

Acosada por los remordimientos, Clara está tumbada despierta en la cama. Paul duerme a su lado.

INT. J-BAR, HOTEL JEROME. MÁS TARDE ESA MISMA NOCHE.

Tan solo quedan unos pocos clientes, por eso la música *country* —una canción con ritmos de baile— parece sonar más alta que antes.

INT. DORMITORIO, HOTEL JEROME. MÁS TARDE ESA MISMA NOCHE.

La canción con ritmo de baile CONTINÚA, al tiempo que Nan tiene las manos ocupadas con el chico mono; un nervioso principiante de las experiencias sexuales.

INT. DORMITORIO, HOTEL JEROME. MÁS TARDE ESA MISMA NOCHE.

La canción CONTINÚA, al tiempo que Beth y Billy se dejan llevar por lo que están haciendo.

INT. DORMITORIO, HOTEL JEROME. MÁS TARDE ESA MISMA NOCHE.

La canción *country* va *in crescendo,* al tiempo que Otto parece que estuviera desplazando de nuevo el agua de la piscina con el pecho mientras avanza; en esta ocasión, es Monika la que se agarra a la ballena. La única posible perjudicada en este caso podría ser la cama.

EXT. PISCINA Y JACUZZIS, HOTEL JEROME. PRIMERA HORA DE LA MAÑANA.

Tarzán se muestra receloso en los jacuzzis, mientras el hombre de mantenimiento aspira la piscina. Al fondo se ven las pistas de esquí Aspen Mountain. La nieve recién caída deslumbra bajo el sol.

EXT. TELESILLA DE LOGE PEAK, ASPEN HIGHLANDS. PRIMERA HORA DE LA MAÑANA.

Es demasiado pronto para que los remontes estén en funcionamiento. Los allanadores y los pisteros están ocupados con los preparativos matutinos.

VARIOS ÁNGULOS: en las pistas a las que conduce el remonte de Loge Peak. Un pistero baja con un trineo. Nan conduce una moto de nieve montaña arriba y arrastra tras de sí a Beth, que va en esquís. Las dos se ríen de algo.

INT. DORMITORIO, HOTEL JEROME. PRIMERA HORA DE LA MAÑANA.

Una ASISTENTA TRISTE y los dos porteros que vimos transportar el sillón de Otto en el carro de equipajes se ocupan de los restos de la cama de Otto. Han separado el colchón y el somier de la estructura rota.

INT. SALA DE ESTAR, HOTEL JEROME. PRIMERA HORA DE LA MAÑANA.

Clara y Billy están vestidos para esquiar. Paul lleva puesto un albornoz. La relación entre Paul y Clara sigue siendo emotiva pero frágil.

CLARA

(a Paul)

Tu entrevista es... ¿más tarde?

PAUL

Mucho más tarde. Los reporteros de Hollywood no son madrugadores.

BILLY

(a Clara)

Toby llegará dentro de poco. He llamado a su puerta.

(a Paul)

Otto está en el gimnasio, pero sabe cuándo es tu entrevista.

PAUL

¿El gimnasio del Jerome?

BILLY

El gimnasio de la esquiadora.

PAUL

The Last Run... es la leche.

BILLY

(no comenta nada)

Eso me han dicho...

Clara oye que llaman a la puerta y deja entrar a Toby.

CLARA

¡Aquí está Toby!

Cuanto más tiempo siguen allí, mayor es la incomodidad.

PAUL

(a Clara)

¡Que tengas un buen día!

CLARA

(a Paul)

¡Que tengas una buena entrevista!

Toby y Billy se avergüenzan de estar allí.

EXT. TELESILLA LOGE PEAK, ASPEN HIGHLANDS. MAÑANA.

Adam está en la cola del telesilla biplaza. La cola no es muy larga y Adam sube solo. Cuando haya mucha gente para montar en la silla biplaza, probablemente se emparejará con alguien que también vaya solo.

ADAM (V.O.)

La única razón por la que estaba en Highlands, montado en el remonte de Loge Peak, era que Monika me había indicado dónde esquiar.

Minutos más tarde: vemos a Adam, montando en el telesilla, cerca de la cima.

Hace viento y, como el telesilla no tiene barra de seguridad, Adam se agarra a una barra lateral.

El telesilla sube y atraviesa una cresta alta y estrecha, con rocas y nieve a la vista, pero la distancia desde la silla no es muy grande si te caes exactamente en ese punto. Acto seguido, el telesilla desciende y pasa por encima de un barranco profundo, donde la silla alcanza una altura de hasta diez metros por encima del fondo de un desfiladero rocoso. Debido al viento, la profundidad del barranco supone una visión aterradora, justo antes de llegar a la estación del telesilla en la cima.

ADAM (V.O.)

Hacía poco que había vuelto a esquiar. Intentaba corregir los malos hábitos de mi infancia y adolescencia, cuando me empeñé en no aprender a esquiar.

Minutos después: vemos a Adam, un esquiador medio decente, en una de las pistas azules bajo el telesilla de Loge Peak. Adam puede mantener los esquís en paralelo si la línea de caída no es demasiado pronunciada; cuando se encuentra en apuros, recurre a los giros en cuña.

ADAM (V.O.)

Pero el momento ideal para aprender a esquiar es durante la infancia. Yo había desperdiciado la mejor oportunidad que había tenido de aprender a esquiar; es decir, la primera vez.

La cola para subir al telesilla de Loge Peak no es muy larga. Billy monta solo en una silla, la que sigue a la de dos plazas que han tomado Clara y Toby.

ADAM (V.O.)

Por alguna razón, a Monika Behr y a Paul Goode les gustaba el antiguo telesilla de Loge Peak.

Minutos después: vemos a Toby y a Clara sentados en la silla, cerca de la cima.

Sopla el viento con fuerza. Clara se agarra a un poste lateral.

ADAM (V.O.)

Pero fue cuestión de mala suerte que Clara Swift y yo nos montásemos en el mismo telesilla ese día.

La cresta a la vista se aproxima. Toby sabe que el abrupto precipicio viene justo después de la alta cresta.

CLARA

Odio este telesilla...

TOBY

No mires hacia abajo.
(ella cierra los ojos)
No cierres los ojos, podrías marearte. Tú mírame a mí.

CLARA

(le mira fijamente)
Deberías ir con Billy. Es lo bastante fuerte para sujetarte si estuvieras a punto de caerte.

Están sobre el profundo barranco.

TOBY

Ya casi hemos llegado a la cima. Prepárate para bajar.

CLARA

No hay modo de prepararse. ¡No hay barra de seguridad que levantar! ¡La próxima vez irás con Billy!

Clara se vuelve en la silla para mirar a Billy, detrás de ellos.

TOBY

(demasiado tarde)
¡No mires atrás!

CLARA

(ve el barranco)
Oh, Dios.

TOBY

Eres tú la que tiene miedo. Tú deberías ir con Billy.

CLARA

No, tú. Oh, Dios.

INT. SALÓN PRIVADO, HOTEL JEROME. DÍA.

El salón está preparado para una entrevista de televisión. LA CHICA DE MAQUILLAJE atiende a Paige, la periodista especializada en cine, al tiempo que Paul se coloca su micrófono.

PAIGE

Saludos de tu amiga Juliette. ¿O debería decir tu examiga Juliette?

PAUL

Amiga me vale.

PAIGE

«Amiga me vale.» ¡Me encanta!

PAUL

No vayamos por ahí.

PAIGE

A mí también me parece bien, pero, ahora en serio, Paul, en *El otro hombre,* una película que me encanta, interpretas a un hombre que no puede superar la infidelidad de su esposa.

RETROCEDIENDO: Otto, con los brazos cruzados, monta guardia ante la puerta cerrada. Paul sabe qué es lo que pretende Paige, pero no responde. No están frente a la cámara, la entrevista no ha empezado, pero Paige no va a detenerse.

PAIGE

Tu actual esposa, Clara Swift, interpreta a la esposa infiel. Es un poco *irónico,* ¿no te parece? No tiene que haber sido fácil, Paul.

La puerta se abre: entra un CAMARERO TÍMIDO con una bandeja con botellas de agua y vasos. Otto toma la bandeja y le hace un gesto al camarero para que se vaya.

PAIGE

En *El otro hombre,* los papeles parecen haberse invertido. No debió de ser fácil, dado el asunto de Juliette Leblanc.

EL CÁMARA está listo. Paige y Paul están en su sitio preparados para que empiece la entrevista.

PAUL

No estoy aquí para hablar de *El otro hombre.* Estoy aquí para hablar de la nueva película. Y, como sabes, no hablaré de Juliette Leblanc ni de mi matrimonio... en absoluto.

PAIGE

(desconcertada)

Por supuesto...

(efusiva, a la cámara)

¡Hola! Estoy aquí en Aspen con Paul Goode, que nació aquí. La nueva película de Paul, *Salida de Hong Kong,* se estrena la semana que viene. ¡La película me ha encantado! Vamos a mostrarles un fragmento. Es una escena un poco incómoda, en realidad. No permitan que los niños la vean.

(a Paul)

¿No te resultó incómoda?

PAUL

¿De qué escena se trata?

PAIGE

(a la cámara)

Tal vez deberíamos mostrarla sin más.

(a Paul)

¡La escena del asiento trasero!

Paul se encoge de hombros. Conocemos el encogimiento de hombros, al igual que Paige.

PAIGE

Qué bien lo de encogerse de hombros, Paul.

(a la cámara)

¡Mostrémoslo! ¡Adelante con el vídeo!

Vemos *Salida de Hong Kong.* Un coche en marcha, recorriendo las calles de la ciudad, de noche. Un ABOGADO DE INMIGRACIÓN ESTADOUNIDENSE va sentado en el asiento delantero, junto al CONDUCTOR CHINO. El abogado está hablando con Paul Goode y la HERMOSA MUJER CHINA que está a su lado en el asiento trasero.

ABOGADO

Le van a pedir rasgos distintivos.

MUJER

El papel pintado del dormitorio es de rosas, rojas y blancas sobre fondo crema. Las cortinas del dormitorio son de color lavanda.

PAUL

No se refiere a la decoración del dormitorio.

ABOGADO

(señala a Paul)

Me refiero a él, su supuesto marido. ¿Tiene alguna cicatriz o marca de nacimiento? Debería encontrarse en un lugar íntimo.

MUJER

(con sinceridad, a Paul)

¿Tienes alguna?

Paul finge indiferencia.

ABOGADO

Muéstrasela. Se lo pedirán.

Paul y la mujer china se muestran contrariados, pero Paul se baja los pantalones, a tientas en el asiento trasero. Solo podemos ver la reacción de la mujer.

MUJER

Oh...

PAUL

Me atacó un perro.

ABOGADO

Me dijiste que fue un accidente de bicicleta, cuando eras niño.

PAUL

(se sube los pantalones)

Yo era un niño. Me atacó un perro cuando iba en bicicleta.

ABOGADO

(a la mujer)

¿Y usted?

MUJER

¿Qué?

PAUL

¿Tiene una marca en alguna zona de su cuerpo que solo su marido conocería?

MUJER

Oh...

Se desabrocha la blusa. Cuando se baja el sujetador para mostrarle a Paul uno de sus pechos, vemos la cara de Paul, luego la del abogado y después los ojos del conductor en el espejo retrovisor. Mientras el abogado se dirige sin miramientos al conductor en chino, la mujer se abrocha la blusa. Mira con confianza a los ojos de Paul.

PAUL

Bonito tatuaje.

MUJER

Era una niña...

ABOGADO

(a los dos)

Y las posturas sexuales. Siempre preguntan a la mujer qué postura le gusta a su marido. También le preguntan al hombre qué le gusta a su mujer.

PAUL

A mí me gusta lo habitual, encima.

MUJER

A mí también me gusta encima. No lo habitual.

ABOGADO

Eso está bien. ¡Dilo de ese modo! Suena auténtico. Ya sabes, como una larga disputa doméstica, como las que tienen los matrimonios de verdad.

Paul y la mujer se miran con renovado interés.

ABOGADO

¡No, no, no os miréis así! Se supone que estáis absolutamente *casados*, por el amor de Dios. ¡No estáis en proceso de enamoraros!

Es demasiado tarde. Podemos comprobar que, en el asiento trasero, Paul Goode y la mujer china se han enamorado.

EXT. TELESILLA DE LOGE PEAK, ASPEN HIGHLANDS. DÍA.

En la cola del telesilla hay mucha gente: las parejas suben juntas y los que van solos se emparejan. Toby está emparejado con Billy y, justo delante de ellos, Clara va sola y está a punto de unirse a la fila de desparejados que acaba de formarse. Clara y Adam no se reconocen hasta que se suben a la misma silla.

Toby y Billy se suben a la siguiente silla.

BILLY

Tu madre se ha montado con ese tipo que se aloja en el hotel.

TOBY

¿Qué tipo?

BILLY

Uno que habló con ella en el vestíbulo... Es solo un admirador.

Vemos a la aterrorizada Clara, con Adam en la silla de arriba.

CLARA

(apenas audible)

No me hables...

Adam se limita a mirarla, avergonzado.

CLARA

(aún más callada)

No me mires...

Mientras Adam mira hacia otro lado, montaña arriba, Clara intenta torpemente mirar hacia atrás sin dejar de agarrarse al poste lateral.

Vemos a Toby y a Billy en su silla.

TOBY

(le habla a su madre)

¡No mires atrás!

Vemos a Adam extendiendo el brazo delante de Clara, para mantenerla segura sentada de nuevo en la silla.

CLARA

(un susurro áspero)

No me toques...

De vuelta a Billy y Toby.

BILLY

Creo que tu madre debería haber venido conmigo, pero ya sabes...

TOBY

¡Los dos dijimos que debería ir contigo! Lo sé...

Toby se ha quitado los guantes para ponerse crema solar en la cara. Toby coloca los guantes bajo su muslo en la silla.

BILLY

Yo te guardo los guantes.

TOBY

Los estoy aguantando.

BILLY

Toby, dame los guantes.

Vemos a Clara y a Adam, que no se miran.

Vemos a Toby y a Billy: un intercambio torpe de los guantes. Billy coge uno. Toby ha atrapado el guante caído entre sus botas de esquí. Toby intenta levantar las botas y los esquís mientras se inclina hacia delante en la silla para agarrar el guante. Una de las manos de Toby está agarrada al poste lateral, pero no puede alcanzar el guante con la mano libre, no sin soltar el poste lateral.

BILLY

(alza la voz)

¡Toby, deja el puto guante!

El telesilla da una sacudida cuando sobrepasa la alta cresta. Toby cae y Billy salta tras él.

BILLY

(gritando)

¡Ya voy, Toby!

Vemos a Adam y a Clara. Clara se da la vuelta completamente en la silla para mirar hacia atrás. Ve a Toby y a Billy tambaleándose en la dura nieve sobre la estrecha cresta. A su alrededor hay rocas a la vista; no está claro de inmediato que lograran esquivar las rocas cuando aterrizaron.

CLARA

(chillando)

¡Toby!

Adam intenta agarrarla cuando se dispone a saltar, pero ella lo empuja a un lado; sigue mirando hacia atrás, a la cresta que se aleja, pero Adam sabe dónde están. El telesilla ha descendido: se encuentran justo sobre el barranco cuando Clara le empuja y salta.

CLARA

No me toques...

Desde el punto de vista de Adam: Clara choca contra un árbol, luego contra una roca o dos, mientras se desliza por el barranco. La silla se ha detenido, se balancea debido al viento. El cuerpo inmóvil de Clara se distingue por los colores brillantes de su ropa de esquí; los colores destacan sobre la nieve y las rocas al fondo del barranco.

En la cresta: Billy y Toby se han abierto paso hasta la ladera escarpada del barranco, pero Billy no deja que Toby baje al desfiladero. Los altos árboles están muy juntos y fuertemente inclinados. Hay rocas desnudas, dentadas y barridas por el viento, bajo la nieve descongelada y vuelta a congelar.

BILLY

La patrulla de rescate puede sacarla de ahí, Toby. Si bajáramos nosotros, ¿qué podríamos hacer?

Toby se deshace en lágrimas. Billy agarra al niño en brazos.

PRIMER PLANO: el rostro sin vida de Clara. Mechones de pelo que salen de debajo del gorro de esquiar revolotean sobre sus ojos abiertos, que miran al cielo. Unas manos suaves entran en escena, recogiendo el pelo de Clara bajo su gorro. Unos dedos cuidadosos cierran sus párpados.

ÁNGULO MÁS AMPLIO: arrodillado junto a Clara se halla el fantasma de un GUERRERO UTE. Está de pie, observando los telesillas, invasivos y absurdos, por encima de su cabeza.

ADAM (V.O.)

No debería generalizar, pero sean quienes sean o lo que sean los fantasmas, parece que saben quién eres y lo que has hecho.

Vemos a Adam en la silla movida por el viento, mirando a Clara y al fantasma. El telesilla empieza a moverse de nuevo.

ADAM (V.O.)

Es posible que el ute que vi estuviera mirando al telesilla, con comprensible desaprobación, pero yo creía que me estaba mirando a mí.

En el desfiladero: vemos el cuerpo de Clara y al ute de pie, protector, a su lado, siguiendo con la mirada las sillas que se acercan a la cima. Su túnica de búfalo, o quizás sea una piel de oso, es del color natural de las rocas o de la corteza de los árboles contra la nieve.

ADAM (V.O.)

Esto fue antaño territorio indio. Aspen se llamaba originalmente Ciudad Ute. Pero los territorios de caza de los ute habían desaparecido hacía tiempo; los ute sabían lo que se sentía al ser traicionado. A Clara Swift también la habían traicionado.

INT. SALÓN PRIVADO, HOTEL JEROME. DÍA.

Continúa la entrevista de Paige.

PAIGE

Es una escena *maravillosa,* pero tuvo que ser muy incómoda para ti, Paul, ¿verdad?

PAUL

No es más que una película, Paige.

PAIGE

(a la cámara)
«No es más que una película.»
(a Paul)
¡Me encanta!

RETROCEDIENDO: Otto mira a Paige con incredulidad.

EXT. TELESILLA DE LOGE PEAK, ASPEN HIGHLANDS. DÍA.

La estación del telesilla de Loge Peak, en la cima. Nan y Beth, junto con un tercer pistero, un viejo espalda plateada, esperan a que Adam llegue y se baje de su silla.

ADAM (V.O.)

Nan y Beth me han contado el procedimiento habitual de la patrulla de rescate para sacar a alguien del desfiladero. Dos tipos fuertes bajan con una camilla de rescate por el barranco hasta un sendero para motos de nieve que hay en el fondo, y salen por ahí.

Los pisteros hablan por radio en una jerga ininteligible, sin dejar de hablar con Adam, después de que se baje de la silla. No oímos sus diálogos, tan solo el balbuceo incomprensible de las radios y la voz en *off* de Adam, mientras hablan.

ADAM (V.O.)

El viejo de la barba se llamaba Buck. Estaba esperando una camilla de rescate y a dos jóvenes que le ayudaran a sacar a Clara del barranco.

PLANO LARGO: mirando hacia abajo por las escarpadas paredes del barranco hasta el fondo del desfiladero rocoso, donde una mancha brillante de color perfila el cuerpo de Clara.

ADAM (V.O.)

Buck dijo que el barranco era básicamente un conducto de avalanchas. No tenía un punto de salida sencillo. Ni siquiera a los lugareños les gustaba esquiar allí: muchas rocas, árboles apretados, una mala línea de caída y una larga pasarela para salir.

De vuelta arriba: DOS PISTEROS jóvenes en una moto de nieve remolcan una camilla de rescate; se han unido a Buck. Se van juntos, Buck en esquís y uno de los jóvenes conduciendo la moto de nieve, dejan a Adam con Nan y Beth.

ADAM (V.O.)

Las únicas palabras que había entendido de lo que sonaba en las radios de los pisteros fueron «Código rojo». Había oído a Molly hablar de los detalles. Traumatismos, cabeza o cuello, fémur abierto, daños internos, cardiacos. Teniendo en cuenta dónde había caído Clara Swift, me dio la impresión de que todo el mundo la daba por muerta.

Nan y Beth están siendo amables con Adam, dándole palmaditas en la espalda, mostrando su preocupación. Empiezan a bajar esquiando la montaña, todos juntos; las mujeres tienen cuidado de no ir demasiado rápido.

ADAM (V.O.)

Si Monika les había contado a sus amigas algo de mí, no me lo echaron en cara. Fueron amables conmigo, preparándome para los trámites que me esperaban cuando llegáramos abajo.

Vemos a Billy y a Toby con DOS PISTEROS, un hombre y una mujer, cargados con sus esquís y bastones, saliendo a duras penas de la zona de nieve sin pisar en la cresta. Pasan trabajosamente por debajo del telesilla hasta llegar a la pista, donde se colocan los esquís.

ADAM (V.O.)

Beth y Nan me dijeron que abajo me harían preguntas sobre el accidente, pero todo el mundo entendió lo que había pasado. El hijo se cayó, el guardaespaldas saltó tras él. La madre, histérica, mirando hacia atrás, solo vio dónde cayeron, no dónde estaba ella cuando saltó.

Vemos a Adam, siguiendo a Nan por una pista azul hacia la base; Beth va detrás de ellos.

ADAM (V.O.)

Todo el mundo comprendió que yo solo era un admirador, un don nadie para Clara Swift. Realmente no la conocía; no esquiábamos juntos. Solo éramos dos desparejados que, casualmente, se sentaron juntos en una silla.

Vemos a Billy y a Toby, siguiendo a la patrullera hasta la base. El otro patrullero, el hombre, los sigue.

ADAM (V.O.)

La pregunta que todo el mundo se hacía era: ¿por qué no estaba el guardaespaldas en la silla con la madre? Los pisteros habían visto esquiar al hijo; el chico era un esquiador experto, como su padre. La madre era la intermedia de la familia, debería haber estado en la silla con el guardaespaldas, creían todos. Nadie me culparía.

INT. SALÓN PRIVADO, HOTEL JEROME. DÍA.

La interminable entrevista de Paige. Vemos a Otto, pero escuchamos la entrevista fuera de cámara. Paul está inmerso en un monólogo. Otto bloquea la puerta, que de repente se abre tras él. Vemos a DOS POLICÍAS, uno de ellos le susurra a Otto.

PAUL (O.C.)

Actuar es una profesión de riesgo. No solo habitamos el cuerpo de otra persona, sino que creemos que las emociones y los motivos de ese personaje son los nuestros.

OTRO ÁNGULO: Paul ha visto a los policías. Observa a Otto acercarse, sabiendo que algo va mal. Otto parece a punto de echarse a llorar. Paul intenta seguir hablando.

PAUL

El grado en que consigues convertirte en esa otra persona se llama «talento», pero tu éxito depende más del riesgo. Cuando digo: «Actuar es una profesión de riesgo», no me refiero a la vergüenza o al miedo al fracaso.

Paige, perdiendo el contacto visual con Paul, mira hacia donde mira Paul. Ve el rostro afligido de Otto.

EXT. BASE, ASPEN HIGHLANDS. DÍA.

Una ambulancia y coches de policía están allí. Los dos jóvenes pisteros llevan el cuerpo cubierto de Clara hasta la ambulancia. Buck está hablando con el EQUIPO DE LA AMBULANCIA mientras DOS POLICÍAS mantienen alejados a los CURIOSOS OBSERVADORES. Únicamente oímos la voz en *off* de Adam.

ADAM (V.O.)

Nadie querría escucharme.

Otro coche patrulla se detiene. Paul Goode y Otto se apresuran a entrar en el edificio. Buck va con ellos y deja a los jóvenes con el equipo de rescate. Cuando la furgoneta del Hotel Jerome se detiene, dejando salir a la ansiosa Paige y a su cámara, varios policías los rodean. Los chacales de los medios de comunicación se ven obligados a volver a la furgoneta.

INT. SALA DEL PERSONAL DE LAS PISTAS, BASE, ASPEN HIGHLANDS. DÍA.

Una sala de reuniones, una mesa estrecha con sillas a ambos lados. Paul se sienta entre Adam y Toby, con el brazo alrededor de los hombros de su sollozante hijo. Estando uno al lado del otro, el parecido de Adam con Paul no es menos sorprendente que el de Toby con su padre. Junto a Toby, Billy y Otto se sientan uno al lado del otro. Billy llora tan desconsolado como Toby. Todos hablan, excepto Otto, pero solo oímos la voz en *off* de Adam.

ADAM (V.O.)

Billy se culpó a sí mismo. Debería haberse sentado con Clara en la misma silla, dijo el guardaespaldas. El hijo también se culpó. Toby dijo que él o Billy deberían haber ido con su madre.

Al otro lado de la mesa: DOS POLICÍAS se sientan cerca de Buck. Junto al viejo espalda plateada, Nan y Beth están sentadas una al lado de la otra. Todos tienen algo que decir, excepto Buck, pero solo oímos la voz en *off* de Adam.

ADAM (V.O.)

Les conté que intenté agarrarla, pero Clara me apartó de un empujón. Estaba muy enfadada, les dije. Pero me dijeron que yo no podría haber hecho nada. Paul Goode declaró que todo era culpa suya. Todo el mundo sabía por qué su mujer estaba tan alterada. Nadie quiso contradecirle.

PRIMER PLANO: los pisteros parecen comunicarse mediante una especie de lenguaje de signos. Nan y Beth miran inquisitivamente a Buck; el viejo espalda plateada se da golpecitos en un lado de la cabeza con un dedo índice y en un lado del cuello con el otro.

ADAM (V.O.)

El viejo Buck era un hombre de pocas palabras, no un forense, pero tenía clara la causa de la muerte: traumatismo craneal y cervical, por lo que había visto.

PRIMER PLANO: Adam se retuerce las manos sobre la mesa; Paul se da cuenta de que se las retuerce.

ADAM (V.O.)

Paul Goode no me miraba a la cara, solo me miraba las manos. Yo solía retorcerme las manos, pero había dejado de hacerlo hacía más de veinte años. Es posible que retomase esa costumbre al casarme. Ahora volvía a hacerlo. Hay ciertas cosas que no tienen explicación, no únicamente los fantasmas.

INT. ASCENSOR, HOTEL JEROME. MÁS TARDE ESE MISMO DÍA.

Adam, vestido con ropa de esquí, sube al ascensor con el vaquero que lleva consigo su silla de montar. El vaquero parece estar al corriente de todo.

ADAM (V.O.)

Si Clara Swift iba a convertirse en un fantasma, esperaba que no lo hiciera en el Jerome. Ya había sufrido bastante en Aspen. Durante mi última noche y a la mañana siguiente, cuando me marché, solo vi a los fantasmas que conocía, los que parecían conocerme a mí y todo lo relacionado conmigo.

INT. DORMITORIO, HOTEL JEROME. TARDE.

Paul Goode está guardando la ropa de Clara. Paulina está cerca de él; tiene el corazón roto. En la radio suena un lamento *country*. Cuando Paul empieza a guardar los sujetadores y las bragas de Clara, se siente abrumado. Cuando se tapa la cara con las manos, Paulina saca las bragas de Clara de debajo de su delantal y las coloca en la maleta abierta de Clara. Paul se tranquiliza y vuelve a las maletas. La obediente criada ha desaparecido.

INT. DORMITORIO, HOTEL JEROME. TARDE.

El mismo lamento suena en la radio de Toby mientras hace la maleta. Paulina revolotea cerca de Toby. Es invisible para él, como lo era para Paul.

INT. J-BAR, HOTEL JEROME. NOCHE.

Suena de fondo una canción *country* más tranquila. Adam está solo en la barra.

RETROCEDIENDO: vemos a Monika, Beth y Nan en su mesa, comen y beben, pero no hablan. Ven a Adam, solo, en la barra. Monika se acerca a Adam y le da un toque en la espalda desde su silla de ruedas.

MONIKA

Tendrían que cambiar ese viejo telesilla. Algún día lo harán. Lo siento.

ADAM

Yo también lo siento.

Monika asiente y se aleja en su silla de ruedas.

EXT. ACERA DE ASPEN, S. GALENA. MÁS TARDE ESA MISMA NOCHE.

Otto y Billy pasan por delante de un bar en el que suena música rock. Un TIPO QUE VOMITA sale del bar a cuatro patas y su AMIGA BORRACHA le sigue. Ella le rodea por la acera, dándole patadas. Billy le indica a Otto que ese local puede ser prometedor. Entran.

ADAM (V.O.)

La autobiografía no es lo bastante buena o lo bastante mala para funcionar como ficción.

INT. DORMITORIO, HOTEL JEROME. AMANECER.

Adam está dormido. Paulina, el fantasma de su abuela, está sentada en la silla junto a su cama, velando por él.

ADAM (V.O.)

Sin editar, la vida real es un desastre.

EXT. ENTRADA, HOTEL JEROME, E. MAIN. PRIMERA HORA DE LA MAÑANA.

La PRENSA LOCAL y unos cuantos FANS ENLOQUECIDOS no son rivales para Otto y Billy, que protegen a Paul y a Toby cuando salen del hotel y se montan en la furgoneta del Hotel Jerome. Billy se sienta delante, con el CONDUCTOR. Otto va en la parte de atrás. Una fan, una CHICA HIPPY ALTA que lleva un jersey de esquiar sobre un jersey de cuello alto, se pega a la ventanilla del lado de la furgoneta donde está sentado Paul. Se levanta los dos jerséis y presiona sus pechos desnudos contra el cristal; debe de hacer frío.

ADAM (V.O.)

Lo que me pasó en Aspen no funcionaría como una película.

En el vestíbulo del Hotel Jerome, los PORTEROS VAQUEROS sujetan a la chica hippy mientras la furgoneta se aleja.

ADAM (V.O.)

Lo que ocurrió en el Jerome fue un desastre.

INT. VESTÍBULO, HOTEL JEROME. PRIMERA HORA DE LA MAÑANA.

Adam sigue a un PORTERO que empuja un carro de equipaje por el vestíbulo. Bajo la cabeza con cornamenta de un ciervo, Jerome B. Wheeler y Paulina toman café juntos sentados en un sofá. Aun sabiendo que se ha portado mal, Paulina le dedica a Adam una sonrisa tranquilizadora. Cuando Adam se detiene para devolverle la sonrisa, Jerome B. Wheeler le dedica una inclinación de cabeza un tanto formal pero digna.

ADAM (V.O.)

No culpo a Aspen, ni al Jerome, de lo que me ha ocurrido; solo puedo culparme a mí mismo.

INT. RECEPCIÓN, HOTEL JEROME. PRIMERA HORA DE LA MAÑANA.

El portero con el carro de equipaje saca la bolsa de esquí, la bolsa de las botas y la bolsa de lona de Adam. Adam está con la recepcionista, haciendo los trámites para dejar el hotel.

ADAM (V.O.)

Todos nos hemos visto alguna vez en situaciones inciertas, de esas que nos llevan a querer saber qué va a pasar después.

EXT. ENTRADA, HOTEL JEROME, E. MAIN. PRIMERA HORA DE LA MAÑANA.

La prensa local y los fans enloquecidos que se congregaron para ver a Paul Goode ya se han ido, excepto la hippy alta. Parece disgustada y se comporta de forma extraña: se quita las botas en la acera, da patadas a un montículo de nieve junto a la entrada del hotel...

ADAM (V.O.)

Es natural querer saber cómo acaba una historia. Todo el mundo quiere saber el desenlace.

Solo es necesario un portero vaquero para meter las cosas de Adam en la furgoneta. Tanto el portero como el conserje vuelven a entrar en el hotel en cuanto Adam sale a la acera. Su CONDUCTOR le abre la puerta de la furgoneta, pero Adam vacila. Observa la fachada del Jerome, como si quisiera captar un último recuerdo.

ADAM (V.O.)

Todo el mundo odia este tipo de finales: los finales inciertos.

La chica hippy ha desprendido de una patada un pedazo de nieve helada del montículo de nieve. Lo patea trazando círculos sobre la acera. Adam la mira únicamente porque se comporta de forma extraña.

ADAM (V.O.)

No es como escribir una novela. Es fácil conocer el futuro si soy yo el que está inventando la historia.

La chica hippy ve que Adam la mira. No parece dispuesta a enseñarle los pechos; en lugar de eso, la chica loca le hace una peineta.

LA IMAGEN QUEDA CONGELADA

ADAM (V.O.)

En aquel momento, no podía imaginar qué me traería de vuelta a Aspen y al Hotel Jerome.

FUNDIDO A NEGRO.

46
«¡Te encontré!»

En la Nochevieja en que conocí a Grace, supuse que mi madre se llevaría consigo la lista de la compra de Em cuando Molly las acercase a ella y a Grace a casa. Para mí tenía sentido que Pequeña Ray no quisiera que me plantease la posibilidad de conocer a mi padre ni que fantasease con la idea de que Paul Goode podría gustarme si llegaba a conocerlo... «en la vida real», como había escrito Em. Y como Em y yo no nos escribíamos, iba a pasar un año entero sin que estuviéramos juntos a solas; no hubo nada personal entre nosotros en ese tiempo, ni siquiera otra lista de la compra. Cuando fui con Grace a Nueva York, y quedamos para cenar con la de las raquetas de nieve y Em, las pantomimas de esta última fueron muy comedidas. ¿Sentía Em que Grace desaprobaba que no hablase? Cuando el señor Barlow llevó a Em a Manchester, se alojaron con Grace y conmigo en mi casa, pero mi madre y Molly siempre andaban cerca; las pantomimas de Em también se vieron atenuadas entonces.

Siempre que teníamos invitados en casa, Grace cerraba la puerta de nuestro dormitorio. Pude oír el ruido de los pies descalzos de Em en el pasillo de arriba, cuando iba a visitar a Elliot o cuando volvía a su dormitorio. Le había dado a Em una linterna más potente y había aprendido a ubicar los obstáculos; ya no chocaba contra los numerosos muebles. Pero a veces —cuando Em se despertaba sola y tenía miedo— corría hasta llegar a una cama en la que hubiera un cuerpo. Era entonces cuando las almohadillas de sus pies descalzos resonaban en el pasillo del piso de arriba.

—¿Echas de menos que se meta en la cama contigo?

—No —mentí, pero me pregunté cómo era posible que Grace

supiese lo que Em se llevaba entre manos—. No hacíamos ninguna tontería —añadí.

—Lo sé —me dijo Grace. Me dio un abrazo y volvió a dormirse. Yo permanecí despierto, haciéndome preguntas. Quizás el señor Barlow había advertido a Grace de las andanzas nocturnas de Em. Conociendo la fijación de mi madre con las visitas nocturnas de Em, Molly no las habría mencionado.

Aquella semana entre Navidad y Año Nuevo, en los últimos días de 1990, Em y la de las raquetas de nieve se quedaron con nosotros en casa. Era casi el final del sexto mes de embarazo de Grace. Me sorprendió ver el cariño físico que se mostraban Em y Grace, los abrazos y los apretones de manos; a Em la ilusionaba sentir cómo se movía el feto. Había visto las pantomimas de parto de Em: no eran precisamente experiencias positivas. Sin embargo, Em prestaba especial atención al embarazo de Grace. Em fregaba los platos y limpiaba la cocina. Volvió a ser la misma de siempre al hacer la pantomima de cómo quería que Grace se tumbara y la llamase cuando el feto se pusiera nervioso, para que Em pudiera sentir sus pataditas.

No dejé de comprobar la lista de la compra que colgaba de la puerta de la nevera, porque tenía la esperanza de que Em dejase allí un mensaje para mí. Pero Molly y mi madre pasaban todas las noches con nosotros. Tal vez mi lista de la compra estaba demasiado a la vista para lo que Em tenía que decir. Una o dos semanas antes le había dicho a Grace que iría a Aspen y al Hotel Jerome a principios de febrero, un mes antes de que saliera de cuentas.

—Solo quiero ver de dónde vengo, no necesito saber nada más sobre lo que ocurrió —le dije.

—De acuerdo, le diré a Matthew que espere a nacer hasta que vuelvas —dijo Grace riendo; los dos nos reímos. La cuestión se hizo más peliaguda cuando les conté a mi madre y a Molly mis motivos para ir a alojarme al Jerome estando mi mujer embarazada de ocho meses.

—Solo quiero ver de dónde vengo —repetí, pero en esta ocasión hice una pausa; sabía que no podía decirles lo mismo que le había dicho a Grace—. Quiero acabar con los fantasmas, sin involucrar a Grace —les dije a mi madre y a la allanadora nocturna. Lo de *no querer involucrar a Grace* era cierto, pero yo quería que los fantasmas regresasen. Lo último que quería era *acabar con ellos.*

—Es un momento un poco raro para ir al Jerome, cariño. Deberías haber ido ya. De hecho, hace tiempo que deberías haber vuelto —dijo mi madre.

—Ten cuidado, niño; no solo cuando estés esquiando, sino en general —dijo la antigua pistera.

—Cuando regreses, ni se te ocurra volver allí otra vez. No querrás acabar en el Jerome, ¿verdad, cariño? —me dijo mi madre. Esa afirmación fue algo nuevo para la allanadora de pistas y para mí. Molly y yo nos limitamos a mirar a Pequeña Ray, pero ella nos ignoró.

La pequeña profesora de inglés y yo seguíamos escribiéndonos; es decir, tuve muchas oportunidades para contarles a Elliot y a Em mi próximo viaje a Aspen y al Jerome, pero no lo hice. No podía andarme con rodeos con el señor Barlow, me conocía demasiado bien. La de las raquetas de nieve seguramente estaba al corriente de que mi intranquilidad respecto a la vida matrimonial iba más allá de echar de menos a los fantasmas. ¿Y no se habría preguntado Em por qué iba a ir a algún sitio sin mi flamante esposa? Supongo que esas fueron las razones por las que no le conté a Em mis planes..., aunque alguien se los contó.

Era la noche anterior a Nochevieja. El señor Barlow y Em regresarían a Nueva York por la mañana. Em y yo estábamos fregando los platos después de cenar. Grace estaba tumbada en el sofá del salón, la oíamos contar historias sobre sus padres.

—Mi padre tiene que ponerse el pijama antes de que descienda la bola. Por suerte para ti, te vas —le dijo Grace a la de las raquetas de nieve. Conocía otra razón por la que Grace se sentía aliviada de que Elliot y Em se marcharan. Grace temía que su padre le preguntara a Em por el tiroteo del Gallows Lounge. Grace sabía que a Em no le gustaba que le preguntaran sobre ese tema. No quise imaginar qué tipo de pantomima podría hacer Em para responder. Lo que sí sabía, porque Elliot Barlow me lo había contado, era cómo iba la novela en tercera persona de Em. Deseaba que Em me enviara algunas páginas; era en lo único que pensaba. Desde la cocina, Em y yo oímos reír a Molly y a mi madre.

—Oh, Arthur no está tan mal, Grace. No sabes lo que es tener un padre que lleva pañales —oímos decir a mi madre.

Em y yo habíamos llenado el lavavajillas y ahora estábamos lavando las ollas y las sartenes; yo lavaba y Em secaba, cuando sentí que metía su mano en el bolsillo delantero de mis vaqueros. El pedazo de papel doblado que me introdujo en el bolsillo hizo un extraño ruido cuando me toqué los vaqueros con los nudillos de la mano mojada. Me hice con un paño de cocina para secarme las manos, pero Em cruzó los dedos índices, haciéndome la señal de la X. Iba a tener que esperar a leer lo que me había escrito. No pude hacerlo hasta que Em y el señor Barlow se fueron a sus dormitorios; Grace estaba en el baño. «He oído que vas a ir a Aspen y al Jerome», me escribió Em. «Espero que no tengas que dar muchas explicaciones cuando vuelvas. Tienes una esposa muy agradable. Grace también es muy buena editora, pero no permitas que sea tu editora», me había escrito Em.

No iba a poder estar a solas con Em. No iba a poder tener una conversación privada con la de las raquetas de nieve antes de que regresaran a Nueva York a la mañana siguiente. Pensé en escribir a Em, pero escribí a Elliot Barlow. Di por supuesto que mi madre debía de haberle dicho algo sobre mi viaje a Aspen y al Jerome, y que la pequeña profesora de inglés se lo había comentado a Em. «¿Qué sabe Em de Grace como editora? ¿Por qué piensa siquiera en Grace, a nivel editorial?», le pregunté a Elliot.

«Em y tú deberíais escribiros. Supongo que Em está esperando a que tú le escribas primero», me escribió el señor Barlow. Eso fue unas cuatro o cinco semanas antes de irme a Aspen; Grace entraba en su séptimo mes de embarazo. La de las raquetas dijo que Em y Grace se escribían desde hacía un año. La víspera del Año Nuevo en que conocí a Grace, fue ella la que se quedó la lista de la compra de Em cuando Molly las llevó a ella y a mi madre a casa. Me aseguró que Grace no le había pedido a Em que le dejase ser su editora. Lo que Grace pretendía era ser una de las primeras lectoras de la futura novela de Em, sin compromiso alguno, a nivel editorial, por parte de Em. Lo que Grace *sí* daba por hecho, me escribió el señor Barlow, era que dicha novela iba a ser una obra de ficción más comercial y accesible para Emily MacPherson. A pesar de la tercera persona omnisciente —tan inexpresiva y distante como Em fuese capaz—, la novela se basaba en la vida en común de Em y Nora, tanto en el escenario como fuera de él, y también hablaba del tiroteo del Gallows Lounge. Grace le había desaconsejado a

Em el título de *Dos tortilleras, una que habla*. Yo conocía a Grace desde hacía solo un año, pero sabía muy bien las libertades que se tomaba a la hora de dar consejos. ¿Era ese el motivo por el que Em me había dicho que no dejara que Grace fuese mi editora?

El señor Barlow repitió lo que Em me había dicho: Grace era *muy buena editora*. A Elliot y a Em les preocupaba que Grace se convirtiese en mi editora y eso pudiese llegar a suponer una carga para nuestro matrimonio. «Podría ser demasiada Grace», fue todo lo que dijo la de las raquetas al respecto. Me sorprendió descubrir que Em había decidido que Grace fuese su editora, pero no me sorprendió saber que Em seguiría teniendo a la de las raquetas como correctora de estilo. Conocía a Grace desde hacía solo un año, pero sabía qué quería decir *demasiada Grace*, como me había indicado la de las raquetas. «Deberías escribir a Em. Y deberías hablar con Grace», me dijo la pequeña profesora de inglés. Podría haber escrito a Em el mes antes de marcharme a Aspen. No lo hice. Esperaba que ella lo hiciese antes.

Cuando le pregunté a Grace por qué no me había dicho que Em y ella se escribían cartas regularmente, Grace empezó diciéndome que Em y yo éramos infantiles y que los dos nos obstinábamos en no ser el primero en escribir. Tenía que escucharlo todo sobre el destino del Gallows Lounge.

—Cuando Emily MacPherson termine esa novela, el Gallows habrá desaparecido —me aseguró Grace. No entendí por qué eso le parecía importante a Grace; ella no había sido una asidua del Gallows. Después del tiroteo, precisamente, fueron los habituales los que dejaron de ir. Grace me dijo que el Gallows se había convertido en una atracción turística debido al tiroteo. Algunos de los habituales fueron regresando poco a poco, pero finalmente dejaron de ir; no resultaba agradable acudir a un club de comedia invadido por turistas. ¿No decía siempre Nora que los que se marchaban del Gallows eran de fuera de la ciudad?

A Grace no le importaban los de fuera de la ciudad. Desde su punto de vista de editora, era positivo que el Gallows cerrara sus puertas. Grace sabía que era menos probable que la novela de Emily generase suspicacias legales si el club de comedia ya no estaba en funcionamiento y la dirección del Gallows había pasado página. ¿No sería estupendo, me preguntó Grace, que la novela de

Emily MacPherson diera a entender que el tiroteo del Gallows Lounge había acabado, literalmente, con el club de comedia? Le dije que dudaba que la desaparición del Gallows Lounge le interesase mucho a Em. Conocía a Em lo suficiente para saber que lo que a ella le importaba era la muerte de Nora, aunque era cierto que *Dos tortilleras, una que habla* había sido eliminado también; no solo como título.

Casi esperaba que Grace me diera un sermón sobre cómo la desaparición del Gallows marcaba un hito en la historia de la cultura y cómo, por lo tanto, su cierre tenía una mayor importancia que el asesinato de una cómica o que la última representación de un espectáculo marginal. Desde la perspectiva de Grace, supuse que el posible título *Dos tortilleras, una que habla* era poco menos que un suicidio comercial. Las cadenas de librerías no le darían publicidad a un título tan incendiario; los libreros lo considerarían deliberadamente provocativo. Incluso relegado a la sección LGTB de una librería, era un título que podía ser ofensivo, aunque estuviera escrito por una lesbiana y tratara sobre dos reconocidas artistas lesbianas. Conociendo a Nora, seguro que había tenido en cuenta el carácter ofensivo al elegir ese nombre para un espectáculo cómico, aunque se tratase de una comedia marginal.

Pero aunque Grace pensase de ese modo, no dijo nada al respecto. Grace fue simplemente despectiva.

—Em y tú sois infantiles, sois unos testarudos. Ella te echa de menos, lo sabes. Sé que tú también la echas de menos. Pero ni siquiera os escribís —fue todo lo que dijo Grace.

Pronto me iría a Aspen sin haber escrito a Em, sin saber nada de ella y sin volver a hablar de esa cuestión con Grace: ni un comentario más sobre Em, ni siquiera sobre su escritura, y nada más sobre echarnos de menos (ni una palabra sobre cómo Grace sabía que nos echábamos de menos). Cuando volví de Aspen, el tema de conversación había cambiado.

La noticia de la muerte de Clara Swift me precedió desde Colorado. En cuanto famosillo en Manchester, yo también iba a ser tema de conversación en la ciudad. Un autor de *best sellers* no es famoso del mismo modo que una estrella de cine, pero resulta que yo era la persona que iba en el telesilla con Clara Swift cuando saltó. En las noticias me identificaban como «el escritor Adam Brewster».

Fue algo parecido a lo que ocurrió cuando mataron a Nora en el Gallows, donde yo fui el tipo que daba saltos entre el público, tratando de desviar la atención del tirador. Más o menos lo mismo: me mencionaron como famosillo menor; tan solo en alguna ocasión me definieron como «el primo de Nora Winter, Adam Brewster, el escritor».

Cuando Clara Swift saltó al vacío desde el telesilla de Loge Peak, nadie en los medios de comunicación hizo mención de que yo había sido ineficaz por duplicado; poco menos que un simple espectador. Nadie me preguntó por qué no había agarrado a Clara Swift y la había mantenido sujeta a la silla. Mi posible culpabilidad no fue tema de debate. Todo quedó como estaba en Aspen Highlands. El guardaespaldas se esforzó por asumir su parte de culpa. Tanto Billy como Toby intentaron también culparse a sí mismos. Pero Paul Goode no quiso oír hablar de nada de eso.

—Ha sido culpa mía —declaró mi padre—. Todo el mundo sabe por qué Clara estaba angustiada. Fue culpa mía que Clara estuviera fuera de sí —declaró con resolución Paul Goode.

Tal vez no tengas en gran estima el modo de actuar de Paul Goode, pero sabía cómo darles interés a sus líneas de diálogo; destacaba sin dificultad. Sin embargo, lo que Em escribió en mi lista de la compra era cierto: Paul Goode resultaba más creíble y simpático en sus entrevistas que cuando escribía o actuaba. Lo poco que vi de él en Aspen, me llevó a pensar que podría ser un buen tipo «en la vida real», como Em había escrito. Pensé que seguramente me caería bien, si tuviera la oportunidad de conocerlo. «Ahora, difícilmente podría llegar a ocurrir algo así», me dije.

La pequeña profesora de inglés me escribió y me recordó lo descorazonado que se había sentido siempre Dickens en cuanto a las circunstancias que habían marcado su primera infancia. «La vida me pareció más chapucera de lo que esperaba», escribió Dickens. No estaba seguro de qué tipo de chapuza tenía en mente la de las raquetas, o si bien lo que pretendía dar a entender era que el hecho de que yo estuviera en el mismo telesilla que Clara Swift era un ejemplo de que la vida era más chapucera de lo que cabía esperar. La de las raquetas de nieve era una apasionada de Dickens. Sabía que yo también amaba y admiraba a Dickens, pero lo que Elliot Barlow pretendía decirme era un misterio para mí, una de sus ideas estilo *ballenero*.

Em me escribió. «Lo que parece muy propio de la vida real es la coincidencia de que estuvierais sentados en el mismo telesilla. Esas son las cosas que pasan en la vida real», escribió Em. «Debería existir una razón más adecuada para que acabases con ella en ese telesilla. Podrías enviarme algunas páginas de lo que sea que estés escribiendo», añadió Em.

«Lo que pasó en Aspen es una película, siempre lo veré como una película», le respondí. Grace reconoció la letra de Em en la postal que llegó a modo de respuesta. «Envíame algunas páginas, si es que hay algo que quieras enseñarme», había escrito Em.

—Me alegro de que volváis a escribiros —dijo Grace entregándome la postal. Si hubiéramos vivido en Nueva York, Grace habría seguido trabajando hasta el día del parto, pero conducir le resultaba incómodo; en su octavo mes, el coche no era agradable para ella. Dejó de trabajar a mediados de febrero. Matthew nacería la primera semana de marzo. En los años noventa, el permiso de maternidad era de seis semanas. Grace iba a añadir sus vacaciones anuales a su baja por maternidad, cosa que también era habitual. Lo que no pareció en absoluto normal fue comprobar cómo cambió todo en cuanto tuvimos a nuestro hijo.

Me convertí en padre a los cuarenta y nueve años, una edad avanzada para un padre primerizo. Nunca había experimentado un miedo semejante. Como enseguida aprenden los padres primerizos, amar a un hijo significa convivir con el miedo a perderlo. Cuando nació Matthew, mi miedo por él se transmitió a mis personajes de ficción, pero el pavor de perder a un hijo no se elimina escribiendo sobre ello. Escribir como catarsis no funciona; es mala terapia y mala escritura. Nada acalla el miedo a perder un hijo; por eso las pesadillas son recurrentes. No eliges tus pesadillas, ellas te eligen a ti.

Todo el mundo, incluso el matrimonio Barrett, se había burlado de Grace por tener un plan tan específicamente elaborado. Arthur Barrett llegó a decir:

—Tanta planificación únicamente para tener un hijo.

Pero cuando Matthew nació, yo era el único que en verdad tenía un plan: mantenerlo a salvo, guiar su camino, ser el mejor padre que un viejo como yo podía llegar a ser. Es más: rescatar a Matthew, como la de las raquetas me había rescatado a mí. No cuestioné a Grace por su exceso de planificación; no quise tenerlo en cuenta. Estaba escribiendo una nueva novela y el guion adaptado de una novela anterior, y también lo que en un principio titulé *Loge Peak,* mi guion de Aspen, aunque no para exorcizar mi culpa o mi vergüenza, ni para redimirme, sino para visualizar mi comportamiento más imperdonable.

Me guardé para mí el guion *Loge Peak,* porque la cosa se iba poniendo más fea por momentos. «Envíame algunas páginas, si es que hay algo que quieras enseñarme», me había escrito Em. Se refería a la película de lo ocurrido en Aspen. Me lo pensé, pero no le envié esas páginas. No podía enseñarle *Loge Peak* a Em; ni siquiera podía enseñárselo a la de las raquetas de nieve.

En cuanto escritor, me impacientó la primera infancia de Matthew: esperaba con ansia que empezase a encontrar las palabras. Durante los tres primeros meses, se quejaba, lloraba, eructaba, arrullaba y se asustaba con los sonidos fuertes. Cuando le hablabas, prestaba mucha atención a tu boca y a tus ojos. Matthew reconocía la voz de su madre, su pecho, un biberón. Era junio, nuestra última semana en esa casa, cuando el señor Barlow y Em vinieron a quedarse con nosotros y a conocer a Matthew. Em le hacía muecas, las exageradas expresiones faciales de alguien que se dedicaba a las pantomimas. La primera cara que puso Em fue de asombro, con los ojos y la boca muy abiertos, luego sacó la lengua y jadeó como un perro. Matthew la imitó, y eso los hizo felices a los dos. Cuando Em y la de las raquetas volvieron a Nueva York, Grace y yo intentamos hacerle muecas a Matthew, pero él no respondió. No lo estábamos haciendo bien.

—No es que Em sea como un bebé, Em *es* un bebé —dijo Grace. No habría sabido decir si hablaba con crispación, o si estaba editando.

A los seis meses, empezó el balbuceo. Matthew era capaz de decir «mamá» y «papá», pero no tenía ni idea de lo que significaban esas palabras. Matthew hacía sonidos para entretenerse; le gustaba gritar, por ejemplo. Cuando Elliot y Em vinieron a vernos de nuevo, la primera vez que estuvieron en nuestra nueva casa de East Dorset, el señor Barlow le trajo a Matthew dos juguetes musicales: un sonajero y una pelota con un cascabel dentro. A Matthew le encantaron.

—A los chicos les gusta lo de la causa y el efecto —nos dijo la pequeña profesora de inglés. «Ya sea para bien o para mal», me dije, teniendo en cuenta lo ocurrido en Aspen.

Em sostuvo un espejo de maquillaje paralelo a su cara. Matthew estaba entusiasmado de verse en el espejo; sonreía, hacía pedorretas, estiraba la mano para tocarse.

—Matthew —dijo Em señalando el espejo—. Em —dijo señalándose a sí misma.

Matthew aprendió la palabra *Em,* pero no *Matthew;* aprendería su propio nombre más adelante. Cuando Em y el señor Barlow volvieron a Nueva York, Grace y yo experimentamos con el espejo; algo hicimos mal.

—¡Em! —exclamó Matthew cuando se vio en el espejo.

—Em es infantil. El espejo ha confundido a Matthew —dijo Grace. Sin duda, existía un límite editorial en todo eso. Entre el año y los dieciocho meses, Matthew aprendió su nombre y los nombres de personas y objetos familiares; también conocía la palabra *no,* lo que significaba cuando se la decías y cómo tenía que utilizarla él. Le interesaba la televisión; le gustaba escuchar canciones y cuentos sencillos que rimasen. A los dieciocho meses, cuando Em y la de las raquetas nos visitaron de nuevo, Matthew ya bebía de una taza. A esas alturas, ya captaba si hacías algo que pretendía ser gracioso, si hacías el payaso a propósito. Em hacía reír a Matthew poniéndose un agarrador de ollas en la cabeza. Cuando se ponía una ensaladera en la cabeza, Matthew se reía y gritaba: «¡No, no, no!».

Entre los dos y los tres años, las palabras fueron llegando, hasta formar frases.

«¿Qué hace papá?», le preguntaba Matthew a Grace, o a una de las niñeras, cuando estaba escribiendo. «Más leche», nos decía. «Lee un libro», me decía tendiéndome el libro que quería que leyera. «Compartir juguete», decía a veces, sin venir a cuento. Seguramente, se debía a que estaba en preescolar y lo habría oído en la guardería.

Grace pasaba cuatro noches a la semana en Nueva York —tres días laborables en la oficina— antes de que Matthew cumpliera los cinco meses. Leía y editaba todo el tiempo, en Vermont y en Nueva York. Grace había contratado a nuestras niñeras cuando estaba embarazada. Mi madre y Molly se quedaban a menudo con Matthew y conmigo cuando Grace estaba en Nueva York, incluso durante la temporada de esquí. Mi madre se levantaba por la noche para atender a Matthew; Molly se encargaba de cocinar, para que yo pudiera disponer de una jornada más extensa para escribir.

Me interesé más por los libros que le leía a Matthew después de que cumpliera los tres años. *La pequeña familia peluda* o *Huevos verdes y jamón* u *Oso pardo, oso pardo, ¿qué ves?* solo puedes leerlos un número limitado de veces antes de volverte loco, pero a los dos nos encantaba *El árbol de los ojos fantasma*, y Matthew nunca se cansaba de *El vagón de cola que se soltó*. Cuando Matthew tenía entre tres y cuatro años, nos encantaba *Winnie-the-Pooh*, uno de los primeros libros con capítulos que le leí.

A Matthew lo que más le gustaba era la voz de Elliot Barlow al leerlo; a todos nos gustaba. Em se acurrucaba en el sofá junto a Matthew cuando alguno de nosotros le leía; Em se comportaba como si fuese otro bebé, escuchando la historia. Matthew parecía aceptar que Em no le leyera, que rara vez hablase. Cuando Matthew le hacía una de sus preguntas de dos o tres palabras, Em le contestaba en voz baja, con el menor número de palabras posible. Había notado cómo Matthew se sentía atraído por Em, del vacilante modo en que los niños sienten curiosidad por otros niños. Con el paso del tiempo, empezó a gustarle sentarse en el regazo de Em; la abrazaba y ella le devolvía el abrazo. Cuando alguien le leía en el sofá, miraba a su alrededor buscando a Em, esperando que se acurrucara a su lado.

—Matthew no está seguro de lo que es Em, para él es como una mascota extraña —dijo Grace con evidente acritud. Nunca le permitiría ser mi editora.

Cuando le pregunté cómo iba la novela de Em, Grace reaccionó con malas maneras.

—Sabes que Emily MacPherson escribe muy bien. Su novela será muy buena —me dijo Grace bruscamente—. Pero Em es tan testaruda... Ya sabes cómo es. No sé si me escucha a mí o si solo escucha al *señor* Barlow. —No me gustó el modo en que Grace enfatizó ese *señor*. Solo los que conocíamos y queríamos a la de las raquetas de nieve cuando era un hombre podíamos llamarla *señor* y nunca pronunciábamos esa palabra como si estuviéramos restregándosela.

Cuando Matthew cumplió cuatro años, utilizaba muchos adverbios de negación: *no, nunca, jamás, ninguno.* Preguntaba en muchas ocasiones *cómo* y *por qué.* «¿Tengo que hacerlo?», me preguntaba. «No quiero», decía. Sabía las cantidades de las monedas. Sabía recitar los días de la semana. Matthew sabía, por ejemplo, que el viernes era el día en que su madre volvía a casa de Nueva York.

Un fin de semana, Grace se trajo a Elliot Barlow y a Em con ella de la ciudad. También regresarían juntos el siguiente lunes. Em le trajo un libro a Matthew: *Madeline,* de Ludwig Bemelmans.

—Le dije a Em en el coche que me parecía para niños más pequeños que Matthew, que debería habérselo regalado hace un año —me comentó Grace.

A Matthew le encantaron los dibujos de *Madeline.* Quizás le encantó el libro porque se lo había regalado Em. Matthew pensaba que Em era especial.

—Me acuerdo de *Madeline,* me encantaba ese libro —me dijo Molly mientras preparábamos la cena. Yo recordaba que mi abuela me había leído *Madeline;* a mí también me encantó. Molly tenía veinte años cuando se lo leyó por primera vez a una sobrina, a la que le pareció horrible—. Era mi sobrina más insensible, se merecía tener una dolorosa experiencia con la apendicitis —dijo la allanadora nocturna.

Elliot Barlow recordaba la importancia que sus padres le daban a Ludwig Bemelmans por ser austriaco. El señor Barlow tenía once o doce años cuando le dieron a leer *Madeline.*

—Creo que era demasiado mayor —dijo la de las raquetas de nieve; ella y mi madre estaban poniendo la mesa en el comedor mientras Molly y yo cocinábamos.

—Sin duda, eras demasiado mayor... ¡Matthew ya es demasiado mayor para *Madeline!* —exclamó Grace desde el salón. En nuestra casa de East Dorset, la cocina y el comedor formaban un único espacio, y tan solo había una chimenea de dos caras entre ambas estancias. Desde la cocina, Molly y yo podíamos ver el sofá del salón, donde Matthew estaba sentado solo, mirando las ilustraciones de *Madeline.*

—Deberías leérselo después de cenar —le dije a la allanadora de pistas.

Nosotros éramos los cocineros; serían otras las que se encargasen de limpiar. Resultó que mi madre y el señor Barlow fregaron los platos, cuando, finalmente, dejaron de montar a caballito. Sus constantes paseos a caballito irritaban a Grace. Cada vez que Matthew los veía hacerlo, quería sumarse al juego. En opinión de Grace, mi madre, que tenía setenta y tres años, era demasiado mayor para hacer sentadillas con un niño de cuatro años a cuestas. A pesar de que Molly tenía un par de años más que mi madre, la allanadora nocturna era una bestia de carga; incluso Grace se vio obligada a admitir que Molly podría haber llevado a Matthew a cuestas hasta la cima de la montaña Bromley.

Después de cenar, Grace y Em recogieron la mesa del comedor, mientras la vieja pistera paseaba a Matthew a caballito por toda la casa, arriba y abajo.

—¡*Lectura* después de cenar, nada de juegos bruscos! —les recordó Grace.

Sabía lo que Nora habría dicho si hubiera estado con nosotros: Grace me recuerda a mi madre y tía Martha. Yo observaba a Molly mientras ella intentaba que Matthew se acomodara en el sofá del salón. A Matthew le apetecía más hacer el bruto que escuchar una historia sobre niñas de aspecto robótico en París. La pistera estaba sentada en el sofá, esperando a que Matthew se sentase en su regazo; Molly hojeaba las páginas de *Madeline*.

—Todos mis pantalones me aprietan demasiado —le dijo mi madre a la de las raquetas en la cocina. Estaban lavando y secando las ollas y sartenes. Mi madre le mostró al señor Barlow su barriga desnuda. Se había estado quejando de sus pantalones de esquí allá por marzo, al final de la temporada de esquí. No podía abrocharse el botón superior de ninguno de ellos.

—Si no trabajo mis abdominales fuera de temporada, el año que viene tendré que comprarme pantalones de esquí nuevos —le había oído decir a Molly. Era el mes mayo de 1995 y, por primera vez en su vida, llevaba pantalones con cinturilla elástica—. ¡Como una vieja! —la oí decirle a la de las raquetas de nieve—. Me gustan más mis pantalones de chándal con cordones—. Ambos miraban fijamente su abdomen al aire—. Se me está redondeando, ¿verdad? —le preguntó a Elliot—. ¡Dime la verdad!

—No se te está redondeando, Ray. A mí me pareces la misma de siempre —le dijo la pequeña profesora de inglés. Molly y yo se lo habíamos estado diciendo una y otra vez. Pequeña Ray no se estaba redondeando.

—La niña de este cuento se llama Madeline —le oí decir a la pistera en el salón—. ¿Puedes decir su nombre?

—Madeline —dijo Matthew, igual que lo había dicho Molly. Vi que Em se había acurrucado junto a ellos en el sofá.

Grace estaba en el comedor, limpiando de manera obsesiva la cera derretida que había caído de los candelabros a la mesa. Fue entonces cuando Grace intervino en la lectura.

—Em debería leerle *Madeline* a Matthew. Fue ella la que le regaló el libro —dijo Grace con cierto tono inquisitivo. «¡Zorra testaruda!», pensé. En ese momento, la odié por poner a Em en un aprieto.

Supongo que dio la impresión de que iba a decir algo, porque sentí cómo el señor Barlow me apretaba con fuerza la nuca; tenía la mano mojada de haber estado lavando los cacharros de cocina. Me agarró por el cuello, tirando de mi cabeza hacia abajo hasta su altura, donde pudo susurrarme al oído.

—Déjalo correr, Adam. No te preocupes por Em, ha estado practicando —me dijo la de las raquetas.

Me pareció que Matthew dudaba de las capacidades de Em como lectora, pero la allanadora nocturna no vaciló en ningún momento. Siguiendo las instrucciones de Grace, Em se sentó en el sofá. Molly agarró a Matthew y lo pasó de su regazo al de Em. El cambio de ubicación le resultó divertido a Matthew, pero cuando Molly le pasó *Madeline* a Em, el niño esbozó un gesto de preocupación. «Mi querido hijo es más sensible que su madre», pensé, cuando Grace volvió a manifestarse.

—Em va a leerte, Matthew —dijo Grace con toda naturalidad.

—No tienes por qué hacerlo —le dijo Matthew a Em.

—Pero *quiero* leerte —le aseguró Em, como si hablar se hubiera convertido de repente en algo totalmente natural para ella. Em sonaba tan segura de sí misma y tan despreocupada al hablar de sus ganas de leer como cuando me convenció de que no estudiara un año en el extranjero, cuando me dijo aquello de que yo ya era lo bastante melancólico como para tener que aumentar mi cuota de melancolía yéndome fuera del país.

«En Europa conocerás a alguna chica que esté tan triste como tú, o incluso más. Entonces estaréis el doble de tristes juntos, hasta que la tristeza os separe», me dijo entonces Em, como si hubiera estado hablando toda su vida.

En la cocina cesó el ruido de los cacharros, ya lavados y secos. Mi madre estaba sentada sobre un cojín junto a la chimenea, y tiró de la pequeña profesora de inglés hasta acercarla a su regazo; no paraban de hacer el tonto, pero consiguieron serenarse y mantenerse en silencio, preparadas para la lectura. Yo estaba demasiado enfadado con Grace como para mirarla, pero al final lo hice, de soslayo. Fue suficiente para comprobar que me estaba mirando fijamente, antes de apartar la vista. Miré hacia Matthew y Em empezó a leer. Como especialista en pantomimas, podía controlar el esfuerzo que le dedicaba a cada una de ellas. Yo no sabía que, como lectora, Em también sabía modular la voz, subiendo la cadencia cuando había que marcar la rima al final de los versos.

Por lo que a Matthew respecta, la espeluznante casa de París, que parecía regentada por monjas, perfectamente podría haber sido un internado católico para niñas que comían como autómatas, se cepillaban los dientes con movimientos mecánicos y dormían como obedientes soldados en sus correspondientes barracones.

El público de Em en el salón estaba fascinado; sobre todo Matthew. No había vuelto a ver a Em tomar las riendas de una situación desde que se bajó del escenario del Gallows; donde, por lo demás, representaba un papel en el que no hablaba.

Siguiendo las órdenes de las fantasmales monjas, las niñas, muy disciplinadas, como si se tratase de una unidad del ejército, daban sus bendiciones o mostraban su desaprobación respecto a los bienhechores o criminales con los que se cruzaban en su entorno urbano. O bien, al igual que hacían las monjas —Matthew tan solo podía imaginarlo—, las niñas también abucheaban al unísono. Em se mostró animada y vocalmente trascendente a la hora de captar la entrañable, pero aterradora, militancia de las niñas idénticamente entrenadas.

Grace suspiró, con bastante fuerza como para que Matthew la mirase. Grace había dejado de mirarme. Estaba mirándose las manos, limpiándose de los dedos la cera de las velas. La lectura no era lo que ella había esperado. Grace creía que Em fallaría. Entendí que Grace deseaba que Em se avergonzara de sí misma. Grace estaba jugueteando con sus dedos cuando salió del salón. El sonido del agua corriente, en el fregadero de la cocina, hizo que Em se detuviera antes de seguir leyendo. Acababa de leer la parte sobre el tamaño de Madeline: era más pequeña que el resto de las niñas.

—¡*Yo* soy el más pequeño! —gritó Matthew, como si acabara de darse cuenta de que era el más pequeño de la familia.

—¡No interrumpas, Matthew! —le gritó su madre desde la cocina. Matthew se mostró compungido; no había pretendido faltarle al respeto a Em, sino que simplemente había querido decir que se identificaba con Madeline.

Una vez más, el señor Barlow me impidió decir algo. Estaba sentada sobre mi madre, frente a la chimenea, no en un cojín, como yo. Sobre el regazo de Pequeña Ray, Elliot estaba por encima de mí, por eso tuvo que estirar la mano y bajarla para agarrarme de la muñeca. La de las raquetas se dirigió a Matthew, pero su fuerte mano me impidió hablar.

—Es cierto, tú eres el más pequeño aquí, Matthew, pero cuando yo tenía tu edad, era más pequeña que tú —le dijo la pequeña profesora de inglés.

—Cuando era niña, también era más pequeña que tú —le dijo Pequeña Ray a Matthew. Tal como estaba sentada mi madre, con la camiseta metida dentro del pantalón de chándal, de perfil hacia mí, me sorprendió ver que apenas se le marcaba la barriga.

—Te diré una cosa, Matthew: estoy seguro de que serás más grande que yo cuando seas mayor —le dije a mi hijo. Em asintió, como la vieja Em que no hablaba, y eso hizo reír a Matthew.

—¿Ves lo que has provocado, Matthew? ¡Eso es lo que pasa cuando interrumpes a alguien! —gritó Grace por encima del sonido del agua corriente en la cocina.

¡Mierda!, estuve a punto de decir, pero el señor Barlow tenía el control de mi muñeca; simplemente había nacido más rápida, habría dicho el entrenador Dearborn. Sentí que la de las raquetas abría el candado de la muñeca con la otra mano.

—Ahora no, cariño —susurró mi madre. Vi a Molly inclinarse sobre Matthew. Le estaba susurrando algo en el sofá, en voz demasiado baja como para que nadie más que Matthew y Em pudieran oírla.

Em me escribiría para contarme lo que había dicho la vieja pistera. «No has hecho nada malo, niño», le susurró Molly a Matthew. Lo que mi madre, el señor Barlow y yo oímos desde la chimenea fue lo que Matthew le susurró a Em y lo que ella le respondió.

—Lee, por favor.

—De acuerdo.

Em empezó a leer de inmediato y entonces todos oímos a Grace cerrar el grifo de la cocina. Impertérrita, Em se refirió a la valentía de Madeline: su falta de miedo a los roedores, lo mucho que le gustaba el invierno, su desdén por el tigre del zoo, su habilidad para molestar a la monja que hacía guardia durante la noche. La segunda sílaba del nombre de aquella monja rimaba con *Well.*

—Señorita *Vel* —la llamó Matthew, abreviando su nombre.

Grace se colocó a mi lado, junto a la chimenea.

—No me encuentro bien, me voy a la cama —me dijo.

—Lamento que no te encuentres bien, Grace, pero no interrumpas —comentó mi madre.

—Buenas noches, Matthew —dijo Grace. Miró a mi madre antes de subir. Pequeña Ray había crecido rodeada de miradas de desaprobación, era impermeable al menosprecio. Mi madre siguió abrazando a la de las raquetas sobre su regazo; sabía perfectamente que Grace desaprobaba esa clase de posturas, y también los abrazos entre los miembros de mi familia extensa. Em tenía la costumbre de sostener y abrazar a Elliot en su regazo.

—¡Dios sabe lo que Matthew podría pensar del señor Barlow, sentado en el regazo de Em o en el de tu madre, o de que tu madre también se siente en el regazo de Molly! —me había dicho Grace.

Matthew no dio muestra alguna de que le molestara el que se sentasen unos en el regazo de los otros o que se abrazasen. ¿Cómo era posible que alguien tan inteligente como Grace también se aferrara tanto a las convenciones?, me dije. No iba a dejarlo pasar.

—Lee, por favor —le repitió Matthew a Em, que se había detenido de nuevo. Em improvisó lo que dijo la señorita Vel cuando encendió la luz en mitad de la noche. La monja había tenido la premonición de la apendicitis de Madeline.

Matthew se reía de la mala pronunciación del francés que Em le había adjudicado a la señorita Vel.

—¿*Ahoga* qué *susssede*? —improvisó Em.

—Algo os pasa a Grace y a ti, cariño —me susurró mi madre.

—Lo sé —le susurré yo.

El señor Barlow me había liberado del candado de la muñeca. La de las raquetas seguía sujetándome la muñeca con una mano, pero había aflojado el agarre. Era la forma en que se sujeta a un niño con el que se pasea por la calle, pensé, recordando cómo Grace se había opuesto a lo que había llamado mis «manoseos con Elliot Barlow». Dios sabe qué habría pensado Matthew de la pelea de manos que estábamos manteniendo el señor Barlow y yo. Mi resentimiento hacia Grace iba en aumento.

La lectura de Em avanzaba. Madeline seguía llorando. Mientras la ambulancia recorría por la noche las calles de París con Madeline y su apéndice, mi mente se disparó hacia el futuro: concretamente hacia mi inminente separación y divorcio de Grace, hacia nuestra negociación por la custodia compartida de Matthew. Cuando la monja a la que Matthew llamaba señorita Vel y las niñas visitaban a Madeline en el hospital, yo ya me imaginaba viviendo con Em; de algún modo, en algún lugar. La de las raquetas me apretó suavemente la muñeca, recordándome que prestara atención a la lectura. Mi madre se había sacado la camiseta del pantalón para secarme las lágrimas de las mejillas. Volví a verle el vientre desnudo; incluso sentada, apenas se le notaba el vientre. Era una tontería que mi madre se preocupara por su barriga, me dije, mientras Em leía la parte sobre la apendicectomía.

Em le leyó a Matthew que las niñas se sorprendieron mucho al ver la cicatriz en la barriga de Madeline. (No es de extrañar que las niñas despertaran a la señorita Vel una noche, llorando, para que les realizase sus propias apendicectomías.)

—No se ve la cicatriz —le señaló Matthew a Em. En el libro, hay una ilustración de Madeline enseñándole su cicatriz a las otras niñas, pero no hay ninguna imagen de la propia cicatriz.

—Molly, enséñale tu cicatriz a Matthew. A Molly le practicaron una apendicectomía —dijo mi madre.

—A Em también le extirparon el apéndice. Tiene una cicatriz —nos dijo la pequeña profesora de inglés. Yo había visto la cicatriz de Molly, la vieja pistera me la había enseñado, años atrás, cuando hablábamos de cirugías. Pero, como no podía ser de otro modo, me levanté de mi sitio junto a la chimenea para echar un vistazo a la cicatriz de Em. No sabía que le habían hecho una apendicectomía.

—No, cariño, no deberías ver la cicatriz de Em —me susurró mi madre, pero ya era demasiado tarde. El señor Barlow me había soltado la muñeca y Em ya le estaba enseñando a Matthew su cicatriz. Así fue como pude verla. En el lado derecho del abdomen de Em había una pequeña y descolorida cicatriz, una incisión de cinco o seis centímetros. No era la cicatriz lo que mi madre pensaba que yo no debía ver, sino dónde se encontraba: entre el ombligo de Em y la goma de sus bragas; más cerca de las bragas. En 1995, Em había cumplido sesenta años, pero la experta en pantomimas se había mantenido en forma. Tenía el vientre plano, incluso sentada. Hasta ese momento, no había visto gran cosa del abdomen de Em, por eso me quedé mirando.

—Si me hubieras mirado la cicatriz de esa manera, te habría dado una buena, niño —me dijo más tarde la allanadora de pistas. El vientre desnudo de Em se convirtió en una distracción duradera. Estuve despistado durante el resto de la lectura de *Madeline*. Lo que se me quedó grabado de la historia de Ludwig Bemelmans fue la ordenada determinación de aquellas niñas a las que les gustaban las líneas rectas. Eso resonaba con muchos significados diferentes; uno de esos significados que se quedaría conmigo no era una intención explícita de *Madeline*. Fue debido a las líneas rectas, que se separaban unas de otras, por lo que Grace y yo nos separamos y acabamos divorciándonos: el modo en que aquellas niñas caminaban de un lado para otro o se cepillaban los dientes o se metían en la cama.

Cuando Em terminó de leer *Madeline*, no me sorprendió que Matthew quisiera que ella lo llevara a la cama. Los observé agarrados de la mano mientras subían juntos las escaleras. Me imaginé el resto de mi vida con ellos dos formando parte de ella. Solo con ellos dos.

—No deberías mirar así, cariño. Deja de mirar —me susurró mi madre, aunque solo Molly y la de las raquetas podían oírla—. Menos mal que tienes cinco habitaciones. Esta noche vas a querer dormir solo, cariño —me dijo mi madre, que había dejado de susurrar. Poco importaba ya que hubiese sido ella quien quiso que conociera a Grace; sabía que mi madre sería mi aliada y (sobre todo) la de Matthew cuando se iniciase el proceso de disolución de mi matrimonio. Obviamente, dicho proceso ya se había puesto en marcha.

El señor Barlow me dijo que Em había estado practicando más allá de *Madeline*. La mayoría de las noches, cuando la de las raquetas se iba a la cama, se quedaba dormida escuchando a Em leer en voz alta. Elliot Barlow la había oído leer su propia novela, la que estaba escribiendo.

—¿Y *Moby-Dick*? —le pregunté al señor Barlow. Los dos habíamos estado presentes cuando Em volcó la mesita de café; fue su pantomima para dar a entender que estaba esperando una *conmoción* de algún tipo, un momento específico para leer *Moby-Dick*, ahora que sabía que la novela no trataba de penes.

—No la he oído leer *Moby-Dick*. No se encuentra en ese *momento*, Adam, no es la *conmoción* que Em está esperando —dijo la de las raquetas de nieve.

Yo sí había experimentado una conmoción. Em tardó mucho en acostar a Matthew.

—Matthew ha querido enseñarme cómo se cepilla los dientes, luego tenía que enseñarme todo lo que había en su habitación y, además, quería volver a ver mi cicatriz —nos dijo Em, cuando por fin bajó. No fui capaz de mirarla a los ojos, porque habría sabido que yo también quería volver a ver su cicatriz. Le di las gracias por leerle a Matthew, sin mirarla. Sabía lo que Em iba a decir, porque era consciente de hasta qué punto la había presionado Grace.

—No quería que Matthew pensara que soy rara. Nunca en mi vida me ha importado que los demás piensen que soy rara. Pero no quiero que Matthew lo piense —dijo Em; me estaba mirando directamente.

—Antes pensaba que eras bastante rara, pero ahora creo que solo eres un poco rara —le dijo mi madre a Em, abrazándola—. Todos somos un poco raros, sobre todo tú, cariño. Los heterosexuales son los más raros —declaró mi madre tras decidir que también debía abrazarme a mí.

Subí a la planta de arriba dejando en el salón a las cuatro personas adultas que más quería en el mundo. «Todas están alteradas;

van a quedarse hablando hasta el amanecer», me dije. Les di las buenas noches a Elliot y a Em, a Molly y a mi madre. No me sorprendió que Grace estuviera despierta: estaba furiosa.

—Tu familia es muy rara. No dejaré que ni ellos ni tú convirtáis a Matthew en alguien raro —empezó a decir.

—No haremos que Matthew sea raro —repliqué.

—Primero Em te sedujo a ti y después a mi hijo. Ni siquiera eres consciente de que estás enamorado de ella —me dijo Grace.

—*Estoy* enamorado de ella, pero eso no va a ningún sitio —le dije.

—Menos mal que tenemos tantas habitaciones y estás acostumbrado a dormir en otra —comentó Grace—. Así Em puede ir a visitarte... a su manera.

—¿Quieres que me quede o que me vaya? —le pregunté.

—Oí a Em, acostándolo. Supongo que así es como te gustaría que fuesen las cosas —me dijo Grace.

—Matthew quería que Em lo acostara —repuse.

—¿Qué es eso de la cicatriz? Matthew le pidió que le enseñase su cicatriz y sé que Em se la enseñó —dijo Grace.

—A Em le extirparon el apéndice, como a Molly..., como a Madeline —le dije.

—¡Que le den por saco a Madeline!

Entré en el dormitorio de Matthew para asegurarme de que estaba dormido antes de irme a la habitación de invitados vacía, en la que ni Em ni la de las raquetas de nieve habían dejado sus cosas. No cerré la puerta. Quería que Em pudiera encontrarme con facilidad cuando deambulase. Era noche de luna llena; sabía que Em podría verme. Intenté mantenerme despierto hasta que llegara, pero estaba dormido cuando Em me encontró; al amanecer, no gracias a la luz de la luna. Sabía que era Em sin necesidad de abrir los ojos, tan solo por la forma en que me abrazó.

—*¿Ahoga* qué *susssede?* —susurró Em, marcando mucho la letra *g*—. Sé que tienes problemas, escritor a mano. Hagas lo que hagas, espero que sepas que tu mayor prioridad es el pequeño.

—Lo sé —susurré. Al principio, Grace y yo habíamos intentado que la cosa funcionara. Seguimos juntos por el bien de Matthew. Pero en los últimos tiempos, le dije a Em, Grace y yo creíamos que lo mejor era separarnos; es decir, lo mejor para

Matthew—. Pero no hay forma de hacerlo sin que Matthew sufra —le susurré a Em.

—Cuando eres un niño —me contestó Em—, no entiendes cómo es posible que los adultos que te quieren y te protegen puedan hacerte daño.

No quería seguir hablando de cuestiones infantiles con Em; no si ella me estaba abrazando en el dormitorio de invitados a la luz del alba. Intenté cambiar de tema, pero no había nada más importante para mí, o para Em, que proteger a Matthew de las consecuencias del deterioro de mi matrimonio.

«Lo que pasó en Aspen es una película», le había escrito a Em, pero no le había enseñado la película. No le había enviado el guion, sin final a la vista, de *Loge Peak*. Me di cuenta de que Em sabía que había vuelto de Aspen con muchas explicaciones pendientes, porque no había dado ninguna. Tampoco quería seguir hablando de esa cuestión con Em.

Debería haber sabido que Em sabía lo que a mí me rondaba por la cabeza, desde que bailé con ella en la boda de mi madre, o desde que la besé del mismo modo en que mi madre había besado al de las raquetas; el mejor beso que pude darle a los catorce años, el beso que Em intensificó cuando lo replicó para Nora.

—Cuando era niña —siguió susurrando Em, manteniendo nuestra conversación sobre el tema de la infancia, o eso me imaginé—, tenía la sensación, no tan fuerte como para ser una convicción, de que no quería notar ni un pene ni tampoco la cabeza de un bebé en mi vagina. —(Fue entonces cuando me di cuenta de que no íbamos a hablar de la infancia.)—. Eso no significaba que no pudiese querer a un niño, sino que, simplemente, no quería dar a luz a uno —susurró Em—. Y siempre imaginé que podría hacer otras cosas con un pene, que no tenía que metérmelo en la vagina. —Para Em, una persona que antes no hablaba, entendí que eso era mucho decir. Como pantomima habría sido inolvidable—. Cuando conocí a Nora, entendí que ella tenía sus propias convicciones, más fuertes que mis sentimientos. Nora tenía claro que no quería saber nada de penes ni de tener hijos, no solo en su vagina. Así que me adapté a lo que Nora quería —susurró Em.

Me acordé de la ocasión en que la gente del Gallows rechazó el *sketch* de las dos bolleras sobre qué hacer con un pene. La pantomima de Em era bastante clara en cuanto al roce: se metía un pene entre las tetas o entre los muslos, pero en ningún otro sitio. Eso provocó risas en el Gallows, pero el chiste de Nora fue el motivo por la que el club de comedia canceló el *sketch*.

—Yo no —dijo Nora en el escenario con su tono inexpresivo—. Lo único que yo haría con un pene es cortarlo.

Em escribió los diálogos de *Dos tortilleras,* incluidos los monólogos de Nora. Habida cuenta de que, con mucha frecuencia, Nora se salía del guion e improvisaba, me pregunté si lo que Em había escrito sobre los penes era cierto o solo un chiste para reírse. ¿Sentía todavía Em lo mismo que había sentido por los penes cuando era niña? La luz de la mañana era más intensa ahora, podía ver a Em con claridad.

—Soy igual que Matthew —le susurré—. Yo también quiero volver a ver tu cicatriz.

—Tu interés por mi cicatriz, Adam, no es la misma que la de Matthew —me respondió Em en un susurro. Me tomó la mano y la colocó bajo su camiseta, apoyando la palma sobre su abdomen desnudo—. Esa es mi cicatriz. Eres escritor, puedes imaginártela —me dijo. Sujetó mi mano contra su vientre desnudo. Al cerrar los ojos, pude ver su cicatriz.

Em volvió a su dormitorio, o bien fue a visitar a la de las raquetas de nieve, antes de que nos quedáramos dormidos juntos. Sabíamos que Matthew vendría a buscarme en cuanto se despertase y no me encontrara en la cama con su madre. Matthew estaba acostumbrado a ir a buscarme por las mañanas a alguno de los dormitorios de invitados. Creía que jugaba con él al escondite.

—¡Te encontré! —decía Matthew con tal deleite que cualquiera habría pensado que era la primera vez que me encontraba; siempre igual. Cuando Matthew se metía en la cama conmigo era el mejor momento de mis días y de mis noches. Podía imaginar que era el único y exclusivo para mí, sin ataduras. Soy el hijo de mi madre, como siempre decían Nora y Molly. Entre Matthew y yo sí había ataduras. La mañana siguiente a la lectura de *Madeline,* cuando Matthew encontró a su padre dormido, yo seguía viendo en mi mente la cicatriz de Em.

La mañana posterior a la lectura de *Madeline,* Matthew no dejaba de hablar de aquellas niñas de París: llevaba a las monjas y a sus pupilas con él a todas partes. Em era la nueva lectora favorita de Matthew, pero Em era consciente de que Grace odiaba escucharla leer. El cuerpo de Grace se tensó; sus movimientos recordaban a la cautela de alguien que anticipa un espasmo muscular con cada nuevo paso. Durante el fin de semana, y a pesar de que tuvimos que escuchar a Em interpretando *Madeline* media docena de veces, Em no dejó de sugerir otros posibles lectores a Matthew.

—A Molly le pone triste no poder leerte; a Molly le encanta *Madeline* —le dijo Em a Matthew.

Incluso a Pequeña Ray le pidieron que leyese. Pequeña Ray no era una gran lectora; no recuerdo que me leyera nunca. Sin embargo, mi madre era la primera lectora en hacer pausas antes de encarar el final de ciertas líneas. Dejaba que Matthew dijera las palabras que creaban la rima. Matthew había memorizado las rimas: *buena* que rimaba con *pena*, *ordenadas* que rimaba con *soleadas*. Y mi madre se detenía también en el momento en que hablaba la señorita Vel, para dejarle decir a Matthew «¿*Ahoga* qué *susssede*?», del mismo modo en que siempre lo decía Em, no como lo decía la monja por la noche.

Durante el resto del fin de semana, todos los que leyeron *Madeline* en voz alta hicieron una pausa antes de leer la parte en la que Madeline declara que es más pequeña que el resto de las niñas, invitando a Matthew a susurrarles al oído.

Esa pausa, así como los susurros que alcanzaba a oír, provocaron que Grace estuviera tan tensa que temblaba con una rabia no expresada.

—¡*Soy* la más pequeña! —susurraba Matthew a sus lectores; luego proseguía la lectura. Incluso a los cuatro años, Matthew supo que no debía pedirle a su madre que leyera *Madeline;* Em no propuso a Grace como lectora.

Me negué a ser lector de *Madeline* cuando Em le sugirió a Matthew que me diese la oportunidad de leerle. Pude ver cómo Grace se ponía rígida. Dije que Matthew y yo pronto estaríamos solos, en cuanto pasase el fin de semana y la madre de Matthew y nuestros invitados regresaran a Nueva York. Le dije a Matthew que estaba deseando leerle *Madeline* muchas veces durante la semana siguiente. Supongo que fue en ese instante cuando Grace decidió llevarse el libro consigo de vuelta a la ciudad.

El lunes, cuando una de las niñeras lo trajo de la guardería, Matthew no pudo encontrar el libro; lo buscamos por todas partes. Mientras Matthew buscaba en el piso de arriba, yo busqué el libro en la basura, pero no lo encontré. Llamé a la librería Northshire para ver si tenían un ejemplar. Disponían de una buena sección infantil, pero el libro estaba pendiente de entrega. Me dijeron que lo tendrían en un par de días.

La perspectiva de un par de días no entrañó ningún consuelo para Matthew.

—Tal vez se lo llevó mamá —dijo Matthew cuando lo estaba metiendo en la cama. Intenté asegurarle que su madre no se había llevado el libro, que simplemente se había perdido y que iba a llegar un ejemplar nuevo. Sin embargo, era evidente, incluso para un niño de cuatro años, que su madre le tenía manía a *Madeline*.

Se lo comenté a Grace cuando la llamé el lunes por la noche a Nueva York; Matthew estaba ya profundamente dormido.

—Tal vez se lo llevó Em. Es posible que se diera cuenta de que *Madeline* es demasiado infantil para Matthew —me dijo Grace.

Intenté repetir lo que Em me había dicho a mí:

—Olvídate de *Madeline*. Matthew es el más pequeño y nuestra mayor prioridad —le comenté a Grace.

—Ya lo sé —dijo Grace y colgó el teléfono.

Me senté en el suelo de la habitación de Matthew y observé cómo dormía durante una hora. Ahora que volvía a estar solo, me acosté en nuestra cama de matrimonio. Ese detalle no disminuyó la euforia de Matthew cuando me despertó por la mañana.

—¡Te encontré! —gritó el más pequeño y se metió en la cama conmigo. Matthew parecía tan feliz como si nuestra separación fuera lo único malo de todo el universo ahora... O, mejor dicho, *ahoga,* como había improvisado Em cuando encontró su voz.

47
Escrito en la nieve

—No querrás acabar en el Jerome, cariño —me había dicho mi madre. Molly y yo nunca la habíamos oído decir algo así; lo dejamos pasar. En Vermont, a mediados de agosto, ciertas noches ya parecían de otoño; algunos de los arces cambiaban de color antes de tiempo—. Todos los años, los mismos árboles tontos que se adelantan —dijo mi madre.

—Los árboles listos, Ray, saben lo que se avecina —le dijo Molly.

—Eres una sabelotodo, Molly —replicó mi madre.

A finales de agosto de 1995, mi madre empezó a hablarle a su barriga:

—Yo dejé de crecer, pero tú no. A lo mejor te has creído que perteneces a otra persona —le decía mi madre a su barriga. Estaba más rellenita por el medio de lo que Molly y yo recordábamos.

—¿Tu madre está engordando? —me preguntó Grace. Al final del verano, cuando Em y la de las raquetas de nieve estaban de visita, Molly comentó que mi madre ya no subía a la montaña Bromley como antes.

—La de las raquetas sigue siendo la primera en llegar a la cima, pero Ray solía llegar antes que yo —dijo Molly—. Algo le pasa, niño, pero no quiere ir al médico, solo me dice que no quiere que nadie se meta en sus asuntos —dijo la vieja pistera.

En septiembre, trasladé mis cosas a una de las habitaciones de invitados. Matthew aceptó mi traslado; estaba acostumbrado a mi vagabundeo nómada por las habitaciones. Ese creciente distanciamiento entre Grace y yo ayudó a que nos relacionásemos mejor, tanto con Matthew como entre nosotros. Una suerte de frialdad había sustituido a nuestros arrebatos de ira. El instinto de editora de Grace se había apoderado de ella; si no es posible mejorar algo, lo más adecuado es borrarlo, decía a sus autores.

Aquel septiembre, creo que mi madre me dijo que lo sentía un centenar de veces. Molly estaba preocupada porque sabía que algo le pasaba a Pequeña Ray, pero las disculpas de mi madre hicieron que yo me preocupara aún más. Había una total determinación en la forma en que mi madre se culpaba por haberme casado con Grace. Había apreciado cómo Grace se las arreglaba para mejorar tanto a la gente como las cosas que la rodeaban.

—No pierdo el tiempo con personas o con cosas que, para empezar, no son esencialmente buenas —le había dicho Grace a mi madre. Yo sabía que esa era la cantinela con la que solía definirse como editora, pero es posible que a mi madre le pareciese algo original.

—No sabía que era una de esas mujeres que se aferran a las personas a las que afirman querer, pero en realidad tienen la intención de cambiarlas. Lo siento mucho, cariño —se disculpó mi madre.

—Nada es culpa tuya —le dije a mi madre—. Las cosas saldrán adelante. Grace y yo queremos lo mejor para Matthew.

Sabía que Grace era perfeccionista; no se permitiría complicar un poco más una situación que ya era mala. En nuestro matrimonio, con toda probabilidad yo me había comportado peor que ella, y no había pagado por ello. No sabía si había tenido suerte o si había otra palabra más adecuada para definir mi situación.

Me confesé, sin matiz religioso alguno, a Elliot Barlow y Em. Les envié el guion de *Loge Peak* sin haberlo acabado; «demasiada voz en *off*» fue todo lo que intenté aclarar al respecto en mi carta de presentación. No les dije que me había planteado titularlo *Desayuno en el Jerome;* la de las raquetas de nieve y Em odiaban *Desayuno en Tiffany's,* así como el culto que se le tenía al personaje de Truman Capote. Ambos opinaban que Capote era un farsante; estaban convencidos de que había arruinado la palabra *Desayuno* como título, hasta el fin de los tiempos.

«Un exceso de voz en *off,* pero al menos no lo has titulado *Desayuno en el Jerome*. No se te ocurra hacerlo.» Así empezaba la carta del señor Barlow. Cuando era posible, la pequeña profesora de inglés empezaba hablando de la *escritura*. Sabía que, tarde o temprano, la de las raquetas de nieve retomaría el meollo de la cuestión. «Todo el mundo acaba descubriendo que es más fácil casarse que estar casado, Adam», me escribió Elliot. «No todo el mundo es capaz de separarse y compartir un hijo de forma ejemplar. Espero que un buen escritor y una buena editora lo hagan bien en ese sentido. En caso de ruptura, es en los hijos en lo que suelen equivocarse las parejas.»

Molly me dijo más o menos lo mismo. A ella sí le había contado, no a mi madre, lo mal que me había portado en Aspen.

—A estas alturas, niño, importa poco lo mal marido que hayas sido, o si Grace no ha sido la esposa adecuada para ti; eso para empezar —me dijo Molly—. Es en la siguiente etapa en la que vais a tener que hacerlo bien: Matthew es lo único que importa a partir de este momento, niño.

En septiembre de 1995, Matthew todavía estaba en la guardería. Como Grace y yo no teníamos claro que fuéramos a seguir viviendo juntos el otoño siguiente, no sabíamos dónde cursaría Matthew preescolar. No dejaba de pensar que debía contárselo todo a Grace. Pero le había ocultado demasiadas cosas como para imaginarme contándoselo todo. ¿En qué sentido nos ayudaría a centrarnos en Matthew que yo se lo contara todo? Siempre podía apelar a cierto sentido de la lógica para justificar mis mentiras por omisión.

«A mí me parece que ya estás pagando por ello. Y, sin duda, acabarás pagando, tarde o temprano», me escribió Em. «Grace acabará sabiéndolo todo; por algún sitio hay que empezar», añadió. «Un día, Matthew querrá saber quién es su abuelo, aunque solo sea por el historial médico. Tú querías saber quién era tu padre, ¿verdad?», me preguntó Em. «Eres el protagonista de tu propio melodrama; no estás contando esta historia, lo sabes, ¿verdad? Formas parte de él.»

Ese mes de septiembre, mi madre encontró una pequeña mancha de sangre en sus bragas.

—He intentado decírtelo, sabelotodo, algo está pasando. No se trata de mi primera regla otra vez, no a mis setenta años —le dijo a Molly mostrándole la mancha de sangre.

—Era como si lo hubiera sabido todo ese tiempo, niño. Nunca tuvo que ver con engordar —me dijo Molly.

Al examinar a Pequeña Ray, el ginecólogo apreció «abundancia» en la parte inferior del abdomen y en la zona pélvica. El examen reveló «espesor» y «nodulación» en los «anexos y en las trompas». Además, uno de sus ovarios parecía «notablemente agrandado e irregular»

—¿Qué significa todo esto? —le pregunté a Molly, que era la que me contó lo que le dijeron los ginecológicos.

—No te andes con rodeos, sabelotodo, ya sabes lo que creen que es —le dijo mi madre a Molly.

—A la edad de Ray, un hemorragia podría ser cáncer de útero, que suele tener tratamiento. No es probable, pero eso sería lo mejor —dijo Molly.

—¿Mejor que qué, Molly? —le pregunté.

—¡Díselo, sabelotodo! Me quedan dieciocho meses, dos años como mucho, cariño —dijo mi madre.

—Creen que es cáncer de ovarios, niño: es maligno y tarda en provocar síntomas. Es probable que no te queden dieciocho meses, Ray, eso es mucho tiempo —le dijo la allanadora de pistas.

Una tomografía computarizada posterior mostró «una masa ovárica compleja con componentes sólidos y quísticos, así como un agrandamiento generalizado de los ganglios linfáticos con nodulación y encallamiento en toda la pelvis». No sonaba nada bien. Me abstuve de preguntarle a la vieja pistera qué significaban todos aquellos términos. También le habían hecho un análisis de sangre: el antígeno 125 del cáncer, me dijo Molly. Dio como resultado 413, un nivel anormalmente elevado, compatible con lo que ya era prácticamente un seguro diagnóstico de cáncer de ovarios.

Las tomografías computarizadas de los pulmones, el abdomen y el cerebro de mi madre mostraron que se había extendido al hígado, al bazo y al cerebro. A mi madre le dijeron que no se culpara por haber tardado tanto en buscar tratamiento: la mayoría de las pacientes con cáncer de ovario, como era su caso, no disponen de un diagnóstico hasta que el cáncer ha avanzado considerablemente.

Los médicos le describieron el tratamiento: quimioterapia y, posiblemente, intervención quirúrgica para extirpar los ovarios y los órganos pélvicos. Le dijeron que no utilizarían radioterapia debido a lo muy extendido que estaba el cáncer. Molly sabía que la quimio haría que mi madre perdiera el pelo, vomitara y que, debido a la debilidad general, fuese propensa a infecciones graves.

Una vez iniciado el tratamiento, Pequeña Ray no podría valerse por sí misma; necesitaría lo que Molly llamaba «cuidados bastantes intensivos».

—¿Qué quieres decir, Molly? —le pregunté a la vieja pistera.

—Ray sabe que no va a salir de esta, niño. Ya la conoces: si va a morir, lo hará a su manera —me dijo la allanadora de pistas.

Yo sabía a qué se refería Molly. Mi madre iba a rechazar cualquier clase de tratamiento; el tratamiento podría prolongar su vida, pero sabía que la haría sufrir y marchitarse, sin esperanza alguna de curación. Sus médicos le desaconsejaron esa decisión. Casi nadie rechazaba todo el tratamiento, le dijeron, aunque admitían que había menos de un quince por ciento de posibilidades de curación.

—Cero es menos de un quince por ciento, ¿verdad? —fue la respuesta de Pequeña Ray.

—Es la reacción propia del hombre de los pañales. No puedes culparla, niño —dijo Molly.

No la culpé. Sabía lo que Molly quería decir. Mi madre no se dejaría incapacitar, no iba a depender de Molly o de Elliot Barlow para sus necesidades más íntimas y degradantes. Pequeña Ray no sería recordada como una enferma patética.

Como en otros asuntos enigmáticos, el señor Barlow se las arreglaba para ser misterioso y enfático al mismo tiempo.

—Conoces a tu madre, Adam —comentó Elliot—. Ella puede aceptar que va a morir, pero no que su final no esté en sus manos.

—¿Qué significa *eso*? —le preguntamos Em y yo a la pequeña profesora de inglés.

—Molly sabe lo que quiero decir —contestó la de las raquetas—. El final está en manos de Ray, como debe ser, eso es todo lo que digo. —Pudimos ver que la de las raquetas estaba llorando. Molly rodeó con sus grandes brazos a la pequeña profesora de inglés, rodeándola por completo.

—Está en manos de Ray y en las *tuyas,* Elliot —le dijo la allanadora de pistas. Mi madre se había ido a la cama, a una de las habitaciones de invitados.

—No me importa si pasamos la noche aquí o si te vas a casa sin mí —le había dicho a Molly, dándole un beso de buenas noches.

A mediados de septiembre, mi madre no parecía enferma, pero su energía y su apetito habían disminuido, y seguía responsabilizando a la zona baja del abdomen y de la pelvis, que «seguía creciendo». Durante los cuatro meses siguientes, nos dimos cuenta de su progresivo declive: la gente que no sabía nada de su cáncer le preguntaba si se encontraba bien.

—Pequeña Ray es ahora tu misión de rescate, Elliot. Estoy bien sola, lo sabes, ¿verdad? —le dijo Em a la de las raquetas, que lloraba.

—¡Lo sé! —le respondió la pequeña profesora de inglés, rodeada por el abrazo de Molly.

—Esto es lo que yo sé —me dijo Grace, pero en voz lo bastante alta para que Em, Molly y la de las raquetas la oyeran—. Em debería quedarse contigo y con Matthew cuando yo esté en Nueva York. Los dos tenéis novelas que terminar, podéis turnaros cuidando de Matthew. Cuando yo esté en casa, Matthew nos tendrá a los tres turnándonos con él. Eso le encantará —nos dijo Grace. Es bueno recordar estos momentos, cuando las personas que más te importan se comportan de la mejor manera.

Esa noche, cuando Molly se fue a casa, se llevó al señor Barlow con ella. Dejaron a mi madre dormida en el piso de arriba de nuestra casa. Cuando me metí en la cama con Grace, me dijo que lamentaba haber usado la palabra *raro* para referirse a alguien de mi familia.

—Em está sola esta noche; dudo que duerma con tu madre —me dijo Grace—. Deberías ir a buscar a Em y acostarte con ella. Sé que preferirías estar en la cama con Em que conmigo —dijo Grace, pero se expresó con total amabilidad. No había malicia en sus palabras—. Pero no te acuestes con tu madre —añadió Grace cuando yo iba ya en busca de Em. Eso sí que tenía una segunda intención.

Encontré a Em en la habitación de invitados a la que había llevado mi ropa.

—Tienes ropa suficiente para el resto de tu vida —me dijo Em—. Siento lo de tu madre —dijo, abrazándome mientras yo lloraba—. Ahora tú eres mi misión de rescate —prosiguió Em. Un poco más tarde, añadió—: Nunca había pensado en dos escritores viviendo juntos. Estoy intentando imaginármelo.

—Yo he pensado en ello y puedo imaginármelo —dije. Sin pretenderlo, mi mano tocó su pecho. No fue en absoluto mi intención. Puse la mano en un lugar más neutro, en su cadera, una parte ósea de la cadera, creo, pero no estoy seguro de adónde fue a parar.

—Te imaginas las cosas con mayor rapidez que yo..., como escritor, me refiero —dijo Em.

—Imaginarse las cosas con mayor rapidez no es necesariamente una virtud..., en cuanto escritor —dije.

—La idea de dos escritores viviendo juntos... Estoy intentando imaginármelo —repitió Em. Muy despacio, pero con toda la intención del mundo, separó mi mano de su cadera, o de dondequiera que estuviera esa parte huesuda de su anatomía, y volvió a colocarla sobre su pecho. Nos dormimos así: dos escritores intentando imaginarse si algo era posible.

Por la mañana, más o menos a la hora en que Matthew solía venir a buscarme, Em me recordó que mi madre estaba sola en una de las habitaciones de invitados.

—Creo que deberías estar con ella. Estoy segura de que a Ray le gustaría —dijo Em.

Fui a buscar a mi madre, que fingía estar dormida cuando la encontré.

—¿Eres mi único y exclusivo? —me preguntó, pero no había nada de tentativo en la forma en que me echó un brazo y una pierna por encima. Estar en la cama con mi madre no era algo que Grace pudiera quitarme nunca.

—Oh, no llores, cariño —dijo mi madre—. Mira qué suerte he tenido. Tengo el mejor marido y la mejor mujer... Tengo las dos mejores mujeres, en realidad. Y puedo estar con mi único y exclusivo. No hay nada por lo que llorar, cariño. Creo que mi descenso ha sido bastante largo —me dijo la vieja esquiadora. La antigua competidora de eslalon no era dada a quejarse por no haber llegado a subir al podio, pero a mí me hizo llorar que mi madre no se quejara por tener que morir. Para Pequeña Ray, el cáncer de ovarios era un desenlace tan justo como una competición en la que no hubiese estado a la altura como esquiadora de eslalon.

Matthew se emocionó al encontrarnos juntos a su abuela y a mí.

—¡Te he encontrado a ti y también a la abuela! —gritó metiéndose en la cama con nosotros—. ¡Y Em está en tu cama! —exclamó Matthew. Para un niño de cuatro años, esa era una mañana plagada de maravillas. No se quedó mucho rato—. Me voy a ver a Em —nos dijo antes de salir de la habitación.

—He estado pensando en ti y en Em, cariño —dijo mi madre cuando volvimos a quedarnos solos—. Sé que Nora creía que todo tenía que ver con el sexo —empezó a decir mi madre.

—El sexo era lo más importante para Nora —coincidí.

—El sexo no es tan importante, no a largo plazo, cariño —me dijo mi madre—. Em y tú deberíais intentar vivir juntos. Tal vez os guste.

Podíamos oír a Matthew chillando en la habitación de invitados, en la que había dejado mi ropa de toda la vida, la que Em había elegido para dormir.

—Por lo visto, has decidido que todo el mundo está despierto, o que todo el mundo debería estarlo —oímos que Em le decía a Matthew.

—Sé que Grace puede ser un incordio, cariño —me susurró mi madre—, pero ¿acaso no nos hemos alegrado todos de que Em hable?

Dada la certeza absoluta del cáncer de ovario, no habría sido realista decir que todo el mundo se había alegrado, pero no dudé en responderle también en un susurro:

—Todo el mundo se ha alegrado de que Em hable.

—Yo también, cariño —susurró mi madre, a pesar de que se estaba muriendo, con un brazo y una pierna sobre mí.

Molly me contó que mi madre había solicitado una «medicación de rescate»; esas fueron las palabras de la allanadora nocturna. Algo de lo que poder echar mano, «para usar con prudencia», dijo Molly; es decir, para que mi madre la usara con prudencia.

—Cuando la necesite, si es que la necesita, le servirá de *ayuda*, eso es todo —dijo la allanadora nocturna.

No tenía muy claro en qué sentido podría ser una *ayuda* para mi madre. Le prescribieron prednisona en comprimidos de cincuenta miligramos, y le dijeron que, si servía de algo, le aportaría un rápido subidón de energía. Para mí seguía siendo un misterio para qué querría mi madre un aumento repentino de energía. ¿Para qué?

—La hará sentirse muy bien, incluso eufórica, Adam —me dijo la pequeña profesora de inglés; un poco irritable, pensé yo. Impropio.

Los médicos le habían dicho a Pequeña Ray que ese *subidón de energía* no duraría mucho; de hecho, podría *acelerar su muerte*, según le dijeron a Molly, mientras mi madre asentía todo el rato.

—Eso es exactamente lo que Ray quiere y necesita, niño —confirmó Molly. Me di cuenta de que la allanadora de pistas y la de las raquetas de nieve estaban de acuerdo en tener la prednisona a mano.

—¿Para qué tiene el Valium a mano? —les pregunté a las dos. Había leído en alguna parte que se trataba de un relajante muscular tranquilizante de la familia de las benzodiacepinas; siempre había pensado que el Valium se utilizaba sobre todo para aliviar la ansiedad.

—Un sedante es un sedante, Adam —dijo el señor Barlow con displicencia, lo cual tampoco era propio de él.

—Sabemos que tu madre va a tener algunos días difíciles, niño —fue todo lo que dijo la allanadora nocturna acerca de tener el Valium a mano.

Bromley era una estación de esquí familiar, una montaña pequeña. Cuando Pequeña Ray se reenganchó antes del comienzo de la temporada de esquí 1995-1996, sus compañeros instructores de esquí y todos los pisteros sabían que le quedaba poco de vida. A Molly la avisaron de que estaban preparando una fiesta de despedida para Pequeña Ray, pero mi madre se opuso.

—Ya organizaré yo mi fiesta de despedida cuando llegue el momento, cariño —dijo mi madre.

—Lo sabemos, Ray, eso es lo que nos tememos —le dijo la pistera.

—Eres una sabelotodo, Molly —dijo mi madre, pero Molly y yo la conocíamos. A mi madre le gustaban los dramas, y se le daban bien. Molly y yo también sabíamos a lo que nos enfrentábamos en el caso de la pequeña profesora de inglés: como hombre o como mujer, la de las raquetas de nieve era inescrutable.

Grace estaba triste porque mi madre no le enseñaría a esquiar a Matthew. Molly no había querido ser instructora de esquí —no hasta el punto de lo que a mi madre le habría gustado—, pero a

Molly le gustaba enseñar a niños pequeños. Al inicio de aquella temporada de esquí, vi cómo Molly se encargaba de enseñar a esquiar a Matthew. Me pareció que la antigua pistera también trabajaba con los nuevos encargados de pista. Tenía la impresión de que Molly dirigía las reuniones sobre el protocolo de actuación en pistas para los novatos, pero yo no prestaba mucha atención a los asuntos de la montaña Bromley. Había dejado de esquiar con mi madre, otra vez; ella, simplemente, había dejado por completo de esquiar en Bromley.

—Ahora Ray hace ejercicio con las raquetas de nieve —fue la forma en que Molly lo dijo. Fui testigo de lo que hacían las dos en cuanto había nieve. Había senderos en la montaña que se extendían colina arriba desde mi casa, junto a Dorset Hill Road; no eran pistas de esquí, sino los viejos caminos madereros y el camino que llevaba a una cantera abandonada y a la cueva de los murciélagos. Elliot Barlow guardaba sus raquetas de nieve y sus bastones de esquí en mi sótano, era donde mi madre guardaba sus telemark y sus botas y bastones. Ray volvía a esquiar del modo en que había aprendido a hacerlo: poniéndose las pieles en los telemark y subiendo las laderas antes de bajar esquiando.

—Tu madre casi puede seguirme el ritmo cuando subimos —me dijo la de las raquetas—. Como es lógico, no puedo seguirle el ritmo cuando se quita las pieles y desciende esquiando.

—No sé cuánto tiempo más podrá seguir el ritmo de la de las raquetas de nieve o descender esquiando, niño —dijo Molly.

En casa, ya fuera en la mía o en la suya, no vi que mi madre disminuyera el ritmo de sus flexiones y sus sentadillas normales o de pared, pero aquel diciembre, su habitual paseo a caballito con el señor Barlow experimentó un sutil cambio. Dejó de llevar a la pequeña profesora de inglés de un lado a otro; era la de las raquetas de nieve la que se encargaba de llevarla a cuestas. Ese detalle no le pasó por alto a Molly.

—La de las raquetas es siete años más joven que tu madre, niño —dijo la vieja pistera. «Y la de las raquetas no se está muriendo», me abstuve de comentar, aunque estuve a punto de decirlo.

Comprendí por qué Molly se mantenía ocupada en la montaña Bromley. La vieja pistera no quería estar pendiente de mi madre en todo momento, a pesar de que Molly estuviese preguntándole a cada rato cómo iba el asunto de morirse. Digamos que todos éramos conscientes de que a mi madre le molestaba que estuviésemos demasiado pendientes de ella.

—¡Deja de *atosigarme,* Molly! —le dijo más de una vez a su querida pistera.

—¡Te quiero, Ray! —solía responder Molly, a veces bañada en lágrimas.

En nuestra casa, solo Matthew se comportaba con normalidad; no sabía que su abuela se estaba muriendo.

Los meses de invierno acababan de empezar, pero practicar el telemark y caminar con las raquetas de nieve en la ladera de la montaña que se extendía por encima de nuestra casa no dejaron de ser una constante.

—Parecen fanáticos religiosos —dijo Em. Me atreví a imaginar la pantomima que la Em que no hablaba podría haber hecho para representar la devoción de mi madre y del señor Barlow a aquel tortuoso ejercicio. Em salía de vez en cuando a pasear, pero hacer ejercicio no era lo suyo. Y la temporada de caza de ciervos en Vermont ya había comenzado cuando mi madre y la de las raquetas de nieve empezaron sus ejercicios de alpinismo en los viejos caminos y senderos madereros colina arriba, por encima de mi casa de East Dorset. En aquellos bosques no había otros esquiadores ni practicantes de raquetas de nieve, tan solo cazadores de ciervos.

—Si quieres asegurarte de que te disparen, Ray, deberías ponerle unos cuernos a tu gorro de esquiar —dijo la vieja pistera.

—Eres una sabelotodo, Molly —le respondió mi madre.

—Si sobreviven hasta diciembre, solo los cazadores con avancarga podrán dispararles, y la temporada de los avancarga termina antes de Navidad —nos recordó Grace a Molly, a Em y a mí, con toda naturalidad. A Grace no le importaba el fanatismo por el telemark o las raquetas de nieve por la ladera de la colina que había sobre nuestra casa. Pero las actividades después del deporte de Pequeña Ray y el señor Barlow sí preocupaban a Grace: al igual que la abundancia de habitaciones para invitados, la sauna había sido idea de mi madre. Pequeña Ray y Molly se lamentaban de no tener una sauna en su pequeña casa de Manchester. Su cuarto de baño era tan pequeño y estaba tan mal aislado que el jefe de bomberos de la ciudad les había dicho que la casa ardería si ponían una sauna.

Pensé que el jefe de bomberos estaba bromeando o que se había tomado unas cervezas de más y había juzgado mal las masculinas capacidades de Molly. Molly sabía perfectamente cómo no quemar una casa, a menos que fuera esa su intención.

—¿Por qué no aislamos la mierda de la sauna? —le preguntó mi madre tardíamente al jefe de bomberos, tras años de carecer de sauna. El jefe de bomberos se había jubilado hacía un tiempo, por lo que la sauna de nuestra casa de Dorset Hill Road estaba bien aislada y la habitación contigua disponía de cuatro duchas.

—Una cuadrilla de cuatro hombres o cuatro mujeres de esos que se lanzan en bobsleigh podría ducharse al completo después de la sauna, como supongo que suelen hacer —había observado Grace al constatar que teníamos cuatro duchas en la misma habitación. No se mostraba menos crítica cuando mi madre y el señor Barlow se duchaban juntos después de la sauna, o cuando Molly se duchaba y tomaba una sauna con ellos, incluso cuando Molly se duchaba sola después de esquiar, porque a Matthew le encantaba ducharse con Molly, que era lo que Grace más criticaba. Todo depende de cómo crezcas. ¿Por qué motivo no iba a gustarle a Matthew ducharse con la vieja pistera, que era además su profesora de esquí? Molly abría las cuatro duchas y ella y Matthew se salpicaban mutuamente y gritaban como locos. Había una luz roja que se encendía cuando la sauna estaba encendida, y (a pesar del aislamiento) podías oler los bancos de cedro cuando estaban calientes, y podías oír el siseo del agua sobre las rocas calientes. Matthew siempre comprobaba quién estaba dentro de la sauna.

—La abuela y la de las raquetas, en la sauna, ¡desnudos! —anunciaba. O informaba de quién estaba en la ducha, siempre desnudos, y siempre contaba el número de duchas abiertas—. ¡Molly es como dos personas desnudas! —era la elogiosa valoración que Matthew hacía de la vieja pistera, su instructora de esquí. Matthew no tenía ningún interés en tomar una sauna, solo se aseguraba de quién estaba allí—. Demasiado calor —fue todo lo que dijo sobre la sauna. Grace pensaba que las duchas comunitarias y la sauna eran para europeos y hippies.

Em declaró que las saunas eran «extrañas»; también las calificó de «demasiado sudorosas». Sin embargo, cuando empezaban los meses de invierno, la sauna y las duchas le daban a nuestra casa el aire de un gimnasio. Como muchos antiguos luchadores, yo asociaba las saunas con perder peso; tenía sentimientos encontrados al respecto. Pero me encantaba ducharme con Matthew: abríamos las cuatro duchas, gritábamos y nos salpicábamos. Estoy seguro de que Matthew se divertía más en la ducha con Molly, pues era como estar con dos personas desnudas.

No debí decirle a Grace que Matthew se divertía más en la ducha con Molly que conmigo.

—¡Por supuesto que sí! —gritó Em.

En nuestros cinco (casi seis) años de escasa felicidad conyugal, Grace no vio motivo de alegría alguno en que Matthew se divirtiera con Molly en la ducha.

—Te conozco. Estoy segura de que te divertirías con Molly en la ducha —dijo Grace.

—¡Claro que sí! ¡Seguro que se divertiría! —añadió Em.

Por la forma en que Grace salió de la habitación —enfadada, dejándonos solos a Em y a mí—, nadie habría llegado a suponer que Grace era la responsable de que Em hubiese empezado a hablar.

—¡Hay un número limitado de veces que puedes salir de una habitación enfadada y esperar que tenga un *efecto!* —le dije a Grace cuando ya se había ido.

Por muy ocupada que estuviera en la montaña, Molly me hacía esquiar con ella; siempre encontraba el tiempo necesario. Yo no esquiaba más de medio día a la semana; no hacía más de dos o tres descensos con Molly.

—Es suficiente para mantener el ritmo, niño. Vas a querer esquiar con Matthew, al menos hasta que sea mucho mejor que tú y no quiera esquiar contigo —me dijo la vieja pistera.

Molly me hacía calentar descendiendo un par de pistas azules: íbamos de Twister a Yodeler, hasta la base del telesilla Blue Ribbon Quad. Después la allanadora de pistas me probaba en dos pistas negras: tomábamos Stargazer o Havoc de arriba abajo.

Me reunía con Molly después de una de sus clases con los niños pequeños, mientras Matthew tomaba un cacao en la base con un grupo de alumnos de la escuela de esquí, o me encontraba con ella después de una de sus sesiones de entrenamiento con los pisteros novatos. En una ocasión, estaba charlando con una pareja de pisteros veteranos cuando oí a medias lo que Molly les estaba diciendo a los novatos en la sala de primeros auxilios de la patrulla de rescate en la base.

—El alcohol da sensación de calor, pero dilata los vasos sanguíneos: en realidad, el alcohol acelera la pérdida de calor del cuerpo —les decía Molly a los nuevos pisteros—. Por lo general, el frío hace que los vasos sanguíneos de la piel se contraigan para conservar el calor corporal, pero el alcohol bloquea este mecanismo de autoconservación —prosiguió Molly. Los dos veteranos con los que pasaba el rato se sabían de memoria lo esencial del mensaje de Molly; sabían exactamente lo que la vieja pistera iba a decirles a continuación a los novatos—. Imaginaos que hay un grupo de universitarios de veintitantos años que han estado bebiendo cerveza en la base —dijo Molly.

—Me gusta esta parte, niño —me confesó el viejo Ned, que llevaba de pistero casi tanto tiempo como Molly. Los pisteros viejos y jóvenes me llamaban «niño», porque así era como me llamaba Molly, y todos los patrulleros veneraban a Molly.

—Ned es morboso, niño: esta parte me pone los pelos de punta —dijo Meg. Era más joven que yo y mucho más joven que Molly, pero casi tan grande como ella. Meg tuvo que inclinarse hacia mí cuando me susurró al oído, exactamente como lo habría hecho Molly.

—Imaginad que uno de esos universitarios viene a buscaros, pisteros, porque uno de sus colegas ha desaparecido: estaba haciendo un último descenso hace más de una hora y su coche sigue en el aparcamiento. El niño perdido no se ha ido a casa —dijo Molly con un tono más solemne.

Podía imaginarme a Matthew como un *niño perdido*. Esa parte me puso los pelos de punta.

—¿Lo ves? —siguió Meg susurrándome al oído, inclinada sobre mí. Podía ver cómo se desarrollaba el apocalipsis de los viejos pisteros, con mi querido hijo en el papel imaginario de *niño perdido*. El remonte cerrará pronto, cuando esos pisteros se bajen en la cima. Entonces la patrulla de rescate empezará a barrer.

—¿Qué se les pregunta a esos universitarios sobre su compañero desaparecido? —les preguntó Molly a los nuevos pisteros.

—Siempre es una chica la que acierta —me susurró Meg al oído.

—Deberíamos preguntarles por qué pista descendió la última vez —dijo un joven.

—¿Qué más? —preguntó Molly.

—Deberíamos preguntar si su amigo ha estado *bebiendo*.

—¿Lo ves? —Meg me susurró al oído.

—¿Y por qué necesitamos saber si el chico perdido ha estado bebiendo? —preguntó Molly. Sonaba un poco impaciente o cansada, o ambas cosas; esta vez no esperó a que uno de ellos le respondiera—. Porque necesitamos saber de cuánto tiempo disponemos para encontrarlo —se respondió a sí misma la vieja pistera—. El niño perdido se ha desviado de su ruta. Ha chocado contra un árbol. Está tirado en el bosque, donde no le veremos cuando barramos. El alcohol facilitará que muera congelado de forma cómoda y pacífica. Morirá congelado más rápido si ha bebido. Por eso necesitamos saberlo —dijo Molly a los nuevos pisteros.

—Y ahora viene la paradoja de desvestirse. Me encanta esta parte, niño —dijo el viejo Ned.

—Eres un *enfermo*, Ned; un enfermo y un morboso —dijo Meg—. Espero que nunca me encuentres desvestida, paradójicamente o de cualquier otro modo.

—A mi edad, Meg, si te encontrara desvestida, probablemente habría algo paradójico en ello —dijo Ned.

—Eres un *enfermo*, Ned —volvió a decirle Meg al viejo.

—La paradoja de desvestirse no es infrecuente en las muertes por hipotermia —dijo Molly sin rodeos, solo para empezar—. La paradoja de desvestirse ocurre con mayor frecuencia en la agonía de la hipotermia moderada a extrema: si te estás congelando y vas morir, te sientes cada vez más desorientado, confuso y combativo. Pero si empiezas a quitarte la ropa, pierdes calor corporal mucho más deprisa —dijo la vieja pistera.

—Si te estás muriendo de frío, ¿ya no tienes frío? ¿Por qué ibas a quitarte la ropa? —le preguntó a Molly uno de los jóvenes.

—Por eso se le llama «paradoja», cariño —siguió susurrándome Meg al oído.

—Meg no aprecia el humor en las situaciones en las que la vida está en peligro, niño —dijo Ned.

—Podría deberse a una disfunción, provocada por el frío, del hipotálamo, la parte de tu cerebro que regula la temperatura corporal —explicó Molly.

—Tu *hiper-lo que sea* debe de estar fuera de sí, Ned. Si te estuvieras muriendo de frío, probablemente tendrías una erección paradójica —dijo Meg, no en un susurro.

—Las mujeres jóvenes antes no eran tan vulgares, niño. Y es *hipo-*, no *hiper-*, Meg —dijo el viejo Ned.

—Otra explicación es que los músculos que contraen los vasos sanguíneos periféricos se agotan luchando contra el frío. Si esos músculos ceden, o simplemente se relajan, recibirás una oleada de sangre y calor en las extremidades: seguirás muriéndote de frío, pero te sentirás acalorado —explicó la vieja pistera—. Los pisteros se supone que sabemos cosas sobre la supervivencia en la montaña: no debería sorprendernos la paradoja de desnudarse —dijo Molly—. Si mueres de hipotermia en una ciudad, alguien que te encuentre podría suponer que fuiste agredida sexualmente; a eso me refiero —dijo la vieja pistera. Conociendo a Molly, sabía que había terminado de dar explicaciones. Uno de los jóvenes pisteros se echó a reír.

—Siempre hay algún chico que se ríe, niño —dijo Meg. Ya no susurraba, pero seguía inclinada sobre mí, mirando fijamente al viejo Ned.

—Tienes que admitir que esa parte es divertida, niño —dijo Ned, pero por la forma en que Meg se había inclinado sobre mí, sabía que era mejor no reírme.

Además, ahora había un montón de caras nuevas y jóvenes mirando al viejo al que todos se empeñaban en llamar *niño,* y Molly me hizo señas para que la siguiera.

—Vamos a esquiar, niño —fue todo lo que dijo. Las conversaciones triviales no eran lo suyo. Molly no era de las que se quedan un rato después de una reunión de pisteros.

Nos montamos en el viejo telesilla Número Uno, hasta la cima de Upper Twister y el Blue Ribbon Quad, antes de decirle a la allanadora de pistas que, por lo que había oído, la reunión que había tenido con los nuevos pisteros había sido interesante.

—Me gustan los nuevos y me gustan nuestros pisteros voluntarios, pero algunos de ellos creen que el protocolo no es más que un anticuado sistema de normas. Lo cierto es que, si buscas a alguien que se ha perdido, tienes que hacer las preguntas adecuadas, niño —dijo Molly con su típico estilo aparentemente perfeccionista, pero competente. Yo no estaba cualificado para aportar nada en esa conversación, y entendía que la vieja pistera no parecía tener la intención de decir nada más sobre morir congelado o la paradoja de desvestirse. El resto del recorrido del viejo telesilla lo hicimos en silencio.

Al ver que Molly se ensimismaba, supe que estaba pensando en mi madre. Todos lo hacíamos, pero, al igual que Pequeña Ray, no hablábamos mucho de ello. Por la forma en que mi madre y la de las raquetas se ejercitaban, daba la impresión de que tenían un plan que se guardaban para sí mismas; como Molly conservaba para sí sus pensamientos.

Al llegar las navidades, nos dimos cuenta de lo cansada que estaba mi madre: a menudo se iba a la cama justo después de cenar. Una noche, todavía estábamos cenando, y Pequeña Ray se escabulló a una de las habitaciones de invitados. Cuando Em acompañó a Matthew para que se acostara, él fue al baño —se suponía que debía cepillarse los dientes— y descubrió a mi madre profundamente dormida. Molly y el señor Barlow también iban a quedarse a pasar la noche.

—Por suerte, hay suficientes habitaciones de invitados en esta casa. Podríamos jugar al juego de las sillas, pero con las habitaciones. Que te sirva de lección, Adam, siempre tienes que hacerle caso a tu madre —dijo el señor Barlow. Molly, Em y yo nos echamos a reír; era uno de los típicos comentarios del señor Barlow, y pudimos reírnos, porque Grace se encontraba de compras navideñas en Nueva York y Matthew se había ido a la cama.

A la mañana siguiente, Em y yo estábamos durmiendo —en el dormitorio de invitados que había ocupado con mis cosas— cuando mi madre se metió en la cama con nosotros. Em dormía con un brazo alrededor de mi cintura; pude sentir en mi nuca cómo dejó de respirar cuando vio a mi madre por encima de mi hombro.

—Por favor, quédate con nosotros, Em —dijo mi madre; nunca se había metido en mi cama cuando había alguien conmigo.

—De acuerdo —dijo Em, pero noté cómo escondía la cara entre mis omóplatos. Podía ver claramente a mi madre a la luz del amanecer: estaba tumbada frente a mí, con la cabeza sobre mi almohada y una pierna echada sobre mi cuerpo, por los viejos tiempos. Em me contaría más tarde que Pequeña Ray se había agarrado a su brazo, el que me rodeaba la cintura; mi madre no soltó el brazo de Em en todo el tiempo que estuvimos hablando. Aquellos días, mi madre y la de las raquetas solían despertarse y deambular por la casa antes del amanecer; algunas mañanas, me despertaba el silbido de la tetera en la cocina, donde la de las raquetas se estaba preparando un té. Molly era madrugadora, pero no tanto como ellas dos, no en aquellos días. La mayoría de las mañanas, Molly era una de las pisteras más madrugadoras a la hora de acudir a la sala de primeros auxilios de Bromley, pero levantarse al amanecer era lo máximo a lo que llegaba la vieja pistera.

—Escuchadme los dos: hay algo que deberíais saber; especialmente tú, cariño —dijo mi madre con los ojos muy abiertos. «Sin aliento, como una niña pequeña», diría Em tiempo después.

—Grace siempre me cuenta cosas que no te cuenta a ti, cariño, porque sabe que *yo* te las contaré y quiere que las sepas —prosiguió mi madre. Podía sentir la cabeza de Em asintiendo contra mi espalda. A Em le pasaba lo mismo con Grace. Cuando Grace no estaba satisfecha con ser solo la que publicase a Em, cuando Grace también deseaba ser la correctora de Em, Grace se lo contaba a Elliot Barlow, sabiendo que Elliot le transmitiría a Em sus pensamientos como editora—. Grace quiere llevar a Matthew a esquiar a Aspen. Ha reservado en el Hotel Jerome para los tres, cariño —me dijo mi madre. Sentí que Em se agitaba y sacudía la cabeza entre mis omóplatos.

—Dios mío —dije.

—No te conviene alojarte demasiadas veces en el Jerome, cariño, o podrías acabar allí —dijo mi madre. Em contenía la respiración, o se había muerto apoyada contra mi espalda. Yo también contuve la respiración. Entendí que Pequeña Ray tenía algo más que decir—. Se supone que es para celebrar el quinto cumpleaños de Matthew, pero es Grace quien está interesada en Aspen y en alojarse en el Jerome. Le he sugerido otro hotel, cariño. He oído que The Little Nell es bonito —me dijo mi madre. En la base de Aspen Mountain, acababan de abrir The Little Nell cuando estuve en Aspen—. Cuando me muera, si no encuentras mi fantasma por aquí, tendrás que ver si estoy en el Jerome; y tendrás que sacarme de allí, cariño —dijo mi madre. Em tomó aire y lo soltó de golpe, más imitaciones cercanas a la muerte.

—¿Qué? —le pregunté a mi madre.

—Sabes que no quiero acabar en el Jerome, cariño. ¡Tú sácame de allí! Si voy a ser un fantasma, quiero estar cerca de mi único y exclusivo —me dijo mi madre. En un principio, pensé que Em estaba silbando, pero se trataba de la tetera del señor Barlow—. Si la de las raquetas está preparando té, yo quiero una taza de café. Volved a dormir, los dos —dijo mi madre.

Em y yo la oímos bajar las escaleras. Todo esto fue justo antes del amanecer.

—Dios mío —dijo Em. Yo sabía que ella no era una persona de fantasmas, pero aun así fue capaz de prever lo improbable que sería para mí convencer al fantasma de mi madre de que abandonara el Hotel Jerome, si es que Pequeña Ray *acababa* allí.

Le pedí a Molly que me dijera qué pensaba de esa conversación previa al amanecer, pero debería haber sabido que la vieja pistera no era, en absoluto, una persona de fantasmas; incluso menos que Em.

—Dónde *acabe* tu madre me importa bien poco, niño. Lo que me importa es el aquí y el ahora —dijo Molly.

Cuando le pregunté a Elliot Barlow su opinión sobre la determinación de mi madre de no acabar siendo un fantasma del Jerome, la pequeña profesora de inglés adoptó una visión literaria del más allá y de los fantasmas en particular.

—Sé que tú y tu madre tenéis una relación con los fantasmas, Adam, pero los fantasmas tienen un problema de credibilidad —empezó a decir el señor Barlow. Sabía adónde quería llegar con el tema de la credibilidad. En mi guion de *Loge Peak*, los fantasmas eran un problema relacionado con la *escritura*, me dijo la de las raquetas de nieve. Pensaba que los personajes vivos eran más creíbles que los fantasmas; por no decir que se comportaban mucho peor. Al igual que Molly, lo que le importaba a la de las raquetas era el aquí y el ahora. Me acordé de cuando, después de la avalancha de Wengen, estábamos dentro del vagón con las linternas apuntando a las caras congeladas del matrimonio Barlow. Observé sus naricitas aplastadas contra la ventanilla y cómo su piel había quedado blanqueada por el frío. Pero la pequeña profesora de inglés leyó en las expresiones «embelesadas» de sus padres más de lo que yo podía ver. Su «embeleso» provenía de saber que su único hijo no iba a fallecer antes que ellos, y tampoco moriría con ellos. Ahora que era padre, y sabiendo que Matthew sería mi único hijo, podía ver lo que la de las raquetas de nieve vio en los rostros moribundos de sus padres.

—Por una vez, se alegraron de que yo no estuviera esquiando con ellos —había dicho la de las raquetas.

Se tomó su tiempo para despedirse de sus padres, del modo en que lo haría alguien que, al no creer en fantasmas, sabía que era la última vez que los veía. Aquella gélida noche en Wengen, en el vagón descarrilado, nuestra respiración empañaba la ventanilla junto a la que la de las raquetas se arrodilló y lloró. Los rostros de los pequeños Barlow desaparecieron tras la ventanilla empañada, que su cariñosa hija intentó limpiar con su guante de esquí.

Vi lo mucho que se esforzaban mi madre y la de las raquetas, como si hubiesen trazado un plan para vivir eternamente. A Elliot Barlow no le preocupaba dónde podría *acabar* el fantasma de mi madre. Ya había visto a la pequeña profesora de inglés echar una larga y última mirada. Pensé que la de las raquetas de nieve estaba dedicándole a Pequeña Ray su particular larga y última mirada. Debería haber sabido lo que esas dos estaban tramando. No tenían un plan para vivir eternamente, pero sí tenían un plan.

La vieja pistera estaba al corriente; sabía que no debía interferir en él.

—Ya te lo he dicho, niño, ya sabes lo que te voy a decir —me dijo cuando le pregunté qué creía que estaba pasando entre mi madre y el señor Barlow.

—De todas las parejas que conozco, te apuesto lo que quieras a que la de tu madre y el hombre de las raquetas será la que más dure. Estoy segura de que llegarán hasta el final —me dijo la allanadora de pistas.

—Dios mío —dijo Em, cuando se lo repetí; también se lo había oído decir antes a Molly—. Pero ¿qué quiere decir Molly? —me preguntó Em.

—¡No tengo ni idea! —le dije.

Entre nosotros no había sexo, pero Em y yo dormíamos juntos todas las noches. Así pasamos Navidad y Año Nuevo, sin saber qué les pasaba a mi madre y al señor Barlow, excepto que se acostaban cada vez más temprano y se levantaban antes del amanecer todos los días.

—*¿Ahoga* qué *susssede?* —me susurraba Em al oído cuando estábamos tumbados a la luz del alba, escuchando el silbido de la tetera en la cocina, donde también se oía la voz seria de la de las raquetas y las exclamaciones más infantiles de mi madre.

Pasó el mes de enero antes de que le preguntara a Grace si pensaba hablarme de nuestro próximo viaje familiar a Aspen y al Hotel Jerome.

—Ya no puedo confiar en tu madre, te lo cuenta todo —me dijo Grace.

—He oído que The Little Nell es bonito —comenté, pero Grace ya lo había oído antes; no se lo creía.

—Quiero alojarme en el Jerome —dijo Grace—. Si Paul Goode está allí, podrías presentarnos. Se acordará de ti, ¿verdad? Sé que no le tienes mucho aprecio como guionista, pero quizás tenga un libro entre manos. Las memorias de Paul Goode serían algo grande —me dijo Grace hablando como editora.

—Dios mío —dijo Em más tarde—. Ese habría sido un buen momento para decirle a Grace que Paul Goode es tu padre; eso para empezar.

En un principio, la de las raquetas se mostró partidaria de que se lo contase todo a Grace.

—No importa por dónde empieces, Adam. Te conozco: una vez que te pongas en marcha, todo saldrá a la luz —me dijo la pequeña profesora de inglés—. Si le cuentas a Grace todo lo que pasó en Aspen, puede que no quiera quedarse en el Jerome; no con Matthew, al menos. Pero creo que no hay forma de evitar que quiera publicar las memorias de Paul Goode, aunque sepa que es tu padre —dijo la de las raquetas de nieve.

—Dios mío —dijo Em—. Pensándolo mejor, no le digas a Grace que Paul Goode es tu padre, porque entonces *seguro* que querrá publicar sus memorias. Cuéntale todo lo demás —me dijo Em.

Grace no creía en fantasmas, pero si yo le hablaba de ellos, tal vez Grace no querría alojar a Matthew en el Jerome.

—Si vas a volver al Jerome, deberías dejar a Matthew con nosotros, niño —declaró la vieja pistera.

—Deberías empezar por contarle a Grace lo de los fantasmas. *Seguro* que no querrá llevar a Matthew al Jerome —me dijo Em.

Em me comentó que el viaje de Grace a Aspen y al Jerome no tenía nada que ver con el quinto cumpleaños de Matthew. Grace había reservado el Jerome para mediados de febrero; el cumpleaños de Matthew era en marzo.

—Mantén a Matthew fuera de esa locura —me dijo la pequeña profesora de inglés.

Molly, Em y la de las raquetas estuvieron de acuerdo; Pequeña Ray solo estaba al corriente de lo que había contado sobre lo ocurrido en Aspen.

—No le cuentes nada más a Ray, niño —me dijo Molly.

—Lo que te ocurrió en Aspen no es una historia para *madres* —me dijo Em.

—Deja a tu madre al margen de eso, Adam, ella no debería aparecer en tu película —dijo la de las raquetas de nieve.

Le conté a Grace lo de los fantasmas, pero no pude ir más allá. Era tan incrédula respecto a ese tema que se negaba a creer que un fantasma pudiera asustar a Matthew.

—Malditos escritores de ficción, no sabéis distinguir entre lo que os inventáis y lo que es real —me dijo Grace—. Este va a ser, con toda probabilidad, nuestro último viaje juntos, como familia. Sabemos que ya no somos pareja. No te hará ningún daño presentarme a Paul Goode, ¿verdad? —me preguntó. Fue entonces cuando me di cuenta de que Grace sabía que Paul Goode se alojaría en el Jerome cuando nosotros estuviéramos allí, por eso había hecho la reserva para mediados de febrero, independientemente del cumpleaños de Matthew—. Si a esas alturas tu madre está ya a las puertas de la muerte, iremos Matthew y yo, o incluso iré sola; sé cómo presentarme a una estrella de cine, si es necesario —dijo Grace. Entonces lo entendí. Ir a Aspen y alojarse en el Jerome tenía que ver con conocer personalmente a Paul Goode, como editora. Como diría Em, «eso para empezar».

—No le digas nada más. Grace no necesita tu ayuda para ponerse como una moto —dijo Em.

—Déjate de fantasmas. Ya le has contado suficiente, niño —dijo Molly.

—Tal vez no sea el momento más adecuado de decirle a Grace

que Paul Goode es tu padre. Podría pensar que te lo estás inventando... Malditos escritores de ficción —me dijo la pequeña profesora de inglés.

Un día de mediados de enero, la de las raquetas y mi madre ascendieron la ladera de la montaña que se extendía por encima de mi casa antes de que amaneciera y después bajaron la montaña y se metieron en la sauna al amanecer, mientras Molly les preparaba el desayuno. Matthew estaba extasiado, nuestra casa estaba llena de gente a la que quería y que se había levantado antes que él.

—La abuela y la de las raquetas, en la sauna, ¡desnudas! Y Molly me ha dado una de sus tortitas —nos informó Matthew cuando se metió en la cama con Em y conmigo. No teníamos pensado levantarnos con el sonido de la tetera, no en ese momento. Aquellas dos se levantaban y salían de casa antes de desayunar; ni siquiera preparaban el té y el café hasta que salían de la sauna, a menudo después de que Molly se hubiera marchado a Bromley.

Estábamos ya en la última semana de enero cuando mi madre se metió en la cama conmigo, justo después de que yo me hubiera acostado, mientras Em se cepillaba los dientes. Hacía horas que mi madre se había ido a acostar; supuse que estaría profundamente dormida.

—*¡Shh!* No digas nada, solo escúchame, cariño —me susurró al oído—. No se lo digas a Molly ni a la de las raquetas, pero no eres solo mi único y exclusivo, ¡eres el amor de mi vida! —me dijo mi madre, riéndose como una niña pequeña. Luego se marchó, de vuelta a su habitación de invitados, de vuelta a Molly o a la de las raquetas de nieve; no lo sabía seguro.

Sentí una buena dosis de consuelo, y una dosis no menor de tristeza, al oír decir a mi madre que yo era el amor de su vida. No me cabía duda de que era el amor de su vida para Molly, y para la de las raquetas de nieve, pero me pregunté si mi madre sería también el amor de mi vida; en aquel momento, parecía improbable que ese puesto pudiera ser ocupado por otra persona. Todavía lloraba cuando Em se metió en la cama y hablamos de ello. Para Em, Nora era el amor de su vida. Em dijo que no esperaba nada por encima de eso. Al decirlo, incluso en la oscuridad, Em debió de intuir que yo siempre seguía manteniendo la esperanza de ser algo por debajo de eso.

—¿Sigues colado por mí? —me preguntó Em. No pude responder. Me limité a asentir, como había sentido que ella hacía conmigo—. Bueno, ahora no es el momento, pero tendremos que considerar qué podemos hacer al respecto —dijo Em.

Todavía estaba oscuro cuando Molly me sacudió para despertarme por la mañana, despertando también a Em.

—Ponte la ropa de esquiar, niño, aunque no vamos a esquiar. Asegúrate de llevar botas que calienten —me dijo la vieja pistera. Había visto los faros y había oído el coche cuando *aquellas dos* salieron por el camino de entrada. Molly sabía, debía de saberlo desde hacía tiempo, adónde se dirigían mi madre y la de las raquetas.

Había dejado de nevar la tarde del día anterior. A las cinco de la mañana siguiente, cuando Molly me despertó, los operarios nocturnos ya se habían ido a casa. Los mecánicos de mantenimiento de los telesillas llegarían a las seis, me dijo Molly mientras nos llevaba a Bromley; todavía estaba bastante oscuro.

—Era cerca de la medianoche cuando vi los faros y oí su coche en la entrada, pero pensé que estaba soñando y me volví a dormir. Llevaba mucho tiempo soñando con esto, niño —dijo Molly.

La de las raquetas y Pequeña Ray empezaron a ascender después de la medianoche, cuando los allanadores nocturnos ya se habían ido. Había suficiente luz de luna, Molly lo sabía.

—Ray podría encontrar el camino hasta Twister en la oscuridad, niño —dijo la vieja pistera. Había un kilómetro y medio, en línea recta, hasta Twister, hasta la cima de Bromley. Molly condujo hasta el cobertizo de mantenimiento, donde arrancó una de las motos de nieve que habían aparcado allí durante la noche. Los mecánicos de los telesillas utilizaban las motos de nieve para sus rutinas de apertura matutina. Molly condujo la moto de nieve hasta Lower Twister. Gracias al único faro, resultaba sencillo ver las huellas frescas que habían dejado en la nieve lisa tras el paso de las máquinas allanadoras: alguien con raquetas de nieve y otra persona con telemark, cumpliendo una misión. No había nadie en los alrededores. Dejamos atrás la primera parte empinada de Twister, sin que las huellas indicaran que el esquiador de telemark hubiera aminorado la marcha o se hubiera quedado atrás.

—Tu madre debe de haber tomado prednisona, niño —me dijo Molly.

Entendí que ese era el sentido de la prednisona: darle un *subidón de energía* que no duraría mucho. De hecho, podría *acelerar su muerte*.

—La hará sentirse muy bien, incluso eufórica —me había dicho la de las raquetas.

Cerca de la cima del Twister, Molly aceleró la motonieve para superar lo que ella llamaba el Jardín de Rocas. Ahí fue donde nos dimos cuenta de cómo cambiaban las huellas de los escaladores. Mi madre debió de tener problemas en la segunda parte empinada de Twister. En el resto del camino, solo pudimos ver las huellas de las raquetas de nieve. Elliot Barlow la había llevado a cuestas hasta la cima. Pequeña Ray debió de cargar con sus esquís y bastones.

—Al final, a Ray le gustaría ponerse sus esquís, niño —dijo Molly. Llegamos a la cima de la montaña Bromley justo antes de que saliera el sol, pero mi madre y el señor Barlow nos llevaban mucha ventaja; estaban allí desde hacía cinco horas, o más, sometidas al frío glacial. La vieja pistera sabía el sitio exacto donde poder encontrarlos.

A Pequeña Ray le gustaba más el telesilla Número Diez, el Blue Ribbon Quad, el mejor. A mi madre también le gustaba el drama, y se le daba bien. A la luz del amanecer, vimos a mi madre y a Elliot Barlow sentadas juntas en la primera silla del Número Diez, que miraba hacia abajo. Se habían bebido un pack de seis cervezas entre las dos; mucha cerveza para ellas. Los cascos vacíos estaban alineados en el lado este de la plataforma de carga, el lado del amanecer, entre la señal que decía NO CARGAR EN LA BAJADA y el borde de caída de la plataforma, donde estaba la red de seguridad.

—Supongo que el Valium era para las dos, niño —me dijo Molly. El sedante aumentó los efectos del alcohol, haciendo más fácil y rápida su muerte por congelación, cómoda y pacífica, me explicó la vieja pistera.

—Estoy segura de que no fue exactamente un pacto suicida —dijo Molly con insistencia. Se refería a que mi madre probablemente no sabía que la de las raquetas tenía la intención de morir con ella. En el telesilla, mi madre iba completamente vestida para esquiar: la parka con la cremallera hasta la barbilla, los guantes puestos y el gorro de esquí cubriéndole las orejas. No así la de las raquetas de nieve, que paradójicamente estaba desvestida; su parka, sus guantes y su gorro de esquí estaban tirados por la plataforma de carga; había muerto congelada a medio desvestir.

—La de las raquetas de nieve ayudó a tu madre a suicidarse. Estoy convencida de que ese fue el pacto entre ellas, niño —explicó Molly, mientras vestía a la de las raquetas de nieve—. Pero el señor Barlow siempre quiso irse con ella; tan solo ayudó a Ray a irse la primera —dijo la vieja pistera. A eso se refería Molly con lo de que mi madre y la de las raquetas serían las que más durasen: «Estoy segura de que llegarán hasta el final», había dicho siempre la allanadora de pistas.

Busqué una nota en los bolsillos de la parka de esquí de mi madre, pero no había dejado nada escrito para mí, ni siquiera una ocurrencia familiar. «Cuando llegue el momento, cariño», podría haber escrito, pero no encontré nada. Le pedí a Molly que mirara en los bolsillos de la de las raquetas. Con toda probabilidad, la pequeña profesora de inglés habría escrito algo, pensé, pero la pistera me dijo que los bolsillos de la de las raquetas estaban vacíos.

—¿Qué andas buscando, niño? —me preguntó Molly.

—Algo escrito en la nieve... Una de las dos podría haber escrito algo —le dije.

—Míralas, niño. Han dejado espacio para que te sientes entre ellas, para el descenso de la montaña —me dijo la vieja pistera—. Cabe suponer que debes descender con ellas, niño. Está tan claro como si lo hubieran escrito en la nieve —dijo Molly—. Siéntate entre ellas, para que no se desplomen sobre la silla. Yo os llevaré abajo. Eso es lo que se supone que yo debo hacer, niño —dijo.

Se encaminó hacia la caseta del telesilla. Dios sabe lo que pasó allí; yo nunca llegué a saberlo. Molly dijo que se aseguraría de que la puerta de seguridad de la plataforma de carga estuviera en la posición correcta.

—También estoy comprobando el botón de parada —me dijo a voz en grito. La vi comprobar si había hielo en la rueda de toro. La vi alejarse de mí, por encima de mi hombro derecho. Vi que el sol naciente iluminaba en el lado izquierdo del rostro de mi madre, pero su tez era del mismo blanco grisáceo que la escarcha de los asientos y la barra de seguridad del telesilla. Coloqué mi brazo alrededor de sus hombros y de los de Elliot Barlow, pero me costaba mirarlas a la cara.

Oí la moto de nieve de Molly; no aceleraba, iba cuesta abajo. Sabía que bajaría por Twister hasta Yodeler y de ahí a la base del Blue Ribbon Quad. No tardaría más de cinco minutos en descender la montaña. Solo pude hacerme una vaga idea de lo que tenía que hacer en la base del Número Diez. Subiría por la escalera hasta la sala de motores y lo pondría en marcha; luego creo que tendría que entrar en la estación del telesilla y encender el sistema de seguridad. Estuve sentado entre la de las raquetas y mi madre durante diez o quince minutos; fue un momento de paz.

El telesilla tenía cuatro plazas y éramos tres personas menudas. Sentada cerca de mi madre y del señor Barlow, las abrazaba con fuerza. Al este, por donde había salido el sol, estaba el monte Monadnock, en New Hampshire, pero no entorné los ojos para ver el sol. Me obligué a mirar a mi madre y a la de las raquetas de nieve. Fue un momento maravilloso e ininterrumpido. Admiraba la vida que habían llevado juntas y cómo habían decidido ponerle fin. Admiraba a Molly por no haber interferido.

La silla empezó a moverse, sin previo aviso. Fue un viaje de descenso tranquilo. Uno se siente expuesto en un telesilla cuando baja una montaña; algunas personas incluso sienten náuseas. Pero yo me agarré con fuerza a mis seres queridos. El viaje no iba a ser lo bastante largo para mí, tenía tanto que decirles.

—Tú también eres la única y exclusiva para mí, lo sabes, ¿verdad? —le pregunté a mi madre—. Realmente eres la única heroína, ¿sabes? No solo por el tiroteo de Gallows Lounge, al menos para mí —le dije a la de las raquetas de nieve. Disfrutamos del descenso; se acabaron las explicaciones.

Molly estaba allí para detener la silla en cuanto llegásemos. Vi a uno de los mecánicos del remonte bajando por Peril en una moto de nieve. Molly y el mecánico debían de estar hablando por radio. Se puede ver el Blue Ribbon Quad desde lo alto del Número Uno. El mecánico seguramente se había dado cuenta de que el Número Diez se estaba moviendo.

—Tengo dos cadáveres en la silla, Willy —le dijo Molly al mecánico—. Necesito el Spryte para llevarlos hasta la sala de primeros auxilios.

—¿Son Ray y la de las raquetas de nieve, Molly? —le preguntó Willy.

—Así es, Willy —dijo Molly—. Y el hijo de Ray, Adam, va con ellas. El niño está bien —le aseguró Molly.

—Me alegro de que estés bien, niño. Iré a buscar el Spryte, Molly —le dijo el mecánico del telesilla. Yo sabía que el Spryte era una cosa fea: una camioneta de nariz chata sobre dos orugas.

En la sala de primeros auxilios, Molly y yo esperamos a que llegara la ambulancia. Los pisteros que trabajaban ese día empezaron a aparecer por la sala a las siete de la mañana, solo un par al principio, media docena a las ocho y una docena a las ocho y media. Los pisteros eran «unos chismosos», me advirtió Molly.

—Harán preguntas, niño. Nos alegraremos cuando llegue la ambulancia, que vendrá de Londonderry —me dijo la vieja pistera—. Intervendrá la policía estatal —dijo Molly, pero no presté atención al resto de las cosas de las que me habló. No necesitaba saber cómo el forense iba a «liberar los cuerpos». *¿Liberarlos de dónde?*, me pregunté. El Blue Ribbon Quad, el Número Diez, no abriría hasta las nueve, me dijo Molly; aunque solo lo dijo para oírse a sí misma decir algo. Estar sola con aquellos silenciosos cuerpos la estaba matando. Me limité a abrazarla. Molly recitó el protocolo, pero ella sabía muy bien que el resto de los detalles no importaban.

48
Cinco años, cuatro películas

Finales de enero es la época más fría del año en la montaña Bromley; es decir, aquellas dos habían elegido una noche perfecta para morir congeladas. No me equivocaba al imaginar que la pequeña profesora de inglés me dejaría algún mensaje escrito, además de lo que mi madre y la de las raquetas habían escrito en la nieve: la escena que ambas compusieron con tanto arte en lo alto del telesilla Número Diez.

Hacía solo una semana que mi madre y el señor Barlow no estaban, cuando Grace dijo que no veía ninguna razón por la que no pudiéramos ir los tres a Aspen; mantuvo nuestra reserva para una suite en el Jerome.

—Dile a Grace que vaya sola a Aspen, pero si insiste en llevarse a Matthew, tú deberías ir con ellos —me dijo Em. Sin querer generalizar sobre el tema de los fantasmas con Em, sospechaba que todavía era demasiado pronto para que apareciera el fantasma de mi madre; allí donde Pequeña Ray pudiera hacer acto de presencia. Em no había olvidado la sincera súplica de mi madre de que la sacara del Jerome, si es que acababa allí, pero para ella la prioridad absoluta era Matthew—. Dile a Grace que reserve una segunda habitación. Grace puede ocuparse de sus asuntos con Paul Goode, y tú de tus fantasmas. Matthew y yo tendremos nuestra propia habitación, de ese modo, ningún fantasma se acercará al niño si está conmigo —dijo Em.

—Las cosas ya son lo bastante raras con Em —fue la primera respuesta de Grace a la idea de que Em viajara con nosotros—. Además, es demasiado tarde para reservar una segunda habitación en el Jerome.

Tras la muerte de mi madre y del señor Barlow, una nube negra se cernió sobre nuestra casa de East Dorset. Todos le habíamos pedido a Molly que se quedara con nosotros, pero la vieja pistera quiso estar sola en la casa de Manchester. La teoría de Em era que Molly quería revisar las cosas de Pequeña Ray, como Em había hecho con las de Nora.

—Lo que deberías hacer, escritor a mano, es volver a escribir. Eso es justo lo que te diría la de las raquetas de nieve —dijo Em.

Hacía tiempo que no me sentaba a mi escritorio; ni siquiera les eché un vistazo a mis cuadernos después de la primera semana de ausencia de mi madre y Elliot Barlow. Como había dicho Molly, lo que estaba escrito en la nieve estaba claro, pero era propio de Elliot tener algo más que decir; lo normal era que la pequeña profesora de inglés dejase una cita literaria que hablara por ella.

El cuaderno en el que había estado escribiendo últimamente yacía abierto sobre mi escritorio. En el espacio en blanco debajo de la última frase que había escrito, con la pequeña pero perfecta caligrafía de la experimentada correctora en la que se había convertido, Elliot Barlow había citado a Herman Melville. Se trataba del inicio de una larga frase que la de las raquetas de nieve sabía que yo reconocería. Era uno de los pasajes que mi abuela me había repetido cuando me leyó *Moby-Dick*, un pasaje que más tarde me pidió que le leyera yo a ella. «La muerte no es más que verse lanzado a la región de lo extraño no conocido», eso era todo lo que el señor Barlow había escrito en mi cuaderno, aunque la frase prosigue: «lo inmensamente Remoto, lo Salvaje, lo Acuático, lo que No tiene orillas».

Le mostré a Em lo que había escrito la de las raquetas, sin mencionar lo remoto, salvaje, acuático o sin orillas. Para una escritora como Em —que esperaba sufrir algún tipo de conmoción antes de leer por fin *Moby-Dick*—, pensé que «la región de lo extraño no conocido» podría ser suficiente conmoción.

—Tengo intención de leer esa novela algún día —fue la respuesta de Em; no estaba lo suficientemente conmovida como para empezar a leer a Melville.

Al igual que yo, Em había supuesto que la de las raquetas le dejaría algo *escrito*. Resultó que la pequeña profesora de inglés había dejado algo más que una cita literaria para Em: el abogado que se ocupaba de la herencia de Elliot Barlow se puso en contacto con ella. Em era una de las beneficiarias del testamento de Elliot Barlow, quien le había legado el apartamento del difunto escritor en la calle Sesenta y cuatro Este.

Grace declaró que Em era «rica en propiedades», ya que había heredado inmuebles tanto en el centro de Toronto como en el Upper East Side de Nueva York.

—Si tu nueva novela no es el gran éxito que creo que va a ser, puedes deshacerte de la casa de Toronto. El apartamento de Elliot es pequeño, pero la gente mataría por tener un *armario* en el Upper East Side —le dijo Grace a Em con esa seguridad en sí misma que caracteriza a los neoyorquinos. Grace nunca había estado en Toronto, pero estaba convencida de que Nueva York era superior a cualquier otra ciudad del mundo, y a Em le habían entregado un apartamento en el Upper East Side.

A decir verdad, Grace no era la única que creía que Em nunca se mudaría a Canadá, como a veces había amenazado con hacer. A mí me parecía una cabezonería que Em se negara a vender la casa de Toronto, pero insistía en que quería tener un lugar adonde ir si alguna vez abandonaba Estados Unidos. Hacía tiempo que no veía a Em hacer el gesto de la gaviota: los brazos extendidos como las alas inmóviles de una gaviota, lo que le servía para dar a entender que estaba pensando en volver a Canadá. Sin embargo, una gaviota a la deriva también era la forma que tenía Em de simular el famoso *laissez-faire* de Ronald Reagan respecto a la epidemia del sida; eso era lo que significaba la gaviota de Em para la mayoría de los espectadores habituales del Gallows Lounge. A decir verdad, Grace siempre fue la principal defensora de los escritos de Em.

Cuando mi madre enfermó y la de las raquetas y Em dejaron Manhattan para establecerse en Vermont, Grace presentó a Em a los libreros de Northshire. Grace se encargó de que la librería tuviera en su lista de libros pendientes el futuro libro de Em antes de que ella llegara a la ciudad. Grace les había estado diciendo a los libreros que la nueva novela de Emily MacPherson iba a ser toda una revelación.

—Deberías irte a vivir con Em —me dijo Grace; también se lo dijo a Em—. Los escritores de ficción sois nómadas, no os importa dónde vivís —nos dijo Grace—. Si intentarais vivir juntos, podríais ser felices de verdad, para variar —dijo Grace con ese aire suyo tan neoyorquino, tan segura de sí misma.

Mi futura exesposa se convirtió de ese modo en nuestra casamentera.

—Que Em y tú estuvieseis juntos sería la mejor transición posible para Matthew. Os conoce y os quiere a los dos. Y, a tu edad, no importa realmente que Em y tú no tengáis relaciones sexuales, aunque tal vez algún día os las arregléis para encontrar la manera de tenerlas —me dijo Grace—. Em tiene más de sesenta años, ya lo sabes, y tú tienes cincuenta y cuatro —dijo Grace. Grace iba camino de los cuarenta. No parecía preocupada por sus propias circunstancias, es decir, teniendo en cuenta cuál *sería la mejor transición para Matthew.* Aunque acordamos que venderíamos la casa de East Dorset, Grace no aclaró nada sobre dónde pensaba vivir ella con Matthew, si se quedarían en Vermont o se mudarían a Manhattan—. Tú y Em podríais vivir en Nueva York. Seguramente, acabaréis allí en cualquier caso —dijo Grace. Parecía tener más claro lo que Em y yo debíamos hacer que lo que tenían que hacer ella y Matthew.

—También tengo que pensar en Molly —le recordé a Grace.

—Molly tiene setenta y cinco años, casi setenta y seis —fue todo lo que Grace dijo sobre Molly, como si la vieja pistera fuera demasiado vieja como para tener que estar pendiente de ella.

A Em y a mí nos preocupaba Molly y nos invitamos a nosotros mismos y a Matthew a una cena temprana en la casa de Manchester, una noche en que Grace estaba en Nueva York.

—Seguro que Molly se ha rodeado de la ropa de tu madre. Es posible que esté durmiendo con la ropa de tu madre. Una semana después de que Nora muriera, te puedo asegurar que yo dormía con su ropa —me dijo Em.

Molly nos dijo que fuéramos antes de la hora de la cena, así podría ayudarla a cocinar. Cuando Em, Matthew y yo llegamos, vimos pilas de ropa de Pequeña Ray ordenadas sobre el futón de la sala de la tele y también en la cama del dormitorio de Molly y de mi madre. Los montones estaban bien organizados: los pantalones con otros pantalones, los jerséis de manga larga y los jerséis de cuello alto juntos, las blusas separadas de las faldas y los jerséis. Si la vieja pistera había pasado por la fase de dormir con la ropa de mi madre, ya lo había superado. La ropa estaba allí para que Em se la probara. Mientras Molly y yo trajinábamos en la cocina, Matthew se divertía vistiendo a Em o, como decía él, «ayudándola» a probarse la ropa de su abuela.

—Encontré una foto de tu madre: estaba debajo de unos viejos pantalones de esquí que nunca se ponía —me dijo Molly en la cocina. La foto estaba colocada en un cuenco de manzanas sobre la encimera, a una distancia prudencial de los fogones y la tabla de cortar.

En la foto, en blanco y negro, reconocí el jersey y el gorro de esquí a juego, pero el jersey le quedaba demasiado ajustado y el pompón del gorro de esquí era demasiado femenino para el estilo de deportista que mi madre admiraba al final de su adolescencia y principio de la veintena. En la dejadez de una oscura habitación de aire victoriano con ventanas altas, pude discernir lo que acabaría convirtiéndose en el restaurado Hotel Jerome. Molly no había encontrado la foto debajo del jersey de esquí que llevaba mi madre en Aspen en 1941, cuando Pequeña Ray tenía dieciocho años, casi diecinueve.

Yo ya había visto ese jersey. Era demasiado grande para los hombros de aquel pequeño muchacho que sostenía la pala quitanieves. Y el pompón del gorro era demasiado infantil para aquel chico, aunque mi madre nos había dicho a Molly y a mí que el muchacho que no podía apartar los ojos de ella habría sido una chica guapa.

—Supongo que son el jersey de esquí y el gorro que tu madre le regaló a aquel chico que era un poco más pequeño que ella, aquel con el que no dijo que se había acostado; al menos, no al principio —me recordó Molly—. Lo recuerdas, ¿verdad, niño? —me preguntó la vieja pistera.

—Lo recuerdo —dije.

—Solo es una suposición, niño, pero si le enseñas esta foto a Paul Goode, seguro que se acordará de Ray y de su jersey y su gorro —dijo Molly.

En la foto en blanco y negro, mi madre era la más pequeña y joven de sus compañeras de esquí, hacinadas en un dormitorio del Jerome; una compañera del equipo, seguramente, fue la que hizo la foto. Pequeña Ray es la única esquiadora que mira a la cámara. Sonríe como si estuviera posando para un retrato en medio del caos que conforman sus compañeras de equipo.

A los dieciocho años, la tranquilidad de mi madre y la naturalidad de su sonrisa nos hicieron imaginar a Molly y a mí que mi madre ya había tomado una decisión. «Aspen. Marzo de 1941», había escrito Pequeña Ray en el reverso de la foto.

—Mira su sonrisa: ya lo ha conocido, niño —me dijo la vieja pistera en la cocina. Podíamos oír los chillidos de Matthew mientras Em se probaba la ropa de Pequeña Ray. Lo que Molly quería decir era que mi madre ya había conocido al chico que se convertiría en mi padre. Había conocido a ese chico que todavía no se afeitaba, el que le daría lo que quería, su único y exclusivo hijo, sin ataduras.

Molly tenía más cosas que enseñarme, pero no de mi madre. La vieja pistera no había necesitado en ningún momento que adelantáramos la hora de llegada a su casa para ayudarla a cocinar. Molly estaba asando un pollo en el horno; las patatas, las cebollas y las zanahorias también estaban ya metidas en el horno. Había preparado la cena antes de que llegáramos. Molly sabía que Matthew estaría entretenido «ayudando» a Em a probarse la ropa de mi madre. La vieja pistera quería estar a solas conmigo en la cocina. Es posible que los pisteros conformen una familia, que presten atención a lo que les ocurre al resto de los miembros de la patrulla de esquí. O, tal vez, Molly era única entre los pisteros: seguía muy de cerca las noticias, no solo las relacionadas con botas y trineos.

—Esas dos pisteras murieron con tu amiga Monika, por si no lo sabías, niño —me dijo Molly mostrándome un recorte de prensa. El titular era objetivo y conciso:

UN ACCIDENTE EN LA CARRETERA 82 ACABA CON LA VIDA DE TRES PERSONAS.

Habían chocado contra una quitanieves. Las tres mujeres venían de Woody Creek y arreciaba una tormenta invernal. Volvían a Aspen por la carretera 82; conducción nocturna, ventisca. Monika acababa de dejar atrás el aeropuerto de Aspen/Pitkin County cuando su coche se desvió hacia el carril contrario. El conductor de la quitanieves no sufrió heridas graves. La policía estatal dijo que las tres mujeres no llevaban puestos los cinturones de seguridad. A Monika la describían como «la esquiadora austriaca residente en Aspen»; a Nan y Beth, pisteras de Aspen Highlands desde hacía mucho tiempo, las denominaban «nativas de Aspen». Era un periódico local, las tres amigas fueron tratadas con respeto. «Es posible que el alcohol tuviese algo que ver», fue todo lo que el reportero se aventuró a decir sobre los conocidos hábitos de aquellas tres mujeres. Había una foto del coche hecho papilla. En la foto de Monika Behr con Nan y Beth, a las tres amigas se las veía más jóvenes de lo que eran cuando las conocí.

Las cadenas de televisión deportivas no iban a tratar con benevolencia a Monika Behr. Viéndolo en retrospectiva, señalaron la semilla de la conducción temeraria de Monika en su accidente en el descenso femenino de Cortina: repitieron de manera incesante la caída a cámara lenta que puso fin a su carrera. El vídeo en el que se ve el cuerpo inmóvil de Monika cuando se la llevaron en helicóptero de la pista se percibe como un presagio de su cadáver siendo retirado del lugar del accidente bajo la ventisca en la carretera 82.

—Cuando me muera —me había dicho Monika—, quiero que me tumben sobre las sábanas del Hotel Jerome; no me importará si están limpias o no.

«Me pregunto si existen reglas para los fantasmas», había escrito en el guion de *Loge Peak*.

—Personalmente, odio a los niños —me dijo Monika en su gimnasio de Aspen.

—Quieres decir como esquiadores... —le contesté, porque habíamos estado hablando del esquí en Buttermilk.

Monika Behr me lo dejó bien claro.

—Quiero decir en general —dijo. Las ratas de gimnasio de The Last Run se rieron; sabían que Monika no bromeaba.

Molly sabía que me había portado mal en Aspen, en el Hotel Jerome. No le había enseñado mi guion de *Loge Peak;* Molly no era una gran lectora. La vieja pistera sabía que había conectado con Clara Swift en la sala de desayunos del Jerome; eso hizo que Molly me pareciera clarividente.

—No me encontrarás allí desayunando —decía siempre.

Mientras tanto, Matthew se lo estaba pasando mejor que Em, pues ella no disfrutaba probándose la ropa de mi madre. Es posible que Molly estuviera dispuesta a deshacerse de la ropa, pero Em no se sentía cómoda poniéndosela. Sabía que Em temía volver a Nueva York, al apartamento que había heredado de Elliot Barlow.

Em recordaba su vida con la ropa de Nora, después de que Nora muriese. En Nueva York, Em lo sabía, le esperaba la ropa de la pequeña profesora de inglés.

Entre la foto de mi madre con el jersey de esquí y el gorro que le regaló a Paul Goode y la noticia sobre el fatal accidente de coche de Monika Behr, me encontraba en un estado de ánimo estilo Aspen. Me di cuenta de que Em no estaba mucho mejor. Entre la ropa de mi madre, Em había encontrado algunas prendas de invierno para llevárselas. Nos fuimos con Matthew a casa y lo acostamos. Cuando Em y yo íbamos a meternos en la cama, le enseñé la instantánea de mi madre con el jersey ajustado y el gorro de esquí con el pompón. También le enseñé el recorte de prensa sobre Monika Behr.

Tiempo después, pensaría en Monika Behr como la novia que menos posibilidades tuvo de casarse conmigo. Pero, en aquel momento, aún no había conocido a su fantasma. Solo suponía que Monika Behr sería un fantasma malo.

«En aquel momento, no podía imaginar qué me traería de vuelta a Aspen y al Hotel Jerome», escribí cinco años antes de saber que iba a volver.

Era la última voz en *off* que había escrito en mi guion inacabado de *Loge Peak.*

—¿Cómo lo sabías? Es espeluznante —me dijo Em cuando ya estábamos tumbados en la oscuridad.

—Simplemente sonaba bien como voz en *off* —le contesté.

—Esa es una respuesta sobre *escritura.* No te estaba preguntando por el guion —me dijo Em. Se refería a que yo debía *saber* que volvería a Aspen y al Hotel Jerome.

—No sé cómo lo supe —le dije a Em.

—Pues eso es todavía más espeluznante —comentó Em.

En cuanto a lo de *todavía más espeluznante,* durante las dos primeras semanas de febrero, antes de irnos a Aspen, Grace estuvo viendo las películas de Paul Goode en el televisor de nuestra habitación. Tenía las cintas de VHS apiladas en su mesilla de noche. Grace veía las películas de Paul Goode solo por la noche, cuando se metía en la cama.

En los cinco años transcurridos desde que Clara Swift saltó del telesilla de Loge Peak, en Aspen Highlands, se habían estrenado cuatro películas de Paul Goode. *Avenida Ocean* estaba en fase de posproducción, y *Un fin de semana cualquiera* estaba en fase de preproducción cuando Clara Swift saltó al vacío. En ese momento, Paul Goode también tenía un acuerdo para rodar *Olvidar Nebraska,* cuyo guion ya había escrito. Después estaba *Rozando el aro,* que se acababa de estrenar.

El armario y la cómoda de la habitación de invitados que había ocupado no eran lo bastante grandes para toda mi ropa de invierno, a pesar de que la ropa que Em había traído consigo de Nueva York y las prendas de invierno que había recuperado de mi madre estaban en otra habitación de invitados. Volvía una y otra vez a la habitación de Grace y a la mía para llevarme más ropa; intentaba hacerlo cuando Grace no estaba, o al menos cuando estaba despierta. Era desconcertante verla profundamente dormida con una película de Paul Goode en la pantalla del televisor. Por eso volví a ver la pequeña pero inquietante escena de *Avenida Ocean:* el *flashback* cerca del final de la película, cuando la pareja condenada arregla su matrimonio, lo que los lleva a matarse el uno al otro. Era una pareja fuera de control, una relación como un trineo descontrolado descendiendo por una montaña.

Hay una larga toma del muelle de Santa Mónica, mirando hacia el sur a lo largo de la playa, abarrotada de gente al final de la tarde. Adoptamos el punto de vista de Paul Goode mientras nos acercamos a la expelirroja cañón, ahora un poco desmejorada. Está sentada en la arena con las rodillas pegadas al pecho, mirando al mar. Paul Goode entra en escena y se sienta detrás de ella; se desplaza hacia ella sobre la arena, como un cangrejo. La pelirroja sabe que está ahí y, a regañadientes, se acerca a él. Él se acerca a ella, hasta que en un momento dado parecen dos personas sentadas en un trineo, pegadas la una a la otra, mientras el trineo imaginario acelera y la música sube de volumen. La escena me dio escalofríos. Mi padre debía de tener sesenta y cinco años, edad suficiente para ser el padre de la pelirroja perjudicada.

—¿Qué quieres? —preguntó Grace de repente, dirigiéndose a mí, o bien a alguien con quien estaba soñando, porque estaba profundamente dormida. Volví al dormitorio de invitados, donde me metí en la cama con Em. Le conté lo sucedido. Em conocía la escena del *flashback* de *Avenida Ocean.*

—Tendrás otra oportunidad de disfrutar de una vida normal. Comparada con esto, mi vida con la de las raquetas era normal —dijo Em abrazándome.

—Toda criatura quiere tener una vida normal, ¡incluso un pulpo! —me había dicho Pequeña Ray.

La noche del *flashback* de *Avenida Ocean,* le dije a Em que estaba preocupado por Molly, sola en la casa de Manchester con todas esas armas.

—Molly no se pegará un tiro. Nunca nos dejaría semejante lío para que uno de nosotros se ocupase de todo —me aseguró Em.

En febrero, una noche en que Grace estaba despierta, vimos juntos el final de *Un fin de semana cualquiera.* Llevaba un montón de ropa en los brazos y me iba a marchar cuando Grace me dijo que me quedara.

—Tienes que ver el final. Es la peor escena de la historia.

—Ya la he visto —le recordé.

—Tendrías que volver a verla. Todos los escritores tendrían que verla una y otra vez —me dijo Grace.

Desde una puerta medio abierta, la rubia de aspecto cansado observa el coche aparcado en el camino de entrada. Se oye una canción de amor mientras Paul Goode baja del coche y abre la puerta trasera a una niña. Paul se arrodilla en el camino de entrada y se despide de la niña con un beso. La niña se esfuerza por no llorar mientras él la ayuda a colocarse la mochila. Paul acompaña a la niña hasta la puerta abierta. La rubia no sale de la casa. La niña corre hacia el interior sin volver la vista atrás para mirar a su padre. La mujer nunca mira a Paul, se limita a cerrar la puerta en cuanto entra su hija. Paul Goode tarda un par de segundos en calmarse. La canción de amor se va silenciando mientras vuelve al coche.

—Así seremos nosotros —me dijo Grace.

—Nosotros no seremos así. Hemos acordado la custodia compartida —le recordé.

—Así seremos nosotros. Así nos sentiremos —dijo Grace.

Antes, Grace no solía ver en la tele a la terrible Paige como-se-llame, la periodista de cine del programa de cotilleos de Hollywood, pero ahora Grace la veía todas las noches. La vida amorosa de mi padre le interesaba mucho a Paige... y también a Grace. Y Toby Goode tenía ahora diecinueve años, un chico propenso a meterse en líos. A Paige también le interesaban los problemas de Toby.

Hubo una noche en la que Grace asistió absorta a una entrega de premios en un festival de cine en Europa; no era uno del que hubiera oído hablar. Dios sabe por qué Paige estaba allí, pero Paul Goode también estaba. Iba acompañado por una chica con un vestido que tenía un escote kilométrico; podías perderte en aquel escote. Mi padre debía de tener setenta años, o no iba a tardar en cumplirlos. La chica con las tetas que se le salían del vestido era lo bastante joven como para ser su nieta.

—Es Paul Goode —susurró Paige a la cámara—. ¡Échenle un vistazo a la ninfa que va con él!

Mi padre sonrió con los labios apretados cuando Paige le llamó.

—¡Paul! ¡Habla conmigo, Paul! —le llamó Paige, pero mi padre y la ninfa siguieron su camino por la alfombra roja, sin detenerse ante Paige, los fotógrafos o las cámaras de televisión.

Otra noche, Grace se quedó igualmente pasmada cuando se enteró, gracias a que Paige dio la noticia desde un club de comedia de West Hollywood, que un portero había detenido a Toby Goode, menor de edad, por haber mostrado un carné falso. Toby iba acompañado por alguien a quien Paige denominó «una mujer mayor»; aunque resultó que no era mucho mayor que él. La cita de Toby tenía más de veintiún años, lo bastante mayor para beber alcohol.

—De tal palo, tal astilla —cacareó Paige.

—Ella no tiene hijos —dijo Grace.

«Pobre chico... Esa escoria de periodistas deberían dejar tranquilo al hijo de Paul Goode», pensé. No quería saber lo que Grace estaba pensando. Si lo que estaba haciendo era imaginar, como sabía que estaba haciendo, unas posibles memorias de Paul Goode, quizás pensara que cuanta más disfunción hubiera en su familia, mejor.

Vi a Otto y Billy una noche, muy brevemente. Los dos guardaespaldas aparecieron en el programa de cotilleos de Paige. Los *paparazzi* bloqueaban la entrada de un restaurante de Santa Mónica y una limusina se detuvo en la acera. Otto salió del asiento del conductor y Billy abrió la puerta trasera para que salieran Paul y Toby. Era de noche, pero padre e hijo llevaban gafas de sol. Otto se abrió paso entre los *paparazzi*.

—Aquí llegan los chicos malos, y no me refiero a los guardaespaldas —canturreó Paige, justo en el momento en que Billy miró hacia la cámara de televisión; su mano cubrió el objetivo y se hizo la oscuridad.

—¿Esos dos matones van siempre con él? —me preguntó Grace.

—Eso creo —respondí.

Cuando escribes guiones que no se ruedan, pierdes el sentido del humor con respecto a las películas malas que sí llegan a rodarse, como *Olvidar Nebraska.* Grace se durmió hasta el final de esa película; con buen criterio por su parte. Como soy un poco masoquista, siempre veo el final.

La cámara cruza el porche abierto de una granja destartalada en la pradera. A través de una puerta mosquitera, vemos cómo retiran los platos de la cena en la mesa de la cocina. Dos niños pequeños salen por la puerta mosquitera y se suben a la barandilla del porche. A lo lejos, algo llama la atención de los niños. Uno de ellos mira fijamente, pero el mayor de los dos vuelve corriendo al interior, para ayudar a salir a un anciano. El anciano mira fijamente a lo lejos y luego se sienta en una silla en el porche; de hecho, se desploma en la silla mientras la música se desvanece. Más allá de la carretera asfaltada, en línea recta a través de las tierras de labranza, un coche polvoriento gira para enfilar el camino de tierra que conduce a la granja.

Una anciana atraviesa la puerta mosquitera y se sienta en una silla junto al anciano. Los niños esperan sentados en la barandilla del porche. Por último, una morena despampanante sale por la puerta mosquitera y baja los escalones del porche. (En principio debía ser Clara Swift, pero aquello no funcionó.) La morena parece más agotada incluso que la pelirroja de *Avenida Ocean,* como si vivir con Paul Goode, o simplemente echarle de menos, pasara factura. La morena escurre un paño húmedo antes de darse cuenta de que todo el mundo está mirando hacia un punto concreto: el coche que se acerca. Como si una mano invisible la hubiera empujado, se deja caer y se sienta en los escalones del porche. Se limpia las manos en el delantal y piensa en arreglarse el pelo, pero luego ni se molesta en hacerlo. Parece como si hubiera renunciado a su aspecto físico y a todo lo demás. La anciana se levanta de la silla. Insta al anciano a levantarse también y lo empuja a través de la puerta mosquitera hasta la cocina. Luego, la anciana hace entrar a los niños, que se quejan, arrastrando los pies. La morena se queda sola en los escalones del porche y la música sube de volumen.

Cuando el coche se detiene, vemos las caras de los soldados que están dentro; intentan no mostrarse boquiabiertos ante la impresionante pero agotada morena. Solo uno de ellos sale del coche y saca una bolsa del maletero. Paul Goode es el soldado que regresa. La agotada morena permanece sentada en los escalones, retorciendo el paño de cocina entre las manos; mira al suelo, no al soldado. (¿Se debe a que Paul Goode fue a la guerra siendo un joven veinteañero y —tras dos periodos de servicio en Vietnam— ha vuelto a casa con el aspecto de un tipo que roza los setenta años?)

Paul Goode se despide de sus amigos más jóvenes con un gesto de la cabeza; saben que no deben quedarse por aquí. Cuando el coche se marcha, Paul se sienta junto a la morena en los escalones del porche. Le pone la mano en el regazo, con la palma hacia arriba, sin mirarla. Tal vez piense que parece agotada, pero debe de tener unos treinta o cuarenta años menos que él. La morena deja caer el trapo y le toma la mano entre las suyas. Apoya la cabeza sobre el hombro de él. Las caras de los viejos y de los niños están tras la puerta mosquitera, observándolos. Grace seguía dormida. En la pantalla del televisor de nuestro dormitorio, fundido a negro. Surgen los créditos finales de *Olvidar Nebraska*.

Habían estrenado una nueva película de Paul Goode en Aspen cuando me registré en el Jerome con Grace y Matthew. Me habría encantado que *Rozando el aro* fuera una película porno gay, en la que Paul Goode saliese del armario tardíamente; no hubo suerte. *Rozando el aro,* cómo no, es una película sobre baloncesto. Es más creíble pensar que Paul Goode podría ser gay que imaginar que alguna vez fue lo suficientemente alto para jugar al baloncesto. Es ridículo imaginar que mi padre pudiera entrenar a un equipo de baloncesto, incluso a un equipo femenino de instituto. Pensar que un mequetrefe como Paul Goode podría ser entrenador de baloncesto es incluso mostrarse condescendiente con las chicas de instituto, por no mencionar que resulta degradante para las chicas de instituto discapacitadas. (Esa fue mi primera impresión de *Rozando el aro,* y eso que solo había visto el tráiler de la película.)

49
No era un fantasma

EXT. ACERA DE ASPEN, CINE ISIS, E. HOPKINS. ANOCHECER.

Los ladrillos rojos del Isis recuerdan al Jerome. El cartel de la película *Rozando el aro* aporta una nota discordante: el choque de la cultura contemporánea con la fachada del viejo edificio.

ADAM (V.O.)

Cinco años después, mi padre volvió al Isis.

En el póster, Paul Goode rodea con el brazo a una adolescente con ropa de baloncesto. Podrían ser padre e hija —más bien, abuelo y nieta—, pero si están emparentados, ¿cómo es que la chica es tan alta? La parte superior de la cabeza de Paul está a la altura de los anchos hombros de ella.

ADAM (V.O.)

En el tráiler, queda claro que Paul Goode y la chica son entrenador y jugadora. Pero el tráiler es engañoso: ¡la chica está en silla de ruedas! Al parecer, Paul Goode entrena a chicas discapacitadas que juegan al baloncesto.

La agotada morena del póster —donde Paul Goode centra el interés romántico— debe de ser la madre de la jugadora de baloncesto. La madre es tan alta como la hija adolescente.

Cargada con demasiadas bolsas de la compra, GRACE se detiene a descansar en la acera de E. Hopkins; observa el póster de *Rozando el aro.*

ADAM (V.O.)

Había oscurecido cuando llegamos al Jerome en nuestro primer día en Aspen. Matthew estaba ansioso por explorar el hotel, pero Grace quería ir de compras a cualquier parte, siempre que las tiendas estuvieran abiertas. Ella se fue de compras y yo le di a Matthew una vuelta por el Jerome.

RETROCEDIENDO: Otto y Billy se han detenido en la acera de E. Hopkins, observando cómo Grace se esfuerza por agarrar todas sus bolsas de la compra.

OTTO

¿Deberíamos ayudar a esa señora a llevar sus cosas?

BILLY

Si va al Jerome, la ayudaremos a llevar sus cosas.

Cuando Grace sale del Isis, los guardaespaldas la siguen.

OTTO

Esa señora se parece a Clara.

BILLY

Solo parece agotada.

OTTO

Clara parecía agotada.

BILLY

Clara parecía muerta.

OTTO

Dios mío...

BILLY

Clara aparentaba cuarenta y cinco años... En las mujeres, cuarenta y cinco años es estar agotada.

OTTO

Esa mujer aparenta cuarenta, ¿no te parece?

BILLY

En las mujeres, cuarenta es estar agotada.

OTTO

Dios mío...

A Grace se le cae una bolsa; al intentar recogerla, se le cae otra. Otto se adelanta para ayudarla, Billy le sigue de mala gana.

ADAM (V.O.)

Grace reconoció a los guardaespaldas, porque los había visto en el programa de Paige como-se-llame. Estoy seguro de que no se detuvo a hablarles hasta llegar al Jerome.

Otto acaba cargando con la mayoría de las bolsas de la compra. Billy solo lleva una o dos. Grace habla o hace preguntas sin parar, pero solo oímos la voz en *off* de Adam. Empieza muy suavemente, pero también oímos la música *country* que suena en el J-Bar.

INT. ANTLER BAR, HOTEL JEROME. NOCHE.

Adam está mostrándole a MATTHEW las cabezas disecadas de los animales: un ciervo, un búfalo, un alce, un borrego cimarrón de las Montañas Rocosas. La canción *country* suena un poco más alto, pero no oímos lo que dicen Adam y Matthew, tan solo la canción y la voz en *off* de Adam.

ADAM (V.O.)

Grace les dijo a los guardaespaldas que tenían el trabajo menos aburrido del mundo. Pero ¿qué pasaba con todas esas *mujeres* locas?, podría haberles preguntado. Montones de mujeres locas, la mayoría *jóvenes,* según el punto de vista de Grace.

EXT. HOTEL JEROME, E. MAIN. NOCHE.

En el cruce de las calles E. Main y Mill, Grace y los guardaespaldas esperan a que el semáforo se ponga verde. Otto es tímido, no habla, pero asiente a lo que Grace le dice. Billy trata de ser agradable, pero le dice a Grace todo lo que ella quiere saber.

ADAM (V.O.)

En su mayoría mujeres jóvenes, sin duda, le dijo el guardaespaldas que no dejaba de hablar.

Como no carga con nada, Grace tiene las manos libres para rebuscar en su bolso un par de tarjetas de visita, que entrega a Otto y Billy cuando el semáforo les permite cruzar. Otto lleva tantas bolsas que no tiene ninguna mano libre; acepta la tarjeta de visita de Grace y la sujeta entre los dientes.

ADAM (V.O.)

Conociendo a Grace, seguro que les dijo que era editora y que estaba interesada en publicar las memorias de Paul Goode.

En la entrada del Jerome, los guardaespaldas no le entregan las bolsas de la compra de Grace al PORTERO VAQUERO que permanece fuera sin nada que hacer. El portero no ve a la chica hippy alta que lleva un jersey de esquí sobre uno de cuello alto; está pateando un montón de nieve junto a la entrada, pero no tarda en perder el interés por esa actividad. Acecha al portero vaquero, que no la ve; se levanta el jersey y el de cuello alto para mostrarle sus pechos desnudos.

ADAM (V.O.)

Vi a esa hippy alta cuando llegamos al hotel. Ahora es un fantasma. No todo el mundo la ve.

La chica hippy sigue haciendo cabriolas alrededor del portero vaquero, mostrándole sus poco valorados pechos.

EXT. PISCINA Y JACUZZIS, HOTEL JEROME. NOCHE.

Adam y Matthew no llevan ropa de exterior; no permanecen mucho tiempo al calor del vapor que sale de los jacuzzis y de la piscina climatizada. Fuera hace frío. Nadie nada en la piscina, pero Lex Barker parece nervioso en los jacuzzis. Adam vigila de cerca a Matthew, para asegurarse de que su hijo no ve fantasmas, pero Matthew no se percata de la presencia de ese fantasma en concreto. Al chico, el Tarzán semidesnudo, propenso a esperar lo peor en el agua, le resulta totalmente ajeno.

ADAM (V.O.)

Crucé los dedos esperando que Matthew no viera fantasmas. Hasta ahora, todo iba bien, eso era lo único que pensaba. Pero recordé lo que me dijo Monika: «No todos los fantasmas son vistos por todo el mundo». Dijo que esa era la única generalización que tenía clara sobre los fantasmas.

INT. ASCENSOR, HOTEL JEROME. NOCHE.

Grace y los dos guardaespaldas que llevan sus bolsas de la compra no ven al vaquero desamparado que carga con su montura ni al otro fantasma que va con ellos. Clara Swift va vestida igual que la mañana en que conoció a Adam en la sala de desayunos del Jerome: la misma falda y el mismo jersey; el jersey que no se decidía a desabrocharse o a meterse por dentro. Su fantasma ha decidido meterse el jersey por dentro. Clara no puede mirar a Otto y Billy.

ADAM (V.O.)

«Aspen nunca fue una ciudad fácil para los vaqueros», me dijo Monika. Me dio pena ver a Clara Swift en el ascensor con el vaquero. A ella también le dio pena verme. Aspen nunca fue una ciudad fácil para Clara. Me pareció una perversión que anduviera por ahí con el vaquero desubicado, y que siempre llevara la misma ropa que cuando se enrolló conmigo.

INT. VESTÍBULO, HOTEL JEROME. NOCHE.

El compañero de los voluntarios de Aspen de 1887, muerto hace mucho tiempo, sigue sentado, apuntalado, en un sillón acolchado junto a la chimenea; todavía sangra por sus antiguas heridas. La canción *country* ha cambiado, la nueva es más triste. Adam le enseña a Matthew las cabezas de ciervo, colgadas a ambos lados del gran espejo que hay sobre la chimenea. No hay nadie más en el vestíbulo. Matthew no ve al sangrante voluntario de Aspen.

ADAM (V.O.)

Intentaba mantener despierto a Matthew hasta la hora de cenar, pero el pobre estaba sufriendo los efectos del *jet lag.*

INT. J-BAR, HOTEL JEROME. NOCHE.

La canción *country* del J-Bar impone un ritmo furioso y reverberante; el bar no está abarrotado. Aquellos dos mineros —los que volaron en pedazos colocando cargas de pólvora negra en la década de 1880— siguen de pie junto a la barra, el del trineo y su amigo. Los fantasmas superan en número a los ESQUIADORES, unos cuantos colgados de la pandilla *après-ski*. Los huéspedes del Jerome deben de estar cenando en otro lugar de la ciudad o en uno de los comedores elegantes del hotel.

ADAM (V.O.)

Una cena rápida en el J-Bar nos pareció una buena idea nuestra primera noche.

Cuando Adam entra en el J-Bar con Grace y Matthew, reconoce a los clientes habituales entre los fantasmas; estos saben que él puede verlos. El minero del bar alza su trineo. Los invisibles combatientes de indios —esos voluntarios de Aspen fuertemente armados sentados a una mesa junto a unos esquiadores despistados— miran a Grace con severidad. En una mesa de la esquina, el estoico ute no sonríe, todavía resentido por la revuelta de 1887. Jerome B. Wheeler hace compañía al ute; el buen hotelero saluda amablemente a Adam y a su familia.

ADAM (V.O.)

Debería haber sabido que habría nuevos fantasmas a los que tener en cuenta. Lamento que Monika viese a mi familia.

OTRO ÁNGULO: Monika Behr y sus compañeras esquiadoras, Nan y Beth, tienen su propia mesa, como siempre, a pesar de ser fantasmas. Cuando Adam las conoció, hace cinco años, rondaban la treintena, pero ahora parecen más jóvenes, más en forma, más deportistas: la muerte les ha sentado bien.

ADAM (V.O.)

Las esquiadoras bebían cerveza a buen ritmo; convertirse en fantasmas las había animado. La muerte revivió sus días de gloria, cuando competían. Me pregunté dónde estaba la silla de ruedas de Monika. ¿No se permitían sillas de ruedas en el más allá? Nunca aprenderé las reglas de los fantasmas.

Monika muestra poco interés por Adam, apenas le dedica una mirada superficial. Está más interesada en Grace y, sobre todo, en Matthew.

MATTHEW

¿Tienen hamburguesas?

GRACE

Claro que tienen hamburguesas.

MATTHEW

¡Quiero una hamburguesa!

ADAM (V.O.)

Habida cuenta de lo que Monika pensaba de los niños, resultaba desconcertante ver cómo observaba a Matthew. Una hamburguesa despertaría al niño, que estaba a punto de caer dormido.

INT. VESTÍBULO, HOTEL JEROME. MÁS TARDE ESA MISMA NOCHE.

En el vestíbulo del primer piso, cerca del ascensor y de las puertas de la piscina y los jacuzzis, está el fantasma de un NIÑO DESNUDO, temblando de frío. La canción *country* es ahora una elegía.

ADAM (V.O.)

El niño de diez años ahogado era uno de esos fantasmas a los que Monika había llamado «simples atracciones turísticas», «de los que todo el mundo ha oído hablar», me dijo, pero yo no había visto antes al niño desnudo.

RETROCEDIENDO: Adam y Grace, con Matthew, se acercan al ascensor, mientras el niño de diez años ahogado se aleja por el pasillo. Está claro que Grace y Matthew ven al niño temblando, pero no se dan cuenta de que es un fantasma.

GRACE

Es una irresponsabilidad dejar que un niño de esa edad vaya solo a la piscina, sobre todo por la noche.

MATTHEW

¿Por qué no lleva bañador?

GRACE

Deberíamos llamar a recepción.

La puerta del ascensor se abre, Adam y su familia entran.

INT. ASCENSOR, HOTEL JEROME. CONTINUO.

Acurrucada en un rincón del ascensor, usando la silla de montar del vaquero como almohada, Clara Swift está en brazos del vaquero. Matthew y Grace no los ven. Clara ignora a Adam y a Grace, pero mira con afecto a Matthew.

ADAM (V.O.)

Me produjo escalofríos el modo en que Monika había mirado a Matthew. Pero Clara Swift había sido madre. Debía de echar de menos a su hijo. No había nada espeluznante en el modo en que Clara miró a Matthew. Me dieron ganas de confesárselo todo, no a Grace, sino a mi padre.

La puerta del ascensor se abre, Adam y su familia salen.

INT. VESTÍBULO, HOTEL JEROME. CONTINUO.

Por el vestíbulo del tercer piso pasa otra de las «atracciones turísticas» de Monika: el fantasma de un MINERO DE PLATA. El desaliño del minero es más evidente para Grace que el hecho de estar asociado a un siglo anterior. Matthew también ve al minero. Al igual que su madre, Matthew no sabe que el minero es un fantasma. La elegía CONTINÚA SONANDO.

GRACE

(a Adam)

Por lo que me habías dicho sobre el Jerome —por no hablar del modo en que tu madre hablaba de él—, esperaba una clientela de más categoría.

Se acerca a ellos por el pasillo el fantasma de una SEÑORA EMPAPADA. Grace y Matthew dejan pasar al fantasma mojado, sin hacer comentario alguno. La elegía está llegando a su lúgubre conclusión.

ADAM (V.O.)

Era la doncella del hotel que murió de neumonía tras caerse a un estanque helado; seguía apareciendo para preparar las camas.

GRACE

¿Envían a una doncella empapada para preparar las camas?

MATTHEW

¿Por qué está mojada?

ADAM (V.O.)

Tal vez abrió el grifo de la ducha por error.

GRACE

Hay que llamar a recepción.

INT. DORMITORIO, HOTEL JEROME. MÁS TARDE ESA MISMA NOCHE.

Matthew duerme en una cama plegable, una cama individual, aunque más bien grande para un niño pequeño. Abraza a un osito de peluche.

RETROCEDIENDO: Grace y Adam duermen en una cama de matrimonio, está al lado de la cama plegable de Matthew, que tiene ruedas.

ADAM (V.O.)

Matthew quería su cama plegable en el dormitorio, junto a nosotros, no en el salón de nuestra suite, donde también dejé una luz encendida para él.

La puerta del salón está abierta, al igual que la del cuarto de baño, donde hay otra luz encendida, lo que proporciona al dormitorio luz suficiente para que Matthew se sienta seguro. Adam duerme en el lado de la cama más cercano a la cama plegable de Matthew. Entre las dos camas hay un estrecho pasillo de moqueta que sirve de camino al baño o al salón.

ADAM (V.O.)

El *jet lag* nos ha afectado a todos.

PRIMER PLANO: la cara de Adam, dormido. Se oye cómo bota una pelota de baloncesto, a alguien regateando con ella.

ADAM (V.O.)

En sueños, veo una y otra vez el tráiler de *Rozando el aro*.

INT. CANCHA DE BALONCESTO, GIMNASIO PEQUEÑO. DÍA.

No hay música ni diálogos, solo se oyen los botes del balón de baloncesto. UNA ADOLESCENTE en silla de ruedas practica su regate. Antes de que pueda lanzar a canasta, se le cae el balón del reposapiés de la silla de ruedas. El balón rueda fuera de la pista. La niña parece demasiado desanimada para ir a buscar el balón. Entonces oímos —ella también oye— cómo alguien bota el balón.

ADAM (V.O.)

Grace había leído críticas de *Rozando el aro*. La jugadora de baloncesto no es una discapacitada permanente. Se perderá la temporada de baloncesto de su último año de instituto, pero acabará recuperándose por completo.

Los asientos de las gradas están vacíos, pero la chica en silla de ruedas no está sola en el gimnasio: ve a Paul Goode acercarse a ella, botando una pelota de baloncesto. Paul va vestido de entrenador: zapatillas de baloncesto, pantalones cortos, camiseta y un silbato al cuello.

ADAM (V.O.)

El padre de la niña, borracho, conducía el coche y murió en el accidente.

MORENA AGOTADA, la madre de la niña entra en el gimnasio y se sienta en las gradas. Paul le pasa el balón a la niña, un pase que esta controla mejor de lo que cabría esperar. La niña regatea una o dos veces y lanza a canasta. El balón rebota en el cristal y no toca el aro. Paul recupera el balón y se fija en la viuda mientras regatea a la niña.

ADAM (V.O.)

La viuda alta se enamorará del entrenador de baloncesto de su hija; cualquiera lo entenderá viendo el tráiler, aunque no sepa por qué la viuda quiere estar con un tipo que apenas le llega a las tetas.

Paul le pasa el balón a la chica, un pase difícil, que la chica maneja muy bien. La chica se toma su tiempo, más regate, con más determinación. La madre viuda no puede soportar mirar; esconde la cara entre las manos.

ADAM (V.O.)

Grace leyó algo más que las críticas, también le interesaban los cotilleos de Hollywood. Grace supo que Paul Goode y la joven que interpretaba a la adolescente «salen juntos». La joven no era una adolescente, sino una veinteañera; aun así, una diferencia de edad de más de cuarenta años.

La adolescente en silla de ruedas lanza a canasta, el balón gira una o dos veces alrededor del aro y luego entra. El pequeño entrenador y la chica en silla de ruedas chocan los cinco. Incluso sentada, la chica es casi tan alta como Paul Goode.

ADAM (V.O.)

Viendo el tráiler no se diría que «salen juntos».

INT. DORMITORIO, HOTEL JEROME. ESA MISMA NOCHE.

PRIMER PLANO: la cara de Adam, dormido.

ADAM (V.O.)

Cuando no veía el tráiler en sueños, veía a la mujer con el cochecito de bebé de *El coche equivocado,* en blanco y negro.

EXT. COCHE A LA FUGA, EN MOVIMIENTO. DÍA.

En un cruce urbano, el conductor se detiene porque hay una MUJER CON UN COCHECITO DE BEBÉ en un paso de peatones.

ADAM (V.O.)

Mi padre tenía treinta años cuando interpretó al conductor a la fuga. La mujer del cochecito de bebé no era mucho más joven. En los años en que creí que era un fantasma —cuando me perseguía o acechaba—, ¿tan solo había envejecido en mi imaginación?

INT. COCHE A LA FUGA, DETENIDO. DÍA.

En medio de un tiroteo, el gánster del asiento del copiloto y los tres matones del asiento trasero son abatidos.

EXT. COCHE A LA FUGA, DETENIDO. DÍA.

La mujer con el cochecito de bebé se ha detenido en el paso de peatones mientras los disparos acribillan el coche a la fuga; los cuatro neumáticos han recibido impactos de bala, el coche se desploma y la gasolina y el aceite (y quizás la sangre) se derraman por el asfalto.

ADAM (V.O.)

En mis firmas de libros, ella no aparecía con el cochecito de bebé. Nunca esperó lo suficiente para llegar al principio de la cola.

MÁS CERCA: el pequeño conductor está sentado al volante, ileso y relajado, como si esperara a que el semáforo pasara a verde.

ADAM (V.O.)

Esa mujer había acechado a Paul Goode en la vida real, había espiado a todas las mujeres que lo conocieron.

RETROCEDIENDO: la mujer saca una escopeta recortada del cochecito de bebé, se acerca al coche a la fuga mientras Paul Goode sale por la puerta del conductor. Le tiende la gorra a la mujer y deja la puerta abierta. Ella dispara a los cuerpos desplomados de los pasajeros muertos, solo para asegurarse. Paul Goode asiente a la cámara al salir del encuadre, como si la cámara fuera uno de los tiradores que han sufrido una emboscada en el coche a la fuga. La cámara sigue a la mujer, que transfiere los fajos de billetes al cochecito de bebé, donde también guarda la escopeta.

ADAM (V.O.)

Cuando apareció en el dormitorio del desván de la casa de mi abuela, esa loca pretendía espiarme. Debería haber sabido que no era un fantasma: ni siquiera se molestó en desaparecer. Cuando me desperté con ella sentada a los pies de mi cama, se marchó sin más.

INT. DORMITORIO, HOTEL JEROME. ESA MISMA NOCHE.

PRIMER PLANO: la cara de Adam, dormido.

ADAM (V.O.)

La mujer del cochecito de bebé no daba el pego como fantasma.

RETROCEDIENDO: desde la puerta abierta del salón, el fantasma de Monika Behr entra en el dormitorio con sigilo y determinación felinos. Camina bien: para ser una mujer grande, se mueve con aplomo y celeridad atlética. Tantea las sábanas de la cama donde duermen Adam y Grace, así como las de la cama plegable, donde duerme Matthew. Hay más espacio para Monika junto a Matthew. Se quita la parka, el jersey de cuello alto y los pantalones de chándal; es decir, el fantasma de Monika se queda en sujetador y bragas cuando se mete en la cama con Matthew.

ADAM (V.O.)

¿Crean los fantasmas sus propias reglas? Debería habérseme ocurrido que el fantasma de Monika no tenía por qué sufrir parálisis alguna, que no necesitaría silla de ruedas. Viva o muerta, le gustaban las sábanas del Jerome.

PRIMER PLANO: Matthew abrazando su oso de peluche contra el pecho. Monika yace a su lado, con la cabeza sobre la misma almohada. Intenta quitarle el oso. A Monika le hace gracia que, incluso dormido, abrace al oso con tanta fuerza. Monika abraza a Matthew de la misma manera que el niño abraza a su oso: atrayéndolo contra su pecho.

ADAM (V.O.)

El modo en que Monika miró a Matthew me produjo escalofríos.

OTRO ÁNGULO: Monika, abrazando a Matthew, mira a Adam, deseando que se despierte y la vea en ese momento. Adam sigue durmiendo. Está atrapado en 1956, oyendo a Sam Cooke cantar «You Send Me».

ADAM (V.O.)

Estaba soñando con aquella mujer del cochecito de bebé. Sabía que no quería verla... nunca más.

«You Send Me» CONTINÚA.

PANTALLA, PRIMER PLANO: en blanco y negro, el pomo de una puerta gira, primero en un sentido y luego en otro, pero la puerta no se abre.

ADAM (V.O.)

La mujer con el cochecito de bebé me daba más miedo ahora que sabía que no era un fantasma.

RETROCEDIENDO: junto a la puerta hay un perchero con cuatro o cinco gorras de visera de pato, todas iguales, colgadas de los ganchos.

ÁNGULO MÁS AMPLIO: la chica del gánster y el conductor a la fuga se desnudan dejando caer la ropa sobre la cama o tirándola al suelo de un pequeño estudio. Hay una radio en la mesilla de noche. En sujetador y bragas, arrodillada en la cama, la chica consigue quitarse el sujetador y apagar la radio: se acabó Sam Cooke. El conductor a la fuga solo lleva puestos los calzoncillos, que la chica le baja de un tirón; durante medio segundo, vemos su culito desnudo.

ADAM (V.O.)

¿Podría reconocerla ahora? La mujer del cochecito debía de tener unos sesenta años.

MÁS DE CERCA: la puerta del apartamento, mientras los calzoncillos del conductor caen al suelo. La puerta se abre y la mujer con el cochecito de bebé entra empujando el cochecito delante de ella, con la llave de la puerta apretada entre los dientes.

ADAM (V.O.)

Si la mujer con el cochecito de bebé acechase a Paul Goode, ¿la reconocería ahora mi padre?

En la cama, la chica del gánster intenta cubrirse, al igual que el pequeño conductor. La mujer acerca el cochecito a la cama, mirándolos fijamente.

CONDUCTOR A LA FUGA

Podrías haber llamado, ya sabes.

MUJER CON EL COCHECITO

Podrías haber puesto una nota en la puerta diciendo que estabas ocupado o algo así. Me diste una llave, ya sabes.

CHICA DEL GÁNSTER

(al conductor)

¿Estás casado? ¿Tienes un bebé?

MUJER CON EL COCHECITO

(al conductor)

Te toca quedarte con el bebé, amiguito.

De repente, vuelve a sonar «You Send Me».

INT. DORMITORIO, HOTEL JEROME. MISMA NOCHE.

Cuando el tema de Sam Cooke se detiene de golpe, Adam abre los ojos. Está mirando fijamente a Monika, que sostiene a Matthew en brazos.

PRIMER PLANO: Adam se sienta tieso en la cama.

ÁNGULO MÁS AMPLIO: Adam ve que Monika ha desaparecido, dejando a Matthew destapado en la cama; todavía dormido, todavía abrazado a su oso. Adam se mete en la cama plegable y se cubre con la sábana y la manta. Adam mira a Matthew.

ADAM (V.O.)

Intenté convencerme de que había imaginado ver a la mujer con el cochecito de bebé en mi habitación del desván o al final de la cola en mis firmas de libros, igual que esperaba haberme imaginado a Monika en la cama con Matthew.

SUPER: DESAYUNO EN EL JEROME, 1996.

INT. SALA DE DESAYUNOS, HOTEL JEROME. LA MAÑANA SIGUIENTE.

PRIMER PLANO: en una mesa para dos, Otto y Billy están hablando. Bajan la voz.

OTTO

¿Le ha dado el billete de avión a la chica?

BILLY

Se lo va a dar, por eso le hemos hecho la maleta.

OTTO

Lo sé. Está debajo de la mesa.

(mira debajo de la mesa)

¿Por qué hacerlo en el desayuno?

BILLY

Así tiene el resto del día libre para esquiar, o algo así. Además, hay muchos vuelos más, si es que pierde el primero.

PRIMER PLANO: en otra mesa para dos, Paul Goode y la joven alta, la jugadora de baloncesto de *Rozando el aro,* están enzarzados en una discusión. No dicen nada cuando Paul le entrega un billete de avión.

OTTO (O.C.)

Es una chica grande, no será fácil llevársela.

BILLY (O.C.)

No tendrás que llevarla muy lejos, solo atravesar el vestíbulo y dejarla fuera. La furgoneta al aeropuerto estará esperando.

MUJER JOVEN ALTA

¿Un billete de avión?

PAUL GOODE

Primera clase, de vuelta a Los Ángeles.

MUJER JOVEN ALTA

¡No puedes decirme adónde tengo que ir!

PAUL GOODE

Tu maleta está hecha. Vete.

ÁNGULO MÁS AMPLIO: Billy tiene el abrigo de ella colgando del brazo, su maleta en la otra mano. Otto está cerca.

MUJER JOVEN ALTA

¡Tus guardaespaldas han tocado mi ropa!

Arroja el billete de avión sobre la mesa mientras se levanta. Paul toma el billete. Cuando se levanta, Paul apenas le llega a la altura de los pechos. Otto la toma por la cintura y se la echa al hombro. Una chica grande.

Paul Goode le da a Otto el billete de avión. Otto abre la boca y aprieta el billete entre los dientes. La coreografía del intercambio es demasiado fluida para que se trate de la primera vez.

MUJER JOVEN ALTA

(a Paul)

¡Cabrón!

INT. ASCENSOR, HOTEL JEROME. CONTINUO.

Clara Swift no mira a Adam; este tampoco la mira a ella. Clara no puede dejar de mirar a Matthew. El vaquero que lleva su montura mira a Grace.

ADAM

(explicándole a Matthew)

Tú y tu madre iréis a esquiar por la tarde. Esta mañana, tú y yo iremos a la firma de mi libro.

MATTHEW

La firma de libros, no.

ADAM

No tardaré mucho... ¡No habrá muchos lectores!

GRACE

(a Adam)

Voy al gimnasio de esa esquiadora muerta. Tengo curiosidad.

MATTHEW

¿Está muerta? ¿Tiene un gimnasio?

GRACE

Ya no es su gimnasio, Matthew.

ADAM

(a Grace)

Era un santuario de Monika Behr cuando estaba viva, así que no me imagino cómo será ahora. No te va a gustar, Grace, no hay aparatos aeróbicos. Es estrictamente un gimnasio para entrenamiento con pesas.

INT. SALA DE DESAYUNOS, HOTEL JEROME. CONTINUO.

Mientras Otto se lleva a la joven alta y Billy le sigue, Adam y su familia llegan para desayunar.

MUJER JOVEN ALTA

(gritando)

¡Cabrones! ¡Sois todos unos cabrones!

Billy y Otto reconocen a Adam y le saludan con la cabeza. Los guardaespaldas también reconocen a Grace. Ella los saluda con la mano, se vuelve hacia Paul y se presenta con despreocupación.

GRACE

He conocido a tus guardaespaldas.

(tiende la mano)

Grace, Grace Barrett. Como editora, uso mi apellido de soltera.

INT. VESTÍBULO, HOTEL JEROME. CONTINUO.

Mientras Otto lleva a la joven alta por el vestíbulo, con Billy siguiéndole, algunos INVITADOS OSTENTOSOS están tomando café allí. Jerome B. Wheeler, mientras le sirve café al voluntario de Aspen que todavía sangra, lanza una mirada de reproche a Otto y a Billy.

MUJER JOVEN ALTA

¡Sois todos unos imbéciles!

INT. SALA DE DESAYUNOS, HOTEL JEROME. CONTINUO.

Adam y su familia se reúnen con Paul en una mesa más grande. Grace tiene lo que quiere, ya conoce personalmente a Paul Goode.

GRACE

(a Paul)

Esa es tu compañera de rodaje en *Tiro al límite,* ¿no?

MUJER JOVEN ALTA (O.C.)

(gritos lejanos)

¡Imbéciles y cabrones, todos vosotros!

PAUL GOODE

No lo estaba pasando bien aquí. Los Ángeles es más su estilo de ciudad.

(sigue mirando a Adam)

Estabas en el telesilla del Loge Peak.

ADAM

(tiende la mano)

Adam, Adam Brewster. No quería obligarte a recordar...

PAUL GOODE

(cambia de tema)

Bueno... ¿Quién es este muchacho tan guapo?

(a Matthew)

Debes de tener cinco años, ¿tal vez casi seis?

ADAM

Él es Matthew.

MATTHEW

¡Tengo casi cinco!

PAUL GOODE

Bien por ti, Matthew.

(a Grace)

Los chicos me han hablado de ti. No sé si estoy preparado para escribir mis memorias. Hasta ahora, solo he escrito guiones.

A Matthew, el tema de la escritura le parece muy aburrido.

MATTHEW

Tengo que ir a una firma de libros.

PAUL GOODE

¡Qué horror!

(a Adam)

¿Eres escritor?

ADAM

Escribo novelas.

(una pausa)

Ninguno de mis guiones se ha rodado..., todavía.

PAUL GOODE

Hay más películas sin rodar de las que nadie puede suponer.

GRACE

Esa es una buena primera línea, o una última, para tus memorias.

Paul cambia de tema.

PAUL GOODE

(a Matthew)

Cuando mi hijo tenía tu edad, le encantaban las tortitas de arándanos y el chocolate caliente que preparan aquí.

ACERCÁNDOSE: Adam está disfrutando de la compañía de su padre.

ADAM (V.O.)

Decidí que me gustaba, pero eso solo provocó que quisiera contárselo todo. ¿Cómo llegaría a conocerle, como padre, si le ocultaba algo?

EXT. ENTRADA, HOTEL JEROME, E. MAIN. CONTINUO.

Un portero vaquero mantiene abierta la puerta de la furgoneta del Jerome, pero la joven alta no está lista para irse. Otto la ha liberado y Billy la ha ayudado a ponerse el abrigo, pero ella no quiere tomar el billete de avión de Otto, que se lo tiende.

La joven alta resbala en la nieve y cae al intentar golpear el billete que Otto tiene en la mano. Otto vuelve a morder el billete. Cuando levanta a la joven, esta le golpea. A Otto parece que le ha hecho mucho daño. Seca el billete en la manga y se lo tiende. Esta vez, ella se deshace en lágrimas, pero agarra el billete. Dando vueltas alrededor de ellos, está el fantasma de la chica hippy alta; desconfía de la joven enfadada, que es más alta que ella. La hippy enseña los pechos a Billy y a Otto, pero estos no la ven.

BILLY

(a Otto)

¿Has visto al tipo que iba en el telesilla con Clara?

OTTO

¡Está con la señora que se parece a Clara!

BILLY

Sí, la señora de la editorial.

OTTO

¿Por qué habrá vuelto ese tipo? Si yo hubiera ido sentado en un telesilla con alguien que murió, no volvería.

BILLY

Pensar en los motivos de los demás hace que te estalle la cabeza.

OTTO

¿Los motivos de los demás?

Otto parece dolido. Reflexiona.

La chica hippy alta sigue enseñando los pechos sin obtener reacción alguna. Mientras la furgoneta del Jerome se aleja, la joven enfadada increpa a los guardaespaldas desde la ventanilla abierta.

MUJER JOVEN ALTA

(gritando)

¡Capullos! ¡Cabrones!

La chica hippy alta les hace una peineta a los guardaespaldas.

INT. GIMNASIO THE LAST RUN. ESA MISMA MAÑANA.

El musculoso entrenador que vimos en el turno de noche en 1991 parece estar ahora al mando. También trabaja como entrenadora la mujer musculosa que vimos haciendo flexiones de bíceps, la que llevaba una camiseta de tirantes con la parte de abajo de un bikini. Ella sigue luciendo una camiseta sin mangas que deja a la vista la parte superior de sus brazos, aunque ahora lleva puestos unos pantalones de chándal.

VARIOS LEVANTADORES DE PESAS están utilizando las mancuernas y las máquinas de pesas, pero Grace está montada en una bicicleta estática, y un TIPO DELGADUCHO corre en una cinta.

PERJUDICADO DON (V.O.)

Tu peor pesadilla será conocer a Louise. Se beberá todo tu dinero y le pasará pulgas a tu perro. Conocer a Louise ya es mala noticia.

ADAM (V.O.)

Grace me dijo que ahora tenían bicicletas y cintas de correr en The Last Run; Monika no lo habría aprobado. Y Monika habría odiado esa música. Antes solo se oían los gruñidos de los levantadores de pesas y el ruido de los golpeteos metálicos.

PERJUDICADO DON (V.O.)

(repite)

Conocer a Louise ya es mala noticia.

Grace en su bicicleta y el chico en su cinta de correr están viendo los mejores momentos de Monika como esquiadora en la tele.

ADAM (V.O.)

Grace me dijo que en The Last Run había televisores. Los televisores no tenían sonido y no había mandos a distancia; no se podía cambiar de canal. La cinta de VHS se repetía una y otra vez: los mejores momentos de Monika Behr, incluida su caída en Cortina. A Monika le habría parecido horrible.

Grace y el corredor se estremecen al ver la caída que acabó con la carrera de Monika a cámara lenta.

INT. VESTUARIOS FEMENINOS, GIMNASIO. POCO DESPUÉS.

Grace cree que está sola en el vestuario, donde se ha envuelto en una toalla y se dirige a la sauna. Ve ropa de entrenamiento de mujer tirada sobre varias banquetas, así como dos chaquetas de pistero que cuelgan de un par de puertas de taquillas abiertas.

ADAM (V.O.)

Grace me dijo que el vestuario de mujeres estaba vacío, pero hecho un desastre.

PERJUDICADO DON (V.O.)

No creas que la cosa mejora con Gwen. Atropellará a los niños y se follará a tu mejor amigo. El día que conoces a Gwen es una mala noticia.

INT. SAUNA DE MUJERES, GIMNASIO. CONTINUO.

Grace cree que es la única persona en la sauna, pero Monika, Beth y Nan están allí en *topless,* con toallas cubriéndoles el regazo. Las tres esquiadoras muertas saben quién es Grace. Grace se afloja la toalla, dejándola caer hasta la cintura. Monika, Beth y Nan se divierten y hacen gestos indicando que sus pechos son más grandes.

ADAM (V.O.)

Grace me dijo que la sauna le había dado escalofríos. Dijo que la esquiadora muerta, de algún modo, había embrujado aquel lugar.

INT. LIBRERÍA EXPLORE, E. MAIN. ESA MISMA MAÑANA.

LOS LECTORES DE FICCIÓN están sentados en una casa victoriana: una librería con habitaciones interconectadas. Aunque Adam está leyéndole a su público, no se oye NINGÚN SONIDO excepto la voz en *off* de Adam.

ADAM (V.O.)

A Matthew le encantaba que le leyeran en voz alta.

ÁNGULO MÁS AMPLIO: Matthew ha estado curioseando en la sección infantil, donde una LIBRERA lo toma de la mano y lo lleva más allá del público durante la lectura de su padre.

ADAM (V.O.)

Pero a Matthew no le encantaban mis lecturas, ni mis firmas de libros.

La gente del público se pone en pie y aplaude. Se forma una cola de lectores que quieren que Adam les firme sus libros. Al final de la cola hay una MUJER DE MIRADA SEVERA CON EL PELO GRIS. Puede que la reconozcamos, o no, como la mujer del cochecito de bebé de *El coche equivocado,* porque tiene la piel arrugada y el pelo canoso. Matthew no la reconocería, en cualquier caso, y no lleva cochecito de bebé alguno.

OTRO ÁNGULO: sobre Adam, sentado a una mesa, firmando libros. Dado el laberinto de habitaciones, Adam no puede ver el final de la cola.

ADAM (V.O.)

Me encanta la librería Explore, pero el final de la cola llegaba hasta otra habitación, donde estaría la mujer del cochecito de bebé; si es que estaba allí.

RETROCEDIENDO: Matthew, aburrido, se ha alejado de la cola para la firma de libros. La librera le hace compañía. Ambos ven a la mujer canosa, que ha abandonado la cola de la firma de libros; la mujer sale de la librería sin un libro.

ADAM (V.O.)

No dejaba de pensar en la posibilidad de estar a solas con mi padre.

La librera apoya un dedo índice junto a su oreja y lo hace girar, dando a entender que la mujer de aspecto severo y pelo canoso está mal de la cabeza. Matthew imita el gesto.

EXT. PISCINA Y JACUZZIS, HOTEL JEROME. ATARDECER.

Adam está en la piscina, junto a Matthew con sus *Schwimmflügel,* manguitos para nadar alemanes. Hablan entre ellos, pero solo oímos la voz en *off* de Adam.

ADAM (V.O.)

A la hora de dormir, le estaba leyendo a Matthew *El dragón de mi padre*. Trata de un niño que se escapa de casa. Se sube de polizón en un barco y va a una isla de animales salvajes a rescatar a una cría de dragón.

OTRO ÁNGULO: Tarzán se muestra tan cauto como siempre en los jacuzzis, donde mantiene una distancia prudencial con Grace y Paul Goode, que están hablando entre ellos. Lex Barker los escucha, pero solo oímos la voz en *off* de Adam.

ADAM (V.O.)

Grace había entablado una animada conversación con mi padre —sobre esquí, me dijo más tarde—, pero se las había arreglado para decirle que nos estábamos divorciando, aunque eso no tenía nada que ver con el esquí. Estoy convencido de que le dejó bien claro que ella era la esquiadora de la familia, a pesar de que mi madre había sido profesora de esquí.

ACERCÁNDOSE: Adam y Matthew hablan; oímos su conversación en la piscina.

ADAM

Todos los capítulos son cortos y tienen títulos.

MATTHEW

Como «Mi padre conoce al gato».

ADAM

O el capítulo dos: «Mi padre huye...

MATTHEW

... lejos».

ADAM

O el capítulo tres: «Mi padre encuentra...

MATTHEW

... la isla».

ADAM

Y el nombre del autor es...

MATTHEW

No lo sé.

ADAM

Ruth Stiles Gannett. Si te gusta un libro, Matthew, deberías recordar el nombre de la persona que lo escribió.

MATTHEW

Puedo recordar a Ruth.

ADAM

Ruth está muy bien.

ACERCÁNDOSE: Grace y Paul Goode en los jacuzzis, donde Tarzán escucha su conversación.

GRACE

Pero has vuelto aquí, a Loge Peak. ¿Vas a subirte en ese telesilla?

PAUL GOODE

El viejo telesilla biplaza ya no existe. Era un doble Riblet, construido en los años sesenta. Se necesitaban cuatro remontes para llegar a la cima de Loge Peak.

GRACE

Ahora hay uno de cuatro plazas, ¿no?

PAUL GOODE

Un Poma de cuatro plazas y de alta velocidad. Ahora solo se toman dos remontes y el nuevo telesilla traza una línea diferente hasta la cima.

VUELTA: Adam y Matthew en la piscina.

ADAM

¿Te gustan tus *Schwimmflügel?*

MATTHEW

¿Mis qué?

ADAM

Tus manguitos para nadar son alemanes, se llaman *Schwimmflügel,* alas de agua.

MATTHEW

¡Son alas de agua!

ADAM

Las alas de agua están muy bien.

INT. ASCENSOR, HOTEL JEROME. UN POCO MÁS TARDE.

Adam, Grace y Matthew llevan puestos los albornoces y las zapatillas del hotel; tienen el pelo mojado tras haber estado en la piscina y los jacuzzis. El vaquero ya se ha acostumbrado a ellos. Clara Swift evita mirar a Adam o a Grace, pero se fija en Matthew.

GRACE

(insistentemente, a Adam)

Paul dijo que esquiaba en Loge Peak, pero el nuevo telesilla de cuatro plazas no pasa por ese barranco donde Clara saltó del telesilla.

Adam ve que Clara Swift se disgusta al oír esas palabras. El vaquero intenta consolarla.

MATTHEW

¿Quién saltó de un telesilla?

GRACE

Matthew..., no fue nadie que conocieras. Además, fue hace mucho tiempo. Ya nadie salta de los telesillas; hay que estar loco. No debería haber hablado de ello.

ADAM

(mirando a Clara)

No, no deberías...

GRACE

Me encantaría esquiar allí; con Paul, quiero decir. Pero no quiero hacerme pesada. No puedo decirle simplemente que voy a ir a esquiar con él.

ADAM

Tengo que hablar con él. Hay cosas que debería explicarle. Le diré que eres una esquiadora experta y que estaría muy bien esquiar contigo.

El vaquero le dedica a Adam una mirada en plan «qué demonios». Ahora Clara Swift mira con mayor atención a Grace. Adam intenta cambiar de tema.

ADAM

(a Matthew)

Capítulo cuatro: «Mi padre encuentra...

MATTHEW

¡No conozco el capítulo cuatro!

ADAM

«Mi padre encuentra el río.»

CLARA SWIFT

(a Matthew)

Ahí es donde está atado el dragón.

Solo Adam y el vaquero oyen lo que dice Clara.

EL VAQUERO

(a Clara)

¿Qué dragón?

Clara se avergüenza de haber hablado. Adam supone que le leyó *El dragón de mi padre* a su hijo cuando tenía la edad de Matthew.

GRACE

(a Adam)

¿De qué tienes que hablar con Paul? ¿Qué tienes que contarle?

ADAM

Luego te lo digo... Más tarde.

MATTHEW

(repite, para sí mismo)
«Mi padre encuentra el...

ADAM

... río.»

MATTHEW

... el río.»

Clara Swift llora sobre el hombro del vaquero.

INT. DORMITORIO, HOTEL JEROME. LA HORA DE IRSE A DORMIR DE MATTHEW.

PRIMER PLANO: la cara de Grace sobre la almohada, con los ojos abiertos, escuchando a Adam leerle *El dragón de mi padre* a Matthew.

ADAM (O.C.)

«La selva empezaba un poco más allá de una estrecha franja de playa...»

Grace se da la vuelta, mostrándonos la nuca.

ADAM (O.C.)

Grace y yo intentábamos irnos a dormir cuando acostábamos a Matthew. Paul Goode se levantaba temprano para desayunar, porque era un esquiador serio.

OTRO ÁNGULO: sobre Adam, en la cama de Matthew, leyéndole a Matthew.

ADAM

Capítulo cinco: «Mi padre se encuentra con unos tigres».

MATTHEW

¿Cuántos tigres?

ADAM

No lo sé.

ACERCÁNDOSE: Grace se cubre la cabeza con la almohada.

ADAM (O.C.)

Si Grace y yo pensábamos turnarnos para esquiar con mi padre, íbamos a tener que madrugar. A Matthew no le supuso ningún problema madrugar. En mi mente, ya estaba ensayando la confesión que pensaba hacerle a mi padre.

FUNDIDO A: Grace está dormida, con las sábanas echadas hacia atrás.

MATTHEW (O.C.)

(susurra)

Mamá está dormida.

ADAM (O.C.)

Por eso estamos susurrando.

VOLVER A: Adam leyéndole a Matthew en la cama de Matthew.

ADAM

(susurros)

Este es el último capítulo de esta noche.

MATTHEW

(susurra)

Lo sé...

ADAM

(susurra)

Capítulo seis: «Mi padre conoce a un...

MATTHEW

(en voz alta)

... un rinoceronte».

ADAM

(susurra)
¡Shh!

MATTHEW

(susurra)
... un rinoceronte».

INT. ASCENSOR, HOTEL JEROME. A LA MAÑANA SIGUIENTE.

Adam, Grace y Matthew están vestidos para esquiar. El vaquero y Clara Swift van vestidos como de costumbre. Clara fulmina a Grace con la mirada.

MATTHEW

(a su madre)
Estabas dormida. Te perdiste el capítulo seis: «Mi padre conoce a un...».

GRACE

(bajo la atenta mirada de Clara)
¿Qué me perdí?

MATTHEW

(a su madre)
¡Te perdiste el *rinoceronte!*

GRACE

Tendré que ponerme al día.

ADAM (V.O.)

Me fijé en el modo en que Clara Swift miraba a Grace. Clara sabía que Grace era una de esas mujeres que intentarían acostarse con mi padre, no solo esquiar con él. Había estado demasiado ocupado preparando mi confesión como para pensar en lo que Grace se disponía a hacer.

INT. SALA DE DESAYUNOS, HOTEL JEROME. CONTINUO.

Paul Goode está sentado a una mesa preparada para cuatro, pero solo hay una persona más: la hermosa mujer china que fue su compañera de rodaje en *Salir de Hong Kong*. Él va vestido para esquiar, ella no. Ya están sentados a su mesa cuando Adam y su familia llegan a la sala de desayunos y se sientan a una mesa contigua.

ADAM (O.C.)

No era fácil llegar a desayunar antes que mi padre. A Grace le sorprendió que no estuviese solo.

GRACE

(susurra)

Ella no ha venido a esquiar.

ADAM

(susurra)

Es la mujer del tatuaje en...

GRACE

(susurra)

¡Sé quién es!

Paul Goode saluda a la familia de Adam. Grace parece nerviosa.

ÁNGULO MÁS AMPLIO: Otto y Billy están sentados juntos a una mesa cercana. Otto saluda también a Grace y a su familia. El CHINO y su HIJA PEQUEÑA entran en la sala de desayunos, uniéndose a Paul y a la mujer china en su mesa: son el marido y la hija de la mujer. Se han vestido para esquiar.

GRACE

(avergonzada)

Dos esquiadores en la familia.

PAUL GOODE

(a Adam y Grace)

Otto puede llevar a los niños a ver los animales en el Antler Bar. Falta mucho para sus tortitas.

A Otto le gustan los niños pequeños. Los sujeta de la mano cuando salen de la sala de desayunos.

GRACE

(llama a Otto)

¡Gracias!

Grace señala a Adam cuando habla con Paul; intenta parecer informal, pero para Grace la informalidad no es algo natural.

GRACE

Le van las pistas azules; hay que tomárselo con calma con él. Puedes reservar las pistas difíciles para esquiarlas conmigo, mañana.

PAUL GOODE

Como tú quieras...

El modo en que la mujer china mira a Grace no es muy diferente de la mirada que Clara Swift le dedicó en el ascensor.

ADAM (V.O.)

Otra mujer que conocía a mi padre. Estaba familiarizada con el tipo de mujeres que se acostaban con él.

Grace y Adam están solos en su mesa, sin hablarse; en su incómodo silencio, parecen distanciados.

ADAM (V.O.)

Sabía que tenía que contárselo todo a Grace, no porque confesarlo me pareciera digno, sino porque era lo correcto.

SUPER: CINCO AÑOS ANTES.

EXT. TELESILLA DE LOGE PEAK, ASPEN HIGHLANDS. *FLASHBACK*.

Hay bastante gente haciendo cola para el telesilla: las parejas suben juntas, los que van solos se emparejan. Clara, una madre angustiada, se sale con la suya. Toby está emparejado con Billy. Justo delante de ellos, Clara, que va sola, está a punto de unirse a una pequeña fila de desparejados. Clara y Adam no se reconocen hasta que se sientan en la misma silla.

ADAM (V.O.)

No todas las confesiones son adecuadas. No lo son si únicamente confiesas para sentirte mejor.

Clara se estrella contra un árbol, luego contra una roca o dos, mientras se desliza por el barranco. Desde el punto de vista de Adam, mientras la silla detenida se balancea con el viento, la posición del cuerpo inmóvil de Clara se distingue por los vivos colores de su ropa de esquí; los colores destacan sobre la nieve y las rocas del fondo del barranco.

PRIMER PLANO: el rostro sin vida de Clara. Mechones de pelo que salen de debajo del gorro de esquiar revolotean sobre sus ojos abiertos, que miran al cielo. Unas manos suaves entran en escena, recogiendo el pelo de Clara bajo su gorro. Unos dedos cuidadosos cierran sus párpados.

ÁNGULO MÁS AMPLIO: arrodillado junto a Clara se halla el fantasma de un GUERRERO UTE. Está de pie, observando los telesillas, invasivos y absurdos, por encima de su cabeza.

ADAM (V.O.)

Fue una tontería imaginar que podría ayudar a Toby, mi hermanastro, acercándome a él.

Sobre Adam, en la silla movida por el viento, mirando a Clara y al fantasma. El telesilla vuelve a ponerse en marcha.

ADAM (V.O.)

¿De qué le habría servido a Toby Goode saber que su hermanastro se había acostado con su madre?

EXT. ENTRADA, HOTEL JEROME, E. MAIN. DESPUÉS DEL DESAYUNO.

Un portero vaquero está colocando los esquís y los bastones de Paul Goode y Adam en la furgoneta del Jerome. Paul habla sin parar con Adam, pero NO SE OYE NINGÚN SONIDO. Solo oímos la voz en *off* de Adam. El fantasma de la chica hippy no deja de mostrar sus pechos a Paul —solo a él—, pero él no la ve.

ADAM (V.O.)

Tenía dudas sobre la confesión a mi padre. ¿De qué le serviría saber quién era o qué había pasado? Incluso el fantasma de aquella chica hippy me generaba dudas. Cuando estaba viva, nunca me enseñaba los pechos, solo me hizo la peineta. Ahora me ignoraba, pero le enseñaba las tetas a todo el mundo.

EXT. TELESILLA EXHIBITION, ASPEN HIGHLANDS. LA MISMA MAÑANA.

Paul y Adam están en el telesilla de cuatro plazas que parte de la base de Aspen Highlands junto a OTROS DOS ESQUIADORES. Paul no ha dejado de hablar, pero solo oímos la voz en *off* de Adam.

ADAM (V.O.)

Dejé hablar a mi padre en el telesilla, un trayecto de diez minutos. Esperaba que pudiésemos estar los dos solos en el nuevo tramo hasta Loge Peak.

OTRO ÁNGULO: en la silla que pasa sobre Prospector Gulch.

ADAM (V.O.)

Si llegábamos a estar solos en el telesilla de Loge Peak, dispondría de siete minutos para contárselo todo.

EXT. TELESILLA DE LOGE PEAK, ASPEN HIGHLANDS. CONTINUO.

La cola del remonte es escasa. Hay UNA PAREJA detrás de Adam y Paul. Adam finge tener un problema con la fijación de uno de los esquís, se lo quita y se lo vuelve a poner. Adam hace señas a la pareja para que se adelante, de modo que él y Paul se montan solos en la siguiente silla.

MÁS CERCA: Adam y su padre en el telesilla en movimiento. Adam es el que habla ahora.

ADAM

Debería habértelo dicho hace cinco años, cuando me acosté con tu mujer. Por eso Clara se enfadó tanto cuando me senté con ella en el telesilla: se había acostado conmigo el día anterior. Odiaba haberlo hecho. Se odiaba a sí misma por haberlo hecho. No quería volver a verme nunca más. No soportaba mirarme. Fue una horrible coincidencia que acabáramos sentándonos en la misma silla, no pensábamos esquiar juntos. Pero no fue casual que Clara estuviese disgustada. ¿Lo entiendes?

Paul Goode escucha.

ADAM

Estaba desayunando solo cuando Clara me dijo a bocajarro que quería acostarse conmigo, pero no lo decía en serio. No sé por qué lo hizo, supongo que por ti. Le repugnaba lo que había hecho. Yo también me odiaba por haberlo hecho. No era ella misma cuando lo hizo. No era ella misma cuando me volvió a ver en el telesilla. Estaba alterada y no pensaba con claridad antes de que vuestro hijo se cayera. *¿Te das cuenta?* Lo que pasó no fue totalmente culpa tuya, también fue culpa mía.

Una vista del barranco sobre el que pasaba el viejo biplaza.

ADAM (V.O.)

Estábamos a seis minutos de la meta cuando le dije que era mi padre.

PRIMER PLANO: La expresión de incredulidad de Paul.

ADAM (V.O.)

Debería habértelo dicho antes. Debería haberle dicho a tu mujer que eras mi padre. Eso podría haberla detenido, pero no se lo dije. Ni siquiera le he dicho a mi mujer que eres mi padre.

ÁNGULO MÁS AMPLIO: la estación del remonte en la cima de Loge Peak. Paul y Adam bajan y se alejan esquiando del telesilla.

ADAM (V.O.)

Broadway era una pista azul. Mi padre sabía, por lo que le había dicho Grace, de mis limitaciones como esquiador.

ACERCÁNDOSE: Paul y Adam se detienen en la cima de Broadway. Adam se quita los guantes y saca una foto del bolsillo de su parka.

PAUL GOODE

¿Por qué debería creerte?

ADAM

He estado guardando la foto de mi madre hasta que bajáramos del telesilla. Estoy seguro de que la reconocerás. Es posible que recuerdes su gorro de esquiar y su jersey.

PRIMER PLANO: la foto en blanco y negro de la madre de Adam, Ray Brewster, en Aspen, en marzo de 1941.

ADAM (V.O.)

Mi apellido, Brewster, no te suena de nada.

RETROCEDIENDO: Paul Goode aparta la vista de la foto. Ve a Adam retorciéndose las manos.

ADAM

Mi madre era Ray Brewster. Murió hace poco, de cáncer de ovarios. No quería nada de ti, ya tenía lo que quería. Me quería a mí, sin ataduras.

PAUL GOODE

Me dio su gorro de esquí y su jersey.

ADAM

Lo sé.

PAUL GOODE

(enfadado)
¿Cómo puedes saberlo? ¿Cómo lo sabes?

ADAM

No puedo explicarlo.

PAUL GOODE

¿Qué quieres?

ADAM

Nada. Solo quiero que sepas quién soy y lo que pasó.

PAUL GOODE

(todavía enfadado)

Déjame verte esquiar. Tú primero.

Adam se aparta. La cámara se queda con Paul, que observa a su hijo esquiar.

Con Adam, cuando deja de esquiar. Adam observa a Paul esquiando hasta llegar a donde él se encuentra.

PAUL GOODE

Contigo no ha funcionado lo de la genética. ¿Cómo es posible que el hijo de Ray Brewster esquíe tan mal como tú?

ADAM

Me esforcé por no aprender.

PAUL GOODE

Lo conseguiste, pero tienes las manos de tu madre. Ray siempre se retorcía las manos.

(apartándose)

Prefiero esquiar con tu mujer.

ADAM

(le grita)

¡No pensaba darte la foto!

No tiene sentido gritar. Paul Goode se aleja con rapidez.

ADAM

(en voz baja, para sí mismo)

Solo quería *enseñártela*.

INT. GIMNASIO THE LAST RUN. MEDIODÍA.

En plena jornada de esquí, el gimnasio está casi vacío; el sonido del metal al entrechocar se eleva por encima de la canción *country* que está sonando. Los dos entrenadores están juntos: el hombre musculoso y la mujer musculosa con camiseta de tirantes. Parecen desconcertados por lo que están viendo.

RETROCEDIENDO: una barra, cargada con pesas planas, sube y baja —por sí sola— sobre un banco de pesas.

OTRO ÁNGULO: la máquina de abdominales parece estar en automático: una fuerza invisible está haciendo ejercicio, las pesas suben y bajan milagrosamente por sí solas.

ADAM (V.O.)

Los entrenadores de The Last Run ya deben de estar acostumbrados. No pueden ver a Monika ni a Beth ni a Nan, pero saben cuándo las tres esquiadoras hacen ejercicio.

ACERCÁNDOSE: Adam montado en una bicicleta estática.

ADAM (V.O.)

Había terminado de esquiar con mi padre en Loge Peak. Grace y Matthew seguían esquiando en Aspen Mountain cuando regresé al Jerome desde Aspen Highlands.

ÁNGULO MÁS AMPLIO: lo que Adam ve desde su bicicleta estática. Monika hace *press* de banca; Beth la ayuda con la pesada barra. Nan es el fantasma que parece haberse vuelto loco en la máquina de abdominales.

ADAM (V.O.)

Esas tres esquiadoras de descenso eran tan alborotadoras como lo habían sido cuando estaban vivas.

INT. LIBRERÍA EXPLORE, E. MAIN. POCO DESPUÉS.

Adam está mirando VARIAS FOTOS DE AUTOR de sus propias novelas en la librería. Elige un libro y devuelve el resto a las estanterías.

ADAM (V.O.)

Quería regalarle una de mis novelas a mi padre. Me daba igual cuál. Elegí la novela con la foto de autor que más me gustaba. Me pregunté qué pensaría Paul Goode del gen del escritor: ¿creería en su existencia?

EXT. ACERA DE ASPEN, TEATRO ISIS, E. HOPKINS. ATARDECER.

El póster de *Rozando el aro* tiene un nuevo significado, ahora que conocemos la relación de Paul Goode con la joven que interpreta a la jugadora de baloncesto adolescente. Paul ha pasado el brazo por encima de los hombros de la chica alta. Vemos a la agotada morena que interpreta a la madre de la chica.

ADAM (V.O.)

Cuando Grace y Matthew volvieron de esquiar, Grace fue a ver la sesión matinal de *Rozando el aro*. Yo llevé a Matthew a la piscina y a los jacuzzis. A Matthew le encantaba la piscina climatizada del Jerome, pero uno puede enfriarse en una piscina climatizada si se queda mucho rato en el agua.

INT. CINE ISIS, E. MAIN. ESA MISMA TARDE.

PANORÁMICA: al igual que el gimnasio, en el teatro apenas hay gente.

DETENIDO: Grace está profundamente dormida, la luz de la pantalla parpadea sobre ella. Más allá de la voz en *off* de Adam, el único sonido es el de una pelota de baloncesto; no hay diálogos ni música.

ÁNGULO MÁS AMPLIO: Nan y Beth se adentran en la fila de asientos donde duerme Grace y se sientan a ambos lados de ella de forma depredadora. Monika se ha colado en la fila de detrás y se inclina sobre Grace.

ADAM (V.O.)

Por lo que me describió Grace, pude imaginarme las travesuras de Monika. Nan y Beth desabrocharon la blusa de Grace. Monika consiguió quitarle el sujetador a Grace, dejando al descubierto sus pechos mientras dormía.

PANTALLA: escena lacrimógena del tráiler, después de que Paul le pase el balón a la muchacha en silla de ruedas. La muchacha se toma su tiempo —más regates—. La madre de la niña no puede soportar verlo; oculta la cara entre las manos.

ADAM (V.O.)

Por el tráiler, nunca podrías saber que estás viendo el final de la película, aunque Grace no vio el final de la película aquella tarde en el Isis.

La adolescente en silla de ruedas lanza a canasta, la pelota gira una o dos veces alrededor del aro, luego cae dentro. El pequeño entrenador y la chica en silla de ruedas chocan las manos.

FUNDIDO A NEGRO. FIN DE LOS CRÉDITOS. SE ACABA LA MÚSICA.

Las luces de la sala iluminan a Grace con la blusa desabrochada y los pechos al aire. Solo unos pocos espectadores se dan cuenta de que Grace se esfuerza por ocultar sus pechos y abrocharse la blusa. Grace busca su sujetador, pero no lo encuentra por ninguna parte.

EXT. ACERA DE ASPEN, CINE ISIS, E. MAIN. ÚLTIMA HORA DE LA TARDE.

Las tres chicas se ríen. Monika está jugueteando con el sujetador de Grace, que es demasiado pequeño para ella. Chocan las manos y se empujan como suelen hacerlo las deportistas.

EXT. PISCINA Y JACUZZIS, HOTEL JEROME. A LA MISMA HORA.

Matthew y la niña china están en la piscina, jugando con sus alas acuáticas; tienen la misma edad. Adam, la actriz china y su marido hablan mientras vigilan a los niños. SIN SONIDO: solo la voz en *off* de Adam.

ADAM (V.O.)

Ahora que tenía con quien jugar, no había modo de sacar a Matthew de la piscina. Estaba disfrutando de la familia Chen. Grace no me dijo que ella y Matthew habían esquiado unas cuantas pistas en Aspen Mountain con el señor Chen y su hijita.

ÁNGULO MÁS AMPLIO: una Grace de aspecto angustiado, en albornoz y zapatillas del hotel, se desviste junto a los jacuzzis. Grace saluda con la mano a su marido y a los Chen. Grace deja claro que prefiere los jacuzzis a unirse a ellos en la piscina.

ADAM (V.O.)

Me di cuenta de que Grace estaba molesta por algo. Los Chen también lo notaron. La señora Chen me aseguró que ella y su marido cuidarían de Matthew si quería unirme a Grace.

ACERCÁNDOSE: Adam se une a ella. No oímos lo que dice Grace, pero está claro que Lex está escuchando. También está claro, por la forma en que las manos de Grace tocan sus pechos, que Grace le está contando a Adam que se despertó en el cine sin sujetador y con los pechos al aire. Tarzán no puede disimular su consternación.

ADAM (V.O.)

Le quitaron el sujetador, dejándole los pechos al descubierto, mientras dormía durante la proyección *Rozando el aro;* lo habían hecho las esquiadoras. Le dije a Grace que había sido obra de «tres esquiadoras muertas», es decir, Monika y sus amigas. Le dije a Grace que me había acostado con Monika Behr y que por eso Monika me tenía manía. Ahora eran Grace y Lex Barker los que estaban consternados.

ADAM (V.O.)

Así es como funciona que te pongas a confesar: una vez que empiezas, no puedes parar. Le dije a Grace que también me había acostado con Clara Swift. Le dije que se lo había contado a Paul Goode. Admití que debería habérselo contado antes a ella que a Paul.

Da la impresión de que Tarzán preferiría luchar con un cocodrilo del Nilo antes que oír más confesiones; Grace también.

ADAM (V.O.)

En cuanto a decirle a Grace que Paul Goode era mi padre, sentí que ya había dicho suficiente en los jacuzzis, suficiente por ahora, en cualquier caso.

RETROCEDIENDO: ahí está la señora Chen, agarrando a Matthew de la mano. Matthew está temblando con su bata y sus zapatillas del hotel.

ADAM (V.O.)

La señora Chen me salvó de seguir haciendo confesiones. Matthew necesitaba una ducha caliente o ponerse ropa de abrigo. Matthew solo quería ver su película favorita: *La Sirenita.*

Adam y Grace salen de los jacuzzis. Grace parece conmocionada. Tarzán, solo en los jacuzzis, también parece conmocionado.

INT. ASCENSOR, HOTEL JEROME. CONTINUO.

Matthew sigue teniendo frío. Adam frota la espalda y los hombros del chico. Grace se muestra intocable e inconsolable. Clara Swift los mira a todos con nueva empatía. Clara sabe cómo es una familia al límite. Matthew, todavía temblando, no recuerda la letra de «Parte de tu mundo», una de las canciones de Ariel en *La Sirenita*. Matthew tararea la melodía, sin preocuparse por la letra. Clara Swift tararea con él. El vaquero y Adam se quedan atónitos al oír a Clara tararear. Matthew, que no oye a Clara, sigue tarareando la melodía de «Parte de tu mundo». Grace está angustiada, parece fuera de sí.

INT. DORMITORIO, HOTEL JEROME. POCO DESPUÉS.

La puerta del salón está abierta. Se oye *La Sirenita* desde allí. Grace habla con Adam en susurros. Adam se está vistiendo. Grace se pasea, todavía en albornoz y con las chanclas de los jacuzzis.

GRACE

Te acostaste con Monika Behr y Clara Swift, un viaje ajetreado. Supongo que no te opondrías a que me acostara con Paul Goode. Quiero decir, *¿cómo podrías* oponerte?

ADAM

(en voz baja)
Hay algo que deberías saber.

GRACE

¿Algo más?

ADAM

(en voz más baja)

Paul Goode es mi padre.

GRACE

(burlonamente, con incredulidad)

¡Anda ya!

ADAM

Si no me crees, pregúntaselo a él.

GRACE

No te creo.

ADAM

(en voz baja)

Lo sé.

GRACE

Puedes llevar a Matthew al J-Bar y pedirle una hamburguesa. Yo pediré algo al servicio de habitaciones.

ADAM

De acuerdo.

GRACE

Paul Goode no tiene edad para ser tu padre.

ADAM

(más bajo)

Lo sé.

INT. SALA DE ESTAR, HOTEL JEROME. CONTINUO.

Matthew, bien abrigado, está en el sofá viendo *La Sirenita*. Está fascinado con Ariel, que canta su canción. Adam entra desde el dormitorio.

MATTHEW

(se señala el pecho)
Ariel lleva conchas marinas como si fueran...

ADAM

... un *sujetador*.

MATTHEW

(asiente)
... un sujetador.

ADAM

Muchas conchas marinas, bajo el mar.
(un compás)
¿Qué tal una hamburguesa?

Adam detiene el vídeo y sostiene en alto *El dragón de mi padre*.

ADAM

Puedo leerte en el restaurante, si no hay mucho ruido.

MATTHEW

(asiente)
¡Vale!

INT. ASCENSOR, HOTEL JEROME. CONTINUO.

Clara utiliza la silla de montar del vaquero como reposacabezas. El vaquero se tumba con la cabeza en su regazo, boca arriba, con el sombrero Stetson sobre el vientre. Clara le tararea «Parte de tu mundo» cuando se abre la puerta del ascensor y entran Adam y Matthew. Matthew tiene en mente «Parte de tu mundo». Clara tararea al unísono con él. Adam y el vaquero reaccionan como si aquel dúo espontáneo fuera raro. Clara deja de tararear. Matthew se limita a tararear la melodía.

INT. J-BAR, HOTEL JEROME. CONTINUO.

Los fantasmas habituales están en el J-Bar, con algunos HUÉSPEDES DEL HOTEL Y ESQUIADORES. Monika, Nan y Beth se han sentado a su mesa habitual.

OTRO ÁNGULO: UN CAMARERO ha acompañado a Adam y Matthew a una mesa. Adam ve lo cerca que está su mesa de la de las tres esquiadoras.

ADAM (V.O.)

En cuanto a las reglas para fantasmas: Jerome B. Wheeler es el encargado de los fantasmas en el Jerome. El señor Wheeler tiene *sus reglas*.

Monika hace alarde del sujetador de Grace. Monika y Nan y Beth se pasan el sujetador, colgándolo de sus respectivos pechos, bastante más grandes. NO HAY SONIDO: solo la voz en *off* de Adam y una canción *country*.

ACERCÁNDOSE: la alborotada mesa de Monika, mientras Jerome B. Wheeler se sitúa, de repente, de pie junto a las tres mujeres esquiadoras. Les tiende la mano. No hace falta leer los labios para saber lo que dice: «Dadme el sujetador». Beth se lo entrega. Jerome B. Wheeler está hablando con Monika, que sigue negando con la cabeza.

ADAM (V.O.)

El Hotel Jerome no es un mal lugar para ser un fantasma. Un buen fantasma está al cargo.

RETROCEDIENDO: el ute, que no sonríe, está de pie, cubriéndole las espaldas a Wheeler. Los voluntarios de Aspen han rodeado la mesa. Wheeler señala la puerta que da a la calle: les está dando a entender a Monika y a sus amigas que se vayan. Jerome B. Wheeler también señala a Matthew, un gesto que no pasa desapercibido para Adam. Wheeler deja claro que los niños están fuera del alcance de los fantasmas. Monika está cabreada, pero hace lo que le dicen: ella, Nan y Beth se van.

ADAM (V.O.)

Mi madre me había suplicado que la sacara del Jerome si acababa allí como fantasma. Mi madre no estaba allí, pero, sin duda, debe de haber sitios peores.

Jerome B. Wheeler reflexiona sobre qué hacer con el sujetador de Grace; no está cómodo aguantándolo. El ute se niega a mirarlo. Los voluntarios de Aspen no quieren saber nada de él.

ADAM (V.O.)

Me gustaban las reglas de Jerome B. Wheeler: los niños no deberían estar al alcance de los fantasmas.

INT. SALA DE ESTAR, HOTEL JEROME. MISMA NOCHE, MISMA HORA DE CENAR.

Grace está viendo *La Sirenita* mientras cena en la habitación. No reacciona al dilema de Ariel. El sonido está apagado y es la centésima vez.

INT. J-BAR, HOTEL JEROME. DESPUÉS DE LA CENA.

Solo DOS ESQUIADORES están sentados en los taburetes de la barra. Suena una canción *country* a bajo volumen; apenas podemos oírla. Lo que oímos con más claridad es la voz en *off* de Adam.

ADAM (V.O.)

Después de cenar, le leí a Matthew el capítulo siete de *El dragón de mi padre:* «Mi padre se encuentra con un león».

ÁNGULO MÁS AMPLIO: alrededor de la mesa de Adam y Matthew están apiñados los fantasmas, que han acercado sillas para escuchar la historia. Jerome B. Wheeler y el ute están escuchando, al igual que los dos mineros que volaron en pedazos colocando cargas de pólvora negra; el minero del trineo empuña su martillo. A los dos mineros no les hace ninguna gracia la posibilidad de encontrarse con un león.

ADAM (V.O.)

No supuse que a los fantasmas pudiese interesarles una historia para niños, pero tal vez los fantasmas no sabían que era una historia para niños.

OTRO ÁNGULO: los voluntarios de Aspen tienen sus dudas respecto a la historia: se miran unos a otros con incredulidad.

ADAM (V.O.)

Me di cuenta de que los voluntarios de Aspen estaban empezando a inquietarse con aquella historia: *El dragón de mi padre* no está pensada para hombres blancos fuertemente armados.

SIN SONIDO, mientras Adam sigue leyéndole a Matthew.

PRIMER PLANO: Jerome B. Wheeler, con el sujetador de Grace en su regazo.

APARTÁNDOSE: Jerome le pasa el sujetador al ute de gesto contrariado. Sin mirarlo, el ute se lo pasa a uno de los mineros, el que no se ocupa del trineo. El minero se queda mirando el sujetador y da un codazo al minero que sujeta el trineo. El minero del trineo es el que está más cerca de Adam. Se produce un incómodo cambio de manos del sujetador entre los mineros. El minero del trineo le pasa el sujetador a Adam por debajo de la mesa.

PRIMER PLANO: Adam sigue leyendo y mira el sujetador que tiene en el regazo.

INT. ASCENSOR, HOTEL JEROME. POCO DESPUÉS DE LA LECTURA EN EL J-BAR.

Clara Swift está dormida, con la cabeza apoyada en la silla de montar del vaquero; el vaquero duerme con la cabeza en el regazo de Clara, con el Stetson sobre el vientre. El fantasma de Paulina Juárez, la criada mexicana que es la madre de Paul Goode, se yergue protectora sobre Clara. Cuando se abre la puerta del ascensor, y entran Adam y Matthew, Paulina se lleva el dedo índice a los labios, advirtiendo a Adam de que no haga ruido.

ADAM

(susurra a Matthew)

En el ascensor, hay que hablar en susurros.

MATTHEW

(susurra)

¿Por qué?

ADAM

(susurra)

Para ir practicando el silencio. Es muy posible que tu madre esté dormida cuando lleguemos.

MATTHEW

(susurra)

De acuerdo.

Paulina le susurra a Adam. Matthew no la ve ni la oye.

PAULINA

(una mano en el corazón)

Lo siento. Tu madre.

(repite, en inglés)

Lo siento. Tu madre.

Adam asiente. Paulina sonríe a Matthew.

PAULINA

(susurra a Adam, primero en español, luego en inglés)

¿Tu hijo? ¿Es tu hijo?

ADAM

(susurra también y asiente)

Matthew.

MATTHEW

(le susurra a su padre)

¿Qué?

ADAM

(susurra)

Recuerda susurrar.

MATTHEW

(susurra)

¡Acabas de decírmelo!

Paulina sonríe a su bisnieto.

ADAM (V.O.)

¿Quién conoce las reglas de los fantasmas? ¿Por qué el fantasma de mi abuela era una mujer joven, de treinta y pocos años? Tenía cuarenta y ocho cuando murió.

La puerta del ascensor se abre. Adam y Matthew salen.

PAULINA

(susurra a Adam, en español e inglés)

Tu abuela. Tu abuela.

ADAM

(susurra, asintiendo)

Sí.

MATTHEW

(susurra a su padre)

¿Sí, qué?

La puerta del ascensor se cierra. Clara Swift y el vaquero siguen durmiendo. Paulina ve el sujetador de Grace en el suelo del ascensor. Lo esconde en el delantal de su uniforme.

ADAM (V.O.)

Cuando las mentiras por omisión se desenredan, también lo hace la historia.

INT. SALÓN, HOTEL JEROME. CONTINUO.

Adam y Matthew entran en su suite. La televisión del salón está encendida y en la pantalla aparece un primer plano de Úrsula, la bruja del mar en *La Sirenita*. Úrsula es grotesca y morada; el salón adquiere un tono morado. Adam lleva una camisa de franela, se la desabrocha y tantea el interior en busca del sujetador de Grace. Matthew está preocupado por Úrsula.

ADAM (V.O.)

El sujetador desaparecido no importaba; el sujetador era solo el principio.

INT. DORMITORIO, HOTEL JEROME. CONTINUO.

Grace está dormida en la cama. Hay una luz encendida en el baño; la puerta está abierta. Matthew y Adam se desvisten para meterse en la cama. Adam se quita la camisa de franela. Busca en las mangas, no encuentra el sujetador.

MATTHEW

(susurra)

¿Qué buscas?

ADAM

(susurra)

Buen chico. Sigue susurrando.

MATTHEW

(susurra)

¡Lo sé!

Matthew va al baño a cepillarse los dientes.

INT. VESTÍBULO, HOTEL JEROME. CONTINUO.

Adam mira el pasillo desde la puerta abierta de su suite. No ve el sujetador. Cierra la puerta. El sujetador cuelga del pomo exterior de la puerta de la suite. Paulina debe de haberlo puesto ahí.

INT. SALÓN, HOTEL JEROME. CONTINUO.

Úrsula en la televisión, su color púrpura tiñe el salón. Adam le echa una mirada a Úrsula al pasar.

ADAM (V.O.)

Úrsula, la bruja del mar, no es importante, pero es como el sujetador. Esos son los detalles que recuerdas cuando pasan las peores cosas.

INT. DORMITORIO, HOTEL JEROME. CONTINUO.

Adam está arropando a Matthew en su cama plegable.

MATTHEW

(susurra, señalando a la sala de estar)

¿Sigue Úrsula ahí fuera?

ADAM

(susurra)
¿Quieres que la apague?

MATTHEW

(susurra)
Apágala.

ADAM

(susurra)
Vale.

INT. SALÓN, HOTEL JEROME. CONTINUO.

A la luz violácea, Adam mira a Úrsula; ella le mira con desprecio.

ADAM (V.O.)

En retrospectiva, son tantas las cosas pequeñas y sin importancia que parecen señales.

Adam apunta con el mando a Úrsula y apaga la tele.

FUNDIDO A NEGRO. DESAPARECE.

INT. VESTÍBULO, HOTEL JEROME. LA MAÑANA SIGUIENTE.

El sujetador de Grace ha pasado la noche en el pomo de la puerta de la suite de Adam. Un trío conocido pasa junto al sujetador. Billy pasa primero, seguido de Paul Goode —Paul es el único que va vestido para esquiar— y Otto llega el último.

ADAM (V.O.)

Grace no quiso esperarnos a Matthew y a mí para bajar a desayunar. Fuimos demasiado lentos vistiéndonos para esquiar, y Grace ya estaba lista para irse. Grace, vestida para esquiar, sale por la puerta, ve su sujetador en el pomo de la puerta, se agarra los pechos, coge el sujetador.

INT. DORMITORIO, HOTEL JEROME. CONTINUO.

Adam está ayudando a Matthew a ponerse los pantalones de esquí cuando Grace entra en el dormitorio, mostrando su sujetador.

GRACE

(a Adam)

¿Por qué estaba mi sujetador en el pomo de la puerta de nuestra suite?

ADAM

No tengo ni idea.

Grace deja caer el sujetador sobre la cama. Mientras se va, Adam ayuda a Matthew a ponerse el jersey de esquí.

MATTHEW

¿Los sujetadores de conchas marinas son raros?

ADAM

No tengo ni idea.

OTRO ÁNGULO: encima de una cómoda está el ejemplar de su novela que Adam compró para regalárselo a su padre; la foto de autor de Adam le mira mientras termina de ponerse su ropa de esquí.

ADAM (V.O.)

Sabía que Grace y Paul Goode iban a esquiar juntos. No era la mañana más adecuada para darle uno de mis libros a mi padre. No añadí un «Para mi padre» a la firma. Tal vez debería haber añadido: «Para Paul Goode». Tal vez bastaba con firmarlo.

INT. SALÓN, HOTEL JEROME. CONTINUO.

Matthew, vestido para esquiar, apunta el mando a distancia al televisor y lo enciende. EL PRESIDENTE BILL CLINTON aparece en la tele. Está hablando, pero el volumen del televisor está apagado. Adam mira el televisor.

MATTHEW

Úrsula se ha ido.

ADAM

Nos cae bien Bill Clinton.

EXT. ENTRADA, HOTEL JEROME, E. MAIN. CONTINUO.

Un portero vaquero está cargando la furgoneta del Jerome con el equipo de esquí y el equipaje de la familia Chen. El fantasma de la chica hippy alta, siempre desapercibida, le muestra sus pechos al señor Chen.

ADAM (V.O.)

La familia Chen se marchaba. Matthew y yo esquiaríamos en Aspen Mountain, mientras Grace y mi padre lo hacían en Loge Peak.

INT. SALA DE DESAYUNOS, HOTEL JEROME. CONTINUO.

Cuando Adam y su familia se sientan, Paul Goode —solo en una mesa para dos— les saluda con la mano. Grace le devuelve el saludo. Adam y su padre asienten. Otto y Billy se sientan en su propia mesa. Otto se levanta y saluda a Matthew.

MATTHEW

(a su madre y a su padre)

¿Puedo ir a ver los animales con Otto?

GRACE

Sí, Matthew. Gracias, Otto.

MATTHEW

(cuando Otto le toma de la mano)

Gracias, Otto.

ADAM

(llama a Matthew)

Pediremos tus tortitas.

Grace le dedica una gélida mirada a Adam.

RETROCEDIENDO: vemos a Adam y Grace desde la mesa de Paul Goode, tal como los vería él. Grace es la única que habla.

GRACE

Voy a contarte cómo va a ser el resto del viaje.

OTRO ÁNGULO: de Grace hablando con Adam, desde el punto de vista de Billy. Billy siente curiosidad por Grace, pero le cuesta mantener la atención.

GRACE

Terminaré mis asuntos con Paul, después de esquiar, o más tarde esta noche, cuando Matthew se haya ido a la cama.

INT. ANTLER BAR, HOTEL JEROME. CONTINUO.

Otto está imitando las expresiones de las caras de las cabezas de los animales colgadas con la intención de entretener a Matthew.

ADAM (V.O.)

«Tus asuntos», dije. «No me interrumpas, lo principal son las memorias de Paul», replicó Grace. «Y no me digas que no tienes ni idea de lo que ha pasado con mi sujetador», dijo. No se lo expliqué. Grace no habría creído lo que yo pudiera haberle contado sobre su sujetador y los fantasmas.

INT. SALA DE DESAYUNOS, HOTEL JEROME. CONTINUO.

Paul Goode es testigo de la conversación unilateral que Grace mantiene con Adam. La disolución de ese matrimonio le resulta evidente.

ADAM (V.O.)

Grace me dijo que ella y Matthew iban a irse de Aspen al día siguiente. Quería estar a solas con Matthew, para explicarle lo que iba a pasar cuando ella y yo nos separáramos. «No te culparé..., por el bien de Matthew», me aseguró Grace.

OTRO ÁNGULO: Billy medita sobre los misterios que se cuentan en una revista, sin prestar atención al sermón que Grace le está dando a Adam.

ADAM (V.O.)

Grace me aclaró que iba a quedarme solo en Aspen, un día y una noche más. Cuando volviera a Vermont, me tocaría estar a solas con Matthew, dijo Grace.

ÁNGULO MÁS AMPLIO: Otto trae a Matthew de vuelta a la mesa, donde Grace deja de hablar con Adam.

ADAM (V.O.)

Convertir a Matthew en prioritario, como Grace y yo acordamos que debía ser, me obligó a aceptar los planes de Grace.

PUNTO DE VISTA de Adam de su padre solo en su mesa. Paul Goode sonríe a la familia de Adam, pero los pensamientos de Paul son indescifrables.

ADAM (V.O.)

No me importaba que Grace se acostara con mi padre. Solo quería que tuviese bien claro quién era, si iba a acostarse con él.

INT. TELECABINA SILVER QUEEN, ASPEN MOUNTAIN. ESA MAÑANA.

En la telecabina para seis personas, con otros cuatro esquiadores, Adam y Matthew están sentados espalda contra espalda. Vuelven sus cabezas para hablar.

MATTHEW

Es como estar metido dentro de un huevo.

ADAM

¿A qué te refieres?

MATTHEW

¡A *esto!*

ADAM

¿La telecabina?

MATTHEW

¡Es como estar en un *huevo!*

A los otros cuatro esquiadores les inquieta ese pensamiento.

EXT. GÓNDOLA SILVER QUEEN, ASPEN MOUNTAIN. CONTINUO.

Desde una pista azul, Silver Dip, vemos lo que sería el PUNTO DE VISTA de un esquiador desde el huevo de la telecabina, pasando por encima.

ADAM (O.C.)

¿Sabes en qué se convierte un huevo?

EXT. TELESILLA, ASPEN HIGHLANDS. ESA MISMA MAÑANA.

Paul y Grace suben al telesilla de cuatro plazas desde la base de Aspen Highlands junto a OTROS DOS ESQUIADORES, un matrimonio.

GRACE

(ignorando a la pareja)

Has tenido una vida interesante. Creciste aquí y te convertiste en actor y guionista. Eres veterano de guerra, has sufrido una tragedia personal, pero a la gente le interesan tus primeras experiencias, las *formativas*.

Al matrimonio que viaja junto a Paul y Grace les interesa el tema, están ansiosos por saber más.

PAUL GOODE

Creo que no me apetece escribir sobre esas primeras experiencias, las *formativas*.

GRACE

La mayoría de las estrellas de cine no saben escribir, pero tú eres *escritor*.

PAUL GOODE

Mi primera experiencia sexual fue con la madre de tu marido. Supongo que se la podría definir como *formativa*.

Al igual que la ansiosa pareja que los acompaña en el telesilla, Grace no se esperaba algo así: los otros dos esquiadores están anonadados. A pesar de su actitud despreocupada, Paul sabe exactamente lo que está haciendo. Como ha dicho Grace, es escritor. Te guste o no lo que escribe, Paul Goode sabe cómo contar una historia.

EXT. COPPER BOWL, ASPEN MOUNTAIN. ESA MISMA MAÑANA.

Copper Bowl es una pista azul. Adam y Matthew pasan por debajo de la telecabina Silver Queen, esquían con cautela y hablan alegremente. Solo oímos la voz en *off* de Adam.

ADAM (V.O.)

Cuando un matrimonio se está desmoronando, cuando hay un hijo de por medio, y te espera la separación, es cuando tienes que ser mejor de lo que nunca has sido. Porque en ese momento, no eres el protagonista principal de esa historia.

EXT. LOGE PEAK QUAD, ASPEN HIGHLANDS. ESA MISMA MAÑANA.

En la cola del nuevo telesilla, Grace intenta alejarse del matrimonio que subió con ella y Paul en el telesilla anterior. Paul habla con Grace en la cola. La pareja que montó con ellos está escuchando, pero solo oímos la voz en *off* de Adam.

ADAM (V.O.)

A pesar de las buenas intenciones de los adultos, las parejas que están rompiendo se comportan mal.

Grace desconfía de DOS CHICOS JÓVENES que comparten una botellita de tequila mientras hacen cola para montarse en el telesilla delante de ella y de Paul. Grace no quiere subirse al telesilla Loge Peak con los dos chicos que beben ni con el matrimonio.

ADAM (V.O.)

No culpo a Grace. Mi padre, por su parte, se culparía por todo.

Los dos bebedores miran hacia atrás en la cola mientras se aproxima el telesilla; uno de los jóvenes hace señas a Paul y Grace para que se unan a ellos. Paul no duda en adelantarse en la cola del telesilla. Grace no tiene más remedio que seguirle, y sube con Paul y los dos bebedores.

ACERCÁNDOSE: el telesilla que asciende. Los chicos encienden cigarrillos al viento. Ahora oímos lo que dice Paul.

PAUL GOODE

En esta misma silla, tu marido me dijo que se acostó con mi mujer.

Al oír esto, uno de los fumadores se quema un ojo cuando la punta encendida de su cigarrillo se desprende a causa del viento y le da en la cara. Su compañero se quema los dedos con el cigarrillo, ahuecándolo entre las manos.

PAUL GOODE

Clara sentía repulsión por lo que hizo; lo aborrecía; se odiaba a sí misma por haberlo hecho, me dijo tu marido. Le creo, pero lo que pasó no fue culpa de tu marido.

El fumador que se ha quemado los dedos deja caer el cigarrillo encendido en su regazo, donde se pierde entre los pliegues de su parka. Se ha levantado un poco más de viento. El otro fumador se frota el ojo dolorido.

PAUL GOODE

Fue culpa mía que Clara lo hiciera: lo hizo por lo que yo hice.

A Grace le angustia que los bebedores de tequila estén pendientes de cada una de sus palabras. Paul parece tan despreocupado como los personajes de género negro que interpreta en sus películas.

PAUL GOODE

Tu marido tenía buenas intenciones. Sé que pretendía hacerme sentir mejor. «También fue culpa mía», me dijo.

(Grace asiente con la cabeza)

No, no lo entiendes. Lo que hizo Clara —acostarse con tu marido, saltar del telesilla— fue culpa mía.

A medida que asciende el telesilla, el viento sopla con más fuerza. Mientras los chicos bebedores de tequila se ponen los pasamontañas, una columna de humo sale de la parka del fumador que ha dejado caer un cigarrillo encendido en su regazo.

PAUL GOODE

(al fumador)

Tu parka está ardiendo.

El dueño de la parka que está ardiendo se baja la cremallera y se la quita, justo cuando la parka estalla en llamas. Vemos cómo su parka en llamas cae de la silla. Cae a la pista de esquí, alarmando a los pasajeros del siguiente telesilla y a algunos esquiadores que se encuentran en la pista bajo el telesilla.

PAUL GOODE (O.C.)

(a todos)

A todo lo que arde le gusta el viento. Al fuego le encanta el viento.

Paul señala hacia la derecha. Grace y los bebedores ven el barranco sobre el que pasaba el viejo telesilla.

PAUL GOODE

(a Grace)

El viejo telesilla pasaba por ese barranco. Clara saltó del telesilla justo ahí.

El bebedor está tiritando sin su parka.

PAUL GOODE

(a Grace)

Estábamos por aquí, más o menos, cuando tu marido me dijo que yo era su padre.

GRACE

¡Debería haberle dicho a tu mujer que era tu hijo! ¡Clara no se habría acostado con él de haberlo sabido!

PAUL GOODE

Clara se habría acostado con otro. Iba a acostarse con alguien..., con quien fuera.

(un golpe)

Tu marido me enseñó la foto cuando bajamos del telesilla.

Un bebedor le susurra algo al otro.

BEBEDOR

¿Quién tomó la foto? ¿La foto de *qué?*

A Grace le molesta que los bebedores se hayan incluido a sí mismos en la conversación, pero a Paul no le importa.

PAUL GOODE

(a los bebedores)

Era una foto de la madre de su marido, a la edad que tenía cuando se acostó conmigo. Ella tenía dieciocho, casi diecinueve años; yo, catorce, casi quince.

Se acercan a la estación del remonte en la cima de Loge Peak. Paul, Grace y los bebedores se preparan para bajarse del telesilla.

EXT. EL MURO, ASPEN HIGHLANDS. CONTINUO.

El Muro es una pista negra de doble diamante que cruza por debajo del telesilla de cuatro de Loge Peak. DOS PISTEROS examinan las cenizas humeantes de la parka del bebedor.

UN PISTERO

¿Qué demonios...?

EL OTRO PISTERO

¿Un esquiador en llamas en el telesilla?

EXT. UNA PISTA NEGRA, ASPEN HIGHLANDS. CONTINUO.

En una pista negra, o negra de doble diamante, Grace y Paul están esquiando con intensidad, igualando los giros y cortes del otro. Cuando Paul se detiene bruscamente, Grace se detiene a su lado.

GRACE

Enséñame la foto.

Paul se quita los guantes, abre un bolsillo de su parka y le enseña a Grace la foto de la madre de Adam. Paul y Grace están mirando la foto cuando los bebedores se detienen junto a ellos. Los bebedores son mejores esquiadores de lo que cabría esperar, pero no tan buenos como Grace y Paul. Para consternación de Grace, los bebedores se quedan mirando la foto.

PAUL GOODE

(a Grace)

No creo que tu marido quisiera darme la foto, solo quería que viera quién era su madre. Por favor, devuélvesela.

PRIMER PLANO: la foto en blanco y negro de Ray en Aspen en 1941.

PAUL GOODE (O.C.)

Me dio su gorro de esquiar y su jersey.

RETROCEDIENDO: Grace está guardando la foto en su parka.

PAUL GOODE

Dadas las circunstancias, me quedé prendado: me encantaba su jersey, incluso su gorro. Me los puse hasta que ya no me cabían. Nunca los tiré. Durante la guerra, mi madre se los dio a una chica que trabajaba en la cocina del hotel.

GRACE

(se aparta)

¡Vale, vale, lo he pillado!

Paul le da ventaja antes de ir tras ella. El bebedor sin la parka tiembla y empieza a gemir. Los bebedores se apartan, no intentan seguirlos, sino sobrevivir.

ADAM (V.O.)

Grace dijo que mi padre estaba retomando su papel de conductor a la fuga en *El coche equivocado;* Paul Goode, al parecer, estaba imitando la confianza del pequeño conductor.

En blanco y negro, extracto de *El coche equivocado,* en el apartamento del conductor a la fuga. La puerta se abre y la mujer con el cochecito de bebé entra empujando el cochecito delante de ella, con la llave de la puerta apretada entre los dientes.

En la cama, la chica del gánster intenta cubrirse, al igual que el pequeño conductor. La mujer acerca el cochecito a la cama, mirándolos fijamente.

CONDUCTOR A LA FUGA

Podrías haber llamado, ya sabes.

EXT. TODAVÍA UNA PISTA NEGRA, ASPEN HIGHLANDS. CONTINUO.

Paul y Grace esquían a toda velocidad por una pista estrecha y empinada. Tienen que detenerse al llegar a una nueva pista.

ADAM (V.O.)

Grace entendió que no habría sexo con Paul Goode, tan solo esquí.

Paul vuelve a hablar. Solo oímos la voz en *off* de Adam.

ADAM (V.O.)

Los bebedores habían desaparecido. Paul Goode había dejado de actuar. Su hijo se había acostado con su esposa, pero mi padre no iba a acostarse con Grace. Fin del asunto.

INT. TELECABINA SILVER QUEEN, ASPEN MOUNTAIN. ESE MISMO DÍA.

En la telecabina para seis personas, Adam y Matthew van sentados espalda contra espalda, inclinados sobre sus rodillas.

ADAM (V.O.)

¿De qué sirves como padre si no puedes ser un buen ejemplo? Matthew dijo que estábamos metidos en un huevo, que íbamos a salir del cascarón, o a nacer, cuando llegáramos a la cima.

Los otros cuatro esquiadores de la telecabina parecen desconcertados al ver a Adam y Matthew en postura fetal.

ADAM (V.O.)

Matthew era lo más importante, eso le dijo mi padre a Grace.

EXT. LOGE PEAK QUAD, ASPEN HIGHLANDS. MISMO DÍA.

Grace y Paul tienen el cuatro plazas para ellos solos. Paul habla mientras sube el telesilla; Grace asiente mientras le escucha. La voz en *off* de Adam es todo lo que oímos.

ADAM (V.O.)

Con respecto a la ruptura del matrimonio de mi padre con Clara Swift, Paul Goode dijo que él y Clara no habían prestado suficiente atención a su hijo, Toby. Punto final.

EXT. EXPLORADOR GULCH, ASPEN HIGHLANDS. MISMO DÍA.

Los dos pisteros que encontraron la parka quemada del bebedor han encontrado a los propios bebedores, en una pista azul bajo el telesilla Exhibition. El bebedor congelado y sin parka está acurrucado bajo una manta en la camilla de rescate de los pisteros; el otro bebedor está simulando el incendio en el telesilla. No podemos oír lo que el bebedor cuenta a los pisteros, pero conocemos la historia.

ADAM (V.O.)

No fue la jornada de esquí que Grace o yo esperábamos.

EXT. ESTACIÓN DE REMONTES, TELECABINA SILVER QUEEN, CIMA DE ASPEN MOUNTAIN. MISMO DÍA.

Adam y Matthew imitan el proceso de eclosión o nacimiento mientras bajan de la telecabina. Los ESQUIADORES, ASQUEADOS, se alejan de ellos.

ADAM (V.O.)

Es difícil fingir estar naciendo sin ofender a nadie.

EXT. UPPER STEIN, LOWER STEIN, ASPEN HIGHLANDS. MISMO DÍA.

Paul y Grace esquían. Cuando hacen una pausa, hablan como dos viejos amigos. Están esquiando por una pista doble diamante, del Upper Stein al Lower Stein. La voz en *off* de Adam es todo lo que oímos.

ADAM (V.O.)

Mi padre no iba a escribir sus memorias, le dijo a Grace. Nuestro Matthew y el hijo de Paul Goode, Toby, se librarían de leer una historia como esa, me dijo Grace.

EXT. PISCINA Y JACUZZIS, HOTEL JEROME. ESE MISMO DÍA, POR LA TARDE.

Adam, Grace y Matthew están en los jacuzzis, donde Lex Barker escucha su conversación.

ADAM

(a Matthew)

Nos faltan tres capítulos para terminar *El dragón de mi padre*. No vamos a acabarlo.

GRACE

(a Matthew)

Tú y yo volveremos a Vermont mañana por la noche, pero tu padre no regresará a casa hasta pasado mañana.

MATTHEW

(a su padre)

¿Qué tres capítulos?

ADAM

El gorila, los cocodrilos y el dragón.

Tarzán conoce a los simios y a los cocodrilos, pero el dragón le preocupa.

ADAM

Puedo ocuparme del gorila esta noche. Tu madre podría ocuparse de los cocodrilos en el avión.

GRACE

Puedo leerte el capítulo del dragón en casa, mañana por la noche.

ADAM

Y cuando vuelva a casa, podemos empezar el libro al completo otra vez.

MATTHEW

(sorprende a Tarzán)

¡Desde el principio!

INT. J-BAR, HOTEL JEROME. ESA TARDE.

Adam, Grace y Matthew están cenando. No hay acritud entre Adam y Grace, hablan entre ellos y Matthew se une a la conversación, pero solo oímos la voz en *off* de Adam y una canción *country.* Sin la presencia de Monika y de sus amigas, los fantasmas no resultan amenazadores: los dos mineros en el bar, los voluntarios de Aspen en su mesa habitual, Jerome B. Wheeler conversando con el indio ute. Desde la calle, la chica hippy alta se asoma por una ventana.

ADAM (V.O.)

Sabía que esa iba a ser la última vez que estábamos en algún sitio juntos como familia, pero esa noche me pareció tanto un final como el principio de algo diferente.

INT. SALÓN, HOTEL JEROME. ESA NOCHE.

Grace está sola en el salón, viendo la televisión.

PANTALLA: Paige como-se-llame en su programa de cotilleos de cine. Paige está entrevistando de nuevo a Juliette Leblanc. Solo han pasado cinco años, pero Juliette no está envejeciendo bien. Se hallan en un hotel en alguna parte.

PAIGE

Paul Goode va a cumplir *setenta,* ¿verdad?
(Juliette se encoge de hombros)
No parece que tenga setenta.
(Juliette se encoge de hombros)
Y Clara Swift —si siguiera viva— cumpliría cincuenta este año.

UN JOVEN que solo lleva una toalla alrededor de la cintura entra en el salón de la suite, procedente del dormitorio.

JULIETTE

(al joven)
Ya te he dicho que me están entrevistando. No me refería a mañana.

El joven se encoge de hombros. Vuelve al dormitorio.

PAIGE

(susurra)

¿Y quién es ese joven tan *guapo?*

(Juliette se encoge de hombros)

Volviendo a Paul Goode. ¿Crees que es un milagro que no lo haya matado alguna de las mujeres con las que se acostó?

JULIETTE

(sin encogerse de hombros)

O una mujer con la que no se acostó.

Paige se queda sin palabras, no había pensado en esa posibilidad.

PAIGE

(a cámara)

¡Estoy con Juliette Leblanc, nos hallamos en un lugar no revelado!

RETROCEDIENDO: Grace apaga el televisor. Puede oír a Adam leyendo en voz alta en el dormitorio.

ADAM (O.C.)

«Una hermosa leona desfiló...»

Grace se tapa los oídos con las manos; no es su tipo de historia.

INT. DORMITORIO, HOTEL JEROME. CONTINUO.

Adam está con Matthew en la cama plegable, leyendo el capítulo sobre gorilas de *El dragón de mi padre*. Grace cruza el dormitorio de camino al baño.

ADAM

«... estaba demasiado ocupada en parecer digna como para ver algo más que la punta de su propia nariz.»

INT. CUARTO DE BAÑO, HOTEL JEROME. CONTINUO.

Sobre Grace, mirándose en el espejo.

ADAM (O.C.)

«Era la madre del león...»

INT. DORMITORIO, HOTEL JEROME. UN POCO MÁS TARDE ESA NOCHE.

PRIMER PLANO: de Matthew, dormido en su cama plegable.

OTRO ÁNGULO: de Adam y Grace, dormidos —sin tocarse— en sus respectivos lados de la cama.

ADAM (V.O.)

«... no había ningún ladrón a la vista.»

PRIMER PLANO: en la mesilla de noche, en el lado de Adam, cerca de la puerta del baño y de la cama plegable de Matthew, está *El dragón de mi padre* con la ilustración de portada del bebé dragón sobre una nube.

FUNDIDO A NEGRO. Suena «You Send Me» de Sam Cooke. SUENA ENTERA. DESAPARECE.

EXT. ACERA DE ASPEN, S. MILL. LA MAÑANA SIGUIENTE, TEMPRANO.

Ha nevado durante la noche. Apenas han limpiado la acera de S. Mill. Las pequeñas ruedas del cochecito de bebé recorren despacio la acera nevada. Vemos las MANOS CON GUANTES empujando el cochecito, pero no al bebé. Es el punto de vista de la mujer con el cochecito de bebé, pero no la vemos a ella, solo a los esquiadores, que vienen hacia nosotros por la acera de S. Mill. Pasamos por E. Cooper y nos acercamos a E. Hyman, mientras la canción «You Send Me» de Sam Cooke CONTINÚA.

INT. SALA DE DESAYUNOS, HOTEL JEROME. ESA MISMA MAÑANA.

Flanqueado por Otto y Billy, Paul Goode llega a desayunar; temprano, como siempre. «You Send Me» SE REPITE.

INT. SALÓN, HOTEL JEROME. MISMA HORA, MISMA MAÑANA.

Grace observa cómo uno de los porteros vaqueros carga un carro de equipaje con sus cosas y las de Matthew. Adam está escribiendo en el ejemplar de su novela para su padre. Matthew le observa.

MATTHEW

¿Qué estás escribiendo?

ADAM

Es lo que escribo cuando firmo uno de mis libros a alguien que no conozco bien. Escribo: «Con mi agradecimiento».

MATTHEW

Oh.

Seguimos oyendo a Sam Cooke cantando «You Send Me», más bajito ahora.

EXT. ACERA DE ASPEN, S. MILL. CONTINUO.

El cochecito de bebé pasa junto a E. Hyman, camino de E. Hopkins. DOS ESQUIADORES vienen hacia nosotros, camino de Aspen Mountain. Sam Cooke sigue cantando «You Send Me».

INT. SALA DE DESAYUNOS, HOTEL JEROME. CONTINUO.

«You Send Me» es el único sonido. Adam, Grace y Matthew se sientan. Grace y Paul se saludan. Otto se levanta y abandona su mesa y la de Billy, ofreciéndose de nuevo a enseñarle a Matthew las cabezas de animales disecadas del Antler Bar, pero Grace le detiene señalando su reloj. Le explica a Otto que es día de viaje. Adam le entrega a Otto el ejemplar de su novela que firmó para su padre. Otto le lleva el libro firmado a Paul Goode, que lee la dedicatoria: «Con mi agradecimiento», en la portadilla. Hay un gesto de reconocimiento entre padre e hijo.

Matthew preferiría estar en el Antler Bar con Otto.

EXT. ACERA DE ASPEN, S. MILL. CONTINUO.

El cochecito de bebé ha pasado E. Hopkins y espera ante el semáforo de E. Main. Vemos cómo la mujer mayor se quita los guantes de las manos y los mete bajo las mantas del cochecito. Sam Cooke canta «You Send Me» como si nunca fuera a acabar.

EXT. ENTRADA, HOTEL JEROME, E. MAIN. CONTINUO.

El fantasma de la chica hippy ignora al portero vaquero, pero alguien fuera de cámara llama su atención. Es un alivio que «You Send Me» se desvanezca.

OTRO ÁNGULO: el portero vaquero ve acercarse a la mujer con el cochecito de bebé. La hippy alta se acerca al cochecito y se asoma al interior; parece desconcertada por lo que ve dentro, mientras la mujer pasa con el cochecito junto a ella y entra en el Jerome.

Es la mujer mayor de pelo gris que Matthew vio en la librería. Ha envejecido más que Paul Goode desde que salieron juntos en *El coche equivocado*. Es la misma mujer, pero tiene casi la edad de Paul. A diferencia de Paul, ella sí aparenta setenta años.

INT. VESTÍBULO, HOTEL JEROME. CONTINUO.

Jerome B. Wheeler ve a la mujer con el cochecito de bebé cruzar el vestíbulo. Wheeler la mira con pesar y resignación. Es como si supiera todo lo que va a suceder, igual que parece saber todo lo que ha sucedido.

Jerome B. Wheeler vuelve a centrar su atención en el voluntario de Aspen, que todavía sangra, mientras la mujer con el cochecito de bebé atraviesa el vestíbulo y la canción «You Send Me» de Sam Cooke SE DESVANECE.

INT. SALA DE DESAYUNOS. HOTEL JEROME. CONTINUO.

Adam y Grace ven a la mujer canosa de perfil, tan solo la cabeza y los hombros. Desde donde están sentados, Adam y Grace no ven el cochecito de bebé.

MATTHEW

Por lo general, un fantasma no te mata. Si alguien te mata, no suele ser un fantasma.

Matthew no solo reconoce a la mujer canosa de la librería; desde donde está sentado, Matthew también ve el cochecito de bebé.

MATTHEW

(a su padre)
Estuvo en tu firma de libros.
(susurra)
Está *chiflada*.

Matthew gira el dedo índice junto a su oreja. Con el otro dedo índice, Matthew señala a la mujer mayor que ha pasado junto a su mesa. Adam debe de estar soñando despierto.

ADAM

(susurra de vuelta)
¿Quién está chalada?

MATTHEW

(sigue señalando)
La mujer del cochecito de bebé.

Adam se levanta. Ve a la mujer del cochecito de bebé de espaldas. Está junto a la mesa de Paul Goode.

MATTHEW

No llevó el bebé a la librería.

ÁNGULO MÁS AMPLIO: Billy y Otto están absortos en el póster desplegable del *Playboy*.

OTRO ÁNGULO: Paul Goode alza la vista de su desayuno y mira a la mujer con el cochecito de bebé. Han pasado cuarenta años. Paul no la reconoce, no hasta que ella habla, repitiendo sus líneas de diálogo de *El coche equivocado*.

MUJER DEL COCHECITO

Te toca quedarte con el bebé, amiguito.

Saca la escopeta de cañones recortados del cochecito de bebé y dispara a bocajarro a Paul Goode.

PRIMER PLANO: la mujer con la escopeta de doble cañón del calibre doce. Apoya los dos cañones bajo su barbilla y se pega un tiro. Grace cubre los ojos de Matthew con sus manos.

PRIMER PLANO: Otto y Billy, de pie, paralizados en su mesa.

ÁNGULO MÁS AMPLIO: Adam, de pie junto al cadáver de su padre.

PRIMER PLANO: la foto del autor salpicada de sangre en la cubierta de la novela de Adam.

ÁNGULO MÁS AMPLIO: sobre Adam, junto al cadáver de su padre.

PRIMER PLANO: el cadáver de la mujer con el cochecito de bebé; uno de sus brazos bloquea nuestra visión de su cabeza; o bien su cabeza ha desaparecido.

ADAM (V.O.)

Como algo que podría haber escrito Paul Goode: más negro que el género negro.

INT. ASCENSOR, HOTEL JEROME. POCO DESPUÉS.

Clara Swift se golpea la cabeza contra el ascensor. El vaquero la abraza y deja que se golpee la cabeza contra su pecho. Marty Robbins canta «Streets of Laredo». SUENA HASTA EL FINAL.

ADAM (V.O.)

El cine negro es el nuevo *western*.

EXT. ENTRADA, HOTEL JEROME, E. MAIN. POCO DESPUÉS.

Tres de los porteros vaqueros habituales mantienen la entrada despejada para la llegada de los coches de policía y una ambulancia. POLICÍAS Y MÉDICOS DE URGEN-

CIAS pasan corriendo junto a la alta chica hippy, que ahora no le enseña los pechos a nadie. «Streets of Laredo» CONTINÚA.

INT. J-BAR, HOTEL JEROME. CONTINUO.

Los voluntarios de Aspen y el ute miran por las ventanas del vacío J-Bar, mientras Marty Robbins sigue cantando.

ADAM (V.O.)

En el terreno del melodrama, el género negro ha sustituido a los indios y los vaqueros.

INT. VESTÍBULO, HOTEL JEROME. CONTINUO.

Mientras los policías y los médicos de urgencias corren por el vestíbulo, donde Jerome B. Wheeler y el voluntario de Aspen todavía sangrando están tomando café, SE REPITE «Streets of Laredo».

ADAM (V.O.)

Los policías y los médicos de urgencias son los nuevos voluntarios de Aspen. Mi padre habría comprendido lo que Juliette Leblanc le dijo a Paige como-se-llame: tal vez una mujer con la que se acostó, o una con la que no se acostó, acabaría matándolo.

INT. SALA DE DESAYUNOS, HOTEL JEROME. CONTINUO.

NINGÚN SONIDO excepto Marty Robbins. Grace sostiene la mano de Matthew mientras habla con un policía. Tanto Grace como el policía coinciden en que la escena del crimen no es lugar para Matthew. El policía los escolta fuera del comedor.

OTRO ÁNGULO: UN FOTÓGRAFO DE LA POLICÍA acaba de tomar fotos de los dos cuerpos y los médicos de urgencias los cubren. El fotógrafo hace fotos de la mesa del desayuno de Paul Goode, antes de permitir que Otto recoja la novela de Adam. Billy está hablando con otro policía, al tiempo que Otto coge de una mesa una servilleta limpia que nadie ha utilizado; moja la servilleta en el vaso de agua de Paul, escurriendo la servilleta en el vaso. Otto limpia las manchas de sangre de la foto del autor, antes de devolverle el libro a Adam. Adam se demora para poder hablar con el policía que ha estado hablando con Billy. Los policías asienten. Lo ocurrido es incuestionable. Marty Robbins sigue cantando.

ADAM (V.O.)

Al igual que el *western,* el género negro no tiene misterio: lo que ocurre es lo que tiene que ocurrir; es lo que ocurre *siempre*.

EXT. ENTRADA, HOTEL JEROME, E. MAIN. POCO DESPUÉS.

La chica hippy alta observa cómo los médicos de urgencias meten los cadáveres en la ambulancia. El portero vaquero, con el carro que lleva las cosas de Grace y Matthew, tiene que esperar a que salga un coche de policía o la ambulancia. Durante unos instantes, no hay sitio para aparcar la furgoneta del Jerome. Adam, Grace y Matthew esperan. El fantasma de la chica hippy ve cómo Grace saca la foto del bolsillo de su parka y se la entrega a Adam, que la introduce entre las páginas de su novela. La hippy alta se interesa por la novela. Adam desconfía del fantasma curioso de la chica.

Cuando la ambulancia se marcha, la furgoneta del Hotel Jerome ocupa su lugar en la acera. Adam se despide de su familia. CONTINÚA «Streets of Laredo» de Marty Robbins.

Adam tiembla de frío: no va vestido para estar en el exterior, y la curiosidad de la hippy por su novela le resulta extraña y molesta. Adam vuelve al interior del hotel mientras Grace y Matthew esperan a que carguen la furgoneta del Jerome con sus pertenencias. A la hippy alta le molesta que Adam la haya privado del libro.

INT. ASCENSOR, HOTEL JEROME. POCO DESPUÉS.

El vaquero sigue consolando a Clara cuando Adam entra en el ascensor. Clara se angustia al verle, pero siente curiosidad por el libro. Adam lo sostiene y le enseña su foto de autor. Se señala a sí mismo. A Clara no le impresiona que sea escritor; al vaquero tampoco. «Streets of Laredo» ACABA DESVANECIÉNDOSE.

INT. DORMITORIO, HOTEL JEROME. CONTINUO.

Adam lanza su novela sobre la cama. La foto de su madre se cae del interior. *El dragón de mi padre* está sobre la mesilla de noche. Coge el libro y sale corriendo de la habitación.

INT. ESCALERA, HOTEL JEROME. CONTINUO.

Adam baja corriendo tres tramos de escaleras; es más rápido que esperar al ascensor.

EXT. ENTRADA, HOTEL JEROME, E. MAIN. CONTINUO.

Adam sale corriendo del hotel. No hay porteros vaqueros. Dos coches de policía están aparcados en la acera, pero no hay policías. La furgoneta del Jerome ha desaparecido. Matthew no podrá escuchar los dos últimos capítulos, ni en el avión ni en su casa de Vermont. El fantasma de la hippy alta es el único que está allí. Está tan interesada en *El dragón de mi padre* como lo estuvo en la novela de Adam. De mala gana, Adam se lo enseña. La hippy sonríe y se señala a sí misma.

ADAM

No te entiendo.

La hippy alta se marcha pisando fuerte. Adam vuelve al hotel.

INT. ASCENSOR, HOTEL JEROME. CONTINUO.

Clara le lee la primera frase de *El dragón de mi padre* al vaquero. Adam mira y escucha.

CLARA SWIFT

«Un frío día de lluvia, cuando mi padre era pequeño, conoció a un viejo gato vagabundo en su calle.»

A Clara le cuesta dejar de leer, pero se obliga a cerrar el libro y se lo devuelve a Adam. El vaquero está enganchado a la historia; parece más desamparado que de costumbre.

CLARA SWIFT

(a Adam)

Me encanta esta historia; se la leí a mi hijo cuando era pequeño.

Adam asiente. Se siente culpable por haberle quitado el libro.

ADAM (V.O.)

Me dolió que Clara Swift y el vaquero estuvieran más interesados en *El dragón de mi padre* que en mi novela, pero los escritores tienen que aceptar a ese tipo de lectores.

INT. DORMITORIO, HOTEL JEROME. CONTINUO.

Cuando Adam entra en el dormitorio, su abuela Paulina Juárez está sentada en la cama junto a su novela intacta. Paulina observa con atención la foto de Pequeña Ray. Paulina se lleva la foto al corazón cuando ve a Adam. Paulina debe de saber que han asesinado a su hijo.

ADAM

Lo siento. Lo siento.
(Paulina asiente)
La foto es para ti.
(ella parece sorprendida)
Son el gorro de esquí y el jersey de tu hijo.

Paulina sonríe y asiente.

PAULINA

¡Sí! ¡Muchas gracias!

ADAM

De nada.

Adam toma su novela y le muestra la foto del autor. Paulina es educada, pero no está deseando leerla. Adam deja la novela sobre la mesilla de noche, debajo de *El dragón de mi padre.*

EXT. PISCINA Y JACUZZIS, HOTEL JEROME. MÁS TARDE ESE MISMO DÍA.

A lo lejos, Adam y Lex Barker en los jacuzzis.

ADAM (V.O.)

Nadie piensa en Tarzán como un gran lector. Pero Lex Barker debía de leer. Seguramente, novelas para niños no. Lex no tenía una gran reputación con los niños. Sin expectativa ninguna, empecé por el principio. *El dragón de mi padre* no es una novela larga: poco más de ochenta páginas, contando las ilustraciones.

PRIMER PLANO: Adam le lee a Tarzán en el jacuzzi.

ADAM

«Mi padre y el gato se hicieron buenos amigos, pero la madre de mi padre estaba muy disgustada con el gato. Odiaba a los gatos...»

Tarzán asiente; él también odia a los gatos.

INT. VESTÍBULO, HOTEL JEROME. MÁS TARDE ESE MISMO DÍA.

Adam lee para el voluntario de Aspen que todavía sangra. Jerome B. Wheeler también escucha. Solo oímos la voz en *off* de Adam.

ADAM (V.O.)

Decidí empezar por el principio con todos ellos, pero no todo el mundo cree en los dragones.

INT. J-BAR, HOTEL JEROME. POR LA TARDE.

Los voluntarios de Aspen, sentados a su mesa habitual, no están escuchando la lectura de Adam, pero observan desde una distancia prudencial.

ADAM (V.O.)

Los lectores varían cuando se trata de tener la imaginación suficiente para disfrutar de una historia que se aleje de sus propias experiencias.

ÁNGULO MÁS AMPLIO: Adam leyendo al ute y a los dos mineros que volaron en pedazos bajo tierra; Jerome escucha.

ADAM

(lee)

«... una cría de dragón cayó desde una nube que volaba bajo sobre la orilla del río. Era demasiado joven para volar bien del todo y, además, tenía un ala bastante magullada, así que no podía regresar a su nube.»

EXT. J-BAR, HOTEL JEROME, E. MAIN. CONTINUO.

El fantasma de la chica hippy alta mira por las ventanas del J-Bar desde la acera de E. Main.

ADAM (V.O.)

Algunos lectores y escritores no parecen lectores ni escritores.

EXT. PISCINA Y JACUZZIS, HOTEL JEROME. UN *FLASHBACK*.

SIN SONIDO. Mientras Adam lee, Tarzán cabecea. Lex Barker se queda dormido y cae de bruces al agua. Se despierta tosiendo y resoplando, agitando los brazos y golpeándose el pecho.

ADAM (V.O.)

Algunos no pueden llegar hasta el final.

INT. VESTÍBULO, HOTEL JEROME. UN *FLASHBACK*.

SIN SONIDO. El todavía sangrante voluntario de Aspen parece muerto, otra vez..., o bien está dormido. Jerome B. Wheeler se lleva un dedo índice a los labios. Adam entiende lo que quiere decir: deja de leer.

INT. J-BAR, HOTEL JEROME. MÁS TARDE ESA MISMA NOCHE.

PAN del J-Bar. Los voluntarios de Aspen duermen, con la cabeza sobre la mesa. El bar está cerrado; no hay nadie en la barra.

PRIMER PLANO: Adam sigue leyéndoles al Ute, los dos mineros y Jerome B. Wheeler.

ADAM (V.O.)

Pensé que los dos mineros me harían parar en el capítulo de los cocodrilos —un puente de cocodrilos, a través de un río, es difícil de creer—, pero el ute y los mineros me animaron a leer hasta el final. Si Jerome B. Wheeler ya sabía lo que había pasado, era demasiado educado para decirlo. Jerome llevaba más tiempo por allí que *El dragón de mi padre*.

INT. VESTÍBULO, HOTEL JEROME. MÁS TARDE ESA MISMA NOCHE.

El voluntario de Aspen, todavía sangrante, parece muerto o dormido cuando Paulina Juárez entra en el vestíbulo, lleva de la mano a su hijo Paulino. Paul Goode, como fantasma, tiene catorce años. Va vestido con el gorro de esquí con el pompón y el jersey que le regaló Pequeña Ray.

ADAM (V.O.)

Sabía por qué Paulina era un fantasma más joven de lo que era cuando murió. Paul Goode volvía a ser un niño. A los catorce años, Paulino tenía la edad de cuando conoció a mi madre.

El actor que interpreta a Toby Goode a los catorce años es el mismo que interpreta a Paulino a esa edad. Paulina Juárez se alegra de ver a Adam, que se alegra de ver a su abuela reunida con su padre, en una época en la que fueron felices juntos.

ADAM (V.O.)

Era evidente que el fantasma de Paul Goode no sabía quién era yo. Tal vez su madre se lo explicara algún día, pero también entendí que mi abuela no tenía ninguna prisa por hablar con él de asuntos de mayores.

INT. VESTÍBULO, HOTEL JEROME. CONTINUO.

Adam se encuentra en el vestíbulo del primer piso, esperando el ascensor. Está con la madre y el hijo reunidos, Paulina y Paulino Juárez; esperan juntos al ascensor.

ADAM (V.O.)

Las reglas para los fantasmas me confunden. ¿Por qué el fantasma de Clara Swift tenía cuarenta y cinco años, la edad que tenía cuando saltó del telesilla? Estaba fuera de lugar que el fantasma de Clara fuera más viejo que los fantasmas de Paul Goode y su madre.

La puerta del ascensor se abre. Antes de que nadie pueda entrar, sale Clara. Ella y Paulina Juárez son viejas amigas, siempre se alegran de verse. Clara y el Paulino de catorce años están contentos, pero se muestran tímidos al ser «presentados». Da la impresión de que es la primera vez que el fantasma de Paul Goode ve a Clara.

Paulino se aleja por el pasillo, en dirección al Antler Bar, mientras Paulina y Clara le siguen, sonriéndose la una a la otra. Al parecer, estaban esperando este momento.

INT. ASCENSOR, HOTEL JEROME. CONTINUO.

El vaquero está pateando su montura cuando Adam monta en el ascensor. Solo con su montura de nuevo, el vaquero debe de saber que Clara ha hecho nuevos amigos, o bien se ha topado con alguno antiguo. El vaquero ve que Adam lleva consigo *El dragón de mi padre.*

ADAM (V.O.)

Era tarde, estaba cansado, pero llevaba siendo escritor el tiempo suficiente para percibir cuándo alguien tiene alma de lector, como aquel pobre vaquero, que no había tenido muchas oportunidades de leer.

DISOLVER A: ochenta páginas después. Adam está leyéndole al vaquero. Los dos están tumbados junto a la silla de montar. La voz en *off* de Adam es el único sonido.

ADAM (V.O.)

El puente de cocodrilos no supuso un inconveniente para la imaginación del vaquero. Llegaríamos al capítulo final, «Mi padre encuentra al dragón». Me sentí mal por el vaquero. Clara había sido su amiga. Ahora Clara saldría con Paul Goode y su madre. Como me dijo Monika, «Aspen nunca fue una ciudad fácil para los vaqueros».

INT. VESTÍBULO, HOTEL JEROME. MUCHO MÁS TARDE, LA MISMA NOCHE.

En el vestíbulo del tercer piso, un Adam de aspecto cansado abre la puerta del salón de su suite.

INT. DORMITORIO, HOTEL JEROME. CONTINUO.

PRIMER PLANO: vemos la ropa de la chica hippy alta: nos resulta familiar su jersey, que no para de levantarse para mostrar sus pechos. Su ropa está tirada en la cama plegable de Matthew, sus botas al lado de esa misma cama.

RETROCEDIENDO: el fantasma de la chica hippy alta está bajo las sábanas, en el lado de la cama de Adam. Está leyendo la novela de este, que encontró en su mesilla de noche, cuando Adam entra en el dormitorio.

ADAM (V.O.)

Incluso yo sabía que no debía acostarme con un fantasma. Y no era el momento adecuado para afrontar un dilema moral.

ÁNGULO MÁS AMPLIO: Adam se quita la ropa, pero se deja puestos los calzoncillos. Antes de entrar en el cuarto de baño, deja *El dragón de mi padre* en la mesilla de noche, junto a su lado de la cama.

ACERCÁNDOSE: la chica hippy deja la novela de Adam. Toma *El dragón de mi padre* y lo hojea.

ADAM (V.O.)

No todos los dilemas son morales.

INT. BAÑO, HOTEL JEROME. CONTINUO.

PRIMER PLANO: Adam en el espejo mientras se cepilla los dientes.

ADAM (V.O.)

No me pareció mal que se pasara toda la noche leyendo. Pero yo no podía leer todo *El dragón de mi padre* en voz alta, no tan pronto, no otra vez.

INT. DORMITORIO, HOTEL JEROME. CONTINUO.

La chica hippy alta se ha trasladado al otro lado de la cama, donde lee *El dragón de mi padre*. Su luz de lectura está en la mesilla de noche de ese lado de la cama. La novela de Adam, con la foto del autor hacia arriba, está en su mesilla de noche cuando Adam sale del baño y se mete en la cama.

ADAM (V.O.)

Los escritores tienen que aceptar a los lectores que prefieren a otros escritores.

MÁS DE CERCA: los dos en la cama. Adam le echa un vistazo, pero la chica hippy sigue leyendo. Adam se coloca de lado, lejos de ella, y cierra los ojos.

PRIMER PLANO: La cara de Adam, dormido, justo cuando abre los ojos.

RETROCEDIENDO: en primer plano, el lado vacío de la cama de Adam, donde el ejemplar de *El dragón de mi padre* descansa sobre la almohada hundida.

OTRO ÁNGULO: completamente vestida, el fantasma de la chica hippy alta está sentado en la cama de Matthew, leyendo la novela de Adam. Adam la mira. Ella alza la vista de la novela y le mira.

ADAM

Es para ti. ¿Has visto la firma, en la portadilla? También hay una dedicatoria, la típica: «Con mi agradecimiento», porque no sé cómo te llamas.

Ella busca la portadilla y ve su firma y la dedicatoria. Le sonríe incrédula y se lleva el libro al pecho izquierdo. Con sentido del humor, se levanta los dos jerséis y le deja ver su pecho derecho; la forma que tiene una chica hippy, al parecer, de mostrarle su agradecimiento. Adam lo entiende.

ADAM

De nada.

FUNDIDO A: Adam se ha vestido y ha hecho las maletas; inspecciona el dormitorio en busca de cualquier cosa que se haya olvidado. En esta ocasión, no pasa por alto el ejemplar de *El dragón de mi padre.*

ADAM (V.O.)

Era fácil que Grace o yo consiguiéramos un nuevo ejemplar de *El dragón de mi padre,* para poder acabar de leérselo a Matthew. Sabía a quién le gustaría tener su propio ejemplar en el Jerome.

INT. ANTLER BAR, HOTEL JEROME. POCO DESPUÉS, ESA MISMA MAÑANA.

SIN SONIDO, excepto Ian y Sylvia cantando «Four Strong Winds» —la canción de Ian Tyson—. Paulina Juárez y Clara Swift hablan entre ellas y observan a Paulino, que se divierte imitando las expresiones de las caras de las cabezas de los animales colgados de las paredes. Ya sabemos quién le enseñó a Otto a hacer eso.

ADAM (V.O.)

Paul Goode quería que Otto le enseñara a Matthew los animales del Antler Bar antes del desayuno. De niño, a mi padre le debían de encantar las cabezas de animales de las paredes del Jerome.

OTRO ÁNGULO: Adam entra en el Antler Bar. Paulino le ve, le saluda con la mano y vuelve a centrarse en las cabezas colgadas. Clara agarra con fuerza el libro que Adam le da; Paulina quiere verlo.

ÁNGULO MÁS AMPLIO: Clara está mostrándole a Paulina las ilustraciones, solo las de las primeras páginas, cuando Adam se escabulle. Paulina le lanza un beso mientras se marcha. Clara se despide con la mano.

INT. VESTÍBULO, HOTEL JEROME. CONTINUO.

El voluntario de Aspen, todavía sangrando, siente curiosidad por el nuevo lector del vestíbulo. La chica hippy alta está sentada en el sofá; no alza la vista de la novela de Adam cuando este pasa a su lado. Jerome B. Wheeler saluda a Adam cuando atraviesa el vestíbulo. Adam se detiene para inclinarse, mostrando así su respeto por Wheeler.

Sube el volumen de «Four Strong Winds» de Ian y Sylvia, mientras Otto y Billy entran en el vestíbulo, seguidos por dos carros de equipaje y dos porteros vaqueros.

INT. RECEPCIÓN, HOTEL JEROME. CONTINUO.

Adam y los dos guardaespaldas hacen el registro de salida al mismo tiempo. Los porteros vaqueros van y vienen, mientras Ian y Sylvia siguen cantando.

ADAM (V.O.)

El Hotel Jerome es real. Es un gran hotel. Si alguna vez vas a Aspen, deberías alojarte en el Jerome..., si te lo puedes permitir.

EXT. ENTRADA, HOTEL JEROME, E. MAIN. CONTINUO.

Un ejército de porteros vaqueros está cargando la furgoneta del Jerome, mientras Otto, Billy y Adam esperan juntos. Los tres hablan entre ellos, pero no oímos lo que dicen. Solo se oye «Four Strong Winds», que poco a poco se desvanece, al igual que la voz en *off* de Adam.

ADAM (V.O.)

Me pareció lo correcto que los guardaespaldas de mi padre y yo compartiéramos furgoneta hasta el aeropuerto. Compartíamos cosas que iban más allá de nuestro vuelo desde Aspen y nuestra experiencia en el Jerome.

INT. FURGONETA DEL HOTEL JEROME, PRIMERA FILA DE ASIENTOS TRASEROS. CONTINUO.

Billy entra primero por la puerta corredera, deslizándose por el asiento hasta ocupar el lugar detrás de EL CONDUCTOR. Adam sube, esperando que Otto elija la segunda fila de asientos traseros para él, pero Otto se apiña en la misma fila de asientos que Billy y Adam, apretando a Adam entre los guardaespaldas.

En el asiento delantero de la furgoneta, el conductor ajusta el espejo retrovisor. Primero vemos la cara de Billy, cuyas mejillas están bañadas en lágrimas. Luego vemos la gran cara de Otto, que está sollozando. Por último, el espejo nos muestra a Adam, que también llora.

ADAM (V.O.)

Todos habíamos perdido a alguien importante para nosotros, alguien que, por diferentes razones, siempre había estado separado de nosotros, alguien a quien solo entendíamos a distancia. Sin embargo, la importancia de mi padre para nosotros —por muy alejado que, sin duda, se encontrase Paul Goode de nosotros— sería insustituible.

ÁNGULO MÁS AMPLIO de sus tres rostros mientras la furgoneta avanza a trompicones.

FUNDIDO A NEGRO. Suena «Four Strong Winds» mientras el Jerome desaparece de nuestra vista.

50
Em como Ismael

Me enteré de la tormenta de nieve que estaba asolando el nordeste del país en el aeropuerto de Aspen. Mi conexión con Chicago, por lo tanto, quedaba cancelada. Mi destino era Albany o Hartford; poco importa que no me acuerde. No iba a volver a Vermont desde Chicago, eso estaba claro. Decidí volar desde Denver a Nueva York. Sabía que Em estaba en el apartamento de Elliot Barlow en la Sesenta y cuatro Este; ahora era su apartamento.

Llamé a Molly desde el aeropuerto de Denver. Pensé que la vieja pistera estaría al corriente de todo lo relacionado con la tormenta de nieve, pero a ella le daba igual.

—Es solo nieve, niño. Por cierto, Jasmine ha pasado a mejor vida —me dijo.

Una cuidadora de Nueva York había llamado a Molly. (Dicha cuidadora estaba llamando a todos los números con los que Jasmine se comunicaba de manera regular.) La cuidadora quería que Molly supiese que Jasmine había fallecido plácidamente mientras dormía.

—Le dije a la enfermera que sentía mucho lo de plácidamente —dijo la vieja pistera.

También llamé a Grace desde Denver. Habida cuenta de que en Manchester había una buena librería, Grace ya había podido comprar otro ejemplar de *El dragón de mi padre*. Grace me dijo que le leería a Matthew los dos últimos capítulos mientras yo estaba en Nueva York, esperando a que pasara la tormenta de nieve en el nordeste del país. Em había entregado su novela, «basada en su vida con Nora», tal como Grace la describió. Pensé que su vida con Nora era una forma imprecisa de describir la novela por parte de la editora de Em. Eso significaba que Em y Grace no se habían puesto aún de acuerdo sobre el título, pensé.

—Em ha enviado dos copias, una es para ti —me dijo Grace.

Le pregunté a Grace cómo había titulado Em su novela.

—Vas a ver a Em esta noche, que te lo diga ella. Tal vez puedas quitarle la idea de la cabeza, porque a mí Em no me escucha —dijo Grace. Capté que Grace ya no iba a decir nada más al respecto. Sabía que había rechazado el título *Dos tortilleras, una que habla.* Puedo suponer los reparos de Grace a la palabra *tortillera.*

Em me había dicho que Grace le había sugerido como título *El tiroteo del Gallows Lounge,* pero Em se oponía a un título que incluyera «Gallows Lounge». Em no quería que su novela pareciera de no ficción, pero un título en el que se leyese «Dos tortilleras» era inaceptable para Grace. Lo que pude intuir desde la distancia, concretamente desde el aeropuerto de Denver, no presagiaba que la cuestión del título de la novela fuera a resolverse de manera *pacífica.*

Como no podía ser de otro modo, también llamé a Em desde Denver. El asesinato de Paul Goode tuvo mucha repercusión en Nueva York, pero había otros temas de los que hablar. Em definió la carta que alguien le envió desde la archidiócesis como «amable y compasiva, en absoluto superficial, más allá de lo formal». Ella odiaba únicamente a la jerarquía eclesiástica, me dijo Em.

—No tengo nada en contra de los católicos —me dijo; parecía agotada. Em había estado ocupada empaquetando las pertenencias del señor Barlow. No había pasado mucho tiempo, era consciente de ello, desde que tuvo que empaquetar las de Nora. Para Em ya era lo bastante complicado tener que guardar las cosas de la de las raquetas, pero si estaba enfadada y se había puesto a llorar, era porque había encontrado una caja con escritos de Nora. Sabía que Elliot Barlow se había erigido como su protector, por eso Em entendió que el señor Barlow, por una parte, había guardado esa caja para Em y, por otra, había evitado que la viese hasta entonces para evitarle el disgusto. «La caja de Nora», la denominó Em.

Decir que era una caja con los escritos de Nora es decir muy poca cosa. Em había escrito todo lo que Nora representaba en el escenario del Gallows. Em ponía por escrito lo que sabía dar a entender mediante pantomimas y había ensayado, pero Nora era conocida por improvisar sobre el escenario; una cuestión que había conllevado más de una discusión entre las dos. Nora también era conocida por reescribir, con sus propias palabras, lo que Em le había escrito. El querido señor Barlow tenía que saber que *la caja de Nora* contenía un montón de discusiones entre la pareja. Bernard («Majareta») Nathanson había sido un tema delicado en el Gallows: los cobardes integrantes de la dirección no les permitieron a Nora y a Em ridiculizar a Nathanson, en cuanto traidor al derecho a abortar y a la causa favorable al aborto.

Antiguo activista a favor del aborto, el doctor Nathanson era obstetra y ginecólogo licenciado en Nueva York. Uno de los fundadores de la Liga Nacional de Acción por el Derecho al Aborto (NARAL), Nathanson había trabajado con Betty Friedan por la legalización del aborto en Estados Unidos. También fue director del Centro de Salud Reproductiva y Sexual de Nueva York, pero Majareta Nathanson cambió de orientación y se convirtió en partidario del derecho a la vida. En 1984, Nathanson fue el narrador de *El grito silencioso,* una película contra el aborto que incluía el vídeo de la ecografía de un feto que presentía que estaba a punto de ser abortado.

Recuerdo la discusión que mantuvieron Nora y Em sobre lo que Nora había escrito para que Em hiciera una pantomima relacionada con *El grito silencioso.* Em sabía que no podía hacer la pantomima de un feto amenazado y resultar graciosa. Nora estaba fuera de sí porque Nathanson se había definido a sí mismo como «ateo judío». En opinión de Nora, Nathanson daba mala fama a los judíos y a los ateos, ensuciaba el nombre de ambos colectivos. Pero Em sabía que no había manera de representar la pantomima de un judío ateo sin parecer antisemita. Sus diferencias de opinión importaron bien poco: su *sketch* de Majareta Nathanson nunca llegó al escenario. La dirección del Gallows no permitió que Nora y Em convirtieran al doctor Nathanson en el blanco de su sátira política. Majareta era el nombre que Nora le daba a Nathanson, claro está.

—No deberíamos burlarnos de un médico que se arrepiente de haber matado a bebés nonatos —se quejó uno de los cobardes que dirigían el Gallows. Pero empezaba a entender por qué la caja de Nora era, para Em, como la caja de Pandora. En la caja debía de haber algo más que los textos de Em y de Nora; eso era lo que me preocupaba.

Le pregunté a Em si le parecía contradictorio que la de las raquetas hubiese guardado la caja de Nora para ella y, al mismo tiempo, le hubiese impedido abrirla hasta entonces.

—¡No! —gritó Em—. Tiene todo el sentido del mundo.

Grace no pudo contenerse y eliminó todas las referencias a Majareta Nathanson de la novela, según me contó Em. Yo solo sabía que Grace y la de las raquetas de nieve habían ido trabajando en la novela de Em poco a poco, a medida que la iba escribiendo. Pero Em había querido terminar su novela antes de enseñármela a mí.

—Está bien que Majareta Nathanson cambiase de opinión sobre el aborto. Es su elección —había dicho siempre Nora—. Lo que no está bien es que Nathanson no permita que otras personas tomen esa decisión por sí mismas.

En cuanto al cambio radical en la política abortista de Nathanson, a Em le afectó la parte relacionada con el hecho de hacerse católico. Que Nathanson hubiese empezado a creer en Dios habría enfadado a Nora, dijo Em. Pero Em sabía que a Nora no solo le habría molestado que Nathanson hubiese encontrado a Dios.

—Majareta Nathanson es un antiguo abortista que busca el perdón de la Iglesia católica —dijo Em.

Yo sabía que esto tenía que ver con el epígrafe que Em había elegido para su novela hacía ya un tiempo: la cita de Nora con un tono tan moderado o razonable que no sonaba a Nora. «No hay nada que detenga a la Iglesia católica», había dicho Nora. «No deberíais intentar detenerla. Lo único que tiene sentido hacer es limitar el daño que pueden hacer.»

Grace, yo lo sabía, se había opuesto al epígrafe desde el principio. Y ahora Em estaba furiosa porque Grace se oponía a cualquier cosa en la novela de Em que sonara o pudiera ser percibida como anticatólica. Toda la novela de Em podía ser percibida como anticatólica; esa era la opinión editorial de Grace.

—La de las raquetas de nieve y tú fuisteis mis editores. Ahora solo quedas tú, chaval —me dijo Em.

Hablar era relativamente nuevo para Em, que había pasado tantos años sin hablar. Me había dado cuenta de que experimentaba con el modo en que quería que sonasen sus palabras, del mismo modo que un adolescente prueba diferentes actitudes y voces. En sus experimentos, Em solía hablar como Nora; *chaval* era el apelativo que Nora utilizaba conmigo.

«Nora y tú actuabais en un club de comedia, no era vuestro principal objetivo ofender a nadie», le había escrito el señor Barlow. «No permitas que Grace haga que el principal objetivo de tu novela sea no ofender a nadie. Recuerda, en primer lugar, por qué querías escribir *Dos tortilleras, una que habla:* querías que fuese una novela, no un libro de no ficción», escribió la de las raquetas de nieve. «En una novela, no tiene por qué ser un objetivo no ofender a nadie», le dijo a Em la pequeña profesora de inglés.

Pasé mucho rato al teléfono en el aeropuerto de Denver. Em había terminado de leer las galeradas del señor Barlow del libro de Bernard Nathanson *La mano de Dios*. Sabía que Grace también había recibido esas mismas galeradas. Mi principal preocupación era que Em intentara leer en voz alta todo el capítulo 15, el último de *La mano de Dios,* el capítulo sobre catolicismo. Sería la peor manera posible de perder mi vuelo a Nueva York, escuchar todo lo relativo a la conversión de Majareta Nathanson al catolicismo. Relataba que había mantenido «extensas charlas con un sacerdote [...] durante los últimos cinco años, y espero ser recibido en breve en el seno de la Iglesia católica y romana».

«Que Dios asista al cardenal O'Connor si ese hijo de puta bautiza a Majareta Nathanson o a cualquier otro cobarde convertido al catolicismo. Que Dios asista a Su Eminencia si el hijo de puta le ofrece la comunión a otro antiguo infiel y pecador arrepentido, ¡como mi odioso padre!», esperé que me dijese Em; pero no lo dijo.

—Si el cardenal O'Connor bautiza a Majareta Nathanson, es posible que vomite —fue todo lo que dijo Em. Recordé una noche en el Gallows, estando entre bastidores, Perjudicado Don estaba allí, y Nora estaba teniendo uno de sus arrebatos de la Primera Enmienda.

La Iglesia católica romana estaba haciendo caso omiso de la Constitución, se quejó Nora, estaba pasando por alto lo de que «el Congreso no promulgará ninguna ley con respecto al establecimiento de una religión o que prohíba su libre ejercicio». Nora estaba reiterando lo que había sido el mantra del señor Barlow, su forma de expresar que la libertad religiosa no era una calle de sentido único. Éramos libres de practicar la religión que eligiésemos, pero también éramos libres de tener que practicar la religión de otro. Nora y la de las raquetas parecían un disco rayado: no paraban de repetir que la libertad de religión también significaba libertad *frente* a la religión.

Perjudicado Don, que no sabíamos que había estado escuchando —Don no había dejado de rasgar su guitarra—, habló.

—Esos católicos no pararán de dar la paliza por *su* idea de la libertad de religión, pero la *tuya* les importa una mierda —declaró Perjudicado Don.

Bueno, sabemos qué le pasó a Don. Perjudicado Don fue asesinado a tiros en un aparcamiento de Montana, después de la reelección de Reagan, mientras los gais sobre los que Don había estado cantando seguían muriendo; es decir, Don seguía cantando su canción de la plaga.

> No le den a Ronald Reagan ocho años.
> Habla sin tapujos de los comunistas,
> mata a todos los gais,
> ¡pero eso no hace nada
> por nuestros miedos!
> Por favor, no le den al Gipper
> ocho años. No, no le den
> ocho años al Gipper

Si hubiese habido una caja de Perjudicado Don en el apartamento de la de las raquetas, sabía que no habría sido fácil para Em. Después de que mataran a Don, y durante todo el tiempo que Ronald Reagan fue nuestro presidente, Nora acababa todas las actuaciones de *Dos tortilleras, una que habla* con un tema de Perjudicado Don. Como decía Nora, ella no sabía cantar, pero Don tampoco. Em, llorando, abrazaba a Nora mientras cantaba.

En el aeropuerto de Denver, decidí que cantar un tema de Perjudicado Don sería mejor que seguir oyendo *La mano de Dios*. Empecé con el estribillo de la canción de la plaga de Perjudicado Don. Em, llorando, cantó conmigo por teléfono.

Es hora de volver a
Great Falls.
Me falta talento,
no soporto la tristeza,
¡no tengo las pelotas lo bastante grandes!
Es hora de volver a
Great Falls.
Lo que voy a hacer es volver a
Great Falls.

Perjudicado Don estaba con nosotros: había logrado que Em y yo nos sintiéramos menos solos. Más tarde, cantamos «Sin estrella de la suerte».

Fue entonces cuando Em me contó que apenas había echado un vistazo a los cuadernos de notas de Elliot Barlow. Había llenado dos cajas con los cuadernos; los leeríamos juntos, me dijo. Lo único que había leído era un breve pasaje sobre la última visita de la de las raquetas a St. Vincent, en los años noventa, cuando Ronald Reagan ya no estaba en el poder. La de las raquetas había escrito una única frase sobre Reagan, después de ver cómo sus amigos morían de sida:

«Si hay otra plaga, o cuando la haya, espero que Estados Unidos tenga un presidente mejor que Ronald Reagan», escribió la pequeña profesora de inglés.

Em aún no había llegado al fondo de la caja de Nora, me dijo, pero prometió que habría acabado para cuando yo llegara a Nueva York. Cuando embarqué en Denver, me sentí más unido a Em que nunca, aunque sabía que iba a seguir sorprendiéndome.

Empecé a entender que había pasado por alto las primeras imitaciones silenciosas de gaviotas de Em, que significaban su posible regreso a Canadá. Nora ya me había señalado que estaba tardando mucho en darme cuenta de ciertas cosas que tenían que ver con el mundo en que vivíamos; se refería a nivel político.

—Ya has tardado lo suficiente, chaval —me dijo mi prima mayor para hacerme entender que tenía que marcharme de Exeter, tanto en sentido literal como figurado. Desde el punto de vista de Nora, Exeter no era solo un colegio enclaustrado en un pequeño pueblo: Exeter entrañaba un estado mental enclaustrado.

Zim había muerto en febrero de 1968. Elliot y yo habíamos acudido a su funeral en marzo. Pero dos años más tarde, cuando Nora y Em fueron a escuchar el discurso de Kurt Vonnegut en la ceremonia de graduación del Bennington College, yo seguía políticamente fuera de mí. Me encantaban los escritos de Vonnegut; había sido mi profesor favorito en el Taller de Escritores de Iowa. Kurt y yo seguimos manteniendo correspondencia; cuando yo estaba en Nueva York, cenábamos juntos a menudo. Pero no recuerdo dónde estaba yo, literaria y políticamente, cuando el discurso de Kurt a los graduados en Bennington en 1970; no estuve allí. Fue Nora quien me dijo que Vonnegut era socialista. Nora dijo que ella también lo era. Em se limitó a hacer el gesto de la gaviota, que no solo significaba que estuviera pensando en volver a Canadá, aunque a veces sí.

Por supuesto, recordé cuando la cobarde dirección del Gallows Lounge se había quejado de la canadiense, es decir, de Em. Había nacido en Canadá, tenía padre canadiense, pero tan solo durante su primera infancia había vivido en Canadá; después se había trasladado a Massachusetts con su madre. A partir de entonces, Em solo visitaba a su padre en Toronto una vez al año, durante las vacaciones de Navidad.

No había oído hablar a Em de la «socialdemocracia» en Canadá hasta que volví de Aspen y del Hotel Jerome por segunda vez. No recuerdo haber visto a Em hacer una pantomima socialista en el Gallows, donde los cobardes integrantes de la dirección seguramente habrían culpado a la *canadiense* de cualquier cosa que ellos creyesen remotamente antiamericana; a pesar de que fue Nora la que empezó a denominarse socialista, y únicamente después del discurso de Vonnegut en Bennington. La revista *Vogue* publicó el discurso y Nora me obligó a leerlo. Ahora solo recuerdo el final, la parte socialista. Pero me avergüenza haber pasado por alto el socialismo cuando leí el discurso la primera vez.

«Os sugiero que trabajéis a favor de una forma de gobierno socialista», les dijo Vonnegut a los estudiantes. (Sus padres y abuelos debieron de cagarse en los pantalones ante la mera idea, dijo Nora.) «La libre empresa es demasiado dura con los viejos, los enfermos, los tímidos, los pobres y los estúpidos, así como con la gente que no cae bien a nadie», había proseguido. El discurso sonaba a Kurt; leerlo era como escuchar su voz. «Así que repartamos la riqueza de forma más justa de lo que lo hemos hecho hasta ahora», continuó. Habló de que la gente tuviese suficiente para comer, un lugar decente donde vivir y asistencia médica. «No es una ilusión hablar de una modesta abundancia para todos. La tienen en Suecia. Podemos tenerla aquí», les dijo Kurt a los estudiantes.

Elliot Barlow había votado a Stevenson en 1956; al señor Barlow le gustó lo que Vonnegut dijo de Eisenhower. «Dwight David Eisenhower señaló una vez que Suecia, con sus muchos programas utópicos, tenía un alto índice de alcoholismo y suicidio y también de altercados juveniles. Aun así», dijo Vonnegut, «me gustaría que Estados Unidos probase con el socialismo. Si empezamos a beber en exceso y a matarnos, y si nuestros hijos empiezan a comportarse como locos, podríamos volver otra vez a la vieja y buena Libre Empresa.» Me gustó el discurso porque era divertido, pero la parte socialista no supe entenderla.

Em había estado prestando atención a Canadá, a nivel político, más de lo que yo era consciente. Aunque el homófobo de su padre, ya moribundo, le había dejado en herencia la casa en el centro de Toronto, Em se había negado a venderla. Incluso se había negado a alquilar la mitad de la casa, como había hecho su padre. Tenía doble nacionalidad, canadiense y estadounidense. Yo sabía que quería tener un lugar al que ir si algún día abandonaba Estados Unidos, pero no sabía que Em había estado leyendo sobre el socialismo democrático o la democracia socialista; por no hablar de la socialdemocracia canadiense. Esa parte también se me escapó. Desde mi perspectiva estadounidense, Canadá era más socialista que Estados Unidos; hasta ahí llegaba mi valoración.

Estando yo en el aeropuerto de Denver, no hablamos de socialismo, pero, antes de colgar el teléfono, le pregunté a Em por el título de su novela. Le transmití que Grace no quiso decírmelo.

—Grace confía en que yo pueda disuadirte —le dije a Em.

—No puedes, el título fue idea de Elliot. No nos convencerás a las dos, la de las raquetas de nieve ya no puede escucharte —me dijo Em. Pensaba titular su novela *Ahórcate tú mismo,* dijo Em. Yo nunca habría intentado disuadirla, ni siquiera si la única heroína no hubiera participado en la elección del título.

Todo aquel que pasó por el Gallows —aunque solo hubiese ido una vez— recordaba la soga de ahorcado que había sobre la barra, donde un cartel decía: AHÓRCATE TÚ MISMO.

Yo recordaba la noche en que me encontré con Prue, la besalenguas, y su marido en el Gallows. Prue estaba feliz de mostrarle a su marido el lugar en el que una vez había llevado a escena un espectáculo del todo *noir*. Fue durante los años del sida. Prue debía de tener entonces cuarenta años. A su marido le horrorizó *Dos tortilleras, una que habla*. Después, Perjudicado Don realizó un canto fúnebre en el escenario y el marido de la besalenguas miró hacia la horca que había encima de la barra con gesto anhelante. En los años del sida, Perjudicado Don no hacía la más mínima gracia, y los imbéciles de la dirección del Gallows se plantearon quitar la soga de encima de la barra, o al menos retirar el cartel. Durante los años que acudí al Gallows, el marido de la besalenguas fue uno de los pocos que parecían lo bastante *noir* como para ahorcarse en la barra debido a la desesperación del momento.

Cuando llegué a la calle Sesenta y cuatro Este, Em, furiosa, iba de un lado para otro del apartamento en pijama. Era tal su rabia que me llevó a pensar que tal vez alguna vieja herida había vuelto a abrirse.

—¿Había algo extraño en la caja de Nora? —le pregunté.

Nora ya había herido con anterioridad los sentimientos de Em, pero esta herida no tenía nada que ver con lo que había escrito ni con Majadero Nathanson. Había una vieja revista escondida en la caja de Nora, un número de *Vogue* del 1 de agosto de 1970 que me resultaba familiar. Reconocí el discurso de Vonnegut en Bennington gracias a una página un poco doblada. Lo había leído muchas veces en *Wampeters, Foma & Granfalloons,* una colección de obras cortas de Kurt, sobre todo ensayos, críticas y discursos. Estoy seguro de que Elliot Barlow tenía todos los libros de Vonnegut. Yo los tenía; creía que Em también. No vi nada malo en que Nora guardara aquel viejo número de *Vogue,* pues sabía que a Nora le había encantado aquel discurso.

—Nora se excitaba con la fotografía, ¡no lo guardó por el discurso! —se lamentó Em. En la página opuesta al discurso de Kurt había una foto en blanco y negro de Isabella Rossellini a los dieciocho años. A esa edad, con esos ojos y esa boca, Isabella era el tipo de mujer que le gustaba a Nora—. ¡Sé lo que Nora hacía con esta revista! —gritó Em.

Después de tantos años, sentir celos de una fotografía en una revista —aunque fuera una chica con la que Nora podría haberse masturbado— me dejó atónito. Intenté no sentir celos al comprobar lo mucho que Em había amado a Nora, pero me dolió en el corazón. La foto ocupaba toda una página: un primer plano del rostro y el cuello de Isabella Rossellini, con el pelo oscuro cayéndole sobre los hombros. Veinticinco años antes, podría haberme masturbado ante un rostro tan bonito en una revista, pero no habría servido de nada que Em conociera mis pensamientos. Lo único que pude hacer fue abrazarla mientras se disipaba su ira. Si había más cajas misteriosas, las abriríamos juntos; también empaquetaríamos juntos las cosas de Elliot.

Esa noche, cuando estaba tumbado en la cama con Em, se me ocurrió pensar que hacía cosa de un mes que mi madre ya no se metía en la cama conmigo.

—¡Shh! No digas nada, solo escúchame, cariño —me había susurrado mi madre. Se había reído como una niña y me había dicho que yo era el amor de su vida. Fueron sus últimas palabras. Luego mi madre se fue; tenía un plan que cumplir, pasada la medianoche. Era un kilómetro y medio, en línea recta por Twister hasta la cima de Bromley. Pequeña Ray y la de las raquetas de nieve tenían que ascender un buen trecho. Sabía que oiría a mi madre susurrándome y riendo como una niña pequeña el resto de mi vida.

Esa misma noche, Em me preguntó si seguía aferrado a ella. No fui capaz de decir nada, pero ambos sabíamos que lo estaba.

—Bueno, ahora no es el momento —dijo Em—, pero tendremos que plantearnos qué podemos hacer al respecto.

Mi primera noche en casa de la pequeña profesora de inglés desde que el apartamento había pasado a manos de Em, intuí que todavía no era el momento de considerar qué podíamos hacer respecto al hecho de seguir aferrado a ella. Estábamos tumbados en la cama, agarrados de la mano. Em me decía que yo no podía permitir que Grace fuera la responsable de *editar* nuestra separación y posterior divorcio, ni tampoco permitirle que *editara* dónde y cuándo iba a estar con Matthew. Me limité a escuchar. Em tenía más experiencia rechazando las correcciones de Grace que yo. Aun sabiendo que no era la editora de Em, eso no impidió que Grace tratara de enmendar a Em.

No sabía que Em había estado hablando con Molly sobre qué iba a ser lo mejor para Matthew. Molly sabía que Grace estaba buscando un apartamento más grande en Nueva York. Grace no tenía planeado convertirse en una mujer divorciada en Vermont. Sus padres tenían una casa en Manchester; una casa que algún día sería suya. Grace y Matthew irían a Vermont los fines de semana, de vacaciones o a esquiar, pero Matthew estudiaría en Manhattan, señaló Molly. La vieja pistera prestaba especial atención a los nuevos esquiadores de Bromley; no perdía de vista a los posibles compradores de una segunda vivienda.

—Con todas esas habitaciones, tendrá que ser una familia entera de esquiadores o un equipo deportivo —le dijo Molly a Em.

—Matthew va a ser neoyorquino, ya sabes —me dijo Em en la cama apretándome la mano—. Si vivimos aquí, le resultará fácil quedarse con nosotros. Matthew está acostumbrado a que estemos juntos.

—De acuerdo —dije. Tenía miedo de decir algo incorrecto o de parecer demasiado entusiasmado con la idea de irme a vivir con Em. No me importaba que el Gallows hubiera cancelado el *sketch* de las dos bolleras sobre qué hacer con un pene. Lo que no podía olvidar era la pantomima de Em: cómo se metía un pene imaginario entre las tetas o entre los muslos, pero en ninguna otra parte de su cuerpo.

Más recientemente, Em había insinuado que había otras cosas que podía imaginarse haciendo con un pene, pero no con la vagina. Cuando era niña, tenía la impresión —«no tan fuerte como una convicción», dijo— de que no quería un pene dentro de su vagina. ¿Me estaba dejando llevar por la ilusión al imaginar que Em no era tan inflexible sobre lo que se podía hacer o no con un pene? No parecía inflexible.

—Un pene no es más que un clítoris muy raro —le había oído decir a Molly mientras lavábamos los platos. Como era seis años mayor que yo, tal vez Em era capaz de leerme la mente.

—Molly y yo hemos estado hablando de penes —me dijo Em. Supuse que no debía de haber sido una conversación muy extensa—. Un clítoris es más pequeño que un pene, pero tiene casi ocho mil terminaciones nerviosas, el doble que un pene, chaval —dijo Em. Cabía la posibilidad de que fuese una conversación más larga de lo que yo podía imaginar—. El clítoris se pone duro, ya sabes —me dijo Em.

—De acuerdo —dije yo. No sabía qué otra cosa decir. Fue Molly quien me dijo que un pene no tiene músculos. Todo el mundo sabe que un pene no tiene cerebro. Em dejó de agarrarme la mano.

—Bueno, ahora no es el momento —dijo Em otra vez—, pero estoy estudiando qué se puede hacer con tu clítoris raro.

—De acuerdo —dije. Hay momentos en los que observas cómo se desarrolla el curso de tu vida y sientes una total impotencia para alterarlo.

—Y tendremos que hablar de tu escritura —dijo Em.

—De acuerdo —repuse yo. Ves el camino que se despliega delante de ti y sabes que vas a seguir adelante. Tu futuro te parece tan inalterable como tu infancia, y ya sabes cómo es la infancia. Te dejas llevar.

—Escribes sobre sexo, ya sabes, describes las relaciones sexuales con todo detalle —me dijo Em—. Pero sea lo que sea lo que decidamos hacer con tu pene, no escribirás sobre lo que hagamos nosotros, no describirás cómo lo hacemos, ¿de acuerdo? —me preguntó.

—De acuerdo —respondí. Nunca se supera la infancia, no hasta que estás bajo el tren; *unter dem Zug*.

Por la mañana, todavía estaba durmiendo cuando sonó el teléfono. Me desperté oyendo hablar a Em, sin saber, en un principio, que estaba hablando por teléfono.

—Se cagó en la cama, ya sabes, nada muy plácido que digamos —dijo Em—. Su coño era como una boca de metro, nunca descansaba —dijo Em—. ¿Tienen a la Jasmine equivocada? —le preguntó Em a la enfermera de la residencia, que al parecer seguía llamando a todos los contactos de Jasmine.

—La llamábamos Coño en Hora Punta. Si no se cagó en la cama al morir, se trata de otra Jasmine. Lo siento, pero no la conocemos —le dijo Em a la enfermera. Estaba tumbada en la cama con mi aparato, deseando despertarme muchas mañanas junto a Emily MacPherson.

El quinto cumpleaños de Matthew —el 2 de marzo de 1996— fue mi última noche en la casa de East Dorset. Iba a echar de menos la sauna y las habitaciones de invitados. Cuando Grace y yo no tuvimos más espacio en las paredes para colgar las fotografías de Matthew, las colgamos también en las habitaciones de invitados. Viviera donde viviese, durante el resto de mi vida no dispondría nunca de espacio suficiente en las paredes para las fotos de Matthew. En su quinto cumpleaños, Molly pasó la noche en una de las habitaciones de invitados, Em y yo en otra. Antes de vender la casa, Molly pasaría allí algunas noches más, pero el quinto cumpleaños de Matthew fue la última noche que pasamos Em y yo en aquella casa.

Grace y yo no fuimos los únicos que pudimos pasar tiempo a solas con Matthew, contándole cómo serían las cosas cuando su madre y yo nos divorciáramos. Matthew pasó tiempo a solas con Em y también con Molly. Matthew era muy exigente en cuanto a los detalles. Te pedía que repitieras lo que decías, te corregía si te contradecías. Repasamos los detalles una y otra vez. Las repeticiones no solo reconfortan a los niños.

Me sentía como un niño de cinco años cuando Molly repasaba los detalles conmigo. Mientras Matthew cursara la etapa preescolar en Manchester, Molly lo acogería con gusto en su casa cuando su madre tuviese que ir a Nueva York. Matthew se divertía mucho con Molly y con Em, y no podíamos saber cuándo se vendería la casa de East Dorset. Si Matthew empezaba la guardería en Manchester ese otoño, siempre habría sitio para que Em, *Matthew* y yo nos quedáramos con Molly.

—Durante unos años más, niño, a Matthew no le va a importar los acuerdos comunales para dormir —dijo la vieja pistera.

Le dije que a mí seguían sin importarme esa clase de acuerdos.

Molly estaba al corriente de que no había visto al fantasma de mi madre en Aspen, en el Jerome. No esperaba que mi madre hiciera acto de presencia en las inmediaciones de la calle Sesenta y cuatro Este, pero le confesé a Molly que estaba descorazonado por no haber visto a Pequeña Ray ni a la de las raquetas de nieve en Vermont.

—¿Dónde están? —le pregunté.

—Donde están no es un lugar, niño —me contestó la vieja pistera—. Veo a esas dos todo el tiempo, aquí mismo —dijo, tocándose el corazón. Yo sabía que a Molly no le gustaban los fantasmas, pero no dudaba de que veía a aquellas dos en su corazón—. Lo más importante, niño, es que vas a ver a Matthew solo la mitad de lo que estás acostumbrado a hacerlo, si tienes suerte, y Matthew sabe que solo te verá la mitad de tiempo que ahora —dijo Molly.

—Lo sé —dije. Em ya me había advertido al respecto.

—Matthew es capaz de seguir las estaciones del año, ya sabes. Entiende el paso del tiempo —dijo Em.

—Matthew entiende las secuencias de tiempo, niño —dijo la vieja pistera. Matthew entendía lo que pasaba primero y lo que venía después. Conocía el orden de los acontecimientos, podía seguir las historias desde el principio hasta el final.

—Cuando estés a solas con Matthew, no estés triste. Él sabe cuando estás triste, como yo —me dijo Em—. No le hagas saber que estás triste porque le vas a echar de menos o que estás pensando en cómo será para él echarte de menos —me dijo Em.

—Lo sé —dije. Como no podía ser de otro modo, la siguiente ocasión en que me quedé a solas con Matthew me preguntó por qué estaba triste.

—Echo de menos a mi madre y a la de las raquetas —le dije. Estábamos tumbados en el futón de la sala de la tele de la casa de Manchester, después de cenar. No me gustaba pensar que Molly tenía la intención de dejarme la casa de Manchester; ya me lo había dicho. Matthew y yo oíamos hablar a Molly y Em en la cocina, donde fregaban los platos.

—La abuela y la de las raquetas parecen mucho más jóvenes de lo que eran —susurró Matthew.

—¿Las has visto? —le susurré.

—La abuela y la de las raquetas, en la sauna, ¡desnudas! —susurró Matthew—. Siguen haciendo el tonto, pero ahora son mucho más jóvenes —me aseguró. A eso se refería Em cuando dijo que Matthew entendía el paso del tiempo, que comprendía las secuencias temporales, como señaló Molly, incluso cuando el tiempo parecía transcurrir en sentido inverso.

Cuando Matthew se quedó dormido en la cama grande de Molly, donde le encantaba dormir, dejando el futón de la sala de la tele para Em y para mí, les conté a la vieja pistera y a Em lo que Matthew me había dicho.

—Ha visto a su abuela y a la de las raquetas. Siguen haciendo tonterías en la sauna, pero Matthew dice que ahora parecen mucho más jóvenes.

No dije que Matthew hubiera visto los fantasmas de aquellas dos. Sabía que Molly y Em no eran de fantasmas. Sabía que los fantasmas podían ser más jóvenes de lo que eran cuando murieron, pero lo que había aprendido sobre las reglas de los fantasmas era que no sabía nada de dichas reglas.

—Cuando veo a esas dos, tienen la edad que tenían cuando se conocieron. Y claro que siguen haciendo el tonto —dijo Molly—. Son como eran cuando las dos podían ponerse la ropa de Ray, niño, cuando tu madre y el señor Barlow eran los únicos que sabían que la de las raquetas de nieve estaba destinada a ser mujer —dijo la vieja pistera.

Em sabía que me estaba preguntando por qué mi madre no se me había aparecido, por qué no la había visto. Nora le había contado a Em lo mucho que echaba de menos a mi madre cuando era niño, que siempre había querido verla más de lo que la veía. Cuando estaba con mi madre, nunca dudé de su amor por mí. Incluso ahora, confiaba en que la vería, llegado el momento, como ella solía decir. Em sabía que Nora a veces exageraba. Sabía que Nora también le había dicho a Em que mi madre era el amor de mi vida. Por lo que a Nora respectaba, era una verdad incuestionable.

Cuando Em me habló, intentó hacerme sentir mejor.

—Tu madre y la de las raquetas de nieve saben que Matthew es lo primero. Tú serás el siguiente en ver a esas dos, chaval —me dijo Em dándome un abrazo.

Intenté que Em se sintiese bien con respecto a la reseña sobre *La mano de Dios,* de Majareta Nathanson, que apareció en el número del 15 de marzo de *Kirkus Review.* Era una crítica tan cautelosa, con un tono tan poco comprometido, que no llegaba a conclusión alguna. Al final, ¿qué podíamos pensar de Nathanson? «Parece claro que no se halla en paz con su pasado, pues afirma que está buscando ser admitido en el seno de la Iglesia católica», eso era decir muy poco, con la intención de que lo que Majareta buscaba en realidad sonase tan inocente como habría podido sonar solicitar el ingreso en una escuela.

—¡Qué reseña más floja! —exclamó Em, mientras yo la abrazaba. En opinión de Em, *La mano de Dios* era un alegato proselitista a favor de la teocracia—. Me pregunto si, en una socialdemocracia —prosiguió Em cuando se calmó—, puede darse por supuesta la separación de la Iglesia y el Estado. Me refiero a si se puede contar con que realmente funcione.

Yo podía contar con la separación de Iglesia y Estado para llamar la atención de Em. Sabía que Kurt Vonnegut quería que en Estados Unidos se probase el socialismo. Pero fue entonces cuando me enteré de que Emily MacPherson, la autora de *Ahórcate tú mismo* —antigua integrante silenciosa del espectáculo *Dos tortilleras, una que habla*— estaba pensando en darle una oportunidad al socialismo. A partir de ese momento, empecé a prestarle atención al interés de Em por la socialdemocracia en Canadá. También me fijé, desde ese instante, en las imitaciones de gaviotas de Em. Incluso la forma en que Em observaba las gaviotas flotando sobre Manhattan llamó mi atención. Sabía que su interés por las gaviotas no siempre había significado que estuviera pensando en volver a Canadá. La deriva aparentemente arbitraria del vuelo de una gaviota había sido la forma con la que Em pretendía dar a entender el *laissez-faire* de Ronald Reagan con respecto al sida. Esa manía suya con las gaviotas había sido su forma de retratar al presidente Reagan como el Poncio Pilatos frente a la epidemia de sida; pero Reagan ya no estaba en la Casa Blanca. Incluso cuando Em dormía, la observaba para ver si daba señales de estar volviendo a Canadá: los brazos abiertos como las alas inmóviles de una gaviota, una mirada lejana en sus ojos al despertar.

Es difícil poder expresar por escrito lo mucho que echaba de menos a Matthew. Despedirme de él siempre era duro, no importaba lo poco o mucho que fuera a tardar en volver a verlo. En otoño, la casa de East Dorset aún no se había vendido. Matthew iba a la guardería de Manchester, pero Grace y yo estábamos de acuerdo en que empezaría la educación primaria en Manhattan al otoño siguiente. Estábamos de acuerdo en las cosas que importaban. Lo difícil era echar de menos a Matthew —también en el caso de Grace—, pero a Matthew siempre le hacía ilusión verme; y ver a Molly y a Em también.

Una noche en Manchester, cuando Matthew y yo estábamos viendo la tele sentados en el futón, oí por casualidad a Em y Molly hablando en la cocina; supuse que seguían enfrascadas en su conversación sobre penes. Oí decir a Em que no era complicado cuidar de una cosa sin músculos ni cerebro, con tan solo terminaciones nerviosas.

—Da la impresión de que es más fácil que cuidar de un perro —dijo la vieja pistera.

No puedo imaginar de qué otra cosa podían estar hablando. Em y yo también estábamos de acuerdo en las cosas que importaban.

Grace se esforzó por no convertirse en la editora no deseada de *Ahórcate tú mismo,* la novela de Em, que se publicaría en primavera. Em se esforzó por ignorar lo que se escribía en los medios sobre *La mano de Dios.* Nathanson no iba a ser la razón por la que Em se marchase a Canadá. En diciembre de 1996, Majareta Nathanson fue bautizado por el cardenal John O'Connor en la catedral de San Patricio de Nueva York. No, Em no se presentó en San Patricio con una caja para el cardenal O'Connor; no había sido invitada a la misa privada, en la que Nathanson también recibió la confirmación y la primera comunión de manos del cardenal lameculos. Cuando a Nathanson le preguntaban por qué se había convertido al catolicismo, respondía que ninguna religión igualaba el papel especial que la Iglesia católica le reservaba al perdón.

—Ya lo creo —fue todo lo que dijo Em.

No fue Nathanson quien obligó a Em a hacer el gesto de la gaviota, ni tampoco el cardenal John O'Connor. La defensa del movimiento provida llevada a cabo por O'Connor era un hecho; el cardenal relegaba a las mujeres al papel de paridoras. Las críticas de O'Connor a la comunidad gay eran igualmente dogmáticas y doctrinarias. El cardenal O'Connor y la Iglesia católica no creían en la separación de Iglesia y Estado. Como bien sabía Nora, lo único que se podía hacer era intentar controlar el daño que causaban.

Dicho esto, si Nora hubiera estado viva —si hubiera sobrevivido al tiroteo del Gallows Lounge y el club de comedia siguiera funcionando—, Nora habría hablado del bautizo de Majareta

Nathanson a manos del cardenal O'Connor en la parte de «Las noticias en inglés» del monólogo de *Dos tortilleras, una que habla,* la parte a la que Nora se refería como «mierda en ciernes». A decir verdad, era un espectáculo de mierda, pero Em no se mudó a Canadá por la misa privada que O'Connor impartió para Nathanson en la catedral de San Patricio. La parte de la «mierda en ciernes» tuvo lugar poco después.

Tras el bautizo de Majareta Nathanson, Em hizo lo que ella denominaba un «viaje de reconocimiento» a Toronto en enero. Conocía la historia de Em enseñándole a Nora el exterior de su casa de Shaftesbury Avenue, no el interior. En su *viaje de reconocimiento* a Toronto, Em planeó destripar el interior de la casa. Consiguió que se llevaran los odiosos muebles de su padre y sus sucias cortinas. Encontró a alguien para decapar, lijar y pulir las viejas tablas del suelo, y también a alguien que pintara las paredes de blanco. Em solo estuvo una semana fuera de Nueva York, pero a mí me pareció el comienzo de algo mucho más extenso: había dado un paso adelante para hacer aquella casa más habitable.

No dudaba de que Em estaba dispuesta a vivir conmigo, no me engañaba a mí mismo en ese sentido; sabía que Matthew era una de las razones por las que Em quería intentarlo.

«No os preocupéis, no voy a dejaros, solo estoy jugando a las casitas», nos dijo Em a Matthew y a mí al referirse a las reformas en Toronto. «Estoy dándole vueltas a la idea de probar un poco de socialismo», me dijo Em, solo a mí, después.

El invierno de 1997, hicimos muchos kilómetros en coche yendo y viniendo de Nueva York. Como Matthew estaba inscrito en preescolar en Vermont, también pasé mucho tiempo con Molly en la casa de Manchester. Agradecí a mi madre que me enseñara a esquiar y a la vieja pistera que me obligara a seguir esquiando. Aunque nunca pasaría de ser un esquiador de nivel intermedio, Matthew y yo nos divertiríamos esquiando juntos durante unos cuantos años más.

Debido a todos aquellos viajes de ida y vuelta entre Vermont y Nueva York, Em y yo pasábamos mucho tiempo solos en el coche. Lo habitual era que yo condujese, porque Em quería practicar la lectura en voz alta. En la primavera y el verano siguientes, impartiría lecturas públicas para promocionar *Ahórcate tú mismo.*

—Como escritora relativamente novata en esto de *hablar,* tendrás que encontrar una voz propia para leer en público —le había advertido Grace. No hizo mención alguna a *Madeline.*

Aunque Em y yo nos habíamos turnado para leernos en voz alta los cuadernos de la pequeña profesora de inglés, normalmente lo hacíamos por la noche, cuando ya nos habíamos metido en la cama. Las anotaciones del cuaderno del señor Barlow no eran de naturaleza lineal, no eran secuenciales. La de las raquetas no llevaba un diario: las anotaciones de su cuaderno eran observaciones que no estaban necesariamente conectadas entre sí. No era lo ideal para leer en voz alta en largos viajes en coche: no había un impulso narrativo definible.

Sabía que Em había estado esperando el momento adecuado en el que, finalmente, leer *Moby-Dick:* una suerte de *trastorno,* como ella misma había dicho, que acabó manifestándose (en los días en que Em no hablaba) cuando volcó una mesita. Entre la urgencia por encontrar su voz lectora y las reformas de su casa de Toronto, Em había encontrado el momento *Moby-Dick* que estaba esperando. Por suerte para mí, me dije, alguien a quien quería volvería a leerme *Moby-Dick* en voz alta.

—Es fácil entender por qué una voz omnisciente en tercera persona es la más segura para Em —había dicho la de las raquetas.

Me encantó la tercera persona, la omnisciencia inexpresiva en la narración de Em cuando leí *Ahórcate tú mismo,* y le di a Em mis notas. Supe que, en un futuro inmediato, íbamos a ser correctores el uno de la otra, dado que la pequeña profesora de inglés ya no estaba. Em no iba a tardar en encontrar su voz lectora gracias a *Moby-Dick:* imitaba a Ismael, la antítesis de un narrador inexpresivo. En aquellos largos viajes en coche, escuchando a Em como Ismael —dando voz a su primera persona más feroz—, pensé que el cardenal O'Connor había tenido suerte. Si el hijo de puta hubiera bautizado a Majareta Nathanson tras uno de los largos viajes de Em en el *Pequod* —es decir, tras todo el camino hasta que el barco condenado se encuentra con la ballena blanca—, Em, como Ismael, podría haber responsabilizado de lo ocurrido al cardenal lameculos. Sin embargo, Em *parecía* haber olvidado sus reproches al cardenal O'Connor. Un gesto positivo, como Ismael imaginando que Queequeg parece decirse a sí mismo: «Los caníbales debemos ayudar a estos cristianos». *Ya veremos,* me dije.

La voz en primera persona de Ismael, tan expansiva como el propio océano, afectaría más que el modo en que Em leyera en voz alta. El tono y el timbre de la voz de Em empezaron a cambiar. Incluso siendo novata, hablaba con intensidad, como si pretendiese encauzar a Nora a través de su voz. Desde que conoció a Ismael, Em encauzaba a un marinero: su voz era más grave y menos estridente, pero no menos intensa. De hecho, sonaba más enérgica, más masculina que la de Nora.

—*Hombre* en primera persona —llamó Grace a la nueva voz de Em para leer *y* hablar. A Grace le parecía mal que Em, que era tan femenina en su forma de expresarse, sonara como un marinero, pero yo no entendí ese cambio de Em del mismo modo. No solo encontró su voz al leer *Moby-Dick* en voz alta: a bordo del *Pequod,* Em había encontrado y aceptado un mundo más grande.

Con la voz fuerte y grave con la que me leía en voz alta —«Era la blancura de la ballena lo que por encima de todas las cosas me horrorizaba»—, Em también decía: «Para el coche, tengo que hacer pis». (No era de extrañar, porque con tanta lectura en voz alta, Em bebía mucho agua.) Y cuando Em me leyó *Moby-Dick,* pensé en Emmanuelle, la estudiante de bachillerato que había sido acusada de exhibicionismo por mostrar el trasero y las tetas en Swasey Parkway.

El «Informe policial» hablaba de «una ofensa a la decencia pública», pero a mí no me resultó ofensivo. A mis treinta y ocho años, no sabía que Emmanuelle era una chica de instituto. Le había estado leyendo *Moby-Dick* a mi abuela. Emmanuelle fue quien encontró a Nana muerta en la cama, con aquel gran libro. Todavía me preguntaba si Emmanuelle se había fijado en el pulgar de Nana entre las páginas, si Emmanuelle sabía qué parte de *Moby-Dick* estaba leyendo mi abuela cuando murió.

En 1980, cuando Nana murió, Emmanuelle debía de tener dieciséis años; no podía tener más de dieciocho, me dije, cuando Em interrumpió su lectura en el coche.

—Estás pensando en Emmanuelle, ¿no es cierto? —me preguntó Em.

«Es muy probable que acabes en la cárcel si te acuestas con Emmanuelle. *Moby-Dick* no servirá como excusa, cariño», me había dicho mi madre.

«No creo que Emmanuelle sea *tan* joven, Ray. No creo que sea ilegal acostarse con ella», había dicho Molly.

Le dije a Em que no estaba pensando en Emmanuelle «de ese modo». Solo quería preguntarle a Emmanuelle qué parte del viaje del *Pequod* había sido la última para mi abuela; quería saber qué estaba releyendo Nana cuando murió. Sabía que Em me habría dicho que no pasaba nada por pensar en Emmanuelle «de ese modo».

Ya habíamos hablado de eso.

—Somos demasiado mayores para acostarnos con mujeres jóvenes, pero no pasa nada por pensar en ellas *de ese modo,* y no pasa nada por mirarlas —me había dicho Em.

—De acuerdo —le dije.

En una ocasión, cuando Em me pilló mirando a una mujer joven —de ese modo—, me dijo: «Yo la vi primero». Desde entonces, eso era lo que decíamos cuando nos sorprendíamos mirando a alguien. A decir verdad, no mirábamos mucho a otras mujeres.

Fue un invierno largo, con una primavera tardía, el de 1997. Pasamos incontables horas leyendo *Moby-Dick* en el coche. Em acababa de terminar el capítulo 111, «El Pacífico», cuando me despertó una noche, gritando en sueños, como el capitán Ahab grita en los suyos: «¡La ballena blanca escupe sangre espesa!». Cuando la desperté y se calmó, tenía otro asunto en mente.

—¿Sabes una cosa, chaval? Ahora tendrá treinta y algo —calculó Em.

—¿*Quién* tendrá...? —le pregunté.

—Emmanuelle... tendrá treinta y tres o treinta y cinco —me dijo Em.

—Lo sé —contesté.

—Pienso en voz alta, chaval. Si Emmanuelle terminó de leer *Moby-Dick,* es una lectora de verdad. Emmanuelle aparecerá en alguna de tus lecturas —dijo Em. Repetí que no pensaba en Emmanuelle *de esa manera,* pero Em dijo que no importaba lo que yo pensara de ella—. Si Emmanuelle sigue leyendo *Moby-Dick,* tiene poder de atracción, así que algún día aparecerá —dijo Em.

Entendí que Em, al hacer de Ismael, aclaraba sus ideas. Pero

Em aún estaba aprendiendo sobre los niños de seis años. Matthew se tomó lo que dijo al pie de la letra. Em nos había dicho que estaba jugando a las casitas en Toronto. Matthew la presionó para que le contara más cosas. Para un niño de seis años, jugar a las casitas parecía divertido. Pero ¿dónde estaba Toronto y cómo jugaba ella a las casitas?, quiso saber Matthew. La explicación que Em le ofreció a Matthew sobre jugar a las casitas fue una revelación para mí. Parecía Em haciendo de Ismael, o quizás Em como escritora de ficción, o ambas cosas.

—Toronto está en Canadá, un país extranjero con un Gobierno diferente. Por alguna extraña razón, la reina de Inglaterra es también la reina de Canadá —empezó a decir Em. Ni una palabra sobre socialdemocracia, de momento.

—Si vas a un aeropuerto y tomas un avión, tardarás en llegar a Toronto lo mismo que en ir a Vermont desde Nueva York. Mi casa misteriosa no está lejos —dijo Em.

—¿Por qué es una casa misteriosa? ¿Cuál es el misterio? —preguntó Matthew. Tal vez acabaríamos llegando a algún sitio.

Matthew tardó un rato en imaginar la casa que Em tenía en mente. A mí también me llevó un rato, aunque Em era el tipo de escritora de ficción a la que se le daban bien los presagios: siempre sabía adónde iba, veía el camino que se extendía por delante. La casa de Em en Toronto no era un misterio para ella.

—Imagina una casa vacía, sin muebles. Las habitaciones no saben lo que son, nadie les ha dicho para qué sirven —dijo Em—. Imagina que eres una habitación, pero no sabes si eres un dormitorio o un salón o un comedor —prosiguió Em, generando empatía por las habitaciones.

—¡Pobres habitaciones! —gritó Matthew, compasivo.

—Bueno, los lavabos saben que son lavabos, para qué sirven los retretes no es ningún misterio, y una cocina también sabe para qué sirve —dijo Em—. Pero esta casa tiene dos cocinas, una está en el piso de arriba, así que las cocinas también están un poco confundidas —nos dijo Em.

—¿Por qué hay una cocina en el piso de arriba? —le preguntó Matthew.

—Antes vivían dos familias en la casa —nos explicó Em—, pero la familia que vivía abajo nunca veía a la familia que vivía arriba. La familia que vivía en el piso de abajo solo oía a la familia que vivía en el piso de arriba; cuando alguien caminaba por la casa, por ejemplo, o cuando alguien subía o bajaba las escaleras de atrás —nos contó Em.

«No era la mejor historia para contársela a un niño de seis años», dijo Grace. Matthew tuvo pesadillas sobre una familia invisible que vivía encima de él. Matthew juraba que podía oírlos, aunque no había nadie caminando por encima de las cinco habitaciones del piso superior de la casa de East Dorset; y no había piso superior en la casa de Molly en Manchester, donde Matthew a veces tenía la misma pesadilla.

Una noche, cuando Matthew, Em y yo estábamos en casa de Molly, Matthew durmió conmigo en el futón de la sala de la tele. Sabía que le gustaba más dormir con Molly, en su cama. Pensé que Matthew estaría preocupado por la familia de arriba, pero resultó que solo quería contarme lo que pasaba con mi madre y la de las raquetas.

—Esas dos ya no pasan el rato en la casa, solo las veo en casa de Molly —me dijo Matthew—. Deben de saber que la casa está en venta y que tú ya no estás allí.

—Entiendo —dije, deseando poder verlas.

—No se están haciendo mayores. Se dedican todo el rato a hacer el tonto —me aseguró Matthew.

Matthew debió de contarles a Molly y Em que las veía, porque tanto Em como la vieja pistera me lo comentaron.

«Donde están no es un lugar, niño», me había dicho Molly con anterioridad, tocándose el corazón. Ahora Molly me lo dejó más claro: esas dos debían de estar pasando el rato en su casa porque podían vernos a todos allí. Éramos Matthew, Molly, Em y yo los que les importábamos a esas dos, no dónde estuviéramos, dijo la vieja pistera.

Yo solo deseaba poder ver a mi madre y a la de las raquetas de nieve, admití ante Em.

—Ya conoces a esas dos. Se les ocurrirá algo —me dijo Em—. Esas dos saben cómo planear algo y llevarlo a cabo.

Había más pruebas de su perseverancia en los cuadernos de notas de la pequeña profesora de inglés, aunque no es que necesitáramos más pruebas. Em y yo dejamos de leer por esa noche cuando nos topamos con la anotación de Elliot sobre el Jardín de Rocas. «Puedo acarrear con Ray hasta el Jardín de Rocas si ella no es capaz», había escrito la de las raquetas.

Cerca de la cima de Upper Twister estaba lo que Molly también llamaba el Jardín de Rocas, donde la vieja pistera y yo habíamos observado cómo cambiaban las huellas de aquellas dos. Mi madre debió de tener algún problema en la segunda parte empinada de Twister. Molly y yo solo vimos las huellas de las raquetas de nieve durante el resto del camino. Elliot Barlow había llevado a Pequeña Ray a cuestas hasta la cima.

—Esas dos siempre van a cuestas la una de la otra a todas partes —había dicho Matthew de sus jóvenes fantasmas.

—Eso es justo lo que hacen esas dos: se quieren —fue todo lo que pude decirle a Matthew sobre lo de llevarse a caballito.

Tenía casi todo lo que quería, pensaba. Tenía el amor de Matthew, y Em estaba intentando seriamente vivir conmigo. Tan solo deseaba poder ver a aquellas dos, las echaba de menos a ellas y echaba de menos sus tonterías.

51
«Oh, Canadá»

El señor Barlow tenía razón, como de costumbre: la pequeña profesora de inglés había predicho que un libro sobre *Dos tortilleras, una que habla* atraería al público lector. Los lectores que nunca habían ido al Gallows habían oído hablar del tiroteo que había tenido lugar allí. Y antes de que el Gallows quebrara —antes de que las propiedades del club de comedia fueran expropiadas en beneficio de los acreedores—, Grace tuvo la previsión de comprar los archivos fílmicos de las actuaciones de Nora y Em. Fue a Grace a quien se le ocurrió ceder los derechos de estas actuaciones, grabadas sin ningún tipo de edición, a los editores extranjeros de Em.

Grace también tenía razón: la novela sería un gran éxito para Emily MacPherson, todo un *best seller*. *Ahórcate tú mismo* se tradujo a más de treinta idiomas. Aquellas películas baratas de Nora y Em sobre el escenario se utilizaron con fines publicitarios en todo el mundo. Los directores del Gallows tenían pocos medios, decía Nora: las grabaciones del espectáculo apenas eran mejores que vídeos caseros grabados por estudiantes en prácticas. Em se acordaba de cuando la dirección se quejó de que se pasara del formato de ocho milímetros al de dieciséis; el de ocho milímetros era el formato estándar para las películas caseras, el más barato. Todo el material era en blanco y negro, la cámara se sostenía con la mano y el sonido era irregular. La dirección del Gallows dijo a los artistas que estaban grabando su trabajo para preservar la historia de su arte sobre el escenario, o alguna chorrada por el estilo, pero Nora dijo que parecía algo propio de abogados. En caso de que demandaran al club de comedia, quedaría constancia de que el delito había sido culpa de los artistas, y nadie lo sabía mejor que Nora, que siempre estaba improvisando.

Hasta la publicación de *Ahórcate tú mismo,* Em nunca se había visto tanto a sí misma sobre el escenario. Nora solo había visto una de sus primeras actuaciones en el Gallows, allá por 1973. «Amateurlandia», calificó Nora la fotografía. Nora y Em tenían treinta y ocho años. Era del *sketch* de Em sobre la cena con Simone. Nora llamó zorra a Simone, porque Simone había chupado la manga de la blusa de Em en una cena anterior. En esa ocasión, Simone enganchó el dedo meñique con el de Em bajo la mesa. Em le clavó un tenedor a Simone en el brazo.

De las grabaciones que la oficina neoyorquina de Grace había cedido bajo licencia a los editores extranjeros de Em, Grace había eliminado la conversación de la cena sobre *Bat Pussy,* la película pornográfica que parodiaba las películas porno. Nora y Em, con sus vaqueros y camisetas, caminando como si fuesen deportistas por el escenario, tenían un toque sexy y duro a su manera lésbica. La fotografía era totalmente *amateur,* pero la pantomima de Em y el inexpresivo monólogo de Nora sobre Simone, la chupadora de blusas y enganchadora de meñiques, dejaban constancia de una relación poco común. Era la relación entre Nora y Em lo que los lectores de *Ahórcate tú mismo* recordarían mejor. Aquellos vídeos, aquellos destellos de Nora y Em cuando estaban excitadas, volvieron a romperle el corazón a Em. A pesar de su torpe manejo de la cámara, aquellos estudiantes en prácticas nunca se olvidaron de filmar la soga del ahorcado que había sobre la barra ni el cartel de AHÓRCATE TÚ MISMO.

Las primeras lecturas públicas y las primeras entrevistas iban a ser difíciles para Em. Antes de salir al escenario, proyectaban un fragmento de las grabaciones del Gallows. En el lugar donde esperaba, fuera del escenario, Em oía a menudo la voz inexpresiva de Nora; a veces, oía a Nora con suficiente claridad para saber qué pantomima estaba representando.

—Ya estoy harta de los malditos *déjà vu* —me dijo Em. Yo solía estar entre bastidores con ella. Fui a las lecturas de Em; incluso fui su entrevistador en el escenario cuando ese fue el formato elegido por el local.

Un fotograma en blanco y negro de las imágenes de archivo sirvió de atmosférica sobrecubierta para *Ahórcate tú mismo.* La soga del ahorcado aparecía en primer plano, pero los taburetes vacíos estaban desenfocados y las luces del escenario se veían borrosas al fondo. En el Gallows no solía haber nadie en la barra cuando Nora y Em estaban en el escenario. Le dije a Grace que la sobrecubierta del libro era un bonito detalle, pero que algunas de las mujeres que acudían a las lecturas públicas de Em o a sus entrevistas eran inquietantes. Eran mujeres jóvenes, en su mayoría treintañeras o cuarentonas. Eran mujeres que se identificaban con Nora y Em. Dichas mujeres se engañaban pensando que podrían sustituir a Nora, me aseguraba Em, pero las que se parecían a Nora daban miedo, y las que llevaban la soga del ahorcado al cuello, eran todavía peores. Cuando se publicó *Ahórcate tú mismo,* Em tenía unos sesenta años y yo andaba por la mitad de la cincuentena. Esas mujeres que imaginaban que podrían sustituir a Nora eran más jóvenes que nosotros.

La presentación en Nueva York de *Ahórcate tú mismo* fue en la Barnes & Noble con las escaleras mecánicas que daban a la calle Diecisiete Este, en Union Square. Me encantaba esa librería; había hecho lecturas de varios libros allí. Las lecturas de los autores tenían lugar en uno de los pisos superiores. De cara al público, se podía ver a la gente subiendo por las escaleras mecánicas, como si alguien entre los que estaban sentados se los hubiera imaginado. Las divinas almas de la escalera mecánica te miraban a ti; parecía como si ascendiesen al cielo, dejándote a ti atrás. Le expliqué a Grace esa ilusión óptica, mientras los libreros tenían a Em en una habitación trasera antes de la presentación. Le dije a Grace que quería advertirle de las «apariciones levitantes» de la escalera mecánica.

—Tú y tus apariciones —dijo Grace. No debería haberle enseñado a Grace mi guion de Aspen; ni la primera versión, *Loge Peak,* ni la última, *No era un fantasma.* Tanto *Loge Peak* como *No era un fantasma* eran buenos títulos, pero sabía que nadie rodaría esa película, la titulara como la titulase. No solo era demasiado larga.

—La voz en *off* en primera persona está pasada de moda: *Jules et Jim* era una voz en *off* en tercera persona. Y *La Sirenita* es de Disney: los derechos de Jodi Benson interpretando «Parte de tu mundo» te costarían una fortuna —me dijo Grace.

Había pasado por alto el gasto que supondrían los fragmentos de vídeo de «Parte de tu mundo»; me había limitado a pensar en cómo se sentiría Toby Goode al ver a su madre muerta cantándole esa canción a un fantasma vaquero. No le dije eso a Grace. Le había dicho que sabía que mi guion de Aspen nunca se realizaría. Eliminar mi voz en *off* pasada de moda no iba a arreglarlo. Para empezar, todo el mundo sabría quiénes eran los personajes de Paul Goode y Clara Swift, independientemente de los nombres que les pusiera. Cuando le enseñé mi guion de Aspen a Em, me dijo:

—Matthew no solo no debe leerlo, sino que no debe saber que existe. Y lo mismo vale para tu hermanastro, Toby Goode.

—Lo sé —le dije. Matthew apenas tenía seis años. Pensaba que no tenía por qué esconder o destruir mi guion de Aspen, o como decidiera titularlo; no todavía. A los seis años, Matthew estaba obsesionado con la casa de Em en Toronto y no le interesaban las películas que nunca llegarían a filmarse.

—Me gustaría ver la casa con las habitaciones que no saben lo que son. ¡Esas pobres habitaciones! —repetía Matthew. Em había conseguido que Matthew se interesara por su casa misteriosa antes de verla. Incluso hablamos de un viaje turístico a Toronto al final del curso escolar. Yo era el que pensaba en películas sin rodar.

«Hay más películas sin rodar de las que nadie puede suponer», había dicho mi padre, del mismo modo que había dicho que yo tenía las manos de mi madre. «Ray siempre se retorcía las manos.»

En la Barnes & Noble de Union Square, con el público de la presentación del libro de Em ascendiendo por la escalera mecánica, intenté cambiar de tema con Grace: la palabra *apariciones* no era una buena elección al hablar con ella.

—La forma en que la gente aparece en esa escalera mecánica, la primera vez que lees aquí, puede resultar un poco desconcertante —le estaba diciendo, cuando una mujer de ojos desorbitados con una soga de ahorcado alrededor del cuello apareció por la escalera mecánica.

—Te dije que convencieras a Em de que no pusiera ese título —dijo Grace. Me quedé mirando hacia la escalera mecánica. Sabía que seguirían llegando fans, no únicamente las que se parecían a Nora, sino también las que llevaban la soga al cuello. Intenté cambiar de tema otra vez, preguntándole a Grace cómo se las había arreglado para eliminar la parte sobre *Bat Pussy*.

—Un estudiante en prácticas se merece a otro —me explicó

Grace. Dijo que unos estudiantes de cine de la Universidad de Nueva York habían hecho el montaje. Grace también les pidió que eliminaran la noche de los Papás Noel, cuando el Papá Noel alto disparó a Nora después de apuntar a Em. Em nunca iba a olvidar que Trowbridge quiso matarla a ella en primer lugar; no necesitaba verlo para saberlo.

Esa noche, en Union Square, me alejé de Grace, que estaba preocupada por el fragmento de la película del Gallows que ella había seleccionado, por supuesto. Ya lo estaban proyectando para los primeros asistentes. De ese modo, me hice una idea de cómo iban a ser las apariciones públicas de Em. Podías contar con que las fans de Em llegarían antes de tiempo. Las que se parecían a Nora y las que llevaban una soga al cuello querrían ocupar las primeras filas.

En blanco y negro, desde hacía veinte años de aquello, vi y oí a Nora preguntarle a Em dónde había estado la noche anterior. Más de veinte años después, Em aún parecía arrepentida y temerosa.

«Llegaste a casa muy tarde, yo estaba dormida. Te golpeaste la cabeza con mi rodilla al meterte en la cama», dijo Nora justo cuando yo me escabullí en dirección a la trastienda donde los libreros escondían a Em. Quería contarle a Em lo de las fans, pero ya la habían avisado con suficiente antelación mediante un mail. Em dijo que las mujeres con la soga eran algo nuevo para ella, pero muchas de las que se parecían a Nora que le habían escrito le habían adjuntado fotos. Esas mujeres —entre las que se encontraban algunas de las primeras en llegar aquella noche a Union Square— habían conseguido leer *Ahórcate tú mismo* en galeradas. Grace dijo que había enviado un número sin precedentes de pruebas de imprenta, teniendo en cuenta que se trataba de una autora prácticamente desconocida.

«No lo será por mucho más tiempo», pensé, cuando Em y yo tuvimos que enfrentarnos a aquellas temibles mujeres de la primera fila. Esperábamos a que el público se calmara, pero los rezagados no encontraban asiento entre la multitud. Fue entonces cuando vi a Emmanuelle, ascendiendo al cielo por las escaleras mecánicas.

—Yo la vi primero —me susurró Em, tapando el micrófono con la mano. Cubrí mi micrófono como correspondía y le susurré a Em que Emmanuelle debía de haber terminado de leer *Moby-Dick*. Le susurré que el hecho de que apareciese en su lectura y no en la mía debía significar que Emmanuelle era lo que Em llamaba *una auténtica lectora*.

—Sin duda, es persistente, chaval —me susurró Em cubriendo el micro con la mano.

Dos de las mujeres que llevaban una soga al cuello habían reservado un asiento para alguien en la primera fila; las sogas, precisamente, eran un elemento disuasorio para quienes pretendían ocupar la silla que había entre ellas.

—Nadie quiere sentarse en el lugar de la soga del ahorcado, ni tampoco al lado de una mujer que lleva una soga al cuello —me diría Em más tarde. En aquel momento, Em se limitó a pedir a las mujeres de las sogas que cedieran el asiento vacío a Emmanuelle. Le hice señas a Emmanuelle para que se uniera a nosotros. Parecía ligeramente sorprendida de verme. Pensándolo bien, tal vez lo único que le sorprendió fue verme con Em.

Emmanuelle era una mujer atractiva de unos treinta años, casada y con hijos. Quería venir con su marido, según nos dijo a Em y a mí, pero su niñera se había puesto enferma. Era justo que su marido se quedara en casa con los niños, porque Emmanuelle había acabado de leer *Ahórcate tú mismo* y él todavía no. Em y yo nos limitamos a asentir, pero no podíamos mirarnos. Nos moríamos de ganas de preguntarle a Emmanuelle si había leído la novela al completo, en orden. Las dos pensábamos que Emmanuelle era una loca de los libros; es decir, una lectora de Emily MacPherson, no una acosadora. No habíamos imaginado que Emmanuelle pudiera ser una mujer común y corriente, y tampoco una Nora, ni una mujer que se cuelga una soga del cuello, ni siquiera, como decía el «Informe policial», alguien capaz de «ultrajar la decencia pública».

Es difícil explicar por qué significó tanto para Em y para mí, pero nos gustó comprobar que Emmanuelle había salido adelante. Me sentí aliviado al ver ante mí a la joven con principios que una vez imaginé que era, antes de saber que en realidad era una estudiante de instituto que había sido acusada de enseñar el culo y las tetas en Swasey Parkway. Es posible que Emmanuelle, de pequeña, se aburriera como una ostra en Exeter.

—Nora odiaba haber crecido en Exeter —me recordó Em, después de conocer a Emmanuelle. Aquella noche en Union Square, curiosamente, fue la normalidad de Emmanuelle lo que nos alegró tanto a Em y a mí. No hay que olvidar que Em y yo intentábamos imaginarnos el resto de nuestra vida juntos como algo normal, o todo lo normal que pudiera llegar a ser.

Em había dejado de ponerse la camiseta de Nora SILENCE=DEATH para irse a dormir. Lo tomé como una señal positiva. A Em, aquella camiseta le quedaba como un camisón extragrande: sus pechos se perdían en el triángulo rosa.

—Por favor, déjala con tus camisetas, pero no te la pongas a menos que te lo pida —me dijo Em.

También había dejado de cantar «Volver a Great Falls» en sueños, otra señal positiva, e incluso Grace aprobó lo que Em y yo habíamos preparado para las presentaciones de *Ahórcate tú mismo.* Em y yo pretendíamos mantener una conversación que preparara su lectura.

—Cuando conocí a Emily MacPherson, era la novia de mi prima Nora —le dije al público—. Siempre fuiste la novia de Nora y de nadie más —le dije a Em. Ella me había escrito la parte «y de nadie más». Em quería asegurarse de que empezaba con eso. Las primeras veces que lo dije, me costó un poco mirar a esas aterradoras mujeres que siempre se sentaban en primera fila, pero acabé acostumbrándome a ellas.

—Conocí a Adam Brewster en la boda de su madre, tenía solo catorce años; creo que aún no había empezado a afeitarse —le dijo Em al público—. No sabías bailar con una chica, solo me mirabas las tetas —me dijo Em.

—Creo que me afeitaba una o dos veces por semana —le dije, intentando no mirarle las tetas.

—Sigue mirándome las tetas, pero me estoy acostumbrando —le dijo Em al público.

—¿Por qué querías ser escritora? ¿Qué te llevó a empezar a escribir? —le pregunté.

—Cuando dejé de hablar, las palabras no desaparecieron sin más, así que tuve que hacer algo con ellas. Lo de escribir y hacer pantomimas empezó al mismo tiempo —respondió Em. Contó que había sido alumna de mímica, más tarde llegó incluso a ser profesora, en lo que Em denominó «talleres» en Italia. Hasta que no leí *Ahórcate tú mismo,* no me enteré de que esos *talleres* formaban parte de un festival de pantomimas en Barolo; de donde procede el vino del mismo nombre.

El Festival Disastri tuvo una vida breve. *Disastri* significa «desastres» en italiano, me explicó Em. Dijo que Barolo parecía una ciudad cara; el festival de pantomima fue un *disastro* financiero.

—Tal vez fue porque las pantomimas solo interesan a los que se dedican a ellas —le dijo Em al público.

Em y yo coincidimos en que Disastri era un nombre de lo más apropiado para un festival de pantomima o para un festival de escritores: tanto las pantomimas como la escritura de ficción tienen querencia por los desastres.

—Especialmente aquellos desastres que se ven venir. Los escritores de ficción y los que se dedican a las pantomimas tienen que saber cómo lidiar con los desastres —le explicó Em al público. Esa fue mi señal para pedirle que leyera un fragmento de *Ahórcate tú mismo.* Sabía el fragmento que Em iba a leer.

Me abstuve de hacer un chiste sobre *Moby-Dick.* No dije: «Llamadla Ismael», ni hice un comentario igual de mordaz sobre la voz de Em al leer, que sonaba como la de un marinero en un barco destinado al fracaso. No creía que las que se parecían a Nora entre el público —por no hablar de las mujeres con la soga al cuello— fueran lectoras de Melville.

Había dos sillas detrás de los dos atriles, también de cara al público y a la escalera mecánica, reservadas para Grace y para mí. Mientras Em leía un fragmento de *Ahórcate tú mismo,* nosotros vigilábamos las escaleras mecánicas en busca de una mujer con una soga, la que llegaba tarde. Le habían reservado un asiento en primera fila, pero Emmanuelle había ocupado aquel asiento. Fuera quien fuese la mujer que faltaba, nunca apareció. Una mujer con una soga al cuello podía meterse en problemas en Union Square, me dije mientras Em leía la parte en la que el monólogo de Nora, en el escenario de Barolo, era doblado al italiano.

Un director de cine italiano —en absoluto *amateur*— rodó un documental sobre el Festival Disastri. El título de la cinta, *Disastri,* era a la vez inexpresivo e irónico. Los artistas del festival —en su mayoría dedicados a las pantomimas, pero entre los que se encontraba Nora— habían firmado permisos para grabarlos. En un festival de pantomimas, la mayoría de los artistas no hablaban en el escenario; es decir, no había necesidad alguna de doblar la actuación de la mayoría de ellos. Lo que hizo de *Dos tortilleras, una que habla* un acto cómico fue la yuxtaposición de la pantomima de Em con el monólogo de Nora. También hizo que Em y Nora resultasen originales en un festival de pantomimas. Cuando Nora firmó la autorización, no sabía lo importante que es el doblaje en Italia. Algunas familias llevan en el negocio del doblaje desde los años treinta, y consideran el doblaje todo un arte; se esmeran para que la traducción al italiano coincida con los movimientos de los labios del que habla en pantalla. Recuerdo haber visto *Solo ante el peligro,* doblada al alemán; una película diferente en la televisión austriaca. Los labios de Gary Cooper no estaban sincronizados con lo que decía en alemán.

Em escribió que nunca había visto un doblaje mejor que el de Nora al italiano, pero Nora lo odiaba. Sus labios estaban perfectamente sincronizados con el idioma. El actor de doblaje, que era alguien importante en ese mundillo, sonaba exactamente igual que Nora. Pero a Nora no le gustó, porque el actor de doblaje era un chico. No había en esa elección ningún deje homófobo: tanto el cineasta como el actor de doblaje intentaron de manera honesta igualar la voz de Nora.

—El doblaje no sonaba como una tortillera —había escrito Em—. Sonaba como si fuese Nora, si Nora hubiese hablado italiano.

Nora decía que sonaba como Anthony Quinn en *La Strada,* de Fellini. Quinn interpretaba a Zampanó, el forzudo del circo, que es cruel y que maltrata a Giulietta Masina. Hasta que no leí *Ahórcate tú mismo,* no supe que en el escenario del Festival Disastri Nora y Em reeditaron su *Sturm und Drang* sobre otras novias. Una vez que nos quedamos solos, les pregunté inocentemente si las lesbianas seguían siendo amigas de sus exnovias. Entonces no sabía que Em nunca había tenido novia antes de Nora. Em se encogió de hombros ante la pregunta; simplemente hizo un bailecito sexy. El encogimiento de hombros y el baile de Em no le gustaron nada a Nora.

—¿Qué quieres decir con que no lo sabes? —le preguntó Nora

a Em (en Barolo, Anthony Quinn se lo preguntó a Em en italiano)—. ¡Si me dejaras y te viera con otra novia, le arrancaría las tetas y bailaría sobre sus partes pudendas! —le dijo Nora a Em, que se echó a llorar. Tanto en Barolo como cuando lo llevaron a cabo sin ensayar, cuando yo era su único público, Em siguió haciendo su bailecito y también siguió llorando.

—Si yo dejara a Em y me viera con otra novia, Em se echaría a llorar —nos dijo Nora a mí y al público del Festival Disastri; pero lo que yo iba a recordar era cómo bailaba Em. No era exactamente un baile sobre las partes pudendas del cadáver de nadie; era más tierno y complaciente que eso.

Nora y Em no bailaron en el Gallows su danza de las partes pudendas; no era lo bastante divertido para un club de comedia. Lo que Em leyó en voz alta al público aquella noche en Union Square fue que nunca se había planteado tener otra novia. No había habido ninguna antes de Nora y no habría ninguna después de ella. La mera idea de tener *otra novia* siempre hacía llorar a Em. No había nada evasivo o ambiguo en su llanto, ni en su pequeño baile; no para Em. Aquella noche en Barnes & Noble, el fragmento que leyó Em no solo iba dirigido a las aterradoras mujeres de la primera fila, sino también a mí. Sabía cómo terminaba el fragmento, por supuesto, antes de oírselo leer a Em esa noche en Union Square.

—Todavía me hace llorar que Nora no supiera que ella había sido mi única novia, pero Nora nunca me creyó cuando le dije que preferiría estar con un pene que con otra novia —leyó Em en voz alta—. Creo que queda bastante claro que no tengo una especial inclinación por los penes, ¿verdad? —fue el modo en que Em puso el punto final.

Hubo un turno de preguntas después de la lectura. Supongo que era inevitable que una de las imitadores de Nora o una de las mujeres con la soga alrededor del cuello le preguntaran a Em por mí.

—¿Cuál es tu relación con el primito de Nora? —le preguntó una imitadora de Nora aquella noche en Union Square.

—Está bastante claro que él no es una novia, ¿no? —era la respuesta que Em siempre daba a esa pregunta.

Le preguntaban mucho por mí.

—¿Sigues colada por mí? —continuaba preguntándome Em—.

Es una mera comprobación, chaval. Sigo prefiriendo estar con un pene —me aseguraba.

Tarde o temprano, Em tendría que explicar de otra manera lo que quería decir con lo de estar con un pene.

—Nora fue mi trayectoria de colisión. Lo de las trayectorias de colisión se acabó, chaval —me dijo.

Esa noche, en Union Square, después de las preguntas, los libreros instalaron dos mesas para la firma de libros. Grace se sentó con Em a la mesa donde estaba firmando ejemplares de *Ahórcate tú mismo*. Grace se encargó de pedirles a las lectoras de Em que escribieran sus nombres para que Em pudiera deletrearlos correctamente. Yo sabía que Grace estaba preparada para intervenir en caso de que alguna de las imitadoras de Nora o de las mujeres con soga al cuello quisiese que Em le autografiara el sujetador o algo así.

Emmanuelle se sentó conmigo a mi mesa de firmas. Firmé ejemplares de mis libros, la mayoría de ellos de bolsillo, para un grupo más reducido de lectores. Emmanuelle y yo terminamos antes que Em. Fue entonces cuando le pregunté a Emmanuelle si sabía qué capítulo de *Moby-Dick* estaba leyendo mi abuela cuando murió.

—Cuando la encontré, tenía el pulgar entre las páginas del libro. Su pulgar era su punto de lectura —me dijo Emmanuelle.

Debería haber sabido que mi abuela estaba leyendo «El herrero», el lúgubre capítulo 112, porque Nana no sabía de nada tan reconfortante sobre la muerte como la frase que más le gustaba de ese oscuro capítulo: «La muerte no es más que verse lanzado a la región de lo extraño no conocido». Era una frase que mi abuela repitió varias veces cuando me leyó *Moby-Dick* y que a menudo nos pedía a Emmanuelle y a mí que le leyéramos. Era la frase que Elliot Barlow había escrito para mí en mi cuaderno de escritura, antes de subir a la montaña Bromley para morir junto a Pequeña Ray.

La melancolía siempre había reconfortado a mi abuela. Recordé cómo dejaba su puerta abierta, aunque eso estaba mal visto en River Bend. Pero no se me ocurría qué decirle a Emmanuelle, una joven esposa y madre que no dejaba de consultar su reloj de pulsera. Debía de estar pensando en su marido, en casa con los niños. Emmanuelle no pensaba en la muerte; no le habría servido de consuelo esa parte sobre «la región de lo extraño no conocido». Emmanuelle, que tenía su propia vida, pensaba en otras cosas; no todo el mundo quiere pensar en la muerte. Y Em y yo podíamos pensar en nuestra escritura, y —por encima de todo— teníamos que hacer feliz a Matthew, y también entretenerlo.

Cuando lo llevamos a Toronto a ver la casa misteriosa de Em, a Matthew le encantó jugar a imaginar para qué servían las habitaciones vacías. Em y yo supimos que las pesadillas de Matthew sobre la familia de arriba se habían disipado cuando dijo, casi al instante, que el largo y estrecho desván de la tercera planta debería ser su habitación; un muchacho con una sensibilidad como la mía. Me pregunté si existiría un gen que llevase a tener querencia por los desvanes.

La casa de Em era una casa adosada, alta y estrecha, de ladrillo rojo, ubicada en una hilera de casas similares. Había una ventana en el desván bajo el vértice del puntiagudo tejado; en un callejón lateral, vi una escalera de incendios que descendía desde la tercera planta. Era un vecindario de casas tradicionales en el que incluso los árboles estaban bien cuidados. Shaftesbury era una calle corta que discurría paralela a las vías del tren. Como Em nos había señalado a Matthew y a mí, la estación de metro de Summerhill estaba en uno de los extremos de la calle.

Matthew no dudó al elegir la tercera planta para él, aunque no tardó en cambiar de opinión. No había baño en el desván y a Matthew no le gustaba el aspecto de la escalera de incendios, una escalera de hierro.

—Alguien podría subir por ella y meterse en casa. Un mono podría hacerlo —dijo Matthew. Como muchos niños de su edad, había visto *El mago de Oz* y tenía pesadillas con los monos voladores.

—En Canadá no hay monos. Y los monos voladores no existen —le aseguró Em, pero Matthew había decidido que el tercer piso no era apto para dormir. Demasiado problemático para alguien que se sentía atraído por los desvanes. Antes de elegir su habitación, Matthew quería saber dónde dormiríamos Em y yo. Así que Em y yo jugamos a imaginarnos para qué servían las habitaciones vacías. Matthew no tenía prisa por determinar el destino de las habitaciones de la casa; prolongar el juego era lo divertido. Adivinar el uso de las habitaciones vacías de Em era un misterio permanente y Em tenía otros planes para Matthew y para mí en Toronto.

Cuando eres nuevo en una ciudad, los lugares emblemáticos a los que te aferras pueden parecerles peculiares a los oriundos, pero Em y yo estábamos empeñados en mantener a Matthew entretenido. Em se había informado sobre posibilidades turísticas para niños de seis años en Toronto. La principal atracción para Matthew era un castillo de estilo gótico llamado Casa Loma. Disponía de unas cien habitaciones copiadas de castillos austriacos, ingleses, escoceses y españoles. Tenía un par de torres, pasadizos espeluznantes, paneles secretos. Había un establo de caoba y mármol; a Matthew no le gustó el túnel subterráneo por el que se accedía al establo, pero le encantó todo lo demás de Casa Loma. Había opulentas lámparas de araña en los comedores y en los salones de baile. Había un órgano de tubos de color blanco. A Matthew le habría gustado que la casa de Em tuviera vidrieras. Había uniformes militares, expuestos en vitrinas; Matthew quería uno de los uniformes. Matthew también quería la cabeza de alce que vio en la sala de billar. Matthew quería una cama con dosel, algo extraño para un niño de seis años, pero Em me explicó sus razones. El dosel entrañaba protección: los monos voladores venían de arriba.

Fue nuestro primer viaje juntos a Toronto, pero supe que ese no iba a ser más que el primero de otros muchos. Em no había limitado su investigación a niños de seis años. Nos alojamos en un hotel de Yorkville, podíamos ir andando desde allí hasta la casa de Em, o recorrer dos paradas de metro hacia el norte, hasta la calle de Em. La estación de Summerhill, en el cruce de la calle Yonge y la avenida Shaftesbury, estaba en la línea de metro Yonge-University. Desde la calle de Em podíamos tomar el metro una parada hacia el norte y luego el tranvía de St. Clair hasta Spadina. Hasta Casa Loma desde St. Clair y Spadina se llegaba dando un paseo; Em también había estado mirando algunos paseos largos muy interesantes hasta Casa Loma.

A Matthew y a mí nos encantaba el metro de Toronto. (La madre de Matthew era una de esas neoyorquinas que evitaban el metro.) Un día, Em nos llevó en metro una parada hacia el sur, desde

Bloor-Yonge hasta la estación de Wellesley. Quería que paseáramos por las calles Wellesley y Church, un barrio LGTB llamado Gay Village, o simplemente Village. Em sabía dónde subir y cuándo bajar de cada uno de los metros o tranvías que tomábamos. Con Em ejerciendo de guía, nunca nos perdimos.

—Has estado muy ocupada, no solo con tu casa misteriosa —le dije. En los años siguientes, cuando ya conocía bien Toronto, me fui cansando de Casa Loma... hasta que Matthew tuvo edad suficiente para cansarse también. Los padres de niños pequeños tenían que dejar sus cochecitos en la primera planta. Yo solía mirar con nostalgia aquellos cochecitos. Deseaba poder quedarme en la primera planta con un libro, fingiendo que vigilaba los cochecitos. Sentí cierta simpatía por Sir Henry Pellatt, el militar y financiero que había encargado la construcción de Casa Loma. Pellatt perdió la casa de sus sueños a manos del fisco, del mismo modo que otro militar y financiero, Jerome B. Wheeler, perdió su hotel por el impago de impuestos atrasados. Aquellos grandes derrochadores de antaño desprendían un aura de fascinación. A pesar de las horas perdidas en Casa Loma, Em hizo de Toronto un lugar mágico para Matthew y para mí.

En Acción de Gracias, las escuelas en Toronto estaban abiertas; nos encontrábamos a finales de noviembre de 1997. Para Matthew y para mí era la tercera vez que íbamos a Toronto ese mismo año. El día de Acción de Gracias canadiense caía a principios de octubre, según nos explicó Em. Era la primera vez que Matthew y yo veíamos a aquellas chicas con sus uniformes de la escuela Bishop Strachan, a la que Em había ido cuando era pequeña, a la edad de Matthew e incluso un poco más joven. Cuando Em, Matthew y yo fuimos a ver el colegio, por la tarde, era justo la hora en que las niñas se iban a casa; las pequeñas se iban con sus padres o una niñera, las mayores solas. Matthew estaba hipnotizado por esas niñas de todas las tallas, que vestían ropa idéntica. Sus faldas cortas y plisadas hasta las rodillas eran grises. Llevaban americanas o jerséis color burdeos, a juego con la raya burdeos del cuello marinero de sus blusas blancas de entretiempo. Las corbatas de las chicas tenían rayas de regimiento grises y burdeos. Matthew se quedó prendado con todas las niñas, pero Em se fijaba principalmente en las pequeñas; tal vez esperaba recuperar un recuerdo de sí misma a esa edad.

A Matthew le gustaban mucho los uniformes; le atraían las chicas uniformadas, pero le intimidaban las mayores. A la mayoría de los chicos les ocurre lo mismo. Para Matthew y para mí, la tercera vez que viajamos a Toronto fue la primera en que la casa de Em estaba ya lo bastante amueblada para que nos quedáramos allí los tres. Los muebles eran escasos, pero la designación de las habitaciones fue del agrado de Matthew, de momento. Em le otorgó a Matthew un dormitorio para adultos con baño propio en el segundo piso; la cama de matrimonio servía para compensar a Matthew por la falta de dosel. Era una cama grande para un niño pequeño, pero Em le aseguró a Matthew que siempre sería su dormitorio; cuando fuera «mayor», le dijo, tal vez todas las habitaciones del segundo piso serían suyas. Me di cuenta de que a Matthew le resultaba extraño imaginarse *de mayor*. Aquellas niñas grandes con sus uniformes escolares eran las imágenes más claras de la madurez en la mente de Matthew. Em pensaba como un escritor de ficción: sabía cómo construir una trama, incluso para su casa.

De momento, Em eligió la cocina del segundo piso como su espacio de trabajo. Utilizaba la mesa de la cocina a modo de escritorio; con una silla de escritorio con ruedas podía desplazarse a lo largo de la mesa. Guardaba bebidas frías en la nevera, tenía una cafetera y hervía agua para el té en los fogones.

—Cuando tu madre y yo seamos demasiado viejos para subir escaleras, esta puede ser tu cocina, si es que acabas viviendo en Canadá —le dijo Em a Matthew—. Encontraré una habitación para escribir abajo.

Mi estudio y nuestro dormitorio estaban en la planta baja. Cuando Matthew se despertaba por la mañana, Em y yo le oíamos bajar las escaleras y llegar hasta nuestro dormitorio. La primera vez que dormimos en la casa de la avenida Shaftesbury, a Matthew y a mí nos encantó la idea de tumbarnos en la cama y escuchar pasar los trenes; no pensábamos en que yo fuera demasiado mayor para subir escaleras, ni en el momento en que Matthew tuviese edad suficiente para decidir por sí mismo si quería vivir en Canadá o no. A Em se le daba bien imaginar el futuro. En toda familia, incluso en una familia improvisada, alguien debería ser bueno previendo el futuro.

Me sentía más a gusto en el pasado, y no solo como escritor: cuanto más lejos me remontaba, más seguro me sentía. Em era una escritora de ficción que había escrito monólogos, se le daba bien reaccionar al presente. Todos podemos detectar el odio cuando nos enfrentamos a él, cuando lo tenemos enfrente, pero Em era buena previendo lo que estaba por venir: pudo ver el odio y el reaccionarismo político que se avecinaban. Em vio venir a Ronald Reagan, en un momento en que nadie estaba preocupado por él, ni siquiera Nora.

El pasado conserva cierto sentido de finalidad; el pasado no está sujeto a cambios. Em había decidido que la casa que había restaurado en la avenida Shaftesbury sería su última casa, incluso antes de mudarse. Fue tajante al respecto, desde el principio.

—Escucha, chaval —dijo Em—. Cuando empiezas a dormir en un sitio que sabes que será el último en el que tendrás tu hogar, es cuando el futuro adquiere también cierto sentido de finalidad.

—De acuerdo —dije. Siempre sería el primo pequeño de Nora; no solo políticamente hablando. Nora y Em llegaron primero a algún sitio; yo llegué después.

La cuarta vez que Matthew y yo estuvimos en Toronto aquel año, fue durante la semana que va de Navidad a Año Nuevo; fue la primera vez que viajamos solos en metro. Esa semana no había colegio en Toronto; a Matthew le decepcionó no ver a chicas vestidas de uniforme. En el metro, mirábamos a las chicas e intentábamos imaginarlas con aquellos uniformes escolares.

—Ella no —Matthew fue el primero en decirlo.

Em estaba demasiado ocupada jugando a las casitas para jugar con nosotros. Esa semana había rebajas de muebles, nos dijo Em. Matthew y yo fuimos a explorar por nuestra cuenta. Tomamos el metro hasta la estación de St. Patrick y encontramos el camino hasta Kensington Market. Volvimos en metro hasta la estación de Summerhill desde Queen's Park. Era nuestra indefinida manera de descubrir la ciudad. Cuando Matthew y yo empezamos a conocer Toronto, el metro se convirtió en nuestro mejor aliado. Tomamos el metro hasta Osgoode Station y paseamos por Queen Street West. Tomamos el metro hasta St. Andrew y vimos algunos grandes teatros en King Street West.

Fue mientras volvíamos en metro a Summerhill desde St. Andrew cuando vimos a *aquellas dos*. Estaban haciendo el tonto, como de costumbre, en el vagón de al lado, pero se dirigían hacia nosotros. Acabábamos de salir de la estación de Rosedale, donde pensé que, con toda probabilidad, habían montado en el tren, pero Matthew me dijo que estaba equivocado: aquellas dos habían viajado con nosotros todo el camino.

—Estaban haciendo el tonto en la estación de St. *Algo* —dijo Matthew.

—¿En St. Andrew? —le pregunté.

—Ahí es donde esas dos se montaron en el vagón, una a caballito de la otra —me dijo Matthew. La siguiente estación era Summerhill. Aquellas dos se habían subido a caballito en nuestro vagón, justo antes de que el metro se detuviera. Salieron por la puerta delante de Matthew y de mí y ascendieron a toda velocidad haciendo una carrera el largo tramo de escaleras de la estación de Summerhill: la de las raquetas de esquí saludándonos y mi madre mandándonos besos en el aire. Luego desaparecieron otra vez.

—Esas dos no paran de hacer el tonto —dijo Matthew con una mezcla de cariño y exasperación. Yo no podía hablar. Estaba tan contento de haberlas visto.

«Donde están no es un lugar, niño», me había dicho Molly.

—Deberías hacerle caso a Molly, chaval —me dijo Em cuando le conté que las había visto en el metro—. Esas dos deben de haberse alegrado de verte. Tal vez estaban esperando a que estuvieras donde te corresponde —me dijo Em.

—Me corresponde estar contigo —le dije. Recordé lo que me había dicho la antigua dama de honor en la noche de bodas de mi madre: «Hay más de una forma de querer a la gente, niño», me había dicho Molly.

Mientras estaba tumbado en la cama con Em —oyendo pasar los trenes, escuchando los pasos de Matthew en las escaleras—, Em me describía las giras de promoción de libros que haríamos juntos. A los dos se nos daba bien escribir en hoteles, me dijo Em. Ella me acompañaría en mis giras literarias y escribiría mucho. Yo la acompañaría a ella en sus giras. A Em le interesaban sobre todo los viajes de promoción a Europa de las traducciones de nuestras obras. Compartíamos varios editores europeos y nos representaba la misma agencia literaria internacional, en Londres. Mientras Matthew fuera pequeño, llevaríamos a una niñera a nuestros viajes al extranjero, dijo Em. Más adelante, cuando fuera mayor, Matthew podría llevar de acompañante a una novia..., «o tal vez a un novio», susurró Em, porque oímos a Matthew bajar las escaleras para meterse en la cama con nosotros.

Durante un rato —mientras imaginábamos nuestro futuro juntos, soñando con los años que nos aguardaban—, olvidé que Matthew solo tenía seis años. Llegaría un momento, me dije, en que yo estaría tumbado en la cama con Em, esperando a que un niño de seis años se metiera en la cama con nosotros, pero Matthew estaría durmiendo arriba con una novia —o tal vez un novio—, o bien Matthew no estaría durmiendo arriba.

Algunos días, cuando estoy tumbado en la cama con Em, me veo en la fila de desparejados frente al telesilla del Loge Peak, a punto de que me emparejen de nuevo con Clara Swift. Otros días, veo a la chica hippy alta. Sigue pateando la nieve helada en la acera frente al Jerome. No se atreve a enseñarme los pechos, se limita a hacerme una peineta, una y otra vez. ¿Cuántas veces tengo que decirlo? Sin editar, la vida real es un desastre.

Lo digo una y otra vez. Publican tu novela, ruedan tu guion; esos libros y esas películas desaparecen. Aceptas las malas críticas y las buenas, o incluso ganas un Oscar. Pase lo que pase, nada permanece. Pero una película que no se ha rodado no te abandona nunca; una película no rodada no desaparece.

Una de mis adaptaciones de novela a película, la del cuarto director, por fin salió adelante; el proyecto tardó catorce años. Así que una de mis películas sin hacer desapareció. Rodamos la película en Nueva Inglaterra, en 1998. La proyectaron en un par de festivales de cine en Europa: Venecia y Deauville. Toronto fue el último festival donde la proyectaron, antes de estrenarla en cines de manera oficial a finales de 1999. En 2000, perdí en la carrera de los Globos de Oro, pero acabé ganando un Oscar. Em fue conmigo a la ceremonia de los Globos de Oro. Em estaba tan disgustada por el hecho de no haber ganado un Globo de Oro que se negó a ir conmigo a la entrega de los Oscar.

—¡Que se joda la prensa extranjera de Hollywood! —exclamó Em. Su enfado fue por culpa de una periodista extranjera de Hollywood que habló con Em en el baño de mujeres. La confundió con una actriz que había sido famosa. Em no quiso decirme quién era la antigua estrella de cine.

—Un vejestorio —fue todo lo que me dijo Em. Sabía que acabaría culpando a toda la prensa extranjera de Hollywood—. Soy gafe, te he gafado —dijo Em—. Llévate a Molly a los Oscar, ella te traerá mejor suerte —me dijo Em.

Molly tenía sus dudas sobre ir a Los Ángeles durante la temporada de esquí. La ceremonia iba a tener lugar a finales de marzo de 2000. Molly tenía casi ochenta años. La vieja pistera seguía trabajando, aunque a tiempo parcial, y sobre todo como monitora de esquí. Molly y yo pensábamos que mi madre era la que debería haber ido a los Oscar conmigo; sabíamos que mi madre estaba convencida de que todo el mundo se parecía a alguna estrella de cine.

—No veo muchas películas, niño. Por otra parte, no tengo ropa adecuada para los Oscar —dijo Molly.

Em intentó explicarle que Armani me iba a vestir para los Oscar.

—Armani también te vestirá a ti —le dijo Em a Molly.

—A mí no me viste nadie. Todavía puedo ponerme y quitarme las botas de esquí yo sola —replicó la vieja pistera. Disponíamos de una suite de tres habitaciones en el Four Seasons de Beverly Hills. Molly y yo volamos a Los Ángeles, acompañados por Em y Matthew. Él acababa de cumplir nueve años. Molly y yo le habíamos dado nuestras medidas a la gente de Armani de antemano. Acabábamos de registrarnos en el hotel cuando los tres sastres de Armani llegaron a nuestra suite con el vestido de Molly y mi esmoquin.

—Estamos aquí para la prueba de vestuario —le dijo uno de los sastres a Em, que había oído el timbre y les había dejado entrar.

—Nadie me va a probar nada —les dijo la vieja pistera a los sastres.

—¡Vamos a hacer los ajustes al momento! —le dijo uno de los sastres a Molly.

—Nadie me ajusta nada —le insistió Molly al sastre.

No hubo ningún problema con nuestra ropa en los Oscar, que ese año se celebraban en el Shrine Auditorium. Es posible que fuese el último año que los premios de la Academia se celebraran allí; no lo recuerdo. Solo recuerdo estar en la alfombra roja con Molly. Vi a Paige como-se-llame viniendo hacia nosotros, con una cámara a cuestas.

—Esa mujer es tonta —le advertí a Molly.

En el comunicado de prensa había declarado que pensaba llevar a la mejor amiga de mi madre a los Oscar. A Molly no le había gustado cómo sonaba eso.

—Mejor amiga me suena a antigua novia, niño. Nadie tiene por qué meter las narices en ese asunto —me dijo la vieja pistera—. Y yo no soy tu *madrastra,* todo el mundo piensa que las madrastras son malvadas —dijo Molly.

Paige como-se-llame era tan imbécil que esperaba que no recordase siquiera que Molly era la mejor amiga de mi madre; si es que Paige había llegado a leer siquiera el comunicado de prensa.

—Has traído a la mejor amiga de tu madre. ¡Más nominados deberían hacerlo! —exclamó Paige como-se-llame—. ¿Es algo propio de escritores? —me preguntó Paige, o quizás se lo preguntó a Molly. Resultaba difícil saber si Paige te hablaba a ti, porque sus ojos siempre vagaban de un lado a otro buscando a alguien más importante con quien hablar.

—Soy más bien su segunda madre —le dijo la vieja pistera a la reportera idiota.

—¡Su segunda madre! —exclamó Paige. Era una de esas entrevistadoras que repetían una y otra vez lo que decías cuando no sabían qué otra cosa decir.

—No soy *algo propio* de escritores —le dijo Molly a Paige. Pero Paige había visto ya a una estrella de cine en la alfombra roja; la como-se-llame de Hollywood y su cámara siguieron su camino. Paige sabía que la gente no veía la ceremonia de los Oscar para ver a los guionistas.

—Si tuviera que pasar más tiempo cerca de esa mujer, podría romperle el fémur... o la tibia, o cualquier cosa —dijo la vieja pistera.

Molly y yo estábamos sentados en la sexta fila frente a la orquesta. Todos los nominados tenían asientos de pasillo, para que no tuviéramos que pasar por encima de nadie ni empujar sus rodillas si ganábamos. Molly y yo nos fijamos en las actrices mayores que habían sido famosas, pero no vimos a ninguna que se pareciera a Em.

—No hay ninguna vieja que se parezca a Em, porque Em no es un vejestorio y no se parece a nadie —me dijo Molly.

—¡Que se joda la prensa extranjera de Hollywood! —comenté, sabiendo que sería exactamente eso lo que diría Em.

En las fiestas posteriores a la ceremonia, Molly y yo nos turnamos para cargar con el Oscar, sujetándolo por las piernas. Fue entonces cuando empezaron las bromas sobre penes. Había leído que se suponía que el tal Oscar era un caballero con una espada en la mano.

—Oscar parece un hombre de oro desnudo, sujetando su pene imaginario. Es decir, está sujetando lo que le *gustaría* que fuera su pene, niño —dijo Molly.

Yo había leído que la estatuilla pesaba dos o tres kilos y que medía entre treinta y tres y treinta y cinco centímetros.

—A mí la estatuilla me parece un pene grande, aunque no soy una experta en el tema, niño —dijo la vieja pistera. Estábamos impacientes por saber qué opinaba Em del Oscar, y no es que supiera mucho más de penes, a decir verdad.

Sabíamos que Em y Matthew habían visto la ceremonia de los Oscar en nuestra suite: habían llamado al servicio de habitaciones y habían cenado frente al televisor. Había un Oscar de chocolate sobre la consola del televisor. Alguien se había comido la cabeza del Oscar. Molly y yo supusimos que el Four Seasons regalaba un Oscar de chocolate a los huéspedes del hotel que tenían hijos. Incluso con cabeza, el Oscar de chocolate solo medía unos doce o quince centímetros. No dudé de que fue Matthew quien se comió la cabeza.

—Si no hubieras ganado, niño, Em le habría arrancado el culo al Oscar de un mordisco, o algo parecido —dijo Molly. Tampoco lo dudé.

Me metí en la cama, cuidando de no despertar a Em. Matthew nos despertó por la mañana, cuando oímos preguntarle a Molly dónde estaba el Oscar de verdad.

—Está encima del televisor, al lado del de chocolate —Em y yo oímos que respondía Molly.

No recuerdo cuántos años tenía Matthew cuando dejó de meterse en la cama con Em y conmigo por las mañanas. ¿Siete tal vez? Sí recuerdo lo mucho que lo eché de menos cuando dejó de hacerlo.

—Oscar no lleva ropa —oímos decir a Matthew, Em y yo en el salón.

—Y que lo digas —añadió la vieja pistera.

—Tráeme a Oscar, que lo quiero ver —le pidió Em a Matthew.

Estábamos en la cama cuando Matthew nos trajo a Oscar.

—Pesa mucho y tengo que hacer pis, pero volveré a por él —nos dijo Matthew. Em observó a Oscar muy de cerca. Podíamos oír a Matthew haciendo pis en el baño, porque había dejado la puerta abierta. No recuerdo cuántos años tenía Matthew cuando aprendió a cerrar la puerta.

—Oscar tiene un culo precioso, pero su cabeza parece un pene —me susurró Em. El parecido con un pene era incuestionable.

El resto del tiempo que pasamos en Los Ángeles, y también en nuestro vuelo de vuelta al este, Matthew fue el que cargó con el Oscar a todas partes, cubierto con un calcetín deportivo blanco.

—La polla en un calcetín —decía Em, aunque nunca cerca de Matthew. Era uno de los calcetines deportivos de Molly; el calcetín era bastante largo, pero no lo bastante ancho para rodear la base del pedestal.

Al mes de haber ganado el Oscar, el cardenal John O'Connor murió en el arzobispado de Nueva York. Iba a ser enterrado en la cripta bajo el altar mayor de San Patricio. Un montón de peces gordos del mundo de la política —de ambos lados del pasillo, como suele decirse— acudieron al funeral en una calurosa y húmeda tarde de mayo. Em se levantó temprano aquel lunes por la mañana y rebuscó en el cajón de mis camisetas en el apartamento de la calle Sesenta y cuatro Este.

—¡Hostia puta! —la oí exclamar sin dirigirse a nadie en particular. Solo oía débilmente lo que parecía el parloteo de un canal de noticias en el televisor de la cocina. Debían de estar contando algo relacionado con el funeral del cardenal en la tele, porque Em parecía muy alterada por la presencia de los dignatarios en el funeral de O'Connor en San Patricio. Em pataleaba, desnuda, antes de ponerse la camiseta de Nora SILENCIO=MUERTE.

«No te la pongas a menos que yo te lo pida», me había dicho Em cuando me pidió que la guardase con mis camisetas.

—¿Qué pasa? —le pregunté.

—¡Que se jodan los demócratas que van al funeral de O'Connor!

Para Em tenía sentido que los políticos republicanos asistieran al funeral del cardenal O'Connor, y allí iban a estar, en San Patricio, el expresidente George H.W. Bush, el gobernador de Texas George W. Bush, el gobernador de Nueva York George Pataki y el alcalde de Nueva York Rudolph Giuliani. Era lo lógico. Pero ¿qué hacían allí los demócratas?, se preguntó Em. Estaba indignada con el presidente Bill Clinton y la primera dama Hillary Clinton. Los Clinton estaban a favor del derecho al aborto y de los derechos de los homosexuales. ¿Por qué iban ellos a acudir?, se preguntó Em. Tenía la esperanza de que se pusiera algo más de ropa, si su idea era ir a San Patricio. No entendí por qué Em estaba quitando los cartones de mis camisas de vestir recién llegadas de la tintorería.

¿Por qué motivo tenían que ir el vicepresidente Al Gore y su mujer, Tipper?, me preguntó Em. ¿O dos exalcaldes de Nueva York, Ed Koch y David Dinkins, ambos demócratas? El cardenal O'Connor se había opuesto a una ley que prohibía la discriminación por motivos de orientación sexual, una ley apoyada por los tres alcaldes que iban a asistir al funeral del cardenal, entre ellos el alcalde Giuliani.

—Entiendo por qué va Giuliani: es católico y republicano —se lamentó Em.

Me di cuenta de lo que Em pretendía hacer con los cartones de mis camisas que había puesto sobre la mesa de la cocina. Con un rotulador Sharpie negro, Em estaba haciendo carteles de protesta.

BUEN VIAJE

Ese cartel sería suficiente, me dije. Me imaginaba a Em con la camiseta de Nora SILENCIO=MUERTE, portando el cartel BUEN VIAJE entre los miles de dolientes que se alineaban tras las barricadas policiales en la Quinta Avenida, escuchando el servicio por los altavoces, mientras los dignatarios invitados que presentaban sus respetos al cardenal O'Connor se encontraban en el interior de la catedral.

A LA MIERDA LOS DEMÓCRATAS

Ese cartel no era prudente. Debido a la cantidad de dignatarios que se esperaban en San Patricio, habría por allí un ejército de agentes del Servicio Secreto y toda la policía de la ciudad.

Quédate con lo de BUEN VIAJE, pensé. En el contexto del funeral de O'Connor, el único mensaje que tenía sentido era el de BUEN VIAJE.

—Me gustaría que no lo hicieras —le dije a Em. En ese momento, Grace me llamó para decirme que debía mantener a Em alejada de San Patricio, o que debía ir a la catedral con Em, si no era capaz de mantenerla alejada.

—Eso es lo que pensaba hacer —le dije a Grace y colgué el teléfono.

Estaba harto de que Grace se inmiscuyera en nuestras vidas, pero uno no debe quejarse si su exmujer está de su parte; incluso Em estaba de acuerdo en que la intromisión de Grace en nuestras vidas con lo del Oscar había sido positiva. Para transportar a Oscar de un lago a otro, Grace había sustituido el calcetín deportivo de Molly por una bolsa para zapatos con cordón. Típico de Grace, no se trataba de una bolsa de zapatos cualquiera: era la bolsa de unos Manolo Blahnik, para unos tacones de aguja de alta gama.

—Agua fría, secar al aire y no encogerá. —Esas fueron las instrucciones de Grace para el lavado de la bolsa de zapatos de diseño.

Molly se sintió aliviada de que Matthew no llevara a Oscar en su calcetín.

—El calcetín se puede salir, niño. Y si a Matthew se le cayese la gran polla en el pie, le rompería un dedo, o algo así —dijo la vieja pistera.

Matthew pensó que la bolsa de zapatos era mejor idea que el calcetín. Toda la figura de Oscar cabía en la bolsa de Manolo Blahnik, incluso el pedestal; a Matthew le resultaba así mucho más fácil llevar al hombre de oro desnudo a todas partes. Cuando Matthew se quedaba con su madre —o con Molly o con Em y conmigo—, Oscar siempre acompañaba a Matthew. Le habían pedido que lo llevara al colegio para que todos los niños pudieran ver un Oscar de verdad. Matthew habría deseado que el nombre de Manolo Blahnik no figurara de manera tan prominente en la bolsa de zapatos. Un listillo de la clase de Matthew se burló de él.

—Eso no es un Oscar, se llama Manolo. Solo tienes un estúpido Manolo —se burló el niño.

Cuando Matthew se quedaba solo, jugaba con Oscar, como si el hombre de oro desnudo fuera un muñeco de acción inmóvil.

Oscar no podía pasar por un soldado ni por un superhéroe —no tenía extremidades articuladas—, pero lo que más le importaba a Matthew era que Oscar no tenía dudas sobre su nombre.

—Te llamas Oscar —oímos Em y yo que le decía a la estatuilla. Nunca dijo nada de un tal *Manolo*.

En cuanto a los planes de protesta de Em en San Patricio, no solo dije que iría con ella, sino que me ofrecí voluntario para llevar la más incendiaria de las pancartas de protesta. Si yo llevaba la pancarta A LA MIERDA LOS DEMÓCRATAS, quizás la policía o el Servicio Secreto me detendrían en primer lugar. Tal vez una mujer con una camiseta de SILENCIO=MUERTE —aunque portase un cartel de BUEN VIAJE al funeral del cardenal O'Connor— sería percibida como una amenaza menor para nuestra frágil democracia. Y mientras Em se ponía los pantalones cortos y las zapatillas de deporte, volví a leerle las repetitivas anotaciones del cuaderno de la pequeña profesora de inglés sobre el tema de la Primera Enmienda, sabiendo que Em estaba tan harta de oír hablar de la Primera Enmienda como yo.

Recité la cláusula que más le gustaba al señor Barlow: «El Congreso no promulgará ninguna ley relativa al establecimiento de una religión», que era la cláusula que la Iglesia católica ignoraba. La protección de la Primera Enmienda del «libre ejercicio» de la religión no estaba en peligro, decía siempre Barlow. Nuestra libertad de culto estaba asegurada. Lo que estaba en peligro en Estados Unidos era nuestra libertad *ante* la religión, estaba diciendo yo cuando Em se quitó de una patada las zapatillas de deporte que acababa de ponerse.

—Lo sé —me dijo Em. Quería evitarle el sinsentido de su protesta en San Patricio y ella lo sabía. La seguí hasta el dormitorio, donde se quitó los pantalones cortos de una patada. Antes de meterse en la cama, se quitó la camiseta de Nora. No hizo falta que me dijera que la guardara en el cajón.

—Ya estoy harta del maldito *déjà vu,* chaval —dijo Em.

—Lo sé —dije, sentándome a su lado en la cama—. Sigo colado por ti —le dije a Em.

—Y yo sigo pensando que preferiría estar con un pene; con el tuyo, en cualquier caso —replicó Em—. Menos mal que no tienes un *Oscar*... No sé si me entiendes —añadió.

—Sé a lo que te refieres —dije tomándole de la mano.

Cuando Em se durmió, fui a la cocina y me planteé qué hacer con los carteles de protesta. Me arrepentiría en caso de deshacerme de A LA MIERDA LOS DEMÓCRATAS. Seguro que nuestros correligionarios demócratas volverían a hacer algo para decepcionarnos. Tuve el suficiente sentido común para quedarme con el cartel de BUEN VIAJE, aunque lo puse en un estante alto, encima de uno de los armarios de la cocina, donde Em necesitaría una escalera de mano para alcanzarlo. «Quizás así se lo pensará dos veces», me dije. Pero no dudaba de que alguien moriría, alguien que se lo mereciese. No dudaba de que Em encontraría otro candidato merecedor del cartel BUEN VIAJE.

Además del hecho de que mi pene no fuese como un Oscar, otra cosa buena fue que Em estuviera deprimida durante unos días después del funeral. No vio la televisión ni leyó los periódicos. Así que cuando Em se enteró de la noticia sobre el cardenal Bernard Law, ya había superado sus ganas de manifestarse. El cardenal Law era el arzobispo de Boston y pronunció la homilía en el funeral de O'Connor. A decir verdad, la mayoría de los que lloraban su pérdida en San Patricio no sabían lo malo que acabaría siendo el cardenal Bernard Law. Law fue ovacionado por elogiar el «constante recordatorio de que la Iglesia debe manifestarse siempre, de manera inequívoca, a favor de la vida» por parte de O'Connor. Las cámaras de televisión de la catedral enfocaron a los Clinton y a los Gore, que en un principio permanecieron sentados. Al final se pusieron en pie, a regañadientes; o al menos eso se dijo. En más de una crónica de las que leí, los Clinton se abstuvieron de aplaudir, pero me preocupaba que Em montase en cólera porque nuestros compañeros demócratas no hubieran permanecido sentados. No hubo gritos para recuperar el cartel de A LA MIERDA CON LOS DEMÓCRATAS; en ese momento, no.

Tendrían que pasar un par de años antes de que el escándalo de abusos sexuales a menores por parte de sacerdotes católicos implicara al arzobispo de Boston. Durante años, el cardenal Bernard Law estuvo trasladando a curas que habían cometido abusos a otras parroquias; nunca se lo dijo a los feligreses ni informó a la policía. Protegió a los sacerdotes, no a sus víctimas. El cardenal Law fue vilipendiado en Boston. A finales de 2002, el discreto arzobispo voló a Roma, donde el Papa aceptó su dimisión. En 2003, el fiscal general de Massachusetts tomó cartas en el asunto. Durante sesenta años, más de doscientos sacerdotes de la archidiócesis de Boston habían abusado de mil niños. El cardenal Law lo sabía; el antiguo arzobispo de Boston eliminó todo intento de que saliera a la luz.

El Vaticano hizo por el cardenal Law algo más que darle una patada hacia arriba. En 2004, el cardenal Bernard Law sería nombrado sumo sacerdote de la basílica de Santa María la Mayor, una de las iglesias más prestigiosas de Roma. Law formaría parte del comité vaticano encargado de asesorar al Papa en la asignación de obispos, a pesar de que el exarzobispo de Boston había caído en desgracia por encubrir los abusos a menores cometidos por sacerdotes. Su caída en desgracia no importaba en el Vaticano, donde el cardenal Law fue recompensado por su firme defensa de la ortodoxia eclesiástica.

¿Qué habría dicho Nora de eso?

—Mierda —fue todo lo que Em expresó al respecto. «Hostia puta», pensé yo.

En 2004, Em y yo pasábamos más tiempo en Toronto, aprendiendo a parecernos más a los canadienses. O bien estábamos aprendiendo a olvidarnos de las cosas que no podíamos cambiar; simplemente hacíamos lo que podíamos con las cosas que sí podíamos hacer algo. Al menos eso era lo que Em decía que hacíamos. A mí me parecía que intentábamos parecernos más a los canadienses, porque a los dos nos gustaba Canadá y nos gustaba estar en Toronto, pero también me parecía que Em y yo estábamos demostrando que éramos los alumnos aventajados de la pequeña profesora de inglés. El señor Barlow había sido algo más que nuestro corrector. Como escritores, Em y yo éramos sus discípulos. Cada vez más, la escritura era lo único que importaba, aparte de Matthew.

Cuando te haces mayor, descubres lo buenos (o no) que eran tus profesores. Elliot Barlow nos había enseñado a Em y a mí a preocuparnos por la escritura, no solo por nuestra escritura. Melville había escuchado a Schiller: «Mantente fiel a los sueños de tu juventud» era un buen consejo para un escritor. Como escritores de ficción, Em y yo teníamos nuestros propios dioses a los que escuchar, pero la de las raquetas de nieve nos dio una regla manejable: lo que puede aplicarse a la ficción sirve para todo tipo de escritura. Hay que ser fiel al tiempo y al lugar; no se puede omitir nada importante. Las mentiras por omisión cuentan como mentiras, ¿no es cierto?

En junio de 2004, Em y yo supimos que Ronald Reagan había muerto, pero tardamos en leer su necrológica en *The New York Times*. Em y yo no teníamos ninguna prisa por leer sobre él. Reagan había estado apartado de la vida pública desde 1994, cuando se supo que padecía alzhéimer. Su muerte no significó gran cosa para Em y para mí; nunca nos había caído bien. Cuando Reagan murió, hacía tiempo que había muerto y desaparecido para nosotros. Ya le odiamos lo suficiente cuando fue presidente. No corrimos en busca de la escalera cuando nos enteramos de que había muerto. La pancarta de BUEN VIAJE no se movió de su sitio, pero nunca íbamos a perdonar el silencio voluntario de Reagan sobre la epidemia de sida. «El Gobierno no es la solución a nuestro problema; el Gobierno es el problema», había dicho. Con qué facilidad evadió su responsabilidad.

El comportamiento de Reagan, despreocupado y campechano, había desmentido su absentismo moral. A muchos estadounidenses no les importaban los gais que morían de sida. Al igual que Ronald Reagan, a Em y a mí los estadounidenses a los que no les importaban esos gais nos parecían muertos.

La necrológica de Reagan en *The New York Times* hizo que Em echara de menos el Gallows Lounge, dijo que su muerte merecía un espectáculo de sátira política. La necrológica hablaba de la historia de Reagan. Em y yo nos turnamos para leérnosla en voz alta. Empezó Em, pero se atascó en la carrera radiofónica de Reagan. A Em se le saltaban las lágrimas al imaginar que podríamos haber tenido un presidente que se hubiera preocupado por las víctimas del sida... si Reagan hubiera *seguido* en el negocio de la radiodifusión. Entonces me dijo Em que era mi turno de leer. Se había atragantado con una frase de uno de los párrafos iniciales: una línea sobre la promesa de Reagan a Estados Unidos de «volver a la grandeza». Nora decía que los estadounidenses estaban obsesionados con su propia grandeza. Muchos políticos estadounidenses terminaban sus discursos diciéndonos lo grandes que éramos; los ideólogos siempre nos aseguraban que podríamos volver a ser grandes.

Leí en voz alta durante un buen rato; me dio la impresión de que estaba leyendo desde siempre, pero solo llegué hasta la Convención Nacional Republicana de Detroit, donde Reagan fue nominado por primera vez para la presidencia. Le dije a Em que le tocaba leer cuando iba a jurar el discurso de aceptación de Reagan. Era 1980, cuando Reagan nos exhortó a «recuperar nuestro destino». Nora habría dicho que destino no era más que un sinónimo de mierda para *grandeza.* En ese momento, no estábamos ni a la mitad del interminable obituario. Em se estaba enfadando de nuevo. Gritaba, a su manera, por la oposición de Reagan a que el Gobierno financiara los abortos de las mujeres pobres, y por su impulso a una enmienda constitucional para prohibir el aborto. Cuando Em leyó sobre el llamamiento de Reagan a «un retorno de Dios a las aulas», volvió a respirar de manera agitada; eso significaba volver a rezar en las escuelas. Por otra parte, Reagan estaba en contra de las limitaciones a la compra y posesión de armas de fuego. A pesar de lo tedioso que resultaba leer la necrológica de Reagan, a Em y a mí nos recordaba las razones por las cuales habíamos estado en contra de su gestión; pensábamos que el *Times* no había dejado piedra sobre piedra. Los cuatro breves párrafos sobre el fallido intento de asesinato fueron suficientes; después de todo, no había salido gran cosa de ello. Toleramos lo mucho que se hablaba del «reaganismo», habida cuenta de que no era más que otro nombre para la habitual política republicana de bajar los impuestos a los ricos. Em no pudo pasar del inicio del segundo mandato del presidente Reagan, cuando el Gipper dijo que la nación estaba «preparada para la grandeza». Conocía a Em: estaba harta de la *grandeza* de Estados Unidos. Sabía que tendría que ser yo el que leyese todo lo demás. Temía el escándalo Irán-Contra y las idas y venidas con Gorbachov. Faltaba escuchar el discurso de Reagan en la Puerta de Brandeburgo, el asunto del Muro de Berlín. Em preparó más café y té; necesitábamos cafeína para llegar al final de la necrológica.

Solo hubo vítores espontáneos una vez, cuando leí lo que Tip O'Neill dijo de Reagan: «Era un actor que leía líneas de diálogo», había dicho el expresidente de la Cámara de Representantes. O'Neill era un demócrata de Massachusetts. Tip O'Neill también dijo que «fue un pecado que Ronald Reagan llegara a ser presidente», lo cual provocó un momento de tristeza entre Em y yo, porque Tip O'Neill había muerto una década antes.

Casi al final de la necrológica de Reagan, *The New York Times* citó a un profesor universitario que manifestó que «la presidencia de Reagan careció de liderazgo moral, una cualidad esencial para la grandeza». El obituario terminaba de forma extraña. Reagan se limitó a hablar de sí mismo: un periodista le había preguntado cómo creía que le recordaría la historia, una pregunta poco inspirada.

—¿Eso es todo? —me preguntó Em.

—Eso es todo —respondí.

—¿Y el sida? ¿Te has saltado la parte del sida? —preguntó Em. Yo no me había saltado nada; quizás Em se había saltado la parte del sida cuando le tocó leer. Nos habíamos pasado la mayor parte de la mañana leyéndonos las detalladas minucias de aquella esquela; ahora tendríamos que releerla entera.

—¿Cómo se nos ha podido pasar la parte del sida? —me preguntó Em. Pero no se nos había pasado. Para los que sabíamos que lo escrito importaba, *The New York Times* había omitido la parte del sida. No se mencionaba en el obituario de Reagan.

—Hostia puta —oí decir a Em. Estaba en el dormitorio, rebuscando más cartones de camisas. El cartel de BUEN VIAJE no se movería de su sitio, porque BUEN VIAJE no era suficiente. Esto era un asunto de *escritura.*

—¡Me importa una mierda que el Gipper se haya ido! ¿Y a ti? —gritó Em desde el dormitorio. Supuse que eso significaba que la escritura era lo único que importaba.

Pensé que la primera pancarta de protesta de Em no daba en el blanco, fuera de contexto, podría haber sido malinterpretada.

¿QUÉ PASA CON EL SIDA, CABRONES?

En Times Square, si lleváramos esa pancarta por la acera, nadie sabría a qué cabrones nos referíamos. Tal vez recordéis que la redacción de *The New York Times* estaba en un edificio neogótico de dieciocho plantas en la calle Cuarenta y tres Oeste, oscuro y lúgubre.

Bien, a lo mejor este cartel era un poco más claro, pues parafraseaba el eslogan del periódico. Pero no pensé que pudiéramos traspasar las puertas giratorias de cristal del 229 de la calle Cuarenta y tres Oeste, ese cartel era estrictamente para ir con él por la calle. Fui al dormitorio a ponerme las zapatillas de deporte. No era muy optimista respecto a la protesta. O la escritura importaba o no importaba. Hay que ser fiel al tiempo y al lugar; no se puede omitir nada importante. «Las mentiras por omisión cuentan como mentiras», estaba pensando, cuando oí a Em rompiendo los cartones de las camisas en la cocina.

—Hostia puta —repetía en voz baja, resignada—. Más malditos *déjà vu,* chaval —dijo con tristeza, cuando la encontré en la mesa de la cocina con la cabeza apoyada en las manos. La inutilidad de nuestra protesta contra *The New York Times* en Times Square era evidente. No es fácil pedir cuentas de las mentiras por omisión.

Fue entonces cuando Em empezó a cantar, dormida de nuevo, tarareando al principio solo la melodía. No reconocí «Oh, Canadá»; solo supe que no se trataba de «Volver a Great Falls». La letra vendría después. Cuando Em tarareaba dormida, no me daba cuenta de que aún se estaba aprendiendo la letra. No sabía el significado de la canción.

52
Los hijos de las lesbianas

En 2004, el año en que murió Ronald Reagan a los noventa y tres, Molly cumplió ochenta y tres u ochenta y cuatro. Trabajar a tiempo parcial, sobre todo como monitora de esquí, no había servido para ampliar los intereses de la vieja pistera. Más que nunca, y al no estar ya mi madre, el mundo de Molly se reducía a la montaña Bromley. En Bromley, en 1997, el Sun Mountain Express Quad sustituyó al antiguo telesilla Número Uno, pero Molly seguía llamando «Número Uno» al nuevo telesilla.

Intenté explicarle a la vieja pistera que eso no tenía nada que ver con lo que Em y yo pretendíamos expresar al decir «maldito *déjà vu*», que tan deprimente nos parecía al hablar de cuestiones políticas.

—A mí me parece lo mismo, niño —dijo Molly—. El nuevo telesilla te lleva al mismo sitio de siempre. Es el mismo viaje, aunque un poco más rápido. No es ni más ni menos deprimente de lo que ha sido siempre —añadió.

Me confundió la respuesta de Molly cuando le conté cómo la necrológica de *The New York Times* eximía a Reagan de toda culpa por el tema del sida. La vieja pistera no podía entenderlo. Em dijo que hablar de cualquier asunto político con Molly podía suponer todo un reto; por no hablar de un asunto de *escritura.*

Desde que se aprendió la letra, me quedó claro que Em cantaba el himno nacional canadiense en sueños. No sé por qué no reconocí la melodía. Lo único que había visto en televisión estando en Toronto habían sido partidos de hockey y béisbol, pero cuando estaba en la cama, «Oh, Canadá» no me sonaba —con el brazo o la pierna de Em sobre mí— al oírla cantar:

¡Oh, Canadá! ¡Nuestro hogar y nuestra tierra natal!
En todos nosotros impera el verdadero amor por la patria.

Me daba la impresión de que Em no estaba dormida cuando cantaba; frotar sus caderas contra las mías no parecía demostrar una marcado patriotismo. Era yo el que acababa durmiéndome. Em me cantaba mientras me dormía:

Con el corazón encendido te vemos surgir,
¡el Verdadero Norte, fuerte y libre!
Desde muy lejos,
Oh, Canadá, estamos en guardia por ti.

No deja de ser extraño que los efectos subliminales de oír «Oh, Canadá» mientras dormía coincidieran con más intromisiones por parte de Grace: había decidido que Em y yo debíamos casarnos..., por el bien de Matthew. Em y yo estábamos bastante seguros de que a Matthew no le importaba que estuviéramos casados o no.

«Deberíamos por *tu* bien, chaval», fue todo lo que Em dijo al respecto; al menos, en un principio. Eso parecía estar claro. Cantar el himno nacional canadiense tenía una finalidad adoctrinante. A su manera, Em era una escritora de ficción a la antigua usanza, una narradora de historias. Que yo me convirtiese en canadiense formaba parte de la trama.

Em me guiaría a través del proceso de inmigración. Conocía los pasos que debía dar para solicitar la nacionalidad canadiense. El primer paso era casarme con ella. Em ya era ciudadana canadiense; tenía pasaporte de Canadá. Si nos casábamos, Em podría patrocinar mi inmigración a su país de nacimiento. Al igual que yo, Em tendría que pasar por el trámite de convertirse en residente permanente de Canadá.

No recuerdo las normas y reglamentos, porque Em se encargaba de seguirlos por mí. Yo tenía lo que se llamaba un «registro de entrada»; Em lo guardaba junto con mi «registro de viaje». Creo que había algo relacionado con mis estancias en Canadá y mi declaración de impuestos en ese país durante tres de los cinco años siguientes, pero ese tipo de cosas Em las recordaba por mí. Cuando tienes a alguien que te guía en un país extranjero, no te responsabilizas de los detalles. Lo que tenía claro era que mi traslado definitivo a Canadá daría comienzo cuando me casase con Em.

—Tenemos que casarnos para que puedas iniciar la inmigración, chaval —me dijo Em.

—De acuerdo —dije yo. Dudábamos seriamente de que el hombre de la cítara estuviera vivo. Teniendo en cuenta cómo nos habíamos conocido Em y yo, así como todos los acontecimientos que rodearon la boda de mi madre, ¿cómo íbamos a casarnos sin un maestro de cítara austriaco? Em se imaginó al viejo austriaco con hijos y nietos, únicamente porque recordaba el nombre que me había puesto. «Hijo de la novia», me llamaba el hombre del edelweiss. Em buscó en las guías telefónicas de Manhattan y Brooklyn. Había negocios que empezaban por «Hijo de», e «Hija de», pero ninguno de ellos se dedicaba a la música; nada de «Hijo del Hombre de la Cítara» ni una «Hija del *Zither-Meister*», como se había imaginado Em. Buscamos juntos «Tema del Tercer hombre» o «Tema de Harry Lime», y también simples intérpretes de cítara. No encontramos ni uno.

—En Nueva York puedes encontrar a cualquiera que andes buscando, Adam —me dijo una vez tío Martin. Em tuvo una idea.

—¿Cómo se dice «el tercer hombre» en alemán? —me preguntó Em.

«*Der dritte Mann* y cualquier cosa tocada con cítara.» Eso fue lo que Em encontró en la guía telefónica de Brooklyn; eso era lo que prometía un músico de cítara sin nombre. ¿También temas de Elvis?

No había rastro de acento austriaco en el mensaje telefónico grabado que escuchamos Em y yo; la voz del contestador automático del citarista era de Brooklyn, sin duda. Sonaba como un estudiante de instituto emocionalmente perturbado, el tipo de chico que acaba cometiendo un crimen violento; el que dispara a su profesor o a todas las chicas de su clase.

—Me dedico a fiestas privadas, pero nada religioso. Tocaré en una boda, pero que sea lo más laica posible —empezó diciendo el chico de la cítara—. Tengo un gran repertorio para una cítara, sin banda, solo una cítara. Si no sabes lo que es una cítara, mejor que llames a otro —concluyó el chico de la cítara. De fondo, se oía «El tema de Harry Lime», con las conocidas cuerdas punteadas. Oiré esa canción hasta el día del juicio final, en lo bueno y en lo malo. Em y yo no podíamos hablar. No esperábamos aquel acento de Brooklyn, pero el golpe emocional que supuso oír el tema de *El tercer hombre* nos sorprendió aún más.

El chico de Brooklyn resultó ser el nieto del viejo *zither-meister* austriaco. Cuando Em y yo nos recuperamos lo suficiente para ir a conocerle, nos contó que su abuelo no dejaba de hablar de una boda en New Hampshire en la que un anciano en pañales murió alcanzado por un rayo.

—Era mi abuelo... Y fue la boda de mi madre —le dije al chico de la cítara. Quedamos con el chico en una cafetería de su elección en el Lower East Side; las paredes estaban cubiertas de fotografías en blanco y negro del puente de Brooklyn. El chico trajo su cítara, aunque en ningún momento le dijimos que pensábamos hacerle una prueba.

—*Hijo de la novia* —dijo el nieto del hombre de la cítara, casi con reverencia—. Oí decir que hubo orgasmos, muy prolongados, durante todo el fin de semana —nos dijo el nieto del citarista en voz baja—. Mi abuelo nunca olvidó a la chica de los orgasmos.

«Ya somos dos», pensé en decirle al chico, pero Em también estaba presente. Em y yo no habíamos profundizado en los detalles de aquellos orgasmos. Conociendo a Nora, le habría dicho algo a Em —algo así como que sus orgasmos me habían cambiado la vida—, pero ella y yo no habíamos hablado de manera específica de sus orgasmos.

Recordaba que el hombre de la cítara se había tomado su tiempo, armándose de valor, para enfrentarse a Elvis, cuando Em empezó en ese momento a cantar en la cafetería del Lower East Side. Acto seguido, salió la cítara a escena; el nieto no dudó. El viejo del edelweiss, con sus *lederhosen* y el sombrero tirolés con pluma, tuvo que armarse de valor para darnos la versión en cítara de «Heartbreak Hotel» y «I Forgot to Remember to Forget», pero el nieto del *zither-meister* conocía a su Elvis al dedillo, igual que conocía a Harry Lime. En aquella cafetería debían de conocer al chico de la cítara. Todo el mundo en el local se alegró de oírle tocar; nuestro camarero, de hecho, parecía haber estado esperando la aparición de la cítara.

Nadie se referiría a Em como «la chica del orgasmo», que era como el chico de la cítara se había referido a aquel legendario personaje. Em no se identificó y yo no pensaba delatarla. El chico de la cítara idolatraba a «la chica del orgasmo»; para él, era la novia más deseable que se pudiera imaginar.

—No habla y nunca deja de correrse, eso no hay quien lo supere —nos aseguró el talentoso nieto. No queríamos desilusionarle, ahora que Em hablaba. Y la transición que el chico de la cítara llevó a cabo pasando de «Heartbreak Hotel» a «I Forgot to Remember to Forget» fue perfecta. Em y yo queríamos que tocase en nuestra boda. El modo con el que Em quiso ejemplificar que no podía ser «la chica del orgasmo» fue seguir cantando.

El chico se sabía los temas más animados y lúgubres del maestro de la cítara. Nos dio una serenata, a nosotros y al resto de los clientes del café, con «El vals del café Mozart» y «Adiós a Viena». Dejé que Em hablara por los dos; en cuanto dejaba de cantar se ponía a hablar. Pensé en el viejo músico austriaco, llevándose los orgasmos de Em a la tumba, como yo me los llevaría a la mía. Em no paraba de hablar.

Em le dijo al nieto del hombre de la cítara que íbamos a celebrar un matrimonio civil; «la boda más laica que puedas imaginar», según sus propias palabras. La casa de Molly en Manchester era pequeña y no habría invitados, solo Molly y Matthew. Em le explicó que Matthew era mi hijo y que Molly había sido dama de honor en la boda de mi madre. El nieto del hombre de la cítara mantuvo la calma; el viejo austriaco no debía de haberle hablado de mi madre y de Molly.

Recordé que le había contado al maestro de la cítara las complicaciones que entrañaba el vestido de novia de mi madre, cómo la dama de honor había tenido que quitárselo y ponérselo con gran esfuerzo. El viejo austriaco me había advertido: «No nos corresponde a nosotros pensar en esas cosas, Hijo de la novia». Em y yo intentamos ser discretos con el talentoso nieto. No entramos en detalles sobre el juez de paz. Elsie era una magistrada local de Vermont e instructora de esquí en Bromley, una amiga algo más joven de Molly y de mi madre.

—Elsie no es una mujer religiosa; dudo que vaya alguna vez a la iglesia —fue todo lo que Em le contó al chico de la cítara sobre la jueza de paz.

—Guay —repuso el nieto. No recuerdo su apellido, pero se llamaba Ernst—. Ernie suena mejor en Brooklyn —dijo, así que le llamábamos Ernie.

—Tal vez no sea del todo adecuado no contarle a Ernie más cosas sobre Elsie. Por si el chico intenta ligar con ella o algo así —dijo Em.

Era un cálido día de verano. Em y yo pronunciamos nuestros votos matrimoniales en la entrada de la casa de Molly, donde tiempo atrás se esfumó la oportunidad de dispararle a Zim para librarlo de la guerra de Vietnam. Tuve mucho cuidado de no comentar nada al respecto cerca de Em, pero resultaba *anticlimático* que el camino de entrada de la casa de la vieja pistera hubiese sido en una ocasión el escenario de un drama más memorable de lo que llegaría a serlo nuestra boda. Nadie estuvo a punto de morir atragantado ni necesitó ser salvado con un palo de lacrosse. Nadie murió alcanzado por un rayo. Manchester, Vermont, no retumbaría con prolongados orgasmos. En la cocina, donde Em estaba ayudando a Molly a preparar la cena, la vieja pistera dijo que dudaba de que alguien en Manchester experimentara orgasmos inolvidables.

Pasé un rato en la entrada con Matthew y el chico de la cítara. Entré en la cocina sin saber cómo había empezado la envidiable conversación sobre los orgasmos. Es posible que Em estuviera bromeando sobre sus orgasmos en la boda de mi madre. Más tarde me confirmó que les había contado a Elsie y Molly que el nieto del chico de la cítara estaba al corriente de los interminables orgasmos. Elsie y Molly se sintieron aliviadas al saber que habíamos mantenido al chico de la cítara en la ignorancia. Estuvieron de acuerdo en que era mejor que el chico no supiera que Em era la protagonista de aquellos envidiables orgasmos, «en la época en que no hablaba», como dijo la vieja pistera.

Mi entrada en la cocina provocó que Elsie cambiara de tema, aunque solo un poco, como se vio después. Elsie quiso que Em y yo supiéramos que habíamos sido la primera pareja heterosexual a la que había casado desde hacía meses. En los últimos años, había estado más ocupada con las uniones civiles. Vermont fue el primer estado en introducir las uniones civiles, en el verano de 2000, demasiado tarde para Em y Nora.

—Nora no estaba muy interesada en eso —decía siempre Em.

A Em le entristecía que Nora menospreciase el matrimonio y la monogamia: «prejuicios heterosexuales», los denominaba ella. Me daba la impresión de que eran más bien los hombres homosexuales los que decían eso, aunque algunas mujeres homosexuales, al parecer, pensaban lo mismo. Em no; sin duda, ella no entendía las cosas de ese modo.

—Si estamos juntos, chaval, nada de follar con otras personas —me dijo.

—Entendido —le dije.

En la cocina de Molly, inmediatamente después de que Em y yo nos casáramos, no vi a qué quería referirse Elsie al hablar de las uniones civiles. Había tenido lugar una violenta reacción contra esa legislación: los que se oponían a las uniones civiles colocaron carteles y cubrieron sus coches con pegatinas en los parachoques que decían: RECUPEREMOS VERMONT. El obispo católico de Burlington, que había testificado en contra de la ley de uniones civiles, también envió correos electrónicos. «¿Qué votaría Jesús?», preguntaba uno de esos mensajes del obispo.

—Gracias a Dios que Nora está muerta, porque la mataría ver esta mierda —había dicho Em. No lo decía en serio, pero entendí a qué se refería. A finales de 2004, más de siete mil parejas habían celebrado uniones civiles en Vermont. Las uniones civiles iban a suponer un impulso para la economía de Vermont, porque fueron muchas las parejas del mismo sexo que acudieron al estado para formalizar su relación. En 2009, el éxito de las uniones civiles animó al Senado del estado de Vermont a aprobar el matrimonio entre personas del mismo sexo. El gobernador Douglas, republicano, vetó la legislación, pero el Senado y la Cámara anularon el veto.

Em y yo sabíamos lo que Nora habría dicho, porque mi prima nunca se cansaba de repetirlo: «Siempre se puede contar con que la Iglesia católica y los republicanos se comporten como estúpidos, porque nacieron para serlo».

Con los años, Em lo acortó: «Nacieron para ser capullos».

Como también había dicho Nora: «Nada cambiará».

Se refería a la Iglesia católica y a los republicanos, pero —según Em— los republicanos no dejaban de empeorar.

Incluso el día de nuestra boda, las uniones civiles fueron el tema de conversación elegido por Elsie. No diría que Elsie se parecía a Nora, pero sí se le daba un aire: masculina, grande y fuerte. Era una mujer homosexual entre los cuarenta y los cincuenta años que conocía a Nora y a Em desde que estaban juntas en Manchester. Em tenía razón al suponer que no tenía que contarle más a Ernie sobre Elsie. Ernie era un chico listo de Brooklyn, sabía que no debía ligar con una lesbiana que le doblaba la edad y el tamaño.

El chili con pollo de Molly era el favorito de Matthew, de ahí que esa fuera nuestra cena de boda. Le oímos cantar «*Puff,* el dragón mágico» en el camino de entrada por enésima vez. El chico de la cítara nos había conquistado a todos. En el coche, de camino a Vermont, el chico de Brooklyn había entretenido a Matthew con la cítara. Se sentaron en el asiento trasero. Ernie tenía un pupitre de madera para su instrumento. El chico de la cítara conocía las canciones favoritas de Matthew. A Matthew le encantaba «*Puff,* el dragón mágico», Em le había enseñado la letra. Los oí cantar a los dos desde Nueva York: Em y Matthew cantando «*Puff*», con Ernie a la cítara. Ernie y Matthew seguían cantando en el camino de entrada.

Tres o cuatro horas de «*Puff*» habían logrado deprimirme, pero no a Matthew. A sus trece años, estaba a punto de comenzar el cambio a adulto: estaba empezando a dejar atrás las fantasías. Su tiempo para los dragones se estaba acabando, pronto se dedicaría a cosas más mundanas. Sin embargo, noté lo feliz que estaba cantando «*Puff,* el dragón mágico» en el camino de entrada, una canción sobre el final de la infancia.

—¿Matthew no sabe que esa es una canción triste? —le pregunté a Em.

—No llores, chaval. Matthew seguirá queriéndonos y nos divertiremos de otra forma —dijo Em abrazándome. Podíamos oír a Matthew cantando.

Un dragón vive para siempre, pero los niños pequeños no.
Las alas pintadas y los anillos de gigantes dejan paso a otros juguetes.

—Todo irá bien. Vosotros dos vais a estar bien juntos —dijo Elsie apretándome la mano. Debió de darse cuenta de que estaba llorando. Había deseado que Elsie dejara de hablar de uniones civiles, pero no me había dado cuenta de que había retomado el tema de los orgasmos—. Las parejas del mismo sexo tienen mejores orgasmos y más numerosos. Solo digo lo que han contado —dijo Elsie apretándome con más fuerza la mano—. Pero todo irá bien. Vais a estar bien juntos —repitió la jueza de paz.

—Adam llora por la canción, Elsie, llora porque Matthew se está haciendo mayor —declaró Em tomándome la otra mano.

—Joder. Creía que estaba experimentando un momento de ansiedad relacionada con los orgasmos o algo parecido —dijo Elsie soltándome la mano.

—En cuanto a los orgasmos entre personas del mismo sexo, chaval, somos la excepción que confirma la regla —me dijo Em.

—¡Basta de *Puff*, se acabaron los dragones! —oímos gritar a Molly fuera de la casa en el camino de entrada. Matthew dejó de cantar. Ernie no tocó más las cuerdas de la cítara—. El chili está listo —les dijo la vieja pistera.

No había un porche cerrado con una vidriera ni un patio trasero, pero sí un corredor cubierto entre la casa y el garaje con una mesa de pícnic y bancos. Era un lugar agradable para comer en una noche de verano, si los mosquitos no hacían de las suyas y no aparecían murciélagos. A Matthew le encantaba que se presentasen los murciélagos; lo que más le gustaba era oír chillar a las mujeres al verlos. Fue una boda agradable, sin incidentes, entre personas de buen corazón; siempre que uno fuese capaz de pasar por alto la insoportable tristeza del dragón de la canción. Y durante el postre —después de que Matthew destrozara la tarta de boda mientras nos la daba de comer— un murciélago se abalanzó sobre la entrada. Fue maravilloso oír las carcajadas de Matthew; era tan feliz, y solo tenía trece años. Molly y Em, e incluso Elsie, chillaron, todo para hacer feliz a Matthew, no realmente por el murciélago. Esas tres mujeres no eran propensas a chillar; más allá de los orgasmos de la joven Em.

Matthew iba a pasar la noche en casa de Molly; ya estaba dormido cuando Ernie, Em y yo regresamos al Equinox, el hotel donde nos alojábamos en Manchester. No era muy tarde cuando salimos de casa de la vieja pistera. Molly y Elsie estaban empezando a fregar los platos. Em y yo comprendimos que era demasiado pronto para que el chico de Brooklyn se fuera a la cama. Llevamos a

Ernie al bar del hotel, y lo dejamos allí con su cítara. El Equinox era un hotel turístico y en verano era muy popular entre los golfistas. Parecía un gesto cruel dejar al chico de la cítara rodeado de hombres con pantalones verde lima y polos de color rosa; las mujeres llevaban *culottes* o cosas peores. Pero Em me recordó que no era la noche de bodas de Ernie; el chico de Brooklyn sabría lidiar con los golfistas. No nos cabía duda de que el chico de la cítara aceptaría peticiones y tocaría para aquellos expertos en moda.

—Canciones de Sinatra o algo peor —dijo Em cuando nos quedamos solos en la suite nupcial.

Me tranquilizó pensar que aquellos golfistas no debían de ser aficionados a «*Puff,* el dragón mágico». Además, el bar estaba demasiado lejos para que pudiéramos oírlos cantar.

—No te lo tomes como algo personal si bajo la intensidad de los gritos con el orgasmo, chaval. No quiero que Ernie me descubra —me dijo Em más tarde, cuando estábamos tumbados en la cama a oscuras.

—Entendido —le dije. Estaba casi dormido cuando Em se acercó a mí y me agarró el pene.

—Hablando en serio, dejé de tener aquellos orgasmos explosivos cuando estaba con Nora. Será difícil para ti seguir teniendo los orgasmos que se supone que debes tener y al mismo tiempo superar lo que pensabas cuando eras niño —dijo Em.

Valoré su sinceridad, aunque me pregunté cómo habría podido Em (en los años en que no hablaba) hacer una pantomima de aquellos primeros orgasmos explosivos suyos. (Por no hablar de la parte mortífera de los orgasmos que se *supone* que debes tener y superar cuando eres un niño.)

—Entendido —dije. Em y yo habíamos sido de ese tipo de niños que están deseando crecer. Nuestra infancia nos parecía eterna. Pero ¿por qué? ¿Qué tenía de bueno ser adultos? Querer a un niño, sobre todo vivir con él, aunque sea a tiempo parcial, te hace darte cuenta de lo efímera que es la infancia. La infancia no es eterna. Y ahora que Em y yo éramos mayores, éramos conscientes de lo poco que nos quedaba de eternidad. No era solo lo efímera que sería la infancia de Matthew. El tiempo de Em y el mío también se nos escapaba.

—*Carpe diem,* chaval. A la mierda el futuro —me dijo Em abrazándome al estilo aprovechemos el momento. Le correspondí. La suite nupcial estaba en silencio, no se oía a Sinatra ni tampoco la cítara.

En nuestra noche de boda, uno de nosotros cantó en sueños. Estaba seguro de que había sido Em.

—Fuiste tú, chaval. Te di dos patadas, pero seguiste cantando —me dijo Em por la mañana. Solo nos pusimos de acuerdo en qué tema habíamos oído cantar al otro: el del pobre *Puff*, desesperado en su cueva—. Fuiste tú, chaval. Tú eres el que se identifica con el dragón —dijo Em. Y tenía razón.

En el coche de vuelta a Nueva York, me dije que no habría luna de miel en el acantilado para Em y para mí. Em y yo no tendríamos luna de miel. En el coche, Em le pidió a Ernie y a Matthew que no cantaran la de *Puff*. Dijo que lo que le sucedía a *Puff* me ponía triste. Em dijo que la canción me obligaba a cantarla, y también a llorar, en sueños. No me había enterado de lo del llanto hasta que estábamos en el coche.

—Lo de *Puff* es una putada. Matt y yo pensaremos en algo mejor que acabar solos en una cueva —dijo el chico de Brooklyn. Sin duda, el *zither-meister* estaría orgulloso de su nieto.

Me fijé en la expresión seria de Matthew en el espejo retrovisor. Odiaba que los niños del colegio le llamaran Matt, pero se lo estaba pasando tan bien con Ernie que el nieto del *zither-meister* podría haberle llamado cualquier cosa.

—No estés triste, papá. *Puff* no es real, solo es un dragón inventado —me aseguró Matthew.

Em me observaba atentamente desde el asiento del copiloto, vio cómo yo agarraba con más fuerza el volante. Sabía que Matthew intentaba que me sintiera mejor, un gesto de madurez. Al pensar en los años que tenía por delante, entendí lo rápido que iba a pasar el tiempo.

—¿Quieres que conduzca yo? —me preguntó Em.

—Estoy bien —dije.

Vale la pena repetirlo. Al igual que sucede en el *western*, no hay misterio alguno en lo relacionado con el género negro: lo que ocurre es siempre lo que tiene que ocurrir; es lo que siempre ocurre. Ya he dicho que me pareció adecuado que los guardaespaldas de mi padre y yo compartiéramos furgoneta desde el Hotel Jerome hasta el aeropuerto de Aspen. Los tres habíamos perdido a alguien importante. Paul Goode era irreemplazable. Sin embargo, había subestimado la importancia de mi hermanastro, Toby Goode, no solo con respecto a mí, sino también para Otto y Billy.

Espié a mi hermanastro, leí todo lo que encontré sobre su persona y vi todas las fotos que aparecieron de él en *Variety* y *Vanity Fair* y *The Hollywood Reporter*, y también los vídeos en los que aparecía en la televisión. Su carrera como guionista y director emergente me interesaba más que las mujeres con las que salía. En las entrevistas, me gustaba cómo respondía mi hermanastro a la pregunta menos imaginativa pero que más se repetía. Teniendo en cuenta que los padres de Toby Goode eran estrellas de cine y que era guapo, ¿por qué no era actor?

—Ante todo soy guionista, luego director. Estoy detrás de la cámara, no delante, por elección propia —respondía. No me cabía duda de que poseía el gen de escritor. Toby habría convencido a nuestro padre de la existencia del gen de escritor. Le deseaba lo mejor a Toby Goode.

No me atrevo a hablar en nombre de Toby en lo que respecta a su aparente reticencia a casarse y tener hijos. No voy a especular sobre sus razones; es decir, no voy a contribuir a los cotilleos de Hollywood sobre ese tema. Por lo general, los *paparazzi* no molestan a los guionistas ni a los directores, pero acosaban a Toby por las actrices con las que salía. Fueran cuales fueran sus razones para no casarse y no tener hijos, me alegré de haber podido saber más de él de lo que habría podido llegar a saber si hubiera sido un hombre de familia.

También me alegró poder entrever a Otto y a Billy. Debería haber sabido que esos dos guardaespaldas no se quedarían al margen: su lealtad a Toby fue reconocida y recompensada. Aquellos guardaespaldas se convirtieron en los guardianes de Toby Goode. Desde el principio, Otto y Billy se sintieron más que legalmente responsables de cuidar de él.

No me sorprendió enterarme de que mi hermanastro no toleraba lo que él llamaba «la errónea denominación de guardaespaldas», en referencia a Otto y Billy.

—No son mis guardaespaldas, son mis padres sustitutos. Los quiero —le había dicho Toby a la prensa de Hollywood—. Otto y Billy siempre me han querido y me han cuidado. Cuando envejezcan, yo cuidaré de ellos —dijo mi hermanastro. Tampoco me sorprendió oír lo mucho que le gustaba a Toby Goode volver a Aspen y al Hotel Jerome—. El Jerome es mi hogar lejos de casa —decía. Nuestra abuela, Paulina Juárez, sin duda se alegraría de verle. Como debió de alegrarle a Clara Swift volver a ver a su hijo, tanto si Toby podía verla como si no, y a pesar de que ella solo podía verle en el Hotel Jerome. Yo solo veo a mi madre y a la de las raquetas de nieve en el metro, o en los alrededores de la estación de Summerhill. No me quejo, me alegro de verlas. Y cuando pienso en mi padre, me imagino a Paul Goode reunido con su familia.

Cuando Otto y Billy se hicieron mayores, podrías haber confundido a los antiguos guardaespaldas con la nobleza de Hollywood. A los padres sustitutos de Toby Goode los llevaban de un sitio a otro de Los Ángeles en el asiento trasero del coche; Toby los llevaba a todas partes.

—Me limito a devolverles el favor —llegó a decir mi hermanastro.

Em y yo estábamos de gira literaria en 2012 cuando tuvimos noticias de Otto. Aquella mañana de noviembre en Múnich formaba parte del viaje de promoción de la traducción de *Los hijos de las lesbianas,* la novela de Em sobre una pareja de lesbianas muy particulares en cuanto a la forma de tener hijos. Cada una de ellas elige un donante de esperma diferente. Es una novela escrita en primera persona, y la hija (también lesbiana) es la que cuenta la historia: la de su hermano heterosexual y sus dos madres lesbianas. *Wir Lesbenkinder* era el título en alemán; literalmente: «Nosotros, hijos de lesbianas». Dada la diferencia horaria en Múnich, Em y yo nos habíamos ido a la cama la noche anterior sin saber los resultados de las elecciones Obama-Romney en Estados Unidos.

Em y yo nos despertamos temprano porque oímos que alguien cantaba. Salimos de la cama y miramos por la ventana. Había hombres y mujeres jóvenes cantando en la calle, parecían estudiantes universitarios alemanes. Encendí el televisor.

—No te preocupes, chaval, esos estudiantes no cantan por Romney —dijo Em. Ella siempre iba un paso por delante de mí, no solo en lo que a cuestiones políticas se refería, y tampoco porque fuera mayor que yo. Mi mente funcionaba en retrospectiva: solo entendía lo que había sucedido después de que sucediera. Em fue clarividente sobre Romney en dos ocasiones. Em diría tiempo después:

—Los dos tipos a los que Obama venció, McCain y Romney, podrían ser los últimos republicanos honorables que se presenten a presidente en mucho tiempo.

La mala opinión que tenía Em sobre los republicanos también resultó ser clarividente. Una vez más, solo en retrospectiva fui capaz de entenderlo.

Cuando la emisora agotó la cobertura electoral, vi las noticias sobre Otto en la televisión. Toby Goode abrazaba al canoso Billy, que sollozaba: Billy había apoyado su cabeza sobre el hombro de Toby. A pesar de la traducción simultánea —estaba hablando la presentadora alemana—, pude oír la voz de mi hermanastro.

—Vi a Otto por el retrovisor, cómo se desplomaba en el asiento, cómo Billy tenía que sostenerlo... Sí, pero vi los ojos de Otto —intentó decir Toby.

La presentadora alemana añadió todo lo demás. Toby Goode y sus padres sustitutos habían estado en una fiesta, de la que se marcharon temprano. Otto sufrió un infarto en el asiento trasero del coche; *«der Herzanfall»*, le oí decir a la presentadora alemana. El vídeo no era claro. Parecía que los paramédicos de urgencias estaban trasladando a Otto del coche de Toby a la ambulancia; *«zu spät»*, dijo la presentadora alemana. Lo que sí parecía evidente era que la ambulancia había llegado *demasiado tarde*.

Volví a la ventana, donde Em observaba a los estudiantes alemanes. Em pudo ver que estaba llorando; supo que no lloraba por Romney. Que ganara Obama era una buena noticia, pero no era la única noticia. Seguimos observando a los alegres estudiantes alemanes, que no paraban de cantar.

Aquel noviembre en Múnich, yo estaba a punto de cumplir setenta y un años; Em ya tenía setenta y siete. Es muy posible que siguiéramos mirando a aquellos estudiantes alemanes porque el inexorable paso del tiempo había alcanzado a Otto; cabe la posibilidad de que la mortalidad de Otto nos hiciera pensar a Em y a mí en nuestra propia mortalidad. Aquel noviembre en Múnich, cuando nos enteramos de que Otto había muerto en Los Ángeles, Toby Goode tenía treinta y cinco años y Matthew veintiuno.

No había diferencia horaria en Toronto, donde Em y yo vimos por televisión los resultados de las elecciones estadounidenses de 2016. En cuanto inmigrante, me había convertido en residente permanente de Canadá en 2015. Así pues, en 2018 estaría en disposición de solicitar la nacionalidad canadiense. Em ya tenía la doble nacionalidad y yo acabaría obteniéndola en diciembre de 2019. Em y yo habíamos votado en las elecciones presidenciales estadounidenses de 2016, mediante voto por correo, a Hillary Clinton. Matthew estaba con nosotros en Toronto esa noche electoral; él había votado a Clinton en Nueva York.

Una antigua novia de Matthew también vio los resultados electorales con nosotros. Matthew había conocido a Carol en el metro, cuando todavía era alumna de la escuela Bishop Strachan. Em y yo coincidimos en que Carol estaba muy guapa con su uniforme, con aquella falda corta que dejaba sus rodillas al descubierto.

—Bonitas rodillas. Yo le vi las rodillas primero —recuerdo que me dijo Em.

Solía preguntarme, cuando Matthew y Carol dejaron de salir, si Matthew echaba de menos verla con el uniforme.

—Eres tú el que echa de menos ver a Carol con el uniforme, chaval. Yo también —me dijo Em.

Carol tenía la edad de Matthew, veinticinco años, cuando vimos perder a Hillary Clinton frente a Donald Trump. A esas alturas, hacía seis o siete años que no veíamos a Carol con el uniforme escolar. Yo tenía casi setenta y cinco y Em ochenta y uno. Aquella noche de elecciones, casi habría deseado que Em siguiera sin hablar, pero Em estaba recuperando el tiempo perdido.

—Trump es un *agarraconos* —repitió Carol, por cuarta o quinta vez. Con su uniforme escolar o sin él, Carol estaba enfadada porque un autodenominado *agarraconos* hubiese llegado a la Casa Blanca.

Em estaba enfadada con nuestros compañeros demócratas y por el *agarraconos* de Trump. En 2012, Obama obtuvo más votos que Hillary. ¿Dónde estaban los demócratas que no habían apoyado a la señora Clinton?

—No todos ellos lloraban por Bernie —dijo Em. Yo estaba registrado como votante en Vermont; siempre había votado a Bernie. Todos queríamos a Bernie, pero Bernie no había sido nominado. Los demócratas que no votaban a Hillary eran como los que no habían votado a Humphrey en 1968, dijo Em.

—¡Aquellos demócratas son los que nos trajeron a Nixon! ¡Estos demócratas nos han traído a Trump! —deliraba Em.

A las dos de la madrugada, en el cuartel general de Trump en Nueva York, había palurdos con abrigos y corbatas y gorras de béisbol con la inscripción HAGAMOS AMÉRICA GRANDE OTRA VEZ. Pedían a gritos que encarcelaran a Hillary. Em, en pocas palabras, dijo que Trump no ganó las elecciones.

—Nuestros putos compañeros demócratas las perdieron. ¡Nosotros se las hemos dado! —gritó Em.

—Menos mal que os habéis mudado a Canadá, así podéis escapar de esta mierda —dijo Matthew, dándole un abrazo a Em.

—No podemos escapar de esta mierda, Matthew, no hay forma de escapar de esta mierda —dijo ella, sin dejarle marchar.

—Lo sé —repuso él.

—¡Agarracoños! —llamaba Carol a los patanes con gorras de béisbol que aparecían en la televisión, donde los cánticos sobre encarcelar a Hillary no cesaban.

Recordé lo que Elliot había escrito en un cuaderno. El señor Barlow citaba a Alexander Hamilton, que llamaba a la masa de votantes la «gran bestia». La *gran bestia* había hablado, pensé yo, mientras Em y Matthew seguían abrazándose y Carol seguía observando la celebración en el cuartel general de los agarracoños en Nueva York. La forma en que Matthew tenía que inclinarse sobre Em cuando la abrazaba hacía que pareciera que le estaba susurrando algo al oído, pero hablaba lo bastante alto como para que yo pudiera oírle. Matthew me miraba cuando dijo lo que Em y yo pensábamos, pero guardábamos para nosotros; no podríamos haberlo verbalizado.

—No lo digo en serio, ya sabéis, pero menos mal que Molly no está por aquí: el agarracoños la habría sacado de quicio —dijo Matthew rompiendo a llorar. Lo único que pude hacer fue abrazarlos a él y a Em. Se me habría ido la cabeza si hubiera intentado decir algo. Los tres sabíamos que Molly quería a Bernie, pero la vieja pistera no se habría puesto a llorar por ello. Pobre Carol. Ella sabía lo mal que lo pasábamos cada vez que uno de nosotros mencionaba a Molly. Carol había oído hablar de mi madre y de la vieja pistera, «mis dos abuelas», como Matthew llamaba a mi madre y a Molly. Carol bajó el volumen del cuartel general de Trump en Nueva York, donde los patanes con chaqueta y corbata seguían pidiendo a gritos que encarcelasen a Hillary. Solo podíamos imaginar lo que Molly podría haber pensado de Trump y los partidarios del agarracoños.

En el verano de 2019, Em iba a volver a Barolo, donde había estado por última vez para el Festival Disastri con Nora. Ambos estábamos invitados al Festival Collisioni; el Festival Colisiones estaba pensado para escritores y bandas de rock, pero el maldito *déjà vu* estaba en el aire para Em. Una noche, en honor a los viejos tiempos, se esperaba que asistiéramos a una proyección especial del documental *Disastri*.

—Si la vejez no me mata, chaval, la nostalgia acabará haciéndolo —dijo Em.

Aquel mes de julio en Barolo, Em tenía casi ochenta y cuatro años; yo setenta y siete. Algunos de los admiradores de Em, de cuando se dedicaba a las pantomimas, estaban presentes en la proyección de *Disastri,* donde Em tuvo que ver a Nora y oírla hablar como Anthony Quinn comentando lo del baile sobre las partes pudendas en italiano.

Matthew, que para entonces tenía veintiocho años, había volado con nosotros a Milán. Disponía de su propia habitación en el hotel donde nos alojábamos, el Albergo dell'Agenzia de Pollenzo. Le gustaban los escritores y la música rock. Las entrevistas a los escritores y las firmas de libros tenían lugar en horario diurno, los conciertos de rock por la noche, todo en Barolo. Las fiestas y las cenas se celebraban en los alrededores. Fuéramos a donde fuéramos, nos llevaban y nos traían desde el Albergo. Nuestra chófer, Bella, era una joven muy guapa y muy buena conductora.

—Yo la vi primero —le susurré a Em al oído, solo para tomarle el pelo.

—Matthew la vio primero, chaval —me susurró Em. Estábamos en el asiento trasero del coche de Bella. Matthew iba delante, en el asiento del copiloto, junto a la hermosa Bella.

—¿Qué estáis susurrando? —nos preguntó Matthew—. Es vergonzoso, todavía se comportan como recién casados —le dijo a Bella. A los tres nos encantaba oírla reír. Bella era muy guapa, pero su risa parecía un rebuzno.

—Matthew dice que es demasiado mayor para Bella —me dijo Em más tarde. No podía imaginarme a Matthew demasiado mayor para nadie. ¿Había dicho Bella que era demasiado joven para él?, me pregunté.

En nuestra firma de libros tras la proyección de *Disastri,* un tipo alto y sombrío, fan de la artista de pantomimas, le dijo a Em que le caía mejor antes de que empezara a hablar.

—Es un cumplido, chaval —dijo Em, porque se percató de cómo miré al tipo. Las mujeres que llevaban la soga al cuello, por no hablar de las imitadoras de Nora, ya eran mayores. La soga al cuello no era un *look* adecuado para mujeres mayores. Para el público de *Disastri,* Em firmó sobre todo traducciones al italiano de *Ahórcate tú mismo* —en italiano, *Vieni ad impiccarti*—, aunque algunos de los imitadores de Nora, y también los lectores de aspecto normal, pedían a Em que firmara *Noi figli di lesbiche.* La traducción literal, *Nosotros, descendientes de lesbianas,* hizo que Em se acobardara. La hermosa Bella había traducido el título en el coche. Yo creía que Em iba a vomitar en el asiento trasero, pero la risa de Matthew hizo que Bella empezara a rebuznar. El rebuzno de nuestra guapa chófer siempre podía con nosotros.

En nuestros actos diurnos en Barolo, tanto en la entrevista de Em sobre el escenario como en la mía, nos preguntaron si *Los hijos de las lesbianas* era autobiográfico.

—Es una mezcla —dijo Em.

—La parte autobiográfica no es lo que importa —empecé yo, antes de meterme en todas las amalgamas. La pareja ficticia de lesbianas estaba basada en una amalgama de mi madre y Molly, pero también de Em y Nora. La narradora en primera persona, la hija lesbiana, era lo que Em entendía por una mezcla. La hija homosexual era sin duda una amalgama de Em y Nora—. Supongo que yo serví de modelo para el hermano pequeño heterosexual: su tendencia a ser el último en enterarse de lo que pasa tiene que ver conmigo —les dije a los entrevistadores. Habitualmente, el público se reía con ese comentario, al menos Em solía reírse. Las mujeres que se parecían a Nora me apreciaban, pero las mujeres mayores con la soga al cuello no. A esas mujeres nunca les caí bien.

La penúltima mañana que pasamos en el Albergo, Em y yo oímos claramente un grito procedente de la habitación de Matthew; él ocupaba la habitación contigua a la nuestra. La penúltima noche en Barolo, nos invitaron a una fiesta en el palacio de un pez gordo de Barolo, un apuesto joven de veintitrés años, uno de los dos herederos de la bodega de Barolo. Le gustamos.

—El vinicultor es guapísimo, pero está condenado —me comentó Em.

—¿Te recuerda a otra persona? —le pregunté.

—Al joven JFK Jr..., antes de su accidente de avión, chaval —me dijo.

Desde la terraza del palacio, dominábamos el pueblo de Barolo al completo. Podíamos ver la multitud que se había congregado en el mayor escenario al aire libre y oír la música de la banda de rock gracias a los altavoces. Matthew cantaba a coro con Thirty Seconds to Mars, la banda de los hermanos Leto. Una mujer italiana mayor se acercó a Matthew, pero él siguió cantando.

—Esos tíos no son Pink Floyd —dijo la mujer sobre el grupo.

—No, no lo son —respondió Matthew. Fue entonces cuando el camarero con la bandeja, una bandeja enorme con muchos cuencos de aceitunas, chocó con una de las palmeras de la terraza.

Podría ser «The Kill» o «This Is War» —no recuerdo cuál de sus canciones estaban tocando los Thirty Seconds to Mars—, cuando los asistentes a la fiesta empezaron a pisar las aceitunas. Cuando pisas aceitunas con hueso da la impresión de pisar escarabajos vivos. Matthew aseguró más tarde que había estado cantando «A Beautiful Lie» cuando la mujer italiana mayor empezó a gritar por los supuestos escarabajos. Andábamos pisando escarabajos, quiso que todo el mundo supiera, en inglés y en italiano.

Em dijo después que aquellas aceitunas la habían salvado. A decir verdad, el miedo irracional a pisar escarabajos fue lo que salvó a Em de una conversación que la estaba sacando de quicio. Giuseppe, un insistente periodista, le hizo la misma pregunta que nos habían hecho en nuestras entrevistas sobre el escenario; al parecer, no le habían gustado nuestras respuestas iniciales. La visión política de nuestras novelas podía considerarse antiamericana, nos había dicho Giuseppe. ¿Por qué no admitíamos que éramos «refugiados políticos de Estados Unidos»? ¿Acaso no era ese el motivo por el cual vivíamos en Canadá? Em le había recordado a Giuseppe que nos habíamos mudado a Toronto antes de que Donald Trump fuera candidato por el Partido Republicano, que habíamos iniciado el proceso de inmigración cuando Obama era presidente, y eso que nos encantaba Obama.

—Fue una decisión personal. Quería volver al lugar donde nací. La política solo fue una parte de mi decisión —le había dicho ya Em a Giuseppe—. Y él solo piensa en cuestiones políticas una vez que ha pasado ya todo —prosiguió Em señalándome a mí.

—Yo iría a donde ella fuera. Me mudaría a Italia si ella se mudara aquí —le dije a Giuseppe señalando a Em.

—Los republicanos ya eran malos, y estaban empeorando, antes de que Trump se convirtiese en su hombre. Es más, los republicanos serán malos después de él —le comentó Em a Giuseppe, pero Giuseppe ignoró lo que no quería oír. Que tuviéramos doble nacionalidad no le interesaba. Em le dijo a Giuseppe que ella y yo teníamos intención de seguir votando en las futuras elecciones estadounidenses. Simplemente, nos gustaba vivir en Toronto, dijo, pero Giuseppe no le escuchó. Giuseppe quería que nuestra historia girara en torno al agarracoños.

La pantomima tiene su origen en el mimo romano, me había dicho Em, por ese motivo había ido por primera vez a Italia, al Festival Disastri. En la terraza, mientras sonaba Thirty Seconds to Mars, oí que Em le decía a Giuseppe:

—Estás demasiado centrado en Trump, deberías tener más en cuenta a los que lo han *posibilitado*.

Em le echó la culpa a quien correspondía: a Mitch McConnell, el sin barbilla, a Lindsey Graham, el sin polla, y a los cobardes republicanos del Senado, como le había oído decir cientos de veces.

—Marco Aurelio fue el único emperador romano que también era filósofo. Conoces las *Meditaciones* de Marco Aurelio, ¿verdad? —le preguntó Em a Giuseppe. Sabía que las cosas iban a ir por donde siempre: a Em le importaba bien poco que Marco Aurelio hubiera muerto en el año 180 d.C. Giuseppe no respondió. No sabía nada de Marco Aurelio.

«Cuánto más graves son las consecuencias de la ira que sus causas», había escrito Marco Aurelio, pero a Giuseppe se le iba a escapar ese detalle.

—Mitch, el sin barbilla, y Lindsey, el sin polla, seguirán en sus puestos cuando Trump se haya ido —le dijo Em a Giuseppe.

—¿Adónde va Trump? —oí preguntar a Giuseppe. Yo sabía dónde esperaba Em que acabara Trump, tenía en mente un final shakespeariano para él.

—Al Capone fue a la cárcel por evasión de impuestos —le dijo Em a Giuseppe—. Trump no es más que otro delincuente: acabará en la cárcel, donde lo matarán sus compañeros —le dijo Em a Giuseppe, que lo anotó todo. Sonó como algo propio de una novela; o como lo que *tendría* que pasar, pensé yo—. Trump no es más que otro tirano, más déspota que presidente. Piensa en los reyes malvados de Shakespeare —dijo Em—. Macbeth nació para sentir lástima de sí mismo. Lo único que hace es lloriquear. «La vida no es más que una sombra que camina» y más mierda autocompasiva —dijo Em. Pero Giuseppe había dejado de apuntar—. Los perdedores nunca dejan de lloriquear. «Un cuento contado por un idiota, lleno de ruido y furia, que no significa nada.» Lo único que hará Trump es lloriquear —prosiguió Em. Giuseppe estaba un poco confundido con Macbeth. Tal vez pensó que Macbeth era como McConnell, uno de los republicanos cobardes.

Estaba esperando a Ricardo III. Sabía que Ricardo, el cobarde asesino, acabaría llegando. Em se estaba preparando para citarlo.

—Y luego está el puto Ricardo: «Ahora el invierno de nuestro descontento», empieza diciendo el cabrón, pero acaba lloriqueando —le dijo Em a Giuseppe, que parecía incluso más perdido. Giuseppe se preguntaba si el puto Ricardo era como Lindsey, el sin polla, uno de los republicanos del Senado—. El muy gallina acaba llorando: «¡Un caballo! ¡Un caballo! Mi reino por un caballo». El puto Ricardo está suplicando —exclamó Em. Fue entonces cuando la mujer mayor italiana empezó a gritar por los escarabajos. Em tenía más cosas que decir, pero nos fuimos de la terraza; solo Matthew y yo pudimos oírla por encima de los chillidos. Giuseppe estaba pisando aceitunas.

En el coche, de vuelta al Albergo, Em seguía hablando, decía algo de una plaga. Matthew y yo nos preguntamos a qué plaga se estaría refiriendo, pero Em solo pretendía decir que Trump era un mal presidente para afrontar una plaga —peor incluso que Ronald Reagan—, si es que alguna vez se producía otra.

—No es por cambiar de tema, pero Bella sabe algo de Giuseppe —nos dijo Matthew.

—Una amiga mía salió con él. Le llama Pino, como el árbol, ¡y dice que tiene el pene pequeño! —dijo Bella. Agarraba el volante con las dos manos, pero movía el dedo meñique de la derecha—. El más pequeño que ha visto en su vida, desde que vio el de su hermanito... ¡No es precisamente un pino! —exclamó Bella sin dejar de mover el meñique. Em y yo nos alegramos de oír la historia de Bella, y de oír sus rebuznos.

En diciembre de ese año, 2019, acudí al aviso de presentarme en la oficina gubernamental de Inmigración, Refugiados y Ciudadanía de Canadá en Scarborough: tenía que realizar mi juramento. Como viejo yanqui de Nueva Inglaterra, me pregunté qué habría dicho mi abuela en caso de haberme oído jurar fidelidad y lealtad a la reina Isabel II. El mismo día que presté juramento, hice el juramento de ciudadanía junto a otros ochenta y tres nuevos inmigrantes, procedentes de treinta y cinco países. Supongo que había familias a las que la Junta de Inmigración y Refugiados de Canadá había concedido el estatuto de personas protegidas. Sin duda, algunas de esas familias habrían sufrido penurias, habrían tenido que soportar una vida más peligrosa que la mía antes de llegar a Canadá. Hablé con una niña de doce o trece años que quería saber cuál era mi historia.

—¿Y usted, señor? —me preguntó—. ¿De qué está huyendo?

Aquella noche de julio en Barolo, nuestra última noche en el Albergo, Em y yo nos tumbamos en la cama. No necesitábamos el estatus de Personas Protegidas. Nos sentíamos viejos. No éramos demasiado viejos, sino demasiado viejos para las giras promocionales. Estuve a punto de decir que éramos demasiado viejos incluso para ser escritores, de esos que dan la tabarra de ciudad en ciudad para ganarse el pan, pero no lo hice.

—En alguna parte, hay estudiantes alemanes, chaval, que siguen cantando —dijo Em. Esperaba que siguiera diciéndolo. Estuve a punto de decir que la nostalgia podría acabar con nosotros, pero no lo hice. Procedente del dormitorio de al lado, habíamos oído a Matthew y Bella cantarse canciones de Thirty Seconds to Mars.

Ahora, incluso los rebuznos habían cesado; de repente, todo parecía más serio. Creí que Em estaba dormida cuando se acercó a mí y me agarró el pene.

—¿Sabes una cosa, chaval? Los dos somos hijos de lesbianas —dijo Em.

—Lo sé —repuse yo. No lo dudé ni un instante.

53
La voz en el metro, el silencio en el Jardín de Rocas

Henrik no escribió a Em cuando murió Nora. Yo le escribí después de la muerte de nuestra prima, pero él no respondió. Henrik siempre había desconfiado de Molly; cuando la vieja pistera murió en enero de 2006, el escritor que Henrik llevaba dentro se desató. Me escribió a la calle Sesenta y cuatro Este, y escribió a Em dos veces, enviando la misma carta a la dirección de Em en Toronto y a su editorial en Nueva York; por eso la vio Grace.

Henrik le contó que o bien iba a alquilar un camión U-Haul con el que pensaba ir a Manchester a por las armas, o que iba a enviar a un par de «universitarios» a que se las trajeran. Henrik no le dio el pésame por Molly. Cuando nos enteramos de la muerte de la vieja pistera, Em y yo estábamos en Canadá. Volvimos a Estados Unidos y revisamos la casa de Molly en Manchester, con Matthew y Grace. Como es lógico, allí había algunas cosas con un valor sentimental. Cada uno de nosotros tomó lo que quiso. Podríamos habernos llevado una pistola o dos, antes de que Henrik o los universitarios se llevaran a Dixie el arsenal de armas de mis tíos, pero Em y yo no queríamos saber nada de pistolas, y Grace nunca había querido ninguna. Como la mayoría de los chicos, Matthew deseaba tener un arma, pero, como tenía catorce años, era demasiado joven para opinar sobre el asunto.

«Solo vamos a guardar las armas para Henrik, cariño, no vamos a iniciar una guerra ni nada por el estilo», me había dicho mi madre. Pero en la casa de Manchester había más armas escondidas de las que había imaginado. La vieja pistera me había dejado la casa a mí. Sabía que mi madre lo había acordado de ese modo. Excepto el rifle calibre veinte de Molly, las armas habían pertenecido a mis tíos Johan y Martin. Henrik se moría de ganas de tenerlas.

—Son un montón de armas letales, chaval —dijo Em cuando vio todas las armas reunidas—. Todo el mundo en Vermont, por no hablar de los ciervos, estarán más seguros cuando estas armas estén en Dixie. —Em y yo nunca pronunciábamos el nombre del estado sureño en el que Henrik había ido a estudiar, solo para poder jugar a lacrosse; el mismo estado al que Henrik sirvió en la Cámara de Representantes de los Estados Unidos. No decir el nombre del estado de Henrik era casi tan bueno como olvidarlo. De hecho, desearíamos no haber conocido nunca a Henrik.

Em me recordó que Henrik se había casado por segunda vez a los cuarenta años. No había tenido hijos con su primera mujer y solo uno con la segunda. Nora había deseado que el bebé de Henrik fuera una niña. Henrik no sabría qué hacer con una hija, declaró Nora; lo que quería decir con eso era que una niña podría tener la oportunidad de ser ella misma. Si Henrik tenía un hijo, pensaba Nora, el pobre muchacho sería como su padre.

El chico en cuestión tenía veintitantos años cuando él y un compañero de su equipo de lacrosse se turnaron conduciendo el camión U-Haul hasta llegar a Vermont. Henrik le había puesto el nombre de Johan, como su padre, pero aquel chico tan solo tenía de Johan el nombre: carecía del buen carácter del noruego. Yo le había hablado a Matthew de mi primo: cómo Henrik me había acosado, cómo Nora le había devuelto el acoso. Matthew estaba deseando conocer a Henrik, pero Em y yo dudábamos de que el viejo congresista se encargara él mismo de las armas. Nos preguntábamos si el joven Johan sería uno de los universitarios. Henrik había escrito una vez más, solo a mí. «Le llamamos Johnny», escribió Henrik. «Lo de Johan no obtuvo el visto bueno, no aquí abajo.» Eso fue lo último que supe de Henrik, si no contamos las consecuencias de las acciones políticas de su partido.

Johnny llamó al número de Grace cuando los traficantes de armas llegaron al sendero de acceso a la casa de Molly. Los padres de Grace habían fallecido, su casa en Manchester era ahora de Grace. Arthur Barrett se adelantó al descenso de la bola en Times Square: se puso el pijama de manera permanente antes de que la bola volviera a descender. Grace y Matthew se encontraron con los dos compañeros de lacrosse en la entrada de la casa de Molly. Cuando la vieja pistera murió, supe que había tocado a su fin mi historia con Vermont y con aquel camino de entrada, donde la misericordiosa misión de mi madre no llegó a realizarse; con trágicos resultados.

Grace dijo que los universitarios sureños eran los peores deportistas imaginables.

—Pertenecen a una subcultura en la que prima el desprecio misógino: las mujeres los obligan a encorvarse —dijo Grace.

—Los hermanos negligentes —denominó Matthew a los traficantes de armas. Daba la impresión de que Johnny era una réplica exacta de Henrik.

—La actitud distante, las gorras de béisbol hacia atrás... Esos chicos habrían pegado a Matthew si yo no hubiera estado allí —prosiguió Grace.

—¡Te habrían violado si yo no hubiese estado allí! —le dijo Matthew a su madre.

—Dejemos ese tema, Matthew. Te espera una pubertad salvaje. Pronto llegarás a ese mismo punto —dijo Grace.

Em y yo nos mantuvimos alejados del tema de la *pubertad salvaje*. Estábamos en el apartamento de la calle Sesenta y cuatro Este, intentando no pensar en lo que le había ocurrido a la vieja pistera. Vivíamos en Toronto a tiempo parcial, sobre todo porque queríamos ver a Molly en Vermont tanto como fuera posible. Em y yo habíamos pensado dividir nuestro tiempo entre Toronto y el apartamento de Elliot Barlow mientras Matthew estuviera en la escuela en Nueva York.

—Vosotros dos, que sois casi canadienses, iréis ahora a por todas, supongo —nos había dicho Grace. Sabíamos que el asunto de la *pubertad salvaje* era la versión de Grace de algo que estaba a punto de causar estragos en su casa. Había conocido a «alguien serio», nos dijo Grace. Jeremy era un hombre más joven que ella; también trabajaba en el mundo editorial.

—Está muy bien que lo intentes con un hombre más joven. A mí me ha gustado más de lo que imaginaba —le dijo Em a Grace.

Jeremy tenía dos hijas pequeñas, no mucho menores que Matthew.

—Pronto entrarán en la pubertad —le había advertido Grace a Matthew. Hasta entonces, a Matthew le gustaban las niñas y Jeremy le caía bien. Matthew nos confesó a Em y a mí que su madre lo había puesto ansioso con el tema de su pubertad; el inicio de la pubertad de las niñas tenía peor pinta. Grace proyectó su experiencia con la pubertad en la de las niñas. Me había contado historias de dolorosas menstruaciones; al parecer, había tenido terribles problemas con los tampones. El pobre Matthew se imaginó a esas chicas, que le caían bien, sometidas a insoportables hemorragias que cambiarían sus vidas.

—Las chicas no tardarán en superar la pubertad y tú también —intenté asegurarle a Matthew, pero él seguía receloso. Su madre hacía que la pubertad pareciese una etapa capaz de provocar verdaderos estragos. Fue Em la que mejor se aproximó a Matthew, mediante el humor.

—Cuando no puedas ponerte nada en ningún sitio sin mancharte de sangre, será un buen momento para que vengas a vernos a Toronto —le dijo Em—. O puedes traer a las niñas a Toronto y pueden sangrar con nosotros durante un tiempo. Es posible que sea tu madre la que necesite un descanso de toda esa pubertad que la rodea —dijo Em.

Después de eso, Em hizo una pequeña pantomima sobre la pubertad; nada demasiado explícito para Matthew. Em se limitó a bailar como si le estuviera bajando la regla. Cantó su propia versión de la canción de Jerry Lee Lewis —*«a whole lotta bleedin' goin' on»*, cantaba—, Matthew empezó a reírse y cantó con ella. De momento, la pubertad salvaje no parecía suponer ningún problema.

Em y yo habíamos conocido ya a Jeremy y a sus hijas. También nos gustaron y queríamos que Grace fuera feliz. Sabía cuál era la única canción que Em cantaba en serio. Em decía en serio lo que me cantaba en sueños, cuando pretendía lavarme el cerebro, y ahora era yo quien le cantaba. No es difícil aprenderse «Oh, Canadá», pero yo intenté aprenderme tanto la versión inglesa como la francesa. Sabía que algún día tendría que cantarla. En mi ceremonia de juramento, cuando me convertí en ciudadano canadiense, también tuve que cantar mi nuevo himno nacional.

De momento, las viejas armas de los noruegos habían bajado

hasta Dixie, pero la vieja pistera se había ido para siempre, mucho más allá del sur.

—En Estados Unidos, chaval, las armas nunca desaparecen del todo, simplemente se trasladan a otro sitio —fue el modo en que Em lo expresó.

En lo que se refería a echar de menos a Molly, no era cuestión de andarse con tonterías: solo quedaba el hecho de su desaparición, o la posibilidad de verla en mi corazón. Molly siempre andaba haciendo algo, no perdía el tiempo. En opinión de la vieja pistera, los fantasmas no hacían más que perder el tiempo. Cuando echaba de menos a Molly, si quería verla, tenía que buscar en mi corazón. A veces, mientras duermo o en mis sueños, me veo arriba del todo del telesilla Blue Ribbon Quad de la montaña Bromley. Miro el telesilla más cercano al borde de la plataforma de carga, donde está la red de seguridad. Es demasiado temprano para que esté en marcha. Cuando miro hacia el este, en dirección al monte Monadnock, en New Hampshire, donde ya está amaneciendo, veo el cartel que dice NO CARGAR EN LA BAJADA. Pero no estoy en ese sueño para ver el amanecer. El telesilla es un coche fúnebre, un coche fúnebre que espera. Solo faltan los cadáveres.

A veces, la vieja pistera y yo estamos subiendo la montaña Bromley. Nos hallamos ya cerca de la cima de Upper Twister, donde está lo que Molly llamaba el Jardín de Rocas. Fue allí donde nos dimos cuenta de que las huellas habían cambiado. Mi madre tuvo algunos problemas en la segunda parte del ascenso al Twister. La vieja pistera y yo solo vimos las huellas de las raquetas de nieve durante el resto del trayecto. Fue entonces cuando supimos que Elliot Barlow, la única heroína, la había llevado a cuestas hasta la cima.

Los seres queridos nos dejan y nosotros seguimos adelante, con fantasmas o sin ellos, pero a mi manera o a la de Molly, seguimos viéndolos. Como Matthew y yo sabíamos, los muertos no se van del todo, no si los ves en el metro o en tu corazón.

Matthew y yo sabíamos que todos los árboles de Navidad de Canadá eran azules para Em. Comprendimos que los árboles de Navidad azules eran «psicológicamente» verdaderos; «en la mente de Em», decíamos. En la última semana de enero de 2006, cuando perdimos a Molly, Matthew tenía catorce años y estaba a punto de cumplir quince. Empezaba a sentirse cómodo con palabras como *psicológicamente*.

La aparición de un gran árbol de Navidad azul en Toronto causó cierta confusión. Matthew dijo que el árbol azul formaba parte de un programa del barrio llamado la Cabalgata de las Luces, pero todo lo relacionado con el gigantesco árbol de Navidad azul iba a seguir siendo un misterio para mí. Solo recuerdo la primera Navidad que lo vimos, las navidades y el Año Nuevo de 2005-2006, porque fue entonces cuando oí hablar de la vieja pistera.

—El árbol mide quince metros, casi cincuenta pies, y están hablando de hacerlo más alto —nos dijo Matthew. Sabía que Em y yo éramos demasiado viejos, o demasiado estadounidenses, para aprender el sistema métrico decimal. Nunca sabríamos distinguir la temperatura en la escala Celsius; Em y yo éramos gente de Fahrenheit. La escultura de un árbol de Navidad con luces azules parecía aún más alta en el paso elevado de la Canadian Pacific Railway en la calle Yonge, justo al norte de Scrivener Square: un enorme árbol de Navidad azul, encima del caballete de un puente ferroviario en el centro de Toronto. A Matthew y a mí nos encantaba el árbol azul, pero a Em apenas le llamó la atención.

—Otro árbol de Navidad... Ya casi debe de ser esa época del año —fue lo único que dijo Em cuando lo vio por primera vez.

—Es azul —le señalé, pero Em se limitó a encogerse de hombros y a arrastrar los pies, con la típica indiferencia de Pequeña Ray, que caminaba como una atleta.

Aquellos dos fantasmas mostraron cierto interés por el árbol de Navidad azul. Por la superficie, mi madre y la de las raquetas de nieve no se aventuraban mucho más allá de la estación de metro de Summerhill, pero el gran árbol azul captó su limitada atención durante un tiempo. Las veía de vez en cuando en el paso subterráneo, bajo el puente del ferrocarril, donde el ruido del tráfico de la calle Yonge era exagerado. A aquellas dos parecía gustarles el sonido silbante y también el rugido acentuado de los motores. Iban a caballito, a su manera juvenil. Cuando me veían, me saludaban y desaparecían, o volvían al metro.

Era una mañana, temprano, de la tercera semana de enero de 2006, un día brillante y frío en Toronto. Había llevado mi vieja ropa de esquí a casa de Em, en la avenida Shaftesbury, porque Toronto era una buena ciudad para pasear en invierno. Salí a caminar, poco después del amanecer. Me dirigí hacia el norte por la calle Yonge, en dirección al viento del nordeste. El viento me incomodó a la altura de Eglinton, donde tomé el metro para volver a la estación de Summerhill. El metro estaba abarrotado de gente, hacía calor y solo se podía ir de pie; era la hora punta de la mañana en los trenes que iban al centro. No tenía ni idea de lo que pensaban mi madre y la de las raquetas de nieve sobre la hora punta, si es que pensaban algo al respecto. Lo único que hacían aquellas dos era tontear. En un principio, no las vi en el tren abarrotado de gente.

Pensé que el hecho de que hubiera tanta gente de pie les impedía montar a caballito: sus sentadillas con una sola pierna no funcionarían en hora punta. Iba a bajarme del tren cuando las vi. Pequeña Ray estaba acurrucada en el regazo del señor Barlow, estaban sentadas en un asiento junto a la puerta. Mi madre sollozaba, pero la pequeña profesora de inglés me miraba fijamente. Pude leer sus labios antes de que se cerrara la puerta: «Vete a casa», me dijo la de las raquetas antes de bajarme del tren. Me asusté, sin saber qué sucedía. Mi mayor temor era por Matthew. Era día de colegio en Nueva York; allí podía haber pasado algo. Supuse que Em seguiría en la cama, o que estaría preparándose el desayuno cuando llegara a casa. Quizás le había pasado algo a Em, pensé mientras recorría a toda prisa la avenida Shaftesbury.

A medida que nos hacemos mayores, aprendemos cómo funcionan los recuerdos. Las personas que echamos de menos saben dónde encontrarnos: en el metro o en nuestros corazones. Cuando llegué a casa desde la estación de Summerhill, Em estaba hablando por teléfono.

Willy había encontrado a Molly en el Jardín de Rocas, en las empinadas cuestas de Upper Twister, cerca de la cima, donde Pequeña Ray, bajo los efectos de la prednisona, no había podía seguir por su propio pie. El señor Barlow la había llevado a cuestas el resto del trayecto, pero nadie pudo llevar a la vieja pistera hasta la cima del Número Diez.

Como Molly me había contado la oscura mañana en que fuimos a Bromley a buscar a mi madre y a la de las raquetas de nieve, los mecánicos de mantenimiento del telesilla aparecieron a las seis, antes que nadie. Por eso Willy estaba en Upper Twister en una moto de nieve antes del amanecer: con la luz del faro vio a la vieja pistera tendida en el Jardín de Rocas. Willy iba camino de las estaciones de remonte en lo alto del Número Uno y del Número Diez. Willy sabía cuál era el único telesilla al que se dirigía Molly cuando se le paró el corazón: la primera silla cuesta abajo del Número Diez, la favorita de mi madre, en el Blue Ribbon Quad.

Willy no era uno de los pisteros, pero el mecánico sabía que la vieja pistera había muerto en el lugar en el que cayó. Por respeto a Molly, Willy quiso que sus compañeros la llevaran a donde se dirigía. Willy dijo que podía haber hecho que pareciera que Molly estaba tumbada más cómodamente en el Jardín de Rocas; dijo que intentó que pareciera que simplemente estaba descansando.

Willy habló por radio con algunos de sus compañeros mecánicos de los telesillas en el cobertizo de mantenimiento. Los pisteros que trabajaban ese día no empezarían a aparecer por la sala de primeros auxilios antes de las siete, pero estoy seguro de que llamaron a algunos pisteros que estaban en casa, los que conocían a Molly desde hacía más tiempo, los que más la querían.

El viejo Ned y Meg fueron los que me llamaron a Toronto, los dos juntos. Em contestó al teléfono.

—Es alguien llamado Ned, está con una mujer llamada Meg. Es para ti, chaval —me dijo Em con la voz quebrada. Supe que Molly había muerto.

Ned trabajaba ahora a tiempo parcial como pistero, del mismo modo que Molly había sido instructora de esquí a tiempo parcial; Ned era casi tan viejo como Molly.

—La viejita llegó hasta el Jardín de Piedra, niño. Casi llegó hasta el final, pero llevaba algo de peso extra en la mochila —dijo Ned.

—¿Qué llevaba? —le pregunté, aunque estaba bastante seguro de saber de qué se trataba.

—Un pack de seis cervezas y suficientes Valium para completar el truco. Estaba tan fría como las latas de cerveza, niño. Ha sido la noche más fría de toda la temporada. Ya sabes que es a finales de enero cuando más frío hace en Bromley —dijo Ned.

—Lo sé —le respondí.

—Ned es morboso y carece de tacto, niño. Esto también lo sabes, ¿verdad? —me preguntó Meg.

—También lo sé —le dije. Les tenía cariño. No me habría hecho ninguna gracia tener que hacer la llamada que ellos estaban haciendo. Me puse a imaginar cómo contarle a Matthew lo de Molly.

Pude imaginar lo ocurrido mientras Ned y Meg seguían hablando. La patrulla de rescate había llevado a Molly a la cima. Willy estaba con ellos cuando acomodaron a la vieja pistera en el Número Diez; la primera silla que se dirigía montaña abajo sería el último telesilla de Molly. Willy fue quien entró en la caseta de la estación de remonte. Se aseguró de que la puerta de seguridad de la plataforma de carga estuviera en la posición correcta, comprobó el botón de parada y revisó la rueda de toro en busca de hielo.

Mientras Willy condujo en su moto de nieve hasta la base del Blue Ribbon Quad, donde arrancó el motor de tracción y encendió el sistema de seguridad del Número Diez, Meg se sentó con el brazo alrededor de Molly en el telesilla. Meg era casi tan grande como Molly y era lo bastante fuerte como para sostenerla erguida en la silla. Meg hizo que una de las nuevas pisteras se sentara al otro lado de Molly durante el descenso.

—Era una joven que adoraba a Molly. Una de esas chicas solitarias a las que Molly se desvivía por cuidar —me contó Meg—. Ya conoces a Molly. No habría querido que un hombre bajara la montaña con ella, ni siquiera estando muerta —dijo Ned.

—Estás enfermo, Ned. Eres un enfermo, un morboso y te falta tacto —le dijo Meg.

—Lo sé. Lo siento, niño —dijo Ned.

Aunque trabajaba a tiempo parcial, Molly me dijo que seguía despertándose temprano, quizás incluso antes de lo habitual. La vieja pistera dijo que le gustaba ponerse las pieles en los telemark y subir por Twister. Le gustaba bajar esquiando antes de que los remontes estuvieran en marcha; le gustaba esquiar en la nieve recién preparada, antes que el resto de los esquiadores. Pero conocía a Molly. La vieja pistera no se habría *entrenado* para esquiar un kilómetro y medio montaña arriba. A diferencia de mi madre y del señor Barlow, Molly no *entrenaba*.

Molly iba a cumplir ochenta y seis años. La vieja pistera era una mujer muy grande como para ascender por Twister hasta la cima de Bromley. Me resulta difícil imaginar que se le detuviera el corazón, pero al viejo Ned y a Meg lo que les asombraba era que Molly hubiese llegado hasta el Jardín de Rocas.

Les di las gracias a los dos por su llamada y por contarme lo sucedido, luego Em y yo tuvimos que hablar de ello. Dijimos que si la de las raquetas hubiera estado allí, Molly podría haber llegado hasta el final. Elliot Barlow había llegado hasta el final con mi madre. Em y yo dijimos que Molly no debería haber estado sola en el Jardín de Rocas. Si el señor Barlow hubiera estado con ella, incluso siendo pequeña como era, podría haber arrastrado a la vieja pistera el resto del trayecto. En cuanto objetos de dos de las misiones de rescate de Elliot Barlow, Em y yo creíamos que la única heroína podría haberlo hecho. No hay duda de que la de las raquetas lo habría intentado.

A veces, Em se enfada conmigo cuando me pilla «haciendo el tonto» con mi guion de Aspen, como suele decir. No consigo decidirme sobre el título. Tengo dos que me parecen intercambiables. *Loge Peak* o *No era un fantasma.* O los dos funcionan, o no funciona ninguno de los dos.

—Si una película no se rueda, poco importa cómo se titule, chaval —me recuerda Em. Pero una película que no se rueda nunca te abandona. Una película que no se rueda no desaparece.

A veces oigo la voz de la mujer en el metro, excepto que no estoy en el metro cuando la oigo, y es la voz de mi madre la que oigo, no la voz de la mujer que hace los anuncios del metro. Suelo encontrarme en el paso subterráneo, bajo el puente de la Canadian Pacific Railway, cuando oigo la voz de mi madre. Allí todos los sonidos se amplifican. A los niños que van en bicicleta les gusta chillar, aunque solo sea para oír el eco de su propia voz.

«Próxima estación, Summerhill; la estación de Summerhill, cariño», le oigo decir. Siempre me da un susto de muerte. También está el anuncio de otra parada en los metros antiguos, en las líneas Bloor, Yonge y Sheppard. «Llegando a Summerhill, cariño, la estación de Summerhill», dice mi madre con voz resonante. Después la oigo reírse con la de las raquetas de nieve. Solo de vez en cuando las veo en el paso subterráneo. Por lo general, cuando las veo en el metro o en la estación de Summerhill, no hablan.

La voz real de la mujer en el metro no dice «cariño», no me la imagino diciéndolo. No sabría de quién se trataba si Matthew no me lo hubiera dicho. Fue Matthew quien se dio cuenta de que la voz del metro había cambiado. Fue en algún momento de 2007, dijo Matthew, cuando una nueva voz pregrabada empezó a anunciar las paradas en los convoyes más antiguos del metro. Yo no me di cuenta, pero mi madre sí, y a Matthew le gustó mucho la voz de la mujer del metro.

Unos años después, en 2013, Matthew me dijo su nombre. Era primavera en Toronto. Matthew y yo estábamos viendo un partido absurdo en la televisión. Matthew no le quitaba ojo a su móvil. Tenía veintidós años. Me daba la impresión de que siempre había algo interesante en su teléfono. Em y yo teníamos setenta y tantos; dependíamos de Matthew para eliminar el factor mitológico de la tecnología de nuestras vidas. Matthew nos enseñó qué era lo que hacíamos mal con nuestros ordenadores portátiles y nuestros teléfonos móviles. Matthew logró que internet nos resultase más manejable.

Aquella tarde de abril, Em estaba en la cocina viendo otro canal de televisión. Obama seguía siendo presidente, pero Em estaba irritada desde las elecciones de mitad de mandato de 2010, cuando los republicanos retomaron el control de la Cámara de Representantes de Estados Unidos. Em odiaba a los nuevos republicanos más de lo que había odiado a los anteriores; decía que los nuevos odiaban incluso un poco más a Obama.

—¡Esos imbéciles del Tea Party! —la oímos gritar Matthew y yo; debía de estar viendo la CNN.

—Seguro que es Ted Cruz o Michele Bachmann —me dijo Matthew.

—Ha dicho imbéciles, en plural —le recordé.

—Son Ted Cruz y Michele Bachmann, los dos son gilipollas —me aseguró Matthew.

Fue entonces cuando su móvil nos habló: la voz del metro estaba en su móvil.

«Próxima estación Bathurst. Estación de Bathurst», dijo la mujer del metro.

—Se llama Susan Bigioni —me dijo Matthew tendiéndome su teléfono. En el móvil de Matthew había un breve vídeo de la Comisión de Tránsito de Toronto. *Las voces de la CTC,* se titulaba.

Susan Bigioni habla ante la cámara tan solo durante diez segundos.

«Llegando a la estación de Bathurst. Estación de Bathurst», dice la morena de ojos brillantes con más sinceridad que mi madre, sin bromear.

—Trabaja como asistente de comunicación de la CTC —me dijo Matthew.

—Tú eres nuestro asistente de comunicación —le dije.

—Lo sé —dijo Matthew.

—No va a ser un tipo gracioso y con buen rollo... ¡No la próxima vez, imbéciles! —Em le gritó a Ted Cruz y a Michele Bachmann, o a todos los del Tea Party, o a todos los republicanos.

Em tenía razón. El patriotismo del sur —como decimos en Canadá, cuando nos referimos a Estados Unidos— no era más que una bravuconada. Matthew y yo sabíamos a qué se refería Em: el próximo mal presidente republicano, fuera quien fuera, no tendría el encanto de actor de serie B de Reagan.

Matthew y yo seguimos viendo el mismo partido absurdo. Seguimos repitiendo los diez segundos de Susan Bigioni hablando sobre la estación de Bathurst; no sé por qué nos llamó tanto la atención. Tal vez fue entonces cuando entendí cuál era mi sitio: allí donde la voz del metro me indicaba todas las paradas. Era una voz tan clara.

Como Em y Matthew saben, yo escucho el silencio en el Jardín de Rocas con la misma claridad.

Sé cuándo Em está pensando en Nora o en la de las raquetas de nieve, por la forma en que baja los ojos cuando se siente abatida. En esos momentos, nunca sé qué decir.

—Tiene sentido que seamos escritores de ficción: la vida real es un asco. La ficción es lo nuestro —intento decirle.

Em sabía hacerlo mejor conmigo cuando sabía que yo, mentalmente, estaba en el Jardín de Rocas.

—Hay estudiantes alemanes en alguna parte, chaval, y siguen cantando —me dice Em en esas ocasiones.

Vivíamos a tiempo completo en Toronto cuando Trump fue elegido presidente y Em culpó a los demócratas de que no votaran a la señora Clinton. Si alguna vez hubo un momento para un cartel que dijese A LA MIERDA LOS DEMÓCRATAS, me temo que fue ese. Pero Em ya sabía que un cartel así podía malinterpretarse, porque no quería que la confundieran con una partidaria de Trump. Además, en Toronto nos devolvían la ropa de la tintorería en perchas, nada de cartones para las camisas. Debería haberlo sabido. Uno no dispone de suficientes carteles que digan BUEN VIAJE.

En diciembre de 2017 —dos días después de mi septuagésimo sexto cumpleaños— encontré *The New York Times* desordenado sobre la mesa de la cocina, donde Em había dejado su desayuno sin acabar. Había pasado suficiente tiempo desde la necrológica de Reagan; es decir, Em volvía a leer el *Times*. (Yo leía el *Toronto Star;* era una buena manera de conocer la ciudad.) Vi que el *Times* abría con otra necrológica. El cardenal Bernard Law había muerto en Roma. El antiguo arzobispo de Boston, el cardenal que encubrió todos aquellos abusos sexuales a menores a manos de sacerdotes, había pasado a mejor vida. Vi la caja de cartón rota en el suelo de la cocina: una caja de cerveza Blood Brothers. Em había agarrado uno de los trozos de cartón para hacer un cartel. Me hice una idea de por dónde andaría Em con su mensaje.

Había un edificio de seis plantas en la calle Yonge, en la esquina con la avenida Shaftesbury. Em y yo habíamos hablado de él. Tanto el escudo como el nombre de la archidiócesis de Toronto estaban grabados sobre las puertas de cristal, donde también podían leerse las palabras CENTRO PASTORAL CATÓLICO. No daba la impresión de que aquel edificio pudiera albergar una catedral en su interior. Nunca vimos entrar o salir monjas de él, ni un solo sacerdote con alzacuellos, que recordáramos. Matthew debió de cansarse de oírnos preguntarnos en voz alta por aquel lugar. Buscó información en internet, lo cual no hizo sino aumentar el misterio católico. Había archivos, colecciones, artefactos; los investigadores podían reservar una cita, previa consulta con el archivero de referencia.

—Por lo general, o por lo menos a menudo, suele haber una foto del papa Francisco junto a las puertas de cristal. Tiene un aspecto muy agradable, benéfico incluso —había dicho Em.

Allí fue donde la encontré, una mañana de diciembre: frente al papa Francisco de aspecto benéfico, o alguien con la generosa sonrisa del Papa. Solo había leído la última frase de la necrológica del cardenal Law, la parte en la que se decía que el Papa iba a presidir los ritos funerarios del cardenal en San Pedro, «un honor que se concede a todos los cardenales con sede en Roma».

Le sugerí a Em que se apartara de la foto del papa Francisco.

No siempre es el Papa el que aparece allí, porque las fotos cambian. Aunque estoy bastante seguro de que esa mañana de diciembre era la foto del papa Francisco.

—Alguien podría pensar que el Papa ha muerto y que te estás despidiendo de él —le dije a Em. Cuanto más tiempo permanecíamos en la acera de la calle Yonge, más estorbábamos a la gente que se dirigía al metro, o que salía de la estación de la avenida Shaftesbury. Fue entonces cuando apareció de repente un joven sacerdote, como si hubiera nacido con la mano agarrando del brazo a Em con su parka de invierno más gruesa. Tenía el entusiasmo infatigable propio de los ayudantes de entrenador de los equipos de atletismo, o bien de alguien nuevo en su trabajo.

—Pareces infeliz. ¿A quién le dedicas *buen viaje?* —le preguntó. No le habíamos visto salir por las puertas acristaladas del edificio de la archidiócesis. Era posible que el joven sacerdote no tuviera nada que ver con el Centro Pastoral Católico. Cabía la posibilidad de que hubiese salido del metro o se dirigiera a él. Había aparecido tan de repente que bien podría haber descendido del cielo.

—El cardenal Bernard Law ha muerto. Es a él al que le deseo buen viaje —dijo Em casi con timidez—. Estaba al corriente de los abusos sexuales a niños y protegía a los curas pederastas —le dijo Em al joven sacerdote con algo más de firmeza. Este llevaba la bufanda bien anudada y el abrigo desabrochado, como si el tiempo invernal no le afectara, la blancura de su alzacuello sacerdotal destacaba sobre la acera gris—. El Vaticano recompensó al cardenal Law: lo nombró sumo sacerdote de una basílica importante —dijo Em ya más lanzada.

—La basílica de Santa María la Mayor —añadió el joven sacerdote con un gesto adusto.

Pensé que ese encuentro no llevaría a ninguna parte. Me agarré al otro brazo de Em y señalé hacia el Boxcar Social, una cafetería que le gustaba, al otro lado de la calle Yonge.

—No has desayunado, ¿te apetece un cruasán? —le pregunté a Em. Ella asintió, con la misma ferocidad que solía hacerlo cuando no hablaba. Al ver a Em asentir de ese modo, temí que volviera a no hablar sin previo aviso ni explicación alguna.

—¡Los cruasanes son pecado! —gritó el joven sacerdote. Vino con nosotros. El semáforo tarda una eternidad cuando intentas cruzar la calle Yonge por ese punto, pero la luz pareció cambiar para nosotros en cuanto el joven sacerdote pulsó el botón—. Eso sí, los cruasanes no son tan pecaminosos como el cardenal Law —dijo el cura—. El cardenal Law ya no está en Roma. «Horrenda cosa es caer en las manos del Dios vivo», Hebreos 10, 31, si no recuerdo mal —nos dijo. Em y yo nos miramos. Pensamos que, después de todo, tal vez podríamos llegar a alguna parte.

Los tres pedimos cruasanes. Estábamos tomando té o café cuando Em se atrevió a preguntarle al joven sacerdote si se refería a que el cardenal Law iba a enfrentarse a un «juicio más severo», allí donde el malvado cardenal iba de camino.

—Romanos 12, 19, posiblemente. «No os venguéis vosotros mismos, amados míos, sino dejad lugar a la ira de Dios.» Aquí es donde entra la parte de «Mía es la venganza» —nos dijo el joven sacerdote.

Em se había bajado la cremallera de la parka, pero se la había dejado puesta. Me di cuenta de que todavía llevaba puesto el pijama y las zapatillas de vellón.

—La parte de «Mía es la venganza» —repitió Em con el tono inexpresivo con que Nora lo habría dicho en el Gallows.

—Deuteronomio, sin duda... 32, 35. Es más del tipo «dice el Señor», la buena parte de «ascuas amontonarás sobre su cabeza» —nos explicó el joven sacerdote, haciéndonos casi sentir lástima por el cardenal Law, dado lo que le esperaba—. Proverbios 25, 22, si no me equivoco —añadió modestamente el joven sacerdote. Me cayó bien. Hizo todo lo posible para que Em se sintiera mejor, con lo de las «ascuas en la cabeza» y todo lo demás.

Cuando me levanté de la mesa para pagar la cuenta, Em le estaba diciendo al joven cura que éramos escritores. Pude ver cómo anotaba nuestros nombres y los títulos de nuestros libros. El cura estaba escribiendo en el cartel de BUEN VIAJE. Cuando me enteré de que el cura lo había pagado todo, volví a nuestra mesa. Nuestro cura enviado desde el cielo se había marchado. Em me dijo que se había ido por donde había venido; un joven con prisa.

—Es más bien de la línea «dice el Señor», si me preguntas mi opinión —fue todo lo que Em dijo al respecto. Como mínimo, seguía hablando.

Fuera, en la acera de la calle Yonge, el joven sacerdote había desaparecido; si es que realmente era un sacerdote, si es que realmente lo habíamos visto. A Em le molestó que se llevara su cartel, fuera quien fuera. Vi nuestro reflejo en el escaparate de una tienda. Yo llevaba puestos mis pantalones de chándal Roots, con los que normalmente escribía. Éramos una pareja de ancianos, todavía capaces de caminar. Em vio nuestro reflejo en el escaparate.

—Menos mal que somos escritores de ficción, chaval, porque si no, nos jubilarían —dijo Em. Nuestro reflejo en el escaparate era transparente: podíamos ver a través de nuestros cuerpos. Sabíamos que no nos jubilaríamos, porque los escritores no pueden dejar de escribir. Pero uno de los dos moriría primero. Esperaba ser yo, con la cabeza sobre el escritorio, en mitad de una frase que Em terminaría por mí. Me conocía lo suficiente para poder hacerlo. No quería encontrar a Em con la cabeza sobre su escritorio. No podía imaginarme terminando la última frase de Em. No hay montañas que escalar en Toronto, no hay telesillas para Em y para mí, solo últimas frases.

¿Qué es lo que más deseamos cuando somos niños y lo que más anhelamos cuando somos mayores? La coherencia es lo más importante. Queremos que las personas que amamos sean coherentes, que siempre sean ellas mismas, ¿no es así? No puedo decirle a Em lo que siento por mi madre, porque Em no tiene motivos para querer a su horrible madre..., ni debería tenerlos. No podemos compartir el modo en que queremos a nuestras madres; o el modo en que no las queremos.

Cuando veo a Pequeña Ray en el metro, cuando la veo a ella y a la de las raquetas de nieve haciendo el tonto, la echo de menos cuando era incluso más joven, antes de que conociera a Molly o a la de las raquetas de nieve, cuando yo era un niño y ya estaba aprendiendo a echarla de menos. Ahora que mi madre ya no está, echo de menos lo que en ella era coherente, o lo más coherente de ella. Cuando era niño, echarla de menos era una constante en mi vida. No se supera la infancia hasta que estás debajo del tren; *unter dem Zug*.

Cuanto mayor me hago, esto es lo que mejor recuerdo de mi madre. Le dije que no me gustaba la oscuridad. A los niños, por lo general, no les gusta la oscuridad, ¿no es cierto? Le dije que no me gustaba la oscuridad o algo parecido.

—Abraza a la oscuridad, cariño, y la oscuridad te devolverá el abrazo —me dijo mi madre—. Pero la oscuridad tiene otras citas con las que cumplir, cariño, así que si no la abrazas fuerte, no te esperará toda la noche.

—¿La oscuridad es *femenina*? —le pregunté, pero mi madre ya no estaba. Pequeña Ray no quiso esperar. Simplemente se esfumó, como un fantasma.

Intento no pensar en la desaparición.

AGRADECIMIENTOS

Tom Best
Kristin Cochrane
Dean Cooke
Emily Copeland
Giustino De Blasio
Amy Edelman
Kay Eldredge
Gail Godwin
Ron Hansen
Khalida Hassan
Brendan Irving
Colin Irving
Eva Everett Irving
Janet Irving
Jonathan Karp
Bayard Kennett
Gen. Charles Krulak
Jon O'Brien
Anne Tate Pearce
Dick Peller
Anna von Planta
Theo Salter
Dr. Martin Schwartz
Anna Scott, Aspen Historical Society
William Scoular
Jackie Seow
Nick Spengler
Cleve Thurber

Grant Turner
Martha Turner
Dr. Abraham Verghese
Kate Wells
Edmund White
Kip Williams
Bill Wolvin
Y todos los buenos momentos pasados en el Hotel Jerome.